杨志军

著

人民文学出版社

图书在版编目（CIP）数据

藏獒／杨志军著．—北京：人民文学出版社，2015(2023.8重印）
ISBN 978-7-02-010810-7

Ⅰ．①藏… Ⅱ．①杨… Ⅲ．①长篇小说—中国—当代 Ⅳ．① I247.5

中国版本图书馆 CIP 数据核字（2015）第 046050 号

责任编辑　徐子茼
责任印制　王重艺

出版发行　人民文学出版社
社　　址　北京市朝内大街 166 号
邮政编码　100705

印　　刷　三河市延风印装有限公司
经　　销　全国新华书店等

字　　数　679 千字
开　　本　710 毫米 ×1000 毫米　1/16
印　　张　40.25　插页 1
版　　次　2018 年 9 月北京第 1 版
印　　次　2023 年 8 月第 2 次印刷

书　　号　978-7-02-010810-7
定　　价　79.00 元

如有印装质量问题，请与本社图书销售中心调换。电话：010-65233595

目 录

序　父亲的藏獒　1

第一部

1 西结古　3
2 獒王虎头雪獒　22
3 大黑獒那日　46
4 汉扎西　68
5 小白狗嘎嘎　89
6 雪狼　107
7 饮血王党项罗刹　119
8 白狮子嘎保森格　141
9 灰色老公獒　166
10 紫红色的獒血　183
11 冈日森格　206
12 新生的獒王　227

第二部

1 狼来了　249

2 小母獒卓嘎　268

3 护人魔怪　288

4 屋脊宝瓶沟　304

5 千恶一义　326

6 江秋帮穷　343

7 护狼神瓦恰　359

8 飞翔的领地狗群　375

9 獒王的哭泣　399

第三部

1 血光初溅 423
2 多吉来吧 442
3 獒王之战 465
4 情殇 490
5 至高无上 513
6 故乡渺茫 533
7 上阿妈獒王 551
8 雪獒 570
9 地狱食肉魔 591
10 涅槃 617

序　父亲的藏獒

1

　　一切都来源于怀念——对父亲，也对藏獒。

　　在我七岁那年，父亲从三江源的玉树草原给我和哥哥带来一只小藏獒，父亲说，藏獒是藏民的宝，什么都能干，你们把它养大吧。

　　小藏獒对我们哥俩很冷漠，从来不会冲我们摇头摆尾。我们也不喜欢它，半个月以后用它换了一只哈巴狗。父亲很生气，却没有让我们换回它来。过了两天，小藏獒自己跑回来了。父亲咧嘴笑着对我们说："我早就知道它会回来。这就叫忠诚，知道吗？"

　　可惜我们依然不喜欢不会摇头摆尾的小藏獒，父亲叹叹气，把它带回草原去了。

　　一晃就是十四年。十四年中我当兵，复员，上大学，然后成了《青海日报》的一名记者。第一次下牧区采访时，走近一处藏民的碉房，远远看到一只硕大的黑色藏獒朝我扑来，四蹄敲打着地面，敲出了一阵殷天动地的鼓声。黑獒身后哗啦啦地拖着一根粗重的铁链，铁链的一头连着一个木橛子，木橛子腾腾腾地蹦起又落下。我吓得不知所措，死僵僵地立着，连发抖也不会了。

　　但是，黑獒没有把我扑倒在地，在离我两步远的地方突然停下，屁股一坐，一动不动地望着我。随后跑来的藏民旦正嘉叔叔告诉我,黑獒是十四年前去过我家的小藏獒,它认出我来了。

我对藏獒的感情从此产生。你仅仅喂了它一个月,十四年以后它还把你当作亲人,你做了它一天的主人它都会牢记你一辈子,就算它是狗,也足以让我肃然起敬。黑狮子一样威武雄壮的黑獒死后不久,我成了三江源的长驻记者,一驻就是六年。六年的草原生活,我遭遇过无数的藏獒,无论它们多么凶猛,第一眼见我,都不张牙舞爪,感觉和我已经是多年的故交。它们的主人起初都奇怪,知道我的父亲是谁以后,才恍然大悟:你身上有你父亲的味道,它们天生就认得你!

那六年里,父亲和一只他从玉树带去的藏獒生活在城市里,而在高原上的我,则生活在父亲和藏獒的传说中。父亲在草原上生活了将近二十年,做过记者,办过学校,搞过文学,也当过领导。草原上流传着许多他和藏獒的故事,不完全像我在小说里描写的那样,却同样传奇迷人。无论他做什么,他总是在自己的住所喂养着几只藏獒,而且都是品貌优良的母獒。母獒们一窝一窝下着崽,他就不断把小狗崽送给那些需要它们和喜欢它们的人。所以他认识和认识他的藏獒、跟他有过喂养关系的藏獒,遍布三江源的许多草原。有个藏民干部对我说,"文革"中他们这一派想揪斗父亲,研究了四个晚上没敢动手,就是害怕父亲的藏獒报复他们。我替父亲庆幸,也替我自己庆幸,因为正是这些灵性威武的藏獒,让我发现了父亲,也发现了我自己——我有父亲的遗传,我其实跟父亲是一样的。

在长驻三江源的六年里,父亲的遗传一直发挥着作用,使我不由自主地像他那样把自己完全融入了草原,完全像一个真正的藏民那样生活着。我很少呆在州委所在地的结古镇,而是一头扎在了对于城镇来说更加边远的杂多草原、曲麻莱草原和康巴人的囊谦草原。我有时住在父亲住过的房东家,有时住在牧民的帐房里,有时住在寺院的僧舍里,我天天看到日见稀少的藏獒,并成为它们的朋友。我穿着藏袍,骑着大马,参加所有的牧业生产活动、所有的节日活动和所有的佛事活动。我和牧民们混在一起,喝酒,吃肉,放牧,喂狗,议论他们的家长里短,帮助他们解决婆媳矛盾,邻里纠纷。那时候的记者,尤其是像我这样生活在边远牧区的记者,工作任务是很轻的,一两个月写一篇报道就已经算得上敬业了。我有的是时间忘情地做我愿意做的一切。常常是这样:骑着马,带着房东或者寺院的藏獒,走向很远很远的草原,醉倒在牧人的帐房里。我那个时候的理想就是:娶一个藏族姑娘,和父亲一样养一群藏獒，冬天在冬窝子里吃肉，夏天在夏窝子里放牧，偶尔再带着藏獒去森林里雪山上打打猎冒冒险。我好像一直在为实现我的理想努力着，几乎忘了自己是一个长驻记者。

有一次在曲麻莱喝多了青稞酒，醉得一塌糊涂，半夜起来解手，凉风一吹，吐了。守夜的藏獒跟过来，二话不说，就把我吐出来的东西舔得一干二净。结果它也醉了，浑身瘫软地倒在了我身边。我和它互相搂抱着在帐房边的草地上酣然睡去。第二天早晨迷迷糊糊醒来，摸着藏獒寻思：身边是谁啊，是这家的主人戴吉东珠吗？他身上怎么长出毛来了？

这件事儿成了我的笑话，在草原上广为流传。姑娘们见了我就吃吃地笑，孩子们见了我就冲我喊："长出毛来了，长出毛来了。"介绍我时，再也不说我是记者，而是说："这就是与藏獒同醉说戴吉东珠长出毛来了的那个人。"牧民们请我去他家做客，总是说："走啊，去和我家的藏獒喝一杯。"

那时候的我是有请必去的。一年夏天，我去结隆乡的牧民尕让家做客，住了短短一个星期，他家那只大黑獒对我的感情就深到一日不见就满草原寻找的地步。使我常常猜想，它是不是父亲喂养过的藏獒。几年后我要离开草原，正好从结隆乡出发。大黑獒看我打起行装坐进了汽车，知道这是一次长别离，就对汽车又扑又咬，牙齿都咬出血来了。在它的意识里，我是迫不得已才离开它的，而强迫我离开的，正是这辆装进了我的该死的汽车。后来听说，我走了以后，大黑獒一个星期不吃一口食不喝一口水，趴在地上死了一样，好像所有的精气神包括活下去的意念都被我带走了。主人没了办法，就把一只羊杀了，又从狼皮上薅下一些狼毛，沾在死羊身上，扔到它面前，怒斥道："你是怎么看护羊群的？羊被狼咬死了你都不管，那我养你干什么？你看看，你看看，看到狼毛了吧？狼呢？还不赶快去找。"大黑獒大受刺激，草原上狼已经很少很少，它都有一年没咬过狼了，没想到就在它因感情受挫而一蹶不振的时候，狼会乘虚而入。它立马摇摇晃晃站起来，吃了一点，喝了一点，按照一只藏獒天赋的职守看护羊群牛群去了。

遗憾的是，以后我多次回到结隆乡，再也没有见到牧民尕让和深深眷恋着我的大黑獒。听说他们迁到别处去了，因为这里的草原已经退化，牛羊已经吃不饱了。

2

很不幸我结束了三江源的长驻生涯,回到了我不喜欢的城市。在思念草原思念藏獒的日子里,我总是一有机会就回去的。雪山、草原、骏马、牧民、藏獒、奶茶,对我来说这是藏区六宝,我在精神上一生都会依赖它们。尤其是藏獒,我常常想,我是因为父亲才喜欢藏獒的,父亲为什么喜欢藏獒呢?我问父亲,父亲不假思索说:"藏獒好啊,不像狼。"

父亲的思维,是草原人的思维。在草原牧民的眼里,狼是卑鄙无耻的盗贼,欺软怕恶,忘恩负义,损人利己。藏獒则完全相反,精忠报主,见义勇为,英勇无畏。狼一生都为自己而战,藏獒一生都为别人而战。狼以食为天,它的搏杀只为苟活;藏獒以道为天,它们的战斗是为忠诚,为道义,为职责。狼与藏獒,不可同日而语。所以,每当父亲评价那些喜欢整人的人、剥夺别人生存权利的人、窝里斗的人、阴险诡诈的人时,总是说:"那是一条狼。"在一本《公民道德准则》的小册子上,他郑重其事地批注了几个字:藏獒的标准。父亲对我说:"我们需要在藏獒的陪伴下从容不迫地生活,而不需要在一个狼视眈眈的环境里提心吊胆地度日。"

所幸父亲生前,世人还没提倡狼性,还没流行狼文化和狼崇拜,不然,父亲该多么的伤心。

可惜父亲生前,藏獒已经开始衰落,尽管有"藏獒精神"支撑着父亲的一生,年迈的他,也只能蜗居在城市的水泥格子里,怀想远方的草原和远方的藏獒。每次注视父亲寂寞的身影,我就想,我一定要写一本关于藏獒的书,主人公除了藏獒就是"父亲"。

藏獒是由一千多万年前的喜马拉雅巨型古鬣犬演变而来的高原犬种,是犬类世界唯一没有被时间和环境所改变的古老的活化石。它曾是青藏高原横行四方的野兽,直到六千多年前,才被驯化,开始了和人类相依为命的生活。作为人类的朋友,藏獒得到了许多当之无愧的称号,古人说它是"龙狗",乾隆皇帝说它是"狗状元",藏民说它是"森格"(狮子),藏獒研究者们说它是"国宝",是"东方神犬",是"世界罕见的猛犬",是"举世公认的最古老、最稀有、最凶猛的大型犬种",是"世界猛犬的祖先"。公元1275年意大利探险家马可·波罗这样描写了他所看到的藏獒:"在西藏发现了一种从未见过的怪犬,它体形巨大,如同驴子,凶猛声壮,如同狮子。"公元1240年成吉思汗的后裔横扫欧洲,把跟着他们南征北战的猛犬军团的一部分三万多只藏獒留在了欧洲,这些纯种的喜马拉雅藏獒在更加广阔的地域杂交繁育出了世界著名的大型工作犬马士提夫犬、罗特威尔犬、德国大丹犬、法国圣伯纳犬、加拿大纽芬兰犬等等。这就是说,现存于欧亚两陆的几乎所有大型凶猛犬种的祖先都是藏獒。

父亲把这些零零星星搜集来的藏獒知识抄写在一个本子上,百看不厌。同时记在本子上的,还有一些他知道的传说。这些传说告诉我们,藏獒在青藏高原一直具有神的地位。古代传说中神勇的猛兽"狻猊",指的就是藏獒,因此藏獒也叫苍猊。在藏族英雄格萨尔的口传故事里,那些披坚执锐的战神很多都是藏獒。藏獒也是金刚具力护法神的第一伴神,是盛大骷髅鬼卒白梵天的变体,是厉神之主大自在天和厉神之后乌玛女神的虎威神,是世界女王班达拉姆和暴风神金刚去魔的坐骑,是雅拉达泽山和采莫尼俄山的山神,是通天河草原的保护神。而曾经帮助二郎神勇战齐天大圣孙悟空的哮天犬,也是一只孔武有力的喜马拉雅藏獒。

所有这些关于藏獒的知识和传说,给了父亲极大的安慰,他从玉树草原带回家的那只藏獒老死以后,它们便成了父亲对藏獒感情的唯一寄托。我曾经从报纸上剪下一些关于藏獒集散地、藏獒繁殖基地、藏獒评比大会和藏獒展示会的消息,送给父亲,希望能带给他快乐,却没想到,带给他的却是忧虑。父亲说,那还是藏獒吗?那都是宠物。

在父亲的心中,藏獒已经不仅是家兽,不仅是动物,而是一种高素质的存在,是游牧民族借以张扬游牧精神的一种形式,藏獒不仅集中了草原的野兽和家兽应该具备的最好品质,而且集中了草原牧民应该具备的优秀品质。藏獒的风骨,不可能在人们无微不至的关怀中延续,只能在青藏高原的凌厉风土中磨砺。如果不能让它们奔驰在缺氧至少百分之五十的高海拔原野,不能让它们啸鸣于零下四十度的冰天雪地,不能让它们时刻警惕十里二十里之外的狼情和豹情,不能让它们把牧家的全部生活担子扛压在自己的肩膀上,它们的敏捷、速度、力量和品行的退化,都将不可避免。所以,当城市中先富裕且闲暇起来的人们对藏獒的热情日渐高涨之时,当藏獒的身价日渐昂贵之时,父亲的孤独也在日渐加深。

我不时安慰父亲说,至少青藏高原还在,高原上的藏獒也还在。我还说,如果在青藏高原上保护自然环境,建立藏獒基地,藏獒的纯粹也可以得到保证。父亲却苦笑着说:"即便那样,狼已经不多了。"

是的，狼已经少了，虎豹熊罴也都少了，少了敌人的藏獒和藏獒的天性又岂能不少？父亲已经料到，他心中的藏獒，已经一去不复返了。幸好父亲没有料到，狼少了，狼性和狼的文化、狼的崇拜却横行起来。

3

就在对藏獒的无尽怀想中，父亲去世了。

我和哥哥把父亲关于藏獒知识的抄写本和剪贴本一页一页撕下来，连同写着"千金易得，一獒难求"八个字的封面，和着纸钱一起烧在了父亲的骨灰盒前。我们希望，假如真有来世，能有藏獒陪伴着他。

第二年春天，我们的老朋友旦正嘉的儿子强巴来到我家，捧着一条哈达，里里外外找了一圈，才知道父亲已经去世了。他把哈达献给了父亲的遗像，然后从旅行包里拿出了他给父亲的礼物。我们全家都惊呆了，那是四只小藏獒。这个像藏獒一样忠诚厚道的藏民，在偌大的三江源地区千辛万苦地寻找到了四只品系纯正的藏獒，想让父亲有一个充实愉快的晚年。可惜父亲已经走了，再也享受不到藏獒带给他的快乐和激动了。

四只小藏獒是两公两母，两只是全身漆黑的，两只是黑背黄腿的。旦正嘉的儿子强巴说："我已经想好了，它们是兄妹配姐弟，就好比草原上的换亲，妹妹给哥哥换来了媳妇。"说着，过家家一样把小藏獒按照他安排好的夫妻一对一对放在了一起。

母亲和我们赶紧把它们抱在怀里，喜欢得都忘了招待客人。我问强巴，已经有名字了吗？他说还没有。我们立刻就给它们起名字，最强壮的那只小公獒叫冈日森格，它的妹妹叫那日。最小的那只母獒叫果日，它的比它壮实的弟弟叫多吉来吧。这些都曾经是父亲的藏獒的名字，我们照搬在了四只小藏獒身上。而在写这部小说的时候，我又用它们命名了我的主人公，也算是对父亲和四只小藏獒的纪念吧。

送来四只小藏獒的这天，是父亲去世以后我们家的第一个节日，让我们在忘乎所以的喜悦中埋下了悲剧的种子。两个星期后，我们家失窃了，什么也没丢，就丢了四只小藏獒。

　　寻找是不遗余力的，全家都出动了。我们就像丢失了自己的孩子，疯了似的在城市的大街小巷一声声地呼唤着："冈日森格，多吉来吧，果日，那日。"我们托人，我们报警，我们登报，我们悬赏，我们用尽了所能想到的一切办法。整整两年过去了，我们才愿意承认，父亲的也是我们的四只小藏獒恐怕已经找不到了。偷狗的人一般是不养狗的，他们很可能是几个狗贩子，用损人利己的办法把四只小藏獒变成了钱。能够掏钱买下小藏獒的，肯定也是喜欢藏獒的，他们不至于虐待它们吧？他们会尽心尽力地喂养好它们吧？就是不知道，四只小藏獒是不是在一个主人家里，或者它们已经分开，天各一方，过着各自独立的生活，完成各自独立的使命去了？

　　现在，四只小藏獒早该长大，该做爸爸妈妈了。我想告诉那些收养着它们的人，请记住它们的名字：冈日森格是雪山狮子的意思，多吉来吧是善金刚的意思，果日是草原人对以月亮为表证的勇健神母的称呼，那日是他们对以乌云为表证的狮面黑金护法的称呼；另外，果日还是圆蛋，那日还是黑蛋，都是藏民给最亲昵的孩子起乳名时常用的名字。

　　还请记住，要像高原牧民一样对待它们，千万不要随便给它们配对。冈日森格、多吉来吧以及果日和那日，只有跟纯正的喜马拉雅獒种生儿育女，才能在延续血统、保持肉体高大魁伟的同时，也保持精神的伟大和品格的高尚，也才能使它们一代又一代地威镇群兽，卓逸不群，铁铸石雕，钟灵毓秀，一代又一代地成为人类生活的一部分。

　　还请记住，它们身上凝聚了草原藏民对父亲的感情，还凝聚了一个儿子对父亲的无尽怀念。

第一部

1 西结古

1

穿过狼道峡,就看见青果阿妈西部草原了。护送父亲的两个军人勒马停了下来。一个军人说:"我们只能送你到这里,记者同志,青果阿妈西部草原的牧民和头人对我们很友好,你不会有什么危险。你朝着太阳落山的方向走,不到三个时辰就会看到一座寺院和一些石头房子,那儿就是西结古,你要去的地方。"父亲目送着两个军人走进了狼道峡,疲倦地从马背上溜下来,牵着枣红马走了几步,就仰躺在了草地上。

昨天晚上在多猕草原跟着牧人学藏话,很晚才睡,今天早晨又是天不亮就出发,父亲想睡一会儿再赶路。他闭上了眼睛,突然觉得有点饿,便从缠在身上的干粮袋里抓出一把花生一粒一粒往嘴里送。花生是带壳的,那些黄色的壳就散落在他的身体两侧。他吃了一把,还想吃一把,第二把没吃完,就睡着了。等他醒来的时候,突然意识到自己已经十分危险,眼睛的余光里有些黑影包围着他,不是马的黑影,而是比马更矮的黑影。狼?他忽地坐了起来。

不是狼,是狮子,也不是狮子,是狗。一只鬣毛飒爽的大黄狗虎视眈眈地蹲踞在他身边。狗的主人是一群孩子,孩子们好奇的眼睛忽闪忽闪的。父亲第一次这么近地接触这么大的一只藏狗,紧张地往后缩了缩,问道:"你们是哪里的?想干什么?"孩子们互相看了看。一个大脑门的孩子用生硬的汉话说:"上阿妈的。""上阿妈的?你们要是西结古的就好了。"父亲看到所有的孩子手里都拿着花生壳,有两个正放在嘴边一点一点咬着,再看看身边,草地上的花生壳都被他们捡起来了。父亲说:"扔掉吧,那东西不能吃。"说着从干粮袋里抓出一把花生递了过去。

孩子们抢着伸出了手。父亲把干粮袋里的所有花生均匀地分给所有的孩子,最后剩下了两颗。他把一颗丢给了大黄狗,讨好地说:"千万别咬我。"然后示范性地剥开一个花生壳,吃掉了花生米。孩子们学着他的样子吃起来。大黄狗怀疑地闻着花生,一副想吃又不敢吃的样子。大脑门的孩子飞快地捡起狗嘴前的花生,就要往自己嘴里塞。另一个脸上有刀疤的孩子一把抢过去说:"这是冈日森格的。"然后剥了壳,把花生米用手掌托到了大黄狗面前。大黄狗感激地望着刀疤,一伸舌头舔了进去。

父亲问道:"知道这是什么?"大脑门的孩子说:"天堂果。"又用藏话说了一遍。几个孩子都赞同地点了点头。父亲说:"天堂果?也可以这么说,它的另一个名字叫花生。"大脑门的孩子说:"花生?"父亲站起来,看看天色,骑在了马上。他朝孩子们和那只令人敬畏的大黄狗摆摆手,策马往前走去,走出去很远,突然听到后面有声音,回头一看,所有的孩子和那只雄狮一样的大黄狗都跟在身后。父亲停下了,用眼睛问道:"你们跟着我干什么?"孩子们也停下了,用眼睛问道:"你怎么不走了?"父亲继续往前走,孩子们继续往前跟。鹰在头顶好奇地盘旋,它看到草原夏天绿油油的地平线上,一个汉人骑在马上,一群七个衣袍褴褛的藏族孩子和一只威风凛凛的黄色藏狗跟在后面。孩子们用赤脚踢踏着松软的草地,走得十分来劲。父亲始终认为,就是那些花生使他跟这七个孩子和那只大黄狗有了联系。草原上的七个孩子和一只名叫冈日森格的藏狗吃到了父亲的花生,然后就跟在父亲后面,一直跟到了西结古。

西结古是青果阿妈西部草原的中心,中心的标志就是有一座寺院,有一些石头的碉房。在不是中心的地方,草原只有四处漂移的帐房。寺院和碉房之间,到处都是高塔一样的嘛呢堆,经杆林立,经石累累,七色的印有经文的风马旗和彩绘着佛像的幡布猎猎飘舞。父亲到达西结古的时候已是傍晚,夕阳拉长了地上的阴影,依着山势错落高低的西结古寺和一片片碉房看上去是倾斜的。山脚的平地上，在森林和草原手拉手的地方，稀稀疏疏扎着一些黑色的牛毛帐房和白色的布帐房。六字真言的彩色旗帜花边一样装饰在帐房的四周。炊烟从房顶升上去，风一吹就和云彩缠绕在了一起。云很低很低，几乎蹭着林木森然的山坡。

仿佛是云彩发出的声音，狗叫着，越来越多的狗叫着。草浪起伏的山脚下，一片唰唰唰的声音。冲破云层的狗影朝着父亲狂奔而来。父亲"哎呀"一声，手忙脚乱地勒马停下。他从来没见过这么多的狗，而且不少是身体壮硕的大狗，那些大狗几乎不是狗，是虎豹狮熊一类的野兽。

父亲后来才知道他见到的是藏獒，一大群几百只各式各样的藏狗中，至少有三分之一是猛起起的藏獒。那时候草原上的藏獒绝对是正宗的，有两个原因使这种以凶猛和智慧著称的古老的喜马拉雅獒犬保持了种的纯粹：一是藏獒的发情期固定在秋天，而一般的藏狗都会把交配时间安排在冬天和夏天；在藏獒的发情期内，那些不是藏獒的母狗通常都是见獒就躲的，因为它们经不起藏獒的重压，就好比母羊经不起公牛的重压一样。二是藏獒孤独傲慢的天性使它们几乎断绝了和别的狗种保持更亲密关系的可能，藏獒和一般的藏狗是同志，是邻居，却不可以是爱人；孤傲的公獒希望交配的一般都是更加孤傲的母獒，一旦第一次交配成功就很少更换伴侣，除非伴侣死掉。在极少数的情况下，死掉伴侣的公獒会因情欲的驱使在藏獒之外寻求泄欲的对象，但是如前所说，那些承受不起重压的母狗会远远躲开，一旦躲不开，也是一压就趴下，根本就无法实现那种天然铆合的生殖碰撞。还有一些更加优秀的藏獒，即使伴侣死掉，即使年年延宕了烈火般燃烧洪水般汹涌的情欲，也不会降低追求的标准。它们是狗群中尊严的象征，是高贵典雅的獒之王者，至少风范如此。

父亲惊恐地掉转马头，打马就跑。一个光着脊梁赤着脚的孩子不知从什么地方冒了出来，一把拽住了父亲的枣红马。枣红马惊得朝后一仰，差点把父亲摔下来。孩子悬起身子稳住了马，长长地吆喝了一声，便把所有狂奔过来的藏狗堵挡在了五步之外。狗群骚动着，却没有扑向父亲。父亲从马背上滚了下来。光脊梁的孩子牵着父亲的马朝前走去。狗群不远不近地跟在后面，敌意的眼光始终盯着父亲。父亲能用脊背感觉到这种眼光的威胁，禁不住一次次地寒颤着。

光脊梁的孩子带着父亲来到一座白墙上糊满了黑牛粪的碉房前。碉房是两层的，下面是敞开的马圈，上面是人居。光脊梁翻着眼皮朝上指了指。父亲感谢地拍拍光脊梁的肩膀。光脊梁噌地跳开了，恐惧地望着父亲，恰如父亲恐惧地望着狗群。父亲问道："你怎么了？"光脊梁说："仇神，仇神，我的肩膀上有仇神。"没有听懂的父亲不解地摇摇头，从马背上取下行李，又给马卸了鞍子摘了辔头，让它去山坡上吃草，自己提着行李踏上石阶走到了碉房门口。他在门前站了一会儿，正要敲门，就听光脊梁的孩子一声尖叫，惊得他倏地回过头去。父亲看到光脊梁的脸一下子变形了：夕阳照耀下的轮廓里，每一道阴影都是仇恨，尤其是眼睛，父亲从来没见过孩子的眼睛会凸瞪出如此猛烈的怒火。

不远处的草坡上，一溜儿站着跟随父亲来到西结古的七个孩子和那只雄狮一样的名叫冈日森格的大黄狗。父亲很快就会知道，"冈日森格"就是雪山狮子的意思，它也是一只藏獒，是一只年轻力壮的狮头公獒。父亲用半通不通的藏话对光脊梁的孩子说："你怎么了？他们是上阿妈的孩子。"光脊梁的孩子瞪了他一眼，用藏话疯了一样喊起来："上阿妈的仇家，上阿妈的仇家，獒多吉，獒多吉。"藏狗们立刻咆哮起来，争先恐后地飞扑过去。七个上阿妈的孩子落荒而逃，边逃边喊："玛哈噶喇奔森保，玛哈噶喇奔森保。"冈日森格掩护似的迎头而上，转眼就和一群西结古的狗撕咬成了一团。

父亲惊呆了。他第一次看到狗类世界里有如此激烈的冲撞，第一次发现狗类和人类一样首先要排挤的是自己的同类而不是异类。所有的藏狗都放弃了对七个上阿妈的孩子的追咬，而把攻击的矛头对准了拦截它们的冈日森格。冈日森格知道局面对自己十分不利，只能采取速战速决的办法。它迅速选准目标，迅速跳起来用整个身子夯过去，来不及狠咬一口就又去扑咬下一个目标。这种快节奏重体力的扑咬就像山崩，它扑向谁，谁就立刻会滚翻在地。但西结古的藏狗似乎很愿意自己被对方扑倒，每当冈日森格扑倒一只，别的藏狗就会乘机在它的屁股和腰肋上留下自己的牙印，牙印是冒着血的，迅速把冈日森格的屁股和腰肋染红了。

更加严峻的现实是，冈日森格扑翻的所有藏狗没有一只是身体壮硕的大狗，那些大狗，那些虎豹狮熊一类的野兽，站在狗群的外围，连狂吠一声的表示都没有。它们在观战，它们似乎不屑于这种一哄而上的群殴战法而保持着将军般的冷静，或者它们意识到根本不需要自己出手，来犯者就会死无葬身之地，所以就傲慢地沉默着。而对冈日森格来说，让一群比自己矮小的藏狗和自己打斗，几乎就是耻辱。更加耻辱的是它败了对方，而流血的却是自己。这些藏狗不是靠勇武而是靠投机靠群集的力量正在使它一点点地耗尽力气和流尽鲜血。

冈日森格改变战法了。当又一只藏狗被它扑翻而它的屁股又一次被偷袭者戳了两个血窟窿似的牙印之后，涌动在血管里的耻辱让它做出了一个几乎丧失理智的决定：它绕开了所有纠缠不休的藏狗，朝着那些身体壮硕的大狗冲了过去。它知道它们跟自己属于同一个狗种，那就是令狗类也令人类骄傲的喜马拉雅獒种；知道喜马拉雅獒种的这些骄子才是西结古狗群的领袖，能跟自己决一死战的应该是它们而决不是吠绕着自己的这些小喽罗。它相信自己能够杀死它们，也相信自己很有可能被它们杀死，但不管是杀死它们还是被它们杀死，它所渴望的只应该是一种身份相当、势力相当、荣辱相当的藏獒之战。

西结古的藏獒没想到冈日森格会直冲过来，而且一来就撞倒了一只和来犯者一样威风凛凛的狮头金獒。藏獒们吃惊之余，哗地散开了，这是扑过去迎战来犯者的前奏。但是它们都没有扑过去，它们看到狮头金獒已经翻身起来扑了过去，就仍然傲慢地保持着将军般的冷静。冈日森格和狮头金獒扭打在一起了，你咬着我的皮，我咬着你的肉，以两颗硕大的獒头为中心，沿着半径，转过来转过去。但显然这不是一场势均力敌的战斗，很快就有了分晓，狮头金獒被压倒在地了，半个脖子嵌进了冈日森格张开的大嘴。血从冈日森格的牙缝里流了出来，那是狮头金獒未能尊重一只比它更强大的同类而付出的代价。这代价并不惨重，因为冈日森格并没有贪婪地咬住它不放直到把它咬死。当它很快扭动着滴血的脖子十倍愤怒地站起来，想要龇牙回击冈日森格时，发现对方已经丢开自己冲向了另一只离它最近的藏獒。

这是一只竖着眼睛挺着鼻子的凶霸霸的灰色老公獒。它之所以站在离冈日森格最近的地方，是因为早就预见了狮头金獒的失败，也早就做好了鏖战冈日森格的准备。在冈日森格压倒狮头金獒的时候，它就做出了一副随时扑咬的样子挑逗着对方，但等到冈日森格真的朝它扑来时，它又巧妙地闪开了。这种还没有较量就开始躲闪的举动在喜欢硬碰硬的藏獒中并不常见，只有那种和狼和豹子经过无数次打斗的藏獒才会从对手那里学来这样一种战术。躲闪是为了激怒对方，以便在对方怒不可遏失去章法的情况下寻找进攻的机会，所以老公獒一而再再而三地躲闪着，让愤怒的冈日森格更加愤怒了——当冈日森格那越来越狂猛的扑咬接二连三失败之后，它不禁发出了一声藏獒在打斗时本不应该发出的尖叫。这说明灰色老公獒的目的正在达到，只要这样的扑咬再持续几次，就会大大挫伤冈日森格的锐气，而挫伤锐气对一只年轻气盛的公獒来说，几乎等于丧失了一半攻击的速度和力量。

然而老谋深算的灰色老公獒仍然低估了冈日森格的能力，冈日森格虽然由于求胜心切有一些暴躁失态，可它很快知道了老公獒的目的，也观察到了对方躲闪的线路。它依照最优秀的遗传本能立刻就明白对老公獒的扑咬是需要提前量的。它用自己算计好的提前量扑咬了一次，尽管没有成功，但立刻又明白，不仅要有提前量，而且要声东击西，让对方在自己的计谋面前逃无可逃。接下来的一次扑咬它大获成功，也让老公獒的自尊心大受伤害。灰色老公獒在闪开对方攻击的一瞬间噗哧一声趴在了地上，实实在在感到一种沉重的压迫已经出现在脊背之上，与此同时后颈上有了一阵灼烫的疼痛，冈日森格的利牙砉然撕开了它的皮毛。它回头就咬，碰到的却是冈日森格在呼噜噜的喉咙深处向它发出的低声警告。它一听这警告就低下头哑哑地叫起来，那是哭声，那是相当于人类凄然而恸的哭声。哭声不是由于害怕，而是由于悲哀，它知道自己已经老得不行了，老得都不能维护西结古草原藏獒的尊严了。它现在唯一要做的并不是挣扎着起来和对方扭成一团继续撕咬直到自己被咬成重伤或者被咬死，而是把本该自己消灭的敌人拱手让给别的藏獒，然后痛苦地看着别的藏獒在打败这个来犯者之后是如何得趾高气扬。

凄然而恸的哭声让冈日森格迅速离开了老公獒抽搐不止的灰色脊背。它转身撞翻了两只从后面蹿过来试图咬它屁股的小喽啰藏狗，然后面对一群一只比一只壮硕的喜马拉雅獒种，用鼻子噗噗噗地喷洒着满胸涌荡的豪气，一副威武不屈、剽悍不羁的样子。

到了这种时候，按照獒类世界古老习俗的约定，该是由獒王出面迎战来犯者的时候了。在青藏高地，草原深处，尤其是在青果阿妈草原，守护领地的藏獒群里，大都会有一个处于领袖地位的獒王存在。它一定是雄性，一定是十分强大十分凶悍的，一定在保护领地中建立过人和狗都能认同的巨大功勋——咬死过许多荒原狼和雪狼，咬死过许多金钱豹和雪豹，甚至咬伤或者咬死过藏马熊和野牦牛。此外它们很可能就像咬死狐狸那样咬死过人，咬死过那些敢于闯入领地挑衅主人的仇家。和别的动物不一样，獒王的诞生并不一定是藏獒与藏獒之间激烈打斗一决雌雄的结果，因为在天长日久的耳鬓厮磨中，在共同的责任共同的敌人面前，谁是最勇武的，谁是最智慧的，谁是智勇双全的，藏獒们心里都有数，加上人类的认可，大家也就随之认可主动称臣了。只有一种情况会使獒王的产生演变成藏獒与藏獒之间你死我活的战斗，那就是人类的认可和藏獒们的认可出现误差，被人类认可或者指定的獒王一定要证明人类的选择是正确的，而被藏獒们认可的獒王也一定要证明藏獒的选择是正确的，于是打斗就会频繁出现，直到有一天其中的一只被彻底征服。也有至死不服的，那就是死，倔强的一只被更倔强的一只活活咬死。通常被征服或者被咬死的往往是人类认可的獒王，因为在确定獒王的功勋和识别獒王的能力方面，藏獒比人更接近真实更具有公正的评判。

现在，西结古草原藏獒群落中的獒王就要出现了，一旦出现，那差不多就是一场老虎斗老虎、狮子咬狮子的重量级角斗。所有的藏獒，所有的藏狗，包括那些兴奋到不知死活的小狗，一下子都安静了。等待着，连炊烟和云彩，连傍晚和夕阳，都静止不动地等待着。倾斜的西结古寺和一片片碉房更加倾斜了，鸟瞰的阴影拉得更长更远。冈日森格扬头扫视着獒群，几乎把所有藏獒都看了一遍，然后死死盯住了一只带着微笑望着它的虎头雪獒。虎头雪獒就是西结古草原的獒王，尽管它现在所处的位置不在獒群的中央，尽管它依然蹲踞着就好像面前的打斗跟它毫无关系，但冈日森格一眼看出它就是獒王。它身形伟岸，姿态优雅，一脸的王者之气，顾盼之间八面威风冉冉而来。它一只眼睛含着王者必有的自信和豪迈，一只眼睛含着斗士必有的威严和杀气，但行动却是傲慢和迟缓的，充满了对来犯者发自内心的蔑视。冈日森格不禁暗暗称赞：好一个獒王，尊严的头颅居然是纹丝不动的，仿佛每一根迎风抖动的雪白的獒毛都在证明它存在的伟大意义。更重要的是，它虽然闭着嘴但尖长的虎牙却不可遏止地伸出了肥厚的嘴唇，虎牙是六刃的，也就是说它有六根虎牙，嘴的两边各有三根，而一般的藏獒一共只有四根，并且还没有它这般尖长。六刃的尖长虎牙明白如话地告诉对方它是不可战胜的，而大嘴阔鼻所形成的古老的喜马拉雅獒种的经典之相貌，会让任何人任何动物望一眼而顿生敬畏，那是凛然不可侵犯的生命的神圣威仪。

虎头雪獒站了起来。西结古草原的獒王终于站了起来。冈日森格盯着它的眼睛眨巴了一下，金灿灿的鬣毛奋然一抖。一场猛獒对猛獒的打斗就要开始了。不，不是打斗，是惩罚。在藏獒们和藏狗们看来，这是一次毫无悬念的惩罚性撕咬，为了忠于职守和捍卫荣誉，西结古草原的獒王必须严厉惩罚一个汹汹然不自量力的来犯者。如果来犯者敢于反抗獒王的惩罚，那就是说它不打算活下去了。獒王虎头雪獒走出獒群，来到冈日森格面前，嗓眼里呼呼地响着，似乎在告诉对方：你现在还来得及捡回一条命，赶快逃跑吧，西结古草原不欢迎你。冈日森格听懂了它的话，却没有做出任何听话的表示，而是挑衅地斜绷起前腿把身子朝后倾了倾。獒王虎头雪獒眯缝起眼睛扮出一副笑模样，大度地摇了摇尾巴：走吧年轻人，你长得如此英俊健美，我实在不忍心杀死你。冈日森格不理对方的茬,耸起一棱一棱的脊毛,就要扑过去了。

　　但是且慢,有个声音正在响起来,那是人的声音,是那个光着脊梁赤着脚的孩子的声音。孩子等不及了,他希望西结古的狗群尽快咬死冈日森格,然后跟着他去追逐七个上阿妈的仇家,所以就喊起来:"那日,那日。"他知道虎头雪獒是西结古草原獒群里的獒王,却不知道越是獒王就越不会心浮气躁地出手,它要端端架子,吊吊胃口,然后一扑成功,一口致命。他既失望又吃惊地以为西结古草原的獒王不敢对这个年轻力壮、威仪堂堂的来犯者动手,就耐不住性子地喊起来:"那日,那日。"

　　被称作那日的藏獒从獒群里跳出来了,它是一只黑色的狮头母獒。它很小很小的时候和同胞姐姐一起被光脊梁的孩子喂养过,只要喂养过的人就都应该是主人,所以听他一叫,它就跳出来了。跳出来后才知道光脊梁的孩子要它干什么。它迟疑了一下,便按照光脊梁的手势越过了獒王跟对手的对阵线,无所畏惧地扑向了冈日森格。年轻的冈日森格没想到,它心惊胆战地渴望着的这场勇者之战,这场挑战西结古獒王的狂妄之战,在没有实现之前就早早地结束了。它愣愣地站着,直到被牛犊般大小的大黑獒那日三撞两撞撞翻在地,也没有明白为什么扑向自己的不是它死死盯住的獒王而是一只自己从不招惹的母獒。它从地上跳起来,像刚刚被它打败的那只灰色老公獒一样躲闪着对方的撕咬。

　　光脊梁的孩子又喊起来:"果日,果日。"果日出现了。它是大黑獒那日的同胞姐姐,也是一只牛犊般大小的黑色狮头母獒。冈日森格根本就没看见它是从哪里跳出来的,甚至都没有看清它的面影,就被它撞了个正着。趁着这个机会,大黑獒那日再次呼啸着扑了过来。冈日森格被扑翻在地上。这次它没有立刻站起来。它身上压着两只牛犊般大小的母性的大黑獒,使它很难翻过身来用粗壮的四肢支撑住大地。它本来可以用利牙的迅速切割摆脱两只大黑獒的压迫和撕咬,但是它没有这样。人类社会中"男不跟女斗"的解嘲在喜马拉雅獒种世界里变成了一种恒定的规则,公獒是从来不跟母獒叫板的,况且是如此美丽的两只母獒,如果遇到母獒的攻击,忍让和退却是公獒唯一的选择。冈日森格坚决信守着祖先遗传的规则,却使自己陷入了生命危机的泥淖。它有些迷惘:怎么西结古草原的藏獒是这样的,好像它们来自另一个世界,獒类社会那些天定的法律并没有渗透到它们的血液里。它不知道这是人类起了坏作用——人类一搀和,动物界的许多好规矩就会变成坏习惯。更不知道,它所服从与钟爱的人类正在把更加危险的局面导入它的命运之中。

　　光脊梁的孩子挥着胳膊喊起来:"獒多吉,獒多吉。"他是要所有的狗都朝冈日森格扑去。藏獒们不安地跳动着，拥挤到了一起。只有作为獒王的虎头雪獒无动于衷地卧下了，并且冲着两只疯狂撕咬的母性大黑獒不满地叫唤着。藏獒们看到它们的王是这个样子的，便渐渐安定下来。它们是整个西结古草原的领地狗，它们可以不听任何来自个人的命令。而那些作为小喽罗的藏狗却没有这么好的理性，它们被"獒多吉獒多吉"的喊声煽动得群情激愤，环绕着倒在地上的冈日森格一圈一圈地跑。突然它们冲了过去，当两只母性的大黑獒在獒王虎头雪獒的叫声中离开冈日森格时，几乎所有的藏狗都扑向了一个点。藏狗们在这个点上一层一层地摞起来，都想用利牙痛痛快快地咬一口最下面的这只外来的藏獒冈日森格。

冈日森格已经站不起来了，在两只母性大黑獒致命的撕咬之后，藏狗们的撕咬就变成了死神来临的信号。这个信号无休无止地重复着，使它身上的伤口差不多变成了一张鱼网，那是名副其实的千疮百孔。

渐渐安静了，连嘈杂不休的藏狗也不再激动地叫唤了。安静对藏在草冈后面远远地窥伺着这边的七个上阿妈的孩子无疑是一个不祥的征兆。他们悄悄摸了回来，探头探脑地想营救他们的冈日森格。光脊梁的孩子几乎是用后背感觉到了仇家的到来，倏地转过身去，鹰鸷般的眼光朝前一横，便大喊起来："上阿妈的仇家，上阿妈的仇家。"狗群骚动起来，包括藏獒在内的所有西结古的领地狗都朝着七个上阿妈的孩子奔扑过去。七个上阿妈的孩子转身就跑，齐声喊着："玛哈噶喇奔森保，玛哈噶喇奔森保。"父亲提着行李站在碉房门前观望着，奇怪地发现，七个孩子的喊声一响起来，狗群追撵的速度马上就减慢了，甚至有些大狗（它们是包括獒王虎头雪獒在内的一些藏獒）干脆放弃了追撵，摇头摆尾地在原地打转。

光脊梁的孩子同样感到奇怪，朝前跑了几步，喊道："獒多吉，獒多吉。"父亲已经知道这是撺掇狗群追撵的声音，生怕七个上阿妈的孩子跑不及被狗群追上，朝光脊梁大喊一声："你要干什么？他们是跟我来的。"话音刚落，父亲身后的碉房门突然打开了，一只手伸出来一把将他拽了进去。

2

碉房里男男女女坐了十几个人，有的是军人，有的不是。不管是军人还是地方上的人，都是西结古工作委员会的成员。成员们正在开会。拽他进来的军人严厉地问道："你是什么人？胡喊什么？"父亲赶紧掏出介绍信递了过去。那人看都不看，就交给了一个戴眼镜的人。眼镜仔细看了两遍说："白主任，他是记者。"白主任也就是拽他进来的军人说："记者？记者也得听我们的。那几个孩子是你带来的？"父亲点点头。白主任又说："你不知道我们的纪律吗？"父亲问道："什么纪律？"白主任说："坐下，你也参加我们的会。"父亲坐在了自己的行李上。白主任告诉他，青果阿妈草原一共有大小部落三十二个，分布在西结古草原、东结古草原、上阿妈草原、下阿妈草原和多猕草原五个地方。西结古草原的部落和上阿妈草原的部落世代为仇，见面就是你死我活。而父亲，居然把上阿妈草原的孩子带到了西结古草原，又居然试图阻止西结古人对上阿妈人的追打。

父亲说："他们只有七个人，很危险。"白主任说："这里的人也只是撵他们走，真要是打起来，草原上的规矩是一对一，七个人只要个个厉害，也不会吃亏的。"父亲说："那么狗呢？狗是不懂一对一的。那么多狗一拥而上，我怎么能看着不管？"白主任不理狗的事儿，教训父亲道："你要明白，不介入部落之间的恩怨纠纷，这是一条严格的纪律。你还要明白，我们在西结古草原之所以受到了头人和牧民群众的欢迎，根本的原因就是对上阿妈草原采取了孤立的政策。上阿妈草原的几个部落头人过去都是投靠国民党的，马步芳在上阿妈草原驻扎过骑兵团，团长的小妾就是头人的妹子。"父亲寻思：既然不介入矛盾，为什么又要孤立对方？但他没来得及把自己的疑问说出来，思路就被一股奶茶的香味打断了。奶茶是炖在房子中间的泥炉上的，一个姑娘倒了一碗递给了父亲。姑娘蓝衣蓝裤，一副学生模样，长得很好看，说话也好听："喝吧，路上辛苦了。"父亲一口喝干了一碗奶茶，站起来不放心地从窗户里朝外看去。

前面的草坡上，已经没有了孩子们的身影，逃走的人和追打的人都已经跑远了。刚刚结束了撕咬的一大群几百只各式各样的领地狗正在迅速离开那里。它们的身后，是一堆随风抖动的金黄色绒毛，在晚霞照耀的绿色中格外醒目。父亲说："它肯定被咬死了，我去看看。"说着，抬脚就走。父亲来到草坡上，看到四处都是血迹，尤其是冈日森格的身边，浓血漫溻着，把一片片青草压塌了。他回忆着刚才狗打架的场面，狮子一样雄壮的冈日森格被一大群西结古的藏狗活活咬死的场面，身子禁不住抖了一下。他蹲下来，摸了摸已不再蓬松的金黄的鬃毛，手上顿时沾满了血。他挑了一片无血的鬃毛擦干自己的手，正要离开，就见冈日森格的一条前腿痉挛似的动了一下，又动了一下。父亲愣了：它还没有死？

天麻麻的，就要黑了。散了会的眼镜来到草坡上对父亲说："白主任认为你刚来，不懂规矩，应该跟他住在一起。"原来西结古工作委员会的人都散住在牧民的帐房里，只有白主任和作为文书的眼镜住进了那座白墙上糊满黑牛粪的碉房，碉房是野驴河部落的头人索朗旺堆献出来的，除了住人，还能开会，等于是工作委员会的会部。父亲说："好啊，可是这狗怎么办？"眼镜说："你想怎么办？"父亲说："这是一条命，我要救活它。"眼镜说："恐怕不能吧，这是上阿妈的狗，你要犯错误的。"

父亲回到了碉房里。眼镜从墙角搬过来一个木头匣子放到地毯中央。匣子里是青稞炒面，用奶茶一拌，再加一点酥油，就成糌粑了。这就是晚饭。吃饭的过程中，白主任抓紧时间给他讲了不少草原的规矩，什么在牧民的帐房里不能背着佛坛就坐因为人的后脑勺上冒着人体的臭气啦，不能朝着佛坛伸脚打喷嚏说脏话因为佛是喜欢体面和干净的啦，不能从嘛呢石经堆的左边走过因为那是地神和青稞神的通道啦，不能打鱼吃鱼因为水葬的时候鱼是人的灵魂的使者其地位仅次于天葬的秃鹫啦，不能吃油炒的食物因为那是对神赐食物的亵渎啦，不能吃当天宰杀的肉因为牲畜的灵魂还没有升天啦，不能打鸟打蛇打神畜因为那是你前世的亲人啦，不能拍男人的肩膀因为肩膀上寄居着战神或者仇神啦，不能在帐房上晒衣服因为吉祥的空行母就在上面飘荡啦，不能走进门口有冒烟的湿牛粪的人家因为那是家中有病人的信号啦，不能从火塘上跨过去因为那是得罪灶神的举动啦，不能在畜圈里大小便因为背着疫病口袋的魔鬼正是借助肮脏的东西发散毒气的啦，不能帮助牧人打酥油因为酥油神是不喜欢陌生人的啦，不能打牧人的狗也不能打流浪的狗因为狗是人的影子啦，甚至连在帐房里不能放屁因为宝帐护法一闻到不洁净的气味就会离家出走这样的事情也讲到了，最后说："你一定要吸取教训，不能和上阿妈草原的人有任何牵连。"父亲又是点头，又是称是，心里却惦记着冈日森格。

就要打开行李睡觉的时候，父亲借口找马又来到草坡上，再次摸了摸血迹浸染的冈日森格。冈日森格好像知道有人在摸他，动了一下，又动了一下，这次是耳朵，耳朵一直在动，像是求生的信号。父亲跪在地上想抱起它，使了半天劲才发现自己根本就抱不动，起身跑回碉房，对眼镜说："你帮我把那只狗抬过来，它死了，它有很大很厚的一张狗皮。"眼镜严肃地望着白主任。白主任沉吟着说："它是上阿妈的狗，扒了它的狗皮，我看是可以的。"父亲在碉房前的草洼里找到了还在吃草的枣红马，套上辔头，拉它来到了草坡上，和眼镜一起把冈日森格抱上了马背。眼镜小声说："你怎么敢欺骗白主任？"父亲说："为什么不敢？"

他们来到碉房下面的马圈里，把冈日森格从马背上抱下来。父亲问道："你们西工委有没有大夫？"眼镜说："有啊，就住在山下面的帐房里。"父亲说："你能不能带我去？"眼镜说："白主任知道了会剋我，再说我怕狗，这会儿天黑了，牧人的狗会咬人的。"父亲犹豫着，又仔细看了看冈日森格，对眼镜说："你回去吧，白主任问起来，就说我正在扒狗皮呢。"父亲毅然朝山下走去。他其实也是非常怕狗的，尤其是当他看到雄狮一样的冈日森格几乎被咬死之后，就知道西结古草原的狗有多厉害。但他还是去了，这时候他的同情心战胜了他的怯懦，或者说他天性中与动物尤其是藏獒的某种神秘联系起了作用，使他变得像个猎人，越害怕就越想往前走。

打老远帐房前的狗就叫起来，不是一只，而是四五只。父亲停下了，喊道："大夫，大夫。"狗叫声淹没了父亲的叫声，父亲只好闭嘴，等到狗不叫了，突然又大喊："大夫，大夫。"狗朝这边跑来，黑影就像鬼蜮，形成一个半圆的包围圈横挡在了父亲面前。父亲的心打鼓似的跳着，他知道这时候如果往前走，狗就会扑过来，如果往后退，狗也会扑过来，唯一的选择就是原地不动。可他是来找大夫的，他必须往前走，原地不动算怎么回事儿？他战战兢兢地说："你们别咬我，千万别咬我，我不是贼，我是个好人。"他边说边往前挪动，狗们果然没有扑过来咬他，反而若无其事地朝后退去。他有点纳闷：莫非它们真的听懂了我的话？突然听到身后有动静，惊得出了一声冷汗，猛回头，发现一个立起的黑色狗影就要扑过来。他哎哟一声，正要夺路而逃，就听有人咕咕地笑了，原来那立起的黑影不是狗。

一个孩子出现了，就是那个白天面对七个上阿妈的孩子眼睛凸瞪出猛烈怒火的孩子。夜凉如秋，但他依然光着脊梁赤着脚，似乎堆缠在腰里的衣袍对他永远是多余的。他笑着往前走去，走了几步又回身望着父亲。父亲赶紧跟了过去。鬼蜮一样的狗影突然消失了。光脊梁的孩子带着父亲来到一顶黑色的牛毛帐房前，停下来让父亲进去。父亲觉得帐房里面也有狗，站在那里不敢动。光脊梁就自己掀开门帘钻了进去，轻声叫着："梅朵拉姆，梅朵拉姆。"不一会儿，大夫梅朵拉姆提着药箱出来了，原来就是那个白天给父亲端过奶茶的姑娘。父亲说："有碘酒吗？"梅朵拉姆问道："怎么了？"父亲说："伤得太重了，浑身都是血。"梅朵拉姆说："在哪儿？让我看看。"父亲说："不是我，是冈日森格。"梅朵拉姆说："冈日森格是谁？"父亲说："是狗。"

两个人来到了碉房下面的马圈里。梅朵拉姆从药箱里拿出手电让父亲打着，自己把冈日森格的伤势仔细察看了一遍说："晚了，这么深的伤口，血差不多已经流尽了。"父亲说："可是它并没有死。"梅朵拉姆拿出酒精在冈日森格身上擦着，又撒了一层消炎粉，然后用纱布把受伤最重的脖子、右肋和后股包了起来。梅朵拉姆说："这叫安慰性治疗，实际上是在给你抹药，如果你还不甘心，下次再用碘酒涂一遍，然后……"说着给了父亲一瓶碘酒。父亲问道："然后怎么办？"梅朵拉姆说："然后就把它背到山上喂老鹰去。"梅朵拉姆和父亲一前一后走出了马圈，突然看到两个轮廓熟悉的黑影横挡在他们面前——白主任和眼镜出现了。几乎在同时，父亲看到不远处伫立着另一个熟悉的黑影，那个黑影在月光下是光着脊梁赤着脚的，那个黑影的脸上每一道阴影都是对冈日森格的仇恨。

父亲的执拗是从娘肚子里带来的，连他自己也感到吃惊：我怎么能这样？白主任的训斥越是严厉，他越是不愿意听。白主任说："我们来这里的任务是了解民情，宣传政策，联络上层，争取民心，力求在最短的时间内站稳脚跟，你这样做会让我们工作委员会在西结古草原失去立足之地的。你明天就给我回去，我们这里不需要你这样的人。"父亲说："我是一个记者，我不归你们管，用不着等到明天，我马上就离开你们，从现在开始，我做什么都跟西工委没关系了。"说着走上石阶，从碉房里抱出了自己的行李。白主任气得嘴唇不住地抖："好，这样也好，我就这样给上级反映，会有人管你的。"说罢就走。碉房的门砰一声关上了。梅朵拉姆对父亲小声说："你怎么能这样？白主任说得也有道理，不能为了一只狗，影响工作。赶紧去认个错吧。"父亲哼了一声，什么话也不说。他其实很后悔自己对白主任的顶撞，但既然已经顶撞了，就装也要装出一副天不怕地不怕的样子。梅朵拉姆摇摇头，要走。眼镜说："我送你回去吧，以后晚上你不要出来。"梅朵拉姆说："我是个大夫，我得看病。"眼镜说："晚上出来让狗咬了怎么办？再说你是人的大夫，不是狗的大夫。"

这天晚上，父亲就在马圈里呆了一夜。他在站着睡觉的枣红马和昏迷不醒的冈日森格之间铺开了自己的行李，躺下后怎么也睡不着，脑子里乱哄哄的，想得最多的倒不是白主任，而是那个光脊梁的孩子。他知道光脊梁的孩子一定不会放过冈日森格，冈日森格是活不成了，除非自己明天离开西结古时把它带走，可这么大一只半死的狗，自己怎么带啊。算了吧，不管它了，自己

15

走自己的吧。又一想，如果不管冈日森格，他还有必要明天就离开西结古吗？还有必要针尖对锋芒地和白主任顶撞下去吗？天快亮的时候，父亲睡着了，一睡就睡得很死。

3

　　清晨，一个名叫顿嘎的老喇嘛从碉房山最高处的寺院里走了出来。他背着一皮袋牛羊的干心肺，沿着小路盘行而下，路过工作委员会会部所在地的牛粪碉房时停下了。他立到马圈前看了看蜷成一团酣睡着的父亲和包扎着伤口的冈日森格，又回身望了望山下的野驴河，悄悄地离开了。野驴河开阔的水湾里，山下的帐房前，晨烟正在升起，牛群和羊群已经起来了，叫声一片。牧家的狗分成了两部分：休息了一夜的牧羊狗正准备随着畜群出发，它们兴奋地跑前跑后，想尽快把畜群赶到预定的草场；一夜未眠的守夜狗离开畜群卧在了帐房门口，它们在白天的任务是看家和睡觉。而在河湾一端鹅卵石和鹅冠草混杂的滩地上，一大群几百只各式各样的领地狗正在翘首等待着老喇嘛的到来。生活如旧，一切跟昨天没什么两样，除了老喇嘛心里的不安宁。

　　老喇嘛顿嘎心里的不安宁正是由于领地狗的存在。领地狗也是流浪狗，但它们只在自己的领地流浪，当这个生生不息的庞大狗群按照人的意志认为以西结古为中心的整个青果阿妈西部草原都是它们的领地时，任何外来的狗就别想轻易在这片土地上找到生存的机会。也就是说，牧羊狗是守护畜群的，看家狗是守护帐房和碉房的，领地狗是守护整个西结古草原的。领地狗终生不会离开自己的草原，哪怕饿死，哪怕蜕变为野生动物，哪怕变成人见人嫌的癞皮狗。因为一旦离开自己守护和生存的草原，别处的领地狗就会把它咬死吃掉，无论它有多么强大。

　　领地狗不是野狗，野狗是没人喂的，而领地狗除了自己经常像野兽一样在草原上捕捉活食外，还会在固定的时间固定的地方得到人给的食物。人给它们食物的举动在表面上是出于宗教与世俗的善良，实际上是为了从生存的依赖上加固它们对人类的依附关系。尽管领地狗不属于任何个人，但人的意志却明确无误地体现在它们的一举一动中。给它们食物的除了牧家还有寺院，老喇嘛顿嘎就是西结古寺专门给领地狗抛散食物的人。老喇嘛顿嘎来到野驴河的滩地上，拔出腰刀，在石板上割碎了牛羊的心肺，一点一点抛散给它们，突然看到光脊梁的孩子沿着河边的浅水瞬里啪啦地跑来，心里不觉隐隐一沉，叫了一声："不好。"

光脊梁的孩子大声喊着："那日，那日。"牛犊般的大黑獒那日立马跑了过来。光脊梁把手中的一只肥嘟嘟的羊尾巴扔给了它。大黑獒那日跳起来一口叼住，一边狼吞虎咽地吃着，一边盯着光脊梁。它预感到它曾经的主人并不仅仅是来喂它羊尾巴的，一定还有别的事儿，就像以往发生过的那样，让它跟他去草原深处打猎，或者替它去寻找一件他找不到的东西。再就是厮杀，就跟昨天似的，让它抢在獒王前面向着来犯的同类猛烈冲击然后疯狂撕咬。它知道主人的事情永远比自己的吃喝更重要，就嚼都没嚼，连肉带毛把羊尾巴吞到了肚子里。这时它看到光脊梁的孩子奋力朝前跑去，跑了几步又回身朝它招手，喊着："那日，那日。"大黑獒那日用四只粗壮的腿腾腾腾地敲打着地面跟了过去。老喇嘛顿嘎望着人和狗消失在碉房与碉房之间的狭道里，赶紧朝寺院走去。

在双身佛雅布尤姆殿的大堂里，老喇嘛顿嘎对西结古寺的主持丹增活佛说，他昨天晚上做了一个梦，一个狮子一样漂亮雄伟的金色公獒请求他救自己一命。金色公獒说它前世是阿尼玛卿雪山上的狮子，曾经保护过所有在雪山上修行的僧人。老喇嘛又说，他今天早晨在牛粪碉房的马圈里看到了一个陌生的汉人和一只外来的受了重伤的金色狮头公獒，又在野驴河边看到光脊梁的孩子招走了大黑獒那日。丹增活佛问道："你是不是说，你梦见的雪山狮子就是你看见的狮头公獒？"老喇嘛顿嘎说："是啊是啊，它现在已经十分危险了，我们怎么才能救它一命呢？"丹增活佛知道这个问题是很严重的，赶紧叫来另外几个活佛商量，商量的结果是派三个铁棒喇嘛前去保护前世是阿尼玛卿雪山狮子的狮头公獒和那个外来的汉人。铁棒喇嘛是西结古寺护法金刚的肉身体现，是草原法律和寺院意志的执行者，在整个青果阿妈西部草原，只有他们才可以代表神的意志随意惩罚包括藏獒在内的所有生灵，而别人的惩罚虽然也是可以的，但却不是神圣的。不是神圣的惩罚，自然也就不是替天行道而免遭报应的惩罚。

父亲被一阵闷雷般的狗叫惊醒了。他忽地坐起来，就见一只牛犊般大小的黑獒正朝着他身边的冈日森格扑过来。他本能地掀起被子，迎着大黑獒盖了过去。大黑獒那日来不及躲闪，獒头一下子被盖住了。它戛然止步，咬住被子使劲甩着。父亲抓住被子的一角，拔河似的把大黑獒那日拉出了马圈。大黑獒那日突然意识到，它的敌人并不仅仅是那只将死而未死的狮头公獒，还有狮头公獒的主人一个陌生的汉人。它松开被子可着嗓门吠叫起来，不是冲着父亲，而是冲着碉房山前的野驴河。父亲后来说，大黑獒那日的吠叫就是藏獒的语言，它肯定提到了冈日森格，提到了父亲，还提到了枣红马。远方的领地狗群一听就明白了，"汪汪汪"地回应着狂奔起来，转眼之间就从野驴河的滩湾里来到了这里。

　　父亲在心里惨叫一声："完了。"赶紧用被子盖住依旧奄奄一息的冈日森格，再从马圈的墙角拽过和他同样惊恐无度的枣红马，准备跳上去逃跑。但是已经来不及了，领地狗群密密麻麻地挡在了马圈前面，大黑獒那日和它的同胞姐姐大黑獒果日以及昨天被冈日森格打败的灰色老公獒已经冲过来了，不是冲着人，而是冲着马。聪明的藏獒都知道，咬人先咬马，马一流血就不听人的指挥，人也就无法逃脱了。枣红马忽地一下掉转了身子，抬起屁股踢了过去，一下就踢在了大黑獒那日的左眼上。大黑獒那日尖叫一声滚翻在地，立刻又爬起来，以十倍的疯狂再次扑过去，尖利的虎牙哧地一声扎在了枣红马的屁股上。枣红马叫着，边叫边踢。父亲清楚地看到，枣红马的铁蹄好几次踢在了大黑獒那日的肚子上，但大黑獒那日就是不松口，它拼命拉转枣红马的身子，让它的前胸和肚腹完全暴露在了前面。大黑獒果日和灰色老公獒同时跳起来，咬住了枣红马。枣红马轰然一声栽倒在地。大黑獒那日跳过去，一口咬住了枣红马的喉咙。

　　父亲惊叫一声，噌地跳向了墙角。本能告诉他，在墙角他至少可以避免腹背受敌的危险。他浑身颤抖，绝望地瞪着面前的狗群。它们有的沉默寡言，有的狂叫不止；沉默寡言的朝前扑着，狂叫不止的站在一边助威。在他和狗群之间，是用被子掩盖着的冈日森格。领地狗群还没有发现冈日森格。咬死了枣红马的大黑獒那日似乎忘了冈日森格这个岔，它扑过来的唯一目的就是像咬死枣红马那样咬死父亲。父亲冷汗淋漓，他想到了死，也想到了不死，他不知道死会怎样死，不死会怎样不死，他只做了一件让他终生都会忏悔的事情，那就是出卖，他在狗群强大的攻击面前，卑微地出卖了他一直都想保护的冈日森格——当伤痕累累的大黑獒那日和另外几只藏獒朝他血口大开的时候，他忽地一下掀掉了覆盖着冈日森格的被子。

　　所有的狗都愣了一下，除了大黑獒那日。左眼和肚子上沾满了血的大黑獒那日一口咬住了父亲手中的被子，被子曾经盖住过它，它仇恨这被子甚至超过了仇恨冈日森格。被子哧啦哧啦地响着，烂了。被子一烂，大黑獒那日就认为对被子的报复已经结束，自己应该全力对付的还是冈日森格和被子的主人。它冲着同伴呼呼地送着气，父亲以后会明白，这送气的声音就是它对其他藏獒的吩咐：你们几个咬死那只狗，我来咬死这个人。另外几只藏獒还在犹豫，它们认为冈日森格昨天已经被狗群咬死了，现在面对着的不过是一具尸体，而它们——正气凛然的藏獒是从来不会咬噬同类的尸体的。大黑獒那日不耐烦地骂了一句同伴，然后一跃而起。

　　大黑獒那日的目标是父亲的喉咙，父亲一躲，利牙噗嗤一声陷进了肩膀。父亲惨叫着，一声声地惨叫着。惨叫声里，大腿被牙刀割烂了，胸脯也被牙刀割烂了。然后就是面对死亡。父亲后来说，如果不是奇迹出现，他那天肯定会死在大黑獒那日的牙刀下。奇迹就是大黑獒那日突然不行了，它的一只眼睛和肚子正在流血，流到一定程度就有了天旋地转的感觉，它从父亲的胸脯上滑落下来，身子摆了几下，就瘫软在了地上。接着是另一个奇迹的出现，冈日森格苏醒了。一直昏迷不醒的冈日森格在父亲最危险的时刻突然抽搐起来，一下，两下，三下，然后睁开了眼睛，甚至还强挣着抬了一下头。围绕着它的藏獒顿时闷叫起来。而紧跟在大黑獒那日后面正要扑向父亲的大黑獒果日和灰色老公獒，这时突然改变主意扑向了冈日森格。因为在它们的意识里，仇视同类永远比仇视人类更为迫切。

　　冈日森格危险了，它的危险给父亲赢得了几秒钟的保险。这关系人命也关系狗命的几秒钟使父亲避免了两只猛獒致命的撕咬，却使冈日森格再一次受到了牙刀的宰割。这时候父亲看到了白主任、眼镜和梅朵拉姆。他们被领地狗群阻挡在碉房门口的石阶上面。白主任拿了一把手枪威胁着狗群却不敢射出子弹来，他知道狗是不能打的，打死了狗后果不堪设想。狗群咆哮着，它们根据这三个人走路的姿态就能判断出他们是来解救父亲的，便蹿上石阶逼他们朝后退去。三个人很快退进了碉房。两只藏獒站在门口，用大头碰撞着门板，警告里面的人再不要出来多管闲事。

　　父亲再次绝望了。他看到五十步远的地方有三个裹着红氆氇的喇嘛正朝着马圈走来，就冲他们惨兮兮地喊道："快来救人哪。"三个身材魁梧的喇嘛在狗群中跑起来，不停地喊叫着，挥舞手中的铁棒打出一条路来到了马圈里。那些不肯让开的藏獒，那些还准备扑咬父亲的藏獒，以及还在撕咬冈日森格的大黑獒果日和灰色老公獒，被三个喇嘛手中的铁棒打得有点晕头转向，一时不知道如何是好。但它们决不撤退，因为它们是藏獒，它们的祖先没有给

19

它们遗传在战斗中遇到阻止后立马撤退的意识。它们朝着三个铁棒喇嘛狂吠着，激愤地询问：你们到底是什么意思？难道这一狗一人两个来犯者不应该受到惩罚？我们是领地狗，保卫领地是西结古人赋予我们的神圣职责，难道现在又要收回了吗？三个铁棒喇嘛不可能回答它们的问题，回答问题的只能是那些更有头脑的藏獒。

一直在一边默然观望着的獒王虎头雪獒突然叫起来，叫声很沉很稳很粗很慢，但所有的藏獒包括小喽罗藏狗都听到了，都明白了其中的含义，那就是它要求它们必须尊重铁棒喇嘛的意志。一旦铁棒喇嘛出面保护，闯入它们领地的外来狗和外来狗的主人，就已经不是必须咬死的对象了。先是大黑獒果日和灰色老公獒夹起了尾巴，低下头默默离开了马圈。接着所有进入马圈的藏獒纷纷离开了那里。獒王虎头雪獒高视阔步，朝着野驴河走去。藏獒们几乎排着队跟在了它身后。小喽罗藏狗们仍然不依不饶地叫嚣着，但也只是叫嚣而已，叫着叫着，也都慢慢地跟着藏獒们走了。

三个红氆氇的铁棒喇嘛站在马圈前面目送着它们。马圈里只剩下了活着的父亲和死去的枣红马，还有两只藏獒，一只是再次昏死过去的冈日森格，一只是因失血过多瘫软在地的大黑獒那日。父亲长出一口气，一屁股坐在了地上。光脊梁的孩子不知从什么地方钻出来蹿进了马圈。他"那日那日"地叫着，扑到大黑獒那日身上，伸出舌头舔着它左眼上的血，舔着它肚子上的血。他以为自己的舌头跟藏獒的舌头一样也有消炎解毒的功能，甚至比藏獒的舌头还要神奇，只要舔一舔，伤口立刻就会愈合。大黑獒那日吃力地摇摇尾巴，表示了它对昔日主人的感激。

父亲的伤势很重，肩膀、胸脯和大腿上都被大黑獒那日的牙刀割烂了，裂口很深，血流不止。冈日森格情况更糟，旧伤加上新创，也不知死了还是活着。大黑獒那日还在呼呼喘气，它虽然站不起来了，虽然被枣红马踢伤的左眼还在流血，却依然用仇恨的右眼一会儿盯着父亲，一会儿盯着冈日森格。一个身强力壮的铁棒喇嘛背起了父亲，一个更加身强力壮的铁棒喇嘛背起了大黑獒那日，一个尤其身强力壮的铁棒喇嘛背起了冈日森格。他们排成一队沿着小路朝碉房山最高处的西结古寺走去。

光脊梁的孩子跟在了后面。无论是仇恨冈日森格，还是牵挂大黑獒那日，他都有理由跟着三个铁棒喇嘛到西结古寺去。快到寺院时，他停下了，眯起眼睛眺望着野驴河对岸的草原，突然发出了一声尖叫，惊得三个铁棒喇嘛回过身来看他。光脊梁的脸上正在夸张地表现着内心的仇恨,眼睛里放射出的怒火猛烈得就像正在燃烧的牛粪火。野驴河对岸的草原上,出现了七个小黑点。光脊梁的孩子一眼就认出,那是七个跟着父亲来到西结古草原的上阿妈的孩子。他朝山下跑去,边跑边喊:"上阿妈的仇家,上阿妈的仇家。"

很快就有了狗叫声。被铁棒喇嘛背着的父亲能够想象到,狗群是如何兴奋地跟着光脊梁的孩子追了过去,好像他是将军,而它们都是些冲锋陷阵的战士。父亲无奈地叹息着,真后悔自己的举动:为什么要把花生散给那些孩子们呢?草原不生长花生,草原上的孩子都是第一次吃到花生,那种香喷喷的味道对他们来说是前所未有的。他们跟着父亲,跟着前所未有的香喷喷的天堂果来到了西结古,结果就是灾难。七个孩子,怎么能抵御那么多狗的攻击?父亲在背着他的铁棒喇嘛耳边哀求道:"你们是寺院里的喇嘛,是行善的人,你们应该救救那七个孩子。"铁棒喇嘛用汉话说:"你认识上阿妈的仇家?上阿妈的仇家是来找你的?"父亲说:"不,他们肯定是来找冈日森格的,冈日森格是他们的狗。"铁棒喇嘛没再说什么,背着他走进了赭墙和白墙高高耸起的寺院巷道。

光脊梁的孩子带着领地狗群,涉过野驴河,追撵而去。又是一次落荒而逃,七个上阿妈的孩子似乎都是逃跑的能手,只要撒开两腿,西结古的人就永远追不上。他们边跑边喊:"玛哈噶喇奔森保,玛哈噶喇奔森保。"好像是一种神秘的咒语,狗群一听就放慢了追扑的速度,吠叫也变得软弱无力,差不多成了多嘴多舌的催促:"快跑啊,快跑啊。"

2 獒王虎头雪獒

1

西结古寺僧舍的炕上,父亲惨烈的叫声就像骨肉再一次被咬开了口子。咬他的不是利牙,而是猛药。西结古寺的藏医喇嘛尕宇陀从一只圆鼓一样的豹皮药囊里拿出一些白色粉末、黑色粉末和蓝色粉末分别撒在了父亲的肩膀、胸脯和大腿上,又用一种糨糊状的液体在伤口上涂抹了一遍。撒入粉末的一刹那,父亲几乎疼晕过去,等到包扎好以后,感觉立刻好多了。血已经止住,疼正在减轻,他这才意识到浑身被汗水湿透了,一阵干渴突然袭来。他说:"有水吗?给我一口水喝。"藏医尕宇陀听懂了,对一直守候在身边的那个会说汉话的铁棒喇嘛叽咕了几句。铁棒喇嘛出去了,回来时端着一木盆黑乎乎的草药汤。藏医尕宇陀朝着父亲做了个喝的样子,父亲接过来就喝,顿时苦得眼泪都出来了。

在僧舍另一边的地上,卧着昏迷不醒的冈日森格和即将昏迷的大黑獒那日。藏医尕宇陀先是解开了昨天梅朵拉姆给冈日森格的包扎,在旧伤口和新伤口上选择不同颜色的粉末撒了一遍,又浑身上下仔细涂抹了糨糊状的液体,把一只狗耳朵卷起来,使劲捏了几下,然后再去给大黑獒那日治疗了。父亲突然想起梅朵拉姆留给自己的那瓶碘酒,赶紧从身上摸出来递了过去。藏医尕宇陀接过来看了看，闻了闻，扔到了炕上。父亲拿起来诧异地问道："这药很好，你为什么不用？"尕宇陀摇了摇头，一把从他手里夺过碘酒瓶，干脆扔到了墙角落里，用藏话冲着铁棒喇嘛说了几句什么。铁棒喇嘛对父亲说："反对，反对，你们的药和我们的药反对。"

即将昏迷的大黑獒那日在上药时突然睁大了眼睛，浑身颤栗，痛苦地挣扎哀叫着。铁棒喇嘛大力摁住了它，等上完了药，它已经疼昏过去了。藏医尕宇陀让铁棒喇嘛掰开大黑獒那日的嘴，把父亲喝剩下的草药汤灌了进去，又出去亲自端来半盆温热的草药汤，灌给了冈日森格。他静静地望着的父亲和还在喘气的冈日森格，实在庆幸父亲和它居然还能活下来。

门外有了一阵脚步声，白主任、眼镜和梅朵拉姆来了。一个面容清癯、神情严肃的僧人陪伴着他们。藏医尕宇陀和铁棒喇嘛一见那僧人就恭敬地弯下了腰。白主任说："伤的怎么样？你可把我们吓坏了。"父亲有点冷淡地说："可能死不了吧，反正伤口这会儿已经不疼了。"白主任说："应该感谢西结古寺的佛爷喇嘛，是他们救了你。"又指着面容清癯的僧人说，"你还没见过这佛爷吧，这就是西结古寺的主持丹增活佛。"父亲赶紧双手合十，欠起腰来，象征性地拜了拜。丹增活佛跨前一步，伸出手去，扫尘一样柔和地摸了摸父亲的头顶。父亲知道这就是活佛的摸顶，是草原的祝福，感激地俯下身去，再次拜了拜。

丹增活佛来到冈日森格跟前，蹲了下去，轻轻抚摸着涂了药液的绒毛。藏医尕宇陀不安地说："它可能活不了，它的灵魂正在离去。"丹增活佛站起来说："怎么会呢？它是托了梦的，梦里头没说它要死啊。它请求我们救它一命，我们就能够救它一命。它是阿尼玛卿雪山狮子的转世，它保护过所有在雪山上修行的僧人，它还会来保护我们，它不会死，这么重的伤，要死的话早就死了。好好服侍吧，救治人世的病痛者，你会有十三级功德，救治神界的病痛者，你会有二十六级功德，而救治一个保护过许多苦修僧人的雪山护法的世间化身，你就会有三十九级功德。还有，这个把雪山狮子的化身带到西结古草原来的汉人是个吉祥的人，你们一定要好好对待他，他的伤就是你们自己的伤。"藏医尕宇陀和铁棒喇嘛"呀呀呀"地答应着。

来青果阿妈草原之前眼镜在西宁参加过一个藏语学习班，他差不多听懂了丹增活佛的话，赶紧翻译给白主任和梅朵拉姆听。白主任很高兴，朝着父亲伸出大拇指说："好啊好啊，这样就好，你为我们在西结古草原取得当地人的信任做出了贡献，我一定要给上级反映。"又指着梅朵拉姆和眼镜说，"记者同志身上有一种舍生忘死的精神,你们要好好向他学习。丹增活佛说他是个吉祥的人,吉祥就是扎西,扎西德勒,扎西德勒。"铁棒喇嘛认真地对父亲说:"你是汉扎西,我是藏扎西,我们两个都是扎西。"原来他也叫扎西,而丹增活佛说父亲是个吉祥的人,就等于给父亲赐了一个称呼,不管父亲愿意不愿意,草原上的人,从此就会叫他"汉扎西"。

又说了一些话,大家都走了。梅朵拉姆留下来小声对父亲说:"我看看,他们给你上了什么药。"父亲说:"我的伤口包扎住了,你去看狗吧,狗身上抹什么药,我身上就抹什么药。"梅朵拉姆惊叫道:"那怎么行,你又不是狗。"说着走过去蹲到冈日森格跟前看了看,没看出什么名堂,一摆头瞅见了丢在墙角的那瓶碘酒。她捡起来说:"我带来的药不多,你怎么把它扔了?"父亲用铁棒喇嘛的口气说:"反对,反对,你的药和喇嘛的药反对。"梅朵拉姆把碘酒装进药箱说:"但愿他们的药能起作用。我现在最担心的倒不是伤口感染,而是传染上狂犬病。"父亲问道:"传染上狂犬病会怎么样?"梅朵拉姆绷大美丽的眼睛一脸惊恐地说:"那就会变成神经病,趴着走路,见狗就叫,见人就咬,不敢喝水,最后肌肉萎缩、全身瘫痪而死。"父亲说:"这么可怕,那我不就变成一只疯狗了?"说着瞪起眼睛,冲她龇了龇牙,"汪"地喊了一声。梅朵拉姆尖叫一声,转身就跑。

僧舍里安静下来。父亲躺平了身子,想睡一会儿。铁棒喇嘛藏扎西走进来,把一碗拌好的糌粑和一碗酥油茶放在了矮小的炕桌上。父亲摇摇头,表示不想吃。藏扎西说:"你一定要吃,糌粑是丹增佛爷念过经的,吃了伤口很快就会长出新肉来。"说着把父亲扶起来,守着他吃完了糌粑喝光了酥油茶。

就这样父亲住进了西结古寺,而且和两只受伤的藏獒住在一起。大黑獒那日当天下午就苏醒了。它一苏醒就用一只眼睛阴沉地瞪着身边的冈日森格,威胁地露出了利牙,当发现冈日森格一动不动时,就又把黑黝黝的眼光和白花花的利牙朝向了父亲。父亲躺在炕上,看它醒了,就一瘸一拐地走了过去。大黑獒那日警惕地想站起来,但左眼和肚子上的伤口不允许它这样,只好忍着强烈的愤怒听任父亲一点点地接近着它。它觉得父亲接近它的速度本身就是阴谋的一部分:他为什么不能一下子冲过来,而要慢慢地挪动呢?它吃力地扬起大头用一只眼睛瞪着父亲的手,看他到底拿着鞭子还是棍子或者刀子和枪,这些人类用来制服对手的工具它都是非常熟悉的。大黑獒那日发现对方手里什么也没有,便更加疑惑了:他怎么可以空着手呢?难道他的手不借助任何工具就能产生出乎意料的力量?

父亲来到大黑獒那日身边，蹲下来愣愣地望着它，突然想到了一个大黑獒那日正在想的问题：他这么快地来到它跟前他想干什么？他是不是不希望它醒过来？可是事实上它已经醒了他应该怎么办？它无疑是一只恶狗，它咬惨了他，它是冈日森格的最大威胁，它最好的去处就是死掉。父亲这么想着，看了看自己的双手。这双手是完好无损的，它虽然没有牛力马力狗力，但掐死毫无反抗能力的大黑獒那日还是绰绰有余的。大黑獒那日似乎明白父亲在想什么，冲着他的手低低地叫了一声。

父亲摇了摇手，同时咬了咬牙，好像马上就要动手了，但是突然又没了力气和勇气。没有力气和勇气的原因是父亲发现自己一点也不恨它，从理智的这一面说他要报复，他希望把它消灭掉，从理智的另一面说大黑獒那日的举动是那么合理，它只不过是做了它该做的事情。人不为己天诛地灭，而狗的举动却很少是为了自己，它为了主人或者领地奋不顾身地撕咬它认定的来犯者有什么不对的？再说父亲天生是个喜欢动物尤其是狗的人，他不能像报复人那样报复一只狗。父亲放松了咬紧的牙关，搓着两只手，坐在了地上。大黑獒那日立刻明白了父亲心理的变化，扬起的大头沉重地低下去，噗然一声耷拉在伸直的前腿上，疲倦地粗喘着气，躺歪了身子。父亲望着它，渐渐地恻隐了，觉得一只猛恶的大狗失去猛恶之后所承受的一定不仅仅是肉体的伤痛，更是心灵的伤痛，是无价的尊严荡然无存后整个精神崩溃所带来的种族的伤痛。它内心不期然而然地升起一丝柔情，手不由自主地伸向了大黑獒那日蓬蓬松松的鬣毛。

大黑獒那日再次扬起大头费劲地扭动着想咬那只手，咬不着手它就撕扯父亲的衣服。父亲不理它。他把全部的注意力集中在了自己的手上，手在鬣毛里滑动着，开始是在毛浪里轻柔地抚摩，慢慢地变成了挠。他在它的脖子上不停地挠着，挠得不痒的地方痒起来，痒的地方舒服起来。脖子的舒服就像涌出的泉水一样扩散着，扩散到了全身，扩散到了内心，而舒服一进入内心就变成了另一种东西，那就是好感。藏獒是很容易产生好感的那种动物，它们有老虎狮子的野蛮凶猛，却很早就被人类驯化，甘愿为人类服务，就是因为它们有着老虎狮子没有的接收感情和表达感情的神经系统，在它们的潜质里最最活跃的便是对人类产生好感的那部分因素。

不知不觉地，大黑獒那日的大头不再费劲扭动了，牙齿也不再撕扯父亲的衣服。它感到一种痒痒的温暖正在升起，一种忍受伤痛时来自人类的慰问正在升起，突然就意识到，面前的这个人也许并不一定是个面目可憎需要提防的阴谋家，至少在此刻，他并不想报复性地加害它，而是想讨好它。它不喜欢他的手接触它的皮毛，却非常喜欢这样的接触演变成一种舒适的享受和讨好，尤其是陌生人的讨好、仇人的讨好，这是它战胜了他的证明。它把头放在了伸展的前肢上，静静享受着暖洋洋的抚摸，那只没有受伤的眼睛和那只伤得很重的眼睛渐渐蕴涵了非常复杂的内容：容忍你但并不一定接受你，不咬你但并不一定喜欢你。它是西结古草原的领地狗，它唯一忠于的只能是西结古的土地和人。可是你，你是什么人？

　　父亲想，我是一个外来人，我必须和本地的狗尤其是大狗猛狗搞好关系，否则就寸步难行。搞好关系看来是不难的，因为狗的性格爽快而阳刚，表达爱憎的方式直截了当，而所有性格阳刚的动物，都是容易被感化的动物，只要你对它好，它就一定会对你好，而且会一好到底。父亲这样想的时候，进来了老喇嘛顿嘎。大黑獒那日朝他摇了摇尾巴。老喇嘛顿嘎一看大黑獒那日醒了，而且在父亲的爱抚下显得非常安静，高兴得甚至给父亲鞠了一个躬。他转身出去，拿来了一些切成碎条的干牛肺，交给父亲，做了一个吃的动作。父亲拿起一条牛肺就往自己嘴里塞。顿嘎摆摆手，指了指大黑獒那日。父亲明白了，这干牛肺是喂狗的，就一条一条往狗嘴里塞去。大黑獒那日吃着，显得有点费劲，但仍然贪馋地吃着。

　　老喇嘛顿嘎出去了。他是西结古寺专门给领地狗抛散食物的，他爱护领地狗就像爱护自己的孩子一样。他高兴地离开了僧舍里的大黑獒那日和父亲，把自己的想法迅速散布在了寺院的角角落落：那个客居在西结古寺的汉扎西，是个肚量很大的心地善良的喜欢藏獒的不加害仇狗的人，这样的人带着雪山狮子的化身来到了青果阿妈西部草原，美好的事情就一定要发生了。而且汉扎西居然想吃干牛肺，草原人自己从来不享用牛肺羊肺，牛肺羊肺是专门用来喂养狗的。他想吃牛肺，说明他前世也是一只狗，一只大狗好狗，一只灵性的狮子一样雄伟的藏獒。藏獒吃了牛肺羊肺就会长出坚硬的骨头、庞大的体格和一颗绝对忠诚主人的心，这颗心是真正的藏獒所拥有的金子一样的心。此时此刻，汉扎西就坐在大黑獒那日的身边，正在给它一点一点喂着干牛肺，说明汉扎西想和大黑獒那日做朋友，想成为大黑獒那日的主人。一个喜欢领地狗的人，一个即使咬了自己也不改变爱狗之心的人，必然是一个有功德的人。这样的说法一传十，十传百，整个西结古寺都变得喜气洋洋了。铁棒喇嘛藏扎西听了以后说："藏民喜欢的东西他喜欢，说明他跟藏民是一条心。"说罢就走出寺院，到山下的帐房里化缘去了。

这天晚上，铁棒喇嘛藏扎西给父亲拿来了他化缘的肉食："这一块是牦牛肩胛上的肉，这一块是绵羊胸脯上的肉，这一块是山羊后腿上的肉，你吃啊，你为什么不吃？你要知道在草原上是吃什么补什么的，你的伤口在肩膀上、胸脯上和大腿上，你就得天天吃这些东西，连续吃上七天，你长出来的筋肉就比原来的筋肉还要结实。"父亲非常感动，他已经意识到，你对狗好，寺院的喇嘛就会对你好。他赶紧说："既然吃什么补什么，大黑獒那日是不是应该吃掉牛的眼睛、羊的肚子呢？至于遍体鳞伤的冈日森格，要是它苏醒过来，是不是应该吃掉一整头牛或一整只羊呢？"藏扎西说："对啊对啊，你说得对啊。不过藏獒的命有七条，人的命只有一条，藏獒比人能活能长，藏獒不吃牛眼睛也能长好眼睛，不吃整个牛也能长好整个身子。"

父亲只吃了一半藏扎西拿来的牦牛的肩肉、绵羊的胸肉、山羊的腿肉，剩下的一半拿给了大黑獒那日。大黑獒那日的眼睛里依然充满了疑虑：你到底是干什么的？我咬了你你为什么还要给我肉吃？你不是西结古草原的人你为什么对我这样好？它知道这是人的食物，是喇嘛送给父亲的食物，而父亲却把一半留给了它。一种受人尊重被人重视的荣幸，一种与人共享的自豪，油然而生。它有滋有味地吃着很少吃到的熟食，觉得咸咸的，软软的，爽爽的，感觉就像父亲在它脖子上抓挠一样舒服酥麻。它想到了自己的尾巴，并且把一股力气运在了尾巴的根部，但终于还是没有摇起来。安静的尾巴传递给父亲的还是深深的疑虑：你是谁？你带着一只狮头公獒来我们西结古草原干什么？

一连五天，父亲和大黑獒那日每天都能吃到丹增活佛念过经的糌粑和铁棒喇嘛藏扎西化缘的肉食——牦牛的肩肉、绵羊的胸肉、山羊的腿肉。有一次他们甚至吃到了寺院头一天专门为他们绳杀（用绳子缠在嘴鼻上窒息而死）的新鲜牛肩肉、羊胸肉和腿肉，味道的鲜美让父亲终身难忘。饮食加上每天一次的换药，他和大黑獒那日的伤迅速好起来，他可以到处走一走，大黑獒那日也能够站起来往前挪几步了。

可以走动以后父亲就经常走出僧舍，从右边绕过照壁似的嘛呢石经墙，好奇地转悠在寺院的大经堂、密宗殿、护法神殿、双身佛雅布尤姆殿和别的一些殿堂僧院里。喇嘛们见了他都会友好地露出笑脸来，父亲就双手合十朝他们低低头弯弯腰。如果是狭道相逢，喇嘛们必然要侧身让开，请父亲先过。父亲是乖巧的，你越是让他先过，他就越要让你先过，礼多人不怪，喇嘛们都觉得父亲是个好人。更重要的是，父亲见佛就拜，他拜了密教的大日如来和莲花生以及大荒神坤纳耶迦，拜了显教的三世佛和八大菩萨，拜了苯教祖师辛饶米沃且和威尔玛战神、十二丹玛女神，这样的礼拜在别的汉人那里是没有的，西结古工作委员会的人就从来不拜佛。喇嘛们觉得父亲跟别的汉人不一样，父亲是可亲可近的，所有在佛与神面前有着虔敬态度的人都是可亲可近的。

一天上午，父亲正在护法神殿的台阶上跟着铁棒喇嘛藏扎西学说六字真言，刚把"唵嘛呢叭咪吽"的"吽"字念对，突然听到一阵沉闷的狗叫。尽管寺院里还有不少别的狗，但他一听就知道那是大黑獒那日的声音。他心里一惊，转身就跑，跑啊跑，实际上不是跑，是一瘸一拐地走，只不过是在心里使劲跑。他跌跌撞撞地绕过嘛呢石经墙，跑进了僧舍，面前的情形完全证实了他的猜测：冈日森格醒了，它在昏死了五天之后突然苏醒了。大黑獒那日的叫声就是冲着突然醒过来的冈日森格的：你不是死了吗，怎么又活了？它站在睁开了眼睛的冈日森格身边愤怒地叫着，但也只是叫着，并没有把利牙对准毫无反抗能力的冈日森格，毕竟它们都是同属于一个祖先的藏獒，它们在一起身贴身地待了这么些日子。更重要的是，大黑獒那日意识到，这个被自己坚决仇恨着并且一再撕咬过的藏獒，这个蒙头蒙脑闯入自己领地的来犯者，是一只年轻英俊的狮头公獒，而它大黑獒那日，是一只母獒，一只正值青春妙龄眼看就要发情的狮头母獒。

这时藏扎西跟了进来，一看冈日森格的眼睛扑腾扑腾忽闪着，惊喜地叫了一声，转身就走。他叫来了西结古寺的主持丹增活佛，叫来了藏医尕宇陀和老喇嘛顿嘎。藏医尕宇陀对着丹增活佛弯下腰说："神圣的佛爷你说对了，它是阿尼玛卿雪山狮子的转世，伟大的山神保佑着它，它是死不了的。"丹增活佛说："你救治了一个雪山狮子的化身，你的三十九级功德已经记录在佛菩萨的手印上了，祝福你啊尕宇陀。"尕宇陀说："不，佛爷，不是我的功德，是西结古寺的功德，需要祝福的应该是我们光明的西结古寺。"藏医尕宇陀俯下身去，仔细验看着冈日森格的伤势和眼睛，突然站起来说："它的血已经流尽了，它现在需要补充最好的血，不然它还会晕过去的。"藏扎西问道："什么血是最好的血，我这就去找。"尕宇陀说："最好的血不是牛血和羊血，是藏獒的血和人血，你不用去找了，你快去拿一个干净的木盆来。"

父亲没想到，藏医尕宇陀会放出自己的血救狗一命。他从圆鼓一样的豹皮药囊里拿出一个拇指大的金色宝瓶，滴了一滴药在自己的手腕上，消毒以后，又拿出一把六寸长的形状像麻雀羽毛的解剖刀，割开了自己左手腕的静脉。血哗啦啦地流进了干净的木盆。差不多流了有半碗，丹增活佛一把将尕宇陀的左手腕攥住了，然后伸出了自己的胳膊。藏医尕宇陀说："佛爷，你的血是圣血，你的血哪怕只有一滴，对雪山狮子也能起到起死回生的作用。"说着用宝瓶里的药水在丹增活佛的手腕上消了毒，使刀轻轻划了一下。血涌出来了，鲜艳得耀红了整个僧舍。

接着是藏扎西的血。接着是老喇嘛顿嘎的血。最后父亲走过去，捋起袖子，把胳膊亮在了藏医尕宇陀面前。尕宇陀摇摇头说："不行啊不行，你也是受过伤流过血的，你也需要血。"藏扎西翻译道："药王喇嘛说汉扎西你就算了吧，雪山狮子用它明亮的眼睛告诉我们，它不需要你的血。"父亲说："为什么？难道汉人的血和藏民的血是不一样的？"藏扎西把父亲的话翻译了出来。丹增活佛说："人和人只要心一样，血就是一样的，不一样的只有邪恶人和善良人的血。"又对尕宇陀说，"你就成全了他的好心吧，少放一点血，一滴血的恩情和一碗血的恩情是一样的。"

父亲的血流进了木盆。木盆里是四个藏族僧人和一个汉族俗人的血，它们混合在一起，就要流进冈日森格饥渴的喉咙了。冈日森格知道为什么要给它灌血，也知道血的重要和看到了血的来源，感激地想摇摇尾巴，可是它浑身乏力怎么也摇不起来，只好睁大眼睛那么深情地望着他们，望了一会儿，泪水便出来了。冈日森格把残存在体内的液体全部变成了泪水，一股股地流淌着。泪水感动了在场的人，父亲的眼睛也禁不住湿润了。

一直站在一旁观望着的大黑獒那日看看冈日森格的眼泪，又看看父亲的眼泪，安静地卧了下来。有一种力量正在强烈地感动着它，使它的尾巴突然有了一种违背它的意愿的冲动：翘起来了，慢慢地翘起来了，而且摇摆着，一次次地摇摆着，仿佛尾巴要代替它表达整个獒类世界的感激。它回头用一只眼睛望着尾巴，似乎连它自己也奇怪，它的尾巴怎么会这样？领地狗的原则呢？作为一只藏獒必须具有的对来犯者神圣的怒吼和威逼呢？怎么一眨眼就让自己的尾巴扫荡干净了？大黑獒那日突然变得非常沮丧，因为它比谁都清楚，尾巴是表达感情的工具，藏獒的尾巴就是藏獒内心世界的外化，它的心变了，已经不再是坚硬如铁的杀手之心，不再是尖锐如锥的仇恨之心了。

灌完了血，又给冈日森格换药。冈日森格忍受着疼痛，任由藏医尕宇陀把那些刀子一样刺激着伤口的各色药粉撒遍了全身。两个小时后它在父亲的帮助下喝下了一盆藏宝汤，那是用晶莹的雪山圣水加上热泉里的边缘石和深山里的藏红花熬制成的牛骨头汤。而大黑獒那日吃到的除了牛骨头汤，还有藏扎西拿来的牛的眼睛和羊的肋条。

2

梅朵拉姆和眼镜来了。这几天他们两个天天都来,代表白主任来看望父亲。父亲已经知道梅朵拉姆原来叫张冬梅,因为恰好在藏族的语言里鲜花称作梅朵,她的房东尼玛爷爷就说她名字叫梅朵,长得也像梅朵,是天上的仙女变成了地上的花朵,自作主张把她的名字改成了"梅朵拉姆",意思是花朵一样的仙女。眼镜知道了以后说:"梅朵拉姆多好听啊,意思也好,比你的张冬梅好多了,冬天的梅花,又孤独又冷清,多可怜。"梅朵拉姆说:"冬梅的意思是傲霜斗雪,不畏寒冷,我挺喜欢的。不过草原上的人喜欢叫我梅朵拉姆,我也不能不让他们叫,一个人有两个名字挺好的。"眼镜说:"这也是为了和当地藏民打成一片嘛。我也给我起了个新名字,是汉藏结合的,叫李尼玛。"梅朵拉姆说:"我知道尼玛是太阳的意思,我的房东爷爷就叫尼玛。"李尼玛说:"对啊,尼玛不错,尼玛是永远不落的。"父亲还知道李尼玛和梅朵拉姆互相是有点意思的,是那种男人对女人、女人对男人的意思,就像两块磁石,正好处在互相吸引的那一面。在整个西结古工作委员会里,女的里头就数梅朵拉姆漂亮,男的里头就数李尼玛英俊且有文化,郎才女貌,看上去也是天生的一对地配的一双。

梅朵拉姆一进父亲养伤的僧舍就吃惊地叫起来:"它活啦?居然活啦?我还寻思不是今天就是明天,你就该把它背上山去喂老鹰了。"李尼玛对她说:"看样子你得学点藏医,藏医的医术真是神了。"父亲坐在地上,一手摸着大黑獒那日,一手摸着冈日森格说:"我听喇嘛们说,它前世是一只阿尼玛卿雪山上的神狮子,保护过许多在雪山上修行的僧人,它死不了,永远都死不了,佛会保佑它的。"父亲说这话时天真得像个孩子。梅朵拉姆更加天真地说:"原来是这样啊。"李尼玛说:"我觉得是迷信。"他们蹲在父亲身边,说着话,一会儿动动大黑獒那日,一会儿动动冈日森格。两只硕大的藏獒静静地卧着,它们知道这个美丽的姑娘和这个四只眼的青年男子是父亲的友好,而父亲,在它们眼里,已经是很亲很亲的人了。

说了一会儿话,李尼玛和梅朵拉姆就用眼神互相提醒着,站了起来。父亲送他们出门说:"快回去吧,你们有你们的事儿,我好着呢,不需要你们天天来看我。"实际上李尼玛和梅朵拉姆并不是想回去,而是想到旷野里去。每次从西结古寺看望父亲回去,他们都会从碉房山的另一边绕到荒野里。雪山高耸,草原辽阔,河水清澈,了无人迹。坦坦荡荡的绿原上只有他们两个人。两个人开始说着话,后来就什么话也不说了,悄悄的,悄悄的,心里的鬼慢慢地生长着,是浪漫的鬼,冲动的鬼。鬼有时候会跑出来捣乱,一捣乱他就把她捉住了。先是捉住她的手,再是捉住她的脸和嘴,然后就捉住了她的身子。当他把她的整个身子紧紧抱在怀里试图压倒在草地上时,她突然一阵颤抖,使劲推开了他。梅朵拉姆绯红了脸说:"别这样,我们还早着呢。"李尼玛遗憾地说:"这里这么安静,谁也看不见我们。"

尽管因为胆怯和紧张她不由自主地推开了他,但两个人都不能否认,在每天去西结古寺看望父亲的日子里,他们的关系迅速地密切起来温馨起来。这大概就是最初的爱情吧。见证了他们最初爱情的有老鹰和秃鹫,有藏羚羊和藏野驴,有马麝和白唇鹿。它们在很近的地方看到了李尼玛和梅朵拉姆,一点也不害怕,不仅不躲开,反而好奇地走过来,就像孩子面对大人那样天真地望着他们。李尼玛说:"太美妙了,简直就是童话。"组成童话的还有七八只领地狗。领地狗中的藏獒,确切地说是獒王虎头雪獒和跟它关系特别密切的大黑獒果日、灰色老公獒以及另外几只藏獒始终不远不近地跟着他们。李尼玛说:"讨厌,他们跟着我们干什么?"梅朵拉姆说:"它们用鼻子一闻就知道你不是好人,跟过来防止你欺负我。"李尼玛说:"我就欺负了,咋了?咋了?"说着又一次抱住了她。藏獒们转过了身去,它们对于他和她互相间的这种"欺负"似乎跟人一样羞于窥伺。梅朵拉姆说:"放开,放开,你别再这样了好不好,连狗都知道害羞了。"

人对动物的猜测向来不及动物对人的猜测,尤其是那些不在草原上土生土长的人,面对藏獒的时候,总是不能善解人家的意思。獒王虎头雪獒之所以带着几个亲密伙伴一直跟踪着他们,是因为它们对危险的预感比人类探测天空的雷达还要敏锐而准确。雷达是同一时间感应,而它们是超时空预知。当这一对男女第一次出现在旷野里,它们第一次看到他和她手捉手、嘴捉嘴的时候,它们尤其是獒王虎头雪獒就明确无误地感觉到一种危险就像美丽的光环一样悬浮在他们的头顶,随时都会套住他们。但它们又说不好什么时候会套住,所以就跟了过来,远远地监视着那个人类永远看不见摸不着,而它们一眼就能望见,一鼻子就能闻到的东西。是的,它们跟上了危险,而不是跟上了人。因为它们是领地狗中的藏獒,没有必要亲近或者巴结任何一个人,却必须履行解除任何一个人的危险的职责。只要是在西结古草原生活的人,不管是富人还是穷人，不管是藏民还是汉人，一旦遇到危险而不能立刻解救，那就是藏獒的耻辱，而藏獒是不会生活在耻辱之中的。它们最最敏感也最最需要的，是忠诚与牺牲，是那种能够保证它们凌驾于一切动物之上的荣誉，是维护人类生命及其财产的勇敢。

　　它们不远不近地一连跟了几天。獒王虎头雪獒带着它的伙伴突然靠近了李尼玛和梅朵拉姆，因为它们感觉到危险更加靠近了。而被危险包围着的李尼玛和梅朵拉姆却试图摆脱它们的跟踪。李尼玛说："讨厌，它们跟野生动物不一样，见到它们我就像见到了熟人。"梅朵拉姆说："那还不好，可以让你老实一点。"李尼玛说："走，咱们离开这里，让它们找不到我们。"他拉着她的手跑起来，一直跑得看不见藏獒的影子为止。但是李尼玛没想到，在这里他对她的爱情遇到了真正的见证，一个他和梅朵拉姆都认识的光脊梁的孩子比藏獒更加讨厌地出现在了他们面前。

　　那一刻，李尼玛照例捉住了梅朵拉姆的手，然后捉住了她的脸和嘴，就在他把她抱在怀里又一次试图压倒在草地上的时候，那孩子一声尖叫，噌的一声从灌木丛里跳了出来。他和她愣住了，迅速分开了。梅朵拉姆吃惊地说："你怎么在这儿？"光脊梁的孩子额头上顶着一个又青又紫的大包，用一种古怪的眼神看着他们，赤脚踢了一下面前的草墩子。梅朵拉姆走近他，用大夫本能的关切问道："你怎么了？疼不疼？快跟我回去，我给你包扎一下。"她没带药箱，只要是去看望父亲，她都不会带着药箱，因为用不着，更主要的是，她作为一个大夫在神奇的藏医喇嘛面前很是自惭形秽，也就不想把那个汉人大夫的标志挎在肩膀上晃来晃去了。

　　光脊梁的孩子站着不动。梅朵拉姆一把拉起他的手问道："到底怎么了？是谁打了你还是你自己绊倒了？"光脊梁的孩子猜测到她在问什么，用藏话说："上阿妈的仇家，上阿妈的仇家。"梅朵拉姆一脸困惑。李尼玛过来说："他是说他额头上的大包是上阿妈的仇家留给他的。"梅朵拉姆说："上阿妈的仇家？不就是汉扎西带来的那七个小孩吗？他们怎么打你了？"光脊梁用扑腾的大眼睛疑惑地望着梅朵拉姆同样扑腾的大眼睛，从腰里解下了一个两米长的牛毛绳"乌朵"。他捡起一块椭圆的石头，兜在"乌朵"的毡兜里，用大拇指扣住牛毛绳一端的绳孔，把尖细的另一端攥在手心里，挥动胳膊，呜呜呜地甩起来。突然他把尖细的一端松开了，只听嗡的一声，石头飞了出去，在一百多米的地方砰然落地。梅朵拉姆惊诧地说："他们就是用这个打你的？你可要小心点，石头飞过来会打死人的。以后你不要一个人在草原上游荡，多叫几个伙伴。"光脊梁的孩子似乎对她的话有一种非凡的理解能力,扑腾着黑暗的大眼睛,点点头,转身跑开了,跑到更野更远的草原上去了。

獒王虎头雪獒已经意识到这一对男女不喜欢它们游荡在他们的视野里,就知趣地隐藏了起来。但隐藏并不等于放弃跟踪,恰恰相反,它们离他们更近了。它们就隐藏在离他们只有五十步远的草洼里,静静地等待着。这就叫埋伏,它们埋伏在危险就要出现的道路上。而这个时候危险也在跟踪着这一对男女,已经很近很近,近得只剩下几秒钟的路程了。

危险来自金钱豹。这是一个一公两母的组合,这样的组合说明它们对人类的袭击绝对不是为了猎食。很可能两只母豹的孩子都被猎人抓走或者打死,迫使它们认为,只要是两条腿走路的,就都是残害了小豹子的人。它们是生性凶残的金钱豹,无休无止地进行更加凶残的报复是它们唯一的选择。为了实现报复,它们可以几天几夜不吃饭,耐心地跟踪目标,也更加耐心地培养饥饿,因为只有饥饿才能使它们疯狂,而疯狂是百倍凶残的前提。如果不能疯狂,如果没有百倍的凶残,它们在对付人类时就会犹豫不决——金钱豹的祖先并没有给它的后代遗传仇视人类的基因。

一公两母三只金钱豹几乎在同时一跃而起。但是没有声音,如果按照它们这时候的速度和力量实现它们的计划,恐怕李尼玛和梅朵拉姆脖子断了还不知道是谁搞断的呢。李尼玛和梅朵拉姆只感觉有一阵风从后面吹来,草原上到处都是风,后面的风没什么奇怪的,只不过更强劲一些罢了,再强劲的风也是不咬人的,有什么可怕的?可怕的倒是前面。前面的草洼里,突然跳起了几只藏獒,就是这几天一直跟踪着他们的那几只藏獒。它们在一只虎头雪獒的带领下朝着他们狂奔而来。他们惊呆了,突然意识到它们在跟踪了几天之后终于要对他们动手了。它们的体魄是猛兽的体魄,性情也是猛兽的性情,它们利牙狰狞,血口大开,它们吃掉他们就像风吹掉树叶一样容易。他们软了,李尼玛哎哟一声,一屁股坐在了地上。梅朵拉姆双手捂着咚咚跳荡的胸脯,惊怕得眼泪夺眶而出,心说今天完了,今天要死在这里了。

七八只野蛮的藏獒跳起来了,但它们并没有扑到他们身上,而是一扑而过,扑到他们身后去了。只听身后一阵咆哮,有藏獒的,也有别的动物的。梅朵拉姆突然反应过来,赶紧回头,顿时惊得大叫一声。她看到了三只矫健的金钱豹,看到这三只偷袭而来的金钱豹就在离他们五步远的地方被藏獒拦住了。为首的虎头雪獒已经和为首的豹子扭打在一起,另外几只暴怒的藏獒正在扑向另外两只狂妄的豹子，也已经是头碰头牙对牙了。

转眼就是血，洇在了獒王虎头雪獒洁白的身体上，也洇在了金钱豹美丽的皮毛上，不知道是谁在流血，也看不出谁胜谁败，就像一场势均力敌的拳击赛，外行人很难判断谁的点数多谁的点数少，直到裁判举起一个人的手，观众才知道那个老是抱着人家不出手的却原来是个狠狠出击的赢家。獒王虎头雪獒就是这样一个赢家，它并没有这里咬一口那里咬一口，而是一张口就把牙齿插进了对方的脖子，然后拔出长牙让对方的鲜血汩汩流淌。这之后它就很少进攻，打斗并不激烈。它把主要精力放在防御上，耐心地用力气压住对方，不让对方咬住自己的要害，等到性情暴躁的金钱豹乱扑乱咬露出破绽时，它就第二次把利牙对准了对方的脖子。这次不是插入而是切割，它割破了对方脖子上的大血管。当血一下子滋出来喷了它一脸时，它后腿一弯，跳到了一边。金钱豹扑了过来。獒王虎头雪獒以硬碰硬的姿态迎了过去，突然侧身倒地，露出虎牙，利用金钱豹扑过来的惯性划破了对方柔软的肚子，然后马上跳起来，稳稳地站在了那里。

獒王虎头雪獒知道自己已经把这只金钱豹打败了，它可以继续撕咬让对方迅速死掉，也可以不再撕咬让对方慢慢死掉。它选择了后者，因为它痛惜着对方的雄壮和漂亮想让它多活一会儿。在獒王虎头雪獒的眼里，金钱豹在草原上的地位远远超过了其他野生动物，这种皮毛美丽的野兽虽然是敌手，但却是高贵而值得尊敬的敌手。更重要的是，獒王虎头雪獒始终认为，藏獒尤其是它自己的许多打斗技巧，比如快速地曲线奔跑，计算出提前量然后灵活扑跳，假装咬屁股等对方一掉头立马改变方向咬住脖子的战术等等，都是从金钱豹和雪豹那里学来的。金钱豹又扑了一次，又扑了一次。獒王虎头雪獒漫不经心地躲闪着，眼睁睁地看着对方掉出了肠子，悲哀地趴在血淋淋的草地上，再也起不来了。

獒王虎头雪獒凭吊似的望了望就要死去的金钱豹，又抬头看了看那边。那边的打斗早就结束，两只金钱豹都已经死去，獒王满意地叫了几声。大黑獒果日和灰色老公獒以及另外几只藏獒走过来簇拥到了它的身边。它们互相查看着伤势，互相舔干了身上的血，看都没看一眼被它们用生命从豹子嘴边救下来的一男一女，就快快离开了那里。危险已经解除了，这一对男女就跟它们没关系了。它们没想过人应该记住并感谢它们的恩德，反而总希望自己记住并报答人的恩德，这就是藏獒。或者说，有恩不报不是藏獒，施恩图报也不是藏獒。藏獒就是这样一种猛兽：把职守看得比生命更重要。永远不想着自己，只想着使命；不想着得到，只想着付出；不想着受恩，只想着忠诚。它们是品德高尚的畜生，是人和一切动物无可挑剔的楷模。牧人们形容一个坏蛋，就说他坏得像恶狼，形容一个好人，就说他好得像藏獒。

李尼玛站起来，到处走动着，仔细观察死掉的三只金钱豹，小声说："这么好的豹子皮，丢在这里多可惜啊。"梅朵拉姆瞩望着离去的七八只藏獒，大颗大颗地落着感激的眼泪，突然说："真威风，它要是一个男人就好了。"她指的是虎头雪獒。她并不知道虎头雪獒是西结古草原的獒王，只觉得它的威猛骇人比起老虎狮子来有过之而无不及，它是一种顶天立地的形象，是一个英雄般的存在，恰到好处地吻合了她想象中的那种勇毅伟岸的男人风格。

生怕再遇上豹子或者其他野兽，李尼玛和梅朵拉姆沿着野驴河快快地走着。就要到达西结古时，他们看到光脊梁的孩子又一次出现了。他挺立在不远处高高在上的灌木丛里，把皮袍摇摇欲坠地堆缠在腰里，背衬着蓝天，神情肃穆地俯视着他们。和刚才不一样的是，他身边密密麻麻簇拥着一大片领地狗。李尼玛和梅朵拉姆一眼就看到，刚才救了他们的虎头雪獒和另外几只藏獒混杂在狗群里，一副若无其事的样子。梅朵拉姆愣愣地望着他，突然朝他扬了扬手。光脊梁的孩子穿过灌木丛跑了过来，一大群几百只各式各样的领地狗跟在后面跑了过来。几只顽皮的小狗绕开李尼玛，使劲朝梅朵拉姆腿上扑着，它们天然就知道谁是可以跟它们玩的。梅朵拉姆弯下腰逗着小狗，一摆头，看见了光脊梁的孩子流着血的赤脚，便大惊小怪地叫起来，"你怎么是赤着脚的？灌木丛里尽是刺，划破了会感染的。你应该穿双靴子，靴子。"说着，用手在自己的膝盖上砍了一下。光脊梁的孩子知道她是在关心自己，也明白她说到了靴子，绷紧的脸上露出一个憨笑来，抬起右脚擦了擦左脚面上的血，突然转身，对着领地狗群挥手大喊几声："獒多吉，獒多吉。"

领地狗们立马兴奋起来，朝着草野深处狂奔而去，一边跑一边叫，用一个形容人类的词汇就是沸反盈天。低飞的老鹰升高了，不远处的一群白唇鹿首先奔跑起来，它们一跑，河对岸的藏羚羊和藏野驴也都按捺不住了，可着劲儿跑，转着圈儿跑。其实它们并不是害怕这些领地狗，领地狗从来没有伤害过它们，它们就是想找一个借口跑，因为它们本来就是一些善于奔跑的动物。更重要的是，它们一跑，那些潜藏在四周觊觎着它们的荒原狼、藏马熊、金钱豹和雪豹就不可能继续潜藏下去了，它们也会跑起来，一跑就会暴露在狗群面前。而在草原上，能让领地狗尤其是藏獒群起而攻之的，除了荒原狼，再就是比狼更凶猛的藏马熊、金钱豹和雪豹了。

"獒多吉，獒多吉。"光脊梁的孩子跟在狗群后面拼命地喊着跑着。他是想让狗群轰起几匹荒原狼和几只豹子或者一头独往独来的藏马熊，一旦轰起来，领地狗尤其是藏獒是不咬死它们不罢休的。咬死了就好，就有了狼皮，或者豹皮，或者熊皮。他要把皮子带回去，带到青果阿妈草原中部、狼道峡那边的多猕草原上去，多猕草原上有市场，市场上有靴子，什么样的靴子都有，他可以卖了皮子再买靴子，也可以直接交换，用一张皮子换一双靴子。因为美丽的仙女梅朵拉姆说了："你应该穿双靴子。"

　　"獒多吉，獒多吉。"光脊梁的孩子声嘶力竭地驱赶着领地狗群，领地狗群还在疯狂地奔跑。期待中的荒原狼出现了，飕飕飕地在草丛里穿行。期待中的藏马熊出现了，站在草洼里愣愣地望了一会儿率先奔袭而来的藏獒和跑在最前面的獒王虎头雪獒，转身就逃。期待中的金钱豹和雪豹没有出现，藏獒们知道，它们不会出现了，至少十天半月它们不会再来这片被碉房山俯瞰着的草原，它们已经嗅到了三只死豹子的气息，这会儿全都奔丧去了。

　　"獒多吉，獒多吉。"奇怪的是光脊梁的喊声突然失去了力量，跑在前面的藏獒并没有朝着已经出现的荒原狼和藏马熊包抄过去。它们先是放慢了速度，接着就散散乱乱地停下了。它们被另一种能够销蚀群体意志的神秘声音阻挡在了一片草丘之前："玛哈噶喇奔森保，玛哈噶喇奔森保。"

　　七个上阿妈的孩子出现了。光脊梁的孩子停了下来，愤怒地望着前面，使出吃奶的力气，伸长脖子喊着："獒多吉，獒多吉。"然而这毕竟只是一个人的声音，抵制不了七个人的声音，当上阿妈的仇家齐声喊起来时，领地狗们就只能听见"玛哈噶喇奔森保"了。听见了就必须服从，谁也说不清凶猛的所向无敌的藏獒为什么会服从这样一种莫名其妙的声音。领地狗们此起彼伏地吠叫着，却没有一只跳起来扑过去。獒王虎头雪獒望着逃跑的藏马熊，犹豫不决地来回走动着。

　　光脊梁的孩子棱角分明的脸上每一条肌肉都是仇恨，他仇恨着七个上阿妈的孩子，也仇恨着一听到对方古怪的喊叫就放弃追撵的领地狗。他在仇恨的时候从来就是奋不顾身的，他迎着仇家跑了过去，全然没有想到好汉不吃眼前亏这样的忍让之计。但是七个上阿妈的孩子并不想让光脊梁靠近自己，因为一旦靠近就必然是一对一的打斗：摔交、拼拳，或者动刀子，受伤的、死掉的，未必就不是自己。他们不想受伤，更不想死掉，也不愿意违背青果阿妈草原的规矩群起而上——群起而上是藏狗的风格不是人的作为甚至也不是藏獒对藏獒的战法。他们一个个从腰里解下抛石头的"乌朵"，呜儿呜儿地甩起来。石头落在了光脊梁的孩子面前，咚咚咚地夯进了草地。光脊梁愣了一下，站住了，蓦然回头看了一眼远处的仙女梅朵拉姆。

梅朵拉姆正在朝他招手，喊着："你回来，小男孩你快回来。"光脊梁的孩子仿佛天生就能领悟她的意思，虽然听不懂她的话，但却照着做了。他转身往回走，一直走到了梅朵拉姆跟前。七个上阿妈的孩子甩过来的乌朵石消失了，在零零星星的"玛哈噶喇奔森保"的喊声中，一大群领地狗在獒王虎头雪獒的带动下迅速回到了光脊梁身边。梅朵拉姆说："多危险哪，石头是不长眼睛的。刚才一喊你，我才发现我还不知道你的名字呢，你叫什么？"光脊梁的孩子眨巴着眼睛不回答。她又说："就是名字，比如尼玛、扎西、梅朵拉姆。"光脊梁明白了，大声说："秋珠。"梅朵拉姆说："秋珠？秋天的秋？珍珠的珠？多漂亮的名字。"李尼玛说："漂亮什么？秋珠是小狗的意思。"说着指了指两个正在扭架的小狗。光脊梁点了点头。李尼玛又说："肯定是他阿爸阿妈很穷，希望他胡乱吃点什么就长大，不要让阎罗殿的厉鬼勾走了魂，就给他起了这么一个名字。小狗多容易活啊，狗命是最硬的。或者他阿爸阿妈是赤贫的流浪塔娃，觉得狗命比人命富贵，就给他起了一个更有希望的名字——'小狗'。反正，有这个名字的，肯定是贫苦牧民家的孩子。"梅朵拉姆说："小狗也不错，草原上的狗都是英雄好汉，秋珠也是英雄好汉，敢于一个人冲锋陷阵。"李尼玛说："那他就叫巴俄好了，巴俄，你就叫巴俄。"孩子知道"巴俄"是英雄的意思，但他并不愿意叫这个吉祥的名字，固执地说："秋珠。"梅朵拉姆摸了摸光脊梁的头说："那就把两个名字合起来，叫巴俄秋珠，英雄的小狗。"光脊梁的孩子望着她，点点头，笑了。梅朵拉姆叫道："巴俄秋珠。"光脊梁响亮地答应了一声："呀。"

巴俄秋珠很快离开了那里，因为他发现梅朵拉姆又一次看了看他受伤的脚。他把脚朝草丛里藏去，一看藏不住就赶紧离开了。他走向草野深处，登上一座针茅草丛生的高冈，朝着刚才七个上阿妈的孩子朝他抛打乌朵石的方向呜哩哇啦喊起来。梅朵拉姆问李尼玛："他在喊什么？"李尼玛"嘘"了一声，侧过耳朵听了半天说："他好像说上阿妈的仇家你们听着，我是英雄秋珠，我命令你们马上离开西结古草原，你们要是不马上离开，今天晚上你们上阿妈草原的七个狼屎蛋就会统统死在我们西结古草原的七个英雄好汉手里。等着瞧，决一死战的时刻就要来到了。"梅朵拉姆说："这孩子，说他是英雄，他就真以为自己是英雄了，咱们不能让他去，打架没轻重，伤了死了怎么办？"

然而已经来不及阻拦了。巴俄秋珠喊着喊着就飞下高冈朝着碉房山跑去。

37

獒王虎头雪獒似乎已经猜到了巴俄秋珠的用意,带头跟了过去。所有的领地狗都跟了过去,刹那间野驴河里有了哗哗哗的声音,草原上有了唰唰唰的声音。任凭梅朵拉姆喊破嗓子让巴俄秋珠回来,巴俄秋珠也听不见了。

3

李尼玛和梅朵拉姆回到西结古的时候,已是黄昏。白主任等在牛粪碉房前面的草坡上,问他们汉扎西到底怎么样了,他们怎么去了这么长时间。李尼玛就说汉扎西好着呢,冈日森格已经醒了,他们陪着汉扎西和冈日森格还有已经能够站起来挪动几步的大黑獒那日多坐了一会儿。白主任说:"好,你们这样做是对的,汉扎西的做法已经证明,狗是藏民的宝,你对狗好,藏民就会对你好。"梅朵拉姆说:"这我已经知道了,我现在和房东家的狗关系也不错。"白主任说:"这样就好。我听说在上阿妈草原和其他一些地方,直到现在喇嘛们都还不允许工作委员会的男男女女走到寺院里去。而在我们这里,通过对一只狗冈、冈、冈日森格的爱护,已经突破了这道难关。不仅汉扎西住进了寺院,连女同志也能够随随便便进出寺院了。这就证明,我们前一阶段了解民情,联络上层,争取民心,站稳脚跟的工作任务完成得不错。当然不能骄傲,还需要深入,以后你们到了寺院里,不光要和汉扎西接触,不光要把冈日森格和大黑獒那日当人看待,还要和喇嘛们接触,要投其所好,需要的话,也可以拜拜佛嘛。如果让他们感觉到他们信仰的也是我们尊敬的,那在感情上不就成一家人了。还有一件事情需要表扬,就是我们到了西结古草原之后,很多同志都给自己起了一个藏族名字,比如你叫李尼玛,你叫梅朵拉姆,这是一个很好的做法,我发现只要名字一变,藏民们就会把你当成自己人看待。我今天下午去了野驴河部落的头人索朗旺堆的帐房,在那里碰到丹增活佛,我让他也给我起一个藏族名字。丹增活佛和索朗旺堆头人都高兴地又是给我端茶又是给我敬酒。我就说,酒先不喝,起了名字再喝。丹增活佛就给我起了一个名字,非常好,连我的姓也包括进去了,叫白玛乌金,白玛乌金是谁?白玛乌金就是莲花生,莲花生是谁?莲花生就是喇嘛教里头密宗的祖师。这么伟大的一个名字起给了我,说明人家对我们是真心实意的。"梅朵拉姆说:"丹增活佛给你起了名字,你就激动得差点把自己喝醉。"白主任白玛乌金说:"对啊,你怎么知道?"梅朵拉姆和李尼玛一起说:"我们闻到酒味了。"

又说了一些话，李尼玛跟随白主任回到碉房里去了。梅朵拉姆匆匆走向自己居住的帐房。正是牧归的时候，一整天都在草原上奔忙的牧羊狗已经跟着畜群回来了，加上留在家里的看家狗，五只大藏獒齐唰唰地立在帐房门前的平场上。平场上还有三只小狗，打老远看见了汉姑娘梅朵拉姆，便和七岁的小主人诺布一起互相追逐着朝她跑来。梅朵拉姆高兴地叫着孩子和小狗的名字："诺布，嘎嘎，格桑，普姆。"一弯腰抱起了一只小狗，又搂了搂诺布的头。另外两只小狗顽皮地扑到她的腿上撕扯她的裤子。她放下这只小狗，又抱起那只小狗，最后干脆将它们都抱了起来。它们是大体格的喜马拉雅獒种，才两个月就已经有五六公斤重了。她吃力地抱着它们往前走。大狗们看她这么喜欢小狗，统统朝她摇起了尾巴。小狗的阿妈一只后腿有点瘸的黑色的看家狗坐在了地上，笑眯眯地望着她。瘸腿阿妈的丈夫那只一天没见梅朵拉姆的白色的牧羊狗嘎保森格走过来舔了舔她的手。她知道这是什么意思，就说："饿了吧？你们等着，马上就给你们开饭。"她放下小狗，一掀帘子钻进了帐房。

帐房里尼玛爷爷正在准备狗食，他从一个羊皮口袋里抓出一些剁碎的牛肺和牛腿肉，放进了一个盛着半盆肉汤的大木盆里，又从墙角的木箱里挖出一些青稞炒面放了进去。梅朵拉姆蹲在大木盆旁，接过尼玛爷爷手里的木勺使劲拌了几下，和七岁的诺布一起抬着大木盆来到了门外。自从汉扎西因为保护冈日森格受到西结古寺僧众的爱戴以后，房东家的狗每天就都是由梅朵拉姆喂食了。她发现只要她喂它们，尼玛爷爷一家就特别高兴，总是笑呵呵地望着她。不知不觉，帐房里佛龛前的酥油灯多了一盏，净水碗多了一个，那是代表汉姑娘梅朵拉姆给神佛的献供，尼玛爷爷一家已经把她看成自家人了。喂了几次狗，梅朵拉姆就发现这种被草原人称作藏獒的狗不是一般的狗，它们除了不会说话，什么都懂，尤其是在理解人的语言方面，比人还要有灵性。一般来说，汉人说话藏民听不懂，藏民说话汉人听不懂，可是藏獒就不一样了，汉话的意思和藏话的意思它们都能理解。你用藏话说："你去把诺布叫过来。"它去了。你用汉话说："你去把诺布叫过来。"它也去了。好像它们理解人的语言不是凭了听觉，而是凭了心灵感应，它们听到的不是你的声音，而是你的心灵和思想。

梅朵拉姆一边看着藏獒们吃饭，一边和尼玛爷爷的儿子牧羊回来的班觉说话。她说："秋珠？秋珠？"班觉知道她是想了解秋珠这个人，就比画着说，他是一个失去了阿爸阿妈的人，他的阿爸在十二年前的那场藏獒之战中被上阿妈草原的人打死了。阿爸死后阿妈嫁给了他的叔叔，他非常崇拜他的叔叔，因为叔叔立志要给他阿爸报仇，结果他叔叔去报仇的时候，又被上阿妈草原的人打死了。叔叔死后，他的阿妈一个性情阴郁的女人嫁给了人见人怕的送鬼人达赤。女人知道，如果指望自己的儿子去报仇，儿子的结局就只有一个，那就是死掉。她不想让儿子去送死，就把报仇的希望寄托在了送鬼人达赤身上。尝到了爱情滋味的送鬼人达赤当着女人的面向八仇凶神的班达拉姆、大黑天神、白梵天神和阎罗敌发了毒誓，要是他不能为女人的前两个丈夫报仇，他此生之后的无数次轮回都只能是个饿痨鬼、疫死鬼和病殃鬼，还要受到尸陀林主的无情折磨，在火刑和冰刑的困厄中死去活来。遗憾的是女人并没有等来他给她报仇的那一天，嫁给他两年之后她就病死了。女人死后不久，送鬼人达赤就离开西结古，搬到西结古草原南端党项大雪山的山麓原野上去了。秋珠认为阿妈是沾上了送鬼人达赤的鬼气才死掉的，就不跟他去，也不认他做自己的阿爸。送鬼人达赤很失望，走的时候对秋珠说，你不能一辈子做一个无家可归的塔娃，你还是跟我走吧，去做西结古草原富有的送鬼继承人吧，只要你叫我一声阿爸，我就给你一头牛，叫我十声阿爸，我就给你十头牛，叫我一百声阿爸，我就给你一群牛。秋珠不叫，秋珠说我没有阿爸，我的阿爸死掉了。秋珠一个人留在了西结古，四处流浪。牧民们可怜这个死去了三个亲人的孩子，经常接济一些吃的给他。他是个心地善良的孩子，给他的食物他总是只吃一半，一半留给领地狗。

　　梅朵拉姆边听边点着头。其实大部分话她都没有听懂，似乎也用不着听懂，她只想搞清楚这会儿能在什么地方找到秋珠，好去阻止今天晚上将要发生的西结古草原的"七个英雄好汉"对上阿妈草原的"七个狼屎蛋"的决一死战。梅朵拉姆问道："领地狗？你说到了领地狗？你是不是说哪儿有领地狗哪儿就能找到秋珠？"班觉一脸迷茫，拿不准自己是否听懂了梅朵拉姆的话。梅朵拉姆着急地喊起来："秋珠，秋珠，哪儿能找到秋珠？"

　　埋头吃饭的五只大藏獒和三只小狗一个个扬起了头，望着梅朵拉姆。梅朵拉姆又说了一句："哪儿能找到秋珠？"这次是直接冲着藏獒说的，五只大藏獒互相看了看。白色的牧羊狗嘎保森格首先掉转身子往前跑去。接着两只黑色的牧羊狗萨杰森格和琼保森格也掉转身子往前跑去。另外一只名叫斯毛的大藏獒也想跟上，突然意识到自己是看家狗，晚上还有一整夜护圈巡逻的任务，就停下来嗡嗡地叫着。小狗们活跃起来，似乎理解了父辈们的意思，飞快地跑出去，又飞快地跑回来，围着大木盆和瘸腿阿妈兜着圈子，转眼就扭打成一团了。

　　班觉朝梅朵拉姆挥着手说："去吧，去吧，它们知道秋珠在哪里。"梅朵拉姆听明白了，抬脚就跑，边跑边喊着一白二黑三只大牧狗的名字："嘎保森格，萨杰森格，琼保森格，等等我。"以后的日子里她会明白：嘎保森格是白狮子的意思，萨杰森格是新狮子的意思，琼保森格是鹰狮子的意思。

　　班觉走进帐房，坐下来喝茶。尼玛爷爷对儿子说："天黑了，你还是跟去看看吧。"正在锅灶上准备晚饭的班觉的老婆拉珍也说："你去把她叫回来，要吃饭了。"班觉说："阿爸，你什么时候见过吃人的野兽出没在碉房山上？再说还有我们家的三只大牧狗引导着她保护着她呢。拉珍你听着，人家是远远的地方来的汉人，有顶顶重要的事情要做，我怎么能把人家叫回来？你不要怕麻烦，她什么时候回来，你什么时候把热腾腾的奶茶和手抓端给她。"

　　这时帐房外面的瘸腿阿妈和它的姐妹那只名叫斯毛的看家狗叫起来，声音不高，像是说话，温和中带有提醒。班觉听了听，知道不是什么危险来临的信号，就没有在乎。但是他没想到，瘸腿阿妈和藏獒斯毛的提醒虽然不那么激烈，但也并非完全和危险不沾边，就像一个大人正在语重心长地叮嘱自己的孩子："晚上不要出门，万一遇到坏人怎么办？"这是亲情的表达，内心的忧患以及缘于经验和阅历的关切溢于言表。它们关切的是班觉的儿子七岁的诺布。诺布这时已经离开帐房，追随着漂亮的阿姐梅朵拉姆走到深不可测的黑夜里去了。诺布本来在帐房门口站着，听阿妈说要吃饭了，就在心里说："阿爸阿妈，我去把梅朵拉姆阿姐叫回来。"然后就走了。等到踏上碉房山的盘山小路，听到山上隐隐有狗叫声传来时，诺布就把"叫回来"的初衷忘得一干二净了。

　　这天晚上，西结古寺的僧舍里，父亲照例睡得很早，天一黑就躺到了炕上。但是他睡不着，心想自己是个记者，一来青果阿妈草原就成了伤员，什么东西也没采访，即使报社不着急，自己也不能再这样晃悠下去了。明天怎么着也得离开寺院，到草原上去，到头人的部落里去，到牧民的帐房里去。他觉得自己已经得到了寺院僧众的信任，又跟着铁棒喇嘛藏扎西学了不少藏话，也懂得了一些草原的宗教，接下来的工作就好做多了。

　　这么想着的时候，他听到地上有了一阵响动，点起酥油灯一看，不禁叫了一声："那日。"昨天还只能站起来往前挪几步的大黑獒那日这会儿居然可以满屋子走动了。大黑獒那日看他坐了起来，就歪起头用那只没有受伤的右眼望着他，走过来用嘴蹭了蹭他的腿，然后来到门口不停地用头顶着门扇。父亲溜下炕去，抚弄着它的鬣毛说："你要干什么？是不是想出去？"它哑哑地叫了一声，算是回答。父亲打开了门。大黑獒那日小心翼翼地越过了门槛，站到门口的台阶上，汪汪汪地叫起来。因为肚子不能用劲，它的叫声很小，但附近的狗都听到了，都跟着叫起来。它们一叫，整个寺院的狗就都叫起来。好像是一种招呼、一种协商、一种暗语。招呼打完了，一切又归于宁静。大黑獒那日回望了一眼父亲，往前走了几步，疲倦地卧在了漆黑的夜色里照壁似的嘛呢石经墙下。父亲走过去说："怎么了，为什么要卧在这里？"他现在还不明白，大黑獒那日作为一只领地狗，只要能够走动，就决不会呆在屋子里。这是本能，是对职守的忠诚。草原上所有的领地狗所有的藏獒都是习惯了高风大夜习惯了奔腾叫嚣的野汉子。

父亲回到僧舍，看到冈日森格的头扬起着，一副想挣扎着起来又起不来的样子。他蹲到它身边，问它想干什么。它眨巴着眼睛，像个小狗似的呜呜叫着，头扬得更高了。父亲审视着它，突然意识到冈日森格是想让他把它扶起来。他挪过去，从后面抱住了它的身子，使劲往上抬着。起来了，它起来了，它的四肢终于支撑到地面上了。父亲试探着松开了手，冈日森格身子一歪，噗然一声倒了下去。父亲说："不行啊，老老实实卧着，你还站不起来，还得将息些日子。"冈日森格不听他的，头依然高高扬起，望着父亲的眼睛里充满了求助的信任以及催促和鼓励。父亲只好再一次把它抱住，抬着，使劲抬着，四肢终于站住了。父亲再也不敢松手，一直扶着它。

冈日森格抬起一只前腿弯了弯，抬起另一只前腿弯了弯，接着轮番抬起后腿，弯了又弯。好着呢，骨头没断。它似乎明白了，一点一点地叉开了前腿，又一点一点地叉开了后腿。父亲一看就知道，冈日森格是想自己站住。"你行不行呢？"父亲不信任地问着，一只手慢慢离开了它，另一只手也慢慢离开了它。冈日森格站着，依然站着，站着就是没有再次倒下，没有倒下就可以往前走，就是继续雄强勇健的第一步了。冈日森格永远不会忘记，这第一步是父亲帮助它走出去的。它望着父亲，感激的眼睛里湿汪汪的。

父亲再次抱住了它，又推动着它。它迈开了步子，很小，又一次迈开了步子，还是很小。接下来的步子一直很小，但却是它自己迈出去的，父亲悄悄松开了手，不再抱它也不再推动它。它走着，偌大的身躯缓缓移动着。父亲说："对，就这样，一直往前走。"说着他迅速朝后退去，一屁股坐到了炕上。失去了心理依托的冈日森格猛地一阵摇晃，眼看就要倒下了。父亲喊起来："坚持住，雪山狮子，你要坚持住。"冈日森格听明白了，使劲绷直了四肢，平衡着晃动的身子，没有倒下，终于没有倒下，几秒钟过去了，几分钟过去了，依然没有倒下，依然威风凛凛地站着。

不再倒下的冈日森格一直站着，偶尔会走一走，但主要是站着，一声不吭地站着。直到后半夜，父亲朦朦胧胧睡着以后，它突然叫起来，呜呜呜的，像小孩哭泣一样，哭着哭着就把自己的身子靠在了门边的墙上。这时父亲听到门外的大黑獒那日汪汪汪地叫起来，叫声依然很小，但还是得到了别的狗的回音。很快，寺院里的所有狗都叫起来。

父亲下了炕，来到门口，伸出头去看了看漆黑的夜色，轻声喊道："那日，那日。"大黑獒那日回头用叫声答应着他。他说："你叫什么？别吵得喇嘛们睡不成觉，喇嘛们明天还要念经呢。"住在西结古寺的这些日子里，他还是第一次半夜三更听到这么多狗叫。大黑獒那日不听他的，固执地叫着，只是越叫越哑，越叫越没有力气了。父亲回到炕上，再也睡不着，愣愣地坐着。

渐渐的，听不到了大黑獒那日的叫声，别的狗也好像累了，叫声稀落下来。一个压低了嗓门的声音如同诡谲的咒语神秘地出现在轻悠悠的夜风里："玛哈噶喇奔森保，玛哈噶喇奔森保。"酥油灯欲灭还明的光亮里，父亲看到自己的黑影抖了一下，冈日森格的黑影抖了一下。接着就是呜呜呜的哭泣，依然靠在门边墙上的冈日森格用呜呜呜的哭泣让"玛哈噶喇奔森保"声音再次出现了。父亲突然想起来，就在他刚来西结古的那天，七个上阿妈的孩子落荒而逃时，发出的就是这种声音："玛哈噶喇奔森保，玛哈噶喇奔森保。"父亲心里不知为什么激荡了一下，咚地跳到了炕下，从窗户里朝外望去，看到一串儿低低的黑影正在绕过照壁似的嘛呢石经墙，朝僧舍走来。

梅朵拉姆跟着三只大牧狗来到了尼玛爷爷的邻居工布家的帐房前，又跟着它们沿着盘山小道走向了山坡上的碉房群。她和它们在六座碉房前停留了六次，每一次梅朵拉姆都会喊起来："巴俄秋珠，巴俄秋珠。"她这么喊着，三只大牧狗便知道她是非找到巴俄秋珠不可的，又带着她从另一条山道走下来，走到了草原上。这样的路线让梅朵拉姆明白过来，巴俄秋珠已经召集了六个孩子，加上他一共七个，去实现他的诺言了：让上阿妈草原的七个狗屎蛋统统死在西结古草原的七个英雄好汉面前。一对一的决一死战就要开始，或者已经开始了。她说："嘎保森格，萨杰森格，琼保森格，你们说怎么办？"三只大牧狗的回答就是继续快速往前走，只要梅朵拉姆不让它们回去，它们就会一直找下去。

梅朵拉姆跟在三只大牧狗的后面，走得气喘吁吁，不停地喊着："等等我，等等我。"终于它们停下了。梅朵拉姆发现，它们带着她来到了白天七个上阿妈的孩子朝巴俄秋珠抛打过乌朵石的地方。梅朵拉姆不禁打了个激灵，突然就感到非常害怕，也非常后悔，自己干嘛要深更半夜来这里？她想起了白天的事情：三只凶猛的金钱豹偷袭而来，要不是以虎头雪獒为首的几只藏獒舍命相救，她和李尼玛早就没命了。她寻找依靠似的摸了摸身边的三只大牧狗，对它们说："咱们回吧？"

三只大牧狗站在河边扯开嗓子朝着对岸吠叫着。它们知道这个地方没有巴俄秋珠，巴俄秋珠走到野驴河那边去了，和巴俄秋珠在一起的还有六个人，还有一群领地狗，他们过了河是因为他们追踪的目标过了河。但是他们肯定还要原路返回，因为风告诉三只大牧狗，巴俄秋珠他们追踪的目标——七个上阿妈的孩子并没有远去，过了河的目标又过了同一条河，也就是说，七个上阿妈的孩子又回来了，回到西结古的碉房山上去了。

三只大牧狗边叫边看着梅朵拉姆。梅朵拉姆又一次说："咱们回吧，咱们不找巴俄秋珠了。"看它们固执地站着不动，就又说，"那就赶快找，找到了赶快回，这里很危险。"说着弯下腰摸了摸在黑暗中翻滚的河水，吃不准自己敢不敢过河，能不能过河。一般来说，野驴河是可以涉水而过的，但是这里呢？这里的水是不是也和别处一样只有没膝深呢？她心说不如留下一只狗和我一起在这边等着，让另外两只狗过去寻找巴俄秋珠，狗比她强，狗是会水的。她相信，两只聪明的藏獒会把她正在寻找他的意思准确传达给他，也相信只要巴俄秋珠看到尼玛爷爷家的大牧狗，就会想到是她梅朵拉姆找他来了，他应该赶快回来。

她挥着手说："萨杰森格，琼保森格，你们过去，我和嘎保森格在这儿等你们。"萨杰森格和琼保森格不听她的，不仅没有过河，反而绕到她身后，警惕地望着黑黢黢的草原。她俯下身子推了推它们，哪里能推得动，生气地说："你们怎么不听我的话？"它们的回答是一阵狂猛的叫嚣，三只大牧狗都叫了，朝着同一个方向，用藏獒最有威慑力的粗大雄壮的叫声，叫得整个草原的夜色都动荡起来。

一声凄厉的狼嗥破空而来，就像石头落在了梅朵拉姆的头上。她的头不禁摇晃了一下，心里猛然一揪：危险又来了，白天是豹子，晚上是狼。狼是什么？狼的概念就是吃人，是比豹子更有血腥味的吃人。自从来到西结古草原，她不止一次地听到过狼嗥，有时候半夜在帐房里睡不着，听着远方的狼嗥就像尖锐的哭声，竟有些被深深打动的感觉。但她从来没有一个人在夜深人静的旷野里听到过狼嗥，现在听到了，就再也不是打动而是不寒而栗了。

  梅朵拉姆身子抖抖地蹲下来，害怕地瞪着前面，抱住了嘎保森格这只她最钟爱也最信赖的大牧狗。但白狮子一样的嘎保森格并不喜欢她在这个时候有这样的举动，挣脱她的搂抱，朝前走了几步，继续着它的叫嚣。突然白狮子嘎保森格跑起来，围绕着梅朵拉姆跑了一圈，然后箭镞般直直地朝前飞去。接着是新狮子萨杰森格，接着是鹰狮子琼保森格，它们都朝前跑去，一跑起来就都像利箭，唰唰两下就不见了。等梅朵拉姆反应过来时，她看见的只是草原厚重的黑暗和可怕的孤远。狗呢？大牧狗呢？三只引导着她又保护着她的大藏獒呢？她喊起来："嘎保森格，萨杰森格，琼保森格。"喊了几声就明白喊破嗓门也是白喊，风是从迎面冲来的，一吹就把她的声音吹落在了身后的野驴河里。

  梅朵拉姆战战兢兢朝着传来狗叫的地方走去，就像迷路的人寻找星光那样在黑暗中深一脚浅一脚地探摸着，很快就发现迎接自己的不是希望而是触及灵魂的恐怖。恐怖是因为她听不到了三只大牧狗的叫声，更是因为她看见了灯光，那是鬼火一样蓝幽幽的灯光。灯光在朝她移动，开始是两盏，后来是四盏，再后来就是六盏、八盏、十二盏了。梅朵拉姆没见过黢夜里的狼，也没见过飘荡在草原黢夜里的蓝幽幽的鬼火一样的狼眼，但是她本能地意识到：狼来了，而且是一群，至少有六匹。她大喊一声："救命啊。"

3 大黑獒那日

1

这天晚上，首先发现了三只大牧狗和一个姑娘的是五匹壮狼和三匹小狼，这是一支以母狼为头狼的狼家族。它们非常奇怪：这个时候居然有一个不是牧人的姑娘和三只大牧狗出现在草原上，她和它们半夜三更要去干什么？似乎并不是为了满足对食物的欲望而仅仅是一种好奇催动着这个母狼家族远远地跟上了姑娘和三只大牧狗。差不多跟了两个时辰，它们才停下来，毕竟饥饿比好奇更能主宰它们的行动。它们知道一个姑娘自然是无力对付它们的，但如果再加上三只纯粹的喜马拉雅獒种的大牧狗，那就决不是它们这个五匹壮狼三匹小狼的母狼家族所能对付得了的。它们目送着姑娘和三只大牧狗，告别似的嗥叫了几声，转身走开了。就在这时，它们意外地发现，远远跟着姑娘和三只大牧狗的还有一个人，是个小孩。小孩是唾手可得的。唾手可得的小孩已经被另一支以公狼为头狼的狼家族盯上了。

两支狼家族是互相认识的，冬天食物缺少的时候它们会在一个狼群里混饭吃，到了夏天就以家族为单位分开行动了。分开不是绝对的，有时候也会有联合，比如今天晚上。两支狼家族心照不宣地会合到了一起，磨合了一会儿，又很快在家族头狼的带领下分开了。现在，一直跟踪着孩子的这支四匹壮狼两匹小狼的公狼家族绕开孩子，斜斜地插到前面去了。一直跟踪着姑娘和三只大牧狗的母狼家族悄悄地围住了孩子。

这孩子就是班觉的儿子七岁的诺布。他以为自己是个男子汉，是男子汉就必须像藏獒一样勇敢无畏地钻进草原凶险的黑夜里保护他的阿姐梅朵拉姆。他悄悄地跟着，一直跟着，从家里跟到了碉房山，又从碉房山跟到了这里。这里是阿爸带着他牧羊牧牛的草野，是狼群出没的地方。现在他已经看到狼群了，狼群星星一样的眼睛闪烁成了一溜儿。他知道狼的眼睛也已经看到了他。他停了下来，愣愣地望着，不知道自己该怎么办。

母狼家族没有马上扑过来咬倒诺布。因为两群狼商量的结果是，不光要吃掉孩子，也要吃掉那个姑娘，不然狼多肉少，狼群就会互相打起来。它们的计谋是利用孩子把三只大牧狗引过来，等大牧狗一到，这边的母狼家族就用嗥叫通知那边的公狼家族立刻扑咬那姑娘。姑娘一定会喊起来，一喊就又把三只大牧狗拽回去了。大牧狗回去后，看到的就只能是姑娘的尸体。这时候母狼家族再对孩子下手。三只大牧狗肯定还会来到这里，动作快的话它们会看到孩子的尸体，动作慢的话看到的就仅仅是血迹了。母狼家族的八匹狼警惕地望着四周，等待着三只大牧狗的到来。

草原上能够对荒原狼造成威胁的只有藏獒。藏狗的优势是个体的威猛强悍，如果像人一样一对一地抗衡，即使狼群中最凶恶的头狼，也不是普通藏獒的对手。而且藏獒一个个都是视死如归的，面对狼群的时候，从来就不知道什么叫忍让和逃跑。荒原狼的优势则表现在群体奋发时的凝聚力和威慑力上，一旦和藏獒打起来，总是一群对付一只或几只，更重要的是，它们对付敌手的狡诈阴险和保护自己的智慧远远超过了一般藏獒的理解能力，就比如现在，当它们试图利用孩子把三只作为大牧狗的藏獒引过来时，三只大牧狗果然就奔腾而至了。母狼家族一边后退一边嗥叫，通知那边的公狼家族立刻对姑娘下手。

三只大牧狗远远地就闻到了狼的味道和小主人诺布的味道。两种味道在空气中的混合说明狼群和诺布已经很近很近，危险即刻就要发生。它们用叫声威胁着狼群狂奔而来，庆幸地发现小主人安然无恙，便直扑狼群。

五匹壮狼和三匹小狼的母狼家族加快了撤退的速度，队形由三匹小狼在前，五匹壮狼断后变成了一匹壮狼在前，三匹小狼居中，四匹壮狼断后。在前面领先撤退的那匹壮狼就是这支母狼家族的母性头狼，它在前面掌握着速度，既不能跑得太快，离开猎物太远，徒然消耗了体力，也不能让大牧狗很快追上，形成一种面对面搏杀的局面。作为狼，它们的意识始终是明确的：自己的目的永远是食物而不是搏杀，而获取食物的目的又是为了保存自己。为了"保存自己"这个最根本的目的，它们能不搏杀就不搏杀，尤其是面对藏獒的时候，它们的态度变得格外功利而务实，决不会离开对食物的贪婪和算计而有任何虚妄的举动。可是藏獒就不一样了，藏獒的生存意义永远超越着包括食物在内的任何功利目的，它们和狼群搏杀和陌生人搏杀和一切野兽搏杀完全不是为了吃掉它们和他们，甚至根本与自己的生存以及温饱没有任何关系，而是为了对人类（确切地说是主人）的忠诚和仗义，是为了帐房和领地的安全，就跟一个国家的军队那样。所以对藏獒来说，搏杀并且夺取胜利就是唯一的目的。

　　三只大牧狗的穷追不舍使它们和母狼家族之间的距离渐渐缩短了。母狼家族的队形又发生了变化，前面领跑的换成了另一匹母狼，头狼从领跑的位置换到了三匹小狼后面，它作为三匹小狼的母亲现在的主要任务是保护并督促小狼快跑。头狼的身后是三匹公狼，它们排成一线，随时准备迎接藏獒的撕咬。整个母狼家族奔逃的速度明显加快了。

　　然而，距离还是在缩小，白狮子嘎保森格弹性的四肢使它像风一样席卷而去，右翼的新狮子萨杰森格如同磅礴的黑夜无声地笼罩而去，左翼的鹰狮子琼保森格变成了一只真正的雄鹰飞翔而去。母狼家族因为三匹小狼的存在只能容忍距离的缩小。这样的容忍几乎就是对强大的藏獒天性的挑衅，三只大牧狗火冒三丈，眼看狗牙就要碰到狼尾巴了。殿后的三匹公狼突然扭转了身子，引导着追击者跑向了一边，越跑越快，越跑越快，头狼和三匹小狼顿时安全了。

　　终于，按照荒原狼的设想，姑娘喊起来了："救命啊。"三只大牧狗愣了一下，追击的速度不由得放慢了。狗慢了，狼也慢了。在荒原狼的想象中，只要姑娘一喊，三只大牧狗就一定会丢下孩子急转折回，那孩子转眼就会落入它们的魔口。逃跑的狼一个个回头看着大牧狗，等待着对方放弃追击的那一刻。然而没有，狼们的声东击西并没有得逞，三只大牧狗很快又把追击的速度调整到了最快。

　　狼们有些吃惊，居然藏獒变得比自己狡猾了。它们没想到追击自己的大牧狗中有一只是特别优秀的藏獒，它叫白狮子嘎保森格。它是一只年轻的公獒，它除了勇敢和耳鼻的灵敏，还有足够聪明的大脑，这样的大脑能够准确判断战场的局势，及时识破敌手的阴谋。更重要的是，大脑的经验储存和知识储存以及遗传的记忆使这只藏獒具备了优越的思维能力。当它意识到这种优越的能力超拔在獒群之上时，它就按照天性的启示自然而然变成了一只表现欲特别强烈的野心勃勃的藏獒。它以为包括这次追狼在内的任何一次跟野兽的打斗都不过是一个表现自己的机会，而一只具有领袖素质的藏獒，是决不会放过这种机会的。它告诉自己一定要咬住对方，一定要一口毙命，不然就连自己这一身雪白的獒毛也对不起了。它清楚自己是一只漂亮的白色狮头公獒，而在西结古草原，领地狗中的獒王好几代都是白色的，这是神祇的安排，神祇对白色的藏獒特别关照，对它自然也不会例外。既然如此，那它就要试一试了，不是现在，而是将来，它幻想，不，已经不是幻想，而是希望，它希望獒王虎头雪獒在智慧和勇敢方面都被它打败，希望有朝一日自己成为一只自由的领地狗，成为西结古草原威镇四方的新一代獒王。

野心勃勃的白狮子嘎保森格首先追了上去，大头一顶，一下子顶翻了被自己追逐的这匹健壮的公狼。等公狼翻了个个，起身再跑时，嘎保森格已经重重地压在了它身上。公狼回头就咬，嘎保森格用自己的虎牙迎接着狼的虎牙，犬牙交错的瞬间，嘎巴一声响，牙断了，是坚硬的荒原狼的牙而不是更加坚硬的藏獒的牙。断了牙的狼就好比失去了枪的枪手，被悍烈的白狮子嘎保森格一口咬住了后颈。

据说荒原狼的后颈上寄住着护狼神瓦恰，只要在荒原狼的后颈上咬出一个血洞，护狼神瓦恰就会少一根头发，等到头发全部失去，护狼神就会死掉，到那个时候草原上就没有狼了；据说荒原狼的后颈是它的灵魂逃离躯壳的地方，一旦灵魂逃离，就会把狼的败运带给藏獒和养了藏獒的人，那样人和藏獒就都要倒霉了，而咬住荒原狼的后颈，它的灵魂就无处可逃，就会憋死在躯壳里，霉运就永远属于荒原狼了。所以草原上的藏獒在撕咬荒原狼的时候，总会把致命的一口留在对方的后颈上。荒原狼的后颈，是狼血泉涌的地方。

现在，白狮子嘎保森格一口咬住了公狼的后颈，公狼别无选择地迎来了死亡。对方的死亡就是战斗的结束，藏獒是不贪吃的，即使狼肉很香很香。嘎保森格丢开死狼飞快地往前跑去。它追上了新狮子萨杰森格，追上了另一匹公狼，但它并没有亲自实施屠杀。它和公狼并肩跑了一会，然后超过对方半个身子，回头一拦，张嘴假装咬了一下。公狼赶快朝一边躲去，逃跑的速度顿时慢了下来。就在这个时候，新狮子萨杰森格追了上来，一口咬住了公狼的后颈。嘎保森格戛然停下，高兴得叫了一声好。萨杰森格同样是高兴的，一边把牙齿埋进狼肉享受着狼血温暖的浸泡，一边不失时机地朝它摇了摇感激的尾巴。嘎保森格叫了一声，告诉它："这没什么。"然后又朝前跑去。

嘎保森格知道一只具有领袖素质的藏獒，不仅自己要勇猛厮杀，还要帮助同伴成就属于它们的业绩。如果你以为自己比别的藏獒高明，抢在别的藏獒之前杀了人家一直追撵的猎物，别的藏獒就会深深嫉恨你，因为自尊和自强是所有藏獒的天然禀赋，是藏獒活着的权利，是藏獒在草原上立于不败之地的个性特征，你损害了对方的这种权利，也就等于损害了你自己的威信，对方虽然不可能战胜你，但它决不会追随你。而一只浑身充满了领袖欲的藏獒，即使强大到无与伦比，也不可能抛弃自己的追随者。藏獒代代相传的古老而纯粹的血液先知一样告诉了白狮子嘎保森格：追随是领袖的基础，培养追随者是做领袖之前必不可少的功课，獒王的地位有一半是依靠自己的力量，有一半是依靠众藏獒甚至小喽罗藏狗们的拥戴。

白狮子嘎保森格全力奔跑着，跑到了最后一匹公狼的前面，掉转身子迫使公狼改变了逃跑的方向。在后面紧追不舍的鹰狮子琼保森格呼啸而来，用肩膀撞翻了公狼，然后一口咬住了对方的后颈。

一眨眼功夫三匹荒原狼就被三只作为大牧狗的藏獒活活咬死了。逃离危险的两匹母狼和三匹小狼没看见三匹公狼的毙命，但是它们知道三匹公狼（其中包括了母狼的丈夫和小狼的父亲）都已经离开了这个世界。它们站在高高的草冈上，拼命地凄号着，很久很久。尤其是那匹母性的头狼，凄号里充满了失算后的懊悔和疑问：为什么，三只大牧狗在听到姑娘的喊声后没有转回去救她？难道因为那姑娘是外来的，跟它们没有主人和仆从的关系，它们就可以放任不管？

但是很快母性的头狼就明白并不是这么回事儿。前去包围那姑娘的荒原狼听到凄号来到了这里，这支四匹壮狼两匹小狼的公狼家族因为逃跑及时而没有损兵折将。它们告诉哀恸中的母狼家族，就在它们迫使姑娘发出恐惧的喊声并打算立刻咬死她的时候，一群黑压压的领地狗突然出现了。它们在一个叫做巴俄秋珠的孩子和他的六个伙伴的带领下，从野驴河那边奔跑而来。六匹狼的公狼家族哪里是一群领地狗的对手，除了拼命逃跑还能做什么？事实上，领地狗还没有过河它们就已经逃跑了，不然肯定没有好下场，整个家族的全体灭亡在领地狗的扫荡中往往是一瞬间的事情。

遗憾的是，这边的母狼家族没有听到也没有闻到突然出现的这群领地狗，它们按照事先的计谋继续吸引着三只大牧狗，而三只大牧狗尤其是白狮子嘎保森格却很快闻到了野驴河边的变化。它们的嗅觉比荒原狼灵得多，不仅闻到了领地狗，也闻到了巴俄秋珠和他的六个伙伴的气息。白狮子嘎保森格立刻告诉自己的两个同伴：领地狗的气息已经出现，獒王虎头雪獒是所向无敌的，我们没有必要再为汉姑娘梅朵拉姆担忧了。

深夜的草原上，母狼家族的幸存者和公狼家族的成员全体嗥叫着，为死去的三只公狼悲愤地致哀。远方的狼群听到了，也此起彼伏地发出了同样的嗥叫。到处都是凄告，是哭声。护狼神瓦恰变成了风，呜呜地吹。

汉姑娘梅朵拉姆得救了。她一天两次死里逃生，身体和心灵都有点支撑不住了。她在见到领地狗群以及巴俄秋珠和他的六个伙伴的一瞬间，两腿突然一软，坐在了地上，双手捂着脸，无声地哭起来。巴俄秋珠一直守在她身边。他知道美丽的仙女梅朵拉姆是为他而来的，她为他差一点被狼吃掉。他很感动，感动得都有些发抖，也很内疚，内疚得恨不得一头撞到岩石上去，但脸上却毫无表情，像个什么也不懂的傻子。这样过了很久，梅朵拉姆站起来说："走吧。"突然又没好气地喊起来，"你怎么还没穿靴子？脚上都划出血来了，伤口感染了怎么办？得了破伤风怎么办？"巴俄秋珠愣了一下，转身就跑，用藏话喊道："上阿妈的仇家，上阿妈的仇家。"他的六个伙伴和一群领地狗呼啦一下跟了过去。

很快他们见到了诺布和保护着诺布寸步不离的三只大牧狗。他们停留了一会儿，狗和狗说着话，人和人说着话。白狮子嘎保森格在见到獒王虎头雪獒的一刹那，恭敬地竖起了尾巴，然后走过去，谦卑地闻了闻獒王尊贵而雪白的獒毛。獒王虎头雪獒伸出舌头舔了它一下，以表示自己对它的厚爱。而对新狮子萨杰森格和鹰狮子琼保森格，獒王只是用眼睛问候了一声："好长时间没见了，你们好啊。"萨杰森格和琼保森格走过来，在五步之外停下，敬畏地朝它低下头，用鼻子沙沙沙地喷着地上的草。獒王有礼貌地回喷了一鼻子气，然后扭头望着嘎保森格的嘴，矜持而赞赏地眨了眨眼睛。

白狮子嘎保森格知道自己的嘴边有一些残留的狼血，这是一种光荣的印记，尽管这样的光荣印记对一只身经百战的藏獒来说如同舔了一口凉水一样平常，但它还是故意显露在了獒王虎头雪獒的面前。獒王知道它是故意的，也知道这只跟自己同样圣洁雪白的藏獒有着非凡的勇力和过人（狗）的聪明才智，是个天生我才必有用的角色。所以它给足了它面子，即使面对把狼血留在嘴边作为炫耀这样浅薄的举动，它也没有不屑一顾。作为一只獒王它本能地欣赏有能耐的同类，就像大王欣赏英勇顽强的将军一样。为了这种欣赏，它大度地原谅了它已经隐隐感觉到的貌似谦卑的嘎保森格从骨子里透出来的傲慢和自负。它以为有一技之长且不成熟的藏獒都这样，况且白狮子嘎保森格还不是一技之长，而是多技之长。它这样想是因为它很自信，它简直太自信了，太觉得自己的智慧和勇力无獒能敌了。所以当它身边的灰色老公獒提醒它，嘎保森格也是一身雪白，你看它嘴上留狼血的样子，简直就没有把你放在眼里时，獒王虎头雪獒只是笑了笑，似乎是说：嘎保森格一身雪白又怎么样，我已经有预感，它的存在永远不会是对我作为獒王的挑战。

獒王虎头雪獒率先离开了那里。全体领地狗和三只大牧狗都跟了过去。它们毫不犹豫地认为，七个上阿妈的孩子已经去了碉房山，西结古的碉房山于今夜耻辱地遭到了上阿妈的仇家的侵略。它们恨得咬牙切齿，引导着以巴俄秋珠为首的七个西结古草原的孩子，像水流漫溢的野驴河，哗啦啦地冲破了越来越厚重的夜色。

梅朵拉姆追上了巴俄秋珠，严肃地说："你不能去打架，你和他们都是贫苦牧民的孩子，互相打坏了怎么办？再说你虽然叫巴俄秋珠，但你还不是真正的巴俄（英雄），你没有权利命令他们离开西结古草原，草原是大家的，不是你一个人的。"巴俄秋珠的黑眼睛一闪一闪的，他能猜到她的意思，但不知道如何反应，只能一声不吭，把所有的话憋在脑子里：阿爸被上阿妈草原的人打死了，立志报仇的叔叔也被上阿妈草原的人打死了。阿妈嫁给了送鬼人达赤，送鬼人达赤是不吉利的，不吉利的人不能给阿爸和叔叔报仇，能报仇的就只有他了。他一定要报仇，不报仇就不是男人，就要被头人抛弃被牧民嗤笑被姑娘们瞧不起了，草原的规矩就是这样。

巴俄秋珠朝前跑去，转眼就把他眼里的仙女汉姑娘梅朵拉姆落在了后面。梅朵拉姆回顾身后，发现连诺布和三只大牧狗也被巴俄秋珠裹挟而去了。她不禁打了个哆嗦，连连呼唤着诺布和三只大牧狗，快步跟了过去，走着走着就发现，黑暗中的碉房山已经被自己踩在脚下了，就好像碉房山突然倒塌了似的。到处都是游蹿的狗影和炸响的狗叫。她喊着："诺布你在哪里？嘎保森格，萨杰森格，琼保森格，你们在哪里？"

2

冈日森格一直呜呜呜地哭着，边哭边朝门口挪动了几步。父亲来到它身边，抚摩着它，吱扭一下推开了门。就跟他想到的一样，黑色的背景上出现了七个黑色的轮廓，那是被父亲带到西结古的七个上阿妈的孩子。他们来了，他们看到冈日森格站在门里，就不顾一切地扑进来，争先恐后地抱住了它。冈日森格呜呜呜地哭着，是悲伤，也是激动。父亲吃惊地问道："你们居然还没有离开西结古？你们怎么知道它在这里？"

大脑门的孩子嘿嘿地笑着。他一笑，别的孩子也笑了。脸上有刀疤的孩子抚摩着冈日森格的头比画了一下。大脑门立马伸出了手："天堂果。"父亲说："我知道你们跟我来西结古是因为我给了你们几颗天堂果，那不是什么天堂果，那就是花生，是长在土里的东西，在我的老家，遍地都是，想吃多少有多少。但是在这里，我没办法给你们，我带来的花生已经吃完了。你们还是走吧，这里不是你们呆的地方。"大脑门把父亲的话翻译给别的孩子听。刀疤站起来指了指冈日森格。大脑门点点头，对父亲说："我们要和它一起走。"父亲说："冈日森格的伤还没好，现在走不了。"刀疤猜到父亲说的是什么，用藏话说："那我们也不走了。"大脑门点点头，所有的孩子甚至连冈日森格都点了点头。父亲说："你们只有七个人，而且都是孩子，你们不怕这里的人这里的狗？快走吧，回到你们上阿妈草原去吧。"大脑门说："我们不回上阿妈草原了，永远不回去了，一辈子两辈子三辈子不回去了。"父亲吃惊地问道："为什么？难道上阿妈草原不好？"大脑门和刀疤说了几句什么，然后告诉父亲："上阿妈草原骷髅鬼多多的有哩，吃心魔多多的有哩，夺魂女多多的有哩。"父亲说："不回上阿妈草原，你们想去哪里？"刀疤又一次猜到父亲说的是什么，用藏话说："冈金措吉，冈金措吉。"大脑门对父亲说："额弥陀冈日。"父亲说："什么叫额弥陀冈日？"大脑门又说："就是海里长出来的大雪山，就是无量山。"父亲问道："无量山在哪里？"大脑门摇摇头，望了望夜色笼罩的远方。所有的孩子都望了望远方。远方是山，是无穷无际的大雪山，是四季冰清的莽莽大雪山。父亲说："你们去那里干什么？"没有人回答。

大黑獒那日来到了门口，歪着头，把那只肿胀未消的眼睛抬起来，望着七个上阿妈的孩子。它知道他们是冈日森格的主人，看在冈日森格的面子上它不能对他们怎么样。再说他们是喊着"玛哈噶喇奔森保"来到这里的，玛哈噶喇奔森保，这来自远古祖先的玄远幽秘的声音，仿佛代表了獒类对人类最早驯服和人类对獒类最早调教的某种信号，是所有灵性的藏獒不期而遇的软化剂，一听到它，它们桀骜不驯的性情就再也狂野不起来了。

大黑獒那日卧在了门口。它的眼睛和肚子都还有点疼，很想闭着眼睛睡一会儿，但忠于职守的禀性使它无法安然入睡。它把下巴支在前肢上，静静地望着前面。很快，它就变得焦躁不安了，扇着耳朵站起来，轻轻叫唤了几声。

发达的嗅觉和听觉告诉它：危险就要来临了。让它深感忧虑的是，冈日森格还不能自由行动，那个给它喂食伴它疗伤的汉扎西也无法保护他自己，七个上阿妈的孩子不合时宜地来到了这里——尽管他们可以凭着"玛哈噶喇奔森保"的神秘咒语阻止领地狗的进攻，但对前来复仇的西结古的孩子，那神秘咒语是不起作用的。

如果他们打起来，自己到底应该怎么办？偏向冈日森格，按照它的愿望保护它的主人七个上阿妈的孩子？这是绝对不可能的，因为保护他们就意味着撕咬西结古草原的人和狗，这是要了命也不能干的事情。或者做出相反的举动，遵从西结古的孩子的旨意，撕咬七个上阿妈的孩子？那也是不可能的，因为他们是"玛哈噶喇奔森保"的布道者，是冈日森格的主人。而冈日森格是多么有魅力的一只雄性藏獒啊，年轻漂亮，器宇轩昂，是所有美丽大方、欲望强烈的母性藏獒热恋的对象。

大黑獒那日离开门口朝前走去，走过了僧舍前照壁似的嘛呢石经墙，冲着黑夜低低地叫唤着。它已经看到它们了，那些和它朝夕相处的领地狗，那些被领地狗撺掇而来的寺院狗和牧羊狗，正在悄悄地走来。它们知道目标正在接近，这时候不需要声音，所有的偷袭都不需要声音，所以就轻轻地走来。西结古寺突然寂静了，整个西结古草原突然寂静了。只有大黑獒那日的声音柔柔地回荡着，那是一种问候、一种消解：你们怎么都来了？有什么事儿吗？它悠悠然摇着尾巴，尽量使自己显得气定神闲，逍遥自在。

狗们有些疑惑：这不是大黑獒那日吗？这里明明弥漫着生人生狗的气息，它怎么没事儿似的。它们在獒王虎头雪獒的带领下停在了离它二十步远的地方，一个个回应似的摇着尾巴，等待着大黑獒那日的解释。大黑獒那日步履滞重地走了过去。凭着它和獒王虎头雪獒之间比较亲密（是伙伴的亲密而不是雌雄的亲密）的关系，凭着它在领地狗群中的威望，它相信它的解释不可能一点效果也没有。它的解释就是让它们看到它身上正在愈合的伤口，闻到它身上弥散不去的汉扎西的味道和冈日森格的味道，让它们知道它跟汉扎西跟冈日森格已经是亲密无间了。至于七个上阿妈的孩子，他们是冈日森格的主人，亲近冈日森格就必然要亲近它的主人，这难道不是常识吗？

许多领地狗明白了大黑獒那日的意思，恍恍惚惚觉得它的选择也应该是它们的选择，可以不必剑拔弩张了，回吧，回吧，去野驴河边睡觉去吧。它的同胞姐姐大黑獒果日走过来怜爱地舔了舔它的伤口，然后就"回吧回吧"地叫起来。但是寺院狗和三只大牧狗并不买它的账，它们既不认同大黑獒那日的威望，也不像大黑獒那日那样存有"爱江山更爱美男"的私念，静悄悄的狗群里突然响起了一阵苍朗朗的鸣叫，这是嘘声，是对大黑獒那日的责备。大黑獒那日呜呜呜地回应着，意思是说：看在西结古草原的面子上，你们就听我一次吧。领地狗和寺院狗以及三只大牧狗你一声我一声地叫着，都把眼光投向了獒王虎头雪獒。它们知道，到了这种时候，是进是退的决定权应该在獒王手里，獒王怎么说，大家就会怎么做。

獒王虎头雪獒一直盯着大黑獒那日。大黑獒那日乞求着来到了獒王跟前。獒王闻了闻它的鼻子，看了看它身上的伤口，又舔了舔它受伤的眼睛，然后奋然一抖把浑身雪白的獒毛抖得哗啦啦响。这就是说，它不想走，至少不想马上就走，因为还有人类，人类才是这次行动的主宰。在这样的主宰面前，藏獒能够选择的并不是进退，而是听话。最凶猛的藏獒往往也是最听话的走狗。大黑獒那日明白了獒王的意思，沮丧地离开它，穿行在领地狗的中间，哀哀地诉说着：闻闻我身上的味道吧，那是汉扎西和冈日森格的味道，我跟这一人一狗已是彼此信赖的朋友了，你们就饶了他们吧，七个上阿妈的孩子是冈日森格的主人，你们也饶了他们吧。

不会有狗听它的了，连同情它的那些领地狗也立马改变了主意，因为巴俄秋珠和他的伙伴撑了上来。他们一起喊着："獒多吉，獒多吉。"喊得狗们一个个亢奋起来，然后又喊着："上阿妈的仇家，上阿妈的仇家。"狗叫突然爆响了，狗群就像决堤的潮水，朝着僧舍汹涌而去。大黑獒那日望着狗群，浑身抖了一下，突然跟着它们跑起来。它吃惊自己居然跑起来了，而且速度也不慢。它的伤口还没好，左眼和肚子让它难受得又是咬牙又是吸气，但是它毕竟可以四肢灵活地跑动了。它跑到了僧舍门口，堵挡在台阶上，冲着黑暗的天空，憋足力气叫了一声。

父亲的动作太慢了，他没有来得及关上门，野心勃勃的表现欲极强的牧羊狗白狮子嘎保森格就首先扑进了僧舍，接着是新狮子萨杰森格和鹰狮子琼保森格，接着是灰色老公獒和大黑獒果日等几只凶猛的领地狗。七个上阿妈的孩子猛乍乍地喊起来："玛哈噶喇奔森保，玛哈噶喇奔森保。"

也是白狮子嘎保森格，首先愣了，它几乎扑到了站在前面保护着冈日森格的刀疤身上，但却没有下口咬住他。那个声音太奇怪了，奇怪得让它感到仿佛听到了遥远的主人隐秘的呼唤。可面前的这个人它明明不熟悉，气味和形貌都不熟悉，怎么会发出记忆深处那个远古主人的声音呢？它用几乎和对面的刀疤一样高的身体横挡在孩子们跟前，呼呼地闷叫着，但已经不是撕咬前的恐吓与威逼而是询问了：你们是谁啊？难道是我最早的主人，是我上一辈子的主人，是我父亲母亲或者祖父祖母的主人？回答它的依然是"玛哈噶喇奔森保"。

所有扑过来的藏獒都愣着，都情不自禁地朝后退去。趁着这个机会，父亲跳到门口，把大黑獒那日连抱带拉地弄进了僧舍。在他的意识里，对手的朋友也应该是对手，大黑獒那日已经是冈日森格的朋友了，自然也就是领地狗群的对手，难免不遭对方的攻击。大黑獒那日挣扎着，它似乎并不愿意接受父亲的呵护，更希望自己在这个非常时刻保持中立的姿态，只对着天空不偏不倚地叫嚣。

"那日，那日。"狗不叫了，人开始叫。巴俄秋珠的声音让大黑獒那日的耳朵猛然一扇，它挣脱了父亲的拉扯，奋力朝外跑去。黑暗中巴俄秋珠满怀抱住了它，伸出舌头舔了舔它的眼睛，又趴在地上舔了舔它的肚子。就像久别重逢的亲人，大黑獒那日的尾巴使劲摇着，差不多就要摇断了。父亲担忧地喊起来："那日，那日，那日快进来。"但是来到父亲面前的不是大黑獒那日，而是裹着红氆氇的铁棒喇嘛藏扎西。藏扎西一手举着火把，一手拿着铁棒，一进门就把七个上阿妈的孩子拨拉到了门口，然后用自己魁梧的身子挡住父亲和冈日森格，口气平和地说："你们已经跑不掉了，还是出去吧，一对一是不可避免的，一定要使劲啊，你们的命运就掌握在你们自己手里。"

七个上阿妈的孩子出去了，藏扎西紧跟着也出去了。僧舍外面，在门口的台阶和嘛呢石经墙之间的空地上，挤满了狗影和人影。西结古寺的十几个铁棒喇嘛和十来个闻讯赶来的牧人举着火把，鹤立鸡群地矗立在一群狗和一群孩子之上。加上诺布一共八个西结古的孩子愤怒地面对着七个上阿妈的孩子。狗群又开始狂叫了，但并没有扑过去，它们似乎已经意识到，只要扑过去，就又会被密咒似的"玛哈噶喇奔森保"的声音挡回来。

仿佛是故意说给父亲听的，铁棒喇嘛藏扎西大声用汉话说："我们按照规矩办，孩子对孩子，七个对七个，大人不算数，狗也不算数。上阿妈的要是输了，一人留下一只手，滚出西结古草原，上阿妈的要是赢了，我们一人送你一只羊，囫囵身子滚出西结古草原。"他刚说完，就有喇嘛和牧人举起了手，铁棒嗡嗡嗡地响，火把哗啦啦地流。

父亲来到了门外，看到火把照耀下的西结古草原的孩子一个个像一团燃烧的火，每一张脸都是金刚怒目的样子；看到火光里鹤立鸡群的并不都是铁棒喇嘛和牧人，还有梅朵拉姆。梅朵拉姆，三更半夜，你跑到这里来干什么？

父亲喊了她一声，但她没有听见。她也在喊人，她喊的是巴俄秋珠，她要阻止这场打斗，就想把巴俄秋珠喊到自己身边来。但巴俄秋珠没听见，美丽仙女的声音他居然没听见。梅朵拉姆又喊诺布，喊了诺布又喊嘎保森格、萨杰森格、琼保森格。诺布过来了，接着新狮子萨杰森格和鹰狮子琼保森格也过来了。最后过来的是白狮子嘎保森格，它慢腾腾的，不断地回头张望着，显得极不情愿。但它明白自己必须听从梅朵拉姆的，因为它是跟她出来的，她虽然只是家中的客人，但从尼玛爷爷一家对她的态度中它知道，她也应该是它的主人，更何况还有诺布。作为一只家养的藏獒，它掂得出轻重，守在诺布和梅朵拉姆跟前，保护他们的安全才是最最重要的。

梅朵拉姆拽住诺布说："咱们走，咱们回家去，再不回去，爷爷和阿爸阿妈会着急的，巴俄秋珠的事儿咱们不管了。"话虽这么说，梅朵拉姆并没有马上就离开，因为她看到冈日森格摇摇晃晃地走出了僧舍，站到了它的主人七个上阿妈的孩子跟前。狗群更加粗野地狂叫着，忽地涌过去，眼看就要扑到冈日森格身上，脸上有刀疤的孩子赶紧跳起来护住了它，又大喊一声"玛哈噶喇奔森保"。

狗群朝后退去，冈日森格从刀疤身后钻出来，无所畏惧地挡在了刀疤和巴俄秋珠之间。巴俄秋珠朝前推了推自己身边的大黑獒那日，喊起来："那日，那日，上。"在他看来，既然冈日森格是负了伤的，让别的狗去撕咬显然是胜之不武的，公平合理的办法就是让同样负了伤的大黑獒那日去战胜它。但是他没有想到，大黑獒那日已经不能了，在对待冈日森格的问题上，它早已成了西结古草原的叛徒。大黑獒那日望着巴俄秋珠，朝后缩了缩。巴俄秋珠奇怪地扫了它一眼，突然推开它，喊了一句什么，跳起来抱住了面前的刀疤。西结古的孩子们纷纷跳了过去。就像事先安排好的一场摔交比赛，七个西结古的孩子和七个上阿妈的孩子按照祖先的规则抱在了一起。

狗群雷鸣般地叫着，但没有一只狗扑过去帮忙。冈日森格扬起了头呜呜地叫着，也没有过去帮忙。好像有一种默契，只要主人们一对一地抱在一起，狗们就只能这样用叫声助威，除非主人发出进攻的信号。但是，信守规则的主人，在这种时候，是不会借助狗来战胜对手的，那样的胜利只能是耻辱而不是光荣。

巴俄秋珠和刀疤的摔交最先有了结果，刀疤倒地了。巴俄秋珠举起了胜利的双手，喊道："那日，那日，上。"他希望大黑獒那日在这个时候冲向冈日森格，一爪扑倒它，然后咬死它。大黑獒那日身体后倾着，做出要前扑的样子。父亲赶紧过去，蹲在地上抱住冈日森格的脖子，警惕地望着大黑獒那日说："你可千万不能背信弃义。"灵性的大黑獒那日顿时摇了摇尾巴，侧过身去，一连后退了几步。巴俄秋珠突然明白过来：大黑獒那日已经有二心了。但他越是明白就越想让它回心转意，就越要让它扑过去撕咬冈日森格。他是大黑獒那日小时侯的主人，他自信他的话是最有权威的。"那日，那日，上。"他更加激烈地喊起来。大黑獒那日再一次做出了前扑的样子。

还在摔交的孩子陆续倒地了，倒地的六个孩子中三个是上阿妈的孩子，三个是西结古的孩子。这就是说，摔跤以四比三结束，上阿妈的孩子输了。铁棒喇嘛藏扎西望了一眼父亲，又望了一眼汉姑娘梅朵拉姆，大声用汉话说："输了，输了，上阿妈的输了，先关起来，明天一人砍掉一只手，再赶出西结古草原。"说罢，招呼几个牧人，拽起七个上阿妈的孩子就走。父亲松开冈日森格，追到嘛呢石经墙跟前说："你们要干什么？你们真的要砍掉他们的手？我求求你们放了他们，他们是我带到西结古来的。"藏扎西假装没听懂他的话，弯腰扛起一个孩子，又用胳膊夹起一个孩子，大步走去。

冈日森格过来了，嗤嗤地叫着，想跳起来阻止一个牧人对刀疤的拽拉，身子突然一歪，扑通一声倒在了墙边。

巴俄秋珠朝着嘛呢石经墙使劲推搡着大黑獒那日："那日，那日，上。"大黑獒那日跑过去了，但不是撕咬冈日森格，而是和冈日森格一起趴在了地上。它心疼地舔着冈日森格的脸，不顾一切地用它的全部柔情安慰着这只受了伤的雄壮公獒。巴俄秋珠生气地骂了一句，一蹦子跳过去，撕住大黑獒那日的耳朵，把它拉到一旁，又指着墙边的冈日森格，冲狗群喊道："獒多吉，獒多吉，咬死它，咬死它。"

狗群顿时分成了两部分，一部分冲过去了，他们是领地狗中喜欢凑热闹的小喽啰藏狗和一些寺院狗；另一部分原地不动，它们是领地狗中威严傲慢的藏獒。它们原地不动的原因是獒王虎头雪獒没有动。獒王以极其冷静和超然的态度观察着面前的一切，对身边的灰色老公獒和大黑獒果日说："它好像离我们远去了。我们要等等看，看它到底会怎么样，到底会走多远。"獒王说的"它"，就是大黑獒那日。

大黑獒那日冲着和自己朝夕相处的狗群汪地一声。巴俄秋珠满脸怒火，用惩罚叛徒的狠恶，猛踢了大黑獒那日一脚。大黑獒那日痛苦地呜咽了一声，绝望地趴在了地上。父亲冲巴俄秋珠大吼一声："你胡来，你疯啦？"突然，大黑獒那日站了起来，呜呜地叫着，用它此刻所能发出的最大声音乞告狗群：别呀，你们别对冈日森格下手。横冲过去的狗群蓦地停下了，连吠声也没有了。

巴俄秋珠不依不罢地喊着:"獒多吉,獒多吉,咬死它,咬死它。"父亲后来知道,"獒多吉"是猛犬金刚的意思,是西结古人对藏狗杀性的鼓动,就好比汉人"冲冲冲杀杀杀"的呐喊。不论是领地狗,还是看家狗和牧羊狗以及寺院狗,一听到这种声音,就都知道人需要它们奋力向前,拼死一搏的时刻来到了。

狗群再次动荡起来,吠声又起。火光中,照壁似的嘛呢石经墙把黑影拉到天上去了。大黑獒那日乞求地望着巴俄秋珠,正要过去保护冈日森格,被巴俄秋珠一脚踢在了鼻子上。这一脚虽然踢得不重,却代表了不可违拗的主人的意志。大黑獒那日彻底绝望了,悲号了一声,狂猛地朝前跑去。

大黑獒那日跑向了嘛呢石经墙,嘛呢石经墙坚硬而高大。一声巨大的碎了的响声耷然而起,接着就是血肉喷溅。当大黑獒那日在血色中火光里轰然倒地的时候,盯着它的人和狗才恍然明白发生了什么事情——在服从神圣主人的威逼和服从性与爱的驱使之间,大黑獒那日选择了第三条道路:撞墙自杀。

獒王虎头雪獒大叫了一声。大黑獒那日的姐姐大黑獒果日大叫了一声。灰色老公獒和所有近旁的藏獒都大叫了好几声。但它们大叫的意思略有不同,在獒王虎头雪獒是被深深刺痛后的悲愤之嚎:"它真的已经离我们远去了,不能啊大黑獒那日,美丽无比的大黑獒那日,青春激荡的大黑獒那日,你不能就这样离我们远去。"在大黑獒果日是悲痛欲绝:"妹妹死了,妹妹死了。"在别的藏獒是吃惊和惋惜:"它怎么死了?它怎么就这样自杀了?"

转眼就是沉默。獒王虎头雪獒走过去,闻了闻大黑狗那日,又默默地走回来,走到黑暗的獒群里去了。就在这走来走去的时候,獒王突然做出了一个它终其一生都不会改变的决定:一定要赶走或者咬死冈日森格。因为正是这只外来的年轻力壮的狮头公獒勾引了大黑獒那日,又直接导致了它的死亡。它记得自己对大黑獒那日是不错的,这种不错完全有可能发展成雌雄之间的那种亲热、那种甜蜜。大黑獒那日对獒王虎头雪獒的态度也是蜜蜜绵绵、羞羞答答的,只是还没有来得及发展到允许獒王跟它交配的那一步,因为大黑獒那日不能忽视獒王对姐姐大黑獒果日的态度。在獒王虎头雪獒眼里,大黑獒果日同样也是美丽无比、青春激荡的,它作为獒王既喜欢妹妹那日,又喜欢姐姐果日,所以它一直都在选择,天天都是举棋不定。举棋不定的时候,妹妹那日死了。为了保护或者为了不能保护冈日森格,大黑獒那日居然如此悲烈地了断了自己。该死的狮头公獒,一堆金黄色的应该迅速烂掉的皮毛,我要是对你不管不问,我就不是獒王了。满腹的悲痛加上隐隐的忌妒,獒王虎头雪獒迅速酝酿着自己的仇恨,悄悄地朝前走去。

它是走向冈日森格的，它要即刻实现自己的决定：赶走或者咬死冈日森格。雪白的身影移动着，眼看就要靠近冈日森格了。这时突然从旁边凌乱的狗影中冒出了另一个雪白的身影，横挡在了它面前。獒王虎头雪獒停下了，它等待着对方给它让路，它觉得对方这是不小心堵在了它前面，它没有必要发怒，只要对方马上让开。但是对方没有马上让开的意思，对方是白狮子嘎保森格。

嘎保森格用无法抑制的大胆举动明确无误地表示了它对獒王虎头雪獒的不尊重，那生硬的态度仿佛在说：獒群里怎么能出这样一个叛徒呢？你是獒王，你为什么要容忍一个西结古藏獒的败类生活在你身边呢？獒王虎头雪獒不习惯这样的态度，冲白狮子嘎保森格吼了一声。嘎保森格居然也朝獒王吼了一声。獒王吃了一惊，然后就是愤怒，本来它就是愤怒的，现在更加愤怒了，愤怒得都有点不分青红皂白了。它扑了过去。嘎保森格用肩膀顶了一下，试了试獒王的力量，等獒王再次扑来时，它迅速闪开了。毕竟嘎保森格是一只成熟的公獒，它深知现在还不到正式挑战獒王的时候，它得继续忍耐，得把更多的力量和智谋蓄积在年轻的身体中和更加年轻的大脑里，得用很长一段时间来韬光养晦，寻找机会也等待机会来寻找自己。它竖起尾巴，假装认错地摇了摇。恰好这时梅朵拉姆又开始高一声低一声地喊它了，它转身跑了过去。

獒王虎头雪獒觉得白狮子嘎保森格今天的举动有点蹊跷，气恨而又疑惑地望着它的背影直到消失，再回过神来寻找冈日森格时，冈日森格已经不见了。它遗憾地甩甩头，沿着气味赶紧寻找，轰轰轰地一阵猛叫。

父亲是机敏的，就在狗群和七个西结古的孩子注目大黑獒那日，獒王虎头雪獒和白狮子嘎保森格发生摩擦的时候，他迅速扶起冈日森格，拽着它的鬣毛，快步走向了僧舍。等獒王虎头雪獒反应过来，带领狗群再次蜂拥而至时，僧舍的门已经被父亲从里面牢牢闩死了。

冈日森格知道父亲又一次救了它，呜呜地叫着，用下巴蹭着父亲的腿，感激地哭了。父亲顾不上和冈日森格交流感情，从窗户里望过去，想知道大黑獒那日到底怎么样了，就见嘛呢石经墙前，簇拥着几个孩子和几个打着火把的牧人。巴俄秋珠趴在地上悲切地叫着："那日，那日。"

梅朵拉姆牵着七岁的诺布，带着三只大牧狗，沿着碉房山的小路，匆匆走下山去。他们先来到西结古工作委员会的会部牛粪碉房的门前，敲出了白主任白玛乌金和眼镜李尼玛，告诉他们，七个上阿妈的孩子打架打输了，西结古草原的人已经把他们抓起来，准备明天一人砍掉一只手，然后赶出西结古草原。她说:"赶快啊,白主任,工作委员会得出面干涉了,要不然七个上阿妈的孩子就会一人丢掉一只手,人是不能没有手的,白主任。"

白主任说:"是啊,是啊,没有了手他们将来怎么做一个自食其力的牧民。不过,这件事儿并不那么简单,如果我们出面干涉,七个孩子的手是不是就能保得住呢?更让我担心的是,一旦我们出了面,就说明我们是同情七个上阿妈的孩子的。这七个孩子值得同情吗?当然值得,因为一看他们破衣烂衫的样子就知道他们是贫苦牧民的后代。问题是西结古草原各部落和上阿妈草原各部落的仇恨是不共戴天的,如果我们恩怨不明,立场不稳,就会影响在整个青果阿妈草原孤立上阿妈草原各部落的策略。我听过上级的传达,上阿妈草原的部落头人坏得很哪,过去都是投靠马步芳的,送金子,送银子,送劳役,送小妾,帮着马步芳的骑兵团杀害西结古草原的藏民和藏獒,这样的事情是不能饶恕的。我们工作委员会的主要任务是了解民情,联络上层,争取民心,站稳脚跟,现在基本上做到了,万一因为这件事情,引起西结古草原的头人和牧民对我们的反感,那不就前功尽弃了?"梅朵拉姆跺着脚说:"可我们总不能见死不救吧?"白主任说:"谁说见死不救了?我是说我们得有一个万全之策,既要坚决制止事态的发展,又不能鲁莽行事。"梅朵拉姆问道:"有什么万全之策?"白主任沉吟着说:"这事儿我来处理吧,你赶快回去睡觉,都这么晚了。"又对身边的李尼玛说,"你送送她,不要让她再乱跑了,夜里一个人出来,很不安全。"

回帐房的路上,梅朵拉姆一直皱着眉头低着首。诺布走累了,趴在了白狮子嘎保森格身上。嘎保森格驮着它,不紧不慢地跟在梅朵拉姆身后。新狮子萨杰森格和鹰狮子琼保森格警惕地望着四周,不时地吠叫一声。李尼玛忍不住说:"你以后不要这样。"梅朵拉姆没好气地说:"不要哪样?"李尼玛说:"不要到处乱跑,也不要操心太多,你是一个大夫,看好病就行了。"梅朵拉姆说:"这是我分内的事儿,我作为一个大夫不能看着他们把人致残而不管吧?"李尼玛说:"你能有什么办法,西结古草原和上阿妈草原的矛盾是历史造成的,很深很深,深得都说不清谁是谁非了。我告诉你,部落战争是草原生活最基本的形态,草原的历史就是部落之间互相打仗的历史,没有打仗就没有部落,也没有草原,砍手、砍脚、割耳、割鼻,甚至扒皮、杀头,这种事儿多了,在过去根本就不算什么。"梅朵拉姆说:"可现在不是过去,现在就是现在,过去我没来,现在我来了。"李尼玛吃惊地望着她说:"人家叫你梅朵拉姆(花朵一样的仙女),你真的就有花朵绽放、女神降临的感觉啦?"梅朵拉姆说:"你少挖苦人，回去吧，不需要你送。"李尼玛看到离尼玛爷爷家的帐房已经不远，便停下来目送她走了过去，然后转身走了。

梅朵拉姆加快脚步，来到尼玛爷爷家的帐房前，从白狮子嘎保森格身上抱起已经睡着的诺布，正要钻进帐房，就听不远处有人腾腾腾地走来，说："你们回来了？我去寺里找你们，说你们已经离开了。"是尼玛爷爷的儿子班觉。三只大牧狗争相迎了过去。班觉过来，把半个身子探进帐房，拿出一个羊皮口袋，倒了一些风干肉在大木盆里，对三只大牧狗说："吃吧吃吧，都跑了大半夜了，吃了赶紧睡，天一亮还要跟着畜群出牧呢。"班觉的老婆拉珍听到动静赶紧从被窝里钻出来，要给梅朵拉姆和诺布烧奶茶，热手抓。梅朵拉姆把诺布放到紧挨着自己的毡铺上，做着动作说："别忙活了，睡吧，过一会儿你就要起来做早饭了。"拉珍不听梅朵拉姆的，她只听丈夫的话，丈夫说了：梅朵拉姆什么时候回来，你什么时候把热腾腾的奶茶和手抓端给她。

三只大牧狗迅速吞咽了一些风干肉，卧在门口很快睡着了。它们比人更清楚，自己必须保持足够的精力，只要天一亮，只要跟着羊群和牛群走向野兽出没的草原，就一个盹儿也不能打了。

3

照壁似的嘛呢石经墙前，传来了巴俄秋珠的哭声。这哭声告诉别人：大黑獒那日死了。它躺在地上纹丝不动，头撞开了一个口子，鼻梁撞断了，原来就有伤的左眼再次迸裂，血流了一头一地。这样一副情状，谁看了都会唏嘘不已。有个牧人唏嘘完了又朝巴俄秋珠厉声呵斥道："哭什么？你要害了那日吗？你一哭那日的灵魂就会留在你的哭声里，就不能飞到远远的地方去转世了。"巴俄秋珠赶紧止住了哭声，呆愣了一会儿，觉得后面有动静，回头一看，发现牧人们已经走了，和自己一起奔波了大半夜的六个孩子也准备带着所有的领地狗和寺院狗离开。他知道这是对的，自己也必须和他们一起走。这里现在需要安静，需要驱散活人和活狗的气息，让大黑獒那日的灵魂尽快摆脱尘世的羁绊，在经声梵语的烘托下，乘着袅袅的桑烟飞升而去。

寺院里的桑烟、大经堂里的酥油灯、护法神殿里的火焰塔都是彻夜不熄的，守夜的喇嘛经声不断，金刚铃清脆的声音如同空谷滴水，风把殿顶的宝幢和法轮拍得嗡嗡响，经幡悄悄地摆动着，仿佛那些美丽的经文排着无尽无止的队伍，脚步沙沙地走上了天路，走到佛的耳朵里去了。比夜色还要沉黑的嘛呢石经墙的暗影下，大黑獒那日静静地躺着，死了。人们没有去把藏医尕宇陀喊来治疗，就证明它已经死了。

然而父亲却认为它还活着。他不懂这里的规矩，觉得人们没有把它抬出寺院挖坑埋掉或者喂掉老鹰，就证明它还没有死。他心说这些人真是不像话，人家都伤成这个样子了，他们说走就走了。尤其是光脊梁的巴俄秋珠，只知道利用大黑獒那日打仗，只知道喊什么"那日那日上"，或者"獒多吉獒多吉"，那日一倒下他就不管了，就权当它死了，这就好比一个没有良心的将军，把不能战斗的战士都看成了死人。大黑獒那日是怎么伤的？还不是他逼的。父亲打开门，悄悄地走过去，蹲在大黑獒身边仔细看着。

父亲什么也没有看到，夜色是黑的，獒毛是黑的，血迹也是黑的。他只是在心里看到了，大黑獒那日伤得很重，需要马上急救。怎么急救？他不是大夫，既没有药物也不懂技术，只知道嘴对嘴地呼吸就是急救。他展展地趴在了地上，用自己的嘴对准了耷拉在地上的大黑獒那日的嘴，使劲地吸一口，又狠狠地呼出去。不知道这样到底有没有效果，反正他心里觉得是有效果的，大黑獒那日就要好起来了。嘴对嘴呼吸了差不多二十分钟，父亲站了起来，回到僧舍里，端来了酥油灯。他想知道大黑獒那日的新伤口在哪里，是不是还在流血，如果流血不止，就应该先把血口子扎住，再去把藏医尕宇陀叫来。

酥油灯往地上一放，父亲就看到了血。血其实已经不流了，但他看到的却是流，灯光一闪，不流的血就流起来了。他说："哎哟妈呀，就像泉眼子一样往外冒呢。"他赶紧包扎，手头没有纱布，就只好撕扯自己的衣服。他撕下了半个前襟和一只袖子，把大黑獒那日的头严严实实包了起来。包扎完了，父亲坐在地上愣愣地想：这大黑獒那日真是了不起，巴俄秋珠让它咬冈日森格，它偏不咬，它说你让我咬我就死给你看，于是它就英勇地撞到了嘛呢石经墙上。嘛呢石经墙是什么墙？是祈福的墙保平安的墙，再硬也是软的，大黑獒那日怎么会撞死呢？藏扎西说了，藏獒的命有七条，也就是说它死七次才能真正死掉，现在才死了几次？最多两次。它不会死，它就是撞伤了，伤不怕，人和狗都是吃什么补什么的，它伤在头上，明天就让藏扎西找一个羊头或者牛头来，它吃了羊头牛头就什么都能长好了。再说寺院里还有藏医尕宇陀，藏医尕宇陀就是藏族的华佗，"妙手回春"这个词，说的就是他们两个。

父亲乱七八糟想着的时候，有一双眼睛在黑暗中看着他。这双眼睛属于那个专门给领地狗抛散食物的老喇嘛顿嘎。老喇嘛顿嘎其实早就来了，躲在嘛呢石经墙后面于心不忍地偷看着就要灵肉分家的大黑獒那日,但他没有看到那日的灵魂升天,却看到了父亲的一举一动。他感动得老泪纵横,又觉得父亲这个时候不该出现在这里,就忍不住从嘛呢石经墙后面走出来,给父亲小声说着什么,又比画着什么,意思是你赶快离开这里,灵魂升天是需要安静的,再也不要嘴对嘴地呼吸了,你会把大黑獒那日的灵魂吸走的,你吸走了大黑獒的灵魂下一辈子你就是一只大黑獒。依照父亲的性格,他要是完全听懂了老喇嘛顿嘎的话就一定会说:"做个大黑獒有什么不好?勇敢善战,视死如归,忠诚可靠,义重如山,是狗中的义士,动物里的君子。"可惜他没有完全听懂,只搞明白了一点,那就是让他赶快离开这里。

父亲站起来说:"好啊,我马上就走。你帮帮我,把那日抬到僧舍里去,卧在这里露水会打湿伤口的。"说着就要抱住大黑獒那日的头。老喇嘛顿嘎一声惊叫,死死地按住了他的手。父亲愣了一下,没来得及搞明白顿嘎的意思,顿嘎又是一声惊叫。这一声惊叫比前一声惊叫还要惊人,因为顿嘎突然听到了大黑獒那日的声音。

大黑獒那日呻唤着,声气小小的,小小的,差不多就跟空气的流动一样小,但老喇嘛顿嘎敏感地捕捉到了。他惊喜地说:"那日活了。"说罢就扑通一声跪在了父亲面前,咚咚咚地磕起头来,"觉阿汉扎西,觉阿汉扎西。"意思是称赞汉扎西是个佛。在他看来,大黑獒那日原本是死了的,是父亲救活了它。父亲几天前救活了前世是阿尼玛卿雪山狮子的冈日森格,现在又救活了大黑獒那日,如果不是佛爷转世,怎么能够创造让死掉的生命活过来的奇迹呢?可是父亲并不清楚老喇嘛顿嘎的想法,他四下里看了看说:"你给谁磕头呢?"说着赶紧和老喇嘛并排跪下,也磕起了头。他以为面前的黑暗里一定出现了一个老喇嘛顿嘎看得见他却看不见的神或者鬼,所以顿嘎才显得如此紧张如此恭敬。顿嘎膝盖一转,再次对着父亲磕了一个头。父亲这才有一点明白,赶紧拉他起来问道:"怎么了,怎么了,我怎么了?"

这天晚上,天快要亮的时候,父亲和老喇嘛顿嘎把大黑獒那日抬进了僧舍。父亲蹲在大黑獒那日身边对老喇嘛顿嘎说:"快去啊,你把藏医尕宇陀叫来。"顿嘎听到父亲的汉话里有"尕宇陀"这个藏话的词儿,转身就走。这时一直注视着父亲的冈日森格走了过来,用牙齿拽了拽父亲的衣服,来到了门口,看父亲并没有跟它走的意思,就又回来拽了拽父亲的头发。父亲被拽疼了,喊道:"你怎么咬我?"冈日森格摇着尾巴再次走向了门口。这次父亲明白了,忧郁地说:"我知道你的心思,你要去找七个上阿妈的孩子,阻止西结古人砍掉他们的手是不是？可是我们去哪里找他们呢？找到了又能怎么样，西结古人会听我们的？"说完了突然意识到，找到七个上阿妈的孩子也许并不难，因为有冈日森格，阻止西结古人砍手也不是没有希望，把自己和冈日森格的命搭上，西结古人难道还会无动于衷？父亲想着，倏地站了起来，很自信地朝着冈日森格摆了摆手说："我要是杀了你，你不会记恨我吧？"

父亲就是这样一个人，他有时候会有一些大胆的想法，一有想法就会马上行动起来。而无论怎样冒险的行动放在父亲身上都不会有那种瞻前顾后的沉重。他总是一往无前的。这就跟冈日森格一样，冈日森格冲锋陷阵的时候，决不会想到逢危当弃啦，遇险自保啦，硬弓弦先断啦，钢刀口易伤啦等等这些了不起的人生哲学。父亲后来说："我前世肯定是一只藏獒，要不然我怎么那么喜欢狗尤其是藏獒，狗想做的我都想做。我和狗是互相欣赏的，我觉得狗有人性，狗觉得我有狗性。到底狗性伟大，还是人性伟大，我看一样伟大。"

父亲和冈日森格出发了。他们把大黑獒那日托付给了匆匆赶来的藏医尕宇陀和老喇嘛顿嘎，然后就互相信任着去寻找冈日森格的主人七个上阿妈的孩子。冈日森格的伤还没有好利索，只能慢慢走，等父亲跟着它穿过十几条窄窄的巷道，曲里拐弯地走到西结古寺最高处的密宗札仓明王殿的时候，天已经亮了。

天是从远方亮起来的，远方是雪山。雪山承接着最初的曙色，也用自己的冰白之光播散着大地最初的黎明。父亲和冈日森格都停下来，翘首望着越来越明亮的雪山，深深呼吸着草原夏天凉爽的雪山气息。再次开路的时候，冈日森格领着父亲来到了明王殿后面山坡上能看到降阎魔洞的地方。洞前的悬崖平台上，站着十几个人。父亲和冈日森格只认识其中的铁棒喇嘛藏扎西。藏扎西守在洞门口，正在和别人说着什么。气氛有点不祥，冈日森格感觉到了，轻声而费力地叫起来。父亲抢到冈日森格前面，快快地走了过去。藏扎西一见父亲，就大声用汉话问道："汉扎西你来这里干什么？"父亲说："你不用问我，你看看我身后的雪山狮子冈日森格就知道我们是来干什么的。"

冈日森格停下了，这是个岔路口，它凭着灵敏的嗅觉已经知道自己的主人七个上阿妈的孩子虽然来过这里但现在并不在这里。可是父亲不知道，父亲走上平台问道："你把那七个孩子弄到哪里去了？"说着就要推开降阎魔洞的门进去。藏扎西把铁棒一横说："降阎魔洞里除了降阎魔尊和十八尊护法地狱主，再就是大五色曼荼罗和守洞的喇嘛了，你要找的人不在这里。"这时一个戴着高筒毡帽，裹着獐皮藏袍，穿着牛鼻靴，脖子上挂着一串红色大玛瑙的中年人用汉话说："你就是汉扎西？听说你救了雪山狮子的命，草原上的人都说你是个远来的汉菩萨，是来给西结古草原谋幸福的。"

父亲审视着中年人说："请问大叔你是谁？"中年人说："我是野驴河部落的头人索朗旺堆老爷家的管家齐美，我们老爷说了，在上阿妈的仇家杀伤杀死的人中，我们野驴河部落的最多，砍掉仇家手的应该是我们。我刚才已经去护法神殿向吉祥天母请示过啦，吉祥天母把她的批准洒到了天上，洒成了一串清脆悦耳的金刚铃声。可是铁棒喇嘛不相信我的话，他说空中的金刚铃声是吉祥天母送给所有人的祝福，硬是不让我把七个上阿妈的仇家带走。"父亲说："你先别争这个，先应该找到七个上阿妈的孩子，他们现在在哪里？"齐美管家说："他们让铁棒喇嘛藏起来了。"铁棒喇嘛藏扎西说："天已经亮了，太阳就要照到寺院里来了，光明的山上没有罪恶的阴影，七个孩子又不是七只蚂蚁，我能藏到哪里去？上阿妈的仇家是让别人抢走的，这时候说不定已经砍了手，正在返回上阿妈草原的路上。"

齐美管家不客气地说："我不相信，谁能从你铁棒喇嘛手里抢走人呢，你还是闪开，让我们进到降阎魔洞里搜一搜。"藏扎西叹了一口气，身子一侧，把手中的铁棒收进了怀里。齐美管家忽地一声趴下，朝着洞门磕了一个等身长头，跳起来推开门走了进去。父亲赶紧照着他的样子也磕了一个长头，起身就要跟进去，却被藏扎西一把拽住了。藏扎西小声道："你们西工委的白主任白玛乌金怎么没有来啊？头人的耳朵里现在只有西工委的话才是有分量的。"父亲说："他没来我来了，我就是来阻止你们胡乱砍手的。"藏扎西摇了摇头，望着降阎魔洞下面通向草原的小路上走走停停的冈日森格，神情黯然地说："你走吧，跟着雪山狮子一直走，你就能找到七个上阿妈的孩子了。"父亲说："他们真的走了？"藏扎西一言不发。

七个上阿妈的仇家开始是被铁棒喇嘛藏扎西和几个牧人带到降阎魔洞里关起来的。这些牧人来自好几个部落，好几个部落的人都想由本部落来执行这次砍手的刑罚，因为几乎所有西结古草原的部落都有人死在上阿妈人的手里。铁棒喇嘛藏扎西说："这七个上阿妈的仇家是在寺院里抓住的，按照规矩应该由我来决定把他们交给哪个部落，但明摆着我的决定会引起大家的争执，所以我打算把决定权交给草原威严的护法。你们现在赶快回去，请你们的头人或者管家去护法神殿向吉祥天母上香请求，吉祥天母批准哪个部落成为复仇的先锋哪个部落才能把人带走。"牧人们很快离去了。几分钟后，铁棒喇嘛藏扎西打开了降阎魔洞的门，急促而紧张地说："快跑啊，你们给我快跑，赶紧回到该死的上阿妈草原去，再也不要来西结古草原捣乱了。"七个上阿妈的孩子一拥而出。

但是现在，藏扎西有点后悔了，后悔自己放跑了七个上阿妈的仇家。他知道西结古草原的部落头人们是不会原谅他这种背叛行为的，因为草原的铁律之一便是惩戒仇家和叛徒，他作为一个草原法律的执行者，放跑仇家就意味着执法犯法。如果工作委员会不出面为他开脱，他就会受到叛徒应该受到的惩罚，轻则被西结古寺逐出寺门，永世取消他做喇嘛的资格，重则砍掉他的手，而且是双手，让他一辈子失去生活的能力。

草原像梦岚里的波浪，柔柔地漂动着，无极地漂动着。冈日森格带着父亲来到了和雪山一样清凉的早晨的阳光里。阳光就像雪粉，结成透明的晶体曼舞在蓝绿色的空气里，这样的空气是令生命欢欣鼓舞的。可父亲和冈日森格一点也欢欣不起来，夜晚的折腾已经使他们筋疲力尽，又走了这么长时间的路，好几次他们都有点走不动了。尤其是冈日森格，它不得不卧下来休息一会儿再走，它很累，也很痛苦，未愈的伤口和见不到主人的痛苦使它一路走来一路哭，呜呜呜的，感染得父亲也止不住潸然泪下了。

但不管冈日森格怎样苦累不堪，它追寻主人的意念始终不变。它坚定地走着，开始是向着东边的雪山，后来是向着南边的雪山，最后又改变方向朝着西边的雪山。父亲奇怪了，绕了一大圈，七个上阿妈的孩子怎么又回去了？是不是冈日森格的嗅觉出了错，把过去的味迹当成了主人今天走过的路线？就在父亲满腹狐疑的时候，冈日森格突然变得狂躁不安起来，想吠又吠不出足够大的声音，只好一再地龇着牙，连牙根都龇出来了。它伸长脖子往前走，拼命想加快脚步，但实际上它是越走越慢，几乎是原地踏步了。父亲说："歇会儿吧，你走不动了。"说着一屁股坐在地上，拍着冈日森格要它卧下。冈日森格没有卧下，朝前低低地唬了一声。与此同时父亲听到了一阵马蹄的骤响，抬头一看，热阳泛滥的地平线上已是骑影飞驰了。

骑影从右前方的大草洼里翻上来，正要穿过左前方的一座大草冈。平滑的草冈之上，一溜儿骑影就像天刀剪出来的，剪出来了七个马影，剪出来了十四个人影。也就是说，每一匹马上骑着两个人，一个大人，一个小人。冈日森格鼻子闻着，眼睛望着，比父亲抢先搞懂了剪影的意思：它的主人七个上阿妈的孩子被骑手们抓起来了。

4 汉扎西

1

是牧马鹤部落的军事首领强盗嘉玛措带着骑手把七个上阿妈的仇家抓回来的。牧马鹤部落的头人大格列一听说铁棒喇嘛藏扎西规定各个部落的头人或者管家必须去护法神殿向吉祥天母上香请求,吉祥天母批准哪个部落行刑哪个部落才能把人带走,就知道藏扎西肯定要给这七个上阿妈的仇家放行了。道理很简单:如果藏扎西真心要让西结古人的复仇得逞,把七个孩子分开,让各个部落都有行刑的机会不就可以了,何必要去打搅吉祥天母呢?大护法吉祥天母是仁慈和宽爱的,如果不能证明七个上阿妈的孩子是仇家草原派来的魔鬼,她怎么会允许西结古人去砍掉他们的手呢?尽管它是仇家的手。当然,即使得不到吉祥天母的明示,部落也可以跟保护部落的山神和战神商量,尽量使砍手变得名正言顺。但现在需要面对的并不是名不正言不顺,而是即使得到了神灵的批准你也会无手可砍,因为时间正在过去,再不抓紧,七个上阿妈的仇家恐怕就会逃离西结古草原了。牧马鹤部落聪明的头人大格列一边派人去奢宝雪山祭告部落的黑颈鹤山神,去奢宝泽草原祭告部落的黑颈鹤战神,一边派强盗嘉玛措带领骑手前去拦截七个上阿妈的仇家。

消息很快传遍了草原:七个上阿妈的仇家被铁棒喇嘛藏扎西放跑了。消息再次传遍了草原：在砻宝山神和砻宝泽战神的帮助下，牧马鹤部落的强盗嘉玛措一个不落地抓到了七个上阿妈的仇家。还有一个消息传得更快：砍手的刑罚将在碉房山下野驴河边执行。能来的牧民都来了，尤其是牧马鹤部落的人。

牧马鹤部落的驻牧地在砻宝雪山下的砻宝泽草原，他们之所以纷纷攘攘来到碉房山下执行刑罚，是因为碉房山是所有部落的碉房山。大约在一百多年前，为了抵御包括上阿妈草原的骑手在内的入侵者和保卫神圣的西结古寺以及更加神圣的佛法僧三宝，也为了部落头人及其家眷的安全，所有部落的头人都以部落的名义在这里建起了碉房。从此便有了惯例，只要是与抵抗外敌有关的活动——行赏、惩罚、祭祀、出征等等，无论是哪个部落，就都在碉房山下举行。

碉房山下的行刑台前突然热闹起来。人多狗也多，小狗们追逐嬉闹，情狗们碰鼻子舔毛，熟狗们彼此问好，生狗们互相致意。和别处的狗不一样，这里的狗不管是生狗还是熟狗，都不会横眉冷对甚至打起来，因为气味会告诉对方：我们都属于西结古草原。对藏狗尤其是藏獒来说，西结古草原有一种特殊的气息，绝对和外面的草原不一样，这一点连父亲也感觉到了。父亲后来说：这里是獒高原，这里连空气也是獒臊味的，是那种你熟悉了就觉得很好闻的咸咸的獒臊味，差不多就跟大海里散发着的鱼虾的咸腥味一样。

父亲和冈日森格艰难趔行到碉房山下，远远望见行刑台时，砍手的刑罚快要开始了。

行刑台是用石头垒起来的，上面立着一溜儿原木的支架，支架上吊着一排铁环和一些绳索，一看就知道那是绑人吊人的。支架的前后都是厚重的木案，既能躺人，也能坐人和砍人。七个上阿妈的孩子已经被七个彪形大汉拽到了台上，两个戴着獒头面具的操刀手威武地立着，把砍手的骷髅刀紧紧抱在怀里，让他们的胸怀在正午的阳光下闪出了一片耀眼的银雪之光。七个牧马鹤部落的红帽咒师一人拿着一把金灿灿的除逆戟槊，高声诵读着什么；另外七个黑帽神汉一个拿着一面人头鼓缓慢而沉重地敲着；还有七个黄帽女巫挥舞着断魔锡杖环绕着行刑台边唱边走。

父亲停下了，冈日森格也停下了，远远地望着，都意识到他们不能就这样走到前面去，人群可以穿过，狗群呢？西结古草原的藏狗尤其是藏獒会把上阿妈草原的狮头公獒冈日森格撕得粉碎然后让老鹰和秃鹫一滴不剩地吃掉。人和狗都愣怔着，不知道怎么办好。冈日森格吃力地翘起了头，神情哀哀地看着行刑台上的七个上阿妈的孩子，意识到自己已经无能为力，便四肢一软

69

扑通一声倒在了地上。父亲俯身抱住了它，看着它泪汪汪的眼睛说："你是不是不行了？你别这样，咱们再想想办法。"他求援似的四下里看了看，看到不远处有一顶帐房，帐房前的草地上铺着几张晒得半干的牛皮，几只百灵鸟在牛皮上唧唧啾啾地啄食。他琢磨了一下，突然就又是高兴又是忧虑地说："现在就看你的了冈日森格，只要你能走得动，我们说不定就能走过去。"

冈日森格的理解能力让父亲吃惊，他把一张大牛皮拉过来，示范似的刚一披到自己身上，冈日森格立刻就摇晃着身子站了起来。父亲把牛皮从自己身上取下来，严严实实盖住了冈日森格，只给它的眼睛留出了一条缝。父亲说："你行吗？"冈日森格用行动告诉父亲："行。"他们开始往前走，父亲在前，它在后，它低头盯着父亲的脚后跟，慢慢地走着，乍一看，尤其是让狗们乍一看，那黑色的皮毛绝对是一头牛的移动。狗们有点奇怪：怎么这牛身上还混杂着异地狗的味道？是不是被外来的狗咬伤了？不，不是咬伤了，而是咬掉了头，这个没有头的牛怎么还能走路呢？

谢天谢地，冈日森格一直走着。它没有倒下，它本来是要倒下的，孱弱的身体让它觉得连自己那一身浓密的黄毛都成了累赘，怎么还能披得动一张沉甸甸的牛皮呢？但是它坚持住了，硬是没有倒下，前面需要救命的主人七个上阿妈的孩子让它奇迹般地不仅一直立着，而且一直走着。它跟着父亲安全穿过了包括许多聪明的藏獒在内的狗群，也安全穿过了更加聪明的人群。人当然能看明白那不是一头牛而是一只狗，但他们不明白狗为什么要披着牛皮走路，还以为砍掉仇家手的庆典需要这样一个环节、这样一种装扮。

行刑台越来越近了，最危险的时刻也就来临了。不知为什么，几只硕大的藏獒从领地狗群中分离了出来，正好横挡在他们前去的路上，其中就有白晃晃的獒王虎头雪獒。父亲抖了一下，冈日森格也抖了一下，一前一后行走的速度明显地慢了。好在披着牛皮的冈日森格没有在颤抖中倒下，它用出乎自己意料的坚韧依然如故地缓缓移动着，就像所有受到狗保护的牛一样朝着拦路的藏獒毫无顾及地走了过去。獒王虎头雪獒认出了父亲，他就是昨天晚上把冈日森格救进僧舍的那个外来人。这个人是可恶的，但又是了不起的。从大黑獒那日对他的态度中獒王已经知道自己不能撕咬这个人，这个人没有报复曾经咬死过他的马咬伤过他本人的大黑獒那日，反而赢得了对方的心，可见这个人天生就是藏獒的理想主人。它看到这个藏獒的理想主人突然冲它笑了笑，接着就唱起来，跳起来，又是挥手，又是踢腿。獒王虎头雪獒好奇地看着，它身边的大黑獒果日和灰色老公獒以及另外几只藏獒比它还要好奇地看着。父亲越唱越疯，越跳越狂了。

就这样，在可怕的拦路藏獒忘乎所以的好奇中，在父亲手舞足蹈的表演中，冈日森格靠近了它们，它披着牛皮缓慢而紧张地靠近了它们。獒王虎头雪獒和所有的藏獒都没有在乎它，因为牛是它们时时刻刻都能看到的东西，乏味了，多看一眼都不想了。它们的眼睛朝上瞅着，上面是父亲高高举起的手，手在舞动，在变着花样舞动，最后甚至舞起了衣服，忽忽地响，哗哗地响，自始至终吸引着它们的眼球。等那个人、那双手不再舞动的时候，冈日森格已经从它们身边走过去了，距离迅速拉大，威胁正在消除，獒王和它的伙伴已经不可能看清那是移动的牛皮而不是真正的牛了。

父亲和冈日森格终于走到了行刑台下。这儿没有狗只有人，这儿的人沉浸在砍手的庄严里，脸上没有表情，哪怕是一丝惊讶的表情。父亲掀掉了冈日森格的牛皮，双手托着它的肚子，连推带抱地让它登上了行刑台。

獒王虎头雪獒远远地看着，愣了。所有刚才注意过那头牛的藏獒以及小喽罗藏狗都愣了，接着就是一片吠声。獒王没有吠，它回忆着刚才父亲和冈日森格通过的情形，一丝隐忧像饥饿的感觉在身心各地袅袅升起。它并不认为这是人的鬼主意，它觉得冈日森格居然能够在它的眼皮底下蒙混过关，完全是靠了一只优秀藏獒不凡的素质和禀性——超常的机灵和超常的胆略。它喜欢这样的藏獒，同时又警惕着这样的藏獒。如果这样的藏獒属于自己终身厮守的这片草原，那就是一员杀伐野兽保护人类及其财产的干将；如果它来自一片敌对的草原，那就坏了，那肯定就是一种不能让西结古草原平安宁静的强大威胁，一定要毫不客气地赶走它，不，不能赶走它，应该咬死它，必须咬死它。獒王虎头雪獒恨恨地想着，多少有点失态地从嗓子眼里唬出了几口粗重的闷气。

一上行刑台，冈日森格就径直走向了七个上阿妈的孩子，确切地说是走向了那个脸上有刀疤的孩子。"冈日森格？"孩子们异口同声地喊起来。冈日森格朝孩子们摇了摇尾巴，瞪起眼睛望着那些死拽着主人的彪形大汉。但是它没有发出叫声，甚至也没有龇出虎牙来吓唬吓唬他们。它知道现在不是对抗的时候，一个庄严肃穆的仪式就要举行，一个不是狗（哪怕它是气高胆壮的藏獒）所能抗拒的人的整体意志正在出现；更知道它自己现在的状况——它正在伤痛之中，已经没有对抗任何敌手的能力了。它唯一能做的就是找到自己的主人然后和他们一起接受被人宰割的命运。它卧在刀疤身边，和主人一样面对着用来砍手的木案和两个戴着獒头面具的操刀手。

父亲跟在冈日森格后面，走向了七个上阿妈的孩子，笑着问道："你们叫它冈日森格，我也叫它冈日森格，冈日森格是什么意思？"大脑门的孩子用下巴蹭着彪形大汉揪住自己肩膀的手使劲侧过头来，看了看刀疤："雪山狮子。"父亲问道："冈日森格就是雪山狮子？你们怎么知道？"大脑门一脸懵懂，不知道父亲为什么这样问。父亲大声说："我告诉你们吧，西结古寺的丹增活佛说了，冈日森格是阿尼玛卿雪山狮子的转世，它前世保护过所有在雪山上修行的僧人，它是一只多情多义的神狗，谁也不能欺负它。你们现在把我的话重复一遍，用藏话重复，大声重复，让这里的人都听到。"刀疤问大脑门："他在说什么？"大脑门把父亲的话告诉了他，跟冈日森格一样机灵的刀疤立刻明白了父亲的意思，几乎是喊着用藏话说起来。

　　然后父亲若无其事地走向了一个戴着獒头面具的操刀手，翘起大拇指笑着说："你的刀真漂亮，我从来没见过装饰得这么华丽的刀。"操刀手看父亲一身汉装，知道是西结古工作委员会的人，也从面具后面笑了笑。父亲感觉到他是友好的，也不管他能不能听懂自己的话，就把手伸了过去："能看看你的刀吗？"操刀手搞不懂父亲要干什么，不知所措地摇了摇头。父亲干脆把手伸向他的怀抱，抓住了骷髅刀的刀柄。操刀手犹豫了一下，居然松开了手。父亲拿过刀来，在正午阳光的照耀下，从刀柄一直欣赏到刀尖。

　　行刑台下响起了一阵喧哗。狗们叫起来。父亲抬起头，看到七个红帽咒师正在把金灿灿的除逆戟槊举起来，七个黑帽神汉正在把斑斑斓斓的人头鼓举起来，七个黄帽女巫正在把环佩丁当的断魔锡杖举起来，三七二十一个部落灵异者在举起法器的同时，都把头扭向了一条人群自动让开的通道。通道上走来一群衣着华贵的人，两边的牧人都静静地弯下了腰，个个都是毕恭毕敬的样子，甚至连狗也知道肃静，再也不叫了，哪怕是欢快的吠叫。父亲望着他们，发现早晨见过的齐美管家也混杂在里头，便知道这是些什么身份的人了。但是他仍然没有想到，他们的总合就是西结古草原所有部落的头人和管家，包括前面提到的野驴河部落的头人索朗旺堆和牧马鹤部落的头人大格列。

　　头人和管家们迅速走来，停留在行刑台下一片专门为他们留出来的空地上。这就是说，仪式的主人大格列和被邀请的各个部落的贵客都已经到了，行刑马上就要开始。操刀手朝着父亲礼貌地弯了弯腰，意思是说："还我的刀来。"父亲冷冷地笑着，突然朝后一跳，冲过去一把揪住了冈日森格绵长的鬣毛。冈日森格吓了一跳，侧头不安地望着父亲。父亲扯开嗓门喊起来："听着，听着，底下的人都听着。今天你们大家都来了，你们来这里干什么？是来看砍手的，还是来看我和冈日森格的？我今天不活了，冈日森格也不活了，我们今天豁出去了。"

行刑台下一片骚动。吠声再次响起。大部分人没有听懂父亲的话，只是觉得父亲的形象十分可怕：一手举着闪闪发光的骷髅刀，一手拽着丝毫不做反抗的冈日森格，面孔狰狞，声嘶力竭，差不多就是个镇压邪祟的大威德布威金刚了。父亲等狗叫停止了又喊道："冈日森格是什么狗？我不说你们也知道，它是雪山狮子，是来自阿尼玛卿雪山的神，它前世保护过所有在雪山上修行的僧人，现在又来保护西结古草原了，你们不会不管它的死活吧？至于我，我是什么人，你们不知道是不是？西结古寺的丹增活佛说了，我是个吉祥的汉人，所有的喇嘛都要像对待自己一样对待我，因为是我把雪山狮子的化身带到西结古草原来的。我告诉你们，我是狗的朋友，是狗的恩人，我救了冈日森格的命，还救了大黑獒那日的命，草原上的人都说我是远来的汉菩萨，是来给西结古草原谋幸福的。我现在郑重宣布，你们谁要是砍了这七个孩子的手，我就砍死冈日森格，然后再去西结古寺砍死大黑獒那日，最后砍死我这个汉菩萨。"父亲喊叫着，拉着冈日森格过去，把硕大的獒头摁在了木案上。冈日森格听到父亲叫了好几声自己的名字，便知道父亲的用意了，顺从地一动不动，只是用眨巴的眼睛问着父亲：你真的想砍了我吗？

行刑台下，狗群吆喝着朝前涌过来。它们看着父亲举刀摁头的样子，以为父亲真要杀了冈日森格，便助威似的吠叫起来。只有獒王虎头雪獒一声不吭。它侧耳听着父亲的话，研究着父亲的表情，虽然没有听懂，也没有研究明白，但却准确地得出了一个结论：这个一直都在充当藏獒的保护者的汉人是不可能杀死冈日森格的，所有的人包括西结古草原的人都不可能杀了这只外来的雪山狮子，要杀了它的只能是西结古草原的藏獒，确切地说，是它——西结古草原的獒王虎头雪獒。獒王随着狗群朝前跑去，快到行刑台时它停下了。它用声音和眼色阻止了领地狗的涌动，然后就静静地观察着台上的一切，也观察着机会的出现。没有，没有，没有机会。它不停地遗憾着，知道在这种人声嘈杂狗影泛滥的地方，自己很难实现杀死冈日森格的计划，甚至连咬它一口，吠它一声的机会也没有。它有点沮丧地后退了几步，突然就严重不满起来：冈日森格是一个来犯者，它的主人是上阿妈的仇家，怎么不见西结古草原的人跳到台上对它表示一下自己的愤怒呢？难道他们也像大黑獒那日一样喜欢上了这只漂亮英俊的狮头公獒？不，这是不允许的，老天不允许，祖先不允许，我们藏獒坚决不允许。咬死它，咬死它，尽快咬死它。獒王虎头雪獒越想越觉得自己必须亲自咬死它。

而在人群里,懂汉话的齐美管家一遍遍地把父亲的话翻译给一些听不懂汉话的头人和管家们听。野驴河部落的头人索朗旺堆说:"我也听说丹增活佛说过这样的话,丹增活佛没看错人吧?"牧马鹤部落的头人大格列说:"我佩服不怕死的汉人,更佩服能够救活藏獒性命的汉人。但是他不该保护七个上阿妈的仇家,他一保护他们,就不是我们西结古草原的汉菩萨,而是上阿妈草原的汉菩萨了。"

父亲挥着骷髅刀继续喊叫着:"你们谁是管事儿的?快过来呀,把这七个孩子放了,要不然我就要砍了,真的砍了。"父亲的这种举动在以后的人看来完全像个"二杆子""二毬货"、疯子加傻子。但在当时的确起到了延缓乃至阻拦砍手事件发生的作用,没有人不会认真对待。组织这次砍手仪式的牧马鹤部落的强盗嘉玛措拽着野驴河部落的齐美管家,跑上了行刑台。齐美管家喊道:"汉菩萨,汉菩萨,你不要这样,你不知道原因,上阿妈草原的人欠了我们的血,欠了我们的命。"只会说一点点汉话的强盗嘉玛措一下一下地扬着手说:"远远的原因,多多地欠了。"齐美管家说:"对,他们欠了我们许许多多的人命和藏獒的命,就是砍了这七个仇家的头,也是还不完的。"父亲说:"谁欠了你们的命你们找谁去,你们的命不是这七个孩子欠的。"

齐美管家把父亲的话翻译给嘉玛措听,作为牧马鹤部落军事首领的强盗嘉玛措一脸愠怒,红堂堂的就像染了颜色,呜哩哇啦地说着什么。齐美管家说:"部落欠的命,部落的所有人都有份,上阿妈欠的命,上阿妈的所有人都要还,这是草原的规矩。"父亲说:"不要给我说这些,我不听。我汉菩萨有汉菩萨的规矩,放人,赶快放人,不放我就砍了。"强盗嘉玛措意识到说得再多也没用,便朝着失去了刀的操刀手一阵训斥。父亲听不明白,但他觉得应该是这样的:"废物,怎么搞的,连自己的骷髅刀都拿不住,部落养你这样的操刀手有什么用?还不赶快抢过来。"戴着獒头面具的操刀手扑向了父亲手中的骷髅刀。父亲把刀高高举起,大吼一声:"你别过来,你过来我就砍了,先砍死冈日森格,再砍死我。"操刀手一愣,还要往前扑。父亲说:"哎哟妈呀,他跟我一样不要命。"说着一刀砍了下去。

一片惊叫。在别人看来,他砍在了冈日森格的头上,只有他自己和冈日森格知道,他砍在了自己摁着冈日森格的左手上。冈日森格不禁颤抖了一下,它很痛,它是一只和人类心心相印的出色藏獒,它立马感觉到了周身的疼痛,好像父亲的身子就是它的身子,父亲的神经就是它的神经,当伤口在父亲手上产生疼痛感觉的时候,真正受到折磨的却是它。冈日森格呜呜呜地叫着,这是哭声,是它从人类那里学来的发自肺腑的哭声。

操刀手一看这阵势,吓坏了,望着强盗嘉玛措朝后退去。强盗嘉玛措朝操刀手不屑地挥了挥手,咧开架势准备亲自扑上去夺刀。齐美管家一把拽住了他:"你可不要逼这个汉人,逼出了人命或者藏獒的命谁担待得起?"

流血了。父亲扬起流血的手,挥舞着说:"看啊,看啊,流血了,这是汉菩萨的血,流在西结古草原上了。"血花飞溅而去,谁也不知道落在了哪里,只有一滴是知道的,它落在了行刑台下一个姑娘的脸上。这姑娘用手背一擦,看到手背上出现了一个红色的彗星,突然就一阵激动,跳了起来。姑娘旋风般来到行刑台上,喊道:"也算我一个,你们谁要砍了七个孩子的手,就先砍了我的手。"父亲一看,是梅朵拉姆,就说:"你来凑什么热闹?谁在乎你啊。"又说,"也好,把手放在案子上,我要砍了。"梅朵拉姆吸了一口凉气,真的把手放在了案子上。父亲又说:"我砍了?"她咬着牙说:"你砍吧。"然后闭上了眼睛。

父亲忽地举起了骷髅刀,但那不过是一个造型,一个冒充的嗜杀如命者的杀人造型。刀并没有落下来,因为他意识到梅朵拉姆的美丽也包括了她白嫩的手,如果一定要砍,他砍烂的肯定还是自己的肉,砍下的肯定是自己的手或者头。他悲愤地质问梅朵拉姆:"白主任怎么没有来?他是不是不知道?是不是知道了以后故意躲起来了?"这时候父亲最希望看到的一是西结古工作委员会的白主任,二是西结古寺的主持丹增活佛。他觉得他们两个人中的任何一个人,都有可能制止这种残酷的砍手仪式。但是直到现在他们谁也没有出现,他们真是太超脱、太逍遥了。父亲很沮丧,觉得今天真是倒霉,自己非死在这里不可了。他好像并不担忧自己拿骷髅刀砍向自己的脖子时会不会怯懦,担忧的倒是:即使他死了也未必能保住七个上阿妈的孩子的手。父亲呆愣着,这一刻的呆愣让他变成了一个受刑者。他已经陷入骑虎难下的境地,除了考虑自杀好像再也想不出别的办法了。

观看的人群和狗群虽然骚动不宁,但仪式还在举行。沉默了片刻之后,七个拿着金色除逆载椠的红帽咒师又开始高声诵读着什么,七个拿着人头鼓的黑帽神汉又开始缓慢而沉重地敲起来,七个挥舞断魔锡杖的黄帽女巫又开始环绕行刑台边唱边走,好像行刑台上发生的一切跟他们没有任何关系。

他们怎么这么麻木啊,我就要死在他们的麻木之中。父亲扔掉了骷髅刀,突然流下了眼泪。他后来说,我怎么会在那种时候流泪呢?我怎么不是一个坚强而悍烈的藏獒呢？我怎么这么软弱，软弱得有点可耻，软弱得都不是男子汉了。我要是一个密宗法师或者是一个苯教咒师就不会软弱了，我就可以用最伟大的咒语，搞乱所有藏獒的敌我界限，然后调动它们都来营救七个上阿妈的孩子。遗憾的是我不是，我既没有催破魔障的本领，也没有差遣非人、猛咒诅詈的法力。我真是一点办法也没有了。

父亲一流泪，七个上阿妈的孩子便知道自己的手必砍无疑了，哇哇地哭起来，梅朵拉姆也哇哇地哭起来。冈日森格的眼泪无声地流在了木案上，木案上一片湿润。

不远处的狗群里，獒王虎头雪獒突然振作起来。机会？也许这就是一个机会：以雷轰电掣之势跑上行刑台，在冈日森格和它身边的人沉浸在悲伤之中来不及反应的时候，一口咬死它。就一口，不多咬，一口咬不死它，我就不做獒王了。獒王虎头雪獒禁不住轻轻唬起来，示威似的来回走了走，让雪白的獒毛迎风飘舞着，四腿一弹，忽地跑了起来。

冈日森格浑身抖了一下，鼻子一闻，耳朵一扇，抬头警觉地看了看远方。它不哭了，舔了舔木案上自己的眼泪，然后来到行刑台的边沿，朝着下面沙哑地叫起来。它是在威胁那些生杀予夺的头人和管家，还是在威胁那些看热闹的藏狗以及那只飞速跑来的雪白的藏獒？不，父亲擦了一把眼泪就发现，冈日森格不是威胁，是欢迎和期待。它欢迎着一个熟人的到来，这个熟人便是西结古寺的铁棒喇嘛藏扎西。藏扎西带着十几个铁棒喇嘛和一大群寺院狗从碉房山奔跑而来。寺院狗肆无忌惮的叫声吸引了所有人和所有狗的注意。

獒王虎头雪獒戛然止步。它知道铁棒喇嘛是草原法律和寺院意志的执行者，在整个青果阿妈西部草原，只有他们才可以随意惩罚包括藏獒自然也包括它獒王在内的所有生灵，所以它知趣地停下了。它停下的地方离行刑台只有两三步，离冈日森格只有七八步，也就是说仅仅晚了几秒钟，冈日森格就依然活着了。冈日森格痛苦地活着，獒王虎头雪獒却因为冈日森格的活着而痛恨地活着。

2

其实父亲期待中的那两个大人物——丹增活佛和白主任白玛乌金在父亲闯上行刑台要死要活的时候，并没有闲着。他们已经通过各自的渠道知道了西结古草原上正在发生着什么，照现在的说法，就是他们正在进行紧急磋商，地点是西结古寺的护法神殿。

白主任说："草原上的麻烦是我们的汉扎西惹出来的，现在只有佛爷你出面才能够解决了。"丹增活佛说："其实这种时候你们不应该回避，应该迎着魔鬼的陷阱奋勇而上。"白主任说："我们不行，我们一出面，头人们和牧民们就会误解我们的意思，以为我们的屁股坐到了上阿妈草原一边，今后的工作就不好开展了。"丹增活佛理解地点了点头说："可是，可是我也不便亲自出面哪。"白主任说："如果佛爷实在不愿意出面，那我就只好去一趟了，但恐怕头人们不听我的话，救人的目的达不到，去了也是白去。"他们的磋商是由眼镜李尼玛翻译的，差不多就是由白主任和李尼玛两个人想尽一切理由来说服丹增活佛。丹增活佛本来就很严肃的神情更加严肃了，他知道事不宜迟，再这样说来说去七个完整的生命就会残废，七只孩子的手就会成为血淋淋的狼食。他派人叫来了铁棒喇嘛藏扎西，吩咐他立刻带人去制止碉房山下牧马鹤部落正在举行的砍手仪式。

藏扎西把铁棒朝地上蹾了一下，转身就走。丹增活佛又问道："铁棒喇嘛你真的要去了？"藏扎西回身说："是啊，我听佛爷的吩咐，我要去了。"丹增活佛摇摇头说："不是我的吩咐，是你自己的主意。"藏扎西似懂非懂地站着不走。丹增活佛说："我是说，是你把七个上阿妈的仇家救下来了，不是寺院救下来了。救了仇家就会得罪各个部落，是你得罪了部落，不是寺院得罪了部落。"藏扎西想了想说："我明白了。"丹增活佛说："你还要明白，得罪部落是要付出代价的。你作为草原法律的执行者，昨天晚上尽数放跑了仇家，就已经是叛逆行径了，应该被西结古寺逐出寺门，永世不得再做喇嘛。现在你又要带人去把仇家从砍手的刀口下营救出来，按照古老的习惯，那就是罪上加罪，一旦抓住你，就一定会砍掉你的双手。"藏扎西呆愣着。丹增活佛又说："对我们草原来说，习惯就是法律，我也不能违背。你要想得远一点，一旦你救了仇家，你失去的很可能不仅仅是双手，还有部落、人群、足够生活的牲畜，你也许只能是个乞丐，是个流浪的塔娃，是个孤魂野鬼。"藏扎西不禁打了个寒颤，突然把铁棒一丢，咚地跪在地上，朝着护法神殿正前方怒发冲冠的吉祥天母磕了一个头，又朝着丹增活佛磕了一个头说："祈愿佛和护法帮助我躲过所有的苦难，战胜一切魔障，我只能去了，因为一个喇嘛不是为了自己才活着，就好比一只藏獒不是为了自己才去战斗。"丹增活佛说："是啊，你是为了西结古寺才不得不这样做的，神圣的吉祥天母和所有的佛僧法僧都会保佑你，赶快去吧，再不去就来不及了。"藏扎西站起来，拿着铁棒，大步走去。

西结古寺是西结古草原各个部落头人的前辈划地捐资建起来的，从古到今寺院僧众的所有生活开销都来自部落的供给和信徒的布施。既然如此，寺院为部落服务就成了顺理成章的事情。这种服务最重要的是，寺院必须体现包括复仇在内的部落意志，满足部落以信仰和习惯的名义提出的各种要求。如果寺院违背草原的习惯和部落的意志，各个部落就会召开联盟会议，做出惩罚寺院的决定：断其供给，或者把不听话的活佛和喇嘛请出寺院，再从别处请进听话的活佛和喇嘛成为西结古寺掌管佛法的新僧宝。丹增活佛显然不想走到这一步，但又意识到不援救七个无辜的上阿妈的孩子是有违佛旨佛意的，只好出此下策，让铁棒喇嘛藏扎西以个人的名义代替寺院承担全部责任。

铁棒喇嘛藏扎西带着西结古寺的所有铁棒喇嘛和所有寺院狗，跑步赶到了行刑台上。他们从七个彪形大汉手里抢到了七个上阿妈的孩子，又把父亲汉扎西和冈日森格以及汉姑娘梅朵拉姆用身体保护了起来，然后由藏扎西大声念起了《刹利善天母咒》。这就意味着他藏扎西作为铁棒喇嘛是奉了护法神吉祥天母的密令来劫持七个上阿妈的孩子的。他们作为孩子是不是应该当作仇家来对待，还得恭请吉祥天母最后裁定。没有人敢于阻拦他，尽管他对《刹利善天母咒》的念诵很快就会被证明是矫佛之命，但在此时此刻，所有人都相信他的举动没有半点虚假，都相信疾风般席卷而来的，不仅仅是以藏扎西为首的铁棒喇嘛和一群寺院狗，更是在众生的心灵深处被推向至尊至崇的一种力量和被敬畏被服从的一种符号。

行刑台上，骷髅刀已不再闪耀银雪之光，两个戴着獒头面具的操刀手和七个彪形大汉入定了似的立着。牧马鹤部落的军事首领强盗嘉玛措冲着藏扎西喊了一句什么，被野驴河部落的齐美管家立刻用手势制止了。

行刑台下，七个高声诵读着什么的红帽咒师沉默了，七个敲打着人头鼓的黑帽神汉安静了，七个环绕行刑台边唱边走的黄帽女巫愣住了。他们作为灵异的神职人员，对十几个来自西结古寺的铁棒喇嘛毫无办法，因为他们属于牧马鹤部落，而铁棒喇嘛则属于比牧马鹤部落大得多的整个西结古草原。更因为他们是古老苯教的修炼者，而西结古草原的苯教在那个时候已经完全失去了独立性，早八辈子就归属西结古寺的佛教了。

疾风般席卷而来的，流水般漫荡而去了。当铁棒喇嘛藏扎西离开夭折了的行刑仪式时，他身后紧跟着冈日森格和七个上阿妈的孩子以及父亲和汉姑娘梅朵拉姆。十几个铁棒喇嘛，一大群寺院狗，在两侧和后面保护着他们。

寺院狗当然知道冈日森格是个该死的来犯者，但它们更知道铁棒喇嘛藏扎西的意图，它们只能保护，不能撕咬，万一周围的领地狗扑过来撕咬，它们还必须反撕咬，哪怕伤了自家兄弟姐妹的和气。

西结古草原的领地狗以及别的藏狗跟寺院狗一样不笨，就像俗世的牧人崇敬着寺里的喇嘛一样，它们也崇敬着寺院狗，一看到寺院狗都在保护冈日森格，它们也就悄悄地不作声了，再愤怒的心情也得压抑，再凶悍的性情也要克制。獒王虎头雪獒就是最愤怒的一个，又是最克制的一个，它友善地朝着寺院狗打着招呼，走过去，靠近冈日森格使劲闻了闻。这一闻就把冈日森格的气味深刻地烙印在了记忆里，一辈子也忘不掉，出现什么情况也忘不掉了。它心说狡猾的家伙，无论你以后披上牛皮羊皮还是豹皮熊皮，我都不会上当受骗了。它以獒王的矜持朝着寺院狗们笑了笑，大摇大摆地离开了那里。不离左右的灰色老公獒和大黑獒果日赶紧跟了过去。

铁棒喇嘛藏扎西一行走得并不快，因为要照顾走得很慢的冈日森格。走着走着就停下了，他们看到，冈日森格再也走不动了。冈日森格伤口未愈，体能已经越过了极限，加上神经高度紧张，终于支撑不住了。它昏迷过去，它不是一倒下就昏迷过去的，而是还没倒下就昏迷过去了。父亲知道自己背不动，但还是俯下身去想背它。藏扎西推开他，招呼另外两个铁棒喇嘛把冈日森格抬起来放在了自己背上。他们行走的速度顿时加快了，越来越快，风一样忽忽地响着，把人群和狗群很快甩在后面，消失了。

一堆穿戴华美的头人和管家沉默着。所有的人和所有的狗都沉默着。突然，就像打鼓一样，牧马鹤部落的头人大格列朗声说："寺里怎么能这样做？丹增活佛完全错了，怎么能这样处理七个上阿妈的仇家？怎么能如此放纵那个自称救了狗命的汉菩萨呢？还有那只狮头公獒，谁能证明它前世真的就是阿尼玛卿的雪山狮子？各位头人你们说，是不是应该召开一次部落联盟会议了？我们牧马鹤部落丢了脸不要紧，坏了草原的规矩就麻烦了。"野驴河部落的头人索朗旺堆摇了摇头，却没有把摇头的意思说出来。

狗叫了，它们比人更快地知道了严肃的仪式已经结束。小狗们又开始追逐嬉闹，情狗们又开始碰鼻子舔毛，熟狗们又开始彼此问好，生狗们又开始互相致意，乱纷纷，闹哄哄的。部落的头人和管家们很快离开了那里。接着人散了，狗也散了。行刑台前，一片旷古的宁静。秃鹫在空中盘旋，越旋越低，刚落下，就来了一群五匹雪狼。秃鹫和雪狼都很失望，它们在行刑台上什么也没有找到。

正在失望的时候，秃鹫和雪狼看到从迷蒙的草色岚光里走来一个人。这个人头上盘着粗辫子，辫子上缀着毒丝带和巨大的琥珀球，琥珀球上雕刻着罗刹女神蛙头血眼的半身像。他身穿大红氆氇袍，扎着缀有一串儿牛骨鬼卒骷髅头的熊皮阎罗带，胸前挂着一面有墓葬主造型的镜子，走起路来闪闪发亮。秃鹫和雪狼一见他，就像见了活阎罗，掉头就走，能飞的赶快飞远了，能跑的迅速跑掉了。

碉房山歪歪斜斜的路上，父亲和梅朵拉姆被眼镜李尼玛拦住了。李尼玛说："白主任要你们去一下。"梅朵拉姆不理他，转身朝尼玛爷爷家走去，突然看到不远处的一座碉房后面光脊梁的巴俄秋珠正在探头探脑，便停下来喊了一声，想让他帮她去拿药箱。巴俄秋珠朝她跑来，突然意识到自己还赤着脚，还没有穿上靴子，又拐了个弯儿，倏忽一闪不见了。梅朵拉姆寻思，真是有些古怪，这个小男孩，不知道他心里想什么呢。

父亲跟着李尼玛来到了工作委员会的牛粪碉房里。白主任白玛乌金正躺在床上呼呼吹气，一见他就忽地坐了起来，铁青着脸说："你知不知道，上阿妈草原的人打死了多少西结古草原的人？好几百呢。为了一些说不清归属的草山，纠纷来纠纷去，年年都有战争，年年都要死人。民国二十七年，马步芳的一个汉兵营进驻西结古草原，要求各个部落供给牛羊肉和狗肉。藏民们说，狗不能吃，吃狗就跟吃人一样，你们的兄弟姐妹是你们吃掉的吗？你们要吃我们的狗，就先把我们吃掉。号称狗肉王的汉兵营营长说，你们知道枪杆子是干什么的？一是打藏獒，二是打不让吃藏獒的人。"这时梅朵拉姆走了进来，不敢看白主任似的低着头，打开药箱，给父亲包扎他自己砍伤的左手，笑着说："你挺会砍的，血流了那么多，但伤口并不深。"父亲说："我自己的手我能使劲砍？"白主任挥了一下手，继续说："藏民不服，拿起枪来保卫藏獒。马步芳派了一个骑兵团前来镇压，团部和大部队就驻扎在上阿妈草原。上阿妈草原的各部落又是奉送金银，又是供给吃喝，还派出骑手参加了血洗西结古草原的战斗。这些骑手也和马步芳的骑兵一样，不仅打人也打狗，西结古草原的人对他们的仇恨超过了对马步芳的仇恨。这些历史背景你知道不知道？"父亲靠到李尼玛的被子上，打了一个哈欠。白主任说："你要明白问题的严重性。对上阿妈草原采取孤立政策是站稳立场的需要，不能有一丝一毫的怀疑。但七个上阿妈的孩子又不能不救，救了他们我们就得付出代价，这个代价就是汉扎西同志明天必须离开西结古草原，免得这里的人因为不理解而产生仇恨，又因为仇恨而发生意外。"突然有了鼾声，父亲睡着了。他昨天一宿没有好好睡觉，今天又劳累了一天，实在撑不住了。梅朵拉姆给他脱了鞋，盖上了被子。

一进入西结古寺，十几个铁棒喇嘛和所有的寺院狗就散去了。藏扎西背着冈日森格来到父亲居住的僧舍，把它和大黑獒那日放在了一起，然后就去丹增活佛跟前复命。他跪在丹增活佛面前，悲伤地说："神圣的佛爷，使命已经完成了，我该走了。"丹增活佛说："你是说你要离开寺院吗？不要这么着急，你先回到你的住处去，等一会儿我叫你。"藏扎西又去找到藏医尕宇陀，忧急万分地说："仁慈的药王喇嘛，快去救命啊，雪山狮子不行了。"藏医尕宇陀说："你的事情我已经知道了，他们真的会砍了你的手吗？常常念诵大医王佛的法号东方药师琉璃光如来吧，它会解除你心灵和肉体的所有痛苦。"藏扎西虔诚地答应着，磕了一个头，转身走了。

等藏医尕宇陀来到父亲居住的僧舍时，丹增活佛已经果断地做出了这样的决定：派人把七个上阿妈的孩子和昏迷不醒的冈日森格以及奄奄一息的大黑獒那日背到"日朝巴"（雪山里的修行人）修行的昂拉雪山密灵洞里藏起来。这在他有两种考虑：一是七个上阿妈的孩子和冈日森格必须得到保护，不能让他们再落到部落人的手里；二是大黑獒那日和冈日森格都有重伤在身，必须由藏医尕宇陀治疗，如果它们两个不在一起，尕宇陀就会在西结古寺和密灵洞之间来回奔走，怕的不是天天奔走的辛苦，而是被人发现，一旦部落的人发现七个上阿妈的孩子和冈日森格藏在昂拉雪山的密灵洞里，派几个操刀手私自砍了他们的手甚至暗杀了都有可能。所以他想干脆就把尕宇陀派到密灵洞里去，和两只受伤的藏獒以及七个上阿妈的孩子住在一起，等治疗差不多了再下来。

藏医尕宇陀点头称是，草草地看了看冈日森格，从豹皮药囊里拿出一粒红色的药丸塞进了还在昏迷的冈日森格嘴里，又在它脖子上使劲扯了扯让它咽了下去，然后说："佛爷，我先走一步了，我走得慢。"

半个时辰后，另一拨人马离开了西结古寺。七个上阿妈的孩子一人背着一个牛肚，里面装满了酥油和青稞炒面。两个年轻力壮的铁棒喇嘛背起了冈日森格和大黑獒那日。另外两个铁棒喇嘛一人背着一个沉重的牛皮口袋，里面是风干肉、干奶皮、茯茶、干牛肺和碎羊骨。牛皮口袋上绑着一只烧奶茶的铜壶，锃亮地反射着比阳光还要强烈的阳光。

一送走他们，丹增活佛就来到自己的僧舍里，派人传话，让藏扎西快来见他。他想对这位忠诚于自己和寺院的铁棒喇嘛说，你也可以躲到昂拉雪山的密灵洞里去，对外我就说你带着七个上阿妈的孩子逃跑了，不知道跑到什么地方去了。这样虽然你还是不能回到西结古寺里来继续做喇嘛，但至少可以保住你的双手。以后的草原还不知道是什么样儿呢，躲过了这一阵，说不定你就安然无恙了。但是丹增活佛没有来得及把这个突然冒出来的大胆想法告诉藏扎西，派去传话的人回来说，藏扎西已经走了，他解掉了象征地位的红氆氇，放下了代表草原法律和寺院意志的铁棒，只带着很早以前在他被选拔为铁棒喇嘛后丹增活佛赐给他的金刚杵，悄悄地走了。

通往昂拉雪山的山道上，光脊梁的巴俄秋珠灵巧地躲开七个上阿妈的孩子和四个铁棒喇嘛的视线，远远地跟了过去。另一条山道上，准备翻越昂拉雪山流浪远方的藏扎西看到了七个上阿妈的孩子和四个铁棒喇嘛，同时也发现了远远跟踪着他们的巴俄秋珠。他心里不免一惊，加快脚步，风风火火地走了过去。半个时辰后，藏扎西立在了雪线上巴俄秋珠的面前，严厉地说："你要去干什么？你是一个俗人，又是一个孩子，你不怕昂拉山神没有调教好的儿子化成恶枭啄掉你的眼珠子？"巴俄秋珠停下了，愣了一会儿，转身就跑，像一头受惊的白唇鹿，顺着雪坡，一溜烟滑向了沟底。雪尘纷纷扬起。

藏扎西追了过去，也想顺着雪坡滑向沟底，突然看到沟底站着一个人。这个人的标志是：粗辫子、毒丝带、琥珀球、氆氇袍、阎罗带、骷髅头，身上还有罗刹女神蛙头血眼的半身像、映现三世所有事件镜和墓葬主手捧饮血头盖骨碗的全身像。他打了个愣怔，"哎哟"一声，转身就走。

为了不让前来观看砍手刑罚的部落头人和管家们扫兴，牧马鹤部落的头人大格列把大家请进了野驴河边的宽大彩帐，又亲自骑马去西结古寺请来了丹增活佛。喝茶吃肉的时候，西结古草原的部落联盟会议也就开始了。丹增活佛说："寺院出了一个忤逆的喇嘛，带人擅闯行刑台，劫持走了七个上阿妈的仇家和冈日森格，真是叫我无法面对各位尊敬的上人。为了向大家请罪，我已经把这个违背寺规的铁棒喇嘛开除出了寺门，罚他永世不得再做喇嘛。"盘腿坐在彩帐右边地毯上的头人们互相看了看。野驴河部落的头人索朗旺堆首先说："原来那个胡闹的喇嘛不是寺里派出来的？那我们就放心了。佛爷真是明断，那样的喇嘛是不应该再呆在寺院里的。"牧马鹤部落的头人大格列说："我说嘛，寺里怎么能这样做呢？原来和丹增活佛本人没有关系。那就好办了，入侵者必须按照草原的规矩付出代价,既然七个上阿妈的仇家在一对一的摔交中输了,就一定要砍掉他们的手,然后赶出西结古草原。还有那只叫做冈日森格的狮头公獒,如果它真的是雪山狮子的转世,那首先应该得到藏獒们的承认,可是我们西结古草原的藏獒承认不承认呢?至于对那个自称救了两条狗命的汉菩萨,我以为我们应该公开提出质疑:他是不是上阿妈草原派来的?他怎么能够登上行刑台干涉我们西结古草原部落的事情呢?"大家点着头,都觉得索朗旺堆头人和大格列头人的话说得不错。

丹增活佛说:"阿尼玛卿山神托梦给了老喇嘛顿嘎,说冈日森格有生命危险,你们一定要救它一命,因为它前世是阿尼玛卿雪山上的狮子,保护过所有在雪山上修行的僧人。这一点是千真万确的,老喇嘛顿嘎从来不会对本佛说半句谎话。这样一只与佛有缘的宝狗跟着一个汉人来到了我们西结古草原,难道这个汉人是魔鬼的化身,是上阿妈的奸细?不,他是一个吉祥的人,他豁出命来保护了冈日森格,又用神奇的力量使我们西结古草原的一只领地狗死而复生,而这只被他救活的领地狗正是差一点把他咬死的大黑獒那日。我们伟大的先圣米拉日巴说过,对草原的态度就是对牲畜的态度,对狗的态度就是对人的态度。这个智慧的法言让我想到,汉人对藏狗的态度就是对我们藏民的态度,难道我们要像对待仇家那样对待我们的朋友吗?我请求各位上人相信我的话,菩萨以行善为本以慈悲为怀,这个汉人的做法就是菩萨的做法,为了西结古草原的将来,我们一定要接受他。"大家点着头,都觉得丹增活佛的话说得不错。

每个人都表明了自己的态度,最后部落联盟会议做出了三个决定:一是坚决不放过七个上阿妈的仇家,必须执行砍手刑罚,然后赶出西结古草原;二是找到已经被逐出寺门的藏扎西,砍掉他的双手,把他贬为哪个部落都不准接受的流浪塔娃;三是冈日森格养好伤以后,必须用自己的凶猛和智慧证明它的确是一只了不起的雪山狮子,否则就不能活着呆在西结古草原。至于那个汉人,就听丹增活佛的,承认他是汉菩萨,但是他最好不要再管草原的事部落的事。这就是说,不仅要砍手,而且要打仗了,是冈日森格和西结古草原最优秀的藏獒之间的战斗。因为几乎所有的头人都认为,既然冈日森格是雪山狮子,那就应该是战无不胜的。在草原上,没有哪一个人哪一只藏獒可以不经过肉体或精神的征服,就享受荣誉,就获得尊崇的地位。

从部落联盟会议回到西结古寺时天已经黑了,丹增活佛来到寺院最高处的密宗札仓明王殿里打坐念经,一直念的是《八面黑敌阎摩德迦调伏诸魔经》。

他为雪山狮子祈祷，期望冈日森格尽快痊愈，并在痊愈以后的战斗中获胜，因为草原的规矩就是这样，只有胜利者才会被人也被藏獒接纳。

3

睡醒了的父亲发现自己躺在李尼玛的床上，碉房里除了他没有别人。门和窗户都开着，黎明的景色在狭小的门窗外面招摇，偌大的草原和绵延的雪山浓缩在一抹白玉般的晴朗里奔涌而来。父亲猛吸了一口草腥味儿醇厚的空气，忽地一下坐起来，穿上鞋，亢奋地来到了门外。

碉房门外的石阶下，白主任和李尼玛正在说着什么，离他们不远的马圈前，两个军人牵着三匹马立在那里。父亲说："我怎么睡在这儿？我走了，我得去寺院看看七个上阿妈的孩子和冈日森格，还有大黑獒那日。"白主任使劲拽住他说："你不能再去寺院了，你今天必须离开西结古草原。"父亲愣了，半晌才想起昨天白主任的谈话。他看了看马圈前两个背着枪的军人说："我要是不离开呢？"白主任说："那我们就把你绑起来，押解到多猕总部去。"父亲叹口气，妥协地说："我总得去告别一声吧？我在寺院里养伤养了这么久，走时连声招呼都不打，人家会说我们汉人怎么一点情谊都不讲。"白主任说："你走了以后我会亲自去寺院，代表我们西工委，向丹增活佛表示感谢。"父亲耍赖地说："就算我同意离开西结古草原，那也得吃早饭吧。"白主任说："路上吃，他们带了很多，有糌粑，有酥油，还有奶皮子，够你吃的。"父亲没辙了，大声说："我觉得你们对我的态度是错误的。"白主任说："我必须对来这里的每一个人的安全负责，保证他们绝对不出事儿。"父亲说："我都是汉菩萨了，能出什么事儿？"白主任说："万一呢？你已经参与了部落矛盾，谁能保证没有人仇恨你？"说罢，朝着马圈前两个背着枪的军人招了招手说，"赶快出发吧，路上小心，到了多猕，一定要把他交给总部的领导。"

太阳出来了，东边的雪山变成了金山，西边的雪山就显得更加白亮。草原也是一半金草一半银草，金草和银草比赛着起伏，就像风中的丝绸，在无尽地飘荡。父亲骑在一匹大灰马上，后面跟着两个军人，军人骑的都是枣红马。枣红马是军马，是工作委员会进驻西结古草原时带来的。大灰马是草原马，是为了送走父亲从部落里借来的。野驴河部落的头人索朗旺堆一听说是父亲也就是汉扎西汉菩萨要骑马，就在自己的坐骑中挑了一匹老实一点的牵给了来借马的李尼玛,一再地说:"什么借不借的,汉扎西的马被西结古的领地狗大黑獒那日咬死了,理应由西结古草原赔偿,这匹马就让他留着吧,不要还了,千万不要还了。"李尼玛没有告诉父亲这些,所以父亲并不知道他骑的是一匹索朗旺堆头人骑过的好马。他只是有点奇怪:沿途遇到的所有领地狗怎么都对大灰马保持了足够的敬意?远远看见了就会飞奔而来,站在十步远的地方恭敬地摇着尾巴。看着大灰马走远了,一大群领地狗中便分出了七八只,在一只虎头雪獒的带领下保镖似的跟了过来。不错,它们就是保镖,它们在护送他们。它们比人和马更清楚,寂寥的草原上,不定哪个草坝后面,就埋伏着一只袭击人的猛兽,狼,或者熊,或者豹。

父亲当时并不知道,护送他们的那只领头的虎头雪獒就是西结古草原的獒王,更不知道獒王之所以要亲自护送他们而不是让别的领地狗例行公事,除了像敬重头人那样敬重着头人的坐骑大灰马之外,还有一个原因那就是它想知道冈日森格的下落。昨天夜里它带着灰色老公獒和大黑獒果日去了西结古寺,出乎意料的是它们在寺院的任何一个地方都没有闻到冈日森格的味道。它们扩大了寻找的范围,结果发现在整个碉房山都没有冈日森格的踪迹。獒王虎头雪獒有点奇怪,更奇怪今天早晨看到父亲时,父亲居然骑上了索朗旺堆头人的大灰马。他骑着索朗旺堆头人的大灰马要去干什么?他差不多就是冈日森格的主人,他是不是已经丢失了它,是不是也要去寻找它?獒王虎头雪獒本能地觉得跟着父亲或许就能找到冈日森格。它用坚定的步伐告诉同伴:这个人要保护好,这个人是我们找到冈日森格的唯一线索。而在父亲看来,藏獒们敬重大灰马自然也要敬重骑在马上的人,它们对他的殷勤保护既是领地狗的职分,也是大灰马的牵带,所谓爱屋及乌。

他们一直沿着野驴河往前走。大灰马不停地趟进水中,让走热的蹄子在冰凉的水中感受舒服。走着走着,獒王虎头雪獒突然猛吼了一声,告诉大灰马赶紧上岸,它闻到了水里的阴谋。骄傲的大灰马不听它的,继续往前走,没走几步就一蹄子踏进了水獭洞。它顿时失去了平衡,身子一歪,把父亲掀进了河水。獒王虎头雪獒惊叫一声,第一个扑了过去。接着别的藏獒也纷纷扑向河水,撕住了父亲的衣服。水獭的洞穴本来应该在岸上,夏天水涨了,就把洞穴淹到河里去了。对草原上的马来说,这是最最可恶的陷阱。好在洞不深,没有别断马腿。大灰马拔出腿,站直了身子,也和藏獒们一起,用牙撕着父亲的衣服,把他拖向了对岸。父亲很感动,虽然河水并不深,再加上他是会水的,淹不死他,但他仍然觉得这是救了他的命。而狗和马似乎也这

85

样认为，水虽然不深却很急，人一倒在水里就是石头掉进了水里，只有沉底的份，因为它们在草原上从来没见过会凫水的人。七八只藏獒和一匹马庆幸地喘着气，笑望着父亲祝贺他捡回了一条命。

跟在父亲后面渡河的两个军人奇怪了，一个问道："你认识这些狗？"父亲说："不认识。"另一个问道："那么马呢？你骑过这匹马？"父亲说："这是你们的马，我哪里骑过它。"军人说："这不是我们的马，我们的马是军马，军马都是枣红马，这是从部落头人那里借来的。"父亲明白了：大灰马是一匹有灵性、耐力好、速度快的马，一旦跑起来，外来的军马绝对不是它的对手。一个念头随着大灰马的一声长嘶进入了父亲的脑海：我是不是可以骑着快马逃跑呢？跑回西结古寺怎么样？我总得知道七个上阿妈的孩子、冈日森格和大黑獒那日现在到底怎么样了吧？

父亲再次延续了他那一有想法就行动的习惯，正如他自己认为的，他就是一只藏獒，瞻前顾后不是他的性格。父亲向着太阳奔跑而去，跑了大约一刻钟就把两个军人和作为保镖的七八只藏獒落在了身后看不见的地方。然后他拐了弯，紧贴着一座草梁的坡脚朝回疾驰，很快到达了自己刚才掉进河水的那个地方。父亲惊奇地看到，獒王虎头雪獒和它的同伴居然在这里等着他，好像它们是父亲肚子里的蛔虫，早就知道父亲的诡计。其实这是风的功劳。草原的风有时候并不是东风或者西风，而是乱风，从草梁上刮来的西风到了草洼里就会变成东风。东南西北风都可以在同一时段里变换方向。而且风是跟人的，你朝哪里走，它就朝哪里刮。追撵父亲的藏獒追着追着就不追了，因为风中的气味告诉它们，父亲已经在回来的路上了。只有两个军人还在追，一直追到他们认为父亲失踪了的时候。

父亲骑着大灰马在獒王虎头雪獒及其同伴的簇拥下原路返回，走了不到一个时辰，就见一彪人马由南而来，朝着远方的雪山飞奔而去。他心说他们是哪个部落的，是去干什么的？这彪人马消失了不多一会儿，又见草潮线上一个人影大步流星地走来。他寻思这个人是干什么的，怎么跟铁棒喇嘛藏扎西一模一样？父亲和那个人会合而去，走近了才发现，他就是藏扎西，不过他手里拿的已不是象征草原法律和寺院意志的铁棒，而是一根流浪汉的木头打狗棒。

父亲吃惊地跳下了马背。藏扎西掩饰不住悲伤地拉住父亲的手说："终于又见到你了，我知道我会见到你，所以就一路找来。"他用流畅的汉话让父亲知道了七个上阿妈的孩子和冈日森格以及大黑獒那日的去向，又说："那个被汉姑娘梅朵拉姆称作巴俄秋珠的孩子，已经把七个上阿妈的仇家藏在昂拉雪山的秘密，告诉了牧马鹤部落的强盗嘉玛措。我敢断定，用不了多久，七个上阿妈的孩子就会再次落到牧马鹤部落的手里。这七个孩子是你带到西结古草原的，你可千万不能丢下不管。"

葵王虎头雪獒听着藏扎西的话，突然轻轻地叫了几声。父亲说："这个巴俄秋珠，简直是个小魔鬼，事情都坏在他身上。"藏扎西说："巴俄秋珠按照草原的规矩要给他的亲人报仇，但草原的规矩还有一条，那就是人命有价仇有尽。一个牧人的命价是二十个元宝，他家里被打死了两个人，加起来是四十个元宝，一个元宝是七十块银元，四十个元宝就是两千八百块银元。一个家里有了这么多银元，就能过上顶顶好的日子了。为什么顶顶好的日子不要，而要你死我活地报仇呢？报了仇巴俄秋珠还是个穷光蛋这有什么好？况且砍了七个上阿妈的孩子的手也不能算是报仇，因为并不是这七个孩子的阿爸打死了巴俄秋珠的阿爸和叔叔。仁慈的人发怒会驱散饿鬼，邪恶的人发怒会招来饿鬼，他是要招来饿鬼的呀。饿鬼是没有手的，饿鬼的手要饭时被人砍掉了，他要寻找替身就必须砍掉别人的手。你刚才看见了吧，有一队骑手朝着西边飞奔而去了，那里头就有饿鬼附身的人。他们遵从大格列头人和强盗嘉玛措的命令，要把七个上阿妈的孩子从昂拉雪山里搜出来，抓到牧马鹤部落的驻牧地砻宝泽草原，以部落山神的名义自行处置。那肯定是凶多吉少，砍了手的孩子没有藏医尕宇陀的治疗，就会一个个死掉。幸亏这些骑手不认识我，还冲我打听去昂拉雪山有没有近便的路呢，如果认识我，我的手这会儿肯定已经不在我的胳膊上了。"父亲皱着眉头说："草原的王法呢，在哪里？难道他们就是？"

藏扎西说："还有冈日森格，它在昂拉雪山能不能养好自己的伤？养好伤以后它到底能不能用凶猛和智慧证明自己是一只名副其实的雪山狮子？我没有这个把握，我不知道它会不会死掉，我想避免所有对冈日森格严重不利的打斗，但是我一点办法也没有，我连我自己都保不住了。说实在的汉扎西，我不想失去我的双手，在草原上没有手的人就是犯了罪的人，连磕头都没有人理睬。汉扎西你听我说，你不能就这样走掉，你是有办法的，你让工作委员会的白主任站出来理直气壮地为七个上阿妈的孩子和冈日森格还有我说句好话，我们的命运就不会像现在这样悲惨了。"

葵王虎头獒又莫名其妙地叫了几声。父亲说："我明白了藏扎西，你不要再说了，我得走了。我本来是要去西结古寺看看七个上阿妈的孩子，看看冈日森格和大黑獒那日的，但是现在我不去了，我要去多猕草原，越快越好。再见了藏扎西，你要多保重啊，最好远远地走掉，最好藏起来，千万不要让部落的人抓住你。"藏扎西说："你先别急着走，我还要告诉你一件事情，我见到送鬼人达赤了。这个人藏在党项大雪山已经很久很久，他在那里磨砺着复仇的毒誓黑愿，谁也不知道这毒誓黑愿最终会变成什么，只知道他就要把毒誓黑愿变成行动了。我非常害怕，他突然出现在西结古不是一件好事情，你可要小心提防他。"父亲翻身上马，毅然丢下满眼祈望的流浪汉藏扎西，朝着多猕草原的方向打马而去，很快就把依然护送着他的七八只藏獒落在身后了。

獒王虎头雪獒带领着它的同伴，闻着父亲的气味追踪而去。直到穿过狼道峡，多猕草原阔海似的草潮一轮一轮扑来眼底的时候，它们才停下来。根据多猕草原的领地狗用尿渍留下的气息，它们知道已经到了一片陌生草原的边界，再往前走就不符合它们的行为习惯了。潜伏在记忆中的古老规则牢固地制约着它们，使它们总是忘不了自己作为领地狗的职责：守卫自己的领地，不侵入别人的领地。除非主人带着它们进去，就像七个上阿妈的孩子带着冈日森格来到西结古草原那样。而父亲不是它们的主人，他在西结古草原不过是个亲近着主人和被主人亲近着的客人，这一点作为领地狗的藏獒和作为獒王的虎头雪獒完全明白。

5　小白狗嘎嘎

1

　　返回的路上,獒王虎头雪獒一声不吭。它一直在琢磨已经沦落为流浪汉的藏扎西给父亲说过的话,那些话它当然听不懂,但有几个敏感的词汇它是知道的,比如昂拉雪山,比如七个上阿妈的孩子,比如冈日森格。这些曾经听人说起的词汇,在它脑子里已经形成了一个个固定的形象,它现在把这几个形象连接起来,就准确地排列出了这样一个逻辑:昂拉雪山—七个上阿妈的孩子—冈日森格。它不时地抬头眺望着昂拉雪山,看到山的耸立无边无际,白色的起伏就像水的运动浩浩荡荡,寥廓的峰峦、深奥的远方、神秘的所在,统统变成敌意的诱惑了。冈日森格,它决心一口咬死的冈日森格,就在冰山雪岭的一角,神态安详地等待着它。獒王加快了脚步,紧跟在它身后的灰色老公獒和大黑獒果日似乎看出了它的心思,不停地发出几声兴奋的咆哮,仿佛昂拉山群就在跟前,冈日森格就在跟前。

　　黄昏了,碉房山遥遥在望。一天没有进食的獒王虎头雪獒突然停了下来,扬起宽大的鼻子闻着四周的空气。身后的同伴走过来围在它身边和它一样使劲闻着。然后就是商量。它们闻到了旱獭和鼠兔的气息,闻到了猞猁和藏马熊的气息,它们要商量一下,现在吃什么是最合适的。它们没有发出声音,只用脸部的表情和形体的动作商量着复杂的问题。灰色老公獒以为它现在最想吃的是旱獭,因为旱獭又肥又嫩,而且容易抓到,它跑了一天,累了,不想为食物花更多的力气。大黑獒果日以为它现在最想吃的是猞猁,猞猁的肉是最有营养的,而且血是甜的,它作为一只母獒喜欢那种加了蜜糖似的血腥味。别的藏獒有想吃鼠兔的,有想吃旱獭的。大家谁也说服不了谁,就把眼光投向了獒王虎头雪獒。獒王用最舒服的姿势坐到地上,伸出舌头一遍遍地舔着牙齿,那意思是说:你们没有谁想吃熊肉吗?可我想吃熊肉了。獒王的话其实就是最后的决定。大家都不发表意见了,熊肉就熊肉,一头熊有多少肉多少血啊,可以开怀大吃大饮了,只不过可能会费点事,熊毕竟是熊,熊是草原上除了野牛之外最有力气的野兽。

獒王虎头雪獒忽地站起来,朝着它认定的藏马熊藏身的地方快速走去。另外几只藏獒赶紧跟上,在这种时候,谁也不想落在后面,因为就要搏斗了。对藏獒来说,吃饭是本能,而搏斗则是本能之中的本能。为了忠于本能之中的本能,它们宁可不在乎吃饭。现在,只是纯粹的搏斗了,夏天的草原上那些很容易得到的食物已经被它们忽略不计了。

獒王虎头雪獒和白狮子嘎保森格都没有想到会在这里遇到对方。四目相视的一刹那,嘎保森格差一点气愤地叫起来:凭什么你要干涉我的狩猎生活?这头藏马熊多次接近过我家的羊群,我已经盯了很长时间,它是属于我的,应该由我来咬死它。但是嘎保森格马上抑制住了自己的怒气,毕竟它看到的是西结古草原的现任獒王,它不能说怒就怒,当着獒王的崇拜者冒犯了人家的尊严。尤其是当它意识到自己的野心尽管天天都在膨胀但取而代之的时机还远远没有到来时,就更不能露出任何蛛丝马迹了。

白狮子嘎保森格朝着獒王恭顺地翘起了尾巴,獒王满意地用尾巴回应着,然后盯住了不远处那头已经发现了藏獒的藏马熊。嘎保森格殷勤地用弹性十足的四腿跑过来,和獒王虎头雪獒肩并肩站在了一起。獒王侧头看了一眼,发现对方的肩膀跟自己的肩膀居然是不分前后的,顿时有些不高兴了。没有那只藏獒敢于这样,尤其是面对强大敌手的时候,所有藏獒的位置都不得超过獒王的屁股,除非獒王允许它们靠前。獒王虎头雪獒撮了撮鼻子,告诉它在这个位置上是相当危险的,你应该朝后一点。白狮子嘎保森格愣了一下,吃惊自己居然会站到这个不该站的位置上,它是不经意的,也就是说它在不经意中显露了要和獒王平起平坐的野心。它有些忐忑,但它并没有马上退到后面去，似乎觉得既然错了，就没有必要纠正了。它气昂昂地站着，盯着前面的藏马熊，又用眼睛的余光看着獒王虎头雪獒。獒王知道自会有藏獒出面教训这个无知的僭越者，便不再跟嘎保森格计较，眼角挂着冷笑，假装无所谓地晃动着硕大的头颅。

果然就有藏獒从后面蹿上来，用肩膀狠狠顶了一下白狮子嘎保森格。它就是灰色老公獒，它万万没想到，在西结古草原居然还有对獒王虎头雪獒如此不恭的藏獒，它的愤怒比獒王本人还要强烈，看到自己第一下并没有把白狮子嘎保森格顶到它该去的地方，便第二次扑了过去。这次灰色老公獒动用了虎牙，它想让这个不懂礼貌的年轻人从此记住僭越的罪过就是流血的代名词。但它没想到，它所要惩罚的对象决不是一个等闲之辈，敢于和獒王肩并肩的白狮子嘎保森格对它这只灰色老公獒有着十二分的轻蔑。

就在灰色老公獒第一次从后面蹿上来狠狠顶了它一下后，白狮子嘎保森格就已经知道老公獒完全不是自己的对手，老公獒用肩膀顶它差不多就是顶在了岩石上，受伤的只能是它自己。所以当灰色老公獒第二次扑过去时，白狮子嘎保森格采取了一个让包括獒王在内的所有藏獒大吃一惊的举动，那就是一跃而起，从扑过来的灰色老公獒的头顶一闪而过，落地的同时，忽地转过身来，一口咬住了老公獒的尾巴，用力一拽，便把老公獒拽得趔趄了身子。灰色老公獒狂叫一声，弯过腰来就咬。白狮子嘎保森格旋风一般又把身子转了回去，再一次一跃而起。这一次它是跃向前方的，前方是它们共同的敌手藏马熊。整个过程简练、流畅、机智、凶狠，一点多余的动作也没有，每一个环节的衔接都恰到好处，尤其是两次跃起和两次转身，简直就是炉火纯青的扑杀表演。獒王看着大为惊叹，心说这个白狮子嘎保森格怪不得有些骄傲，原来它有如此不凡的身手。它想冲着嘎保森格发出一声赞美的喊叫，刚要张嘴突然又哑巴了。有一种隐秘的力量阻止了它，使它不仅不想为嘎保森格叫好，反而有些丝丝缕缕的不安和不快。至于那是一种什么力量，它并不知道，或者说暂时不知道。它看着白狮子嘎保森格已经扑到了藏马熊跟前，赶紧助威似的边吼边跑了过去。

这是一头棕色的大公熊。大公熊一看到藏獒本能的反应就是逃跑，因为藏獒是草原上唯一能够叫板甚至杀死熊这种庞然大物的四脚动物。但是现在它跑不了了，一只白狮子一样的藏獒已经扑到眼前，挡住了它的去路，另外几只藏獒正从四面八方朝它包抄而来。它恼怒地吼叫着，人立而起，朝着白狮子嘎保森格一掌扇了过去。嘎保森格躲开了，它知道这一掌的分量，一旦

91

挨上,那就别想站着离开这个地方,尖利的指甲会划得你皮开肉绽,猛烈的力量会打得你筋断骨折。扇不着对方的大公熊狂怒而啸,就像山体倒塌那样扑了过来。白狮子嘎保森格朝后一跳,再一次成功地闪开了。

但躲闪不是白狮子嘎保森格扑过来的目的,它的目的是要在獒王虎头雪獒和它的伙伴面前表现自己,所以它必须攻击,而且要一击得逞。没有机会,大公熊保护着自己最容易受到伤害的柔软的肚腹,举起两只沉重的前掌,左一掌,右一掌,搞得嘎保森格只能把自己的扑咬限制在离对方一米远的地方。如果在平时它独自面对藏马熊,或者跟自己的牧羊伙伴新狮子萨杰森格和鹰狮子琼保森格共同面对藏马熊,它就不会为不能马上接近对方而焦灼不安,因为和藏马熊的对抗并不是比赛速度,而是比赛耐力,只要你能坚持扑咬,不停地扑咬,藏马熊在扇打不着的情况下就会渐渐烦躁起来,一烦躁就没有章法了,就会露出破绽而让你的扑咬变得名副其实。但是现在不行,现在不是耐力比赛而是速度比赛,因为跟你比赛的已不是藏马熊而是自己的同类,是自己向来不服气的獒王虎头雪獒和它的同伴。

白狮子嘎保森格着急地左奔右跳,引诱得大公熊更加着急地左扑右扇。双方都在浪费精力和时间,嘎保森格仍然没有机会用牙刀豁开大公熊的肚子拉出里面的肠子,大公熊也没有机会接触到对方的身体哪怕撕下一撮雪白的獒毛。打斗一下子进入了胶着状态,似乎再也不会激烈起来了。

一直环绕在大公熊身后的獒王虎头雪獒和它的同伴互相看了看。灰色老公獒和大黑獒果日有点按捺不住了,想从后面扑上去。獒王用喊声制止了它们,然后把大尾巴一垫,悠闲地坐在了地上。它想见识见识白狮子嘎保森格的身手,自己并不急着发威,因为对它来说,并不需要用单独咬死一头藏马熊的做法来证明自己什么,它已经单独咬死过许多藏马熊了。

白狮子嘎保森格的身手在大公熊面前似乎变得僵硬了,单调了,都不如一般的藏獒了。甚至有几次它都显出了它这种藏獒不该有的胆怯,因为当躲闪的策略换不来进攻的机会时,躲闪本身就成了目的,这种目的造就的只能是狼狈、无能和气急败坏。

还是胶着,似乎永远都是胶着。獒王虎头雪獒站了起来,它寻思自己的作用当然不是站在大公熊的身后防止它转身逃跑,既然你拿不下来,那就看我的了。它吼了一声,以獒王威武有力的步态走了过去。按照它的想法,它要走过去用这种步态告诉白狮子嘎保森格:请你让开,看我和大公熊单打独斗,一刻钟,绝对不超过一刻钟,大公熊滚烫的血就会淹没我冷飕飕的牙齿,到时候你也来喝几口啊。但让獒王虎头雪獒失望的是,它的想法并没有实现,不等它走过去,局势突然就发生了变化。

当白狮子嘎保森格再次扑过去,暴躁的大公熊再次人立而起,用厚重的熊掌猛扇了一下后,嘎保森格用更快的迅速退了回来。它没有像前几次那样等到对方四肢着地之后再行扑咬,也没有像前几次那样退回来后稳站在地上看着厚重的熊掌扇出第二下第三下,而是四腿猛然一弹,再次扑了过去。这次它用足了力气,如同一支射出去的箭镞,寒光一闪,便嘭然中的。它一口掏进了大公熊的肚子,牙刀的深度足以切断最隐蔽的肠子。大公熊的大掌扇过来了,忽地掀起一股风,风到掌到,眼看就要扇到嘎保森格的腰上了。忽地一下,也是风起腰走,嘎保森格流水一样把自己柔韧的身子扭得跟大公熊平行了起来。可怕的熊掌扇在了嘎保森格雪白的尾巴上,雪白的尾巴这时候变成了真正的雪,蓬松而柔软,飘起来化解了熊掌飞刀一样的锋刃和强大的力量。接着白狮子嘎保森格纵身朝后一跳,离开了大公熊,用虎牙勾出来的肠子洒了一地,从肚子里冒出来的血水洒了一地。

大公熊吼叫着,反抗着,山影一样高大的身躯一次次立起来,一次次趴下去。白狮子嘎保森格远远地躲开了它,所有的藏獒都远远地躲开了它。它们知道,再也没有必要浪费精力去和它对峙了。它们愣愣地看着,直到它躺下而不是趴下,直到它吼喘着再也起不来了。

白狮子嘎保森格在獒王虎头雪獒和它的伙伴们面前得意地走了几个来回,然后昂然迈着方步走向了正在死去的大公熊。獒王望着它,什么表示也没有。而在过去,在它看到别的藏獒显露不凡身手的时候,总是要高叫着赞美几声的,如果关系比较近,它还会走过去碰碰鼻子以示祝贺。獒王的沉默影响了它的伙伴,灰色老公獒和大黑獒果日以及别的几只藏獒冷冷地看着,谨慎地和白狮子嘎保森格保持着身体和心灵上的距离。獒王虎头雪獒似乎觉得气氛太沉闷了,便用张开鼻孔伸伸舌头的表情告诉伙伴:白狮子嘎保森格的身手是不错的,但不是最好的,因为相持的时间太长了,最好的藏獒,无论遇到什么样的对手,都必须在二十分钟内结束战斗。灰色老公獒马上用舔舔獒王屁股的动作表示:就像獒王你一样。大黑獒果日则用耸动额毛的样子告诉大家:嘎保森格永远不能跟我们的獒王相提并论。

以獒王虎头雪獒为首的七八只藏獒和白狮子嘎保森格一起,围着一头咬死的藏马熊,酣畅淋漓地吃喝起来。按照惯例,只要獒王在场,猎物的心脏是要献给獒王的,心脏几乎是一包血,那是猎物身上最最温暖最最甘美的地方。

但是这次是个例外,白狮子嘎保森格抢在獒王前面两口就把大公熊的心脏吞掉了。獒王的几个伙伴埋头自己的吃喝没看见心脏的去向。獒王虎头雪獒看见了,不免有些吃惊。它表面上极力装出一副大度宽容的样子,整个神情沉浸在大吃大喝的痛快中,可内心却是难以平静的,强烈的不满几乎使它把大公熊的肉当成嘎保森格的肉。獒王虎头雪獒以为,和这次嘎保森格对它的不恭相比,此前发生的所有不恭都是可以一笑了之的。但是这次不能,因为它发现白狮子嘎保森格在吃掉心脏之前颇有深意地望了它一眼,这就证明对方是故意的,是在向它的权威发出挑衅而不是忽略了礼节。既然如此,对方吃掉的就不仅仅是不该它吃的心脏了,而是獒王的尊严和存在。而所有敢于蔑视獒王尊严和敢于忽略獒王存在的藏獒都只有一种心态,那就是它觉得自己比獒王能耐,自己在勇武和智慧方面都已经超过了獒王或者即将超过獒王。面对这样一只自视其高的藏獒,獒王唯一的选择就是打掉它的气焰,消除它觊觎王位的野心。除非獒王已经老了,老得都不想把尊严和权力当回事儿了。

然而獒王虎头雪獒并没有老,它正处在一只藏獒身强力壮、意气奋发的黄金年龄段,绝对不允许任何一只藏獒威胁到它的权力和地位。如果像白狮子嘎保森格这样,以为自己多么了不起,而无视獒王享受猎物心脏的权力,那它得到的就只能是来自獒王的严厉惩罚。是的,是惩罚,对白狮子嘎保森格的惩罚是迟早的事,但不是现在。獒王虎头雪獒以为,现在最最要紧的还应该是尽快解决雪山狮子冈日森格的问题。它必须吃饱肚子,按照它从流浪汉藏扎西的话里获取的信息,进入昂拉雪山,追踪冈日森格和七个上阿妈的孩子。它始终认为,冈日森格,它决心一口咬死的同类仇敌冈日森格,就在冰山雪岭的一角,神态安详地等待着它。

獒王虎头雪獒带着它的同伴很快离开了那块饕餮之地。白狮子嘎保森格用戏谑的吠声送别着它们。獒王挺胸昂首,没有做出任何理睬的表示。獒王的几个伙伴同样也采取了不予理睬的态度。于是白狮子嘎保森格知道,它已经把獒王虎头雪獒彻底得罪了。

2

尼玛爷爷家要迁徙了,是头人索朗旺堆让他们这样做的。索朗旺堆说:"今年春天雨水多,夏天的草长得好,雪线下的地面都绿了。你们应该到远远的山上去放牧，让野驴河两岸草原上的草长得高高的，留给冬天，也留给明年，明年的草就没有今年好了。丹增活佛说过，草原是一年一盛的，自然也是一年一败的。"

梅朵拉姆当然不能跟着他们走，她得住到别的牧人家里去了。真是恋恋不舍，她向尼玛爷爷道别，向班觉和拉珍两口子道别，又抱着七岁的诺布，把他的脸蛋亲了个通红。然后就是向藏獒们道别了。小狗们不谙世事，依然顽皮地活蹦乱跳着，一点也不受长辈情绪的影响。他们的长辈三只大牧狗和两只看家狗可都知道迁徙是怎么回事儿，迁徙就是分别，跟熟悉的草原和野驴河分别，跟一些舍不得离开的人和狗分别。而在这个早晨，最主要的分别对象显然就是脚边放着行李的汉姑娘梅朵拉姆了。五只大藏獒忧伤地望着梅朵拉姆，滞重而缓慢地摇着尾巴。梅朵拉姆给这个捋捋毛，给那个拍拍土，用自己美丽的眼睛告诉它们：这是最后一次了，至少在整个夏天和秋天，我不可能再给你们捋毛拍土了。她当然对白狮子嘎保森格格外动情，捋着它的毛，从脖子一直捋到尾巴，突然就伤心地哭了，眼泪哗哗。嘎保森格安静地依偎在她怀里，舔着她的手和腿，眼睛里也是湿湿的。

最后是向三只小狗道别。她说："嘎嘎、格桑、普姆，过来呀。让我最后抱你们一次，等你们下次回来的时候，我就抱不动你们了，你们就是大狗了。到那个时候你们还认识我吗？"格桑和普姆过去了，小白狗嘎嘎不过去，它的瘸腿阿妈和它的阿爸白狮子嘎保森格就用鼻子轮番把它拱了过来。梅朵拉姆蹲在地上把三只小狗抱在怀里，轮换着让它们咬自己的手。它们假装使劲咬着，但和以往一样没有咬疼她。

驮着帐房的牦牛已经出发，在前面带路的班觉早就骑马离开，羊群和牛群开始上路，忠于职守的三只大牧狗白狮子嘎保森格、新狮子萨杰森格和鹰狮子琼保森格向她最后摇了一下尾巴，毅然转身，跟着畜群走了。梅朵拉姆知道，该是松手让三只小狗离开的时候了。但是她犹豫着，怎么也不忍心松手，她觉得一松手就什么也没有了，人情和狗情都没有了。

这时站在她面前的尼玛爷爷说了一句什么。接着拉珍也说了一句同样的话。他们的话汉姑娘梅朵拉姆没有听懂。拉珍对站在自己身边的瘸腿阿妈和那只名叫斯毛的看家狗挥挥手："快走吧快走吧，再不走就跟不上了。"等它们一走，拉珍就从梅朵拉姆怀里抱起一只小黑狗交给了尼玛爷爷，又抱起另一只小黑狗自己搂着，然后说："再见了姑娘。"这句话梅朵拉姆听懂了。她站起来要把自己怀里的小白狗嘎嘎还给拉珍，却见拉珍摆摆手，从自己身上扯下一块做手巾的熟羊皮蒙在了嘎嘎头上，这才明白尼玛爷爷和拉珍的意思：你这么喜欢我们家的狗，你就留下一只吧。她愣住了，不知道自己该不该接受这礼物。尼玛爷爷笑了笑，走了。拉珍也笑了笑，走了。等她回过神来，激动地说了一声"谢谢"，又说了一声"可是我不能要"时，他们已经听不见她的声音了。

为什么不能要呢？拒绝人家的礼物是不礼貌的，况且这礼物是这么可爱这么宝贝。这时候梅朵拉姆完全没有想到小白狗嘎嘎在突然失去了哥哥妹妹和阿妈阿爸后会怎么样。被羊皮手巾蒙住了头的小白狗嘎嘎也没有意识到有什么不对，还在黑暗中在她温暖的怀抱里又拱又舔又抓又咬。

眼镜李尼玛来了，他是来帮梅朵拉姆搬家的。梅朵拉姆的新家就是尼玛爷爷的邻居工布家的帐房。工布一家本来也要按照头人索朗旺堆的吩咐到远远的山上去放牧，但是他们家的一只最凶猛的牧羊藏獒前天被五只雪豹咬死吃掉了，还有一只牧羊藏獒被雪豹抓破了肚子，眼看就要咽气。远远的山上有多多的猛兽，就凭他们家现在的两只看家藏獒是远远不够的。索朗旺堆头人说："那就算了吧，工布家现在最要紧的是在领地狗群里挑几只小狗赶快用最好的牛羊肉催大，要不然畜群就连野驴河对岸的草原也不敢去了。"

梅朵拉姆和李尼玛来到了工布家的门口。两只看家狗警惕地叫起来，工布和老婆以及两个女儿赶紧出来把客人请进了帐房。因为常去尼玛爷爷家串门，两个女儿和汉姑娘梅朵拉姆早就是熟人了，她们嘻嘻哈哈从李尼玛手里接过行李放在了帐脚，一个拉着梅朵拉姆坐在左边的地毡上，比比画画说着什么，一个帮着阿妈先给李尼玛端茶，再给梅朵拉姆端茶。

小白狗嘎嘎掀掉蒙在头上的羊皮手巾，跳出了梅朵拉姆的怀抱，四下里看了看，毫不犹豫地朝帐房外面跑去。它是要去找哥哥妹妹玩的，出去一看，才发现这里没有哥哥妹妹，也看不见阿妈阿爸，有的只是被它叫做叔叔婶婶的工布家的两只看家狗。叔叔和婶婶走过来，友好地用鼻子闻着它。它学着大狗的样子烦烦地摇摇头，转身走开了。它不想理睬它们，在它的印象中叔叔和婶婶总是一本正经的，一点也不好玩。它用稚嫩的嗓子汪汪汪地叫着，希望得到哥哥妹妹或者阿妈阿爸的回音。但是没有，忽忽的顺风和更加忽忽的逆风里都没有。它开始奔跑，先是绕着工布家的帐房跑了两圈，断定自己的亲人并不是在这里跟它捉迷藏后，就朝尼玛爷爷家跑去。

没有了，什么也没有了。地上没有了帐房它是知道的，帐房跑到牦牛背上去了。可是牦牛呢？牦牛跑到哪里去了？主人和羊群跑到哪里去了？哥哥妹妹、阿妈阿爸以及所有年长的藏獒都跑到哪里去了？它喊着它们的名字，爬上冰凉的锅灶，翘首望着远方。远方是一片苍茫的未知，是它从来没有去过的地方。它想起曾经有一天它和哥哥妹妹打算走过去，看看远方的未知里到底潜藏着什么，还没有走到河水流淌的地方，就听到了瘸腿阿妈严厉的吼声："回来，回来。"它们不听阿妈的。阿妈就让它的好姐妹斯毛阿姨飞奔而来，一爪打翻了哥哥，又一鼻子拱翻了妹妹，然后一口叼起了它。斯毛阿姨跑回帐房门口，把它交给了阿妈。阿妈张大嘴好一阵炸雷般的训斥，差一点把虎牙攮到它的屁股上。从此它知道，作为小狗，是万万不能因为远方的诱惑而离开大狗离开主人的帐房的。

可是现在，人和狗都到远方去了，就把它一个丢下了。远方到底有什么？他们为什么要丢下我？它呜呜呜地哭起来，泪眼模糊了，什么也看不见了，也忘了自己是站在锅灶上的，屁股朝后一坐，扑通一声滚了下来。它在地上滚了好几滚，哼哼唧唧就像撒娇一样，突然觉得一股强烈的异味扑鼻而来，身子一挺碰到一只毛烘烘的爪子上。它赶紧爬起来，甩掉眼泪一看，发现面前站着三只像狗但绝对不是狗的东西。它愣了，接着就惊叫一声，浑身的白毛顿时竖了起来。

狼？小白狗嘎嘎知道这是狼。虽然迄今为止它是第一次见到狼，但祖祖辈辈遗传的记忆让它一降生就知道狼是什么味儿的。它稚气地叫起来，四肢拼命朝后绷着，做出要扑过去的样子。它是藏獒的后代，尽管它很小，小得不够三匹狼吃一顿的，心里也很害怕，害怕得尾巴都僵硬了，但它却不知道什么叫逃跑和乞求，因为在它幼稚的骨子里没有对狼示弱的基因，狼来了的意义对它来说就是诱发它的扑咬和杀性。

三匹狼望着它，觉得它这个样子十分可笑，就流着口水用了一点时间和耐心来欣赏它的可笑。但就是这一点时间，突然让站在后面的一匹母狼改变了主意。它看到自己的丈夫用一只爪子猛地摁住小狗，就要一口咬下去，便迅速一跳，用肩膀顶开了丈夫。母狼张嘴把小白狗嘎嘎叼了起来，就像叼住自己的孩子那样用力用得恰到好处，既没有伤着小白狗的皮肉，也不至于使它掉下来。母狼朝前跑去。它的丈夫和另外一匹公狼追上去想从它嘴里把食物抢过来，却被它用从胸腔里发出的低低的唬声阻止在了一米之外。在接下来的时间里，母狼坚定地拒绝两匹公狼的靠近。它警惕地看着它们，选择最便捷的道路，朝着昂拉雪山小跑而去。

草原连接着昂拉雪山的灌木林里，光脊梁的巴俄秋珠跳了出来，望着叼在狼嘴上的小白狗,吃惊地叫了一声:"雪狼。"

三匹雪狼陡然加快了奔跑的速度。雪狼是荒原狼的一种,它们因为毛厚怕热居住在寒冷的雪线之上。和雪线上的许多动物比如雪兔、雪鼠、雪狐一样,它们也长着一身能够把自己混同于冰天雪地的雪白的绒毛。毛色加上隐蔽的行踪,使它们显得非常诡秘,雪线上的霸王藏马熊和雪豹很少能伤害到它们。雪狼以狡猾和阴险著称草原,牧人们要是形容一个人不老实,就说你奸得就像一匹雪狼。雪狼是很少通过搏杀获取食物的一种狼,它们总是挑选最没有危险最容易混饱肚子的时候出现在草原上。比如现在,当牧人刚刚搬家,草地上残留着许多人居痕迹的时候,它们甚至比乌鸦更及时地来到了这里,想看看有没有遗弃的腐肉、骨头或者一块皮子、半截皮绳。让它们喜出望外的是,一只懵懂无知的小白狗出现在了它们面前。这是一小堆活生生的鲜嫩无比的食物,招惹得它们口水直流。但是母雪狼却把口水咽了回去,出于一种暂时谁也不知道的原因,它由一个猎食者迅速变成了食物的保护者。

昂拉雪山面对草原的第一个积雪的冲击扇很快出现了。母雪狼加快速度和两匹公雪狼拉开了距离,然后停下来,用一只前爪踩住小白狗,呼哧呼哧喘着气。小白狗汪汪汪地反抗着,好几次都咬住了母雪狼的爪子。母雪狼用带刺的舌头狠狠舔了它一下,舔得小白狗有点发晕,眼睛里顿时渗出了酸涩的泪水。这时两匹公雪狼已经追了上来,母雪狼叼起小白狗就跑,一直跑过开阔的冲击扇,跑进了昂拉雪山冰白的山谷。

一座雪丘后面,带领几个同伴埋伏已久的獒王虎头雪獒悄悄地探出头来,用一种雾蒙蒙的眼光望着三匹雪狼。它身边的灰色老公獒和大黑獒果日显然已经等得不耐烦了,就要跳起来冲过去。獒王用严厉的眼神和前爪刨雪的动作制止着它们,继续用雾蒙蒙的眼光望着三匹越来越近的雪狼。它看到一匹母雪狼跑在前面,两匹公雪狼跑在后面,母雪狼的嘴里叼着一只小白狗,便用只有獒王才会有的宽厚的鼻子使劲闻了闻,闻出小白狗身上散发着藏獒的气息,并且这气息跟白狮子嘎保森格的气息是一模一样的。獒王虎头雪獒意识到它就是尼玛爷爷家的小狗,它的母亲是一只瘸腿藏獒,父亲就是白狮子嘎保森格。

白狮子嘎保森格?一想起这个名字,獒王虎头雪獒的心尖就倏然一抖。嘎保森格真是了不起啊,连自己的孩子都保护不好,怎么还能指望它保护牧人家的羊群和牛群呢?獒王没有出击,从来就是见狼就冲的獒王虎头雪獒这一次没有出击。它眼看着三匹雪狼叼着一只小白狗从自己眼皮底下快速走过而没有履行一只藏獒的职责。藏獒的职责在心灵深处那个声音的告诫下悄然隐退了，那个声音是此刻它谛听到的唯一的声音：在整个西结古草原只有白狮子嘎保森格敢于挑战你的权力，蔑视你的存在，你是决定要惩罚它的，惩罚的日子不是已经来到了吗？用自己的利牙打击它和用失去孩子的痛苦打击它其实是一样的，前者体现的是你的勇气，后者体现的是你的智慧，无论勇气还是智慧，都是獒王必不可少的武器。

就在獒王这么想着的时候，三匹雪狼已经不见了，漫漫起伏的冰山雪岭消隐了它们矫健的身影。獒王虎头雪獒恶狠狠地叫了一声，意思是说：算你们命大，迟早我要吃了你们。伙伴们望着獒王，有的理解，有的不理解，但不管是理解的还是不理解的，都表示了绝对的服从：獒王不让出击，咱就强压怒火不出击，就像人类"理解的要执行，不理解的也要执行"那样。

獒王虎头雪獒猛然跳上雪丘，眺望着白茫茫的山影，坚定地朝前走去。它用这个举动告诉它的伙伴：找下去，找下去，继续找下去，找不到目标，我们决不出山。已经有十多天了，它们转悠在昂拉山群里，寻找可恶的来犯者。冈日森格在哪里？七个上阿妈的孩子在哪里？开始是有信息的，空气中有冈日森格的气味，雪地上有七个上阿妈的孩子的气味。聪明的獒王知道，雪地上没有冈日森格的气味是因为人把它背进了昂拉雪山，还知道人和狗是在一起的，只要闻着空气找到冈日森格，就能找到七个上阿妈的孩子；只要闻着积雪找到七个上阿妈的孩子，就能找到冈日森格。但是后来，风把冈日森格的气味吹散了，又卷起雪粉把七个上阿妈的孩子的气味覆盖了。当什么也闻不到了的时候，它们就开始四处转悠，一个山谷一个山谷地寻找。它们没有找到执意要找的，倒是一连两天碰到了两头藏马熊。它们把藏马熊当作晚饭吃掉了；后来又两次碰到了三只雪豹，它们又把雪豹当作午饭吃掉了；还有一次它们围攻致死了一头雄健的野牦牛，野牦牛轰然倒下的时候，震得近旁的雪山发生了雪崩，它们撒腿就跑，转眼之间，野牦牛就被崩下来的冰石雪块掩埋了。吃不上野牦牛肉就去吃雪狼肉，雪狼肉是浓膻浓膻的。獒王虎头雪獒和它的伙伴最喜欢吃的就是这种膻膻的雪狼肉。但是今天，它们放过了最不该放过的三匹雪狼。

它们忍着饥饿，走向一座它们从未到过的高大雪峰，用它们锐利的眼睛、聪灵的耳朵和敏感的鼻子，继续在冰天雪地里寻找西结古藏獒的仇敌冈日森格和西结古人的仇家七个上阿妈的孩子，同时也寻找可以果腹的野兽。它们喜欢吃食肉动物，越是凶猛的野兽就越会成为它们奔逐猎食的对象。它们从来不吃那些柔弱温顺的动物，不吃羊，盘羊、岩羊、藏羚羊都不吃，也不吃野驴和野骆驼，更不吃麋鹿、白唇鹿、梅花鹿、马麝和四不象。有时候饿极了累极了，它们也会拿唾手可得的旱獭和野兔充饥，但是不经常，也不会一顿吃饱。它们总是把自己饿着，用寻找食物时超量的运动来加强肠胃的蠕动，用肠胃的蠕动来制造难以忍受的饥饿感，用难以忍受的饥饿感来催动它们挑战野兽的勇气和习惯。大概正是这种喜食猛兽血肉的习惯，才使它们成了草原上能够吃掉所有野兽的野兽。换一种说法：所有的野兽总是挑选那些比自己弱小好欺的动物当作捕食对象，惟独藏獒总喜欢吃掉比自己更凶残更毒辣的杀手、比自己更强大更疯狂的嗜血者，于是它们就成了草原上所向无敌的第一杀手、第一嗜血者。

这一天，獒王虎头雪獒和它的伙伴仍然没有找到冈日森格和七个上阿妈的孩子。它们找到了一对猞猁，自然是抓住了，咬死了，吃掉了；又碰到了一只雪狐，自然又是抓住了，咬死了，吃掉了。夜晚来临的时候，它们还在找，和人相比，它们从来不知道什么叫气馁和沮丧；也没有过于明确的时间概念——已经找了多长时间？还要寻找多长时间？这些问题统统不存在，只要没找到，就要找下去，哪一天找到，哪一天算完。

3

当梅朵拉姆和李尼玛在草原上寻找小白狗嘎嘎的时候，光脊梁的巴俄秋珠一直呆在草原连接着昂拉雪山的灌木林里。灌木林深处有几顶帐房，那是绘饰着八宝吉祥图的彩帐，是野驴河部落的头人索朗旺堆一家消暑度夏的地方。头人的儿子们和侍女们常常在这里唱歌跳舞，唱歌跳舞的时候穿着靴子，不唱歌跳舞的时候就不穿靴子。不穿靴子的时候，靴子就和衣服帽子一起乱扔在草地上。你悄悄地走过去他们不知道，你悄悄地拿走一双靴子他们也不知道。他们是燠夏原野上的干柴烈火，哪里有时间瞻前顾后。可是今天他们一直在唱歌，唱累了就吃喝，吃好了再唱歌。似乎知道巴俄秋珠的眼睛盯上了靴子，任你怎么盼望，他们也不肯把靴子脱下来扔到地上。所以巴俄秋珠就一直没有离开灌木林，尽管他看到了草原上梅朵拉姆和李尼玛的身影，也听到他们一遍又一遍地叫着嘎嘎的名字，但是他没有及时走过去告诉他们自已看到的那一幕：一匹母雪狼叼着小白狗嘎嘎，在两匹公雪狼的追随下，跑进了昂拉雪山。巴俄秋珠寻思：仙女梅朵拉姆说了"你应该穿双靴子"，我还没有靴子我怎么走到梅朵拉姆跟前去？不过已经不会太远了，我就要有靴子了。

"嘎嘎，嘎嘎。"在离碉房山不远的草原上，环绕着工布家的帐房，梅朵拉姆和李尼玛东一嗓子西一嗓子地喊着，身边是清凌凌的野驴河，远处是一脉脉连绵不绝的雪山冰岭，冰岭之下，绿色浅浅的高山草甸连接着黑油油的灌木丛。灌木丛是一片一片的，冲开山麓前松杉林的围堵，流水似的蔓延到了草原上。草原放纵地起伏坦荡着。"嘎嘎，嘎嘎。"两个人的叫声飞起来落下去，就像硬邦邦的石头砸出了野驴河铮铮淙淙的响声，满河湾的麻子鱼、黄鱼和狗头鱼既好奇又惊慌，闹腾出一片扑通扑通的鱼跳声。

李尼玛不知不觉拉起了梅朵拉姆的手，虽然还是"嘎嘎，嘎嘎"地叫着，但心思已经不在那只跟他无关的小白狗身上了。或者说他并不希望小白狗嘎嘎这时候真的被他们从草丛里或者鼠洞里喊出来，就这样一直喊下去多好。手拉着手一边喊着一边走着，突然，狼来了，他把她抱住了。狼又走了，他把她放开了。放开干什么？寻找嘎嘎已经变成了一个机会，一个和梅朵拉姆单独在一起的机会，千万不能错过。再次拉起她的手，拉着拉着就把身子也拉到一起了。亲她的脸，亲她的嘴，使劲，使劲。他使劲想让她明白其实他最想使劲的并不是嘴，但她总是不愿意明白，身子本能地躲着他，一躲就仰躺到了草地上，就给他提供了一个饿豹一样扑上去啃咬的机会。于是他就真的变成了一只饿豹，是饥饿的小豹子贪婪地啃咬着她的乳房。她是母豹，她的母豹的丰盈圆满的乳房，哺育着他这只青春激荡的公豹。

李尼玛胡思乱想着，突然张开双臂抱住了梅朵拉姆。梅朵拉姆好像早有准备，使劲推开他，大声说："你要干什么？赶快找嘎嘎。嘎嘎，嘎嘎。"她尖利地喊叫着兀自前去。李尼玛扫兴地追了上去，盯着梅朵拉姆的背影干巴巴地喊着："嘎嘎，嘎嘎。"环绕着工布家的这片草原差不多被他们用脚步丈量了一遍。嘎嘎一定是跑到更远的地方去了。更远的地方有更大的危险，梅朵拉姆不敢去。她在那里遇到过金钱豹，遇到过荒原狼，已经是惊弓之鸟了。尤其是没有藏獒陪伴的时候，她只能在这里寻找。她眺望着草潮漫漫的远方，突然抽抽搭搭哭起来。她觉得嘎嘎已经死了，已经被豹子或者狼吃掉了。

李尼玛走过去安慰她，不是用语言，而是用手。他用自己的手给她揩眼泪，揩着揩着就不老实了，就捂到她的胸脯上去了。梅朵拉姆再一次推开他，生气地说："你走开，你不要跟着我。"大概是美丽姑娘的眼泪刺激了李尼玛，大概是西结古草原的牛羊肉和酥油糌粑格外能催动起情欲来，而现在被催动的情欲已经到了不可遏止的地步，大概是李尼玛突然就不知道自己是谁也不知道对方是谁了，他没有妥协，他像一只决不妥协的藏獒一样扑向了它的敌人一只母豹或者一只母狼。

梅朵拉姆完全没有想到会是这样。她被他压倒了，又被他一口咬住了脖子。更糟糕的是他的两只手，疯狂地撕扯着她的衣服。夏天的衣服本来就不多，撕扯几下也就没有了。这时候他的牙咬住了她的乳房，他的两只手又去撕扯她的裤子。她在反抗，用脚蹬他，用拳头打他，甚至用牙咬伤了他的肩膀。但是毫无作用，他现在是没有疼痛感觉的，你就是割掉了他的头他照样要干他想干的事情。裤子扯掉了，似乎扯她的裤子比扯他自己的裤子还要容易。她极不情愿地精赤着，眨眼之间贞操成为历史，处女红鲜花一样绽放在草原上的时候，梅朵拉姆就像被野兽猛咬了一口，惨烈地大叫一声。

不是这一声惨叫召唤了巴俄秋珠，而是他本来就奔跑在想和梅朵拉姆见面的路上。他来了，他终于有了靴子所以他来了。那是一双羊毛褐子和大红呢做靴筒的牛皮靴子。他穿着靴子飞奔而来，因为不习惯，好几次差一点绊倒。他依然光着脊梁，堆缠在腰里的皮袍随着他的奔跑忽闪忽闪的，脚上的靴子是七层牛皮靴掌，让他陡然长高了几寸。他跑着，风是他的声音，水是他的路线，等他突然停下的时候，野驴河哗啦一声激响，风没了，平静了。他愣在那里，看到灌木林里头人的儿子们和侍女们往草地上乱扔靴子和衣服的事情，居然也发生在这里，发生在李尼玛和梅朵拉姆身上。不同的是，和头人的儿子们在一起的侍女们是高兴的，而和李尼玛在一起的梅朵拉姆是不高兴。这一点他一听就明白，梅朵拉姆的叫声里充满了怨怒的毒素。他站了一会儿，走过去，悄悄的，就像走向了头人儿子的靴子。他从草地上捡起了李尼玛的衣服、裤子和鞋子，退了几步，转身就跑。他还是不习惯穿着靴子奔跑，又是好几次差一点绊倒。他跑向了野驴河水流最急最深的地方，想把怀里的东西扔进河里让水冲走。眼看想法就要实现了，突然他又改变了主意。他看到一大群领地狗正卧在河边无所事事地晒太阳，便挥动手臂吆喝起来："獒多吉，獒多吉。"

领地狗们顿时来了精神，纷纷朝他跑来。他把怀里的衣服、裤子和鞋子扔了过去，怂恿它们跳起来争抢。领地狗们以为这是他跟它们玩呢，就像马戏团里训练有素的动物演员那样你叼一下我叼一下，然后争宠似的送到他手里，居然一点损坏也没有。巴俄秋珠气呼呼地接过衣服、裤子和鞋子，摔到地上，用脚，不，用他刚刚穿上的靴子狠狠地踩着，踩着。领地狗们从来没见过他穿靴子，都惊讶地看着，仿佛说："好啊，你也穿上这个了。"很快又明白，巴俄秋珠并不是在卖弄自己的靴子，他是要它们明白这些东西都是坏东西，是该撕该咬的外来的东西。领地狗们扑上来了，你撕我扯地不亦乐乎。那些东西哪里经得起它们折腾，转眼之间就七零八碎了。

巴俄秋珠知道，重要的还不是毁掉这些东西，而是让领地狗们有一次毁掉这些坏东西的经历，这样的经历会让它们对坏东西的气味产生记忆，从此只要它们碰到这种气味也就是说碰到李尼玛，撕咬的冲动就会油然而生。巴俄秋珠想象着李尼玛光着身子走在草原上的样子和领地狗一见李尼玛扑上去就咬的情形，觉得自己正在为心中的仙女梅朵拉姆报仇，禁不住高兴得咧开了嘴。他"獒多吉獒多吉"地喊着，转身就跑。领地狗们呼呼啦啦地跟了过去，无所事事的它们终于有所事事了。

巴俄秋珠边跑边想，他现在要把梅朵拉姆从李尼玛的强暴中解救出来；要告诉梅朵拉姆，你满草原寻找的小白狗嘎嘎已经不在了，它被一匹母雪狼和两匹公雪狼叼进了昂拉雪山，肯定吃掉了。

等巴俄秋珠带着领地狗来到这里时，梅朵拉姆和李尼玛已经分开了。梅朵拉姆穿好自己的衣裤躺在草地上不知道怎么办好。她恨死了李尼玛，真想大哭一场，又觉得这是自找的，既然你愿意跟一个男人以恋爱的原因单独在一起，既然你早已知道男人的欲望有时候会变成一种不能自持的暴力，为什么还要为今天的事情为失去的贞洁而大哭小叫呢？她这样想着，就没有哭，就发呆地躺着。而李尼玛却在得逞之后惊叫起来："裤子呢？我的裤子呢？"他到处寻找他的衣服、裤子和鞋子，近处没有就去远处，远处没有就又到近处。就在他一会儿河边一会儿草原，赤裸裸地来回走动着抓耳挠腮的时候，巴俄秋珠伙同一大群领地狗突然出现了。

好像人与狗是提前商量好的，一到跟前巴俄秋珠和领地狗群就自动分开了：巴俄秋珠跑向了梅朵拉姆，领地狗群跑向了李尼玛。李尼玛开始并没有意识到危险，他已经好几次面对过领地狗了，只要没有人的唆使，它们一般是不咬人的。但是他没有想到唆使已经背着他秘密地进行过了，领地狗们来这里就是为了和他过不去。它们朝他吠着，自然是小喽罗藏狗在前，藏獒在后。藏獒们跑着跑着就不跑了，好像面前这个光身子的人根本就不值得它们亲自动手，交给小喽罗们处理就可以了。小喽罗藏狗们你喊我叫地奔扑而去。李尼玛大叫一声："不好。"转身就跑，没跑多远，一只身手敏捷的藏狗就把牙刀举到了他的大腿上。

尽管谁也没看见，但一个漂亮的侍女一口咬定是巴俄秋珠偷了头人儿子的靴子，因为她曾经发现巴俄秋珠在灌木丛后面朝这边张望。一个阿妈嫁给了送鬼人达赤后很快死掉的小流浪汉，一个无家可归的塔娃，偷了头人儿子的靴子，这在草原上并不是小事。青果阿妈草原的风尚是：你有本事你就去抢，半路剪径，打家劫舍，啸聚林野，占山为王，没什么不可以的。抢出了名气你就是南征北战的伟大强盗，牧人敬畏，头人佩服，请你做部落的军事首领也是常有的事儿。但就是不能偷，偷是罪大恶极的。打个比方：抢是藏獒的行为，偷是狼的行为。牧人们爱獒如命，恨狼入骨，藏獒与狼的区别就是抢与偷的区别。在部落的法规里，对偷窃的惩罚是：烙火印、钉竹签、拴马尾、割鼻子、挖眼睛、割耳朵、剁双手、押黑房、关地牢、上脚镣、戴手铐、吊旗杆、鞭子抽。犯了偷的人很多都会在严刑中死掉，不死也是个半残。尤其是你不能偷窃头人家的东西，头人家的一张皮，顶得上牧人家的半群羊。头人的三儿子知道惩罚偷窃罪的严酷峻烈，小声对侍女说："你不要大声喊叫好不好？你去找到巴俄秋珠，赏他一个耳光，悄悄把靴子要回来不就行了。"侍女用更大的声音说："那怎么可以呢三少爷，流浪汉的前世是可恶的狼，难道你要宽容地对待一匹狼吗？再说巴俄秋珠是送鬼人达赤的儿子，它浑身沾染着鬼气，他穿了你的靴子，你的靴子上就有了鬼气，这样的靴子难道还能穿在你高贵的脚上吗？"头人的三儿子说："巴俄秋珠是个善良的人，我每次给他食物，他总是自己吃一半，给领地狗留一半。我不信这样的人前世会是一匹狼，说他前世是一只藏獒还差不多。前世是藏獒的人是应该得到好报的。"侍女说："三少爷真是好心肠，可惜这样的事情我做不了主，我得告诉齐美管家，他说怎么办就怎么办。"

齐美管家做出的决定是，亲自带人带狗去追寻巴俄秋珠。他带的狗是给头人看家的上等藏獒，这样的藏獒要在草原上找到巴俄秋珠或者说要找到头人儿子的靴子，简直就是袖筒里找手肩膀上找头，太容易了。一个时辰后，头人的藏獒在野驴河边一处寂静的草地上找到了巴俄秋珠，它冲他叫着并不扑过去，因为它认识他。齐美管家眼睛冒火，脸色阴沉，吩咐两个随从把巴俄秋珠绑起来。两个随从拿着皮绳跑过去正要动手，就见巴俄秋珠身边的草丛里突然站起一个人来，那是一个鲜花一样美丽的仙女，那是一朵仙女一样美丽的鲜花。汉姑娘梅朵拉姆秀眉一横，厉声问道："你们要干什么？"顿时把两个随从镇住了。

齐美管家一看是梅朵拉姆，马上弯了弯腰，朝前走了几步，把巴俄秋珠偷靴子的事儿说了。梅朵拉姆的第一个反应是看看巴俄秋珠脚上的靴子，又看看他眼睛里的惊恐说："你怎么可以偷东西呢？"第二个反应是瞪着齐美管家说："不就是一双靴子嘛？那是我让他偷的，不，不是偷，是要，这孩子多可怜，整天在草原上跑，棘刺划破了脚，流了多少血，你们知道不知道？你们是头人是管家，你们难道还缺一双靴子？你们是管牧民的，牧民没有靴子穿你们为什么不管？你们的责任哪里去了？"梅朵拉姆气不打一处来，把对李尼玛的怨怒统统发泄给了齐美管家。齐美管家是听得懂汉话也会说汉话的，梅朵拉姆的话对他来说简直就是闻所未闻的奇谈怪论。偷靴子居然是她的主意，而且也不是偷，是要。牧民没有靴子穿，是因为头人和管家没有尽到责任。真正是岂有此理。但是齐美管家知道西结古工作委员会的人是不能得罪的，尤其是不能得罪仙女下凡的梅朵拉姆。更重要的是，梅朵拉姆的话似乎预示了草原的未来：牧民可以拿走头人的东西，头人要负责牧民的靴子。嗨，草原的未来到底是怎么回事儿啊？齐美管家把腰弯得更低了，说："我们三少爷说了，巴俄秋珠前世是一只藏獒，前世是藏獒的人肯定是有好报的，这双靴子就赏了他吧。"梅朵拉姆说："这就对了嘛，巴俄秋珠前世要不是一只藏獒，他能把这么多藏獒叫到这里来。"齐美管家这才发现，野驴河边，一大群领地狗正在追逐一个赤裸裸的人。梅朵拉姆推了一把齐美管家说："你们快去啊，快去把我们的人从狗嘴里抢下来。"

齐美管家和他的随从快速跑了过去，用极其严厉的吆喝和手势赶走了所有的领地狗，回头看时，发现李尼玛的双腿已是鲜血淋淋了。好在他一直没有倒下，他的上半身是完好无损的；好在他是玩了命地跑，追他的小喽罗藏狗没有来得及蹿到他前面一口叼走他那来回甩动的生殖器。齐美管家奇怪地打量着李尼玛说："衣服呢？你的衣服呢？领地狗怎么扒光了你的衣服？"突然又明白过来，"你是脱光了要洗澡是不是？怪不得领地狗要咬你，野驴河是雪山圣河，是天神献给草原的哈达，没得到天神的许可你怎么能随便洗澡呢？"说着，脱下自己的獐皮藏袍披在了他身上，摘下自己的高筒毡帽戴在了他头上，拔下自己的牛鼻靴穿在了他脚上，取下自己脖子上的一串红色大玛瑙套在了他的脖子上，诚恳地说："对不起了外来的汉人李尼玛，西结古草原的领地狗对不起你了，这些东西就算是给你的赔罪吧。只要你穿上我的藏香熏过的衣服，戴上我的佛爷加持过的玛瑙,我敢保证,从此以后就没有哪一只狗敢于咬你了。"李尼玛忍着疼痛,恶狠狠地瞪着已不再冲他大吠小叫的一大群领地狗,心说我为什么没带枪呢?我要是带了枪非毙了它们不可。对,以后出门一定要把白主任的手枪带在身上,谁敢再咬我,我就把枪口对准谁。

现在,光脊梁的巴俄秋珠有靴子了,是一双羊毛褐子和大红呢做靴筒的牛皮靴子,是头人的儿子才配穿的靴子。现在,梅朵拉姆失去了贞洁,是美丽的姑娘价值昂贵的贞洁,是梦幻一样迷人的贞洁。现在,李尼玛成了第二个被西结古草原的领地狗咬伤的汉人,第一个是父亲,伤得很重,因为是藏獒咬的,第二个是他,伤得不重,因为是小喽罗藏狗咬的。现在,齐美管家正在灌木林深处的彩帐里向野驴河部落的头人索朗旺堆报告靴子的事儿和领地狗咬了李尼玛的事儿。索朗旺堆头人摇晃着手中菩萨像骷髅冠金刚橛形状的嘛呢轮半晌无话,突然抬头望了一眼山神时刻都在显灵的雪山,长叹一口气说:"看来草原真的要变了,这都是征兆啊,你不追究靴子的事儿是对的,你把自己的衣服送给人家也是对的。"现在,梅朵拉姆哭了,不是为自己而是为了尼玛爷爷一家送给她的礼物。巴俄秋珠告诉她:你满草原寻找的小白狗嘎嘎已经不在了,它被三匹雪狼叼进昂拉雪山吃掉了。现在,作为西结古工作委员会会部的牛粪碉房里,白主任白玛乌金正在大声训斥他的部下:"狗是草原上最好的东西,牧人把最好的东西送给了你,你却把它丢了,而且一丢就丢到狼嘴里去了,你是怎么搞的?赶紧想办法扑救,这不是一件小事儿。还有你,你说你没有得罪领地狗,没有得罪怎么会把你咬成这个样子?藏狗尤其是藏獒的态度,就是草原的态度,藏狗不喜欢你,就等于牧民不喜欢你。你来西结古草原这么长时间了,怎么连和狗搞好关系的本事都没有学会?还有这件獐皮袍子,这顶高筒帽子,这双牛鼻靴子,这串大红玛瑙,都是很贵重的,你不能留下来,免得人家说我们西工委的人贪财腐化。梅朵拉姆你赶快给他抹药,治好了伤,头一件事情,就是把东西还给人家;第二件事情,就是做好狗的工作,让狗重新认识你。还有,你们两个不要老是在一起,免得影响不好。一男一女的,尽往野地里跑,像什么话。"

6 雪狼

1

　　整整半个月的平安宁静，藏医尕宇陀的精心治疗，加上顿顿都是干牛肺和碎羊骨的喂养，冈日森格的伤口迅速痊愈着，精神也饱满起来。一天中午，它走出密灵洞，在雪谷里转了一圈，回来时居然叼着一只雪鼬。第二天一大早，它又出去了，回来时同样叼着一只雪鼬。雪鼬就是雪线上的黄鼠狼，是一种善跑善钻的家伙，冈日森格居然把它捉住了，这说明了什么？冈日森格自己是知道的，要不然它不会像出示证据一样两次都把雪鼬放在藏医尕宇陀和七个上阿妈的孩子面前。藏医尕宇陀呵呵呵地笑着，拍打着冈日森格硕大的头颅说："今天能活捉雪鼬，明天就能咬死狼了。"

　　雪鼬还活着，冈日森格用两只爪子轮番拨拉着，送到了大黑獒那日的嘴边。卧在地上的大黑獒那日一口咬住了雪鼬的喉咙，使劲磨着牙，磨了一会儿才把脖子咬断。它咯吱咯吱嚼着脆骨吃起来。冈日森格一直在旁边看着，一口牙祭也不打。这就是冈日森格和大黑獒那日的区别，也是看家狗和领地狗的区别。冈日森格曾经做过看家狗，草原上最好的看家狗一般不在野外猎食动物，除非遇到不吃就会饿死的情况。

　　大黑獒那日吃得很慢，藏医尕宇陀蹲在它身边，不停地把一些宝石粉、麝香粉和藏红花掺和起来的药面撒到雪獒的肉上。大黑獒那日知道这些药面是治伤的，贵重得就像金子，一点也不浪费地舔了进去。尕宇陀轻轻摸着它的头说："你伤得太重了，还得养些日子，才能到野外自己给自己找食吃。"大黑獒那日头上的伤口正在愈合，断了的鼻梁又被尕宇陀接好了，两次受创的左眼已不再肿胀。但是尕宇陀的担心仍然没有消除，那就是左眼能不能恢复到从前，如果不能，视力到底能下降到什么程度？

背着冈日森格和大黑獒那日以及食物来到密灵洞的四个铁棒喇嘛回去了两个，留下了两个。留下的两个按照丹增活佛的吩咐，照顾和守护着住进洞里的人和狗，尤其是对七个上阿妈的孩子，绝对不允许他们走出暗藏着密灵洞的密灵谷。丹增活佛说了，密灵谷外就是雕巢崖，雪雕会告诉进山搜寻七个上阿妈的孩子的骑手：这里有人，这里有人。

密灵谷是昂拉雪山中的一个暗谷，所谓暗谷就是在东西走向的巨大山巅中突然出现了一个南北走向的深谷，远远地看绝对看不出它是谷地，走近了才发现那山巅在耸起的时候又突然从背后跌落了下去，跌落得越来越深，越来越阔。也不知什么时候，被称做"日朝巴"的山中修行僧发现了它，起了个名字叫密灵谷，意思是密宗显灵之谷。天赐的密灵谷里更有天赐的密灵洞，在绝对寂寞中苦苦修行的密宗僧人就代替雪豹成了密灵洞里的第一茬人类。几百年过去了，数千个密宗僧人在这里在极其机密的状态中成就了大圆满法、时轮金刚法、大手印法、阎摩德迦法以及莲花生弘传的金刚橛法，修得了预知未来、骑鼓飞行、吞刀吐火、密咒降敌、分身夺舍的功夫，然后就远远地去了。就像一线单传的传家宝一样，密法的修行者离开这里后，要做的第一件事情，就是招收门徒，传授密法，几年后再把密灵谷以及密灵洞的存在秘传给自己最得意的门徒，一个，只能是一个。这个得意门徒受传之后，就会千里迢迢来到昂拉雪山，先寻找密灵谷再寻找密灵洞。找到了，就算他和密法有缘，按照上师的传授修炼就是了，找不到就说明没有缘分，他得回复上师由上师另行派人。西结古寺的主持丹增活佛就是一个由自己的上师另行派来的门徒。

丹增活佛自然是找到了，也修炼过了，等他走出密灵洞，就要离开密灵谷时，吃惊地发现满谷都是藏獒，密密麻麻的，差不多西结古草原上的藏獒都来到了这里。后来他知道，那一年出现了百年不遇的狗瘟，那一年的藏獒无论是领地狗和寺院狗，还是牧羊狗和看家狗，都成了无情的狗瘟虐杀的对象。藏獒一旦得了传染病就会主动离开主人和草原，走得远远的，走到雪山里来，然后孤独地死去。但是这一年，它们并不孤独，它们集体得病，集体来到了密灵谷，好像它们早就知道昂拉雪山里有这样一个人鬼不知的地方。

神秘的修行者丹增活佛呆愣着半晌不敢迈动步子。他在密灵谷只见过无忧无虑、纵横驰骋的雪狼和雪豹，从来没见过伴随人生活的藏獒，藏獒怎么来了？来这里准备悄悄死掉的藏獒和人一样吃惊：这里怎么有人，而且是一个人类中备受尊敬的僧人？看来它们是不能在这里死掉的，这里是个干净圣洁的地方。但是藏獒们已经走不动了，命运只能让它们在密灵谷里死掉。就在它们纷纷咽气的时候，丹增活佛走出了密灵谷。他做的第一件事情不是招收门徒，而是追祭藏獒之魂。他告诉别人：为什么得了狗瘟的藏獒会到昂拉雪山里去死呢？一是它们不想把瘟病传染给别的狗和人；二是它们死了以后就会成为狼食，狼吃了它们也会得病，也会死掉，这样草原上就不会出现狼吃羊的时候没有藏獒保护的局面了。可以说，病死一只藏獒，就会同样病死好几匹狼。狼是狡猾的，但在遇到病獒的躯体时，却完全失去了判断能力。因为在它们的经历中总是藏獒咬狼，对藏獒的仇恨差不多就是狼界里的所有仇恨和唯一仇恨。它们急切地需要报复，需要发泄仇恨，于是就丧失理智地疯狂撕咬，大口吞咽带有瘟病的獒肉。丹增活佛说：这就是藏獒的好处，它们即使得病死了，也要让狼尝尝藏獒的厉害，也要尽到保护人畜的义务。

丹增活佛追祭了獒魂后的第三年，才开始招收门徒，传授密法。但他没有把密灵谷以及密灵洞的存在当作神圣而机密的密宗修炼道场秘传给自己最得意的门徒，因为那么多藏獒在那里死掉了，那么多吃了藏獒的狼在那里死掉了，一个到处飘逸着獒魂和狼魂的地方，是修炼不出真正的密宗大法的，如果非要修炼，很可能就会进入外道魔障，染上污风邪气，变成净土世界佛法密宗的敌人。他领会到这是大日如来的旨意：藏獒的踪迹就是人的踪迹，密灵谷已经不再密灵了，你是最后一个密灵洞里的得道者。

密灵洞虽然已不再是机密的修炼道场，但知道的人并不多，藏匿七个上阿妈的孩子和冈日森格还是绝对保险的。半个月的时间里，牧马鹤部落的骑手在强盗嘉玛措的率领下一直都在昂拉雪山的沟沟洼洼里寻找，但他们就是发现不了暗藏其中的密灵谷。他们不止一次地远远看着东西走向的巨大山巅，却始终没有发现在耸起的山势中突然从背后跌落下去的深谷。它们的寻找即将失败，眼看就要回去了。就要回去的这天是七个上阿妈的孩子和冈日森格躲进密灵洞的第十六天。

这一天，在天寥地廓的昂拉山群里，母雪狼把小白狗嘎嘎放在了一面冰坡上，一口咬断了嘎嘎的一条后腿，然后跳上冰坡前的一座雪岩，用嗥声和利牙坚持不懈地驱赶着两匹试图吃掉小白狗的公雪狼。过了大约二十分钟，两匹公雪狼终于被它吓住或者被它说服了，它们跟着母雪狼来到了一块更高的雪岩上，居高临下地看着冰坡上痛苦挣扎的小白狗。

小白狗嘎嘎已经发不出汪汪汪的吠叫了，它的叫声变哑变细变得若断似连，最后变成了吱吱吱的哭泣。哭泣是不由自主的，钻心的疼痛使它把表面上根本不存在的藏獒的怯懦从身体最深奥的角落里挖了出来，生命拒绝伤害和惧怕死亡的本能一下子抓住了它的灵魂，让它有生以来第一次对自己的能力和对藏獒在自然界的地位感到了绝望。它拖着一只断掉的后腿，哭着喊着拼命逃跑，差不多就要把力气用完了，才发现它只不过是在原地打转。红色的血迹在洁白的冰坡上就像圆规一样画了一圈又一圈，当最后一圈在疲倦和痛苦中结束时，它疾喘一声，就再也不动了。

它没有死掉，也没有昏过去。凭着潜意识的作用，它采取了生命在面对困境时所采取的最有效的办法，那就是咬住牙关，悄悄地忍着，忍着。一个时辰过去了，身体越来越冰凉，冰凉得都感觉不到冰坡和空气的冰凉了。血还在流，一流出来就变成了红色的晶体。小白狗嘎嘎呆呆地望着它，意识到这些晶体与自己的生命有关，流走的越多，生命就越接近死亡，而接近死亡的标志就是异常的口渴。它蠕动起来，把自己的头枕在红色的晶体之上，伸出舌头一下一下舔着，似乎好受一点了，似乎不怎么疼痛了，似乎眼看就要套住自己的死亡又慢慢离去了。它不知道藏獒的优良遗传正在起着作用，使它的另一种本能从残存的血液里冒了出来，只知道它已经不怎么怯懦和惧怕死亡了，它在不知不觉中坚强起来了。它又发出了汪汪汪的吠叫，而且声音越来越大。叫着叫着它站了起来，用三条腿支撑着身子，冲着它用天生灵敏的嗅觉捕捉到的狼臊味儿满腔仇恨地叫着。

母雪狼带着两匹公雪狼依然趴在雪岩上耐心十足地看着小白狗嘎嘎。它们喜欢它的吠叫，在这样一个野兽出没的地方，如此幼稚的狗吠就连警告也算不上，只能算是引诱。它引诱着它们，也引诱着另一匹只有半个鼻子的母雪狼。半个鼻子的母雪狼就要来了，吃掉小白狗的时刻就要到了。

半个鼻子是一匹四处流浪的孤狼，至少暂时是这样。它体格强壮、性情粗暴，经常来这里以最轻蔑的方式挑衅着冰坡的主人母雪狼和两匹公雪狼。而对母雪狼来说，更危险的是，当这种挑衅来临时，两匹公雪狼的反击并不是不遗余力的。半个鼻子的挑衅有时候会突然变成挑逗，挑逗意味着什么，母雪狼再清楚不过了：两匹公雪狼虽然已不再年轻，但发情时好色的本性一点也没有改变，只要有一匹公然背叛它，这面冰坡的主人就不可能再是它母雪狼，而是半个鼻子了。所以母雪狼想出了这个让半个鼻子吃掉小白狗的办法，套用人类的术语就是"嫁祸于人"或者叫"无所不用间"。为了让这个想法变成事实，它必须用坚强的意志暂时抑制贪馋的本性，必须说服跟随自己的两匹公雪狼，让它们也和自己一样在这个冰雪的世界里具有冰雪的聪明。

　　草原上包括雪狼在内的野兽都知道，藏獒的嗅觉是最最可怕的杀敌能力。你要是伤害了藏獒的主人和亲人，或者咬死了它们看护的牛羊，你首先得想好摆脱跟踪报复的办法，否则你就完了，它们会循着你的足迹，袭击你的家园，摧毁你的巢穴。更加严重的是，有时候藏獒的报复并不是接踵而至，而是相隔很长时间，半年，或者一年，在你把什么都忘了，毫无戒备的时候，它会突然出现在你家的门口。你不知道它是哪里来的霸道藏獒，而它是知道你的，它的鼻子和记忆告诉它，你就是那个伤害了它的主人和亲人或者咬死了它看护的牛羊的恶棍。所以在以往的经验里，雪狼得罪了藏獒以后，第一个行动就是逃离家园，走向遥远的地方另筑巢穴。

　　现在，母雪狼的聪明想法就要实现了。它的眼睛倏忽一闪，看到了一个移动的影子。那就是半个鼻子的母雪狼，正从山脚的雪壑里小跑而来。母雪狼兴奋地站了起来，威胁似的鸣叫着。它觉得威胁是必要的，因为对格外凶悍的半个鼻子来说，你越是威胁它，它就越会跑过来，而如果你悄悄地不做声，它就会疑窦横生："是不是陷阱的机关啊？是不是毒药的诱饵啊？"威胁持续着，半个鼻子远远地看着母雪狼，嗅着空气走了过来。

　　狼臊味儿越来越浓，小白狗嘎嘎充满仇恨的吠叫越来越大了。当半个鼻子从雪丘后面突然冒出来时，嘎嘎居然勇敢地用三条腿扑了一下。半个鼻子停了下来。尽管母雪狼的威胁已经表明小白狗的出现或许不是什么诡计，但它还是谨慎地看了看四周，又用研究的眼光仰视着雪岩上的母雪狼和两匹公雪狼。它觉得有点蹊跷，便绷直了前腿，小心翼翼地走过去，一爪踩倒了还在吠叫的小白狗。

　　它露出了虎牙，却没有直接咬下去，而是用半个鼻子蹭着小白狗的皮毛闻起来。没有闻到毒药的气息，它又抬起头，弯着脖子，抖了一下直立的耳朵，最后一次前后左右地看了看，听了听。这一听就听出问题来了。有一种声音正在出现，只有一丝丝，别的雪狼根本听不到，而它却听到了，因为它是半

111

个鼻子。它丢失的那半个鼻子足以使它对危险变得更加警觉和敏感,也足以使它记住这样一个教训:藏獒是不好惹的,除非你不要命。半个鼻子的母雪狼抬起头,恶狠狠地望着雪岩上的母雪狼和两匹公雪狼,深刻地留下了阴险的一瞥:"果然是诡计,咱们走着瞧啊。"然后跳起来,转身就跑,一眨眼就不见了踪影。

怎么回事儿?母雪狼和两匹公雪狼大惑不解。它们站在雪岩上居高临下地期待着半个鼻子吃掉小白狗的一幕,但等来的却是半个鼻子的逃跑。母雪狼扬起脖子,警觉地四下里看着。两匹公雪狼却已经失去了把问题搞清楚的耐心,不等母雪狼做出判断,就你争我抢地跑下了雪岩。它们的口水已经流得太多太多,饥饿的肠胃在食物的诱惑下早就开始痉挛,浑身的每一个细胞都在发出同一个声音:"吃掉小白狗,吃掉小白狗。"母雪狼依然站在雪岩上,望着远方的密灵谷,突然一阵颤抖,朝着两匹公雪狼发出了一声尖锐的警告。

在昂拉雪山密灵谷的密灵洞里,藏医尕宇陀对两个铁棒喇嘛说:"风干肉和青稞炒面已经不多了,狗吃的干牛肺和碎羊骨也所剩无几,你们必须回去一趟,今天不回去,明天大家就要饿肚子了。人饿几天肚子不要紧,两只藏獒是不能饿肚子的,它们正在治疗伤势,恢复身体,没有了食物,我给它们的药也就不顶用了。"一个铁棒喇嘛说:"药王喇嘛说得对,我们也是这么想的,就是害怕我们走了以后这七个上阿妈的孩子不听你的话,万一他们跑出了密灵谷,丹增佛爷的一番苦心就白费了。"藏医尕宇陀说:"这七个孩子和冈日森格是一条心,我只要看牢冈日森格,就等于看牢了他们。你们放心去吧,这里不会有事儿的。"于是在中午直射的阳光和满地的雪光碰撞出另一种强光的时候,两个铁棒喇嘛告别人和狗,朝着密灵谷外快速走去。

出了密灵谷,就是雕巢崖。不知为什么,在这个万年积雪耸成了海的地方,会兀然冒出一座终年不落雪的山崖。山崖上密密麻麻布满了雕巢,几千只雪雕栖息在所有可以筑巢的地方。雪雕是见人就叫的,那是高兴和感激的表示,因为在雪雕的记忆里,人不仅从来没有伤害过它们,还曾经把雪狼咬伤的小雪雕带回去治好了伤再送回来。而对于人来说,之所以这样好心肠地对待雪雕,完全是因为作为高山留鸟的雪雕一生都在草原和雪山之间飞翔,一生只把鼢鼠和鼠兔作为主要食物。鼢鼠和鼠兔是草原上食草量最大的啮齿动物,超过牛群和羊群食量的几十倍,如果没有雪雕对鼢鼠和鼠兔在数量上的限制,大片大片的草原就会变成寸草不生的黑土滩。所以牧人们说:"好牧草是地上长的，好牛羊是雪雕给的。"每逢鼠害严重的年份，头人们和寺院的喇嘛们就会带着最好的酥油、柏香和糌粑，来到雕巢崖下，点起桑烟，念经祈祷，祭祀山神的同时，也请求雪雕之神化现为部落战神，以千百万的无量之变，吃掉所有的啮齿目孽障。现在，雕巢崖上的雪雕又开始叫了，依然是高兴和感激的表示。在它们的鸟瞰下，两个裹着红氆氇提着铁棒的喇嘛匆匆走来，又匆匆走去。

而在很远很远的昂拉雪山的山口前，雪雕集体汇合时洪亮的鸣叫就像一只大手，一下子拽住了一队就要走出山口的人影。他们是牧马鹤部落的军事首领强盗嘉玛措率领的骑手，是前来搜寻七个上阿妈的孩子的。搜寻已经持续了半个月，半个月以后的今天，他们接到了头人大格列的命令："不要再找了，我们的骑手务必在天黑之前撤回奢宝泽草原。"大格列头人还说："与其这样没头没脑没完没了地找下去，不如召开部落联盟会议，直接质问西结古寺的丹增活佛——为什么你要把七个上阿妈的仇家和仇家的狗藏起来？你如果不想做西结古草原的叛徒，就应该赶快把人和狗交给我们，光凭一句'佛家以行善为本以慈悲为怀'是不能让我们信服和原谅的。请问丹增佛爷，上阿妈草原的人什么时候对我们行过善呢？我们供养你的目的可不是为了忘却历史，报仇雪恨是部落的信仰，包括佛爷在内，西结古草原的每一个人都应该为神圣的信仰承担责任。"

大格列头人撤回骑手的另一个原因是，有人看见被逐出寺门的藏扎西在草原上流浪，两只手居然还长在胳膊上。这怎么可以呢？大格列捎了个口信给各个部落的头人："骑手们，各个部落的骑手们，该是把西结古草原从头到脚仔细清理一遍的时候了，找到叛徒藏扎西，砍掉他的手，要不然部落联盟会议的权力怎么体现？头人们说一不二的威严怎么体现？西结古草原的规矩怎么体现？看见藏扎西的人说他手里攥着打狗棒，说明他要远走他乡了。赶快抓住他，砍掉他的两只手再让他离开西结古草原。骑手们，各个部落的骑手们，该是你们出发的时候了。"使命感特重、责任心特强的大格列头人紧急招回部落的军事首领强盗嘉玛措和他率领的骑手，最主要的目的就是抓捕藏扎西。

牧马鹤部落的骑手们停留在昂拉雪山的山口，惊愕地谛听着雪雕的齐声鸣叫。这鸣叫无异于告诉他们：这里有人，这里有人。强盗嘉玛措说："真的有人吗？可我们在山怀里搜寻了这么些日子，怎么连一个人渣渣都没有找到？"他迟疑着，突然又喊起来，"骑手们，头人的命令是天黑之前撤回奢宝泽草原,现在还早着呢,太阳离落下去的地方还有三个箭程,我们为什么不返回去看看呢?到底是什么人来到了雕巢崖下。"骑手们嗷嗷地吆喝着,表示了他们的赞同。于是在强盗嘉玛措的带领下,牧马鹤部落的几十名骑手朝着雕巢崖奔腾而去。

快到雕巢崖时,他们碰到了两个行色匆匆的铁棒喇嘛。不等强盗嘉玛措吩咐,所有的骑手都翻身下马,弯着腰,恭恭敬敬地立在了那里。强盗嘉玛措勒马停下,一边下马一边问道:"两位执法如山的铁棒喇嘛,你们从哪里来?"一个铁棒喇嘛严肃地说:"了不起的强盗嘉玛措,难道你看不出来,我们从天上来。"强盗嘉玛措天上地下地看了看说:"天上来的喇嘛,为什么把脚印留在了地上?"另一个铁棒喇嘛说:"天上的影子,到了地上就成了印子,那是因为我们扛着铁棒身子重。"强盗嘉玛措笑了,说:"两位身子重的喇嘛,需要不需要人间的骏马?让我们的骑手送你们一程吧?""不了不了,三脚两步就到西结古寺了。"两个铁棒喇嘛说着抬脚就走。所有的骑手垂手而立,久久目送着他们。只有强盗嘉玛措牵着马朝前走去,锐利的眼睛寻觅着雪地上的两串儿喇嘛的脚印,越走越快。

密灵洞里,七个上阿妈的孩子正在玩着羊骨节。他们围成圈,给二十一个"8"字形的羊骨节起了各种动物的名字,由脸上有刀疤的孩子高高地抛起来,让大家抢。一人只能抢三个,羊骨节的形状是相同的,谁也不知道自己会抢到什么动物。抢完了便以抢到藏獒的人作为头家,用自己的羊骨节弹打对方的羊骨节,打上后接着再打,打不上就要挨别人的打。一般来说,藏獒、野牛和马总是要赢的,因为在游戏的规则里,藏獒、野牛和马可以通吃一切,而狼、熊、豹、羊、狐、兔、獭、鼠是受到限制的,比如狼去弹打藏獒,打上了也不算。这样的游戏最关键的是你能抢到什么,抢就是闹,就是打,如同一群小狗玩打架一样。他们就这样抢着闹着玩着,天天都这样,好像永远玩不腻。就在他们玩得忘乎所以时,冈日森格悄悄走出了密灵洞。大黑獒那日想跟出去,站起来走了几步,就被藏医尕宇陀拦住了:"那日你不能去,你受创的左眼不能让大风吹,更不能让雪光刺,不然就好不了。"

冈日森格来到洞外,走了几走,就开始奔跑,一跑起来就觉得浑身非常舒服。它的习性本来就是在雪里取暖,在风中狂奔,高峻寒冷的昂拉雪山正好般配了它的习性,它兜圈子跑着,越来越快,边跑边用鼻子在冷风里呼呼地闻着。突然它停下了,空气里有一股异样的味道让它心里咯噔一下,那不是它一连两天抓到的雪鼬的味道，是一股格外刺激的狼臊味儿，而且不仅是狼臊味儿，还有狗味儿，狗味儿和狼味儿怎么能混合在一起呢？它回望了一眼密灵洞，觉得情况紧急没有必要征得主人的许可，便跳起来就跑。这一次它没有兜圈子，而是选择最短的路线直直地跑了过去。它跑出了密灵谷，跑过了一座平缓的雪冈，跑上了一面开阔的冰坡。

这会儿，冈日森格已经不是仅靠嗅觉支配行动了，听觉和视觉同时发挥了作用。它看到了站在雪岩上的母雪狼，听到了母雪狼给同伴发出的尖锐的警告。接着，它看到了母雪狼的同伴——两匹在食物的诱惑下忘乎所以的公雪狼。而它们就要吃到嘴的食物，居然是一只藏獒的孩子小白狗。冈日森格发疯了，用一种三级跳似的步态跑着，吠着，威胁着。自从来到西结古草原后它还没有如此疯狂地奔跑过。威胁的吠声延宕了两匹公雪狼下口咬死小白狗的时间，它们吃惊地抬起了头，本能地朝后缩了缩。

小白狗嘎嘎趴在地上，已经叫不出声音了。像许多毛烘烘的动物在意识到生命就要结束时所表现的那样，它把头埋进了蜷起的前肢，闭上眼睛，在利牙宰割的疼痛没有出现之前，提前进入了死亡状态。

温暖的血、鲜嫩的肉、油汪汪的膘、脆生生的骨头，这就是一个幼小的活食所能提供的一切。大概就是对活食魅力的迷恋吧，纵然有母雪狼的警告和呼唤，两只公雪狼也没有立即跑开。它们犹豫了片刻，就是这片刻的犹豫注定了它们的命运。它们死了。一匹公雪狼死在了当时，一匹公雪狼死在了第二天。死在第二天的那匹公雪狼是抢先逃跑的，但已经来不及了，冈日森格的速度疾如闪电快如飘风，忽一下就来到了它的跟前，准确地说，是雪山狮子同时也叫冈日森格的尖尖的虎牙来到了它的后颈上。哧的一声响，随着虎牙的插进拔出，血喷了出来。公雪狼弯过腰来撕咬冈日森格。冈日森格一头顶了过去，虽然自己的头上有了狼牙撕破的裂口，但却把公雪狼撞出了两米远。公雪狼摇晃着身子跑了几步，哀叫一声倒在了地上，直到第二天血尽气绝，再也没有起来。

死在当时的那匹公雪狼这时已经逃出去二十多米远。它一跃而起，打算跳上雪岩和母雪狼一起共同对付冈日森格，但是没想到，作为妻子的母雪狼会一头把它顶下来。它滚翻在雪岩下面，正好把柔软无毛的肚子暴露了出来。追撵过来的冈日森格立刻和它纠缠在一起。这差不多就是动物界的三拳打死镇关西，冈日森格摆动着头颅，一牙挑出了肠子，又一牙挑在了狼鞭上，几乎把那东西挑上了半空，然后在公雪狼的后颈上咬了一口，用狼血封住了狼

115

魂逃离躯壳的通道,转身奋身跳上雪岩,打算一并把母雪狼也收拾掉。

母雪狼跑了,已是踪影全无。它用一头从雪岩上顶下自己的丈夫那匹公雪狼的举动,赢得了逃之夭夭的时间。它是卑鄙的,也是智慧的。无论是卑鄙的还是智慧的,它都是雪狼天性的表现,是它们生存必备的手段。一匹阅历深广、经验丰富的母性的雪狼,永远都是一个阴险狡诈的极端利己主义者。就像父亲很久以后说的,狼是欺软怕硬的,见弱的就上,见强的就让,一般不会和势力相当或势力超过自己的对手发生战斗,藏獒就不一样了,为了保卫主人和家园,再硬的对手也敢拼,哪怕自己死掉。狼一生都在损害别人,不管它损害的理由多么正当,藏獒一生都在帮助别人,尽管它的帮助有时是卑下而屈辱的。狼的一贯做法就是明哲保身,见死不救,藏獒的一贯做法是见义勇为,挺身而出。狼是自私自利的,藏獒是大公无私的。狼始终为自己而战,最多顾及到子女,藏獒始终为别人而战——朋友、主人,或者主人的财产。狼以食为天,终身只为食物活着,藏獒以道为天,它们的战斗早就超越了低层次的食物需求,而只在精神层面上展示力量——为了忠诚,为了神圣的义气和职责。狼的生存目的首先是保存自己,藏獒的生存目的首先是保卫别人。狼的存在就是事端的存在,让人害怕,藏獒的存在就是和平与安宁的存在,让人放心。狼动不动就翻脸,就背叛群体和狼友,所谓"白眼狼"说的就是这个,藏獒不会,它终身都会厚道地对待曾经友善地对待过它的一切。

冈日森格站在雪岩上,扬起头,喘着粗气,撮起鼻子四下里闻了闻,闻出母雪狼朝着西北方的雪沟逃跑了。按照本性,它是要追的,但按照更大的本性,它没有追。它跳下雪岩,小跑着来到了小白狗嘎嘎身边,闻了闻那白花花的绒毛,舔了舔那血淋淋的断腿,看它仍然闭着眼睛一动不动,就一口叼了起来。冈日森格跑下了开阔的冰坡,跑过了平缓的雪冈,跑进了密灵谷,突然发现这里已不再寂静,这里出事了。

强盗嘉玛措走到了雕巢崖的下面,朝上看了看。雪雕愉快的叫声就像一片旱夏里的雷雨笼罩在他的头顶。他看到许多雪雕一边叫一边拍打着翅膀,羽毛就像雪花一样纷纷扬扬;看到黑色的羽毛朝着近旁的雪山飘飞而去,雪山上依然是两个铁棒喇嘛的脚印。他奇怪了:两个喇嘛怎么是从雪巅上走下来的?他拉着马走向这座东西走向的巨大山巅,走着走着,山巅突然从背后跌落下去了,一条暗谷豁然出现在眼前。暗谷是南北走向的,深阔的谷地就像一把勺子镶嵌在万雪千冰之中。强盗嘉玛措惊愕之余,转身朝着落在后面的骑手大声喊起来："快，过来。"喊了一声，突然又把嘴紧紧闭上了。他意识到这里应该就是藏匿着七个上阿妈的孩子和冈日森格的地方，要悄悄的，悄悄的，不能有任何响动。强盗嘉玛措率领着骑手们，沿着还在继续延伸的两个铁棒喇嘛的脚印，悄无声息地走了过去。

是大黑獒那日首先觉察了骑手们的到来。它闻到了，也听到了。就在强盗嘉玛措朝着落在后面的骑手大喊一声"快过来"时，它就已经听到了。在这方面，它似乎比冈日森格还要敏锐。它知道这是部落人的声音和气息，高兴地叫了一声，从一直不让它出去的藏医尕宇陀身边站起来，摇起了尾巴。摇着摇着它就觉得有点不对劲了，怎么内心感觉到的竟是一种紧张，一种敌意的存在？难道西结古草原的部落人是敌意的？它看了看这些日子和自己朝夕相处的七个上阿妈的孩子，想了想这会儿正在风中雪里奔奔跳跳的冈日森格，似乎有点明白了，便不再摇尾巴，通报似的朝着密灵洞外哑哑地"汪"了一声，又朝着藏医尕宇陀小小地"汪"了一声。

盘腿打坐的藏医尕宇陀伸手准确地拽住了大黑獒那日的耳朵，这证明他虽然闭着眼睛，但其实什么都能看见。大黑獒那日便用自己的耳朵拽着他的手，使劲朝外走去。尕宇陀站起来说："那日你要干什么？你不能出去，你受创的左眼不能让大风吹，更不能让雪光刺……"大黑獒那日用叫声打断了他的话，丢开他跑向洞外。藏医尕宇陀赶紧跟了出去，就见大黑獒那日站在密灵洞的门口，朝着开阔的谷地一直叫着，声音不大，却显得非常着急，是那种既不表达愤怒也不表达欢喜的着急。尕宇陀心说它发现了什么？来了敌人它会扑过去，来了朋友它也会扑过去，这种能让它光叫唤不扑咬的东西是什么？他走过去登上一座雪丘朝远处望了望，回头对大黑獒那日说："什么也没有啊。"大黑獒那日的叫声显得更加忧急不安了。藏医尕宇陀又往前走了走，登上一座更高的雪丘，在一片刺眼的雪光中眯起眼睛一看，发现密灵谷洁白的谷底上滚动着一溜儿黑色的斑点。他以为那是野兽，仔细瞅了瞅才认出那是人，是人骑在马上的造型。他转身就走，对大黑獒那日说："回去吧回去吧，你的左眼见风就流泪，湿汪汪的，伤口怎么能好？"大黑獒那日看到藏医尕宇陀脸上一点紧张的表情都没有，也就不叫了，重新摇了摇尾巴，跟着他回到了洞里。

其实藏医尕宇陀心里正在翻江倒海。翻江倒海的结果是，他做出了一个超出藏医喇嘛本分的决定。他对七个上阿妈的孩子说："安静，安静，不要再玩了，你们都过来，都给我听着。"七个上阿妈的孩子都过来围住了他。他说："你们快走，快走，赶紧离开这里，离开西结古草原，回到你们上阿妈草原去，有人来抓你们了。"七个上阿妈的孩子几乎一起摇了摇头。刀疤说："离开就离开，西结古草原的人要砍我们的手哩。但我们不回上阿妈草原，一辈子两辈子三辈子不回上阿妈草原。"尕宇陀问道："为什么？上阿妈草原是你们的故乡你们为什么不回去？"刀疤说："上阿妈草原骷髅鬼多多的有哩，吃心魔多多的有哩，夺魂女多多的有哩。我们不回，我们要去冈金措吉。"藏医尕宇陀知道"冈金措吉"就是"额弥陀冈日"，汉人叫做"海生大雪山"，或者"无量山"，便问道："冈金措吉在哪里？"刀疤摇了摇头。大脑门说："冈金措吉在海上。"刀疤说："对，在海上。"尕宇陀又问道："海在哪里？"刀疤望了望大脑门说："在雪山背后。"尕宇陀说："雪山背后还是雪山，我告诉你们，海在没有山的地方，在地势低的地方。快快走吧，有人来抓你们了。"

藏医尕宇陀推搡着七个上阿妈的孩子来到了密灵洞外。刀疤四下里看着喊起来："冈日森格，冈日森格。"这时大黑獒那日轻轻叫起来。人和狗几乎同时看到了谷底黑蚂蚁一样的骑手。骑手们正在靠近，似乎还没有发现他们。七个上阿妈的孩子紧张起来。尕宇陀说："这个冈日森格，到哪里去了，你们先走吧，来不及等它了，快。"说罢朝着密灵洞后边指了指。

密灵洞后边是一面冰坡，尽管陡了点，但完全可以爬上去。七个上阿妈的孩子爬上去了，坚硬的冰坡上没有留下他们的脚印。藏医尕宇陀朝着还在回头寻找冈日森格的刀疤和大脑门挥挥手："快走吧，走得远远的，越远越好，再也不要回来了。"大黑獒那日冲他们摇着尾巴，受伤的和没有受伤的眼睛都是泪汪汪的，直到七个上阿妈的孩子消失在冰坡那边，它依然摇着尾巴。藏医尕宇陀弯腰拍拍大黑獒那日说："快，我们也得藏起来。"一人一狗朝洞里走去。这时一阵叫声从寂静的密灵谷底传来，骑手们看见他们了。骑手们的叫声就像牧羊狗突然发现了狼。

7 饮血王党项罗刹

1

七个上阿妈的孩子离开密灵洞不久,就碰到了一个人。这个人是从他们后面走来的,好像一直跟踪着他们。当他们穿雪沟,翻雪岭,一路疾走,累得满头大汗,倒在雪地上喘息不迭的时候,他突然从雪包后面冒了出来。他带着诚实的笑容,和颜悦色地问道:"七个苦命的孩子,你们要去哪里啊?"孩子们没有回答,惊奇地望着他。他胸前挂着墓葬主的镜子,头上缀着罗刹女神的琥珀球,腰里吊着一串儿鬼卒骷髅头,一看就知道不是一个普通的人。脸上有刀疤的孩子大声问道:"你是谁?你到这里来干什么?"这个人说:"我叫达赤,我是雪山的儿子,是指路的明灯。我常常出现在迷途的人们面前,告诉他们哪里是他们应该去的地方。"刀疤打量着他说:"你是指路的明灯?那你能给我们指路吗?"达赤从腰里取下一个骷髅头说:"你们看我有没有神力,就知道能不能给你们指路了。"说着他用双手把骷髅头合在中间,念道,"大哭女神来了,伏命魔头来了,一击屠夫来了,金眼暴狗来了。来了就变了,骷髅变宝石了。"他忽地张开双手,里面的骷髅头果然变成了一个绿松石的羊。七个上阿妈的孩子吃惊得面面相觑。达赤又变了几次,一会儿变个黑玛瑙的猴,一会儿变个寒水石的狗,一会儿变个铁疙瘩的鬼,最后又变回到了骷髅头。

孩子们望着他的眼睛顿时就亮光闪闪了。他们没见过这样的魔术,这样的魔术是被看作神迹的。

接下来就是达赤说什么他们信什么了:"什么,你们是来寻找满地生长天堂果的海生大雪山冈金措吉的?那我告诉你们,你们真是有福气,你们见到了我,就算见到了冈金措吉。你们知道党项大雪山吗?"刀疤看了看大脑门。大脑门说:"知道。"达赤说:"知道就好,党项大雪山里有许多冰窖,所有的冰窖都是通往海生大雪山冈金措吉的门户,这个秘密谁也不知道,就我知道。"达赤说着随手又变起了魔术,又让孩子们万分惊奇了一番,然后说,"走啊,你们跟我走啊。"刀疤要走,又摇了摇头,所有的孩子都摇了摇头。他们说:"我们要和冈日森格一起去。"达赤翻起白眼瞪着天空说:"冈日森格?冈日森格是个什么东西?你们不要告诉我,让我猜一猜,它不是狮子,它不是牦牛,它不是马,它不是羊,它也不是人,我知道了,它是一只高高大大的藏獒,是金黄色的,对不对啊?"孩子们惊奇地说:"对啊,对啊。"达赤说:"那就让我问问大哭女神,问问伏命魔头,问问一击屠夫,问问金眼暴狗吧,这些依附在我身上的神会告诉我,冈日森格是跟你们一起去,还是循着你们的足迹自己单独去。你们看见了吧,我手里现在什么也没有,我把两手合起来再分开,如果手里是鸦头男神,那就说明它跟你们一起去是吉祥的,如果是獒头女神,那就说明它自己单独去才是吉祥的。"手掌合起来,转眼又分开了。七个上阿妈的孩子伸出了七颗头,看到他的手心里突然出现了一个铜塑的神像,是女神,是藏獒头颅的女神。他们愣了:这就是说,冈日森格只能单独去了,这是神的旨意,是谁也不能违背的。七个上阿妈的孩子跟着达赤,朝着比昂拉雪山大得多的党项大雪山走去。

达赤是西结古草原的送鬼人。送鬼人是祖祖辈辈继承下来的。每年藏历正月十五,西结古寺都要举办一次驱鬼法会,喇嘛们骑着快马,念着猛咒,在西结古草原上到处奔走,把为害各处的鬼都驱赶到西结古寺最高处密宗札仓明王殿后面山坡上的降阎魔洞里,在主持活佛的带领下,吹着十四把黄铜号角,敲着十四面雅布尤姆鼓,念诵着《仅用一击就能杀死妖魔经》以及各个密法本尊如雷贯耳的法号,在铁棒喇嘛声色俱厉的恐吓声里,把鬼一个个装进黑疫病口袋、红死亡口袋和白殃祸口袋,然后交由送鬼人背着这三个口袋去党项大雪山请求山神处理。山神有时会埋葬它们,有时会烧化它们,有时又会撕碎它们。党项大雪山,妖魔鬼怪的死亡之地,是吉祥的冰岭,也是恐怖的峰峦。

送鬼人达赤既然每年都要背着三个装鬼口袋穿过草原，走向雪山，他浑身就一定沾满了鬼气，连每一根头发都可能是病死殃祸的象征。人们不敢接近他，带着沉重深刻的恐惧躲避着他，同时又会尽量满足他的要求。他是乞讨为生的，无论是头人、僧人还是牧民，只要面对他伸出来的手，就都会把最好的食物施舍给他，希望他赶紧离开，不要把毁人的鬼魂留给自己。但事实上他是很少讨要食物的，头人们为了驱散他那辐射而弥漫的邪祟鬼污之气，每年都会给他许多财产，属于他自己的牛羊是成群结队的，足够他吃喝的了。他不愁吃，不愁穿，最愁就是没有女人喜欢他。所以当一个性情阴郁，急于为死去的两个丈夫报仇的女人走向他的时候，他突然就激动万分，当着这个女人的面，无比虔诚地向八仇凶神发了毒誓：要是他不能为女人的前两个丈夫报仇，他此生之后的无数次轮回都只能是个饿痨鬼、疫死鬼和病殃鬼，还要受到尸陀林主的无情折磨，在火刑和冰刑的困厄中死去活来。尽管这女人只跟了他两年就死了，但面对女人的誓言没有死。为了这不死的誓言，他离开西结古，把家安在了党项大雪山的山麓原野上。

　　盟誓者的新生活就这样开始了，他千挑万选，在牧人们的数百藏獒里，寻觅到了一只出生才两个月的属于喜马拉雅獒种的遗传正统的党项藏獒。他给它起了个傲厉神主忿怒王的名字——饮血王党项罗刹。它浑身漆黑明亮，四腿就像四根正在猎猎燃烧的火杵，胸毛也是红红火火的，象征了它燃烧的激情和怒火。但那时候它一点发怒的心思也没有，当藏历年正月初一的这天送鬼人达赤揪着它的脊毛离开它的主人时，它只是用呼呼的喘气声对第一次感觉到的难受表示了一下奇怪：怎么回事儿，活在世上居然还有不舒服。送鬼人达赤一直揪着它，而且是甩来甩去地揪着它，它越来越难受，更加大声地呼呼喘着气，希望这个人就像它的主人那样把它抱在怀里，或者把它赶快送回到主人身边去。它当时根本就没有想到，主人因为害怕沾上鬼气已经把它送给这个人了。主人说："你怎么天天来我家帐房门口转悠？你看上什么了你赶紧拿走，祈求你千万不要再来了。"话音未落，送鬼人达赤一把揪起了它。它那个时候正在主人身边玩耍，阿妈和阿爸——两只体大毛厚、威风无比的党项藏獒放牧去了，它只能跟着主人玩耍。

　　它被送鬼人达赤带到了他家里，那是一个没有窗户只有门的石头房子，门一关里面就漆黑一团了，点亮了酥油灯它才看到四壁全是鬼影，所有的鬼影都被一只柴手捏拿着，那是大哭女神的手，是伏命魔头的手，是一击屠夫的手，是金眼暴狗的手。这些抓鬼的手牢牢地捏拿着鬼影，让鬼影的面孔更加狰狞可怖了。它惊怕地叫了一声，蜷缩到石墙的一角，好长时间没有睁开眼睛。等它睁开眼睛的时候，酥油灯灭了，送鬼人达赤已经离去，木门是关死了的，只留下一条缝隙，透露着外面的阳光。它想出去，想回到主人的身边去。但它不是空气，可以飘过门的缝隙。它穷尽了所有它知道的办法，最后徒劳地看到外面的阳光正在消失，而自己已是筋疲力尽，饥肠辘辘了。它趴在地上休息了一会儿，就开始四处寻找吃的。在爪子和嘴可以够着的地方，它什么也没有找到，没有糌粑，没有牛肺，没有肉汤，没有自它断奶以后主人喂养它的一切，有的只是让它恐怖的寂静。它在寂静中发抖，抖着抖着就睡着了。它到梦里去寻找吃的，终于找到了，眼睛一睁，又没有了。它抽着鼻子闻了闻，觉得满房子都是肉味，猛地抬起头来，用穿透黑暗的眼光一看，看到墙上居然是挂着肉的，一溜儿全是一条一条的风干肉，还有甜丝丝的冰水，一闻就知道装在那几只鼓鼓囊囊的羊肚里。它大叫一声，激动得又扑又跳，但是它够不着，跳了无数次都够不着。它开始吠叫，希望阿妈或者主人能听到自己的叫声推门而入。但是没有，它一直叫到天亮，也没有一个人和一只狗前来轻轻叩一下门。它绝望地用头撞着门板，撞得脑袋都蒙了，大了，禁不住痛苦地趴在地上把沉重的脑袋耷拉在了腿夹里。大概饥饿就在这个时候给了它生存的灵感吧，或者它作为一只党项藏獒天性里就有在死亡线上求生的素质，它很快又站了起来，开始满房子绕着圈奔跑，越跑越快，越跑越快，跑着跑着，便一跃而起，四腿蹬着墙壁扑向了高悬头顶的风干肉。

　　一个月以后送鬼人达赤回来了。他神情木然地看着它，发现它长大了许多，尽管瘦得皮包骨，但架子显得比一般同龄的藏獒要大得多。他说："我没有看错，你将来一定是一只大狗。"它烦躁地冲他叫了一声，闻出他身上的味道跟这房子里的味道是一样的，便没有扑过去。但是它心里很清楚，它跟他没有关系，跟这所房子也没有关系，它每天都千方百计地想离开这里，如今门开了，它更要离开了。它扑向了门口，想从他的腿边挤出去。早有准备的送鬼人达赤突然从背后亮出了一根粗大的木棒，挥起来就打。这是它第一次挨打，打得它连滚了三个滚，一直滚到了墙角。它看着他，眼睛里突然喷射出一股蓝焰似的光脉，低低地吼叫起来。送鬼人达赤满意地狞笑着，他知道眼睛里的蓝焰是党项藏獒最初的仇恨，也代表了它作为一只幼獒对人世狗道最初的理解。他说："你就恨吧，好好地恨，欢畅地恨吧，恨所有把送鬼人当鬼的人，所有欠了人命的人，你要是不恨我就打死你，你要是越来越恨我就手下留情，因为你是饮血王党项罗刹。"它似乎明白了，或者它是天生倔强的藏獒，是从来不准备领略失败的党项藏獒，它迅速站起来，再次扑了过去。这次不是扑向门外，而是扑向了堵在门口的他。送鬼人达赤轮起木棒再次打了过来，它滚翻在地，比第一次更加狼狈地滚过去撞在了墙上。就这样，它不驯地站起来，扑过去，扑了二十六下，把党项藏獒的凶悍和坚忍全部扑了出来；就这样，他不断地把木棒轮起来，打过去，直打得它遍体鳞伤，倒在地上再也动弹不了。他踢了它一脚，对它说："你还没有死，你就恨吧，好好地恨，无休无止地恨吧，恨所有见我就躲的人，所有欠了西结古人命的人，因为你是饮血王党项罗刹。"它瞪着他，眼睛里的蓝焰越来越炽盛了。但是它无法站起来，它几乎就要累死了。送鬼人达赤弯腰在它身上到处摸了摸说："我这么狠地打都没有打断你的一根小骨头，看来我的恨神大哭女神、伏命魔头、一击屠夫和金眼暴狗已经在保佑你了。你就在这儿呆着吧，死了我就把你扔出去喂鹰，没死我就接着再打。"

　　送鬼人达赤提着木棒到处走动着，满意地看到挂在墙上的风干肉和冰水已经被它吃光喝干了，说明它每天都在黑暗里扑跳，它已经可以扑跳得很高很高，就像一只小豹子那样敏捷了。他又在更高的地方挂了许多风干肉和几只盛满冰水的羊肚，然后走了，一走又是一个月。

　　等到送鬼人达赤再次回来的时候，它又长大了许多。挂在墙上的风干肉和冰水已经一扫而空，说明它的扑跳比一个月前至少提高了一尺。它卧在墙角警惕地瞪视着这个人，看到他把一只手藏在身体后面，就站起来，条件反射似的撮起了脸上的皮肉。它知道他身后藏匿着木棒，木棒带给它的痛苦就像母亲带给它的温暖一样，已经深深镌刻在了它的记忆里。这样的记忆对它高傲的天性无疑是极大的伤害，让它提前懂得了这样一个道理：摆脱木棒痛苦的唯一做法就是消灭木棒。它扑了过去，就像这些日子它在极度饥饿中扑向墙壁上的风干肉一样，扑跳的距离完全比得上一只成年的藏獒。送鬼人达赤吃惊地"哎呀"了一声，往后一缩，轮起木棒就打了过来。它的扑咬和他的棒打都是高速而准确的，但倒在地上的却不是它希望中的木棒而是它自己。倒地以后它再也没有找到站起来扑咬第二次的机会，木棒就像雨点一样打了下来，它蠕动着，惨叫着，差一点昏死过去。这一次教训让它明白了这样一个道理：你必须学会一扑到位，一口咬死的本领，在强大的敌手面前，你的第二次第三次扑咬是不存在的。送鬼人达赤丢下打断了的木棒，又一次把新带来的风干肉和装冰水的羊肚挂在了墙壁更高的地方，走的时候他说："你恨谁？恨我是不是？那你就恨吧，我要的就是你的恨。恨我吧，恨一切人一切狗吧，恨那些我给他们背走了鬼他们反而不理我的人吧。但是你最最应该恨的是上阿妈草原的人和狗，知道吗，是上阿妈草原的人和狗。"

又是一个月，又是一次无情的棒打，又把肉和水挂高了一些，送鬼人达赤又一次走了。整整一年中的十二个月都是这样。饮血王党项罗刹一年没有来到阳光下面，一年没有看到草原和雪山、帐房和羊群，一年没有见过任何一只狗、任何一个动物，一年没有见过任何一个人——送鬼人达赤不是人是鬼，他就跟画在墙上的鬼影一样，心是一个阴湿的盆地，里面丛生着狰狞尖利的獠牙。它一年十二次被送鬼人达赤的木棒打瘫在地，它挣扎着站起来，顽强地成长着。随着肉体成长起来的还有愤怒和仇恨，还比阴暗的石头房子阴暗一百倍的藏獒之心，还有它作为食肉动物的扑咬本领。最后一个月，送鬼人达赤把风干肉和装冰水的羊肚挂到了房顶上。等他走了以后，饮血王党项罗刹仰头一望，便冲墙而上，就像一只飞翔的鹰，把肉一口叼住，然后又冲墙而下。它长大了，迅速地长大了。

长大了的饮血王党项罗刹已不再见到送鬼人达赤就扑就咬，不，它知道他把越来越坚硬的木棒藏在身后，如果它不能让他丢弃木棒，那就只能在忍耐中蓄积仇恨，或者服从。啊，服从？它怎么可以服从这样一个人呢？然而服从似乎是必须的，因为它天生是人的伙伴，而现在它看到的人就只有这一个。况且服从也可以是权宜之计，如果这样的权宜之计能够让送鬼人达赤放下木棒，它就可以重新开始仇恨，毫不留情地扑向他的喉咙。于是它屈辱地扬起了头，摇起了越蜷越紧的尾巴。送鬼人达赤愣了，不禁微微一笑，但笑容只停留了几秒钟他就故态复萌，扬起木棒，照头便打，吼道："你摇什么尾巴，你对谁也不能摇尾巴，你再摇尾巴我就把你的尾巴割掉。"这一次是打得最惨的，几乎要了它的命。它在伤痛的折磨中突然领悟了送鬼人达赤的全部含义，那就是暴烈，就是仇恨，就是毁灭——毁灭一切善意的举动。这样的醒悟对它来说是大有好处的，它对他采取了既不扑咬也不服从的态度，尽量躲开他的肉体，尽量靠近他的心思，活着，就必须知道他在想什么。

新的一年开始后，送鬼人达赤用绳子绑着它把它带出了石头房子。那一天没有阳光，那一天大雪纷飞，寒冷异常，那一天它被送鬼人达赤一脚踢进了一条壕沟，壕沟深深的，差一点把它摔死。它从壕沟里抬起了头，看到送鬼人达赤已经不见了。它顿时就变得狂躁不安，在壕沟里来回跑动着，想回到地面上去，回到已经习惯了的石头房子里去。但是一切试图跳出壕沟的努力都失败了。壕沟长五十米，宽两米，最深的地方有三十米，最浅的地方有十多米。壕沟原来是一个雪水冲涮出来的深壑,送鬼人达赤用一年的时间加深了沟底,加陡了沟壁,加高了沟沿,把它改造成了饮血王党项罗刹的新处所。饮血王党项罗刹在沟底不停地走动着,雪更大了,黑夜寂然来临,它一宿未睡。第二天早晨,太阳露出了云翳,雪停了,风还在吹,空气冷到尖锐,它仰望壕沟之上的一线蓝天,突然意识到死亡已经出现在头顶了。

代表死亡的是无数狼头。一颗颗狼头围绕着沟沿,悬空窥伺着它。它紧张得又蹦又跳,意识到蹦跳是毫无意义的,就开始奔跑。五十米长的沟底它只用六七秒就可以跑一个来回,跑了一会儿,又意识到奔跑更是无意义的,便停下来狂吠。它第一次用这么大的音量狂吠,发现它越是吠得起劲,窥伺它的狼头就越没有离开的迹象。狼也开始叫了,好像有点学它的意思。它以前从来没有见过狼,但是它听到过狼的声音。在藏獒面前,天敌的声音本来是泣哀和可怜的,如今却显得放肆而得意,充满了对它的蔑视和挑逗。它暴跳如雷,十次百次地暴跳如雷,终于跳不动了,气喘吁吁地趴在了地上。群狼嗥叫的声音更加得意了,它蜷起身子,闭上了眼睛,浑身开始发抖。它发现自己既是狂躁的也是胆小的,既是凶悍的也是恐惧的,那种在它的遗传中含量极少的怕死的感觉刹那间无比夸张地跑了出来,让它在死与不想死的刀锋上感到了生命的无助和无奈。它用两只大耳朵紧紧堵住了自己的听觉,抱着一种向困厄投降的心态,等待着末日的来临。

末日自然是不会来临的,因为没有一只狼敢于下到壕沟里面来。它们窥伺着欢叫了好长时间就奔驰而去了。当寂静突然降临的时候,饮血王党项罗刹感到了一阵难以忍受的饥饿。它抬头看了看上面,绝望地发现这里的墙壁上没有悬挂的食物,有的只是石头。它依靠本能,知道雪是可以吃的,便开始舔雪。整整三天过去了,它把沟底的积雪舔得一滴不剩,然后就用前爪使劲掏挖沟壁。

第四天,也许是第五天,送鬼人达赤来了,从壕沟最浅的地方,扔下来一匹荒原狼。狼是活着的,是他从猎人手里用两只肥羊换来的一匹成年狼。饮血王党项罗刹惊然而起,纹丝不动地盯着狼。狼在拼命挣扎,很快就把绑缚它的绳子挣脱了,抬腿就跑,一看跑不出去,又回过身来,这才看到饥饿中瞪着血红眼睛的饮血王党项罗刹。饮血王党项罗刹还是纹丝不动,毕竟它是第一次这么近地面对一个本性比它凶残十倍的活物。狼把鼻子往上撮着,威胁似的露出了锋利的虎牙,朝前走了一步。这说明狼已经看出它是一个不谙时世的少年,有点不怕它。但是狼没有想到,面前的这只藏獒虽然年少,但浑身日积月累的愤怒和仇恨早已经像大山一样沉重了。它愤怒的是整个世界，仇恨的是全部生命，更何况它现在面对的是一匹狼，一个狗类种族天经地义的敌手。它低下头，看了看自己饿瘪了的肚腹，发现那儿正在激动地颤抖，也就是说，即使它不想吃狼，肚子也想吃狼了。它带着正在极端饥饿中痛苦发抖的肚子跳了起来，扑了过去，速度快得连它自己都没有反应过来，牙齿就已经钳进了狼的后颈。狼的挣扎让它激动，它又换口咬住了喉咙，便咕嘟咕嘟地渴饮起了狼血。送鬼人达赤在上面狂叫起来："一击屠夫，一击屠夫，伏命魔头，伏命魔头。"

就这样，饮血王党项罗刹在壕沟里呆了整整一年。一年中它没吃过一口死肉，吃的都是活肉，是野兽的肉。野兽一来，照例先是战斗，后是吃肉。它跟雪豹斗过，跟金钱豹斗过，跟藏马熊斗过，次数最多的当然是跟狼斗，有荒原狼，豺狼，还有极端狡猾的雪狼。送鬼人达赤为了从猎人手里得到这些野兽，付出了头人们送给他的大部分财产——一大片羊群和一大片牛群。一年中几乎天天都有野兽在壕沟上面叫嚣，它阴森森地仰望它们的身影，一天比一天暴躁地蹦跳着吼叫着，仇恨和愤怒也就一天比一天猛烈地蓄积着。一年中它没有见过帐房和羊群，没有见过任何一只同类、任何一个人，除了人鬼不分的送鬼人达赤。一年中它天天用前爪掏挖沟壁，因为它觉得这是一堵墙，掏着掏着就能掏出洞来，就能出去了。它掏出了许多个大洞，虽然没有如愿，但却把两只前爪磨砺成了两根钢钎，随便一伸，就能在石壁上打出一个深深的坑窝。一年中它不避严寒酷暑，白天沐着阳光，晚上浴着星光，完全成了野性自然的一部分。它又长大了许多，已经不折不扣是一只大藏獒了。它身上充满了豹子的味道、藏马熊的味道、狼的味道，它在气息、心态和行为举止上已经不属于西结古草原，也忘了它曾经是一对牧羊狗的优秀的儿子。它正在理解自己作为饮血王党项罗刹的意义，正在按照送鬼人达赤的愿望，恶毒地仇恨着，时刻准备咬死出现在自己面前的一切。

一年结束的这天，它吃掉了一只用一头牦牛换来的荒山猫。这是送鬼人达赤投下来的一种最敏捷的野兽，按照荒山猫的本领，如果是面对别的藏獒，它完全可以攀缘着沟壁，逃离险境。但是饮血王党项罗刹没有给荒山猫逃生的机会，它跳得太高了，爪子伸得太长了。它用野兽所知道的最快的速度一口咬住了对方。吃掉了荒山猫，它就昏睡不醒。荒山猫的肉有强烈的麻醉作用，所有的动物吃了它都会昏然睡去。它睡了一天一夜，等它醒来的时候，它吃惊地发现自己躺在一片开阔的雪地上。送鬼人达赤用十几根皮绳和五头牦牛把它吊出了壕沟,又用一头最健壮的牦牛驮着它来到了这里。这里是党项大雪山的冰天雪地,是天造地设地生成着许多地下冰窖的地方。送鬼人达赤看它醒了,就用手撕着它的皮毛,使劲把它朝前推去。它顺着冰坡滑了下去,轰然落地时,地下冰窖里的一群雪鸡噗啦啦地飞了出去。

又是一年三百六十五个日子,饮血王党项罗刹就呆在方圆不到二十米的冰窖里。它出不去,冰窖的窖口高得超出了它的蹦跳能力。它只能沿着窖壁愤怒地奔跑,时不时地伸出前爪在冰墙上抓一把,抓出一道一道的深沟来。食物依然是活的,至少有半年是这样。半年中差不多每个星期都有一次殊死的战斗。它撕咬着投下来的野兽——狼、豹子或者藏马熊,从来没有放弃在第一时间扑过去一击致命的机会,有时候用牙,有时候用爪子。它的爪子不仅有力,而且越来越坚利了,因为它必须抠住光滑的冰石,无论它是平面的,还是斜面的。

半年以后,当饮血王党项罗刹业已证明自己是一只所向无敌的藏獒的时候,活物突然没有了,饥饿成了它必须天天面对的事情。送鬼人达赤一个星期才喂它一次,每一次他都会放下一根粗皮绳来,食物——一些烂羊肉或者烂牛肉就绑在皮绳的中间它扑咬不到的地方,它必须用牙咬住皮绳,用坚硬锐利的爪子抠住冰墙,一点一点地爬向食物。一吃到食物,皮绳就断了,它会从冰墙上摔下来,摔得浑身骨头疼。摔了两三次之后它就学乖了,在吃到食物之前,它会把两只前爪深深地打进冰墙,然后一步一个坑窝地挪下来。这时候它已经不是藏獒,而是一只其大无比的猫科动物了。依然是饥饿,按照饮血王党项罗刹的正常食量,它每天至少应该吃掉十公斤鲜肉,但是它现在平均每天一两肉都吃不到。饿极了它就吃自己的屎,就大口吞食用利牙切割下来的冰块。它瘦了,打不起精神来了。但是它的阴冷和残暴却越来越有质量地裂变成了浑身的细胞,忿怒和仇恨就像定时炸弹一样随时都会爆发,蕴藏胸中的亿万支毒箭正待射出,射向所有的所有的所有的。

有一天,当送鬼人达赤又来给它喂食时,吃惊地发现,冰窖的窖口残留着半截雪豹粗大的尾巴,朝下一看,看到饮血王党项罗刹正在大口吃肉。他愣住了,这就是说,冰窖已经圈不住它了,它爬出冰窖,杀死一只雪豹后又回去了。幸亏它没有跑掉,它万一跑掉了呢?第二天,送鬼人达赤把一只用两头牦牛换来的荒山猫扔进了冰窖。饮血王党项罗刹这时候一点也不饿,但它还是一跃而起,在对方还没有明白应该往哪里逃的时候,一口咬住了对方的脖子。荒山猫的肉没有雪豹的肉好吃,它吃完了雪豹,才去对付有麻醉作用的荒山猫。送鬼人达赤在窖口等了一个星期，才等来它昏睡不醒的时刻。

这一年是藏历铁兔年，铁兔年结束时，饮血王党项罗刹出现在了石头房子的门前。它被两根粗铁链子牢牢地拴着，就像一只真正的看家狗那样。它仍然过着与世隔绝的生活，见不到帐房和羊群，见不到任何一只同类、任何一个人，除了送鬼人达赤。它的生活一如既往地延续着：一是忍受饥饿，二是忍受仇恨。饥饿可以通过吃肉来消除，可是仇恨呢？送鬼人达赤每天都在对它吼叫："上阿妈的仇家，上阿妈的仇家。"这样的吼叫让饮血王党项罗刹很快就明白：它的生活不在这里，在上阿妈的仇家那里。当生活和仇恨已经画了等号的时候，上阿妈的仇家就成了仇恨的代名词。

夏天到了，送鬼人达赤要带着饮血王党项罗刹去上阿妈草原了，突然听说了冈日森格的事情，听说了七个上阿妈的孩子的事情。他大喜过望，立刻决定：暂时不去了，如果能就地复仇，就用不着去了。

带着七个上阿妈的孩子，两天后送鬼人达赤来到了党项大雪山的山麓原野。他做的第一件事情，就是走向自己的石头房子，从饮血王党项罗刹的脖子上解开了两根粗铁链子。饮血王党项罗刹几年来第一次看到除开送鬼人达赤以外的人，它瞪起血红的眼睛，带着装满草原的仇恨，迅雷霹雳般地奔跑过来。七个上阿妈的孩子愣住了，惊骇无主地互相撕拽着，转身就跑，边跑边扯开嗓子喊起来："玛哈噶喇奔森保，玛哈噶喇奔森保。"

2

一进入密灵谷，没跑几步，冈日森格就感觉到了异样，流动的空气告诉了它一切。它几乎是用舌头尖挑着小白狗嘎嘎，沿着谷底，用它三级跳似的步态，风驰电掣般地靠近着密灵洞。它看到洞口外面簇拥着许多马和许多斜背着叉子枪的人，有人举枪对准着它，黑洞洞的枪口就像人的眼睛一样深不可测。它全然不顾，它知道枪的厉害就是人的厉害，从枪口射出来的子弹差不多就是人的权威的象征，但是它不怕，它从来不怕死，所以也就永远不怕瞄准自己的枪。它从谷底一蹦而起，四肢柔韧地从这块冰岩弹向那块冰岩，飞快地来到了密灵洞前。有人喊起来，冈日森格听清楚了，这是藏医尕宇陀的声音。这个声音一出现，所有举起的枪就都放下了。

"强盗来了，骑手们来了，你们好啊，难道你们不认识我了？我是药王尕宇陀。我治好了草原上所有人的胆汁病、气类病和粘液病，我给贪病、痴病、瞋病开出了甘露殊胜的妙方，我把鬼宿、魔土、毒水、恶兽、厉虫降伏在大药王琉璃光佛的威力之下，啊，我呀，我恨不得把我身上的每一根汗毛都变成解除病痛的药宝。但是我怎么就除不掉你们仇恨的铁锈、怨怒的沉渣和嫉妒的浮垢呢？冈日森格的前世是阿尼玛卿雪山上的狮子，曾经保护过所有在雪山上修行的僧人，难道你们不知道吗？知道了为什么还要举枪瞄准啊？你们这些对雪山狮子如此不恭的人，难道你们不怕有一天我会对你们说——你们的病痛我是解除不了的，去找你们的强盗嘉玛措吧，因为是他给你们种下了病痛的根。"

大黑獒那日似乎听明白了藏医尕宇陀的意思，响亮地吠了一声。

牧马鹤部落的军事首领强盗嘉玛措大声说："部落没有强盗，就好比羊群没有藏獒；草原没有药王喇嘛，就好比冬天没有牛粪火。我是仇恨的根，你是煮根喝汤的神，你在山头上，我们在山底下，我们可不愿意听你给我们说——你们的病痛我是解除不了的。放下枪放下枪，骑手们放下枪。"

冈日森格无畏地穿过骑手们的空隙跑进了密灵洞，看了一眼就知道七个上阿妈的孩子已经不在这里了。主人呢？我的主人呢？紧急中它没有忘记把小白狗嘎嘎小心翼翼地放在大黑獒那日面前。大黑獒那日吃惊地后退了一步，疑惑地望望冈日森格，又盯住了小白狗嘎嘎。冈日森格来不及表示什么，眼睛急闪，闷闷地叫着：主人呢？我的主人呢？突然它不叫了，跑过去闻了闻撒在地上的羊骨节，转身就走。

强盗嘉玛措一看地上的羊骨节就知道七个上阿妈的孩子刚刚还在这里。再一看冈日森格又知道七个上阿妈的孩子是可以找到的，跟着冈日森格就行了，它也在找呢。他立刻向藏医尕宇陀弯腰告辞，招呼骑手们赶快跟上冈日森格。藏医尕宇陀心说：完蛋了，冈日森格就要暴露它的主人了。他叫了一声："冈日森格，你回来，听我的，你回来。"冈日森格没有回来，它已经闻到了主人离开密灵洞的踪迹，现在唯一的想法就是追撵而去。它出了洞口，直奔洞后边的那一面冰坡，冰坡尽管陡了点，但对它那种三级跳似的步态来说差不多是如履平地的。

骑手们拉着马跟了过去。强盗嘉玛措催促道："快啊快啊，只要我们紧紧跟上雪山狮子，就能抓到七个上阿妈的仇家。"说着丢开了自己的坐骑一匹大黑马的缰绳，兀自爬上去，站在冰坡顶上打出了一声尖利的呼哨。大黑马知道这是对自己的召唤，返身回到洞口，扬起四蹄，利用奔跑的惯性，一口气跑上了光滑的冰坡。强盗嘉玛措跨上大黑马，朝着已经跑出两箭之程的冈日森格追了过去。

冈日森格回头望了一眼，突然放慢了脚步，慢到大黑马可以轻松追上自己。但是大黑马没有追上来，大黑马总是在一定的距离上跟着它。于是冈日森格明白骑在马上的人并不是要抓住它或者杀死它，他们另有目的，他们目的到底是什么？冈日森格想了想，跑得更慢了，直到所有的骑手都骑马跟在了身后，才又开始风驰电掣般跑起来。

密灵洞里只剩下藏医尕宇陀和大黑獒那日了。大黑獒那日很想跟着冈日森格跑出去，但尕宇陀拽住它不让它动弹，它只好卧在他身边让心情沉浸在冈日森格离去后的孤独里。朝夕相处的经历和冈日森格作为一只狮头公獒对它这只妙龄母獒的吸引，使它已经离不开冈日森格了，这就是孤独产生的前提。孤独是纯粹精神层面的东西，是人的体验，藏獒跟人一样，是依赖人类社会和狗类社会生活的动物，人在离开亲人后感受到的孤独也正是它们感受到的孤独，不同的是，它们比人更强烈更真诚。

孤独的大黑獒那日现在面对着一只陌生的小狗，它轻轻一闻就知道这是一只西结古草原的小藏獒。小藏獒是死了还是活着，它一时不能确定，所以就一直保持着距离。藏医尕宇陀摸了摸小白狗嘎嘎的鼻子，抓起来放到大黑獒那日的嘴边说："舔一舔吧，它还活着。不知道它是哪儿的，它怎么会让冈日森格叼到这里来呢？"大黑獒那日听明白了，伸出舌头舔着嘎嘎血肉模糊的断腿。尕宇陀看它舔干净了断腿上的血，便从豹皮药囊里拿出一些白色的粉末、黑色的粉末和蓝色的粉末，撒在了伤口上，又涂抹了一层糨糊状的液体，然后从自己身上撕下一块裰裟布，把断了的腿骨对接好，一圈一圈缠绕着，结结实实包扎起来。小白狗嘎嘎仍然闭着眼睛，但显然已经醒了，痛苦不堪地吱吱叫着。

这叫声似乎把大黑獒那日吓了一跳，它倏地站起，朝后退了退，但马上又走了过来，审视了一会儿，便卧在地上，用两只前爪款款地搂住嘎嘎，在它白花花的绒毛上柔情地舔起来。它没有生过孩子，还是个姑娘，但它是母獒，是母獒就有喜欢孩子的天性，况且这时候它正处在突然到来的孤独的煎熬里，它需要慰藉。大黑獒那日柔情似水地舔着，想起这是冈日森格叼来的小白狗，便恍然觉得它就是冈日森格的孩子，既然是冈日森格的孩子，自然也就是自己的孩子了。可是，大黑獒那日疑惑地想，它怎么会如此地洁白，而我怎么会如此地漆黑呢？

舔着舔着，大黑獒那日的意识突然又进了一步：既然小白狗是冈日森格的孩子，也是自己的孩子，那自己为什么不可以带着它去寻找冈日森格呢？傻呆在这里干什么？它站起来，把小白狗嘎嘎叼到了嘴上，朝前走了几步，下意识地看了看盘腿审视着它的藏医尕宇陀，突然又犹豫了。它知道面前的这个恩人不允许它这样走掉。它是一只护佑整个西结古草原的领地狗，对某一个人的意志可以遵从也可以不遵从，但面前的这个人和所有的人不同，他是神奇的藏医，是专门守在这里给它和冈日森格治伤的恩人。恩人的话是一定要听的，哪怕听了不合意。它半是企求半是无奈地望着藏医尕宇陀，讨好地摇了摇尾巴。尕宇陀凝视着它，突然伸出双手，把小白狗嘎嘎接到了自己怀里，站起来，对它说："本来你的眼睛是不能见风见雪的，但是你已经跑出去了，风见了你，雪也见了你，你是好是坏我已经无能为力了。昂拉山神的意志就是你的眼睛的未来，但愿它今天是高兴的，它会让你左眼的视力恢复到从前。现在咱们走吧，密灵洞里的聚日已经结束，西结古寺威武庄严的大药王琉璃佛前的金灯还需要我添加酥油呢。如果你想去看看光芒四射的琉璃宫殿，就牢牢跟着我；如果你不想去，就悄悄离开我。但是我要告诉你，跟我去的好处是，你也许会遇到一个千载难逢的机会——大药王琉璃佛降旨昂拉山神，把神奇的光明全部给你永远给你。到了那个时候，你的视力不仅不会下降，还会比从前明亮一千倍。"

大黑獒那日听懂了似的跟上了藏医尕宇陀。眼光一刻也没有离开过他抱在怀里的小白狗嘎嘎。他们走出了密灵谷，路过雕巢崖时，引出一片高兴而感激的雪雕的叫声。大黑獒那日不安地吠着，拿出一副随时跳起来撕咬的架势紧贴着藏医尕宇陀，生怕雪雕俯冲下来叼走他怀里的小白狗嘎嘎。

牧马鹤部落的骑手们从来没遇到过如此能跑善走的藏獒。冈日森格差不多就是为奔走而生的，它用快慢调节着自己的体力，一直都在跑或者走，似乎永远不累。它的伤口已经完全长好，按照藏医尕宇陀以及所有爱护它的人的愿望，恢复过来的体力显得比先前更强壮，更富有生命最为重要的柔韧耐久的性质。强盗嘉玛措连连咂舌："要是藏獒可以用来当马骑，冈日森格就是草原上最好的坐骑，豁出我强盗的生命我也要得到它。"

一般来说，在走路与奔跑的持久性上，马是草原的佼佼者，藏獒算什么，能有马十分之一能耐就不错了。但是面对冈日森格，连强盗嘉玛措的坐骑大黑马都不敢自夸了。大黑马是一匹在部落赛马场上跑过第一的儿马，它只佩服天上飞的，对地上跑的一概不服，自然也就不服冈日森格。所以它一直走在所有马的前面，紧跟着冈日森格，连喘气都是你走多长路我跟多长路的样子。冈日森格当然明白大黑马的心思，无所畏惧地跑一阵走一阵，根本就没有停下来休息的迹象，搞得大黑马禁不住烦躁起来，好几次都想跑到冈日森格前面去拦住它。马背上的强盗嘉玛措阻止了它，它只能这样紧紧地跟着，就好像它是冈日森格的保镖。大黑马不快地想：颠倒了，马和狗的作用彻底颠倒了。就这样颠倒着走啊走，大黑马禁不住就有些佩服：我都有点累了，它怎么一点也不累，反而越走越快了。

冈日森格带着骑手们翻过了一座雪山，又翻过了一座雪山，也不知翻过了多少雪山，终于在天黑之前，绕来绕去地走出了昂拉雪山。强盗嘉玛措十分纳闷：七个上阿妈的仇家为什么不直接走出昂拉雪山而要绕来绕去呢？难道他们忘了进山来的路？他让一部分骑手迅速返回牧马鹤部落，向头人大格列报告他们为什么没有在天黑之前撤回夸宝泽草原的原因，自己带着另一部分骑手继续跟踪着冈日森格。

冈日森格走到朦朦胧胧的夜色中去了。月光下的西结古草原到处都是白雾，白雾是半透明的，能看到野驴河的浪花、架在河面上的转经筒和满地的草影。隐隐传来藏獒穿透力极强的叫声，那是碉房山下的生活，领地狗们正在巡逻。冈日森格蹚过了野驴河，又一次蹚过了野驴河，一条河它来回蹚了七八次，吃了七八条鱼，才离开河岸，朝着南方走了一程，突然扬起头，在空气中闻着什么，转身向东，朝着昂拉雪山小跑而去。强盗嘉玛措指挥骑手们紧紧跟上，毫不怀疑冈日森格走过的路线就是七个上阿妈的仇家走过的路线。现在冈日森格又走回去了，也就是说七个上阿妈的仇家又走回昂拉雪山去了。有一个问题聪明的强盗嘉玛措始终想不通：七个上阿妈的仇家为什么不回他们的家乡上阿妈草原，而要在危险重重的西结古草原东奔西走？

藏医尕宇陀一屁股坐在了昂拉雪山山口的黄昏里。它走累了，想歇一会儿。他知道大黑獒那日也需要歇歇了，就说："你抓紧时间，赶紧卧下。再次上路的时候，我们要一口气走到西结古寺。"大黑獒那日没有卧下，它看到尕宇陀把小白狗嘎嘎放在了地上，就过去舔了舔，轻轻叼了起来。它要走了。它的鼻子指向空中，使劲闻着，丢下藏医尕宇陀它的恩人兀自走了。尕宇陀奇怪地看着它，想叫它回来，话到嘴边又咽了下去。

大黑獒那日仿佛知道藏医尕宇陀嘴里有话，回头看了看他，突然又走回来，听话地卧在了他身边。但是它始终望着远方，始终把小白狗嘎嘎叼在嘴上。小白狗嘎嘎在尕宇陀怀里时就已经睁开了眼睛。它看到了一个喇嘛模样的人和一只黑色的可以做阿姨的母獒，闻到了一种熟悉的气息，知道自己是安全的，就乖乖的一声不吭。上了药的断腿很疼，但是能忍，藏獒天生就具备忍受巨大痛苦的能力，或者说承受疼痛的能力和撕咬对手的能力是成正比的。危险来了不跑，有了伤痛不叫，是造物主对它们的要求。

藏医尕宇陀望着大黑獒那日，有一点明白了：它虽然服从他的意志卧在了这里，但心里想的却是走，而且要叼着小白狗嘎嘎走。它要去干什么？去找冈日森格？冈日森格这会儿在哪里？是不是已经找到了自己的主人七个上阿妈的孩子？如果找到了，那就是说人和狗都已经落入牧马鹤部落的强盗嘉玛措手里了。尕宇陀摸着大黑獒那日的头，忧心忡忡地说："去吧去吧，你实在想去你就去吧，你去了或许好一些，或许强盗嘉玛措会顾及你对冈日森格的感情而放了冈日森格一马呢。不过，这小狗，谁知道它是哪儿的，你还是放下吧，它是你的累赘。"说着，朝前推了推大黑狗那日。

大黑獒那日走了，这次是真的走了。但它没有放下小白狗嘎嘎，这是母亲的意志，孩子只有在自己身边才是放心的，怎么可能是累赘呢？尽管事实上嘎嘎并不是它的孩子，它自己迄今还没有生过孩子。它对小白狗嘎嘎的感情很大程度上来源于对冈日森格的感情。小白狗是冈日森格叼来的，而在它既牢固又朦胧的意识里，冈日森格是唯一一只能给它带来孩子，能让它变成一个妻子和一个母亲的雄性的藏獒。大黑獒那日在黄昏的凉风里，走向了冈日森格。冈日森格在哪里？风中的气息正在告诉它。

风中的气息有时也会是过时了的气息。大黑獒那日走去的地方往往又是冈日森格已经走过的地方。所以它们很久没有碰面。直到午夜，当冈日森格返回昂拉山群，在雪冈上撒了一脬热尿之后，大黑獒那日才准确地知道对方现在去了哪里。也就在这时，冈日森格也敏锐地从空气中捕捉到了大黑獒那日的方位。大黑獒那日沿着冈日森格的足迹往南走，冈日森格跟着风的引导往北走。走着走着，一公一母两只藏獒几乎在同时激动地一阵颤栗。冈日森格叫起来，大黑獒那日叼着小白狗嘎嘎跑了过去。见面的那一刻，母獒一头撞在了公獒身上。公獒闻着它，舔着它。母獒把小白狗嘎嘎放到雪地上，用更加温情的闻舔回报着对方。两只藏獒缠绵着，好一会儿才平静下来。

已经是凌晨了，东方突然有了天亮的迹象。一直跟踪着冈日森格的牧马鹤部落的强盗嘉玛措和他的骑手们这才明白过来：跟了半天冈日森格苦苦寻找的原来是大黑獒那日。它的主人七个上阿妈的仇家它怎么不找了？是现在不找了，还是一开始就没打算找？不不。强盗嘉玛措寻思，不是为了寻找主人，冈日森格为什么要离开那个洞？它就是在寻找它的主人，它和大黑獒那日的相遇不过是个插曲，它一定还会继续找下去。瞧，它们正在商量呢，已经开步了，一前一后朝着昂拉雪山外面开步了。

它们走得很快，似乎想趁着夜色还没有消失的时候甩脱强盗嘉玛措和骑手们的跟踪。嘉玛措鞭策着大黑马跟得很紧，心说你休想甩脱，牧马鹤部落的强盗怎么可能连一只藏獒都跟不住呢。勇敢的强盗甚至都可以抓住你，再用锁链拴着你，让你拽着他去寻找你的主人七个上阿妈的仇家。他这么想着，突然又不走了，前面被跟踪的两只藏獒也不走了。怎么回事儿？在前面的前面，在最后的夜色淡淡的黑暗里，居然又出现了几只硕大的藏獒。

3

冈日森格和大黑獒那日显得非常平静，它们知道这样的遭遇是躲不掉的，因为双方都有灵敏的嗅觉和天生准确的判断，当你闻到对方的气息时，对方也闻到了你的气息，你东它东，你西它西，还不如直接走过去，是谈判还是厮打，该出现的就让它早早出现，没有必要延缓时间。

相比之下，堵截它们的獒王虎头雪獒和它的几个伙伴反而显得不那么平静了。它们虽然预见到会在这里挡住冈日森格，但没有想到在看到冈日森格的同时也会看到大黑獒那日，而且大黑獒那日嘴里居然还叼着那只跟白狮子嘎保森格散发着同样气息的小白狗。它们用吃惊的眼光互相询问着：大黑獒那日不是已经撞死了吗？小白狗不是已经让雪狼叼走了吗？难道三匹雪狼没有来得及吃掉它就已经命丧黄泉了？更让它们吃惊的是，它们居然没有闻到大黑獒那日的气息，它们心里只想着冈日森格而没有想到大黑獒那日，所以就连它的气息也没有闻到。为什么？难道器官的功能也是可以随着心事的变化或有或无、时强时弱的？你闻到的永远都是你想到的，你想不到的也是你永远闻不到的？

藏獒与藏獒，人与藏獒，在积雪的山垣上，静静地对峙着。在人的这一面，自然是智慧的强盗嘉玛措首先明白过来,他压低嗓门惊喜地告诉身边的骑手:"看清楚了吧,那是谁?是我们西结古草原的獒王。獒王来了。"骑手们说:"獒王来了好啊,有獒王在,冈日森格今天算完了,命大概是保不住了。"强盗嘉玛措说:"可是我们还要依靠冈日森格寻找七个上阿妈的仇家呢,你们说怎么办?"骑手们说:"强盗说怎么办就怎么办。"

大黑獒那日放下小白狗嘎嘎,走了过去。毕竟它是西结古草原的领地狗,它钟情冈日森格,也喜欢獒王虎头雪獒和同胞姐姐大黑獒果日。它现在只能这样,在忧虑和歉疚中去和昔日的伙伴主动套近乎。大黑獒果日迎了过来。姐妹俩碰了碰鼻子,互相闻了闻,然后一起走向了獒王虎头雪獒。虽然吃惊但头脑却很清醒的獒王虎头雪獒立马瞪起了眼睛,冲着大黑獒果日发出了一阵低沉的吠声,警告它不要和一只西结古獒群的叛徒过于密切,尽管这个不要脸的叛徒是你的亲妹妹。"不要这样,不要这样,獒王你千万不要这样。"大黑獒那日向獒王翘起了大尾巴,缓缓地摇着,讨好地摇着。獒王停止了吠声,晃晃头允许它讨好自己。大黑獒那日朝獒王走去。獒王斜觑着它,一副轻蔑嫌弃的样子。突然,就像是哪根神经被触动了,獒王暴躁地吼了一声,扑过去一口咬在了大黑獒那日的肩膀上。它这是诅咒,并没有使劲,只用牙齿挑烂了对方的皮。它诅咒这只美丽母獒的轻薄:你身上全是冈日森格的味道,而且是情到深处的那种臊味,你这个不要脸的。大黑獒那日赶紧退了回去。它喜欢獒王虎头雪獒,但更钟情于冈日森格,它只能这样,在惆怅、孤独和失望中和冈日森格站在一起。

冈日森格知道一场残酷的撕咬就要开始了。它叼起在雪地上发抖的小白狗嘎嘎,放到了大黑獒那日面前,叮嘱它看好,又安慰地舔了舔它的眉心,好像是说:"你放心吧。"然后,冈日森格扭转了身子,哗哗地带着声响竖起了浑身金黄的獒毛。它走了过去。它知道面前的灰色老公獒已是自己的手下败将不必再和它战斗,知道自己不能把牙刀的切割挥洒在作为母獒的大黑獒果日身上,还知道按照獒群的规矩獒王虎头雪獒不能首先迎战自己,就用眼光拨开稀薄的夜色,走向了獒王身边的另一只黑色公獒。

黑色公獒也意识到今天首先出战的应该是自己,便在心里冷哼了一声,连声招呼都不打,在蒙蒙亮的晨色里对方还看不清怎么回事儿的时候,直接扑了过来。冈日森格不是用眼睛,而是用感觉知道对方已经行动了。它戛然止步,四肢牢牢地钉在地上一动不动。黑色公獒一头撞过来,就像撞在了一块冰岩上,来不及撕咬,就被一种前所未有的坚硬推搡了出去。冈日森格还是一动不动，等着它再撞再咬。黑色公獒没有再撞，它知道自己根本撞不倒对方，就扑过去一口咬向冈日森格的脖子。冈日森格心说你真是了不起，你的虎牙居然差一点咬住我的脖子，可我的脖子怎么能让你咬住呢？那可是脖子啊，咬住就是致命的。冈日森格闪开它的虎牙，假装回了一口，自然没有咬住什么。接下来，冈日森格频频咬它，但没有一次是咬上的。这使得黑色公獒突然骄傲起来：你不过如此嘛，你扑咬了多少次都咬不上我，还能扑咬我们的獒王？它想不到这是冈日森格对它的麻痹，更想不到它一有轻敌思想，失败就已经成为定局。就在麻痹刚刚生效的时候，冈日森格突然用一种对方根本想不到的姿势跳了起来，速度之快，黑色公獒的眼光都来不及跟上。这才是一次真正的扑咬，是冈日森格的第一次扑咬。躲闪是没有用的，因为正是黑色公獒的躲闪才让它的脖子准确地嵌进了冈日森格的大嘴。冈日森格一口咬了下去，心说是死是活就看你的命大命小了。黑色公獒倒在了血泊中。红雪闪耀着，清晨来临了。冈日森格跳出了搏杀的圈子，山挺在那里，直面着另一只走到前面来的铁包金公獒。

　　铁包金深沉地望着冈日森格，并不急着进攻，好像它是一只谋深计远、老成持重的藏獒。的确如此，它一直在琢磨冈日森格的特点：出其不意，攻其不备，速度快得惊人；而且扑杀蛮野，力重千钧，牙刀飞快，割皮割肉断筋断骨就像酥油里抽毛一样容易。它也一直在琢磨冈日森格的缺点：是不是睫毛太长了，比一般藏獒多遮出了一些盲点呢？它的盲点在哪里？是不是鼻子太宽了，咬不着脖子咬它的鼻子，也会让它血肉模糊丢尽脸面吧？是不是尾巴太大了，咬断它的尾巴不也是可以让它身名俱裂吗？是不是肚腹无毛的地方太多了，用牙当然咬不着，用爪子掏呢？是不是也能掏出它的肠子来？冈日森格，你并不是完美无缺的，你比我们的獒王差远了。

　　冈日森格一看就知道铁包金是一只用机灵的脑袋而不是用发达的四肢驰骋草原的藏獒，用人类不好听的语言来形容，那就是狡黠阴险的诡诈之徒。面对这样的敌手，这样一双一直在窥伺你的破绽的眼睛，你该怎么办？冈日森格想都没想就扑了过去，它要做的就是不让铁包金机灵的脑袋发挥作用。铁包金吃了一惊，发现自己根本就没有时间去琢磨对方的长短并想好对付的计策，它只有时间去琢磨如何死里逃生的问题。真是一只幸运而机智的藏獒，当它意识到它根本无法躲避冈日森格的闪电攻击时，干脆就顺势倒在了地上，在忍受对方撕咬自己的同时，两只后爪使劲蹬起来抓伤了冈日森格的肚腹。冈日森格稍感意外：原来藏獒也是可以主动倒地的。心说我又学会了一招：

先示弱后逞强,关键的时刻倒在地上说不定也能出奇制胜。它在铁包金的后颈上咬了一口,知道不是致命的,也知道自己可以咬第二口第三口,直到把对方咬死。但它没有这样,它觉得自己已经赢了,只要对方服气,就没有必要再下狠手了。它跳到一边,喘着粗气,冲动而渴望地看着獒王。

獒王虎头雪獒早已是跃跃欲试了。它声音低低地吼着,一方面是赞叹冈日森格:你真不错,你要是我的属下,我就让你去咬死那个屡屡挑衅我的白狮子嘎保森格,你是一定能咬死它的,可惜现在不行,现在要死的只应该是你而不是任何别人。一方面是告诉冈日森格:准备好了吧,我要撞击你了,别以为你是撞不倒的。

冈日森格昂然而立,粗壮的腿岔开着,就像四根坚实的柱子牢牢地支撑着身体。天亮了,地白了,昂拉雪山变成了一大片银色的巍峨。冈日森格望着雪山的巍峨,豪迈地觉得自己也是一种巍峨,它崛起在昂拉山群里,迎接着獒王虎头雪獒的撼动。

风起山摇,獒王虎头雪獒猛趔趔地撞过来了。真是遗憾,太遗憾了,冈日森格的巍峨和坚硬并没有达到它自己期望的程度,它被獒王撞得离开了原地,虽然没有摔倒,但已经不是稳如雪山冰岩的感觉了。冈日森格想:到底是獒王,厉害着呢。看我也撞它一次,试试它的定力比我怎么样。它用吠叫打了一声招呼,就虎彪彪地飞撞而去,用自己的肩膀撞在了獒王的肩膀上。獒王动了,也和冈日森格一样离开原地了,虽然没有摔倒,但已经不是睥睨一切的感觉了。獒王吃了一惊,它觉得自己是不应该动的,既然动了,就说明冈日森格的冲力和定力跟自己是一样伟大的。它心说怎么可能呢?这个世界上居然有一只藏獒是獒王虎头雪獒撞不倒的。它闷闷地吼着,它说獒王撞不倒的冈日森格,你敢和獒王比拼撕咬吗?

撕咬是你死我活的打斗,獒王有着无比的自信和自豪:它的虎牙是六刃的,而冈日森格跟一般的藏獒一样是四刃的。六刃的虎牙比四刃的虎牙多了三分之一的战斗力,冈日森格的下场恐怕跟它打败的所有藏獒的下场是一样的了——悲惨地负伤,或者悲惨地死亡。然而冈日森格根本就没有把獒王的六刃虎牙放在眼里。它以为六刃虎牙固然厉害,固然是獒王克敌制胜的法宝,但法宝是大家都可能有的,你有我不具备的六刃虎牙,我就有你不具备的别的本领或者武器,那也是克敌制胜的。它出于尊重獒王尊重地头蛇的原因,做好了后发制人而不是先发制人的准备。打斗是千变万化的,走着瞧啊,只要你想咬死我,就会有自己反而被咬死的可能,活着的机会是大家的,不是你一个的。冈日森格等待着，显得异常得沉着冷静，反正结果是不必多虑的：不是胜利就是失败。

但是冈日森格没想到，紧接着出现在它面前的偏偏是第三种结果：强盗嘉玛措策马来到了它们中间，指着獒王虎头雪獒说："仁慈的昂拉山神正在看着你呢，你就不要打了吧，打死了冈日森格，谁领我们去抓捕七个上阿妈的仇家呢？"在强盗嘉玛措看来，冈日森格是必败无疑的，但是命运并没有让冈日森格的悲惨下场就在这个时候到来，西结古草原还需要它活着。獒王虎头雪獒没有听懂强盗嘉玛措的话，或者说他假装把嘉玛措的阻拦当成了进攻的鞭策，闷雷一样吼叫着扑了过去。

冈日森格倒地了，獒王还没有碰到它，它就已经倒地了。它是一只善于向一切敌手学习打斗技术的藏獒，立马用上了刚刚从铁包金那里学来的顺势倒地、蹬腿抓腹的战法。但是冈日森格只成功了一半，它用比闪电还要快捷的示弱法成功地避开了獒王闪电般的攻击，却没有像铁包金抓它那样抓破獒王的肚腹。獒王毕竟是獒王，它并没有上当，而且还明智地意识到，并不是自己扑倒了对方，对方不仅是勇武的更是狡猾的。獒王虎头雪獒谨慎地后退了一步，响雷一样吼叫着，又一次跳了起来。

这时强盗嘉玛措生气地大喊一声，毫不留情地举起马鞭抽了过去。獒王在空中愣了一下，赶紧低头躲闪，马鞭从它的头顶呼啸而过。它噗然落地，看到冈日森格并没有借机扑过来，就愣愣地盯着强盗嘉玛措。嘉玛措说："你怎么不听我的话呢？难道牧马鹤部落的强盗没有权力让你服从他的命令？你是我们西结古草原的獒王，是最最强悍的藏獒，你当然可以咬死它也必须咬死它，但并不是现在。现在它还要带我们去寻找七个上阿妈的孩子呢。和冈日森格相比，七个上阿妈的孩子才是我们真正该死的仇家。"

獒王虎头雪獒看着听着，知道面前这个人不是一般的骑手或者牧人，一般的骑手或者牧人是不可能朝着獒王举起鞭子的。尤其是当它听到"强盗"这个词儿后，立刻明白自己必须听他的。它知道人类的强盗是带领骑手打仗冲锋的，是和头人、管家同样重要的众人之首。既然连众人都得听他的，作为领地狗的藏獒就更应该听他的了。它遗憾地回到了自己伙伴的阵营里，用血红的吊眼凶恶地盯着冈日森格和大黑獒那日，嗡嗡嗡地叫着，从胸腔里发出了一声"迟早我要收拾你"的警告。

强盗嘉玛措的驱赶着獒王："走吧走吧，这里不需要你，你还是回到草原上去吧。"獒王虎头雪獒带着他的伙伴快快不快地离开了冈日森格和大黑獒那日。冈日森格朝着空气闻了闻，知道獒王一伙真的走了，这才卧下来，蜷起身子舔了舔被铁包金抓伤的肚腹。大黑獒那日走了过去，看冈日森格舔着有些费劲，便心疼地伸出了嘴，把肚腹上有伤没伤的地方都舔了一遍。舔伤是为了消炎止痛，一般的咬伤和抓伤都可以舔愈。冈日森格觉得没事儿了，站起来感激地回舔了一下大黑獒那日的鼻子，呼呼地说："我们走吧。"

现在，是冈日森格叼着小白狗嘎嘎了。在冈日森格的错觉里，小白狗就是大黑獒那日的孩子，因为大黑獒那日对待小白狗嘎嘎的样子充满了母亲的温柔与甜蜜，既然大黑獒是它的母亲，自己就应该是它的父亲了。而小白狗嘎嘎感受到的也正是来自母亲和父亲的疼爱，它甚至在冈日森格嘴里调皮起来，咬住冈日森格嘴边的毛，使劲拽着。冈日森格宽厚地让它拽，同时加快了脚步。它知道小白狗饿了。

太阳出来的时候，冈日森格和大黑獒那日走出了昂拉雪山。它们在野驴河边停下来，放下小白狗嘎嘎，蛮有兴致地抓起鼢鼠来。鼢鼠们正在疏松的土丘后面竖起前肢对着太阳洗脸，看着两只硕大的藏獒朝自己扑来居然傻楞着没有逃跑，因为在它们的记忆里，这么威风气派的藏獒是不吃它们的。是的，冈日森格和大黑獒那日不吃它们，它们一人咬死了一只，然后叼给了小白狗嘎嘎。小白狗嘎嘎不客气地吃起来。肥胖的鼢鼠，脆骨的鼢鼠，连皮都很嫩的鼢鼠，让小白狗嘎嘎觉得今天的早餐格外香。

然后，它们卧下了。让牧马鹤部落的强盗嘉玛措和他的骑手们吃惊的是，冈日森格和大黑獒那日卧在河边晒起了太阳，好像已经没什么牵挂，用不着再去寻找七个上阿妈的孩子了。强盗嘉玛措沮丧地说："那我们不是白跟着它走了这么久吗？"骑手们比自己的强盗更沮丧，都溜下马背，仰躺到河边的草地上唉声叹气，有的甚至打起了鼾声，滚雷似的把瞌睡传染给了不远处的藏獒。冈日森格和大黑獒那日打着哈欠，低伏着头颅昏昏欲睡。而小白狗嘎嘎已经睡着，它失血过多，再也打不起精神了。

强盗嘉玛措跳下马背，吩咐骑手们点火烧茶，凑合着填填肚子，然后返回牧马鹤部落的驻牧地奢宝泽草原。喝了茶，胡乱吃了些糌粑，骑手们在强盗嘉玛措的带领下吆吆喝喝地走了，很快消失在冈日森格和大黑獒那日看不见的地方。走着走着，强盗嘉玛措突然勒马停下，用马鞭点了三名骑手，招呼他们跟自己一起下马。他说："这两只藏獒是贼奸贼奸的，狡猾得跟人一样，只要我们跟着，它们就不会去寻找七个上阿妈的仇家了。我们现在只能悄悄地过去盯着它们。"三名骑手跳到地上，跟着强盗嘉玛措蹑手蹑脚地摸了过去。

果然不出所料，冈日森格已经把小白狗嘎嘎叼在了嘴上。大黑獒那日紧挨它站着。它们四下里张望着，也是悄悄地迈动了步子。它们沿着野驴河往前走，前面是草原和山脉互相拥有的地方。走了大约一个时辰，冈日森格和大黑獒那日好像闻到了什么，多少有些激动地猛摇了一阵尾巴，突然跑起来。步行跟在后面的强盗嘉玛措和三名骑手追了几步，知道自己是追不上的，便顾不得隐蔽，赶紧回头，打响了呼哨。他们身后三四个箭程之外跟随着他们的坐骑和别的骑手，强盗嘉玛措的坐骑大黑马首先循声跑来。嘉玛措飞身而上，打马便追。骑手们纷纷跟了过去。草原上扬起了烟尘，扬起了牧马鹤强盗和牧马鹤骑手的威风。

　　冈日森格听见了人声，也看见了人影，仿佛早就想到强盗和骑手们会有这一招，它跑得更加雄健稳当了。大黑獒那日紧傍着它，奔跑的速度跟它相差无几——虽然它的左眼一直在流泪，视力越来越差了，但体力一点也不差，发达的肌肉和从伤痛中恢复过来的能量昭示出这样一种可能：冈日森格能跑多远，它就能跑多远。这当然也是冈日森格的希望，按照人类的说法那就是：大黑獒那日既然已经是冈日森格的一根肋骨了，也就永远落不下了。

　　草原和山脉飞驰而去，天际线上缓缓出现了狼道峡。和狼道峡一起出现在冈日森格和大黑獒那日面前的，还有几个外来的人。那几个外来的人中除了一个人，其他都是陌生人。冈日森格和大黑獒那日就是为了这一个人才疯跑到这里的。它们早就知道这个人要来，就在它们于野驴河边昏昏欲睡时，就在骑手们点火烧茶胡乱吃着糌粑时，就在它们猜测到强盗嘉玛措假装撤走又悄悄跟在后面时，它们就得到了这个人要来的消息。告诉它们这个消息的，除了风中的气息，除了它们比一般藏獒还要敏锐的嗅觉，还有它们对这个人深挚而透明的感情以及由此而生的第六感觉。它们长途奔走，暂时放弃了对七个上阿妈的孩子的追寻，来到狼道峡口迎接这个人。这个人就是父亲。

8 白狮子嘎保森格

1

　　父亲离开西结古草原已有半个月，如今又回来了。这半个月里，他先是来到了多猕草原，这里是青果阿妈草原工作委员会总部也叫多猕总部的所在地。但是在这里他没有找到他希望找到的人，听他反映情况的人对他说："你住下来等等吧，麦政委不在，草原纠纷和部落矛盾是目前我们遇到的最棘手的问题，你最好直接向他报告。"麦政委是多猕总部的一把手，他一个星期前深入上阿妈草原调查研究至今未归。父亲在多猕总部等了一天，突然想到，与其在这里枯等，不如自己去找，麦政委能去的地方我也能去。父亲骑着大灰马来到上阿妈草原，才知道麦政委已经去省里了，他是从上阿妈草原直接去的，多猕总部的人不知道。父亲扑了个空却了解到一些关于冈日森格和七个上阿妈的孩子的事情。

　　冈日森格最早是一只出色的猎狗，它咬死的藏马熊和雪豹以及荒原狼多得人们都说不上数字了。阿妈河部落的头人甲巴多看它气高胆壮，有兼人之勇，就用一顶帐房把它从猎人手里换了过来，作为他的看家狗。冈日森格思念过去的日子，经常挣断锁链跑到山林里去寻找自己的旧主人，直到旧主人突然失踪，它跑遍上阿妈草原，哪儿也找不到了的时候，才安下心来忠于职守地做起了看家狗。半年后的一个早晨，冈日森格发现猎人的玛瑙项链竟然戴在了甲巴多的脖子上。它愣了片刻，悄悄地到处闻了闻，又从头人甲巴多的帐房里找到了猎人的藏刀和弓箭。它根本没有像人类那样皱着眉头思考和研究半天，就果断地做出了一个注定它今后要背井离乡的决定，那就是咬死阿妈河部落的头人甲巴多，为旧主人报仇。咬死甲巴多对冈日森格来说就像咬死一只狼一样容易，它做到了。然后它就离开了人们的视线，躲进了猎人经常打猎的山林。头人甲巴多的家人带领部落骑手去山林里扫荡和围剿，它又跑出山林，回到了草原上。七个流浪草原的孩子收留了它，成了它的新主人。七个孩子都是孤儿，是塔娃，曾经被上阿妈草原苦修密法的彭措大师收留过，玛哈噶喇奔森保——十万狮子之王驭獒大黑护法的称名咒，就是彭措大师传授给他们用来驱狗保命的。后来大师圆寂了，他们就到处要饭，过着饥一顿饱一顿的日子。他们没有固定安歇的地方，这里一宿，那里一夜。正因为没有固定的地方，尽管后来甲巴多的家人知道冈日森格被七个流浪的孩子藏了起来，但一时半会也没有找到他们。就是这一时半会的延误，让警觉的七个孩子和尤其警觉的冈日森格离开了上阿妈草原。父亲后来了解到，在上阿妈草原的古老神话里，阿妈河流域是个骷髅鬼多多、吃心魔多多、夺魂女多多的地方，而阿妈河的源头雪山，是满地生长着天堂果的海生大雪山冈金措吉，那是一个没有痛苦，没有忧伤的地方，是所有神仙和无数孩子幸福生活的地方。他们带着命案在身的冈日森格要去寻找这样一个地方，于是就沿着阿妈河溯源而上，来到了西结古草原。

父亲没找到麦政委，只好返回多猕总部一直等着，边等边跟着当地的牧民学藏语。等了十多天才等来去省上汇报工作的麦政委，他把自己知道的事儿如此这般一说，麦政委说："你的意思是要我跟你去一趟西结古草原？"父亲说："你要是去不了，派人去也行，只要能解救七个上阿妈的孩子，能解救藏扎西，能解救冈日森格。"麦政委说："不，我要亲自去一趟。"

父亲没想到，一穿过狼道峡，就见到了他日思夜想的冈日森格和大黑獒那日。见到它们的这个地方，就是他第一次见到冈日森格和七个上阿妈的孩子的地方，就是他请他们吃"天堂果"的地方。仿佛这是个灵性的所在、缘分的所在，它一再地启示着他：你是一个为狗而生的人，你永远都要生活在藏獒的生活里。父亲喜出望外地瞪着冈日森格和大黑獒那日以及小白狗嘎嘎，禁不住喊了一声。那声音在别人听来，差不多就是一声狗叫。他忘了自己是在马背上，想一蹦子跳过去，结果身子一歪摔了下来。

冈日森格放下小白狗嘎嘎,一个箭步扑过去,用自己的身体接住了父亲。父亲和它滚在了一起,滚到了大黑獒那日身边。大黑獒那日掩饰着激动,含蓄地舔了舔父亲的衣服。父亲一把搂住了它的头,问它伤口好了没有。大黑獒那日不知道怎样表示自己的感情,突然立起来,用前爪摁住父亲的头,撒出一脬热尿来,浇湿了父亲的腿。父亲说:"哎哟,你这是什么意思?"

几个外来的人吃惊地看着眼前的情形,不知道怎么了。父亲站起来,一一指着它们说:"麦政委,它就是我说的雪山狮子冈日森格,它就是我说的大黑獒那日。你说它们灵不灵,居然知道我今天要回来。"已是人到中年的麦政委惧怯地说:"这么大的狗,不咬人吧?"父亲说:"那就要看麦政委能不能解决好西结古草原的问题,解决好了它们不仅不咬你,还能和你做朋友,解决不好那就难说了,我听这里的人讲,藏獒会记恩也会记仇,十年二十年忘不掉,而且还会遗传。"麦政委说:"你可千万别吓唬我,我就怕狗。"父亲说:"这里是狗的世界,怕狗就寸步难行。"说着,抱起了小白狗嘎嘎。父亲问道:"它是哪儿的?怎么受伤了?"冈日森格用只有父亲才能分辨出来的笑容望着父亲,嗅了嗅身边的大黑獒那日。父亲说:"该不会是大黑獒那日的孩子吧?不可能啊,它的孩子怎么是纯白的?"

这时前面传来一阵马嘶声。他们这才发现跟着两只藏獒来到这里的还有一队人马。麦政委说:"他们是干什么的?"父亲又问冈日森格和大黑獒那日:"他们是干什么的?"冈日森格转身狂吠起来,但并不扑过去撕咬。父亲有点明白了:至少这队人马跟冈日森格和大黑獒那日不是一伙的。他走了过去,大声问他们:"你们是哪个部落的?来这里干什么?"强盗嘉玛措猜到父亲问的是什么,觉得就是自己回答了,对方也听不懂,就掉转马头,对身边的骑手们说:"走喽走喽,七个上阿妈的仇家回老家了,我们也该回去了。"嘉玛措现在是这样想的:我的判断绝对没有错,冈日森格就是在东南西北地寻找它的主人七个上阿妈的仇家。七个上阿妈的仇家现在已经回到自己的草原上去了。冈日森格带着叛变了西结古草原的大黑獒那日一直跟踪到了狼道峡口,正准备穿过狼道峡跑向上阿妈草原,却被那个救过冈日森格也救过大黑獒那日的汉扎西拦住了。和汉扎西在一起的还有几个外来的陌生人,好像是西结古工作委员会的人,又好像不是。

几个时辰后,强盗嘉玛措来到了牧马鹤部落的驻牧地奢宝泽草原,喝下了一银碗头人大格列亲自端给他的慰劳酒。大格列说:"虽然我们的强盗没有抓住七个上阿妈的仇家并砍掉他们的手,但他把他们赶出了西结古草原,功

143

劳也是不小的。至于冈日森格,它最好留下来别走。它的伤看来已经好了,该是用凶猛和智慧证明它自己是了不起的雪山狮子的时候了。在冈日森格证明它之前,最最重要的,就是把西结古草原仔细清理一遍,抓住那个吃里爬外、严重违背了草原规矩的藏扎西,砍掉他的双手。各个部落的骑手已经出发了,我们的骑手什么时候行动呢?强盗嘉玛措,这方面的事情我听你的安排,如果你觉得强盗的荣誉和骑手的光荣对你来说并不重要,你完全可以吃饱喝足,然后搂着老婆睡它几天几夜。"强盗嘉玛措把银碗递给大格列头人的侍女,拉了拉斜背着的叉子枪说:"尊敬的头人说得好,我真是应该吃饱喝足,再搂着老婆睡它几天几夜,但那是在抓住藏扎西并惩罚了他以后。藏扎西是西结古草原的叛徒,我们牧马鹤部落不惩罚他谁来惩罚他?草原的利益大如天,部落的名誉大如地,再来一碗壮行的酒,我现在就带着骑手们出发,不抓住叛徒藏扎西,决不回家。"

冈日森格扬头看着强盗嘉玛措带着他的骑手绝尘而去,确信这次他们是真的走了,再也不跟踪它了,便转过身来撕扯父亲的坐骑大灰马背上的褡裢。父亲对麦政委说:"它这是饿了,它知道那里面有吃的。"父亲把小白狗嘎嘎放到地上,从褡裢里取出一个羊皮口袋,正要拿风干肉喂它,却见它一口叼住了整个口袋,生怕父亲不愿意似的,赶快离开了那里。它在十多步远的地方等着大黑獒那日。大黑獒那日明白了,叼起正拖着断腿往前爬的小白狗嘎嘎,跑向了冈日森格。

两只藏獒朝着西结古的方向走去,走几步又回过头来望着父亲。父亲牵着马跟了过去。它们又开始往前走。父亲试探似的停了下来,它们便停下来等着父亲。父亲对麦政委说:"不是它要吃东西,是有人要吃东西。"麦政委问道:"谁?"父亲说:"还能是谁,它的主人呗。我们得赶快跟着它们走,七个上阿妈的孩子还不知道怎么样了呢。看来它们到这个地方来接我是有目的的,因为它们知道只有我这个好心肠的外来人才能解救它们的主人。"父亲这么一说,冈日森格就把羊皮口袋放到地上了。父亲过去捡起来,塞进了马背上的褡裢。麦政委说:"我看你把狗想象成你自己了,它们怎么会知道这些。不过我欣赏你这样想,这样想是对的,有利于工作。"

一行人跟着冈日森格和大黑獒那日朝前走去。在冈日森格,这一次是真的要去寻找自己的主人七个上阿妈的孩子了。在大黑獒那日,是爱的驱动,冈日森格走到哪里,它就必须跟到哪里。而人的目的就复杂多了:为了七个上阿妈的孩子，同时还为了藏扎西，为了冈日森格，为了西结古草原和上阿妈草原的和平宁静，为了工作委员会的工作，为了下一步在草原上顺利建立部落之外的政权。

麦政委作为青果阿妈草原工作委员会总部的一把手，之所以亲自带人来到西结古草原，完全是因为父亲反映的问题和父亲以藏獒为友的做法在他看来无比重要。他根据各个工委汇报的情况，知道在青果阿妈草原，藏狗尤其是藏獒既是牧民生活必不可少的伴侣，又是崇拜的对象，团结最广大牧民群众的一个关键，就是团结草原的狗尤其是团结藏獒。只要藏獒欢迎你，牧民群众就能欢迎你。你对藏獒有一份爱，牧民对你就有十分情。但麦政委只是在纸上谈狗，并不知道怎样才能团结藏獒，怎样才能让藏獒欢迎你并和它们建立感情。他这次跟着父亲来西结古草原，也有一点拜父亲为师的意思，所以他和父亲说话就随便一点。和父亲相反，麦政委是个怕狗的人，什么狗都怕，好像他前世是一匹被狗咬怕了的狼，见什么都凶霸霸的有一点气冲霄汉，惟独不敢见狗。后来父亲才知道，麦政委小时候在山东老家要过几年饭，那里的狗见穷人就咬，见富人就摇，不像草原上的藏獒，眼睛里全然没有富人和穷人的区别，有的只是好人和坏人、家人和外人、亲人和仇人的区别。麦政委被老家的势利狗咬怕了。

不怕狗的父亲和怕狗的麦政委跟着冈日森格和大黑獒那日没走多远，父亲就说："它们离开野驴河了，看来它们要去的地方不是碉房山，是别的地方。麦政委你说怎么办，我们是跟呢还是不跟？"麦政委说："你来确定吧，我听你的。"父亲说："还是让冈日森格和大黑獒那日来确定吧，如果它们希望我们跟着，说明它们对我对麦政委你都是信任的。如果它们只希望我跟着不希望你跟着，那就说明它们并不知道你的到来对它们有利还是有害，你最好不要跟着，等你证明了你的意图并取得了它们的信任以后再说。如果你硬要跟着，它们就会乱走一气直到把你甩掉。"麦政委说："我只听说狗听人的，没听说人听狗的，这样复杂的事情它们怎么能知道？"

父亲说："人以为复杂的事情在藏獒看来其实是很简单的，因为它们有人所不及的直觉和准确的理解。就比如我们现在说话，你我的神态、语气、亲切的程度以及手势、距离等等，冈日森格和大黑獒那日早就注意到了，它们会由此得出一个你是我的朋友还是亲人还是上级还是敌人的结论，然后确定它们对你的态度。不信你看着，如果我打你一拳，你还我一拳，互相怒目而视，它们就会停下来观察事态的发展。如果我们紧接着哈哈大笑，它们就会释然地眨一下眼，放松地走路，以为这两个人就跟熟狗和熟狗打架一样，玩呢。而能够这样玩的，关系肯定不一般，彼此绝对是可以信赖的。"说着父亲从马背上斜过身子来，打了麦政委一拳。麦政委眉锋一皱，眼睛一横，举拳还了过来。似乎一直在专心走路的冈日森格和大黑獒那日顿时停了下来，警觉地回望着他们。父亲突然哈哈大笑，又打了麦政委一拳说："你看你看，冈日森格的眼睛眨巴了一下，它们又开始走路了。"麦政委说："的确是这样。"正想笑出声音来给两只藏獒听听，就见自己的警卫员从后面窜过来说："汉扎西同志，我们大家都很尊重和爱戴首长，请你注意自己的行为，不要随便对首长动手动脚。"麦政委笑着说："看来人就是没有狗的理解能力强，狗知道的事情人不知道。"父亲跳下马背，认真地纠正道："不是狗，是狗中的藏獒，应该是藏獒知道的事情人不知道。"

父亲让冈日森格和大黑獒那日确定麦政委是否可以跟着它们的办法很简单，就是过去把小白狗嘎嘎从大黑獒那日嘴上接到了自己怀里。父亲说："还是让我抱着吧，你这样叼着，小狗不舒服。"大黑獒那日好像挺愿意的，眼睛眯着摇了摇尾巴。父亲抱着小白狗嘎嘎回到了马背上，走了片刻，就把小白狗嘎嘎交给了身边的麦政委。走在前面用眼睛的余光看着父亲的大黑獒那日立马停下了，闭上受伤的左眼只用右眼望着麦政委，一副猜忌重重的样子，肥厚的嘴唇振颤出一阵呼噜噜的声音，表示着它对父亲随便把它的孩子交给别人的不满。但是冈日森格没有停下，它连头都没有回一下，说明它早已看见父亲把小白狗嘎嘎交给了麦政委，还说明它觉得这没什么不妥的，麦政委和父亲是一样的人。甚至它都有可能做出这样的判断：父亲想救自己的主人七个上阿妈的孩子，但是他没有这个能力，就去把有权有威的麦政委请来了。大黑獒那日望望麦政委，又望望一直走在前面的冈日森格，似乎明白了冈日森格坚定的背影告诉它的是什么，双腿一跳，追了过去。

接下来的时间里，大黑獒那日一直和冈日森格并排走着，尽管它右眼的余光依然不时地瞟着麦政委的怀抱，但再也没有回过身来。偶尔扭扭头，那也是为了让冈日森格舔舔它流泪的左眼。父亲说："你可以跟着了麦政委，它们知道你是专程来解救七个上阿妈的孩子的。如果它们不信任你而要千方百计甩掉你，那就决不允许你抱着它们疼爱的小白狗。"麦政委说："道理是对的，是不是事实就很难说了。"这时警卫员过来说："首长我来吧。"说着从马背上探过身子来，把小白狗嘎嘎揪到了自己怀里。父亲说："别别别，这是不允许的。"警卫员说："谁不允许？"没等父亲回答，就听前面传来几声粗哑的吼叫。大黑獒那日和冈日森格一前一后跑了过来。父亲说："快把小狗还给麦政委"说着翻身下马，拦住了两只怒气冲冲的藏獒。冈日森格和大黑獒那日又跳又叫，直到惊慌失措的警卫员把小白狗嘎嘎送回到麦政委怀里。父亲说："麦政委，看见了吧，这就是信任和不信任的区别。应该祝贺你啊，这么快就成了藏獒的朋友。"

再次上路的时候，父亲说："现在它们至少已经知道你是一个很重要的人物，是后面这几个人的上司。"麦政委摇头说："无根无据，你凭什么这么说？"父亲说："找根据还不容易，你让你的人把我抓起来，看它们怎么反应。"接下来的试验让麦政委心服口服。当父亲被跟随麦政委的几个人拽下马背，反剪着胳膊，痛叫起来的时候，奔跑过来的冈日森格和大黑獒那日并没有扑向撕拽父亲的那几个人，而是扑向了麦政委。麦政委大惊失色，几乎脱手把小白狗嘎嘎扔到地上，喊了一声："汉扎西快救我。"父亲哈哈大笑，他一笑，冈日森格和大黑獒那日就不扑不咬了，眨巴着眼睛疑惑地看着父亲，仿佛说：又跟熟狗和熟狗打架一样，玩呢？父亲走过去，从麦政委怀里接过眼看要掉下来的小白狗嘎嘎，蹲下来，高兴地拍拍大黑獒那日的头，又捋捋冈日森格额头上的长毛说："好啊好啊，你们这么做真是让我高兴。"鼓励赞美了一会儿，又站起来说，"赶紧走吧，不能再玩了，解救七个上阿妈的孩子要紧。"

但是冈日森格和大黑獒那日不走，即使父亲骑马走到了前面它们也不走。父亲又是手势又是喊叫："走啊，走啊。"它们还是不走。父亲抬头一看，恍然明白过来：麦政委不见了。麦政委下马跑到不远处的草洼里方便去了。大概刚才吓得不轻，有一点禁不住了吧。

等麦政委回来后父亲说："对它们来说你已经比我重要了，它们肯定是这样想的：汉扎西救不了七个上阿妈的孩子，能救他们的只能是这个麦政委了。你说它们聪明不聪明？你看，它们开始走了吧，它们是专门带着你走的。刚才你去方便了，它们不走；现在你的几个部下也去草洼里方便了，它们照走不误。孰重孰轻，它们可都掂量得一清二楚。"麦政委骑到马上说："人都说势利狗，看来是名不虚传的。"父亲说："这叫机灵不叫势利。要是它们势利，能在主人倒霉的时候如此执着地去寻找他们吗？麦政委，我给你提个建议，你把你的文书、警卫员和所有部下都换成藏獒，它们绝对会竭尽全力为你工作，任何时候都不会背叛你。"麦政委说："那敢情好，那我就不是多猕总部的政委了，我成了青果阿妈草原的狗头，是真正的狗官了。"父亲说："你不是狗头，是獒王，草原上的头人和牧民都会信赖你和倚重你，工作不用搞了，政权不

147

用建立了，你以獒王的名义发号施令就可以了。要是去省上开会，谁也不带，就带两只威风凛凛的大藏獒，主席台上一坐，谁敢不毕恭毕敬。"麦政委哈哈大笑。

　　说着话，他们走上了一面缓慢的大斜坡，草原升高了，牧草变得又短又细，到处点缀着粉红色的狼毒花和金黄色的野菊花。间或有巨大的岩石凸现在狗尾巴草的包围中，岩石上布满了红白两色的盐花，就像绘上去了一朵朵怒放的牡丹。父亲从褡裢内的羊皮口袋里拿出一些风干肉，一点一点喂着小白狗嘎嘎，又不时地把肉扔给前面的冈日森格和大黑獒那日。冈日森格和大黑獒那日每次都互相谦让着：你不吃我也不吃。好几次都是冈日森格把指头粗的风干肉咬成两半，自己吃一半，留给大黑獒那日一半。后来就不谦让了，在草原靠近山脉的地方，正在嚼肉的大黑獒那日扬起头，闭着流泪的左眼瞄准似的望着前面，突然跳起来，箭一样朝前飞去，等它回来的时候，嘴里已经不是风干肉而是一只黑狼獾了。黑狼獾还活着，腿一蹬一蹬地挑逗着捕猎者的食欲。大黑獒那日把它丢到地上，征询地望了一眼冈日森格，便大口吞咬起来。它知道做过看家狗的冈日森格一般不吃野食，自己没有必要客气。冈日森格看它吃着黑狼獾，也兀自吃掉了父亲再次扔过去的风干肉。

　　草原还在升高，黄昏了，山脉的坡脚和草原连在一起，看上去不是山脉。翠绿的坡脚之上就是雪线，被晚霞染成金黄的雪山从绿浪里拔出来后，又奔涌到天上去了。雪浪高悬的草地上，坐落着几顶牛毛帐房，牧归的羊群和牛群把自己的黑色和白色流水一样泼在了帐房四周。冈日森格和大黑獒那日回头看了看父亲，没等父亲说什么，便走向了最近的一顶帐房。

　　立刻传来一阵狗叫声。一只浑身枣红的魁梧公獒轰轰隆隆地动山摇地跑了过来。麦政委赶紧对父亲说："别让它们过去，打起来怎么办？"父亲说："不过去晚上我们住哪里？它们肯定是为了我们才走向帐房的。"

　　冈日森格停下了，朝着枣红公獒发出了几声友好的吠叫，紧紧斜卷在脊背上的大尾巴鹅毛扇一样摇晃着，摇起了一股草腥味浓郁的风，风中有它的气息。它的气息太异陌了，对方一闻就知道它不是西结古草原的藏獒。枣红公獒依然靠近着它，只是放慢了脚步，不叫也不吠，阴沉恶毒地窥伺着它，一副随时准备扑过去拼命的样子。大黑獒那日赶紧跑了过去，横挡在枣红公獒面前，细声细气地说着什么。它不认识枣红公獒，枣红公獒也不认识它，但它们身上都有着西结古草原特有的味儿，就像是揣在兜里的证件，对方一看（闻）就知道是自己人。枣红公獒平静了一些。大黑獒那日又跑回来，跃然而起，把两条前腿搭在冈日森格的肩膀上，用鼻子呼呼地嗅着，显得亲热而狎昵。它用狎昵的动作告诉枣红公獒：这只外来的狮头公獒是我的老公，你可千万不要攻击它。枣红公獒听懂了对方的话，愈加显得平静了。冈日森格放心地走了过去，半途上没忘了舔一舔大黑獒那日流泪不止的左眼。双方都很放松，一片和平景象。冈日森格和枣红公獒甚至互相闻了闻鼻子，在冈日森格是表示感谢，在枣红公獒是表示宽容。

但就在这时，突变发生了，假装平静和宽容的枣红公獒一口咬住了冈日森格的脖子。脖子尤其是喉咙是最最要害的地方，长于厮杀的野兽都知道，坚决保持着祖先野兽习惯的藏獒当然也知道。但知道应该是两方面的，一是撕咬对方的脖子，二是保护自己的脖子，即使在两只本该敌对的野兽突然讲和，并用互相闻闻鼻子的方式消除龃龉的时候，它们中间的优秀者也决不会忘乎所以地放弃对自我的保护。枣红公獒是优秀者，它用顺佯敌意的方式实施了攻击。冈日森格也是优秀者，它其实早就猜到枣红公獒不会放过自己，便用欲擒故纵的办法诱惑了对方的攻击，然后一闪而逝，脖子上相关命脉的筋肉奇迹般地躲开了锋利的牙刀，脖子上无关痛痒的鬣毛奇迹般地团起来塞了对方一嘴。然后就是反击，冈日森格的反击也是一口咬住对方的脖子。它咬住的不是鬣毛，也不是一般的筋肉，而是喉管，一咬就很深，钢牙仿佛被大锤打进去了，直楔喉底，然后就拼命甩动大头，淋漓尽致地发挥着它那异乎寻常的撕裂能力。

当身材魁梧的枣红公獒躺在地上抽搐着死去的时候，马背上的麦政委惊呆了，指着冈日森格说："它怎么这么凶暴？它哪里是狗啊，它比老虎还老虎。这可怎么办？这不是人杀狗，是狗杀狗，人杀了狗可以处分人，狗杀了狗难道也要处分狗？"父亲说："谁来处分它？它是前世在阿尼玛卿雪山上保护过修行僧人的雪山狮子，人是不能动它的。能够处分它的还是它的同类，就看冈日森格能不能遇上真正的对手了。"麦政委怜惜地看着枣红公獒说："这么大的一只藏獒不到一分钟就被它咬死了，还能有谁是它的对手呢？"父亲说："但愿没有，但愿它平安无事。"

冈日森格若无其事地站在枣红公獒的死尸旁边，平静地望着远方，比平时更显得温文尔雅。大黑獒那日走过去，慰劳似的舔着它阔鼻上的血，那不是它是血，那是敌手的血，可以说结束这场战斗，它滴血未流。它卧了下来，好像很累，头耷拉着，下巴支撑在弯曲的前腿上，眼皮犯困似的忽闪了几下。了解它的父亲说："你看它装得多像，一副无辜受屈的样子。"说着来到马下，

149

走过去拍打着冈日森格说："起来吧起来吧，我们不会怪罪你，我们赶紧走，离开这个是非之地。"冈日森格不起来，头伏得更低了，一眼一眼地瞟着前面。父亲突然意识到了什么，循着它的目光朝前看去。

又来了三只狗，都是伟硕的藏獒，一声不吭地站在二十步远的地方。它们正在判断面前的情形：枣红公獒倒下去了，外来的藏獒也倒下去了，是不是两败俱伤？需要不需要它们补斗一次？更奇怪的是那只黑色的狮头母獒，它身上散发着西结古草原的味道，却对那只外来的藏獒那么亲热，到底是怎么回事儿？还有人，这样的人我们可从来没见过，他们是不是来偷羊偷牛的？会不会闯进帐房给主人和主人的财产造成威胁？这三只伟硕的藏獒是牧人家的看家狗和牧羊狗，常年生活在高山草原，对西结古以及碉房山上发生的事情一无所知。它们一方面好奇地研究着面前的人和狗，一方面监视着他们，尤其是人，一旦他们走向畜群或者帐房，它们就会毫不含糊地扑上去，一口封喉。但如果人家只是走在草原上，那它们就只能这样远远地看着了。它们不是领地狗，并不负责整个草原的安危。

大黑獒那日跑了过去，又像刚才那样凭着自己一身的西结古草原味儿，和三只虎视眈眈的藏獒虚情假意地套着近乎，然后又跑回来，前腿狎昵地跨上了冈日森格的屁股，告诉对方：现在你们明白了吧，我和这只外来的藏獒是什么关系？都是自家人，何必要动怒呢。它的行为显然起到了麻痹对方的作用，三只伟硕的藏獒冷冷地看着，表面上无动于衷，但监视人的眼光已不是直直的而是弯弯的了。有一只藏獒甚至放松地摆了摆大头。

父亲想尽快离开这个地方，一边回到马上，一边对冈日森格和大黑獒那日大声说："快走吧快走吧，你们不走我们走了。"说着打马朝前走去。冈日森格还是不动。大黑獒那日想跟上父亲又恋着冈日森格，左右为难地彷徨着。麦政委说："我们是跟着它走的，它不走我们去哪里？"父亲说："是啊，我们长的又不是狗鼻子，闻不到七个上阿妈的孩子在哪里。"

这时狗叫了，三只伟硕的藏獒都叫了，叫声很低很沉，就像男低音在歌唱。冈日森格听出叫声里有呼唤主人的意思，警觉地抬起了头。大黑獒那日则神经质地一个箭步蹿到了冈日森格前面，用自己的身子护住了这只它热恋着的外来狗。父亲发现，有人来了，是个穿着光板老羊皮袍的牧人。

牧人看到来了几个汉人，便早早地下了马，丢开缰绳，像见了头人那样弯着腰快步走了过来。父亲用藏话问了一声好。牧人呀呀地应承着，堵挡在三只藏獒前面,朝着自家的帐房做了一个请的姿势。父亲和麦政委对视了一下，正要下马，就见冈日森格忽地站了起来。"冈日森格。"父亲怕它扑过去再咬出狗命来，严厉地喊了一声。牧人盯住了冈日森格，吃惊地问道："冈日森格？它是冈日森格？"父亲说："对，它就是雪山狮子冈日森格。"牧人长长地"哦"了一声，这才看到自家的枣红公獒躺倒在地上，地上红堂堂地流着血。他惊叫着，跟跟跄跄跑了过去。

就跟去世了儿子一样，牧人抱着死去的枣红公獒号啕大哭。然后就是下跪。牧人给冈日森格跪下了。他已经听说西结古草原来了一只上阿妈草原的藏獒，它是一只年轻力壮的金黄色狮头公獒，它前世是神圣的阿尼玛卿雪山上的狮子，曾经保护过所有在雪山上修行的僧人。还听说，部落联盟会议做出了决定：冈日森格必须用自己的凶猛和智慧去证明它的确是一只了不起的雪山狮子。也就是说，它必须打败西结古草原所有对它不服气的藏獒才能留在西结古草原享受雪山狮子的荣誉和地位。但是牧人没想到这样一只神勇传奇的雪山狮子会突然来到自家的帐房前，咬死自家的牧羊狗枣红公獒。枣红公獒可是一只一口气咬死过五匹荒原大狼的悍獒。牧人伤心地哭着，给来自神圣阿尼玛卿的雪山狮子磕了头，生怕再发生不测，吆着喊着把自家三只伟硕的藏獒赶到了帐房跟前。他从帐房里喊出了老婆和儿子，叮嘱他们好生看好自家的狗，不要让它们招惹冈日森格，好生招待雪山狮子和几个跟雪山狮子在一起的汉人，不要让它们饿着渴着，自己跃上马背就要离去。父亲追过去冲他喊起来："你要去哪里？你不要害怕，我是汉扎西，多猕总部的麦政委来到了西结古草原，他是个吉祥的菩萨。"牧人"扎西扎西"地回应着，朝着晚霞烧化了雪山的地方奔驰而去。他是野驴河部落的牧民，他要去向头人索朗旺堆报告发生在这里的一切。这里是野驴河部落祖先领地的南部边界，是个曾有过战争的地方。

2

住下了才知道这一家的主人也就是那个去向头人索朗旺堆报告的牧人名叫仁钦次旦。他的十二岁的儿子和十岁的女儿仇恨地望着父亲他们，一晚上不跟他们说一句话，好像他家的枣红公獒是父亲他们咬死的。父亲他们试图打破这种僵局，主动跟他们说话。他们眉头一拧就出去了，出去后就再也没有进来。仁钦次旦的老婆默默无语地给他们烧了奶茶，端来了酥油、曲拉和糌粑，然后就去喂狗。狗食和人食差不多一样，就是没有酥油。知道自己应该干什么的藏獒从来就很克制自己对酥油的欲望,酥油吃了长膘,而它们不需要任何一点肥膘和赘肉,它们只需要能够滋生气力和耐力的结实的筋肉,只需要坚硬如铁的骨头和能够倍增精神的黏液。

冈日森格和大黑獒那日饱餐了一顿,就卧在离帐房不远的地方一动不动。它们两天一夜没有睡觉,这时候已是很困很困了,况且它们知道,明天还有很多事情要做,必须尽快地恢复体力。小白狗嘎嘎吃饱了以后想玩,刚走了几步断腿就疼起来,它呜呜地叫着,赶紧爬到了大黑獒那日的怀里。在它的意识里,只要贴着疼爱它的大狗,它的疼痛就会消失。似乎疼痛果然消失了,小白狗嘎嘎也很快进入了梦乡。

父亲和麦政委他们也累了,很快躺在了毡铺上。麦政委说:"冈日森格怎么能咬死人家呢?这不是一件小事,一定要处理好。它是上阿妈草原的藏獒,到了人家的地盘上,本来应该规规矩矩的,但它的脾气反而比人家还大,这么强梁霸道,迟早是要出事的。"父亲说:"人家前世是阿尼玛卿的雪山狮子,是个神。藏扎西对我说过,前世的神到了今世也是神,牧人们不会对它怎么样的,反而会更加崇拜它,除非它不勇敢也不聪明,叫西结古草原的藏獒彻底打败。"麦政委说:"西结古草原这么大,我就不信没有一只藏獒比它厉害。还有一个问题,我们是跟它在一起的,它把人家的狗咬死了,人家会不会怪罪到我们头上?"父亲说:"这是有可能的,但我们不能因为担心人家怪罪就放弃寻找七个上阿妈的孩子吧?"麦政委打着哈欠说:"倒也是,看来你是一个脑子特别清醒的人。"他看了看躺在一边已经睡去的部下和靠近门口的警卫员,盖好自己的皮袄,睡了。

警卫员当然是不睡的,在这个远离多猕总部的寂静的草原上,他要承担起保护首长的责任。但过了一会儿他也忍不住睡了,只是把睡觉的姿势由躺着变成了坐着,变成了流着涎水抱着盒子枪的样子。而父亲的睡是被草原人称做"狗睡"的那种睡,就是睡上一二十分钟就醒一下,睁开眼睛看看,接着再睡。他看到仁钦次旦十二岁的儿子和十岁的女儿一直没有回到帐房里来,看到佛龛前的酥油灯一直亮着,仁钦次旦的老婆在虔诚地念经,念一会儿就抽泣几声,为了死去的枣红公獒她已是悲痛无眠了。父亲很内疚,到了后半夜就睡不着了,狗睡人睡都睡不着。他起身,面对佛龛跪在仁钦次旦的老婆身边,轻声念诵着六字真言陪她呆了一会儿,然后来到了帐房外面。

月亮很大,很低,好像在头顶伸手可及的地方。帐房和羊群之间的空地上,是三只伟硕的藏獒,一只卧着,两只站着。卧着的是牧羊狗,它辛苦了一天,需要休息；站着的是看家狗，它们休息了一天现在的主要任务就是守望夜色。无论是牧羊狗还是看家狗，本来晚上都是放开的，但在这个特殊的日子里，仁钦次旦的老婆把它们用粗铁链子拴了起来，一来不希望它们去招惹外来的藏獒冈日森格，免得自找伤害；二来不希望它们对住在帐房里的几个外来人造成威胁，外来人是跟着雪山狮子也就是跟着神来到这里的，万万不可惊扰了人家，况且外来人中有人带着枪，仁钦次旦的老婆看见了。有枪就意味着你不能有任何差错，有一点差错就等于有了让人家开枪的理由。仁钦次旦的老婆被历史的经验搞得胆战心惊，觉得拴起来还不保险，就让十二岁的儿子和十岁的女儿睡在了三只藏獒的身边。这样藏獒就会老老实实守护在他们身边而不做挣脱锁链扑向外来狗和外来人的努力，而一旦冈日森格跑过来挑衅，两个孩子也可以起到保护自家狗的作用。一般来说，外来的藏獒，寄居在别人家的藏獒，是不咬这家的主人尤其是孩子的。

父亲在两个盖着皮袍熟睡的孩子面前站了一会儿。两只伟硕的看家藏獒十分不满地瞪着他，滚雷似的低声警告着让他离开。父亲会意地摆摆手，一转身就见冈日森格迅速而无声地跑了过来，赶紧蹲下身子抱住了它的头："你不要管闲事，睡你的觉去吧。"冈日森格用更低更沉的雷声回应着两只看家藏獒，守着父亲不走。父亲拽着冈日森格的鬣毛硬是把它拉到了大黑獒那日身边，怕它再过去生事，便让它卧下，自己也坐在草地上，用胳膊圈住了它的头。这样坐了一会儿，父亲突然就打起盹来，身子一歪，枕在冈日森格身上睡着了。这一次是人睡而不是狗睡，一直睡到天亮才醒来，好像只有跟冈日森格跟大黑獒那日睡在一起，父亲的心身才是踏实的。

这是一个不平凡的早晨，尤其是对大黑獒那日来说。首先它发现受伤的左眼已经彻底看不见了，凌晨的时候还能看见天上的星星，现在是怎么看都没有光，一片黑暗。好在它还有一只光明的眼睛，它并不颓丧，好在它发现左眼看不见了以后左鼻孔却闻得更远了，它更不颓丧。它闻到了一股回荡在高山草场的气息，这气息跟小白狗的气息几乎是一样的。它有点费解：怎么可能呢？好像小白狗不是自己的孩子而是别的藏獒的孩子，而那只藏獒就在前面一个可以闻得见的地方。它是顺风而闻的，它那随着一只眼睛而更加敏锐起来的嗅觉使它比冈日森格更早地意识到某种变化就要发生，那是潜藏在宁静世界里的腥风血雨，是亢热的生命、难抑的欲望得以舒展的一个黑暗的你死我活的通道。整个早晨大黑獒那日都显得非常兴奋，躁动不宁。它是一只血统纯正的喜马拉雅藏獒，它对预知到的腥风血雨、你死我活丝毫没有惧怕的感觉，有的只是渴望，是急于宣泄的疯张。

渴望和疯张开始是心理的，但很快变成了强烈的生理反应：它的两腿之间流血了，而且肿胀得如同馒头，一起一伏的，就像正在喘气，连大黑獒那日自己都有些纳闷：难道这就是它感觉到的腥风血雨？难道这就是回荡在高山草场上的跟小白狗一样的藏獒气息带给它的反应？它抬起尾巴，不断地把屁股撅给冈日森格让它闻嗅，冲它撒尿，甚至还不止一次地站起来爬在了冈日森格桌子一样平稳的高胯上。冈日森格似乎无动于衷，它稳稳当当地站着，望了望不远处的父亲和麦政委，转过了脸去。父亲说："它们玩什么呢，这么开心。"麦政委神秘地说："你没见过？那你就见一次吧。"父亲说："见什么？"看对方不吭声又说，"麦政委你说呀到底见什么？"麦政委说："两口子生儿育女的事儿能随便说？"父亲恍然大悟，愉快地喊道："冈日森格，它是你媳妇，你可千万别怂包。"麦政委瞪着父亲说："怂包都说出来了，可见你是知道的。"父亲嘿嘿笑道："知道，但是没见过。"

冈日森格还是一副无动于衷的样子。父亲有点着急了，上前推了它一把说："冈日森格，别怂包，上。"冈日森格害羞地晃了晃头。大黑獒那日埋怨地冲着父亲叫了一声，好像是说你着那门子急啊，冈日森格是不是怂包我还不知道？其实现在最着急的恰恰是表面上最不着急的冈日森格，它早就明白大黑獒那日的心思，也早就想那个了，但是它不喜欢人看着它，就跟人有时候也不喜欢狗看着一样。它用肩膀顶了顶大黑獒那日，朝一边走去，走着走着便跑起来。大黑獒那日跟了过去，很快消失在人看不见的草冈后面。父亲心说不行，我一定要见一次。他抱起小白狗嘎嘎，悄悄地摸过去，匍匐到草冈上一点点地挪进，然后抬起头来偷偷地往下看。

父亲看到冈日森格正趴在大黑獒那日的胯上，用一种人类很熟悉的动作展示着它的雄性风采。一会儿，它从大黑獒那日身上下来，一百八十度地旋转着男根，尾对尾地站在地上，开始了它的第二次射精，接着还会有第三次、第四次。就在这种喜马拉雅獒种得天独厚的涌泉式激情的催动下，冈日森格一直沉浸在空前舒泰的享受的海洋里，是一波一波的冲浪式沉浸，而不是一个平面上从浅到深再从深到浅的沉浸，就像它在极度干渴的时候猛然把嘴埋进了雪豹或者雪狼甘甜的血流里，大口的啜饮带来了大张旗鼓的快感。更美妙的是，它越饮越渴，越渴越饮，就这样在不断增加的干渴中不断啜饮着也就不断大张旗鼓地快感着。而在母獒大黑獒那日的感觉里，性爱的快感比公獒还要丰富一些，它觉得好像无穷的愤懑得到了慰藉，极端仇恨的时候一口咬断了敌人软颈上的动脉，不堪思念的日子里突然见到了那个最是牵肠挂肚的人或狗。然后就飞升而起，如同那些飘翔而来准备把昨天死去的枣红公獒送上天空的秃鹫，在饥饿中饕餮，在饕餮中舒展，翅膀永远是自由的象征。大黑獒那日最最羡慕的就是天上的秃鹫，它想象它们飞起来的感觉恰恰就是性爱的感觉，痛快之至，欣悦无比。灵魂在曼妙的风雨中交给了神的关爱，欢畅在血液里打转，幸福袭遍了全身，每一根绒毛的颤动都变成了陶醉，真是空前绝后的温暖柔和啊。

冈日森格和大黑獒那日的性生活持续了很久。父亲后来知道，这是提前到来的爱之癫狂。按照一般的规律，藏獒在秋天或冬天发情，但是冈日森格和大黑獒那日却把激情的喷溅提前到了夏天。狗和人一样，只要爱之深，爱之切，温情地催化，澎湃地驱赶，激动人心的时刻就会提前到来，就好比春风是可以化雨的，食物是可以激发饿馋的。父亲后来还知道，它们的交欢不仅提前了，而且更加能耐了——大黑獒那日用它的柔情蜜意挑逗起的冈日森格的性力表现竟是如此得非凡不俗，在一般藏獒那里只能持续二十分钟的趴胯性交和对尾性交，在冈日森格这里持续了这么久这么久，久得都让父亲着急了，就像刚才他着急冈日森格不激情不冲动那样，狠不得上前推开它。冈日森格面对着父亲吃惊的面孔，肆无忌惮地享受着快感也给对方制造着快感，忘了刚才它还是羞于见人的。

和父亲一样，渐渐地大黑獒那日也有点着急了，扭动着大头来回看着冈日森格。它着急的原因当然不是它已经厌倦了至高至纯的性爱，恰恰相反，它是一只欲望强烈、风骚天成的母獒，巴不得冈日森格一直都这样。但它又是一个因为瞎了一只眼而嗅觉更加敏锐的钢铁战士，它在性生活的快乐正在节节攀高的时候突然清醒地意识到，它一大早预感到的腥风血雨并不是它和冈日森格幸福结合的后果，而是一场真正的生命浴血的肉搏。那股回荡在高山草场上的和小白狗一样的气息正在飞快地靠近着它们，近得几乎喊一嗓子就能听到了。但是对方没有喊，对方在沉默，对方也是藏獒，而且是西结古草原的藏獒。藏獒的力量有时候就是沉默的力量，而沉默的力量往往又是敌意的力量，一种挑战正在来临，一股烽烟正在出现。冈日森格，赶快结束吧，西结古的藏獒找你的茬来了，如果你在我身上"掉了腰子"（公獒交配后因精气丧失疲累不堪而出现的腰身塌陷），待会儿还怎么能对付得了它。它是来者不善的。

松脱了。冈日森格和大黑獒那日松脱的一瞬间，一直抱着小白狗嘎嘎匍匐在草冈上看着它们的父亲站了起来，长长地喘了一口气说："累不累啊？我看着都累了。"冈日森格摇摇头，余性不减地用鼻子拱着大黑獒那日的屁股。大黑獒那日则引它跑开了，边跑边回头看，看它一点也没有"掉腰子"，这才停下来，冲着东南方向雷鸣般地吼了几声。它这是在警告悄然而来的不善者，也是在提醒冈日森格：你的对手来看望你了。冈日森格不听它的，继续拱着它的屁股。大黑獒那日只好咬它一口，似乎是说：大敌当前，你怎么还这样不庄重？冈日森格兴味索然地离开了大黑獒那日，用边走边拿前爪刨土的动作告诉它：其实我知道，我怎么会不知道呢？不就是来了一只西结古草原的藏獒嘛，我不惹它就是了。万一它放不过我，无非是针锋相对，我还怕打斗吗？

　　冈日森格跃上草冈来到父亲身边，卧了下来。它要休息了。它知道自己只能休息一小会儿，用人类的计算就是二十分钟。二十分钟以后它将面对一只闻气息就知道性格骄纵态度专横的雄性藏獒，是擦肩而过呢，还是争锋而上？它想着，歪过头来枕在了父亲脚上，好像这样它会更舒服些。

　　父亲把小白狗嘎嘎放在地上说："冈日森格你告诉我，今天能找到你的主人七个上阿妈的孩子吗？"回答他的是刚刚走过来的麦政委："我考虑是这样的，今天我们不能再跟着它走了。我们得到西结古去，在工作委员会的领导下，依靠人的力量，尽快找到这七个孩子并保护好他们。"父亲说："那我们就分开行动，我继续跟着冈日森格，你们去西结古。我依靠冈日森格，你依靠白主任白玛乌金，看我们谁先找到七个上阿妈的孩子。要是我先找到，说明藏獒比人聪明，藏獒有能力解决好西结古草原的问题，冈日森格就应该代替白主任白玛乌金出任西结古工作委员会的主任，你说呢麦政委，行不行？"麦政委说："行啊，有什么不行。但要是我依靠白主任先找到了呢？"父亲说："那我就离开西结古草原，回西宁的报社去，再也不来了。"麦政委说："你想得不错，你是回不去了，我打算和你们报社商量，把你要到青果阿妈草原来工作。"父亲说："我不想来，我要是成了多猕总部的人就不自由了。不像现在，谁也管不着我，我也管不着谁。"麦政委说："那你为什么还要管七个上阿妈的孩子？"父亲想了想，严肃地说："为了冈日森格的忠诚，也为了藏扎西的请求，还为了我自己的愿望——我这个人一是喜欢狗，二是喜欢孩子。麦政委我知道你权力很大，你要是有权力把我变成一只青果阿妈草原的藏獒就好了。我现在越来越觉得藏獒是了不起的，越来越希望自己也是一只藏獒，就跟冈日森格一样，自由自在、神气十足地生活，而且是和孩子们一起生活。"

麦政委说："我越听你的话就越觉得你这个人是属于草原的，你一定得来草原工作，不是为了我，而是为了孩子们。我已经想好了，要尽快建立一所学校，就建在西结古草原，由你来当校长，把流浪的孩子们都收管到一起，一是让他们的生活有一定的保障，二是学一点文化，将来他们就是草原上的新牧民。"

父亲说："办草原学校？让我当校长？那敢情好。"

这时候大黑獒那日又吼起来，就像真正的"狮子吼"，空气动荡着，让这个透明宁静的早晨变得浑浊不安了。冈日森格抬头看了看，从容不迫地站起来，舔了舔在它怀里翻跟头的小白狗嘎嘎，然后叼起来扬头放在父亲的怀里。它朝着大黑獒那日吼叫的方向走去，没走多远，就看到太阳的金光里威武雄壮地站着一只雪白的狮头公獒。

冈日森格愣了一下，只见那公獒额毛森然，鬃毛蓬起，方鼻吊眼，嘴大如盆，犬牙含而不露，舌头半吐不吐，一看就知道是个沉郁刚毅而又心野气大的角色。冈日森格寻思，在西结古草原，还有这般气度不俗的同类，如果自己没见过獒王虎头雪獒，一定会以为面前的这个就是西结古草原的獒王。那公獒在看到冈日森格的一刹那也愣了一下：我在西结古寺见过它，但那是黑夜，没看清它的形貌，想不到它是如此剽悍的一只金獒，眼睛里神光闪亮，大嘴里虎牙狰狞，前胸深阔，四腿粗壮，背是虎的，腰是熊的，一副凛然不可欺的样子。两只藏獒惺惺惜惺惺惺地对峙着，双方都明白，一场石头对铁头、刚强对顽强的碰撞已是在所难免了。

跟在冈日森格后面的大黑獒那日也感觉到争衡的局面是不可改变的，所以就老老实实站着，没有跑上前去用狎昵的举动显示自己跟冈日森格的特殊关系，从而说服对方发发慈悲宽容地接纳这只唐突到来的仇家藏獒。大黑獒那日是认识对方的，对方叫嘎保森格，是尼玛爷爷家的牧羊狗。

但是冈日森格和嘎保森格以及大黑獒那日都没有想到，碰撞会来得这么迅速，好像对峙的双方还没有把愤怒从内心调整到外表，肌肉尚待绷紧，血液尚待燃烧，就有了一声啸叫，一阵扑咬。原因是白狮子嘎保森格一晃眼看到了它现在最想看到的，那就是父亲，不，是父亲怀里的小白狗嘎嘎。

3

白狮子嘎保森格是迎风而闻的，早晨醒来，鼻子轻轻一抽就闻到了小白狗嘎嘎的气息。它跳了起来，跑向围绕羊群辛苦了一夜的看家狗小白狗嘎嘎的瘸腿阿妈，又跑向瘸腿阿妈的好姐妹斯毛阿姨，用鼻子用眼神用斜卷在背上的尾巴，询问它们闻到什么没有？它们没有，它们昨天晚上先后经历了三次狼祸，撵跑了三群荒原狼，虽然只咬死了一只，但那种一刻也不能放松的追撵和巡逻搞得它们非常疲倦。它们卧在地上一动不动，渴望能够赶快吃点喝点，然后好好睡一觉。嘎保森格生气地冲它们叫嚣着，一鼻子拱翻了朝他奔来的小白狗嘎嘎的哥哥小黑狗格桑，又冲着嘎嘎的妹妹小黑狗普姆半是爱怜半是恫吓地吼了一声，意思是说：千万不要跑远了，草原上可是凶险得很哪，嘎嘎还不知道在哪里呢，我去找找看。它快快地离开那里，朝着飘来小白狗嘎嘎气息的地方跑去。

和嘎保森格同样是牧羊狗的新狮子萨杰森格和鹰狮子琼保森格想跟上它，却被它回过头来蛮横地拦住了。它用粗粗的吠叫告诉它们：这里是靠近奢宝雪山的高山草场，这儿的野兽尤其是荒原狼特别多，尽心尽力地放牧去吧，看好我们的牛羊，我是不能跟你们一起去了，真是对不起。我今天是不找到小白狗嘎嘎不罢休的，我走了。

自从主人全家从野驴河边搬到高山草场后，小白狗嘎嘎就不见了。谁也不知道它去了哪里。嘎保森格猜想也许它被主人送人了，这样的事情以前并不是没有过；也许它被狡猾的雪豹或者更加狡猾的雪狼吃掉了，这样的事情以前也有过。它决定一定要搞清楚到底是怎么回事儿，还没有想好什么时间出发，就在这个早晨随着一阵风，闻到了小白狗嘎嘎的气息。

现在，气息变成了形状，小白狗嘎嘎赫然出现了。刹那间，白狮子嘎保森格什么也不想了，它急如星火，快如闪电，朝着父亲奔扑而去。冈日森格打了个愣怔，猛吼一声，便被自己的吼声推动着朝前冲去。它很奇怪对方会丢开自己扑向父亲，因为这不符合藏獒的习惯。藏獒在面对异陌的人类和獒类时，永远都会把后者放在憎恨的首位。虽然每一只藏獒都会意识到自己是属于人的，也都承认人的权力和能力远远超出了藏獒的想象，但它们也有一种更加清醒的认识，那就是当楚界汉河已经形成，仇雠对抗就要发生时，致命的危险往往不在于人而在于獒。它们会喊起来："你这只败类，你居然成了坏人的帮凶。"然后把全部的仇恨都发泄在帮凶身上。所以藏獒之战很多时候也是帮凶之战。可是今天，白狮子嘎保森格却首先扑向了人，好像它不是藏獒，好像它的祖先没有用遗传告诉它这是不对的。两只巨獒的雌雄之较，转眼之间变成了侵犯人和保护人的战斗。

猝不及防的冈日森格依照浸透在血液里的厮杀惯性冲了上去，但它没有来得及冲到前面，白狮子嘎保森格就一闪而过，把它甩到屁股后面去了。现在的局面是，嘎保森格在前面跑，冈日森格在后面追，两只同样凶傲的藏獒一前一后地冲向了父亲。父亲惊呆了，不知道怎么办好。父亲身边的麦政委不仅惊呆了而且惊软了："这可怎么办？"一句话没说完，扑通一声坐在了地上。他天不怕地不怕人不怕鬼不怕，就怕狗，从小就是个见狗便毛的主儿。他惨叫一声："警卫员。"

警卫员以及所有的部下都不在身边。他们有的正在帐房前给马梳毛，有的正在帮助仁钦次旦的老婆挤牛奶，有的正在和仁钦次旦十二岁的儿子和十岁的女儿说话——两个孩子已经不再因枣红公獒的死而仇视这些外来人了，他们毕竟是孩子，在这个晴朗的日子里很快露出了晴朗的笑容，并且给两个汉家的叔叔唱了一首又一首歌。而他的警卫员这时正在观看秃鹫吃食，十几只秃鹫已经把枣红公獒的血肉吃得所剩无几，一个硕大的血色骨架，连带着藏獒的悲惨和生命的遗憾，出现在草原盎盎然然的绿光里。

好在还有父亲。父亲是爱狗的，爱狗的人是胆大的。他虽然有过被狗惨咬的经历，但他不是那种一日被蛇咬，十年怕井绳的人。他的性格里带有藏獒的风格：越碰越坚，越咬越强。父亲就像一只真正的藏獒那样，冲着前面飞奔而来的危险狂吼一声，一步跨过去挡在了麦政委前面。

两只藏獒还在一前一后地奔跑，它们的距离只有几寸，但这几寸跟几丈几十丈差不多，后面的冈日森格就是抓不到对方。它在飞，对方也在飞，都是优秀的野兽，都是奔跑的圣手，短距离的比赛根本分不出谁的速度更快。白狮子嘎保森格飞出的虎牙眼看就要碰到父亲了。冈日森格大吼一声，这是吼给父亲的，意思是说："赶快把小白狗藏起来。"凭着藏獒出众的直觉，冈日森格突然明白过来：对方之所以首先扑向人而不是扑向同类，是因为小白狗嘎嘎的存在。冈日森格因此而怒发冲冠，吼声如炮：尽管你有着和小白狗同样的气息，但也不能说明你就是小白狗的阿爸，不是，你绝对不是。小白狗的阿爸是我，绝对是我。我是大黑獒那日的丈夫，大黑獒那日是小白狗的阿妈，所以我就是小白狗的阿爸。

大黑獒那日也像冈日森格那样吼叫着，意思好像是："用不着你提醒，我知道，我知道。"接着便一跃而起。

哗然一声响，眼看就要把虎牙戳向父亲的白狮子嘎保森格突然改变了方向，侧着身子翻倒在地上，连打了三个滚儿，四肢才牢牢踩住地面。紧接着

159

翻倒在地的是冈日森格，它本来完全可以借机猛扑过去，压倒对方，一口咬断那脆骨嶙峋的喉管。但是它没有这样做，在它看来那是趁火打劫，是鼠窃狼偷之辈的所为。它宁肯自己摔交，宁肯失去打败对手的机会也不能玷污了好汉的名声。它连打了四个滚儿才站稳在地，一边防范着嘎保森格，一边欣赏地注视着前面的大黑獒那日。

是大黑獒那日救了父亲，也救了小白狗嘎嘎。当它突然出现在白狮子嘎保森格的利牙面前时，嘎保森格一下子慌了。嘎保森格认识对方，对方是西结古的领地狗，而且是一只漂亮的母獒。远古的祖先是不欺负母獒的，远古的牧羊狗是格外尊敬领地狗的，就好比人类的地方武装格外尊敬国防军、警察部队格外尊敬野战军一样。遗传的钢铁般顽固的意识使它狼狈不堪地放弃了进攻，一时不知道怎么办好了。

大黑獒那日冲着白狮子嘎保森格愤愤地叫着。它知道自己绝对不应该帮着冈日森格和对方打仗，无论是出于争夺雌獒的原因，还是出于保护主人及其财产的原因，两只公獒之间的战争历来都是单打独斗的。但大黑獒那日更知道冲刺而来嘎保森格就是一把飞鸣的利剑，一旦虎牙触及到父亲，父亲就完了，触到脖子脖子断，触到胸脯胸脯穿。父亲一完，小白狗嘎嘎也完了，嘎保森格会一口叼起来，转身就跑。它作为一只母獒是追不上的，冈日森格或许能追上，但追上了又能怎么样？嘎保森格的气味和毛色跟小白狗完全一样，除了自己和冈日森格，所有的藏獒所有的人都会认为嘎保森格就是小白狗的阿爸。

大黑獒那日不叫了，横挡在父亲面前，忧虑重重地望着冈日森格。冈日森格正在扑向白狮子嘎保森格。嘎保森格躲开了，心傲气盛的它平生第一次在敌手的进攻面前采取了躲避的姿态。它望着父亲怀里的小白狗嘎嘎，用一种只有亲生父亲才会有的亮晶晶的声音呼唤起来。小白狗嘎嘎听到了，也看到了。它扭动着身子，用它这个年岁的小狗所具有的最大力气挣扎着，试图脱离父亲的搂抱。它蹬着，拼命地蹬着，伤腿的疼痛提醒它想起了它悲惨而危险的遭遇，它流泪了，在雪狼面前，在极端孤独中思念阿妈阿爸哥哥妹妹以及斯毛阿姨时没有尽情发出的哭泣，这时候喷涌而出。

麦政委从父亲身后站了起来，浑身抖抖地望着三只大狗。父亲指着白狮子嘎保森格说："你看见了吧，这只藏獒是来争夺小白狗的。小白狗说不定就是它亲生的。它们长得多像啊，都是狮子头和大耳朵，都是三角眼和厚吊嘴，毛色也一样，都是白雪，一根杂毛也没有。"麦政委说："那就给它，赶快给它。"

父亲说："可是冈日森格和大黑獒那日一直都是把小白狗当作自己的孩子来对待的。我要是给了这只藏獒，它们肯定不允许。"麦政委说："那就硬给，别人的孩子怎么能窃为己有呢，人不行，狗也不行。"父亲说："恐怕它们饶不了我。"麦政委看着在父亲怀里又是哭喊又是挣扎的小白狗嘎嘎说："它认识自己的亲人，你把它放在大狗中间，让它自己选择，无论它选择谁，都跟你没关系了。"父亲想，这倒是个好办法。如果小白狗爬向了它的亲人，冈日森格和大黑獒那日总不至于怨恨小白狗吧。

父亲走过去站在了冈日森格和白狮子嘎保森格的中间，一手紧搂着小白狗嘎嘎，一手指着它们说："你们不许争，让小狗自己选择，它选择谁，谁就把它带走，听懂了吗？"父亲说了好几遍，看到嘎保森格不再用亮晶晶的声音呼唤，冈日森格也不再朝对方做出俯冲的样子，知道它们完全听懂了，便蹲下身子，把小白狗嘎嘎放在了地上，自己朝后纵身一跳。

非常安静，差不多有十秒钟，连风的声音也没有了。三只大狗的眼光就像三条绳子拴在了小白狗嘎嘎身上。小白狗嘎嘎来回看看，似乎想了想，便急急巴巴爬向了冈日森格。冈日森格高兴地汪了一声，但马上发现自己高兴得太早了，小白狗是急昏了头爬错了方向，或者它是来向冈日森格说声再见的，毕竟冈日森格不仅照顾了它而且还救了它的命。小白狗嘎嘎很快就一百八十度地转了弯，细声细气地叫着，用更快的速度激动地朝着白狮子嘎保森格爬去。嘎保森格把卷起的尾巴晃成了一朵绽放的菊花，快步迎了过来。

大黑獒那日龇出虎牙，厉声警告嘎保森格不要靠近小白狗嘎嘎。但警告的作用到了嘎保森格耳朵里就变成了提醒，提醒它赶快动手，一旦对方先动了手，小白狗嘎嘎说不定就会永远失去了。嘎保森格狂风一样扑了过去，又狂风一样席卷而逝。等到父亲和麦政委反应过来时，小白狗嘎嘎已经不在地上了。只见白狮子嘎保森格叼着小白狗嘎嘎正在疯跑，冈日森格和大黑獒那日正在一左一右疯追，都是直线，都是箭镞，谁也不愿意多跑一点儿弯路，速度在这个时候似乎变成了一切，爆发力量的肌肉和创造最佳姿态的筋骨把鲜活灵动的生命展示得无与伦比。然而还有智谋，智谋在这个时候超越了速度和力量，代替肌肉和筋骨正在实现一种幻想的可能。

就在逃跑的速度和追撵的速度不分上下的时候，冈日森格发出了一声高亢而凄厉的长噑，这是狼的长噑，是荒原狼呼喊同伴时充满深情的心声律动。疯跑在前的白狮子嘎保森格吃了一惊：哪里来的狼啊？但是速度并没有减弱，只是斜起三角眼瞥着后面的冈日森格，心里冷飕飕地耻笑了一声：你呀，外来的蟊贼，你小看我了，就是扒了你的皮我也认得你是上阿妈人的一只走狗，而不是什么该死的狼。

实际上这样的招数它白狮子嘎保森格也用过，有一次几个骑兵团的人从他们的驻地上阿妈草原来到西结古草原打猎，随猎的三只猛恶的藏獒咬死了好几匹西结古草原的狼。嘎保森格本来可以不管这事儿，因为它不是领地狗而是牧羊狗，只要外来的人和狗不侵犯它守护的羊群和牛群以及主人和帐房它就可以漠然处之。但它的主人尼玛爷爷不这样看，尼玛爷爷说："即使是狼也是西结古草原的狼，你们上阿妈草原的人凭什么要在我们的家园里打狼？不行，一张狼皮也不能让他们拿走。嘎保森格，萨杰森格，琼保森格，追。"于是它们追了上去。它们的目标自然首先是那三只猛恶的藏獒。猛恶的藏獒本来不应该见追就跑，但它们的主人得了上好的狼皮想赶快离开这片惹了麻烦的草原，骑着快马吆喝自己的藏獒赶快撤退。撤退是飞快的，要追上它们几乎是不可能的。嘎保森格突然学起了狼嗥，一声比一声尖亮。三只愚蠢的上阿妈草原的猛恶藏獒根本就没有反应过来，以为追它们的真的是几匹狼，或者嘎保森格一伙突然变成了狼。狼怎么可以追击它们呢？它们是藏獒，是称霸一切的远古的巨兽演变而来的壮士，是凌驾于狼之上的草原金刚。历史的意志和神的意志都要求它们终生杀狼吃狼，上天赐给它们的每一颗尖锐的牙齿、每一根锋利的指甲、每一撮威风的獒毛，都是为了让狼看起来胆战心惊。所以它们最最不能接受的就是狼的追击，狼居然在追击它们，而它们居然在逃跑。透心的耻辱、无法屈就的耻辱，顿时让它们把主人的撤退号令抛到九霄云外去了。它们停了下来。它们是三只，追上来的也是三只，但它们是愚蠢的三只，完全按照嘎保森格的意愿安排了它们的行动。它们不仅停了下来，而去扑了过来。嘎保森格依然狼一般地嗥叫着，这是为了激发它们对狼的蔑视从而让它们轻敌。它们果然轻敌了，就像真的见到了狼一样，带着满脸的嫌恶与不屑，狂躁地扑了过去。然而等待它们的却不是荒原狼的惊惧和逃跑，而是胸有成竹的迎击。它们死了。都是威武健壮的藏獒，应该有一场何等精彩的打斗。但它们是上阿妈草原喂大的轻敌的藏獒，它们和专横跋扈的骑兵团生活在一起，跟着人养成了蔑视一切对手的习惯，它们只能死了。嘎保森格几乎没费什么劲就咬死了一只，接着萨杰森格和琼保森格一人咬死了一只。葬身沙场，这是所有愚蠢的轻敌者的必然出路。

但是白狮子嘎保森格没有想到，它今天遇到的不是一只上阿妈草原轻生噪进的愚蠢走狗，而是一只天生骄人的雪山狮子，一只在蹇跛的命运中磨砺出刚毅和智慧的喜马拉雅优秀獒种。雪山狮子冈日森格并没有小看嘎保森格，反而始终高看着对手：它是一只多么漂亮伟岸的藏獒啊，就像雪山一样干净白爽，巍然耸立。冈日森格根本就没有指望对方上当，反而在心里轻轻地叫唤："你是獒中之美郎，千万别上当。"它坚持不懈地狼一样嗥叫着，终于听到了期待中上当者的回音。那是几声狗叫，是三只伟硕的藏獒发出的激烈而惊心的吠鸣。它们仍然被仁钦次旦的老婆拴在帐房前的空地上，根本看不到这里，以为真的狼来了，喊叫着，哗啦哗啦地一次次拼命拉直着粗铁链子。

　　疯跑在前的白狮子嘎保森格打了个愣怔。它并不知道仁钦次旦家的三只藏獒是拴着的，也搞不明白它们对待外来的冈日森格的态度，只知道如果它们和大黑獒那日一样已经背叛了西结古藏獒的基本立场，那来犯者的狼嗥就是另一种信号：告诉它们赶快过来，截住它，也截住小白狗嘎嘎。

　　白狮子嘎保森格身子微倾着，小小地拐了一下，试图绕开正前方它想象中的拦截，奔跑的路线顿时弯曲了。这微妙的变化正是冈日森格所期待的，它直线而上，迅速缩短着距离，虎牙几乎挨上了嘎保森格的屁股。嘎保森格嫉妒地心里直抖："险恶的家伙，这么快的速度，竟然可以赶上我了。"

　　如果这个时候前方不是突然出现人影，也许嘎保森格还不至于让冈日森格跑到前面拦住自己。人影是跑来打狼的。正在挤牛奶的仁钦次旦的老婆一听到自家狗激烈而惊心的吠鸣，就条件反射似的用藏话喊起来："狼来了，狼来了。"帮她挤牛奶的文书懂一点藏话，马上用汉话喊起来："狼来了，狼来了。"正在给马梳毛的人和正在和仁钦次旦的孩子说话的人，以及还在观看秃鹫吃食的警卫员，一听到喊声就都想到了麦政委，他们从四下里跑来，无意中挡在了嘎保森格前去的路上。嘎保森格只好九十度地拐弯，一拐就拐进了冈日森格的圈套。冈日森格用最便捷的直线呼啸而去，横挡在了它的前面。嘎保森格只好停下，还没有站稳，就被大黑獒那日扑了个正着。它赶紧扭过头去护住小白狗嘎嘎，顺势倒在地上，打了个滚儿又站了起来。

　　已经没有继续逃跑的可能了。白狮子嘎保森格恼怒地把头一会儿甩向这边，一会儿甩向那边。右边是冈日森格，左边是大黑獒那日，前边是人，后边也是人——父亲拉着麦政委快步走来了。更让嘎保森格怒火中烧的是，冈日森格并没有凶神恶煞般地乘机扑过来跟它决斗，而是摆出一副君子风度，不怒而威地望着它，似乎以为只要胸腔里若断似连地滚出一些低沉的唬声就足够了，它白狮子嘎保森格就会放下小白狗嘎嘎灰溜溜地滚回老家去。这可能吗？嘎保森格用更有穿透力的唬声告诉对方，这是不可能的，是藏獒就从来不夹着尾巴做狗。小白狗嘎嘎是我的，不是你们的，你们休想抢走它。它思忖着，大嘴动了一下，把小白狗嘎嘎叼得更牢了。

小白狗嘎嘎感觉到了阿爸大嘴的力量，有点不舒服，就吱吱地叫起来。大黑獒那日以为对方是在虐待小白狗呢，想都没想就扑了过去。白狮子嘎保森格屈辱地躲开了，一次两次三次，一次比一次屈辱地躲开了。而对大黑獒那日来说，你越躲它越要扑，不夺回小白狗嘎嘎它就会天长地久地扑下去。它开始是只扑不咬，当它不耐烦地意识到嘎保森格的顽固不化也会天长地久地延续下去时，就狠狠地在对方肩膀上咬了一口。

这一口咬疼了嘎保森格，咬得它怒目圆睁，骨子里的妄自尊大就像疼痛一样延展到了全身。它叫嚣起来：别忘了我是野心勃勃、目空一切的白狮子嘎保森格，我什么时候有过这样的屈辱，做出过这样的忍让？说不定有朝一日我就是西结古草原伟大的獒王，你怎么敢对我这样？王八蛋母狗我不忍让了我，我先咬死你，再咬死这个虎背熊腰的外来狗冈日森格，然后咬死前前后后挡住了我的去路的所有外来人。它叫嚣着，把发自肺腑的声音和理智一起抛到了天上。它扔掉小白狗嘎嘎，朝前扑了一下，看到冈日森格正在虎视眈眈地觊觎着小白狗嘎嘎，又迅速扑回来，一爪踩住了小白狗嘎嘎。

白狮子嘎保森格疯了，它已经意识到小白狗嘎嘎不可能被它带回尼玛爷爷家，就疯得连它自己也不认识了。小白狗嘎嘎是我的，就是我的，你们说它是你们的，你们敢把它吃了吗？可是我就敢。别忘了在古老的传统祖先的习惯里，藏獒就有吞食亲子的做法：为了自己的孩子不至于落入敌手，成为阴恶者的磨牙之肉，那些把藏獒的名声看得比天还要高的伟大的藏獒，往往会把亲生儿女吞到肚子里头去。现在，我就是一只伟大的藏獒，是远古的祖先不朽的名声的天然继承者，我要吞了，要把我的孩子吞到肚子里头去了。它一口咬住了小白狗嘎嘎，牙齿一阵猛烈地挫动，血滋了出来，滋到天上就不见了。消散成气的小白狗嘎嘎的鲜血变成了一片惊叫。

惊叫有人的，也有藏獒的。冈日森格的惊叫就像虎啸，吓得天上的云彩都乱了。大黑獒那日没有叫，它只是惊讶地朝后跳了一步，好像面对的不是一只藏獒，而是一个魔鬼。白狮子嘎保森格咬着，嚼着，吞着，朝着天空夸张地伸缩着脖子，连肉带皮，一根毛都不剩地吃掉了小白狗嘎嘎，只吐出来了一样东西，那就是藏医尕宇陀包扎在小白狗嘎嘎断腿上的袈裟布。

在雪狼嘴边死里逃生的小白狗嘎嘎被它的父亲白狮子嘎保森格吃掉了，在恨的冰冷刀锋上幸免于难的小白狗嘎嘎在爱的温暖唇齿间被亲生父亲吃掉了，在义父冈日森格和义母大黑獒那日无微不至的关照下正在痊愈伤口、茁壮成长的小白狗嘎嘎被爱疯了它的阿爸吃掉了。这就是高原的魂魄冷酷的藏獒，这就是这个伟大的生命现象在表现够了沉稳刚猛、大义凛然、先人后己、任劳任怨等等备受人类称赞的优点之后，突然又闪现出的一道黑光，是湛湛蓝天下的黑光，醒目而刺眼得几乎让父亲晕过去：我爱的别人不能再爱。咬死吃掉自己恨的，也咬死吃掉自己爱的。因为爱就是占有，就是不让别人占有。

父亲悲愤地说："你这个野兽你怎么把它吃掉了？"麦政委拉他一把说："你别喊，它过来怎么办？它是疯狗。"父亲说："有冈日森格和大黑獒那日，它敢过来。"大黑獒那日听到父亲在说它，突然就呜呜呜地叫起来。它哭了，它是一只感情炽热得容易糊涂的母獒，它觉得天塌了，自己的孩子失去了。它满脸挂着眼泪，扑上去要和狗面狼心的嘎保森格拼命，却被冈日森格挡住了。冈日森格温存地舔了舔大黑獒那日脸上的眼泪，更加温存地舔了舔它那仅有眼泪没有光明的左眼，仰起大头深长地喘了一口气，抖了抖浑身的獒毛，大丈夫立马横刀似的朝前走了走，阴凶地鄙视着白狮子嘎保森格，像是说：好了，狼心狼肺的家伙，你玩够了，该是我们两个见分晓的时候了。

父亲喊起来："不要再浪费时间了，冈日森格，收拾它。"麦政委说："你冷静一点，你怎么能这样？在青果阿妈草原，教唆狗打架，就是教唆人打架。"父亲激动地说："可是它吃了小白狗。小白狗很可能就是它的亲生孩子，一个连亲生孩子都敢吃的人是好人吗？"麦政委说："它们不是人，你不能用人的标准衡量它们。"父亲说："你刚才还说我是在教唆人打架，怎么又不是人了？它们是人，绝对是人。"麦政委说："我不跟你争这个，你赶快拦住它们。它们要是打起来，伤了谁对我们都不利。"

已经来不及阻拦了。两只同样高大威猛的藏獒同时发出了一阵惊天动地的吼叫。雪山狮子冈日森格和白狮子嘎保森格之间的雌雄之较、犬牙之拼马上就要开始了。

9 灰色老公獒

1

出事了。李尼玛的枪声让西结古的宁静哗变成一片狗吠。出事之前，白主任白玛乌金让李尼玛脱下了华丽的獐皮藏袍，摘下了气派的高筒毡帽，拔下了结实的牛鼻靴子，取下了昂贵的红色大玛瑙。李尼玛十分不情愿地穿上了自己的衣服，这是压在枕头底下用来换洗的最后一套衣服。他心说藏民的衣服多好啊，我为什么不能穿？我已经把名字由汉人的李沂蒙改成了藏民的李尼玛，穿上草原的衣服不就彻头彻尾变成一个藏民了？我里里外外变成了藏民，西工委的所有人都里里外外变成了藏民，不是更有利于工作吗，这跟贪财腐化有什么关系？就算藏袍靴子毡帽玛瑙很值钱，可如果一个人不知道它们值钱，还不是等于零。我总不至于拿到多猕市场上去换成钱吧？还有狗，白主任你不是说了嘛，要我做好狗的工作，让狗重新认识我。我穿上藏民的衣服，领地狗们不就能重新认识我了？野驴河部落的齐美管家对我说过，只要我穿上他的藏香熏过的衣服，戴上他的佛爷加持过的玛瑙，就没有哪一只狗敢于咬我了。我还听说，狗是认衣服的。我穿上齐美管家的衣服，就有了管家的样子和气味，西结古草原的领地狗，包括那些狮虎一般的藏獒，就得听我的了。一旦藏獒们都听我们的号令，西工委的工作不就做好了一大半吗？

可是现在，你非要让我脱掉，那就等于脱掉了团结，脱掉了友爱，脱掉了工作成绩啊。李尼玛满心不服白主任白玛乌金的训斥，但表现出来的却是服服帖帖的样子。这是他的习惯，照他的说法就是：我把我跟领导的关系看成是藏獒跟主人的关系，惟命是听是我的最大特点。

　　换下了齐美管家送给他的衣帽首饰，李尼玛就该出门了。他要按照白主任的指令，把东西还给人家。一步跨出牛粪碉房时，他想起了那天被领地狗追咬的狼狈情形，顿时就惊魂未定地满身肉跳。他回身进房，带上了手枪。上级没有给他配备枪，他带上的是白主任的枪。白主任本来不想把枪给他，又一想万一狗再咬他呢？这里到处都是狗熊一样壮实豺狼一样不讲理的藏獒，咬破了皮肉不要紧，咬出了人命给上级怎么交代？毕竟李尼玛是我们的人，在人与狗的矛盾中，我们不能一味地袒护狗啊。白主任把枪交给他时说："吓唬吓唬就行了，可别真的开枪。"说这样的话，证明白主任虽然来草原好几个月了，其实并不了解草原，草原上的藏狗尤其是那些可怕的藏獒是随便能吓唬的吗？你越吓唬，它就越要往你身上扑。藏獒的眼睛，那些珠黑色的深黄色的暗红色的玉蓝色的灰白色的青草色的如火如电的眸子，正在远远近近地研究着你，你的吓唬就是人家研究的结果：原来他是来送死的，送死的来了。

　　李尼玛在口袋里揣了枪，来到了原野上。原野是很安静的，出事前的原野都是很安静的。安静得没有了野驴河的涛响，没有了风中草叶的低唱和空中鹰鸟的高鸣。最近的草冈就像最远的雪山一样悄然无声。他先来到了工布家的门口，想叫上梅朵拉姆一起去。工布家的两只看家狗叫起来，那是一种从喉咙里颤动而出的哼鸣，一听就知道不是冲着李尼玛而是给自家主人的通报：来人了，来人了。工布的老婆央金走出帐房冲他笑着，看他怕狗不敢过来，就退了回去。接着，梅朵拉姆出来了。

　　梅朵拉姆不去，不跟他到原野里去。她在原野里遇到过金钱豹，遇到过荒原狼，差一点被它们吃掉，但原野的柔情和魅力一点儿也没有减少。她在原野里遇到了一个男人的强迫，雪山草地河流树林的好风景就一下子消散殆尽了。那似乎是永不谢幕的惊恐，在她被草原的野风吹掉了贞洁之后，就牢牢地抓住了她的心和她的梦。她已经不再有旖旎幻美的"姑娘梦"了，她在结结实实地考虑这样一个问题：她被一个半爱不爱的人突如其来地夺取了贞操，她应该怎么办？恨他？恨他是不对的；爱他？爱他是不能的。一个男人追求一个女人的结果到底是什么？一个女人属于一个男人的原因到底是什么？难道我要心甘情愿嫁给他？在这些问题没有想清楚之前，她是不可能再跟他单独在一起了。她把原野的美丽荒废在视线之外,用藏獒冰山一样的冷漠和暴风雪一样的果断对他说:"我不去。"

李尼玛心有不甘,情有不甘,被大草原催生而出的青春的朝气勃勃地向上着,欲望之水突然就澎湃成了野驴河。他忍不住抓住梅朵拉姆的手,拽上她就走。她不走,跟着他跟跄了几步,往后赘着身子,使劲推搡着他。一直监视着李尼玛的两只看家狗叫起来。

两只看家狗是纯粹的藏獒,那决定着它们性格特征的血脉牢牢地牵连着远古的祖先心脏,而祖先是以好色闻名历史的:它们因为长期和人厮守便有了人的眼光,人眼里美丽的,在它们眼里同样也是美丽的。也就是说藏獒的好色与生俱来,公的母的都好女色,因此它们和女人的关系相处得最好,尤其是喜欢漂亮女人的喂养和抚摩。一个男人把一只成年的生獒豢养成熟獒,大约需要两个月,即使这样它也不可能忘记旧主人而完全在感情上归顺你,而一个女人用不了二十天就能让一只生獒听命于自己,漂亮的姑娘需要的时间就更短了,一个星期就能笼络它并把它指挥得滴溜溜转。而汉姑娘梅朵拉姆格外漂亮,她在工布家只住了三天,仙女一样的容貌就感动了工布家的藏獒。它们以最快的速度把她当成了自家人,就像光脊梁的巴俄秋珠一开始就把她当成了真正的仙女一样。在草原上,美丽的姑娘可以享受仙女的待遇,这种待遇既可以来自人,也可以来自聪明的藏獒。

藏獒一叫,李尼玛就不敢动手动脚了。梅朵拉姆赶紧回过身去,拦住了跑过来的两只藏獒。李尼玛遗憾地摇摇头,大声说:"梅朵拉姆你听着,你当我的老婆有什么不好,我们结婚吧,就在这里结婚吧。我等着你的回话,你必须给我回话。"梅朵拉姆驱赶着藏獒无声地离开了那里。李尼玛气恼地把怀里的衣物扔到地上,又捡起来,愣愣地站着。他没想到,这时候和两只藏獒一起用凶鸷的眼光盯着他的,还有光脊梁的巴俄秋珠。

巴俄秋珠躲在工布家帐房一侧的牛粪墙后面,一直守望着他心中的仙女梅朵拉姆。仙女是不能拉扯,不能欺负,更不能占有的。而这个厚颜无耻的男人居然什么都做了。他无法忍受这样的事情,心里一遍一遍地喊着:"獒多吉,獒多吉。"突然他转身就跑,穿着那双羊毛褐子和大红呢做靴筒的牛皮靴子,跑向了领地狗群正在聚会的地方。

李尼玛多少有些伤感,为了一个姑娘不能像他爱她那样爱他,他忧郁地离开了姑娘的帐房,一个人走向了草原连接着昂拉雪山的灌木林。灌木林深处有几顶八宝吉祥的彩帐,野驴河部落的头人索朗旺堆一家和齐美管家就住在这里。遗憾的是他还没有走进灌木林，就碰到了一大群让他骨头酥软的领地狗。

领地狗们认出他就是前天被它们在巴俄秋珠的唆使下追咬过的那个外来人。前天追咬过的，今天自然是可以继续追咬的，因为在藏狗尤其是藏獒的意识里，好人永远是好人，坏人永远是坏人。有几只心浮气躁的藏狗首先叫起来，边叫边朝他迅速靠近着，眼看就要扑到跟前了，突然又停了下来。它们听到了獒王的声音，獒王让它停下，它们就停下了。

獒王虎头雪獒用一种空飘飘的眼光研究着这个外来的汉人和他怀里的衣物：衣物怎么不是穿戴在身上而是抱在怀里的？凭它的经验，穿着的才是自己的，抱着的都是别人的，而别人的往往又是偷来的。他莫非是个外来的贼？他偷了谁的？但是獒王虎头雪獒仍然没有发出扑咬的指令，原因很简单：它不想。它带着几个伙伴刚从昂拉雪山回到野驴河边，需要休息，更需要把自己的心身沉浸在"一日不见如隔三秋"的亲切氛围里，享受大家殷勤的问候，并不希望让撕咬一个外来人这种怒气冲天的事情破坏了众星捧月的和谐局面。

但是獒王的心思李尼玛并不知道，也不知道研究一下领地狗群的阵势——显然不是进攻的阵势而是团聚的阵势。他甚至都不知道狗群有王，獒王是谁，当然也就不会面对獒王察言观色了。其实他现在最应该做的，就是转身逃跑。狗群里那些好事之徒会追咬他，但是并不会追上他，狂吠是为了震慑，而不是为了夺命，因为獒王虎头雪獒空飘飘的眼睛里是迷瞪瞪的安详。领地狗们都知道，当獒王需要和平与宁静的时候，任何过于激烈的逞能都会被獒王当作破坏祥和气氛的冒犯记在心里。作为一个必须和草原藏狗尤其是藏獒打交道的外来人，李尼玛应该知道，即使你不会看狗的眼色行事，那也不能以为狗冲你叫就是想撕咬你。另外，除了逃跑此刻他至少还有两种脱身的办法是比较保险的，一是放下怀抱里的衣物大步走开，狗群会把注意力集中在研究衣物上（谁的？好像是齐美管家的，咱们给他送去吧？）而放弃对他的追咬。二是穿戴上怀抱里的衣物迎狗而去，狗群觉得你身上的气味是它们闻惯了的和敬畏着的，自然就不会对你怎么样了。遗憾的是，可以做的李尼玛都没有做，不可以做的李尼玛却不假思索地做了。

他惊恐失色，他在发抖，他的腿软了。他不是贼，但一看他那个畏葸不前的样子就是典型的贼样子了。贼顽固地抱着赃物，贼慌里慌张地在自己身上一阵乱摸，贼的神态里有着所有行窃者的惧怕和苍白，苍白得好像等不及它们去咬他，就已经提前死亡。当然最最重要的，还是他一阵乱摸之后胆怯地掏出了枪。獒王虎头雪獒黑黄色的大吊眼突然睁圆了，目光灼灼地盯上了他。枪谁不认识？上阿妈的人、骑兵团的人，他们来到西结古草原抢掠杀人的时候，手里都有枪，有长枪也有短枪。獒王警惕地看了看远方，发出了一阵洪钟般的叫声。这叫声既是对李尼玛的威胁，也是对众狗的提醒："注意啊，他有枪，我们要准备战斗了。"立刻响起一片狗吠声。

但是战斗仍然没有开始，李尼玛还有机会收回手枪，转身走掉。不幸的是，狗吠很快消失了，原野里传来另一种声音："獒多吉，獒多吉。"一听就知道是光脊梁的巴俄秋珠发出来的。他人在哪里谁也看不见，连目光敏锐的獒王也看不见，声音却越来越激烈："獒多吉，獒多吉。"仿佛是一股从地层深处喷涌而出的泉水，顿时幻变成无数水花，以仇恨的形式洒落在了领地狗的身上。它代表了不可违背的人的意志，激发着领地狗的杀性，獒王虎头雪獒不再犹豫了。它张大嘴，用最典型的藏獒之声让地上滚过了一阵轰隆隆的雷鸣。显然这就是扑咬的指令了，小喽罗藏狗们一拥而上。

枪响了，一只领地狗应声倒地。连李尼玛自己也没有想到，他是一枪毙命，而且打死的不是跑过来纠缠他的小喽罗藏狗，而是一只站在五十步开外根本就不屑于纠缠他的雍容大雅的藏獒。它是一只黑背黄腿眼睛上方闪烁着两颗小太阳的铁包金公獒，它谋深计远，老成持重，在昂拉雪山和冈日森格刚刚进行了一场战斗，败北回来后元气还没有完全恢复，就被李尼玛打死了。李尼玛一枪打烂了西结古草原吉祥的云彩。

接下来死掉的应该是李尼玛。獒王虎头雪獒饶不了他，所有的藏獒都饶不了他，那些喜欢在獒王面前表现自己的小喽罗藏狗更饶不了他。然而他没有死，他活下来的原因是草原的神灵没有安排他死，也就是命不该死。一溜儿骑影恰到好处地从草原绿岚升腾的高地上走来，不，不是走来，是飞来。要是他们走着来，李尼玛就完了，藏獒致人于死地的速度是何等之快。他们是骑着马奔驰而来的，那些马个个都是草上飞。

首先飞来的是藏扎西。他从头人索朗旺堆的马圈里偷了一匹马。这匹菊花青的儿马经常被主人骑着去寺院，认得他这个昔日的铁棒喇嘛，兴奋得前仰后合。马是争强好胜的，一群好马在一起时往往有一种竞争，你选了它或者骑了它，就意味着它的得宠和别的马的失宠，它就会在别的马跟前洋洋得意，会认为自己是好中之好的马而对信赖它的人忠心耿耿。藏扎西是无意中偷到了它，但在它看来即使是偷也是千挑万选地偷。菊花青在荣耀到来的冲动中很快理解了藏扎西的意图，决定不管符合不符合头人索朗旺堆的利益，它也要帮助偷它的藏扎西逃脱各个部落骑手的追踪。它拼命地跑，速度快得超过了风，超过了那些追踪者的呐喊。它驮着藏扎西逃脱了野驴河部落骑手的围堵，又逃脱了野牛滩部落骑手的拦截，眼看就要逃脱牧马鹤部落骑手的追击了，突然听到一声吆喝，感觉到缰绳正在拽紧，马背上的藏扎西蛮横地命令它立马停下。菊花青扭头瞪着藏扎西极不情愿地停了下来，余奋未消地抬起前蹄刨了刨土，这才发现他们来到了一大群领地狗的中间，来到了一个外来汉人的身边。外来的汉人就要倒在地上了，你挤我撞的领地狗一个比一个狰狞地准备咬死他。

藏扎西跳下马背，挥着手，声音刚猛地驱赶着领地狗。领地狗们认识他，并且知道他曾经是西结古寺护法金刚的肉身体现，是草原法律和寺院意志的执行者。虽然现在他脱去了象征铁棒喇嘛身份的红氆氇袈裟，但它们仍然觉得他可以代表神的意志，随意惩罚包括领地狗在内的所有生灵。领地狗们喊叫着，但都没有再往前扑。几乎将亮闪闪的牙刀插入李尼玛身体的灰色老公獒无可奈何地后退了几步，招呼别的藏獒簇拥到了獒王虎头雪獒的身边。它们表情复杂地望望死去的铁包金公獒，又望望藏扎西，急切地希望这个自己必须服从的人不要多管闲事，赶快离开这里。

藏扎西冲着李尼玛喊一声："快跑啊，你怎么还不快跑？"喊着，回头一看，嗖的一声跳上了菊花青没有鞍鞯的脊背。但是已经来不及了，牧马鹤部落的强盗嘉玛措风驰而来，横挡在他面前，站在马背上朝他抛出了套马索。藏扎西"哎哟"了一声，知道自己已是无可逃脱，干脆对准套马索的圈套钻了进去。转眼之间，他被拉下了马。菊花青儿马一声长嘶，扬起前蹄踢了一下强盗嘉玛措的大黑马，看到救主无望，便丧气地跑到一边去了。骑手们纷纷跑来，下马围住了藏扎西。准备受缚的藏扎西站起来，长叹了一声。为了一个与他毫不相干的汉人，他终于成了牧马鹤部落的强盗嘉玛措的俘虏。

领地狗们惊呆了，包括聪明的藏獒，包括尤其聪明的獒王虎头雪獒，都惊诧莫名地看着被绑起来的藏扎西，不知道发生了什么。

2

李尼玛丢掉了怀抱里的衣物，不要命地往回跑去。他的腿依然有点软，摔倒了好几次，但每次他都能很快爬起来再跑。这是为了逃命，为了生物本能的求生需要，但无意中也是为了承担生还者的责任。他不知道开枪打死一只藏獒的具体后果是什么，只知道这在草原上是一件非常大的事情，自己的错误也是非常大的错误。他急切地想见到白主任白玛乌金，想告诉他自己终于没有被西结古的领地狗咬死，是藏扎西救了他；还想从白主任那里知道开枪打死藏獒这件事情到底会怎么样，虽然草原上的人爱狗如子，在他们眼里狗命和人命是平等的，但总不至于杀狗偿命吧？

牛粪碉房里，白主任白玛乌金的脸骤然绿了。在草原上人一生气，脸就会变成绿的。这是因为空气和地气都是绿的，人生出来的气也是绿的。白主任绿着脸在碉房里急速踱着步子，突然停下来说："就算枪是我允许你带的，可我并没有让你开枪啊，我说了没说，让你吓唬吓唬就行了，不要真的开枪，说了没说？既然说了，你为什么不照着我说的做？"李尼玛说："我太紧张了，想不了那么多。再说它们也太不讲理了，它们是群魔鬼，我要是不开枪它们就会咬死我。"白主任说："那也不能开枪，你首先要摆正个人和全局的关系。你知道不知道，在草原上，打死一只狗很可能就会酿成一场战争。万一局面变得不可收拾，这个责任谁来承担？我承担不起，你也承担不起。你说，现在到底怎么办？"

李尼玛坐在地毯上，低着头，两手揪住自己的头发，后悔得直吸冷气。他并不是后悔自己开了枪，他觉得在那种群狗围攻的情况下，他没有别的选择，除非他希望人家把他咬死。他是后悔他跟梅朵拉姆的事情，如果没有那天他对她的强迫，就不会丢失自己的衣服而穿上齐美管家的衣服从而导致今天的开枪事件，也就不会有领地狗群见他就咬的情形出现——真是奇了怪了，我跟这些狗这些藏獒怎么就一点缘分也没有，我并没有得罪它们，它们怎么就老是跟我过不去？他想不到这是因为光脊梁的巴俄秋珠把美丽的梅朵拉姆当成了真正的仙女，这个草原上的流浪儿绝不允许任何人用世俗爱情的一举一动玷污了仙女下凡的神妙之界高洁之境，他要想方设法维护，而能够帮助他坚决维护这种神妙之界高洁之境的除了藏獒还有谁呢？

白主任说："没主意了是吧？老实说，出了这种事，我也没办法，现在就看人家的态度了。走吧，我带着你去找野驴河部落的头人索朗旺堆，一方面赔礼道歉，一方面希望他能说服西结古草原的其他头人饶了你。如果饶不了你，那我就只好向上级汇报了。你要做好一切准备，什么可能都会发生。"李尼玛抬起头吃惊地望着他，结结巴巴地问道："如果他们饶不了我，你会不会把我交给部落联盟会议处理？我是不是就不能跟你回来了？"白主任叹口气说："走吧，咱们骑着马去，事情到了这一步，那就要死不怕鬼不怕了，我会尽最大努力挽救你，顶着，我和你一起顶着。"

然而，李尼玛已是寸步难行了。他跟着白主任刚走下牛粪碉房的石阶，就被追踪而来的灰色老公獒碰了个正着，好像老公獒早就算计好他会在这个时候出来，一秒不差地把他堵挡在了石阶前徘徊着几匹马的草坡上。

毕竟姜还是老的辣，经验丰富的灰色老公獒已经意识到只要李尼玛再次出现在原野上，就一定会是骑着马的。它不能让他骑在马上，马的奔跑会让藏獒生气，因为即使是能和豹子赛跑的藏獒也不能毫不费力地追上马。万一亡命者的马是一匹竞力十足的好马，说不定就会跑出西结古草原而让侠肝义胆的领地狗失去为铁包金公獒复仇的机会。这是绝对不可以的，只要豪烈而老辣的灰色老公獒还活着，李尼玛就别想骑到任何一匹马上。不仅如此，老公獒还机智地把白主任和李尼玛分开了。它知道一定会保护李尼玛的白主任是不能咬的，白主任是外来人的头，他没有冒犯西结古草原的任何一个人一只藏獒，藏獒就没有理由去撕咬它。而藏獒的撕咬绝对是需要理由的，它们信奉的原则是以牙还牙以血还血，而不是以牙还嘴以血还水。

灰色老公獒站在白主任和李尼玛之间，无声地张牙舞爪着，迫使李尼玛急忙朝后退去，一直退上台阶，退到牛粪碉房里去了。当门从里面砰的一声关死的时候，灰色老公獒做了这样一个决定：我就守在门口，看你出来不出来，只要你出来，我就一口咬死你。与此同时，白主任白玛乌金也做了一个决定：还是我一个人去找野驴河部落的头人索朗旺堆吧，我代表西工委向他赔礼道歉，他还能不接受？非要处罚就处罚我好了，我料想他们也不敢把我怎么样，死者再重要也是狗，这跟打死人毕竟是不一样的，况且是为了自卫，我们总不能面对野兽的血盆大口而不做任何反抗吧？兔子急了也要咬人嘛。这些不可一世的领地狗，霸道得有点过分了，说咬谁就咬谁。白主任看到许多壮实阴冷的藏獒陆陆续续跑来围住了牛粪碉房，就喊了一声："把门拴好，千万别出来，等我的消息。"

白主任白玛乌金在草坡上拉住一匹枣红马，搭上鞍鞯，骑上去飞快地走了。他要去草原连接着昂拉雪山的灌木林会见野驴河部落的头人索朗旺堆，没走多远，突然望见迎面走来一队人马，走近了一看，中间一个为首的，正是索朗旺堆。索朗旺堆身边是齐美管家，身后是牧人仁钦次旦和几个骑手。他们要去仁钦次旦家的牧场，去看看神勇传奇的雪山狮子冈日森格和跟它在一起的几个来路不明的汉人。索朗旺堆头人和齐美管家都很奇怪：冈日森格为什么要跑到那里去，那几个汉人又是谁，是不是上阿妈草原的来犯者？那里是高山草场，是野驴河部落祖先领地的南部边界，是边界就意味着抢夺，抢夺稍微一蔓延就是战争。现在战争虽然还没有发生，但在以往的边界战争中立下汗马功劳，且一口气咬死过五匹荒原大狼的牧羊狗枣红公獒，却已经被冈日森格送上了西天。索朗旺堆头人摇晃着手中菩萨像骷髅冠金刚橛形状的嘛呢轮，略微一想，就觉得凶悍蛮野的枣红公獒在这个时候被咬死，一定预示着什么。到底预示着什么？他一时想不明白，他得亲自去视察一番了。

　　索朗旺堆头人一见白主任，立刻滚鞍下马，弯着腰向他问候。问候的话没说完，就见白主任已经牵马来到跟前，同样也是弯腰致意。索朗旺堆说："我正在想，是不是应该去找找白主任白玛乌金呢？想到你了，你就来了，真是狮子跟着狮子凑，藏獒跟着藏獒走，是草原的神明把我们牵连到一起了。"齐美管家把他的话翻译了出来，白主任心里一惊：莫非他已经知道李尼玛开枪打死藏獒的事儿，是来向我们问罪的？赶紧说："既然是神明的牵连，可见我们早就是朋友是兄弟了。"索朗旺堆说："那当然，那当然。就因为是朋友我才想到了你嘛，我想和朋友一起去高山草场仁钦次旦的帐房，喝那里的奶茶吃那里的手抓。"白主任纳闷了："去高山草场喝茶吃肉？莫非那里的奶茶和手抓格外鲜美？"齐美管家看到头人索朗旺堆在朝自己点头，就尽其所知地把原因说了出来。

　　白主任听着，丢开了冈日森格咬死枣红公獒的事儿，赶紧打听那几个汉人是干什么的。齐美管家说："就是不知道他们是干什么的，我们才要去看看嘛。"白主任说："模样呢？他们的模样是什么？"齐美管家又回头向牧人仁钦次旦询问，然后告诉了白主任。白主任一听就明白：肯定是多猕总部的人。多猕总部的人来到了西结古草原，为什么不来找我？为什么会和冈日森格在一起？是不是汉扎西又回来了？因为在汉人里头只有汉扎西才能亲近冈日森格。白主任说："那我是一定要去了，现在就去吗？可是，可是……"他没有说出李尼玛的事儿，心想就让李尼玛在牛粪碉房里呆着吧，反正他只要不出来就没有什么危险，那些领地狗又不能一直围着，围一围，觉得没意思了，就会自动散开。关键是人，只要草原上的人尤其是头人放李尼玛一马，就什么也不用担心了。他寻思到了路上再说，或者见到了多猕总部的人再说，找个合适的机会，或许就能大事化小，小事化了。

　　一行人离开了野驴河，朝着高山草场——野驴河部落祖先领地的南部边界走去。

獒王虎头雪獒远远地看见了他们。它的眼睛此刻呈现一种气腾腾的琥珀色，有点迷茫有点疑惑地把索朗旺堆头人一行一个一个研究了一遍，然后就连眼球也不动地把自己雕塑在了野驴河边的草冈上。獒王似乎对正在发生的领地狗群包围牛粪碉房的事儿并不上心，对铁包金公獒的死也无动于衷，但熟悉獒王虎头雪獒的藏獒和人都知道，领地狗群所有的集体行动都是獒王的安排，最先跑去把李尼玛撵回碉房的灰色老公獒也是獒王的分派。如果虎头雪獒真的不想给死去的铁包金公獒报仇，那它就是一个不尽心不称职的獒王，它在狗群和人群里的威信就会大打折扣，没落的日子也就为期不远了。它在草冈上一直看着索朗旺堆头人一行消失在地平线那边，突然转身，走向了牛粪碉房。

牛粪碉房的四周已经被领地狗包围得水泄不通，连通往门口的石阶和碉房的顶上都站满了复仇心切的藏獒。獒王虎头雪獒穿行在狗群里，闻闻这个，嗅嗅那个，像是在慰问，又像是在巡查。它围绕着碉房，几乎走遍了所有领地狗占领的地方，最后走上石阶来到了碉房门口灰色老公獒的身边。灰色老公獒用鼻子和尾巴恭敬地迎接着它。它们都发出了一种细微的声音，好像在悄悄商量着什么，根据接下来的情形，仿佛是这样的：獒王说我想让你负责这里的事情，你行吗？灰色老公獒说放心吧我们的獒王，我知道你要去干什么，为铁包金报仇的事儿就交给我吧，我就是饿死在这里，也要等碉房里的人出来。獒王欣赏地跟它碰了碰鼻子，很快走下了石阶。它朝着右边的狗群睃了一眼，大黑獒果日迅速闪出来跟上了它。

一公一母两只藏獒离开碉房，走向了原野。身后响起了一片狗叫声，那是众狗在给獒王和它未来的妻子送行。它们涉过野驴河，沿着索朗旺堆一行前去的路线，朝着野驴河部落祖先领地的南部边界走去。这就是獒王，它的过人之处就在于：在它感觉不到什么的时候它能闻到什么，在它闻不到什么的时候它能感觉到什么。现在，它已经感觉到一件对领地狗和整个西结古草原来说都很重大的事情正在发生，种种不合常规的迹象正在预言着什么：各个部落的骑手怎么会满草原乱跑呢？藏扎西怎么会被强盗嘉玛措捆绑起来呢？白主任白玛乌金怎么会丢下那个杀了铁包金公獒的部下不管而跟着索朗旺堆头人走向远方呢？它忧虑深深，打算亲自去搞个明白，虽然为铁包金公獒复仇的事儿也是重大无比的，但生活中肯定有比复仇更重要的事情，到底是什么，它作为一代獒王是不可以不知道的。

围困在牛粪碉房里的李尼玛焦急地等待着白主任的回来。他从窗户里看到，几百只大大小小的领地狗已经组成了一个层次分明的包围圈，那么多雄伟的藏獒纹丝不动地趴在地上，一眼不眨地盯着牛粪碉房的门口，一副随时准备跳起来扑向夺门而逃的杀狗人的样子。他连连打着寒颤，生怕暴烈的藏獒会用坚硬的獒头撞裂门板蜂拥而来，便使劲靠到了门板上，突然听到一板之隔的门外灰色老公獒正在粗重地呼吸，顿时吓得蹿离了门口，伸手到白主任的枕头底下一把攥住了手枪，又像被什么烫了一下似的赶快丢开了。他瞪着门板寻思：你们不会吹一口气就进来吧？白主任你赶快回来，你再不回来我可就要被吓死了。

白主任没有回来。李尼玛也没有死。灰色老公獒对关死的门一点办法也没有，因为碉房原本是用来抵御来犯者的枪炮的，用半拃厚的青冈木制作的门结实得就像拦了一堵铁墙，它用利牙啃咬了好几次连一点木头屑子也没有啃下来。它心说啃不下来就不啃了，有本事你一辈子别出来。它卧了下来，甚至都有了睡觉的意思，完全是一副以这里为家的样子了。

李尼玛越来越着急，白主任白玛乌金怎么还不回来？是不是不敢回来了，或者是已经被藏獒咬死了？惊怕搞得他干渴难忍，似乎连肠子都干了，但水壶里的水恰好已经喝完，他必须到野驴河里去打水。他难受得走来走去，走累了，就站在窗口眼巴巴地望着外面。天黑了，他还在望，望得星星都连成一片了。银河从天上飞流而下，灌溉着他焦渴的喉咙和干旱的躯体，让他在虚幻的痛饮之后有了一种即将被淹没的恐惧。他感到一阵头晕，感到胸闷窒息，浑身虚脱得连窗户也抓不住了。他摇晃了几下，歪歪扭扭地瘫倒在地毯上，像得了羊角风一样口吐白沫，抽搐起来。直到第二天早晨，才有人敲响了牛粪碉房的门。

3

吃掉了亲生儿子小白狗嘎嘎的白狮子嘎保森格在扑向雪山狮子冈日森格的时候，就已经意识到这是一场自己有生以来空前残酷的恶斗，所以它并不指望速战速决，那种一扑到位，仅一口就准确咬断对方命脉的战法，用来对付冈日森格显然是不合适的。所以它的扑咬尽管也是龙腾虎跃的架势，但它明白这只不过是虚张声势，能起到一点威慑与恫吓的作用就已经不错了。恰好冈日森格也抱了这样的想法，它迎扑而上，在狗头撞狗头的一瞬间，身子倏然一摆，和对方擦肩而过。它心想何必要硬碰硬呢，两败俱伤不是我的追求，我追求的是你输我赢，是胜利和荣誉，是对狼心狼肺的食子者大义凛然的惩罚。但冈日森格比谁都明白，要惩罚白狮子嘎保森格并不容易，它得百倍小心，得使出浑身解数，一丁点的疏忽大意都有可能踏入失败的陷阱。

冈日森格后退了几步，仔细研究着嘎保森格，突然四腿一弹，飞身而起。这是一次似有似无的写意般的扑咬，几乎是为了表演而不是为了实现目的。嘎保森格轻松躲开了，然后是一次象征性的反扑咬。冈日森格用肩膀扛了它一下，试了试它的力量，不禁叫了一声：好硬棒的身体，简直就是铁了。

它们对峙着，都用钢锥般的眼光盯着对方的脖子。脖子是关键，脖子上氤氲着一只顶天立地的藏獒所必备的全部威仪和尊严，尊严的背后，蠕动着关乎生死的大血管，潜藏着只要撕裂就能送命的喉咙。双方共同的想法是：咬住对方的脖子和不让对方咬住自己的脖子。无论是咬住对方的脖子，还是不让对方咬住自己的脖子，都需要电光石火般的速度，需要天神的力量和魔鬼的技巧。它们沉默着，窥伺着，鸦雀无声。

观看这场厮斗的人们似乎比厮斗的双方还要紧张，直眉瞪眼地看着。包括不想让它们厮斗的麦政委和想让它们厮斗的父亲，都只用眼光交流着，谁也不说话，好像一说话局面就会改变，就必然会有一只藏獒倒在地上。

那么屁股呢？冈日森格突然想到，当你咬住对方的脖子时，对方肯定也会咬住你的脖子，但当你咬住对方的屁股时，对方就不一定能咬住你的屁股了。不致命的屁股和致命的脖子都会流出鲜血来，当皮开肉绽，当血色漫溉，对方的屁股不也一样会让对方威风扫地吗？而对藏獒来说，威风和尊严是一回事，尊严是无价的，一旦你没有了尊严，那你就完蛋了，就不是藏獒了。不是藏獒的藏獒，不死也等于死了。

冈日森格扑了过去，速度之快仅够嘎保森格张开嘴龇出牙来。它直扑对方的喉咙，对方自然早有准备，身子一掉就躲了过去。但就在这时，就在离嘎保森格很近的地方，冈日森格再一次奔跃而起，好像不是为了攻击，而是为了逃跑，但头却朝一边歪着，飞出的牙刀丝毫不怕丢脸地扎进了对方的屁股，接着大头猛然一甩，整个身子哗的一下旋出了一个标准的半径。

人们惊叫起来。白狮子嘎保森格疼痛地抖了一下，狂吼着扭过头来咬它。冈日森格迅速摆动着，对方从右边回头咬它，它就往左边摆动，从左边回头咬它，它就往右边摆动。它始终和嘎保森格一前一后地站在一条线上，虎牙越来越深地攮在对方的屁股上，直到开裂出一个"人"字形的大口子。血流了出来，半个屁股马上红了。嘎保森格看着扭头回咬无效，便奋力朝前跳去。它跳，后面的冈日森格也跳，跳了好几下才摆脱对方的撕咬。白狮子嘎保森格愤怒地跑了一圈，才把身子转过来，对准冈日森格的喉咙扑咬过去。

冈日森格跳向了一边，又一次跳向了一边，面对嘎保森格连续不断的扑咬，它一连跳了几十次，好像它得了便宜之后已经放弃进攻，永远都要这样跳下去了。突然，就在嘎保森格似乎已经习惯了它跳来跳去的举动之后，它发动了一次伴随着啸叫的进攻，从态势上判断仍然是直指对方脖子的。白狮子嘎保森格用以牙还牙的拼命姿态迎头而上，却迎了一个空。冈日森格转向了，它冒险地用前爪蹬了一下对方的肩膀便顺利完成了空中转向的动作，然后再次扑向了嘎保森格的屁股。这一次它一口咬住了对方的尾巴，而且是硬邦邦的尾巴根部。招数跟上次是一样的，它左摆右摆始终和嘎保森格一前一后地站在一条线上，嘎保森格回头咬不着它，只好跟上次一样奋力朝前跳去，这一跳不要紧，它把自己的尾巴跳掉了。

仿佛是为了戏弄对方，也为了炫耀自己，冈日森格叼着血淋淋的白狮子的尾巴跑起来，在嘎保森格怒极恨极的咆哮声中，它扬起头，沿着一个能够让对方看见又不至于一扑就到的半圆，跑了好几个来回，然后停下，丢掉对方的尾巴，一边瞪起眼睛防备着嘎保森格的反扑，一边翘起自己的尾巴，嘲笑似的摇晃着。父亲高兴得喊起来："好样的，冈日森格。"麦政委拉他一把说："你不要鼓动好不好，这是违背政策的。我们的态度要尽量中允、客观，既要尊重它们的打斗习惯，又要劝其向善，避免没必要无意义的流血事件。"

白狮子嘎保森格有点乱了，首先是心乱。它寻思冈日森格绝对不是一只发情的母獒，怎么光咬我的屁股？藏獒之间堂堂正正的打斗是不咬对方屁股的，咬屁股是丢脸的，可冈日森格居然不怕丢脸，光咬屁股而对脖子熟视无睹。既然这样，自己是不是也可以扑咬对方的屁股呢？不，不能这样，是藏獒就必须保持藏獒的风度，坚守藏獒的风格，即使全草原的藏獒都变成下三烂，我白狮子嘎保森格也要光明磊落地打斗，卑鄙是卑鄙者的通行证，高尚是高尚者的墓志铭。猛起起的藏獒就应该虎彪彪地战斗，咬人家的屁股算什么，小流氓一个。

不，不是对脖子熟视无睹，而是还没有到咬烂对方脖子的时候。不过现在已经到了，当冈日森格又一次风暴一样扑向嘎保森格的脖子，而嘎保森格以为它又要声东击西撕咬自己的屁股,赶紧掉转身子躲避时,冈日森格却丝毫没有改变方向,利牙直捣对方的喉咙。喉咙在触到利牙的一瞬间才意识到危险,赶紧朝后缩去,居然缩出了冈日森格的血盆大口。到底是了不起的白狮子嘎保森格,在几乎不可能的情况下保住了自己的喉咙。但喉咙旁边的粗大筋络却大受损失,冈日森格的利牙毫不留情地洞穿了它,然后撕开了一个菱形的大口子。这虽然还算不上是一次让对方必死无疑的撕咬,但却是一次决定输赢的撕咬。流血如注的时候,白狮子嘎保森格恍然憬悟:原来冈日森格不是一个只会咬对方屁股的流氓,它其实比谁都明白攻击对方的要害就是维护自己的名节,但它需要谋略,需要循序渐进,而不是鲁莽骄纵地一上来就胡冲乱撞。相比之下,自己是多么幼稚啊。霸气有余而内敛不多,表面上伟大,实际上不伟大,加上心智不够,也就是狡猾不足,失败是必然的了。冈日森格,这只来自上阿妈草原的伟大藏獒,已经迫使它白狮子嘎保森格把无边的耻辱烙印在了故乡的土地上。西结古草原自视甚高以为天下无敌的嘎保森格,野心勃勃想做一世獒王的嘎保森格,雄姿英发、神气十足的白狮子嘎保森格,突然变得没什么了不起了,用人类的话就是,外强中干啊,徒有其表啊,银样蜡枪头啊,中看不中吃啊。打斗持续了这么久,它的屁股烂了,尾巴掉了,脖子上的筋络断了,而对方却毫毛未损,这就是证明。

父亲不无得意地说:"冈日森格是神仙下凡,没有谁斗得过它,狗熊老虎,狮子豹子,包括藏獒,统统都得靠边站。"麦政委瞪他一眼说:"你的看法是不对的,我们下一步的工作是团结最广大的群众,为建立新政权打好基础。在青果阿妈草原,藏獒也是群众,是最基本的群众,无论它们对我们采取什么态度,我们都要团结它们。"父亲说:"我提议将来你把冈日森格请到新政权里来,它机智勇敢、无私无畏、慈悲善良、仪表堂堂,而且它前世是阿尼玛卿的雪山狮子,是神的化身,牧民们服气啊。"麦政委沉思着说:"你的话不是没有道理,虽然藏獒不能参政,但我们决不能忽视它们的存在、它们的力量和愿望,谁对它们好,它们听谁的,谁能指挥得了它们,是不能不考虑的一个人选。"父亲说:"那就是我呀,我对它们好,它们听我的,我能代表它们的利益。"麦政委严肃地说:"你不行,你只代表冈日森格的利益。它昨天一来这里就恶狠狠地咬死了那么大的一只枣红藏獒,今天又咬伤了这么威武的一只白狮子藏獒,简直就是个屠夫,太残酷了。你给这里的牧民群众、头人活佛怎么交代?如果人家不原谅你和冈日森格,那你们犯的错误就大了,你和冈日森格都必须偿命。"父亲说:"今天的事情你都看见了,是它先吃了

179

亲生孩子，冈日森格看不过才惩罚它的。"麦政委说："那是人家的事情，你管不着，你不能从人类的道德标准出发来要求它们，或许它们就是这样一种习惯，动物嘛，很多做法人是不能理解的。"麦政委说着，摆摆手，就要走开，发现白狮子嘎保森格又一次做出了扑咬的样子，紧张地说："管管它们，管管它们，不能再打了。"父亲想过去拦住它们，但嘎保森格没有给他时间，它流着血，依然虎虎生风地扑了过去。

　　好像冈日森格知道这是白狮子嘎保森格的最后一次扑咬，它没有躲，而是低下头，学着野牛的样子抵了过去。世界上最坚硬的头大概就是狗头，尤其是藏獒的头，所以人类在发泄极端仇恨时，选择的语言里就有"砸烂狗头"这个词。在狗头撞狗头的时刻，嘎保森格噗然倒地了。冈日森格往后趔趄着，差一点也倒下去，但完好无损的肌肉帮助了它，它绷紧四肢使劲支撑着自己沉重的身体，终于像一个真正的胜利者那样稳稳地站住了，昂首挺胸地站住了。它钦佩地望着白狮子嘎保森格，禁不住为它喝了一声彩：好坚硬的狗头，再撞一下就能把我的头撞碎了。伤得这么重，流了这么多血，还有这么大一股力量，不愧是西结古草原的守护神。

　　西结古草原的守护神白狮子嘎保森格很快站了起来。父亲生怕冈日森格穷追猛打咬死对方，赶紧跳过去抱住了它。但父亲的担忧显然是多余的，双方的眼睛里已经储满了冷冷的惜别，不是跟对手，而是跟壮怀激烈的生活：结束了，结束了，我们终于结束了。冈日森格一脸温顺地依偎在父亲怀里，丝毫没有挣扎着扑过去的意思。嘎保森格安静地站了一会儿，知道对方并不想咬死自己，也就不再等待什么，鄙视地望了一眼始终在一边静静观战的西结古草原的叛徒大黑獒那日，转身走去。

　　大黑獒那日心里一直想着小白狗嘎嘎，沉浸在悲伤和愤怒之中，看到大坏蛋嘎保森格狼狈而去，便又抑制不住地笑了。它以冈日森格为骄傲，毫不掩饰自己对西结古草原彻头彻尾的背离。它知道现在除了自己身上仍然散发着西结古草原的气息之外，已经没有任何一点让故乡的藏獒亲近它的理由了。它为此难过，但并不后悔。也许爱情就是这样，用一种幸福交换另一种幸福，用一种悲伤交换另一种悲伤。当它决意把故乡的温馨和亲朋的信任一股脑抛开的时候，人生（不，是狗生）就已经在失去中剥离出了最原始的形态，并在本能的性与色的层面上得到了最绚烂的展示。

　　白狮子嘎保森格走在洒满耻辱的草地上，什么也不看，只想快快消失在所有人和所有狗的视线之外。失败的英雄是不配回家的，无颜见江东父老的意识是祖先的遗传，是藏獒社会的普遍记忆。惨烈的打斗之后，不向同伴求助，不向主人诉说，不去传染愤怒和仇恨，不去求得安慰和同情，而是悄悄地远远地离去，到一个不为人知的地方，舔干净身上的血迹，在痊愈心伤和肉伤的日子里，度过余生，这是许多孤傲灵魂的必然归宿。每一只沉毅高贵的藏獒都会尊重灵魂的需要，丢弃委曲求全的生存姿态，天然自觉地选择独去之路、冷远之途。嘎保森格的选择就是这样，它走向了一条没有路的路，这条路的延伸和野驴河部落的高山草场以及尼玛爷爷家的帐房相反，这条路上可以望见牧马鹤部落的驻牧地耷宝泽草原上银光闪闪的耷宝雪山。它来到遥遥欲坠的耷宝雪山长长地伸展着双脚的地方，在一座牧草稀疏，冷杉绵延的高地上停下来休息。

它卧下了，不一会儿又起来了。它在空中挥动着鼻子，用尊严丧尽脸面丢尽的失败者的敏感，电磁波一样准确地探知到了獒王虎头雪獒的行踪。獒王来了，它来干什么？它来幸灾乐祸地欣赏自己这副伤痕累累、无限凄凉的模样？它来见证一个豪杰日薄西山的悲惨而去传扬给所有西结古草原的藏獒？白狮子嘎保森格愤怒地叫嚣着，告诉路过身边的风：那是不可以的，獒王看到的不是它的失败，绝对不是，而是它一如既往的目中无王，是赖活不如好死的英雄气概。

獒王虎头雪獒和大黑獒果日也闻到了白狮子嘎保森格的行迹，不光是对方平时的气味，还有血的腥臊。这就明白如话地告诉它们，嘎保森格遇到了危险且已经受伤。它们追踪而来，紧张而忧急，心里没有一丝丝的幸灾乐祸，仅仅是为了找到它然后帮助它。这是獒王的职责，任何一只西结古草原的狗，只要它的危难发生在西结古草原上，作为獒王的虎头雪獒就有义务和权力前往救援。

獒王和大黑獒果日快速来到耷宝雪山伸脚展腿的地方，抬头一看，一座冷杉森森的高地横挡在了面前。风从高地上传来，嘎保森格的吠声从高地上传来。獒王停下了，仰头望着上面，心想是什么野兽伤害了它，它的声音如此沙哑，看来的确伤得不轻。獒王虎头雪獒用吼声回应着它，吼声里没有丝毫的敌意，有的只是慰问和询问："你怎么了，你遇到什么强敌了？我们马上就到了，等着我们。"然而对白狮子嘎保森格来说，最受不了的，就是獒王虎头雪獒这种高高在上自以为有权力关心别人的领导者的声音，就是把它看成一个软弱无能的家伙而假仁假义地前来体恤和帮助。它的心思翻译成人的语言就应该是："耻辱啊，我居然需要它的怜悯。它用怜悯伤害了我，比敌人利牙的伤害还要残酷一百倍。"

此刻，耻辱蚕食着白狮子嘎保森格浑身的每一个细胞，那曾经是不可一世的骄矜的心正在跌落成咬死或撞死獒王虎头雪獒的决心。它大叫一声，从冷杉森森的高地悬崖上扑了下来，直扑獒王虎头雪獒。当然它是扑不到的，悬崖很高很高。当然它是活不了的，因为它实际上是跳崖自杀。

轰然落地的时候，獒王虎头雪獒和大黑獒果日也都跳起来，让自己重重地落在了地上。然后就是沉默。它们似乎并不吃惊，因为它们能够理解，在草原上，像白狮子嘎保森格这样心高气傲不愿受辱的藏獒很多很多；还因为藏獒有自杀的传统，这是祖先通过遗传巩固在它们心脑里的律令，一旦发现尊严已经毁灭，耻辱就像空气一样挥之不去，一旦受到主人的严重委屈，而它们无可辩白，主人又不肯悔改，一旦就像大黑獒那日那样，在碉房山的西结古寺里，为了矛盾的爱情和亲情，陷入两难境地，凡此种种，它们都会选择自杀。

沉默了半响，獒王虎头雪獒和大黑獒果日突然吼起来，高低疾徐，声振林木。这是为了哀悼，为了最后的告别。

它们来到了白狮子嘎保森格刚才伫立过的冷杉森森的高地上，停留了片刻，然后沿着嘎保森格走来的路线，朝前走去。它们不知道前面是什么地方，只知道走着走着，就能见到雪山狮子冈日森格。嘎保森格就是被它咬伤被它羞辱后自杀的，它们已经闻出来了。它们一路走来一路激愤，厮杀的动机已经具备，报仇雪恨的情绪正在饱满起来。獒王虎头雪獒的鬣毛一根接一根地竖起着，兴奋的六刃虎牙嚓嚓直响。大黑獒果日用激赏的眼光看着它，一次次地翻着嘴唇，像是说：你一定会咬死冈日森格，一定会的。

10 紫红色的獒血

1

见到藏扎西了。父亲和冈日森格几乎同时惊叫起来。父亲的意思是："你好吗，你怎么会在这里？"冈日森格的意思是："曾经帮助过我的喇嘛，我知道你正在受难，我也会帮助你的。"父亲抢过去，绕到他的后面，抓住他的双手说："好啊好啊，你的双手还在，我请来了多猕总部的麦政委，他一定会保住你的手，一定会的。你要相信我们，要坚持住啊。"藏扎西骑在马上，胳膊被牛皮绳牢牢捆绑着，黝黑憔悴的脸上是忧郁到深秋、无奈到枯萎的表情。草原上的人，脸色和表情都是季节，环境的夏天就是脸的夏天，可是现在，夏天还没有结束，藏扎西的脸就已经是深秋了，深秋过后是冬天，冬天是寒冷凋零的季节，是死亡的日子。他充满悲伤地对父亲说："但愿我一向敬奉的三宝保佑我，但愿你们汉人的好心肠能够暖热西结古草原冰凉的石头，我不想失去双手的意思是我不想死，汉扎西你听着，我不想死啊。抓住我的是牧马鹤部落的骑手，那个身似铁塔的人就是牧马鹤部落的强盗嘉玛措，你们一定要说服他，一定啊。"

父亲点了点头，怨恨地望了一眼强盗嘉玛措，把藏扎西的话传达给了麦政委。麦政委也点了点头。但是他们都知道，说服强盗嘉玛措和骑手们是很难很难的，至少在这个地方决不可能，因为他们已经上路了。

　　强盗嘉玛措和他的骑手们是路过这里，这里是野驴河部落祖先领地的南部边界，骑马往南走二十分钟，就是牧马鹤部落的驻牧地砻宝泽草原了。强盗嘉玛措本想借着仁钦次旦的帐房吃点糌粑喝点奶茶，没想到会在这里碰到雪山狮子冈日森格和汉扎西以及另外一些汉人。有一种闹哄哄的感觉告诉他，仅仅就抓获藏扎西这件事情来说，这些汉人对他们是十分不利的。嘉玛措吆喝着骑手们赶快上路，心说只要到了我们牧马鹤部落，一切就由不得别人了。汉人的话我们听不懂，汉人的意思也搞不明白，我们就按照草原的规矩办，砍了藏扎西的双手再说话。他们押解着藏扎西，跑步离开了父亲和麦政委的视线。冈日森格和大黑獒那日喊叫着追了过去，没追多远，就又回来了。

　　父亲说："怎么办？我们跟上去吧？去晚了藏扎西的手就保不住了。"麦政委说："藏扎西是为了草原的团结才落到这个地步的，他的手一定要保住，我们的人也一定要跟上去，这个时候要是缩手缩脚不出面，连这两只藏獒都要看不起我们了。"冈日森格听着，会意地摇了摇尾巴。它已经能够听懂麦政委的话了，这是信任和依赖的结果，尽管对方并不信任和依赖它。藏獒的感觉总是比人准确而快速，谁是好人谁是坏人，谁可以接触谁不可以接触，人还没有个一定的判断，它们就已经知道了。父亲说："那我们赶紧走吧。"麦政委说："立刻就走，但不能让这两只藏獒跟着我们，它们只会惹祸，到了牧马鹤部落，要是再咬死人家的狗，那就不好收场了。"父亲说："冈日森格的目的是要带我们去寻找它的主人七个上阿妈的孩子，要是我们去了牧马鹤部落，它们就不一定跟着了。"麦政委说："最好能这样，但还是要防止它们跟上。"

　　这时仁钦次旦的老婆过来请他们去喝茶吃肉。她忙活了一上午，就是为了好好招待他们一顿。父亲问麦政委："还吃吗？"麦政委说："不吃了。"然后就说了一些多有打扰，感谢接待的话。仁钦次旦的老婆一句也没听懂，但她跟藏獒一样，凭感觉完全明白了对方的意思，"呀呀"地答应着，也知道客人要走了，一刻也不能停留了，回身跑进帐房，又跑了出来，怀里揣着一些食物：肉、炒面和酥油。她把大部分食物递给了父亲，剩下两大块好肉，塞进了冈日森格和大黑獒那日的嘴里。两只被当作客人的藏獒有礼貌地摇着尾巴，把肉放到草地上，轮番舔了舔她的衣袍。依然被拴在帐房前的三只伟硕的藏獒，看主人居然招待了那只来自上阿妈草原的狮头公獒，十分不满地吠叫起来。仁钦次旦的老婆听懂了，走过去冲它们挥着手教训了几句什么。它们不叫了，但六只眼睛里愤然不平的光波依然如火如荼地朝这边涌荡着。冈日森格知道自己在三只伟硕的藏獒面前大咬大嚼有伤人家的自尊,很想弃肉不吃,又觉得这样会辜负这家主人的一片心意,便叼起肉,带着大黑獒那日离开那里,躲到一个谁也看不见的地方享受去了。

麦政委说:"赶快行动,两只藏獒看不见我们了。"父亲说:"没用的,它们要是想跟着我们,鼻子一举就跟上来了,根本用不着眼睛。"麦政委说:"不一定,风是朝我们前面吹的。"说着跨上了警卫员牵过来的马。一行人匆匆忙忙朝着强盗嘉玛措消失的地方走去。

这里是牧马鹤部落的驻牧地奢宝泽草原,奢宝雪山就在眼前列队峙立。在草原人的意识里,奢宝雪山的山神是一只黑颈鹤,叫牧马鹤;奢宝泽草原的战神也是一只黑颈鹤,也叫牧马鹤。这两只仙鹤曾经是大英雄格萨尔王的牧马神。格萨尔王骑的是一匹天马,它奔走如飞,日行万里,吃的是奢宝泽草原的甘露草,喝的是奢宝雪山的神目水,甘露草吃了让它善良无畏,神目水喝了让它高尚完美。这样一匹来自神界的稀世之马,谁来放牧呢?天神选择了黑颈鹤。黑颈鹤姿形优美,仪态万方,叫声嘹亮,细心周到,能在绵延万里的雪山里找到最最甘甜的神目水,能在辽阔无边的草原上发现最最鲜嫩的甘露草,能在高高的蓝天上昼夜不停地监视地面防止恶兽伤害天马,能让天马在百里之外听到出征的召唤。后来,格萨尔王和他的天马一起回到天上去了,天神为了感谢两只黑颈鹤的辛劳,就封它们做了奢宝雪山的山神和奢宝泽草原的战神。奢宝泽草原上如今栖息着数万只春来秋去的黑颈鹤,它们都是山神和战神的后代。多少年以后,奢宝泽草原牧马鹤部落的驻牧地成了中国唯一的黑颈鹤自然保护区。

遗憾的是父亲现在并不知道奢宝泽草原牧马鹤部落会是如此的美妙,当他看到远远近近到处都有翩然起舞的黑颈鹤时,心里想的仍然是藏獒:冈日森格和大黑獒那日会去哪里寻找七个上阿妈的孩子呢?它们没有跟着我们,是不是表明它们对我们已经失望了?但是他很快发现自己想错了,冈日森格和大黑獒那日不仅跟了上来,而且走在了他们前面。当他们一路打听,来到奢宝泽草原的中心地带,在鹤鸟清亮的鸣叫声里,远远看到一片白蘑菇似的帐房时,冈日森格和大黑獒那日已经等在他们前去的路上了。

离冈日森格和大黑獒那日不远,还有一白一黑两只藏獒。父亲和麦政委现在还不知道,那是杀气腾腾的獒王虎头雪獒和大黑獒果日,它们先去了仁钦次旦的帐房,没见着冈日森格,就闻着气味跟踪到了这里。

麦政委吃惊道："冈日森格和大黑獒那日怎么知道我们会经过这里？太不简单了，它们肯定能猜测到我们脑子里的想法。"父亲说："你现在领教它们的聪明了吧？"又琢磨，人真是太笨了，怎么就猜不透两只藏獒的心思——虽然冈日森格要去寻找它的主人七个上阿妈的孩子，但它肯定不想自己去寻找，至少暂时不想，因为它知道即使自己找到了也无济于事，靠了它和大黑獒那日的力量保护不了主人，能保护主人的只有麦政委和他，所以它们必须牢牢跟定他们，千方百计说服他们跟它们走。父亲的疑虑是：它们真的能找到七个上阿妈的孩子？虽然看上去它们不急不躁，一副胸有成竹的样子，但万一这是假象呢？

更让父亲和麦政委吃惊的是，当他们在冈日森格和大黑獒那日的带领下，以最便捷的路线走向牧马鹤部落的头人大格列的魔力图大帐房时，居然看到了白主任白玛乌金。和白主任在一起的，还有野驴河部落的头人索朗旺堆和管家齐美以及几个野驴河部落的骑手。白主任一见麦政委，就像藏獒见了分别已久的主人一样扑了过来。当然他们不是嗅鼻子，也不是伸出舌头互相舔一舔，而是紧紧地握手。白主任说："麦政委辛苦了，一听到牧人报告，就猜测可能是多祢总部来了人，想不到是麦政委亲自来到了我们西结古草原。我们是先到了仁钦次旦的帐房，听女主人说牧马鹤部落的强盗抓住了藏扎西，几个汉人跟了过去，就一路追撵，没想到跑到你们前头了。"麦政委说："这有什么想不到的，你和当地人在一起，他们熟悉这地方，自然就不会绕弯路了。"白主任过来跟父亲握手。父亲笑着说："白主任，这次你可不能再把我送出西结古草原了，我是不达目的不罢休的。"白主任尴尬地说："就不要耿耿于怀了，我也是为你好嘛。这次我听麦政委的，麦政委怎么说我怎么做。"说着话，白主任把麦政委介绍给了野驴河部落的头人索朗旺堆和牧马鹤部落的头人大格列以及齐美管家和强盗嘉玛措。

两个头人看到白主任在麦政委面前一脸谦卑的样子，意识到汉人来了一个大官，赶紧把腰弯了下来，恭敬有加地说了一大堆问候的话。齐美管家添油加醋地翻译着，弄得麦政委也生搬硬套了一些"英雄"、"尊贵"、"伟大"一类的虚文丽词回敬了过去，然后说："我是远方飞来的小鸟，请你相信我。"索朗旺堆头人欢喜地睁大了眼睛说："你说的是我们藏民的话，我们当然要相信你了。"四下里看了看又说，"这是个吉祥的地方也是个吉祥的时刻，我看到了尊贵儒雅的麦政委，还看到了神勇传奇的雪山狮子冈日森格，看到了西结古草原的獒王虎头雪獒和大黑獒果日，我们是不是应该顾及一下它们的存在，坐下来高高兴兴地说说话呢？大格列头人，有茶没有？有肉没有？有酒没有？有消乏的卡垫没有？有欢乐的歌声没有？"大格列头人知道索朗旺堆是在提醒大家尽快坐下来商量解决那些必须解决的问题，因为麦政委和白主任、冈日森格和大黑獒那日、獒王虎头雪獒和大黑獒果日，以及他自己和齐美管家，都不是无缘无故来这里的，便笑着说："有啊，有啊。"

这时人们看到魔力图的大帐房前已经来了许多狗，对立的局面正在形成，一边是冈日森格和大黑獒那日，一边是牧马鹤部落的一群藏獒，而在一群藏獒的后面，是獒王虎头雪獒和大黑獒果日。藏獒们又是抛头又是奓毛地望着冈日森格，都是凶傲王霸的架势，都是决然抗衡的姿态，似乎还没有怎么着，有的藏獒就已经目眦尽裂了。而且一点声音都没有，谁也不肯轻易吠叫一声。这说明它们都把切齿的痛恨埋在了心里，说明出现在这里的都是纯粹的藏獒，没有一只是喜马拉雅獒种之外的喜欢叫嚣的杂种藏狗。

父亲紧张地说："怎么办？"麦政委说："汉扎西我交给你一个任务，你务必给我看好冈日森格，不要让它有任何轻率的举动。"又对白主任说，"我们马上和他们商量，重点是解决藏扎西和七个上阿妈的孩子的问题，你唱主角，原则是手不能砍，人不能残，一个大人七个孩子都要安然无恙。"白主任说："还是麦政委唱主角，麦政委口才比我好。"麦政委说："这里是你的地盘，你不来谁来？相持不下的时候，我再出面，这样对我们有利。"

在下午阳光斜射的和平时光里，魔力图大帐房前的宴会开始了。魔力图是一些抽象的跟藏文差不多的红绿黄蓝四色图案，它们堆绣在能够容纳五十多人的白色大帐房的壁布和篷布上，用来降伏漫游在草原上的各种精怪。图案的辟邪对象都是固定的，一种图案对付一种魔鬼，有引起麻风鼠疫口蹄疫的瘟鬼，有引起箭伤矛伤的血鬼，有引起雨灾河灾的水鬼，有引起震灾石灾泥灾的土鬼，有引起各种不幸的夜叉鬼，有引起非命的独脚鬼，有引起饥饿的饿鬼。据说居住在这样的帐房里可以百病不得，好活好死；在这样的帐房前举行宴会，可以攘除旁阻中扰，心情愉快，胃口大开，思路畅通，口吐莲花。

宴会是丰富的，手抓肉、血肠、肉肠、面肠、羊肚卷、灌肺、肝片、奶皮、酥油、曲拉、酸奶、糌粑、奶茶、药宝茶、自酿的黄灿灿的青稞酒，用枣红色的桃木盘托着，在草地上摆了长长的一溜儿。褐红色的檀香木碗是用金子镶了边，那是用来喝茶的；黑褐色的沉香木碗是用银子镶了边，那是用来喝酒的。父亲自从来到草原后，还是第一次吃到这么丰盛的饭食，每样都尝了一点，不停地说着："好吃，好吃。"他把冈日森格和大黑獒那日带在身边，也让它们每样尝了一点。它们是吃过这样的饭食的，但也凑趣地摇着尾巴："好吃，好吃。"父亲还给它们喝了青稞酒，心说要是你们喝醉了，就不会给我惹事儿了，打打杀杀是不好的，知道吗？狗啊。

这时候，牧马鹤的藏獒和獒王虎头雪獒以及大黑獒果日都围在宴会的四周。它们一边流着口水，一边监视着冈日森格和那些外来人。至于对大黑獒那日，它们并不放在心上，一个情迷心窍的叛徒，迟早是要受到惩罚的。它的同胞姐姐大黑獒果日倒是好几次想走过来劝劝它，要它立刻回心转意，最好现在就跟它回到獒王身边去，但是都被獒王制止了。獒王虎头雪獒用牙齿刺皮的动作告诉它：你不必理睬大黑獒那日，它已经死心塌地，已经不可救药了。到底如何处置它，等我收拾了冈日森格以后再说。

宴会的尾声就是议事。牧马鹤部落的头人大格列口齿流利地重申了上次部落联盟会议的三个决定：一是坚决不放过七个上阿妈的仇家，必须执行砍手刑罚，然后赶出西结古草原；二是砍掉已经被逐出西结古寺的叛徒藏扎西的双手，把他贬为哪个部落都不准接受的流浪汉；三是冈日森格必须用自己的凶猛和智慧证明它的确是一只了不起的雪山狮子，否则休想活着呆在西结古草原。在草原上，没有哪一个人哪一只藏獒可以不经过肉体或精神的征服，就享受荣誉，就获得尊崇的地位。大格列头人说："部落联盟会议的决定是神圣的，它得到了西结古寺的主持丹增活佛的认可，得到了昂拉山神和奢宝山神以及包括奢宝泽战神和野驴河战神在内的所有部落战神的认可，我们这些把来世寄托给佛神，把今世寄托给山神的人，只能照着办。外来的朋友，你们是来帮助我们的，你们也应该像神一样认可部落会议的决定，而不是从心里滋生出反对神的念想否认我们的决定。"

白主任白玛乌金听了齐美管家的翻译后说："是的，我们是来帮助你们的，帮助你们从仇恨的泥潭里拔出来。大家不能为仇恨而活着，仇恨的人都有一颗黑暗的心，我们为什么不能把光明搬到心里来呢？"大格列头人说："黑暗的心是上阿妈的仇家带给我们的，而神给我们的启示是，用黑暗掩埋黑暗。所以我们无论怎么活着，都是按照神的意志活着。"白主任说："草原上的人都是一家子，何必要用黑暗隔开呢。"大格列说："上阿妈草原的人屠杀我们的时候，想过我们是一家子吗？"白主任说："过去的事情就不要追究了吧。"大格列说："为什么不追究？复仇是天启神授的权力。"

麦政委有点急了，心想咱们不能尽说些冠冕堂皇的话，这样说下去连我也不能接受，便对身边的父亲说："你说说，说说你的想法。"父亲说："这里都是大人物，有我说话的分？"麦政委说："有有有，你说吧。"父亲清了清嗓子，有点吭吭巴巴地直接用藏话说："如果冈日森格能够证明它前世是阿尼玛卿神山上的雪山狮子，那它就是我们大家尊崇的神，神的主人是七个上阿妈的孩子，又得到了威严的铁棒喇嘛藏扎西的保护，难道你们执意要砍掉神的主人和神的保护者的手吗？"大格列说："冈日森格是不是神还不一定呢，我刚才说了，它必须用自己的凶猛和智慧证明它前世的伟大和仁慈，否则我们就不能相信它是一只非同凡品的神性的雪山狮子。"父亲说："它已经证明过了，从昨天到今天，它一直都在浴血战斗，它具有一柱擎天的英雄气概，是个了不起的胜利者。"大格列头人骄傲地说："它战胜了谁都不算数，我们的獒王虎头雪獒在这里，獒王就是来收拾它的。神不会一见獒王就不是神了吧？"

索朗旺堆头人插进来说："对呀对呀，要是冈日森格能够战胜我们的獒王，部落联盟会议当然可以考虑改变原来的决定。因为我们并没有忘记，七个上阿妈的仇家是它的主人，藏扎西不仅保护过它的主人也保护过它。"这是一种妥协的说法，索朗旺堆头人隐晦地表达了他和大格列头人不同的立场。也就是说，他把部落联盟会议的三个并列的决定巧妙地变成了一个带有因果关系的决定，那就是冈日森格必须证明自己，而到底惩罚还是不惩罚七个上阿妈的仇家和藏扎西，则成了冈日森格失败或者胜利的必然结果。白主任说："这是不合适的，七个孩子一个大人的命运，怎么能押在一只藏獒身上呢？"父亲拍了拍身边的冈日森格说："听见了，关键是你了，你现在要决定八个人的命运了。"冈日森格深沉地点了点头。

麦政委盯着索朗旺堆头人突然问道："你是不是说只要冈日森格战胜了你们所说的獒王，七个孩子和藏扎西就都可以获得赦免和自由？"索朗旺堆先点了点头，然后看了看大格列头人说："是啊是啊。"大格列哼了一声，瓮声瓮气地说："就算这是七个上阿妈的仇家和叛徒藏扎西最后的希望吧，但我可以肯定，羊毛不能飞上天，冈日森格战胜不了我们的獒王虎头雪獒，它不是神，不是来自阿尼玛卿的雪山狮子，它只能让你们后悔。尊敬的客人，你们来到了西结古草原，就是要吃够这里的肉，喝够这里的茶，部落的事情就不要管了吧，复仇是天经地义的，是草原的传统，我们的祖先说了，在一切之上的，是神，在一切之下的，是人，在人和神中间的，是复仇。"

父亲说："我也是神啊，我救了雪山狮子的命，也救了大黑獒那日的命。西结古寺的丹增活佛说，这个把雪山狮子的化身带到西结古草原来的汉人是个吉祥的人，你们一定要好好对待他。草原上的人说我是远来的汉菩萨，是来给西结古草原谋幸福的。这就是神迹啊,你们听到了没有?"索朗旺堆头人说:"听到了,当然听到了,我在心里早就给你点灯进香了。"说着恭敬地欠了欠身子。大格列头人哈哈大笑:"我也听到了,但我是个不怕佛祖呵骂的信徒,我要做的就是逼神显灵。赶快让你的冈日森格起来战斗吧,真正伟大的藏獒是不会在人的庇护下苟且偷生的。你看看我们牧马鹤部落的藏獒,再看看远道而来的獒王虎头雪獒,它们可不是手心里的玛瑙牛粪墙圈起来的羊。它们生活在原野上也生活在我们心里,我们对它们无比尊敬,但在表面上我们却从来不亲近它们,甚至都不会对它们说一句温存的话。它们不是孩子,不是女人,不能天天抱着搂着。它们是野兽在黑夜里奔走号叫,它们是冰山在寒风呼啸的时候发光闪亮,它们是大水在巨石的拦截中翻滚浪峰,它们是森林大树顶着天上的万钧雷霆,它们是坦荡的荒野,是冬天的狂风暴雪,是大草原捏出来的自己的形象。它们可不能像你的狗一样缠缠绵绵羞羞答答地让人搂着摸着。"

大格列头人陶醉在自己口若悬河的言谈中。齐美管家滔滔不绝地翻译着。人们都迷醉了似的呆望着他们。谁也没有注意到冈日森格的行踪,它完全听懂了大格列头人对它的嘲笑,刺激得它几乎晕过去。它悄悄溜出父亲的搂抱,绕过宴会的人群,朝着獒王虎头雪獒潜行而去。

獒王正在独自享受一块生牛肉。冈日森格悄然来到它后面,飞扑而去,一口从它面前抢走了它的肉。獒王愣了,定定地看着冈日森格大口吞咽的样子,既没有扑过去夺回来,也没有气急败坏地马上投入战斗,甚至连一丝生气的吠鸣都没有。它知道这是对方的挑战,是带着极度轻蔑的戏弄。对方成功地朝它至高无上的尊严扇了一个响亮的耳光:你不是獒王吗?獒王是不可冒犯的我知道,正因为我知道我才要抢夺你的肉。獒王虎头雪獒之所以定定地看着,是因为它突然意识到对方的厉害在自己的想象之上:冈日森格从后面蹑足而来时自己居然丝毫没有觉察,这是不能原谅的,人家到了你的嘴边你都没有觉察且让人家偷袭成功说明你已经输了一招。更重要的是,对方刚才完全可以一口咬住它的喉咙,但是对方没有,说明对方是个君子不是小人,对方想正大光明地和它决斗。一个渴望正大光明地活着或者死去的藏獒,一定是一个能力超强且非常自信的家伙。这样的家伙,你只能让它死掉,否则你自己就没有脸面和勇气活下去了。

獒王虎头雪獒依然定定地看着,发现大黑獒那日迈着轻捷的步伐来到了冈日森格身边。獒王眨了一下眼,便把眼光聚光灯似的打了过去。眼光一到,它也就到了，它在大黑獒那日毫无防备的情况下咬了一口。大黑獒那日就像一个犯了错误的小媳妇，一声不吭地后退着缩了起来。獒王咬得很有节制，既没有咬断骨头，留下一个欺软怕硬的骂名，也没有毫无损伤，让冈日森格感觉不到心痛——血从大黑獒那日的耳根里渗了出来，这就是给你点颜色看看的意思，你抢了我的肉，我欺了你的妻，在尊严的打击上，差不多是平手了。獒王虎头雪獒和冈日森格都是藏獒里的情种，知道挑战尊严最有效的办法就是伤害对方的妻子或者情人。

　　冈日森格吐出一口还没有咽下去的肉，过去心疼地舔了舔大黑獒那日耳根里的血，放浪地吼了一声，把舌头上的血沫吼到了獒王脸上：你算什么獒王，居然欺负一个姑娘，而且是一个可怜的瞎了左眼的残疾姑娘。獒王虎头雪獒把鬣毛竖起来又倒下去，冷笑着回答：谁让你抢夺我吃的肉了，我吃的肉又没惹你。说着朝前扑了一下，没扑到冈日森格跟前就又停住了。獒王知道一场恶斗在即，需要慎之又慎。

　　宴会结束了，在一天中耷宝雪山堆银砌玉的最后时刻，在满天的黑颈鹤嘎嘎归巢的黄昏，人们来到了獒王虎头雪獒和雪山狮子冈日森格对阵的地方。大格列头人、索朗旺堆头人、齐美管家和一直阴沉着脸一句不吭的强盗嘉玛措，都自动站在了獒王身后，麦政委、白主任和父亲以及所有的外来人，都站在了冈日森格身后。麦政委悄悄对父亲说："不愧是獒王，这么威风，我从来没见过这么威风的野兽，它不会突然扑过来咬我吧？"父亲说："为什么会咬你？"麦政委认真地说："因为我是这里最大的官。"父亲说："不会，草原上的藏獒越是威风就越不会胡乱咬人，胡乱咬人的都是小喽罗藏狗。"麦政委担忧地说："看来大格列头人说对了，羊毛是不能飞上天的，冈日森格战胜不了獒王。"父亲说："我也这么想。"麦政委说："怎么连你也这么想？"他看父亲不回答，就果断地转身对白主任说，"我们不能把救人的法宝押在冈日森格身上，你赶紧回去，把西结古寺的丹增活佛给我请来。"白主任说："恐怕来不及了。"麦政委说："我会把砍手的时间拖延到明天。"然后对围绕着他的部下说，"汉扎西用过的办法，今天还能派上用场，到时候如果冈日森格战胜不了獒王，他们非要砍掉藏扎西的手的话，我们在场的所有人包括我在内就都要站出来，用砍掉自己手的举动来阻止这场暴行。"父亲假装轻松地笑着说："好啊，我也是这么想的。"其他人都沉甸甸地点了点头。

　　太阳站在了雪山顶上，满地的阳光好像是雪山射出来的。獒王虎头雪獒在夕阳下变成了一座雄伟的雪山，山崩而来的时候，冈日森格跳了起来。冈冈日森格本来是要躲闪的，但在跳向空中的一瞬间它又不躲闪了。它迎山而上。不怕西结古人对獒王的助威，不怕这巨石压卵的态势，冈日森格迎着獒王虎头雪獒的进攻迎锋而上。

2

早晨，梅朵拉姆敲响了牛粪碉房的门。四周密密麻麻都是狗，她的身边蹭着她的裤子的也是狗。灰色老公獒紧傍着她，只要她敲开一条缝，它就会排闼直入。但是她没敲开一条缝，她只敲出了一片死寂。她知道里面肯定有人，因为门是从里面闩死的。她踮起脚尖，想从窗户里看进去，但窗户太高她够不着，四下里看着想垫个东西，但眼睛里什么也没有只有狗。她拍了拍灰色老公獒的头说："我能不能踩着你的脊背爬上去看看？"灰色老公獒也正在琢磨里面的人怎么一点声音也没有，是不是死了？它望着梅朵拉姆秀美的脸庞，听话地站在了窗户底下。梅朵拉姆摇摇晃晃地踩了上去，不放心地说："你站牢，可不要把我摔下来。"往里一看，吃了一惊：李尼玛怎么一动不动地躺在地毯上。她喊着："李尼玛，李尼玛。"身子一歪，掉下来趴在了灰色老公獒的脊背上。老公獒心疼地说：小心啊。

梅朵拉姆站起来，踹了几下门，转身就走，噔噔噔地跳下了石阶。无论是藏獒还是其他藏狗，都给她让开了路。它们都认识她，早就认识了，就像草原人早就认识了她一样。她是漂亮的姑娘，漂亮的姑娘一到草原上就变成了仙女，谁不愿意认识仙女呢？西结古草原的所有领地狗、所有看家狗和所有牧羊狗，都已经传开了：来了一个仙女，她是汉姑娘，她叫梅朵拉姆。所以无论是见过她的还是没见过她的，都不会咬她，哪怕知道她是枪杀了铁包金公獒的李尼玛一伙的，她正在帮助他。而梅朵拉姆也是见狗就熟的，她天生不怕狗，再凶恶的狗，第一次见面她都敢摸它的头。她大大咧咧穿过了密密麻麻的狗群，不时地推着它们，摸着它们。有一只黑獒痴迷地望着她不让开，她因为走得急一下踢在了它的腿上，赶紧说："对不起。"一脸傲厉神模样的黑獒把尾巴蜷成拳头，理解地冲她使劲摇着。她说："你们走开，你们围在这里干什么？你们想吃掉李尼玛是不是？那不行，他是我的同事。"终于穿过了远远近近排成阵势的领地狗群，她奔跑而去。在这个生命攸关的时候，梅朵拉姆想到了西结古寺的主持丹增活佛和藏医尕宇陀。

半个时辰后,丹增活佛亲自带着藏医尕宇陀和两个铁棒喇嘛疾步来到了牛粪碉房前,作为活佛他比任何人都在乎一个生命的存亡。梅朵拉姆被远远地甩在后面了。丹增活佛让铁棒喇嘛用铁棒砸开了碉房的门,抢先进去一看,砸门声已经把李尼玛从昏死中砸醒了。

　　灰色老公獒趁机溜了进去,立刻被随后进来的铁棒喇嘛赶了出来。灰色老公獒沮丧地叫了一声:完了,一切都完了。它知道只要西结古寺的喇嘛出面,李尼玛就笃定死不了了。它徘徊在门口,望着天空喟然长叹:难道我们的铁包金公獒就这样白白死了吗?獒王啊,你在哪里?我没有完成报仇雪恨的神圣使命,怎么向你交代?

　　藏医尕宇陀蹲在李尼玛面前,看了看他的舌头,摸了摸他的脉搏,从豹皮药囊里拿出一颗用紫盐花、熊结石、仙人姜、檀香、乳香、丁香等藏药炼制成的"十六持命",又拿出一小金瓶自制的被称作"色花销魂"的藏茵陈酒,让李尼玛用酒服了药。丹增活佛问他有没有必要背到寺院里去,在琉璃护法白哈尔的关照下悉心治疗。藏医尕宇陀说:"还不需要白哈尔愤怒光芒的照耀,他是惊吓所致,不要紧的,缓一缓就好了。"丹增活佛脱下了自己绛紫色的僧袍,裹在了李尼玛身上。这就等于给他裹上了一层严禁一切攻击的至尊铠甲,任何一只狗包括藏獒包括獒王无论出于什么理由都不能追他咬他了。这时梅朵拉姆气喘吁吁地走了进来,长出一口气说:"他还活着,他没有死,那就谢谢佛爷了。"

　　光脊梁的巴俄秋珠幽灵一样出现在了门口,他探头望着里面的人,看到李尼玛居然裹上了丹增活佛的僧袍,便不屑地吐了一口唾沫。梅朵拉姆回过头来,一看到他便伸手揪住了他的耳朵,问道:"这些狗是不是你叫来的?"看巴俄秋珠不回答,就又说,"其实狗都是好狗,就是让你这个小男孩教坏的,我不理你了。"说着放开了他。巴俄秋珠仰起面孔,珠黑睛亮地望着她,突然响声很大地跺了跺脚。梅朵拉姆说:"别炫耀你的靴子了,穿上靴子有什么了不起。"巴俄秋珠忽闪着眼睛,好像理解了她的意思,说:"穿上靴子我就是男人了,男人可以当护法。"丹增活佛和藏医尕宇陀抬起头来不无吃惊地望着他。尕宇陀问道:"你要当护法?当护法干什么?"巴俄秋珠说"当了护法我就能保护梅朵拉姆了。"丹增活佛和藏医尕宇陀又都看了看梅朵拉姆。梅朵拉姆问道:"你们说什么呢?"没有人回答。尕宇陀挥挥手让巴俄秋珠出去了。

　　领地狗们依然逗留着,但已经没有了此前的亢奋和警觉,一个个疲累不堪地打着哈欠卧了下来,只等灰色老公獒一声令下,它们就离开此地,或者去找吃的,或者去睡大觉。灰色老公獒走下石阶,扬起鼻子前后左右地使劲嗅着空气。它知道现在自己必须要做的，就是找到獒王虎头雪獒，告诉它自己的失败，也听凭它严厉的处罚。它沙哑而短促地吼叫了几声，取消了领地狗群对牛粪碉房的围攻，看着伙伴们陆陆续续走向了野驴河边，便带着满腔仇恨不能发泄的颓丧和郁闷，朝它确定的方向走去。

没走多远，灰色老公獒就听到一阵马蹄声由远及近，打眼一看，见是白主任白玛乌金奔驰而来，心想他回来了，他怎么一个人回来了？看他急如星火的样子，是不是发生什么事情了？但它没有被自己的疑问拽住脚步，继续往前走着，突然感到一阵心慌，一阵悸动，不由得奔跑起来。它奔跑的节奏忽疾忽缓，扬起的四爪如同鼓槌敲打着草原也敲打着自己的心：见到獒王虎头雪獒，必须立刻见到獒王虎头雪獒。獒王啊，你在哪里？

牛粪碉房里，白主任白玛乌金给丹增活佛说起了发生在牧马鹤部落的一切，请求他立马跟他走一趟，去挽救藏扎西的双手。丹增活佛摇了摇头说："藏扎西是断魔护法的转世，我去了又能怎么样呢？当赞鬼、敌鬼、誓鬼、刀鬼、损耗鬼、愤怒鬼和玛姆女魔统统都来纠缠一个人的时候，我只有倾心向佛，在吉祥天母的法意中热融那些冰凉的灵魂了。静候变化吧白主任，我现在要做的就是焚香独坐，用无敌密法潜行天下的秘密力量，慢慢消除西结古草原上狼毒（一种能毒死牲畜的草）一样狂生狂长的仇恨。"李尼玛勉强翻译着。白主任着急地说："他可是你的弟子啊，他是为了草原团结才落到这一步的，你怎么一点都不同情他？"丹增活佛说："水的清澈就是河的清澈，山的圣洁就是石头的圣洁，佛的行善就是僧的行善，你的同情也是我的同情。我要走了，神灯的光亮正在招摇着我，佛坛前的清净无垢才是我的归宿。"

白主任还想说什么，丹增活佛不听他的，带着藏医尕宇陀和两个铁棒喇嘛匆匆出了门。白主任追出门去，看他们不理自己，就回来泄气地坐在了床沿上。屁股还没坐热，他又急急巴巴站了起来，叮嘱裹着僧袍一脸惨白的李尼玛和站在一边同情地看着自己的梅朵拉姆："守在这里，注意安全，哪儿也别去。"说着，生怕李尼玛再拿枪闯祸，便从自己的枕头底下摸出手枪，揣在了身上。他来到门外，跳上马背，打马就走。他牵挂着冈日森格和獒王虎头雪獒打斗的结果，觉得自己必须立刻向麦政委汇报：丹增活佛怎么是这样一个活佛，弟子就要残废了他都无动于衷，真是修炼到家了。

丹增活佛念诵着咒经，走在碉房山的小路上，突然问道："药王喇嘛你在想什么？你为什么不跟我一起念经？"藏医尕宇陀说："我在想冈日森格呢，不知道它到底怎么样了。"丹增活佛说："你在为冈日森格担忧吗？那你为什么不亲自去看看呢？它现在最需要的恐怕就是你了。"藏医尕宇陀说："先见之明是佛爷的修持，我这就去了。"说着停了下来。一个铁棒喇嘛飞快地跑向寺院旁边的马厩，给他牵来了马。

丹增活佛来到西结古寺最高处的密宗札仓明王殿里，盘腿坐在了白色万字符的黑色卡垫上。他开始念经，他本来还要像上次部落联盟会议以后一样，念一遍默记在心的《八面黑敌阎摩德迦调伏诸魔经》，想了想又放弃了，因为他意识到雪山狮子冈日森格和獒王虎头雪獒的狮虎之战已经有了结果，他不必再去为此费心了。他轮番念起了邬魔天女经和马头明王经。念经是为了预感，预感和平与战争，然后虔诚祈祷。

冈日森格迎山而上的时候，山一下子压倒了它。獒王虎头雪獒的第一次进攻就如此轻易地得逞了，这在父亲和麦政委看来简直有点开玩笑，心里禁不住叫起来：冈日森格，你是怎么搞的？而在他们的对面，牧马鹤部落的强盗嘉玛措高兴地吆喝着："獒多吉，獒多吉。"

只有冈日森格知道，獒王其实并没有得逞，因为獒王没有咬住它的脖子。它在倒地的时候，蹭着地上的草尖飞速转了一圈，只让獒王扑在了它的屁股上。而屁股是不庄重的，即使它离獒王的六刃虎牙很近很近，獒王也不肯屈尊啃咬一下。獒王是有身份的，它向来认为自己是铜筋铁骨的汉子，是大家风范的领袖，必须堂堂正正地活着，轻易不打，一旦打起来就要打出个高风亮节来。况且面对藏獒的任何打斗对獒王来说都是实施惩罚，以领袖的身份和王者之气居高临下地惩罚一个来犯者，就更需要光明正大了。所以对獒王虎头雪獒来说，神勇阳刚地扑过去，一口咬住对方的喉咙，是它的扑咬也就是獒王级别的扑咬必须坚持的风格。獒王的目的不仅是战胜对方，更重要的是显示自己山峰高耸的威仪并且留下经久不衰的佳话。

而冈日森格却不是这样想的，它不是什么獒王，没有地位身份的负担，不必做出正气凛然的样子以显示大人物的庄严和伟大，它是一个备受歧视的外来者，它参与打斗是为了活下去，为了救主人，而不是为了显示自己的堂堂威仪。所以它可以卑鄙，可以诡诈，可以笑里藏奸、棉里藏刀。它的宗旨是：不必气贯长虹，只求咬死对方。

就在伟大的獒王压倒了对方，却不肯撕咬对方近在寸间的屁股的时候，不伟大的冈日森格身子一缩，伸出四个爪子，同时蹬向了獒王柔软的肚腹，那是虎爪一样的獒爪,那上面聚攒的力气能把一头牛蹬倒,能把两张牛皮蹬穿。但是它没有蹬穿獒王的肚腹,獒王把肚腹紧紧一收,躲过了对方致命的蹬踏,轻松地跳到了一边,心想冈日森格的心地多么卑污啊,居然敢从下面进攻我,几乎让它得手。獒王虎头雪獒庆幸地摇摇头,再看冈日森格时,不禁大吃一惊:冈日森格已不在地上,而在眼前的空中了。

冈日森格实际上并没有指望一蹬奏效,它指望的恰恰就是獒王的跳开。就在獒王跳开的同时,它飞蹿而起,也就是说它把站起和扑跳两个动作变成了一个动作,速度快得好像它刚才根本就没有被压倒过。獒王已经来不及跳起来迎战了,只好躲开,但它的躲开是依仗了动物回避危险的肢体本能,而没有得到大脑的指令,大脑的指令却依然符合它一贯的做派:躲开不是獒王的行为,獒王的另一个名字就是勇往直前。所以獒王尽管本能地躲开了,但由于和大脑的指令发生了误差,所以动作显得慢了一点。冈日森格的牙刀直戳獒王的眼睛。

更加狼狈的是,诡计里面还有诡计,这直戳眼睛的战术依然是一个声东击西的诡计。獒王倏然一躲,头就扭了过去,脖子就暴露了出来。冈日森格一口咬住的恰恰是它最想咬住的目标。破了,獒王的脖子破了,尽管撕破的地方不是喉咙也不是粗大的血脉,尽管血不是突然滋出来,而是慢慢洇出来,但对獒王虎头雪獒的威风和尊严仍然是沉重的一击。

强盗嘉玛措着急地喊起来:"獒多吉,獒多吉。"獒王从肚子里吹出一股霸气,吊眼一下子竖了起来。它决不能承受这样的打击,而决不能承受打击的唯一办法就是反击。它往后一跳,似乎还没有落地,就扑了过去。这是所有动物里速度最快的一种扑咬,冈日森格从来没有遇到过,它还没有做出跳起来躲开的样子,脖子就已经处在虎牙的威胁之下了。这是獒王虎头雪獒特有的六刃虎牙,招惹了它的对手谁也不能不在它面前付出血的代价,雪山狮子冈日森格也不能例外。

冈日森格受伤了。它在开战之前就想过,它决不能让獒王的虎牙插进它的肉体,因为那是六刃的,插进来就不得了。但它还是没有躲过去,它只来得及凭着机敏,顺着獒王的扑咬顺势滑了一下,一滑就把脖子滑过去了。冈日森格被獒王咬住了肩膀,一阵皮开肉绽的噗嗤声让它明白,獒王就是獒王,不可能让它彻底滑过去,尽管它滑脱的速度超出了獒王的想象。

獒王虎头雪獒非常纳闷:它明明咬住了冈日森格的脖子,怎么流血的却是肩膀?它不相信对方的脖子会滑过它的这一扑咬,但的确滑过去了,不愧是敢于和獒王分庭抗礼的雪山狮子。冈日森格的血从肩膀上往外流着，一流就很多，六刃虎牙的伤害比起两刃和四刃的虎牙来，的确是加倍的。但在獒王看来，即使是加倍的伤害加倍的流血，也不能抵消冈日森格带给它的血耻，因为它的血流在了脖子上，那可是獒王的脖子，是从来没有利牙侵犯过的高贵而雄伟的脖子，是洁白的鬃毛雪绸一样飘扬冰山一样嵯峨的脖子。为了这不该血染的脖子，獒王虎头雪獒又一次扑了过去。

冈日森格再一次受伤了，但仍然不是在脖子上，在另一边的肩膀上。它现在已经知道自己能躲过脖子被切割就已经不错了，完全躲过进攻的虎牙是绝对不可能的，因为对方是獒王，是名副其实的虎贲之将、争锋之秀。六刃虎牙撕裂的伤口很大，血流如溪，把冈日森格两边的粗腿都染红了。

"獒多吉，獒多吉。"强盗嘉玛措的助威亢亮地响起来。獒王虎头雪獒的扑咬随之而来，冈日森格奋身跳起。都是比拼，都是速度，但这一次在獒王是进攻，在冈日森格是躲闪。当躲闪的速度超过了进攻的速度时，冈日森格安全地落在了地上。獒王的大嘴因没咬到什么而空泛地一张一合着，虎牙一次次龇出来，仿佛充满蔑视地说：有本事你跟我打呀，躲算什么本事。

冈日森格继续后退着，暂时离开了獒王利箭一样一跳一扑的射程，歪过头去默默地舔了舔自己的伤口。大黑獒那日走了过来，心疼地帮它舔着，血很快止住了。那边，大黑獒果日也要帮助獒王舔干脖子上的伤口，却被獒王虎头雪獒严厉拒绝了：别给我婆婆妈妈的。它是獒王，它高傲的心很难接受别人的帮助和同情。它目不转睛地盯着冈日森格，深幽幽怒冲冲的眼光梭镖一样投在对方的喉咙上，一派神秘难测的模样，一派忿神张牙的气度。它在盘算下一步的进攻如何开始，而这也正是冈日森格思考的问题。

但冈日森格的思考似乎并没有带给它智慧，因为智慧通常是通过冷静来体现价值的。它突然表现得非常焦虑烦躁，来回踱着步子，猛地跳起来，朝獒王狂奔而去，又戛然止步。然后就是狂吠，就像小喽罗藏狗那样声嘶力竭地狂吠起来。这完全是失态后的虚张声势，是作为一只藏獒所极端鄙夷的无能之举。獒王虎头雪獒奇怪了，一般藏獒都不这样，它怎么能这样？大概是被咬急了吧？大概是疼痛难忍吧？大概是疯了吧？或者，啊，或者是疑兵之计。獒王警惕地看着它，越看越不像有什么诡招，因为再诡的诡招也不能是自己咬自己吧？是的，冈日森格自己咬了自己一口。它颠前蹶后地狂吠着，突然一口咬在了自己的腿上，顿时就一跳一跳地瘸起来。它边瘸边吠，吠着吠着眼睛就不看獒王了，就把鼻子指向了天空，就站立不稳地坐下去，战战兢兢地畏缩了身子。

獒王虎头雪獒不再怀疑自己的判断，狞笑了一声，便风生水起，哗一下扑了过去，很轻松地把冈日森格扑倒了。它一口咬下去，虽然没咬住喉咙，但对方的脖子却无可回避地来到了它的大嘴里。为了防止冈日森格的四只爪子再次蹬踢自己，獒王这次没有骑在它身上，而是把身子旋风一样转过去，和对方的身子连接在了一个平面上，这个连接的点就是它的锋利的六刃虎牙。虎牙实实在在钳在冈日森格的后脖颈上，歪躺在地上的冈日森格只能一次次徒劳地向空中蹬爪踢腿。

观看打斗的人们议论起来，都以为冈日森格的失败已成定局。强盗嘉玛措也不再呐喊助威了，高兴地喝着酒。父亲几乎是流着眼泪说："看来冈日森格靠不住了。"麦政委说："是啊，要想改变局面，还是得依靠我们人。不过狗也好，人也好，都是要用鲜血换取和平的。大家要做好准备，我们下面的工作非常艰巨。"獒王虎头雪獒也以为冈日森格不行了，它现在咬住的是对方的后脖颈，只要一换口，它就能咬住脖子下面的喉咙撕破气管，或者咬住脖子一侧的大动脉撕开喷涌的血闸。但冈日森格并不这么认为，它等待的就是獒王的换口。它觉得獒王一定会换口，而且会轻易换口，马马虎虎换口，因为獒王以为它疯了，已经在心里轻视它了。它以生命为代价，换回来的就是獒王这次麻痹大意的换口。

事情果然就有了冈日森格需要的样子：换口的时候，獒王并没有谨慎地从皮肉里一点一点挪动它那几乎无敌于天下的六刃虎牙，而是采用了拔出虎牙再次楔入的痛快淋漓的办法。遗憾的是它根本就没有痛快起来，张开的大嘴来不及合上，拔出的虎牙来不及再次插下去，仰躺在地的冈日森格就噌的一下蹿到了它的身子底下。这是等待已久的一蹿，它决定了下面的打斗要按照冈日森格的想法进行，而不能按照獒王虎头雪獒的想法进行。冈日森格脊背上劲健的肌肉就像滑轮一样推动着它，它浑身金黄的獒毛就像飞鸟的翅膀一样推动着它，它粗蜷的尾巴伸直了就像一根支在地上的棍子一样推动着它，它们共同努力帮助冈日森格完成了这天神佑助的一蹿。

现在，冈日森格依然躺在下面，它的嘴对着獒王的小腹；现在，獒王依然骑在上面，它的嘴也对着冈日森格的小腹。不同的是，冈日森格结实的四爪在朝上用力蹬踏，而獒王同样结实的四爪却只能牢牢地踩住地面。骑在上面的獒王由于必须顾及对方四爪的蹬踏，一时不能马上下口撕咬对方的小腹，况且撕咬小腹是不磊落不道德不符合王者风范的，到底咬不咬，它还得考虑一下。躺在下面的冈日森格却什么阻碍也没有，来自心理的阻碍和来自敌手的阻碍都没有。它在獒王的胯下毫不犹豫地翘起了硕大的金色獒头，它面对可以撕出肠子的柔软的肚腹拔出了白花花的牙刀。但是它并没有下口咬在对方的肚腹上，这就是阴险诡诈或者叫智勇双全的雪山狮子冈日森格，它一口咬住的是对方的雄性性证，是男根，是能够让獒王激情澎湃让獒王传宗接代的生命的宝剑，是獒王之所以成为獒王的立足之本。就像遭到了电击，獒王虎头雪獒惨叫一声，倏忽而起，离开了冈日森格。

紫红色的獒血哗啦啦朝下流着，在明绿的草地上留下了一串殷红的斑点。獒王岔开四腿站在地上，勾头一看，小腹那儿血肉模糊，一片空旷，抬头一望，自己的立足之本正在冈日森格嘴上滴沥。它狂怒已极，吼着，骂着，声色俱厉地叫嚣着，就像刚才冈日森格的失态那样，就像一只小喽罗藏狗那样：龌龊卑劣的家伙，疯狂变态的家伙，阴狠恶毒的家伙，你怎么能这样？骂着骂着就扑了过去。早有准备的冈日森格忽一下躲开了。接下来冈日森格叼着獒王的男根，炫耀似的东一飘西一闪，躲开了獒王的十多次扑咬，直到獒王幡然醒悟，慢慢地冷静下来。

"獒多吉，獒多吉。"强盗嘉玛措有气无力地喊叫着。獒王虎头雪獒好像没听见，呆呆地望着冈日森格的嘴，那儿有它安身立命的宝剑，那儿是一个血肉模糊的獒王。不，雄根不是獒王，獒王是我呀。我没有了雄根我还是獒王，我还是獒王吗？恐怕已经不是了吧？我已经不是獒王了我还活着干什么？恐怕也不会干什么，活着的唯一目的就是走向死亡。那又何必活着呢？反正迟早都是死，迟死了就是多受些耻辱的折磨，早死了就是少受些耻辱的折磨。好吧，那就不受耻辱的折磨了，那就早死吧，立刻就死，决定了。

獒王虎头雪獒大吼一声，轰轰隆隆地奔跑着，以它固有的堂皇正大的姿态扑了过去。当然就跟它想到的一样，它没有咬住冈日森格，反而被冈日森格咬住了。冈日森格迎扑而上，就在空中，一口咬住了獒王的喉咙。獒王大山一样仆倒在地，胡乱挣扎着，用激烈的反抗挑逗着对方狂野的杀心。冈日森格心说我知道你的扑咬就是自杀，你不想活了。我成全你，我用最快的撕咬让你最快地离开耻辱和痛苦。它使劲压着獒王，砉然一声撕开了獒王的喉咙，温暖的血和万丈浩气飞迸而出，雄伟的生命和一世骄傲飞迸而出，飞到天上就什么也不是了。

太阳落山了。本来它是早就应该落山的，但獒王虎头雪獒和雪山狮子冈日森格的战斗没有结束，它只好现在才落山。它一落山，天就黑了。本来它是早就应该黑的,但是它现在才黑。天用霞色烂漫的光明,照耀了西结古草原上一只不朽的藏獒一个伟大的生命走向死亡的悲烈一幕。幕前幕后的所有,天的眼睛都看到了,连藏獒的心和人的心也都看到了,然后就黑了。父亲和麦政委死僵僵地立着,好像死去的不是獒王,而是他们。一阵黑颈鹤的鸣叫破空而来,像是在提醒他们:不能啊,不能这样发愣。

3

满天皎洁的月光倾洒而下,也没有洒透墙一样围堵在远方的黑暗。有一些人在黑暗中快速移动,有一些人依然逗留在魔力图的大帐房前。逗留在那里的人再一次坐在了草地上,表情沉重而严肃地说着话。

父亲把伤痕累累的冈日森格和心疼地给它舔着伤口的大黑獒那日带在身边,有意无意地抚摸着它们说:"獒王用它的死给草原带来了和平的福音,就凭这一点,我们也应该感谢獒王,对得起獒王。放了吧,你们把藏扎西现在就放了吧,同时也取消把他逐出西结古寺和贬为流浪汉的决定,还有七个上阿妈的孩子,不仅不能砍手,还要给他们来去西结古草原的自由。"麦政委欣赏地看着父亲,点着头说:"对,这些事情都应该一次性解决。"齐美管家刚翻译完,野驴河部落的头人索朗旺堆就抢先说:"那当然那当然,草原上的人说话是算数的,大格列头人,你说呢?"大格列沉默了半晌,伤感地说:"獒王没死的时候我说得太多了,现在它已经死了,我还能说什么?"父亲用同样伤感的口气说:"獒王是升天去了,你就当是好事儿,还是说说吧。"大格列头人说:"看来冈日森格的前世真的是一只阿尼玛卿的雪山狮子,我见过的猛獒多了,从来没见过它这么会打会斗的,连我们部落的战神牧马鹤也在向着它了,那就听神的吧。"说罢他回头冲着月色喊起来,"嘉玛措,嘉玛措,你在哪里啊我们的强盗嘉玛措?"

强盗嘉玛措没有出现。当大格列头人的声音传向远方的时候,一个骑手飞奔而来。骑手跳下马背说:"走了走了,强盗嘉玛措已经离开这里了。"大格列头人问道:"他去哪里了?是不是獒王的死让他伤心了,他去给奢宝山神和奢宝泽战神哭诉去了?你去告诉他,他是伟大的强盗,他如果能够学会冈日森格的打斗本领,他就会更加伟大。"骑手说:"我不知道强盗去了哪里,我已经追不上他了。"大格列头人说:"那就算了吧,你现在去把藏扎西带到这里来,让他感谢神奇的冈日森格,感谢把神奇带到西结古草原的这几个外来的汉人。"骑手说:"恐怕不能了,强盗嘉玛措带着十个骑手已经把藏扎西绑走了。"大格列头人忽地站了起来。所有的人都站了起来。冈日森格和大黑獒那日也站了起来。

大格列头人着急地挥着手喊道:"快去快去,追。不,把所有的骑手都给我叫来。"骑手们很快来了,训练有素地在头人面前排成了队。大格列头人忧心忡忡地说:"我们的承诺是山,说出去的话就是射出去的箭,怎么可以反悔呢?不讲信用的不是人,是狼,人身狼心的人,怎么还能见人呢?羞死了,羞死了。虽然复仇是天经地义的,但我们的祖先说了,在一切之上的,是神,在一切之下的,是人。人是神奴,必须服从神的旨意。神说了,冤有头,债有主,我们要砍掉的不是藏扎西的手。骑手们,我拜托你们了,赶快把不知轻重的强盗嘉玛措给我找回来,赶快把藏扎西给我请回来。藏扎西原来是西结古寺的铁棒喇嘛,曾经帮助过冈日森格,如今冈日森格胜利了,他说不定又要成为铁棒喇嘛了,我们怎么能得罪铁棒喇嘛呢?去啊,快去啊。"马蹄疾响,骑手们出发了。

一夜无眠。在牧马鹤部落的头人大格列的魔力图大帐房里,父亲和麦政委及其部下都守卫在冈日森格身边,因为麦政委突然有了一种担忧:既然牧马鹤部落的强盗嘉玛措不服气,他会不会悄悄摸进来暗算冈日森格呢?守卫在冈日森格身边的还有大黑獒那日,它坚持不懈地舔着冈日森格的伤口,舔得瘫卧在地的冈日森格似乎没有了痛苦,渐渐睡着了。

午夜时分,大黑獒那日突然闻到了什么,跑出帐房,和衔恨而来图谋报复的同胞姐姐大黑獒果日打了起来。它们的打架往往是不分胜负的,做小狗的时候是这样,现在还是这样。打了几下,互相略有皮肉的损伤,觉得这样的交锋好没意思,就断然分开了。大黑獒果日知道报复冈日森格是不可能的,只好衔恨而去,卧倒在獒王虎头雪獒身边,一边默默流着泪,一边舔着獒王那白雪皑皑的高贵而蓬松的獒毛,一直到天亮。

黑颈鹤的鸣叫嘹亮地响起来。新生的太阳悲惨地照耀着旧有的大地。大地上的藏獒之王虎头雪獒已不再迎着太阳健步奔跑了。它的灵魂已经升天,现在,骨肉也要升天了。当一群天使和厉神浑然一体的秃鹫望见牧马鹤部落的牧人点燃的桑烟,君临这里时,守了一夜的大黑獒果日最后一次舔了舔獒王的鼻子和被冈日森格撕烂的喉咙,恸哭着离开了那里。它要回到西结古去了,要告诉那儿的领地狗群：獒王死了。

秃鹫们没有马上吃掉獒王虎头雪獒，因为有几只秃鹫飞来这里时，看到地面上有一只老公獒正在往这里奔跑，那是失魂落魄、如丧考妣的奔跑，一看就知道是来奔丧来吊唁的。它们耐心地等着，一直等着。

大约中午的时候，牧马鹤部落的魔力图大帐房前，出现了灰色老公獒的身影。它是一路跑来的，累得一摇三摆，几欲倒地。它沿着气味的牵引直奔过去，穿过秃鹫让开的甬道，悄悄地趴在了獒王虎头雪獒威风依旧的尸体前。什么声音也没有，连喘气的微响都消隐在时间背后了。这是椎心泣血，悲痛到无以复加的表示。这样过了很久，灰色老公獒说：獒王啊，其实我早就知道你死了，我一路跑来就是不相信你已经死了。说着它站起来，发出了声音。它号着，吠着，鸣着，叫着，颤声呜咽着，抑扬顿挫着，这是它老泪纵横的哭声，直哭得远远看着它的人也都流下了眼泪。父亲揉着眼睛说："真没想到，藏獒跟人是一样的。"麦政委感动地说："不一样，它们比人更实在。人会这样哭吗？人的哭很多时候是假的，尤其是哭丧。"

灰色老公獒哭够了，走过来愤愤地望着父亲和麦政委，望着他们身后的魔力图大帐房。它知道咬死了獒王的仇狗冈日森格就在大帐房里，它想冲进去跟它拼个你死我活，但面前的这些外来人，这些仇狗的朋友以保护人的身份紧紧把守在大帐房的门口。它恨他们，恨得咬牙切齿，但又毫无办法，仇狗的朋友旁边还有许多牧马鹤部落的人，作为领地狗，它知道在牧马鹤部落的领地上，没有牧马鹤人的指令，它不能随便撕咬外来人。它转过身去，最后望了一眼獒王虎头雪獒，看到忍着饥饿等了它半天的秃鹫们已经开始清理尸体，便像小狗一样呜呜地哭着，走了。

白主任白玛乌金没想到奔跑的马蹄会一下踩进鼢鼠的洞穴，马一头栽倒在地，把他高高地抛了出去。幸亏草原是软绵的，只蹭破了脸上手上的皮而没有摔伤骨头。马的伤害比较严重，腿虽然没断，但两条前腿膝盖上的骨头都露了出来，只能牵着不能骑着了。白主任牵着马急三赶四地往前走，走着走着马就停下了，怎么拽也拽不动。他使劲拽了一下，马突然瞪起眼睛，扬头朝后一甩，反而把他拽了过去。他拍着马脖子问道："走不动了吗？"马的回答是惊恐地长嘶一声，回身就走。这时白主任突然听到一阵呼哧呼哧的喘气声从后面传来，扭头一看，不禁怪叫一声："哎哟妈呀。"就见一头藏马熊从容而来，离他只有十步远了。马挣脱了他的拽拉，瘸着拐着逃命去了。白主任惊慌失措地木在那里，方寸大乱，不知道怎么办好。

藏马熊还在呼哧呼哧朝前走，庞大的黑色躯体上一对火球一样的眼睛正燃烧着吃人的欲火，嘴越张越大，舌头越吐越长，朝里弯曲的牙齿就像钢刀一样一根一根地竖起着。白主任本能地朝后退去，脚碰到了一堆鼢鼠挖出来的土丘，突然坐倒在地上。他爬起来就跑，发现已经跑不了了，一只比藏马熊小不了多少的灰色藏獒横挡在他面前。

灰色老公獒的出现干扰了藏马熊的注意力，就要扑过去的它突然又停下了。它望着人和藏獒，眼睛里充满了好奇。它是一头年轻的母熊，虽然经验不多，但也知道狗是帮助人的，尤其是藏獒，会在人遇到危险时拼了命地保护人。但面前的情形却有些不同，藏獒凶狠的眼睛并没有盯住它藏马熊而是盯住了人，好像人才是它真正的敌手而它藏马熊根本就算不了什么。藏马熊眯缝起眼研究着人和狗的关系，看到藏獒已经开始向人进逼，不禁叫了一声：不好，我发现的食物就要让藏獒得到了。藏马熊快步朝人走去。

后面是进逼而来的藏马熊，前面是同样进逼而来的灰色老公獒。白主任傻了："别别别，别这样，你不认识我呀？我住在西结古的牛粪碉房里，我是西结古工作委员会的主任，我有一个藏族名字叫白玛乌金。"说着手伸向腰窝，想把枪掏出来，突然意识到那样会更加激怒藏獒，就又罢了。

灰色老公獒呼噜噜地闷叫着，用眼睛里阴毒的仇恨之光告诉对方：正因为我认识你，我才不能放过你，我必须咬死你。这里荒无人烟，除了你，没有人知道是我咬死了你。灰色老公獒是吊唁了獒王后返回西结古的路上碰到藏马熊也碰到白主任的。它知道豺狼成性的冈日森格是外来人带到西结古草原的，獒王之死的血债不仅要记在冈日森格头上，也要记在这些外来人头上。冈日森格是来自上阿妈草原的仇家，袒护和帮助上阿妈仇家的人自然也是仇家，不咬死仇家咬死谁啊？但是且慢，前面还有一头藏马熊，藏马熊要干什么？难道它也要吃掉这个人？是啊，它肯定要吃掉这个人，它已经走过来了，离人已经很近很近了，站起来一掌就能扇他个稀巴烂了。那么我呢？我就不要撕咬了吧，把这顿美餐让给藏马熊吧，反正我又不吃人，我就是为了报仇，借刀杀人不是更好吗？

灰色老公獒不再逼进了，狞笑着，把它的居心叵测毫不隐瞒地表现在了眼色中神情里。它现在既可以帮助人打败野兽，也可以帮助野兽吃掉人。它得意地选择了后者，因为它满脑子都是獒王之死的惨痛和为獒王报仇的冲动，它要用纵容藏马熊吃掉外来人的办法，不费吹灰之力地实现报仇的目的。它

203

安静地卧了下来,望着它一生都在拼命撕咬,它的祖祖辈辈一直都在发愤撕咬的藏马熊,谦逊礼让地晃了晃头,觉得还不够明确,又赞许地摇了摇尾巴,催促道:快啊,你看他正在掏枪,你怎么还愣着?

似乎真的有了一种默契,藏马熊立刻炫耀高大似的站了起来,猛吼一声扑向了人,巨大的熊掌眼看就要扇在白主任身上了。白主任一声惨叫,举着枪,来不及让子弹上膛,就瘫软在了藏马熊巨大的阴影里。但就在这时,灰色老公獒一跃而起,就像一把"具魔力"的飞刀,插向了毫无防备的藏马熊的肚腹。肚腹顷刻烂了,血和肠子喷出来了。灰色老公獒把聚攒在身上的所有仇恨全部发泄在了这一次扑咬上,而扑咬的对象却是一头跟咬死獒王的冈日森格毫无瓜葛的藏马熊。

藏马熊狂叫一声,一掌扇歪了灰色老公獒,巨大的身体倾颓而下,压在了对方身上,又一口接一口地咬着对方所有能咬到的地方。灰色老公獒满身都是冒血的口子,已是疼痛难忍,死就在眼前了。但视死如归的灰色老公獒是不会因为自己受到重创而后退的,宝刀未老的利牙依然没有离开藏马熊的肚腹,依然疯狂地切割着,掏挖着。肠子出来了,不是一根,是全部。力气用尽了,不是一方,是双方。终于,灰色老公獒和藏马熊一起倒在了地上,谁也做不出任何剧烈撕咬的动作了。

搏杀来得猛烈,去得迅速,突然就平静了。藏马熊痛苦地蜷起身子,一阵阵地粗喘着,痉挛着,眼看就要不行了。浑身血污的灰色老公獒挣扎着站了起来,望了一眼就要死去的藏马熊,朝前走去,没走几步,就慢腾腾地倒了下去,从此起不来了。

白主任白玛乌金跳了过去,蹲在了灰色老公獒的身边。灰色老公獒望着他,浑浊的眼睛里所有的仇恨似乎都已经散尽了。白主任跪了下来,咿咿唔唔地说:"你不能死啊,你救了我的命,你千万不能死啊。"灰色老公獒不听他的话,过了一会儿就闭上了眼睛,就死了。死前它说:獒王啊,原谅我不能为你报仇,原谅我不能帮助野兽只能帮助人,因为我是狗。

白主任好不容易找到了惊魂未定的马,四下里一看,已经离西结古不远了,也就是说他无意中又回来了。他想换一匹马再走,便朝碉房山走去。

谁也没想到他会回来,至少李尼玛和梅朵拉姆没有想到。所以当白主任从牛粪碉房的窗户里望见他们两个时,他们两个依然拥抱在一起,而且是赤裸裸的拥抱。白主任没想到他会看到这一幕,他是敲了门的,敲门不开,就顺眼朝窗户里望去。他是个大个子，窗户的下沿正好对着他的鼻子。而里面的人以为敲门的又是巴俄秋珠，巴俄秋珠一直在用胡乱敲门的办法干扰着他想象中的李尼玛对心中的仙女梅朵拉姆的欺负。李尼玛抱定了不开门的决心，也不允许梅朵拉姆在敲门声的催促下把衣服穿起来。巴俄秋珠毕竟是个孩子，李尼玛是说不重视就不重视的。按理说，梅朵拉姆不应该在这种时候在这个地方脱衣解带，她心里不是极其地不愿意吗？但当李尼玛这个刚刚从领地狗带给他的惊怕中恢复过来的自觉丢尽了脸的男人，像报复领地狗，像捡回脸面那样，比平时勇猛十倍地抱住她，强迫她的时候，她反抗和挣扎的力量并没有超过他强迫的力量。她也不想用喊声招来别人，因为那样李尼玛就完了，自己也洗不干净了。更重要的是，作为善良的同情心十足的仙女，她还必须面对哀求，她内心柔弱的防线最终被他苦苦哀求的潮水淹没了，她的同情心在关键的时刻变成了李尼玛的帮凶。再说又不是第一次，有个几乎是真理的俗话就像梅朵拉姆和李尼玛一样赤裸裸地说：有了第一次，就会有第二次。

　　白主任愣住了，悄悄地看着，不知道怎么办好。他完全没想到他们会是这样，觉得干涉了不对，不干涉也不对。他甚至都不如巴俄秋珠来得果断，巴俄秋珠已经猜测到白主任为什么会愣在窗口，想着美丽的仙女梅朵拉姆正在遭受李尼玛的羞辱，就大声喊起来："达赤来了，达赤来了，送鬼人达赤来了，饮血王党项罗刹不咬人了，十八老虎虚空丸吃上了。"这声音从下面冲上来，如雷贯耳，吓得白主任浑身一阵颤动，低头一看，这孩子居然就在自己脚下。他厉声呵斥："你在这里干什么？"巴俄秋珠再次喊道："送鬼人达赤来了，饮血王党项罗刹不咬人了，十八老虎虚空丸吃上了。"这是他刚刚知道的一个秘密，为了保护梅朵拉姆，他突然说了出来，希望能把里面的李尼玛吓住。遗憾的是里面的人和外面的白主任都没有听懂，更不可能知道这秘密里头隐藏着七个上阿妈的孩子的行踪，他只是觉得有些词汇从这孩子嘴里吐出来有一种让人毛骨悚然的力量，就说："去去去去去。"

　　巴俄秋珠转身跑下了石阶，跑向了野驴河。白主任奇怪地望着他，来到牛粪碉房前的草坡上，把鞍鞯从自己受伤的马上换到正在吃草的李尼玛的马上，骑上去，快快地走了。

　　一路都是迷茫：他们两个什么时候搞到一起的？我怎么一点也没看出来？我也是个单身汉，怎么就没想到可以把同事当成爱人呢？嗨，晚了，来不及了，人家已经抢先占领阵地了。好个李尼玛，在这方面居然比我能干。

11 冈日森格

1

又是一个傍晚,黑颈鹤一群一群地飞向了巢窝。到处都是牧归的牛羊,炊烟正在袅袅升起。没有找到强盗嘉玛措和藏扎西的骑手们陆续回来了,焦急的还在焦急,失望的更加失望。牧马鹤部落的营地上,魔力图的大帐房前,大格列头人和索朗旺堆头人皱着眉头走来走去。

刚刚到达的白主任白玛乌金十分不满地给麦政委说起丹增活佛拒绝来这里的事儿。麦政委说:"你不要埋怨人家丹增活佛,他虽然没有来,却把藏医派来了,这说明人家有先见之明,早就知道冈日森格死不了,活佛到底是活佛啊。"白主任这才看到藏医尕宇陀正坐在草地上闭目养神,冈日森格和大黑獒那日惬意地卧在他身边,也都是一副似睡非睡的样子。父亲告诉白主任,冈日森格已经抹过药和吃过药了,尕宇陀说它的伤没有上次严重,骨头都好好的,养几天就好了。

白主任想到了西结古牛粪碉房里的李尼玛和梅朵拉姆,便说:"麦政委你说怎么办?我们就在这里等下去?"麦政委说:"你看呢?"白主任说:"我看我们不能等下去,主要工作还是在西结古,我们要做通各个部落头人的工作,让他们派出骑手,把西结古草原所有能去人的地方都找一遍。"麦政委说:

"我也是这个意思。"父亲说:"我不能走,我得等冈日森格伤好了再回西结古。"父亲寻思,从牧马鹤到西结古,毕竟有一段很长的路,冈日森格很可能走不动,用马驮着它,它太重,这么长的路,不一定驮得动。更重要的是,盘踞在西结古的领地狗群肯定饶不了冈日森格,如果养不好身体,它凭什么跟它们斗啊?麦政委说:"那你就留下,一定要注意安全。冈日森格伤好后,立刻返回西结古。"

又住了一夜,第二天早晨,匆匆舔了"者麻"(碗中一半是炒面和曲拉,一半是酥油和奶茶,一边喝,一边舔),麦政委和白主任一行以及索朗旺堆头人和齐美管家,便向大格列头人告别。伴随着黑颈鹤的叫声,大家都说着吉祥如意的话。麦政委说:"现在最应该吉祥如意的是藏扎西,大格列头人,拜托了,你们要继续寻找啊。"齐美管家翻译着。大格列头人说:"保佑藏扎西,这是神的意志,谁也不敢违抗。骑手们今天又一次出发了,我们不找到强盗嘉玛措,不救出藏扎西是不罢休的。"索朗旺堆头人也说:"尊贵的汉人你们放心,我们的心肠和你们的心肠是一样的。要是我们的心肠不好,后世就会有苦无乐,灾难连绵。到了西结古,我和齐美管家亲自带着骑手去寻找。"麦政委说:"好啊好啊,你还要说服别的部落的头人,让他们也派出人马去寻找,争取把西结古草原所有的地方都找一遍。"索朗旺堆头人说:"这是自然的,放心吧麦政委,你的好心肠一定会感动西结古草原所有的部落头人。"

藏医尕宇陀也要回去,他没顾得上舔"者麻",抓紧时间给冈日森格抹了药和喂了药,又给父亲留下了明后天的药量,用手示范着仔细叮嘱他这样喂那样抹。父亲嫌留下的药太少,比比画画地纠缠着要他多给一点。尕宇陀紧紧抱着他的豹皮药囊,坚决不给。父亲说:"为什么?为什么?不就是一点药嘛。"尕宇陀说:"够了,够了,甘露多了就不是甘露,就是毒液了。"说着,生怕抢走了似的,赶紧上马,抢先走去。

以后父亲会知道,作为一个对生命抱有极大爱心的救死扶伤的藏医,尕宇陀既是慷慨大方的,又是惜药如金的,那些撒在冈日森格伤口上的白色粉末、黑色粉末和蓝色粉末,是用巴颜喀喇山的山顶宝石、雅拉达泽山的金刚雷石、巴斯康根山的温泉石,加上麝香、珍珠、五灵脂、边缘冰铁、雪朗水晶花、印度大象的积血、吐宝兽的胫骨等等,碾成粉末炮制而成的。那种涂抹伤口的糨糊状的液体是用公母雪蛙、白唇鹿的眼泪和藏羚羊的角胶酿制而成的。那种黑呼呼的草药汤则是由瑞香狼毒、藏红花、蓝水百合、尼泊尔紫堇、唐古特黑芦荟、年宝山雪莲、各姿各雅红靛根等七种药材煎熬而成。都是非常难得的药宝，是他用几十年的功夫寻访、积累、配制出来的，用完了就没有了，再要配制，就得等到下一辈子了。

藏医尕宇陀没走多远，就被一个人拦住了。那人头上盘绕着一根粗大的辫子，辫子上缀着红色的毒丝带和一颗巨大的琥珀球，琥珀球上雕刻着罗刹女神蛙头血眼的半身像，身穿一件艳红的氆氇袍，腰里扎着熊皮阎罗带，阎罗带上系着一串儿约有一百个被烟熏黑的牛骨鬼卒骷髅头，更耀眼的是他的前胸，前胸上挂着一个银制的"映现三世所有事件镜"，镜面上凹凸着墓葬主手捧饮血头盖骨碗的全身像。藏医尕宇陀赶紧下马，半是惊惧半是恭敬地问候了一句，牵着马转身就走。跟在尕宇陀后面的索朗旺堆头人和齐美管家以及几个骑手，也都是一副惊恐疑惧的样子，纷纷下马，在索朗旺堆头人的带领下回避瘟神似的绕道而去。麦政委和白主任互相看了看：怎么了，这是？

卧在魔力图大帐房前的草地上，一直目送着他们的冈日森格突然站起来，闷声闷气地叫了一声，烦躁不安地又是摇头又是用前爪刨地。凭着它比人敏锐而准确的感觉，它已经意识到这个突然出现的人是必须警惕的，而警惕就是关于未来的担忧——它对值得怀恨的一切都有超越时空的预感，这次也不例外。而大黑獒那日则表现得异常兴奋，坦坦荡荡地跑过去，在那个人身上闻了闻，又跑回来，和冈日森格嗅着鼻子，好像在悄悄地说着什么。冈日森格顿时也有些兴奋，不顾伤痛地环绕着父亲走来走去。

父亲奇怪地问道："这个人是谁啊？"没有人回答，扭头一看，刚刚还和自己站在一起的大格列头人正要躲到魔力图大帐房里去。父亲大声问道："他到底是谁啊？你们怎么都怕他？"一身豪烈之气的大格列头人这时缩着脖子说："他的身子碰到谁，谁就会损失全部财宝，他的气息扑到谁，谁的全家就会得麻风病，他的影子罩住谁，谁就会死亡。他身上沾满了鬼气、邪气、晦气、腌臜血污之气、夺命黑毒之气，他就是送鬼人达赤，你难道没有听说过？"说罢身影一晃，就晃到帐房里头去了。父亲差不多明白了大格列头人的意思，疑惑地说："他就是送鬼人达赤？"

送鬼人达赤追着藏医尕宇陀，伸手要着什么。尕宇陀不给，抱紧了他的豹皮药囊快步走去，走着走着就跨上了马背。送鬼人达赤想拽住马，意识到自己的手是不能碰到对方的，便在马头面前摇晃着，一个劲地企求着什么。马奔跑起来，他喊喊叫叫地追着，一直追到地平线那边去了。

父亲后来才知道，送鬼人达赤昨天从党项大雪山来到了西结古。他去寺院寻找藏医尕宇陀，想得到一种名叫"十八老虎虚空丸"的药，听说尕宇陀去了牧马鹤部落，就一路追踪而来。他是步行，他已经告别了马背上的生活，因为他多次试验过，只要是他骑过的马，过一段日子就会得病死掉。他不想害死更多的生灵，索性就不骑马了。他请求万能的药王喇嘛尕宇陀给他一些"十八老虎虚空丸"，说有顶顶重要顶顶紧急的用途。尕宇陀不给，寻思你一个人人惧怕的送鬼人，要这种药干什么？"十八老虎虚空丸"是用十八种兽药、矿药、草药炼制成的可以斩断人生一百零八种烦恼的高级丸药，它有让人失去记忆的作用，一般人是不能用的，只有那些修为圆满、根性超人的密宗高僧，才有资格服用这种药，才可以在服药之后做到既消除所有烦恼又不会失去记忆。

送鬼人达赤追着藏医尕宇陀一直追到了西结古寺，最终也没有得到这种药。气急败坏的时候，他突然冒出这样一句话来："玛哈噶喇奔森保，玛哈噶喇奔森保，我的饮血王党项罗刹不咬人了，它记得这是老祖宗老天神的称名咒，一听就害怕，就不咬人了。我要让它忘掉，忘掉，赶快忘掉。"藏医尕宇陀愣了：原来他是想用"十八老虎虚空丸"让他的饮血王党项罗刹忘记老祖宗老天神的遗训，不再惧怕"玛哈噶喇奔森保"的咒语。饮血王党项罗刹到底是什么，居然会惧怕"玛哈噶喇奔森保"？尕宇陀有些紧张，看着送鬼人达赤嘟嘟囔囔走了之后，赶紧来到寺院最高处的密宗札仓明王殿里，把达赤的话禀告给了一直在那里打坐念经的丹增活佛。丹增活佛听了，跪拜着向邬魔天女和马头明王的狂怒宝相借了法，匆匆忙忙下山来了。

半个小时后，丹增活佛在西结古工作委员会的牛粪碉房里见到了麦政委和白主任。白主任说："我们刚刚从牧马鹤部落回来，麦政委说明天一早太阳出来的时候就去拜访你，没想到你亲自来了，而且这么快就来了。"丹增活佛双手合十向麦政委点了点头，麦政委赶紧回拜。丹增活佛说："我不是来正式拜访的，正式拜访尊贵的客人是要带礼物的，可是我，什么也没有带，只带了一个消息，一个吉凶不明的消息：可能，也只是可能，七个上阿妈的孩子，在党项大雪山，在送鬼人达赤居住的地方。"披着僧袍站在一边的李尼玛赶紧翻译。麦政委问道："尊敬的佛爷，你怎么知道？"丹增活佛说："玛哈噶喇奔森保——十万狮子之王驮燹大黑护法的称名咒出现了，这是圆寂了的密法大师彭措喇嘛以驮燹大黑护法为本尊的修为和传授，是七个上阿妈的孩子带到西结古草原来的。送鬼人达赤说，玛哈噶喇奔森保咒得饮血王党项罗刹不咬人了。"麦政委说："饮血王党项罗刹是谁？"丹增活佛说："是我们草原的傲厉神主忿怒王。不过傲厉神主是福神,它本来就不咬人,咬人的只能是野兽。"麦政委说:"你是说送鬼人达赤那里有吃人的野兽?"丹增活佛点点头说:"是的,七个上阿妈的孩子很可能就在野兽的嘴边。"麦政委也像面前的活佛那样双手合十,用只有信徒才会有的虔诚的口气说:"救苦救难的大活佛,谢谢你了。"又望着一眼白主任说,"赶紧出发,去党项大雪山。"丹增活佛说:"要去就得快去,我也去,我们的药王喇嘛尕宇陀也去,保护寺院和草原的铁棒喇嘛们都得去。"麦政委对白主任说:"你们西工委的大夫呢?也跟着一起去吧,以防万一。"

梅朵拉姆要跟着麦政委和白主任去党项大雪山了。她的走牵动着两个人。一个是李尼玛,一个是巴俄秋珠。李尼玛也想去,但是白主任就是不说让他去的话。直到临上路时,麦政委看了看身后说:"那个会说藏话的同志怎么没有来?"白主任这才走过去,板着面孔小声对他说:"你干的好事儿,我都不想看见你了,打死藏獒的账还没算呢,就又开始谈恋爱了。告诉你,那种事情,没有结婚是不能干的。"李尼玛顿时红了脸。

穿上靴子的巴俄秋珠自以为已经是一个真正的男人,是仙女梅朵拉姆的护法神,当然要不紧不慢地跟上,不仅自己要跟上,还要让所有的领地狗都跟上,好像他是将军,带领着一群雄赳赳气昂昂的士兵。他不时地喊着"獒多吉",在狗群里寻找獒王虎头雪獒的身影,找了几遍都没有找到,就把大黑獒果日叫到了自己身边,对它说:"你吆喝起来,让它们都跟着我,不要落下一个也不要落下。"巴俄秋珠现在还不知道前面的人要去干什么,只知道一定是一次非常重大的行动,因为连西结古寺的主持丹增活佛和藏医尕宇陀以及如同藏獒一样威武雄壮的铁棒喇嘛也要去了。

做小狗时被巴俄秋珠喂养过的大黑獒果日听话地吆喝起来,但它的吆喝一点也没有昔日遇到这类事情时的亢奋和激动,若断似连的,好像有点应付差事。领地狗群慢腾腾地跟了上来,它们和大黑獒果日一样,情绪沉浸在失去獒王虎头雪獒的悲伤和仇恨中,久久拔不出来。所不同的是,它们比大黑獒果日更多一些清醒也更多一些迷惘:獒王虎头雪獒死了,谁是我们的新獒王呢?难道就是那个来自上阿妈草原的雪山狮子冈日森格?按照铁定的规律,战胜了獒王的就应该是獒王,领地狗们唯一要做的就是毫不犹豫地敬畏它和拥戴它。但是,冈日森格来自上阿妈草原——那个吸引了西结古人全部仇恨的地方,即使领地狗们愿意,西结古人和西结古草原愿不愿意呢?人的意志必须服从，服从人对藏獒来说永远是狂热而情不自禁的生存需要。但是，从祖先开始，藏獒对规律尤其是诞生獒王的规律的遵守向来是严格的，它们骨子里对强悍和力量、胜利和荣誉的崇敬，就跟人对神祇的崇敬一样，永远都是一股洪水般猛烈的冲动，这样的冲动带着原始的朴素，像万年积雪一样覆盖了藏獒的整个发育史和每一只藏獒生命的基本需求。

于是就迷惘。西结古草原的领地狗正在迷惘，它们在獒王战死之后面临选择新獒王的时候，全体有了一次无比深刻的迷惘。

父亲没想到，麦政委他们走后的第二天，冈日森格就不愿意呆在牧马鹤部落的魔力图大帐房里养伤了。刚刚抹了药和吃了药，它就用牙齿拽着父亲的衣服来到帐房外面，然后就和大黑獒那日一起朝前走去，走几步，看父亲没有跟过来，就又停下，用藏獒不常有的汪汪声叫起来。父亲走过去说："我知道你呆不住，你要去找你的主人七个上阿妈的孩子，可是你的伤还没好，你行吗？"冈日森格朝着不远处的一只亭亭玉立的黑颈鹤嬉戏地扑了一下，仿佛这就是回答。大黑獒那日也在旁边用昂首阔步的姿势使劲撺掇着：走啊，走啊。头顶滑翔的黑颈鹤也在嘎嘎地催促：去啊，去啊。

只能走了。父亲是人，是人就比冈日森格和大黑獒那日罗嗦。他向大格列头人致谢道别。大格列头人说："我也要出发去寻找我们的强盗嘉玛措和藏扎西了，天上的黑颈鹤告诉我们，好消息正在前面等着我们呢。吉祥的汉人，多带点吃的，慢慢地走啊。"父亲带了许多人和狗路上吃的，备鞍上马，在前后左右一大群婆娑起舞的黑颈鹤的陪伴下，跟着两只藏獒朝前走去。

走了好一会儿父亲才发现，这一路一直是大黑獒那日走在最前面。大黑獒那日带着冈日森格和他，朝着远方一座陌生的雪山，行走在一片陌生的草原上。他不知道大黑獒那日受伤的左眼看不见了以后，嗅觉变得格外发达，几乎是冈日森格的两倍，也不知道就在昨天，大黑獒那日见到送鬼人达赤后，就已经从他身上闻到了七个上阿妈的孩子的气息，也闻到了一股腥膻扑鼻的陌生藏獒的味道。它们本来昨天就想走，但为了冈日森格的伤只好休息一夜。一夜的休息是有效的，喜马拉雅獒种得天独厚的恢复能力加上藏医尕宇陀的神奇藏药，让冈日森格一见初升的太阳就不由得冲动起来。它们今天是非走不可了，即使父亲不跟来，它们也要走了。它们前去的地方，正是太阳升起的东方——送鬼人达赤居住的党项大雪山。

2

　　后来父亲才知道，送鬼人达赤之所以居住在党项大雪山，是因为高旷而蛮荒的党项大雪山的山麓原野，曾经是党项人的老家。

　　党项人是古代藏族人最为剽悍尚武、骁勇善战的一支，也是最早组建猛犬军团南征北战的藏人部族。蒙古人席卷世界时，汗王曾颁令征调党项人和党项人的猛犬军团作为北路先锋直逼欧洲。猛犬军团拥有五万多名战士，都是青一色的藏獒，它们以敌方的尸体作为吃喝，铺天盖地，一路横扫，建立了让蒙古人惊叹不已也羡慕不已的"武功首"。汗王曾经慨叹："身经百战，雄当万夫，巨獒之助我，乃天之战神助我也。"也就是说，党项大雪山的山麓原野是生长原始藏獒的地方。党项人虽然流徙了，但具有原始野性的党项藏獒却依然存在。送鬼人达赤知道这一段祖先的历史，也知道在格萨尔王的传说里，那些摧坚陷阵、不避斧钺的战神很多都是来自党项大雪山的藏獒，更知道党项藏獒是金刚具力护法神的第一伴神，是盛大骷髅鬼卒白梵天的变体，是厉神之主大自在天和厉神之后乌玛女神的虎威神，是世界女王班达拉姆和暴风神金刚去魔的坐骑。而曾经帮助二郎神勇战齐天大圣孙悟空的哮天犬，也是一只孔武有力的党项藏獒。所以，送鬼人达赤住在了党项大雪山的山麓原野，豢养了一只遗传正统的党项藏獒。藏獒的名字就是他天天礼拜的傲厉神主忿怒王的名字：饮血王党项罗刹。

　　走了三天才不走了，不走的时候父亲看到了党项大雪山。夕阳熔化成了流淌的云翳，大雪山正在疯狂地燃烧，残雪斑斑的夏季草甸上，赫然出现了一座石头房子和几顶帐房，帐房前簇拥着许多人。父亲愣了一下，走过去惊喜地叫起来："麦政委，你们也来了？什么时候到的？"麦政委说："我们昨天就到了。你怎么知道我们在这里？"父亲说："我哪里是来找你们的，我是跟着冈日森格来找它的主人的，你们见到七个上阿妈的孩子了吗？"麦政委说："还没有呢，送鬼人达赤把他们藏起来了。"父亲说："他怎么敢这样，应该强迫他交出来。"麦政委说："还不能强迫，我们得依靠活佛的力量，活佛会说服他的。"父亲过去，见过了白主任、李尼玛和梅朵拉姆，然后合十了双手，把腰弯成九十度拜见了丹增活佛和藏医尕宇陀。丹增活佛回拜了一下说：

"吉祥的汉人，我们又见面了。"父亲用藏话说："佛爷亲自到了这里，七个上阿妈的孩子肯定有救了。送鬼人达赤就是有一万个理由，也得听从佛爷你的。"丹增活佛说："达赤进到大雪山里去了，但愿他能把七个上阿妈的孩子带到这里来。不过，他是一个呵佛骂祖的人，魔鬼居住在他的心上，听不听我的话还不一定呢。"

藏医尕宇陀来到冈日森格跟前，蹲下来看了看它的伤口，埋怨地说："你走路太多，旧伤上挣出新血来啦，我再给你上一次药，今天晚上你可千万不要胡走乱动了。"冈日森格赶紧坐了下来。它的确有些累了，脖子上肩膀上的伤口也隐隐作痛，听尕宇陀一说，就觉得更累也更痛了。尕宇陀很快给它上了药。它来到父亲身边展展地趴在地上，有气无力地闭上了眼睛，好像它已经忘了它一路颠簸的目的是为了寻找自己的主人七个上阿妈的孩子，好像面前的一切包括吠叫而来的领地狗群都不在它的关注之内，它关注的只是把自己依托在冰凉的大地上，以最快的速度恢复体力。

领地狗们也是昨天和麦政委以及丹增活佛一起到达这里的。一来就被一股弥漫在四周的陌生藏獒的腥膻气息搞得骚动不宁。它们判断不出藏獒为什么会有这种气息，只知道它跟它们闻惯了的西结古藏獒的味道是不一样的，既然不一样，那就很可能是外来的藏獒，而这个地方——党项大雪山的山麓原野，是西结古草原的绝对领地，自然也是绝对不允许异类侵入的。它们想找到这只散发着腥膻气息的异地藏獒，但就是找不到，刺鼻的气息附着在每一根草叶每一块石头上，哪儿都是浓浓烈烈的，让它们在腥膻的弥漫里晕头转向，失去了找到源头的能力。因此它们不得不在广阔的山麓原野上到处游荡，游荡着游荡着，就惊奇地发现了冈日森格。

领地狗们吠叫着跑来，就像第一次见到冈日森格时那样，气势汹汹地似乎要把它撕个粉碎。但是这一点它们已经做不到了，不是没有能力，领地狗尤其是藏獒集体汇合时的攻击能力，往往是霹雳盖顶无坚不摧的，而是没有心力，心力就是仇恨的力量，这种力量正在不由自主地一点点消弭。因为它们突然意识到，獒王虎头雪獒已经死了，而面前这个趴伏在地的金黄色的狮头公獒，就是咬死獒王的那只藏獒。连獒王都咬死了，为什么领地狗群还要对它嚣张呢？威武盖世啊，名冠三军啊，万夫不当之勇啊，好生英雄了得啊，藏獒的语言里并不缺乏这样的词汇，这样的词汇从祖先的血脉中流淌而来，在它们的骨子里形成了一种牢不可破的崇拜的力量。

崇拜的力量让领地狗们在快要接近冈日森格的时候突然停下了。它们依然吠叫着，但那已不是愤怒的诅咒，而是为叫而叫，为凶而凶。冈日森格听出来了，所以它平静得就像一块岩石，连趴伏的姿势也没有改变一下。只有一只领地狗是真心愤懑，那就是大黑獒果日。出于对獒王虎头雪獒暧昧的感情，大黑獒果日暂时还无法从獒王之死的悲痛中缓过劲来，悲痛连带着仇恨，它的仇恨的步伐情不自禁地直走冈日森格。冈日森格没有理睬它，理睬它的是它的同胞妹妹大黑獒那日。两只姐妹藏獒以头相撞，翘起前肢抱在一起扭打着，一人咬下了一嘴对方的獒毛，就气呼呼地分开了。

天色突然暗淡下来，雪山由红色变成了青色，黑夜就要笼罩山麓原野了。父亲拿出从牧马鹤部落带来的风干肉，给冈日森格和大黑獒那日喂了一些。大黑獒那日很想去捕食野兽，考虑到冈日森格的安全，就忍住了，胡乱吃了一点风干肉，就去说服领地狗们：你们离远点，离远点，不要打扰了冈日森格，它要好好睡一觉呢，它已经好几天没有睡觉了。领地狗们虽然不习惯这样的劝说，但还是扭扭捏捏地退后了一些。大黑獒果日生气地喊叫着，但无济于事，它不是獒王，它只是獒王虎头雪獒的相好，大家并不一定非得听它的。喊到最后，连它自己也无奈地退后了十几米。大黑獒那日寸步不离地守护在冈日森格身边，警惕的眼睛里毫无睡意。父亲走过去说："你也睡一会儿吧，我来守着它。"说着一屁股坐了下来。大黑獒那日这才卧下，但它并没有睡着，眼光始终在领地狗群和大黑獒果日身上扫来扫去。

这一夜，父亲一直跟冈日森格和大黑獒那日呆在露天地上。麦政委让他到石头房子里睡觉，他没有去。丹增活佛让他到帐房里自己的身边睡觉，他也没有去。于是，麦政委给父亲拿来了自己的皮大衣让他盖上，丹增活佛给父亲拿来了自己的羊皮褥子让他铺上。党项大雪山的山麓原野上，冷凉的夏夜里，父亲就像一只真正的藏獒那样，怀着对世界的警惕，一会儿睁眼一会儿闭眼地睡过了前半夜。

后半夜，领地狗群突然有了一阵骚动。吠声爆起，就像天上扔下来了无数惊雷。接着就是奔跑，忽地过去，又忽地过来，黑色的潮水在没有月亮的夜空下喧腾回环。奔跑和叫嚣、扑打和撕咬以最激烈的程度持续着。石头房子和帐房里的人都出来了，瞪起眼睛刺探着前面，依稀能看到黑色的背景上一个更黑的黑影在闪来闪去，闪到哪里，哪里就会出现一阵疯狂的奔扑撕咬。人们猜测着：一只极其凶暴悍烈的野兽闯进了领地狗群，它的力量与勇气和藏獒旗鼓相当，所以争衡就格外激烈、猛恶和持久。

突然李尼玛大喊一声："危险，梅朵拉姆危险。"就见那更黑的黑影炮弹一样射向了一顶离石头房子五十步远的白布帐房,那是梅朵拉姆的帐房。她是来这里的唯一一个女人,大家就给她单独支了一顶简易帐房。帐房噗的一声倒在了地上。更黑的黑影在帐房上跳起落下,吱啦吱啦地撒扯着夏季帐房那并不结实的白布。领地狗群潮水一样朝那里淹没而去。

白主任下意识地掏出了手枪,朝上挥了挥,前走两步,突然又把枪扔到了地上。李尼玛神经质地浑身一抖,把枪捡了起来,就要朝前跑去。白主任白玛乌金一把揪住他,吼道:"你要干什么?把枪扔掉。"说罢跳起来朝帐房跑去。李尼玛扔掉枪跑步跟了过去。他里面穿着制服,外面裹着丹增活佛的绛紫色僧袍,跑起来像一只巨大的蝙蝠。突然,蝙蝠落地了——李尼玛双腿一软,一个跟头栽倒在地上。麦政委喊了一声:"不好。"忘了自己是怕狗的,抬脚就要过去。警卫员一个箭步抱住了他:"首长,我去。"麦政委回头对身后几个他带来的人说:"都去,你们都去。"

麦政委带来的所有人都朝着帐房跑去,丹增活佛带来的几个铁棒喇嘛以及光脊梁的巴俄秋珠也朝着帐房跑去。但是已经没用了,在他们跑过去之前,早就有人第一个跑到了那里,他就是父亲。父亲跑到的时候,更黑的黑影已经不见了,被利牙撕扯得四分五裂的帐房上,挤满了寻找目标的领地狗。梅朵拉姆从撕裂的豁口中站了起来,奇怪地问到:"这是什么野兽,怎么光咬帐房不咬人?"父亲问道:"它没有咬你吗?"梅朵拉姆说:"它在我身边跳来跳去,一口也没咬。"父亲说:"咬一口你就完蛋了。"

领地狗们奔扑而去,更黑的黑影又在别处闪来闪去了。父亲赶紧回到了冈日森格身边。让他奇怪的是,惊天动地的喧嚣并没有影响冈日森格的睡觉,它一眼未睁,好像已经不行了,马上就要死去了,狗世间的任何闹腾都牵动不了它的兴趣了。而大黑獒那日却显得非常狂躁,几次要冲过去,都因为牵挂着冈日森格而拐了回来。

翻江倒海似的一群对一个的剿杀持续了很长时间,终于平静了。领地狗群匍匐在黑暗里,就像消失了一样鸦雀无声。丹增活佛让出自己的帐房要梅朵拉姆进去睡觉。没等梅朵拉姆说什么,麦政委就喊起来:"这怎么行?你是神,我们是人,应该是人敬神,不能是神敬人。"李尼玛翻译着。丹增活佛说:"都一样都一样,神敬了人,人才能敬神。"麦政委说:"那就按年龄说吧,你和藏医喇嘛年龄最大,理应住帐房。我们比你们年轻,就来个天当被来地当床吧。梅朵拉姆,你去石头房子里睡。送鬼人达赤的房子里四面墙上都画着鬼像,你进去后就把眼睛闭上,哪儿也别看。"梅朵拉姆说:"我不怕,我什么也不怕。"

说着走到石头房子里头去了。

光脊梁的巴俄秋珠跟了进去,在黑暗中站了一会儿,就悄悄坐在了地上。他相信送鬼人达赤的房子里到处都是鬼,他要守护着他心中的仙女梅朵拉姆,让她安安稳稳睡一觉。梅朵拉姆发现了他,问道:"是你吗,巴俄秋珠?你到炕上来睡吧,炕上暖和。"看他不动,她又说,"过来呀,小男孩。"他过去了,上炕躺在了她身边。梅朵拉姆把大衣盖在他身上,摸摸他的脸说:"闭上眼睛睡吧,有我在身边,你会做个好梦的。"他于是闭上了眼睛。但是他睡不着,他听着身边的仙女梅朵拉姆均匀而温暖的呼吸,生怕丢了她似的,默默地守着,守着。

麦政委和许多人都睡在了露天地上。父亲再次躺到冈日森格身边,谛听着寂静中夜色从深沉走向浅薄的脚步声,渐渐睡着了。

天慢慢亮起来。当第一只秃鹫嘎嘎叫着降落到山麓原野上时,父亲警觉地掀掉大衣坐了起来。冈日森格依然趴卧在地上,一动不动。父亲疑虑地摸了摸它的鼻子,好像没摸到呼吸,吃惊地叫了一声。赶紧再摸,又发现呼吸是有的,而且是顺畅的,才放心地站了起来。

他走向了那只落在地上掀动翅膀的秃鹫,秃鹫的四周,是叫嚣撕咬了半夜累得打不起精神的领地狗。父亲在狗群里穿行着,看到草地被奔腾的狗爪抓出了无数个坑窝,一片片纤细的牛毛草翻了起来,草根裸露在地面上,乱草中洒满了血色的斑点,就像刚刚经历了一场雷阵雨。父亲疑惑着:这是谁的血呢?闯入领地狗群的野兽伤得肯定不轻,或者已经死了,被藏獒们的血盆大口你一口我一口地咬死了。他想找到闯入者的尸体,一抬头看到尸体就在跟前,一只,还有一只。他继续找下去,一共找到了五具鲜血淋淋的尸体,但那不是什么野兽的,而是领地狗的——死去的领地狗中有四只是小喽罗藏狗,有一只是高大威风的藏獒。除了死去的,还有受伤的,好几只藏獒身上都带着伤,包括大黑獒果日,大黑獒果日的耳朵被咬掉了一只,右边的肩膀也被撕掉了一大块皮肉。父亲在惊讶中继续寻找,想找到闯入者的生命代价——尸体或者被领地狗吃掉血肉的骨架。但是没有,走遍了领地狗群,走遍了留下爪窝,翻出草根的地方,连一根闯入者的毫毛也没有找到。

父亲呆愣着,他无法用声音表达自己的吃惊就只好呆愣着:这是什么样的闯入者啊,在闯入战无不胜的领地狗群后,左冲右突,居然咬死咬伤了这么多领地狗,而他自己却带着依然鲜活的生命杳然逸去,奇怪得就像一个鬼魅。

父亲想着，突然听到一阵哭声，扭头一看是光脊梁的巴俄秋珠。他穿着靴子，行走在领地狗群里，每看到一只死去的领地狗，就会趴在它身上痛哭几声。父亲一阵哆嗦，赶紧朝冈日森格走去。别让冈日森格撞上它，千万千万别让冈日森格撞上它。父亲想着，拿起大衣盖在了冈日森格身上。

过了一会儿，来这里的人都看到了领地狗群死伤惨重的情形，惊讶莫名地议论着。麦政委问道："到底是什么野兽，这么厉害？"藏医尕宇陀一边和梅朵拉姆给伤狗涂着药，一边说："达赤，达赤。"白主任问道："你说是送鬼人达赤干的？"尕宇陀无言地望了一眼丹增活佛。丹增活佛长叹一声说："黑风魔已经找到了危害人间的替身，在它不做厉神做厉鬼的时候，送鬼人达赤是不会听我的话的。昨天晚上来到这里的一定是饮血王党项罗刹，它是达赤制造出来的西结古愿望的化身，它把一切仇恨聚攒在自己身上，所以它是见谁咬谁的，但它最根本的目的是要让上阿妈草原的人付出夺取别人生命的代价。按照世世代代送鬼人的命运，达赤是娶不上老婆的（送鬼人的后代也就是继承人一般是认养而不是生养），但是几年前有个女人对达赤说，只要你能为我报仇我就嫁给你。这个女人的前两个丈夫都被上阿妈草原的人打死了，她知道指望自己的儿子去报仇，儿子最终也会死掉，所以她挑选了人人回避人人害怕的送鬼人达赤。达赤在娶这个女人前向班达拉姆、大黑天神、白梵天神和阎罗敌发了毒誓，要是他不能为女人报仇，他此生之后的无数次轮回都只能是个饿痨鬼、疫死鬼和病殃鬼，还要受到尸陀林主的无情折磨，在火刑和冰刑的困厄中死去活来。送鬼人达赤不是一个轻浮的叛誓者，他宁肯得罪我这个活佛也要让自己的誓言成为可能。因为活佛是现世的管家，而他的毒誓则决定着他以后的所有轮回。草原上的人都知道，明天比今天重要，下一辈子比这一辈子重要，而最最重要的，是一个接一个的轮回应该螺旋式上升，而不能螺旋式下降。"

李尼玛翻译着。麦政委说："佛爷是不是说已经没有办法了，我们这些人就只能听任送鬼人达赤胡作非为？"丹增活佛说："他要真的是胡作非为就好了，部落联盟会议就可以制裁他，但现在他的行为不仅没有违背而且完全符合西结古草原的规矩，头人们只会支持他而不会阻止他。"麦政委说："可是佛爷啊，我们到这里来就是为了解救七个上阿妈的孩子，如果做不到这一点，那要我们这些人干什么？"丹增活佛说："在党项大雪山的山麓原野上，目前最危险的，还不是七个上阿妈的孩子，因为送鬼人达赤没有从我们的药王喇嘛尕宇陀这里得到十八老虎虚空丸，玛哈噶喇奔森保的咒语还能暂时保佑孩

217

子们平安无事。可是同样来自上阿妈草原的冈日森格就不好说了,它恐怕很难避开送鬼人达赤仇恨的利箭,因为它面对着一只疯狂到极点的野兽——饮血王党项罗刹。现在看来,饮血王党项罗刹是送鬼人达赤实现复仇目标的一个寄托,是他天长日久用浸满毒汁的心愿培养出来的一个空前野蛮的毒物。他辛苦培养它这么久,等待的就是这一天。"父亲说:"饮血王党项罗刹,这么恐怖的名字,不会是一个鬼吧?"丹增活佛说:"肯定是一只藏獒,因为玛哈噶喇奔森保的咒语对别的野兽是不起作用的。"

"冈日森格,冈日森格。"麦政委禁不住同情地喊起来。冈日森格无动于衷。太阳出来了。梅朵拉姆在石头房子里送鬼人达赤的泥炉上烧开了奶茶,给大家一人盛了一碗。藏医尕宇陀不喝,几个铁棒喇嘛也不喝。丹增活佛虽然不怕沾上鬼气,但每喝一口都要念一句猛咒诅詈的经文。以麦政委为首的外来人就无所谓了,喝了一碗又一碗。父亲吹凉了一碗,要端给眼巴巴地望着他的大黑獒那日,被丹增活佛喝止住了,然后说了句什么。李尼玛翻译了出来:"万万不可,沾了鬼气的藏獒会得狂犬病,会变成狗里的疯子,六亲不认。"父亲只好自己喝下去,走过去对大黑獒那日说:"你自己去找水吧,或者你去喝猎物的血,我在这儿看着冈日森格,没关系的。"

大黑獒那日去了,走出去不到一百米突然又跑了回来,然后就一只眼睛盯着远方开始闷雷似的狂叫,叫着叫着用鼻子拱了一下冈日森格。冈日森格动了动,但没有睁开眼睛。父亲告诉麦政委:"自从我认识它以来,还从来没见过它叫得这么疯狂,它肯定发现了什么。"大黑獒那日的狂叫持续着,把不远处的所有领地狗都叫了起来。领地狗们也开始狂叫,震得半个天空都有些四分五裂了。丹增活佛似乎已经知道是怎么回事,盘腿坐下来,念起了《不动金刚愤怒王猛厉火庄严大咒力经》。藏医尕宇陀一听这声音,赶紧坐在了丹增活佛的身边。几个铁棒喇嘛侍列身后,顿时就威怒异常了。

就在这时,冈日森格站了起来,一站起来就抖了一下浑身金灿灿的獒毛,像是抖落了所有的疲倦和伤痛,顿时显得精神倍增,气象森然,仿佛它就是不动金刚,现在要愤怒了,要喷射猛厉之火了。它朝着大黑獒那日狂叫的方向望了望,一声不吭地朝前走去。

就在这时,仿佛是岩石变出来的,一只全身漆黑明亮,四腿和前胸火红如燃的藏獒突然出现了,就像一块正在燃烧的巨大黑铁,在人们的视野里滚地而来。领地狗们哗的一下从它的右侧围了过去。它好像都懒得看它们一眼,头不歪,目不斜,路线端直地径奔冈日森格。人们惊呼起来:"饮血王党项罗刹？"

就在这时，送鬼人达赤幽灵一样来到了这里。他匍匐在地，藏到连连堆起的哈喇包后面，带着狞厉的微笑，窥伺着面前的一切。

就在这时，一队骑影朝这边跑来。他们是野驴河部落的头人索朗旺堆以及管家齐美带领的骑手和牧马鹤部落的头人大格列带领的骑手。他们为追踪强盗嘉玛措和被绑架的藏扎西无意中汇合到了一起，然后又来到了这里，正好碰上这场藏獒与藏獒之间为了人类仇恨、草原争锋的打斗。他们齐喇喇地叫了一声：哎呀。

3

冈日森格停下了。它看到这只早就在期待中的黑铁火獒——饮血王党项罗刹直奔自己而来，就站斜了身子，耸起鬣毛，扬起大头，两只大吊眼格外夸张地吊起着，亮相似的摆出了一副昂然挺立的姿势，迎接着对方：就是这个东西，它终于来了。冈日森格几天前就预感到了饮血王党项罗刹的出现，预感到饮血王党项罗刹将是西结古草原横暴仇恶的极至，也预感到自己有生以来最残酷的打斗就要来到了，所以它要休息，要用彻夜不醒的睡眠驱除跋涉的劳顿和伤痛的困扼。现在，除了伤痕还有点痛，劳顿是彻底消除了，不然就摆不出昂然挺立的姿势。它知道按照打斗的惯例，只要自己摆一个姿势，风风火火跑来的饮血王党项罗刹就会在自己面前停下来，也摆出一个姿势让它看，越是强悍的藏獒就越讲究姿势的完美和独特，越渴望首先通过摆姿势来压倒对方。而冈日森格要做的，就是利用这惯例出奇制胜：在对方想摆姿势而没有摆好姿势的瞬间，以迅雷不及掩耳之势发起攻击，最好是一口咬住喉咙，次好是咬住脖子的任何一个地方。如果最好和次好的目标都实现不了，那至少也要在对方的肩膀上撕下一块肉来，狠狠地给它一个下马威。

然而冈日森格没有想到，饮血王党项罗刹不是一般的藏獒，它的成长离开了藏獒这一物种成长壮大的规律，它是人类用非人的手段训练出来的獒之魔、兽之鬼。藏獒本是一种依赖群居生活（和人类群居，也和同类群居）才可以发挥作用也才可以进入人类生活的动物，群居的生活会让它们具有健全的心理和智能，会在潜移默化中教会它们许多藏獒必须遵守的规矩，从而使它们的行为方式符合某种代代相传的习惯，这种规矩和习惯既体现着它们本身的生存需要，也体现着人类的需要。但是饮血王党项罗刹自记事以来从来没有和别的藏獒一起生活过哪怕一天，除了那些通过顽强的遗传牢固地盘踞在它的血液中骨子里的祖先的信息之外，它没有从任何同类和人类身上学到过任何所谓的惯例。从心灵到肉体的绝对孤独，让它独立在了人们和藏獒们的见识和理解之外。它的名字叫饮血王党项罗刹，这个名字所昭示的特点，一是迥异于任何野兽的巨无霸似的恶毒生猛，二是对秩序和道德的强烈反叛或者叫极端的懵懂无知。

饮血王党项罗刹朝着冈日森格飞奔而来，它既没有停下，也没有直取冈日森格，而是突然转身，朝着一只从右侧包抄而来的领地狗群里最勇猛的黑色的金刚公獒扑了过去。这是两倍于闪电的速度，是等同于雷霆的力量，是任何大脑都无法想象的攻击。金刚黑獒只觉得眼前突然有了变化，还没看清楚变化究竟是什么，对方巨大的身躯就已经扑天而来，大嘴一伸便咬住了它的喉咙，只听喀嚓一声响，利剑似的虎牙顿然豁开了一道半尺长的血口。按照常规接下来饮血王党项罗刹一定会再咬一口，直到咬死对方。但是没有，它在拔出牙齿的同时，飞身而起，用疾风之力扑向了冈日森格，速度之快，连冈日森格这样智勇双全的藏獒都没有反应过来。

冈日森格依然斜立着身子，耸起鬣毛，扬起大头，用一种昂然挺立的姿势等待着对方也摆出一个姿势来。饮血王党项罗刹大吼一声："你怎么这么莫名其妙？"牙齿比吼声更快地来到了冈日森格面前。冈日森格哎呀一声，知道跳开已是不可能了，顺势倒地也是不可能了，只好身子一缩，凝然不动。

冈日森格不愧是雪山狮子，凝然不动是镇定自若的表现，也是一种本能的防范，因为所有神勇的藏獒在扑咬时都算准了对方逃跑或者躲避的路线，都有极其准确的提前量，凝然不动就是躲过了扑咬者的提前量。从被动防范的角度来说，这一招果然是奏效的，饮血王党项罗刹并没有一口咬住它的喉咙，猛掏一下就能掏出一个岩窝的两只前爪，一爪扑在了空气里，一爪扑在了冈日森格的脑袋上，脑袋顿时嗡了一声。好在狗头是最硬的，冈日森格的头比岩石还要硬，当头上的金黄毛发纷纷散落的时候，它硬是抗住了如此猛烈的击打而没有倒下。更让人叫绝的是，它的没有倒下和它的反扑接踵而至。饮血王党项罗刹四肢刚刚着地，身侧就跟过来了冈日森格的利牙。这是风驰电掣的利牙，是只有草原战神才具有的利牙，这样的利牙类似人类的杀手锏，对付一切敌手都是一牙毙命的。

然而这样伟大的利牙在用来对付饮血王党项罗刹的时候突然就不伟大了。

饮血王党项罗刹立刻感觉到了对方这次反扑的厉害，而对它来说行动就是感觉，甚至行动比感觉还要快。它并没有躲闪，而是原地跳起，回头便咬。犬牙和犬牙砰然相撞的时候，冈日森格又一次领略了对方力量的巨大。它赶紧跳起来躲开，但已经晚了，饮血王党项罗刹的利牙哧啦一声戳穿了它厚实的嘴唇，而它却未能戳穿对方的嘴唇。飞溅而起的鲜血随着躲闪的身影淋漓在空中地上。

冈日森格发现虽然它已经预感到西结古草原将横空出世一个凶暴恶毒至极的党项藏獒，将和自己有一场空前残酷的打斗，但它仍然低估了对方的势力。对方进攻的速度、对方厮杀的蛮野、对方那种处于巅峰状态的气势，都远远超过了它。它现在唯一要做的似乎就是闪避，就是想方设法避免自己受到伤残，而不是想方设法给对方制造伤残。那么对方的闪避能力呢？要是对方的闪避能力也在自己之上，那就说明打斗现在已经有了结局：它是死定了的，不在这一刻，就在那一刻。因为闪避能力强的藏獒，一般来说更懂得如何破坏对方的闪避，它闪避的能力和技巧往往也是它进攻的能力和技巧的体现。

冈日森格要试一试了，它要看看对方的闪避能力究竟如何。它看到饮血王党项罗刹又一次朝自己扑来，便迅速闪开，又迅速扑了过去。然而饮血王党项罗刹没有闪避，它好像不懂得闪避，或者它不屑于闪避，当冈日森格扑向它眼看就要牙刀进肉的时候，它的反应依然是原地跳起，张嘴便咬，整个过程如同电光石火，结果仍然是它的牙刀攮进了冈日森格的肉，而不是相反。冈日森格再一次带着满嘴的创伤跳到了一边。它觉得自己真是很傻，对方有这般强劲快速的进攻，还需要闪避干什么？需要闪避的只能是它自己了，它除了闪避再也没有别的能耐了。所有超人超狗的智谋诡计，所有稳操胜算的扑杀本领，所有澎湃磅礴的情态气势，就在面对这个从天而降的饮血王党项罗刹的时候荡然无存了。

冈日森格灰心丧气着，突然发现它连灰心丧气的时间也没有了。饮血王党项罗刹的进攻再次开始。还是速度和力量的精彩表演，一次扑咬不到就来第二次、第三次，上一次和下一次之间只有起伏没有停顿，就像河水的奔腾自然流畅。冈日森格全力以赴地闪避着，虽然被动得让它毫无光彩，甚至有些狼狈，但也让围观的人们和狗们大开眼界：被动而不挨打，退却而不改神速，谁说弱者的机智不是一种值得赞美的举动呢——它在闪电之下躲开了闪电的击打，它在狂风之中避开了狂风的扫荡，它没有令人叹服的英雄气概，却同样令人叹服地让如此英雄的饮血王党项罗刹无可奈何。

从人群里传来了叫好的声音，是父亲的鼓励。领地狗们的叫声此起彼伏，它们情不自禁地开始为冈日森格助威。还有经声，丹增活佛又来了一遍《不动金刚愤怒王猛厉火庄严大咒力经》，这一遍声若洪钟，紧张的气氛里平添了许多庄严和肃穆。闪来闪去的冈日森格突然就不那么灰心丧气了。它知道自己现在使用的闪避法和一般的躲避绝然不同，躲避是躲开伤害，是生存的艺术，闪避是闪开死亡，是生命的艺术。你越想让我死，我就越要活给你看，我不死就是我的胜利。换句话说，你的胜利是咬死我，我的胜利就是让你的企图一次次落空，就是把贪生怕死的艺术发挥得淋漓尽致。只要你的进攻是无效的，我就是伟大而战无不胜的。

伟大的冈日森格十几次几十次地跳起来落下去，一次比一次更加惊险地闪开了对方的进攻。饮血王党项罗刹十几次几十次地跳起来扑过去，一次比一次更加恼怒地叫嚣着："你不是一只藏獒，你是一匹可耻的狼。狼见了我才这样的躲闪呢。狼日的杂种，你来啊，你冲我来啊，你就像鬼影一样闪来闪去算什么本事啊？"有好几次饮血王党项罗刹都想算了，不打了，永远都在逃跑的对手，根本就不是对手，就像一只见了你就钻洞的老鼠，你能说它是你的对手吗？但是既然已经期遇了这只狮头公獒，不咬死它，就不是饮血王党项罗刹的风格，就等于饮血王没有活着，或者说活着也是死了。饮血王党项罗刹突然停了下来，停下来是为了发动一次更加有效的进攻。

首先：它贴着地面趴在了地上，好像累了，眼瞪着冈日森格的胸脯长长地吐气长长地吸气。然后：它把后腿藏在了肚腹下面，两只爪子牢牢地蹬住了地面。接着：它伸展了前腿，用爪子抠住了地皮，并把肩胛紧紧缩了起来。冈日森格警惕地瞪着它，寻思它这是干吗呢？是不是体力不支了？或者心理上首先疲倦了？正想着，感觉地面突然摇了一下，正要跳起来闪开，饮血王党项罗刹削铁如泥的利牙已经来到了它的胸脯上。胸脯是深阔的，利牙在心脏的位置上插了进去。冈日森格立刻翻倒在了地上。

这是一次成功的扑咬。饮血王党项罗刹采用了低空咬蛇的战术，也就是它的扑跳没有弧线，直线而去，整个身子离地面始终只有不到五公分。而此前冈日森格的闪避艺术之所以成功，恰恰就是利用了对方扑跳时的弧线，在同等的距离上，弧线比直线多出来的那一点点时间，正是它每次都能闪开对方扑咬的时间。但是这一次，弧线比直线多出来的时间突然消失了，必须用弧线而不是用直线闪避的冈日森格闪无可闪，避无可避，就只能是瓮中之鳖了。

人们惊呼着。父亲就要扑过来为冈日森格帮忙。麦政委一把拉住了他："你要冷静,冷静。"说着看了看丹增活佛。丹增活佛诵经的声音依然如故。藏医尕宇陀微微闭上了眼睛。几个铁棒喇嘛平静依旧,威怒依旧。索朗旺堆头人以及管家齐美和大格列头人悄悄来到了麦政委和白主任身后。齐美管家小声告诉麦政委和白主任,西结古草原几乎所有的部落都派出了寻找强盗嘉玛措和解救藏扎西的骑手,但是至今没有下落。昨天晚上他们在高山草场搜寻时,尼玛爷爷的儿子牧人班觉告诉他们,他看见强盗嘉玛措和几个骑手带着捆绑起来的藏扎西朝着党项大雪山跑去。他们一路追踪来到了这里。他问麦政委,这里发现没发现强盗嘉玛措和藏扎西的踪迹。麦政委摇摇头说:"强盗嘉玛措来这里干什么?这里不是一个僻静的地方。"

"獒多吉,獒多吉。"光脊梁的巴俄秋珠突然喊起来。他希望领地狗群这时候能够冲上去,咬死冈日森格,也咬死饮血王党项罗刹。但领地狗群不听他的,既没有行动,也没有叫声。在这个眼看冈日森格就要毙命的时刻,傻愣是领地狗群的必然选择,因为这种顶极藏獒之间擂台赛式的打斗必须是一对一的,还因为它们没有忘记就要死掉的冈日森格来自敌对于西结古草原的上阿妈草原,如果它的表现不是英勇无敌岿然不动的,它们就没有任何理由和必要尊崇它了。领地狗们现在考虑的是,既然连战胜了獒王虎头雪獒的雪山狮子冈日森格都不能打败饮血王党项罗刹,那么它们应该怎么办呢?两种选择:一是前赴后继,万难不屈,直到全部牺牲;二是尊饮血王党项罗刹为王,朝着一个践踏了习惯与规矩的阴恶暴君俯首称臣。这样的可能并不是没有,就看是不是符合西结古人的意志了。

冈日森格被压倒在地,无奈而悲惨地挣扎着,胸脯上的血泉涌而出,迅速漫溢成了一片。饮血王开始饮血了,汩汩有声,如同溪流掉进了深谷。大黑獒那日来回奔跑着,差一点跳起来扑过去,但是它忍住了,藏獒的规矩让它只能旁观而不能参与。它叫着,声音不高也不闷,柔柔的,柔柔的。

大概就是这柔柔的爱语给了冈日森格勇气和灵感吧,令人不可思议的事情就在这个时候发生了:冈日森格突然忽高忽低地发出了一阵叫声,这是母獒的叫声,是母獒发情时的叫声,是母獒发情的高峰极其痛苦极其渴望极其温柔的叫声。饮血王党项罗刹虽然遗失了许多祖先的遗产,但它毕竟无法丢失娘肚子里就已经形成的生理特性,它是公獒,公獒的性别神经按照造物主的安排,和所有自然发生的事情那样,正常地存在着,使它在仇恨和愤怒的背后,深深潜藏着对母獒的另一种感情和冲动。饮血王党项罗刹愣了一下,好像是说:你不是一只雄性的狗杂种吗,怎么发出了母獒的声音?就是这一愣,使它的嘴有了松动，深陷于对方胸脯的虎牙被一种强烈的排斥心力挤了出来。而这一挤对冈日森格来说，就是生命走向存在的最为得体最为关键的一挤，它挤出了脱离死亡的时间，也挤出了松动自己的身体从而把对手的生命含在嘴里的空间。

  冈日森格用零点零零一秒的速度抬起了头，又用零点零零二秒的速度龇出了牙刀，然后用零点零零三秒的速度一口咬住了对方的喉咙。这是非常深刻的一咬，咬住的位置精确到无与伦比。饮血王党项罗刹太出乎意料了：这个用母獒发情时痛苦而温柔的叫声呼唤着自己的家伙，居然这么刻毒地咬住了它？它暴怒得腾挪跌宕，试图一甩就把对方甩掉。但更让它出乎意料的是，它不仅一甩没有甩掉，而且好几甩都没有甩掉。它只好一直甩下去，把冈日森格沉重的身体一次次地甩到这边又甩到那边。而对冈日森格来说，这一咬是用雪山狮子的整个生命和荣誉做赌注的，是它用吃奶的力气，用一生全部的打斗经验，用一切野兽在生死存亡之际所能发挥出来的最后的也是最为刚毅坚忍的能力，创造出的一次最能体现生命壮丽而不朽的防守反击。它成功了，奇迹般地成了这场眼看就要输掉——不，就要死掉的——打斗的主宰者。

  饮血王党项罗刹看甩不掉对方，就用前爪使劲蹬踢，这可是猛伸出去能让坚硬的岩石哗啦啦粉碎的爪子，是恐怖之主用漫长的岁月磨砺出锋锐的爪子，只一下就蹬断了冈日森格的肋骨，就把它庞大的身子蹬得飞了起来。但它就是蹬不掉冈日森格，就是无法蹬到冈日森格要命的脖子上或者同样要命的肚腹上。冈日森格抱定了这样的信念：就是自己粉身碎骨，也要把牙齿留在对方的喉咙上。

  血从饮血王党项罗刹的喉咙上流了出来，很多，也很快，就像冈日森格熟悉的那些旺盛的冰川水源，流成了一根粗大的血柱。这不是饮血王党项罗刹的血，是别的藏獒的血，它渴饮了许多藏獒的血，所以它就是一个大血库。血库里的血仿佛是无尽的，它的生命也是无尽的。不，冈日森格对饮血王党项罗刹说了一声不：你的生命不是无尽的，从现在开始，你就要走向死亡。

  饮血王党项罗刹疯狂的甩蹬延续了很久。冈日森格死死咬住不放，就像是对方身体的一部分。终于，饮血王党项罗刹的甩蹬消失了，呼呼地喘息着，若断似连地喘息着。终于，冈日森格的力气用尽了，牙齿禁不住离开对方，浑身瘫软地趴卧在了地上。这时候饮血王党项罗刹依然挺立着，依然是龙骧虎步，威武雄壮。它已经不流血了，似乎所有的血都流尽了，但是它没有倒下，它过了一会儿才倒下。轰然倒地的一刹那，所有的领地狗都放声大叫，山麓原野上惊雷滚地，驱赶着低伏的云翳疾走天涯。

丹增活佛的经声顿然消隐。父亲和大黑獒那日同时跑向了冈日森格。他们身后紧跟着藏医尕宇陀和梅朵拉姆。冈日森格的眼皮一眨一眨的。在父亲的抚摩下，它的眨眼就像是亲切的回答：没事儿，我好着呢。藏医尕宇陀看了看它浑身的伤痕，边打开豹皮药囊，边念起了《光辉无垢琉璃经》。大黑獒那日心痛地舔着，急切地到处舔着冈日森格的伤口。

领地狗们围了过去，突然又停下了，尤其是那些智慧而勇武的藏獒，都在离冈日森格不远的地方停了下来。它们坐在地上，昂起头，一声比一声动情地叫着。这是肃然起敬的意思，是只有拜见獒王时才会有的心悦诚服、欢呼雀跃的举动。趴卧在地的冈日森格有礼貌地轻轻摇了摇尾巴。领地狗们喊叫的声音更加情深意长了。

送鬼人达赤狞厉地扭歪了脸，从哈喇包后面爬起来，转身就跑。

"獒多吉，獒多吉。"领地狗群的后面，突然响起了巴俄秋珠的声音，一声比一声急躁。这是催动战争的声音，是对领地狗群服从冈日森格的干预。但是领地狗群里没有一只狗对巴俄秋珠的声音做出反应。已经不起作用了，人类的仇恨意识在藏獒亘古及今的英雄崇拜面前，如同云烟过耳，轻轻地来，轻轻地去了。

人们过来围住了冈日森格。丹增活佛俯身摸了摸它的头。麦政委说："这是佛爷的祝福吧？好啊好啊，多亏了你给它念经，它才表现得这么神勇。"野驴河部落的头人索朗旺堆说："不愧是来自神圣的阿尼玛卿的雪山狮子，真是神獒啊，我们西结古草原的新獒王已经诞生了，这是草原吉祥的征兆，你说呢大格列头人？"牧马鹤部落的头人大格列瓮声瓮气地说："领地狗们都已经尊它为王了，我还能说什么？冈日森格你听着，当你下一次光临我们牧马鹤部落的时候，我们会用最好的吃食招待你。"冈日森格听懂了人们的话，颇受鼓舞地抬起了头，伸出舌头舔了舔受伤的嘴唇。

这时梅朵拉姆端来了一碗流淌在原野上的雪山清水，藏医尕宇陀在里面散了一层麝香粉、宝石粉和藏红花的药面。父亲接过碗一点一点灌进了冈日森格的嘴里。大黑獒那日依然急切地到处舔着冈日森格的伤口，恨不得那些伤口被自己一舔就好。领地狗们在耳朵被饮血王党项罗刹咬掉了一只的大黑獒果日的带领下，簇拥而来，也像大黑獒那日那样舔起来，争着抢着拥着挤着舔起来。藏医尕宇陀禁不住笑了，说："好啊，好啊，百舌救一命，百舌救一命。"父亲后来知道，藏狗尤其是纯种藏獒的舌头杀菌消炎的作用和特点是各自不同的,如果伤口经过许多藏獒不同舌头的舔舐,疗伤的效果比一只舌头的舔舐要好出几十倍,夸张地说,就是死狗也能舔活了。领地狗们舔了足足有一个时辰,藏医尕宇陀才说:"够了够了,今天足够了,我该上药了,你们的舌头加上我的药,伤口明天就能长出新肉来,冈日森格明天就能站起来。"

父亲来到了饮血王党项罗刹身边,蹲下身子摸摸它伟岸的身躯,又摸摸它的鼻息,大喊一声:"它怎么办?它还活着。"白主任和大格列头人一个用汉话说一个用藏话说:"让领地狗咬死它。"父亲本能地抖了一下说:"别。"说罢征询地望了一眼丹增活佛。丹增活佛蛮有深意地点了点头,却不表示任何态度。父亲用藏话喊起来:"药王啊,你是尊敬的药王喇嘛,你为什么不过来一下?"给冈日森格上完了药的藏医尕宇陀走过去看了看说:"它是魔鬼的化身,别管它,就让它死掉吧。"父亲说:"治好魔鬼的药王才是真正的药王,你就不要吝啬你那点药粉了。"尕宇陀四下里看了看说:"它把仇恨的利箭射进了大家的心,这里的所有人所有狗都想让它死掉。我能给它上药,但我不能守护它。"父亲说:"我来守护它。"尕宇陀说:"你为什么要这样?你是外来的汉人你不应该这样。"父亲说:"你不要管我是汉人还是藏人,我只能这样。"其实父亲也不知道他为什么这样固执地希望救活饮血王党项罗刹,一切都来源于天性。在他的天性里,他希望所有的狗都是好狗,都是自己的朋友。他是狗的圣母,面对任何一只将死而未死的狗,他都不会见死不救。况且它不是一般的狗,它是一只雄野到无以复加的藏獒。

在父亲的企求下,藏医尕宇陀给饮血王党项罗刹上了药。

12 新生的獒王

1

　　藏医尕宇陀错了，冈日森格不是明天站起来，而是很快站了起来。当它又喝了一碗梅朵拉姆端来的加了酥油的雪山清水之后，它不仅站了起来，而且还朝前走去，虽然走得很慢，却显得异常坚定。大黑獒那日跟上了它。领地狗们跟上了它。在场的所有人都惊呼着跟上了它。父亲跑过去问道："你行不行啊？"冈日森格用稳稳行走的举动告诉父亲："你看我不是挺好的吗？"狗们和人们都知道，冈日森格是走向它的主人七个上阿妈的孩子的。他们被送鬼人达赤囚禁在了一个秘密的地方，这个地方人是不知道的，只有冈日森格和它身边的大黑獒那日知道，只有这些追随而去的领地狗们知道。它们凭着灵敏的嗅觉，已经发现七个上阿妈的孩子就在不远处的前方，党项大雪山的一个地下冰窖里。

　　父亲恋恋不舍地跟着冈日森格走了几步，又担心饮血王党项罗刹被人打死或者被狗咬死，赶紧又转身回去了。麦政委走过去对父亲说："你就在这里守着它，我赞赏你的举动，我们打仗的时候，俘虏了受伤的敌人，也是要给他好好治疗的嘛。"父亲说："可是冈日森格身边得有人，它万一倒下去怎么办？"麦政委说："你放心，我会亲自跟着它。它对我是很好的，我现在不怕它，很喜欢它。"说着大步过去,走在了冈日森格身边。警卫员牵着两匹马,紧紧跟在了麦政委的身后。白主任白玛乌金犹豫了一下,觉得自己作为西工委的领导理应陪同在上级领导身边,也跟了过去。

越来越近的党项大雪山气势逼人,似乎就在头顶的天上,就要崩溃在眨眼之间。更加逼人的是冰光,它一轮一轮地奔涌而来,试图穿透所有走向它的肉体,让污浊的生命冰清玉洁。山裙的阔界里,已是寸草不生的冰天雪地。一片冰丘连接着一片冰塔林。冰塔林中间隐藏着许多个天然生成的地下冰窖,其中的一个冰窖里,囚禁着七个上阿妈的孩子。

送鬼人达赤紧紧张张来到这里,滚倒在冰窖的窖口喘息不迭。突然,他哭了,开始是无声地流泪,接着就号啕大哭。他用生命的全部激情培育而成的复仇魔王——饮血王党项罗刹就这样死掉了(他觉得它已经死掉,复仇失败了就是死掉了),他给女人的盟誓——岩石一样坚硬雪山一样剔透的复仇心愿,就这样毁于一旦。他的心情从天堂直落地狱,他恨啊,恨自己没有更为阴深毒广的本事,恨冈日森格这只来自仇家草原上阿妈的无敌藏獒,恨这只无敌藏獒的主人冰窖里的七个上阿妈的仇家。砍掉它,砍掉他们的手,草原的规矩给了他勇气,部落联盟会议的决定给了他权力,他为什么直到现在还没有付诸行动呢?难道一定要把他们押上行刑台,让他们在大庭广众之下惊尘溅血,才算是合乎草原铁律的?是的,应该是这样。除非饮血王党项罗刹出面,在人鬼不知的时候咬掉他们的手。本来饮血王党项罗刹是要这么做的,送鬼人达赤已经给了它咬手的指令,而他的指令对它来说就是天意的驱动,就是它自己的意志。饮血王党项罗刹已经把自己的存在和送鬼人达赤的复仇意念合而为一了。可惜的是,七个上阿妈的仇家喊起了"玛哈噶喇奔森保"的咒语,而饮血王党项罗刹居然对这样的咒语先天就有一种心领神会的恐惧和忍让;更可惜的是,一代枭雄冈日森格出现在了西结古草原,并且来到了党项大雪山,不该死了迅速死掉了,该死的一个也没有死。

送鬼人达赤哭着,恨着,冈日森格已然成了他仇恨的焦点。杀了它,杀了它,为什么不杀了它?他站了起来,决定要去杀了冈日森格,又意识到自己根本杀不了冈日森格,冈日森格杀了饮血王党项罗刹,他哪里是它的对手。但是他可以杀了它的主人七个上阿妈的孩子,这也是复仇,是更加方便快捷、坚决彻底的复仇。对,不砍手了,直接要命就是了,绝不能让冈日森格救了去,绝不能。他的心激动地跳了一下,他的身子也激动地跳了一下,然后走过去,满怀抱起了一块沉重的冰岩。他知道，只要他不断地把冰岩从冰窖的窖口扔下去，就能砸死里面所有的人。

他双腿挪动着，来到了窖口。窖口正视着他，有一个人也在正视着他。那个正视他的人不知道他要干什么，爽朗地吆喝了一声。送鬼人达赤身子不禁一抖，冰岩掉在了地上。他抬头一看，只见牧马鹤部落的强盗嘉玛措带着几个人，牵着几匹马，从冰塔林中走了出来。

送鬼人达赤定了定神问道："勇敢的强盗你来这里干什么？难道你不怕我给你沾上一身鬼气？"强盗嘉玛措停下来说："我当然害怕，怕得要死。但我知道你的鬼气是有限的，你沾染给了别人就不会沾染给我了。我听说你把七个上阿妈的仇家藏了起来，谁也找不着，我今天来找你，就是想让你再藏一个人。"送鬼人达赤这才看到他们中间有个人是绑起来的，再一看，认出是已经被丹增活佛逐出西结古寺的藏扎西，便道："我听说他已经成了神圣的复仇草原的叛徒，你把他藏起来干什么？砍到他的双手不就行了。"强盗嘉玛措说："这不符合草原的规矩，草原的规矩里，惩罚叛徒总是要起到杀一儆百的作用。等外来的汉人一离开西结古草原，我就会把他送上西结古的行刑台，让草原上所有的人所有的狗所有的活物都知道，叛徒的下场是什么样子的。我还要让大家明白，西结古草原复仇的烈火只能越烧越旺，不能烧着烧着就灭了。"送鬼人达赤说："英明的强盗你说得真好，可是啊，可是我这里已经藏不住人了，那个来自上阿妈草原的叫做冈日森格的狮头公獒来到了党项大雪山，它打败了我的神圣而正义的复仇魔主饮血王党项罗刹，正带着人和一大群领地狗朝这里走来。"

强盗嘉玛措吃惊地说："你说什么？你说它带着一大群领地狗朝这里走来？"送鬼人达赤说："是啊是啊，领地狗们都跟着冈日森格，它已经是西结古草原的獒王了。"强盗嘉玛措说："这怎么可以呢？我们西结古草原怎么能让一个上阿妈草原的仇狗做我们的獒王呢？"送鬼人达赤说："这不是你我说了算的，我亲眼看到，领地狗们都无一例外地拥戴它了。"强盗嘉玛措沉重地摇着头说："我知道冈日森格是一只勇敢无私的藏獒，是阿尼玛卿雪山狮子光荣的转世。但是它正在和我们至高无上的复仇作对，我们就无法接纳它了。我不能容忍我们西结古草原的领地狗群里有这样一只獒王。送鬼人你说，我要是打死了冈日森格，人们就找不到七个上阿妈的仇家和叛徒藏扎西了是吗？"送鬼人达赤说："是啊是啊，可是你能打死它吗？它是神奇无限、战无不胜的。"强盗嘉玛措说："我知道它是厉害的，但我知道草原上的强盗嘉玛措也是厉害的。我现在就去打死它，我一定要打死它。如果西结古草原自己产生不了葵王，我就做葵王，天天吃生肉，顿顿喝冷水，身上长毛，野地里睡觉。"说着，取下身上的叉子枪，把自己的大黑马交给身边的骑手，朝着冰塔林外大步走去，又回头大声说，"送鬼人达赤，拜托你了，你把叛徒藏扎西给我藏起来。"

送鬼人达赤走向了被绑起来的藏扎西。押解他的几个骑手一脸惧怕地朝后退去。藏扎西恐怖地瞪大了眼睛，喊起来："走开，走开，别动我，别动我。"送鬼人达赤哼哼一笑，晃着头，炫耀着粗大辫子上的红色毒丝带和那颗雕刻着罗刹女神蛙头血眼的巨大琥珀球，两手摸了摸熊皮阎罗腰带上一串儿被烟熏黑的牛骨鬼卒骷髅头，又摸了摸胸前映现三世所有事件镜上墓葬主手捧饮血头盖骨碗的凹凸像，然后张开双臂，忽的一下抱住了藏扎西。藏扎西一阵惨叫，就像尖刀戳进了心脏。

天然生成的地下冰窖里，七个上阿妈的孩子并没有意识到这是一个生死攸关的时刻，就跟他们在这里度过的每一个日子一样，他们根本就没有想过死亡与自己的关系。他们是流浪惯了的塔娃，自从他们离开了骷髅鬼多多、吃心魔多多、夺魂女多多的上阿妈草原，来到西结古草原寻找满地生长着天堂果的海生大雪山冈金措吉以来，并不觉得自己吃了多少苦，受了多少惊吓，还觉得这样的生活挺好玩的。即使被送鬼人达赤骗进了这个天造地设的坟墓一样的地下冰窖，也没有感觉到死神就在头顶。送鬼人达赤说："党项大雪山的所有冰窖都是通往海生大雪山冈金措吉的，你们从这里下去，穿过一个地洞，就能看见一条河，沿着河流往前走，走上一天一夜，当太阳出来的时候，海生大雪山就会自动来到你们面前。"他们相信了，因为送鬼人达赤不仅用魔变的神迹让他们心服口服，还招待他们吃了一顿带血肠的手抓羊肉，吃得他们又饱又高兴，没办法不听他的。等他们欢天喜地一惊一乍地被他用绳子吊进冰窖后，才发现他们上当了，达赤不是一盏神灵附体的明灯，而是一个魔鬼附体的骗子。好在冰窖里面不冷不热、有吃有喝，大喊大叫了一阵也就罢了。活着，玩着，等待着，说不定哪一天，送鬼人达赤懒得管他们吃喝了，就会把他们吊出冰窖放他们走了。

这会儿，他们吃着喝着送鬼人达赤昨天丢进来的一牛肚风干肉和一牛肚牛奶，嘻嘻哈哈猜着谜语。脸上有刀疤的孩子发问："外面看，好像一顶大白伞，里面看，好像佛经撂千卷，是什么？"大家你一个答案我一个答案，终于由大脑门的孩子说对了："蘑菇。"刀疤又问："一只青鸟进了洞，尾巴留在洞门口，是什么？"谁也猜不出，最后刀疤说了出来："刀子插进刀鞘里。"大脑门抢着说："我说一个你们猜，石崖上面羊羔跳，石崖下面雪花飘，是什么？"大家都"哦"了一声，齐声回答："磨糌粑。"大脑门说："我再说一个。方方正正黑物件，嘴里吃人，肚里说话。"大家说："牛毛帐房。"刀疤说："你说的大家都知道，我发明了一个，颜色是金子的，长相是狮子的，力气是野牛的，狗熊是不怕的，是什么？"大家心领神会地齐声回答："冈日森格。"一说到冈日森格，七个孩子就都平静下来了，都在想，它在哪里呢？它是不是正在找他们呢？他们也应该去找它，可是他们窝在冰窖里出不去，没地方去找它。于是他们就哭了，哇哇哇的哭声装满了冰窖，装不下的就溢出窖口，被空气稀释成微弱的求救的信息，随风而逝了。

    冈日森格以新獒王的身份带领着领地狗群来到了冰清玉洁的山裙之上，党项大雪山发育着河流和湖泊的连绵冰丘和冰塔林顿时扑眼而来。冈日森格停了下来，一直跟在它身边的麦政委和大黑獒那日也停了下来。冈日森格和大黑獒那日都用鼻子使劲嗅着，都觉得眼前的空气里充满了一种异样而危险的味道。但是危险的味道越浓，它们就越要往前走，因为七个上阿妈的孩子的味道以及隐隐传来的哭声，比任何味道都更加强烈地牵引着它们。

    再次开步的时候，冈日森格和大黑獒那日一点也没绕，径直走向了冰塔林中囚禁着七个上阿妈的孩子的地下冰窖。它们因为听到了哭声而心急意切，没看到旁边的巨大冰凌后面藏匿着强盗嘉玛措的身影和一杆装饰华丽的叉子枪。

    其实发现异样和危险的还有麦政委，他当然不是用鼻子，而是用眼睛。他看到在这个冰光四射的地方没有任何阴影，看到在这个不该有阴影的地方突然出现了一个阴影，就在身旁不远处的巨大冰凌后面，长短跟人的影子差不多。他马上断定那儿有一个人，马上断定这个人是危险的，因为不是危险的人不会藏在一个可以打伏击的地方。他喊了一声"警卫员"，正要吩咐他注意前面，又看到冰凌后面探出了一根羚羊角的叉子，叉子不是平举的，而是朝下的，平举是对着人的，朝下是对着狗的。他望了一眼冈日森格，再也没想什么，扑过去一下抱住了它。

    紧跟在他身后陪同着他的白主任白玛乌金大声道："麦政委你要干什么？"抬头一看，叉子枪就在前面，不禁大吃一惊，喊了一声"有坏蛋"，就像勇敢的冈日森格那样跳起来,扑在了紧紧抱着冈日森格的麦政委身上。

枪响了。世界愣了一下。最先摆脱愣怔的,是跟麦政委和白主任一起陪伴着冈日森格的大黑獒那日。它一跃而起,直扑斜前方那个藏匿着阴谋的巨大冰凌。冰凌后面的强盗嘉玛措一看自己打着的不是冈日森格,而是人,是那个外来人里官儿最大的麦政委,或者是那个西结古工作委员会的白主任,顿时就傻了。他是剽悍勇武的部落强盗,是牧马鹤部落的军事首领,不是无所顾及的土匪。他虽然打死过人,但他绝对没有离开草原的复仇规矩和复仇动机无缘无故地打死过人。天经地义地惩罚仇家以及叛徒,才是他的职分。可是现在,他怎么打中了麦政委或者白主任呢？他们既不是仇家也不是叛徒,他们虽然不赞成西结古草原对上阿妈草原坚定不移的复仇,但他们都有一颗祝福草原幸福平安的心是确定无疑的。他们曾经说过:"我是远方飞来的小鸟,请你相信我。"丢掉叉子枪的强盗嘉玛措不知所措地呆愣着,突然看到一只大黑獒朝自己扑来,惊吼一声,转身要跑又没有跑。

大黑獒那日是西结古草原的领地狗,它从来没有扑咬过西结古草原的人,这是第一次。它认识这个人,这个人是素来受人与狗尊敬的牧马鹤部落英武的强盗嘉玛措。但不管他是谁,只要他想打死西结古草原新生的獒王冈日森格,自己就要不顾一切地冲过去。它冲过去了,并不希望自己嘴下留情,但当它看到这个人的喉咙就在眼前,这个人的手也在眼前的时候,它还是下意识地做了一次选择,选择的结果是,它一口咬住的不是致命的喉咙而是不致命的手。毕竟这个人是西结古草原的人,咬死他是不合常规的。它咬断了这只手,又咬断了那只手。

强盗嘉玛措惨烈地叫着,仰倒在地上。他没有逃跑,也没有反抗。他知道按照草原的规矩,打死了不该打死的人,那就应该以命偿命,如果不能以命偿命,那就意味着你欠下了命债,你招来了仇恨。尤其是外来人的仇恨,那可是不得了的仇恨。可是他万万没想到,扑过来的不是外来人还击的子弹,而是西结古草原的领地狗大黑獒那日。更让他没想到的是,大黑獒那日没有咬断他伸给它的喉咙,而是咬断了他缩回来的手。他的手转眼就落在雪地上了,不是一只,而是两只。他日夜奔波,一门心思想砍掉藏扎西的双手,砍掉七个上阿妈的孩子的一只手,但是到头来,失去双手的却是他自己。他打着滚儿惨叫着,血纷纷,血纷纷,白地上红了,红了,刹那间就殷红一片了。

牧马鹤部落的头人大格列扑通一声跪倒在了坚硬的雪地上,朝着党项大雪山惶恐地喊道:"神啊,你有一亿个食肉魔环绕,你有十亿个血湖鬼陪伴,你有一万个鸦头女神牵引,你就让大黑獒那日咬死强盗,让他偿命保平安吧,是他枪打了这个外来的贵人,不是草原,不是部落。"

对万年寂静的党项大雪山来说,强盗嘉玛措的枪声差不多跟一场地震一样。峻峭突兀的冰峰雪岭呆愣了一会儿,蓦然就崩裂了,那一种惊心动魄的坍塌,那一种天翻地覆的震撼,让草原和雪山终于反弹出了自己压抑已久的声音。父亲后来说,这是白主任白玛乌金的葬礼,如果父亲不是因为饮血王党项罗刹而留在山麓原野上,这很可能就是他的葬礼。

白主任从麦政委身上倒了下去,麦政委从冈日森格身上倒了下去。麦政委很快站了起来,白主任没有站起来,他再也站不起来了。冈日森格叫着,呜呜呜地叫着,这是哭声,是藏獒从人那里学来的发自肺腑的哭声。它边哭边舔着白主任血如泉涌的胸口,两只前腿像人那样跪下了。许多人围了过来,呼唤着:"白主任,白主任。"藏医尕宇陀查看着伤势,痛心地摇了摇头。麦政委和李尼玛激愤地望着前面,失去双手的强盗嘉玛措突然站起来,扑通一声跪下,悲惨地喊着:"打死我,打死我。"

冈日森格站起来抽身而去,它要去报仇了,为了白主任白玛乌金它决定咬死放枪的强盗嘉玛措。但是雪崩制止了它,它望着大面积倾颓的冰体和弥扬而起的雪粉,突然改变想法朝前跑去。它浑身是伤,在根本就没有能力奔跑的时候奔跑起来,雪崩的威胁、主人的危险让它溘然逸去的奔跑能力又猛可地回来了。所有的领地狗都跟上了它。它们直奔冰塔林中囚禁着七个上阿妈的孩子的地下冰窖。

光脊梁的巴俄秋珠混在领地狗群里奔跑着,悲愤地喊起来:"獒多吉,獒多吉。"梅朵拉姆追了过去:"你要干什么?你回来。"他不听她的,依然沉浸在仇恨的毒水里,依然希望领地狗们能够扑上去咬死冈日森格:"獒多吉,獒多吉。"梅朵拉姆大声说:"现在所有人都是为了救人,怎么就你一个人是为了害人?我决定不理你了,这次是真的不理你了。"他似乎听懂了,嘟囔了一句什么又喊起来:"獒多吉,獒多吉。"领地狗们不理他,假装没听见,雪崩的声音太大了,也有可能真的没听见。光脊梁的孩子愤怒之极,边跑边踢打着身边的藏獒,愈加疯狂地喊起来:"獒多吉,獒多吉。"梅朵拉姆毫不放松地追着他:"你不要过去,危险,快回来,冰雪会埋了你的。"他绝对听懂了,回头感激而多情地望了一眼他心中的仙女。但是他没有止步,他越过了领地狗群,来到冈日森格身边,仇恨难泄地踢了它一脚。冈日森格忍着,忍着,不理他,不理他,一直往前跑。

祈祷啊，丹增活佛跪在雪崩面前祈祷，几个铁棒喇嘛也跪在雪崩面前祈祷，索朗旺堆头人和大格列头人以及齐美管家都跪在雪崩面前祈祷。祈祷的声音如钟如磬，高高地升起了，是西结古草原人人都会念几句的《大悲咒》。

　　刚刚把捆绑起来的藏扎西丢进冰窖的送鬼人达赤呆望着滚滚而来的雪崩，尖叫了一声，转身就跑。没跑几步又站住了，他看到了迎面而来的冈日森格和它的领地狗群，他愣着，愣着，突然回过身去，满怀抱起了那块他早就想扔下冰窖的沉重的冰岩。复仇的希望正在破灭，他要孤注一掷了，把冰岩从窖口扔下去，砸死一个算一个。他用冰岩对准了窖口，眼看就要松开双手了。

　　梅朵拉姆追上了巴俄秋珠，一把抓住他说："你往雪崩的地方跑什么？不要命了？我们的白主任已经死了，再不能死人了，你死了我会伤心的，知道吗小男孩？"巴俄秋珠停下了，忽闪着明亮的大眼睛望着他心中的仙女梅朵拉姆。梅朵拉姆又说："听话，小男孩，你要听我的话。"说着就把他抱住了，她用仙女的姿态、仙女的温柔、仙女的情肠把他抱住了，这一抱似乎就抱走了他那已经被她追撵得有点慌乱有点动摇的仇恨，抱出了他的全部感动，感动得他觉得不听梅朵拉姆的话就不是人了。他浑身抖了一下，突然挣脱了她的搂抱，回身望了望前面抱着冰岩正要扔下窖口的送鬼人达赤，如同一只藏獒，跳了起来，扑了过去，大喊一声："阿爸。"

　　阿爸？谁喊谁呢？这里谁是谁的阿爸？送鬼人达赤蓦然回首，一眼就看到了巴俄秋珠。巴俄秋珠在喊他阿爸？他是巴俄秋珠的阿爸？巴俄秋珠从来没有管他叫过阿爸。他曾经对巴俄秋珠说，跟我走吧，去做西结古草原富有的送鬼继承人吧，只要你叫我一声阿爸，我就给你一头牛，叫我十声阿爸，我就给你十头牛，叫我一百声阿爸，我就给你一群牛。巴俄秋珠始终不叫，坚决不叫。可是今天他居然叫了，真真切切地叫了，为什么？送鬼人达赤用片刻的时间疑惑着，问道："阿爸？你叫我阿爸？"巴俄秋珠大声说："阿爸，我要救人了。"说着他一头撞过去，撞得送鬼人达赤连连后退。沉重的冰岩离开了窖口，也离开了他的怀抱，咚的一声掉在冰石累累的地上。

　　这时冈日森格跑来了，冲着送鬼人达赤吼了几声，然后激动地趴卧在冰窖的窖口，深情地叫着。领地狗们一个个跑来了，团团围住冰窖，也像冈日森格那样深情地叫着。冰窖沉寂的窖口仿佛豁然开朗，惊喜地传出了七个上阿妈的孩子和藏扎西的齐声喊叫："冈日森格。"

　　父亲后来说，雪崩没有掩埋藏匿着七个上阿妈的孩子和藏扎西的地下冰窖，那么多巨大嶙峋的冰石，那么多掀天揭地的雪粉，在离冰窖二十步远的地方戛然而止。这是天意，是党项大雪山仁慈的雅拉香波山神的保佑，是丹增活佛以及所有来到这里的草原人念起了《大悲咒》的缘故。

2

在昂拉山神、奢宝山神和党项山神的保佑下，一只来自仇家草原上阿妈的狮头公獒，经过了九九八十一难的考验，做了西结古草原的新獒王。美好的故事传遍了西结古草原，也传遍了比西结古草原大十倍的整个青果阿妈草原。还有一个故事也正在传遍，那就是白主任白玛乌金挡住仇恨的子弹用生命保护了麦政委和獒王冈日森格的故事。这样的故事一传就传成了神话——阿尼玛卿雪山是格萨尔王的寄魂山，白主任白玛乌金前世是守卫格萨尔王灵魂的大将，而前世是阿尼玛卿雪山狮子的冈日森格正是从白玛乌金那里借用了格萨尔王的灵魂，才保卫了所有在雪山上修行的僧人。白玛乌金和冈日森格原来就认识，他们都住在阿尼玛卿雪山白玉琼楼的万朵莲花宫里。这样的传说在白主任白玛乌金隆重的天葬仪式后，变成了一种信仰——当人们面对雪山祷告时，便有了"祈愿白玛乌金保佑平安"的语言；格萨尔王的传唱艺人也加进去了关于白玛乌金的故事；寺院的画家喇嘛在四季神女和宝帐护法神的伴神里增添了白玛乌金的造型，那是一个骑着一只灰色的天犬藏獒，有着瞬时怒相和热欲表情的白色神祇。

父亲后来说，藏獒就是那只灰色老公獒曾经救过白主任的命，可见白主任是不该死的，可是他还是死了，说明党项大雪山的雅拉香波山神格外成全他，让他快快地死掉，快快地变成了神，快快地摆脱了人世间的烦恼，走完了所有苦难轮回的里程。就是不知道变成了神的白主任白玛乌金还能不能记起人和藏獒跟他的交情，能不能记起灰色老公獒豁出自己的生命挽救他的生命的悲烈举动。

白主任白玛乌金的天葬仪式自然由西结古寺的丹增活佛亲自主持，完了不久，西结古草原又迎来了另一个仪式，这是一个势必要载入史册的仪式，自然还是由佛口圣心的丹增活佛亲自主持，仪式上讲了话的还有青果阿妈草原工作委员会的一把手麦政委。麦政委不会藏话，由李尼玛翻译给大家听，尽管李尼玛的翻译没有加进去一点自己的意思，但参加仪式的头人和牧民都认为，是李尼玛在讲话，而不是麦政委在讲话，所以他们坚决不鼓掌，因为他们牢牢记得,李尼玛就是那个用枪打死了铁包金公獒的人。麦政委讲话完了,西结古草原有史以来的第一所帐房寄宿学校就宣告诞生了。

学校坐落在碉房山下野驴河边秀丽到极至的草原上。两顶帐房是由野驴河部落的头人索朗旺堆提供的,里面的地毡和矮桌以及锅碗瓢盆等等生活用品是由牧马鹤部落的头人大格列提供的,别的部落的头人提供了一些牲畜,算是帐房寄宿学校的固定资产。学校的校长是谁呢?是父亲。这是麦政委的意愿,也是丹增活佛和头人牧民们的意愿,加上父亲自己的意愿,那就真正是天经地义了。学校的老师是谁呢?也是父亲。父亲还想请梅朵拉姆兼任教师,麦政委不同意。父亲又想请李尼玛做教师,麦政委还是不同意。父亲问他为什么不同意,麦政委说:"他们有他们的工作,学校的事儿你就先一个人承担着吧。"学校的学生是谁呢?是七个上阿妈的孩子,是光脊梁的巴俄秋珠,是十多个愿意来这里寄宿学习的西结古草原的孩子。

又有了一个美好的传说:上阿妈草原的七个流浪塔娃,在西结古草原找到了家。那儿没有让他们害怕的骷髅鬼、吃心魔、夺魂女,那儿满地生长着永远吃不完的天堂果,那儿可以看见美丽吉祥的海生大雪山冈金措吉。西结古草原之外的人,听了这样一个传说,心里都有些向往时的痒痒。

獒王冈日森格一直在西结古寺里养伤,藏医尕宇陀和又回到寺院做了铁棒喇嘛的藏扎西给了它无微不至的关怀。好像是它的委派,大黑獒那日曾经带着领地狗来学校看望七个上阿妈的孩子和父亲。父亲跟大黑獒那日说了很多话,然后摸摸它的肚子说:"不会是真的有了吧?"来的那天,大黑獒那日和所有领地狗朝着两顶帐房之间狂吠了许久,算是一种警告吧:"老实点,别伤害了这里的人。"两顶帐房之间的空地上,无精打采地趴卧着眼下父亲的另一个影子,那就是饮血王党项罗刹。

3

饮血王党项罗刹是父亲用三匹马轮换着从党项大雪山驮到西结古来的。那时候它昏迷不醒,驮到这里后的第三天它才醒来,一醒来就看到了父亲。父亲正在给它捋毛,它吼起来,它的喉咙几乎断了,一点声音也发不出来,但是它仍然煞有介事地狂吼着。在心里,在浑身依然活跃着的细胞里,它愤怒的狂吼就像雷鸣电闪。父亲感觉到了,轻声说着一些安慰的话,手并没有停下，捋着它的鬣毛，又捋着它的背毛，一直捋到了它的腹毛上，捋了差不多一个时辰，然后在他愤怒而猜忌的眼光下给它换药。药是他从藏医尕宇陀那里要来的，每天都得换。换了药又给它喂牛奶。牛奶是索朗旺堆头人让齐美管家派人给他送来的，每天都送。他舍不得喝，留给了饮血王党项罗刹。父亲知道它现在不能吃东西，只能喝一点牛奶。

牛奶一进入饮血王党项罗刹的眼光，它就浑身抖了一下。它那个时候真渴啊，渴得它都想咬断自己的舌头，喝一口舌头上的血。它看到父亲拿着一个长木勺，从木盆里舀了半勺牛奶，朝它嘴边送过来，突然就意识到这一定是一个阴谋，人是不会仁慈到给它喂吃喂喝的，而且喂的是牛奶。它从来没喝过牛奶，只见过送鬼人达赤喝牛奶，只用鼻子闻到过牛奶的味道，知道那是一种很香很甜的液体。它恶狠狠地盯着木勺，真想一口咬掉那只拿木勺的手，但是它动不了，它失血太多，连睁圆了眼睛看人都感到十分吃力。它忍着，把心中的仇恨通过空瘪的血管分散到了周身，然后紧紧咬住了牙关：不喝。尽管几乎就要渴死，但是它还是决定不喝。父亲仿佛理解了它。父亲最大的特点就是天生能够理解狗尤其是藏獒。他说："别以为这里面有毒，没有啊，我喝给你看看。"说着自己先喝了一口，然后又把长木勺凑到了它嘴边。它还是不喝。父亲说："如果你有能耐，你就自己喝吧。"他把盛牛奶的木盆端过来放到它眼前，然后过去抱起它的大头，试图让它的嘴对准盆口。但是它的头太重了，厚实的嘴唇刚一碰到盆沿，木盆就翻了过来，牛奶泼了它一头一脸。它吓了一跳：莫非这就是他的阴谋？他要用牛奶戏弄它？这个问题来不及考虑，牛奶就流进了它的嘴角，感觉甜甜的，爽爽的。它禁不住费力地伸出了舌头，舔着不断从鼻子上流下来的牛奶。

以后的几天，饮血王党项罗刹依然猜忌重重，拒绝父亲用长木勺喂它。父亲只好一滴一滴把牛奶滴进它嘴里。滴一次就是很长时间，因为必须滴够足以维持它生命的分量，况且牛奶里还溶解着疗伤的药，那是绝对不能间断的。父亲说："你真是白活了，连好人坏人、好心坏心都分不清楚，我能害你吗，你这样对待我？"饮血王党项罗刹听不懂这样温存的人话，只能感觉到这个一直陪伴着它的人跟送鬼人达赤不一样。它完全不习惯也不喜欢这样的不一样，甚至也不喜欢他过多地靠近自己，总觉得人是很坏的，坏就坏在他要带给你灾难的时候，往往是一脸的笑容。虚伪奸诈、笑里藏刀在它看来差不多就是人的代名词。

但是一个星期过去了，它预想中的灾难并没有出现。这个人一有时间就围着它转,捋毛,换药,滴奶,坐在地上跟它唠唠叨叨地说话。换药是疼痛的,新药粉一撒上去,就让它受伤的喉咙疼得恨不得自己把自己的脖子咬断。但这样的疼痛很快就会过去,过去以后伤口就舒服多了。有一次,父亲把一些滑腻的疙瘩硬是塞进了它的嘴里,它暴怒地以为灾难来临了,残酷的迫害已经开始。但是很快那些疙瘩化成了汁液,它咂了咂嘴:啊,酥油,是它闻到过和看到过却从来没吃过的香喷喷的酥油。自此,它每顿都能吃到硬塞进它嘴里的酥油了。有一天父亲惊呼起来:"它张开嘴啦,我一喂酥油它就张开嘴啦。"七个上阿妈的孩子和光脊梁的巴俄秋珠以及别的学生都远远地看着。巴俄秋珠喊道:"它张开嘴是要吃你的。"父亲骄傲地说:"能吃我的藏獒还没有生出来呢。"也就是从这天开始,饮血王党项罗刹解除了对长木勺的戒备,让父亲的滴奶变成了灌奶。

灌奶延续了两天,饮血王党项罗刹变得精神起来,可以直接把嘴凑到木盆里喝牛奶了,喝着喝着就在木盆上咬出了一个口子。父亲说:"你怎么了?你对木盆也有仇恨啊?"说着就像一开始它无力做出反应时那样顺手摸了摸它的头。它从鼻子里呜地呼出了一口气,抬头就咬,一牙挑开了父亲手背上的皮肉。父亲疼得直吸冷气,连连甩着手,把冒出来的血甩到了它的嘴边。它伸出舌头有滋有味地舔着。父亲一屁股坐到地上,捂着手说:"哎哟我的饮血王,难道你真的是一只喂不熟的狗?"

光脊梁的巴俄秋珠迅速给父亲拿来了一根支帐房的木棍。父亲说:"干什么?你要让我打它?"脸上有刀疤的孩子喊道:"不能打,它会记仇的。"父亲回头对刀疤说:"我知道,我知道。"拿着木棍站了起来。饮血王党项罗刹死盯着木棍,挣扎了一下,想站起来,但是没有奏效。它龇牙咧嘴地吼着,用沙哑的走风漏气的声音让父亲感觉到了它那依然狂猛如风暴的仇恨的威力。它仇恨人,也仇恨同类,更仇恨棍棒,因为正是棍棒让它成了仇恨的疯魔狗,让它在有生以来的时时刻刻都在为一件事情奋起着急,那就是宣泄仇恨。父亲并不了解这一点,但他知道自己决不能给一只沉溺在愤怒中的藏獒提供任何泄愤的理由。他把木棍扔到地上,又一脚踢到了巴俄秋珠身边,回过头来对它说:"你以为我会打你吗?棒打一只不能动弹的狗算什么本事。"说着固执地伸出那只带伤的手,放在它头上摸来摸去。

饮血王党项罗刹觉得他要杀了它,它咬伤了这个人,这个人如果不加倍报复那就不是人了。它想他这样摸来摸去肯定是为了找准下刀的地方,它再一次从鼻子里响亮地呼出了一口气,抬头就咬。这一次父亲躲开了,躲开后立马又把手放在了它的头上。就这样它咬他躲地重复着，直到它疲累不堪，再也打不起精神来。父亲在它的头上一直摸着，摸得它有了丝丝舒服的感觉，渐渐放弃了猜度，享受地闭上了眼睛。父亲包扎了自己受伤的手，并用这只包扎的手奖励似的多给它喂了一些酥油。饮血王党项罗刹大惑不解地想：他想干什么？他怎么还能这样？

有一天，藏医尕宇陀来了，看了看饮血王党项罗刹，又看了看被它咬成锯齿的盛牛奶的木盆，告诉父亲，这说明它的身体正在迅速恢复，它有了饥饿感，流食已经无法满足它的需要，最好能给它喂炒面糊糊和牛下水的肉糜，这样它很快就能站起来了。父亲说："好啊，药王喇嘛，就麻烦你给我找一些牛下水的肉糜来。"藏医尕宇陀说："牛下水的肉糜不难找，你让巴俄秋珠去找索朗旺堆头人就是了。索朗旺堆头人一听说是你的需要，什么样的东西都会给你的。我现在担心的是，如果饮血王党项罗刹站了起来，你怎么能看住它，让它不咬人不咬狗呢？"父亲说："我会约束它的。我就不信我天天喂它，它会不听我的话。"

又有一天，依然裹着丹增活佛的绛紫色僧袍的李尼玛来了。七个上阿妈草原的孩子在世代为仇的西结古草原得到了妥善安排，这是一件很大的事情，连省里都知道了，认为这是工作委员会进驻草原后出现的新气象，通报表扬了西结古工作委员会。作为西工委代理主任的李尼玛十分高兴，专门来学校看望七个上阿妈的孩子。就要离开的时候，他看到了站在地上恶狠狠地瞪着他的饮血王党项罗刹，表情严肃地说："它好了？这还得了？它要是把七个上阿妈的孩子咬死咬伤了，我给上级怎么交代？"父亲说："不会的，它现在还不能跑，不能扑，只能站起来踱踱步子。再说它对学校的孩子已经习惯了，不再用仇恨的眼光看他们了。"李尼玛说："不行，你必须把他拴起来，我去给你找铁链子。"父亲说："找来铁链子也没用，它喉咙的伤还没有好，不能拴着它。"李尼玛说："那就把铁链子拴在腰上。"父亲说："哪里有在腰上拴藏獒的？"李尼玛想了想说："那就这样吧，给它挖个深坑，让它呆在坑里不要上来。"父亲说："那跟坐地牢有什么两样？你让它坐了地牢，它还能不恨你？它必须呆在地面上，经常看到人，接触到人，习惯了，就好了。"李尼玛说："什么时候能习惯？等出了事儿就晚了，你赶紧想办法，你要是想不出办法，过几天我找几个牧民来把它处理掉。"李尼玛转身要走，父亲一把拉住说："你想干什么？什么叫处理掉？"李尼玛说："就是让它从这里消失。"父亲说："那不行。"李尼玛说："怎么不行？听你的还是听我的？"父亲说："你是代主任，

239

当然要听你的，但你也得通情达理啊。这样吧，我给你讲个故事，你听了就会理解我为什么要这样做。"父亲的故事是这样的：

一个妇人坐在路边，一边抱着孩子喂奶，一边吃着摆放在身边的丰盛的食物。一只饥饿的老狗走了过来，蹲在妇人面前，流着口水贪馋地望着食物。妇人看到这只老狗又脏又丑，顺手抓起一块石头扔了过去。老狗流着眼泪离开了妇人。这时一个牧人走来，对妇人说：你怎么能这样对待它呢？你难道不知道，在你的前世，你阿爸为了救你的命，被强盗杀死了。这只狗就是被强盗杀死的你的阿爸，而你怀里的婴儿，就是那个杀了你阿爸的强盗。

这个故事是父亲在西结古寺养伤时藏扎西告诉他的。后来他知道，在青果阿妈草原，这是一个家喻户晓的故事。这个故事里有一种原始爱狗主义的色彩，是宗教理义中崇高的宿命精神的世俗体现，是人与狗的关系的经典诠释。但李尼玛硬是理解不了，瞪着父亲说："你是什么意思？你是说饮血王党项罗刹是你的阿爸？"父亲愣了一下，认真地点点头说："很可能是我的阿爸，也很可能是你的阿爸。"李尼玛哼了一声说："不要胡说八道。你说冈日森格前世是你的阿爸还差不多，说饮血王党项罗刹是你的阿爸，那你就要承担责任了。它是全草原都仇恨的一只藏獒，没有人不希望它死。你现在这么护着它，不是要得罪草原上的头人和牧民吗？"父亲说："我就不信草原人都希望它死。至少藏医尕宇陀和索朗旺堆头人不希望它死。索朗旺堆头人派人送来了那么多牛下水的肉糜，难道他不知道吃了肉糜饮血王党项罗刹就会重新强壮起来？"

父亲不理西工委代理主任李尼玛的岔，一如既往地给饮血王党项罗刹捋毛，换药，喂炒面糊糊和牛下水的肉糜，不时地拍拍它的这儿，摸摸它的那儿，尽量增加和它呆在一起的时间。饮血王党项罗刹虽然还是不习惯，但是它尽量容忍着，好几次差一点张嘴咬伤父亲，又很不情愿地把龇出来的利牙收回去了。它觉得有一种法则正在身体内意愿里悄悄出现，那就是它不能见人就咬，世界上除了送鬼人达赤，似乎又有了一个不能以牙刀相向的人。这个人到底是怎样一个人？难道他的出现就是为了给它捋毛，换药，喂食？难道他丝毫不存在别的目的？它深深地疑惑着，也常常回忆起以前的生活，黑屋、深坑、冰窖、绝望的蹦跳、不要命的撞墙、饥饿的半死状态、疯狂的扑咬。它对世界、物种、生命的仇恨就被那些发生在残酷日子里的残酷事件一次次地强化着，最终变成了它的生命需要，它的一切。它从来不知道藏獒的感情和人的感情应该是一样的，有恨也有爱。不，爱是什么它不知道，如果非要它从自己的感情里找到一点爱，那就是咬死对方以后喝对方的血，对方的血这个时候就是爱。它的感情的跷跷板从来不是爱在一头，恨在一头，而是疯狂在一头，残暴在一头，天仇在一头，地恨在一头，无论哪一头跷起来，它唯一的举动就是扑过去，扑过去，咬死它，咬死它。可是现在，另一种情况出现了，另一个人出现了。这个人是送鬼人达赤用棍棒和饥寒交迫的折磨告诉它的必须一口咬死的人，但是它没有咬死他，因为这个人用捋毛，换药，喂食，抚摩，说话等等不可思议的举动告诉它，藏獒的生活并不一定是你死我活、腥风血雨的生活，仇恨不是一切，完全不是。送鬼人达赤铸造在它心里的铁定的仇恨法则，正在被一种它想不出的软绵绵的东西悄悄熔化着。它莫名其妙，无法接受，却又不能不接受。它非常痛苦，似乎有一种巨大的力量正在强迫它接受一些完全不合习惯不合常规不合逻辑的东西，这些东西让它痛苦得就像失去了心灵的主宰。为什么会这样？它想不明白。一个失去了主宰的藏獒，永远想不明白心愿有时候并不一定是心愿，仇恨有时候并不一定是仇恨，撕咬有时候并不一定是撕咬。但一切它想不明白的，这个人似乎都明白。他明白饮血王党项罗刹不仅是狐疑的、愤怒的、仇恨的，更是恐惧的。仇恨的根源是恐惧，是由送鬼人达赤深埋在骨血中意识里的滔滔恐惧。而他要带给它的，却是绝对的安全和体贴，是它体验过的所有恐惧的唯一反面。

选择就在这个时候山峰一样崛起在饮血王党项罗刹的意识里：是送鬼人达赤，还是父亲？它痛苦地思考着，一会儿倾向前者，一会儿倾向后者，最后还是恐惧占了上风。它恐惧地觉得如果它一如既往地遵从送鬼人达赤的意志安排自己的生活，也许就不会有太多的恐惧，因为送鬼人达赤的存在就是无处不在的大雪山的存在，峰峦耸峙，巍峨绵绵，而父亲的存在像风像雾又像雨，总是轻飘飘的不知道应该落实到哪里。轻飘飘的父亲无微不至地关怀着一只不打算接纳他只打算继续仇恨他的藏獒，他显得懵懂无知，就像一个傻子。后来父亲说：其实我不傻。我就是一个狗心理学家，知道它现在怎么想，以后会怎么想。没有一成不变的想法，更没有化解不开的仇恨，人和藏獒都一样。

獒王冈日森格带着大黑獒那日光顾这里了。它的身体已经完全复原，无论是断了的肋骨，还是烂了的胸脯和嘴脸，都跟从前没什么两样了。父亲一见冈日森格就很紧张，横挡在饮血王党项罗刹面前说："快去看看你原来的主人七个上阿妈的孩子吧，别过来，千万别过来。"饮血王党项罗刹则愤恨地咆哮着——它已经可以像原来那样咆哮了：这个差一点要了我的命的狮头公獒，我一定要吃了它，吃了它。出乎意料的是，冈日森格见到饮血王党项罗刹后显得异常平静，一点点仇恨的样子也没有，坦坦荡荡地坐到对方面前，任凭对方又叫又骂，它只取友善的眼神望过去。大黑獒那日则警惕地望着饮血王党项罗刹，一副你只要扑过来我就扑过去的样子。父亲说："好样的冈日森格，你是来配合我的吗？你真是比人聪明，至少比李尼玛聪明十倍。"

这时七个上阿妈的孩子跑了过来，学校的许多孩子都跑了过来。冈日森格和大黑獒那日就去和他们玩。冈日森格站起来，挨个在七个上阿妈的孩子的脸上舔了一遍，然后舔到了别的孩子脸上，舔到了光脊梁的巴俄秋珠脸上。巴俄秋珠咯咯地笑着，突然又使劲推开了。他还不习惯这样的亲热，他的意识跟饮血王党项罗刹有点雷同，忽上忽下的，就在冈日森格舔他的一瞬间，一会儿想到它是西结古草原的獒王，一会儿想到它来自仇家草原上阿妈。他生怕冈日森格再跟他亲热，转身就跑，跑到了离饮血王党项罗刹很近的地方。饮血王党项罗刹咆哮了一声，吓得他赶紧再跑，跑到了大黑獒那日身边。大黑獒那日瞪着饮血王党项罗刹，用头在巴俄秋珠腿上蹭了蹭，像是说：有我呢，别怕。

但是大黑獒那日马上就要走了，因为冈日森格要走了。冈日森格知道自己现在是獒王，獒王的责任是重大的，大部分时间应该和领地狗群呆在一起。父亲和孩子们恋恋不舍地送它们离去，互相一再地抱着，亲着，让饮血王党项罗刹看傻了眼，迷惑得暂时忘记了仇恨：原来人与狗的关系还有这样的，我怎么没见过也没听说过？它没有咆哮，第一次望着两只同类远去而没有咆哮。

其实有一个更大的变化连饮血王党项罗刹自己也没有发现，那就是它没有对着冈日森格和大黑獒那日扑咬。它是可以强挣着扑咬的，尽管速度和力量远远不及先前，但它的现状决不是它自己和父亲理解的那样：只能站起来踱踱步子，只能原地咆哮。可以扑咬而没有扑咬，完全是无意识的从兽行到狗性的飞跃，是什么法则起了作用，让它在不自觉的状态下完成了如此重要的一步？父亲后来说，毕竟饮血王党项罗刹是藏獒是狗，是狗就得按照狗的规律做狗，而不是按照野兽的规律做狗。

第二天冈日森格又来了，是一个人来的。它是来告诉父亲：可能有什么事情要发生了，你要做些防备。它朝着远方叫了几声，又朝着饮血王党项罗刹叫了几声，然后就匆匆而去。父亲知道它是来说事儿的，但没搞明白它要说什么事儿，愣怔了片刻就去给饮血王党项罗刹喂食了。

这天父亲熬了牛骨汤，汤里加进去了几块肉，他觉得这样的食物比炒面糊糊和牛下水的肉糜更能使它尽快强壮起来。饮血王党项罗刹狼吞虎咽地吃着。父亲看到肉块大了点，怕它受伤的喉咙咽不下去，伸手从食盆里拿起一块肉，想给它撕碎，没想到它张嘴就咬，毫不犹豫地把肉夺了回去。这是由送鬼人达赤培养起来的野兽的习性，进食的时候决不允许有任何干扰，任何干扰尤其是伸到它嘴边的手，在它看来都是来跟它抢食的。父亲的手背——这只被它咬伤过的手再次被它的利牙划破了，血顿时漫溢而下，流进了牛骨汤。但是父亲并没有放弃，父亲的最大优点就是认准了的事情决不轻易放弃。他毫不妥协地再次伸出了手，拿起了那块被它夺回食盆的肉。它的反应还是张嘴就咬，但是没咬上，父亲并没有躲闪，但它就是没咬上。是它的撕咬能力不灵了，还是它有意没咬上？父亲考虑着这个问题，用那只血淋淋的手，把肉一点一点地撕下来，一点一点地喂它。它毫不客气地吃着肉，吃到最后，奇迹突然发生了：它伸出了舌头，舔了一下父亲的伤口。父亲以为它是贪馋那上面的血，就说："没多少血你就别舔了。"但是它还在舔，舔干了所有的血迹它还在舔。父亲恍然明白了：它是在帮他疗伤，是在忏悔。他激动地抱住它的头说："这就对了，你得学会感动，也得学会让别人感动。你要学的东西太多太多了。"

丹增活佛、索朗旺堆头人和齐美管家以及李尼玛来了。这是四个居住在西结古的重要人物，他们的到来让父亲明白了来去匆匆的冈日森格想要告诉他什么。李尼玛神情紧张地说："送鬼人达赤来了，有人看见他出现在西结古。"父亲说："他来就来呗，你们紧张什么？"李尼玛说："我们担心的是饮血王党项罗刹，它可不能再次落到送鬼人达赤手里。我跟丹增活佛、索朗头人商量了一下，准备把饮血王党项罗刹处理掉，绝了这条祸根。"父亲看看这个，又看看那个，用藏话问道："你们是不是想杀了它？"丹增活佛和索朗旺堆头人都点了点头。父亲说："那不行，那你们就先杀了我吧。"李尼玛黑着脸说："你要知道，一旦饮血王党项罗刹回到送鬼人达赤手里，冈日森格就不会安宁，西结古的领地狗也不会安宁，复仇的怒火又会烧起来，七个上阿妈的孩子很可能又要逃来逃去，我们进一步杜绝部落争斗，平息草原矛盾，化解仇恨，消除历史遗留问题的工作就不好开展了。"父亲说："这些都是大道理，我不听。丹增活佛，你是我尊敬的佛爷，你怎么也同意杀了这只藏獒啊？"齐美管家说："它不是藏獒，它是饮血王，是罗刹，是鬼，是送鬼人达赤的毒剑，是魔鬼的寄魂物。送鬼人达赤会把它带走的，带走就完了，就不知还要害死多少狗，

243

多少人了。"父亲问道："丹增活佛,这也是你的意思吗?"丹增活佛面无表情地点了点头。父亲又说："我不会让送鬼人达赤带走的,我会好好看着它。"李尼玛说："你看不住,它咬死的首先是你。"父亲喊起来："绝对不会。"

父亲的喊声牵动了饮血王党项罗刹,它慢腾腾走了过来,盯着李尼玛,阴恶的眼睛就像金子一样闪耀着。李尼玛不禁打了个寒颤,后退了几步。气氛顿时有些紧张。父亲赶紧走过去拦住了它。丹增活佛和索朗旺堆头人以及齐美管家默默地盯视着饮血王党项罗刹,好像要从这种盯视中坚定他们杀了它的决心。突然丹增活佛转身走了,他一句话没说就走了,好像他来这里并没有打算一定要说服父亲。索朗旺堆头人和齐美管家也跟着走了。李尼玛晚走了一步,告诉父亲："我们不是来征求你的意见的,而是来通知你的,一旦有部落骑手来这里准备用枪打死它,或者领地狗群来这里准备咬死它,你可千万不要做出亲者痛仇者快的事情。"父亲没有吭声,心里说："谁是亲者?谁是仇者?不是说团结光荣,纠纷耻辱吗?怎么还分这个?"

他们一走,父亲的担忧就像沉闷的黄昏一样来到了心里,越来越暗,越来越重了。他早早地把他的学生赶进了帐房,让他们赶快睡觉,自己搬着铺盖来到了饮血王党项罗刹身边。他决定从这天晚上开始,和饮血王党项罗刹睡在一起,一来他要看住它,不能让送鬼人达赤把它带走;二来他要向李尼玛证明它不会咬死他,即使他死尸一样躺在它身边它也不可能把牙刀对准他的脖子。他把羊皮褥子一铺,把羊皮大衣一盖就躺下了。

饮血王党项罗刹先是很奇怪,接着就很生气:从来没有人敢于睡在它身边,这个人居然无所顾及地睡下了,如果不是对它的蔑视,那就一定是对它的误解。他肯定误解了它的意思,它从来没想过要如此这般地跟他亲近,它想的最多的是什么时候扑咬他,什么时候摆脱他。摆脱也许是离开,也许是让这个人在它眼中永远消失,那就是吃掉他。它的全部耐心似乎就是为了等待一个最最适合吃掉他的机会,这个机会莫非已经来到了眼前?

它看到天黑了,这个人睡了,而且闭上了眼睛。它紧张不安地围绕着他转来转去,好像在寻找下口的地方。笨蛋,下口的地方还需要寻找吗?喉咙就在眼前,就在月光底下放肆地挑逗着它嗜血的欲望,它干麻要转来转去,犹豫不决?它停下了,不转了,把鼻子凑了过去,闻了闻,突然张开了嘴,牙刀飞进而出。

父亲静静地躺着,他其实根本就没有睡着,而且知道饮血王党项罗刹的眼睛已经盯上他那不堪一击的喉咙,知道它的鼻子凑了过来,大嘴已经张开,牙刀正在飞出。但是他仍然静静地躺着，连眼皮也没有眨动一下。这就是父亲的素质，他知道如果这个时候他突然翻身躲开，或者稍有反抗的举动，那就完了，它会不假思索地一口咬住他的喉咙。他让它有时间思索，让它张开血盆大口的速度慢了一点，飞出牙刀的速度也慢了一点，这两个"慢"换来了一个快，那就是让它飞快地跳了起来。

父亲成功了，父亲感化饮血王党项罗刹的成功，在它的这一跳中显得辉煌而不朽。爱与人性的力量，穿透了生命的迷雾，在适者生存的定律面前，架起了德行与道义的标杆。张开的大嘴朝向了月亮，飞出的牙刀举向了月亮。月亮下面站着一个偷偷摸摸走来的人，这个人想把饮血王党项罗刹悄悄带走。可他万万没想到，这只由他一手打造的仇恨的利器会扑向自己，会把牙刀直接插入他的脖子两侧，速度之快，在饮血王党项罗刹的扑咬史上从来没有过。偷偷摸摸走来的人都没有来得及惨叫一声就倒了下去，就被饮血王党项罗刹咬断了生命的气息。

父亲吃惊地坐了起来，看到眼前的情形后，禁不住异常惊叹和抒情地"啊"了一声。父亲后来说，那是所有诗人加起来才能发出的惊叹和抒情，写在纸上，就是：啊，藏獒。饮血王党项罗刹继续撕咬着，直到把那人的脖子咬断。它这时一定想起了过去那些非人的折磨，而这些折磨一瞬间变成了一个恐惧的形象，那就是送鬼人达赤。尽管送鬼人达赤的存在就像党项大雪山一样沉重而实在，但饮血王党项罗刹还是做出了反叛的选择，因为爱与友善的力量已经慢慢地坚实起来，让它开始在选择中仇恨，而不是像过去那样毫无选择地仇恨一切。

父亲站起来，呆呆地立着，抬头看了看前面，突然激动地大喊一声："冈日森格。"冈日森格带着领地狗群从远方跑来。它们是闻到某种异样的气息后赶来保护父亲的。但是它们来晚了，父亲已经不需要保护了。那个在它们看来一定会跟着旧主人送鬼人达赤加害父亲的饮血王党项罗刹，已经走向了它的名字的反面，它不是饮血王，不是，不是党项罗刹，不是。它就是一只正常的藏獒，懂得恨，也懂得爱，懂得战斗，也懂得感恩。

冈日森格带着领地狗连夜把丹增活佛、索朗旺堆头人和齐美管家以及即将调离西结古草原的李尼玛叫到了父亲的学校。当他们看到被饮血王党项罗刹咬死的送鬼人达赤的尸体后，吃惊得就像看到了狗变成人的奇迹。除了丹增活佛，他好像早就预感到会有这一天，用他少有的灿烂的笑容望着父亲，大胆地伸出手去摸了摸饮血王党项罗刹的头。饮血王党项罗刹没有拒绝，或者说它顾不上拒绝，它警惕地望着面前以冈日森格为首的一大群领地狗，做出了扑咬的样子，又做出了咆哮的样子。但是它最终既没有扑咬，也没有咆哮，而是寻找主心骨似的靠在了父亲的腿上。父亲蹲下来，抱住了饮血王党项罗刹的头，对冈日森格说："你过来啊，过来舔舔它，它是你的新伙伴。"冈日森格观察着饮血王党项罗刹的反应，小心翼翼地走了过去。

第二部

1 狼来了

1

　　雪还在下，越来越大了。两个时辰前，它们从碉房山下野驴河的冰面上出发，来到了这里，这里不是目的地，这里是前往狼道峡的途中。狼道峡是狼的峡谷，也是风的峡谷，当狂飙突进的狼群出现在峡谷时，来自雪山极顶的暴风雪就把消息席卷到了西结古的原野里：狼灾来临了。狼灾是大雪灾的伴生物，每年都有，并不奇怪，奇怪的是今年最先成灾的不是西结古草原的狼，而是外面的狼，是多弥草原的狼，是上阿妈草原的狼，都来了，都跑到广袤的西结古草原为害人畜来了。为什么？从来没有这样过。獒王冈日森格不理解，所有的领地狗都不理解，但对它们来说，理解事情发生的原由，永远不重要，重要的是行动，是防止灾难按照狼群的愿望蔓延扩展。堵住它们，一定要在狼道峡口堵住它们。

　　大黑獒那日死了，它死在前往狼道峡阻击犯境之敌的途中。獒王冈日森格泪汪汪地站起来，就在那日身边用四条腿轮番刨着，刨着。所有的领地狗都泪眼朦胧地围起来看着獒王，没有谁过去帮忙，包括那日的姐姐大黑獒果日，它们都知道獒王是不希望任何一只别的狗帮忙的。獒王一个人在积雪中刨着，刨下去了一米多深，刨出了冻硬的草地，然后一点一点把那日拱了下去。掩埋是仔细的，比平时在雪中土里掩埋必须储存的食物仔细多了，埋平了地面还不甘心，又用嘴拱起了一个明显的雪包，然后在雪包边撒了一脬尿，这是为了留下记号，更是为了留下威胁：藏獒的味道在这里，哪个野兽敢于靠近。所有的领地狗——那些藏獒，那些不是藏獒的藏狗，都流着眼泪撒出了一脬尿，强烈的尿臊味儿顿时氤氲而起，在四周形成了一个无形的具有巨大慑服力的屏障。

冈日森格用眼泪告诉埋在下面的那日：我还会来看你的，我不能让狼和秃鹫把你刨出来吃掉，等着啊，我一定会来的。然后它来到大黑獒果日身边，用鼻子碰了碰对方的脸，意思是说：你能不能留下来？你留下来吧，现在是大雪灾的日子，狼群是疯狂的，是无所顾忌的，光有气味的守护恐怕不保险。大黑獒果日立刻卧下了，好像是说：你不说我也会留下的，不能让狼把它吃掉，人会找它的，人比我们还需要它，要是看不到它的尸体，人会一直找下去。

獒王冈日森格走了，头也不回地走了。在这个狼情急迫的时刻，与生俱来的藏獒的使命感完全左右着它的想法和行动：狼来了，是多猕草原的狼，是上阿妈草原的狼，都来了，都跑到广袤的西结古草原为害人畜来了，而它作为称霸草原的一代獒王，如果不能带着领地狗群以最快的速度赶到狼道峡口，挡住汹汹而来的狼群，那就等于放弃职责，等于行尸走肉。

冈日森格走着走着就跑起来。它的奔跑如同一头金色狮子在进行威风表演，鬣毛扎煞着，唰唰地抖，粗壮的四肢灵活而富有弹性，一种天造神物最有动感的兽性之美跃然而出，让漫天飞舞的雪花都相信，它那健美的肌肉在每一次的伸缩中，都能创造出如梦如幻的速度和力量。但就是这样一只山呼海啸的藏獒，它的眼睛是含泪的，它全力奔向了自己的敌人却没有忘记自己的爱人大黑獒那日：走了，永远地走了。

像一只鹏鸟的飞翔，飒爽飘舞的毛发如同展开的翅膀，獒王冈日森格不知疲倦地奔跑着，身边是疾驰的景色，是暴风雪的啸叫。而在暴风雪看来，獒王冈日森格和它的领地狗群才是真正挥洒不尽的暴风雪。紧跟在獒王身后的，是一只名叫江秋帮穷的大灰獒，它身形矫健，雄姿勃勃，灰毛之下，滚动的肌肉松紧适度地变奏着力量和速度，让它的奔跑看起来就像水的运动，流畅而充沛、有力而柔韧。下来是徒钦甲保，一只黑色的钢铸铁浇般的藏獒，大力王神的化身，它的奔跑就像漫不经心的走路，看起来不慌不忙，但速度却一如疾风卷地。它黑光闪亮，在一地缟素的白雪中，煞是耀眼。离徒钦甲保不远，是它的妻子黑雪莲穆穆，穆穆的身后，紧跟着它们的孩子出生只有三个月的小公獒摄命霹雳王。也是挟电携雷的疾驰，也是威武雄壮的风姿，无论是公的，还是母的小的，都在按照草原和雪山亘古及今的塑造，自由地挥洒着生命的拼搏精神和阳刚而血性的质量，不可遏制地展示着野性的美丽和原始的烂漫。

很快就要到了，狼道峡口开阔的山塬之上，狼影幢幢，已经可以闻到可以看到了，那么多的狼，为什么是那么多的狼？所有的领地狗百思不得其解：往年不是这样的，往年再大的雪灾，都不会有这么多外来的狼跑到西结古草原来。狼群分布在雪冈雪坡上，悄悄地移动着，不是为了逃跑，而是为了应战。这个多雪的冬天里，第一场獒对狼的应战，马上就要开始了。

2

多吉来吧站在雪道上用粗壮的四肢轮番刨挖着雪，一会儿用前爪刨，一会儿把屁股掉过去用后爪刨，雪粉烟浪似的扬起来，被风一吹，落到雪道两边的雪坎上去了。两道雪坎峡峙着一条雪道从寄宿学校的帐房门口延伸而去，已经到了五十米外的牛粪墙前。牛粪墙是学校的围墙，将近一米的高度，已经看不见了，但是多吉来吧知道雪里头掩埋着一堵墙，它用前爪一掏就掏出了一个洞，三掏四掏墙就不存在了。它曾经被送鬼人达赤囚禁在三十米深的壕沟里，天天掏挖坚硬的沟壁，爪子具有非凡的刨挖能力，在一米多厚的积雪里刨出一条雪道对它这样的藏獒来说不是什么难事儿。它想把雪道开通到很远很远的地方去，远方有更多的人，有充饥的食物和暖身的皮衣皮褥，还有救命的藏医喇嘛和那些神奇的藏药，这一点它和父亲一样清楚。

雪道继续延伸着，多吉来吧刨啊刨啊，就像一个硕大的黑红色的魔怪，在漫无际涯的白色背景上，疯狂地扬风搅雪。父亲站在寄宿学校学生居住的帐房门口，抬头看了看依然乱纷纷扬雪似花的天空，哈着白气对刨挖不止的多吉来吧大声说："我知道你能把雪道开到狼道峡那边去，但是来不及了，真的来不及了，多吉来吧你听我说，我不能再等下去，我应该走了。"多吉来吧的回答就是更加拼命地刨雪，它不愿意父亲一个人离开这里，离开是不对的，离开以后会怎么样，它似乎全知道。但是父亲想不了这么多，他只想到现在，现在他必须挽救帐房里的人。帐房里躺着十二个孩子，十二个孩子是十二条人命，其中一条人命已经昏迷不醒了，昏迷不醒的孩子叫达娃。

三天前达娃想离开学校回家去，父亲不让他走，说："达娃你听话，你离开这里就会死掉的，你知道你家在哪里？你家在野驴河的上游，很远很远的白兰草原。"达娃不听话，他为什么要听话？学校已经断顿，听老师的话就等于饿死在这里。他悄悄地走了，三天前的积雪还没有这般雄厚，只能淹没他的膝盖，他很快走出去了四五百米，等多吉来吧发现他时，他已经在危险中尖声叫唤了。

危险来自狼，狼在大雪盖地的冬天总会出现在离人群最近的地方，而且一出现就是一大群，这一点多吉来吧比谁都清楚。它很后悔自己没有早一点发现达娃，它刚才睡着了，为了守护父亲和父亲的十二个学生它已经好几个昼夜没有睡觉了。它发出一阵沉雷般穿透力极强的吼声，裹挟着刨起的雪浪飞鸣而去，几乎看不清是什么在奔跑。围住达娃的饥饿的狼群，你争我抢准备扑向食物的狼群，哗的一下不动了，静默了几秒钟，又哗的一下转身纷纷撤走，只有一匹额头上有红斑的公狼似乎不甘心狼群就这样一无所获地被一只藏獒吓退，扑过去咬了一口达娃才匆匆逃命。多吉来吧远远地看见了，盯着红额斑公狼追了过去，一副不报仇雪恨不罢休的样子，追着追着又停下了，似乎意识到这个时候最要紧的是救人而不是追杀，它用一种响亮而短促的声音喊叫着，把父亲从帐房里喊了出来。

父亲紧紧张张跑了过去，心想夏天死了一个孩子，秋天死了一个孩子，都是一个人离开寄宿学校后被狼咬死的，多少年都没有发生的事情突然发生了，牧民们已经在嘀咕："吉利的汉扎西怎么不吉利了？不念经的寄宿学校是不是应该念经了？让孩子们学那些没用的汉字汉书，神灵会不高兴的，昂拉山神、砻宝山神、党项大雪山仁慈的雅拉香波山神已经开始惩罚学校了。"现在是冬天，狼最多的时候，可不能再死孩子了。父亲看了看远远遁去的狼群，又看了看坐在雪中捂着大腿上的伤口吸溜着鼻涕的达娃，立刻埋怨地拍了多吉来吧一下："你是怎么搞的，居然让达娃离开了学校，居然让狼扑到了他身上。"多吉来吧委屈地抖了一下，扬起脖子想声辩几句，看到父亲抱起达娃一副心疼难耐的样子，顿时把委屈和声辩全都丢弃了，赶紧跳过去，用眼神示意着，让父亲把达娃放在了自己身上。

多吉来吧把达娃驮回到了帐房，达娃躺下了，躺下后就再也没有起来，一是惊吓，二是饥饿，更重要的是红额斑公狼牙齿有毒，达娃中毒了，伤口肿起来，接着就是发烧，就是昏迷。

这会儿，父亲从帐房门口来到达娃跟前，跪在毡铺上，摸了摸他滚烫的额头，毅然决然地说："走了走了，我必须走了，你们不要动，尽可能地保持体力，一点点也不能消耗。"十二个孩子躺满了毡铺，父亲望着满毡铺滴溜溜转动的眼睛，恋恋不舍地说，"你们挨紧一点，互相暖一暖，千万不要出去，听到任何声音都不要出去，外面有多吉来吧，多吉来吧会保护你们的。"孩子们嗯嗯啊啊答应着。父亲说："不要出声，出声会把力气用掉的，点点头就行了。"说着脱下自己的皮大衣，盖在了孩子们身上。那个叫作平措赤烈的最大的孩子突然问道："汉扎西老师你什么时候回来？"父亲说："最迟明天。"平措赤烈说："明天达娃就会死掉的。"父亲说："所以我得赶紧走，我在他死掉以前回来他就不会死掉了。"

父亲要走了，就在这个冬天的第一场大雪下了整整半个月，被雪灾围困的十二个孩子和多吉来吧以及他自己三天没有进食，让狼咬伤的达娃高烧不醒的时候，他犹豫再三做出了离开这里寻找援助的决定。他知道离开是危险的，自己危险，这里的孩子也危险。但是他更知道，如果大家都滞留在这里，危险会来得更快，就像平措赤烈说的，说不定明天达娃就会死掉，为了不让达娃死掉，他必须在今天天黑以前见到西结古寺的藏医喇嘛尕宇陀。再说如果他不出去求援，谁也不知道寄宿学校已经三天没吃的了。

父亲走出帐房，拿起一根支帐房的备用木杆把帐房顶上的积雪仔细扒拉下来，然后把木杆插回门口的积雪，从门楣上扯下两条黄色的经幡，沿着雪道走向了多吉来吧。多吉来吧依然用粗壮的四肢刨扬着雪粉，看到父亲走过来，突然警觉地停下了。父亲说："我走了，这里就交给你了，我知道你是想开出一条雪道好让大家一起走，但这是不可能的，孩子们已经饿得走不动了，更要紧的是，我明天不把藏医喇嘛叫来，达娃就会死掉。"父亲重托似的使劲拍了拍它，把一条黄色经幡拴在了它的鬣毛上，"这十二个学生就靠你了，多吉来吧，你在，他们在，知道吗多吉来吧。夏天死了一个学生，秋天死了一个学生，可不能再死学生了。"说罢，踩着没腿的积雪缓慢地朝前走去。

多吉来吧不由自主地跟上了他。父亲挥动另一条经幡说："放心吧，我有吉祥的经幡，经幡会保佑我。再说野驴河边到处都是领地狗，冈日森格肯定会跑来迎接我的。"一听父亲说起冈日森格，多吉来吧就不跟了，好像这个名字是安然无恙的象征，只要提到它，所有的危害险阻就会荡然无存。多吉来吧侧过身子去，一边警惕地观察着帐房四周的动静，一边依依不舍地望着父亲，一直望到父亲消失在弥漫的雪雾里，望到狼群的气息从帐房那边随风而来。它的耳朵惊然一抖,阴鸷的三角吊眼朝那边一横,跳起来沿着它刨出的雪道跑向了帐房。多吉来吧知道周围有狼,三天前围住达娃的那群饥饿的狼,那匹咬伤了达娃的红额斑公狼,一直埋伏在离帐房不远的雪梁后面,时刻盯梢着帐房内外的动静。但是它没想到狼群会出现得这么快,汉扎西刚刚离开,狼群就以为吃人充饥的机会来到了。

多吉来吧呼哧呼哧冷笑着:居然这些狼的眼睛里只有汉扎西没有我,居然狼们也敢于蔑视一只曾经是饮血王党项罗刹的铁包金公獒,那你们就等着瞧吧,到底是汉扎西厉害,还是我厉害。它看到三匹老狼已经抢先来到帐房门口,便愤怒地抖动火红如燃的胸毛和拴在鬣毛上的黄色经幡,瓮瓮瓮地叫着冲向了它们。

其实集结在这里的狼没有一只是敢于蔑视多吉来吧的,它们有的先前曾远远地看见过这只凶神恶煞般的藏獒,有的虽然第一次看见,但一闻它那浓烈刺鼻的獒臊味儿,一看它那悍然霸道的獒姿獒影,就知道那是一个能够吞噬狼命豹命熊命的黝黑无比的深渊。但是所有来这里的狼都没有办法放弃,饥饿的催动就是生命的催动,蜷缩在帐房里的十二个孩子的诱惑,就是冬天的莽原上雪灾的地狱中狼的天堂。许多狼已经很多天没吃到东西了,冬天来临之后,那些能够成为狼食的野物冬眠的冬眠,迁徙的迁徙,生机盎然的原野一下子变得荒凉无度,而大雪纷飞的日子又把狼群的饥荒推向了极致,它们只能这样:冒着死亡的危险走向人群。通常情况下,它们走向人群是为了咬杀属于人的牛羊,但这次它们把目标直接对准了人——寄宿学校的十二个孩子。

谁也不知道这是为了什么:为什么狼群不去咬杀它们习惯于咬杀和更容易咬杀的羊群和牛群,而把果腹的欲望寄托给了最难吃到口也很少吃到口的人?为什么这么多的狼突然集结到了这里?——开始是一群几十匹,一天之后又来了一群,又来了一群,等到父亲离开的时候,寄宿学校的周围已经有两百多匹荒原狼了。父亲不知道四周埋伏着这么多的狼,多吉来吧也不知道,他们只感到狼害的气息越来越浓,却无法预测那种血腥残忍的结果:这么多的狼要是一起扑过来,十二个孩子和他们的保护者多吉来吧将会是一种什么情形呢?

好在荒原狼们没有一起扑上来,似乎它们还没有形成一起扑上去的决定,正在商量和试探,或者它们很难做到一起扑上去,因为跑来围住寄宿学校的不是一股狼群,而是三股狼群。三股狼群的领地都属于野驴河流域,它们各有各的地盘，从来没有过一起围猎的记录，无论在散居的夏天，还是在群居的冬天。但是今年它们不同了，它们从野驴河的上游和下游来到了中游，就像事先协商好了，从东、西、南三面围住了寄宿学校。

三匹老狼抢先来到了帐房门口，它们来干什么？它们明明知道仅靠它们的能耐万难抵挡多吉来吧的撕咬，为什么还要冒险而来？三匹老狼一匹站在雪道上，两匹站在雪道两边踩实的积雪中，摆成了一个弯月形的阵势，好像帐房里十二个孩子的保护者是它们而不是多吉来吧。多吉来吧最生气的就是这种带有蔑视意味的喧宾夺主，它愤怒得咝咝吐气，一边瓮瓮瓮地叫着，一边咝咝咝地吐气，这是一种表达，翻译成人的语言就应该是：哎呀呀，你们的蔑视就是你们的丧钟，你们是狼，你们永远不明白藏獒的另一个名字就是忠于职守，更不明白为什么你们动不动就会死在藏獒的利牙之下。

多吉来吧在冲跑的途中噗的一个停顿，然后又飞腾而起，朝着站在雪道上的那匹老公狼扑了过去。老公狼一动不动。藏獒扑向它的时候离它还有五米多，它完全可以转身跑掉，但是它没有，它似乎等待的就是多吉来吧对自己的扑咬。多吉来吧心里一愣：它为什么不跑？眼睛的余光朝两边一扫，立刻就明白了：老不死的你想诱杀我。以它的经验它不难看出三匹老狼的战术：让老公狼站在雪道上引诱它，一旦它扑向老公狼，雪道两边的两匹老母狼就会一左一右从后面扑向它。多吉来吧不屑地"嗤"了一声，眼睛依然瞪着老公狼，身子却猛地一斜，朝着右首那匹老母狼悫然蹬出了前爪。这是三匹老狼没有想到的，更没有想到的是，多吉来吧的一只前爪会快速而准确地蹬在老母狼的眼睛上。老母狼歪倒在地，刚来得及惨叫一声，多吉来吧就扭头扑向了还在雪道上发愣的老公狼，这次是牙刀相向，只一刀就扎住了对方的脖子，接着便是奋力咬合。老公狼毕竟已是生命的暮年，机敏不够，速度不快，连躲闪也显得有心无力，它想到自己已是非死不可，便浑身颤抖着发出了一阵告别世间的凄叫。多吉来吧一口咬断了老公狼的喉管，也咬断了它的凄叫，然后扑向了左首那匹老母狼。

老母狼已经开始逃跑，但是它那老朽的身体在这个生命攸关的时刻显得比它诅咒的还要迟钝，它离开踩实的积雪跑向疏松的积雪，刚扑跳了两下，就被多吉来吧咬住了。死亡是必然的，眨眼之间，老母狼的生命就在多吉来吧的牙刀之间消失了。多吉来吧舔着狼血，一条腿搭在狼尸上，余怒未消地瞪视着自己的战利品——两具狼尸和一匹被它蹬瞎了一只眼的老母狼。

瞎了一只眼的老母狼趴卧在原地，痉挛似的颤抖着，做出逃跑的样子却没有逃跑。多吉来吧咆哮一声,纵身跨过雪道,扑过去一口叼住了独眼母狼的喉咙。但是它没有咬合,它的利牙、它的嘴巴、它的咬狼意识突然之间停顿在一个茫然无措的雪崖上——它听到了一阵别致的狼叫,那是狼崽惊怕稚嫩的尖叫,是哭爹喊娘似的哀叫。多吉来吧愣住了,嘴巴不由得离开了独眼母狼的喉咙,一个闪念出现在脑海里:那或许是独眼母狼的孩子,正在凝视母亲就要死去的悲惨场面,感到无力挽救,就叫啊,哭啊。

多吉来吧哆嗦了一下,作为曾经是饮血王党项罗刹的它,天性里绝对没有对狼的怜悯,用不着同情一只伤残的老狼而收敛自己的残杀之气,但它毕竟是一只驯化了的狗,它时刻遵循着这样一条规律:跟着阎王学鬼,跟着强盗学匪。后天的教化曾把它扭曲成了送鬼人达赤的化身,又把它改造成了父亲的影子,它在父亲身边的耳濡目染,让它在内心深处不期然而然地萌动着对弱小、对幼年生命的怜爱。

多吉来吧抬头看着扬扬洒洒的雪花,想知道那匹哀叫着的狼崽到底在哪里,但是它没有看到,只看到眼前的独眼母狼在狼崽的哀叫声中挣扎着站了起来,用一只眼睛惊恐万状地瞪着它,一步一步后退着。多吉来吧轻轻一跳,却没有扑过去,眼睛依然暴怒地凹凸着,奓起的鬃毛却缓缓落下了,一只前腿不停地把积雪踢到独眼母狼身上,好像是不耐烦的催促:快走吧,快走吧,你是狼崽的阿妈你赶紧走吧,再不走我可要反悔了,毕竟我是藏獒你是狼啊。独眼母狼读懂了多吉来吧的意思,转身朝前走去,走了几步又停下,望了望隐蔽着狼群也隐蔽着狼崽哭声的茫茫雪幕,突然掉过头来,朝着多吉来吧挑衅似的龇了龇牙。多吉来吧疑惑地"哦"了一声:它为什么不逃跑?孩子在呼叫它,它居然无动于衷,非要呆在这里等着送死。突然又"哦"了一声,意识到独眼母狼原本就是来送死的,为什么要逃跑?来到帐房门口的三匹老狼都是来送死的,不是送死它们就不来了。这么一想,多吉来吧就惊讶得抖了一下硕大的獒头,举着鼻子使劲嗅了嗅北来的寒风。

寒风正在送来父亲和狼群的气息,那些气息混杂在一起,丝丝缕缕地缠绕在雪花之上。它伸出舌头舔了一下雪花,感到一根火辣辣的锋芒直走心底:父亲危险了,父亲的气息里严重混杂着狼群的气息,说明狼群离父亲已经很近很近了。而三匹老狼之所以前来送死,就是为了用三条衰朽的生命羁绊住它,使它无法跑过去给父亲解围。多吉来吧高抬起头颅,生气地大叫一声,心脏就像被滚烫的阴谋过了一遍,烧疼烧疼地催促着它:主人危险了,快去啊,主人危险了。它跳了起来,看到独眼母狼朝它一头撞来,知道这匹视死如归的老母狼想继续缠住它，便不屑一顾地从老母狼身上一跃而过。多吉来吧狂跑着，带着鬃毛上的那条黄色经幡，跑向了狼群靠近父亲的地方。这时候它还不知道，出现在学校原野上的，是三股狼群，一股狼群跟踪父亲去了，剩下的两股依然潜伏在寄宿学校的周围。学校是极其危险的，帐房里的十二个孩子已经是狼嘴边的活肉了。

饥饿难耐的狼群就在多吉来吧跑出去两百多米后，迫不及待地钻出隐藏自己的雪窝雪坎，密密麻麻地拥向了帐房。帐房里，十二孩子依然躺在毡铺上。他们刚才听到了多吉来吧撕咬三匹狼的声音，很想起来看个究竟，但是最大的孩子平措赤烈不让他们起来。平措赤烈学着父亲的口吻说："你们不要动，尽可能地保持体力，一点点也不能消耗。"调皮的孩子们这个时候变得十分听话，已经饿了三天了，没有力气调皮了。他们互相搂抱着紧挨在一起，平静地闭着眼睛，一点儿也不害怕，外面有多吉来吧，多吉来吧让他们天不怕、地不怕、狼豹不怕。

可是谁会想到，多吉来吧已经走了，它为了援救它的主人居然把十二个孩子抛弃了。狼群迅速而有秩序地围住了帐房，非常安静，连踩踏积雪的声音也没有。它们是多疑的，尽管已经偷偷观察了好几天，知道里面只有十二个根本不是对手的孩子，但它们还是打算再忍耐一会儿饥饿的痛苦，搞清楚毫无动静的帐房里孩子们到底在干什么。一种默契或者说狼群之间互为仇敌的规律正在发挥着作用，带领两股狼群的两匹高大的头狼在距离二十米远的地方定定地对视着。片刻，那匹像极了寺院里泥塑的命主敌鬼的头狼用大尾巴扫了扫雪地，带着一种哲人似的深不可测的表情，谦让地坐了下来，属于它的狼群也都谦让地坐了下来。另一匹断掉了半个尾巴的头狼转身走开了，它在自己统辖的狼群里走出了一个S形的符号，又沿着S形的符号走了回来。

仿佛断尾头狼的走动便是命令，就见三天前咬伤了达娃的红额斑公狼突然跳出了狼群，迅速走到帐房门口，小心用鼻子掀开门帘，悄悄地望了一会儿，幽灵一样溜了进去。红额斑公狼首先来到了热烘烘、迷沉沉的达娃身边，闻了闻，认出他就是那个被自己咬伤的人，却没有意识到正是它的毒牙才使这个人又是昏迷又是发烧的。它觉得一股烧烫的气息扑面而来，赶紧躲开了。狼天生就知道动物和人得了重病才会发烧，发烧的同伴和异类都是不能接近的，万一传染上了瘟病怎么办？它想搞清楚是不是所有人都在发烧，便一个一个闻了过去，最后来到了平措赤烈跟前。它不闻了，想出去告诉狼群："孩子们都睡着了，赶快来吃啊，只有一个发烧的孩子不能吃。"又忍不住贪馋地伸出舌头，滴沥着口水，嘴巴迟疑地凑近了平措赤烈的脖子。

一根细硬的狼须触到了平措赤烈的下巴上，他感觉痒痒的，抠了一下，还是痒，便睁开了眼睛，愣了，接着就大喊一声："狼，狼。"

3

敞开的狼道峡口形如一个巨大的白色弯月，在雪花的遮掩下豪迈地朦胧着，天空正在呼啸，雪原正在流淌，白色的浩茫中，那悄无声息的，却是最应该闹腾起来的狼群。南边是来自多猕草原的狼群，北边是来自上阿妈草原的狼群，它们井水不犯河水，冷静地互相保持着足够的距离，因为对它们来说，这里既不是本土，也不是疆界，不存在行使狼性中固有的领地保护权的问题。更重要的是，当它们不约而同地穿越狼道峡，来到这里面对陌生草原的险恶和未知时，就已经意识到，它们的目的是共同的，敌人是共同的，犯不着一见面互相就掐起来，至少现在犯不着，现在是大敌当前——藏獒来了，西结古草原的领地狗群来了。

静悄悄的，两股狼群在雪雾的掩饰下一声不吭地完成了各自的布阵。这样的布阵既是古老狼阵的延续，也是头狼智慧的体现，也就是说，虽然狼姓种族的许多阵法传了一代又一代，是约定俗成的，但也往往体现着头狼对事态的判断和它采取的应对方式，其中不乏创意，不乏灵活机动的改变，所以两股狼群的狼阵在大致相同的布局中，又有了一些不同。

相同的是，多猕狼群和上阿妈狼群的布阵用人类的语言都可以概括为散点式阵法，就是壮狼、弱狼、公狼、母狼、大狼、小狼插花分布，远远看上去，零零散散一片全是狼，到处都是弱狼小狼，到处又都是壮狼大狼。它的好处是，如果敌手想要擒贼先擒王，或者采取凌强震弱的战法，它就不知道哪儿是王，哪儿是强，如果敌手想从虚弱的地方寻找突破口进入狼阵，或者先吃掉弱的来他个下马威，它就不知道哪儿是弱的，哪儿是突破口。散点式阵法里，狼与狼前后左右的间距大致是五米，五米是个双保险的距离，既可以在进攻时一扑到位，又可以保证逃跑时不至于你挤我撞，自相踩踏。还有一点就是，散点式阵法可以让攻入狼阵的敌手在任何一个地方受到壮狼大狼的猛烈反击，而把狼群的损失减少到最低程度。

不同的是，多猕狼群的布阵里，中间基本上是空的，方圆二十步只有一匹狼，远远一看它就是头狼，多猕头狼在这个危险时刻一反常态地显示了自己的中心地位。上阿妈狼群的布阵里，中间也是空的，但没有头狼，头狼在什么地方？仔细观察，就会发现狼阵北缘的一角，狼的分布不是五米一匹，而是密集到两米一匹，那儿有头狼，上阿妈头狼是隐而不蔽的。

多猕头狼傲立在它的群体中扬头观望着，它已经看清楚了狼道峡口的北边上阿妈狼群的布阵，心里一阵不快，对方摆成的显然是一种向北倾斜的阵势，北缘一角密集的狼影和头狼所处的位置说明，它们随时都想逃跑，在面迎领地狗群，南靠多猕狼群，又绝对不能退进狼道峡的情况下，它们只能往北逃跑。多猕头狼冷笑一声：还没有开始撕杀，就已经想到逃跑了，那就跑吧，北去的山塬上，虽然有可能是牛羊成群的牧地，但也有可能是藏獒众多的战场，要想立足这片陌生的草原并且实现报复人类的目的而不付出代价，那是不可能的。

但从上阿妈头狼的立场来说，它的布阵一点也没错。在獒与狼的对阵中，狼永远是被动的，是防守的。个体的狼和小集群的狼要是遇到领地狗群，毫无疑问是要溜之大吉；大集群的狼面对领地狗群时，首选的仍然是逃跑，除非领地狗群里没有藏獒，或者只有少量的藏獒。作为一股外来的身处险境的狼群，上阿妈狼群的布阵并没有超越狼的惯常思维和一般行为——无论报复人类的愿望多么强烈，狼群首先得有一片生存的空间。你不能指责它的贪生怕死，因为在贪生怕死的背后，隐藏着一匹头狼老辣而周全的考虑，这样的头狼一定是一匹历经沧桑而又老成持重的头狼。

多猕头狼远远地看了一眼上阿妈狼群的头狼，再次审视了一番自家狼群的布阵，固执地摇了摇头，虽然它也可以老辣而周全地设置一个便于逃跑的狼阵，但便于逃跑的狼阵往往又是容易遭到攻击的狼阵，它不能还没有看清对方就逃之夭夭。作为一匹身经百战的头狼，它必须知道西结古草原的领地狗群到底是什么样的——是以藏獒为主，还是以藏狗为主？单打独斗的本领如何？集群作战的能力怎样？尤其是至关重要的獒王，到底是怎样一只藏獒，它有超群的勇敢吗？有超狼的智慧吗？这种知己知彼的事儿，是生存的需要，也是报复人类的需要，是宜早不宜迟的。

更重要的是，它必须按照祖先的遗传和自己的经验行事：狼群应该在失败中逃跑，而不能没有失败就逃跑，留下几具狼尸再逃跑，一逃就脱，因为同样处在饥饿中的领地狗群一定会像狼一样扑向食物而放弃追撵，不留下几具狼尸就逃跑，领地狗群就会一直追下去，追得狼群筋疲力尽，然后多多地

259

咬死狼，一鼓作气把狼群撵出西结古草原。

多猕头狼研究着狼阵，又看了看飞驰而来的西结古草原的领地狗群，走动了几下，便尖锐地嗥叫起来，向自己的狼群发出了准备战斗的信号。所有的多猕狼都竖起耳朵扬起了头，眼睛喷吐着虽然惊怕却不失坚顽的火焰，竖起的狼毛波浪似的掀动着，掀起了阵阵死灭前的阴森之风，雪花胆怯地抖起来，还没落到地上就悄然消逝。兽性的战场已经形成，原始的暴虐渐渐清晰了。多猕头狼继续嗥叫着，似乎是为了引起领地狗的注意，它把自己的叫声变成了响亮的狗叫，叫声未落，席卷而来的领地狗群就哗的一下停住了。

是獒王冈日森格首先停下来的，它跑在最前面，它一停下身后的大灰獒江秋帮穷和大力王徒钦甲保就戛然止步，接着所有的领地狗也都停了下来。大力王徒钦甲保闷闷地叫着，左右两翼和獒王身后的领地狗们也跟着它闷闷地叫着，似乎是说：怎么了，眼看就要短兵相接了，为什么要停下？按照狗群进攻狼群的惯例，这个时候是不应该停下的，就像一股跑动中劲力十足的风，一停下就什么也不是了。

但獒王冈日森格宁肯让领地狗群失去劲力和锋锐，也要停下来搞明白为什么面前的狼群是不跑的，是故意用狗叫挑衅的。它用雄壮的吼声回答着徒钦甲保和所有领地狗们的询问，以无可置疑的威严让它们安静下来，从容地扬起硕大的獒头，把穿透雪幕的眼光从南边横扫到北边，仔细听了听，闻了闻，然后用两只前爪轮番刨着积雪，似乎在寻找答案：为什么多猕狼群要用狗叫吸引领地狗群的注意？难道它们会希望领地狗群首先进攻它们？难道它们愿意牺牲自己，给上阿妈狼群创造一个逃跑的机会？

一直站在獒王身边的大灰獒江秋帮穷用一种发自胸腔的声音提醒它：不不，狼不是獒，两股互不相干的狼群，从来不会有帮助对方脱险的意识和举动。冈日森格哼哼了两声，仿佛是说：你是对的。它朝前走去，走到一个雪丘前，把前腿搭上去，扬头望了望上阿妈狼群的布阵。它一眼就看出那是一个随时准备逃跑的狼阵，领地狗群一旦进攻多猕狼群，上阿妈狼群肯定会伺机向北逃跑，而藏獒以及藏狗的习性往往是咬死扑来的，追撵逃跑的，放弃不动的。上阿妈狼群一跑，领地狗群必然会追上去，这样多猕狼群就会伺机摆脱领地狗群的袭扰，快速向南移动，南边是昂拉雪山绵绵不绝的山脉，隐藏一群狼就像大海隐藏一滴水一样容易。狡猾的多猕狼群，它们的布阵给领地狗群的感觉是既不想进攻，也不想逃跑，实际上它们是既想着进攻，又想着逃跑的。既然这样，那就不能首先进攻多猕狼群了。

但是不首先进攻多猕狼群，并不意味着首先进攻上阿妈狼群。獒王冈日森格明白，如果自己带着领地狗群从正面或南面扑向上阿妈狼群，上阿妈狼群的一部分狼一定会快速移动起来，一方面是躲闪，一方面是周旋，就在领地狗追来追去撕咬扑打的时候，狼阵北缘密集的狼群就会在上阿妈头狼的带领下乘机向北逃窜，这时候领地狗群肯定分不出兵力去奔逐追打，北窜的狼群会很快隐没在地形复杂的西结古北部草原。不，这是绝对不可以的，北部草原牛多羊多牧家多，决不能让外来的狼群流窜到那里去。更重要的是，在它们进攻上阿妈狼群而不能速战速决的时候，多猕狼群就会悄然消失，等你明天或者后天再追上它们的时候，它们就已经是吃够了牛羊肉喝够了牛羊血的胜利之狼了。狼的胜利永远意味着藏獒的失败，而藏獒的失败又意味着畜群的死亡和牧家的灾难。这是不能接受的，永远不能。

獒王冈日森格掉转身子，看了看大灰獒江秋帮穷和大力王徒钦甲保，又扫视着大家，似乎在询问：你们说说，到底怎么办？又是大力王徒钦甲保着急地带头，领地狗们此起彼伏地叫起来：獒王你怎么了？你从来都是果敢勇毅的，从来没有像今天这样拿不定主意过。大灰獒江秋帮穷跨前一步，吐着舌头用一种呵呵呵的声音替獒王解释道：今年不同于往年，往年我们见过这么多外来的狼吗？冈日森格嗡嗡嗡地叫着，好像是说：是啊，是啊，也不知多猕草原和上阿妈草原到底发生了什么，居然迫使这么庞大的两股狼群，不顾死活地要来侵犯我们西结古草原了。

这么深奥的问题，自然不是领地狗们所能参悟的，它们沉默了。獒王冈日森格晃了晃硕大的獒头，沉思片刻，转身朝前走去，走着走着就跑起来，那从容不迫、雍容大雅的姿态，正在无声而肯定地告诉它的部众：它已经想好办法了，而领地狗们要做的，就是紧紧跟着它，不要掉队，也不要乱闯。大灰獒江秋帮穷和大力王徒钦甲保互相比赛着跟了过去，领地狗们一个个精神抖擞地跟了过去，排列的次序好像是提前商量好了的，先是能打能拼的青壮藏獒和那些命中注定要老死于沙场的年迈藏獒，再是小喽罗藏狗，最后是小獒小狗。

这时小公獒摄命霹雳王生气地喊叫起来，它觉得像自己这样一只骄傲的小公獒居然不被重视，落在了队伍后面，简直就是耻辱，想得到允许跟着阿爸阿妈去前面冲锋陷阵。但是它喊叫了半天也没有人理睬，就着急地跑起来。它撞开挡路的小獒小狗，又撞开队伍中间的小喽罗藏狗，直接跑到了獒王冈日森格身边。冈日森格突然停下了，严肃地望着小公獒，呼呼地叫着，仿佛说：

不行，这不是平时闹着玩，你赶紧回到后面去。小公獒倚小卖小，梗着脖子不听话。它的阿爸大力王徒钦甲保跳了过来，大吼一声：回到后面去。小公獒求救地望着獒王，还是不听。就见一向对它温柔体贴的阿妈黑雪莲穆穆忽地扑过来，一口叼起它，转身就走。

　　小公獒绝望了，在阿妈嘴上哭着喊着，直到被阿妈放回到领地狗群后面的小獒小狗群里。阿妈黑雪莲穆穆厉声警告它：领地狗群自古就有服从命令听指挥的规矩，你要是乱来你就得死，知道吗？说罢就匆匆忙忙回到前锋线上去了。小公獒望着阿妈跑远的背影，委屈地哭了，突然意识到周围的小獒小狗正在嘲笑它，便怒叫一声，朝着一只比自己大不了几天的小雪獒扑了过去：你敢嘲笑我，我是摄命霹雳王。

　　领地狗群跑向了上阿妈狼群，跑向了狼道峡口的北边，越跑越快，以狼群来不及反应的速度拦截在了狼阵北缘狼影密集的地方。獒王冈日森格停下来，目光如电地扫视着十步远的狼群：头狼？头狼？上阿妈狼群的头狼在哪里？冈日森格的眼光突然停在了一匹大狼身上，那是一匹身形魁伟、毛色青苍、眼光如刀的狼，岁月的血光和生存的残酷把它刻划成了一个满脸伤痕的丑八怪，它的蛮恶奸邪由此而来，狼威兽仪也由此而来。冈日森格跳了起来，刨扬着积雪，直扑那个它认定的隐而不蔽的头狼。

4

　　原野就像宇宙的空白，坦坦荡荡地散布着白色的恐怖，风是鬼，雪是魔，天上地下到处都是冬天的凶暴，冷啊。父亲把手中那条黄色的经幡使劲系在了棉袄领子上，这一来可以防止风雪往脖子里灌，二来可以保佑自己。他知道经幡上的藏文是《白伞盖经》里的咒语，念诵这样的咒语，毒不能害，器不能伤，火不能焚，寒不能坏。可现在他念诵不了，嘴唇差不多就要冻僵了，只能把经幡系在脖子上，让路过嘴边的风替他去念诵："哗啦啦啦，钵逻嗦噜娑婆柯。"

　　父亲吃力地行走着，一脚插下去，雪就会没及大腿，使劲拔出来，再往前插，这样一插一拔，不是在走，而是在挪。有时候他只能在雪地上爬，或者顺着雪坡往前滚，心里头着急得直想变成一股荒风吹到碉房山上去，吹到西结古寺的藏医喇嘛尕宇陀跟前去。但事实上他是越走越慢，慢到不光他着急，连等在野驴河边的狼都着急了。跟踪他的狼群已经分成两拨,一拨继续跟在后面,截断了他的退路,一拨则悄没声地绕到前面,堵住了他的去路。狼的意图是,既要让他远离寄宿学校以及多吉来吧,又不让他靠近碉房山,就选定在野驴河畔,神不知鬼不觉地吃掉他。

父亲浑然不知,他全神贯注于身下的积雪,根本就顾不上抬头观察一下远方。等他走累了停下来喘息的时候,他就低着头一阵阵地哆嗦。他把皮大衣脱给了他的学生,只穿着一件棉袄,棉袄在冬天的西结古草原单薄得好比一件衬衫,好在他胸前戴了一块藏医喇嘛尕宇陀送给他的热力雷石,那是可以闪烁荧光、产生热量、具有法力的天然矿石。当然更大的威胁还是饥饿,他和孩子们一样,也是三天没吃东西了。哆嗦够了继续往前走,父亲看到自己已经来到一座卧驼似的雪梁前,不禁长喘一口气。他知道翻过这道雪梁就是一面慢坡,顺着慢坡滚下去,就是野驴河边了。他伸出舌头舔了舔脖子上的经幡,心说我这就是念经了,猛厉大神保佑,非天燃敌保佑,妙高女尊保佑,吃的来,喝的来,藏医喇嘛快快来,达娃好好的,十二个孩子都给我好好的。父亲就像一个真正的牧人,念了经,做了祷告,心里就踏实起来,浑身似乎又有力气了。

在心念的经声陪伴下,父亲终于爬上了雪梁。他跪在雪梁之上,眯着眼睛朝下望去,一望就有些高兴:一览无余的皓白之上,夹杂着星星点点的黑色,不用说那是来迎接他的领地狗群了。他揉了揉眼睛,再次让眼光透过了雪花的帷幕,想看清獒王冈日森格在哪里,不禁倒吸一口冷气:哪里是什么领地狗群,是狼,是一群不受藏獒威慑的自由自在的狼。

狼是跑来跑去的,看到他之后,跑动得更加活跃了,明显是按捺不住激动的样子。父亲又开始哆嗦,是冷饿的哆嗦,也是害怕的哆嗦,心里一个劲地鼓捣着:完蛋了,完蛋了,今天要把性命交代在这里了。他深知雪灾中狼群的穷凶极恶是异常恐怖的,饥饿的鞭子抽打着它们,会让它们舍生忘死地扑向所有可以作为食物的东西。前去碉房山寻找食物的他,就要变成狼群的食物了。

父亲看到狼群朝他走来,就像军队进攻时的散兵线,二十多匹狼错落成了两条弧线,交叉着走上了雪梁,一匹显然是头狼的黑耳朵大狼走在离他最近的地方,不时地吐出长长的舌头,在空中一卷一卷的。父亲哆嗦着用下巴碰了碰脖子上的经幡,嘴唇一颤一颤地祷告着:"猛厉大神保佑啊,非天燃敌保佑啊,妙高女尊保佑啊。"他心里越害怕,声音也就越大,渐渐地就把祷告变成了绝望的诅咒:"狼我告诉你们,你们今天可以吃掉我,但即便是我用我的肉体喂饱了你们,你们也活不过这个冬天去,獒王冈日森格饶不了你们,我的多吉来吧饶不了你们,西结古草原的所有藏獒都饶不了你们。"狼近了,二十多匹狼的散兵线近在咫尺了。黑耳朵头狼挺立在最前面,用贪馋阴恶的眼光盯着父亲,似乎在研究一个大活人应该从哪里下口。父亲一屁股坐到积雪中,低头哆嗦着,什么也不想,就等着狼群扑过来把他撕个粉碎。

就像我们大家都知道的,奇迹是命运的转折点。父亲没有想到,就在他已经绝望,准备好了以身饲狼的时候,他的祷告居然起了作用:保佑出现了,猛厉大神降临了。就像他后来说的,神是冬天的温暖,只要你虔诚地祷告,就不会不起作用。一阵尖锐的狗叫凌空而起。父亲猛地抬起了头,惊喜得眼泪都出来了,心说我早就说过,野驴河边到处都是领地狗,冈日森格会跑来迎接我的。说完了马上又发现自己高兴得太早了,因为沿着拐来拐去的硬地面扑向狼群和跑向他的,并不是冈日森格和它的领地狗群,甚至都不是一只成年的藏獒或者成年的小喽啰藏狗,而是一只出生肯定超不过三个月的小藏獒。小藏獒是铁包金的,黑背红胸金子腿,奔跑在雪地上就像滚动着一团深色的风。

一直待在冰上雪窝子里的小藏獒其实早就看到那些狼了,它非常生气,狼群居然敢到野驴河边藏獒的雪窝子跟前来。但是它没有出来干涉,也没有发出任何声音,家里就它一个人,它本能地知道雪天里狼群的险恶,而自己还是个毫无威慑力的小孩子,一旦暴露,顷刻就会成为饥狼肚子里的肉。它静静地趴在雪坎后面死死地盯着狼群,盯着盯着就忍不住了,在看到父亲出现在雪梁上之后,看到滴沥着口水的狼群的散兵线逼向父亲之后,它突然跑出来了。它忘了雪天里狼群的险恶和自己的孤单弱小,忘了它作为一只小藏獒根本不可能从这么多狼的嘴边救出父亲,更忘了它自己就要被狼牙撕碎的后果,朝着狼群吠叫着奔跑而去。

父亲呆住了。他认识这只小藏獒,小藏獒是冈日森格和大黑獒那日的孩子,是个女孩,名叫卓嘎。卓嘎一个人跑来了,出生不到三个月的小母獒卓嘎胆大妄为地跑向了二十多匹狼的散兵线。父亲用惊异的眼光连连发问:怎么就你一个人?你的阿爸阿妈呢?你的那么多叔叔阿姨呢?

逼近着父亲的狼群停了下来,转头同样吃惊地望着小母獒卓嘎:原来这里是有藏獒的,不过是小的,是母的。这么小的一只母藏獒,也想来威胁我们吗？真是不知天高地厚了。吃掉它，吃掉它，首先吃掉这只藏獒，然后再吃掉人。黑耳朵头狼用爪子刨了几下积雪，似乎是一种指挥，狼群的散兵线顿时分开了，五匹大狼迎着小母獒跑了过去。

  危险了，危险了，小母獒就要被吃掉。父亲大喊一声："卓嘎快过来。"喊着就站了起来，就跑了过去。他也和小母獒一样把什么都忘了，忘了雪灾中狼群的恐怖和人的危险，忘了一旦二十多匹饿狼发威，他根本就不可能从那么多利牙之下救出小母獒。他跑了两步就翻倒在地，沿着雪坡滚了下去。现在的情形是，小母獒卓嘎正在不顾一切地朝着父亲这边跑来，父亲正在不顾一切地朝着小母獒卓嘎滚去，他们的中间是二十多匹饥饿的狼。

  狼是多疑的，从它们的习性出发，它们决不相信小母獒的狂奔是为了援救父亲，父亲的翻滚是为了援救小母獒，也不相信孤孤单单的一个人和一只小母獒在援救别人时会有这么大的胆量，它们觉得在人和小母獒的大胆后面一定隐藏着深深的诡计——许多藏獒和许多人一定会紧跟着他们夹击而来，而避免中计的惟一办法就是赶快躲开。黑耳朵头狼首先躲开了，接着二十多匹饥饿的狼争先恐后地躲开了，速度之快是小母獒卓嘎追不上的。

  小母獒停了下来，看到狼群已经离开父亲，就如释重负地喘息着，朝着父亲摇摇晃晃走来。父亲已经不滚了，坐在雪坡上朝下溜着，一直溜到了小母獒卓嘎跟前，张开双臂满怀抱住了它，又气又急地说："怎么就你一个人？别的藏獒呢？冈日森格呢？大黑獒那日呢？果日呢？它们怎么不管你了，多危险啊。"小母獒卓嘎听懂了父亲的话，一下子就把刚才朝着狼群勇敢冲锋时的大将风度丢开了，变成了一个小女孩，蜷缩在父亲怀里，呜呜呜地哭起来。它舔着父亲的手，舔着父亲胸前飘飘扬扬的经幡，用稚嫩的小嗓音哭诉着它的委屈和可怜：阿妈大黑獒那日不见，阿爸冈日森格也不见了，所有的叔叔阿姨都不见了。它是自己跑出去玩的，玩累了就在暖融融的熊洞里睡了一夜，今天早晨回到野驴河的冰面上时，看到所有的雪窝子都空了，所有的领地狗都不知去哪里了。

  父亲当然听不懂小母獒卓嘎哭诉的全部内容，只猜测到了一个严峻的事实：野驴河边没有别的藏獒，领地狗们都走了，獒王冈日森格不会来迎接他了。他仰头望了望聚集在雪梁上俯视着他们的狼群，问道："冈日森格和领地狗群到底去了哪里？它们会不会马上就回来？"小卓嘎知道父亲说的是什么，却不知道如何回答，汪汪了几声，便跳出父亲的怀抱，朝前走去。小母獒卓嘎拐来拐去的，准确地踩踏着膨胀起来的硬地面。父亲踩着它的爪印跟了过去，顿时就不再大喘着气，双腿一插一拔地走路了。

很快他们来到野驴河的冰面上，走进了獒王冈日森格和大黑獒那日居住的雪窝子。小母獒卓嘎细细地叫着，好像是说：你看你看，它们没有马上回来。父亲蹲下来抚摩着小卓嘎说："那你就带着我赶快离开这里，这里很危险。"小卓嘎没有听懂，父亲就指了指碉房山，用藏语说："开路，开路。"小卓嘎明白了，转身就走。

他们走出了雪窝子，走过了野驴河，正要踏上河滩，小母獒卓嘎突然停下了。它举着鼻子四下里闻了闻，毫不犹豫地改变了方向，带着父亲来到了一座覆满积雪的高岸前。父亲打着哆嗦说："走啊，你怎么不走了？"看它不听话，就佯装生气地说，"那你就留在这里喂狼吧，我走了。"说着朝前走去。小母獒卓嘎扑过来一口咬住了他的裤脚，身子后赘着不让他走。父亲弯腰抱起了它，正要起步，就见狼影穿梭而来，五十步开外，飞舞旋转的雪花中，一道道刺眼的灰黄色无声地堆积着。

已经不是二十多匹狼了，而是更多。父亲不知道除了在野驴河畔堵截他的二十多匹狼，还有二十多匹狼一直跟踪着他。这会儿五十匹狼汇合到了一起，就要对他和小母獒卓嘎张开利牙狰狞的大嘴了。父亲绝望地说："小卓嘎我知道你为什么来到了有高岸的地方，你是不想让我们四面受敌对不对？但是没有用，这么多的狼，我们只有一大一小两个人，肯定是保护不了自己的。"说着他紧紧抱住了小卓嘎，好像只要抱紧了，可爱的小母獒就不会被狼吃掉了。

狼群快速而无声地靠近着，三十步开外，二十步开外，转眼之间，离他们最近的黑耳朵头狼和另外三匹大狼已经只有五步之遥了。小母獒卓嘎挣扎着，它想挣脱父亲的搂抱，完全按照一只藏獒的天赋本能，应对这个眼看人和藏獒都要遭受灭顶之灾的局面。但是父亲不松手，在父亲的意识里，只要他不死，就不能让小母獒卓嘎死。小卓嘎急了，细嗓门狂叫着，一口咬在了父亲的手背上。父亲哎哟一声，禁不住松开了手。小卓嘎跳出了父亲的怀抱，扑扬着地上的积雪，做出俯冲的样子，朝着狼群无知无畏地吠鸣了几声，转身就跑，跑了几步，就把头伸进高岸下的积雪使劲拱起来，拱着拱着又把整个身子埋了进去，然后就不见了，如同消失了一样，连翘起的小尾巴也看不到了。父亲心说它这是干什么呢？是害怕了吧？到底是小女孩，它终于还是害怕了，害怕得把自己埋起来了。

父亲朝着高岸挪了挪，用身子挡住了小卓嘎消失的地方，瞪着狼群死僵僵地立着。他已经不再哆嗦了，冷也好，饿也罢，都已经不重要，他现在惟一能感觉到的就是恐惧,而恐惧的表现就是僵硬,僵硬得他什么表示也没有,连舔舔脖子上的经幡,祈求猛厉大神、非天燃敌、妙高女尊保佑的举动也没有了。

但是在黑耳朵头狼和团团围着他的狼群看来,父亲的毫无表示是不对劲的,他不哭不喊不抖不跑就意味着镇静,而他凭什么会如此镇静呢?是不是那个一直存在着的深深的诡计直到这个时候才会显露杀机?更重要的是,那只小母獒不见了,从来就是见狼就扑的藏獒居然躲到积雪里头去了,这是为什么?如果不能用诡计来解释,就不好再解释了。就在重重疑虑之中,狼群犹豫着,离父亲最近的黑耳朵头狼和另外三匹大狼在一扑就可以让对方毙命的时候,突然又把撕咬的冲动交给了随时都会到来的耐心。狼是世界上最有耐心的动物,耐心帮助它们战胜了不少本来不可战胜的对手,也帮助它们躲过了许多本来不可避免的灾难,现在耐心又来帮助它们了,它们强压着饥饿等待着,观察着。父亲也就一直恐惧着,僵硬着。

狼群等待的结果是,诡计终于显露了。而对父亲来说,这又是藏獒带给他的一个奇迹、一个命运的转折点。父亲万分惊讶地看到,消失了的小母獒卓嘎会突然从掩埋了它的积雪中蹿出来,无所畏惧地吠鸣了几声后,一口咬住了父亲的裤脚,使劲朝后拽着。这是跟它走的意思,父亲僵硬地走了几步,又走了几步。黑耳朵头狼和另外三匹大狼跟了过来,始终保持在一扑就能咬住父亲喉咙的那个距离上。垂涎着一人一獒两堆活肉的整个狼群随之动荡了一下,就像凝然不动的一片黑树林在大雪的推动下猛可地移动起来。

接着就是静止。狼群静止着,它们盯死的活肉我的父亲静止着,连小母獒卓嘎也哑然静止了。静止的末端是一声哗变,覆满高岸的积雪突然崩溃了,哗啦啦啦。雪崩的同时,出现了一个棕褐色的庞然大物,嗷嗷地吼叫着,又出现了一个庞然大物,也是嗷嗷地吼叫着。小母獒卓嘎悄悄的,悄悄的,父亲学着它的样子也是悄悄的,悄悄的。而狼群却抑制不住地骚动起来,它们用各种姿影互相传递着消息:诡计啊,果然是诡计,不可战胜的对手、死亡的象征原来隐藏在这里。雪大了,不知不觉又大了,大得天上除了雪花再没有别的空间了。

2 小母獒卓嘎

1

　　风吹着,乱纷纷的雪花从天上下来,又从地下上去,无论是上去,还是下来,雪花的情绪都是那么欢快、饱满,这是草原的冬天最伟大的饱满和最自由的欢快。就在永恒的大雪饱满欢快的时候,血雨腥风出现了。
　　上阿妈狼群的所有狼都没有想到,打斗会是这样开始的:从北端开打,从头狼开打,从防止逃跑开打。这对一门心思准备向北逃跑的上阿妈狼群来说,无疑遭遇了当头棒喝,用人类的战术形容就是上兵伐谋。上阿妈头狼不免有些心惊肉跳,看到领地狗群在一只金黄色狮头公獒的带领下奔扑而来,立刻意识到獒王来了。上阿妈头狼觉得这獒王伟岸、挺拔、高贵、典雅,就像一座傲视万物的雪山,有一种来自天上的宏大气势,但让它感到恐怖的还不是外形上的不凡,而是那看不见的智慧的火花:这獒王不仅识破了上阿妈狼群和多猕狼群准备分道扬镳、各奔南北的意图,而且采取了惟一能够同时打击两股狼群的办法,那就是来到上阿妈狼阵的北缘,断然堵住它们的逃跑之路。一眨眼工夫,它的老辣而周全的布置就成了必须立刻改变的愚蠢之举。来得及吗,立刻改变?恐怕来不及了。但上阿妈头狼毕竟是一匹历经沧桑而又老辣成性的头狼,即便来不及改变战术,它也要尽最大可能挽救它自己,挽救它的狼群。

上阿妈头狼短促急切地嗥叫着，狼阵北缘的一角，密集到两米一匹的狼突然靠得更近了，身贴身，肩靠肩，张大嘴巴，飞出牙刀，从嗓子眼里呼呼地嘶叫着，保护着自己，也保护着头狼。头狼立在它们身后，瞪视着横冲过来的冈日森格，差不多要把眼珠子瞪出来了，一副立刻就要跳起来迎接撕咬同时也要撕咬对方的架势。冈日森格本来打算凌空跃过最前面的一排狼，把牙刀的第一次切割留在头狼的脖子上，跑近了才意识到，也许是不可能的，这匹头狼看上去体大身健，非同小可，且满眼都是诡诈或者说是娴熟的经验，便迅速改变主意，低下头颅，蹭着地面猛烈地撞了过去。没有哪匹狼能经得起獒王的撞击，倒地了，一倒就是两匹，一匹是用头撞倒的，一匹是用爪子扑倒的，接着哧的一下，又是哧的一下，两匹狼的脖子几乎同时开裂了。死去吧你们。冈日森格吼了一声，这才一跃而起，直扑上阿妈头狼。

上阿妈头狼噌地跳了起来，凶恶的神情和尖利的牙齿都好像是扑上前去撕咬对方的样子，柔韧的狼腰却明智而弹性地弯过去，忽地一下掉转了身子，等冈日森格的牙刀飞刺而来时，它的喉咙已经安然无恙地离开了獒王攻击的锋芒。这时一匹身材臃肿的尖嘴母狼疯跑过来挡住了獒王扑跳的线路，上阿妈头狼蹭着母狼的身子跳起来，一头扎进了前面密集的狼群，只让冈日森格锋利的牙刀飞在了它的大腿上。嗨，我怎么咬在了狼的大腿上。冈日森格愤怒地想着，跃过那匹身材臃肿的尖嘴母狼，眼光钢针一样盯着头狼，再次扑了过去。

头狼混迹在狼群里，东窜西窜地把自己的部众看作了挡箭牌。冈日森格紧追不舍，忽尔腾空，忽尔落地，每一次落地都会让一匹做了头狼挡箭牌的狼受伤或者毙命，几次扑跳之后眼看就要咬住对方的喉咙了，突然又收回牙刀停了下来，"钢钢钢"地叫着，好像是说：好棒一匹狼，不愧是头狼，居然躲过了我的六次扑咬。它寻思这么棒的一匹头狼是不能死的，它死了谁来和多猕头狼对抗？生生死死的草原法则告诉它，制约狼群的，除了藏獒和藏狗，还有狼群本身，有时候狼群对狼群的制约往往比藏獒和藏狗更有效。尤其是头狼之间的争斗，从来就是你死我活的，在狼的世界里，它是超越了一切仇恨的最高仇恨。獒王这么想着，吼叫着放跑了上阿妈头狼，眼睛里刀子一样的寒光左右一闪，跳起来哗哗哗地开始扫荡别的狼。它的身边，一左一右，是大灰獒江秋帮穷和大力王徒钦甲保，两个训练有素的獒界杀手，把扑打撕咬的技艺发挥得淋漓尽致，每一个动作都利落而精确，如同精心设计的一道

269

杀戮流程线,倒在地上的壮狼大狼身上,不是脖子上血流如注,就是肚子上洞口烂开。

拥挤在狼阵北缘的狼大约有七十多匹,而跟着獒王冈日森格抢先扑向狼群的藏獒,至少有三十多只,七十多匹狼哪里是三十多只藏獒的对手,很快就是狼尸遍地了,好像天上飞的、地下铺的,都是雪一样零碎、雪一样厚重的狼血。藏獒也有受伤的,獒血一落地,就和狼血分不清楚了,惟一的区别是,对狼来说,流血是亡命奔跑的理由,对藏獒来说,流血是更加生猛的借口。准备北窜的上阿妈狼群这个时候不得不在头狼的带领下朝南跑去,没跑多远就碰到了多猕狼群的狼阵。

按照狼的世界永远不变的古老习惯,狼阵是决不允许冲撞的,不管是作为异类的藏獒藏狗,还是作为同类的外群之狼,谁闯进狼阵就咬谁。溃散中的上阿妈狼群本来是想绕过多猕狼阵的,但领地狗群尤其那些藏獒追得太急,扑得太猛,它们慌不择路,就像来到了河岸边,扑通扑通跳进了深不可测的水里,接着就是浪起波涌,多猕狼群和上阿妈狼群打起来了。

好啊,好啊,打起来就好啊。獒王冈日森格希望的就是狼跟狼打起来,只是没想到它们的内讧会来得这么快。追撵中的獒王停下了,沉沉地叫了几声,让紧随其后的领地狗群也都停了下来。领地狗们看着狼跟狼的混战,叫着,喊着,多少有点惊诧地互相询问着:照这样打下去,还要我们藏獒干什么?

同样惊诧的还有上阿妈头狼,以它的经验,它知道宁肯让追上来的藏獒咬死,也不能闯入多猕狼阵。狼阵都是利牙的汪洋,它们会从四面八方刺向你,刺得你遍体鳞伤,然后让你死掉,而藏獒咬你,只要是面对面的,往往会一口咬死,让你少受许多痛苦。上阿妈头狼嗥叫起来,告诉闯入多猕狼阵的部众赶快出来,没有闯入多猕狼阵的部众跟着自己迅速绕过这里。它边叫边跑,不断回头看着,发现自己的妻子那匹身材臃肿的尖嘴母狼就在自己身后,没有闯入多猕狼阵的狼正在快速跟来,而那些不小心闯入多猕狼阵的狼却已经无法出来,只能是死无葬身之地了。

上阿妈头狼心里恨恨的:好啊,多猕狼群,居然咬死了我的狼,咱们走着瞧。它越想越恨,越恨就越希望绕开这里,因为只有绕开这里,才会把多猕狼群暴露在藏獒面前,也才能保证自己的狼群安全南逃。上阿妈头狼越跑越快,尽管它的大腿已经被獒王冈日森格的牙刀戳了一下,但并不影响它在自己的狼群危难存亡之际,履行一个头狼的职责。绕过去了,马上就要绕过去了,绕过去就是胜利,当上阿妈狼群和领地狗群之间横亘着一个多猕狼群时,往南就不再是逃跑，而是行进了。

上阿妈狼群的举动立刻引起了多猕头狼的注意，它依然处在狼阵中间方圆二十步的空地上，不停息地嗥叫着，一边指挥自己的狼群坚守阵地，咬死一切闯入狼阵的野兽，一边警告上阿妈狼群不要绕过多猕狼阵向南逃跑，规则在领地狗群到来之前就已经确定了，多猕狼群向南报复人类，上阿妈狼群朝北雪恨畜群，可现在你们怎么不遵守了呢？多猕头狼完全明白，如果上阿妈狼群跟它们一起向南逃跑，那就意味着两股狼群要互相竞争着把危险留给对方，把安全留给自己，这样的竞争肯定是要打起来的，而且会一打到底。两股外来的狼群一旦摆脱前来堵截的领地狗群，就会把占领一片属于自己的领地当作首要目标，这时候惟一要做的，就是彻底战胜并最后吃掉同类而不是报复人类了。多猕头狼不希望出现这样的局面，一再地警告着，很快就发现它的警告毫无作用，上阿妈头狼不仅不听它的，反而带着自己的狼群跑得更快了。

绕过去了，马上就要绕过去了，绕过去就是它们的胜利。多猕头狼仰头观望着，呼呼地吹了几口粗气，把飘摇的雪花吹得活蹦乱跳。它再次嗥叫起来，声音颤颤悠悠的，已不是鼓吹坚守，而是撺掇逃跑了。哗的一声响，就像浪潮奔涌，是朝着一个方向的奔涌，多猕狼群整齐划一地丢下了闯入狼阵没有来得及咬死的上阿妈狼，丢下了狼阵中所有的狼都必须至死坚守的岗位，撤退了，逃跑了，去和上阿妈狼群比赛亡命的速度了。都是朝南，在两条平行线上，都是朝向昂拉雪山的生命的野性展示，迷迷茫茫的平行线无尽地延伸着，上阿妈狼群想跑到多猕狼群前面去，多猕狼群想跑到上阿妈狼群前面去，跑啊，跑啊，不光是狼群的疯狂，而是整个草原的疯狂，是冬日大雪上天入地的疯狂。疯狂的逃跑后面，是藏獒以及所有领地狗更加疯狂的追撵。

追上了，眼看就要追上了。獒王冈日森格把追兵分成了三路，一路由大灰獒江秋帮穷率领，追撵上阿妈狼群，一路由大力王徒钦甲保率领，追撵多猕狼群，另一路由獒王自己率领，处在两条平行线的中间，作为两路追兵的接应。最先被追上的是上阿妈狼群，毕竟它的头狼是受了伤的，整个狼群也在和藏獒和多猕狼群的厮打中消耗了体力。

领地狗群的扑咬开始了，谁跑得慢谁倒霉，眼睛伤了，喉咙穿了，被咬出血窟窿后跑不动的狼就要死了。大灰獒江秋帮穷一连扑倒了三匹殿后的狼，又大吼一声，吓得一匹母狼和一匹幼狼栽倒在地，浑身颤抖着再也站不起来了。江秋帮穷让开了母狼和幼狼，所有的领地狗都让开了母狼和幼狼，它们是兽中的君子草原的王者，不屑于也不习惯以雄性的骠勇悍烈面对年轻的母狼和孱弱的孺子。但是外来的母狼不了解西结古草原的王者之风，望着一个比一个凶悍的领地狗从自己身边踏踏而过，脑子轰然一响，肚子一阵剧痛，哀号了一声，便口吐鲜血闭上了眼睛。母狼死了，惊吓让它的苦胆蓦然迸裂，只留下幼狼依偎在母亲的尸体上瑟瑟发抖。

小公獒摄命霹雳王跑到幼狼身边，好奇而愤怒地吠叫着，一口咬住了幼狼的脖子，它是多么想咬死这匹幼狼，多么想使自己跟它的父辈们那样，勇敢而激动地让舌头沾满狼血。但是它很快松口了，只咬下几根狼毛粘连在自己嫩生生的虎牙上。毕竟规则比欲望更强大，欲望是来自心理和生理的，是实现的需要，规则是来自遗传和骨血的，是祖先的支配，祖先的遗传规则正在告诉它：你要是咬死小的，等你长大了，你就再也无狼可咬了，而无狼可咬的藏獒也一定是衰落迟暮的藏獒。小公獒用吠叫发泄着对狼天然生成的愤怒，渐渐后退着，突然转身，追逐别的狼去了。

就在部众纷纷倒下的时候，上阿妈头狼采取了一个引敌向邻的办法，它带着自己的狼群迅速向多猕狼群靠拢，好像这样就能把追兵全部甩给多猕狼群。冈日森格心想如此也好，三路追兵就可以合为一路了。獒王吼起来，吼了三声，大灰獒江秋帮穷和大力王徒钦甲保就率领自己的队伍，迅速横斜过来，跑在了獒王的两翼和身后。

冈日森格步态稳健地奔跑着，潇潇洒洒就像鹰的飞翔，没费多少工夫就追上了上阿妈头狼和它身边的身材臃肿的尖嘴母狼，只差一步就可以咬住头狼的喉咙了，但就是这一步的距离似乎永远不能缩短，固定着，追了那么长时间仍然固定着，不是獒王追不上，而是它还在思考那个问题：好棒的一匹头狼，它要是被我咬死了谁来和多猕头狼对抗？可它毕竟是一匹危害极大的壮狼，不咬死它对西结古草原对牧民的牛羊乃至对领地狗都会是巨大的威胁。獒王冈日森格就在这样的犹豫中追啊追啊，突然不再犹豫了，决定立刻咬死它。距离陡然缩小，不是一步，而是一寸，一寸的距离就要消失，上阿妈头狼毙命的时刻已经来到了。

小母獒卓嘎早就知道这里有个藏马熊冬眠的洞穴，洞穴被干草和积雪覆盖着，它曾经不止一次地钻进去，趴卧在沉睡不起的藏马熊身边，感受它们的体温散发出的暖融融的气息。它觉得这是好玩的，是一种值得褒奖的勇敢冒险的行为，凭着它对藏马熊气味的神经质的反应，它知道身边这两个睡死过去的大家伙是及其凶悍的，而在它和所有藏獒的性格里，挑战凶悍便是最基本的特征。但是小母獒卓嘎也知道，自己还太小太小，小得只能挑战睡着的凶悍，而不能挑战醒着的凶悍，所以当它在阿爸冈日森格和阿妈大黑獒那日以及所有的领地狗都离去的时候，当它遇到父亲，又遇到狼群，必须按照一只藏獒的职守保护父亲，撵走狼群的时候，它是那么自然地依靠着父母遗传的聪明，想到了自己的无能，也想到了一个解救父亲的好办法。它带着父亲来到了河边的高岸前，又钻进一公一母两只藏马熊一起冬眠的洞穴，用吃奶的力气咬它们的肉，撕它们的皮，看到它们惊醒后怒然而起，便赶紧跑出来，机敏地把父亲拽离了洞口。

两只藏马熊一前一后冲出了洞穴，它们生气啊，恼怒啊：谁搅扰了我们的睡眠，要知道我们在冬天是不醒来的。它们看见了狼群，也看见了父亲和小母獒卓嘎。小母獒卓嘎悄悄静静的，也启示父亲悄悄静静的，因为它天然就知道悄然不动的结果一定是藏马熊对他们的忽略。而狼群还没有来得及意识到这一点，它们毫无理智地骚动着，为了想象中父亲与小母獒的诡计而激愤而沮丧得放声大叫。一公一母两只高大的藏马熊气得呼哧呼哧直喘息，以为咬醒它们的肯定就是这伙骚动不宁的家伙，便扬起四肢冲撞而去。黑耳朵头狼首先后退了，接着所有的狼都四散而去，等它们摆脱两只藏马熊的追撵，重新聚拢到一起，寻找猎逐了大半天的父亲和小母獒卓嘎时，发现他们早已离开被狼群追逐的危险之地，走到碉房山上去了。

2

寄宿学校的帐房里，躺在毡铺上的平措赤烈刚喊了一声"狼"，用一根细硬的狼须触醒了他的红额斑公狼就跑出了帐房，倒不是这一声喊让它受到了惊吓，而是断尾头狼并没有给它首先撕咬和首先吃肉的权力，它是前来侦察动静的：帐房里的孩子们到底在干什么？侦察完了，它就应该出去向断尾头狼报告。断尾头狼看着红额斑公狼，从它扭来扭去的姿势中，明白了它的意思，正要向自己的狼群发出扑进帐房的信号，就见对面不远处，那匹像极了寺院里泥塑的命主敌鬼的头狼，那匹始终带着一种深不可测的哲人表情坐在雪地上的头狼，没有任何过渡地一跃而起，直扑帐房，一直环侍在命主敌鬼身后的属于它的狼群哗的一下动荡起来，向着帐房包围而去。

断尾头狼愣了一下：不是刚才说好了吗？由我们首先行动，我们吃够了你们再吃，怎么你们不信守约定了？它连连咆哮着，想提醒命主敌鬼似的头狼不要乱来，看对方丝毫不听它的，便厉叫一声，朝着命主敌鬼横扑过去。转眼之间，两匹头狼扭打在一起了，它们身后的两群狼也对撞过去，一个对一个地厮打起来。其实荒原狼是不应该这样的，尽管这两群狼从来没有一起合围过猎物，但如果需要，它们并不在乎打破这种老死不相往来的习惯。可这次不行，当父亲和十二个孩子以及多吉来吧被绵延不绝的大雪灾锁定为孤立无援的猎物时，冥冥之中的指令，那个只允许强者生存的自然法则，让它们无比清晰地获得了这样一个启示：变化就要出现了，野驴河流域只需要一股狼群，只需要一个头狼，而这股狼群和这个头狼，只能是这次围猎的胜利者。本来断尾头狼以为，黑耳朵头狼已经带着它的狼群追逐着父亲远远地去了，命主敌鬼也已经代表它的狼群公开表示了谦让，这个胜利者笃定是它和它的狼群了，万万没想到，就在猎物马上就要到手的瞬间，谦让的突然不谦让了，战争首先爆发在了狼与狼之间，而不是狼与敌手之间。

狼群和狼群的打斗其实就跟古老的人类战争一样，决定胜负的并不是那些兵卒，而是将军，头狼对头狼的胜利，才是最后的胜利。但是现在谁也没有胜利，断尾头狼和命主敌鬼势均力敌的打斗没有一天一夜是不会结束的。狼血正在濡染着雪地，命主敌鬼的肩膀烂了，断尾头狼的肩膀也烂了，命主敌鬼的脸上有了牙齿深深的划痕，断尾头狼的脸上也有了划痕。分开了，扑过去，再一次分开，再一次扑过去。地面上，血色越来越灿烂，有两匹头狼的血，也有狼群的血，源源不断的，一片片积雪正在变成一堆堆红色的晶体。难分难解的打斗还在继续，突然从天上传来一个金属般坚硬的声音，所有的狼，包括断尾头狼和命主敌鬼，一个个都竖起耳朵，戛然不动了。那是一声狼嗥，来自狼群的边缘、哨兵的口中，紧张而恐怖。没有一匹狼不明白这是什么意思：出现藏獒了，一只藏獒朝这里跑来了。

狼群愣怔着，似乎大家都在想，一场凶吉难测的厮杀已是不可避免，饥寒交迫的狼群靠什么和藏獒打斗？体力呢？精神呢？按理说，体力和精神都在食物上，可是食物看不清楚了，已经来到嘴边的食物突然又远去了。酷似命主敌鬼的头狼恨恨地朝前看着，看到了被多吉来吧咬死的两具狼尸，深不可测的表情一下子变得浅显易懂了：还等什么，早就应该吃掉它们了。它扑了过去，它的狼群紧跟着它，以同样的速度扑向了同类的尸体。

断尾头狼尖叫一声，似乎是后悔的样子：晚了，我怎么晚了？它带着自己的狼群迅速冲上去，没命地抢夺着，抢到一口是一口，决不能让别的狼群独吞了本该属于它们的肉。三匹老狼是它这个狼群的，它派它们首先来和多吉来吧对阵，除了试探对方的凶狠程度、打斗能力，更重要的是为了让它们在这个关键时刻做出牺牲。三匹老狼已经很老很老了，它们一死就变成了食物，就能补充活狼衰弱的体力，有了体力才能保证狼群打败藏獒，吃掉寄宿学校的人。想不到的是，自己安排的食物却被命主敌鬼一伙抢先了，它怒不可遏，又毫无办法，狼本来就是为抢夺食物而生的，草原上没有一种生活会让它们变得温文尔雅。

两具狼尸转眼被撕碎了，狼群不是撕肉，而是在咔吧咔吧地断骨扯筋，等撕抢到了骨肉的狼跑向远方，躲在雪坑雪洼里大口吞咽的时候，那儿已经什么也没有了，连渗透了狼血的积雪也被舔食干净了。狼多肉少，很多狼急红了眼，却连一滴狼血也没有舔到，气得它们来回直跳。断尾头狼更是愤怒有加，它虽然抢到了肉，但远远不够它填饱肚子，它觉得这是不能容忍的，死狼出自它的狼群，第一个满足的只应该是它。它气急败坏地踱着步子，看到独眼母狼坐在地上，用鼻子不无同情地指着它，便暴怒地叫了一声：你怎么没死啊？我是要你去死的，你却活得比我都安闲自在。它边叫边靠了过去，一口咬住了独眼母狼已经被多吉来吧咬伤的喉咙。

独眼母狼痛苦地扭曲了身子，却没有挣扎着逃脱，它知道自己不死是不行了，头狼和疯狂的狼群以及越来越狰狞的饥饿，已经把它看成是一具活着的尸体了，它现在惟一要做的，就是少受一些痛苦的折磨，快快地死掉。断尾头狼似乎知道它的心思，迅速换了一下口，锉动着牙齿，飞快地咬断了它的喉管，鲜血顿时滋满了断尾头狼的脸。许多狼扑了过去。断尾头狼丢开还在无助地蹬踢着腿的独眼母狼，眯着眼睛，向所有扑过来的狼发出了攻击，不管是自己这一群的，还是命主敌鬼那一群的。

一声惊怕到极点的稚嫩的狼嗥颤颤悠悠地响起来，那是狼崽的哭声，仿佛也是它对这个世界的质疑：为什么呀，为什么对我好的，给我爱的，让我感到温暖的，就要这么快这么惨地死掉呢？独眼母狼不是狼崽的阿妈，狼崽的阿爸阿妈都死了，是被断尾头狼咬死的，断尾头狼咬死了这群狼的前任头狼，又咬死了对它一直愤恨不已的前任头狼的妻子，现在又咬死了阿爸阿妈去世后一直抚养着狼崽的独眼母狼。狼崽觉得世界或许就应该是这样：身强的吃掉体弱的，年轻的吃掉年老的，但狼崽不明白自己为什么会对这样的事情感到悲伤和痛切，它总是不由自主地想哭，想喊，总是一遇到流血和死亡心脏就咚咚大跳，身子就瑟瑟发抖，它觉得流血和死亡就像一片水，给别人的是

275

狂喜和渴望,给它的却是窒息和深悲。

狼崽深悲的哭叫一直持续着,却丝毫没有影响狼群抢食独眼母狼的行动,狼越聚越拢,越抢越猛,甚至命主敌鬼都用上了和藏獒打斗的技巧和力量来抗衡断尾头狼的攻击。断尾头狼看到自己的攻击毫无作用,便回过头来,一口咬破了独眼母狼柔薄的肚腹,奋不顾身地把嘴伸进去,在热烘烘的肚子里又吃又喝,那里没有骨头,没有皮毛,连韧性的筋条都没有,有的只是血液浸泡着的绵软的五脏,不用牙齿,仅靠吮吸和吞咽就可以饕餮一番。命主敌鬼眼馋了,嫉妒了,忍不住扑过去,叼住断尾头狼的半个尾巴使劲往外拽着。断尾头狼回身就咬,两匹头狼又扭打在一起,打了一阵再去抢食独眼母狼时,独眼母狼已经不见了,连骨头也不见了,只剩下一些狼毛在风中和雪花一起飞扬飘舞。

断尾头狼用凶狠的目光扫视着狼群,好像是在追查谁吃掉了独眼母狼,最后眼光落在了依然哭叫不已的狼崽身上。似乎它认为是狼崽的哭叫破坏了它的狼尸之宴,它伸着脖子低着头,把鼻子撮成四道楞,迈着滞重的步态,以一种惩罚内贼的姿势乖谬地逼向了狼崽。气氛顿时凝重了,狼们都知道,断尾头狼要咬死并吃掉狼崽了。谁也不敢跟过去,跟过去就意味着你想和断尾头狼抢食,或者你想阻止它这种乖谬之举,而此刻的狼们既不想吃掉一个弱小的同类,也不想冲撞了断尾头狼,就那么冷漠地眼睛直勾勾地看着:近了,近了,断尾头狼和狼崽之间的距离眼看要消失了。

狼崽不哭了,它盯着断尾头狼凶狠的眼睛,知道对方是来惩罚自己的,反而不怎么害怕了,心脏不再咚咚地跳,身子也不再瑟瑟地抖,奇怪地想:我就要死了吗?我就要被它吃掉了吗?难道我们这些狼活着,就是为了让它们这些狼吃掉?回答它的是命主敌鬼哲人似的一阵鼻息,似乎是在意味深长地告诉狼崽:"是啊,是啊,有些狼来到这个世上,就是为了吃掉别人,有些狼来到这个世上,就是为了被别人吃掉。"鼻息完了又是一声嗥叫,它带着金属般坚硬的力量告诉所有的狼:藏獒来了,已经来到眼前身边了,危险的时刻、血战的时刻来到了。

3

就在獒王追上上阿妈头狼,准备立刻咬死的时候,蓦然一股黄风吹来,那匹身材臃肿的尖嘴母狼身子一歪,楔进獒王和上阿妈头狼之间,凄厉地叫了一声，唰地停下，横挡在了冈日森格面前。獒王冈日森格一头撞过去，把母狼撞翻在地上，张口就咬。但是它没有咬住对方的喉咙，而是咬在了对方的肩膀上——獒王口下留情了，甚至可以这样说，如果不是来不及刹住撕咬的惯性，它都不想咬伤对方的肩膀，只想吓唬吓唬，让它逃走。獒王寻思，它是母狼，已经怀孕，眼看就要生了。作为一个心智超群、生理健全的雄性的藏獒，它对所有的母性包括夙敌狼族的母性尤其是妊娠的母性都抱有一种发自骨髓的怜爱心情。

獒王冈日森格用两只前爪死死地踩住母狼，不让它跑掉，它觉得母狼的丈夫那匹上阿妈头狼一定会来救它的妻子，就故意用爪子揉动着母狼的胸脯，让它发出了阵阵凄厉的叫声。很失望，獒王冈日森格对狼太失望了，上阿妈头狼居然逃跑得更快，任凭救了它的命的妻子如何惨叫，它都没有丝毫试图返回来营救妻子的意思，甚至连回头看一眼的举动也没有，只顾自己活命去了。

獒王吐着舌头仰头观望，领地狗群对两股狼群的追杀正在进入最猛烈的状态，雪粉就像迷雾，升腾在西结古草原的大雪灾中，飞雪似乎小了，一片白色之上，狼影和獒影的奔腾叫嚣，就像山洪的暴发，能够冲决一切的，是生命骄横恣肆的灵韵，是物种豪放不拘的神采。藏獒们正在胜利，以少胜多的领地狗群很快就要把两股外来的狼群赶进绵延不绝的昂拉雪山了，那儿没有牛羊，没有牧家，那儿只有狼群和豹群，只要守住昂拉山口，不让它们出来，就等于把它们赶进了一个死亡之地，狼与狼的战争马上就会到来，多猕狼群和上阿妈狼群的你死我活，外来狼群和本地狼群的你死我活，还有狼和豹子的你死我活，都将变成一种有利于牲畜和牧民，有利于藏獒和藏狗的结果。冈日森格这么想着，突然意识到自己怜悯一匹怀孕的母狼是不明智的，因为它很快就会死掉，与其以后让它的同类把它杀死吃掉，不如今天此刻就结果了它的性命，让它少受些饥饿、冷冻、仇恨、惊悸的折磨。它舔了舔母狼的脖子，再一次望了望前方，似乎还在期盼那个被妻子营救而去的丈夫回来营救它的妻子。但是没有，荒茫的雪原上，依然是朝前奔逐跳跃着的狼群和领地狗群。

身材臃肿的尖嘴母狼在獒王冈日森格强劲有力的爪子下面拼命挣扎着，冈日森格张开了嘴，很讲究姿势地摆动着脖子咬了下去，动作不仅一点也不凶猛，反而显得十分的优雅大方。就是这优雅大方的动作，给了母狼一个被救的机会。一道闪电出现了，一匹大狼出现了，一次营救出现了。那匹大狼肯定是蹭着厚实的积雪悄悄地匍匐而来的，等它出现的时候，机敏如獒王冈日森格者，也大吃一惊：都这样近了，自己居然没看见。

冈日森格本能地护住猎物，甩头就咬，大狼似乎只想营救母狼而没有考虑自己的安危，并不躲闪，龇出狼牙接住了对方的犬牙，只听咔吧一声响，电光石火喷溅，大狼身子一歪倒了下去，这样的硬拼再健壮的狼都不是藏獒的对手。獒王张嘴再咬，不禁哎哟一声，飞出的牙刀倏然收回了。它眨了眨眼睛，瞪着大狼呆愣着，甚至让跳起来的大狼在它肩膀上咬了一口，它还是呆愣着：这是怎么回事儿啊，前来营救的居然是多猕头狼。

是的，是多猕头狼，冈日森格一来到狼道峡口就注意到它并记住它了。它闻了闻，气味分明是不一样的，母狼是上阿妈狼群的气味，大狼是多猕狼群的气味。多猕狼群的头狼怎么会来营救上阿妈狼群的母狼呢？或许在神秘的豺狼世界里，为了种的延续，有一个暗中起着巨大作用的天然法则，在这个法则里保护后代是超越现实和超越界线的，不管后代是哪一股狼群哪一片草原的。或许什么法则也没有，它就是多猕头狼的独立行动，就像獒王毫无原则地天然同情着所有的母性包括凤敌狼族的母性尤其是妊娠的母性一样，多猕头狼也天生柔情地怜爱着怀了孕的母狼，而不管它属于自己的狼群还是敌对的狼群。

獒王冈日森格一直呆愣着，多猕头狼轻而易举地又咬了它一口，这一次是咬在了前腿上，因为它劲健的前腿仍然踩踏在母狼身上。冈日森格疼得吸了一口冷气，却没有反咬一口，一瞬间甚至都没有了丝毫对狼的愤怒，不仅没有愤怒，还按照多猕头狼的愿望，抬起前腿，放开了母狼，用嘴一拱：走吧。身材臃肿的尖嘴母狼跳了起来。这匹因为营救自己的丈夫上阿妈头狼而被獒王抓住的母狼，这匹正在为一个只管自己逃逸不管妻子死活的丈夫而满脸羞愧的母狼，这匹有孕在身却得不到丈夫的保护自己还要舍命保护丈夫的伟大而可怜的母狼，它被獒王冈日森格放跑了。

惨烈的战伐之中，死亡的血泊之上，震怒的獒王、厮杀成性的冈日森格，厚道地放跑了一匹怀孕的母狼。这是一种超越物种和超越仇恨的表达，是一只气魄惊人的藏獒对一匹敢于在刀刃之下营救丈夫的母狼的致敬。母狼跑了。跑离的瞬间，它好像非常留意地看了一眼多猕头狼，眼里的充满了感激、提防和疑虑：怎么是你救了我呀？母狼跑向了上阿妈狼群，那是它活着就得依附的群体，是神圣的不可脱离的生命之所系。多猕头狼也跑了，边跑边冲着尖嘴母狼的背影严厉地叫了一声，仿佛是说：告诉你丈夫，让它保护好你。獒王冈日森格望着母狼，又望着多猕头狼，默默的，凭着一切伟大生命都应该具备的对高尚与勇敢的钦佩,克制了自己追上去杀死多猕头狼的欲望。它舔了舔腿上的伤口,静立着,直到看见母狼和多猕头狼都绕开领地狗群,回到了自己的群落,才闷闷地叫着,恢复了自己对狼的深仇大恨,又开始奔跑起来。

冈日森格很快追上了领地狗群,追上了两股挨得很近的狼群,心里一再重复着刚才那个决定:咬死它,咬死上阿妈头狼,这种忘恩负义的头狼要它活着干什么。它眼光流萤般飞走,很快发现了体大身健的上阿妈头狼,便加快速度追了过去。上阿妈头狼狐疑地盯着又回到狼群里来的妻子:居然你死里逃生了,为什么那獒王没有咬死你?母狼不理它,岔开后腿,尽量保护着下坠的肚子,用一种看上去很别扭的姿势奔跑着。上阿妈头狼忌妒地吼起来,意思是说:为什么?为什么它不咬你?它连我都咬伤了,凭什么不咬死你?回头一看,只见气势雄伟的獒王正朝着自己奔扑而来,便横斜过去,拦在尖嘴母狼前面,龇出利牙威胁地命令道:你给我挡住,挡住。说罢撇下妻子转身就跑,一溜烟地跑到狼群前面去了。尖嘴母狼委屈地流出了眼泪,声音细细地嗥叫着。

獒王冈日森格看到了母狼的眼泪,仿佛也听懂了对方的心声,它绕过母狼,在狼群中杀出一条血路,直奔上阿妈头狼。紧随身后的大灰獒江秋帮穷和大力王徒钦甲保以及别的领地狗立刻意识到,獒王是要放过这匹母狼的,也都从母狼身边纷纷闪过,扑向了另外的目标。上阿妈头狼一看不好,知道自己已经成了獒王确定要杀死的对象,恐惧而绝望地嗥叫一声,身子一倾,离开狼群奔西而去。西边是一条雪岗,缓慢的雪坡匀净得就像刚刚擦洗过。这样的雪岗对上阿妈头狼是有利的,因为狼比藏獒更能爬高就低,只要雪岗那边有陡坡,它就有把握摆脱追撵。它朝着雪岗跑去,獒王追撵着,一前一后,它们跑上了雪岗。

上阿妈头狼大失所望,雪岗那边没有陡坡,只有牙长一点缓坡,然后就是一马平川。它在失望中跑下缓坡,知道自己死期已到,跑着跑着就不跑了,疲累不堪地趴在积雪中,告别世间似的凄声叫唤起来。它叫半晌也不见獒王冈日森格扑过来咬它,扭头一看,不禁大为迷惑:獒王根本就不在自己身后,也不在雪岗上。再一看,獒王跑到那边去了,那边什么也没有,只有雪花在飘舞。上阿妈头狼倏地站起,也不想追究獒王为什么不来咬死它的原因了,撒腿就跑,很快绕过雪岗,朝着自己的狼群追奔而去。这时它听到了獒王的吼叫,那吼叫滚雷似的运动着,让奔驰在雪野里的所有狼、所有领地狗都听到了。

279

狼们依然在逃命，领地狗群却纷纷停下了，呼哧呼哧喘着粗气。大力王徒钦甲保和獒王一样轰隆隆地叫着，似乎在遗憾地询问：为什么不追了？眼看狼群就要跑不动了。大灰獒江秋帮穷二话不说，朝着雪岗那边的獒王跑了过去。徒钦甲保犹豫了一下，跳起来跟了过去，领地狗们也都纷纷跟了过去，它们知道：又有别的事情了，獒王在召集它们呢，什么事情会比追杀入侵领地的外来的狼群更重要呢？獒王冈日森格继续吼叫着，看到自己的部众一个一个跑来，便把吼叫变成了悲郁哀痛的哭声。领地狗们一听也哭起来。苍茫无际的雪原上，藏獒们的哭声就像远处昂拉雪山的造型，绵绵地陡峻着。漫天的雪花纷纷把纯洁的问候落向它们：獒王怎么了？领地狗群怎么了？

4

和以往许多次一样，一直呆在狼群边缘的哨兵，并不是看见了藏獒，而是闻到了藏獒风卷而来浓烈气息，所以在它发出紧张而恐怖的警告之后，总得过一段时间藏獒才能到来。但是这一段预期中的时间在今天会是如此短暂，没等两股狼群把自己的事情处理好，藏獒的身影就在飞雪中翩翩而至了。还是那只硕大的黑红色魔怪多吉来吧，它是这个地方的守护神，它去追撵它的主人我的父亲，父亲危险了，狼就要把他吃掉。追着追着它突然又停了下来，因为它比谁都清楚，只要它离开，帐房里的十二个孩子就必死无疑，而父亲，父亲真的就会被狼吃掉吗？多吉来吧看了看拴在自己鬣毛上的黄色经幡，想起父亲离开它时手里也挥动着一条经幡，想起父亲说到了领地狗群，还说到了獒王冈日森格。冈日森格和领地狗群都在野驴河边，它们怎么可能容忍狼群对父亲的侵害呢？这么一想，十二个孩子就显得比父亲更需要它了。它转身就跑，边跑边后悔：我怎么离开了呀，我这个笨蛋。

多吉来吧穿过蜂拥在寄宿学校四周的狼群，跑向了学生住宿的帐房，它在门口一站，放眼一扫，便狂叫着奔扑而去。谁也无法理解在那么多狼影之中，它怎么一眼就看到了断尾头狼，一眼就明白了对方正打算咬死并吃掉狼崽，更无法理解它的奋猛的奔扑竟是为了营救狼崽，为什么？为什么它要营救狼崽？父亲后来对我说：藏獒总有一些举动是我们无法解释的，在它们复杂而幻变的天性里，仿佛有一种神秘的力量，引导着它们的表现，使它们往往显得出人意料，有些本该属于人类而人类又很难做到的举动，也就通过这样的表现变成了藏獒天赋的智慧。

多吉来吧扑过去吓跑了断尾头狼，一口叼起狼崽，迅速回到帐房门口，把狼崽放在了门边的积雪中。狼崽又开始哭叫了，它不愿意离开自己的群体，更不愿意来到一只藏獒的身边，藏獒是狼的克星，狼是藏獒的天敌，而现在它却瑟缩在克星的身边，一边仇恨着，一边害怕着。它朝前爬去，知道一回到狼群自己就会被断尾头狼咬死并吃掉，但还是想回去，它是狼，它必然要回到狼的群体当中去。多吉来吧用唬声威胁着不让它走，看它不听，就用嘴轻轻一拱，把它拱进了帐房门口。

帐房里，除了昏迷中的达娃，所有的孩子都起来了。他们挤成一团，紧张地看着门外狼群之间的打斗和狼吃狼的血腥场面，直到多吉来吧出现在门外的雪雾中，才松了一口气，正准备回到毡铺上躺下，就见一匹灰色的狼扑了进来。他们叫唤着互相抱在了一起，仔细一瞅，才看清是一匹狼崽。平措赤烈挺身而出，一脚把狼崽踢出了门外。狼崽打着滚儿，疼痛地尖叫着。多吉来吧回头冲着帐房里面"汪"了一声，似乎表示了它的反对：为什么要残害一个幼小的生命呢？多吉来吧走过去，再次把狼崽拱进了帐房。这一次平措赤烈没有踢，而是一把从脊背上揪起了它，到处摸了摸，发现它的气息是温热的，肚腹也是温热的，就把它搂在了怀里，告诉别的孩子："我要用狼保暖我的身子，我不消耗体力了，我要睡啦。"

孩子们都跟着平措赤烈躺在了毡铺上。狼崽哭着叫着，与其说是害怕，不如说是吃惊，它太不习惯这样被人紧紧搂着了。但是平措赤烈搂着它不放，它意识到哭叫挣扎是没用的，就安静下来不动了。一丝温暖从它的皮毛和人的怀抱接触的那个地方升起，很快袭遍了全身。它感觉昏昏沉沉的，打了个哈欠，就把自己的危险处境抛在了脑后。它闭上眼睛，睡着了。毕竟它太小，还属于懵懂无知的阶段，一睡就睡出了一个美好境界：断尾头狼死掉了，阿爸阿妈活来了，一直抚养着它的独眼母狼也活来了，它们轮番在它身上舔着，那个舒服和甜美，是饥餐血肉的时候没有的。

但搂着狼崽取暖的平措赤烈是睡不着的，别的孩子也睡不着，冷啊，饿啊，还有声音，外面的声音太起来了，风声、雪声、多吉来吧攘斥狼群的吠鸣声。噗啦啦啦，是藏獒扑过去了，还是狼群扑过来了？孩子们猜测着，却没有谁强挣着起来看个究竟，饥饿引起的乏力让他们连孩童的好奇也没有了。惟一能够让他们爬起来的，大概只有汉扎西老师的脚步声，汉扎西老师什么时候才能带着吃的回来呢？此刻，多吉来吧也和孩子们一样，肚子瘪瘪的，咕噜

281

噜直响。它看到被它咬死咬伤的三匹狼不在原地,就知道它们已经被狼群吃掉了,突然就后悔起来:自己刚才为什么不吃它几口狼肉呢?三匹老狼是来送死的,它们视死如归地把自己变成了食物,又进入狼群的肚子变成了它们的力气,这样的力气是专门用来对付它的。它很生气,以为是自己的失误造成了狼对自己放肆的觊觎,就觉得它必须挽回失误,而挽回失误的惟一办法,就是再咬死几匹狼,不,咬死所有的狼。多吉来吧朝着狼群狂躁地厮杀而去。

狼群已经准备好了,多吉来吧一回来,它们就按照最初聚集在这里的目的,自动调整好了心理,那就是一致对外,先干掉这只悍猛的藏獒,再吃掉那些被困在帐房里的孩子。狼影快速移动着,很快以东南两个半月状的队形,围住了帐房,东边是断尾头狼的狼群,南边是命主敌鬼的狼群,两股狼群的队形都是四层的布局,最前面一层都是老狼,中间两层分别是壮狼和青年狼,后面一层是幼狼和正处在孕期或哺乳期的母狼。这样的布局很明显是要牺牲一些老狼的,老狼是自愿的,还是逼迫的?父亲告诉我,人有多复杂,动物就有多复杂,那些在狼群中必须冲锋陷阵的老狼,肯定有自愿的,也有不自愿的,更有在自愿和不自愿之间徘徊的,但不管哪一种,它们都是一些积累了无数打斗经验的老奸巨猾,一定会让对手遭受沉重打击。等它们牺牲够了,无论怎样悍猛的藏獒就都不可能保持最初的锋锐,对接下来蜂拥而至的壮狼和青年狼的攻击也就无能为力了。

然而来到这里的所有狼都没有想到,在它们十二分地畏惧着魁伟剽悍的多吉来吧时,仍然低估了对方的能力,对方决不是一只按照狼的安排进行打斗的藏獒,它曾经是饮血王党项罗刹,它向来不懂得避重就轻、欺软怕硬、柿子拣软的捏等等做法是一种必要的选择,它已经杀死杀伤了三匹老狼,它现在不想再跟老狼斗,只想咬翻最强壮最厉害的。谁啊?谁是最强壮最厉害的?那就是头狼,多吉来吧眼光一扫,就认出谁是头狼了。它朝着南边狼群的月牙阵厮杀而去。南边狼群的头狼是命主敌鬼,它处在中间一层壮年狼的簇拥里,正瞪着眼睛期待着前锋线上老狼和藏獒的厮杀,没想到一眨眼老狼的阵线就出现了豁口,多吉来吧直冲过来,眼睛的寒光刺着它,出鞘的牙刀指着它。命主敌鬼本能地缩了一下身子,想回身躲开,意识到自己已是躲无可躲,便惊叫一声,趴伏在地,蹭着积雪像一条大蟒一样溜了过去。

多吉来吧已经凌空而起了,按照它扑跳的规律,无论对方逃跑,还是跳起来迎击,在它落地的刹那,它都会用前爪摁住对方的肩胛,然后用牙刀一刀挑断对方的喉咙。但它没想到命主敌鬼会来这一手:反方向溜爬,一溜就从它巨大的阴影下面溜过去了。多吉来吧大为恼火，觉得自己居然被对手戏弄了，戏弄是一百倍的侮辱，它决不允许自己容忍这样的侮辱，尤其是来自狼的侮辱。它没有让自己落地，就像长了翅膀一样，在空中扭歪了身子，伸出前腿斜岔里一蹬，蹬在了另一匹狼的脊背上。那是一匹紧靠着命主敌鬼的壮狼，壮狼有壮狼的结实，这一蹬没有蹬飞它，只是把它蹬趴了下来，而多吉来吧需要的就是这种结实，就像蹬在了坚硬的地面上，它借此在空中来了一个九十度的转弯，横扑过去，一爪踩住了眼看就要溜掉的命主敌鬼。这是运足了力气的一踩，击石石烂、夯铁铁碎，只听嘎吧一声响，命主敌鬼的屁股烂了，胯骨裂了，整个身子噗嗒一声卧在了地上。

命主敌鬼痛苦地皱起脸上的皮肉，扭过脖子来，闪烁着利牙唰唰撕咬，但它挺不起身子来，利牙全部咬在了空气里。多吉来吧一副不屑于对咬的架势，踩着命主敌鬼，昂扬着头颅，睥睨着四周，似乎想用自己威风凛凛的仪表朝着狼群炫耀一番后，再咬死和吃掉它们的头狼。狼群窜来窜去的，没有一匹狼敢于冲过来营救它们的首领，但也没有一匹就此乱了阵脚，或者望风而逃。它们的窜来窜去似乎是一种语言的交流，商量着到底怎么做才能打败这只藏獒。突然它们不商量了，所有的狼都停下来，血红的狼眼齐唰唰地瞪着多吉来吧。

多吉来吧依然克制着吞食血肉的欲望，望了望狼群中一匹离自己很近的大个头公狼，确定它就是自己下一个扑咬的目标后，才傲慢地晃动着头，哼哼了两声，吐出血红的舌头，从容地滴沥着口水，准备牙刀伺候了。喉咙，喉咙，藏獒的牙刀和胃肠共同呼唤着头狼的喉咙，头狼命主敌鬼的喉咙马上就要被撕裂被吮血了。

但谁也没有想到，头狼命主敌鬼的喉咙最终会安然无恙地保留在原来的地方。原因是多吉来吧过于自信，以为食物已经到口，多分泌一些口水再把狼肉吞下肚子似乎更有味道、更有助于消化。就在这样的自信里，四周的狼群突然又开始窜来窜去了，比刚才更加迅疾而有声有色。多吉来吧警惕地看着，多少有些分神，不禁放松了踩住对手的爪子。爪子下面的对手，不愧是一匹在精神气质上像极了寺院里泥塑的命主敌鬼的头狼，利用放松的缝隙，在屁股流血，胯骨断裂的时候，竟然还能奔跃而起。就是这玩命的一跃，让它逃脱了在狼群看来已经死定了的命运。命主敌鬼聪明地意识到自己是跑不远的，便放弃逃离，一头扎进了身前不远处虚浮而深厚的积雪。那些白色的晶体立刻陷埋了它，它不见了，只剩下尾巴在白雪之上摇曳不止。

多吉来吧暴怒于它的逃脱，跳过去，正要刨雪而食，就见狼群潮水一样哗地一下朝它涌过来。它知道吃掉头狼已是不可能了，睁圆了吊眼，横斜着一扫，立刻盯上了刚才被它确定的那个目标——一匹大个头的公狼。它毫不迟疑地扑了过去，这是在它幼年时代由送鬼人达赤用非人的手段逼迫出来的魔鬼似的一扑，几乎是所向无敌的，狼们都没有看清楚是怎么回事，就听大个头的公狼惨叫一声，倒在了地上。多吉来吧牙刀一闪，一口咬在了对方的喉咙上，獒头奋力一晃，喉咙立刻变成了一个血洞。命没了，升天了，一匹鲜活灵动的大狼转眼就变成一堆食物了。

多吉来吧来不及吞咽一口，再一次奔扑而去。狼群有点乱了，但仍然没有逃离此地的意思。它们跑动着，既不远去，也不靠近，是躲命，也是牵制，或者说躲命就是牵制，这个也牵制，那个也牵制，让多吉来吧不得不采取一种斗折蛇行的奔扑路线，扑倒了这个，再扑倒那个，牙刀是决不惜用的，扑倒一个咬它一口，每每都在一刀致命的喉咙上。那速度仿佛取消了时间，快得让狼们眼花缭乱，脑子也失去了反应，好几匹逃命的狼反而撞进了多吉来吧的怀抱，一撞之下，立刻变成了刀下鬼。

聚拢在一起的狼群渐渐散开了，一匹匹惊恐无度的狼毋庸置疑地传递着离开的信号。多吉来吧哼哼了几声，仿佛是得意的冷笑，舞蹈一般腾挪跌宕的扑杀也渐趋停止了。它吼喘着，挺身在血泊之上，看到十三匹已死或将死的狼横陈的地上，地上已经没有白色了，积雪变成了一片污迹，无声地昭示着战争的残酷和丑陋。

天上的雪小了一些，向晚时分的光线似乎比中午更明亮，风还在鼓动，帐房被掀动得呼啦呼啦响。东面以断尾头狼为首的狼群静悄悄的，本来它们是可以趁机袭击帐房里的人的，但是没有。多吉来吧很奇怪，它们居然没有趁火打劫。多吉来吧拉长了舌头，在凉风中散发着胸腹里的火气，低下头，撕了一嘴狼肉，连毛带皮吞了下去，它想迅速填饱肚子，然后回到帐房门口，它觉得只有站在那儿，心里才是踏实的。遗憾的是，多吉来吧还没有来得及实现自己的想法，渐渐散开的命主敌鬼的狼群就又开始往一起聚拢，传递过来的信号也已经不是惊恐无度和离开这里了。多吉来吧立马吐掉了嘴里的狼肉，它要继续让自己饿着，要让极度饥饿的感觉成为它杀狼护人的巨大动力。它专注地观察着，发现那匹被自己一爪击烂了屁股，击裂了胯骨的头狼命主敌鬼又出现在了狼群里。

命主敌鬼头狼重伤加身而权威犹在，它蹲踞在地上，用红亮的眼睛狠毒地盯视着多吉来吧,也盯视自己的同伴,不时地发出几声痛苦而焦急的嗥叫。大概它的盯视和嗥叫就是它的命令,聚拢过来狼群迅速调整着队形,由原来四层的布局,变成了两层,靠近多吉来吧的一层是老狼和壮狼,外面的一层是青年狼和幼狼以及正处在孕期或哺乳期的母狼。更重要的是,老狼和壮狼形成了好几拨,一拨差不多八九匹,好比人类军队中战斗班的建制。

多吉来吧从胸腔里发出一阵低沉的呼噜声,警告似的朝前走了两步,看到狼的阵线居然一点也不慌乱,便朝后一蹲,狂躁地扑了过去。就像一石击水,狼群顿时骚动起来,但却骚动得富有章法,就像它们在表演一种排练有序的集体舞,惊而不乱地跑动在广场上。多吉来吧自然是不会扑空的,身体的速度、前爪的力量和牙刀的锋利依然如旧,很轻松地又使一匹壮狼毙命了。然而这一次扑杀并不是值得称赞的一次,它那舞蹈般的腾挪跌宕还没有出现,八九匹狼就从前后左右一哄而上。它们要破釜沉舟了,不打算要命了。八九匹狼中有老狼,也有壮狼,老狼从前面扑来,壮狼从两侧和后面扑来,当多吉来吧用牙刀和前爪对付几匹老狼的时候,两侧和后面的壮狼也正好可以飞出自己的牙刀来对付多吉来吧。

多吉来吧受伤了,好几匹狼的牙刀同时扎在了它的屁股、大腿和腰腹之间,这是第一次它被荒原狼咬伤,它不相信似的扭头看了看咬伤它的几匹狼,又忽左忽右地看了看自己的伤口,惊诧地眨了眨眼,獒头高扬着,跳起来,朝着狼群俯冲而去,边冲边叫,仿佛是说:有本事你们别逃。狼群哗地散开了,在多吉来吧俯冲之前就散开了。它的俯冲虽然没有落空,但跑来和它较量的已不是刚才那一拨狼,而是另一拨。它们的战术和刚才那一拨一样,也是八九匹狼围住多吉来吧,老狼从前面迎击,壮狼从两侧和后面围攻。

又是一阵激烈残酷的撕咬,一匹老狼死掉了,它用自己的生命给同伴创造了一个牙刀出手的机会,同伴们紧紧抓住这个机会,再一次让多吉来吧付出了忠诚于人类的代价。多吉来吧的伤口成倍增加着,鲜血在周身滴沥,都能听到下雨一样的响声了。它再一次惊诧万分地看了看自己的伤口,悲愤地吠叫着,毫不怜惜自己地开始了新一轮的进攻。狼又变了,第三拨狼代替了第二拨狼,八九匹狼按照事先商量好的,围绕着多吉来吧,准确地站到了各自的位置上。但这次多吉来吧并没有首先睬跑到嘴边来送死的老狼,而是不停地旋转着,让围住它的狼搞不明白它到底要扑向谁。于是狼们也开始旋转,狼们始终想让老狼对准多吉来吧的利牙就随着它的旋转而旋转。

天上地下忽忽忽地响,风大了,雪急了,飘风骤雪在狼群和藏獒的搅拌下变成了一个巨大的涡流,光影奔驰着,飞起一片惊天动地的喧嚣。狼们晕了,但还是在旋转,似乎越晕越要旋转。而多吉来吧却已经腾空而起,越过了狼影旋转的包围圈,扑向了簇拥在圈外观战的另一些老狼和壮狼。狼群措手不及,顿时乱了,密集的狼影奔来突去,攻又不能,逃又不肯,只能闪来闪去地躲避对方的扑咬。多吉来吧亢奋地吼叫着,只要狼群没有形成阵线,它就可以随心所欲。只见它眼睛放电似的闪烁着,以快如流星的速度左扑右杀,漆黑如墨的脊影连成了一条线,火红如燃的胸脯连成了另一条线,矫健有力的四腿连成了第三条线,三条线并行着,就在黑压压一片狼群之间忽东忽西,时南时北,不时有狼的惨叫,不时有皮肉撕裂和鲜血迸溅的声音,不时有狼的倒下,倒下就起不来了,就只能死了。

　　来到这里的荒原狼完全没有想到多吉来吧会是这样一个狞厉可怕的护人魔怪,现在遭遇了,见识了,就有些后悔:为什么要来这里呢?但既然已经来了,就不能半途退却,死了这么多的同伴,付出了这么惨重的代价,而依然饥肠辘辘,那就显得太不是狼了。头狼命主敌鬼叫起来,它躲在一个多吉来吧看不到的雪洼里,用一阵锐利的叫声传达了它的意思。它的狼群听明白了,所有的狼,那些还活着的有伤和没伤的老狼和壮狼,那些直到现在还没有靠近过多吉来吧的青年狼和幼狼以及正处在孕期或哺乳期的母狼,都知道一个背水一战、拼死求胜的时刻来到了。

　　戛然而止,所有的狼都站着不动了,都用阴鸷的眼光盯着多吉来吧。多吉来吧感觉到有什么不对,却没有停下,依然扑打着,扑倒了一匹狼,又扑倒了一匹狼,它现在都顾不上用利牙割断狼的喉咙了,它不再使用牙齿,只用岩石一样坚硬的前爪,迅雷般地打击着对方——捣烂这匹狼的鼻子,捣瞎那匹狼的眼睛。命主敌鬼的锐叫再次响起来。狼动了,所有的狼都动起来了,这一动就是铺天盖地,奔扑啊,跳跃啊,厮杀啊,也不管自己的牙齿和爪子能不能够着对方,所有的狼都扑向了多吉来吧。

　　多吉来吧咆哮了一声,想看清到底有多少狼朝它扑来都来不及了。它奋力反击着,牙刀和前爪依然能够让靠近它的狼遭受重创,但它自己也是受伤,受伤,一再地受伤。甚至有两匹狼把牙刀插在它身上后,就不再离开,切割着,韧性地切割着,任它东甩西甩怎么也甩不掉。扑向多吉来吧的狼还在增加,一匹比一匹沉重地压在了它身上。它根本就无法施展威力,惟一的想法就是站着不要倒下,它用粗壮的四条獒腿支撑起身体,也支撑起身体上面的一座狼山。

狼山移动着，那是多吉来吧在移动。多吉来吧突然明白过来，它不能再这样厮杀下去，它得回到帐房门口，帐房这个时候很可能已经危险了，里面的十二个孩子、那个几乎被断尾头狼吃掉的狼崽，很可能已经危险了。它驮着一座狼山，想着十二个孩子和一个邂逅沙场的狼崽，忍受着鲜血满身、牙刀满身的疼痛，吃力地挪动着步子，一步比一步艰难。但是仿佛帐房已经离它远去，它怎么努力也走不到跟前去了。更惨的是，它听到了一个声音，那是命主敌鬼的嗥叫，是那种带着颤音的满足欣喜的嗥叫。它心想完了，这样的满足欣喜是吃到了食物的表示，是饱足的意思。头狼吃到了什么，是孩子们，还是狼崽？这么一想，它就觉得孩子们已经死了，它没有尽到责任致使主人的学生一个个都成了狼的食物。它不走了，拼命地挺立着，突然一阵颤抖，软了，软了，心劲没有了，四腿乏力了，扑通一声响，它倒了下去，它背负着的整个狼山倒了下去。

狼们从它身上散开，围绕着它看了看，那无尽的悲伤遗恨，就在这一刻变成了欢欣鼓舞，它们嗥叫着，一个个扬起脖子，指着雪花飘飘的天空，呜哦呜哦地宣告着死亡后的胜利。多吉来吧一动不动，血已经流了很多，现在还流着，无数伤口积累着难以忍受的疼痛。更重要的是，它觉得孩子们已经死了，它也就没有必要活下去了。它看到两匹健壮的公狼抢先朝着它的喉咙龇出了钢牙，便把眼睛一闭，静静地等待着，那种让它顷刻丧命的狼牙的切割。

287

3 护人魔怪

1

　　狼群已经不见了，浩淼的雪海雄浑地起伏着，和远方的山浪连在了一起。正北风变成了西北风，空气中的狼味已经很淡很淡，似乎立刻就要消失了。大力王徒钦甲保停了下来，迷惑地摇晃着獒头：狼呢，狼呢，哪儿去了？身后传来大灰獒江秋帮穷的叫声，似乎是一种嘲笑，又似乎是一种提醒：叫你别往前跑，你非要往前跑，迷失了目标是吧？你看獒王是怎么做的。说着，朝着獒王冈日森格靠了过去。獒王冈日森格并没有停止跑动，只是略微改变了一下方向，地形的起伏和风向的改变并不影响它的判断，它知道狼群并没有跑远，就在前面不远处的雪浪后面。它超过了大力王徒钦甲保，来到领地狗群的最前面，放慢速度，四肢弯曲，身子低伏着，用自己的形体语言告诉部众：悄悄地跑啊，就像我这样，别发出声音来。

　　多弥狼群和上阿妈狼群都以为领地狗群已经放弃了追击，便不再狂奔，渐渐停下来，一边喘息，一边咆哮。这是一种互不相让的争吵，多弥头狼的意思是：这是我们的逃跑路线，凭什么你们要来啊？上阿妈头狼的意思是：谁抢先就是谁的，我们已经抢先了，你们就不能再和我们争了。争吵持续了一会儿，接着就是撕打，多弥头狼直扑上阿妈头狼：你连你妻子都敢抛弃，你有什么资格跟我说话？在祖先遗传的规则里，两匹头狼的打斗是绝对不允许别的狼参与的，谁失败谁就得带着自己的群体离开这里，去寻找新的生存之地。上阿妈头狼立刻应战，扑上去，张嘴就咬。

都有同样的横暴和狡诈，都有同样的力量和技巧，多猕头狼和上阿妈头狼的打斗没有几十个回合是分不出输赢的。大雪奔驰的原野上，两匹凶悍的头狼你一嘴我一嘴的撕咬着，激烈得就像水流碰到了石头，一会儿一个浪花，一会儿一个浪花。就在这时，獒王来了，领地狗群来了，等狼群发现的时候，已经离得很近很近了。两匹头狼的打斗倏然停止。几乎在停止打斗的同时，上阿妈头狼长嗥一声，转身就跑。它的狼群迅速跟上了它，哗的一下，狼影鼠窜而去。多猕头狼仇恨地望了一眼獒王冈日森格，咆哮了一声，似乎是说：我们为逃命而来，更为报复而来，走着瞧啊。然后紧张而不慌乱地跑了起来，它的狼群似乎有意要保护它，等它跑出去几米才跟了过去。

又一场疯狂的逃命和追逐开始了，逃命和追逐的双方都抱定了不进入昂拉雪山不罢休的目的，雪原上狼影和狗影的移动，就像降落的雪花一样紧急。似乎喜欢游荡在冰天雪地里的凶暴赞神和有情赞神突然显灵了，它们不愿意獒王冈日森格和领地狗群就在这个时候把狼群赶进冰封雪罩的昂拉山脉，更不愿意领地狗群只管抵御外来的狼群而不去管管本地的狼群，风大了，呜呜地大了，从西北方向吹来的风突然把很多内容都包括了进来，除了寒冷和雪花，还有了远方的信息，那就是血腥的味道、好几股本地狼群的味道、仿佛依稀还有多吉来吧和孩子们的味道。獒王冈日森格打了个愣怔：怎么会是这样？好几种味道胶结在一起，就说明它们来自同一个地方，那是什么地方呢？一想就明白了。哎呀不好，寄宿学校很可能出事了，那是个有许多孩子的地方，是它的恩人汉扎西居住的地方，是多吉来吧应该舍生忘死的地方。

獒王冈日森格惊叫了一声，奔逐的脚步没有停下，身子却倾斜着拐了一个弯，朝着和狼群的逃逸大相径庭的方向跑去。大灰獒江秋帮穷首先跟上了它。大力王徒钦甲保打了个愣怔，刚想问一声为什么，鼻子一抽立刻就明白了。身后的领地狗群远远近近地跟了过去，那些藏獒是知道獒王为什么改变方向的，它们也闻到了西北风送来的消息，那些藏狗暂时还不知道为什么，但是它们服从了，它们一贯的做法就是无条件地服从獒王。

只有一只藏獒没有跟着领地狗群改变方向往回跑，那就是小公獒摄命霹雳王。它仍然追撵着狼群，全然不顾身边同伴的纷纷离去，一副不达目的不罢休的样子。这一刻，天然生成的刚毅顽强就在它苦累艰辛的奔逐中彰显了不朽的风采，生命最优良的素质被它演绎成了宁肯累死也不放弃追杀的冲刺，似乎游荡在冰天雪地里决定着生物命运的凶暴赞神和有情赞神，也无法抗衡一只幼小藏獒表现力量、意志、精神和气质的信念，也不能阻拦这只小公獒在抵御外来狼群时舍生忘死的最平凡最自然的举动。

小公獒的阿妈黑雪莲穆穆首先意识孩子没跟上来，停下来，严厉地吼叫着：过来，过来。接着小公獒的阿爸大力王徒钦甲保也停下了，獒王冈日森格也停下了，所有的领地狗群都停下了。徒钦甲保生气地叫嚣着，就要跑过去把小公獒赶过来，却被獒王冈日森格跳起来拦住了。獒王的举动似乎在告诉大家：也许小公獒摄命霹雳王是对的，两股狼群眼看就要被赶进昂拉雪山了，现在放弃，那就是功败垂成。怎么办？獒王的大吊眼在长毛之中忽闪忽闪地望着领地狗群，在提出问题的同时，立刻由它自己的吠叫做了回答。吠叫是两种不同的声音，分别指挥着不同的领地狗，也就是说，它们要兵分两路了。

分工瞬间完成：獒王冈日森格带着大力王徒钦甲保等二十多只奔跑和打斗俱佳的藏獒，继续追杀多猕狼群和上阿妈狼群，直到把它们赶进昂拉雪山；大灰獒江秋帮穷则带领大部分领地狗，去救援寄宿学校。獒王用碰鼻子的方法告诉江秋帮穷：我们把狼群赶进昂拉雪山后就去追你们，我们一定会赶上你们的。然后闷雷般地叫了一声，朝着狼群，也朝着小公獒摄命霹雳王奔驰而去。

两个多小时后，獒王冈日森格带着二十多只顽强超群的藏獒，终于把多猕狼群和上阿妈狼群赶进了昂拉雪山深邃幽静的山怀，又有几匹狼惨死在了逃跑的路上。这时候獒王已经从狼的情绪和语言中知道，两股外来的狼群来到西结古草原的目的，决不仅仅是为了吃掉一些牲畜，填饱自己的肚皮，也不仅仅是为了谋取一片领地，固执而顽梗地生存下去，它们有着更加凶险毒辣的目的，那就是报复，它们要把多猕草原的人和上阿妈草原的人强加给它们的灭顶之灾，报复在西结古草原。既然这样，两股外来的狼群就一定还会出现在领地狗群面前，因为狼群对人的报复，必然会引发藏獒对狼群的报复，刻骨的仇恨和残酷的搏杀不过是刚刚拉开序幕。好在两股外来的狼群都是死伤惨重，饥饿难忍，劳乏得就像抽了筋断了骨，它们需要休整，需要过几天才能恢复足够的胆量和力气。也就是说，狼群暂时还不会有大的报复行动，作为必须扼制外来狼群的獒王，它可以走了，可以去追赶大灰獒江秋帮穷，去奔赴寄宿学校的危难了。

獒王冈日森格和大力王徒钦甲保默契地扭转了身子，朝回跑去。另外二十多只藏獒紧紧地跟了过去。獒王边跑边想：汉扎西的寄宿学校、寄宿学校的汉扎西，还有孩子们，可要好好的，好好的。夏天被狼咬死了一个孩子，秋天又被狼咬死了一个孩子，现在可不能再被狼咬死孩子了。多吉来吧，你是一只勇猛无敌的藏獒，一定要保护好他们，我来了，我们来了，所有的领地狗都来了。

2

帐房东面，以断尾头狼为首的狼群一直静悄悄的，这样的坐山观虎斗自然是一种默契的体现，而默契来源于我们此前说过的那个也许就要出现的变化：未来的野驴河流域的草原上，只需要一股狼群、一个头狼，而不是像现在这样由三股狼群、三个头狼各领风骚。哪股狼群是这次围猎的胜利者，哪股狼群就应该是未来狼群的主力。从这个默契出发，断尾头狼决不会率众去帮助命主敌鬼，因为实际上它们并不希望自己的同类取得对多吉来吧的胜利，地球上的生存法则就是这样，你首先不是跟你的敌人争抢，而是跟你的同类争抢。现在，不希望胜利的已经胜利，断尾头狼和它的狼群就更需要沉默了。沉默之后就是离开，它们要远远地离开，而且已经迈开了步子。但是且慢，情况好像正在发生变化，有一群野兽正在朝这边跑来，转眼就近了，都可以看到它们沿着膨胀起来的硬地面扭曲奔跑的姿影了。

它们是黑耳朵头狼率领的狼群。它们一来就直奔帐房，闻出十二个孩子还在里面，就把帐房挤挤蹭蹭地围住了。断尾头狼发出了一阵狗一样的吠鸣，两个意思，一个是告诉自己的狼群先别走，你看你看它们居然要抢了；另一个是警告黑耳朵头狼不要胡来，谁付出了惨重的代价食物就应该属于谁。但它马上意识到自己的警告是无益而可笑的，它们此时惟一应该做的，就是和黑耳朵头狼的狼群一样扑过去。它虽然不知道鹬蚌相争，渔人得利这个人类的典故，却本能地意识到别人的两败俱伤一定是自己得逞的最好机会。断尾头狼的叫声突然变得尖锐起来，仿佛是对自己人的怂恿：我们为什么要放弃呢？走啊，走啊，别人能抢，我们也能抢啊。它叫着，率领自己的狼群扑了过去。

这是什么意思？我们在这里前仆后继地打，凭什么你们要来抢肉吃？帐房南面的狼群里，首先做出反应的是命主敌鬼，它烂了屁股，裂了胯骨，疼痛得都走不成路了，却还在那里用嗥叫指挥着它的狼群：打败多吉来吧并不是最后的胜利，吃掉十二个孩子才是最后的胜利，快啊，快去吃掉啊。但是命主敌鬼没想到，这一次它的指挥绝对是一个失误，它的狼听到了它的声音，就都把头抬了起来，包括那两匹健壮的公狼。

两匹健壮的公狼已经朝着多吉来吧的喉咙龇出了钢牙，眼看就要你争我抢地扎进去奋力切割了，突然又抬起了头，望了一眼头狼命主敌鬼和它身后的帐房，顿时就怒火中烧：不得了了，我们用数十条性命换来的食物，就要被别人吃掉了。它们盯了多吉来吧一眼，看它浑身的獒毛已经被鲜血染透，闭实了眼睛，一副气息奄奄的样子，便跳起来，在头狼不断嗥叫的催促声中，朝着帐房奔跑而去。围绕多吉来吧的所有狼都朝着帐房跑去。它们以为多吉来吧已是盘中之餐，吃完了人还可以回来再吃它，哪里会料到，对方天生是一只九死一生的藏獒，难以想象的艰难早在它的童年时代就已经给它的生命锻造出了难以想象的皮实坚韧，死里逃生对它来说不过是一次寻常经历。

多吉来吧睁开了眼睛，骨碌一转，看到身边没有一匹狼，便站了起来。它这一站，抵抗命运的意志、厮斗搏杀的能量就又回来了，因为它看到帐房居然是完好无损的，甚至连门也是原来的样子，环绕着帐房挤满了狼，狼们正在自相残杀，这说明直到现在帐房里的十二个孩子依旧安然无恙。多吉来吧大义凛然地走了过去，张着大嘴，龇着虎牙，喷吐着由杀性分泌而出的野兽的黏液，夯着鲜血的重量压不倒的头毛、鬃毛和身毛，旁若无狼地走了过去。这时候它并不主动出击，只是用它的磅礴气势、它的熊姿虎威震慑着群狼，它高昂着大头，微闭了眼睛，似乎根本就不屑于瞅狼群一眼，只用一身惊心动魄的创伤和依然滴沥不止的鲜血蔑视着狼群，健步走了过去。狼群让开了，按照多吉来吧的意志给它让开了一条通往帐房门口的路。

多吉来吧站在了帐房门口，面对着厚重的原野和一天傲慢的飞雪，比原野更厚重、比飞雪更傲慢地岿然独立着，凝神不动。三股狼群依然纠缠在一起，不打出个一佛升天二佛出世不罢休似的。但是透过雪帘能看清多吉来吧的狼已经不打了，断尾头狼和黑耳朵头狼以及它们身边那些健壮聪明的狼也已经不打了。命主敌鬼忍着伤痛，蹭着积雪爬过来，对自己的狼群拼命嗥叫着。狼们听明白了，不光它这股狼群的狼，所有的狼都听明白了：死尸复兴了，活鬼出现了，大敌当前狼跟狼就不要死掐了。那个藏獒是咬不死的吗？有了咬不死的藏獒，咱们狼就别想活着了。

狼们突然安静下来，互相张望着，一会儿又开始走动，回到各自的群落中去了。一片寂静，什么声音也没有，就连狼的喘息也消失了，除了风雪的脚步声，还在飒飒地爬过天地的缝隙。多吉来吧依旧巍巍然屹立着，心里比远方的冰山还要明白：狼群在密谋，在越蓄越多的仇恨的推动下，酝酿着一种前所未有的集体残暴，群起而攻之的时刻又要来到，更加艰难残酷的打斗就要开始了。

悄悄的，狼群动荡起来。断尾头狼带着它的狼群从帐房东面包围过来，黑耳朵头狼带着它的狼群从帐房后面包围过来，属于命主敌鬼的狼群从帐房南面包围过来。这就是说，在坚固而悠久的野性和生存需要的推动下，从来没有同心协力围杀过猎物的三股狼群，现在要一起出击了，尽管这样的出击并不意味着彼此配合，互相关照，但它们绝对会一起扑向这只比世界上最凶猛的野兽还要凶猛一百倍的藏獒，一起扑向它们既定的目标——帐房里毫无反抗能力的十二个孩子。

多吉来吧仰天长喘了一口气，感觉到那种从未有过的巨大危险已经从天上地下纷争而来，便看了看鬃毛上的黄色经幡，不由自主地迈开了步子。它疲倦地走着，走着，张着大嘴，吐着舌头，沿着帐房缓慢地走了一圈，然后就跑起来。它其实已经跑不动了，但作为曾经是饮血王党项罗刹的多吉来吧，它的意义就是在极端的困厄之中超越自己的能力和体力。它环绕着帐房跑了一圈，又跑了一圈，似乎就要这样跑下去了，直到把浑身的鲜血全部洒落在环绕着帐房的雪地上。红了，红了，鲜血把帐房圈起来了，那是浩浩大雪淹没不掉的藏獒之血，是堵挡狼群扑向十二个孩子的防卫之血。

狼们愣怔着，四面八方的三股狼群三百多匹狼形成了一个巨大的愣怔，星星一样密集的狼眼呆望着多吉来吧环绕帐房的奔跑。本来它们可以从任何一个地方冲过去，撕裂帐房，扑到孩子们跟前，但是它们没有，它们对这样一只刚猛无比的藏獒有着与生俱来的敬畏，或者它们喜欢沉浸在愣怔之中，喜欢把愣怔演化成非凡的耐心，等待一个更加适合扑咬的机会。这个机会终于被断尾头狼首先捕捉到了，那一刻，就在它的前面，多吉来吧打了个趔趄，一个骁勇得超过了激雷超过了蛮力金刚的藏獒，一个有万夫不当之勇的英雄，差一点摔倒在血色灿烂的雪地上。断尾头狼立刻嗥叫了一声，向自己的狼群发出了准备扑杀的命令。

多吉来吧愣了一下，马上挺住了，它稳了稳身子，也稳了稳意识，歪头舔了舔那条依然飘摇不止的黄色经幡，再次顽强而蹒跚地跑起来。这次它跑进了帐房，它知道自己已经到了几乎无血可流的地步，再也没有力气用魔鬼似的跑动来威慑狼群了，只能来到孩子们身边，用最后的坚韧和刚猛咬死第一个也是最后一个敢于把牙刀龇向孩子们的狼。它卧在了饿得没有一点热量和力气的平措赤烈身边。平措赤烈睁开眼睛看了看它,吃惊地想问:你怎么进来了,外面是不是太冷了?但是他问不出来,张张嘴,又把眼睛闭上了。而他搂着取暖的狼崽却依然沉睡在他的怀抱中,做着那个似乎永远做不完的美梦:断尾头狼死掉了,阿爸阿妈和一直抚养着它的独眼母狼活来了,它们轮番在它身上舔着,舔着。

帐房哗啦哗啦响起来,先是断尾头狼率领自己的狼群越过了殷血淋漓的防卫线,从帐房门口鱼贯而入。接着黑耳朵头狼的狼群和命主敌鬼的狼群也都扑了过去,一个个奋勇争先地趴在帐房上,用利牙撕咬着牛毛擀制的帐壁帐顶,撕咬着支撑帐房的几根木杆。帐房烂了,接着就塌了,密密麻麻的狼影乌云一般覆盖过去。孩子们惊恐万状地喊起来,但已经晚了,多吉来吧死命挣扎着咬起来,但已经无济于事了。

3

小母獒卓嘎带着父亲躲闪着虚浮陷人的雪坑雪洼,顺利来到了碉房山最高处的西结古寺。父亲来到照壁似的嘛呢石经墙前,聆听着从一片参差错落的寺院殿堂上面传来的胜乐吉祥铃的声音,赶紧趴倒在匀净的积雪中,一连磕了好几个等身长头。进入寺院后一直跟在父亲后面的小母獒卓嘎突然跑到了父亲前面,叫了几声便往前走,不断地回过头来,用眼睛招呼着。父亲跟了过去。他们绕过飘着经旗、护卫着箭丛的八座佛塔,来到了西结古寺最高处的密宗札仓明王殿前。父亲从门缝里瞅进去,果然看到里面摇晃着几袭红色袈裟,丹增活佛的身影在惟一一盏酥油灯昏暗的灯光下显得十分模糊,好像都不是人,而仅仅是影子了。父亲推门走进去,立刻就有人喊起来:"汉扎西来了。"老喇嘛顿嘎殷切地说:"汉扎西你是来救我们的吗?听说天上会掉下吃的来,你看见吃的了?你有吃的了?"

父亲打了个愣怔,他万万想不到,神佛的寺院,他一心求助的对象,倒来抢先求助于他了。他神情木然地朝着老喇嘛顿嘎摇了摇头,走向盘腿打坐的丹增活佛,想告诉这位活在人间的救苦救难的神:"我是找吃的来了,丹增活佛你可千万不要吝啬,多接济我们一些,寄宿学校已经三天没吃没喝了,谁知道大雪灾还会持续多久,十二个孩子和多吉来吧的饭量大着呢,还有我,我也得吃啊。更要紧的是，药王喇嘛得跟我走一趟，他去了念一遍《光辉无垢琉璃经》，用一点豹皮药囊里的药，达娃就会好起来，我的学生就一个也不会死了。"但是父亲最终什么也没说，因为打坐念经的丹增活佛站了起来，对他严肃地说："我知道寄宿学校没有吃的了。都一样啊，碉房山下的牧民没有吃的了，整个西结古草原的牧民都没有吃的了。很多人来到寺院找吃的，我说了，你们等着，我给你们好好念经。我已经念了一天一夜的经，念着念着你就来了。汉扎西你告诉我，寄宿学校除了学生还有谁？多吉来吧？冈日森格不在你那里？领地狗没有一只在你那里？怪不的我的预感不好了，越来越不好了，我想念一遍默记在心的《八面黑敌阎摩德迦调伏诸魔经》，可是怎么也想不起来了，这可不是好兆头啊。"父亲听着，心里一惊，身子不禁哆嗦了一下，抬脚就走。丹增活佛紧跟了几步，问了一个莫名其妙的问题，"西工委的人不会现在就回来吧？"父亲牵挂着寄宿学校，着急得不想回答，支吾了几声，走人了。丹增活佛跨前几步，一直目送着他，不停地念诵着祝福平安的经咒。

还是小母獒卓嘎在前面带路，他们沿着来时的方向，朝山下走去。突然父亲摔到了，他走得很急，没踩到小卓嘎踩出来的硬地面上，一脚插进浮雪的坑窝，便沿着山坡一路滑下去。小母獒卓嘎连滚带爬地扑过来，从后面一口咬住了他的衣服，蹬直了四条腿，使劲往后拽着。它当然是拽不住的，自己跟着父亲往下滑去。父亲回头看了一眼，喊道："小卓嘎你松开我，快松开我。"小母獒卓嘎就是不松口，滚翻了身子也不松口。幸好碉房山的路是"之"字形的，父亲滑到下面的路上就停住了。他回身一把抱起小母獒卓嘎，疼爱地说："小卓嘎你这么小，出生还不到三个月，怎么能拽得住我呢，以后千万别这样，如果下面是悬崖，会把你拖下去跟我一起摔死的。"小卓嘎不听他的，这样的唠叨在它看来绝对多余，它是一只藏獒，它天生就是护人救人的，这跟年龄大小没什么关系。它挣扎着从父亲怀里跳到地上，晃着尾巴飞快地朝前跑去。

前面是一座碉房，碉房的白墙上原来糊满了黑牛粪，现在牛粪已经没有了，只剩下了几面和雪色一样干净的白墙，但在父亲的语言里，它仍然是西结古工作委员会的牛粪碉房。父亲望着小母獒卓嘎，喊了一声："别乱跑，回来。"小卓嘎"汪汪汪"地叫着不听他的。父亲突然愣住了，意识到小卓嘎不是在乱跑，它很可能闻到食物的味道了。又想起刚才丹增活佛那个莫名其妙的问题："西工委的人不会现在就回来吧？"活佛的这句话肯定不是随便问的，很可能是想提醒他：如果西工委的人不回来，牛粪碉房里的吃的就不一定留着了。

牛粪碉房里真的会有吃的？父亲知道，西工委的班玛多吉主任和两个工作人员半个月前就离开西结古草原去了州府。如今雪灾了，班玛多吉主任他们肯定回不来了。他们在牛粪碉房里生火做饭，不可能一点吃的也不留下吧？小母獒卓嘎经过牛粪碉房下面的马圈，沿着石阶走到了人居前，冲着厚实的门，又是用头顶，又是用爪子抠。父亲用手拨拉着石阶上的积雪，几乎是爬着走了上去，发现门是上了锁的，那是一把老旧的藏式铜锁。父亲先是用手掰，冻僵了的手使不出力气来，只好用脚踹，冬天的铜是松脆的，踹着踹着锁齿就断了。小母獒卓嘎抢先跑了进去，径直扑向了灶火旁边装着糌粑的木头匣子，然后激动地回过头来，冲着父亲"汪汪汪"地呼唤着。父亲用同样激动的声音问道："真的有吃的呀？"扑过去，哗的一下打开了木头匣子。

糌粑啊，香喷喷的糌粑，居然还有半匣子。好啊，好啊，父亲的口水咕咚咕咚往里流着，小母獒卓嘎的口水滴答滴答往外淌着，好啊，好啊，父亲和小母獒卓嘎都已经好几天没吃东西了，都有一种把头埋进木头匣子里猛舔一阵的欲望。但是谁也没有这样做，当父亲想要舔时，看到小母獒卓嘎以克制的神态冷静地坐在那里；当小母獒卓嘎想要舔时，也看到父亲以克制的神态冷静地坐在那里。他们两个就这样互相观望着，感染着，好一会儿一动不动。父亲突然决定了：这糌粑自己不能吃，一口也不能吃，要吃就和孩子们以及多吉来吧一起吃。他望着小母獒卓嘎，于心不忍地捏起一小撮，递到了小母獒卓嘎的嘴边。小母獒卓嘎顿时伸出舌头，舔了过来，但它没有舔在父亲的手上，而是舔在了地上，地上洒落了一小点，那是几乎看不见的一小点，小卓嘎知道，要是不舔进嘴里，那肯定就浪费了。

接着，小卓嘎做出了一个让父亲完全没有想到的举动，这个举动很简单，那就是假装不屑一顾地走开。父亲看着它毅然转身，迈步离去的身影，眼泪差一点掉下来，多好的小藏獒啊，出生还不到三个月，就这么懂事儿。父亲揉了揉眼睛，把那一小撮糌粑搁到鼻子上闻了闻，小心翼翼地放回了匣子，然后关好匣子盖，抱起来就走，还没走出门去，就想到了丹增活佛。这糌粑自己是不能全部带走的。他又把木头匣子放下，到处翻了翻，找出一个装酥油的羊皮口袋，用一只埋在糌粑里的木碗把糌粑分开了，羊皮口袋里是多的，木头匣子里是少的，少的自己带走，多的送给西结古寺，要紧的是，谁去送呢？父亲觉得自己是不能去了，他必须赶快回到十二个孩子和多吉来吧身边去，丹增活佛说他预感不好，父亲的预感也不好，越来越不好了。他喊起来："小卓嘎，小卓嘎。"

小母獒卓嘎没有走远，就在石阶下面等着父亲。父亲蹲下来，搂着小母獒卓嘎，亲热地舔了舔它冰凉的鼻子说："现在只能靠你了小卓嘎，你把糌粑，送到西结古寺，交给丹增活佛，知道吗？西结古寺，丹增活佛。"父亲把羊皮口袋放到它面前，指了指山上面，山上面什么也看不见，整个寺院都处在雪罩雾锁之中。父亲又说了一遍，又指了指山上面，小卓嘎好像懂了，一口叼起了羊皮口袋。小母獒卓嘎走了，它叼着羊皮口袋，几乎是翻滚着来到了石阶下面，抖了抖身上的雪，回望了一眼父亲，吃力地迈动步子，走了。父亲恋恋不舍地目送着它，直到它消失在雪雾中，才毅然回身，抱着装糌粑的木头匣子，踏雪而去。

　　父亲没走多远就离开了路，他想顺着雪坡滑下去，滑下去就是野驴河边，比走路快多了。他坐在地上，朝下轻轻移动了几米，然后就飞快地滑起来。滑呀，滑呀，扬起的雪尘就像升起了一堵厚实的墙，父亲什么也看不清楚，只觉得雪涛托举着他，一股向下的力量推动着他，让他腾云驾雾一般毫不费力地运动着。突然他看清楚了，看清楚了身边眼前的一切，发现自己已经不知不觉改变了滑翔的路线，来到面前的不是野驴河边平整的滩头，而是一个巨大的看不见底的雪坑。他来不及刹住自己，"哎哟"一声，便一头栽了下去。

　　小母獒卓嘎其实已经很累很累了，一离开父亲的视线它就放下了羊皮口袋。它坐在地上喘息着，直到力气重新回来，才又叼起羊皮口袋朝碉房山上走去。每一次停下来，小卓嘎都要把两只前爪搭在口袋上，流淌着口水，闻一闻糌粑散发出来的香味。它要是人，一定会说：真想吃一口啊。但它不是人，也就比人更自觉地信守着一只藏獒的承诺：把糌粑送上西结古寺，送到丹增活佛面前。至于它自己的饥饿，那是不能用咬开口袋吃掉糌粑来解决的，尽管藏獒跟藏民一样喜欢吃炒熟的青稞磨成的糌粑。

　　小母獒卓嘎幻想着像阿爸冈日森格和阿妈大黑獒那日那样，勇敢地扑向野物填饱肚子的情形，越来越艰难地沿着山路往上移动着，停下来多少次，就要重新起步多少次，终于不起步了，也就来到西结古寺了。这时候，它已经累得挺不起腰来，趴在地上，呼哧呼哧喘息着，似乎再也起不来了。而它面前的羊皮口袋，除了完好无损之外，上面结了一层厚厚的冰，那是小母獒卓嘎的口水，它把自己的口水都流尽了。

　　西结古寺最高处的密宗扎仓明王殿的门前，就要黑下去的天色里，五个老喇嘛围住了小母獒卓嘎，大眼瞪小眼地互相看了看，不知道它怎么了。老

297

喇嘛顿嘎问道:"你为什么回来了?汉扎西呢?你不给他带路他怎么回寄宿学校去?"小卓嘎不吭气,它连"汪"一声的力气都没有了。老喇嘛顿嘎蹲下身子爱怜地摸了摸它,又捧起羊皮口袋闻了闻,惊叫一声:"糌粑。"起身走向了丹增活佛。

4

已经晚了,来不及援救了,獒王冈日森格用悲惨的叫声表达了它极其复杂的情绪:对自己的失望与指责、对狼群的愤怒与仇恨。它追上了大灰獒江秋帮穷一行,然后带着领地狗群风驰而来,一刻不停,几乎累死在路上,但还是晚了,帐房已经坍塌,死亡已经发生,狼影已经散去,什么也没有了,保护的对象没有了,撕咬的对象也没有了。呜呜呜的哭嚎响起来,回荡着,是獒王和所有领地狗对人类死亡的悲悼,也是对藏獒自身的检讨:多吉来吧,你是最最勇敢顶顶凶猛的藏獒,你怎么没有保护好寄宿学校?学校的孩子死了,而你自己却活着。

多吉来吧还活着,它活着是因为狼群还没有来得及咬死它,獒王冈日森格和领地狗群就奔腾而来了。狼群仓皇而逃,它们咬死了十个孩子,来不及吃掉,就夺路而去了。它们没有咬死达娃,达娃正在发烧,而它们是不吃发烧的人和动物的,它们本能地以为发烧是瘟病的征兆,吃了发烧的人和动物,自己就会染病死掉。但不知为什么,狼群也没有咬死平措赤烈,平措赤烈是惟一一个没有发烧而毫发未损的人。平措赤烈坐在血泊中瑟瑟发抖,他被疯狂的狼群咬死同伴的情形吓傻了,没有眼泪,没有声音,只有极度的恐怖深陷在黑汪汪的眸子里。面对着跑来救命的领地狗群,他只管呼呼地哈着白气,似乎忘了怀里依然搂抱着那个用来取暖的狼崽。

狼崽乖觉地闭着眼睛,似乎也闭住了呼吸。它知道所有的狼已经离开这里了,离开的时候它本来是要跳出人的怀抱跟它们去的,想了想又没去,去了就是死啊,断尾头狼一定会咬死它,这个咬死了它的阿爸阿妈,咬死了一直抚养着它的独眼母狼的恶魔,不咬死它是不罢休的。它不想死,当它意识到自己如果进入别的狼群也难免一死的时候,就假装不知道狼们正在撤离,留在了平措赤烈的怀抱里。它已经想好了,只要三股狼群一跑远,它就跳出人怀,离开这里,去野驴河边那个阿爸曾经跟它嬉戏、阿妈曾经给它喂奶的地方，那儿有它出生的窝，还有阿爸阿妈埋藏起来的食物。

可是它没想到，三股狼群还没有跑远，许许多多藏獒和藏狗就来了。它蜷缩着身子一动不动，心里的害怕就像一只鸟飞进了一个黑暗的深洞，越飞越深，深到地狱里去了。好在獒王冈日森格和领地狗群早已是泪眼朦胧，它们沉浸在极度的自责和悲愤之中，根本没有心思走到平措赤烈身边来，仔细看看他怀里揣的是什么东西。狼崽还活着，在它以为自己马上就要死掉的时候，它吃惊地意识到自己居然还活着。

到处都是帐房的碎片，被咬死的十个孩子横七竖八地躺在地上。积雪是红色的，有紫红色和深红色，也有浅红色，偌大一片积雪都被染红了，整个雪原整个冬天都被染红了。獒王冈日森格一个一个地看着死去的孩子，不断地抽搐着，都是它认识的孩子啊，他们怎么就死在狼牙之下了呢？悼亡的悲哀和失职的痛苦折磨得獒王几乎晕过去，它趴下去，再站起来，接着又趴下去，都不知道如何立足，不知道自己还是不是藏獒了。略有欣慰的是，它没有看到它的恩人寄宿学校的校长汉扎西，没看到就好，就说明他还活着。可是活着的汉扎西现在到底在哪里呢？獒王冈日森格卧下来哭着，站起来哭着，后来又边闻边哭。狼群留下来的味道浓烈到刺鼻刺肺，它一闻就知道来到这里的狼至少有三百匹，怪不得多吉来吧伤成了那样，爬都爬不起来了，连眼睛都睁不开了。

多吉来吧知道自己还活着，也知道獒王带着领地狗群来到了这里。但它就是不睁开眼睛，它觉得自己是该死的，那么多孩子被狼咬死了，自己还活着干什么。快死吧，快死吧，无边的大地、饱满的天空，每一片雪花都是它的耻辱。一只藏獒，要么死在胜利的血泊中，要么死在失败的耻辱中，反正是不能苟活，不能在无脸见江东父老的时候还去见江东父老，所以它闭着眼睛，一直闭着在血水里浸泡着的眼睛。

獒王冈日森格甩着眼泪，四处走动着，好像是在视察战场，清点狼尸，一边清点一边佩服着：不愧是多吉来吧——曾经的饮血王党项罗刹，孤胆对垒，单刀争衡，竟然杀死了这么多狼，十五匹，二十匹，那边还有五六匹。它边数边走，渐渐离开了寄宿学校，沿着狼群逃遁的路线，咬牙切齿地走了过去。根据三种不同的气味，冈日森格已经知道来到这里的是三股狼群，三股狼群都朝着同一个方向逃跑了。它们是西结古草原野驴河流域的狼群，它们从来不会出现在一个地方，今年怎么都来到了寄宿学校？是大雪灾的原因吗？不是，不是，好像不是，往年也有大雪灾，往年它们可都是各自为阵，从来不远离自己的领地。

獒王冈日森格加快了脚步。大灰獒江秋帮穷和大力王徒钦甲保,还有黑雪莲穆穆和小公獒摄命霹雳王,用同样的速度跑过去,几乎同时超过了獒王。獒王用眼神鼓励着它们:跑啊,跑啊,谁首先追上狼群,谁就是好样儿的。江秋帮穷和徒钦甲保顿时像利箭一样奔跃而去。领地狗群新的一轮奔跑又开始了,涌荡胸间的大悲大痛让它们已经顾不得长途奔驰的疲倦,顾不得去寻找獒王的恩人汉扎西,也顾不得去抚慰重伤在身的多吉来吧和恐怖未消的平措赤烈。报仇的冲动、雪恨的欲望,鼓动着它们,就像冬天鼓动着暴风雪,所向披靡地流淌在无边的雪原上。它们抱定了一拼到底的决心,攒足了灭敌杀狼的力量,一个个狂奔狂叫着:狼群在哪里?凶手在哪里?风雪正在告诉它们:就在前面,和它们相距十公里的地方。

要消除十公里的距离,对獒王冈日森格和领地狗群来说并不轻松,因为狼群也在奔跑。狼群知道,有仇必报的獒王必然会带着领地狗群追撵而来,就把逃跑的路线引向了野驴河以南的烟障挂,那儿是雪线描绘四季的地方,是雪豹群居的王国,那儿有一条迷宫似的屋脊宝瓶沟,狼群惟一能够逃脱复仇的办法,就是自己藏进沟里,而让雪豹出面迎战领地狗群。獒王冈日森格很奇怪:这么大的草原,四通八达的西结古,三股狼群聚集到寄宿学校共同咬狗吃人,已经不好解释,朝着一个方向共同逃跑,就更不可思议了。一定有一个不可抗拒的原因,迫使它们不得不违背狼界的习惯,去做一件连它们自己都不知道结果好坏的事情。到底是什么原因呢?獒王冈日森格一直奇怪着,又寻思这样也好,要是三股狼群逃往三个不同的地方,那还得一股一股地收拾,等你咬杀了这一股,再去寻找另一股,说不定人家早就不见踪影了。

冈日森格步态稳健地奔跑着,渐渐超过了跑在它前面的黑雪莲穆穆和小公獒摄命霹雳王,又超过了跑在最前面的大灰獒江秋帮穷和大力王徒钦甲保。它不时地朝后看看,每看一次都会放慢一回脚步,等着后面的队伍全部跟上来。领地狗群已经十分疲倦了,连续的打斗和连续的奔跑让它们又累又饿,体力严重下滑,生理上的每一种需要都在提醒它们:必须即刻找个地方好好吃一顿,美美睡一觉,但使命是至高无上的驱动,藏獒藏狗的天然禀赋不允许它们放弃追逐,让狼群咬死了那么多孩子,就已经算是彻底的丢脸彻底的失职,如果再放弃报仇那就等于是"活死人"了。藏獒是世界上最不愿意成为"活死人"的那种动物,它们即使顷刻死掉,也不会在仇恨面前保持沉默,为了狼的杀性永远是它们保持生命活力的原始基因。

獒王冈日森格始终保持着最快的速度，它是奔跑的圣手，是藏獒世界里的"神行太保"，它也有点累，但不要紧，四条腿上劲健的肌肉每一棱每一丝都是力量的息壤。它跑着，不时地抬头看看四周，就像欣赏风景那样，神态怡然地浏览着雪色的山塬和漫天的飘风骤雪，不时地从胸腔里滚出一阵雷鸣般的叫声，那仿佛是宣言，是早已有过的祖先对狼的宣言。

领地狗群的前面，被追逐的狼群并没有因为听到了獒王的宣言而乱了阵脚。黑耳朵头狼率领自己的狼群跑在最前面，下来是断尾头狼的狼群，最后是命主敌鬼的狼群。被多吉来吧扑成重伤的命主敌鬼已经跟不上自己的狼群了，殿后的这股狼群暂时没有头狼，但它们的逃跑一点也不凌乱，大狼在前，母狼和小狼在中间，所有的老狼和一些壮狼跑在最后面，老狼是用来做出牺牲以延缓追剿的，壮狼是用来和强劲的追敌拼死一搏的。狼是这样一种动物，在一个群体里，它们有自相残杀的习惯，又固守着协同作战、共同抵御外敌的规矩，谁先死，谁后死，谁该死，谁不该死，似乎是早已由狼群法则确定好了的。

烟障挂已是遥遥在望，狼群放慢了移动的速度，渐渐停了下来，先是黑耳朵头狼的狼群停了下来，接着是断尾头狼的狼群停了下来，命主敌鬼的狼群好像不想停下来，却被红额斑公狼用严厉的叫声喝止住了。红额斑公狼属于断尾头狼的狼群，但这一路却时刻关注着命主敌鬼的狼群的行动，并不时地冲它们吆喝几声，告诉它们要这样不要那样，好像要代替受了重伤而没有跟上来的命主敌鬼履行头狼的职责似的。所谓狼子野心啊，从来就是迫不及待的，是不会掩饰的。三股狼群静静地等待着，这里是屋脊宝瓶沟沟口巨大的覆雪冲击扇，再往前，就是浑浑莽莽的雪线，就是雪豹的王国了。过早地靠近迷宫似的屋脊宝瓶沟，雪豹的攻击就会对准狼群，等领地狗群到了再冲进屋脊宝瓶沟，雪豹的攻击就是藏獒而不是狼了。真的会这样吗？黑耳朵头狼认为肯定会这样，断尾头狼认为也许会这样，想取代命主敌鬼成为头狼的红额斑公狼认为未必会这样。但不管是怎么认为的，这都是狼的想法，藏獒是怎么想的，獒王冈日森格是怎么想的呢？

獒王冈日森格和它的领地狗群已经看到烟障挂了。烟障挂就像它的名字那样，即使在大雪纷飞的日子里，那山脉高耸的脊顶上，也是烟蒸雾绕的。这烟气让冈日森格蓦然明白，它们已经进入了一个危机四伏的地方。它放慢脚步走了一会儿，渐渐停下了，回头望了一眼领地狗群，突然卧了下来，似

301

乎是说：休息吧，大家都累了。喘气不迭的领地狗们纷纷卧了下来，马上就要打斗了，的确需要休息片刻。

獒王寻思，这里是雪豹的王国，领地狗群从来没有进犯过这里，根本不是雪豹对手的狼群也不可能进犯这里，可为什么狼群把它们带到了这里呢？过于明显的意图让它在心里哼哼直笑：狼真是小看领地狗群了，好像我们都是傻子，根本就不知道闯入雪豹王国的厉害。我们怎么可能和雪豹打起来呢，又不是雪豹咬死了寄宿学校的孩子。藏獒从来不会跑进别人的领地跟人家胡乱咬杀，我们的复仇也从来不是漫无目标的。走着瞧吧，看到底雪豹会跟谁打起来。獒王起身，抖了抖浑身金黄色的獒毛，威武雄壮地朝前走去。它要行动了，要发挥自己的聪明才智，让雪豹代替领地狗群去为西结古草原死去的孩子报仇雪恨了。

领地狗群转眼离去了，平措赤烈依然枯坐在血泊中，他已经不再发抖，傻呆呆的脸上渐渐有了表情，那是悲戚，是喷涌的眼泪糊在脸上的痛苦和惊悸。狼崽这时睁开了眼睛，发现搂着它的那双手已经离开它，正在一把一把地揩着眼泪，便悄悄地挺起身子，小心翼翼地爬出了平措赤烈的怀抱，又爬到了他身后。狼崽停下来四下看了看，感觉腥风血雨正在扑面而来，受不了似的赶紧转过脸去，飞快地跑了。狼崽一口气跑出去了两百米，翻过一座低矮的雪梁又停了下来，它辨别着它要去的地方：野驴河上游的方向在哪里？那个阿爸曾经跟它嬉戏、阿妈曾经给它喂奶的狼窝在哪里？它转着圈翘起小鼻子呼哧呼哧闻着，觉得四面八方都是野驴河的气息，就不知道往哪里走了。它徘徊着，发现不远处的雪丘上突然冒出了一双眼睛正在牢牢地盯着它，那是一双狼眼，狼被雪花盖住了，变成了一座雪丘，只露出一双黄色的眼睛毒箭似的闪射着。狼崽浑身一阵哆嗦，惊怕地转身就走。

雪丘动荡着，银装纷纷散落，狼站了起来，用一种喑哑短促的声音叫住了狼崽。狼崽停下了，回过身去，警惕地望着狼。狼一瘸一拐地走过来，看狼崽害怕地后退着，就晃了晃脑袋，似乎是说：我知道你是谁，你是断尾头狼的人，但断尾头狼不喜欢你，想要吃掉你是不是？你不要害怕，它已经跑远了，这个地方只有我，我不会吃掉你的。狼崽点了点头，表示相信它的话，扑腾着眼睛奇怪地问它：你在这里干什么？你为什么不跑？那么多藏獒刚才来过了，你不害怕它们咬死你？狼挪了挪身子，把屁股上的血迹亮给了狼崽，好像是说：我的屁股负伤了，我的胯骨断裂了，我是一匹伤残之狼，我怎么跑啊?说着又朝狼崽靠近了些。狼崽这才看清楚,它就是那匹名叫命主敌鬼的头狼,也是一匹分餐了它的义母独眼母狼的狼,它吓得连连后退,就要逃开,却听命主敌鬼声音哀哀地乞求起来:你不要把我撇下,我就要死了,明天就要死了,我想死在野驴河的上游我自己的领地,你能不能带我去啊?狼崽犹豫着:我为什么要带你去野驴河的上游?野驴河的上游在哪里连我自己都不知道。命主敌鬼用鼻子指着说:就在那边,那边,你到我跟前来,我告诉你。狼崽说:你已经告诉我是那边了,我为什么还要走到你跟前去?

狼崽朝着野驴河上游的方向走去,命主敌鬼跟上了它。它们一前一后慢腾腾地走着。狼崽虽然害怕跟它在一起,但又觉得自己一个人走路也会害怕——害怕孤独,更害怕别的野兽,就不时地停下来,等着一瘸一拐的命主敌鬼。命主敌鬼对它很客气,每次看它停下来等自己,就殷勤地点点头,全然没有了头狼那种悍然霸道的样子,这让幼稚的狼崽感到舒服,心里的害怕慢慢消散了。

它们走了差不多一天,随着黑夜的来临,狼崽和命主敌鬼之间的距离渐渐缩小着,眼看就要挨到一起了。命主敌鬼不禁在心里狞笑起来:得逞了,得逞了,自己立刻就要得逞了。它的诡计就是这样:骗狼崽跟着自己一起走,再骗狼崽消除所有的警惕靠近自己,然后一口咬死这个活生生的食物。是的,狼崽是食物,而且是惟一的食物。命主敌鬼知道自己伤势很重,已经失去了捕猎的能力,如果不能想办法把食物骗到自己嘴边,就只能饿死了。

幼稚的狼崽哪里会想到这些,还觉得这样挺好,它那失去依靠的心灵期待着的不就是一匹大狼吗?苍茫的雪原苍茫的日子里,有一匹和蔼可亲的大狼陪伴着自己,比什么都踏实。它们继续互相靠近着,距离只剩下微不足道的几寸了。狼崽还不知道,自己在命主敌鬼眼里早就不是一匹狼崽,而是一堆嫩生生的鲜肉了。名副其实地成为鲜肉的时间就在下一秒钟,命主敌鬼正在咧嘴等待,只要狼崽再靠前半步,哦,半步。

4　屋脊宝瓶沟

1

当獒王冈日森格决定一定要想办法让雪豹去为十个死去的孩子报仇的时候，同样的想法也出现在了大灰獒江秋帮穷的脑子里。江秋帮穷疾步过去，想把自己的想法告诉獒王，却见冈日森格也朝自己快步走来。两只藏獒碰了碰鼻子，会心地笑了，真是英雄所见略同，獒王冈日森格欣赏地咬了大灰獒江秋帮穷一口，用甩头踱步的姿势告诉对方：我去前面拦住狼群，不让它们进入屋脊宝瓶沟，你带着大家从后面追赶，一定要迫使狼群跑上烟障挂的雪线，知道吗，雪线是雪豹王国的界限，只有越过了这个界限，才能引来雪豹的攻击。大灰獒江秋帮穷嗡嗡嗡地叫着，好像是说：獒王你多带几只领地狗去吧，毕竟狼太多太多，连多吉来吧都被它们咬得半死不活了。

獒王冈日森格本来是打算带几只藏獒去的，听大灰獒江秋帮穷这么一说，就断然决定一只藏獒也不带。我是西结古草原的獒王，我怎么可能不如多吉来吧呢？它被咬得半死不活，不等于我也会被咬得半死不活。它豪气十足地走来走去，哼哼哼地叫着，好像是说：还是让我去单打独斗吧，如果我不能一个人把狼群堵挡在屋脊宝瓶沟外面，我就不做獒王了。说着抬腿就走，突然又回来，审视着江秋帮穷，再次和它碰了碰鼻子，意思仿佛是这样的：江秋帮穷你听着，在西结古草原的领地狗群里，我下来就是你了，万一我出了事儿，万一我一个人没有把狼群堵挡在屋脊宝瓶沟外面，你就要多多承担责任，你就是獒王。江秋帮穷吓得朝后一跳，浑身的獒毛抖颤着，似乎是说：你是在嘲笑我吧伟大的獒王？我一没有你的智慧，二没有你的勇敢，三没有你的威望，我要是能当獒王，所有的领地狗就都是獒王了。冈日森格眼睛里充满了对同伴的温情，信任地用鼻子指着它：听我的江秋帮穷，你是一只了不起的藏獒，你不能太小看自己。

这时大力王徒钦甲保走了过来，嫉妒地望了一眼大灰獒江秋帮穷，用一种沉郁不爽的眼神询问獒王：你们在说什么，为什么还不出击？獒王冈日森格也用眼神简单回答着它：你们听江秋帮穷的，它让你们什么时候出击你们再出击。说罢转身迅速离开了那里。它无声地奔跑着，在朦胧雪幕的掩护下，沿着冲击扇的边缘，低伏着身子，绕过狼群，来到了屋脊宝瓶沟的沟口。

屋脊宝瓶沟是一道布满风蚀残丘的沟，也就是雅丹地貌，奇妙的是，所有的残丘都是一种造型，就像耸立在寺院殿堂脊顶上的金色宝瓶，组成了一片望不到边际的迷宫，不光地形复杂，连能够传递味道的风也是东南西北乱吹乱跑的。狼群只要进入迷宫，就会消失得无影无踪。獒王警觉地站在耸立沟口的第一座宝瓶前，沟里沟外地观察了一番，然后飞快地刨深了一个雪洼，跳进去藏了起来。

这时在狼群的后面，大灰獒江秋帮穷已经带着领地狗群及时冲了过去。狗的吠鸣响成一片，扬风搅雪的集体奔驰让雪原变成了一片沸腾的海，沙啦啦的喧嚣就像狂风里的潮水奔着高岸汹涌而去。三股狼群动荡起来，按照一路跑来的次序逃向了屋脊宝瓶沟。沟口两侧的雪线上，错落叠加着许多如牛如象的冰石雪岩，一片累累凹凸的洁白之上，什么也看不到，看不到雪豹的影子，看不到生命的任何迹象。但是奔跑的狼和追撵的藏獒都很清楚，雪豹是不会忽略任何闯入者的，它们一定躲在冰石雪岩的缝隙里，惊讶地望着狼群和狗群的到来，随时准备跳出来和闯入者厮杀一番。

所有的狼都知道，它们必须在雪豹准备厮杀而没有厮杀的瞬间，躲进屋脊宝瓶沟，否则不仅不会达到引诱雪豹袭击领地狗群的目的，反而会陷入被雪豹和藏獒前后夹击的局面，那样就完了，就死无葬身之地了。狼群疯狂地奔跑着，马上就要到了，屋脊宝瓶沟的沟口就像一个巨大的佛掌，伸展而来，只要跳上去就能安全脱险。但是狼群没想到，安全脱险在离它们只有一步之遥的时候，突然消失了。

獒王冈日森格从雪洼里猛地跳了出来，狂叫一声，疾扑过去，准确地扑向了跑在最前面的黑耳朵头狼。黑耳朵头狼大吃一惊，刹又刹不住，躲又躲不开，一头撞进了冈日森格的怀抱。冈日森格摇晃着头颅，牙刀一飞，顿时在狼脸上划出了一道深深的血痕。黑耳朵惨叫一声，以头狼的敏捷滚倒在地，滚向了自己的狼群。狼群呼啦啦停下了，瞪着自己的头狼，也瞪着从天而降的獒王冈日森格。冈日森格龙拿虎跳，闪烁不定，一次次的扑击使它变成了一股忽东忽西的金色电脉，谁也不知道它会射向哪里。转眼之间，七匹大狼滚倒在地了，有死的，有伤的，也有不等对手扑过来就提前倒地的。但死伤几匹狼并不能说服狼群放弃目标，随着黑耳朵头狼一声声的催促，狼群又开始朝前奔跑。

獒王冈日森格像一只猫科动物，敏捷地跳向了沟口的高地，两股阴寒的目光探照灯似的扫视着冲锋而来的狼群，突然转过身去，用屁股对着白花花的狼牙，朝着屋脊宝瓶沟宝瓶林立的沟脑，用发自肺腑的声音咕噜噜地叫起来。这是藏獒招呼同伴的声音，谁都听得出来，狼也听得出来，而且格外敏感。冲锋而来的狼群急煞车似的停下了，传来一片哧哧声，蹭起的雪粉一浪一浪地冲上了天。高地上的冈日森格冲着空洞无物的屋脊宝瓶沟激动地摇着尾巴，那穿透力极强的声音变得亲切而柔情，好像许多领地狗，那些早就埋伏在屋脊宝瓶沟里的激动而好战的藏獒，正在朝它跑来。

好厉害的领地狗群，居然早就算计好了狼群的逃跑路线。反应最快的是已经受伤的黑耳朵头狼，它把划出深深血痕的狼脸埋进积雪中蹭了蹭，然后嗥叫一声，跳起来就跑。它是这样想的：既然獒王亲自带着藏獒在这里设伏，那就绝对不可能进入屋脊宝瓶沟了，不如抢占先机，趁雪豹还没有反应过来，逃出这个很可能要被前后夹击的危险境地。黑耳朵头狼一跑，它的狼群就一个不剩地跟着它跑起来。它们沿着沟口东侧风中颤动的雪线，尽量和那些隐藏着雪豹的冰石雪岩保持着距离，一路狂颠而去。紧跟在它们身后的是断尾头狼的狼群。断尾头狼早就看到了出现在屋脊宝瓶沟沟口的獒王冈日森格，也正在怀疑是否有重兵埋伏，一看前面的狼群改面了方向，马上意识到黑耳朵头狼已经把最危险的处境留给了它们，现在自己的狼群首当其冲，既暴露在獒王的伏兵面前，又暴露在雪豹的觊觎之下。它心里愤愤不平：好阴险的黑耳朵，往屋脊宝瓶沟逃跑的时候，你抢在最前面，现在遇到了埋伏，却要把我们亮出来承担危险，不行，绝对不行，你们能逃跑我们也能逃跑，看谁跑得快。断尾头狼带着它的狼群，以分道扬镳的姿态，沿着沟口西侧风中颤动的雪线，躲开那些雪豹藏身的冰石雪岩，一路风驰而去。

现在，暴露在獒王冈日森格面前的就只有命主敌鬼的狼群了。这是一股失去了头狼之后还没有来得及产生新头狼的狼群，是一股被一匹野心膨胀的红额斑公狼视为麾下之卒的狼群。它们停了下来，一瞬间有些茫然：是跟着黑耳朵头狼的狼群往东跑，还是跟着断尾头狼的狼群往西跑？身后就是紧追不舍的领地狗群，容不得它们三思而行，得赶快决定。大家互相瞪来瞪去，不知道该由谁来拿主意，谁的主意是最好的。

这时红额斑公狼呜哇呜哇叫起来，仿佛是说：听我的，你们听我的。它朝前走了几步，狠狠地盯了一眼不远处的沟口高地上威风凛凛的獒王冈日森格，疑惑地用前爪刨弄着积雪：不对啊，两股狼群都跑掉了，埋伏在这里的领地狗群怎么不追？獒王用发自肺腑的咕噜噜的叫声招呼着它的部下，它的部下那些早就埋伏在沟里的凶悍而霸道的藏獒怎么一个也不露出沟口？更不好解释的是，身后追撵而来的领地狗群这么多，看不出狗员减少的样子，怎么可能又会在面前的屋脊宝瓶沟里冒出一大群藏獒呢？

红额斑公狼再次呜哇呜哇地叫了几声，大概是说：快啊，领地狗群就要追上来了，你们跟着我，往屋脊宝瓶沟里跑，沟里没有埋伏，我保证，沟里没有埋伏，只有獒王一只藏獒。红额斑公狼率先跑了过去。命主敌鬼的狼群犹豫着，看到身后追兵已至，便纷纷乱乱地跑起来。跟人群一样，狼群是由许多个家族组成的，在紧急慌乱之中，在没有了头狼，而又不可能绝对信任红额斑公狼的情况下，每个家族都会做出自己的选择，有的家族朝东去了，有的家族往西跑了，只有三个家族三十多匹大小不等的狼跟在红额斑公狼的后面，朝着沟口，朝着獒王冈日森格奔跑而来。

獒王冈日森格吃了一惊：你们不要命了，这么一点兵力就想冲破我的防线？它跳下高地，横挡在了狼群面前，做出随时都要扑过去的样子等待着。近了，近了，透过弥扬的雪片，已经可以看清为首那匹狼额头上的红斑了。先咬死它，一定要先咬死它，而且必须一口咬死，让它和敢于冲过来的狼都知道，谁忽视了獒王的存在，谁就要流失鲜血，流失它的性命。

奔跑中的红额斑公狼从獒王冈日森格的姿势和眼神里看到了死神的咆哮，知道再跑前一步就是肝脑涂地，本能地也是智慧地戛然止步。它身后的三十多匹狼也都停了下来，惊恐地望着冈日森格，又不时地朝后看看。后面，追撵而来的领地狗群突然分开了，它们在大灰獒江秋帮穷的指挥下，一部分由它自己率领，朝东去追撵黑耳朵头狼的狼群，一部分由大力王徒钦甲保率领，朝西去追撵断尾头狼的狼群。照江秋帮穷的意思，只有把狼群逼上雪线，逼到撵上山顶的冰石雪岩上去，才会真正激怒隐藏在石洞岩穴里的雪豹，引得它们疯狂出击。更重要的是，大灰獒江秋帮穷还记得冈日森格的话——如果我不能一个人把狼群堵挡在屋脊宝瓶沟外面，我就不做獒王了。江秋帮穷以为作为獒王，冈日森格是惟一的，谁也不能代替，所以它不能带着领地狗群继续追撵跑向沟口的狼，追急了狼就会疯跑，三十多匹狼要是不顾死活地往沟里乱撞，冈日森格说不定就来不及——堵挡了。

冈日森格看到狼停了下来，又看到领地狗群在大灰獒江秋帮穷的指挥下，兵分两路去追撵跑向沟口两侧的狼群，不禁微微一笑。它知道江秋帮穷是为了它好，让它实现自己的诺言——一个人把狼群堵挡在屋脊宝瓶沟外面，也知道只要它冈日森格愿意，它永远都会是西结古草原的獒王。但它更知道领地狗群中宽厚谦让的可贵，大灰獒江秋帮穷是宽厚谦让的，难道它獒王冈日森格就不应该是宽厚谦让的？

红额斑公狼看到后面已经没有了追兵，胆气顿时大了一倍，后退着进入身后的狼群，用鼻子碰碰这个又碰碰那个，仿佛是说：一起上，咱们一起上，一起咬死它，咬死这只獒王。三十多匹大小不等的狼中有十二匹壮狼，体大身长，凶狠生猛，在草原上也算是风骚卓异的壮士，如果不是跟藏獒比，那也是威武不凡的一代天骄。尽管它们还不习惯听从红额斑公狼的话，但也不会坚决反对，共同的仇恨和共同的求生欲望促使它们认同地点着头：对，一起上，只有一起上，才能咬死这只身为獒王的藏獒。十二匹壮狼跟着红额斑公狼慢腾腾走向了獒王冈日森格，在离对方一扑之遥的地方哗地散开了，散成了一个半圆的包围圈。

冈日森格卧低了身子，用钢锥一样的眼光一匹一匹地盯着狼，仿佛从镜子一样明亮的狼眼里看到了鲜血淋淋的孩子的尸体，一共十个，十个孩子都死了，都是断裂的脖子，都是满身的血窟窿。它们咬死牛羊马匹倒也罢了，为什么还要咬死人呢？作为獒王它饶不了它们，所有的藏獒都饶不了它们，咬死它们，咬死它们，只要它们不是一起朝它扑来，它就能首先咬死领头的狼，再一匹一匹咬死别的狼。獒王冈日森格不希望对手一起扑来，但对手琢磨的恰恰是一起扑过去。也就是说，一旦扑撞发生，就在冈日森格一口咬住一匹狼的同时，另外十二匹壮狼的所有虎牙，也会齐头并进地扎在獒王身体的各个部位，那是密集的利刀，是切割皮肉的最好武器，獒王就是当场不死，也会因为满身的皮开肉绽和失血过多而疼死、气死、晕死。冈日森格似乎意识到了危险的程度，朝着显然是领头的红额斑公狼警告似的吼了一声：你小子注意了，就是我自己死掉，我也要首先咬死你。

显然獒王的警告没有起到任何作用，红额斑公狼撮了撮鼻子，龇了龇牙，身子朝后一倾，招呼自己的同伴：上啊，上啊，我们一起上啊。

2

小母獒卓嘎走了，走的时候它没有声张。它并不是不知道什么叫告别，藏獒与藏獒之间，藏獒与人之间，离开的时候，总是要打一声招呼的，用声音，或者动作，或者眼神，但这次它没有，它想尽快见到阿妈大黑獒那日和阿爸冈日森格。阿妈阿爸一看它的表情就知道它多长时间没吃东西了，它们一定会想办法搞到吃的，搞不到就会把自己肚子里的东西吐出来。对它们来说，就是自己饿死，也得喂饱孩子，这是天经地义的。

就这样，小母獒卓嘎强忍着冷冻和饥饿，走向了雪野深处。以它的阅历和小小年纪，它决不会想到，凶险的雪野、狰狞的深处，到处都是虎口，死神的眼睛正瞪着它，在所有的路段，所有的雪丘之巅，设下了掳夺性命的埋伏。而它的寻找，与其说是寻找亲人，不如说是寻找死亡。它走着，闻着，沿着膨胀起来的硬地面，踏上了一条它自认为走下去就能见到阿妈阿爸的路，很快走远了，远得连碉房山上的亮光也看不见它了。能够看见它的是另外一些亮色，是虚空里飘然而来的阴森森的蓝光，蓝光一闪一闪的，靠近着它，突然熄灭了，什么也没有了。

黯夜的天空，隐藏了落雪，大地在一尘不染的白色中无极地荒茫着，那些旷世的寂寥，以无声的恐怖，塞满了无所不在的空间。惟一的动静应该来源于狼，但是现在，狼们屏住了呼吸，闭上了眼睛，利用嗅觉摸索着走来，不让小母獒卓嘎看见和听见。它们蹑手蹑脚，移动着，移动着，九匹荒原狼从两个方向，朝着一只束手待毙的小天敌，鬼鬼祟祟移动着。它们聪明地占据了下风，让处在上风的小卓嘎闻不到刺鼻的狼臊，而它们却可以闻到小卓嘎的气息并准确地判断出它的距离：一百米了，七十米了，五十米了，它们匍匐行进，只剩下十五米了。白爪子的头狼停了下来，所有的狼都停了下来。而迎面走来的小母獒卓嘎没有停下，它还在走，懵懵懂懂地径直走向了白爪子头狼。哗的一下，亮了，雪原之上，一溜儿灯光，都是蓝幽幽的灯光，所有的狼眼刹那间睁开了。小母獒卓嘎倏然停止了脚步，愣了，连脖子上的鬣毛都愣怔得奓起来了。

当红额斑公狼招呼跟随自己的十二匹壮狼在同一时刻一起举着牙刀刺向獒王冈日森格的时候，公狼已经做好了首先扑上去牺牲掉自己的准备。在它看来，用自己的一条狼命换来西结古草原獒王的命，这样的同归于尽太合算了。红额斑公狼一边招呼，一边用碰鼻子的方式一一叮嘱十二匹壮狼：当獒王咬住我的时候，你，咬住它的脖子，你，咬住它的头皮，你，咬住它的右前腿，你，咬住它的左前腿，你，咬住它的右肋，你，咬住它的左肋，你，咬住它的右后腿，你，咬住它的左后腿，你，咬住它的右屁股，你，咬住它的左屁股，你，咬住它的尾巴，你，躺下去咬住它的肚子，你们咬住以后就拼命撕扯，撕烂一切能够撕烂的，撕掉一切能够撕掉的。叮嘱完了，便喊一声：上啊，大家一起上啊。然后就义无返顾地扑了过去，所有的狼都扑了过去，从不同的方向扑向了它们既定的目标。

獒王冈日森格愣了一下：狼群果然采取了自己最不愿意看到的极狠极毒的群殴式战法。面对这样的战法，它不得不退后几步。就在这退后几步的时间里，它明智地意识到，它首先应该做到的并不是自己咬住扑来的狼，而是不让扑来的狼咬住自己。它迎敌而上，跳了起来，一跳就很高，高得所有的狼都不知道目标哪里去了。狼们纷纷抬头仰视，才发现獒王正在空中飞翔，已经和下面的它们交错而过。而对獒王冈日森格来说，真正的能耐还在于和狼群交错而过的同时，完成了空中转向的动作，当它噗然落地的时候，它面对的已经不是十三匹壮狼那直戳而来的阴寒彻骨的牙刀，而是一片灰色的侧影。冈日森格大吼一声，不失时机地再次跳起，直扑红额斑公狼。

红额斑公狼非同小可，就在獒王高跳而起的瞬间，它就已经知道狼群的这一次进攻失败了，及至獒王在空中和狼群交错而过，它又马上估计到了侧面受敌的危险。藏獒是那种最懂得擒贼先擒王的动物，只要它们进攻，首先受到攻击的自然是对方的领袖。不，它不想承受这样的攻击，因为在它看来，如果不能换来獒王的死，自己的任何牺牲都是不合算的。它拼命朝前蹿去，一下子蹿出了一只优秀藏獒的扑跳极限。獒王冈日森格扑到了狼群中间，却没有咬住它想咬的，只好顺势一顶，从肚腹上顶翻了一匹壮狼，一口咬过去，正中咽喉，獒头一甩，哧喇一声，一股狼血飞溅而起。接着又是一次扑咬，这一次冈日森格把利牙攮进了一匹壮狼的屁股，壮狼还在朝前奔跑，等于是獒王的拽力和壮狼的拉力一起撕开了屁股上的血肉，壮狼疼得惨叫一声，跌跌撞撞朝前跑去，一头撞在了沟口高地下硬邦邦的冰岩上，撞得它眼冒金花，歪倒在地。

转眼就是一死一伤，狼群乱了，四散开去。獒王冈日森格停了下来，把叼在嘴里的一片狼屁股肉吞了下去，然后回到它应该把守的地方，用满脸的凶鸷张扬着自己的忿怒，盯着狼群，气势磅礴地走来走去。离獒王二十步远的地方，红额斑公狼发出一阵威严的叫声，迅速稳住了狼群。散去的狼群纷纷回来，重新聚拢在了它身边。红额斑公狼和它们碰着鼻子，告诉它们：我们还有十一匹精明强悍的狼，绝对的优势仍然在我们这边，不要气馁啊，咬死它，咬死它，我们一定会咬死它。精壮的狼群做出很受鼓舞的样子，迈动劲健的步伐，迅速排列出一条弧形的攻击线，堵挡在了獒王冈日森格面前。攻击线上居中的和最突出的自然还是红额斑公狼。冈日森格冷飕飕地望着红额斑公狼，也像对手那样琢磨着：咬死它，咬死它，我一定要咬死它。

新一轮打斗开始了，又是准备做出牺牲的红额斑公狼首先义无返顾地扑了过去，所有的狼都扑了过去，从不同的方向扑向了獒王冈日森格。这就是说，狼群的战术没有变，依旧抱定了最初的企图：在獒王咬住红额斑公狼的同时，别的狼迅速咬住獒王，即使不能当场置獒王于死地，也要让它在皮开肉绽和失血过多之后疼死、气死、晕死。似乎冈日森格也没有改变战术，它狂跳而起，一跳就很高，如同在空中飞翔。吃过亏的狼群突然刹住了，意识到獒王会在空中转向然后从侧后攻击它们，便一个比一个迅速地扭转了身子。但是它们没有看到獒王冈日森格的影子，当噗然落地的声音从它们侧后砸起一阵雪浪时，狼群才发现獒王并没有像上次那样在空中和它们交错而过，而是高高地跳起之后，又原地落下了。落地的时候，狼群恰好挪开了它们那阴寒彻骨的牙刀，来到冈日森格嘴巴前面的，又是一片灰色的侧影。

咬啊，尽情地咬啊，想咬谁就咬谁。獒王冈日森格锲而不舍地直扑狼群中间的红额斑公狼。红额斑公狼立刻意识到进攻又一次失败了，它们的敌手不愧是獒王，不仅有超凡的勇猛，更有超凡的智慧。它就像上次那样，拼命地朝前蹿去，以一匹最优秀的狼的逃窜速度，离开了獒王的扑咬距离。没有扑到红额斑公狼的冈日森格，借惯性扑翻了另一匹壮狼，一口咬在了后颈上。狼的后颈是护狼神瓦恰寄住的地方，也是狼的灵魂逃离躯壳的通道，獒王冈日森格不让护狼神瓦恰寄住，也不让狼的灵魂逃离，只让粗大的血管激射出一股狼血刺进了它欲望的喉咙。獒王舒畅地咽了一口，又咽了一口，然后从

311

狼身上跳起来，扑向了另一匹离它最近的黑脊毛壮狼。

狼散了，除了那匹黑脊毛壮狼被獒王压在粗壮的前爪之下，正在将死而未死之间挣扎之外，别的狼都踢雪而去。但是所有的狼都没有跑远，它们转身从不同的方向看着黑脊毛壮狼被獒王冈日森格咬死的惨景，悲愤地齐声嗥叫。叫着叫着，它们走到了一起，是红额斑公狼再一次把它们召集到了自己身边。有一匹狼在红额斑公狼面前不安地跑来跑去，似乎在询问：到底怎么办？红额斑公狼阴森森地瞪了它一眼，哈着白雾告诉它：你说怎么办，总不能就此跑掉吧，我们还有九匹壮狼，优势还在我们这一边。然后又用昂头向敌的姿势对大家说：绝对不能放弃，也许就在下一刻，我们就能咬死獒王了。

獒王冈日森格从死狼的血泊中抬起了头，喘了一口气，轻蔑地望着九匹壮狼哼哼了一声：又凑到一起干什么，还不快跑啊？两个回合就死了四匹狼，你们都不想活了？回答它的是狼群对抗到底的决心，九匹狼排成了两列纵队，一队四匹狼，两队的中间靠前是红额斑公狼。红额斑公狼还是一副不牺牲掉自己不罢休的架势，带着两列纵队，一步比一步沉稳有力地走了过来。冈日森格一边深长地呼吸着雪沫濡染的空气，一边研究着狼群进攻的队形，呼啦啦地摇了摇沾满狼血的鬣毛。它知道狼群的队形对自己非常不利，它既不能像第一次那样跳到侧面攻击狼群，也不能像第二次那样采用原地跳起的办法，到底怎么办？它研究着，突然把身子一摆，朝一边跑去。它跑向了另一个方向，那儿站立着另一群狼，它们是跟着红额斑公狼准备冲进屋脊宝瓶沟的三个狼家族的其他成员，是不能参加恶战的母狼、弱狼和幼狼。它们忧心如焚地观看着壮狼们的打斗和牺牲，根本想不到冈日森格会朝自己奔扑而来。它们愣了，反应最快的母狼赶紧护住了幼狼，嗷呜嗷呜地叫起来，这是叫给壮狼们听的，意思是我们危险了，我们危险了。

红额斑公狼吃惊地望着冈日森格，正在琢磨这个獒王想要干什么，就见身边所有的壮狼都朝獒王跑去，试图阻拦它对母狼、弱狼和幼狼的袭击。排好的两列纵队顿时散乱了，壮狼们个个争先恐后，生怕晚一步自己的妻子儿女就会惨死在獒王的牙刀之下。红额斑公狼一屁股坐在地上，沮丧地大叫一声：完蛋了，这一个回合又要失败了。它深知藏獒的习性，尤其是作为獒王的藏獒，在没有消灭强大的壮狼之前，根本不可能去扑咬那些对獒王丝毫没有威胁的母狼、弱狼和幼狼，獒王的举动必定有诈。

冈日森格一看壮狼们不顾一切地朝自己跑来，心里释然而笑，要的就是你们这样。它放慢了速度，突然转身迎着壮狼们扑了过去。没有队形和没有指挥的壮狼，在獒王冈日森格眼里，不过是一群倒霉蛋，它腾蛟起凤，电闪雷鸣，扑倒了一匹，又扑倒了一匹，一连扑倒了五匹壮狼之后，才利用牙齿连续挑破了两匹壮狼的肚子，然后它用这一个回合中最野蛮最舒展也最能代表獒王气质的一扑，扑向了一匹正准备逃跑的壮狼，大吼一声：晚了，为什么早点不逃？声音未落，形影已到，它一口咬住了对方的喉咙，嘴巴奋力咬合着，牙刀一阵锉动。血出来了，性命就要失去了，狼蹬踢着四条腿徒然挣扎着。獒王冈日森格呼出一口粗壮的闷气，从容不迫地咕了几口狼血，抬头望了一眼不远处挤在一起瑟瑟发抖的母狼、弱狼和幼狼，又望了一眼恶狠狠地瞪着它的红额斑公狼，甩了甩硕大的獒头，漫不经心地走向了屋脊宝瓶沟口它最初守护的地方，伸直前腿卧了下来。

獒王冈日森格很满意这一个回合自己的战绩，两伤一死，受伤的很快也会死，肚子上的窟窿深到肠胃里去了，那是到了阴间也无法愈合的。它伸出舌头舔了几口积雪，给自己的火气降了降温，用一种怒目金刚般的冷静而超然的眼光望了望雪片奋勇的天空，然后阴沉沉地盯住了红额斑公狼。红额斑公狼走向了那些幸存的壮狼，冲它们哧哧哧地吹着鼻息，好像是说：加上我，我们还有六匹壮狼，还不到畏避退却的时候，上啊，跟我一起上啊。两匹壮狼不听它的，转身就走，它们恐惧着獒王，更担心自己家族的安全，便匆忙撤出战斗，走到那几匹颤抖不止的母狼、弱狼和幼狼身边去了，那头也不回的姿态似在说：反正你红额斑公狼又不是头狼，我们为什么非要听你的。红额斑公狼不满地冲它们咆哮了几声，又把舌头吐出来，朝着仍然围绕着自己的另外三匹壮狼放松地甩了几下，好像是说：知道为什么我们狼总是打不过藏獒吗？不是本领不行，而是胆气不壮。你们是胆气超群的三个，跟着我冲啊，不到最后见分晓的时候决不要后退。三匹壮狼也把舌头吐出来甩了几下，赞同地点着头，然后在红额斑公狼的指挥下，排成了几乎没有间距的一线，不屈不挠地冲了过去。

獒王冈日森格忽地站了起来，把大吊眼从长毛里瞪出来，看着这个以命相拼的队形。它知道这样的队形就跟人类老鹰捉小鸡的游戏一样，你很难跳过去从侧面和后面攻击狼群，也不能首先撕咬为首的红额斑公狼而给别的狼造成群起而攻之的机会，最好的办法……啊，最好的办法是什么？獒王跳了起来，不是原地跳起，也不是从狼群头顶飞翔过去，而是恰到好处地从狼群中间陨落而下，用沉重的身躯夯开了没有间距的一条线。

局势马上就变了，现在是两匹狼在前，两匹狼在后，在前的两匹狼必须迅速转过身来，否则难免被对手撕烂屁股，可是当它们紧急转身，牙刀相向的时候，发现獒王已经再一次跳起，跳到狼的夹击之外去了，速度之快是狼所无法想象的。四匹狼头对着头，龇牙咧嘴而又莫名其妙地瞪视着自己人。而獒王却以更快的速度在两匹狼的身后发起了进攻，它猛扑过去，一头撞翻了一匹壮狼，在对方仰面朝天的同时，一口咬住柔软的肚腹，獒头一摆，撕出了里面的肠子，然后就用牙齿带着这根肠子，流畅地没有任何停顿地扑向了另一匹壮狼。依然是撞翻，咬噬，这次咬住的不是肚腹而是喉咙，喉咙破了，后颈也破了，狼还活着，但已经活不久了。獒王冈日森格扬起头颅，让飘落的雪花舔了舔自己满脸的狼血，看到红额斑公狼和另一匹壮狼正一左一右朝自己冲来，便往后一挫，扑向了左边的红额斑公狼。

红额斑公狼毫不退缩，对着一片铺天盖地的金黄色獒毛张嘴就咬，咬了两下什么也没有咬到，定睛一看，才发现冈日森格已经改变方向，扑到右边的壮狼身上去了。那壮狼毫无防备，想要躲开，身体却根本来不及做出反应，几乎就是把脖子主动送到了獒王的大嘴里。獒王一阵猛烈的咬合，看到狼血滋滋地冒出来，便不再恋战，跳到一边，用一双恨到滴血的眼睛望着红额斑公狼。獒王冈日森格喘着气，胸腹大起大落着，似乎是说：十个孩子啊，十个孩子都被你们咬死了，我们的报复这才开始，但是对于你，我不咬了，你是一匹勇敢的狼，你回去吧你，我不咬了，你带了别的狼再来和我斗，我跟一匹狼一对一地打斗，算什么本事？红额斑公狼前后左右地望着已经死去和就要死去的同伴，悲愤地摇晃着身子，嗥叫起来：这才多大一会儿工夫，你就一口气杀掉了我们十匹狼，我要报仇，一定要新仇旧恨一起报。

红额斑公狼不屈不挠地嗥叫着，它的全部经历就是在草原上见识、接触和恶斗藏獒，这样的经历让它在肉体和精神上都更加地相像着它终身的敌手。它不像别的狼，一味地用畏惧和仇恨蒙蔽着自己的眼睛，不，它在学习，潜移默化中它学会了藏獒的刚毅、坚忍、顽强、发愤，它和藏獒一样，永不言败，永不后退，永远都是出发、奔走、进攻、牺牲的战斗姿态。獒王冈日森格欣赏地看着它，遗憾深深地叹息着：如果它是一只藏獒该多好啊，可惜它是狼，可惜了，可惜了，这种无所畏惧、敢打敢拼的素质，这种铁骨铮铮、悍烈悲壮的作派，居然也会属于狼。红额斑公狼一步比一步坚定地靠近着獒王冈日森格，冈日森格也一步比一步深沉地靠近着红额斑公狼，都是英雄，都是宁为玉碎不为瓦全的荒野的灵魂，都在用生命最激烈的燃烧、最丰满的形式成就着种族的声誉。

风大了，吹来一天朵大的雪片，冬天正在释放所有的愤懑，好像这些晶体的愤懑聚攒在天上已经很久很久了，一旦释放就不是飘洒，而是爆发。大雪正在爆发，寒冷正在爆发，屋脊宝瓶沟的沟口，惟一一匹敢于独立挑战獒王的战狼也正在爆发，似乎此前的所有扑咬打斗都不过是预演，现在正式开始了，红额斑公狼挑战獒王冈日森格的扑咬正式开始了。

3

　　这是九匹荒原狼和一只小母獒的遭遇，在小母獒卓嘎这边，根本就谈不上对抗，结果是惟一的：在惨烈的叫声中变成狼的食物。但藏獒是世界上惟一一种遇到任何危险都不知退却的动物，见厉害的就溜，或者不经过殊死搏斗就变成食物的举动，在老虎豹子藏马熊那里都是可能的，在藏獒却连万分之一的可能都没有，不管是大藏獒，还是小藏獒，也不管是公藏獒，还是母藏獒，遇到强大敌阵的惟一反应，就是以最快的速度扑上去在最短的时间里把自己牺牲掉。小母獒卓嘎就是这样做的，它吼了一声，毫不犹豫地扑了过去。它扑向了白爪子头狼，感觉告诉它，这是九匹荒原狼中最强大的一匹。在它的记忆里，最强大的敌手都是由阿爸冈日森格来解决的，所以当它扑过去时，觉得自己已不是小母獒卓嘎，而是威风凛凛、气派非凡的阿爸冈日森格了。

　　白爪子头狼狞笑一声躲开了。它知道藏獒的习性，面对再强大的敌手都不可能不扑，那就扑吧，看你能扑几下。小母獒卓嘎一扑没有奏效，便又来了第二下，这一下可不得了，它虽然没有扑到白爪子头狼，九匹荒原狼的狼阵却被它一下子冲垮了，只见狼们哗地散开，一个个惊慌失措地离开它，飞也似的朝远处跑去。小卓嘎很得意，爽朗地叫了一声，正要撒腿追过去，就听一声轰响，夜色中一团黑影从天而降，在它前面五米远的地方砸出了一个大坑，松软厚实的积雪顿时浪涌而起，铺天盖地地埋住了它。它拼命挣扎着，好半天才从覆雪中钻了出来，看到一个体积很大的东西出现在面前的雪光中，以为又是一个什么敌手要来伤害它，想都没想就扑了过去。噗哧一声响，它以为很硬的东西突然变软了，软得就像浮土，就像草灰，一头撞上去，连脖子都陷进去了。它赶紧拔出头来，甩了甩粘满了头的粉末，疑惑地看了看，才发现那不是什么有嘴有牙的敌手，而是一个大麻袋，麻袋摔烂了，从裂开的地方露出一角面袋，面袋也烂了，淌出一些十分诱人的东西，是什么？它小心翼翼地闻了闻，更加小心翼翼地尝了一舌头，不禁惊喜地叫起来：糌粑？啊，糌粑。

其实并不是糌粑，而是青稞面粉。小母獒卓嘎还不知道这是飞机空投的救灾物资，也不知道那九匹狼逃离此地并不是因了它的威力，而是空投物资的惊吓。就在麻袋还在空中呼啸时，狼群就已经看到了，见多识广的狼群和小卓嘎一样，也从未见识过飞机空投，不知道天上也能掉下食物来，以为那是藏獒或者人类的武器，是专门用来对付狼群的。狼群飞快地跑开了，跑着跑着就有几匹狼停了下来，白爪子头狼呵斥道："你们还想着那只小藏獒呢？那是个诱饵你们怎么不明白，要不是刚才跑得快，天上的东西早就砸死我们了，你们听，你们听。"又是一声轰响，离它们很近，好像是追着它们的。它们再次奔跑而去，比赛似的，一匹比一匹争先。

九匹荒原狼转眼不见了踪影。小母獒卓嘎举着鼻子到处闻了闻，没闻到刺鼻的狼臊味，心里便不再怒气冲冲了，围绕着麻袋转了一圈，站在裂开的口子前，张口就舔，却没有舔到糌粑上，而是舔在了积雪里。它知道糌粑是人的，作为一只领地狗，它从来不随便吃人的东西，除非人家抛散给它。但是它很饿，它不能总是在想舔糌粑的时候舔到雪粉上。它半是果敢半是迟疑地又舔了一下，又舔了一下，一连舔了七八下，才把舌头稳稳当当地搁在了糌粑里。真舒服啊，糌粑是温暖的，而不是冰凉的，一股阿妈的乳汁一样的温暖清香，锋利地刺痛了它的肠胃，肠胃神经质地蠕动起来，它再也无法按照习惯决定自己什么可以吃，什么不可以吃了。它吃起来，先是用口水拌一拌糌粑再往嘴里送，很快口水没有了，它就把积雪掺了进去，一口下去差不多一半是糌粑一半是雪，雪在嘴里很快化成了水，喉咙轻轻一抽就把糌粑冲下去了。小母獒卓嘎从来没有大口吃过干糌粑，第一次吃就一口也没有呛住，它很高兴，意识到人是对的，却没有意识到自己非常聪明，见识过人用青稞炒面加水拌糌粑的情形，就知道水之于糌粑的意义了。

小卓嘎很快吃饱了，肚子鼓鼓的，舒畅地打着哈欠，卧了下来。它想睡一会儿，睡一会儿再去寻找阿妈阿爸，刚闭上眼睛就在心里嘀咕了一句：我怎么这么懒惰啊，不是出现了两次轰响吗？这边的轰响是天上掉下来了糌粑，那边的轰响呢？看看去，到底掉下来了什么。毕竟它是一只小藏獒，是个女孩儿，对什么都充满了好奇。它走了过去，还没到跟前就闻到了一股熟羊皮的味道，立刻就知道这是人穿的那种羊皮大衣。它高兴地跑起来，以为马上就要见到人了，到了跟前才发现，原来只有大衣没有人。大衣本来是十件一捆，一摔，散了，变成七零八落的一大片了。

　　小母獒卓嘎从每一件大衣旁边走过，失望地把吐出来的舌头缩了回去，把摇着的尾巴贴在了胯骨上：居然这么多羊皮大衣都不是穿在人身上的，那么人呢？它觉得很可能有人会把自己盖起来，便钻到每一件羊皮大衣下面看了看，它没看到人，只在一件大衣的胸兜里发现了一封薄薄的信。信是牛皮纸的，中间有个红色的方框，方框里面写着蓝色的钢笔字。小卓嘎认识这样的信，它记得有一次西工委的班玛多吉主任把这样一封信交给了阿爸冈日森格，阿爸叼着它跑了，跑到很远很远的结古阿妈县县府所在地的上阿妈草原去了，回来的时候又叼着一封也是牛皮纸的信，交给了班玛多吉主任。班玛多吉主任高兴得拍了拍阿爸的头，拿出一块熟牛肉作为奖励。阿爸把熟牛肉叼回来，一撕两半，一半给了它，一半给了领地狗群中的另一只跟它同龄的小公獒。它很高兴，正想美美地吃一顿，没想到小公獒三口两口吞掉了自己的，然后跑过来抢它。它是个女孩儿，力气没有男孩儿大，不仅熟肉没有保住，自己还被对方扑翻在了地上。它很生气，从此再也不理小公獒了，尽管小公獒见了它总想跟它闹一闹打一打，但它总是躲着：去你的去你的，我说不玩就不玩。

　　小公獒名叫摄命霹雳王，是人给它起的名字，人以为它出生在祭祀誓愿摄命霹雳王的日子里，肯定和这位了不起的密宗厉神有关系，就给它起了这么个名字。它很得意，它的阿爸大力王徒钦甲保和阿妈黑雪莲穆穆也很得意，它们知道人并不轻易用神的名字命名藏獒，一旦命名了，就意味着他们对小公獒的欣赏和厚爱，也意味着他们对小公獒的阿爸和阿妈的倚重：苍鹰生不出麻雀，仙鹤的窝里没有野鹜，什么样的父母生出什么样的孩子，你们看，你们看，多么壮硕的大力王徒钦甲保和黑雪莲穆穆啊，生出了这么好的摄命霹雳王。小母獒卓嘎想着小公獒摄命霹雳王，把信从羊皮大衣的胸兜里叼了出来，条件反射似的立刻有了一种使命感：快啊，快啊，快找到阿爸冈日森格和阿妈大黑獒那日，让它们看看，这里有一封信呢。它想象着自己把信交给阿爸，阿爸再把信交给班玛多吉主任的情形，仿佛看到这封牛皮纸的信已经变成了一块奖励来的熟牛肉，熟牛肉是好吃的，被小公獒摄命霹雳王抢走的熟牛肉更是好吃的。

　　小卓嘎再次上路了，没走多远，突然又停了下来，回过头去，呆望着自己刚刚驻足的地方，仿佛那儿有人了，人的气息和声音夹杂在风卷的雪花中零零碎碎地纷扬着。它寻思自己是不是应该回去，看看到底是什么人到了那里。

又一想，算了吧，万一是牧民贡巴饶赛呢？它可不愿意再见到这个人了。它是个女孩儿，想到它对人家好，人家对它不好，就忍不住要伤心。它不愿意伤心，它知道找到阿爸阿妈就不会伤心了。它继续朝前走去，叼着信，选择着积雪中膨胀起来的硬地面，一边走一边闻，领地狗群的气息，阿妈和阿爸的气息，好像在那边，那边是雪山峙立的地方，是浩浩无边的雪原袒胸露怀的地方。

小母獒卓嘎没想到，它前去的正是白爪子头狼带着它的狼群逃逸的地方。九匹狼跑出去一公里多一点就不跑了，停下来，大眼瞪小眼地商量着：怎么办，到哪里才能搞到吃的啊？白爪子头狼不吭声，它一直警惕地回望着刚才跑来的路，突然卧下了，意思仿佛是说：等着，就在这儿等着，我感觉这儿是很好的，这儿是个平坦向阳的塬坡，积雪不厚，雪下面就有羊粪牛粪狗粪的气息，是个家畜必经之要道。九匹狼全部卧下了，静静地等待着，一个时辰后，猎物果然出现了，远远的，一个小黑点在夜幕下的雪光里移动着。白爪子头狼忽地站了起来，眯起眼睛看了看，抬起鼻子嗅了嗅，用压低的唬声紧张地告诉它的同伙：怎么还是那个小藏獒？狼们纷纷站起，根据约定俗成的排列，迅速分散开来，组成了一个准备出击的埋伏线。亲自担任瞭望哨的白爪子头狼走上一座高高的雪丘，伏贴着耳朵，只露出眼睛，监视着渐渐靠近的小卓嘎。

小母獒卓嘎扬起脖子耷起鬣毛直走过去，天生灵敏的嗅觉已经告诉它前面有狼，而且就是刚才遇到的那一伙。但是它没有停下，它一点也不害怕它们，干吗要停下。不知深浅的小卓嘎加快脚步，多少有点兴奋地迎狼而去。

4

真是一匹了不起的狼，明知道冲过来就是死居然还要冲。獒王冈日森格抖擞起精神，迎着红额斑公狼扑了过去，却有意没有扑到它身上，而是和它擦肩而过。稳住自己的同时，冈日森格倨傲地扬起了脖子，然后喟然长叹：狼啊，说实在的，我还真有点佩服你了，真不想立刻就把你咬死。以往的狼都无法和藏獒相比，那是因为狼怕死，现在你不怕死了，你就至少在精神气质上可以和藏獒平分秋色了。那就来吧，红额斑公狼，我给你一个成就声誉的机会，你得逞了你就滚。獒王冈日森格挺身不动，红额斑公狼扑过去在它亮出的肩膀上咬了一口，又咬了一口，正准备咬第三口时，獒王大吼一声：

行啦，你还想咬死我呀。看红额斑公狼还是一副不罢不休的样子，便一头顶过去，顶得它连打了几个滚儿。

红额斑公狼翻身起来，透过一天纷乱的雪片，用阴毒的眼光凝视着獒王，竖起耳朵听了听，突然扭转身子，紧紧张张跑向了那些需要保护的母狼、弱狼和幼狼。领地狗群就要来了，红额斑公狼听到闻到了它们凌乱而有力的脚步声，心说它们来干什么？是来咬死并吃掉滞留在沟口的狼群的吗？事不宜迟，得赶快离开这里。红额斑公狼坚定地嗥叫着，对那些狼说：你们跟着我，一定要跟着我，当我扑向獒王，当獒王咬住我之后，你们就往屋脊宝瓶沟里跑，越快越好，千万不要回头看，只要跑进沟里一百米，你们就没事了。狼群听话地跟上了红额斑公狼。它们朝獒王冈日森格把守的沟口走去。冈日森格奇怪地想：它们怎么又来了，这一次，我是不会再让任何一匹狼咬住我了，我是獒王，我可不能丢脸地让自己遍体鳞伤。

屋脊宝瓶沟的两侧，狼群终于被兵分两路的领地狗群逼上了雪线，但是雪豹——被狼群惧怕着的雪豹，被领地狗群期待着的雪豹，并没有出现。那些平日里豹影出没的冰石雪岩，那些散发着浓烈的豹臊味的深洞浅穴，在这个大雪灾的日子里，变得跟没有生命的太古一样寂然无声。狼群在雪豹的家园里奔逃着，开始是胆战心惊的，之后就无所顾忌了，不停地探寻着四周的嗅觉告诉它们：这里，现在，一只雪豹也没有，连那些还不能奔扑腾跳的豹子豹孙也没有。而追撵着狼群的藏獒比狼群更早更明确地意识到：雪豹搬家了，整个烟障挂——雪豹的家园已经不是它们的栖息之地了，至少暂时不是，在这个大雪灾的日子里不是。

没有就好，没有雪豹我们就有救了。这是狼群的想法。狼群逃窜在捯上山顶的冰石雪岩之间，已经不再担忧前边有堵截，两边有埋伏了。它们加快了逃跑的速度，离追撵的领地狗群越来越远了。而领地狗群此刻想到的是：它们去了哪里？那么多雪豹到底去了哪里？想着想着，就有了另一层隐忧，就放慢了追撵的速度，尤其是大灰獒江秋帮穷，当它意识到豹群和狼群一样，也会被饥饿驱使着，去袭击这个季节比较容易得手的羊群牛群和人群时，突然就停了下来，不追了，它身后的领地狗也都不追了。

大灰獒江秋帮穷吩咐另一只藏獒：你快去，快去屋脊宝瓶沟的东边，让大力王徒钦甲保也不要追了。然后朝着自己身边的领地狗急急巴巴叫起来，好像是说：现在重要的已不是对付狼群，而是要搞清这么多雪豹到底去了哪里，找到雪豹，必须尽快找到雪豹，一刻也不能耽误，不然我们找到的就很可能是人和牲畜的噩耗，是跟寄宿学校一样的悲惨景象了。江秋帮穷放弃了狼群，带着一拨领地狗朝獒王冈日森格跑去。

听到了领地狗群的喧嚣声，獒王冈日森格不禁有些奇怪：它们怎么回来了，难道这么快就把狼群逼到了雪豹的攻击之下？又看看面前的狼群，心想看来这些狼是逃不脱死神的追撵了，即使我不咬死它们，群情激愤的领地狗群也会把它们撕个粉碎。獒王再次挺身抬头望了一眼从屋脊宝瓶沟的两侧跑过来的领地狗群，望到了奔跑在前的大灰獒江秋帮穷，一丝尖锐的来自内心的预感，伴随着一丝如同针芒刺身的担忧油然而来。预感是由于悲伤和思念，它对獒王冈日森格早就是一种它无法克服也无法丢弃的情感的游走了——在这大雪灾的日子里，它思念曾经和它相依为命的主人"七个上阿妈的孩子"尤其是刀疤，思念曾经救过它的命的恩人汉扎西，一直在思念，大雪灾一开始它就在痛彻骨髓的思念中东奔西走。现在，思念到了一个极点，就变成了天然发达的预感，预感来自遥远的风、奔驰的空气、漫天的雪花，更来自它那颗金子一般珍贵的藏獒之心，来自它对主人和恩人深入骨髓的忠诚，来自它伸缩无限而又无形无色的所有的感官：很可能，很可能已经出事了，刀疤已经出事了，汉扎西已经出事了。汉扎西的学校里，十个孩子已经被狼咬死，汉扎西到底去了哪里？有一种祖先的遗传隐隐约约左右着它的行动，坚定地消解着它对自由奔驰和追杀狼群的迷恋，那就是它必须为它的主人和恩人付出一切，包括生命，也包括了至高无上的獒王的地位。

冈日森格知道为什么自己一见到大灰獒江秋帮穷，思念带来的预感就会变成尖锐的针芒刺出它内心的痛楚，因为潜在的逻辑是这样的：只有丢开獒王的位置和责任，它才可能前往寻找已经很久没见了的刀疤和汉扎西，而丢开獒王位置和责任的前提是，必须有一只藏獒代替它成为新的獒王。江秋帮穷我的好兄弟，你是可以的，你硕大的身躯、威严的形貌、高贵的仪表、坚毅的性格、超群的智慧、刚猛的作风，使你天生就是一个出类拔萃的獒中之王。你应该代替我，你必须代替我，哪怕是暂时的。我不是已经说过了吗——如果我不能一个人把狼群堵挡在屋脊宝瓶沟外面，我就不做獒王了。江秋帮穷你是知道的，我从来不食言，从来不，有诺必践向来是我的信条。我现在已经失职了，我没有把狼群堵挡在屋脊宝瓶沟的外面，你看，你看，它们就要从我身边溜过去了，不，已经溜过去了。

就在獒王冈日森格眼皮底下，两只本该立刻死掉的壮狼安然无恙地溜过去了，一些母狼、弱狼和幼狼心惊肉跳地溜过去了，一群突然又回到这里来的原属于命主敌鬼狼群的狼喜出望外地溜过去了，最后溜过去了那匹用自己的生命掩护着别的狼的红额斑公狼。红额斑公狼非常奇怪：獒王怎么了，它不仅容忍了这么多的狼的安全逃离，还容忍了我对它肆无忌惮的挑衅——我暴躁异常，狂扑不已，而它却始终无动于衷？不扑了，不扑了，赶紧走吧，领地狗群就要来了。

狼群跑进了屋脊宝瓶沟，獒王冈日森格一副不屑一顾的样子，看都没看它们一眼，心里就想着刀疤和汉扎西：预感怎么这么不好啊，很可能，很可能已经出事了，主人刀疤出事了，恩人汉扎西出事了。獒王冈日森格越想越糟糕，烦躁不安地踱着步子。大灰獒江秋帮穷疾步来到它跟前，用身体的扭动对它说起了雪豹失踪的事情。冈日森格惊骇得狂叫起来，像是说原来狼群和我们都估计错了呀。然后举着鼻子吸了吸飞舞的雪片，心绪不宁地又是张嘴又是龇牙，意思是说：风太乱，雪太乱，我的心也乱，我什么也闻不出来，只能闻出我的预感来，我的预感中：刀疤出事了，汉扎西出事了。对不对啊？你们闻闻，好好闻闻。所有的领地狗都闻起来，嗅觉格外灵敏的大力王徒钦甲保很快闻到了雪豹远去的足迹，激动地吠叫着，就要跑过去。獒王冈日森格用自己扑向狼尸的行动告诉徒钦甲保：等一等，等吃了狼肉再走，大家已经很长时间没吃东西了。徒钦甲保摁住狼尸吃起来，它的妻子黑雪莲穆穆和孩子小公獒摄命霹雳王跟着它吃起来，所有的领地狗群也都你撕我扯地吃起来。

冈日森格来到大灰獒江秋帮穷身边，拿嘴唇摩挲着对方的鼻子，用眼睛里的语言和鼻子里的表达絮叨着：你已经看见了，那么多狼居然在我的眼皮底下溜进了屋脊宝瓶沟，这就说，我要走了，我已经不是獒王了。它说罢就走。江秋帮穷跳过去拦住了它：伟大的冈日森格你不能这样，你是惟一的獒王你不能走，你走了领地狗群怎么办？冈日森格依然拿嘴摩挲着对方的鼻子说，缠磨地说：草原上的獒王虽然是惟一的，但不是永远的，我走了还有你，你就是獒王。江秋帮穷吼叫起来，放佛是说：没有哪只藏獒会服气我。冈日森格说：你带着领地狗群去找雪豹，一定要找到雪豹，决不能让它们趁着大雪害牛害羊甚至害人。等你咬死了最多的雪豹，就不会有藏獒不服气了。江秋帮穷坚决而激切地吼叫着：即使我咬死最多的雪豹，我也不能是獒王。冈日森格不听它的，忽地掉转了身子。

冈日森格闪开了大灰獒江秋帮穷，朝着碉房山的方向奔跑而去。江秋帮穷追了几步，知道獒王去意已定，自己根本追不上，停下来，无奈地叹着气：冈日森格你其实并不了解我，我干什么都可以，惟一不能干的就是獒王。因为我时不时地会有犹疑，会有迷茫，我是一只感情很容易出现倾斜的藏獒，每当感情出现倾斜，我就迷茫得不知道应该干什么了。大力王徒钦甲保不解地望着远去的冈日森格，意识到獒王给大灰獒江秋帮穷已经托付了什么，便慢腾腾走到江秋帮穷身边，假装没看见，用肩膀撞了它一下。江秋帮穷忍让地退了一步，谦虚地哈着气，似乎在问候徒钦甲保：你已经吃饱啦？

半个时辰后，吞掉了十具狼尸的领地狗群在大灰獒江秋帮穷的带领下，离开烟障挂的屋脊宝瓶沟口，循着开阔的冲击扇上雪豹留下的足迹的气味，跑向了远方看不见的昂拉雪山。雪豹，所有的领地狗都在心里念叨着雪豹，都已经感觉到饥饿的雪豹正在大肆咬杀牧民的牛羊马匹，一场势必要血流成河的厮杀就要发生了。

冈日森格奔跑着，累了，累了，它一直都在奔跑和打斗，已经体力不支了，渐渐地慢了下来，吼喘着，内心的焦灼和强大的运动量让它在这冰天雪地里燥热异常，披纷的毛发蓬松起来，舌头也拉得奇长，热气就从张开的大嘴和吐出的舌头上散发着，被风一吹，转眼就是一层白霜了，好像它改变了毛色，由一只金色的狮头藏獒，变成了一只浑身洁白的雪獒。它停下来，奇怪地看了看自己，赶紧舔了几口雪。它知道自己必须降温，否则热气就会越冒越多，白霜也会越积越厚，白霜一厚就是冰了，它背着沉重的冰甲是跑不了多少路的。可降温是需要心静体静的，在这种预感到主人和恩人已经出事的时候，它怎么能静得下来呢？

冈日森格忍不住又开始狂跑，心焦越来越严重，身体里的每一个器官都变成了一团焦炭，炽盛地燃烧着，再加上狂跑，吞吐的白雾越来越多，越来越潮湿，一再下降的气温迅速把蒸腾而潮湿的热气改造成了晶体，很快它就是冰甲披身了。但是冈日森格没有停下，风从东方吹来，从碉房山的方向吹来，就像亿万滴水汇成了海，亿万缕疾走的空气汇成了雪野里激荡的风。它是那么的无边，以至于淹没着你，让你根本就无法选择你想要什么，不想要什么。几乎在同一个瞬间，冈日森格得到了狼的信息、自己的孩子小母獒卓嘎的信息、刀疤的信息、汉扎西的信息，它用宽阔的鼻子迎风而嗅，心急如火地思考着：到底应该先去哪里啊，是先去杀狼，还是先去寻找小母獒卓嘎？是先去寻找恩人汉扎西，还是先去寻找主人刀疤？冈日森格带着浑身的冰甲没命地跑啊，跑着跑着风就告诉了它：好像都在一条线上，狼是最近的，下来是小母獒卓嘎，再下来是汉扎西，最后是刀疤，刀疤在昂拉山群衔接着多猕雪山的某一个冰雪的山坳里。这就是说，次序是早已安排好了的，它只管用最快的速度往前奔走就是了。

天黑了，大雪灾的白天和黑夜似乎没有区别，白天有多亮，夜晚就有多亮，夜晚有多黑，白天就有多黑。冈日森格接近了狼群，狼在上风，它在下风，狼没有发现它，它已经发现了狼。再说它是浑身披着冰甲的，它和天地浑然一色，它的移动就是雪的移动，而狂风暴雪的日子里，雪的移动是最正常的移动，狼群根本就不在乎。

是一股九匹狼的小型狼群，它们在白爪子头狼的带领下逃逸到了这个地方，这是个平坦向阳的塬坡，是个家畜必经之要道，也是冈日森格必经之要道。这会儿，九匹狼正排列成一个准备出击的埋伏线，全神贯注地等待着猎物——小母獒卓嘎的出现。站在高高的雪丘上，亲自担任瞭望哨的白爪子头狼不禁有些奇怪：小藏獒怎么还不过来？它走到一座雪梁背面后就再也没有出来，是不是它发现了我们，正准备逃跑呢？想着，白爪子头狼跑下雪丘，来到埋伏线的中间，噗噗地吹着气，好像是说：过去吧，我们过去吧，再不过去，到嘴的肉就会消失得无影无踪了。别的狼亢奋地用大尾巴扫着积雪，一跳一跳地做着准备，就要奔跑而去了。

一只小藏獒，一个手到擒来的猎物，一堆活生生血汪汪的肉。狼群的口水已经流出来了，流到地上就结成了冰。

迷乱的狂风大雪中，一座雪丘奔驰而来，突然停下了，停在了狼群的后面。哗啦啦一阵响，狼群惊愕地回顾着，发现那不是雪丘，那是一个披着冰甲的怪物，那也不是一个怪物，那就是一只硕大的藏獒。反应最快的白爪子头狼跳起来就跑：上当了，我们又一次上当了，原来那小藏獒自始至终都是诱饵，狡猾的藏獒，阴险的藏獒，快跑啊，你们还傻愣着干什么。冈日森格扑了过去，咬住了一匹来不及逃跑的狼，甩头挥舞着牙刀，割破了喉咙，又割破了后颈，然后追撵而去。

狼群当然不可能逃向被它们认定为诱饵的小母獒卓嘎，而是逃向了北边。冈日森格追了一阵就不追了。它停下来，举着鼻子闻了闻，发现已经闻不到自己的孩子小母獒卓嘎的气味了，而恩人汉扎西和主人刀疤的气味却愈加强烈地扑鼻而来，马上意识到小母獒卓嘎已经被它抛到身后，不在上风地方了。

冈日森格抖动满身的冰甲徘徊着：是回去寻找，还是丢下自己的孩子不管，只管去寻找越来越危险了的恩人汉扎西和主人刀疤？是的，汉扎西和刀疤已经十分危险了，气味正在告诉它——人和藏獒一样，在危险的时候，将死的时候，总会因为紧张、惊怕、悲伤、痛苦等等情绪，散发出一种特殊的气味，这种预告危险的气味，人是闻不到的，一般的藏獒也很难区分，只有那些嗅觉特别发达的藏獒才可以辨认。现在，冈日森格辨认出了它的恩人汉扎西和主人刀疤的危险，它就只能丢下自己的孩子不管了。

冈日森格心焦如焚，迎风的奔跑就像逆浪而行，越来越吃力了。体内的热气一团一团地从张开的大嘴里冒出来，冰甲也就不断增厚着，一寸，两寸，最厚的地方都变成三寸了。奔跑沉重起来，慢了，慢了，渐渐跑不动了，只能往前走了，开始是快走，后来变成了慢走，越走越慢，慢得都不是行走，而是蠕动了。这是坚顽而拼命的蠕动，冈日森格好几次差一点倒下，每一次都岔开粗壮的四肢，硬是挺住了，挺住的力量来自于挽救恩人和主人的心愿，也来自于一阵阵长笛奏鸣一样的狼嗥。

又来了一群狼，从侧面快速跑来，截断了前去的路，也截断了恩人汉扎西和主人刀疤随风传来的味道。冈日森格慢腾腾地挪动着步子，鼻孔的热气和眼睛的眨巴在冰甲上掏出了几个孔洞，两只暗红色的眼睛就像探照灯一样扫视着面前飞雪的幕帐。它看不透，发现不了狼的影子，但鼻子已经告诉它，狼群离它只有不到半公里，而且非常迅速地朝这边跑来。藏獒的天性是见狼必咬的，但冈日森格的智慧正在提醒它，这一次它必须违背它的天性，因为营救恩人和主人才是最最重要的。这样的提醒让它突然趴下了，它打了几个滚儿，想让冰甲赶快脱落，结果冰甲不仅没有脱落，反而沾了厚厚一层雪。它不敢再滚了，再滚下去就会越滚越大，就像人类滚雪球那样。它站了起来，如同一座雪丘，滞重地挪动着，挪动了不到一百米，就再也挪不动了。它身子一歪坐了下去，一座移动着的雪丘坐了下去，啪啦一声响，就生根了似的静止不动了。

夜色在凄寒中凝冻着，天地间装满了寂寞，寂寞得连雪片都有了大雁鸣叫似的喑喑声，素来粗犷的野风这时候显示了少有的细致，把一缕至关重要的信息送进了雪丘的孔洞，那里透露着冈日森格的鼻息和眼睛，那里的大脑和记忆正在根据风的信息准确地判断着狼群的来历：是它带着领地狗群曾经堵截过的上阿妈草原的狼群，它们被领地狗群赶进了绵延不绝的昂拉雪山，却没有按照领地狗群的愿望，在狼群与狼群、狼群与豹群的打斗中自然消亡。

它们来了，来到了西结古草原的纵深地带，正在寻找围困在大雪灾中的人群和畜群。冈日森格知道，对不熟悉西结古草原的狼群来说，要在暴风雪中，在这片浩浩茫茫的原野上，找到死去的或者正在死去的人群和畜群并不容易，所以狼群直到现在还处在饥饿当中，还是极其疯狂的凶残和横暴。冈日森格一遍遍地问着自己：现在到底怎么办？还没有问出个究竟来，上阿妈狼群的影子就黑魆魆地出现在了不远处的雪色白光里。

狼群奔跑着，为首的是上阿妈头狼，它身后不远，是身材臃肿的尖嘴母狼。头狼和它的妻子好像已经看到或闻到了一只藏獒的存在，甚至都已经感觉到了这只藏獒的乏弱无力，带着整个狼群，无所顾忌地朝着雪丘掩盖下的冈日森格包抄而来。

5 千恶一义

1

当狼崽朝前跨出了最后半步,咧嘴等待的命主敌鬼一口咬住它时,狼崽不禁发出了一声撕心裂肺的尖叫。尖叫是它这个年纪的狼崽所能做出的最强烈的反应,它浸透了对世界的吃惊,浸透了它对自己所从属的这个物种的质疑:这就是狼吗?狼怎么能这样?我知道你是匹头狼,你分餐了我的义母独眼母狼,现在又要吃掉我了,可我是个小孩,我还没长大,身上没有多少肉,你为什么要吃掉我呀?就是这样一声出于生命本能的尖叫,这样一种锋利的质疑,挽救了狼崽的性命,也挽救了小母獒卓嘎的性命。

小母獒卓嘎一听到尖叫就不走了,它本来是走向九匹狼的埋伏线的,狼崽的尖叫却让那准备要它命的埋伏线徒然失去了作用。小卓嘎好奇地眺望着发出尖叫的地方:怎么了?那儿怎么了?哪里来的小孩,是不是在叫我呢?小孩对小孩总有一种天然默契的吸引力,叼着一封信的小母獒卓嘎大胆而兴奋地走了过去,没看到什么,便沿着一道雪壑,来到了一座雪梁的背后,借着夜色中的雪光仔细一看,柔软的鬣毛倏然就挺硬了。

小卓嘎看到了一匹嘴脸乖谬的狼,看到狼牙狰狞的大嘴正叼着一匹狼崽,狼崽挣扎着,继续用尖叫质疑着:为什么呀,为什么?你是我的父辈你怎么能这样？小母獒卓嘎的第一个反应便是把整个身子朝后一坐，低伏着身子扑了过去，突然又停下了，意识到自己还叼着一封从羊皮大衣里找出来的信，张嘴丢开，稚嫩地狂叫了一声，一头撞了过去。按照小母獒卓嘎的属性，它当然不是为了营救狼崽，可如果不是为了营救狼崽，它干吗要如此快速地扑过去呢？也许它可以等大狼吃掉了小狼，然后再实施藏獒对狼的天然追杀，可是它没有。它当时的想法就是：住口吧你，你居然要吃掉这个小孩。它撞在了命主敌鬼的胸脯上，是何等的猛烈，顿时就让命主敌鬼一个趔趄倒了下去。命主敌鬼的屁股负伤了，胯骨断裂了，而且一瘸一拐走了这么多路，早已饥饿不堪了，哪里经得起一只小藏獒不知天高地厚的碰撞，倒地的同时，口中的狼崽也脱落到了地上。

狼崽翻身起来，掉头就跑，跑出去了十多米，才停下来舔了舔被命主敌鬼咬疼的地方，出血了，有牙印的腰窝已经出血了，但是不要紧，没有咬断它脆生生的骨头，它还能跑，还能叫。它仇恨地叫了几声，又伤心地叫了几声，这才意识到是别的动物救了它，谁啊，谁救了我？定睛一看，顿时就傻眉瞪眼的了：藏獒？居然是藏獒救了它？狼崽转身就跑，它觉得现在威胁到它的不仅是命主敌鬼，还有藏獒，尽管是一只那么小那么小的藏獒，但毕竟也是作为克星的藏獒。它跑啊跑啊，想跑到很远很远的地方去，突然又停下了，毕竟是个小孩，不可遏止的好奇心暂时战胜了恐惧，它很想知道，那只勇敢的小藏獒是如何对付命主敌鬼的。

小母獒卓嘎扑着，吼着。命主敌鬼把受伤的屁股塌下去，拱起腰来，凶恶地张嘴吐舌，一次次用自己的利牙迎接着对方的利牙。和所有的狼一样，命主敌鬼无法克服作为一匹狼在藏獒面前本能的畏葸，尽管这只藏獒的身量如此之小，小得就像一只夏天的旱獭。它在畏葸中极力防护着自己，眼看防护就要失去作用，突然意识到，也许孤注一掷才是摆脱撕咬的最好办法，于是就扑通一声趴下，把整个身子展展地贴在了地上。小卓嘎扑上去轻而易举地咬了命主敌鬼一口，发现自己居然一口就咬死了这匹嘴脸乖谬、獠牙狰狞的狼。狼全身伏地，闭着眼睛，没了呼吸，一动不动。小卓嘎又一次扑了过去，却没有再咬，藏獒天生是不咬已经断了气的对手的，除非肚子饿了吃肉。小卓嘎这个时候哪里顾得上吃肉，它太兴奋了，平生第一次咬死了狼，而且是一匹大狼，自己多么了不起啊。它围着死狼转着圈，炫耀似的喊叫着，突然瞅见了不远处正在瞪视着自己的狼崽，便欢天喜地地跑了过去：我把它咬死了，我把吃你的恶狼咬死了。

装死的命主敌鬼睁开眼睛,迅速站起来,用幽暗的眼光扫视着小藏獒远去的背影,情绪复杂地吐了吐舌头,转身一瘸一拐地离开了那里。它很庆幸,庆幸自己骗过了小藏獒,又很遗憾,遗憾自己没能吃掉狼崽,更重要的是,前途未卜,它心里装着越来越沉重的担忧和恐怖,它知道自己越来越难了,在受伤的屁股痊愈、断裂的胯骨复原之前,即使它回到自己的狼群里,死亡也会随时发生。

狼崽一见小母獒卓嘎朝自己跑来,害怕地转身就逃。小卓嘎追了过去,依然高兴地喊叫着,突然愣了一下,停下来惊奇地看着狼崽,似乎这才意识到:自己从狼嘴里救出来的这个小孩,也是一匹狼。是狼就必须扑咬,小母獒卓嘎扑过去了。作为藏獒它似乎只能用最猛恶的姿态对付所有的狼,不管它是大狼还是狼崽。缓缓起伏的原野上,雪幕朦胧的夜色里,一只小藏獒对一匹狼崽的追逐就像两只皮球的滚动,使劲朝一起滚着,一旦碰上,就又会倏然分开。

狼崽喜欢顺着雪岗跑上去再跑下来,它的腿比身子长,这样跑上跑下似乎更带劲。而小母獒卓嘎总是在对方上爬下颠的时候,从雪岗根里绕过去堵挡在对方面前,它是天生的追捕能手,腿比狼短却比狼粗壮有力,跑动的频率和肌肉的耐力都是动物里面第一流的,对它来说,追上一匹也许年龄比它还要小个十天半月的狼崽,并不很难。狼崽知道自己今天是跑不脱了,但它又奇怪每次被小藏獒挡住的时候,自己都能安全逃离,它为什么不咬死我?它本来完全可以咬死我,却又一次次放过了我。其实狼崽的疑惑,也是小母獒卓嘎的疑惑,每一次追捕的过程中,小卓嘎都是怒气冲冲恨不得立刻咬死它,一旦和狼崽碰了面,就又会情不自禁地停下来,或者扑上去咬一嘴狼毛,然后再放跑狼崽。小卓嘎心说我这是干什么呢?是在跟狼崽玩吗?它是藏獒,它有和狼死斗死掐的天性,但它又是一只小藏獒,一个小孩,更有和别的小孩一起玩的天性,两种天性交叉起来,同时制约着它的行动,让它一会儿是愤怒的战士,一会儿是充满童稚的玩伴,一会儿吃惊自己居然没有咬死狼崽,一会儿又觉得这个狼崽多好玩啊,每一次都会让我抓住它。

就这样,逃跑的还在逃跑,追逐的一直在追逐,终于逃跑的停下了,追逐的也追不动了,狼崽和小母獒卓嘎双双累瘫在一座雪岗下面,挤在一起呼哧呼哧地喘着气,好像它们压根就不是互为仇寇的敌手,而是一个窝里出来的姐弟。这时狼崽呜呜呜地哭起来,它害怕自己被小母獒卓嘎咬死,想跑又跑不掉,只好哭起来,一哭就又想到了别的伤心事:先是阿爸阿妈被断尾头狼咬死了，后是一直抚养着它的独眼母狼被狼群吃掉了，它没有了亲人，没有了依靠，连赖以生存的狼群也失去了。它失去了狼群它就得死，不是被别的狼咬死，就是被藏獒咬死。它一想到死，想到亲人的死和自己的死，就会感到无比的窒息和悲伤，一丝疼痛催动着它的声音，它一声比一声哀恸地哭着：死了，死了，我就要死了。

小母獒卓嘎知道狼崽在哭，还知道哭是需要安慰和同情的，尤其是一个小孩的哭。于是它便同情起狼崽来，用鼻子蹭了蹭对方脖颈上硬生生的狼鬃，好像是说：怎么了？你怎么了？回答小卓嘎的是一股浓烈的狼臊味，刺激得它脑袋里轰然一声，几乎要爆炸。狼和藏獒身上都散发着野兽的味道，这样的味道在人看来差不多是一种味道，但在动物的鼻子里，狼有狼味儿，獒有獒味儿，獒闻了狼味儿就会愤怒，狼闻了獒味儿就会惊悸。

小母獒卓嘎愤怒地唬了一声，狼崽一阵哆嗦，哭声也就颤栗起来，好像马上就要咽气了。小卓嘎听着，那种由草原上的人感染而来的同情心再一次升起，赶紧止住了唬声。它是个小孩，还没有长成坚硬而稳固的藏獒心理，先天的禀赋和后天的塑造正在胶结起来影响着它的一举一动。它歪过头去，把鼻子埋进对方灰黄的狼鬃，像是要适应一下，半天没有起来。狼臊味儿的刺激又来了，脑袋里轰轰的，就要爆炸的感觉又来了，愤怒又一次缠住了小卓嘎，它用地道的藏獒咬狼的声音低沉地吠了一声，抬起头一口咬在了狼崽的脖子上。狼崽顿时哑巴了，似乎连呼吸也没有了。小母獒卓嘎不禁打了一个激灵，赶紧放开了狼崽：我咬死它了吗？真的咬死它了吗？哎呀呀，我又一次一口咬死了一匹狼。但是这次，小母獒卓嘎一点也不兴奋，更没有自己多么了不起的感觉，它围着狼崽转着圈，禁不住悲伤起来：你怎么就这样死了？你跟我一样是小孩，怎么还没长大就死了？转了几圈它就扑到狼崽身上，鼻子凑过去，呼呼地闻着，似乎狼臊味儿没有了，脑袋里也不再轰轰作响了，愤怒隐逸而去，只有丝丝不绝的同情单纯地陪伴着它：小孩，小孩，你要是不死就好了，就可以和我玩了。

小母獒卓嘎伸出小舌头惜别似的舔着狼崽，突然听到一阵咚咚咚的响声，抬起头来四处寻找，什么也没找到，又侧着耳朵把头贴在了狼崽身上，才发现那声音居然来自狼崽的胸脯。小卓嘎知道这是心脏的跳动，这样的跳动在它还没有出生时就已经十分熟悉了，阿妈大黑獒那日让它在感受到心跳的同时也让它感受到了母爱的存在。但是它从来没有听到过自己的心跳，它甚至不知道自己也是有心跳的，一听到狼崽的心跳，就感到十分吃惊，一种源自

329

母亲胎腹与怀抱的温醇，一种让它迷恋的亲切，油然而生。

小母獒卓嘎这个时候还不知道心跳和生命的存活有着直接的关系。它仍然以为狼崽已经死了，而死了的狼崽身上居然有着似曾相识的母爱的律动。小卓嘎恋恋不舍地用鼻子触摸着狼崽心跳的地方，一种巨大而空旷的孤独悄然爬上了它的心室，思念出现了，就像雪片一样轻盈而妖娆、无边而绝望。它坐在地上哭起来，声音细细的，是属于藏獒那种隐忍而多情的哭泣。佯死的狼崽知道小母獒卓嘎为什么会哭：想阿爸阿妈了，这个小藏獒跟我一样想它的阿爸阿妈了。但它毕竟是狼种，不知道哭是需要安慰和同情的，或者说它现在还没有发育出一种对异类的同情来，它只把对方的哭泣当成了一个逃跑的机会。它猛地睁开眼睛，瞄了一下小卓嘎，跳起来就跑。小卓嘎愣了，不哭了，一瞬间就把孤独、思念和伤心全部丢开了，它跳起来就追：哎呀呀，你活了，你活了，不许你活，我要咬死你，咬死你。

2

冈日森格把仇恨和勇气收敛在了凝固的雪丘里，屏声静息地趴卧着。它不相信狼群已经发现了它，发现了它的狼群绝对不会这么大胆地朝它跑来。它从雪丘的孔洞里望出去，看到一匹匹狼影的跑动不急不躁，稳健而富有弹性，就知道它们已经确定了奔赴的目标，这目标正处在不远不近的距离之中。很快体大身健的上阿妈头狼从雪丘一侧跑过去了，许多狼影纷纷闪过去了，冈日森格禁不住放松地呼出了一口气。大概就是这口气的原因，上阿妈头狼突然不跑了，回过头去，疑惑地望着：味道，好像有味道，是藏獒的味道。狼群非常整齐地停了下来。上阿妈头狼举着鼻子在空气中嗅了嗅，小心翼翼地走过来，站在五步之外，谨慎地盯住了雪丘。就是这个地方，没错，就是这个地方散发出了藏獒的味道。它惊恐地朝后退了退，看到尖嘴母狼居然走到了雪丘的跟前，便警告似的叫了一声：回来。尖嘴母狼没有听丈夫的，鼻子几乎挨着雪丘闻起来，一直闻到了冈日森格呼吸和窥伺的孔洞前，惊诧地扬起了头，俨然一种果然不出我之所料的神情。它跳起来就跑，突然又停下来，看了一眼上阿妈头狼，回到雪丘跟前，用屁股堵住了雪丘的孔洞，摇晃着那条毛茸茸的大尾巴，一副安然、悠闲的样子，似乎在告诉上阿妈头狼：没事，这里什么也没有。

一般来说，母狼尤其是妊娠期的母狼，为了养育和保护后代的需要，嗅觉要比公狼灵敏得多，它说没事，那就肯定没事。上阿妈头狼困惑地嗅着空气，走过去在雪丘上抓了几下，感到疏松的积雪里面是坚硬的冰壳，就觉得是自己的鼻子出了问题。它冲着随它停下来的狼群弯弯曲曲叫了几声，又开始奔跑起来。狼群再次启程了。尖嘴母狼看到所有的狼跑进了雪雾，这才又一次用鼻子闻了闻雪丘的孔洞，好像是通知里面的冈日森格：没事了，狼群离开了。然后悄然而去，很快跟上狼群，消失在了一地沙沙流淌的黑影里。

这到底是怎么回事，尖嘴母狼不仅没有撕咬它，反而用屁股堵住雪丘的孔洞掩护了它？冈日森格怎么也想不明白。它认识这匹尖嘴母狼，那牢牢记住的气味让它想起了领地狗群和上阿妈狼群以及多猕狼群的交锋，却忘了出于一只雄性藏獒超群的心智和健全的生理，出于对所有母性包括凤敌狼族的妊娠期母性的怜爱之心，它曾经在可以一口咬死的情况下放跑了尖嘴母狼。冈日森格很容易忘记自己那些侠义仁爱、厚道宽恕的举动，所以就不明白尖嘴母狼的掩护是一种报答，也不明白这样的报答虽然罕见却很正常，它一方面意味着母狼对狼族狼行的背叛，一方面又意味着对狼族的忠诚和对狼族声誉的提拔。

在草原的传说里，狼是那种"千恶一义"的野兽。这"千恶一义"的意思是，一千匹"恶狼"里定会产生一匹"义狼"，或者说，狼在千次恶行之后，定会有一次义举，这样的义举能够保证它们在生命的轮回之中有一个好的转世，比如可以进入天道、人道、阿修罗道，而不至于堕入饿鬼道、地狱道，或者继续生活在畜生道。尖嘴母狼大概就是一匹"千恶一义"的"义狼"吧，冈日森格虽然不能完全理解，却并不等于糊涂到分不清好坏，也就是说，它记不住自己对别人的施恩，却永远不会忘记别人对自己的施恩。它蜷缩在雪丘里感激着这匹母狼，一再地感叹着：今年的冬天，怎么这么多的狼，怎么外来的狼群里居然有高义行善之狼？但愿它也像掩护我一样去掩护牧民，掩护已经十分危险了的恩人汉扎西和主人刀疤。

一想到汉扎西和刀疤，冈日森格就再也卧不住了，它试图站起来继续走路，但已经不大可能，大雪倾盆而洒，压迫着身体的雪丘快速变大着，冰甲的重量和积雪的重量早已超出了它的负荷能力，它只能一动不动，就像被如来佛扣压在了五行山下的孙悟空那样，眼睛可以观望，呼吸可以畅通，思想可以活动，但就是不能运动着四肢奔走而去。冈日森格焦躁起来，一焦躁嘴腔里和舌头上就大冒热气，一冒热气就又在冰甲之内涂抹了一层冰，这层冰很快封住了雪丘上眼睛的孔洞，它发现自己什么也看不见了，一片漆黑。它摇起了头，发现头被卡在冰甲之中丝毫动弹不得，赶紧大口喷气，似乎再不喷气，呼吸的孔洞这个它和外界惟一的联系就要被寒冷和霜雪封堵住了。

风小了，大雪垂直而下，掩埋着冈日森格的雪丘转眼又增大了一些，雪海之上所有的雪丘都增大了一些。仿佛再也无法摆脱了，丰盈而饱满的西结古草原的冬天，把神威无穷的雪山狮子冈日森格，牢牢禁锢在了前往营救恩人和主人的途中，死亡的魔鬼正在显示法力，灵肉危在旦夕，命运对藏獒的不公就是这样，尽管它们冒着生命危险救过许多动物许多人，可一旦自己陷入绝境，却是谁也靠不住的，只能在孤立无援中自己营救自己。它有自救的办法吗？有啊有啊，冈日森格是雪山狮子，它有能力对付所有的冬天，对付冰天雪地中的一切困厄。它在生命之火走向熄灭的时候，仍然以最强大的力量爆发出了智慧的亮光，那就是依靠本能，从肉体到内心，断然抛弃愤怒和焦躁，沉着冷静、安详闲定，在生命需要蛰伏的时刻，清醒地把蛰伏进行到底。这就是藏獒的素质，是人所不能的天然禀性。

冈日森格安静了，眼睛闭上了，心灵闭上了，什么也不想，连呼吸的孔洞是否会被寒冷和霜雪堵住也不想了，就想着安静本身，如同草原上的高僧大德们躲在深洞黑穴里修炼密法那样，让虚空和无有占领一切，在所有的时间和空间里，忘掉世界，更忘掉自己。就这样过了很长时间，天亮了，雪还在下，风又起，雪丘几乎变成了一道圆满的雪岗。冈日森格依然安静着，安静的结果是，它体内的五脏六腑、浑身的每一个细胞都在产生热量，热量在安静中氤氲着，越聚越多，就像种子在分蘖、酿母在发酵，而嘴巴却在不焦不燥中闭合着。这样的热量是从皮毛里透出来的，不会增加冰甲的厚度，只会慢慢地融化冻结在皮毛上的冰雪。更要紧的是，雪丘，不，雪岗已经十分厚实，外面寒冷的空气进不来，融化的冰水不会马上再次结冰。

冈日森格渐渐感觉到了融冰在脊背上的流淌，感觉到雪岗里的空间正在扩大，身子正在解脱，禁锢正在消失。它试着站了一下，没等四腿站直，头已经碰顶了，赶紧又趴卧下来，安静了一会儿，再次一站，居然挺挺地站住了。好啊，好啊，站起来就有力量了。对冈日森格来说，安静已经过去，现在能够挽救它的，就是它在安静中蓄积的力量了。它必须奋力一跳，冲破这硕大的房子一样的雪岗。它把獒头对准了鼻息穿流的孔洞，决定就朝着那儿冲撞，那儿是雪岗最薄弱的地方。成败在此一举，生死在此一搏，冈日森格跳起来了，安静了这么长时间之后，它终于凶暴地跳起来了。

3

  小母獒卓嘎追逐着狼崽，不断地喊着：我要咬死你，咬死你。狼崽吓坏了，没命地逃跑着。其实这样的喊声在小卓嘎并不意味着愤怒和仇恨，更多的是顽皮捣蛋和游戏的兴奋。小卓嘎想起了领地狗群里跟它同龄的小公獒摄命霹雳王，想起这只被人宠爱着的骄傲的小公獒是个蛮不讲理的家伙，动不动就会追它咬它，追它的时候总是威胁地喊着：你停下，你停下，不许你跑，我要咬死你，咬死你。它当时想：我就要跑，就要跑，等我长大了我也要咬死你。但它似乎永远跑不脱小公獒的追逐，每次都会被对方扑倒在地，狠狠地撕咬。当然小公獒是不会咬死它的，獒类世界里遗传的规则发挥着作用，小公獒牙齿的咬合总会在咬疼它并让它难以忍受的时候停下来，好像藏獒之间，难受是可以互相感应的，在小卓嘎的皮肉难以忍受的时候，也会让小公獒的牙齿难以忍受。

  这会儿，小母獒卓嘎学着小公獒摄命霹雳王的样子喊叫着，很快追上吓蒙了的狼崽，像小公獒扑它那样扑倒了狼崽，一口咬住了对方的脖子。狼崽尖叫起来，一叫就把小卓嘎吓坏了，赶紧松口，跳到了一边，不停地摇晃着尾巴，像是一种解释：我跟你玩呢，跟你玩呢。狼崽想跑，又没跑，定定地望着对方。它从小卓嘎的动作神情里读懂了对方的友好，猛然想到正是这只小藏獒把自己从命主敌鬼的利牙之中救了下来，想到小藏獒或许是不会吃掉自己，要吃的话早就吃了，就在自己哭泣或者装死的时候就已经下口了。

  狼崽用孩子的迷茫忽扇着美丽的丹凤眼，走到一个离小卓嘎远一点的雪窝里卧了下来，伸出两条前腿，把下巴平稳地放在了上边，这就是说，它知道小卓嘎跟它玩呢，虽然它依然警惕着对方，但已经不怎么害怕了。小母獒卓嘎走了过去，用一种顽皮而得意的眼光研究着狼崽，以前都是小公獒摄命霹雳王追它，它拼命地跑，怎么也跑不脱，搞得它气恼异常、沮丧异常。现在它可以追别人了，它使劲地追，一追就追上了，多有意思啊。被人追和追被人、自己逃和让别人逃，感觉是完全不同的；有一个随便可以被它追撵的伙伴，和没有一个这样的伙伴，感觉也是完全不同的。小卓嘎紧挨着狼崽卧了下来，歪过头去，闻了闻依然浓烈的狼臊味儿，觉得已经不那么刺激了，脑袋里也没有了让它暴躁愤怒的轰轰声。而狼崽好像仍然不能适应它的獒臊味儿,更担心对方再次咬住自己,抬起头,紧张而恐惧地望着它,不时地撮起鼻子露露狼牙。

但是狼崽没有起身跑掉,这说明紧张已不似从前,恐惧正在消减,它和小卓嘎一样,也已经把对方当成了自己的伙伴,也许这个伙伴并不牢靠,但却是现在惟一的伙伴。在到处都是死亡陷阱的雪原上行动,即使是天性孤独的狼和天性孤傲的藏獒,内心也充满了对孤独和孤傲的排斥,充满了对友谊和伴侣的渴望。它们相安无事地卧着,过了很久,一个共同的感觉让它们站了起来,那就是饥饿。小母獒卓嘎的脑海里突然出现了一个麻袋,麻袋是裂开口子的,裂口中溢出了许多积雪一样的面粉。它用鼻子碰着狼崽,好像是说:我带你去吃面粉吧,我知道有个地方有面粉。你喜欢吃面粉吗?我告诉你,面粉是温暖的,面粉里有着乳汁一样清香的味道。

就在小卓嘎这么说着的时候,突然就愣了,它记得当时自己吃了面粉以后,还看到了一些羊皮大衣,它从一件大衣的胸兜里叼出了一封薄薄的信。信?信到哪里去了?坏了,我把信给丢了。它立刻捡回了已经丢在脑后的使命感,仿佛看到自己正在把信交给阿爸,阿爸又把信交给了班玛多吉主任,班玛多吉主任摸着它的头,称赞着它,给它奖励了一大块熟牛肉。小母獒卓嘎跳起来就跑,突然又停下来望着狼崽,意思好像是:走啊,你跟我走啊。狼崽没有动,它现在还不可能跟着小卓嘎去寻找劳什子信,它想到的是应该去野驴河边,那个阿爸曾经跟它嬉戏、阿妈曾经给它喂奶的地方,那儿有它出生的窝,还有阿爸阿妈埋藏起来的食物。狼崽转身想离开,又觉得前途渺茫,孤寂难忍,赶紧回过头,乞求地说:你还是跟我在一起吧。

小母獒卓嘎丢下狼崽不管了,信是最重要的,那是人的东西,对它和它所从属的种族来说,只要是人的东西,哪怕是一方纸片,也比属于自己的一切包括伙伴包括性命更重要。这是真正的喜玛拉雅獒种的天然本性,这个本性让它们无比清透地意识到,任何时候、任何情况下,人的需要和人的利益都是高于一切的,在先人后己和先己后人之间,它们选择的永远是前者。小母獒卓嘎奔跑而去,不时地停下来呼哧呼哧嗅着积雪。它记得信是黄色牛皮纸的,中间有个方框,方框里面写着字,记得牛皮纸的信封上有一股它从来没有闻过的酸味儿,它现在要找的,就是这股记忆犹新的酸味儿。而对它来说,在毫无杂质异味的雪原上,找到一个它已经有了深刻的味觉记忆的东西,似乎并不是一件很难办到的事情。它快速地跑着,闻着,一个小时后终于找到了当时它看到嘴脸乖谬的命主敌鬼正要吃掉狼崽的地方,它记得就是在这个地方，它丢弃了那封薄薄的信。

它用鼻子吹着积雪，粗枝大叶地闻了闻，就知道信朝着什么方向跑远了。它自信地追踪而去，发现有时候信是蹭着地面跑的，有时候又会凌空而起，在天上飞一阵子，再落到地上，飞起来的时候信的酸味儿就消失了，但是不要紧，只要它顺风往前找，就又会发现信的踪迹。

终于信再也飞不起来了，信被埋住了，大概有一尺深。小母獒卓嘎坐下来长舒一口气，然后就开始刨挖积雪。它先用前爪轮番刨一刨，再调转屁股用后爪轮番刨一刨，吱啦一声响，爪子划到信封上了，它激动地使劲摇着尾巴，就像见到了思念已久的藏獒或者久别未逢的人。小卓嘎把头伸进雪坑，在那黄色的牛皮纸、红色的方框、蓝色的字上逐一舔了舔，它是色盲，从颜色上分辨不出它们的不同来，但是从形状和味道上它知道那是完全不一样的。舔完了，又深情地闻了闻信封上氤氲不去的酸味儿，这才叼起来，往回走去。

小母獒卓嘎走了很长时间才走回到原来的地方，它惊喜地发现，都过去好几个小时了，狼崽一直等着它。狼崽生怕走开了小卓嘎找不到自己，就一步也没有挪动，甚至连面对的方向也没有改变一下。为什么要这样？狼崽并不十分清楚，它只清楚一点，自己一直生活在狼群里，对孤身一人闯荡荒原的日子没有太多的准备，它需要一个伙伴，这个伙伴带给它的应该是一种安全的感觉和驱散孤独的依靠。狼崽一见到小母獒卓嘎，就飞快地跑了过来，似乎已经忘了对方是一只藏獒，而它是一匹作为天敌的狼。几个小时的苦苦等待，让它以为这只跟它邂逅又救了它的命的小藏獒也许再也不会照面了，它正处在极度失望中，严重地孤独着，凄凉着，伤感着，突然发现对方又回来了，这个喜欢跟它追追打打却从来不真的伤害它的异类的伙伴又回来了。它边跑边叫，叫出来的声音连它自己都感到吃惊：不是狼叫，而是獒叫，是小藏獒那种虽然稚嫩却不失穿透力的吼叫。

狼崽和小母獒卓嘎这时候都还不知道，西结古草原的狼，尤其是公狼，有着极强的模仿力，只要需要，它们都能发出藏獒一样的叫声。小卓嘎也愣了：怎么你已经不是狼了，你突然变成藏獒了？小卓嘎喜欢这样的变化，这样的变化让它进一步剥蚀了内心深处对狼崽的拒绝，愈加清晰地意识到，一个伙伴跑来了，一个年龄跟自己一般大的小孩跑来了。

小母獒卓嘎和狼崽扑抱到了一起，这是没有任何敌意的扑抱，仿佛是朋友之间情不自禁的拥搂，一个说：你没走啊，我真担心你会丢下我走掉。一个说：你终于回来了，我以为你再也不回来了。两个小家伙你顶我撞地激动了一会儿，饥饿又来纠缠它们了。狼崽用鼻子拱了拱小母獒卓嘎，毫不犹豫地朝着它认定的野驴河的方向走去，它要去寻找它出生的窝，那个狼爸和狼妈埋藏食物的地方。小卓嘎果断地跟上了它，仿佛已经用不着争吵商量了，狼崽要去的，也应该是它想去的。它想去寻找阿爸冈日森格和阿妈大黑獒那日，它不知道它们在哪里，也就没有认定了要走的路，总觉得只要选择积雪中膨胀起来的硬地面走下去，就一定能见到它们。走着走着，小母獒卓嘎吃惊地叫起来：信呢？好不容易找到的信呢？再一看，也不知什么时候，那封信跑到狼崽嘴上了。小卓嘎笑着，没做出抢夺的样子，像是说：好啊，那你就帮我叼着吧，可千万别弄丢了。

它们走了很长时间，走过了夜晚，走进了八只猞猁的视野，走到了被白天描画出波浪的地平线上。雪还是没有消停的意思，飕飕的风迎面而来，把两个小家伙的眼睛吹得眯了起来。小母獒卓嘎和狼崽都累了，不约而同地停在了一道雪岗的旁边。这儿背风，可以依偎在一起暖和暖和。它们靠着雪岗卧了下来，互相搂抱着，都说：睡一会儿吧，睡一会儿再走。说着，一起闭上眼睛，你呼我哼地拉起了鼾。到底是小孩，这样的时刻居然还能酣然大睡。风声狞笑着，凶险从深旷的雪色中悄然淡出，两个流浪儿的背景一片阴沉。

一直跟踪着它们的饥饿的大口、獠牙痒痒的大口、一群八只猞猁的八张血盆大口，已经离它们很近很近了。猞猁又叫唐古特林魔，在牧民们眼里，它们是山神的一种，是极其恐怖而又隐秘的大念怖畏神。猞猁一般不会成群结队地行动，除非它们不群聚就无法猎获食物，就会成为别人的食物。唐古特林魔身量比豹子小，但凶残和灵敏的程度是豹子的两倍，在草原上，由于栖息地的大致相同，它们死掐活斗的往往是雪豹或者金钱豹，一般来说它们不会给喜欢群斗的狼和喜欢冒死冲锋的藏獒找麻烦，它们远离着草原，只在雪山和森林之间活动，可以说它们是距离藏獒和狼最远的猛兽。但是现在不同了，久久不去的大雪灾让草原上的所有野生动物都感到了热量的快速散失和饥饿的迅猛到来，超越界限的猎食蔓延着，凶暴和残酷正在被它们推向极端。天真无邪的小母獒卓嘎和狼崽，搂抱在一起睡得一塌糊涂的小母獒卓嘎和狼崽，在八只猞猁血红的眼睛里，早就是温暖如春的血汤肉酱了。

八只猞猁快速走过去，围住了雪岗下面酣睡着的小卓嘎和狼崽。痛快的咬嚼就要开始，猞猁们交换着眼神，似乎想让开胃的涎水多悬吊一会儿，然后再割而食之，或者它们正在商量：谁首先开口，你还是它？雪岗之上，浮雪一股一股地弥扬起来，加入了风的行列，呼呼地远了。又有新雪覆盖住了雪岗,雪岗静悄悄的。风正在说:死了,死了,小母獒卓嘎和狼崽就要死了。终于商量妥当了,一只雄性的花斑猞猁率先跳过去,张嘴就咬,只听咔吧一声响,上牙和下牙的会合咬出了一嘴的粉齑,噗啦啦地落在了雪岗下。

4

离开烟障挂的领地狗群一路奔驰,仿佛生命就挑在它们宽大的额头上,任由它们在寒冷的大冰碛地带,唰唰唰地挥洒着。风的力量让轻盈的雪片有了砂石般的沉重,所有的地方都被压瓷了,膨胀起来的是硬地面,凹下去的也是硬地面,消失了虚浮积雪的雪原让领地狗群变得格外豪烈而放达。领地狗群刚刚吞掉了十具狼尸,处于半饥半饱的状态,既有体力,又有吃杀的欲望,正是奔跑行猎、阻击顽敌的时候,它们士气正高,在大灰獒江秋帮穷的带领下,风暴一般扑向了隐藏在朦胧雪色中的目标。

风中的信息已经告诉大灰獒江秋帮穷,雪豹群就在远方的大雪梁那边,那边是一片连接着昂拉雪山的大盆地,是牧民的冬窝子,整个冬天,这里集中了野驴河部落三分之一的牲畜和牧民。雪豹群就是冲他们而去的。雪豹的日常生活大多以家庭以母豹为核心,公豹是自由的,它可以换妻,也可以天长日久地守着一个妻子,但无论是专一的,还是不专一的,公豹之间并不经常发生为了母豹的打斗,这样的和平共处使它们有了另一种可能,那就是在极端困苦的状态下,公豹会联合起来,带动母豹打破家庭的界线,以豹群的形式出现在因为有了它们而更加残酷的雪原上。但无论雪豹多么骄横蛮恶,豹群的形成首先并不是为了逐猎和围猎,而是为了保护自己,因为荒原狼和猞猁都已经群聚而动了,如果雪豹的行动还以家庭为单位,就很可能成为狼群或者猞猁群的猎物。据说西结古草原上曾经出现过二百多只一群的大集群雪豹,而通常年份的豹群大都在二十只到五十只之间。豹群一旦形成,胆气就粗了,就是一个危害极大的团队,袭击的对象除了牛羊,还有人,还有藏獒。

领地狗群秩序井然地奔跑着,大力王徒钦甲保奋力追上了跑在最前面的大灰獒江秋帮穷,十分不满地叫了几声,似乎是说:你跑得太慢了,你这样的速度跑在最前面,会让后面的领地狗伸展不开四肢的,还是我来吧,我来领着大家跑。说着,迅速超过了江秋帮穷。大灰獒江秋帮穷蓦然跳起,拦在了徒钦甲保面前,大吼一声,张嘴就在对方肩膀上留下了一道牙痕,仿佛是在警告它：不得胡来，现在是长途奔走，跑得太快就会失去耐力你知道吗？一旦跑累了再遇到雪豹群，我们将不堪一击你知道吗？再说还有一些小喽罗藏狗，它们要是跟不上，留下来就等于留给了狼口豹口你知道吗？大力王徒钦甲保没想到一向宽厚忍让的江秋帮穷会有这么激烈的反应，不服气地咆哮了一声，意识到这里是集体，现在是打仗，服从是惟一的要求，赶紧退回到原来的位置上跑起来。

这是谁也没有料到的。八只猞猁没有料到已经来到嘴边的血汤肉酱会转眼之间逸然而去。那只雄性的花斑猞猁更没有料到，它率先跳起来，张嘴咬住的并不是小藏獒或者狼崽汩汩冒血的脖子，而是一嘴冰块，咔吧一声响，冰块在嘴里变成了粉齑。冰块是飞来的，冰块怎么能飞到它嘴里来呢？小母獒卓嘎和狼崽没有料到，它们依靠着的这座雪岗，正是禁锢了雪山狮子冈日森格的雪岗。现在，雪岗的怀抱里，禁锢正在融化，冈日森格已经凶暴地跳起来了。

一声巨响，雪岗爆发了，就像火山爆发那样，崩裂的冰块和雪块喷溅而起，凶猛地飞上了天，又唰啦啦地掉了下来。雪山狮子冈日森格在雪光里跃然而出，它抖擞着神威，落地的同时，又猛然跳起，躲开了冰块的砸击。等它打算跳向更远的地方时，突然看到八只唐古特林魔就在五步远的地方张牙舞爪地瞪视着它，不禁停下来，狂吼了一声。它见识过这种野兽，知道它们的灵敏和残暴胜过了豹子，还知道在这样的野兽面前，任何理由的忍让和退却都只能是死亡的代名词。它毫不犹豫地扑了过去，八只猞猁也毫不犹豫地扑了过来。

碰撞发生了，猛烈的吼声中，冈日森格首先咬住了花斑猞猁的脖子，同时用沉重的身体夯倒了另一只猞猁，但是它没有时间咬死它们，它必须赶快跳起来躲开其他猞猁的攻击，即使这样它的前腿和屁股上已经有了两处滴血的伤口。何等敏捷的猞猁，速度快得居然让它躲闪不及。不能这样，不能贪婪于勇敢，光靠勇敢是赢不了猞猁的。冈日森格后退了几步，窥伺着猞猁，也窥伺着机会。猞猁们张开大嘴呼哧呼哧地进逼着，除了已经被咬成重伤起不来的花斑猞猁，七只猞猁排列成半圆的一线，都把距离保持在了可以一扑到位的地方。这就是说，下一次碰撞还是七只猞猁一起上，而冈日森格要做的就是避开众口，各个击破。

但是冈日森格根本就无法避开，七只猞猁就是七支利箭，几乎不差一秒地同时而起，从不同的方向朝它激射而来。它躲无可躲，只好奋起迎击。完全是第一次碰撞的重复，冈日森格咬住了一只猞猁，用身体夯倒了一只猞猁，它自己也被再次咬伤，一处伤在肩膀上，一处伤在脖子上。不行，这样下去绝对不行，它已经有四处伤口了，有一处甚至在离喉咙和大血管很近的地方。冈日森格奋身跳开，后退了几步，继续窥伺着。除了那只在第二次碰撞中几乎被咬死的猞猁，六只猞猁再次排成一条线，凛凛地靠近着，朝着冈日森格飘过来一层阴恶毒辣的眼光。

冈日森格心想，谁是它们的头？干掉它们的头，它们就不会如此整齐地发动进攻了。冈日森格挨个看了一遍，没看出谁是头来，正在疑惑，就见最边上那只母猞猁突然停下，回头望了一眼已经崩塌的雪岗，所有的猞猁也都停下了，也都回头望了一眼雪岗坍塌以后堆积起来的冰雪。冈日森格立刻意识到这只母猞猁就是它们的头，往后一蹲，就要朝它扑去，突然看到从雪岗坍塌的冰雪里冒出一颗头来，是一只小藏獒的头，接着就露出了铁包金的身子，露出了从父母那里继承来的黑背红胸金子腿。哦，卓嘎？冈日森格叫了一声，问道：你在这里干什么？没等小卓嘎回答，它发现小卓嘎的身边又冒出一颗头来，居然是一颗狼崽的头。它吼了一声，不是冲着狼崽，而是冲着小卓嘎：你还愣着干什么，赶快咬死它。

但试图咬死狼崽的显然不是小母獒卓嘎，而是那只作为猞猁首领的母猞猁。似乎是为了避免腹背受敌，母猞猁丢开冈日森格，转身朝着狼崽和小卓嘎疾风一般扑了过去。它把狼崽和小卓嘎看成了严重威胁猞猁群的背后之敌，却没有想到，这样一来，反而给自己造成了真正的背后之敌，冈日森格怎么可能允许它的孩子小母獒卓嘎的生命受到威胁呢？冈日森格不顾一切地奔跃而起，从背后直扑母猞猁。这是最能体现冈日森格风格的一扑，就像暴风雪的运动，迅疾而无所不包。母猞猁显然是跑不掉了，对冈日森格来说，躲开了猞猁群的集体攻击，任何野兽包括在残暴和灵敏方面超豹超狼的唐古特林魔，都不可能是真正的敌手。母猞猁被扑倒在了小卓嘎的面前，正好是仰面朝天的，白嫩的肚腹哪里经得起冈日森格的撕咬，开膛露肠的时间只用了一秒钟。冈日森格跳过去，堵挡在了小卓嘎和狼崽前面，又顺势准确地咬在了母猞猁的脖子上，獒头一甩，那大血管就訇然开裂了。

现在还剩下五只猞猁了，它们依然迅捷、格外凶猛，丝毫没有撤退的意思。但它们已经失去了首领，失去了统一的指挥，就只会争先恐后，而不会密切配合，一起扑咬。而向来是独斗英雄的冈日森格最不在乎的就是对手的争先恐后，先来的先死，后来的后死，它会精确地利用对方你扑我咬的时间差，实现它各个击破的目的。冈日森格沉着冷静地跳来跳去，一头撞倒了首先扑来的一只猞猁,几乎在利牙割破喉咙的同时,跳起来迎着第二只扑向它的猞猁撞了过去。猞猁再凶猛其力量也没有藏獒大,对撞的结果,只能是猞猁滚翻在地。冈日森格放过了被它撞翻的第二只猞猁,又去迎击第三只第四只朝它扑来的猞猁。第三只和第四只猞猁依然被它撞倒又被它放过了,轮到撞击第五只猞猁时,它才真正发威,吼声如雷,牙刀如飞,不仅没有放过,而且在咬死之后,又多余地在它脖子上划了一牙刀。

现在还剩下三只猞猁了。三只猞猁轮番从地上爬起来,很想马上进攻,却又停了下来,抖动着皮毛,想抖落满身的积雪。猞猁是一种非常喜欢干净的野兽,不允许自己身上沾染丝毫的尘土或者雪末,即使死到临头,也要保持一世的清爽纯洁。等它们抖尽了皮毛上的积雪,再准备扑咬对手时,冈日森格新一轮的进攻已经风卷而来了。嘎的一声,一只猞猁的右耳朵被撕了下来。猞猁惨叫一声,回身就咬,只见冈日森格从它身边腾空而起,沉重地砸在了一只金猞猁身上。金猞猁被压得趴了下来,冈日森格并不咬它,却把钢铁般的牙刀飞向了朝它横斜里扑来的另一只猞猁。那猞猁原以为自己是在夹击,或者是在身后偷袭,没想到一下子变成了正面交锋的对手,本能地缩起身子,伸出两只锐利的前爪抓向了冈日森格的眼睛。冈日森格似乎已经料到这一招,獒头一抬,大嘴一张,便把抓过来的前爪含进了嘴里,只听嘎巴一声响,猞猁的爪子被獒牙咬断了,两只前爪都被咬断了。猞猁翻倒在地,沙哑地叫着连打了几个滚。

冈日森格从骑着的金猞猁身上蹦起来,飞向了前面,落地的同时,后腿并拢,以此为轴心,仰着身子猛转过来,恰好迎上了撕咬而来的金猞猁。冈日森格一头撞翻了它,然后一口咬在了它的喉咙上。金猞猁死了,另外两只猞猁转眼变成了残废:一只没有了右耳朵,一只没有了前爪,没有了前爪的猞猁寸步难行,笃定是要死掉的,而且很快,很快它就会成为狼群的食物。没有了右耳朵的猞猁还能活,能活的就让它活着吧,冈日森格瞪着它,不断地吓唬着:走啊,你赶紧走啊。独耳猞猁看懂了冈日森格的意思,徘徊着,告别似的把七只死去的和重伤不能动的猞猁挨个看了看,舔了几口它们身上的血,最后仇恨地望了一眼魔鬼一样的荒野杀手雪山狮子冈日森格,头也不回地走了。

一直在惊愕中观望这场打斗的小母獒卓嘎高兴地叫起来,欣喜若狂地跑过去,在冈日森格身上又扑又咬。冈日森格温情地舔着自己的孩子,不时地睃一眼狼崽。狼崽吓傻了,嘴里还叼着那封信,抖抖索索地蜷缩在积雪里,似乎连转身逃跑都想不起来了。小母獒卓嘎急切地要把自己的新伙伴介绍给阿爸,跑过去打着滚儿从狼崽身上翻过去,又跑回到阿爸身边,撒娇地咬住阿爸粗壮的前腿不松口。冈日森格用鼻子拨开了它，仿佛说：快啊，快去把狼崽收拾掉，它正好是你的对手。小卓嘎解释似的跑过去，摇着尾巴在狼崽鼻子上舔了一下，又摇着尾巴回到了阿爸冈日森格身边。

冈日森格愣了：这到底是怎么回事儿？自己的孩子居然交上了一个狼伙伴、一个狼弟弟。怎么办？吃掉狼崽，天经地义，因为在狼崽长大的过程里，它会吃掉多少羊啊；放过狼崽，也是天经地义，因为毕竟藏獒尤其是雄性的成熟的藏獒是惜妇怜幼的。最好的办法还是刚才它的主意，让小卓嘎把狼崽收拾掉，它们旗鼓相当，正好可以磨练磨练小卓嘎的咬杀能力。

冈日森格舔了舔自己的伤口，也让小母獒卓嘎帮着它舔了舔伤口，然后用鼻息，用吼声，用眼睛和身体的语言，一再地催促着小母獒卓嘎：快啊，快去咬死吃掉这匹跟你一般大的狼崽。看固执的小卓嘎就是不听话，觉得再这样下去就是浪费时间，便一头顶开了小卓嘎，挫动着牙齿，朝着狼崽大步走去：我也该吃点东西了，狼崽的肉，是最鲜嫩的肉。

小母獒卓嘎吃惊地望着自己的阿爸，汪汪地叫着，好像是说：不行，你不能吃掉狼崽，它是我的伙伴。可是冈日森格怎么会听一个孩子的话呢？它信步走去，把一口热气喷在了狼崽身上。狼崽感觉到已是大难临头，抖得更厉害了，叼在嘴里忘了吐掉的信发出了一阵唰啦啦的响声。冈日森格奇怪地看了看信，突然听到小卓嘎哭了，呜儿呜儿的。哭声冷冷的硬硬的，有一种大力刺激的感觉，让它那因为搏杀猞猁而变得热烘烘的脑袋骤然凉爽了许多，它好像一下子清醒过来：真是糊涂透顶了，我一个如此伟岸的大块头，怎么要去吃掉这么小的一匹狼崽呢？祖先制定的规矩可不是这样的，还是应该把它交给小卓嘎，还是要说服小卓嘎去吃掉它。

但是说服已经来不及了。游荡在冰天雪地里的凶暴赞神和有情赞神似乎不愿意一匹狼崽这么小就被藏獒吃掉，让雪花悠悠地送来了一种声音，这几乎就是神音了，它让幸运的狼崽顷刻脱离了死亡的危险。这是一声狼嗥，隐隐约约从远方传来。冈日森格倏地抬起硕大的獒头，掀动着耳朵，把如梦似幻的眼光送给了雪花的舞蹈，一再地穿透着。它立刻就知道，传来狼嗥的那个雪遮雾锁的深处，是野驴河边碉房山升起的地方，也是恩人汉扎西的味道顺风而来的源头。

冈日森格听了一会儿，又听出是一公一母两匹狼在嗥叫，嗥叫很有规律，基本上是公狼两声，母狼一声，然后两匹狼合起来再叫一声。好像在呼叫别的狼，又好像不是，是在哭鸣，或者是在威胁人畜。到底是什么，冈日森格一时还无法判断。对无法判断的狼嗥它必须立刻搞清楚，更何况还有对恩人汉扎西和主人刀疤的担忧。刀疤的味道已经闻不到了，而风依然是从昂拉雪山和多猕雪山那边吹来的，这说明刀疤很可能已经沉寂在昂拉山群衔接着多猕雪山的某个冰壑雪坳里。而汉扎西的味道却越来越浓烈，这是象征危险的浓烈，是让冈日森格必须舍弃亲情和生命的无言的驱动。冈日森格毅然丢开了狼崽，丢开了小母獒卓嘎，朝着恩人汉扎西和碉房山奔跑而去。

小母獒卓嘎不由得跟在了阿爸后面，跑着，跑着，突然想到了狼崽，回头一看，狼崽也已经跑起来，但不是朝这边跑，而是朝着相反的方向跑去，嘴里依然叼着那封信，就像它变成了信使，它要去交给班玛多吉主任。小卓嘎喊起来：那是我的信，我的信。看狼崽不理它，就又追着阿爸汪汪地叫，好像是说：阿爸，阿爸，有一封信。冈日森格这时候哪里有心思听孩子罗嗦，头也不回地往前跑着。小卓嘎只好放弃阿爸，转身去追赶狼崽，追赶狼崽嘴里的那封信。它觉得如果它丢失了这封信，它不能把这封信交给阿爸冈日森格，再让阿爸交给西工委的班玛多吉主任，它就连吃食游戏的心思也没有了。

小母獒卓嘎好不容易追上了惊魂未定的狼崽，一獒一狼两个小家伙吼喘着趴在了地上，休息了半天才站起来。一个说往这边走，一个说往那边走，但两个小孩只想说服对方跟自己走，却不肯各走各的路，互相的依赖仍然左右着它们的行动。嚷嚷了一会儿，小卓嘎就扑过去抢夺那封信，意思是说：你不知道人的事情的重要，我是知道的，我要去送信啦。狼崽转身就跑，它并不知道信是干什么的，只知道别人要抢的东西它偏不给。小卓嘎追了过去，到底是孩子，追着追着，心思就变了，不再是不抢过来不罢休的意思，而是信走到哪里我就跟到哪里的意思了。狼崽看出了小卓嘎的心思，停下来，讨好地把信放在了小卓嘎脚前。小母獒卓嘎友好地摇了摇尾巴，舌头一卷，把信叼了起来。

它们用健美的碎步轻松地奔跑着，忽儿一前一后，忽儿齐头并肩，方向是狼崽认定的野驴河边，那个有着它出生的窝，有着狼爸狼妈埋藏起食物的地方。遗憾的是，它们始终没有找到这个地方，而对狼崽来说，找不到这个地方，也就是找不到安全，找不到生命的依托。它情绪低沉，步履滞涩，似乎已经预感到，前去的道路上，到处都是未知的凶险、无名的阴谋。

6 江秋帮穷

1

　　大雪覆盖的草原上，逆着劲力十足的豪风，连续两个小时风驰电掣的冈日森格，已经累得跑不动了，但它还是在跑，它调动体内的每一丝力量，尽可能地挤压着浑身滚动的每一条肌肉，在超越自我的运动中，始终保持着奔跑的姿势。一直都有狼嗥，一直都有恩人汉扎西浓烈的味道，那就是两根牢牢牵连着它的绳索，拽着它拼命地向前，向前。终于来到了狼嗥响起的地方，来到了汉扎西遇险的地方，哦，原来是一个陷阱，是碉房山下一个阴深恶狠的雪坑。冈日森格吼着叫着，噌地一下停在了雪坑的边沿，只朝下扫了一眼，就奋身跳了下去。

　　天亮了，人心却跌入黯夜深处，越来越黑了。从州府回到草原的西工委的班玛多吉主任和西结古寺的老喇嘛顿嘎几乎不相信自己的眼睛，巡视在寄宿学校的地界里，连喘气都没有了。突然老喇嘛顿嘎喊起来："我祈求伟大的忿怒王快来到我的梦里头，把我从梦魇中赶出去，梦醒来，梦醒来。"幸存的平措赤烈不说话，身体微微颤抖着，黑汪汪的眸子里依然深嵌着极度恐怖的神情。班玛多吉在身上摸了摸，摸出一块上飞机前装在口袋里的干粮递了过去。

平措赤烈一把抓住，狼吞虎咽地吃起来。班玛多吉转身走向了还在发烧昏睡的达娃，一弯腰抱了起来。"走吧，咱们走吧，狼群光咬死了人，还没吃上肉，说不定还会回来，这里很危险。"说着，他来到刚才看见多吉来吧的地方，发现那儿已是空空如也。他吃惊地张望着："哪儿去了？多吉来吧哪儿去了？它浑身上下没有一块好肉了，居然还能起身离开这里。"

多吉来吧走了，它已经意识到自己没有完成使命，和生命同等重要的职守出了重大纰漏，意识到它已是一个无颜见江东父老的败北之獒，浑身的伤痕将给主人带来许多麻烦，意识到它终身都要维护的荣誉感已经撕裂，至高无上的责任心已经粉碎，它惟一的选择就是像所有优秀藏獒都会选择的那样，离开领地，离开人的视域，走向孤独和寂寞，在狼群迅速到来之前，舔干净身上的血迹，然后悄悄地死去。是的，必须悄悄地死去，而且要快，它的嗅觉还有一点作用，知道狼群很快又要来了，它不能活着让狼撕咬，不能，这是尊严的需要，死了就什么也不知道了，就没有尊严了。就这样，多吉来吧踏雪而去，它已经流尽了鲜血，失去了全部的力气，只剩下了若断似连的意识，它就是靠着愧疚于汉扎西和愧疚于寄宿学校的意识，靠着一股只属于藏獒的超越极限的毅力，站了起来，走了过去，消失在了雪色浩荡的原野上。那条拴在鬣毛上的鲜血染红的经幡一直飘舞着，仿佛是它牵着多吉来吧及时离开了这个狼群必来之地。

西工委的班玛多吉主任抱着达娃，带着平措赤烈，朝着碉房山的方向走去。他还不知道，自己身后两百米处就是一股逆着寒风闻血而来的狼群。

狼群哈哧哈哧喷着气雾，流着饥饿的口水，知道不远处就有死尸，便用毒箭一样的狼眼目送着他们，轻易放过了。它们是外来的狼群，深知要想在一片陌生的草原上立稳脚跟，绝对要掌握好杀性的分寸，该收敛的时候就得收敛，该爆发的时候必须爆发，该报复的时候才能报复。现在是死尸就在眼前，不吃白不吃的便宜就在眼前，还是暂时不要去扑咬活人了吧，免得过早地引来牧民们的注意，引来领地狗群的再次追杀。狼群耐心十足地看着人走远了，才在多猕头狼的带领下冲向了十具孩子的尸体。

父亲和冈日森格从雪坑里出来了。他们是被西工委的班玛多吉主任用腰带拽上来的。冈日森格很快离开了。班玛多吉主任也要走了，他要把达娃和平措赤烈送到西结古寺，然后去牛粪碉房等待麦书记。麦书记一行很快就要到了。他劝父亲也去西结古寺，父亲说，他要去寄宿学校看看。

还没有见到狼影，领地狗群就已经闻出来了：像一堵厚墙堵挡而来的大狼群的味道并不是一种味道，它是多猕狼群和上阿妈狼群的混合。又来了，几天前和领地狗群在狼道峡口交锋过的两股外来的狼群，已经深入到西结古草原腹地了。大灰獒江秋帮穷愤怒得就像一尊傲厉而疯张的狮子吼大神，飞扬的鬣毛抽打着远方的雪山，牛卵似的血眼喷吐着狂雪的粉末，喘息一声比一声响亮，就像荒风呜儿呜儿地鸣叫着。看见了，已经十分清晰了，狼影正在动荡，正在一片没有炊烟的帐房前迅速摆布着迎击领地狗群的阵势，好像两股狼群比第一次和领地狗群交锋时还要嚣张顽劣，一点惊慌失措、准备逃窜的样子也没有。

  大灰獒江秋帮穷的奔跑就像一股仇恨的火焰飞速滚过荒凉的雪野，呼呼呼地煽动着，意思仿佛是说：不准备逃窜的蔑视是绝对不能允许的，狼，你就是狼，尤其是外来的狼，见了本土的藏獒你就得害怕，就得望风披靡。可是现在你居然没有害怕更没有溃散，好像这儿原本就是你的老家而不是领地狗群的老家。不，这儿是野驴河部落的头人索朗旺堆一家扎营的地方，这儿不是狼道峡口，这儿没有狼群停留片刻的自由。更何况它大灰獒江秋帮穷还带着更强的使命、更深的欲望：獒王冈日森格无比信任地把领地狗群交给了它，它就应该像獒王那样，雄暴地战斗，战斗，迅速地赶走，赶走，把入侵的狼群全部赶走。大灰獒江秋帮穷没有停下，它看到两股狼群还在紧紧张张布阵，就带着领地狗群直接冲了过去。它的想法是一鼓作气，不等两股狼群做好准备，就先狂打猛斗一阵，咬倒一大片，给对方一个下马威。大力王徒钦甲保犹豫了一下，想提醒江秋帮穷这样也许不可以，但又觉得这种时候江秋帮穷不可能听它的，反而会认为它是怯懦的，不，自己绝不能表现出丝毫的怯懦，至少不能比江秋帮穷更怯懦。它助威似的大叫着，紧贴着江秋帮穷冲了过去。所有的领地狗都毫不犹豫地跟着江秋帮穷冲进了狼阵，扑着，咬着，就像一把把尖刀，横飞而去。

  似乎给狼群的下马威马上就要实现了，喊叫声、撕咬声响成一片。狼群的动荡突然激烈起来，好像有点乱了，几匹来不及躲闪的狼顷刻倒在了藏獒的利牙之下。而更多的狼却仓皇地从进攻者身边闪过，闪到领地狗群后面去了。领地狗群这时候有点糊涂，以为自己进入了无人之境，想怎么打就怎么打，以为面前的狼群既然是外来的，就应该是懵头懵脑、胆小如鼠的，它们虽然众多，却不可能众志成城。大灰獒江秋帮穷这时候更是糊涂，它没有看出实际上两股狼群的狼阵早已经布好，那是一种在运动中选择进退的狼阵，它的

345

作用就在于以紧张的动荡麻痹对方，诱敌深入，而后发出致命的攻击。

大灰獒江秋帮穷还在带头冲锋，越冲越兴奋，好像所有遇到的狼都是不堪一击的，在獒牙凶猛的切割之下，短促的哀嗥声此起彼伏，倒毙的越来越多，转眼就是一大片。江秋帮穷没有想到，对冷静而狡猾的多猕头狼和上阿妈头狼来说，领地狗群正在做一件替狼群消除累赘，精干队伍，增强战斗力的事情，倒毙的都是一定活不过这个冬天的老狼和残狼，而闪到领地狗群后面去的却都是壮狼和大狼。这些壮狼和大狼是两股狼群的主力，它们既然早就来到了这里，就不可能不做好准备，在残酷的草原上历经磨难之后，以逸待劳向来是狼群的基本战术。而领地狗群虽然在本土作战，却是连续奔驰，大有劳师以袭远的意思。更不应该的是，在冲进狼阵后的搏杀中，当多猕狼群的味道和上阿妈狼群的味道泾渭分明地出现在领地狗群两边时，江秋帮穷用喊声把领地狗群分成了两拨，一拨由自己带领，攻击左边的上阿妈狼群，一拨由大力王徒钦甲保带领，攻击右边的多猕狼群。这样的分工虽然可以在一瞬间让两股狼群同时受到震慑，但却消弱了领地狗群的整体实力，损失立刻出现了。

进攻在前锋线上的藏獒，在以一当十的情况下，频繁地受伤，几乎没有一只不受伤，包括大灰獒江秋帮穷，狼牙把它的一只耳朵和半个脸面撕烂了。鲜血飞溅着，好像天上飘来的不是雪花，而是血滴。狼们恶叫着，藏獒们更是恶叫着，每一匹狼的倒下，都会使撕咬这匹狼的藏獒两肋受敌。终于一只黑色的藏獒再也撕咬不动了，它的肚子被三匹狼的利牙同时划破，肠子拖拉了一地，拖拉着肠子的它，还在拼命撕咬，咬伤了一匹狼，咬死了一匹狼，然后才同归于尽地倒在了狼身上。等第三只藏獒的尸体出现在狼尸之上时，大灰獒江秋帮穷才发现兵分两路是错误的，它用喊声急切地召集着，领地狗群边杀边朝它簇拥过来。

狼群的动荡戛然止息，就像突然消失了积雪覆盖的一片灰色岩石，被动地等待着领地狗群的撞击。这样的止息又是一种麻痹，让大灰獒江秋帮穷以为纠正了兵分两路的错误，它就可以带着领地狗群继续横冲直撞了。面前依然是层层堵挡的狼，它们毫不退却，好像就愿意死在藏獒的怒齿之下，这让前锋线上的藏獒们更加恼怒：杀呀，杀呀。浑身的血脉就要爆炸似的膨胀起来，撞击，扑打，撕咬，每一匹藏獒都淋漓尽致地表现着原始的草原赋予它们的拼杀艺术。随着狼的接二连三的倒下，它们一个个杀昏了头，忘乎所以地嗜血，忘乎所以地受伤，忘乎所以地冲锋，真正是山呼海啸、风卷残云了。

多猕狼群和上阿妈狼群就在这个时候开始了它们的第一次进攻。它们似乎已经吸取了刚进西结古草原时互相掣肘的教训，彼此配合着都把进攻选择在了领地狗群的后面。领地狗群的后面没有一只壮实的大藏獒，都是小藏獒和小喽罗藏狗，壮实的大藏獒们都争先恐后地跑到前面厮杀拼命去了。而狼群的布局恰恰相反，引诱藏獒撕咬的，都是些似乎甘愿作为挡箭牌的老狼和残狼，从领地狗群后面进攻的，都是些直到现在还没有参加战斗的壮狼和大狼，它们既有撕杀躲闪的经验，又有千锤百炼的凶狠，加上数量上的优势——差不多是三匹狼对付一只小藏獒或者藏狗，基本上是稳操胜券的。

一片狼牙和狗牙的碰响，地上的积雪一浪浪地掀上了天，再下来的时候，白色就变成了红色，是狼血染红的，也是小藏獒的血和藏狗的血染红的。狼血和狗血明显的不一样，狼血更红，狗血更紫，那雪花也就一片红，一片紫，紫的显然比红的多，说明小藏獒和藏狗的血肉飞扬得更多，它们顷刻皮开肉绽，第一次在狼牙面前显出了无能的一面，怎么咬也咬不过狼，刚躲过狼牙，又遇上狼爪，等你好不容易咬住了狼的喉咙，你的喉咙瞬间也进入了狼的血口。狼群是义无返顾的，作为以扑杀牛羊马匹等弱者为主的狼，很少主动扑咬藏獒和藏狗，但只要主动一次，就必然做好了不成功便成仁的准备，死亡似乎已经不重要，重要的是不能在饥饿中活着，更不能不报复人类而活着，活着就必须报复，就必须获得食物，而且是在一片陌生的草原上，一劳永逸地获得食物。

小喽罗藏狗们毕竟没有惊世骇俗的威猛之力，小藏獒们毕竟还没有长出荒野蛮地中的王霸之气，它们无可挽回地倒下了，一只一只地倒下了，从来没有这么惨烈这么迅速地倒下了。一倒下就再也别想起来，壮狼和大狼们坚硬的爪子和更加坚硬的牙齿，会让它们的命息毫无保留地顷刻离开肉体。同时倒下的还有小公獒摄命霹雳王，但是它没有死，这个出生在人类祭祀誓愿摄命霹雳王的日子里的小公獒，似乎不愿意辜负它的名字，更不愿意辜负给它起了这个名字的人的期望，它用连它自己也想不到的遗传的能力，带着浑身的血迹和残存的力气，从死亡线上奋身而起，一口咬住了那匹就要举着狼刀杀死它的狼的喉咙，它还小，出生才三个月，牙齿还不能扎得更深，无法一下就挑断气管，但就是这种不能一击致命的咬合救了它一命。狼没有倒下，而是疼得朝前疯蹿，一蹿就蹿出了三米多远，这等于带着它蹿离了最危险的地方，而对这匹朝前疯蹿的狼来说，却蹿到了一个必死无疑的地方，狼倒了下去，是另一只黑色小藏獒在跑向阿爸阿妈的途中顺势扑倒了它。现在，小公獒摄命霹雳王已经压住了狼的脖子，换口，又一次换口，连续换了三次口，那狼就动弹不了了。

风吹着，雪片雀跃着。小公獒摄命霹雳王站在狼尸之上抬起了头，多么威风啊，连它自己都这么认为。它还想跳起来，继续和别的狼打斗，但是不行，它使劲跳了一下，却只能跳到狼尸下面，前腿一滑，噗然趴下了。趴下后就再也没有起来，四周到处都是尸体，有狼的，更多的是藏狗的。小公獒摄命霹雳王发现，那只刚才还在帮它扑狼的小黑獒已经躺倒不动了，糊满脖颈的血污说明它已经死去。它愣了一下，作为藏獒，它天生不怕狼的进攻，却十分害怕同类在自己眼皮底下死掉。它浑身抖了一下，想冲着咬死小黑獒的狼愤懑地叫一声，可声音一经过嗓子，就变成了哭泣，它必须哭泣，藏獒是悲情的动物，它是悲情的后代，它要么专注于勇敢打斗，要么专注于伤心难过，此刻，它什么也不顾了，只顾哀哀地哭泣着，为同伴的死奋不顾身地哭泣着。

狼来了，就是那匹咬死了小黑獒的狼扑过来，用已经受伤的前爪无比仇恨地把小公獒摁住了。小公獒还是哭着，连狼，连它自己都奇怪，本来应该条件反射似的扑咬反抗的它，居然一直哭着。狼没有咬它，狼也是会哭的动物，知道哭是伤心难过，就没有咬它，打量着，仿佛是说：喂，没见过你们藏獒死前是哭的呀。这时，就像狼用受伤的爪子摁住小公獒一样，一双同样受伤的爪子也摁住了狼，一瞬间狼都来不及回头看一眼，感觉了一下就知道是藏獒是那种体大力沉的藏獒摁住了自己，它跳起来就跑，一跑就跑到另一只大藏獒身边去了，那只大藏獒扭头便咬，一口咬住了狼的后颈，鲜血带着死亡同时出现在一片狼籍的雪地上。

原来是大藏獒们杀过来了。听到了领地狗群后面剧烈的厮杀声，大灰獒江秋帮穷这才意识到，自己带着最凶猛的藏獒在前面滥咬滥杀老狼残狼是个绝大的错误，老狼和残狼在这个严酷的冬天本来就是要死掉的，领地狗群的玩命搏杀不过是提前了它们的死期，而这样的提前对极需要除臃瘦身的狼群只有好处没有坏处。大灰獒江秋帮穷边跑边吼，带动着领地狗群转了半圈，就把壮狼和大狼转到了自己面前。小公獒摄命霹雳王被狼摁倒在地的情形恰好让它的阿爸大力王徒钦甲保和阿妈黑雪莲穆穆看到了，这怎么可以呢，阿妈穆穆上前摁住了狼，阿爸徒钦甲保一口结果了狼。

形势急转直下，狼们纷纷撤退，先是上阿妈头狼突然发出一声锐叫，然后抢先退去，它的狼群跟上了它，就像一个偌大的灰色滑板，快速地在踩不尽的积雪中滑动着。然后是多猕狼群的撤退，它的头狼并没有发出任何声音，只是通过动作把撤退的意思告诉了身边的狼，身边的狼也是用动作一传十、十传百地把这意思迅速辐射着，狼群开始大面积动荡，转眼就和领地狗群分开了。藏獒们没有追撵，它们查看着倒下的同伴，一边仇恨着，一边伤心着，大灰獒江秋帮穷闷闷地叫起来，所有的藏獒和藏狗都闷闷地叫起来，这是哭声，是它们必须表达的感情。它们舔着死去的同伴身上的伤口，舔尽了上面的血，留下了自己的泪。藏獒的眼泪跟人一样是白色的，但比人的浑浊，伤心越重越浑浊，伤心到最后就浑浊成黄色了。忙着表达感情的领地狗群，它们的首领大灰獒江秋帮穷，都知道伤心是聚积和膨胀仇恨的前提，所以就尽情地伤心着，没料到已经得逞了一次的狼群又发动了第二次进攻。

多弥头狼和上阿妈头狼嗥叫着跑到一起，又嗥叫着互相分开，像是已经商量妥当，带着各自的狼群，依靠数量上的优势迅速包围了领地狗群，然后就朝着一个方向旋转起来，一转就转成最初的局面了：老狼和残狼又来到了伟硕壮实的藏獒面前，壮狼和大狼又来到了领地狗群的后面那些小喽罗藏狗和小藏獒面前。

2

这是一次大灰獒江秋帮穷和所有领地狗都没有想到的进攻，从来都是见藏獒就逃之夭夭的狼群居然掌握最佳时机发动了第二次进攻，这次进攻十分有效，那些壮狼和大狼紧紧挤在一起，让对手无法撕咬它们的两侧，而它们却可以用整体推进的办法，攻击并没有挤在一起的任何一个敌手。很快就有了分晓，撕天裂地的叫声中，倒下去的都是小喽罗藏狗和小藏獒，而它们，狼，在草原人眼里本应该一见领地狗群就哭爹喊娘的鬼魉之兽，却一个个威风八面，雄风鼓荡起来。死了，死了，等大灰獒江秋帮穷甩干了珍珠般的眼泪，带动着领地狗群旋转起来，想把壮狼和大狼转到壮獒和大獒面前时，已经晚了，又有几只藏狗死在了狼牙之下。

更糟的是，江秋帮穷怎么也不能把壮狼和大狼转到自己面前来，因为狼群也在转动，是和领地狗群同方向转动，这样的转动表明，伟硕壮实的藏獒们只能面对根本就没有必要杀死的老狼和残狼，领地狗群后面的小喽罗藏狗和小藏獒却必须一直面对杀伤力极强的壮狼和大狼。撕咬不停地发生着，是狼对领地狗的撕咬，血在旋转着飞溅，把浩大的白色一片片逼退了。急躁的大灰獒江秋帮穷想制止和报复这种撕咬却无能为力，愤怒得整个身子都燃烧起来，边跑边声嘶力竭地吼叫着。

旋转的奔跑还在持续，领地狗群的死伤继续发生着，有一只藏獒突然不跑了，那就是小公獒摄命霹雳王的阿妈黑雪莲穆穆。穆穆保护着已经跑不动了的孩子，站在领地狗群的中央没有跟着旋转，大概就是没有在奔跑中旋转的原因，穆穆比领头的大灰獒江秋帮穷更快地清醒过来：不能啊，不能让狼群包围着我们，更不能跟着狼群旋转，必须冲出去，冲出去啊。穆穆响亮地叫起来，看杀红了眼的大灰獒江秋帮穷和自己的丈夫大力王徒钦甲保都不理睬它，就一口叼起小公獒摄命霹雳王，朝着狼群突围而去。徒钦甲保看见了它，追过去汪汪地叫着：你怎么乱跑啊？穆穆用跑动的姿势告诉它：跟上我，跟上我。徒钦甲保打了个愣怔，恍然大悟地叫了一声，然后跳过去拦住妻子，回身朝着大灰獒江秋帮穷吼起来。它的意思是：穆穆你等着，领地狗群是一个集体，要突围一起突围，咱们不能擅自行动。黑雪莲穆穆明白了，放下小公獒，也跟着徒钦甲保吼起来。

大灰獒江秋帮穷听见了吼声，回头一看，吃惊地喊起来，好像是说：你们疯了，怎么带着孩子往狼群里跑？回来，回来。喊了几声，正要追过去阻拦，突然意识到自己错了，完全错了，大力王徒钦甲保和黑雪莲穆穆是对的，领地狗群必须冲出狼群的包围圈，重新组织进攻，否则只能是惨上加惨。江秋帮穷用粗闷如橡的喊声招呼着大家，看大家纷纷跑来，便身子一横，朝着徒钦甲保和穆穆跑了过去。领地狗群奔腾叫嚣着，在狼群的包围线上奋力撕开了一道口子。

狼群似乎没有想到领地狗群会突围，当冲在最前面保护着妻子和孩子的徒钦甲保一连撞倒了四匹大狼后，才意识到这样的冲锋是不可阻挡的，便纷纷朝后退去。上阿妈头狼停了下来，仰头看了看，立刻明白领地狗群的突围意味着战场局面的改变，赶紧朝着自己的狼群长噱一声，转身就跑。它的妻子身材臃肿的尖嘴母狼紧跟着它，所有的上阿妈狼也都跟上了它。狼群的包围圈顿然消失了。多猕头狼有点奇怪，愤愤地望着跑离战场的上阿妈狼群，又看了一眼正在潮水般奔涌的领地狗，也意识到转着圈咬杀领地狗群的情形已经不存在了，马上就是两军对垒、楚界汉河的局面，这样的对峙对自己是不利的。追啊，追啊。多猕头狼噱叫起来，它带着自己的狼群抄着突围的领地狗群的尾巴追了过去，它想做最后一次出击，尽其可能地扩大战果。狼群很快撂倒了几只小喽罗藏狗。藏狗惨叫着，领地狗群停下了，大灰獒江秋帮穷突然意识到它们的突围已经变成了逃跑，便带着几只壮獒和大獒迅速跑过来拦截狼群。处在追杀最前锋的多猕头狼立马停了下来，紧张地尖叫着，指挥多猕狼群赶快撤退。

狼群以令人吃惊的速度撤退了。等突围成功的领地狗群回过头来，准备重新开战，挽回丢失的面子时，上阿妈狼群已经消失在风雪迷漫处，而给领地狗群最后一击的多猕狼群，也只是一个远去的背影，在雪花的遮掩下，渐渐消隐着，没有了，没有了。

一片哭声。狂乱的飞雪之下，静止的雪原无声地奔涌着，死亡像冰块一样结实，寒风把领地狗群的伤心凝固成了冬天的山岗，白茫茫的景色之上，笼罩着白茫茫的心境，一片幽深的远古的悲情如同雪原一样肆无忌惮地起伏在藏獒们的心里。当领地狗群在死去的同伴身边哽咽而泣时，大灰獒江秋帮穷带着更加复杂的心情走向了野驴河部落的头人索朗旺堆家的营帐。它在大大小小十顶帐房之间穿行着，看到索朗旺堆家的一只长毛如毡的老黑獒卧在地上，它浑身是血，尾巴断了，一只眼睛也被狼牙刺瞎了。不远处是另外五只高大威猛的藏獒，都已经死了，它们是战死的，身上到处都是被狼牙掏出来的血窟窿，而它们的四周，至少有十四匹狼的尸体横陈在染红了的雪地上。大灰獒江秋帮穷走了一圈，吆喝了几声，便带着所有的领地狗来到了索朗旺堆头人的营帐前，走进了最大的那顶帐房。领地狗们一个个卧下了，有的卧在了人的身边，有的趴在了人的身上，它们知道，包括索朗旺堆在内的所有人都是不堪冻饿才躺下起不来的，它们要做的就是用自己的体温尽快暖热他们。甚至有一只藏獒趴在了那个死去的女人身上，它明知女人已经没有了气息没有了心跳，但仍然毫不犹豫地趴在了她身上，好像只要它付出了热量和热情女人就能死而复生。它们一个个伤痕累累，悲哀重重，沾染着狼血，也流淌着自己的血，但它们是那种从来不顾及自己更不怜惜自己的动物，只要能挽救人的生命，它们就会忘掉自己的生命。就像小公獒摄命霹雳王那样，它已是血迹满身，残存的力气不足以使它自由地行动，但它还是学着阿爸大力王徒钦甲保和阿妈黑雪莲穆穆的样子，趴到索朗旺堆头人身上，用自己还有余热的肚子贴住了索朗旺堆冰凉的肚子。

终于有人坐了起来，他是索朗旺堆头人的管家齐美。和别人一样，齐美管家最初也是被饥饿的大棒打倒在地的，饥饿让他瘫软乏力，昏迷不醒，一昏迷身体很快就被冻僵了，连舌头连嘴唇都硬邦邦地说不出话来了。趴在齐美管家身上的这只藏獒，在用自己残存的热量焐热焐醒了他之后，悄然死去了。齐美管家看到了它肚子上的伤口，伤口红艳艳的，但已不再流血，血已经流尽了，为了挽救人的生命，它流尽了最后一滴血。

351

3

雪停了,在下得正狂正烈的时候,猛然就停了,天空不再被占领,雪片塞满的天地之间突然变得空空荡荡,雪后的气温比大雪中的气温又降了许多,草原上寥无生机,牧草被积雪覆盖着,冻死饿死的牛羊被积雪覆盖着,死亡还在发生。人在雪后依然是饥饿的。牛群和羊群以及马匹已经被暴风雪裹挟着远远地去了,谁也不知道是哪里的风雪掩埋了它们。偶尔会有一户人家拥有一匹两匹冻死饿死的马,那是拴在石圈里没有被风雪吹走的马,但马绝对不是食物,对牧民们来说,所有的奇蹄类动物都不能作为食物,人就是饿死也不能把它吃掉,因为那是佛经佛旨里的禁令,是信仰告诉他们的无上规矩,一旦违背,人就没有光明灿烂的未来了,就会转世成为畜生或者地狱之鬼。藏民是那种把血肉和骨头托付给信仰的人群,为了坚守不吃马的信条而冻死饿死是再自然不过的事。

在野驴河部落的头人索朗旺堆一家扎营帐的雪沃之野,跟随丹增活佛来到这里的二十多个活佛和喇嘛,脱下红色的袈裟和红色的达喀穆大披风,举在了手里,又按照降魔曼荼罗的程式,排成了人阵,袈裟舞起来,大披风舞起来,就像火焰的燃烧奔天而去,又贴地而飞,还有穿在身上的红色堆噶坎肩和红色霞牧塔卜裙子,都是火红的旗帜,在白得耀眼的原野上,呼啦啦地燃烧着。

天空一片明净,什么杂质、什么阻拦也没有,好像一眼就能看到天堂的台阶。藏医喇嘛尕宇陀站在降魔曼荼罗的前面,沙哑地喊着:"大祭天的火啊,红艳艳的空行母,飞起来了,飞起来了。"铁棒喇嘛藏扎西领着活佛和喇嘛们伴和着他:"哦——呜——哇,哦——呜——哇。"他们喊了很长时间,声音传得很远很远,那种叫作飞鸡的神鸟终于听见了,也看见了,嗡嗡而来,瞅准了人阵排成的火红的降魔曼荼罗,从肚子里不断吐出了一些东西,那都是急需的物资——原麦和大米,还有几麻袋干牛粪,轰轰轰地落到了地上。地上被砸出了几个大雪坑,一阵阵雪浪飞扬而起。装着大米的麻袋摔裂了,流淌出的大米变成了一簇簇绽放的花朵。草原人没见过大米,一个个惊奇地喊起来:"这是什么东西啊,怎么跟雪一样白。"这时从遥远的地平线上走来了几个人,他们是麦书记、夏巴才让县长、班玛多吉主任和梅朵拉姆。他们一来就仰天感叹："太好了，太好了，救灾物资来得太及时了。"

点起了干牛粪，化开了满锅的积雪，再加上白花花的大米，在班玛多吉主任和梅朵拉姆的操持下，一大锅稀饭很快熬成了。这锅西结古草原的人从来没吃过的大米稀饭，被梅朵拉姆一碗一碗地递送到了索朗旺堆一家人的手里。他们刚刚从藏獒和藏狗的温暖中清醒过来，看到了神鸟，又看到了非同寻常的大米，就把洁白温暖的稀饭当作了天赐的琼浆，捧在手里，仔细而幸福地往肚子里吸溜着。索朗旺堆头人哭着说："妹子啊，你要是再坚持一会儿就好了，神鸟和天食就来了。"那个死去的女人是索朗旺堆头人的亲妹妹，她一直有病，身体本来就不强壮，这么大的雪灾，一冻一饿就挺不过去了。索朗旺堆头人哭了一阵，突然抬起头来，端着舍不得喝的半碗稀饭，几乎是哭着说："快去找人啊，快去找人。"班玛多吉主任问道："让谁去找人？找谁啊？"梅朵拉姆说："是啊，你快说找谁，我去找。"一直呆在索朗旺堆头人身边的齐美管家说："善良的头人是要领地狗群去找人的，找我们野驴河部落的牧民。"大家这才明白，饥饿和寒冷依然像两把刀子杀伐着西结古草原的牧民，牧民们很多都被围困在茫茫雪海中，有的正在死去，有的还在死亡线上挣扎。而领地狗群的任务就是想办法找到他们，给他们送去食物，或者把他们带到这个有食物有干牛粪的地方来。

梅朵拉姆跑了过去，她想告诉领地狗群："你们必须分散开，四面八方都去找，用最快的速度找到牧民，不管他是哪个部落的，只要能走得动，都请他们到这里来。对了，还有走不动的牧民，走不动的牧民怎么办？看样子你们还得带点吃的，遇到饿得走不动的牧民，你们让他吃了再跟你们到这里来。"一股旋风卷上了天，迷乱的雪粉朝着梅朵拉姆盖过来，呛得她连连咳嗽，她什么也看不见了，只听到从前面的领地狗群里传来一阵扑扑腾腾的声音，伴随着低哑隐忍的吼声，一阵比一阵激烈。打起来了，领地狗群和不知什么野兽打起来了。惨叫就像锐痛的分娩，撕裂了雪原整齐如一的洁白，她仿佛看到了血，就像喷出来的雨，从地面往天上乱纷纷地下着。她停下来，不敢往前走了，风从她身后吹来，吹跑了迷乱的雪粉，吹出了明净的世界，一个令她惊惑不解的场面出现了：什么野兽也没有，撕打扑咬的风暴居然发生在领地狗之间，那个炸蓬着鬃毛，嘴巴张成黑洞，眼睛凸成血球的漆黑漆黑的藏獒是谁啊？

大力王徒钦甲保转过身去，朝前扑了一下，又站住，绷起四肢，身体尽量后倾着，就像人类拉弓射箭那样，随时准备把自己射出去，射向大灰獒江秋帮穷的胸脯。江秋帮穷昂起头，也昂起着作为首领的威风，怒目瞪视着大力王徒钦甲保，却没有耸起鬃毛，也没有后倾起身子，这说明它是忍让的，它并不打算以同样的疯狂回应这位挑战者。或者它知道徒钦甲保是有理的，当自己因为指挥失误而使领地狗群大受损失、而让上阿妈狼群和多猕狼群意外得逞的时候，徒钦甲保就应该这样对待它，它只能用耸毛、怒视的办法申辩，却不能像对方那样抱着一击毙命的目的拉弓射箭。失败了，已经不可挽回地失败了，它大灰獒江秋帮穷从此无脸见人了。它的失败不是它不勇敢不凶猛，而是它没有足够的能力指挥好一个群体，它具有王者之风，却没有王者的智慧，不配做领地狗群的首领，哪怕是暂时的首领。而徒钦甲保的意思也是这个：你赶快让位吧，那个代替冈日森格成为新獒王的应该是我，是我大力王徒钦甲保。

所有的领地狗都知道大力王徒钦甲保为什么暴跳如雷，它们把双方围了起来，以狗的好奇观察着这场没有悬念的搏杀。徒钦甲保必胜，江秋帮穷必败，这样的结果连大灰獒江秋帮穷自己都知道——已经被事实证明不配当领袖的藏獒没有必要再用武力去遏制别人做领袖的欲望，更何况它江秋帮穷本来就不想当什么首领，是冈日森格硬甩给它的，就像甩给了它一件过于沉重的包袱。它勉强担当着，时刻期待着冈日森格的归来，投向远方的眼光里，每一缕水汪汪的线条都在深情地呼唤：獒王啊，你在哪里，你怎么还不归来？

大力王徒钦甲保开始进攻了，它觉得自己是为群除庸，就正气凛然、大模大样地扑过去，一口撕烂了对方的肩膀。江秋帮穷摇晃着一连退了好几步，心想徒钦甲保是不让我丢尽脸面不罢休的，但我已经无脸见人，再丢脸就等于是死了，那还不如真的死掉呢。它朝徒钦甲保迈出一大步，扬起头颅，伸长脖子，亮出了自己的喉咙：咬吧，咬吧，赶快咬吧，你最好一口咬死我。徒钦甲保哼哼地冷笑着，再次扑过去，头稍微一扁，一口咬在了离对方喉咙只有两寸半的地方。大灰獒江秋帮穷吃惊地想：我都亮出喉咙了，它怎么能轻易放过呢？大力王兄弟啊，看来你的心胸并不开阔，心地也不善良，你为了达到羞辱我的目的，毫不在乎你的同伴的尊严，你是一只好藏獒，但你不是最好的，最好的藏獒，能够担当獒王的藏獒，只能是包容、厚道、勇毅的冈日森格。

大概就是对大力王徒钦甲保的质疑，也是领地狗群的围观让大灰獒江秋帮穷觉得既然不能为耻辱立刻就死，那就争一点脸面给自己，或者是因为江秋帮穷意识到，一旦徒钦甲保战胜了自己，就堵住了冈日森格重返獒王之位的路，而在它看来，领地狗群里，除了冈日森格，没有一个是配做獒王的，自己不配，徒钦甲保更不配。大灰獒江秋帮穷突然不想自甘失败了，当徒钦甲保又一次扑向它，准备咬掉它的半个耳朵，让它留下永久的耻辱痕迹的时候，它忽地跳起来朝一边闪去。大力王徒钦甲保愣了一下，不禁大发雷霆之怒，斩钉截铁一般"钢钢钢"地叫着，意思是说：你让领地狗群死的死伤的伤，你是有罪的，还不赶快接受惩罚，躲什么躲啊。说罢，就像狼一样，把鼻子笔直地指向天空，发出了一阵更加脆亮的"钢钢钢"的叫声，像是表明它在替天行道，它是正义的化身，然后纵身一跳，直扑大灰獒江秋帮穷。这次它把利牙直接对准了对方的喉咙，它要咬死它，咬死一个不愿接受惩罚的败军之将。

江秋帮穷一看对方朝天"钢钢钢"地叫嚣，就知道该死的自己可以不死了，在它看来善于叫嚣和色厉内荏并没有太大的区别，虚弱而缺乏自信的藏獒才会那样，徒钦甲保是个性格浮躁、心智肤浅的家伙，这样的家伙绝对没有那种势大如山、磅礴如海的战斗力，自己是完全可以打败它的，可以打败而不去打败，反而一味地退缩着，要去成全一个无能之辈的狂妄野心，这不应该是一只富有责任感的藏獒的作为：赶快回来吧，冈日森格，领地狗群的首领，西结古草原的獒王，只能是你。大灰獒江秋帮穷四腿一弯，忽地一下降低自己的高度，让喉咙躲过了徒钦甲保的夺命撕咬，只让自己银灰色的头毛轻轻拂过猛刺而来的钢牙，然后爪子一蹬，假装害怕地朝后一跳。徒钦甲保气急败坏地再一次"钢钢钢"地叫嚣起来，就在这时，江秋帮穷跃然而起，一个猛子扎了过去。

徒钦甲保受伤了，伤在要命的脖子上。江秋帮穷的两颗虎牙深深地扎进去，又狠狠地划了一下，这一划足有两寸长，差一点挑断它那嘣嘣弹跳的大血管。徒钦甲保吃了一惊，狂躁地吼叫着朝后退了一步，心说它反抗了，居然反抗了，它在狼群面前无能至极，却敢于反抗我的惩罚。大力王徒钦甲保再次扑了过去，这一次更加不幸，它扑倒了江秋帮穷，把牙齿咬进了对方的后颈，却被对方一头顶开了，顶得它眼冒金花，踉跄后退着差一点坐到地上。徒钦甲保的獒头形状像一个寺庙顶上的金幢，比江秋帮穷的头看上去要大一圈，但却没有对方的头结实有力，当又一次头顶头的碰撞发生时，徒钦甲保一下子歪倒在了地上。大灰獒江秋帮穷跳过去，用两只结实的前爪摁住了它，撕咬是随便的，既可以在脖子上，也可以在肚子上，但江秋帮穷却一口咬在了它的前腿上，而且没有咬烂皮毛就松开了。这是饶恕，是宽容，也是自信，意思是我犯不着立刻咬死你，因为我不怕你，你可以再来，我保证你扑我几次，我就能撞倒你几次，起来啊，起来啊。江秋帮穷挑衅似的喷着鼻息。

忽的一下，大力王徒钦甲保站了起来，恶狠狠地叫了几声，仿佛是说：滚蛋吧你，你有什么资格说这样的话。徒钦甲保的喊叫顿时引来了所有领地狗的应和，它们冲着江秋帮穷怒叫着，叫着叫着就跑起来，也许最初它们仅仅是为了用奔跑消耗掉迅速恢复过来的体力，也消耗掉溢满胸腔的愤怒，但当心情复杂的大灰獒江秋帮穷也由不得自己地奔跑起来时，它们那无目的的奔跑就变成了有目的的追撵，先是徒钦甲保，然后是黑雪莲穆穆和小公獒摄命霹雳王，最后是所有的领地狗，都狂叫着追撵江秋帮穷而去。

转眼之间，大灰獒江秋帮穷变成了逃跑的对象。按照藏獒的本性，无论面对谁它们都不会逃跑，但是江秋帮穷太愧疚于自己作为首领的无能，太愧疚于狼群的胜利和领地狗群的损失了，它宁肯在逃跑中丢失本色，也不愿让心灵停留在愧疚之中。它狼狈不堪地奔跑着，好几次差一点被追上来的藏獒扑倒。

4

獒王冈日森格回来了。领地狗群一片骚动，朝着獒王吠鸣而来，接着就是安静。它们有的摇晃尾巴激动着，有的喷出鼻息热情着，有的吊起眼睛肃穆着，有的吐出舌头庆幸着，表情各各不同，但有一点是共同的，那就是尊重与敬畏，无论从表情还是身形，都表现出了一种无条件尊重的姿态。一个能力出色、公正无私、富有牺牲精神的领袖，在群体中得到的就应该是这样一种姿态。獒王冈日森格走进了领地狗群，一个一个地观察着。鸦雀无声。獒王没有发出声音，所有的部下也都收敛了自己的声音，但有一种我们人类还不能完全破译的语言正在獒王和部众们之间交流，它或许是肢体语言，或许是表情语言，更可能是吐出的舌头和呼吸的语言。这样的语言让冈日森格明白了它离开后发生的一切，明白了曾经激烈地闪现在它脑海里的幻象居然是如此的真实，更明白了肇事者是谁。

冈日森格扬头巡视着，来到了大力王徒钦甲保身边，把身子靠在后腿上，怜悯地看着对方，似乎是在询问：它们说的没错吧？徒钦甲保满脸惭愧，一副低头认罪的样子，眼皮却撩起来，警惕地偷觑着獒王。獒王吼了一声，算是打了一声招呼，起身来回走了几下，突然扑过去，一口咬住了徒钦甲保的喉咙。徒钦甲保没有挣扎，它知道惩罚是不可避免的，知道为了自己一时的轻率和谵妄，它必须付出生命的代价。然而大力王徒钦甲保没有死，獒王钢铁的牙齿在咬合错动的一瞬间突然变得柔软温情了，它没有按照领地狗群的定律，以獒王的铁碗把一只敢于扰乱秩序的叛逆者送上西天。

围观的领地狗们面面相觑，好像是说：为什么要手下留情？是因为听到了徒钦甲保的妻子黑雪莲穆穆的哭鸣？或者是因为小公獒摄命霹雳王在意识到哭鸣无效后居然破胆扑向了獒王冈日森格？这样的扑咬简直不可思议，稳固在小公獒生命中的藏獒规则突然不再遏制它的冲动了，它忘恩负义地扑向了刚刚从三只母獒的利牙之下救了它的獒王，并把短小的虎牙扎进了獒王的大腿。但是獒王冈日森格没有生气，它放弃了对徒钦甲保的撕咬，扭头惊奇地看着小公獒摄命霹雳王，突然伸长舌头笑了笑，呵呵地叫着，仿佛是说：好样的，苍鹫生不出麻雀，仙鹤的窝里没有野鹜，壮硕的父母生出了如此有出息的孩子，这么小就知道舍生忘死保护阿爸了。

似乎大家都相信，獒王冈日森格没有咬死徒钦甲保是因为小公獒摄命霹雳王的保护，獒王是大度而怜惜孩子的，看在儿子救老子的面子上，放了徒钦甲保一马。但是徒钦甲保自己非常清楚，獒王并没有真正放过它，只是给了它一个自己救赎自己的机会，在这个大雪成灾，人类的需要压倒一切的时刻，它必须出类拔萃地表现自己，让所有的领地狗都看到它的可贵从而原谅它的罪过，否则獒王的索命就会随时爆发。大力王徒钦甲保站起来，神情复杂地望着獒王，用一种僵硬的步态后退着，突然转身，跑向了大雪梁那边。獒王冈日森格跑步跟了过去，所有的领地狗都按照既定的顺序跟了过去。服从正在发挥着作用，冈日森格用獒王的权力和威信，强有力地影响了领地狗们的心理归属，毫不拖延地扭转了混乱不堪的局面。领地狗群无声而迅速地由一个强盗群体回归到了一个英雄群体，刚刚还是甚嚣尘上的倾轧内讧好像根本就没有发生过。

徒钦甲保翻过了大雪梁，所有的领地狗都翻过了大雪梁，愣住了：人呢？大雪梁这边是有人的，有很多人，除了獒王冈日森格，大家都看到了。可是现在，这里已是空空荡荡，只有一些风吹不尽的脚印和一些没有人气的帐房，帐房里，拥塞着一些无法带走的空投物资。獒王冈日森格叫起来，好像是说：找人啊，赶快找人啊，人到哪里去了？许多藏獒翘起了头，望着天空呼呼地吹气，好像这里的人一个个升天入地了。大力王徒钦甲保随便闻了闻就跑起来，它那戴罪立功的心情让它急不可耐地跑向了人群消失的地方。

焦虑让大雪梁这边的人群失去了耐心，他们议论纷纷却又无可奈何，让雪后清寒的空气充满了不安和忧愁的分子：到底怎么办？如果领地狗群不能像往年雪灾时那样，承担起救苦救难的责任，那就只能依靠人了，依靠我们这些人，把饥寒的牧民带到有吃有喝的地方来，或者把吃喝送到牧民们那里去。可是雪原是无边的，暴风雪是狂猛的，牧民和羊群都是随风移动的，如果不依靠藏獒，人怎么知道哪里有人哪里没有人？丹增活佛说："天上的神鸟送来了救命的食物，我们没有理由不做神鸟的使者，把食物送给饥寒交迫的人。神佛会保佑我们的。"麦书记说："我们听佛爷的。"

活佛和喇嘛们背起了物资，率先朝前走去，前面是一片沟壑纵横的雪原。别的人都背上物资跟在了后面。一溜长长的救援队伍，就在这沟壑纵横的高旷之地，变成了寂寞天空下、残酷雪灾中，惟一的温暖。

救援队伍沿着高高耸起的雪梁缓慢地扭曲移动着，他们不能走直线，直线上的沟壑里，壅塞着一人厚甚至几人厚的积雪，随处可见置人于死地的陷阱。而在雪梁上，在弯弯曲曲的脊顶线上，风的不断穿梭把积雪扫得又薄又硬，人走在上面几乎没有什么阻力。但是很慢，绕来饶去走了半天，回头一看，发现早就经过的雪梁，依然在视域之内。更糟糕的是，走了很长时间，还没有遇到一户牧民。大家都在想一个问题：牧民们被暴风雪裹到哪里去了，这样走下去行吗？休息的时候，麦书记问丹增活佛和索朗旺堆头人："能不能分兵三路？这样走下去恐怕是白走。"索朗旺堆头人说："我们已经离开野驴河流域，来到了高山草场，这里是狼群最多的地方，没有一群藏獒跟着，人是不能分开的。"丹增活佛冷静地说："我们不会白走的，到了十忿怒王地，就能看到牧民了。"前去的道路上，有一个地方，叫十忿怒王地。以往的年份里，牧民们一遇到雪灾，就都会把牲畜往那儿赶，即使被暴风雪卷没了牛羊，他们自己也会朝那儿集中。四面八方的牧民来到了那儿，那儿的荒凉寂静就没有了，人一多，藏獒就多，人气和獒气一旺，狼就不来了，藏马熊和野牦牛也不来了，金钱豹和雪豹更不来了。

一个十分华丽美好的目标让大家精神倍增，长长的救援队伍朝着十忿怒王地委蛇而行。天黑了，又亮了，走在前面的活佛喇嘛停了下来。四周一片寂静，气氛空前紧张着，索朗旺堆头人首先喊起来："十忿怒王地到了。"

7 护狼神瓦恰

1

父亲在雪野里寻找多吉来吧，碰到了一个牧人。牧人说："十个孩子被狼吃掉的事情已经传遍了草原，都说孩子们死的时候，你作为校长和老师不在身边，你丢开孩子跑了，只留下多吉来吧跟孩子们在一起。"父亲悲哀地点着头："是啊，我不在孩子们身边，我要是在，他们就一定死不了，我会点着帐房烧死狼群的。我知道我没法向孩子们的家长交代，我只能给家长们下跪了。"牧人扭头就走，生气地不理父亲了。父亲叹息着离开，就听起伏的积雪中，离自己只有半步的地方，一声号哭似的狼叫平地而起。父亲吓得蹿起来，差一点一脚踢死那只埋伏在半步远的雪坎后面的小母獒卓嘎。父亲收住脚，蹲下来吃惊地问它："你怎么在这里？为什么学狼叫？"小母獒卓嘎转身就跑，跑向了不远处的另一个雪坎。雪坎后面藏匿着胆战心惊却又不忍离去的狼崽，小卓嘎用头顶了顶狼崽，似乎这就是解释：看啊，一匹狼崽，我的叫声就是跟它学的。

一阵大风吹过，云层消散着，天色豁亮了些。父亲看到，不远处小母獒卓嘎正在舔雪，不，不是在舔雪，而是在舔舐另一只小狗。他好奇地走过去，还没到跟前，就发现那不是小狗，那是一匹狼崽。狼崽蜷缩在地上，用一双琥珀色的丹凤眼恐惧地瞪着父亲，瑟瑟发抖。父亲相信藏獒和狼之间一定有一种语言是可以互相理解的，小母獒卓嘎对狼崽的舔舐肯定是一种宽慰：你不要怕，没事的，那个人不会对你怎么样。所以狼崽尽管怕得要死，却鼓着劲没有逃跑。父亲愣怔着，看着这么一个小不点狼和小母獒卓嘎相依为命的样子，居然一点也没有把它和死去的孩子联系起来，或者说他甚至都没有把狼崽当成是狼。他以一种对幼小生命的稀罕和喜欢弯腰抱起了狼崽，抚摩着说："哎哟哟，你怎么这么冰凉。"

狼崽抖得更厉害了，小眼睛眯起来，警惕地看着父亲抚摩它的手。小母獒卓嘎仰头看着狼崽，放松地吐着舌头，哈哈哈地喷着白气，眼睛里笑着，好像是说：没事儿吧？我说了没事儿就没事儿。父亲抱着狼崽，突然意识到自己是仇恨狼的，不管是大狼还是小狼，对人和牲畜都是一种潜在的威胁。小狼会长大，长大了就要吃人，而被吃掉的总是那些弱小的孩子。他从脊背上揪起狼崽，高高地举了起来。狼崽立刻感觉到揪它的这只手正在传递一股毒辣之气，吱哇吱哇地尖叫着。小母獒卓嘎也意识到狼崽立刻就要被摔死，蹦起来，冲着父亲的手汪汪地叫。父亲咬紧了牙关，把眼睛绷得牛眼一样大，嗨地一声摔了下去。

但是父亲的手没有在空中松开，他不过是揪着狼崽从高处轮到了低处，然后就把狼崽轻轻放下了。他是个天性善良不忍杀生的人，即使有一千个理由也不可能亲手把狼崽摔死在生命无限寂寞也无限宝贵的雪原上。他对自己说："咬死学生的不是狼崽，狼崽是孩子，孩子有什么错呢？人的孩子不会有错，狼的孩子自然也不会有错。"狼崽恐怖地耸起了脊背上的毛，绒毛和狼毫迎风而动。小母獒卓嘎跳过来护住了这个和自己漫游雪原的伙伴，生怕父亲再次揪起来，用一种哀求、期待和惊怕的眼光看着父亲的手，仿佛刚才试图摔死狼崽的不是父亲，而是这只冰冷的生铁一样黝黑结实的手。父亲对小母獒卓嘎说："你们这样胡走乱逛是很危险的，跟我走吧，去找有人的地方，有人的地方就是狗的家，到了家就安全了，就能见到冈日森格和领地狗群了。"他又一次忘了狼崽是狼而不是狗，看两个小家伙没有听懂他的话，就先抓起小卓嘎放在怀里，又抓起狼崽放在怀里。

小母獒卓嘎在父亲怀里挣扎着，明显是想下来的意思。父亲说："怎么了，你想自己走啊？好好好，那你就自己走吧。"父亲把小卓嘎放在了地上，看它仰头眼巴巴地望着狼崽，就又把狼崽放在了地上。好像有一种语言不通过任何形式就可以心领神会，小母獒卓嘎转身就跑，还有点发抖的狼崽立刻跟了过去。它们并排回到了刚才狼崽被父亲稀罕地抱起来的地方,头对着头,你一下我一下地刨起来。一封信被它们刨了出来,它们互相看了看,似乎是在谦让,小卓嘎用鼻子把信拱了拱:你叼吧。狼崽叼起来又放下,好像是说:还是你叼吧。最后由小卓嘎叼起了信。

小母獒卓嘎叼着信朝父亲跑去。狼崽望着小卓嘎,眼睛里充满了不安和狐疑,作为狼种,它自然遗传了亘古以来对人的戒备和惧怕,但作为孩子,它天性中又有着对孤独的恐怖和对同伴的依恋。它在狼种拒人以千里之外的禀赋和孩子不忍疏离同伴的天性之间摇摆,想跟过去,又不敢轻易迈步。小卓嘎停下了,顾望着它,看它把鼻子指向了跟人相反的方向,就回到它身边,又是爪子扑,又是鼻子拱,然后再一次朝父亲跑去。狼崽跟上了它,步子迈得很慢,似乎随时准备停下来。父亲走过去抱起狼崽,吃惊地问小卓嘎:"那是什么?信?谁的信?快给我。"小卓嘎跳起来就跑,它不愿意把信交给父亲。父亲连跑带颠地跟了过去,怀中的狼崽被颠得一起一伏,差一点掉到地上。狼崽恐怖得吱吱叫唤,不知道发生了什么,以为人的怀抱就是死亡的陷阱,颠几下它就要死掉了。这时,父亲看到了大灰獒江秋帮穷。

2

东方流淌着牛奶,天上一片亮白。无边的寂静淹没了十忿怒王地的早晨,紧张的气氛一秒更比一秒紧张。救援的队伍里,僧俗人众一个个目瞪口呆。应该是四面八方的牧民都到这里来,四面八方的藏獒也到这里来,但是现在,救援队伍看不到一个需要救援的牧民,更看不到一只可以帮助自己的藏獒,看到的是一群野牦牛和一群包围着野牦牛的狼。

三十多头野牦牛就在五十米开外的雪坡上,狼群大约有一百多匹,在远一点的雪坡下面,白雪之上,星星点点的灰黄色的狼影就像积雪盖不住的土石。这样的情况下,受到狼群威胁逼迫的野牦牛很可能以为站在雪梁上的救援队伍与狼共谋,也是来围剿它们的,它们会在紧张、恐惧、愤怒的情绪嬗变中扑过来,扑向这些经过一夜的负重跋涉之后筋疲力尽的人。而对身壮如山、力大无穷的野牦牛来说,用犄角戳穿人的肚子,用脑袋顶飞人的身子,用蹄子踩扁人的任何一个部位,就像大石击卵一样容易。

怎么办?大家僵直地立着,互相询问的眼睛里流露着不无慌乱的神色,谁也不敢说什么，似乎一点点声音都会激怒野牦牛群。还是麦书记打破了沉默，他小声而严厉地说："快，把背着的东西放下来。"大家犹豫了一下，都觉得这是明智的做法，匆匆照办了。索朗旺堆头人放下自己背着的粮食后忧急地摆着手说："坐下，都坐下。"他的意思是，只要人坐下，野牦牛就不会认为人对它们有威胁了。麦书记说："不能坐着，趴下，慢慢往后撤，撤到雪梁后边，一旦野牦牛冲过来，大家都往雪梁下面跑。"索朗旺堆头人立刻赞同地说："呀，呀，就这么办。"所有的人都趴下了，瞪着野牦牛群，慢慢地往后爬着，眼看就要消失在雪梁后边野牦牛看不见的地方了，而野牦牛群也好像放松了对人的提防，石雕一样的身子摇晃起来，头颅轻轻摆动着，凝视的眼光正在移向别处。人们不禁松了一口气，停止了爬动，静静观察着野牦牛群的行动。

但就在这个时候，人们发现狼群动荡起来。一直像土石一样呆愣着的狼群突然改变了星星点点的布阵，飞快地朝前聚拢而来。前面是一匹身形高大、毛色青苍的狼，一看就知道是头狼。头狼的身后，蹲踞着一匹身材臃肿的尖嘴母狼。齐美管家小声对自己右首的索朗旺堆头人说："西结古草原的狼世世代代和我们打交道，我们都认识，这是哪里来的狼啊，怎么从来没见过？"索朗旺堆头人说："是啊是啊，我也这么想，个头这么大的狼，一群这么多的狼，一定不是我们西结古草原的狼。"齐美管家说："外面的狼怎么会跑到我们的家园里横冲直撞呢，西结古草原的狼群和领地狗群难道会允许它们这样做？"索朗旺堆头人说："世道不一样了，狼的表现也会不一样，只有在自己的领地活不下去的狼群，才会冒死进入别人的领地，听听麦书记他们怎么说吧，现在到了借着佛光好好修行的时候，修行会让我们保持平和的态度，免去痛苦，看清未来的道路。"

狼群在聚拢之后，便举着牙刀，朝着野牦牛群威逼而去。它们已经识破了人的打算，决定在人群还没有爬到雪梁后面溜出危险境地之前，用佯攻的方式迫使野牦牛群靠近人类，冲向人类。狼群的习性里从来就没有丢失过生存的奸猾，上阿妈头狼的智慧使它抱了这样的希望：让这些庞然大物去袭击人类，狼群就可以坐收渔翁之利了。但是上阿妈头狼也知道，威逼野牦牛群的结果很可能是相反的：野牦牛群说不定不会因为害怕狼群而冲向人类，反而会因为紧张和愤怒扭头冲向狼群，所以狼群的威逼非常谨慎，慢慢的，慢慢的，三步一停。一贯善于保护自己的上阿妈头狼越走越龟缩，有意让自己的两翼凸现了出来，整个狼群的布阵很快形成了一个标准的"凹"字。

一头母性的野牦牛回头看了一眼凹凸而来的狼群，顿时就瞪鼓了眼睛，正要转身冲向离自己最近的那匹狼,就见自己的孩子那只刚刚断奶的小公牛神经过敏地跑向了人类已经悄然隐去的雪梁。母牛哞叫一声,踢着积雪追了过去。一头犄角如盘的雄性的头牛跟在了后面,所有的野牦牛都跟在了后面,母牛往哪里跑,它们就会跟着往哪里跑。它们跑向了不堪一击的人类,上阿妈头狼的诡计马上就要得逞了。趴在地上的人一个个站了起来,就要转身跑下雪坡。丹增活佛突然说话了:"你跑它就追,在这么高的地方,人的气有一尺长,牛的气有一百里长,人是跑不过野牦牛的,再说雪梁下面有深雪,就是野牦牛不踩死顶死我们,我们跑下去也是往陷阱里跳,那可是几丈深的雪渊啊。"说着盘腿坐了下来,手抚念珠,口齿清晰地念起了《金刚阎魔退敌咒》。所有的活佛喇嘛以及索朗旺堆头人和齐美管家都信任地望了望丹增活佛,跌坐而下,镇定自若地念起了经。

三十多头野牦牛惊天动地地冲过来了,轰隆隆隆的,就像掀翻了天地,扬起着瀑布似的雪尘,人类形容这样的阵势就说它是摧枯拉朽,或者势如破竹,但"拉朽"也好,"破竹"也罢,最终并没有发生,因为丹增活佛正在念诵经咒,所有的活佛喇嘛以及头人管家都在念诵经咒,连外来的政府工作人员也都开始了"唵嘛呢呗咪吽"。好像被经咒神奇地抹去了愤怒和力量,那只神经过敏的小公牛和追撵而来的母牛突然同时停下了,紧接着那头犄角如盘的头牛和所有的野牦牛都停了下来,它们就停在了离打坐念经的人群三四步远的地方,吼喘着,把那一股股热气腾腾的鼻息喷在了人的脸上。野牦牛在草原上见惯了活佛喇嘛的打坐念经,也记得这种穿红披紫的人经常从它们面前走过,从来没有伤害过它们。动物哪怕是凶猛的野兽都会遵循这样一种堪称善愿的规则:没伤害过我们的,我们也决不伤害。更何况野牦牛是食草动物,尽管它们在雪盖牧草的灾难中比谁都饥饿,但它们的扑向人类却跟饥饿没有丝毫关系,如果不是紧张、恐惧、愤怒、报复、痛苦等等情绪的推动,它们犯不着伤害人类。气势汹汹的野牦牛群在离打坐念经的人群三四步远的地方观察了一会儿,便在头牛的带领下,一个个回身走开了。现在它们已经搞明白,这些人跟狼群不是一伙的,对野牦牛群一点威胁都没有,作为爱憎分明、直来直去的野牦牛,它们现在只有一个敌手,那就是狼。

野牦牛看着雪梁坡面上密集的狼群,一个个怒气冲天地长大了鼻孔,噗噗噗地吹着气,仿佛是说:太过分了,居然离我们这么近。犄角如盘的头牛哞哞地叫起来,叫了几声便朝着狼群冲撞而去。上阿妈头狼一声尖嗥,转身就跑,整个狼群便退潮一样回到雪坡下面去了。野牦牛群停在了雪梁的坡面上,警惕地注视着狼群的动静。

救援队伍又开始行进了，走过了这道雪梁，又登上另一道雪梁。这道雪梁算是十忿怒王地的制高点，站在这里极目四望，原野一任奢侈地空旷着，寂静正宗到远古，除了雪的白色和天的白色，什么也没有，半个牧民的影子也没有。可这里怎么会没有呢？所有的年份里，所有的雪灾中，吉祥的十忿怒王地都会群集一些牧民，惟独今年没有，太不对劲了。麦书记又提到了那个能不能分开走的问题，他说："要是分开就好了，朝南的遇不到牧民，朝北的就能遇到，遇到一户是一户，救活一个是一个。"丹增活佛想了想说："你们在别人的生命和自己的生命之间选择了别人的生命，高贵的人们啊，难道你们不害怕狼群吃掉你们吗？"麦书记说："谁说不害怕，可是现在，说不定狼群已经把牧民吃掉了。"丹增活佛说："看来只有分开了，分成三路是最好的，一路向东，一路向南，一路向西。"

雪梁连接着雪梁，脚印缓慢地延伸着，渐渐远了，三路人马互相看不见了。十忿怒王地回到了原始的寂静中，饱满的荒凉轻轻发出了呜咽，风在奔放，沉重得就像巨鸟飞翔的声音，狼嗥就在这个时候悠然而起。先是一匹狼的嗥叫，过了一会儿，又有一匹狼回应了一声，能听出它们一匹在南边，一匹在东边。接着，狼嗥便多起来，就像此起彼伏的赛歌，你方唱罢我登场，有时候，不同方向的狼会一起唱起来，而且音调居然是一致的。嗥了一阵就不嗥了，悄悄的，连风的脚步声也变得蹑手蹑脚。

三路人马继续朝前移动着，但几乎在同时，他们停下了。狼群？他们看到了狼群，三路人马看到了三股蓄谋已久的狼群。没有了声音的狼群是静悄悄等待着的狼群，是用嗥叫经过了动员、商量和部署的狼群。它们知道人就要过来了，是兵分三路的，也知道一个报复人类、吃肉喝血的绝佳时刻已经来临，狼群既要堵住各路人马的退路，防止他们重新合为一伙，又要拦在前面，防止他们夺路而逃。狼群紧张而有序地奔跑着，就像经过了无数次的训练，借着风声和雪梁的掩护，迅速完成了部署：黑耳朵头狼带着它的狼群来到了东边，外来的多猕头狼带着它的狼群来到了南边，红额斑公狼带着满雪原收集来的已经臣服于自己的命主敌鬼的狼群来到了西边。三股狼群虽然各有各的打算，但目的是相同的：一定要在最短的时间里用最快的速度咬死吃掉全部三路人马。

又是一阵狼嗥，四面八方，你长我短，听着好像有点乱，但绝对又是一种商量和部署。狼嗥刚刚消失，前后的夹击就开始了，为了避免三路人马互相照应,在东南西三个不同方向围堵着三路人马的三股狼群,几乎在同时朝着人群逼迫而去。

抱着戴罪立功的目的,心急意切地要去追寻救援队伍和营救牧民的大力王徒钦甲保,被獒王冈日森格用严厉的吼声叫住了,仿佛是说:还不知道怎么办呢,你乱跑什么。徒钦甲保停下来,迷惑地望着獒王,沙哑地叫了一声,好像是说:让我去吧,为什么不让我去?我做错了事儿,就得拿出勇敢无私的行动让大家原谅我。獒王冈日森格没有理睬徒钦甲保,看到从帐房里走出一个老人来,便跑了过去。老人是索朗旺堆家的一个仆人,留下来看护神鸟投下来的救灾物资,一见到领地狗群就高声埋怨起来:"啊,你们,你们怎么才来?冈日森格,终于又见到你了,你到哪里去了?快啊,快去营救牧民,活佛和头人都已经出发了。"獒王冈日森格听懂了他的话,抬眼望着远方,鼻子呼呼地吹着气,十分忧虑地来回踱着步子,那意思是说:完全搞错了,方向和路线都错了。

冈日森格已经嗅到了丹增活佛和索朗旺堆头人的味道,也嗅到了其他人的味道——啊,梅朵拉姆也来了,州上的麦书记、县里的夏巴才让县长,还有西工委的班玛多吉主任,他们都来了。可是你们这么多智慧超群的人,怎么都走向了十忿怒王地呢?今年的风不往那里吹,牛羊不往那里跑,牧民怎么可能往那里去呢?獒王不同寻常的鼻子已经闻出了十忿怒王地的危险:一个狼群的世界正在形成,一种空前残酷的撕咬正在酝酿。狼和去救援牧民的人都有了一个错误的判断,以为和往年一样,许多走不出大雪灾的牧民都集中在那里。不,今年的风向是散乱的,一会儿东西,一会儿南北,牛羊也就跟风乱跑,牧民更是到处奔走,暴风雪平息之后,四面八方都是亟待救援的人。獒王冈日森格带着它的狗群,朝着十忿怒王地的方向,刻不容缓地奔跑起来。

奔跑了不到两个小时,前去十忿怒王地追寻救援队伍的领地狗群,就遭遇了狼群。先是獒王冈日森格看到雪坡上有一群三十多头野牦牛,正要带着领地狗绕过去,它身边的大力王徒钦甲保就用声音提醒它:看啊,雪梁下面,藏匿着一股大约有八九十匹狼的狼群。冈日森格立刻放慢了奔跑的速度,脑子快速转动着:是从狼群和野牦牛群中间穿过去,还是从雪梁上面绕过去?不,绕过去看上去最最保险,其实是最最危险的,你要是绕过去,狼群就会跟踪而来,和必然遇到的前面的狼群形成包抄局面,它讨厌包抄,尤其是狼的包抄,一旦被包抄,自保都不能,还谈什么保护人呢。但领地狗也不能从狼群和野牦牛群之间穿过去，那样会惊动野牦牛，让它们误以为领地狗群是来撕咬它们的，一旦野牦牛群扑向领地狗群，那就太便宜狼群了。冈日森格想着，侧着身子朝雪梁下面跑去。领地狗们风驰电掣地跟了过去，转眼就来到了狼群的后面。

撕咬开始了，不是沉默寡言志在必得的那种撕咬，而是大呼小叫虚张声势的撕咬。惊慌失措的狼群乱纷纷地朝后退去。上阿妈头狼望着突袭而来的领地狗群，惊惧地抽搐着鼻子，直立而起的鬃毛和脊毛草浪一样动荡着，从胸腔里挤压出的仇恨在嗓子眼里变成了嚯嚯嚯的咆哮声。但它毕竟是一匹经验丰富的头狼，望了几眼就明白，领地狗群并不想在这里跟狼群来个生死决斗，而是想把它们赶上雪坡，去招惹野牦牛群。上阿妈头狼朝上走了几步，站到高处，发出一阵短促有力的嗥叫，想稳住狼群，想让惊慌失措的狼群明白，它们只能呆在原地迎击领地狗群，不能转身向上往野牦牛群那里逃跑。

然而，狼的本性是见獒就跑的，面对它们已经领教过厉害的獒王冈日森格和一只比一只凶猛威武的领地狗，它们根本就不具备原地不动的能耐，包括上阿妈头狼在内，当它看到狼群已经统统掉转身子，自己的嗥叫丝毫不起作用时，它的反应不是强迫狼群服从命令，而是迅速加入了跳跑的行列，比其他狼更快地脱离了领地狗群的撕咬。狼群朝上跑去，迅速接近着野牦牛群。三十多头野牦牛一个个凸瞪起眼睛，以为自己正在受到狼群的攻击，顿时就火冒三丈。犄角如盘的头牛发出一声法号般宏亮的哞叫，带着野牦牛群俯冲而下，巨大的蹄子踢扬着积雪，奔跑的速度超过了狼群的想象，很快就是牛角对狼牙的碰撞了。狼影乱纷纷地躲闪着，躲闪不及的就只好在牛蹄牛角的冲撞下横尸在地。也有不甘心就此死掉的悍烈之狼，瞅准机会一口咬住了一头小牛的肚子，小牛疼痛惊吓得乱跑乱颠，拖带着死也不肯松口的狼跑离了野牦牛群，几匹窥伺已久的猛狼立刻扑过去，代表死神在小牛的喉咙和肚子上扼住了它的命脉。这是这场战斗野牦牛群惟一的损失，相比之下，狼群的损失要大得多，至少有六匹狼被野牦牛顶死踩死，受伤的更多，痛苦的惨叫一直伴随着狼群奔逃的身影。

狼群被迫从雪坡上跑下来，跑回到了雪梁下面，发现领地狗群已经离开了，獒王冈日森格带领着它的队伍，流水一样顺畅地划过了雪梁的根基，朝着前方奔涌而去。对冈日森格来说，它挑起这场战斗，不过是一种看风吹火、顺手牵羊的举动，前方高地，还有更紧迫的事情要它们去做，时间一点也不能耽搁。上阿妈头狼望着远去的领地狗群，愤怒地咆哮着，痛恨狼群不听自己的，使葜王冈日森格的诡计轻易得逞，又看看已经撤向雪梁顶端的野牦牛群，突然跳起来，跑向了那六具被野牦牛顶死踩死的狼尸。它用行动的语言告诉自己的部众：终于有食物了，吃啊，快吃啊。饥饿难耐的狼群扑了过去，几分钟之内就你争我抢地吞掉了死去的伴侣。

上阿妈头狼悲愤地嗥叫起来，它知道哪儿有领地狗群哪儿就有人，跟着领地狗群就能找到人，报复的机会又一次来到了。它用嗥叫传递着仇大恨深的情绪，把狼感染得一匹比一匹精神抖擞。狼们一个个耸起了耳朵，刚刚吃过同类的嘴巴流淌着带血的口水，邪恶、毒辣、恐怖的眼睛里充满了残杀的欲望。上阿妈头狼开始奔跑，狼群跟了过去。风停了，天地之间，只剩下狼的呼啸，天音一般抑扬顿挫着。

3

十忿怒王地的南边，丹增活佛自信地说："诵咒吧，我们一起诵咒吧，我念一句，你跟一句，殊胜的佛法一定会挽救我们。"麦书记说："来不及了，我又不是佛教徒，诵咒是不管用的。"丹增活佛说："佛法大于佛教，内心善良的人，即使不在佛门之内，也可以显现超人的法力，求得生命的吉祥，更何况你们汉族有立地成佛的说法，遇难呈祥的人啊，你就是佛。"梅朵拉姆赶紧问道："我也是佛吗？"丹增活佛说："是啊是啊，你是仙女下凡，你的吉祥是这个世界上没有的。"说着手抚胸前的玛瑙珠，念起了经。所有的人，包括麦书记和梅朵拉姆，都跟着丹增活佛诵起了经咒。没有人不相信，驱散狼群、营救自己的法力一定会在经声佛语中悄悄显现。

十忿怒王地的西边，铁棒喇嘛藏扎西迎着狼走了过去，嗖嗖嗖地挥舞着铁棒。面前的几匹狼退了几步，另有几匹狼却跳起来，在头狼红额斑公狼的带领下，迅速绕过藏扎西，跑向了班玛多吉和尕宇陀，它们已经看出尕宇陀不过是个不堪一击的老人。藏扎西扭头一看，大吼一声，回身扑向离班玛多吉只有两步的红额斑公狼，轮起铁棒打了过去。红额斑公狼惨叫一声，滚翻在地，四腿朝空踢踏着，挣扎了好几下才爬起来。狼退了，前后夹击的狼都退了几步，但并没有撤离的意思。作为新任头狼的红额斑公狼倔强地蹲踞在雪地上，用血光闪闪的眼睛阴险地盯着面前的人。突然它叫起来，叫声就像刀锋一样锐利。狼群动荡着,似乎在按照它的叫声部署新的进攻,等部署结束的时候,人们看到,狼群已经不是前后夹击,而是四面包围了。

红额斑头狼站起来,用之字形的路线朝前走着,每走出一个之字,狼群的包围圈就缩小一些,越缩越小,紧张得班玛多吉主任就义似的举起了拳头,咚咚咚地敲打着自己的头说:"'除狼'运动是赶早不赶晚的,我应该在秋天就搞起来,早早地把狼收拾掉。都怪我呀,我没有把工作做好。"藏医喇嘛尕宇陀说:"草原是佛光照临的地方,是所有生命的天堂,它应该容纳狼,不能把狼逼疯了呀,逼疯了谁也没办法。"铁棒喇嘛藏扎西说:"狼疯了,真的疯了。"班玛多吉说:"要是有一枝枪就好了,我就能把这些疯子全杀掉。"藏医喇嘛尕宇陀说:"不行啊,你不能杀狼,你杀了狼,来世就会进入畜生、饿鬼、地狱的轮回。在我们草原上,能杀狼的除了藏獒和猎人,再就是铁棒喇嘛和藏医喇嘛,可我和藏扎西从来没有杀过狼。"

十忿怒王地的东边,索朗旺堆头人一边甩着藏袍的袖子吓唬着狼,一边对夏巴才让说:"我们藏民活着,一辈子就是为了念经,念经是为了来世,你知道不知道,只要你虔诚地念经,你的骨肉就会变成经,狼吃了你的肉就是吃了一堆经文,说不定它就会一心向善了,你感化了一匹狼,来世你就是一个人人尊敬的佛爷了。"狼群的夹击越来越紧,紧到一跃就能咬住人。密不透风的狼影、雪白雪白的狼牙、鲜红鲜红的舌头,让人、让风、让整个雪梁都在打颤。夏巴才让愤怒地说:"我还没活够,还要好好当县长,为什么要让狼吃掉我?"说着,扑通一声跪下,给一步步逼过来的狼群磕了一个头,悲切地乞求道,"不要过来,千万不要过来,我是一个父母官,我的子民还在雪灾中受苦,我不能死啊。"索朗旺堆头人望着他,长叹一声说:"糊涂的人啊,怎么能给狼下跪呢,狼是不会同情你的。"

狼影在移动,前后夹击很快变成了团团包围。光壮狼和大狼就有至少六十四的狼群闪烁着一片阴毒险恶的瞳光,静静地燃烧和膨胀着野蛮的嗜血的欲望,只等黑耳朵头狼一声令下,就会从四面八方一起扑向他们。索朗旺堆头人面无惧色地左右顾望着,对身后的齐美管家说:"还站着干什么,坐下来吧,坐下来用你的经声和狼说说话,让它们在咬死你之前,不要带给你太多的痛苦。"齐美管家说:"尊敬的头人你听着,最好的经还是由你来念,你就不要管别人了,闭上你的眼睛吧,在豺狼面前念经是要闭上眼睛的。"索朗旺堆头人听话地闭上了眼睛,而他的管家却一步跨到他前面,风快地脱下华丽而陈旧的獐皮藏袍，摘下气派而油腻的高筒毡帽，拔下结实而沾满积雪的牛鼻靴子，取下脖子上佛爷加持过的红色大玛瑙，轻轻放在了头人面前，然后坦坦然然地躺倒在了积雪的梁顶。

齐美管家朝着雪梁下面，也朝着密集的狼群滚了过去。夏巴才让县长大吃一惊，高叫一声："你要干什么？"回答他的是一个他立刻就明白了的事实：齐美管家要去死了，要去用自己的肉身挽救自己的头人和别的人了。他把自己当成了一只忠诚于主人的藏獒，全然忘掉了自己。他知道只要自己滚下去，狼群就会跟上他，也知道对狼来说，饥饿是凶猛的动力，要是狼先吃了他，也许就不会这样步步紧逼他的头人以及别的人了。即使狼群在雪梁下面吃了他再爬上梁顶继续攻击别人，说不定已经晚了，索朗旺堆头人一行肯定会原路返回，迅速和另外两路人马会合。

狼群惊呆了，它们无法想象一个人会主动滚向狼群，而滚向狼群的目的，竟是为了让狼群吃掉自己而不要吃掉别人。它们本能地以为这是一个诡计，哗哗地闪开，闪出了一个豁口。齐美管家滚过豁口，沿着雪坡滚向了雪梁下面，雪粉激扬而起，又匍匐而下。狼群齐唰唰地回过头去，死死地盯着下面。齐美管家不见了，空气骚动着，被他砸烂的积雪旋起一阵阵白色的尘埃，随着股股劲风，缓缓地弥漫着。齐美管家从掩埋了它的雪粉中挣扎着站了起来，很吃惊狼群居然没有扑过来咬他，便咬紧牙关，试图以逃跑的背影把狼群引诱过来。但是他已经跑不动了，腿骨严重受伤，疼得他惨叫一声，一头栽倒在地上。

就在这一刻，黑耳朵头狼长嗥一声，清醒地发出了一个扑上去咬死的信号。头狼当然仍然意识不到这个人主动滚下去是为了救活别人，它觉得这很可能是一次突围，而突围的结果必然是引来足可以抵御狼群的人群或狗群。黑耳朵头狼嗥完了就抢先挑起来扑了过去，狼群蜂拥而下，就像山体的崩落轰隆隆地覆盖了雪梁下面的齐美管家。齐美管家喊叫着："索朗旺堆，快走啊，索朗旺堆。"这是他的头人的名号，就像一只藏獒习惯于用吠声呼唤自己的主人那样，他作为一个忠心耿耿的管家，在临死前发出的最后的声音，只能是他服务了一辈子的头人的名号，告别、悲伤、遗憾、恋恋不舍，或者还有对生活的怨恨和不满，还有不能忠诚到底的喟叹，什么都包含在那一声喊叫中了："索朗旺堆，索朗旺堆，快走啊，索朗旺堆。"

高高的雪梁上，索朗旺堆头人听清了齐美管家的喊声，咚的一声跪下，也像他的管家一样喊起来："齐美，齐美，回来，你给我回来。"夏巴才让县长长叹一声,用两只大巴掌涂抹着自己的眼泪,拉起索朗旺堆头人说:"走啊,赶紧走啊,听齐美管家的,我们赶紧走啊。"齐美管家的喊声渐渐衰弱了,没有了,只有阵阵争抢食物的撕咬声随风而来,狼群的内讧开始了。黑耳朵头狼抢先吃了几口,然后就开始维持秩序,它扑向那些在争夺食物中十分有经验的老狼,用利牙告诉它们:你们快死了,已经不中用了,不要再浪费食物了。又扑向那些凶狠的壮年狼,用肩膀的碰撞告诉它们:你们的食物只能靠争抢,这是送到嘴边的食物,你们不能吃,你们吃了送到嘴边的食物,就不会去冲锋陷阵、报仇雪根了。黑耳朵头狼只让母狼和幼狼吃,这是维护种群发展的需要,不管母狼和幼狼跟它自己有没有关系,它作为头狼都必须保证它们能有更多的进食机会。然而即使光尽着母狼和幼狼以及头狼进食,一个人的骨肉也是远远不够的,因为狼多肉少而引发的战争在母狼和幼狼之间持续了很长时间,直到齐美管家连骨头带肉全部被它们填进了胃囊。

　　黑耳朵头狼首先意识到时间已经耽搁得太久了,它舔着残留在嘴边的人血,抬头望着雪梁的顶端,发现那儿已经没有了人影,恍然觉得自己中了调虎离山之计,赶紧嗥叫着招呼狼群跑上了雪梁。雪梁的一端,原路返回的那几个人遥遥迢迢地移动着,已经是豆大的小黑点了。黑耳朵头狼坐在自己的腿上,朝天直直地翘起鼻子,呜儿呜儿叫起来,所有的狼都学着它的样子叫起来,它们是在通知别处的狼群:注意啊,这边的人回去了。很快,它们得到了回应,南边的狼群和西边的狼群也用同样的声音传达了它们的意思,很可能是:堵住他们,不要让他们会合。黑耳朵头狼跳起来就追,所有的狼都跟了过去。一阵撼天震地的奔跑,追上了,狼群马上就要追上了。

　　索朗旺堆头人和夏巴才让县长以及另外几个人回头看了看,知道自己是跑不过狼群的,干脆停下了。夏巴才让县长说:"怎么办,难道我们就这样死了吗?喂狼的人是最最可悲的,我上一辈子造了什么孽啊。"索朗旺堆头人说:"这都是命啊,齐美管家救不了我们,谁也救不了我们,佛爷啊,藏獒啊,快来眷顾我们吧,我们就要死了,就要死了。"说着,放下一直背在身上的救灾物资,从腰里抽出了一把吃肉剔骨的五寸藏刀,迎着狼群走了过去。夏巴才让县长追过去一把拽住他说:"你要干什么,不要命了?"索朗旺堆头人甩开他说:"不要管我,你们继续往前走,齐美管家救不了的,我来救。"夏巴才让说:"怎么是你救我,应该是我救你啊,把刀子给我,我去跟狼拼了。"说着,他就要抢夺对方手里的藏刀。索朗旺堆头人蛮横地推开了他,吼道:"你知道冬天的狼是什么,冬天的狼就是魔鬼,必须给它们念咒,你不会念咒,扑过去就只能当人家磨牙的肉。"夏巴才让县长说："那你就不是磨牙的肉了？"索朗旺堆说："我是带咒的肉，鹰吃了有福，狼吃了有祸。"说着，又举刀又念咒地朝前跑去。狼群已经很近了，近得都可以把它们的呼吸吹送到人的肚子里了。索朗旺堆头人大叫一声，冲着为首的黑耳朵头狼扑了过去。

4

奔驰的领地狗群停下了。獒王冈日森格站在雪梁上看了看，闻了闻，立刻就知道这里是十忿怒王地的制高点，救援队伍就是在这里兵分三路的。它几乎是愤怒地咆哮了一声：为什么要分开啊，分开就是死路一条。它想不到，人的低能的嗅觉无法让他们探知方圆几十公里到底有没有人烟，他们分开是为了尽可能快地找到被雪灾围困的牧民，只觉得这里，偌大一片雪原，一个牧民也没有，你们不分开是一路人马失望，分开就是三路人马失望，人怎么这么笨啊，非要冒着危险千辛万苦去多多地寻找失望。

那么，领地狗群呢？必须以保护人的生命为天职的领地狗群，到底是分开还是不分开呢？冈日森格呼呼地喘着气，用自己的声音给自己做出了回答：不，不能分开。不分开它们就能十拿九稳地保护一路人马，分开就连一路人马也保护不了了。从空气中飘来的气息已经告诉它，狼的聚集空前众多，每一路人马都面临着一股大狼群的袭击，已经分成两半的领地狗群只能把所有的力量集中到一处。然而,这个准确的判断带给獒王冈日森格的却是万分沮丧，因为对它来说，放弃另外两路就是放弃自己的一半职责，而古老的誓约曾经那么牢固地把这样一种信念根植在了它的骨血中：放弃职责哪怕是一点点职责就等于放弃生命，藏獒的生命只有在保护别人的时候才具有真正的意义，否则，活着也是死。冈日森格突然昂起了头，狂猛地吼起来：不，我们不能死，所有的领地狗都不能做活着等于死了的那种狗。

獒王冈日森格吼了几声，便大胆地做出了一个必须超越藏獒生命极限的决定，那就是领地狗群既要集中力量，决不分开，又要有效地保护好分布在东、南、西三方的每一路人马。它跑起来，带动着所有的领地狗跟它一样疯狂地跑起来。它们首先跑向了东边，东边的狼群和人群离它们最近，大约只有五公里。獒王决定：先近后远，也就是先东后南再往西。

索朗旺堆头人大叫着,把含在嘴里的毒咒喷向了黑耳朵头狼,然后举刀便刺。黑耳朵头狼往后纵身一跳,轻松躲过,机敏地绕了一个半圆,来到了索朗旺堆的背后,朝着前面一匹大黄狼诡谲地眨了眨眼。大黄狼鼻子撮成锯齿状,跳起来,扑向了索朗旺堆头人。索朗旺堆正要躲闪,只听吱啦一声响,背后的黑耳朵头狼已经撕破了他的皮袍。与此同时,大黄狼的利牙来到了他的喉咙前,他扭头一闪,狼牙横过来扎进了他的肩膀。他惨叫一声,胡乱踢打着,却引来更多的狼朝他疯狂扑咬。夏巴才让县长跑过来了,咬牙切齿地诅咒着,朝着狼群拼命地抡起来,搅起一阵忽啦啦的风声在雪梁之上回旋。另外几个人也跑过来,像夏巴才让那样抡起了皮袍。

狼群退了。大家都很奇怪,就这么把皮袍一抡,密密麻麻的狼群居然纷纷撤退了。撤退伴随着黑耳朵头狼紧张急促的嗥叫,嗥叫未已,撤退就变成了逃跑。仿佛是从地下冒出来的,一群狰狞到无以复加的野兽出现在了人群后面,狂涛怒浪般朝着狼群席卷过去。索朗旺堆头人愣了,夏巴才让县长愣了:啊,冈日森格,獒王冈日森格。

獒王冈日森格并没有因为人们抒情地喊了它几声而丝毫减缓奔跑的速度,它和它的领地狗群都没有来得及看人一眼,就从索朗旺堆头人和夏巴才让县长身边呼啸而过。它们知道争取时间的重要,也知道领地狗群必须大量地咬死咬伤那些杀伤力极强的壮狼大狼,才能避免狼群卷土重来。獒王首先冲进了狼阵,紧跟在它身后的是大力王徒钦甲保。

撕咬转眼开始了,首先咬住狼的是徒钦甲保,徒钦甲保一口咬在了大黄狼的喉咙上,顺势一撼,又一爪踩住了大黄狼的肚腹。大黄狼用带着气泡的声音喘息着,四个爪子拼命地朝空蹬踏,但显然已是最后的挣扎,很快它就将是一具可以充当狼食的尸体了。好样的徒钦甲保,冈日森格欣赏地瞥了它一眼,身子一斜,咬住了一匹狼,大嘴咬合的一瞬间,獒头猛地一甩,也不管对方死了没有,就又扑向了另一匹狼。扑啊,咬啊,疯狂,猛恶,暴烈,恣肆,雪崩一样奔腾叫嚣着,所有的领地狗都跟獒王冈日森格和大力王徒钦甲保一样,拼出了生命的本色,拼得血飞肉溅、风黑云低,它们从狼群的这边,拼向了狼群的那边。

狼群招架不住了,尽管从数量上它们仍然占优势,但在这种以一当十的进攻面前,数量已经微不足道。再说它们压根就没有料到领地狗群的到来,排出的狼阵只利于进攻不利于防守,哪儿都是破绽,哪儿都是软肋。黑耳朵头狼明智地放弃了对抗,用尖叫招呼着狼群,以最快的速度,朝雪梁下面奔逃而去。獒王冈日森格边跑边叫,一方面是继续威慑和驱赶狼群,一方面是告诉同伴大力王徒钦甲保:不要停下,不必恋战,改变方向往南跑,南边的人更加危险了。徒钦甲保立马来了个急转弯,四只爪子在雪面上飞一样飘动着,领地狗群秩序井然地跟了过去。冈日森格停下来,监视着雪梁下面溃散不止的狼群,用滚雷般的声音恐吓了几声,转身就跑,一眨眼,就追上了领地狗群。獒王又一次跑在了领地狗群的最前面,它的姿影依旧矫健,速度依旧迅疾,万难不屈、骄傲沉稳的风度依旧和毛发一样结结实实披挂在它身上。

狼去狗逝的雪梁上,被狼咬伤了肩膀的索朗旺堆头人首先反应过来,对围着他的那些人说:"走啊,我们快走啊。"人们朝回走去,生怕狼群再次追上来,咬着牙越走越快。但是南辕北辙的三路人马毕竟离得太远,一时半会儿会合不上,而狼群里又有一匹足够聪明的黑耳朵头狼,它在看到领地狗群突然离去之后,第一个反应就是追上这些人,这些人依然没有保护,狼群需要充饥也好,报复也罢,咬死他们的机会还像化不掉的积雪一样存在着。很快,索朗旺堆头人和夏巴才让县长一行,又一次被狼群围住了。

丹增活佛、麦书记以及梅朵拉姆一行,静坐在雪梁上,丝毫没有反抗的意思,而团团包围着他们的多猕狼群,却迟迟没有下口咬噬。或许是因为丹增活佛的经咒起了作用,或许是因为它们是外来的狼群,还不习惯于在这片异陌的草原上嚣张地报复人类,或许是因为它们意识到咬死和吃掉人的后果将使它们在新地区的生存变得更加艰难,或许是因为它们觉得人的静坐包藏着诡计,而诡计是需要时间来识破的,或许是梅朵拉姆的存在让它们诧异——这些外来的狼群,从来没想过应该把一个如此美丽的姑娘当作食物。

狼群不断调整着一层一层的包围圈,离人最近的那一层狼只要呆一会儿,就会被后面的狼换下去,换了一次又一次,换到前面的狼总会挨个儿把人看一遍,然后就仔细听着他们的经咒,观察着他们一个比一个淡漠的表情,好像狼是听得懂经咒、读得懂表情的。终于不再前后替换了,一直站在丹增活佛面前的多猕头狼突然扬起头,悲郁地嗥叫了一声。这是进攻的嗥叫,叫声刚一落地,多猕头狼就伸过头去,像狗一样舔了一下丹增活佛的脖子,似乎准备舔湿以后再动牙刀。

但是,已经没有动牙刀的时间了,狼群的后面,不太遥远的地方,隐隐传来了领地狗群的奔腾和叫嚣。所有的狼都扬头支起了耳朵,看看身后的远方,又看看多猕头狼。多猕头狼丝毫不为所动,好像是说:现在还来得及,为了报复的撕咬只需要几秒钟就能达到目的。但是，它们为什么要咬死这些打坐念经的人和这个美丽的姑娘呢？在多猕草原，它们看到的打坐念经的人和美丽的姑娘可都是从来不打狼的人。报复不打狼的人，并不是狼群非做不可的规矩。多猕头狼离开人群，稳步走到雪梁的高处，望了片刻领地狗群奔来的方向，扭身跑下了雪梁。狼群跟上了它，转眼消失了。

獒王冈日森格来了，领地狗群来了，它们从丹增活佛和另外几个喇嘛身边经过，从麦书记和梅朵拉姆身边经过，喷吐着白雾，呵呵呵地问候着，脚步却没有停下。它们是来撵狼杀狼的，这里没有狼，这里的狼已经逃跑了，留下的气味告诉它们，来到这里的是多猕狼群，多猕狼群怎么变得这么胆小，还没有跟领地狗群照面，就逃之夭夭了。

梅朵拉姆站起来，感激地喊着："冈日森格，冈日森格。"冈日森格不理她，大敌当前，到处都是要命的危险，怎么还能婆婆妈妈的。梅朵拉姆又喊道："徒钦甲保，徒钦甲保。"徒钦甲保刚要回头，就被獒王冈日森格在肩膀上飞了一牙刀。獒王连吼几声，意思是说：都什么时候了，你还顾得上这个，冲，快往前冲。冈日森格带着领地狗群翻下了这道雪梁，又翻上了那道雪梁，奔西而去。它已经闻出来，也听出来了，西边的雪梁上，班玛多吉主任、藏医喇嘛尕宇陀、铁棒喇嘛藏扎西和其他一些人，已经是狼嘴边的肉了。

8 飞翔的领地狗群

1

　　藏在下风处的雪坎雪丘后面，多猕狼群看到了领地狗群奔腾而去的身影。它们活跃起来，准备立刻返回去，再次围住那几个人。但是头狼没有动，多猕头狼静悄悄地伫立着，用淡漠的神情打消了狼群的企图。为什么呀，为什么？狼群不满地哑叫着。多猕头狼一声不吭，它在静静地谛听，远方是什么？轻盈而诡秘的脚步声，就像鬼蜮的出行，在积雪中无声地滑翔着。不是人，也不是藏獒，更不是豹子野牛以及别的野兽，而是它们的同类——狼。哪里来的狼啊，怎么这么阴暗，白天白地之中，居然丝毫不显露踪迹。

　　多猕头狼朝前跑出去五六十步，使劲闻了闻，立刻闻到了一股熟悉的味道：上阿妈狼群来了。准确地说，它首先闻到的是上阿妈头狼的妻子那匹身材臃肿的尖嘴母狼的味道。这股味道让它记忆的橱窗显现了刚进入西结古草原后遭遇领地狗群时的一幕：身材臃肿的尖嘴母狼在獒王冈日森格强劲有力的爪子下面拼命挣扎着。它是一匹因为营救自己的丈夫上阿妈头狼而被獒王抓住的母狼，是一匹有孕在身却得不到丈夫保护的可怜的母狼。大概就是因为它的怀孕和可怜吧，一道闪电从天而降，那是营救者的扑跳，非常及时地出现在了獒王就要咬死母狼的瞬间。獒王冈日森格非常吃惊：多猕狼群的头狼怎么会跑来营救上阿妈狼群的母狼呢？借着獒王吃惊的瞬间，母狼跑脱了，跑开的时候，它非常留意地看了一眼勇敢的营救者多猕头狼，眼里充满了只有知恩知情的同类才能流溢出来的感激和钦佩。

多猕头狼朝前跑去，好像它用身形的语言表达了什么，它的部众一个个坐下了，没有谁跟上它，甚至都扭过头去不看它。它越跑越快，直到看清楚上阿妈狼群的身影后才戛然止步。跟踪着领地狗群来到这里的上阿妈狼群也看到了它，似乎是预料之中的，狼群并没有停下，反而越跑越快，用老狼在前、壮狼居中、幼狼在后的进攻式队形，跑上了有人群的那道雪梁。上阿妈头狼跑出队形，冲着多猕头狼呲呲地叫了几声，仿佛是警告：千万别跟我们争抢食物，我们可是远道跑来的，不达目的决不罢休。多猕头狼也用呲呲的叫声回答着：像是说：狼群对人的报复固然重要，但为什么要报复在那些打坐念经的人和那个美丽的姑娘身上呢？难道在你们上阿妈草原，打坐念经的人和美丽的姑娘也都是残害狼的人？上阿妈头狼不听多猕头狼的，转身嗥叫着，催促自己的狼群尽快靠近人群，围住人群，不要让他们跑了。

多猕头狼目光呆痴地望着紧随上阿妈头狼身后的尖嘴母狼，发现几天不见，它的身材越来越臃肿了，便用一种父性的爱怜喤喤地叫了几声，好像是在提醒它：小心一点，保重自己啊。尖嘴母狼听懂了，走出狼群，感激地望着多猕头狼。大概尖嘴母狼停留的时间长了一点，立刻引起了上阿妈头狼的不满，它扑过来，一口咬在了母狼的肩膀上。母狼疼得惨叫一声，赶紧转身，回到狼群里头去了。多猕头狼悲愤地朝天举起了嘴，知道自己是万般无奈的，又低下头，放弃了抗议，怏怏不悦地走向了自己的狼群。一进入狼群，多猕头狼就用狼族最悠长的声调嗥叫起来，似乎是在安慰身材臃肿的尖嘴母狼，又像是在诅咒上阿妈头狼，还有可能是想让远去的领地狗群知道：上阿妈狼群出现了，那些打坐念经的人、那个美丽的姑娘危险了。散乱的多猕狼先是吃惊地望着自己的头狼，接着就跟它叫起来。嗥叫变得雄壮嘹亮，风浪一样涌过了天空，涌到很高很远的地方去了。

十忿怒王地的南边，丹增活佛、麦书记、梅朵拉姆和另外几个喇嘛已经开始往回走了，他们和东边的索朗旺堆头人以及夏巴才让县长一样，意识到现在的当务之急已经不是营救受困于雪灾的牧民，而是保护自己，保护自己的惟一办法就是把分开的三路人马重新合为一路。他们迅速朝回走去，但并没有走多久，上阿妈狼群就追了上来。丹增活佛回头一看，吃惊地说："不是了，不是刚才那群狼，刚才围住我们的是外来的玉都狼，是备受祭祀的山神的野牲。现在跑来的是土狼，土狼是荒原狼中最最凶恶的狼。"梅朵拉姆说："是啊，我也看出来了。"麦书记问道："我们怎么办？"没有谁回答，除了狼群，上阿妈狼群的回答就是龇出利牙，迅速包抄。

十忿怒王地的西边，铁棒喇嘛藏扎西的铁棒还在横扫竖打，但扑过来的狼总会在嗖嗖嗖的声音还没到来之前，就躲闪到安全的地方。七八匹老狼弱狼摆出拼命的架势牵制着藏扎西，而红额斑头狼却带着大部分壮狼大狼，插进藏扎西和人群之间，把进攻的目标对准了班玛多吉主任和年迈的藏医喇嘛尕宇陀以及另外几个人。人们背靠背挤在了一起，一脚一脚地朝狼踢着积雪，这种毫无威慑力的反抗让狼觉得可笑，你踢一下，它们就朝前挪一下。情急之中，尕宇陀从豹皮药囊里拿出了几把柳叶刀和雀羽刀，分给了所有的人，人们就用那些指头长的手术用具，在狼群面前胡乱比划着，乱纷纷地闪烁出一片锃亮的铁器之光。狼群后退了几步，它们对刀具对铁器的寒光有着天生敏感的怯惧，一时不知如何是好。

二十步远的地方，藏扎西不顾七八匹老狼弱狼的撕咬，快速靠了过来，用铁棒在狼群的包围圈上打开了一道口子，站到了班玛多吉主任和藏医喇嘛尕宇陀中间。他一边用铁棒威胁着狼群，一边说："不能再分开了，不能再分开了。"班玛多吉说："是啊，我们要死就死在一起。"藏扎西说："谁说要死了，我是说我们应该往回走，去跟丹增活佛和索朗旺堆头人他们会合。"尕宇陀说："他们已经走远了。"藏扎西说："那也得往回走，往前走只能是死，往回走说不定还能遇到领地狗群。"班玛多吉说："对，我们就这样挤成团，一点一点往回挪，狼群一时半会也吃不了我们。"于是他们肩靠着肩，手挽着手，挤挤蹭蹭地围成了一圈，就像一个固体的群雕那样移动着。所有人的手里都挥舞着柳叶刀或雀羽刀，虽然刀短刃小，但闪闪的寒光丝毫不减铁器的威力。还有藏扎西的铁棒，忽忽不停地横扫着，在这边扫出一个半圆，又转移到别人手里，在另一边扫出一个半圆，每扫一下，狼群就后退几步，固体般的人群就朝回挪动几尺。

红额斑头狼立刻觉得这样下去对狼群及其不利，虽然它们是极有耐心的一族，但成功并不仅仅属于耐心，无论是抱了复仇的目的，还是因了饥饿的驱使，时间的延宕都将是最严重的不幸。它嗥叫起来，想叫出狼群不怕死的精神，而它自己，也以一贯身先士卒的做派，奋不顾身地扑了过去。

藏扎西的铁棒又一次打中了红额斑头狼，就在它滚翻在地的时候，处在包围圈最里层的所有狼都跳起来，不顾命地扑向了人群。冰寒锋利的柳叶刀和雀羽刀发挥了作用，只听嚓嚓嚓几声响，狼毛纷纷扬起，接着是血的飞溅，有狼血，也有人血，作为杀退狼的代价，班玛多吉和尕宇陀的手上都有了狼牙撕裂的痕迹。"狼疯了，狼疯了。"藏扎西喊着，沿着人群跑起来，那铁棒也就嗡嗡嗡地响着，打倒了好几匹狼。狼退了，这次退得更远一点，是红额斑头狼带头退去的。"赶紧走啊，我们赶紧走啊。"班玛多吉主任忍着伤痛，吆喝着，带动人群朝前走去。但是走了还不到五十步，狼群就又跑过来团团围住了他们。受了伤的红额斑头狼摆出一副不依不饶的架势，再次站在了离人最近的地方。

但狼群的不依不饶，逼迫出来的是人的不屈不挠。又开始重复先前的情形：人手里闪烁着柳叶刀和雀羽刀的寒光，铁棒一会儿在前面轮出一个半圆，一会儿在后面轮出一个半圆，每轮一次，狼群就后退一点，人群就前进一点。时间就这样过去了，好像是为了等待獒王冈日森格和领地狗群的出现，当红额斑头狼预感不妙，吆喝狼群赶紧撤离时，时间突然不动了。

红额斑头狼怎么也想不到，从发现领地狗群的踪影到被它们疯狂撕咬，仅仅是一眨眼的事情。领地狗群怎么跑得这么快啊，尤其是獒王冈日森格，几乎是飞鹰捕鼠一样从天而降。红额斑头狼几天前就在屋脊宝瓶沟的沟口跟獒王冈日森格较量过，那次獒王一口气咬死了十匹壮狼，让它闭眼一想就不寒而栗。今天就更不能抗衡了，今天獒王的气势比先前还要强盛十倍，又带领着这么多性情暴躁、满腔仇恨的部众，狼群惟一要做的，就是使出吃奶的力气逃跑。红额斑头狼首先跑起来，想给自己的狼群带出一个奋力逃命的速度，看到狼群中的老狼和弱狼落在了后面，就又返回来，用尖叫催促着：快啊，快啊，快啊。

已经快不了了，领地狗群的利牙比想象还要快地来到了跟前。在戴罪立功中把自己变成了黑色旋风的大力王徒钦甲保，首先咬住了一匹老狼，咬住就是死，牙刀的切割猛恶而准确，老狼惨叫着，躺倒在地，痉挛地摇着头颅、晃着四肢。而獒王冈日森格对那些老狼弱狼根本就不屑一顾，刮风一样从它们身边经过，直扑红额斑头狼，嗓子里呼噜噜响着，仿佛是说：我认识你，我在屋脊宝瓶沟放了你一马，你居然还要来挑衅。红额斑头颅已经被藏扎西的铁棒打过两次了，肩膀和腰部都有伤，它知道反抗是不能的，跳跑也是不能的，只好定定地站着。冈日森格一爪打翻了它，张嘴就咬，却没有咬住它的喉咙，也没有咬住它脖子上的大血管，而是咬在了它的胸脯上，胸脯顿时皮开肉绽,但没有威胁到生命。獒王吼叫着,想咬又没咬,顺嘴舔了一下对方的伤口,转身离开了。红额斑头狼诧异地站起来,追撵着狼群,迷茫地想:怎么又放了我一马?狼群远远地跑了,领地狗群见好就收,迅速调整方向,朝着东边再一次被狼群围住的夏巴才让县长和索朗旺堆头人一行奔腾而去。

雪梁上的人瞩望着领地狗群,感激得都不知道说什么好了。半晌,班玛多吉主任说:"我看见冈日森格了,它跑在最前面。"铁棒喇嘛藏扎西说:"不对,是大力王徒钦甲保跑在最前面,也是它第一个咬住狼的。你认识大力王徒钦甲保吗?它的妻子是黑雪莲穆穆,它们的孩子就是用寺院赞神命名的小公獒摄命霹雳王。"藏医喇嘛尕宇陀说:"还不快走,会合要紧啊,走吧走吧。"一行人匆匆忙忙地沿着来时的路走向了十忿怒王地的制高点。过了一会儿,红额斑头狼带着狼群飞快地跟了上来,它们不甘心啊,不甘心就这样放弃报复,放弃这个饥餐血肉的机会。

一个小时后,獒王冈日森格带着领地狗群跑向东边,赶跑了又一次围住夏巴才让县长和索朗旺堆头人一行的狼群。黑耳朵头狼万分惊讶:怎么这么神速啊。它知道从东边到南边再到西边的距离很长很长,用人类的计算,至少有四十公里,还要加上打斗撕咬,居然这么快就有了一个来回。狼群又一次散去了,夏巴才让县长和索朗旺堆头人一行加快脚步,再次踏上了会合之路。

半个小时后,獒王冈日森格带着领地狗群跑向南边,解救出了被上阿妈狼群死死围住的麦书记、丹增活佛和梅朵拉姆一行。冈日森格认识这一群来自上阿妈草原的狼,也知道它们的头狼是一个自私阴恶、忘恩负义的家伙,很想扑上去咬死它,但上阿妈头狼躲在狼群的中心谨慎地避免着獒王的靠近。冈日森格几次都用眼睛和利牙瞄准了它,看到距离越来越远,且有狼群堵挡在中间,只好作罢,时间是耽搁不起的,它和它的领地狗群还要去追赶厮杀别处的狼群。就在獒王冈日森格准备离去的时候,突然发现上阿妈狼群里居然夹杂着一匹多猕狼,仔细一看,认出它就是多猕头狼。多猕头狼正在趁着上阿妈狼群被领地狗群追咬的混乱,跑来接近那匹身材臃肿的尖嘴母狼。

尖嘴母狼就在多猕头狼身边,假装不理它,却又不肯赶快走开,一副装傻充愣的样子。多猕头狼大胆地凑过去,舔了舔母狼的肩毛。母狼惊愕地缩了一下身子,下意识地咆哮了一声,但声音很低,周围的狼都没有听到。多猕头狼更加大胆地把鼻子伸了过去,似乎是想用喘息的声音告诉母狼:你还记得吧，我救过你的命。母狼半张着嘴，用舌尖在牙齿上磨蹭着，摇了摇头。大概这是一种友善的表示，多猕头狼迅速跨前一步，用自己的鼻子轻轻碰触母狼的鼻子。尖嘴母狼半是生气半是认可地接受了这样一种亲昵的问候，眯缝起眼睛，无声地抖了抖鬣毛。多猕头狼立刻伸出舌头，用力而不失温情地舔了舔母狼的脸。母狼似乎特别享受这种在自己丈夫那里从来没有得到过的爱抚，咿咿地叫着，忘乎所以地猛抖了一下鬣毛，舒畅地发出一阵噗噗噗的声音。就是尖嘴母狼这一阵抖动鬣毛的声音引起了周围狼的注意，它们立马发出一种奇特的鼻息，把信息传达给了上阿妈头狼。上阿妈头狼扭头一看，勃然大怒，不顾一切地扑了过来。多猕头狼撒腿就跑，一溜烟跑回自己的狼群去了。

獒王冈日森格看清楚了这一切，觉得这是好的，乱七八糟的爱情发生了，矛盾就有了，多猕头狼和上阿妈头狼之间从此就没有平安的日子了。斗吧，斗吧，为了一匹母狼，你们就斗得死去活来吧，狼与狼的争斗从来就是制约狼灾的重要因素。根据獒王的见识，只要出现两匹公狼争夺一匹母狼的事件，两匹公狼之间就肯定会有一场生死决斗。对上阿妈头狼来说，这场决斗只能赢不能输，一旦输了，它不仅会失去自己已经怀孕的妻子，还会因为不能保护妻子，而在狼群中失去威信，从而失去头狼的地位，失去了头狼地位的狼，肯定是被新任头狼最先咬死吃掉的狼。而对多猕头狼来说，这场决斗不管是赢是输，它都得离开自己的狼群，输了，就是丢脸，多猕狼群不可能认可一匹给本狼群丢了脸的狼继续做自己的头狼，赢了，就是叛逆，多猕狼群尤其是那些母狼决不会容忍一匹上阿妈狼群的母狼进入自己的群体并成为头狼的妻子。獒王冈日森格摇晃着大头呵呵一笑，好像是说：没想到这多猕头狼还是个情种呢，居然不计后果地喜欢上了上阿妈狼群的母狼。

又过了半个小时，獒王冈日森格带着领地狗群跑向西边，再次赶跑了围攻着班玛多吉主任、藏医喇嘛尕宇陀和铁棒喇嘛藏扎西一行的狼群。红额斑头狼带着自己的狼群飞快地逃离了危险，庆幸地喘着气：狼群这次跑得多快啊，居然没有丝毫伤亡。又一想，到底是狼群跑得快，还是领地狗群追得慢了呢？慢了，慢了，领地狗群追杀的速度明显缓慢了。

领地狗群还在奔跑，獒王冈日森格最初的决定并没有动摇：领地狗群既要集中力量，决不分开，又要有效地保护好分布在东、南、西三方的每一路人马。但是疲惫不期而至，包括獒王冈日森格在内，所有的领地狗都已经无法按照应该有的速度展臂奔跑了。事实上，生命的极限早已超越，不管是藏獒，还是小喽罗藏狗，都已经到了体力和心力的临界点。但是它们仍然跑着，向东，向南，向西；又一次向东，向南，向西。所有的领地狗都不愿意停下，尽管越来越慢，尽管已经有藏狗在奔跑中倒下去了。倒下去的就再也起不来了。它们是跑死的，是为了营救人类而累死的。累死的越来越多，开始是一位数，很快就变成了两位数。悲伤立刻笼罩了领地狗群，眼泪哗哗的，所有活着的领地狗都眼泪哗哗的，尤其是那些饱经沧桑的壮年和老年的藏獒，都人似的哽咽出声音来了。

但是没有谁停下来，只要獒王不停下，就没有一只领地狗会驻足逗留片刻，哪怕死去的是自己的亲属呢。獒王冈日森格几次想停下来，洒泪告别，或者放声凭吊，但不散的狼群和时刻都在危险中的人群就像绷紧的绳索一样拽拉着它，使命和忠于使命的獒性擂鼓一样催动着它，它的心刚想留在死去的同伴身上，四肢却不由自主地跑到前面去了。跑啊，跑啊，向东，向南，再向西，已经不知道是第几次冲向狼群，撵走狼群了，为了保护人类生命的奔跑已经滞重到吼喘不迭、步履蹒跚。终于，领地狗群中所有的小喽罗藏狗都倒下了；终于，奔跑能力远在雪豹和荒原狼之上的藏獒也有好几只倒下了。獒王冈日森格摇摇晃晃的，它身边的大力王徒钦甲保也是摇摇晃晃的，但依然没有停下，依然是冲锋陷阵的姿势。

前面是西去的道路，道路的尽头，高高的雪岗上，班玛多吉主任、藏医喇嘛尕宇陀和铁棒喇嘛藏扎西一行艰难地移动着。他们是第一拨回到了十忿怒王地制高点的人，一踏上制高点，红额斑头狼就带着自己的狼群追上来了。又是一次人与狼的对峙，又是一次铁棒喇嘛的铁棒以及各人手里的柳叶刀和雀羽刀，反抗无数狼牙的战斗，战斗才开始几分钟，獒王冈日森格就带着领地狗群追上来了。

狼群被领地狗群驱赶到了制高点下面的平地上。獒王冈日森格和大力王徒钦甲保肩并肩地追撵着，都很疲惫，都想停下来，靠在对方的身上休息一会儿。它们互相看了一眼，看到的却不是疲惫，而是坚忍不拔，坚忍不拔的意志从对方的眼神里流溢而出，成了对自己顽强到底的鞭策。它们又回头看了看，发现身后所有的领地狗身形都是疲惫的，但那为了保护人和抗击狼的充血的眼睛，却是无与伦比的坚毅和昂奋。继续往前追啊，追啊，追啊，突然停下了，獒王一停，所有的领地狗都停下了。它们看到，又有人群出现在了制高点上，他们是从东边走来的夏巴才让县长一行，和从南边走来的麦书记一行。獒王冈日森格长出一口气，所有的领地狗都长出一口气：三路人马终于集中到了一起，领地狗群就不用来回奔跑了。

休息，休息，每一只藏獒、每一根迎风抖动的鬣毛，都在渴望休息。但是，这个残酷的大雪灾的冬天，这个敌意的阴险的环境，不允许领地狗群有丝毫喘息的机会。人来了，狼群也都跟着来了。除了停在前面的红额斑头狼的狼群，从不同的方向，冲撞着积云浩荡的天际线，目中无人地走来了黑耳朵头狼的狼群，走来了上阿妈狼群，走来了多猕狼群。领地狗群齐声吼起来，那决不示弱的惊天动地的吼声，似在告诉这个世界：坚忍，坚忍，坚忍是勇猛的基础，坚忍加上勇猛，这就是不怕死的藏獒。

吼声渐渐停止了。獒王冈日森格冷峻地巡视着突然集中到了一个地方的四股狼群，呼呼地吹着气，仿佛在询问身边的大力王徒钦甲保：真正残酷的打斗这才开始，你怎么样，是不是已经把力气用尽了？徒钦甲保虎声虎气地吠叫着，好像是说：獒王啊，不要紧的，我还有力气，真的还有力气，你看，我浑身的力气又长出来了。说着，想要证明自己似的，用力龇了龇牙，跳起来朝前跑去，刚跑出去两步，前腿突然一阵酸软，扑通一声栽倒在了地上。獒王惊呼一声：徒钦甲保。

2

大力王徒钦甲保站起来了。许多藏獒在超越生命极限之后，就再也没有站起来，但是徒钦甲保成了例外，它在獒王冈日森格惊叫着跑过来，为它哭泣的时候，颤颤抖抖地站了起来。它摇晃着沉重的獒头，好像一再地表示：没事儿，狼群还没有撵走，戴罪立功的我呀，怎么可能倒下呢。徒钦甲保朝前走去。冈日森格跑过去，保护似的走在了它前面，恶声恶气地威胁着不远处的狼群。

狼群里传来一声红额斑头狼的嗥叫，嗥叫坚硬而扭曲，冲到天上，又跌落到下面去了。一会儿，来自东边的黑耳朵头狼首先有了回应，同样也是一声坚硬而扭曲的嗥叫，只是略微有些沙哑。接着是来自南边的上阿妈头狼和多猕头狼的嗥叫，声音有点变了，变得幽曲而柔软。这是头狼与头狼之间的联络，像是在通报情况，或者是在协商新的部署。之后，同样的声音在各个头狼那里又响了至少三遍，四面八方的狼群便开始动荡起来。

现在，所有的狼都知道领地狗群已是疲惫之极，无论数量，还是力量，都不可能是狼群的对手了，而狼群却是以逸待劳、蓄势待发的。狼群的胆子突然大起来，一边谨慎地防备着狼群之间的互相混杂，一边放肆地跑向领地狗群，越来越近了。它们的意图十分明显：不给领地狗群喘息的机会，在对方恢复体力和能力之前，一鼓作气咬死所有的领地狗，然后再去慢慢地专一地对付人类。

而在獒王冈日森格这里，当它看到漫荡而来的狼群时，突然有了一种如释重负的感觉，它知道狼群的部署对人是有利的，人暂时没有危险了。领地狗群和狼群的对峙一下子变得单纯起来：不必再去考虑人，只管奋力厮杀就是了，至于领地狗群自己的危险，那是算不了什么的，藏獒活着，不就是为了毫无惧色地面对危险吗？獒王轻轻吼叫着，让领地狗围成圈一个个坐下：抓紧休息啊，在狼群扑过来之前，体力能恢复一点是一点。领地狗们都靠着腿坐下了，眼睛忽一下盯着坐姿娴静的獒王，又忽一下盯着快步跑来的狼群。五十步，三十步，二十步，十步，獒王依然没有发出迎击狼群的吼声。

狼群停下了，它们从来没有遇到过在离狼群十步远的地方依然端坐不动的藏獒，不会是诱敌深入的诡计吧？疑心使它们收敛了进攻的速度，人多势众且锋芒毕露的优势顿时大打折扣。冈日森格呵呵地冷笑着，它知道要是领地狗群就这样围成圈迎击八面之敌，结果肯定是被铺天盖地的狼群撕成碎片，但要是主动扑过去进攻，结果就很难说了。而主动进攻的第一步，就是要让从四面八方疯狂跑来的狼群停下来，以便让领地狗群看清楚狼群的布阵，选择一个相对薄弱的目标。现在，獒王冈日森格的第一个目的已经达到了，狼群不仅停了下来，而且停在了一种进攻起来很容易得手的距离中。

獒王冈日森格漫不经心地站了起来，放松地喷吐着白雾状的气息，用优雅的碎步沿着领地狗群围成的圈，像牧民转经一样顺时针跑起来，它是在使用它独有的狼群看不懂的语言发布着指令，跑了差不多三圈，突然气宇轩昂地站住了，站住的那个地方，正好面对着上阿妈狼群。只听獒王一声闷叫，领地狗们纷纷转身，和獒王一样，把头朝向了上阿妈狼群。接着獒王又是一声闷叫，领地狗群的进攻开始了。自然是獒王冈日森格跑在最前面，下来是大力王徒钦甲保。徒钦甲保，这个在生命的极限中倒下后又站起来的赎罪的藏獒，居然还能跑得和獒王一样快。它们冲向了上阿妈狼群，在狼群的前锋线上撞开了一道豁口。

上阿妈狼群没想到，面对四股狼群，领地狗群首先进攻的是自己这股狼群，顿时傻了,不知道如何应对了。上阿妈头狼不在狼群的前锋线上,每一次进攻,它都不会出现在前锋线上,尽管它是上阿妈狼群中身体最壮、打斗能力最强的一个,等它从一个隐蔽自己的地方跳出来,搞清楚发生了什么时,领地狗群已经冲到了上阿妈狼群的最中央。

这就是獒王冈日森格的主意:狼群和狼群之间是至死不混群的,领地狗群只要冲到上阿妈狼群的中间,别的狼群就不可能靠近它们。结果是,狼群虽然有好几股,但真正和领地狗群厮打的就只能是一股,仅靠一股狼群对付领地狗群,即使前者再凶狠,后者再疲惫,也不可能轻易胜利。更重要的是,上阿妈狼群仗着狼多势众,太轻视疲于奔命、不断有藏獒倒下的领地狗群了,摆出的阵势居然是家族式的,也就是一个家族不管公母老幼都挤在一堆,这样的狼阵除了亲情之间互相关照起来比较容易之外,既不利于整个狼群的防守,也不利于整个狼群的进攻。

一场獒牙对狼牙的激烈较量就在上阿妈狼群的中心爆发了。咆哮和惨叫此起彼伏,白牙转眼就成了红艳艳的血牙,伤口鲜花似的争先开放,血水冰融一样开始流淌,扑杀扬起的雪尘弥天而起,昏花迷乱了獒与狼的眼睛,看不见了,看不见了,只能凭着嗅觉判断对方的强弱、距离的远近了。以家族为单位的狼阵立刻显出了它的弊病:每个家族都把保护自己看得比进攻敌人更重要,一旦领地狗冲向某个家族,抗击敌手就成了这个家族的事情,别的家族很少有扑过来帮忙的。在狼群的中央地带疯咬疯扑了一阵,智慧的獒王冈日森格立刻发现了对手的这个弱点,也立刻想出了自己的对策:要是一只藏獒扑向一个狼家族,狼家族的全体成员就会同心协力反扑这只藏獒,厮打的结果,肯定是藏獒在咬死狼家族主要成员的同时,自己也轰然倒在地上,死亡是必然的,惨剧已经发生了。要是几只藏獒同时进攻一个狼家族,在别的狼家族不来帮忙的情况下,死去的就只能是这个受到攻击的狼家族了。

獒王冈日森格跳过去,和大力王徒钦甲保摩擦了一下鼻子,然后吼叫着把领地狗群迅速分成了两拨,一拨由它带领,一拨由徒钦甲保带领。新的战斗开始了,两拨领地狗尽管疲惫不堪却依然十分果敢地扑向了狼。每一拨领地狗大约有二十多只,二十多只藏獒同时进攻一个狼家族,所向披靡、势如破竹的情形出现了。在上阿妈狼群,最惨重的牺牲就发生在这个时候,在领地狗群,最痛快的厮杀也发生在这个时候。脚下已经没有白雪了,白雪变成了红雪,而且都是狼血染红的雪。狼在迅速死亡,一匹一匹的狼好像都不是生命顽强、凶狠残暴的野性的主宰,而成了四处奔窜的兔子。而领地狗群却没有一只死亡，甚至连负伤的机会也没有。

消灭了这个狼家族，再集体扑向另一个狼家族，两拨领地狗群就像比赛一样，用各个击破的办法，用团队的力量，把一场身处劣势的反抗变成了一次风卷落叶的横扫。獒王冈日森格骄傲地抬起头，扫了一眼前方，不禁暗暗称奇：好啊，徒钦甲保，你哪来这么大的精神，眼看不行了，就要死掉了，却又变得神勇无比，咬死的狼比我咬死的还要多，看来让它跟我来这里是来对了，要是没有它，领地狗群说不定坚持不到现在。

风卷落叶的横扫还在继续，狼群里传出了上阿妈头狼的紧急嗥叫，有点像翅膀的疾飞，又有点像冰块的迸裂，一声接着一声。狼群不动了，除了被撕咬的两个狼家族还在无谓地反抗，整个上阿妈狼群一下子僵住了，就像水突然变成了冰。很快，冰又变成了水，动荡再次出现，狼们你挤我撞地奔跑起来，尤其是那些雄性的壮狼和大狼，都离开自己的家族，跑向了嗥叫声起的地方。獒王冈日森格愣了一下，立刻明白：变阵了，狼群开始变阵了。壮狼和大狼抛开了自己的妻子儿女，簇拥到头狼身边去了。

獒王冈日森格吼起来，吼声未已，大力王徒钦甲保就带着自己的那一拨领地狗边咬边靠了过来。獒王从嗓子眼里发出一阵呼噜噜的声音，好像是说：休息，休息，我们要抓紧时间休息。领地狗们气喘吁吁的，一个个坐下了，它们的位置仍然处在上阿妈狼群的中间，无须忧虑其他狼群的进攻，而靠得最近的上阿妈狼，又都是老的小的弱的，强壮的都到前面去了。前面五十步开外的壮狼大狼们，已经布成了一个能打能拼的进攻性狼阵，正在跃跃欲试地朝这边走来，为首的仍然不是上阿妈头狼，它好像有一种特殊的能力，自己怕死地躲在后面，却能够让部众玩命地冲杀在前。壮狼大狼们很快近了，领地狗们忽忽地站了起来。獒王冈日森格和大力王徒钦甲保一前一后扑了过去，一场空前激烈的厮杀开始了。

狼的群体咆哮和藏獒的集团吼叫如雷如鼓，一瞬间的碰撞激发出一阵岩石击打岩石的声响。到处都是准备咬合的血盆大口，牙齿像标枪一样飞来飞去，獒影和狼影嗖嗖地闪动着，兔起鹘落，稍纵即逝。无论是藏獒，还是狼，仅靠头脑的狡猾或聪明已经无法取胜了，仅靠身体的力量和速度也已经无法取胜了，它们还必须柔韧，不是皮条那样的柔韧，而是敏捷果断中的柔韧，柔韧的后面还应该有钢铁一样坚硬的肌肉和比钢铁还要坚硬的意志。只有把这一切结合起来，才能在这个生死攸关的时刻，在残酷而激烈的撕咬中，完善地表达兽性的哲学和野性的品质，淋漓尽致地展露天生属于它们的饱满丰盈的血性。

每一只体力早已透支而苦苦支撑着生命的藏獒，都至少面对着四匹矫健生猛的壮狼或大狼，鲜血和死亡同时出现了，有狼的死，也有藏獒的死，藏獒死得多一点。每一只藏獒，在它们扑倒一匹狼之后，自己就得饱尝狼牙从侧面和后面疯狂撕咬的耻辱，它们必须顽强地挺立着，一旦倒下，等待它们的就只能是命归西天。獒王冈日森格知道，不能再这样拼下去了，这样拼下去，领地狗群就会全部死尽。怎么办？总不能转身逃跑吧？作为藏獒，作为西结古草原的守护神，它们可从来没有被狼追逃过，甚至都不知道当自己的屁股对着狼而不是利牙对着狼的时候，是应该往前迈步，还是往后迈步。再说四周也没有可逃之路，一旦领地狗们跑出上阿妈狼群，别的狼群就会铺天盖地而来，转眼把它们撕碎吞掉。

冈日森格后退一步抬起了头，四下里看了看：头狼呢，上阿妈狼群的头狼呢？要是把头狼干掉，狼群就不可能这样团结一致拼命厮杀了。引出来，必须把头狼引出来。冈日森格想着，冲过去，帮助大力王徒钦甲保摆脱了四匹狼的围攻，然后在徒钦甲保耳畔大吼小叫了几声。大力王徒钦甲保明白了，转身就跑，跑向了不远处的尖嘴母狼。大概是担心着肚腹里的孩子吧，尖嘴母狼一见徒钦甲保张牙舞爪地朝自己跑来，就发出了一声求救的嗥叫。徒钦甲保需要的就是这样的嗥叫，它在母狼面前又扑又吼，不断把利牙摩擦在对方的脖子上，迫使母狼的嗥叫越来越焦急，越来越尖亮。

上阿妈头狼听到了，朝这边看了看，意识到这很可能是诱饵，不仅没有过来解救，反而恶狠狠地回应了一声：喊什么喊，你想让我过去喂那只藏獒啊？那还是你把你自己喂掉吧。尖嘴母狼失望委屈地哭起来，哭声婉转深长，弯弯曲曲地传了出去。而大力王徒钦甲保的恫吓变本加厉，好几次都用利牙划烂了母狼的鼻子。尖嘴母狼惊恐地咆哮着，绝望的意味、哀怨的意味、求救的意味，让它变得无助而可怜，让上阿妈狼群以外的一匹公狼忧心如焚，它竖起耳朵谛听着，犹豫了片刻，便义无反顾地朝这边飞奔而来。

多猕头狼出现了，它出现在上阿妈狼群里，直扑正在威胁尖嘴母狼的大力王徒钦甲保。徒钦甲保后退着，退了十几步才停下，怪声怪气地叫起来，一会儿像狼嗥，一会儿像狗吠。多猕头狼来到尖嘴母狼身边，安慰地舔了舔母狼受伤的鼻子。母狼下意识地躲闪着，嗓子里却发出一阵十分受用的咿咿声。多猕头狼立刻用肩膀碰了碰母狼，似乎是说：快，跟我走，这里危险，这里没有谁保护你。母狼摇头不语，毕竟它是上阿妈狼群的母狼，怎么可以跟着多猕头狼走呢？它用头使劲顶着多猕头狼，意思是说：还是你走吧，走啊，快走，不走你就危险了。没等忘乎所以的多猕头狼反应过来，尖嘴母狼预感到的危险就横逸而来。

上阿妈头狼被大力王徒钦甲保怪声怪气的叫声吸引，扭头一看，不禁怒不可遏：居然有趁火打劫的，不要命的多猕头狼你就色胆包天吧。愤怒使它变得鲁莽，它一贯具有的智慧的分析、冷静的判断不起作用了，因为它首先意识到这事儿关系到它在狼群里的威望和地位，决不能听之任之，即使它并不爱惜自己有孕在身的妻子，也要给多猕头狼一点颜色瞧瞧。它蹦跳而起，朝着无意中作了诱饵的多猕头狼狂扑过来。

多猕头狼愣了，它本来完全来得及转身跑掉，而且也下意识地伏下身子，像一个偷鸡摸狗的贼那样飞快地朝前溜去，但是它又回来了，又昂起头理直气壮地站在了尖嘴母狼身边。也许是它想到，如果自己跑掉，上阿妈头狼就会把仇恨宣泄在尖嘴母狼身上，那怎么可以呢？自己惹的祸就应该由自己受罚，逃避责任的公狼，哪个母狼还会看得起呢？也许它预见到徒钦甲保怪声怪气的叫声里隐藏着领地狗的诡计，而诡计一旦得逞，它将成为真正的受益者。它嘹亮地嗥叫着，仿佛是说：来吧，上阿妈头狼，你就来吧，你要是咬不死我，尖嘴母狼就属于我了。多猕头狼的挺胸昂首让上阿妈头狼吼声如狗，它忘掉了领地狗群的存在，眼光仇恨地聚焦着，几乎失去了余光，只能看见多猕头狼而看不见任何别的东西。它直线奔跑，想用最快的速度扑倒对方，咬死对方。

不远处的獒王冈日森格冷笑一声，似乎对自己能够熟练掌握螳螂捕蝉黄雀在后的诡计而深感欣慰。它开始奔跑，从斜后方无声地插过去，速度快得超过了狼的两倍，当上阿妈头狼正准备一口咬住多猕头狼时，自己的喉咙却呼哧一声陷进了獒王的大嘴。獒牙的切割既快又准，噗噗两下，伤口的深洞里就冒出了一串气泡。狼血泉涌而出，上阿妈头狼徒然挣扎着，身子痛苦得扭成了麻花。冈日森格又咬了一口，这一口一下就把上阿妈头狼的命脉咬断了。死亡来得猝不及防，近处的几匹上阿妈狼惊呆了。獒王冈日森格松开上阿妈头狼，冲过去，在多猕头狼的脑门上炸吼一声：还不快走。多猕头狼畏怯地后退着，看獒王并没有咬死自己的意思，就扑过去，又是叫又是咬地推搡着尖嘴母狼。尖嘴母狼好一会儿才明白过来，转身就跑。多猕头狼紧紧跟上了母狼，跟了几步，又抢过去拦住它，引导它改变方向，朝着上阿妈狼群之外跑去。它们边跑边叫，声音悲切，若断似连，像是对上阿妈头狼的告别，又像是给所有狼群的通报。

声音传得很快,所有的上阿妈狼都知道它们的头狼已经死了,所有的领地狗都知道它们的獒王咬死了上阿妈头狼。双方停止了厮打,拉开十步远的距离,互相仇恨地盯视着。獒王冈日森格卧了下来,所有的领地狗都卧了下来,它们并不是意识到应该抓紧时间休息,而是实在支撑不住了,它们垂吊着沉重的獒头,舔着身上的伤口和地上的积雪,不断发出一声声低哑的呻吟,而眼睛却一刻不停地观察着分散在四周的上阿妈狼群。

悲伤的上阿妈狼一个个凝然不动,也悄无声息,它们失去了狼群的主宰,也就等于失去了灵魂和力量,已经不知道应该干什么好了。沉默中的思考就像没有脑子的思考,结果只能是错误。随着一声母狼的召唤,一只大狼突然跑起来,跑到自己家族里面去了。狼群顿时一阵动荡,所有的壮狼和大狼都跑起来,跑回到了自己的妻子儿女跟前。变阵了,上阿妈狼群在失去了头狼之后,迅速放弃了集体进攻,变回到了各自为阵的家族式狼阵。

这正是獒王冈日森格期待中的,也是它盘算好的,只是没想到来得这么快。它站起来朝前走去,知道这会儿上阿妈狼群对领地狗群没有丝毫威胁,就心急意切地要去看看那些死去的藏獒。大力王徒钦甲保快步跟上了它,所有的领地狗都跟上了它。它们边走边叫,眼泪不可遏止地溢淌着,滚落到地上,把藏獒对同伴深深的留恋和哀悼,化入了脚印纷乱的积雪。但是獒王冈日森格没想到,它们对同伴的哀悼立刻引起了上阿妈狼群的误解,以为它们是前来厮杀的,离得最近的几个狼家族几乎同时惊叫起来,叫了几声就开始奔跑,它们一跑,所有的狼家族、整个上阿妈狼群都开始奔跑。冈日森格赶快驻足,想发出几声柔和的喊叫不让它们跑,但已经来不及了,转瞬之间,前后左右的上阿妈狼一个不剩地跑没了影。

冈日森格叫了一声不好,赶紧跳上一座雪丘,警觉地四下里观察起来。一分钟前,领地狗群的位置还处在上阿妈狼群的中间,无须忧虑其他狼群的进攻,可是现在,它们赫然暴露了,暴露在了所有狼群的眼界里。四周爆起一片狼的咆哮,多猕头狼的狼群、黑耳朵头狼的狼群、红额斑头狼的狼群这时候发现,就像包粽子一样被上阿妈狼群紧紧包住的领地狗群,突然裸现了。已经无需再用嗥叫商量,几股狼群都知道,在混群的危险消失以后,它们惟一要做的,就是一起扑过去咬死吃掉所有的领地狗。红额斑头狼的狼群扑过去了,黑耳朵头狼的狼群扑过去了,而多猕狼群眼看着就要扑过去,却又没有扑过去。

多猕狼群尤其是那些忌妒心很强的母狼,正在全体一致地怒视着头狼带来的尖嘴母狼,准备过一会儿再围过去咬死它,突然看到了领地狗群,又看到了别的狼群对领地狗群的奔扑撕咬,顿时躁动起来。多猕头狼直着脖子用尖叫发出了命令:冲啊,冲啊。没有谁听它的命令,对狼群来说,虽然大敌当前,干掉领地狗群再去报复人类远比清除异己之狼重要得多,但狼的习惯历来是先易后难,咬死一匹外群的母狼不费吹灰之力,为什么不先做了再去跟领地狗群拼命呢。那些忌妒的母狼首先跳起来,用一种奇怪的声音诅咒着,扑向了尖嘴母狼。多猕头狼看到自己的命令毫无作用,反而加速了部众对尖嘴母狼的攻击,就恶狠狠地叫了一声,带着母狼转身就跑。多猕狼群互相吆喝着,朝着自己的头狼和头狼钟爱的母狼追了过去。追着追着就停下了,它们惊讶地看到,从雪海的波峰浪尖上,走来了一个人、一只藏獒。它们非常吃惊:埋伏?怎么这里还有埋伏?好伟壮的一只藏獒,居然一声不吭地埋伏在这里。

3

这是一场混战,是红额斑头狼的狼群和黑耳朵头狼的狼群对领地狗群的前后夹击,是两股狼群实施的一次最酷虐也最有效的杀伤。本来獒王冈日森格想带着领地狗群冲进红额斑头狼的狼群,就像冲进上阿妈狼群那样,利用狼群对狼群的戒备,求得一个生存的机会。但是红额斑头狼显然不仅是勇猛的,也是聪明的,领地狗群只要冲过去,它就指挥自己的狼群朝一个方向散开,根本就拒绝把你包围起来,也就是说,只要你进攻它们,你的背后就永远要暴露给别的狼群,而如果你不进攻它们,它们就要跑近你,肆无忌惮地挑衅你的生命。冈日森格只好放弃红额斑头狼的狼群,带着领地狗群转身朝向黑耳朵头狼的狼群。

但领地狗群还是不能冲到狼群中间去,黑耳朵头狼大概已经观察到了上阿妈狼群的失误,召集狼群中所有的壮狼和大狼,肩靠肩地排列出三层,挺立在领地狗群的面前。这是一个既能进攻又能防守的狼阵,冈日森格和大力王徒钦甲保轮番试了几次,又联手试了几次,最后伙同所有的领地狗试了几次,都无法撕开一道口子,太坚固了,对在连续奔跑和残酷打斗中备受伤痕、备受乏累之困的领地狗群来说,这样的堵挡几乎就是铜墙铁壁。

就在獒王冈日森格对无力冲进狼群而懊恼不已的时候,狼群的夹击开始了，先是红额斑狼群从后面的撕咬，领地狗群回过头去正要反击，黑耳朵狼群的进攻突然打响。面对世世代代一直威胁镇压着狼群的藏獒，所有的狼在这一刻都成了屠夫，嗜杀的秉性、兽性的欲望、日积月累的仇恨，把它们对人类对獒类的报复演绎成了一场噩梦、一场恶魔的率性表演、一场残酷和暴烈的比赛。而藏獒的应对，就是把打不烂、拖不垮、咬不死的精神，再一次以超越极限的方式表现出来，它们也是屠夫，也是野兽，也是恶魔。对它们来说，钟情肉筵是自然之道，残酷嗜杀是天然禀赋，欲望和仇恨祖传而来，狼带给它们的噩梦，它们也将用噩梦的方式还给狼。

只是狼太多太多，漫山遍野，一望无际，藏獒太少太少，少得似乎都不够狼们分配的。狼跳着，藏獒扑着，双方的攻击都显得沉实有力，不是狼死，就是獒伤，惨叫此起彼伏，是狼的，也是藏獒的，一个个倒下了，比赛似的倒下了，只要狼倒下一匹，紧跟着藏獒就会倒下一只。好在所有的狼不可能一起扑上来，即使它们一个挨着一个，能进行有效攻击的，也只是靠近领地狗群的一部分。

獒王冈日森格在又扑又跳地厮打了一阵后，及时让领地狗群围成了团。大家屁股向里头向外，结实牢靠地挤在一起，节省着力气，不再主动进攻，也不再威胁恫吓，更不再随便躲闪，只要狼扑过来，它们就让狼牙咬住自己，狼牙一咬住，狼就不会后退了，这时候獒嘴一张，一牙封喉。但这样的抗击几乎等于自杀，转眼之间，所有的藏獒血流如注。就在这个时候，獒王冈日森格闻到了也看到了恩人汉扎西。它用一种金属碰撞似的声音"钢钢钢"地叫着，只叫了几声，就听到了汉扎西的回应，就发现和汉扎西在一起的，还有大灰獒江秋帮穷，还有自己的孩子小母獒卓嘎。它激动着，真想飞起来，越过狼群的头顶，到达恩人汉扎西身边。但是不行，面前的狼群密集猛恶，一层一层地延伸着，每一层都是一个深不可测的渊薮；再说它已是遍体鳞伤，乏累之极，应付面前狼群的进攻，不至于让自己立刻死掉，就已经勉为其难了。它痛苦到极点，内心不断增生的焦急和凄惨几乎要把它吃掉，自责的潮水奔腾而来：毕生以保护别人为天职的獒王啊，你现在除了保住自己之外还能干什么？死掉吧，死掉吧，既然你连你的恩人都不能保护，那就赶快死掉吧。

多猕狼群已是一股没有头狼指挥的狼群了。头狼就在斜前方，这个爱美人胜过爱江山的头狼本来打算带着尖嘴母狼朝北跑去，看到父亲和大灰獒江秋帮穷后，就不敢往那边去了。它满脸狐疑地停留了一会儿，然后带着尖嘴母狼，绕过自己的狼群，朝回跑去。担忧着埋伏、畏惧着江秋帮穷的狼群立刻跟了过去，一方面是逃跑，一方面是追逐：该死的上阿妈狼群的母狼，你永远别想成为多猕狼群的母狼。

父亲的眼前，大灰獒江秋帮穷的眼前，突然出现了一片空地，狼群河水一样流淌着，须臾离去了。父亲怀抱着小母獒卓嘎和狼崽，吆喝着大灰獒江秋帮穷，急步朝前走去，想尽快缩短他们和獒王冈日森格之间的距离，却没有想到，这一走就从几股狼群共同围剿领地狗群的边缘，走向了围剿的中心，走向了所有狼群都可以攻击的地方。更糟糕的是，他们的身后，突然冒出了另一股狼群，截断了他们的退路，那就是曾在鲸鱼似的雪冈上拦截过他们而没有得逞的断尾头狼的狼群，原来这股狼群一直跟踪着他们。

父亲和大灰獒江秋帮穷都意识到了身后的危险，停下来张望着。狼群靠近得很快，断尾头狼跑在最前面，好像都有点来不及了，食物就在眼前，要是它们不吃，别的狼群顷刻之间就会一扫而空。大灰獒江秋帮穷狂猛地吼叫着，扑了过去，又害怕父亲遭到其他狼群的攻击，赶紧折了回来。而断尾头狼误以为这是藏獒的胆怯，更加放肆地咆哮着：冲啊，冲啊。狼群的奔扑峻急如山倒，呼啦啦地淹没而来。

父亲浑身抖了一下，摩挲着怀里的小母獒卓嘎和狼崽，心说这就是命啊，我们就是被狼吃掉的命，不是被这群狼吃掉，就是被那群狼吃掉。他用一只胳膊搂住两个小家伙，腾出一只手，从依然飘摇在胸前的黄色经幡上撕下一绺来，朝着狼群扔了过去，喊道："我要念经啦，狼你们听着，我要请来猛厉大神、非天燃敌、妙高女尊跟我一起念经啦，我要把你们超度掉，也要把我自己超度掉，升天了，升天了，汉扎西就要升天了。"那一绺经幡随风而逝，仿佛听了父亲的话，代替父亲到狼群那里念经去了。父亲拍了拍大灰獒江秋帮穷的头说："别管我了，你自己走吧，你能冲出去的，去找你的獒王冈日森格。"

大灰獒江秋帮穷当然不会听父亲的，它围绕着父亲转来转去，突然冲向了断尾头狼。断尾头狼停下了，整个狼群都停下了，就停了一会儿，还没来得及和江秋帮穷交锋，就转身往回跑去。怎么了？怎么这股狼群是如此的胆小？江秋帮穷生怕有诈，赶紧回到父亲身边，奇怪地望着，望了一会儿才知道，不是断尾头狼的狼群胆小，而是就像在鲸鱼似的雪冈上那样，一只隐身在云里雾里的藏獒，又一次袭击了断尾头狼的狼群。

断尾头狼吃惊地发现，就在它们跟踪父亲和大灰獒江秋帮穷的时候，那只脊背漆黑如墨、前胸火红如燃的穷凶极恶的藏獒，那个在寄宿学校的厮打中死而复生的名叫多吉来吧的党项罗刹，也一直跟踪着它们。断尾头狼立刻

391

意识到,这只藏獒是在保护前面的人,只要狼群威胁到那个人,它就会从隐藏很深的地方冒出来,让你背后受敌,让你在丢下几具狼尸之后失去咬死那个人的机会。但要是你调动兵力,全力以赴对付它,它又会迅速离开,继续隐身在谁也看不见的地方,悄悄地鬼蜮一样跟着你,可怕地监视着你的一举一动。啊,它为什么要这样?为什么不能站出来呆在那个人的身边,正大光明地履行保护职责呢?断尾头狼当然想不到,藏獒是越没有尊严就越喜欢孤独,越要离群索居,悄无声息地消失在岁月的风尘里。但是现在多吉来吧还不能死,大雪灾没有过去,它既不能丢弃无脸见人的羞愧,又要继续承担保护主人安全的职责,就只好这样行踪诡秘地暗中出击了。多吉来吧再次不见了,狼群后面出现了两具狼尸,都是一口毙命的。断尾头狼愤怒地嗥叫着,好像是说:你出来,你出来,有本事你出来。嗥叫了一会儿,突然意识到这样是没用的,转身就跑,边跑边招呼自己的部众:追啊,追啊,报复的机会又来了,我们不能轻易放弃那个人。

父亲看着再次追过来的狼群,对大灰獒江秋帮穷说:"怎么回事儿,狼群来了又走了,走了又来了?"江秋帮穷知道父亲在问什么,可就是解释不清楚,冲着断尾头狼的狼群高高低低地叫起来。父亲说:"别叫了,我们只能往前走,退回去和停下来都是不可能的。"父亲壮着胆子,大大咧咧朝獒王冈日森格走去,好像一点都不在乎后面的追兵,也不在乎他们和冈日森格之间拥堵着多少随时可能吃掉他们的狼。

4

对尖嘴母狼顷刻就会一命呜呼的担忧,让多猕头狼有点晕头转向,它带着母狼拼命奔驰,见空就钻,见路就跑,跑着跑着,猛抬头发现它们已经来到了黑耳朵狼群的边缘,赶紧扭身离开,没跑多远,又发现它们差一点闯进红额斑头狼的狼群,眼看几只大狼就要扑过来撕咬,立马掉转身子,抱头鼠窜。左也不能,右也不能,后面又有追撵而来的多猕狼群,那就只能往前跑了。但往前跑同样是不能的,等它们不得不停下来,吃惊地看着阻挡在面前的那堵墙时,才明白它们居然来到了领地狗群的面前,獒王冈日森格就在离它们五步远的地方。

多猕头狼愣住了,一时间不知如何是好,它身边的尖嘴母狼似乎反应比它快，掉头就跑，跑了两步就发现已经来不及了。多猕狼群排成半圆的阵势朝它们包抄而来，跑在最前面的全是母狼，母狼们嫉妒的眼睛充满了血丝，嗜血的母性的阴毒毫不掩饰地挂在眼角眉梢。尖嘴母狼吓得浑身一抖，惊嗥着后退几步，靠在了多猕头狼身上。已经无处可逃了，多猕头狼紧张恐怖的咆哮一会儿向着领地狗群，一会儿向着自己的狼群。那些炉火中烧的母狼不听它的，直扑尖嘴母狼，七八张大嘴同时咬住了这个陷入同仇敌忾的头狼的情人。尖嘴母狼无奈地惨叫着，多猕头狼更加无奈地惨叫着，这样的惨叫意味着放弃，在尖嘴母狼是放弃生命，在多猕头狼是放弃爱情。

但是尖嘴母狼和多猕头狼万万没想到，对生命来说，想拥有的不一定拥有，想放弃的未必就能放弃，死亡和割爱并不在这一刻，帮忙的出现了，居然是獒王冈日森格。被嫉妒搞昏了头的那些母狼直到被利牙驱散，也没有搞明白为什么领地狗群的獒王也会像多猕头狼一样袒护一匹母狼。其实冈日森格也不明白这到底是为什么，是因为几天前在前去营救恩人汉扎西和主人刀疤的路上，当它被冰甲困扰而又遭遇上阿妈狼群的时候，尖嘴母狼掩护了它？不不不，绝对不是这个原因，冈日森格非常清楚，即使没有这样一次掩护，它也会行侠仗义地去保护一匹孕期中的母狼。很多时候，它的行动并不是出于思考，而是出于本能和天性——爱护母性的本能、帮助弱者的天性，仿佛遥远的造物主是这样告诉它们的：你不能咬死母的小的，你断绝了敌手的传宗接代，也就带来了你自己的衰减弱败。久而久之，这种生命共生的意识变成了训练有素的无意识，条件反射代替了思考判断。这大概就是人和藏獒的区别：人，接受事物而思考原因；藏獒，接受事物而不问原因。冈日森格接受了自己对这匹母狼的同情，也接受了自己援救母狼的行动，就像要去援救自己的兄弟姐妹那样，自然而然地扑了过去。

没有哪匹狼敢于反抗这只冒着生命危险援救一匹母狼的獒王，它们都傻了，远远近近的狼都傻了，傻呆呆地看着獒王冈日森格连吼带咬地把尖嘴母狼从七八张血盆大口中解救了出来。嫉妒的母狼们带着伤痕惊叫着退去，而尖嘴母狼以为这只硕大无朋的藏獒是来跟母狼们争抢食物的，依然趴在地上，恐惧地蜷缩成一团，瑟瑟发抖。倒是离獒王最近的多猕头狼首先丢开了惊怕和呆傻，悠悠地嗥叫了几声，像是对獒王的感谢，又像是对尖嘴母狼的安慰，嗥完了，就开始飞快地舔舐母狼身上的伤口。

獒王冈日森格回到了领地狗群中，就像根本没救过母狼似的，敌意而警觉地望着面前的所有狼。它和它的领地狗群依然需要结实牢靠地挤在一起，尽量节省力气，等着狼扑过来咬住自己后，再实施杀戮。但是狼没有扑过来，所有看到了獒王救母狼这一幕的狼都没有扑过来。暂时的平静中，尖嘴母狼坐了起来，它惧怯而感激地看了一眼獒王，又仇恨而怨怒地看了一眼多猕狼群，知道那些天性嫉妒的多猕母狼决不会放过它，而它也不可能每一次都得到獒王的援救，便用尖嘴给多猕头狼示意了一下，跳起来就跑。多猕头狼毫不犹疑地追随而去，这一去就注定了它的命运，它再也不是多猕狼群的头狼了，它将成为一匹没有群落没有领地的独狼，寂寞而坚韧地守护着自己的爱情，孤魂野鬼般游荡在草原上。

大概是慑于獒王冈日森格的威力吧，多猕狼群没有再去追杀尖嘴母狼，它们直勾勾地望着獒王，好一会儿才离开，离开的时候好像突然受到了惊吓，几乎是整齐划一地扭转了身子，在红额斑狼群和黑耳朵狼群组成的凶险难测的夹道中，夺路而去。

父亲走来了，多猕狼群对尖嘴母狼的追逐，等于给父亲和大灰獒江秋帮穷开通了一条通往獒王冈日森格的路。堵挡在前面两侧的红额斑狼群和黑耳朵狼群都以为，让多猕狼群去冲撞一下尚有余勇可贾的领地狗群，当然是再好不过的。它们谨防着混群，以夹道欢迎的姿态允许多猕狼群通过，却没有想到紧接着发生了一连串令它们吃惊的事情：先是吃惊于多猕母狼对上阿妈尖嘴母狼的撕咬以及多猕头狼的袒护，再吃惊于獒王对尖嘴母狼的援救，接着又吃惊于跟在多猕狼群后面的父亲和大灰獒江秋帮穷会以最快的速度，穿越所有狼群都可以攻击的高危地带，走向了领地狗群，最后吃惊于风一样从父亲和江秋帮穷后面飘然而来了另一股狼群。

红额斑狼群和黑耳朵狼群都认识这股狼群，这股狼群就是几天前跟它们一起围剿过寄宿学校、咬死过十个孩子、然后又一起逃往屋脊宝瓶沟的断尾头狼的狼群。它们怎么来了？眼看着领地狗群就要被彻底打败，制高点上的人类就要一个不剩地被吃掉，这个时候却横斜里插进来另一股狼群。该死的，你们付出了什么，居然要和我们分享胜利果实？红额斑头狼和黑耳朵头狼都呜嗷呜嗷的嗥叫起来，明显表示出了对断尾头狼的狼群的愤怒和不满。这时领地狗群也看到了断尾头狼和它的狼群，显得异常平静，很无所谓的样子。对领地狗群来说，狼已经多得数不过来了，再多一群又有什么要紧，反正是一场力量悬殊的对抗，归根结底都是死，死在哪群狼的嘴下都一样。更何况父亲来了，庆幸的时刻到了，暂时也就顾不上狼了。

在见到恩人汉扎西的一刻,獒王冈日森格跳起来扑了过去,激动让它觉得它再也不需要节省力气,它已经有力气了,它的力气足以把父亲扑倒,而且还一口咬住了父亲的脖子。当然这是游戏,是感情浓烈到无以言表的流露,它旋即跳开,惊喜地看着站在二十步外的大灰獒江秋帮穷,叫了一声,好像是说:过来呀。大灰獒江秋帮穷没有过去,它看到除了獒王没有那只领地狗理睬它,就又一次意识到了作为败军之将的悲哀,它低低地叫着,像是说:我已是无脸见人哪獒王,我辜负了你的期望,我让领地狗群打了败仗,我就不过去了,我就呆在这里吧。

　　大力王徒钦甲保恶狠狠地叫起来,它永远忘不了江秋帮穷带给领地狗群的耻辱,永远都无法改变它对给集体带来灾难的无能的领导者的鄙视。它用吼叫驱赶着江秋帮穷:你滚吧,滚到远远的地方去,你怎么又回来了。江秋帮穷没有滚,摇晃着尾巴,似乎在乞求大力王徒钦甲保,也乞求獒王冈日森格:不要啊,不要让我滚,我离不开领地狗群,我已经离开你们很久很久,好不容易回来了,现在就是死也要跟你们死在一起。冈日森格走向了大灰獒江秋帮穷,想给它一些安慰,突然看到了从父亲怀里窜出来的小母獒卓嘎和狼崽,顿时就被吸引住了。

　　依然叼着那封信的小母獒卓嘎撒娇地扑向了阿爸,狠狠地在阿爸腿上撞了一下,好像是说:阿爸呀阿爸,你怎么不管我了?阿妈呢?阿妈到哪里去了,它怎么不在你身边?冈日森格温情地伸出大舌头,使劲舔了舔小卓嘎,然后就奇怪地盯上了狼崽。父亲赶紧从地上爬起来,指着趴在地上发抖的狼崽说:"你可不要伤害它。"冈日森格摇了摇头,它的摇头就是点头,意思是说:不会的。然后就像舔小卓嘎那样,使劲舔了一下狼崽。

　　狼崽吓坏了,它从来没见过、更没有如此贴近地接触过这么多威风凛凛的天敌,它站起来就跑,跑到了小母獒卓嘎身边。小卓嘎抬起前爪抱住了狼崽:啊,不要紧的,不要紧的,我阿爸不会咬你。看到身边的大部分藏獒都奇怪地望着狼崽,小卓嘎便用肩膀撞了一下狼崽,然后就跑,它想重现它们一路走来时互相追逐着嬉戏玩耍的情形,以此消除大家对狼崽的疑忌。但它没想到,狼崽的追逐已不是玩耍而是寻找生命的依靠,脸上紧张恐怖的表情很容易让别的藏獒理解成仇恨和愤怒。

　　大力王徒钦甲保首先发怒了,冲着狼崽大吼一声,意思是警告:你不要命了,竟敢追咬我们的小母獒。狼崽跑得更快了,它必须挨着小母獒卓嘎,

395

挨着是安全的，离开就是危险的。徒钦甲保哪能允许狼在它面前如此放肆地欺负一只小母獒，轻蔑地哼了一声，横扑过去，咬住了狼崽。完了，狼崽完了。獒王冈日森格知道大力王徒钦甲保的大嘴只要轻轻一合，狼崽就会断成三截，它顾不上喊叫一声，纵身一跳，风卷而去。只听轰然一响，徒钦甲保被撞倒在地。冈日森格一只前爪摁住徒钦甲保的大吊嘴，一只前爪踩住它的脖子，迫使它松开牙齿，让狼崽从嘴边滑了下来。还好，只是有伤，而没有被牙刀拦腰割断，狼崽跑开了。

獒王冈日森格从大力王徒钦甲保身上下来，生气地吼叫着，好像是说：你怎么能这样，即使是狼的孩子，也是孩子啊。徒钦甲保没有起来，它已是伤痕累累、精疲力竭，被獒王猛力一撞，只觉得头晕腰疼、眼花耳鸣，似乎再也站不起来了。小母獒卓嘎扑了过来，想咬大力王徒钦甲保一口，意识到自己还叼着那封信，就用头在徒钦甲保脸上又撞又顶，似乎是埋怨：徒钦甲保叔叔你真坏啊，它是我的朋友你怎么能咬它？我阿爸说了，好藏獒是不欺负孩子的，你不是一只好藏獒。徒钦甲保委屈地流着泪，用虚弱得连不起来的声音哀哀地叫着：对不起了小卓嘎，我真笨啊，没看出它是你的朋友，我以为它是要咬你的。这时突然听到狼崽一声惊叫，所有的领地狗都朝惊叫的地方望去。

跑开去的狼崽再也不敢靠近领地狗群了，但它又知道狼群也是充满了险恶的，就只好在领地狗群和狼群之间的空地上来回跑着，跑着跑着，就看到了断尾头狼。它惊叫一声，戛然止步，愣怔了片刻，扑通一声瘫软在地上，吱哇吱哇地哭起来。伤心惨目的往事络绎而至：阿妈死了，阿爸死了，一直抚养着它的独眼母狼也死了，都是被断尾头狼咬死的，现在断尾头狼又要咬死它了。它没有死在狼的天敌藏獒的嘴下，却要死在自己种族的手里了。它闭上了眼睛，等待着死亡。跳过来的断尾头狼似乎希望狼崽睁开眼睛，看到自己被咬死的情形，便戏弄地用嘴拨拉着，让狼崽来回打着滚，直到狼崽睁开眼睛流出了因恐怖而带血的眼泪。断尾头狼咆哮起来：你居然还活着，居然跟领地狗群混在一起，该死的叛徒，你终于落到我手里了。它咆哮了几声，然后一口咬住了狼崽。

獒王冈日森格发怒了，它跳起来就要扑过去，发现堵挡在前面两侧的红额斑狼群和黑耳朵狼群也都朝这边看着，兴奋得你拥我挤，便停了下来。它担心两股狼群会趁机扑过来，就转身把恩人汉扎西用头顶到了领地狗群的中央，再想着要去营救狼崽时，不禁大惊失色，它看到被断尾头狼咬住的，已不是狼崽，而是大力王徒钦甲保了。

谁也没有留意徒钦甲保，它居然站了起来，它在生死线上已经奔驰得太久太久，身心早已虚脱，加上獒王的猛力一撞，差不多就要死了，但它还是站了起来。它说：獒王啊，我知道你是喜欢孩子的，那我就去把这孩子救下来吧。又说：小卓嘎你看着我，我其实是一只好藏獒，真的是一只好藏獒啊。说着，它拖起沉重的身子扑了过去，这是它生命中的最后一扑，它扑翻了正准备咬死狼崽的断尾头狼，自己也轰然倒在了地上。

狼崽又一次脱险了，它从断尾头狼的牙齿之间掉下来，掉到了几乎和大力王徒钦甲保同时扑过来救它的小母獒卓嘎身上。狼崽尖叫着，一看是小卓嘎，顿时就闭嘴了。它哭起来，眼睛渐渐地明澈着，流出来的已不是恐怖的血泪，而是伤心的清泪。它站起来，求生似的靠上了小母獒卓嘎。小卓嘎朝领地狗群走去，狼崽跌跌撞撞地跟了过去。

被扑翻的断尾头狼很快站了起来，看到大力王徒钦甲保趴在地上，满嘴流血，就知道这只藏獒已经累得内脏喷血，再也没有打斗能力了。它扑过去，一口咬住了徒钦甲保的脖子。徒钦甲保浑身抽搐了一下，心有不甘地睁着眼睛，一直睁着眼睛，死了。这个为了营救一匹狼崽而献身的藏獒，这个背负着戴罪立功的沉重包袱黑旋风一样南征北战的藏獒，这个因为必须服从獒王必须忠于职守而和妻子黑雪莲穆穆、孩子小公獒摄命霹雳王生离死别的藏獒，这个大力王神的化身，它就在今天，在十岔怒王地的积雪中，被狼咬死了。等獒王冈日森格扑过去救它时，它的最后一缕气息已经被断尾头狼呼进了自己的肚子。父亲看到，黑色的钢铸铁浇般的徒钦甲保，即使倒下，也保持着大力王神的风度，神情刚正威武，浑身黑光闪亮，在一地缟素的白雪中，耀出了半天的肃穆和骄傲。

断尾头狼扭身就跑，獒王冈日森格没有追，它趴在大力王徒钦甲保身上，呵呵呵地叫着，好像有无尽的感情需要抒发：徒钦甲保，徒钦甲保。獒王的眼泪，就像春天冰山的融水，从顽强和坚硬中流淌而来，它什么也不顾了，只顾沉浸在海一样深沉的悲伤忧戚中，失声恸哭。父亲就站在冈日森格身边，呆痴地听着那如泣如诉的哭声，揣度着獒王的意思。父亲后来说，獒王的意思应该是这样的："徒钦甲保啊，你原谅我，是我让你戴罪立功的，我知道你会把自己拼死，早就知道啊，徒钦甲保。我不该一头撞倒你，你受委屈了呀徒钦甲保。徒钦甲保你原谅我，是我把你和你的妻子还有你的孩子分开的，我知道黑雪莲穆穆和小公獒摄命霹雳王也是好样的，它们要是来到了这里，也会跟你一起拼命一起去死，我不想让它们死，它们一个是母的，一个是小的，不能跟你一起死啊。"獒王冈日森格这个时候还不知道，大力王徒钦甲保的妻子和孩子已经死了，黑雪莲穆穆和小公獒摄命霹雳王已经在营救牧民的过程中以身殉职了。

所有的藏獒都跟着獒王冈日森格哭起来，它们不顾红额斑狼群和黑耳朵狼群的窥伺，不顾断尾头狼的狼群的觊觎，只让悲酸的泪水汹涌地糊住了深邃的眼睛，然后在无限迷茫的哀痛中失音地哑叫着。一个机会出现了，对所有的狼群来说，这都是一个难得的机会，它们可以扑向领地狗群，扑向它们恨之入骨、畏之如虎的獒王冈日森格，咬死它，咬死它们，一鼓作气全部咬死它们。但是狼群没有这样做，红额斑头狼呜呜地叫着，它的狼群也跟着它呜呜地叫着，好像是庆祝，更像是伤心，藏獒死了，狼们为什么要伤心？黑耳朵头狼和它的狼群丫杈着耳朵，谛听着藏獒的哭声凝然不动，似乎一个个都成了出土的狼俑。

断尾头狼不远不近地看着，它有些得意，毕竟这只雄壮的黑色藏獒是它咬死的，但它却再也没有勇气怂恿自己的狼群扑过去扩大战果。它当然一如既往地仇视着藏獒，也仇视着差点就要吞到肚子里去的狼崽，但有一个问题不期然而然地纠缠着它，让它不得不去收敛自己的残暴和强烈的复仇心理：藏獒居然也会营救狼崽，居然会为了营救狼崽而付出生命，为什么？

就在这时，一直和领地狗群保持着二十步距离的大灰獒江秋帮穷扑了过去，扑向了断尾头狼。它是要为大力王徒钦甲保报仇的，在它看来，它离断尾头狼最近，报仇的任务就只能由它来担当了，它忘了大力王徒钦甲保曾经那么轻蔑地对待过它，忘了就是这个徒钦甲保首先发难把它撺出了领地狗群，它只有一个意念：眼看着徒钦甲保被断尾头狼咬死而无所作为，那就是天大的耻辱。断尾头狼好像早有准备，没等大灰獒江秋帮穷跑到跟前，尖嗥一声，撒腿就跑。它的狼群跟上了它，转眼就把它裹到中间保护起来了。江秋帮穷紧追不舍，边追边咬，试图咬开所有阻挡它追上断尾头狼的狼。狼们纷纷让开，让出了一条通往狼群中心的通道。大灰獒江秋帮穷不顾一切地直插进去，通道转眼就被狼群从后面封死了。

獒王冈日森格远远地看着，叫了一声不好，打起精神就追，领地狗群呼啦啦地跟上了它，依然叼着那封信的小母獒卓嘎、跟着小卓嘎寸步不离的狼崽，还有父亲，也都跟着跑起来。

9 獒王的哭泣

1

堵挡在前面两侧的红额斑狼群和黑耳朵狼群,给断尾头狼的狼群让开了路,也给领地狗群让开了路。十岔怒王地上,几股狼群共同围剿领地狗群的局面,突然演变成了领地狗群对一股狼群的追逐。而在三百米开外的一片积雪匀净的平地上,已经失去了头狼的上阿妈狼群,正在吆三喝四地运动着,它们走向了十岔怒王地的制高点,目标已经不是领地狗群,而是人群了。

人群正在从制高点的雪梁上走下来。他们看到领地狗群和狼群的对抗久拖不决,觉得已是黄昏,寒夜就要来临,再这样下去人和狗肯定都要吃大亏,便打算过来支援领地狗群,即使帮不了什么忙,也可以跟领地狗群待在一起互相壮胆。但是他们想不到,刚沿着雪梁的陡坡滑入平地,就碰到了上阿妈狼群。人们停下了。铁棒喇嘛藏扎西跑到前面,端着铁棒威胁着狼群:"你们不要过来,过来我就打死你们。"上阿妈狼群不动了,互相观望着,好像不知道怎么办好,没有了头狼也就没有了命令,而狼群是习惯于命令的。这时它们发现,同样失去了头狼的多猕狼群,也朝着这边走来,从另一个方向堵住了人。多猕狼群很快停下了,和人的距离跟上阿妈狼群差不多,这就是说,它们不想靠近了冒险,也不想落后了吃亏。铁棒喇嘛又开始威胁:"打死你们,

打死你们,敢过来我就打死你们。"

大概就是铁棒喇嘛的喊声引起了红额斑头狼和黑耳朵头狼的注意,它们远远地看了几眼,马上意识到自己应该怎么办了。它们已经给断尾头狼的狼群让开了路,也给领地狗群让开了路,这就等于把最危险最难对付的存在,移交给了断尾头狼的狼群,而它们却可以像上阿妈狼群和多猕狼群那样,直扑垂涎了许久、猎逐了许久的懦弱的人群。红额斑狼群和黑耳朵狼群跑起来,迅速来到了制高点下面的平地上,肆无忌惮地挤对着没有了头狼的上阿妈狼群和多猕狼群,给自己挤出了一片能攻能守、能扑能逃的宽敞之地,然后用贪馋而阴恶的眼光,胸有成竹地一个个打量着这些暂时还能用两条腿走路的鲜美的食物。眼看狼越来越多,藏扎西有点泄气了,收起铁棒说:"狼怎么这么多啊。"

人们下意识地朝后退去,退了几步就发现已经没有退路了,他们为了迅速靠近领地狗群,选择了最近的也是最陡的一面雪坡,这面雪坡溜下来容易,爬上去就难了,一面三米高的冰壁斜立在身后,人必须攀上冰壁,才能沿着来时的路重新回到十忿怒王地的制高点。大家面面相觑,都用眼睛询问着对方:我们应该怎么办?丹增活佛平静地望着大家说:"是我带头溜下来的,你们知道我为什么要溜下来吗?"大家一脸茫然。丹增活佛说:"你们回头往上看,看了你们就知道了。"大家回过头去,不禁异口同声地惊叫起来:"啊?"

大灰獒江秋帮穷插进狼群后跑了一会儿,才意识到自己已经陷入重围,它不仅不能咬死断尾头狼,反而很可能会被狼群咬死。它倏然停下,扑咬着那些拦路的壮狼和大狼,朝着獒王冈日森格吼叫的地方突围而去。一阵震天撼地的厮杀,从狼群的中心和狼群的边沿同时开始,搅得积雪升天,乌云铺地,狼尸横陈着,獒尸同样横陈着。

在数量上占绝对优势的狼群突然从两个方向来了一个回旋,把父亲和他怀里的小母獒卓嘎以及狼崽裹进了狼群。眨眼之间父亲和大灰獒江秋帮穷同样危险了。而獒王冈日森格和领地狗群不要命的厮杀,只能更多地让狼死伤,却无法攻破坚固而有序的狼阵。大灰獒江秋帮穷奋力来到了父亲身边,它已经放弃突围,把撕咬的目的锁定在了保护父亲上。与此同时,獒王冈日森格把最强悍的几只藏獒集中在了自己身边,正在杀出一条通往父亲和大灰獒江秋帮穷的血路。

就在这时,狼群的前边,那个不受藏獒攻击、薄弱得只有老狼和弱狼的地方,几乎是晴天霹雳般地冒出了一个一直跟踪监视着断尾头狼的狼群的恶魔。所有的狼都认识它,它就是那只脊背漆黑如墨、前胸火红如燃的穷凶极恶的藏獒，那个在寄宿学校的厮打中死而复生的名叫多吉来吧的党项罗刹。它是父亲的狗，只要父亲一遇到危险，它立刻就会出现。如同遭受了天兽的打击，那些老狼和弱狼争着抢着躺下了，仿佛死亡是一件值得争抢的事儿。断尾头狼紧急发出了一声锐利如箭的嗥叫，这是逃跑的信号，狼群丢开几乎就要围死的大灰獒江秋帮穷和父亲，纷纷转身，夺路而去。

　　父亲以及他怀里的小母獒卓嘎和狼崽回到了獒王冈日森格身边，大灰獒江秋帮穷也回到了安全的地方。冈日森格在他们身上闻着看着，没发现致命的创伤，就安慰地舔了舔他们，然后带着领地狗群追撵断尾头狼的狼群去了。它倒不是非要追上狼群，而是想看到多吉来吧，它已经闻出多吉来吧的味道了，而且感觉到断尾头狼的狼群走到哪里，多吉来吧就会跟到哪里。但是直到追撵着断尾头狼的狼群来到十岔怒王地的制高点，獒王冈日森格也没有看到多吉来吧。多吉来吧又一次消隐而去，不知道它是用什么办法把自己藏起来的，身影和味道一瞬间都没有了。

　　在异口同声的惊叫声中，人们看到，白昼渐逝的天色里，十岔怒王地的制高点上，那岿然挺起的雪梁顶端，已是狼影幢幢了。对人来说，那是更大的危险，你一旦上去，占领了制高点的断尾头狼的狼群很可能会俯冲而下，你也就很可能会顺着雪坡滚下来，滚下来就是死，不等狼咬死你，你就已经摔死了。丹增活佛说："你们看见了狼，你们再看看，还有什么？"没等丹增活佛说完，大家都已经看到了：在坡度缓慢的雪梁南边，獒王冈日森格带着领地狗群正从缓坡上下来，慢腾腾地走向平地，走到这边来了。

　　朝着人群包围而去的几股狼群同时停了下来，紧张地望着领地狗群。离领地狗群最近的是红额斑头狼的狼群，狼群的一角正好横挡在领地狗和人群之间，红额斑头狼从靠近人群的这边蹦跳过去，站在了迎击领地狗群的最前面。獒王冈日森格似乎并不想招惹狼群，在五十步远的地方拐了弯，绕开狼群走了过来。它身后的领地狗们一个个都是怒发冲冠、瞋目而视的样子，但都紧跟獒王拐了弯，没有一个违背獒王的意志扑过来和狼厮打。

　　这时梅朵拉姆喊起来："谁啊？那是谁啊？"人们这才看到，在黄昏接近尾声的朦胧里，领地狗群的中间居然还有一个人。班玛多吉主任往前跨了几步，又跨了几步，眯起眼睛看了半晌，才看清那人是谁，不禁吃惊地喊起来："汉扎西，汉扎西，汉扎西是你吗？你怎么到这个地方来了？"班玛多吉的喊声引起了父亲的注意，也引起了所有领地狗的注意，其中一只领地狗是尤其注意的,那就是嘴上一直叼着那封信的小母獒卓嘎。

小母獒卓嘎刚刚被抱累了的父亲放到地上,听到喊声,突然跳起来,蹿到了领地狗群的前面,激动地冲着班玛多吉主任叫了一声,一叫信就掉到地上了,赶紧又叼起来,唰唰唰地使劲摇着尾巴。它太激动了,它这一路闯荡而来,不就是为了把这封信交给班玛多吉主任吗?小母獒卓嘎跑起来,它心里只有关于信的使命,眼睛里只有班玛多吉主任,它没有听懂阿爸冈日森格的吼叫和父亲的声音:"回来,回来。"也没有注意到狼群的位置只允许它绕着弯儿奔跑,不允许它直线而去。它还是个孩子,想不了那么周全,就觉得阿爸正在鼓励它,所有的人都在赞赏它,它就应该以最快的速度、最直接的路线跑向信的主人、荣耀的主人班玛多吉。

狼群紧张地骚动起来,它们并不知道小母獒卓嘎不过是要擦过狼群的边沿,直达对面的人群,以为它是来撕开狼阵,冲进狼群的。真是初生牛犊不怕虎啊,这么一个小不点就敢于如此放肆地挑战狼群。红额斑头狼咆哮了一声,纵身跳向了小母獒卓嘎必然经过的地方,腿脚刚刚站稳,小卓嘎便飞奔而来。只听砰然一声碰撞,积雪哗地扬起来,掩埋了被撞翻在地的小卓嘎。小卓嘎想站起来,但是没有奏效,一只狼爪用力踩住了它柔软的肚子,一对狼牙奋然咬向了它还没有长粗的嫩脖子。信还在嘴上,小母獒卓嘎到死也没有松开叼着那封信的嘴,信是不能丢的,它要把信送给班玛多吉主任,它到死都想的是把信送给信的主人。

小母獒卓嘎不动了,鲜血转眼染红了信,谁也不知道那是一封什么信,如果小卓嘎认识字,它会发现信封上写的并不是"班玛多吉收",而是"麦书记亲启"。当然如果它把信送给班玛多吉主任,也算送到了,班玛多吉一定会转交给麦书记,也一定会代替麦书记好好奖励它,毕竟班玛多吉主任是了解藏獒的,知道奖励使命以及让小母獒卓嘎由此感到幸福和荣耀是多么的重要。一切都成了未知数,等到獒王冈日森格奔扑过来,营救自己的孩子,抢夺那封信时,信已经被红额斑头狼吞进了喉咙。奇怪的是,红额斑头狼只吞掉了信,而没有吞掉小母獒卓嘎,小卓嘎的尸体被一匹母狼叼进了狼群的中央,和另外几匹母狼一起,迅速地瓜分干净了。

獒王冈日森格怒气冲天,却无法冲进密集的狼群,夺回自己的孩子,只能一口咬住来不及逃走的红额斑头狼的喉咙。狼们谁都知道红额斑头狼是必死无疑了,生怕厄运降临到自己身上,纷纷朝后退去,狼阵立刻乱了。领地狗群全部跑了过来,一个个带着切齿的痛恨扑向了狼群。父亲就像一只藏獒一样，来到了狼群的边沿，急得又跳又喊："小卓嘎，小卓嘎。"他脚边的狼崽也知道小母獒卓嘎已经被狼吃掉，自己已经没有依靠了，悲哀地哭起来。父亲爱怜地抱起了狼崽，好像这样心里就好受一些，毕竟狼崽是小母獒卓嘎的朋友，毕竟他在抱着小卓嘎的时候也抱着狼崽。

獒王冈日森格用一只爪子摁住红额斑头狼，牙齿离开了对方的喉咙，抬起头，悲痛地号哭着，泪水泉涌而出。片刻，它吼起来，是那种只属于獒王的威严而刚毅的吼叫，扑向狼群的领地狗们顿时停止了厮打，很快回到了獒王身边。獒王冈日森格看着自己听话的部众，想到刚才小母獒卓嘎还在它们中间蹦来跳去，禁不住又一次流下了两股悲酸哀戚的眼泪，眼泪还没有流尽，它就毅然放开了红额斑头狼。冈日森格冲着红额斑头狼严厉地叫着，好像是说：这是第三次，我放了你一马，你要记住，第一次是在屋脊宝瓶沟的沟口，第二次是在十忿怒王地的西边，第三次就是在这里，十忿怒王地制高点的下面。叫了几声，它就掉转身子，把深仇大恨掩埋在心里，带着哀哀不绝的哭声离去了。领地狗们跟上了自己的獒王，也和獒王一样悲愤地哭着叫着，却没有一只藏獒扑过去咬死红额斑头狼。大家都领会獒王冈日森格的意思：现在不是增加仇恨的时候，领地狗群在狼群这里引发的仇恨，必然会被狼群报复在人身上，而现在保护人是最最重要的。

父亲是最后一个离开的，他真想走到狼群里去，再找一找小母獒卓嘎，他不相信它死了，绝对不相信它死了。他哭着，悲痛欲绝地说："小卓嘎你是我的恩人哪，你救过我的命，我说了我也希望救你一次命，可是我没有做到，我眼看着狼群撕碎了你，却没有扑过去把你救出来，我太无能了小卓嘎。"父亲滚烫的泪水滴落在怀中的狼崽身上，狼崽紧张而好奇地仰视着他。

红额斑头狼翻身站起，惊悸地望着獒王冈日森格和领地狗群离去的背影，半晌才回过神来：我都咬死了獒王的孩子，獒王怎么没有咬死我呀？三次都是这样，在可以要我的命的时候，獒王又放过了我，为什么？红额斑头狼感觉喉咙痛痛的，摇了摇头颅，知道不过是一点皮外伤，庆幸地长出一口气，赶紧回到了狼群里。

2

在獒王冈日森格的带领下，领地狗群和父亲走向了雪原的暮色里影影绰绰的人群。会合的一瞬间，人和藏獒都无法清晰地看到对方的表情，但声音代表了一切，所有的人都不止一次地呼喊着獒王和领地狗群中其他藏獒的名字。有些名字是再也呼不到回音了，因为它们已经远远地离开人间世界，所有来到十忿怒王地的小喽罗藏狗全都战死了，许多健壮如牛的藏獒也已经战死了。藏獒和人都哭起来，那哭声竟然是一样的：人的哭声像藏獒的，藏獒的哭声像人的。他们哭着，互相拥抱在一起，连矜持的丹增活佛，连曾经怕狗的麦书记，也和藏獒紧紧地拥抱在一起。梅朵拉姆更是哭着拥抱了每一只藏獒，最后她抱住了獒王冈日森格，埋怨地说："你怎么才来啊，齐美管家被狼咬死了你知道吗？"冈日森格听懂了她的话，自责地垂下了硕大的獒头。其实梅朵拉姆也不是真心埋怨，已经非常不容易了，在大雪灾的时刻，在狼群泛滥、危机四伏的十忿怒王地，人和藏獒互相牵挂着，居然坚持到了现在。现在天黑了，没有星星的夜晚降临了，人和藏獒就更需要相依为命地厮守在一起了。

只有大灰獒江秋帮穷没有过来和人拥抱，它站在离人群和领地狗群二十步远的黑暗里，羞愧得都不忍心朝这边看一眼。一只在狼群面前吃了败仗的藏獒，一只辜负了獒王期望的藏獒，是不配得到人的爱戴和信任的，甚至都不该回到领地狗群中来，只是因为它特别害怕孤独，它想在保护人类、抵抗狼灾中献身，才带着父亲来到了这里。现在，它想到的还是献身，感觉到的还是孤独，无脸见人的孤独和无人理睬的孤独，让它难过得仰面朝天，吞声饮泣。没有人看见黑暗中的大灰獒江秋帮穷，领地狗群能看见它却不想理睬它。只有獒王冈日森格时不时地用眼睛关照着它，很想过去安慰安慰它，又觉得现在情势危机，不是温情脉脉的时候，就转头不再看它了。

和大灰獒江秋帮穷同样被冷落的还有父亲。跟他主动打招呼的除了麦书记、班玛多吉主任和梅朵拉姆，再就没有人了，连关系一向亲密的铁棒喇嘛藏扎西和藏医喇嘛尕宇陀也不想跟他说话了。父亲的心里酸楚而凄凉，眼泪吧嗒吧嗒往下掉着，心里苦涩地说：是啊，是啊，不算夏天和秋天死去的，光这场雪灾就有十个孩子被狼咬死吃掉了，人家不怪我怪谁呢？藏民的习俗里，最最重要的就是孩子，我把草原上最最重要的生命丢弃了。

黑暗中走来了藏医喇嘛尕宇陀，不客气地说："那么多孩子死了，连多吉来吧也死了，你却还活着，你已经不是吉祥的汉扎西了，你是护狼神瓦恰的化身吧？请你离开我们的草原。"父亲说："多吉来吧没有死，我相信它没有死。"尕宇陀说："如果它没有死，就应该跟着你，可是现在它在哪里呢？"父亲茫然四顾，伤心地说："我没有藏獒的眼睛，没有藏獒的鼻子，我到哪里去找它？

我一路走来，就是想找到冈日森格和领地狗群，让它们帮着我去找到多吉来吧，没想到这里这么多的狼，冈日森格顾不上了。"丹增活佛对大家说："西结古草原的人都是神的信民，只要神不愿意让汉扎西继续留在西结古草原，那他就再也找不到多吉来吧了。"父亲听明白了，这是丹增活佛的好心，既然他坚信多吉来吧还活着，那就不难找到它，一旦找到，就有理由说服所有的牧民，说服那些失去了孩子的家长，也说服作为寺院住持的丹增活佛：你们看，神已经原谅汉扎西了，他不能走。

夜色中的狼群突然动荡起来，眼睛的光亮朝前飘移着，明显得靠近了，密集了。藏獒们叫起来，威胁着狼群不要有任何狂妄之举。人们瞪视着前面，紧张得忘记了呼吸。父亲悄悄地离开了人群和领地狗群，沿着十忿怒王地制高点的山脚，一条暂时还没有狼群的通道，走了过去。他知道离开人群是危险的，但他觉得比起自己带给大家的恐惧来，任何危险都不应该成为他留存此地的理由。他必须尽快找到多吉来吧，也不想让人们看到他怀里还有一匹狼崽，狼崽会成为新的证据，证明他是护狼神瓦恰的化身。

狼崽更不想让别人知道它的存在，一声不吭，连呼吸都很小心。这会儿，它看到父亲离开了人群，不禁睁大了眼睛，吱吱地叫起来，然后放松地抖了抖浑身的毛，不安分地扭动着身子。父亲知道狼崽想下来，就把它放到了地上。它朝远处跑去，跑远了又停下来等着父亲，等父亲走近了，它又开始跑。父亲寻思，毕竟是狼，要是一直跟着我，对我不好，对它也不好。就从脖子上解下那条黄色经幡，拴在了狼崽身上，挥着手说："去吧去吧，找你的狼朋友去吧，经幡上的经文会保佑你的。记住我的话，不要轻易接近人，人是危险的。等你长大了，千万不要吃羊，更不要吃人。"但狼崽并不就此远去，身影总是出现在它能看到父亲，父亲也能看到它的地方。父亲追过去，狠着心踢了狼崽一脚，假装恼怒地呵斥了几句。狼崽愣了一下，赶紧逃跑。这一逃，就逃得很远，远得父亲再也看不见它了。

狼群已经变成了一片蓝幽幽的鬼火，飘溢在夜色下的雪原上，仿佛灿烂的星光倒映在了寂静而漫漠的湖水中，那么壮丽、宽阔、汪洋恣肆。这是可怕的野性的壮丽，是肉宴的宽阔，是嗜杀者和暴食者的恣肆。最让人们惧怕和最让领地狗群担忧的，是十忿怒王地的制高点，断尾头狼的狼群亮开所有的眼灯鸟瞰着下面，就像高高在上的悬石，随时都会塌下来砸向人和狗。獒王冈日森格抬起头来，怒视着制高点上的狼眼，忐忑不安地吼叫着，发现雪原上蓝幽幽的鬼火突然有了一阵动荡，赶紧又把注意力集中在了前面。领地狗们狂叫起来，嗓子是疼痛的，声音是沙哑的，但越是这样它们越要声嘶力竭地叫嚣，警告狼群不要轻易走过来。

獒王冈日森格已经看出来了，外来的多猕狼群和上阿妈狼群正在离开这里，它奇怪它们的离开，一再用鼻子用耳朵用眼睛在无边的夜色里研究着：为什么？为什么它们要离开？人群和领地狗群早就处于劣势，眼看就要被咬死吃掉，它们却悄然离开了。难道是因为它们在失去头狼之后，不再把报复人类看得比生存更重要？或者对它们来说，当务之急是吃到更容易吃到的冻死饿死的牛羊，然后通过内部的比拼产生新的头狼？也许吧，也许吧。冈日森格收回了注意力，意识到现在对人和领地狗群真正具有威胁的，还是原本属于西结古草原野驴河流域的那几股狼群——黑耳朵头狼的狼群、断尾头狼的狼群、红额斑头狼的狼群。面对这三股穷凶极恶的大狼群，人和领地狗群只有收拾掉它们的头狼，才有可能保证自己不被吃掉，或者少被吃掉。

领地狗群继续狂叫着，似乎狂叫也是一种掩护，就像人跟人的打仗，藏獒把声音当成了扫射的机枪和烟幕弹，一来吸引了狼群的注意，二来掩护了同伴的出击。就在领地狗群专注于狂叫的时候，獒王冈日森格走到了大灰獒江秋帮穷跟前，它们互相嗅着鼻子碰着头，用牙和舌头摩挲着，好像在商量着什么。江秋帮穷不停地首肯着：好啊，好啊，就这样。然后就分开了。片刻，趁着越来越有声威的藏獒的叫嚣，大灰獒江秋帮穷离开人群和领地狗群，悄没声地走向了狼群。

雪原上的狼群处在上风的地方，它们闻不到有藏獒正在悄悄靠近的信息。更重要的是，大灰獒江秋帮穷闭上了深藏在长毛中的眼睛，不让一丝光亮露向黑夜，仅凭着发达的嗅觉和四个爪子的探摸，判断着方向、道路、狼群的远近和头狼的位置，加上它的深灰色皮毛和夜色基本一致，当它低伏着身子，来到距离狼群仅十步远的雪丘后面时，狼群居然没有发现它。

黑夜里的狼群，以为猎逐对象已经衰弱的狼群，一般都会采取以攻为主的狼阵，这样的狼阵里，头狼必然会出现在最前面。大灰獒江秋帮穷就是冲着头狼而去的，这是獒王冈日森格的吩咐：咬死它，一定要咬死黑耳朵头狼，黑耳朵头狼和高高在上的断尾头狼，是我们最大的祸害。对藏獒来说，黑夜里找到头狼的位置，比白天更容易一些。一片蓝幽幽的光亮中，那两盏处在前排的最亮的移来移去的似蓝似绿的灯，就是头狼的眼睛。獒王冈日森格的叫声，似乎就是给大灰獒江秋帮穷的指令：往左，往右，照直走——诸如此类的。而闭着眼睛走路的江秋帮穷，还可以用超人的嗅觉捕捉到头狼的味道，整个狼群中，最勤于交配的就是头狼，那匹异常浓烈地散发着雄性的骚气和母狼臊气的狼，就一定是头狼。

现在，无论是獒王冈日森格的指令，还是大灰獒江秋帮穷自己的嗅觉，都把目标的位置锁定在了同一个地方，雪丘前面，十步远的狼群边沿，那匹凸然而出的大狼，就是黑耳朵头狼。匍匐在地的江秋帮穷很快就要站起来了，紧闭的眼睛马上就要睁开了，一睁开眼睛它就要扑过去，结果只能是一个，那就是死——不是黑耳朵头狼被自己咬死，就是自己被狼群咬死。

突然得让人来不及反应，十忿怒王地的制高点上，一阵喧嚣哭叫奔泻而来。人们仰头观望着，都知道那里发生了战斗，却不知道为什么会这样？领地狗尤其是獒王冈日森格是知道的，它们通过自上而下的夜风，闻到了党项罗刹多吉来吧的雄壮之气，却无法通过语言告诉人，只能助威似的喊叫着：多吉来吧，多吉来吧。多吉来吧肯定意识到了这股高高在上的狼群对人和领地狗群造成的压力，也听懂了獒王冈日森格的吼声里有着对它的期待：咬死断尾头狼，赶走上面的狼群。它出动了，幽灵一般走出它的隐蔽地，屏住呼吸，闭着眼睛，脚步轻盈，斗折蛇行，空气一样不露形迹，突然又是疾风高速，在同一秒钟，用前爪掏进了一匹狼的肚子，用牙刀划破了另一匹狼的喉咙，然后一闪而逝，以风的速度把自己变成了寂静的一部分、黑夜的一部分。

接着，几分钟之后，在狼群的另一面，又是一次诡秘恶毒的袭击。多吉来吧的战法是先袭击狼群的后面，再袭击左面，然后袭击右面。三次袭击之后，狼群就以为下一次一定是袭击正面了，断尾头狼从前锋线上缩了回去，把自己隐藏在了几匹大狼的后面。然而，来自正面的袭击并没有出现，多吉来吧又重复了一遍袭击的次序：先袭击狼群的后面，再袭击左面，然后袭击右面。三次袭击之后，狼群就以为对方是永远不敢袭击正面的。断尾头狼嗥叫着，调动壮狼和大狼严加防守左面、右面和后面，自己从狼群中走出来，大大咧咧地挺立在了正面，以鸷鹰观鼠的傲慢，俯视着制高点下面的人群和领地狗群。

多吉来吧的袭击很快又出现了。这一次它潜行到了狼群的正面，它没有丝毫的犹豫，也没有匍匐在积雪高岩后面，等待一个最容易得手的时机，它认为只要自己来到狼群的正面，睁开眼睛看见了断尾头狼，咬死它的时机就已经到了。它猛吼一声，吼声还没落地，身子就闪电般地来到了断尾头狼跟前。

断尾头狼的第一个反应是转身就跑，第二个反应是迎头抗击。如果它坚持第一个反应的话，说不定还有存活的希望，多吉来吧很可能只会咬住它腰肋以后的部位，可是它突然觉得扑过来的黑影并不强大，因为朝它吹来的风很轻很轻，轻得就像一只兔子掀起的风。它回过头来张嘴便咬，这才看清这个轻捷如兔的敌手，原来是个重量级的大藏獒，它惊叫一声，转身再逃，但已经不可能逃脱了。多吉来吧在一爪子打倒它的同时，骑在了它身上，用四个爪子前后左右地牢牢控制了它。

断尾头狼悲惨地嗥叫着，像是在呼喊它的部下：救命啊，救命啊。部下们惊呆了，纷纷后退着，没有一个敢于扑过来援救。已经稳操胜券的多吉来吧昂着头，似乎想了想：是用爪子掏出对方的肠子，还是用牙刀割断对方的喉咙？结果它既没有用爪子，也没有用牙刀，而是用如雷贯耳的咆哮轰炸着，一连轰炸了好几声，然后闻了闻狼的鼻子，跳下狼身，扬长而去，转眼消失得无影无踪。狼群围向了断尾头狼，闻着，看着，发现它们的头狼完好无损，哪儿也没有受伤，一滴血都没有流失，但的确是死了，呼吸和心跳都没有了。它们惊讶得哓哓不休，好像在争吵：断尾头狼是被多吉来吧的咆哮震死的，还是被多吉来吧的高大魁伟、狞厉悍烈吓死的？有几匹狼齐声嗥叫起来，嗥叫凄厉哀婉，你长我短，悠悠地从高处往低处降落而去。

一定是神意安排了这场屠杀，如果不是从十忿怒王地的制高点上，传来一阵狼群的喧嚣哭叫，黑耳朵头狼也许会发现十步远的雪丘后面，隐藏着一只骠勇刚猛的藏獒，那喧嚣哭叫一传来，所有的狼包括黑耳朵头狼都抬起了头，这几乎就等于送死送到了大灰獒江秋帮穷的血口之中。大灰獒江秋帮穷扑过去了，黑耳朵头狼一对幽黑的耳朵抖了一下，眼睛一沉，看清是一只伟硕的藏獒覆盖了自己，来不及做出任何反应，喉咙就被钢钳一样的獒牙捏住了。挣扎是徒劳的，无声的挣扎更是徒劳的，黑耳朵头狼就像被它许多次咬住的羊一样，无助地扑腾着，动作越来越小，渐渐不动了。

别的狼在这一刻显示了绝对的冷漠和独立，它们不远不近地看着，直到大灰獒江秋帮穷拖着黑耳朵头狼的尸体退了几步，转身离去，才呼啦啦地围向了自己的头狼。它们看到了狼血，看到了头狼死后的神情，顿时就显得躁动不安。有几匹狼大概和黑耳朵头狼有着或远或近的亲缘关系，蹲踞在地上，直起鼻子，忧愤悲痛地嗥叫起来。而更多的狼却毫不犹豫地把舌头伸向了狼血，把牙齿伸向了狼肉，抢食和打架开始了。这些争吵撕咬的抢食者似乎根本就来不及产生对藏獒的愤怒，也没有对头狼的伤感，有的只是饥饿和饥饿驱动下的最低限度的欲望，为了这欲望的暂时的少许的满足，它们似乎还在感谢这只咬死了头狼的藏獒呢。对它们来说，不管是谁的肉，吃到嘴里就是福。这天经地义的荒野原则，仿佛在回答这样一个问题：为什么狼是草原上生存能力最强、永远不会死尽的野兽。

大灰獒江秋帮穷回来了，仍然和领地狗群保持着二十步远的距离。獒王冈日森格走了过去，呼呼地吹着气，热情地问候着，不断用自己的鼻子碰着对方的鼻子，那意思是说：勇敢的江秋帮穷啊，你是一只伟大的藏獒，你干掉了黑耳朵头狼，就使我们突围的可能性增加了一半。江秋帮穷不好意思地低下了头，好像是说：是我让领地狗群受到了损失，是我助长了狼群的气焰，我就是干掉十匹头狼也还是一只丢尽了脸的藏獒。獒王继续用碰鼻子的方式安慰着它：你千万不要这样想，你咬死的虽然只是一匹头狼，但你战胜的是整个狼群，黑耳朵头狼的狼群已经不重要了，断尾头狼的狼群也已经不重要了。

大灰獒江秋帮穷朝上看了看，发现制高点的顶端漆黑一片，那些亮开的眼灯已经熄灭，鸟瞰着人和藏獒的狼影一个也没有了。獒王用低低的吠鸣告诉它：你没听到从制高点传来的狼叫吗？那种凄厉哀婉、你长我短的声音，是只有头狼死了才会有的声音。现在，整个十忿怒王地就剩下一匹头狼了，那就是红额斑头狼。江秋帮穷抖了抖鬣毛，像是说：我立刻就去咬死它。獒王冈日森格庄严肃穆地举起了头，眼含蔑视地望了望红额斑头狼的狼群，口气沉甸甸地说：还是我去吧，你去了不一定回得来，这个红额斑头狼，可不是一个等闲之辈。说罢，就要离开，又停下来，冲着江秋帮穷一连吹了好几口气，似乎是最后的叮嘱：万一我回不来，你首先要做的，就是打败所有敢于挑战你的藏獒，在我之后，獒王的继承者，只能是你。但是现在，你必须离开这里，去和汉扎西呆在一起，一是因为汉扎西需要保护，需要你指引他找到多吉来吧，二是因为你必须活着，这里的所有藏獒都必须拼到最后一口气，唯独你不能，因为你是我的继任，你死了，就没有谁再去组建新的领地狗群了，去吧去吧，江秋帮穷你赶紧去吧。

说罢，獒王冈日森格就走了，它躲开了人的视线，却没有躲开领地狗群的视线，领地狗们发现，它们的獒王悄悄地离开了，远远地离开了。它们叫起来，却没有追过去，冈日森格用自己的形体语言告诉部众：能一个人完成的任务，决不能有第二个人加入，第二个人一加入，很可能就会变成负数。

领地狗们渐渐不叫了,一个个瞪起眼睛,看着獒王信步走向了红额斑头狼的狼群。冈日森格既没有闭上眼睛,也没有伏下身子,就那么气宇轩昂、从容不迫地走了过去。狼群的眼睛海海漫漫,蓝幽幽地壮美着,随着獒王的靠近,璀璨而平静的亮光掀起了一层躁动的波浪。冈日森格就像一块石头掉进了海里,顿时被淹没在了乖张诡谲的波峰浪谷里。

但是没有哪一匹狼敢于扑过来抗衡这位单刀赴会的孤胆英雄,至少暂时没有。它们从獒王镇定自若的神态和低声呼吟的语言中,明白了獒王的意思:你们的头狼呢?我要见你们的头狼,见过了你们的头狼,你们再扑过来咬死我、吃掉我。它们咆哮着,躲闪着,渐渐让开了一条路。这条路是通往狼群中心的,红额斑头狼从前锋线上迅速退到了中心地带,心惊肉跳又杀性嚣张地等待着:獒王来了,决斗来了。是的,这是最后的决斗。包围了獒王冈日森格的狼群和远望着狼群的领地狗们,都这么认为:这是最后的决斗,是死亡必然发生的时刻。

3

这天晚上,父亲和大灰獒江秋帮穷一直在雪原上跋涉,什么收获也没有,焦灼的父亲不禁有些埋怨:"江秋帮穷啊,你是怎么搞的,你是不是帮不了我的忙?"江秋帮穷惭愧地低着头,一声不吭。他们在这片熟悉的雪原上从北到南、从东到西,跋涉了很长时间,什么收获也没有。父亲停了下来,瞩望悲怆的四野,苦涩地长叹一声。风吹来,经幡吹来,经幡为什么会朝他们吹来?父亲愣了:哪里来的经幡啊,怎么这么熟悉?他弯腰捡了起来,看了看,不禁哎哟一声:"狼崽?赶跑的狼崽又回来了。"话音未落,就见大灰獒江秋帮穷已经逆风冲了出去。

不是狼崽回来了,而是狼崽死了,经幡送来的是新的悲伤。随着江秋帮穷的一阵惊叫,父亲跑向了狼崽死去的现场。狼崽已经没有了,连骨头都没有了,只剩下了一个血淋淋的小狼头、一地还没有长硬长粗的狼毛。谁啊,是谁让狼崽变成了这个样子?父亲愤怒地观察着四周。大灰獒江秋帮穷闻着小狼头周围的气味,突然扬起头,吼了一声,奔扑而去,它已经闻到了凶手的味道,谁是罪魁祸首几分钟之后就有分晓了。

父亲跟了过去,当他站到被大灰獒江秋帮穷咬死的一匹大狼跟前时,发现那是一匹像极了寺院里泥塑的命主敌鬼的狼,命主敌鬼的牙齿上沾染着狼毛，嘴边和额头上沾染着狼血，作为狼崽的野生朋友，它吃掉了狼崽，而自己却又被江秋帮穷一口咬死了。父亲并不知道，命主敌鬼是参与了咬死寄宿学校十个孩子的一匹头狼，在和多吉来吧的对抗中，它屁股负伤了，胯骨断裂了，已经不能快速行动了，大雪纷飞的时候它就差一点吃掉狼崽，是小母獒卓嘎从它的利牙之下把狼崽救了出来。父亲后悔极了：我为什么要赶走狼崽呢？它要是一直跟着我，就一定不会遭此非命了。

大灰獒江秋帮穷同情地看了他一眼，找了一块低洼处，使劲刨起来，它知道父亲劳累了一夜，需要休息了，就想尽快替父亲挖出一个雪窝子来。父亲感动地望着江秋帮穷，悲伤地说："看来我只能离开西结古草原，多吉来吧是找不到了，它已经从肉体到心灵离开了我，离开了所有的人。江秋帮穷你回去吧，回到领地狗群里去吧，告诉獒王冈日森格，我已经走了。"江秋帮穷知道分别在即，汪汪汪地答应着。父亲拥抱了江秋帮穷。江秋帮穷舔着父亲的脸，也舔着父亲的眼泪，当一股咸涩的味道进入它的味蕾、流入它的胸腔时，它的眼泪顿时汹涌而出，淹没了父亲的脸。

然后就是分手。父亲发现大灰獒江秋帮穷孤独的身影朝着西边的云雾消失而去，为什么要走向西边，领地狗群不在西边而在东边。一丝凄凉渗透了父亲的感觉，这样的感觉是不祥的，有一种生离死别的意味。

走进狼群的獒王冈日森格高高扬起着硕大的獒头，眼睛直视前方，一丝余光也没有留给两边，也就是说，它从心底里蔑视着狼群，昂首向前的姿态是完全彻底的不屑一顾。黑夜显得更黑，荒风走到高处去了，头顶一片呜呜的哭啸，狼毛抖动着，就像无边的枯黄的草浪招惹着风的到来。冈日森格继续走着，浑身一抖，把金色的獒毛抖成了有声有色的漩涡，好像要借此证明，狼毛的抖动不过是小水涟漪，而它是大水喧嚣似的。

獒王停下了，停在了离红额斑头狼二十步远的地方，用深藏在长毛里的大吊眼不改傲慢地盯着面前这个狼界中的雄霸之材，石雕一样不动了，连浑身的獒毛也不再抖动了。风突然停止了哭啸，悄悄的，悄悄的。红额斑头狼惊讶地望着獒王，凶暴阴毒的眼光里，掺进了一丝疑惑：你是我们的凤敌，你单枪匹马来我们中间干什么？你不要命了？对了，你就是不要命了，你是来送死的。红额斑头狼四下里看了看，看到的全是狼眼，幽幽然森森然的眼灯，爆发着欲望的蓝光，漫无边际地流淌着，近处的是自己的狼群，外围的是黑耳朵头狼的狼群和断尾头狼的狼群，声势这么浩大的狼群，是可以面对一切强手、一切打斗、一切变故的，用不着担心獒王孤胆深入的背后，会隐藏着什么诡计。

红额斑头狼放心坦然地收回了眼光，望着獒王狞声一笑，似乎是说：你已经出不去了，既然你胆敢进来，就只好留下，留下你的狗命，这是你胆大妄为、目中无狼的代价。继而又疑惑地用眼光问道：你一定知道你是非死不可的，既然如此，为什么还要走进来呢？你的领地狗群你不管了？你的人群你不保护了？獒王冈日森格的眼睛里，其实也充满了疑惑，那里面有它一直没有想通的问题：为什么？为什么今年你们变得如此穷凶极恶？为什么从来不联合围猎的几股狼群，突然纠集在了一起？本地的狼一向把外地狼的侵入看作是首要的提防目标，为什么今年突然改变了，今年你们宽容地没有跟多弥狼群和上阿妈狼群厮打起来？獒王的大吊眼突然闭上了，再次睁开的时候，变得更加疑惑：它从狼群暴烈的程度、愤怒的目光、坚持不懈的举动中，早就看出狼群对人群的围攻不仅仅是为了饥饿，更重要的是为了报复，人把狼怎么了，它们需要这样报复？

红额斑头狼看出獒王冈日森格正在疑惑，也似乎知道它正在疑惑什么，朝一边走了走，又朝另一边走了走，然后回到了原来的地方。好像这就是回答，是带领所有的狼做出的一个恰如其分的回答，四周的狼影波荡而起，蓝幽幽的眼灯唰唰唰地闪烁起来。獒王冈日森格撩起眼皮，漫不经心地晃了晃獒头，立刻意识到自己不是来解惑释疑的，而是来拼命，来抗衡，来和严阵以待的狼群对决最后的胜负。它朝前走了几步，用凶鸷的眼光横扫着狼群，最后把更加凶鸷的一瞥投射在了红额斑头狼身上。

红额斑头狼顿时很紧张，作为西结古草原最强悍、心理素质最好的狼，它紧张的表现不是后退，而是向前，威风凛凛地向前走了几步，然后翘起狼嘴，直指獒王。包围着獒王的所有的狼，都翘起了狼嘴，直指獒王。獒王冈日森格坐下了，把身子舒服地靠在了自己的双腿上，眼光依然是钢铁一般坚硬的凶鸷，姿势却悠闲得就像在无所事事的领地狗群里休息。

对峙开始了，獒王冈日森格和红额斑头狼以及三股大狼群的生死对峙，在深夜的静寂中开始了。首先是眼睛的对峙，一眼不眨，獒王冈日森格和红额斑头狼都是一眼不眨，仿佛眨一下就算是失败。紧接着所有的狼都开始一眼不眨，都把魔鬼一样刁恶的眼光，缠绕在了獒王蠕动的喉咙上：咬破它，咬破它，做梦都想咬破它。狼嘴张开了，所有的利牙都龇了出来，在眼光的照射下，变成了一把把幽蓝恐怖的匕首。红额斑头狼的心音时刻在叫嚣：扑过去，扑过去，立刻扑过去，让所有的狼都扑过去，就是压，也能把獒王压死，况且还有饥饿驱动下的利爪，还有仇恨鞭策下的狼牙。

獒王冈日森格知道红额斑头狼和狼群正在想什么，它盯视着所有的威胁，仍然是一眼不眨，坐着的姿势却变了一下，变出了它的气高胆壮、冷静沉稳，就像人类所说的：心如激雷而面如平湖者，可拜上将军。就是这样一种临危不乱的风度让獒王在不经意中占了上风，暂时制止了红额斑头狼号令狼群扑过来的冲动。獒王冈日森格因此有了机会用神态和姿态表达自己的意愿，这样的意愿用父亲后来的猜度应该是这样的：作为必须对整个西结古草原和所有的草原人以及领地狗群的安危负责的獒王，它其实并不是来和任何一匹狼、任何一群狼决斗的，它来到红额斑头狼面前是为了谈判，最好是感化前提下的和平谈判，其次是牺牲前提下的血性谈判——獒王冈日森格已经做好了准备，打算和红额斑头狼以命相换，它用自己的形体语言告诉对方：我可以让你咬死我，让你成为亘古及今西结古草原惟一一个咬死了獒王的狼中英雄，但你必须撤退，你现在是十岔怒王地仅存的头狼，你带着你的狼群退了，所有的狼群也就退了。

红额斑头狼哪里会听从獒王冈日森格的劝告，耸动着脸毛狞笑起来，似乎想用无声的冷恶告诉獒王：妄想吧你，你马上就要死了，怎么还能做梦让我们撤退？我们咬死了你，再去咬死所有的领地狗所有的人。一片声浪飞翔而起，仿佛所有的狼都狞笑起来，哼哼哼、呵呵呵的，充满了得意和狂妄。狼群的狞笑换来了獒王冈日森格的狞笑，但獒王的狞笑在心里，在深藏不露的胸襟里，面部的表情却更加庄严而肃穆，眼睛的光亮里突然多了一层内容，那就是比凶鸷还要可怕还要激切的逼问：你们狼群中难道就不会流传獒王冈日森格营救尖嘴母狼的故事？难道就不会流传大力王徒钦甲保为营救狼崽而献出生命的故事？难道就不会流传獒王冈日森格三次放过红额斑头狼的故事？而最后一次放过竟是在红额斑头狼咬死了獒王的孩子小母獒卓嘎之后。我看出来了，从你们的眼神里看出来了，你们一定在流传，一定知道这是救命这是恩德。但愿这样的故事，能让狼群在寒风料峭的黑夜里反躬自省，能让你们那报复的欲望、嗜血的念头、野性的贪馋，在故事的流传中悄然消解。

红额斑头狼耳朵剧烈地抖动了一下，似乎突然想起来了，自己三次被獒王冈日森格放过的情形，第一次是在屋脊宝瓶沟的沟口，第二次是在十岔怒王地的西边，第三次是在十岔怒王地制高点的下面。它当时惊怪地问着：我都咬死了獒王的孩子，獒王怎么没有咬死我呀？但是现在，优势和劣势已经颠倒，所有的安全都归了狼，所有的危险都归了獒王，红额斑头狼就不会再这样问了，它只能狞笑和得意，它必须狞笑和得意，多么不容易啊，狼在藏獒面前从来都是没有尊严缺少笑容的,像今天这样让整个狼群在狞笑和得意中获得一种胜利者的快感的日子,真是太少太少了。

獒王知道红额斑头狼并没有丝毫准备感恩和回报的意思,便朝前走了两步,依然是庄严而肃穆的表情,是比凶鸷还要可怕还要激切的逼问,仿佛只要它坚持不懈,就能逼问出狼的情义、狼的道德、狼的温柔来。再也没有变化,就这样冰冷而僵硬地对峙着,很长时间过去了,红额斑头狼突然眨巴了一下眼睛,奇怪地想:我这是怎么了?为什么耽搁了这么久而没有号令狼群扑上去。更加奇怪的是,它已经不再狞笑,所有的狼都已经不再狞笑,哼哼哼、呵呵呵的声音,变成了骨碌碌、嘎啦啦的声音,那不是得意和狂妄,而是饥饿催生出来的虚弱与怀疑。

獒王冈日森格又朝前走了几步,稳稳当当地坐下来,在一个更近的距离中,用一种更加恳切的姿态和语言,大胆而执着地传递着它的想法,极力想把红额斑头狼以及所有的狼从疯狂和盲动中唤醒过来:天正在转晴,积雪慢慢就会融化,那些冻死饿死的牛羊几天后都会从积雪下面露出来,昂拉雪山、党项雪山、奢宝雪山等等大大小小、远远近近的雪山里,那些数量大大超过了狼群的鹫隼鹰鸟,会在第一时间扑向这些现成的美味。狼群应该意识到,它们不能再在这里耽搁下去了,报复人类固然重要,但如果还有更便捷的充饥方法等待着它们,为什么不能尽快地避难就易呢?为什么不能抢在铺天盖地的飞禽到来之前,刨出那些雪埋冰盖的牛羊的尸体,美美地饱餐几顿呢?灵性啊,狼群的灵性啊,都到哪里去了?

对峙还在继续,有一个瞬间,红额斑头狼突然又恢复了最初的胆力和勇气,嗥叫了一声,告诉自己的狼群:准备好啊准备好,马上就要扑过去了,咬死吃掉獒王的时刻已经来到了。但是它始终没有发出扑过去的指令,外表与内心被越来越沉厚的忧郁和伤感笼罩着,让它怎么也不能果敢勇武起来,不能无所顾忌地行动起来。

獒王冈日森格的眼睛咕咚咕咚的,仿佛是两眼深井,在严峻的外表之下,深深埋藏着古老的善心和为了人类安全的妥协。它站起来,踱着步子,甚至打了一个长长的哈欠,伸了伸懒腰,让自己粗糙的生命在这个性命攸关的紧急时刻,充满了野性的舒展,然后再次靠前了一些,继续用姿态、动作和表情,朝着红额斑头狼无声地传达着自己的意愿:黑耳朵头狼死了,断尾头狼也死了,西结古草原野驴河流域,就只剩下你一个头狼了,你呆在这里干什么?赶快去啊,去把三股大狼群变成一股由你领导的更大的狼群。你想一想吧,如果没有人的存在，没有我獒王冈日森格以及领地狗群的存在，没有我们对狼群的强有力的威胁，谁还会拥戴你红额斑头狼——獒狼之战中惟一幸存的头狼做大狼群的头狼呢？更何况是藏獒咬死了黑耳朵头狼和断尾头狼，藏獒帮助你成了野驴河流域惟一的头狼，帮助你红额斑头狼实现了你的野心，难道你不应该感激我们吗？怎么感激？撤退吧，放过这些人，他们并没有做对不起你们的事情。保护牛羊的是我们藏獒，咬死狼最多的是我獒王冈日森格，你就冲着我来吧，从今以后草原上就会流传这样的颂词：多么伟大啊，咬死獒王的红额斑头狼多么伟大。

似乎獒王冈日森格的苦口婆心并没有达到预期的目的，红额斑头狼警惕地后退了两步，因为它意识到獒王已经靠得太近了，太近的距离让它担忧，一口咬死它红额斑头狼的阴谋，说不定就会在渐渐缩短的距离中突然显露。獒王扭头舔着自己的腿毛，用一种安静至极、闲适到家的姿态表达着自己的意思：你不用紧张，我不会扑向你的，就是我死，也不能让你死。因为我相信你红额斑头狼一定能做出撤退的决定，也只有你的决定，才会影响所有的狼，包括已经没有了主心骨的黑耳朵头狼的狼和断尾头狼的狼。

红额斑头狼晃了晃头，又晃了晃身子，翘起狼嘴，指着獒王，把利牙在嘴唇上磨了又磨。这就是说，它不希望獒王再啰嗦下去，它有它的想法，狼群有狼群的规则，在狼群的规则里，当然也会有感恩和回报，也会让獒王逼问出情义、道德和温柔来，但似乎并不是现在，现在的规则是：消除饥饿第一、穷追猛打第一、把对抗进行到最后一刻第一。

依然是对峙，尖锐如离弦之箭、顽强似钢铁之山的对峙，就像天堂和地狱的抗衡，激烈而不起波澜。时间在紧张中滑翔，一点一点过去了，很慢，对獒王，对红额斑头狼，都显得太慢太慢。狼群显然已经不耐烦了，由近到远地动荡起来，洪水一样流淌的蓝幽幽的眼灯、阴诈诡谲到令雪原疼痛的狼群之光、嗜杀贪血的兽性之欲，朝着红额斑头狼猛烈地集中着。红额斑头狼不由得亢奋起来、嚣张起来，对峙中的冷静正在崩溃，马上就要变成雷鸣电闪的进攻了。

獒王冈日森格站了起来，刹那间它感到了雷鸣电闪的存在，感到闪电正在燎去毛发，惊雷正在震碎心灵，狼群的怒火已经烫伤了它的眼睛，死神就要勾走它的灵魂了。它睁大了眼睛，从内心深处悲伤而愤怒地吼叫着，仿佛是说：那就来吧，来吧，既然我已经把性命交给了死亡，我就不怕把我的血肉一点一点奉献给你们，来吧，狼，固然我会死去，我以命守护的人和领地狗群都会死去，但我一定要让你们付出惨重的代价。

然而在表情和姿态上，獒王冈日森格一点悲伤和愤怒的样子也没有，甚至也不再一眼不眨地盯着红额斑头狼。它若无其事地站了一会儿，然后从容不迫地坐下来，接着又气度雍容地卧在了地上。它知道自己卧下和站着是一样的，如果需要出击，任何姿势都不影响它的速度和力量。獒王冈日森格就这么安卧着，用一种赴难就义的烈士的模样，傲对着浩浩荡荡的狼群，突然听到了红额斑头狼的一声嗥叫，立刻意识到，进攻开始了，狼群对獒王的进攻开始了。

4

直到黑夜将尽，领地狗们也没有看到獒王冈日森格回来，它干什么呢？是不是再也不回来了？焦急等待的时候，领地狗们都以为：獒王死了，已经死在了红额斑头狼的狼群里。它们哭起来，感染得人也哭起来。

天亮了，仿佛无边的白昼是一种巨大的抹杀，面前突然换了一个世界，蓝幽幽的狼眼、黑魃魃的鬼影、泛滥着肃杀之光的海洋消失了，明白的雪雾，清晰的晨岚，一片白浪起伏的原野，雪一如既往地洁白着，匀净着，原始的清透中、洪荒的单纯里，什么也没有，没有了星光灿烂的狼的眼睛，也没有了狼群，一匹狼也没有了，连狼的声音、狼的爪印、狼的粪便，也没有了。荒风在清扫雪地，把狼的全部痕迹转眼扫净了。人们惊愕着，领地狗群惊愕着，突然都喊起来：狼呢？那么多狼呢？好像是人们和领地狗群搞错了，本来这里就是一片古老的清白，什么兽迹人踪也没有。

不，不是什么也没有，有一只藏獒，它是来自神圣的阿尼玛卿雪山的英雄，是草原的灵魂，是金色的雪山狮子，是西结古草原的獒王冈日森格，它就在前面，在原本属于狼群的地方，站着，而不是卧着，站着的意思就是它没有死，它还活着，而且毫毛未损。獒王冈日森格朝着人群，朝着领地狗群，微笑着缓缓走来，那微笑散布在它浑身英姿勃勃的金色毛发和钢铸铁浇的高大身躯里，散布在它气贯长虹的风度和高贵典雅的姿态中，如同雪后的阳光充满了温暖，充满了草原的自信和天空的深邃。遥远的神性和伟大的獒性就在这一刻，浑然在十忿怒王地天堂般的光明里。

领地狗群迎了过去，围绕着獒王冈日森格又跳又叫。看着它们激动的样子，人们互相询问着：狼退了，狼群消失了，难道是獒王冈日森格一个人打退的？

獒王冈日森格和所有的藏獒碰着鼻子,似乎在告诉它们:红额斑头狼的狼群为什么退了,天亮之前所有的狼群为什么都退了。不管冈日森格是怎么说的,父亲后来的解释是这样的:就在红额斑头狼和所有的狼准备扑向獒王冈日森格的时候,它们突然发现,多祢狼群不在了,上阿妈狼群也不在了。一个更加严峻的问题摆在了红额斑头狼面前:两股外来的狼群匆匆忙忙离开十忿怒王地干什么去了?是去抢夺新的领地,还是扑向了更容易吃到嘴的猎物?无论是哪种目的,作为野驴河流域惟一一股大狼群的首领,它决不允许两股外来的狼群在不经过它同意的情况下,就去占领野驴河流域的任何一个地方。

红额斑头狼带动着自己的狼群,也带动着原属于黑耳朵头狼的狼群和断尾头狼的狼群,追撵而去,离开的时候,它没忘了用嗥叫告诉獒王:就算你的说服感化起作用了,就算你的谈判成功了,连我们狼都会尊敬的獒王啊,我们后会有期。

父亲就要离开西结古草原了,他向所有人告别。所有人都问道:"多吉来吧还没有找到?"父亲沉重地摇摇头。他走过野驴河的冰盖,走向了已经不存在的寄宿学校。一片单纯而寂寥的原野,积雪把什么都掩埋了,仿佛也掩埋了历史,寄宿学校的牛毛帐房、活蹦乱跳的孩子们的身影、多吉来吧护法金刚一样沉默而威严的存在,都已经毫无遗迹了。这里只有空空荡荡的静默和实实在在的心痛,只有父亲无声的眼泪成了天地间惟一的说明。

同样处在悲怆之中的还有獒王冈日森格和它的领地狗群。它们来到了父亲身边,用表情和动作询问着,安慰着。父亲说:"冈日森格我要走了,我要离开西结古草原回城里去了。"獒王冈日森格吐着舌头,用眼睛问他:为什么?为什么?父亲就唠唠叨叨地说起了被狼吃掉的孩子,说起了他是护狼神瓦恰的化身的传说,说起了丹增活佛给他的机会:找到多吉来吧,让神灵说服大家包括死者的家长把他留下来。父亲说:"可是我找不到多吉来吧,怎么也找不到,就只好离开西结古草原了。"冈日森格茫然无措地看着父亲,突然甩了甩头,似乎要甩开令它费解的父亲的唠叨。它抛下父亲,转身走去,走着走着就跑起来。领地狗群望着獒王的身影,迅速跟了过去。

父亲跪下了,哭着,拜着,告别着:雪山、草原、碉房山、野驴河、神秘而温馨的西结古寺、畜群和经幡、玛尼堆和桑烟,然后擦干眼泪站起来,转身走了。这是离开西结古草原的第一步,他不是用脚步,而是用浩荡无极的失恋的心情,苦涩滞重地迈了出去。朝着东方的狼道峡口走了不到半个小时,父亲就碰到了很多人,都是来送行的。索朗旺堆头人牵来了一匹备好鞍鞯的大黑马,说:"骑上吧孩子们的老师,骏马是草原吉祥的风,无论你走到哪里,它都会忠实地陪伴着你。不要忘了我们啊,汉扎西。"父亲含着眼泪接受了这匹马,朝着索朗旺堆头人弯下了腰。许多牧民走来,把捧在手里的糌粑和酥油,放在了马屁股上的褡裢里。

父亲骑马走去。狼道峡遥遥在望,分手就在眼前了。父亲停下来,回望着送他的人群,无力地挥挥手,然后双腿一夹,加快了马速。这时峡口一线,弯月形的地面上,突然一阵动荡,弥扬而起的雪粉里,一群动物密密麻麻地堵挡在了狼道峡口。狼?父亲愣了,等他听到一阵激切的吼叫时,才明白原来是獒王冈日森格和领地狗群。父亲想:冈日森格也来送我了。父亲身后,那些送别他的人互相看着,都显得有些紧张:是不是冈日森格不想让汉扎西走,带着领地狗群前来堵截了?父亲用双腿驱赶着大黑马,走了过去。獒王冈日森格迎他而来,迎了几步,又停下了。

就在这时,从领地狗群的后面,响起了一阵粗壮雄浑的轰鸣声,轰鸣还没落地,领地狗群便哗地一下豁开了一道口子。一只脊背和屁股漆黑如墨、前胸和四腿火红如燃的藏獒,风驰电掣般奔跑而来。父亲愣了:啊,多吉来吧。送别他的人都愣了:啊,多吉来吧。

多吉来吧扑向了父亲,狂猛得就像扑向了狼群或豹群,它扑翻了父亲跨下的大黑马,骑在了滚翻在地的父亲身上,用壮硕的前腿摁住父亲的双肩,张开大嘴,唾沫飞溅地冲着父亲的脸,轰轰轰地炸叫着,好像是在愤怒地质问:你为什么要走啊?我的主人汉扎西,你为什么要离开西结古草原?叫着叫着,多吉来吧的眼泪夺眶而出,如溪如河地顺着脸颊流下来,漫漶在了父亲脸上。父亲哭了,他的眼泪混合着多吉来吧的眼泪,丰盈地表达着自己的感情。父亲想站起来,但多吉来吧壮硕的前腿摁住父亲的双肩坚决不放,好像一放开父亲就会逃跑而去。

送别的人群里,丹增活佛念起了经。机灵的铁棒喇嘛藏扎西听了,立刻像宣布圣谕那样大声对大家说:"多吉来吧找到了,寺院里的至尊大神、山野里的灵异小神,都是要挽留汉扎西的,汉扎西可以不走了。"所有的领地狗,包括刚猛无比的獒王冈日森格,都如释重负地喘了一口气,孩子一样呜呜地哭了。父亲后来说,是獒王冈日森格和大黑獒果日在雪山深处找到多吉来吧的。不知道冈日森格和大黑獒果日用什么语言刺激了多吉来吧,反正多吉来吧一听它们的话,就义无返顾地跟着它们奔向了狼道峡口。这时候对多吉来吧来说,

418

尊严和耻辱已经不重要了，惟一重要的，就是挽留主人。

藏历十二月的最后一日，也就是在月内四吉辰之一的无量光佛的吉日里，麦书记在西结古寺的十忿怒王殿里主持召开了一个动员大会，大会原来叫"除狼"动员大会，现在改为西结古草原"除四害"动员大会。会上，班玛多吉主任代表麦书记郑重宣布："我们要把'除四害'当作目前的首要任务来完成，草原的'四害'是：苍蝇、蚊子、兔老鼠（鼠兔）、瞎老鼠（鼢鼠）。我们要特别强调，西结古草原的'四害'里没有狼。"草原上的人们这才意识到，这场惊心动魄的獒狼大战的缘起，原来是那个时候大家都知道、人人都参与的"除四害"运动。在内地，"四害"是苍蝇、蚊子、老鼠、麻雀。在草原，因为不存在麻雀和人争吃粮食，就替换成了狼，进而演变成了一场单纯的"除狼"运动。在密不透风的"除狼"之下，多猕草原的狼群和上阿妈草原的狼群纷纷逃离自己的领地，进入还没有开始"除狼"的西结古草原，一方面强占生存的领地，一方面对人类进行疯狂的报复。

父亲后来还说，西结古草原的幸运不光是没有搞"除狼"运动，还在于小母獒卓嘎和红额斑头狼无意中参与了人的决策。大雪灾期间，省上空投救灾物资时，空投了一封十分重要的信，那封信的核心内容是两点：一是新近从军队退役下来一批枪支弹药，可以作为打狼的武器，青果阿妈州尤其是还没有开始"除狼"的西结古草原，可迅速派人去省会西宁领取；二是狼皮是制作裘衣被褥等用品的重要来源，草原牧区要把交售狼皮作为一项重要生产任务来抓，要制定计划，定人定额。庆幸的是，小母獒卓嘎从空投的羊皮大衣中叼走了这封信，千辛万苦地想送给班玛多吉主任，最终却把信送到了狼群面前。狼仿佛是知道信的内容的，西结古草原最强悍也最智慧的红额斑头狼冒着被獒王冈日森格咬死的危险，把这封预谋大肆杀害狼的信吞进了肚里。

不久，相依为命的多吉来吧就离开父亲，远去他方了。青果阿妈州军分区看上了多吉来吧，要调它去看守刚刚建起来的监狱。父亲不想让它去，它也不想离开父亲，但是麦书记的恳求是不能忽视的。麦书记是州委的书记，同时也是军分区的政委，他亲自跑来对父亲说："军分区的人手不够，就需要多吉来吧这样一只具有极大震慑力的藏獒，能够以一当十啊。你放心，军分区会用最好的食物喂养它。"看父亲不吭声，麦书记又说，"你就行行好帮我这个忙吧，等于我欠了你的，以后一定还你。"

多吉来吧就是有一万个不愿意，也只能服从使命的安排。在父亲给它套

419

上铁链子的那一刻，它就像孩子一样哭了，是委屈的抽搐，更是依依不舍的哽咽。它没有反抗，即使父亲把它拉上卡车的车厢，推进了铁笼子，它也没有做出丝毫难为父亲的举动。它知道父亲是无奈的，父亲必须听从麦书记的。多吉来吧大张着嘴，吐出舌头，一眼不眨地望着父亲，任凭眼泪哗啦啦地流下来，流进了嘴里，流进了车厢。

许多喇嘛和牧民都来送行，他们都哭了。恢复不久的寄宿学校的孩子们更是悲泪涟涟，他们像多吉来吧一样，哭得隐忍而深沉。但是父亲没有哭，他满腹满腔都汹涌着酸楚的水，却咬紧牙关，没有让酸水变成眼泪流出来。他知道自己一哭，多吉来吧就会受不了，悲伤的阴影就会越来越厚地笼罩它，让它在远离主人的时候心情郁闷、不吃不喝、自残自毁。父亲一再地告诫自己：不能哭，绝对不能哭，多吉来吧是一只心事很重的藏獒，不能再给它增加任何心理负担。

汽车开动了。多吉来吧从铁笼子里忽地跳了起来，扑了一下，又扑了一下，一连扑了七八下。父亲追逐着汽车，忍不住地喊了一声："多吉来吧，保重啊。"喊着，一声哽咽，满眶的眼泪泉涌而出。父亲再也控制不住了，他的哭声飞着，泪水飞着。令人心碎的声音带动着他身后的孩子们，这些多吉来吧日夜守护着的寄宿学校的学生，突然喊起来："多吉来吧，多吉来吧。"一个个号啕大哭。

这时獒王冈日森格带着领地狗群跑来了，看到多吉来吧已经被汽车带走，就疯狂地咆哮着，追了过去。獒王是明智的，它知道领地狗群的追逐只能是送别，而不可以是拦截，所以它们没有跑到前面去，自始至终都跟在汽车后面，把对汽车的愤怒和撕咬，最终变成了悲伤和呼唤。只有一只藏獒一直在愤怒，在撕咬，那就是母性的大黑獒果日，它爱上了沉默而强大的多吉来吧，还没有来得及表示什么，人们就把多吉来吧带走了，带出了西结古草原，带到很远很远的地方去了。獒王冈日森格和领地狗群把多吉来吧一直送出了狼道峡口。

多吉来吧走后，父亲就陷入了深深的思念，就像多吉来吧在远方的青果阿妈州上思念着父亲一样。那样一种"海上生明月，天涯共此时"似的思念，让父亲一个月没有吃肉喝奶，人瘦了一圈，白头发也突然长出来了。我的年纪轻轻的父亲，在思念多吉来吧的日子里，花白了自己的头发。而在远方，多吉来吧黑亮的毛发上，也出现了一大团白色，那是一只藏獒忠诚于主人的证明，是藏獒对人的感情深入骨血后的表现。白了，白了，在思念父亲的日子里，多吉来吧的毛发日复一日地花白了。

第三部

1 血光初溅

1

父亲万万没有想到，那场举世无双的劫难，不仅没有放过天高地远的西结古草原，而且还从父亲的寄宿学校开始，拿藏獒开刀。因为思念父亲而花白了头发的多吉来吧，被带到多猕镇的监狱看守犯人的多吉来吧，在咬断拴它的粗铁链子，咬伤看管它的军人后，一口气跑了一百多公里，终于回来了。父亲高兴地说："太好了，多吉来吧只能属于我，其他任何人都管不了。"但是命运并不能成全父亲和多吉来吧共同的心愿：彼此相依为命、永不分离。就在情爱甚笃的多吉来吧和大黑獒果日养育了三胎七只小藏獒，酝酿着激情准备怀上第四胎时，多吉来吧又一次离开了西结古草原。

那时候，父亲最大的愿望就是扩大寄宿学校，把孩子们上课、住宿的帐房变成土木结构的平房。房子比帐房坚固，即使再来狼群，只要不出去，就不会发生狼群吃掉孩子的事情。恰好刚刚建起的西宁动物园派人来到西结古草原寻觅动物，他们看中了多吉来吧，拿出几十元要把它买走。父亲说："多吉来吧怎么能卖呢？不能啊，谁会把自己的兄弟卖到故乡之外的地方去呢？"动物园的人不肯罢休，一次次来，一次次把价格提高，一直提高到了两千元钱。父亲从来没见过这么多的钱，这么多的钱足够修建两排土木结构的平房，教室有了，而且是分开年级的；宿舍有了，而且是分开男生女生的。父亲突然发狠地咬烂了自己的舌头，声音颤抖着说："你们保证，你们保证，保证要对多吉来吧好。"动物园的人举起拳头，庄严地做出了保证。

父亲流着泪，向多吉来吧和大黑獒果日一次次地鞠躬，一次次地触摸抚慰，说了许多个热烘烘、水淋淋的"对不起"，然后帮着动物园的人，把多吉来吧拉上汽车，装进了铁笼子。多吉来吧知道又一次分别、又一次远途、又一次灾难降临了自己，按照它从来不打算违拗父亲意志的习惯，它只能在沉默中哭泣。但是这次它没有沉默，它撞烂了头，拍烂了爪子，让铁笼子发出一阵阵惊心动魄的响声。父亲惊慌地扑过去抱住了铁笼子："怎么了？怎么了？"父亲满怀都是血，是多吉来吧的血，它似乎在告诉父亲，接下来的，是血泪纷飞的日子。

远远地去了，多吉来吧，到距离西结古草原一千二百多公里的西宁城里去了。多吉来吧可爱的妻子大黑獒果日照例追撵着汽车，一直追出了狼道峡。

漆黑如墨，青果阿妈草原的夜晚就像史前的混沌，深沉到无边。一个魁伟高大、长发披肩的黑脸汉子，骑着一匹赤骝马，带着一只以后会被父亲称作"地狱食肉魔"的藏獒，从狼道峡穿越而来。地狱食肉魔一进入西结古草原就显得异常亢奋，伏着身子或者举着鼻子到处嗅着，没事找事地跑向了三只藏马熊。主人黑脸汉子驱马紧跟在它身后，似乎想看看自己的藏獒到底有多大的能耐，阴险地撺掇着："上，给我上，咬死它们，咬死丹增活佛。"地狱食肉魔看了看主人，利牙一龇，扑了过去。

三只藏马熊是两公一母，两只公熊之间正在进行爱情的角逐。一看一只藏獒跑来骚扰它们，两只公熊争先恐后地迎了过来。地狱食肉魔就在这个最危险的时刻显示了自己的神奇，它突然停下来，直立而起，吸引得两只公熊也同时站起来又是挥掌又是咆哮。地狱食肉魔旋风一样把身子横过去，横出了一道流星的擦痕，然后歪着头，从两只公熊亮出的肚子前冲了过去，只听"嚓"的一声响，又是"嚓"的一声响，两只公熊无毛而薄软的小肚子抢着烂了，刚才的爱情角逐让它们勃起的生殖器还没有来得及缩回去，就被地狱食肉魔一口咬住，连同小肚子一起扯烂了。两只公熊赶紧把直立变成了爬行，但为时已晚，只能愤怒地吼叫、痛苦地哀鸣。它们的力量远远超过了地狱食肉魔，却被对方用难以想象的速度和诡诈轻而易举地剥夺了生命的希望。母熊落荒而逃，它逃离了杀手，也逃离了同伴，因为它知道，爱情和爱人都已经没有了，两只公熊今天不死,明天就一定会死——流血而死,疼痛而死,悲观绝望而死。

黑脸汉子带着地狱食肉魔朝前走去。他在心里阴暗地狞笑着,好像已经看到了自己的胜利,看到了目的实现后天空的灿烂和内心的明亮。他的目的当然不是咬死两只藏马熊,而是实现自己的誓言,那个誓言是这样的:所有的报仇都是修炼,所有的死亡都是资粮,鲜血和尸林是最好的神鬼磁场,不成佛,便成魔。他要用自己的藏獒,咬死西结古草原所有的寺院狗、所有的领地狗、所有的牧羊狗和看家狗。他安排好了实现誓言的次序:先寺院狗和头人的狗,后领地狗,至于那些零散的牧羊藏獒和看家藏獒,碰到多少就收拾多少。他发现,当他为实现誓言激动不已的时候,脑子里出现最多的,还是獒王冈日森格和曾经是饮血王党项罗刹的多吉来吧。他攥起拳头不停地挥舞着:咬死冈日森格,咬死多吉来吧,咬死,咬死。

黑脸汉子一路念叨着冈日森格和多吉来吧,选择一条最便捷的路线来到西结古草原的腹地,第一个碰到的,便是父亲的寄宿学校。他勒马停下,犹豫了片刻,突然藏在了一座草丘后面。他不想见到父亲,无论他多么想杀死这里的藏獒,都必须等待一个父亲不在寄宿学校的时候。

在父亲的记忆里,西结古草原最初的紧张气氛还不是出现了黑脸汉子和他的地狱食肉魔,而是出现了一匹无人骑乘的枣红马。枣红马于夏日正午的金风热阳里来到了寄宿学校的牛粪墙前。父亲走过去一看,马鞍歪着,皮鞯子扯到了一边,马肚带也断了。枣红马扬头瞪眼的,一副受到惊吓的样子。父亲不禁大叫一声:"这不是麦书记的马吗。"他左顾右盼地喊起来,"麦书记,麦书记。"父亲朝远方瞅了瞅,没瞅见麦书记,却看到一片灰黄的烟尘从狼道峡的方向腾空而起,一种不祥之感油然而生。他心急火燎地扯掉鞍鞯,跳上枣红马,打马就跑,没忘了喊一声:"美旺雄怒,美旺雄怒。"一只赭石一样通体焰火的藏獒从帐房后面跳出来,跟着父亲跑向了碉房山。

碉房山上的牛粪碉房里,西结古人民公社的书记班玛多吉一听到父亲火烧火燎的喊声,就从石阶上跑了下来,听父亲说着话,又看了看麦书记的枣红马,攥了一下拳头说:"你说得对,一定是麦书记被劫走了,谁劫走了麦书记,看清楚了吗?没有?为什么不追上去看清楚?"父亲说:"你是公社书记,我是想让你去搞清楚,怎么办?麦书记是不能出事的。"班玛多吉说:"更重要的是藏巴拉索罗不能出事,藏巴拉索罗必须属于我们西结古草原。"班玛多吉皱着眉头朝远方看了看又说:"你说他们往东去了?东边是藏巴拉索罗神宫,再往前就是狼道峡。劫走了麦书记的人一定会去藏巴拉索罗神宫前祈告西结古的神灵，然后直奔狼道峡。快，你去通知领地狗群，我去通知我们的骑手，集合，都到藏巴拉索罗神宫前集合。"说着，大步流星走向了不远处的草坡，那儿有他的大白马和他的护身藏獒曲杰洛卓。

父亲离开寄宿学校不久，黑脸汉子便从草丘后面闪了出来，低沉地吆喝着，命令地狱食肉魔冲了过去。守护寄宿学校的藏獒大格列和另外四只大藏獒已经来到牛粪墙的缺口也就是寄宿学校的大门前，用胸腔里的轰鸣威胁着，它们不是好战分子，它们的原则是人不犯我我不犯人，只要地狱食肉魔不再继续靠近，它们就不会主动进攻。但是地狱食肉魔没有停下，进攻只能开始。

大格列首先扑了过去。它是一只曾经在奢宝雪山吓跑了一山雪豹的藏獒，它只要进攻，就意味着胜利。胜利转眼出现了，大格列惊叫一声，发现胜利的居然不是自己，而是对方。地狱食肉魔用难以目测的速度带出了难以承受的力量，让大格列首先感觉到了脖子的断裂。訇然倒地的时候，大格列看到第二只大藏獒的喉咙也在瞬间被利牙撕开了。第二只大藏獒被父亲称作"战神第一"，曾经在冬天的大雪中一口气咬死过九匹大狼而自己毫毛未损。遗憾的是，这一次它损失了生命，它都来不及看清楚同伴大格列是怎样倒下的，自己就已经血流如注、命丧黄泉了。第三只扑向地狱食肉魔的是"怖畏大力王"，它曾经守护过牧马鹤生产队的一个五百多只羊的大羊群，连续三年没有让狼豹叼走一只羊。它有扑咬的经验又有扑咬的信心，但结果却完全超出了它的经验和想象，它的扑咬似乎并没有发生，就把脖子上的大血管奉献给了地狱食肉魔的残暴。第四只大藏獒叫"无敌夜叉"。它是一只老公獒，身经百战，老谋深算，几乎没有在打斗中失过手。它知道来了一个劲敌，就想以守为攻，伺机咬杀。正这么想着，发现机会已经来临，对方居然无所顾忌地卧了下来。它带着雷鸣的吼声扑了过去，立刻意识到它的身经百战和老谋深算几乎等于零，它的扑咬不是进攻，而是自杀。还剩下最后一只大藏獒了。有一年雪灾，这只大藏獒帮助救援的人找到了十六户围困在大雪中的牧民，牧民们就叫它"白雪福宝"。它从现在开始成了一秒钟的生命，一秒钟很快过去了，就像光脉的射击、声音的飞驰，白雪福宝还没有做出扑咬还是躲闪的决定，比意识还要快捷的利牙就呼啸而至，让它茫然无措地滋出了不甘滋出的鲜血。

黑脸汉子冷酷地看着倒在地上的五只大藏獒，咬牙切齿地咕隆了一句："五个反动派、五个牛鬼蛇神、五个丹增活佛，都是该死的。"地狱食肉魔耷拉着血红血红的长舌头，耀武扬威地走进了寄宿学校的大门。黑脸汉子骑马跟在它身后，警惕地看着前面：多吉来吧，寄宿学校的保护神、曾经是饮血王党项罗刹的多吉来吧怎么还不出现？他看到学校的孩子们一个个惊恐不安、无所依靠地哭喊着，这才意识到多吉来吧不在寄宿学校。他遗憾地叹了一口气，带着地狱食肉魔，离开寄宿学校，亢奋不已地朝着实现誓言的方向走去。这是公元1967年的夏天，草原的景色依然美丽得宛若天境。

2

那些日子，整个青果阿妈草原都在传说，麦书记把藏巴拉索罗带到了西结古，交给了西结古寺的住持丹增活佛。丹增活佛把麦书记和藏巴拉索罗秘藏在了西结古寺，所以如今的青果阿妈州，权力和吉祥的中心已不在州府所在地的多猕草原，而在西结古草原的西结古寺。消失不久的部落战争的影子就在传说的推动下悄悄复活了。谁也说不清是自发的，还是号召的，西结古草原的牧民以最快的速度、最大的热情在一座遥遥面对狼道峡的山冈上，建起了藏巴拉索罗神宫，神宫是保佑藏巴拉索罗的。

很快外面的骑手出现在了西结古草原。他们带着自己草原的领地狗群，一路奔跑一路喊："藏巴拉索罗，藏巴拉索罗。"他们把自己的心思暴露无遗，想让西结古草原明白，他们来这里是正当、正确、正义的，谁也不能因为藏匿了麦书记，霸占了藏巴拉索罗而不受到任何追究。

野驴河边的草滩上，领地狗群正在休息。阳光照透了河水，让人和藏獒都有了这样的感觉：阳光真是太多太多，多得堆积成了无尽的波浪，一任滔滔流淌。草原一进入夏天，河水就胖了、大了，大得领地狗们经常不是走着过河，而是游着过河。就像现在这样，一听到父亲的吆喝，它们纷纷蹚进了河，蹚着蹚着就游起来。它们游得很快，没等父亲来到河边，就纷纷上岸，迎着父亲跑过来。父亲掉转马头，朝着野驴河下游跑去。领地狗群跟上了他，一阵狂奔乱跑把大地震得草颤树抖，连碉房山都有些摇晃了。突然河水来了一个九十度的大转弯，宽浅的水面拦在了面前。父亲催马而过，所有的领地狗都加快速度激溅而过，水面哗啦啦一阵响，浪花飞起来，地上的雨水上了天，一道彩虹跨河而起，五彩的祥光慈悲地预示着什么？

父亲停下了，眼光从天上回到了地面，怜悯地落在了獒王冈日森格身上。冈日森格一直跑在后面，它似乎尽了最大的努力想跑到前面去，但依然跑在最后面。它老了，已经力不从心了，一代獒王以最勇武威猛的姿态带着领地狗群冲锋陷阵的作用，似乎正在让时间轻轻抹去。可它毕竟还是獒王，它得努力啊，努力不要停下，不要失去一只领地狗的意义，更不要成为领地狗群的累赘。

父亲知道，冈日森格早就不想做獒王了，这几年里它几次都想把獒王的位置让给别的领地狗，甚至有一次都得到了人的认可，凡事都让领地狗群中最聪明、最有人缘、也最能打斗的曲杰洛卓出头露面。但是不行，领地狗群在一瞬间就形成了默契：冈日森格走到哪里它们跟到哪里，冈日森格干什么它们就干什么，与此同时最大可能地孤立和打击曲杰洛卓，曲杰洛卓就像从前的大力王徒钦甲保一样，成了领地狗群同仇敌忾的对象。人们只好改变主意：那就随它们去吧，它们愿意拥戴谁就让它们拥戴谁，只是难为了冈日森格，它老了，毛色已不再鲜亮，眼光已不再有日晖般的明澈，威风减退着，衰朽不可挽回地来到了举手投足之间，显然已经不能得心应手地保卫西结古草原了。

父亲和熟悉领地狗群的人都很奇怪：这是怎么了，在以往的年代里，在别处的草原，所有的獒王都会在能力和体力下降的老年，被年轻体壮、能力超群的其他藏獒取而代之，唯独冈日森格是例外的，谁也不想取代它，包括曲杰洛卓。曲杰洛卓虔诚地信仰着獒王冈日森格，一点点当獒王的意思都没有，更不想因为得到了人的信任而被领地狗们赶出群落。赶出群落的曲杰洛卓被父亲收留了几个月后，又做了班玛多吉的护身藏獒。班玛多吉书记高兴地逢人就说："我有了曲杰洛卓谁敢来欺负我？上阿妈的人敢来吗？哼哼。"他哪里知道，曲杰洛卓对他的依附是万般无奈的，它一万个不想离开领地狗群，时刻想回去，回到獒王冈日森格身边去。也许是这样的，父亲想，整个领地狗群都知道，它们需要冈日森格，需要它的经验和智慧，需要它在天长日久的奔走搏杀中建立起来的威望，需要它的核心地位和凝聚的力量，尽管它已经老了，老得都不能领先奔跑和肆力打斗了。

父亲跳下马背，轻声呼唤着冈日森格，走了过去。一直跟在他身边的火焰红藏獒美旺雄怒立刻明白了他的意思，跑过去拦在獒王冈日森格面前，用碰鼻子的方式传达着父亲的意思。冈日森格望着父亲快步迎了过来。父亲揪着冈日森格的耳朵说："你就不要去了吧，你老了，已经不需要再去战斗了，跟我去寄宿学校,让孩子们跟你在一起。"冈日森格没有任何表示。父亲又说:"你要是不放心领地狗群,就让美旺雄怒跟它们去,美旺雄怒虽然不能取代你的作用,但如果领地狗群需要你,它会立刻通知你。"冈日森格也许并没有听懂父亲的话,但父亲不断揪它耳朵的动作让它明白了父亲的意思。它听话地坐了下来,吐着舌头,恋恋不舍地看着领地狗群,仿佛说:是啊,我已经老了,不能再让它们依靠我了,或许它们离开了我,会有更出色的表现。

父亲面朝领地狗群,挥着手喊起来:"藏巴拉索罗,藏巴拉索罗,獒多吉,獒多吉。"他在告诉领地狗群,你死我活的时刻又一次来到了,快到藏巴拉索罗神宫那里去。然后又使劲拍了拍身边的美旺雄怒。火焰红的美旺雄怒奇怪地看着父亲和坐在地上一动不动的冈日森格,犹犹豫豫地跟在了领地狗群的后面。领地狗群奔跑而去,渐渐远了。

父亲翻身上马,招呼着冈日森格快速离开了那里。冈日森格跟上了他。一人一狗朝着寄宿学校移动着,很快变成了草冈脊线上的剪影。剪影的距离渐渐拉大了,大得父亲在草冈这边,冈日森格在草冈那边。父亲勒马停下,想等等冈日森格,突然听到了美旺雄怒的喊声,喊声里没有愤怒之意,显然是让主人停下的意思。父亲策马跑了上草冈,吃惊地发现,领地狗群又回来了。

跑向藏巴拉索罗神宫的领地狗群,半途中发现它们的獒王没有跟上来,就自作主张地又回来了。它们聪明地把獒王冈日森格拦截在了父亲看不见的草冈那边,用无声的环绕告诉獒王:你在哪里,我们就在哪里,我们不会丢下你,永远不会。冈日森格很不满意,烦躁得来回走动着,它清楚地记得父亲喊了好几声"藏巴拉索罗",知道领地狗群根本不应该回来,回来是有辱使命的。它用压低的唬声生气地表达着自己的意思:快去啊,快到藏巴拉索罗神宫那里去,你死我活的战斗等待着你们。领地狗群依然环绕着它,固执地表达着它们"獒王在哪里我们就在哪里"的意愿。父亲看明白了,长叹一声,下马走过去说:"那你就去吧,去吧,冈日森格,它们离不开你,但是你要小心,一定要小心。"冈日森格抬头望着自己的恩人,深陷在金毛中的眼睛泪光闪闪的,似乎是诀别:那我就去了,去了。獒王冈日森格走了,没走几步就跑起来,它已经感觉到了藏巴拉索罗神宫的危险,舒展年迈的四肢,不失矫健地跑起来。领地狗群跟在了獒王后面,没有谁超过它,不知是无法超过,还是不想超过。

美旺雄怒懂事地回到了父亲身边,它知道只要冈日森格一归队,自己就没有必要继续混迹于领地狗群了,它是一只已经把主人融入生命,也让主人把自己融入生命的藏獒,更喜欢和主人待在一起。父亲点了点头,认可了美旺雄怒的选择，一抬头，看到远方草毯和云毡衔接的地方，狼烟一样快速流动着一彪人马，流动的方向是碉房山，是西结古寺，吸引得枣红马嘶叫一声，抬腿就跑。美旺雄怒"轰轰轰"地叫着追了过去。父亲喊道："回来，回来。"他牵挂着寄宿学校，带着美旺雄怒快步朝回走去，走了一会儿就慢下来，步行毕竟不似骑马，还没望见寄宿学校的影子，他就已经累了。而这时美旺雄怒却像火箭一样冲了出去，一边猛冲一边狂叫，如同遇到了劲敌的挑衅。父亲望着美旺雄怒迅跑的姿影，一种不祥的感觉利爪一样抓了一下他的心，他的心脏和眼皮一起突突突地狂跳起来。半个小时后，父亲的眼睛就证明了他内心的感觉。他望着草地上的血泊和尸体，好像被人一刀插进了他的心脏，惨叫一声，晕倒在地，死过去了。

3

记忆中永远不会遥远的主人和妻子以及故乡草原的一切，主宰着多吉来吧的所有神经，让它在愤懑、压抑、焦虑、悲伤中度过了一天又一天。它不知道这里是西宁城的动物园，更不知道从这里到青果阿妈州的西结古草原，少说也有一千二百公里，遥远到不能再遥远。它只知道这是一个它永远不能接受的地方，这个地方时刻弥漫着狼、豹子、老虎和猞猁以及各种各样让它怒火中烧的野兽的味道，而它却被关在铁栅栏围起的狗舍中，就像坐牢那样，绝望地把自己浸泡在死亡的气息提前来临的悲哀中，感觉着肉体在奔腾跳跃的时候灵魂就已经死去的痛苦。

每天都这样，太阳一出来，多吉来吧就开始在思念主人和妻子、思念故乡草原以及寄宿学校的情绪中低声哭泣，然后就是望着越来越多的游客拼命地咆哮，扑跳。它猛然扑向不可能扑到的游客碰撞得铁栅栏哗啦啦响，它在铁栅栏上直立而起，想从上面翻出去，但是不行，铁栅栏里空间太小，它没有助跑，只靠后腿的原地蹬踏根本就跳不起来，它用吼叫把流淌不止的唾液喷得四下飞溅，让游客们纷纷抬手，频频抹脸。它总以为只要自己一直咆哮，一直扑跳，游客们就会远远地离开，让它度过一个安静而孤独的白天，一个可以任意哭泣、自由思念的白天，但结果总是相反，它越是怒不可遏，暴跳如雷，簇拥来的游客就越多，多得里三层外三层，简直就密不透风了，于是它更加愤怒更加狂躁地咆哮着，扑跳着。

直到中午，饲养员出现在后面光线昏暗的栅栏门前，打开半人高的栅栏门，让它进到一个铺着木板的喂养室里，丢给它一些牛羊的杂碎和带骨的鲜肉后，它的咆哮、扑跳才会告一段落。它不像别的藏獒，只要透心透肺地思念着故土和主人，就会不吃不喝，直到饿死，或者抑郁而死。不，它是照样吃，照样喝，不停的咆哮和扑跳消耗着它的体力，它早已饿了，它不想让自己体衰力竭，因为它还想继续咆哮和扑跳，还想着总有一天，它的咆哮和扑跳会达到目的：铁栅栏倏然迸裂，它冲出去咬死所有囚禁它的人和野兽——它总觉得空气中弥漫不散的狼和豹子以及各种野兽的味道，都是囚禁它的原因。

但是今天，多吉来吧突然感到自己的咆哮和扑跳受到了限制，铁栅栏倏然迸裂的那一天或许并不会出现，原因是两个轮换着喂养它的饲养员三天没有照面，任何人都不再喂它，它已经没有力气了。多吉来吧蜷缩在牢笼的一角，无精打采却阴凶不减地瞪视着外面的人群。人群乱哄哄的，比以往多了一些，有游客，也有不是游客的人。多吉来吧能分辨游客和非游客，游客是那些走来走去看这个看那个也包括驻足看它的人，非游客是那些只看大鸟笼的人。大鸟笼高大如山，包裹着一些布和纸，里面有许多它在草原上见过和没见过的大鸟和小鸟。多吉来吧不知道那些包裹着大鸟笼的布和纸是一些被称作"标语"和"大字报"的东西，只知道那上面写着字，人类的字它是见过的，在主人汉扎西的寄宿学校里就见过，也知道字是被人看的，人看字的时候，就会很安静。那些围着大鸟笼子看字的人开始也是安静的，但后来就不安静了，就吵起来，打起来。

打起来以后，多吉来吧看到了两个喂养它的饲养员，一个在挨打，一个在打人。多吉来吧撑起饥饿乏力的身体，冲着人群吼了几声，它不能容忍别人拳打脚踢喂养它的饲养员，只能容忍喂养它的饲养员拳打脚踢别人，尽管两个饲养员对它和它对两个饲养员一样，从来都是公事公办、不冷不热的。后来，两个饲养员互相打起来，多吉来吧不知道如何选择"容忍"和"不容忍"，立刻停止了吼叫。它焦急地望着前面，直到一个饲养员把另一个饲养员打倒。它再次吼起来，心里的天平马上倾斜了：它是藏獒，它有保护弱者的天性，它同情那个挨打的中年饲养员，仇恨那个打人的青年饲养员。它的同情和仇恨立刻引起了两个饲养员的注意。

这天晚上，天黑以后，挨了打的中年饲养员从铁栅栏外面扔进来了几个馒头，絮絮叨叨对它说："我已经没有权力喂你了，有权力喂你的人又不管你的死活，我家里只有馒头没有肉，你就凑合着吃吧。"这是饿馁之中一个挽救

431

性命的举动，感动得多吉来吧禁不住哽咽起来。以后的一个星期里，都是这个中年饲养员偷偷喂它。它知道中年饲养员喂它是冒了挨打的危险的，就一边吃馒头一边哽咽，哽咽得中年饲养员也哽咽起来："没想到你什么都懂，你比人有感情，你能报答我吗？你要是足够聪明，就应该知道我希望你做什么。"这话显然是一种告别，中年饲养员从此不见了。

青年饲养员似乎突然想起了自己的工作职责，和以前一样带着不冷不热的神情出现在牢笼后面光线昏暗的栅栏门前。他打开半人高的栅栏门，让多吉来吧走进铺着木板的喂养室，丢给了它一些牛羊的杂碎和带骨的鲜肉。一种力量和激动正在启示着多吉来吧：冲破囚禁的日子就在今天，不仅仅是为了它格外思念的主人和妻子以及故土草原、寄宿学校，还有对中年饲养员的报答，还有横空飞来的预感：弥漫在城市上空让它慌乱的气息正在向西席卷，那是预示危机和灾难的气息。如果这气息一直向西，危机和灾难就会降临草原。多吉来吧狼吞虎咽一丝不剩地吃掉了那些杂碎和带骨的鲜肉，却没有像往常那样回到铁栅栏围起的房子中，继续它的咆哮和扑跳，而是毫不犹豫地扑向了青年饲养员。

这一刻，多吉来吧突然明白，让它慌乱的气息是人臊味。青年饲养员喂养它差不多有一年了，觉得他跟这只名叫多吉来吧的大狗已经很熟，所以当多吉来吧把粗壮的前肢搭在他肩膀上时，他除了惊怕，还有不得不发出的疑问：难道你真的是一只喂不熟的狗？你不会吃掉我吧？接下来的情形让青年饲养员感到意外，多吉来吧以最狰狞的样子扑向了他却没有咬住他，仅仅在他脖子上留下了一道流血的牙痕，就放开他，一再地吼叫着只扑不咬。青年饲养员意识到这是它给他的一个活命的机会，大喊大叫着夺路而逃。喂养室通往外界的那扇门倏然打开了，多吉来吧紧贴着饲养员的屁股，一跃而出。

多吉来吧逃出了动物园里囚禁它的牢房，扑向了一年以来它几乎天天都在冲他们咆哮、扑跳的游客。游客们尖叫着，到处乱跑。它追了过去，突然意识到它真正仇恨的或许不是这些人，而是那些围着大鸟笼子看字、争吵、打架的人。它跑向了大鸟笼子，看到那些人比游客跑得还快，正要奋力追赶，发现许多野兽已经出现在自己身边，强烈刺鼻的兽臊味儿几乎就要淹没它。多吉来吧停下来扫视了一下，马上扑向了虎舍，看到老虎在铁栅栏内的虎山之上无动于衷，就又扑向了山猫，扑向了猞猁，扑向了黑豹，最后扑向了狼。它直立而起，摇晃着狼舍的铁栅栏"轰轰轰"地叫着，吓得两匹狼蜷缩到角落里瑟瑟发抖。它觉得这挡住它不让它进去撕咬狼的铁栅栏，跟圈住它不让它出来的铁栅栏是同样可恶的,就猛扑猛撞着搞得铁栅栏哗啦啦响。

正撞得来劲,突然听到了一声吆喝,多吉来吧扭过头去,看到游客们纷纷朝一个方向跑去,而那个青年饲养员却逆着人流朝它走来。多吉来吧愣了一下,立刻做出了判断:饲养员拿着铁链子是来抓它的,它必须逃跑,而且必须朝着有人群的地方逃跑。它天生就知道,被它追撵的人群不可能跑向围墙,也不可能跑进触目皆是的兽舍,只能跑向畅通的地方,畅通的地方,人们叫作门,或者路。它追上人群,用自己的凛凛威武、汹汹气势豁开一道裂口,然后狂奔而去,等到人群消失、裂口消失的时候,它发现动物园的围墙已经抛在身后,野兽的味道突然轻淡了。它停下来,转身回望着,看到从围墙断开的那个叫作门的地方,几个人追了出来,为首的是青年饲养员。它威胁地吼叫了几声,看他们没有止步的意思,就又开始逃跑。

跑着跑着,它就有些奇怪:明明是被人追撵,自己却一点耻辱的感觉都没有,好像不是逃跑,而是有目标的奔跑。又跑着跑着,它脑子里渐渐清醒了:故乡草原的声音在召唤它,思念主人和妻子以及寄宿学校的感觉在折磨它,预感中的危难和为责任而拼命的天性在催促它,它必须这样,否则,今天这个日子,它会把自己撞死在铁栅栏封堵的狗舍里。多吉来吧当然不知道,这个不是死就是逃的日子,正是草原出现变化的前夕,和平与宁静就要消失,灾难的步履已经从城市迈向了遥远的故乡,藏巴拉索罗就要出现了,无论它是什么,无论凶吉祸福,它都会变成一种怀念和一种遗憾出现在西结古人的心里:"多吉来吧,多吉来吧,它要是没有离开西结古草原就好了。"打斗与荣誉需要它,它的主人汉扎西和妻子大黑獒果日需要它,为了消除灾难,人们将忧心如焚,四处奔忙,用危难时分才会有的虔诚呼唤它:多吉来吧,多吉来吧。但无论现在还是以后,一切的一切,对多吉来吧来说既是无法知晓,也是无力关注的。它服从的,只是它无力自主的下意识。它的喜马拉雅獒种的天赋、它的祖先遗传的能力、它浸透在生命原色中的对草原对主人和妻子的依附,都让它的神经始终活跃在一种超乎时间和空间的预感之中。

多吉来吧渐渐远离了动物园,奔跑在西宁城的大街上。已经是下午了,斜阳不再普照大地,阴影在房前屋后参差错落地延伸着,街道一半阴一半阳。阴阳融合的街道对多吉来吧来说,就是一些沟谷、一些山壑。沟谷里有人有车,它不到大车小车奔跑的地方去,知道那是危险的,更记得当初就是这些用轮子奔跑的汽车带着它离开了西结古草原,一路颠簸,让它在失去平衡的眩晕中走进了动物园的牢房。它在人行道上奔跑,人们躲着它,它也躲着人。它并不是害怕人,而是不愿意浪费时间和人纠缠。它跑过了一条街,又跑过了一条街,不断有丫丫杈杈的树朝它走来,有时是一排,有时是一棵,夏天的树是葱茏的,树下面长着草,一见到草它就格外兴奋,好像它是食草的而不是吃肉的,毕竟那是草原上的东西,它觉得草原上的东西和它一起来到了这个讨厌的城市,也算是一种慰藉灵魂的陪伴吧。还有旗帜,那些在风中飘摇的绸缎,也是再熟悉不过的,只是它不知道,飘摇的绸缎在草原上叫作经幡和风马旗,在这里叫作红旗和横幅,如果它和它的种属不是天生的色盲,它一定还会发现,草原的经幡是五彩缤纷的,而城市的旗帜只有一种颜色,那就是红色,就像喇嘛身上袈裟,城市已经是一片红色的海洋了。

多吉来吧边跑边看,突然慢下来,围绕着一座雕像转了好几圈。它不知道这是一个伟人的雕像,城市里雨后春笋般矗立起了许多这样的雕像,只是觉得它跟西结古寺里的佛像是一样的,就倍感亲切,以为这又是草原、故土、西结古对它的陪伴。它是漂流异乡、孤苦伶仃的多吉来吧,它太需要这样的陪伴了。再次往前走时,多吉来吧看到就像包裹着动物园里的大鸟笼,布和纸以更加泛滥的形式出现在了街道两边,它讨厌它们,尤其讨厌纸,讨厌的原因不仅是那些纸后面有一股难闻的浆糊味,也不仅是那些纸上写着神秘而吓人的字,更重要的是它的出现不符合草原的习惯,草原上只有很少很少的纸,人是珍惜纸的,不会糊得到处都是,也不会在纸上把字写得那么大、那么狰狞可怖。

多吉来吧紧张而兴奋地跑过了五条街,发现前面又齐刷刷出现了三条街,突然意识到这种房屋组成的有树的沟谷,这种飘摇着绸缎、悬挂着布、张贴着纸的街道是无穷无尽的,它不可能按照最初的想法,尽快甩开它们,走向一抹平坡的草原。它疑惑地停了下来,一停下来就听到有人发出了一声恐怖的尖叫。原来它停在了一个六七岁的红衣女孩身边,它当然不可能去伤害一个女孩,打死也不可能,但十步之外的女孩的母亲却以为它停在女孩身边就是为了吃掉女孩。母亲尖叫着扑了过来,扑了几步又停下。她看到多吉来吧瞪着她,立刻觉得如果她扑过去连她也会吃掉,就声嘶力竭地喊起来:"救人啊,救人啊。"

很多人从四面八方跑了过来,一看到多吉来吧如此高大威猛,就远远地停了下来,有喊的有说的:"狮子,哪里来的狮子?""狮子身上有黑毛吗?不是狮子是黑老虎。""不对,是狗熊吧。""什么狗熊,是一只草原上的大藏狗。"多吉来吧听不懂他们的话,但从他们的神情举止中看出了他们对它的畏

434

避,似乎有一点不理解,询问地朝着人们吐了吐舌头。那母亲以为这只大野兽马上就要吃人了,扑又不敢扑,跑又不能跑,吓得扑通一声跪倒在地上,哭着招呼围观的人:"快来人哪,快来人哪,这里出人命了。"倒是那红衣女孩一点害怕的样子也没有,好奇地看着身边这只大狗,小心翼翼地伸手摸了摸它的头毛。多吉来吧在西结古草原时长期呆在寄宿学校,职责就是守护孩子,一见孩子就亲切,它摇了摇蜷起的尾巴,坐在了女孩身边。

母亲看到没有人过来救她的孩子,又看到都这么大半天了,女孩也没有被这只大野兽咬一口,就叫着女孩的名字,让她赶快离开。女孩跑向了母亲,多吉来吧跟了过去。在这个举目无亲的地方,它觉得孩子似乎就是亲人,就能指引它走出这个城市。母亲站起来,抱起女孩就跑。多吉来吧失望地哈了一口气,望着她们,发现她们前去的是一个街口,街口那边一片敞亮,突然意识到这里或许就是走出城市的地方,母子俩并不是离它而去,而是在给它指引路线。它高兴地追过去,在她们身后十米远的地方健步奔跑着。那母亲回头一看,再次尖叫着,惊慌失措地朝马路对面跑去,那儿人多,走向人多的地方她们就安全了,更重要的是,人群后面有一小片树林,树林旁边就是她们的家。母亲的腿软了,加上一个六七岁的孩子的重量,她跑得很慢。多吉来吧跟在后面,也放慢了奔跑的速度。然而就是这慢速度的奔跑,给它带来了意想不到的灾难,等它发现危险突然逼临的时候,已经来不及躲闪了。

车来了,是一辆动物园用来拉运动物的嘎斯卡车,浑身散发着野兽的气息。车头里坐着追撵而来的青年饲养员,他是奉命而来的,动物园的头头说了,抓不住就打死它,千万不能让这只比狮子老虎还凶猛的狗伤了人,所以他带着一杆用来训练民兵的步枪。这时青年饲养员看到多吉来吧追着那女人和红衣女孩来到了马路中央,就把举起来瞄准了半天的枪放下,果断地对司机说:"冲上去,撞死它。"嘎斯卡车忽地一声加大油门,朝着毫无防备的多吉来吧冲了过去。

4

一座面对狼道峡的山冈,草色绿得能把人畜晕倒。冈顶和山麓按东西南北的方向耸立着四座神宫。神宫也叫拉则神宫,意思是山顶上的俄博,或者叫山顶上的箭垛。神宫的作用就是把山神、天神、风暴神、雷雨神、四季女神等等一切自然之神汇合在此，以巨大的凝聚力保卫麦书记和神圣的藏巴拉索罗。

首先来到这里的是上阿妈草原的骑手，他们明白如果他们想把藏巴拉索罗从西结古草原拿走，就必须举行拉索罗仪式，祭祀神的同时祈求所有的地方神开阔一下自己的心胸，宽容地对待他们这些外乡人在西结古草原的所有行动。可是现在，他们什么仪式也来不及举行，就听到了一阵马蹄的轰响，听到了西结古领地狗群的集体吼叫，隐隐约约的，从野驴河的方向，逆风而来。比人反应更强烈的是上阿妈领地狗。它们哗地一下跑到了人的前面，用自己的身躯堵挡在了迫临而来的危险前面。它们也开始吼叫，此起彼伏，如狮如虎，试图用自己的声音盖过对方的声音，用自己的震慑抗衡对方的震慑。

就在两股领地狗群震慑与反震慑的声浪中，西结古公社的书记班玛多吉出现了，他带着一群西结古草原的骑手，纵马而来，一溜儿排开，在绿色山麓下的四座彩色神宫前，拉起了一道防御线。班玛多吉勒马停下，面对着一群上阿妈骑手，"哼"了一声说："我们吉祥的黑颈鹤信使还没有把洁白的请柬送达上阿妈草原，你们怎么就跑到我们的草原上来了，你们来干什么？"上阿妈骑手中，领头的是公社副书记巴俄秋珠。巴俄秋珠笑了笑说："班玛书记你好，你忘了我在西结古草原长大，我十多年都没有回来了，听说你们的草原上长出了藏巴拉索罗神宫，我特地来顶礼磕头。"班玛多吉说："巴俄秋珠你什么时候变得油嘴滑舌了？你们是冲着麦书记和藏巴拉索罗来的，谁不知道你们的狼子野心啊。"巴俄秋珠说："知道就好，藏巴拉索罗代表了我们青果阿妈草原，更代表了吉祥的未来，我们要把它献给北京城里的文殊菩萨。"班玛多吉还要说什么，就见站在巴俄秋珠前面的几只大藏獒眼放凶光，朝着他这个敢于指手画脚的人狂吠了几声，抑制不住地扑了过来，便大喊一声："曲杰洛卓，曲杰洛卓。"

曲杰洛卓早就守护在他前面，威胁地跳了一下，又立住了。它知道几只上阿妈大藏獒并不是真的要来撕咬自己的主人，眼放凶光也好，狂吠奔扑也罢，都不过是做做样子而已，便把身子一横，飘晃着长长的鬃毛，坐了下来。几只上阿妈大藏獒扑到跟前就停下了，不阴不阳地低吼了几声，朝后退去。巴俄秋珠喊起来："退回来干什么？往前冲啊。"几只大藏獒没有听他的，也像曲杰洛卓那样坐了下来。一时间，双方的藏獒都不叫了，连正从远方奔扑而来的西结古领地狗群也不叫了，好像它们从这边的平静中得到了某种启示：生活在延续，日子一如既往地和平着，领地狗与领地狗之间并不会发生激烈的厮打与流血。

巴俄秋珠看到几只大藏獒居然不听自己的,恼怒地从马上跳下来,挨个踢着大藏獒的屁股,看它们还是无动于衷,就挥动马鞭抽起来,边抽边说:"不敢打斗的藏獒就不是藏獒,我要你们干什么。"来到西结古草原的上阿妈领地狗是清一色的好藏獒,它们的獒王帕巴仁青是一只黄色多于黑色的巨型铁包金公獒,看到巴俄秋珠挥鞭如雨,它从狗群里跳出来,扑过去用自己的身子挡住了巴俄秋珠,仿佛是说:主人啊,要抽你就抽我吧。巴俄秋珠更加生气了:"你这个不负责任的獒王,你还来护着它们,那我就先抽死你。"他让自己的骑手统统下马,说:"抽,你们轮换着给我抽,要让我们的领地狗知道,它们要么死在战场上,要么死在主人的鞭子下,退却是没有活路的。"上阿妈骑手们朝着獒王帕巴仁青举起了鞭子,这个抽几下,那个抽几下。帕巴仁青惨叫着,但就是不躲开,它生怕自己一躲开,主人的鞭子就会落到别的领地狗身上。

望着獒王帕巴仁青遭受毒打,上阿妈领地狗们用更加悲惨的声音喊叫着,喊着喊着就流泪了,又意识到它们的眼泪对巴俄秋珠和上阿妈骑手不起任何作用,就走过去,围住帕巴仁青,哭求着主人,想撞开帕巴仁青让自己挨打。但是没有机会,巴俄秋珠和上阿妈骑手完全知道藏獒的心思,就坚决不给它们一个替獒王受罚的机会,只让它们心里难受,只让它们在难受中明白:藏獒一旦放弃服从,就会失去主人,一旦放弃打斗,就会失去钟爱。上阿妈领地狗们看到哭求换来的是更加狠毒的鞭打,只好纷纷把身子转向西结古阵营,谁都明白,只有扑上去撕咬西结古骑手和藏獒,才能让主人停止对獒王帕巴仁青的毒打。上阿妈领地狗群似乎商量了一下,那几只最早出击的大藏獒又开始出击了,它们挂着眼泪扑向了班玛多吉,扑向了西结古阵营。

曲杰洛卓一看几只大藏獒的神情就明白:这次是真的撕咬而来了。它从班玛多吉身前冲出去,想拦住对方,发现对方狗多势众,拦住了这个又会漏掉那个,便飞身而起,落地的时候已经越过几只大藏獒,站到了巴俄秋珠的马腿前。马后退了一步,惊慌得咴咴直叫,连马背上的巴俄秋珠也禁不住"哦哟"了一声。这正是曲杰洛卓所期待的,它觉得这样就可以吸引几只大藏獒回身来救它们的主人,自己主人的危险也就不解自脱。遗憾的是,几只大藏獒根本没有上它的当,依然保持着最初的进攻路线,直扑班玛多吉。班玛多吉有点不知所措,他坐下的大白马回身就跑。大白马一跑,好几匹西结古骑手的坐骑也都跟着跑起来。巴俄秋珠哈哈笑着,一声吆喝,所有的上阿妈领地狗都叫嚣着杀了过来。一溜儿排开的西结古的防御线顿时散乱了。曲杰洛卓奋力跑过来，试图拦住那只离主人班玛多吉最近的藏獒，却被上阿妈草原的另一只驴大的雪獒横斜里扑过来咬住了。一黑一白两只同样健硕的藏獒扭打起来。上阿妈的其他领地狗并没有倚仗数量上的优势欺负曲杰洛卓，视而不见地从它们身边纷纷经过，直扑西结古骑手，确切地说是直扑骑手的坐骑。那些坐骑惊得顺着山冈两侧拼命逃跑着，骑手们想停下来直面对方藏獒的撕咬都不可能。班玛多吉气急败坏地大喊："我们的领地狗怎么还不来？冈日森格，冈日森格，你真是老了吗，真是不中用了吗？"

喊声未落，就听五十步开外，獒王冈日森格回应似的吼叫起来。獒王来了，西结古草原的领地狗群来了，一来就拦住了疯狂追撵的上阿妈领地狗。逃跑的西结古骑手和追撵的上阿妈藏獒都停了下来。冈日森格高昂着头颅，一副从容不迫的样子，径直跑向了上阿妈的领地狗群。它的处变不惊的威仪以及眼神里的和平与静穆让人不由得心生钦仰，没有哪只藏獒扑过来拦截它。它跑到了依然扭打在一起的曲杰洛卓和那只驴大的雪獒跟前，并没有帮着自己人撕咬，而是用一种苍老而浑厚的声音在它们耳边低低地吼起来。

扭打停止了，双方都有伤痕，但都不在要害处，曲杰洛卓和驴大的雪獒好像一直都在比赛夯撞摔打的蛮力，而没有用上尖利的牙齿和坚硬的爪子，忍让的眼睛都含有这样的意思：还不到你死我活的时候，等着瞧啊。冈日森格带着曲杰洛卓回到了自己的群落里。上阿妈的领地狗也朝后退去，退到了上阿妈骑手跟前。对峙的局面立刻出现了，一转眼的工夫，山冈前平整的草地上，映衬着东西南北四座藏巴拉索罗神宫，西结古领地狗和上阿妈领地狗不靠人的指挥，自动完成了两军对垒时必不可少的部署，中间的距离大约有三十米，就在这片三十米见方的空地上，心照不宣的决斗就要开始了。

谁都知道自古以来领地狗群之间的争锋绝对不可能是一窝蜂的群殴，天经地义的打斗秩序永远都是一对一的抗衡，什么时候哪只藏獒出阵，由獒王来决定，好比人类的打擂台。和人类不同的是，它们没有三盘两胜或者五盘三胜之说，它们会拼尽全部成员，拼到只剩下最后一只藏獒，胜利的标志也不是你死伤得多，我死伤得少，而是直到对方没有一只藏獒能够站起来迎战。除非一方在打斗的过程中主动认输并且撤退，除非人出面阻拦，或者带着领地狗群离开。但现在人是既不会阻拦也不会离开的，西结古的骑手和上阿妈的骑手都指望自己的领地狗群获胜。双方在沉默中紧张地观察着，用不着谈判协商，一个默契正在形成：谁的领地狗群赢了，谁就可以拥有藏巴拉索罗神宫的祭祀权，祭祀权的获得意味着神的保佑和身外之力的加持，意味着他将找到麦书记并得到神圣的藏巴拉索罗，就能把吉祥的藏巴拉索罗献给北京城里的文殊菩萨。

上阿妈獒王帕巴仁青已经意识到人的意志不可违背，打斗在所难免，必须全力对付。它在自己的狗群里梭巡着，闪烁着深藏在长毛里的红玛瑙石一样的眼睛，确定着第一个出场的人选。一只毛色和长相跟上阿妈獒王一样的铁包金公獒跳到了獒王跟前，请战似的跷起了前肢。獒王帕巴仁青停下了，严厉而不失温情地在对方鼻子上重重舔了一下。铁包金公獒立刻跳了起来，它跳出领地狗群，朝对方的阵线冷冷地望了一眼，不紧不慢地来到了打斗场的中央。

骑马站在后面的巴俄秋珠不禁"哦哟"了一声："小巴扎？怎么是小巴扎？"立刻意识到，这个时候是不能有任何怀疑的，便换了一种口气说，"小巴扎加油，加油啊小巴扎。"小巴扎是上阿妈獒王帕巴仁青的孩子，出生才一岁两个月，还没有完全长熟，怎么能第一个出场呢？但在上阿妈獒王帕巴仁青看来，它派自己的孩子第一个出场，既有尊重对手的意思，又有一定要旗开得胜的决心，因为按照经验，对方也会派出一只一岁多一点的藏獒对打，而在这个年龄段上，很少有藏獒能和小巴扎相较，无论是个头和力量，还是随机应变的水平，小巴扎都是最出色的。

现在就看西结古领地狗了，看獒王冈日森格会派出谁来第一个应战。冈日森格在自己的群落里走来走去，路过了所有的藏獒，折回来又一次路过了所有的藏獒，似乎是迷惘不解的：为什么要打？能不能不打？该死的打斗，为什么要发生在彼此见过面的藏獒之间呢？跑到冈日森格跟前请战的藏獒一只接着一只，冈日森格视而不见。打斗场上的小巴扎有点着急了，叫阵似的吼起来。一只小黑獒从西结古领地狗群里跳出来，飞身而去，撞在了小巴扎身上。它年龄跟小巴扎差不多，性格也和小巴扎一样，有点狂妄，有点初生牛犊不畏虎，看着年迈的獒王举棋不定，早就忍不住了。冈日森格十分不满地冲着小黑獒吼了一声，退回到西结古领地狗群的边缘，万分担忧地看着打斗。

小黑獒和小巴扎迅速扭到了一起，扭到一起后就再也分不开了，毕竟双方都是少年藏獒，打架只能是孩子气的，不像成年藏獒之间的争斗，一个回合一个回合节奏分明地撕咬。小巴扎意识到这样的扭打一点风度也没有，极力想脱开，但是不行，小黑獒硬是撕住它不放，似乎小黑獒自己想做个孩子，就不想让对方变成大人。小巴扎只好认可这样的打法，开始全神贯注地对付。扭打激烈起来，吼叫着，翻滚着，牧草的碎叶雪花一样扬起来，血光出现了，一道接着一道，也不知道是谁的血。突然不动了，就在小黑獒摁住小巴扎，小巴扎又翻过来摁住小黑獒的时候，扭打停止了。所有的人、所有的藏獒都瞪起了眼睛，他们都知道，小黑獒失败了，不是战斗失败，而是生命失败，它被小巴扎咬死了。小巴扎扬起血污的头颅，呼哧呼哧喘着粗气，眨巴着眼睛，极力想弄掉粘住了眼旁黑毛的鲜血，突然意识到自己首先应该得意一番、骄傲一下，便转身朝着上阿妈领地狗群和自己的阿爸上阿妈獒王帕巴仁青走了几步，气派地晃了晃头，意思好像是说：瞧瞧我呀，我没有给上阿妈领地狗丢脸。

巴俄秋珠喊起来："不行了，你们不行了，藏巴拉索罗神宫归我们祭祀了。"班玛多吉无言以对，只在心里埋怨着西结古领地狗群。小巴扎回过身来，把身体靠在后腿上，向着西结古领地狗群张大了血淋淋的嘴，炫耀着自己的利牙，等待着下一个挑战者的到来。西结古领地狗一片静默，所有的藏獒都想即刻扑上去为小黑獒报仇，但獒王冈日森格始终不吭声，它好像忘了自己是獒王，不知道这会儿应该干什么了。面前的打斗场上，小巴扎无声的炫耀已经变成了血沫飞溅的喊叫，肆无忌惮的挑衅里，含满了嘲笑和轻蔑。

班玛多吉喊起来："上啊，上啊，你们怎么了？不能就这样认输。"西结古领地狗群骚动起来，好几只藏獒来到了冈日森格跟前，有点摩拳擦掌、跃跃欲试的样子。冈日森格好像没看见，什么表示也没有。一只少年公獒终于忍不住了，咆哮了几声，愤激难抑地跑向了打斗场中央的小巴扎。少年公獒比刚刚战死的小黑獒大两个月，是从小和小黑獒一起吃喝一起玩耍的伙伴，伙伴一死，它就哭了。对藏獒来说，伤心和报仇是一座山的两面，既然已经伤心过了，报仇就是必然的了。獒王冈日森格想去拦住它，发现已经来不及了，便警告似的叫了一声：小心啊。它似乎已经预知了这场打斗的结果，伤感地叹息着，回头看了一眼一直待在班玛多吉身边的曲杰洛卓，卧下来，一眼不眨地望着前面。

就像冈日森格想到的那样，打斗一开始，就出现了一边倒。小巴扎乘时乘势，狂猛地扑过来，又迅速地退回去，避免了刚才和小黑獒打斗时你咬住我，我咬住你，死死扭在一起的窝囊情形。但如果不扭在一起，少年公獒就显得有些笨拙了，它还没有脱离孩子阶段，全部的打斗经验都依赖于平时兄弟哥们之间的扭缠和翻滚，根本就不适应这种大藏獒才会有的打斗节奏，三个回合下来，它的脖子、肩膀和脸上就有了三处伤口。而小巴扎身上却没有任何少年公獒留下的痕迹，它是早熟而聪明的，三个月前就开始和自己的阿爸上阿妈獒王帕巴仁青对打，阿爸用它所知道的所有办法扑倒咬住了它，它也就心领神会地学到了这些办法，成了一只在年龄相仿的藏獒中没有敌手的出色少年。

少年公獒的身后，许多西结古领地狗叫起来，好像是在提醒少年公獒。但是獒王冈日森格知道，这样的提醒还不如不提醒，一旦小巴扎意识到别人的提醒在对方身上起了作用，它立刻就会改变主意，直接咬向对方的喉咙，或者咬向喉咙和肚子之外的另一个地方。打斗靠的是打斗者自己的感觉，而决不是别人的指挥。感知瞬间的变数，敏捷地捕捉到经验和经验之外的任何危险迹象，心脑和肉体的完美协调，条件反射似的产生应对的办法，才是最最重要的。冈日森格懊悔地自责着：我失职了呀，我怎么没有早早地教会孩子们。它知道，少年公獒死定了，除非它转身逃跑。可少年公獒是西结古草原的藏獒，面对强敌，就是让它死上一百次，也不会逃跑一次。它再次回头看了一眼仍然待在班玛多吉身边的曲杰洛卓，忽地站起来，瞪凸了眼睛看着少年公獒。

伤痕累累的少年公獒悲壮地朝前移动着，面对它已经感觉到的死亡，无所畏惧地一连靠近了好几步。冈日森格突然想起来，还有一种办法也许能让少年公獒不死，为什么不试试呢？想法一出来，冈日森格就吼了一声，边吼边往前走去。

2 多吉来吧

1

嘎斯卡车撞翻了多吉来吧。但转眼死去的，转眼又活过来了。青年饲养员和另外一些人刚刚把多吉来吧抬上嘎斯车的车厢，它就睁开眼睛倔强地站了起来。它腿上背上头上都是血，望着面前惊呆了的人，把发自胸腔的恶气呼呼地喷在了他们身上。但是它没有咬人，它现在不屑于咬人，哪怕是图谋害他的坏人。它假装不知道是人让它流了血，让它昏死了片刻，摇头晃脑地甩着鲜血，撞开人群，跳下了车厢。

遗憾的是，它没有按照自己的愿望尽快离开这里，它摔倒了，趴在地上半天没有起来，毕竟是钢铁的汽车撞了它，身体的好几处疼得它无法行走。趁着这个机会，青年饲养员从车厢前面爬下去，拿了枪，就在五米之外瞄准了它。多吉来吧是见过枪的，在草原上就见过，知道枪是一种无法抗拒的武器，人只要拿着它，再厉害的动物也只能自认倒霉。它想跑开，瞪圆了眼睛，使劲站起来，又扑通一声卧下了。它把眼睛眯起来，无奈地望望黑洞洞的枪口，又望望更加黑暗的饲养员的眼睛，从肺腑里发出了一串呼噜噜的声音，像是威胁，又像是乞求。饱经沧桑、历练风雨的多吉来吧已经学会乞求了，艰难的生存现实迫使它在天生的阳刚里掺进去了一丝阴柔。但它的阴柔于阴谋无关，它除了真诚，还是真诚，真诚地祈望人不要打死它。

  青年饲养员的眼睛亮了一下，这是来自内心的一丝光亮，它照见了多吉来吧的乞求，也照见了自己内心的善良。他心说我陪伴了它一年，冷热饥饱操心了它一年，尽管它今天咬了我，但它毕竟手下留情了，没有咬死我，我不可怜它谁可怜它？我现在要是心狠一点，它就没命了，要是心软一点，这条命说不定还很长很长呢。再说它离开动物园后并没有伤人，它只是在逃跑，它要是能跑到它想去的地方，就让它去吧。回去给头头说，它伤得不能走动啦，拉回动物园也是累赘，不如丢在大街上，听天由命去吧。青年饲养员这么想这么做的时候，当然不知道多吉来吧那些以命搏杀的往事，不知道它作为饮血王党项罗刹和寄宿学校守护神时雄霸到万夫难当的情状，要是知道，他很可能就会丢开不忍，一枪打死。青年饲养员走了，带走了原本要打死多吉来吧的枪，带走了几乎撞死它的嘎斯卡车，把自由和无法想象的命运留给了多吉来吧。

  多吉来吧挣扎着站了起来，蹒蹒跚跚朝前走去。人们敬佩地看着这只汽车撞不死的大狗，隔着十几步就给它让开了路。它吃力地抬起头，望着前面百米外一片敞亮的街口，那里大概就是走出城市的关口吧。但是它知道自己是走不到街口去的，最多只能走出钢铁的汽车来来往往的马路，走到一个相对安全的地方。它现在急需要卧下、休息，在安静的沉睡中调动起体内自我修复的各种因素，尽快赶走伤痛的折磨，强健起来，奔跑起来。

  它走上了人行道，卧下来喘了几口气，又起身走向了紧挨着人行道的一小片树林。树林虽小，却是葳蕤茂密的，藏在里面，街上的人就看不见了。让多吉来吧想不到的是，城里的人和草原上的人是完全不一样的，一点也不在乎一只藏獒的需要和感觉，更有人像狼一样，有着欺软怕硬的禀性。他们看它摇摇晃晃夹着尾巴躲开了人群，毫无反抗的能力，就围住了那片树林，拨开树枝，用一些寒夜贼星一样的眼光窥伺着它。五六个人你一言我一语："啊唷，两条狗皮褥子也能做了。""就在这里扒皮，还是抬回去扒皮？""当然要抬回去了，我不要狗皮，我就要狗肉。""去，拿绳子来，先把它绑了再说。"眼睛和声音都是不怀好意的，多吉来吧已经感觉到了，它愤怒地叫嚣着，却叫不出自己的威猛和凶暴来，乏力和疼痛的感觉让它的大头沉重得低了下来，气体的进出急促而软弱，就像破裂了气管一样嘶嘶地响。它无奈地停止了叫嚣，张大嘴，头一歪，阴森森地望着那些不怀好意的眼睛，渐渐闭上了自己的眼睛。

  很快绳子就来了。几个闯进树林的人在三步之外用掰下来的树枝试探地捣着多吉来吧，看它没有反应，就挨过来，像宰牲那样，把多吉来吧的四个爪子绑在了一起，又在它脖子上狠狠地勒了几圈。多吉来吧清醒地知道这帮人在干什么，却拿不出一丝反抗的力气，甚至连睁开眼睛看一看的精神都没有了。但是它的鼻子却依然管用，敏感地嗅到了这帮人的味道，而且本能地储存在了记忆里。这时为首的人说："王祥你看着，我们去找架子车。"王祥说："你们可要快点，万一它醒了呢？"多吉来吧听懂了他们的话，便在立刻就要昏死过去的时候顽强地拉住了自己的意识，闭上嘴，用牙齿咬住了舌头：醒着，我要坚决醒着。然而从心里从脑中出现的却不是清醒，而是迷蒙的晚景，就像草原的雨天蒸起了一天一地厚重的烟岚。死了，眼看就要死了，即使不死于汽车的冲撞，也会死于人的捆绑，狠勒在脖子上的麻绳让它呼吸困难，马上就要断气了。

　　但它是那么不情愿断气，它为思念主人和妻子以及故土草原和寄宿学校而活着，现在思念依然存在，它为什么要断气呢？更重要的是还有预感的膨胀，就像它能够预感地震一样，它预感到了西结古草原将要发生的变化：诡异之风正在四处奔跑、危难就要出现，到处都在呼唤多吉来吧的名字。多吉来吧为草原为主人的呼唤而存在，它实在不甘心就这样死去。将死而未死的迷蒙让多吉来吧闻到了一丝熟悉的味道，仿佛是远去的，又像是最近的。它让情绪在身体内部的奔涌中安静下来，仔细品了品，散淡的意识便渐渐聚拢在了一个红色的人体上，哦，它明白了，原来是那个六七岁的红衣女孩，她来了，她走进了树林，站到了它面前，带着一脸的小迷茫和小惊讶，声音细细地问道："大狗你死了吗？"

　　多吉来吧天生就有准确理解孩子语言的能力，使出残剩的力气让尾巴摇了摇，又用鼻子呲呲地叹了一口气，它吃力地张了张嘴，像是艰难的呼吸，又像是最后的求助。女孩理解了，女孩天生就有理解动物的能力，她蹲下身子，伸出小手，抓住了紧紧勒绕在多吉来吧脖子上的麻绳。守在树林外面的那个叫王祥的人喊了一声："小孩你出来，小心把你咬了。"红衣女孩不理他，她知道是他们绑了大狗，就更有点故意捣蛋的意思了：你们绑了我爸爸，现在又要绑大狗，你们是多坏的人啊。她用两只白嫩的小手开始解绳子，怎么也解不开，解得手指都疼了，就趴在多吉来吧身上，用两排珍珠似的小白牙一点一点地撅着石头疙瘩一样的绳结。王祥又喊了一声："小孩快出来，小心它醒了。"他看红衣女孩不理他，正想钻进树林把她扯出来，就见自己的儿子从马路对面走了过去。于是他喊住儿子，让他过来，叮嘱道："你在这儿守着，林子里头有一只快死的大狗,人问起来你就说死狗是我们的。"又皱起眉头看了看远处说,"他们怎么还不来,是不是找不到架子车了,我知道哪里有。"王祥快步走去,留下儿子心不在焉地在树林边坐了下来。儿子对爸爸给他派的活一向是反感和抵触的,这次也不例外,坐了半天才意识到爸爸是让他在这里守着一只大狗的,忽地跳起来,掀开树枝就往林子里钻。

他愣了,他十岁的样子,或者还不到,最喜欢的就是狗,现在他看到一只壮硕的有黑毛也有红毛的狗就卧在他眼前,大狗身边还有一个红衣女孩,女孩趴在地上,正在用牙齿一口一口地撕着绑住了大狗四个爪子的麻绳。勒绕在脖子上的麻绳已经解开,多吉来吧好受多了,加上它一直卧着,虽然无法在安静的沉睡中调动体内自我修复的因素,但由雪山草原、艰难岁月磨砺而成的生命的坚韧、由喜马拉雅獒种的优秀遗传带给它的抗病抗痛的能力,还是不知不觉发挥了作用。它觉得自己走向死亡的脚步渐渐缓慢,似乎就要停止了,剧烈的疼痛变得可以忍受,呼吸也顺畅了许多。它忍不住睁开眼睛,瞪着男孩,嗓子里忽忽的,就像刮出了一阵仇恨的风。

男孩叉着腰说:"它是我的狗,你动什么?"女孩抬起头瞪着他,以同样坚定的口气说:"不是你的狗,是我的狗。"男孩说:"是我们的,我们的狗。"这次他强调了"我们",想把自己的爸爸端出来。女孩一听更生气了:"你们为什么绑我的狗?我的狗,我的狗,我看见了就是我的狗。"两个孩子好像在争抢一件在大街上见到的玩具,谁也不让谁。多吉来吧似乎知道它们在吵什么,冲男孩唬唬地威胁着,又伸出舌头友好地舔了舔女孩的手。男孩不吵了,他意识到爸爸的说法是不可靠的,大狗的举动已经说明了它归谁所有。他坐在了地上,眼馋地望着多吉来吧继续舔舐女孩手的举动,冲着女孩讨好地笑了笑。女孩不理他,再次趴倒在地上,去用牙齿费力撕扯绑住了大狗四个爪子的绳结。男孩说:"我爸爸去找架子车了,他们要把它拉走。"女孩不理,多吉来吧也不理。男孩说:"我爸爸是个坏蛋,跟他一起的都是坏蛋,他们爱吃狗肉,我不爱吃。"说着咽了一下口水。女孩和多吉来吧还是不理。男孩说:"我来解疙瘩,我力气比你大。"说着,屁股蹭着地面挪了过去。

把牙齿都撕扯疼了的女孩只好把绳结让给男孩。男孩望着多吉来吧胆怯地说:"它不会咬我吧?"多吉来吧很长时间都是孩子的伴侣,就像熟悉自己一样熟悉孩子,它立刻看出女孩和男孩已经和解,又从男孩的神情举止中猜透了他的心,眼睛里顿时露出了平和友善的光波。而喜欢狗的男孩也敏捷地领悟到了狗眼里的内容,嘿嘿一笑,抓住多吉来吧爪子上的绳结,使劲用手拽着，拽了几下没拽开，就像女孩那样，趴在地上用牙齿撕扯起来。

　　捆绑结实的麻绳终于解开了。多吉来吧斜躺着，吃力地把四肢蜷起来又伸展开，扭了扭腰肢，然后把两条前腿平伸到前面，嘴埋进两腿之间，身子端端正正地趴卧着。这是恢复体力、自疗伤痛的最好姿势，这个姿势表明了它内心的踏实：它已经感觉到了不死的希望，那就是自己被汽车撞坏撞痛的是韧带和肌肉，而不是骨头，骨头好好的，至少那些维系生命和行动的大骨头好好的。男孩挪到前面，摸了摸多吉来吧的鼻子，从口袋里掏出一个青稞面花卷，自己咬了一口，把剩下的送到了多吉来吧嘴边。多吉来吧不吃，它现在一点也不想吃东西。女孩说："我的狗，你喂什么？"男孩不跟她计较，把青稞面花卷塞进口袋，摸了摸獒头上的伤痕说："它流血啦，血流完了它就会死掉。"女孩说："才不会呢。"男孩说："我有办法让它不流血。"女孩说："我的狗，不许你想办法。"男孩讨好地说："我给你的狗想办法还不行吗？走，我们买药去。"女孩摇着身子不说话。男孩说："我爸爸流过血，他买药的时候我见过，我知道买什么药。走啊，没有药大狗就会死掉的。"说着拉起了女孩的手。

　　药店离这里不远，男孩拉着红衣女孩走进去，来到柜台前，仰头望着一个女售货员，大大咧咧地说："我要买白药。"女售货员问到："什么白药啊？很多药都是白的。"男孩说："就是流血的白药。"女售货员拿出一个拇指大的小瓶子："是这个吗？"男孩点点头，一把抢了过来，拉着女孩，转身就跑。等女售货员绕过长长的柜台，撵到药店门外时，男孩和女孩已经消失在了人群里。

　　回到树林里，男孩打开小瓶子，把粉末状的云南白药撒在了多吉来吧的伤口上，老练地再次掏出青稞面花卷，抹了一些药面，塞到了多吉来吧半张的嘴里。多吉来吧知道两个孩子在给它治疗，忍着疼痛吞下去了那个花卷，望着两个孩子，眼睛湿湿的，就像人的感激那样，真实而闪光。男孩知道自己已经发挥了作用，说话应该是有分量的，就站起来，两手叉在腰里说："现在我们应该转移啦，转移到我爸爸找不到的地方去。"女孩觉得他在学着大人的样子玩游戏，嘿嘿地笑着，也把手叉起来说："转移喽。"这时树林外面有了响动，一辆架子车骨碌碌地过来，倏然停下了。几个男人大声地互相开着玩笑，来到了树林的边缘。男孩紧张地说："我爸爸抓大狗来了，怎么办？"女孩浑身一颤，咚地坐下，一把抱住了多吉来吧的头。

2

在寄宿学校，晕死过去的父亲很快被孩子们和美旺雄怒的喊声唤醒了，醒来后才知道，他需要承受的悲痛要比他看到的严重得多：有人来过了，带着一只藏獒，咬死了漆黑如墨的大格列和另外四只大藏獒。父亲不寒而栗，脑海里出现了一个形象，那是他在西结古寺的降阎魔洞里看到的，是十八尊护法地狱主中排位第四的地狱食肉魔，这个形象之所以如此的刻骨铭心是因为传说它能一夜之间吃掉草原上所有的藏獒。

父亲坐在大格列和另外四只大藏獒身边，眼睛湿汪汪的，突然站起来，冲着孩子们吼道："哪里的人，哪里的藏獒，他们往哪里去了？"孩子们齐唰唰地举手指了过去。父亲吃了一惊：孩子们指的方向是野驴河的上游，高旷寂静的白兰草原。父亲打了一声唿哨，从五百米外的草场上招来了自己的大黑马，解开缠绕在脖子上的缰绳，跳上去就跑，突然又撑着缰绳拐回来，对一个歪戴着狐皮帽，伏在大格列身上哭泣的孩子说："秋加你起来，千万别动大格列，这里是行凶现场，现场是不能动的。"父亲催马而去，看到美旺雄怒跟了过来，比画着喊道："你不要跟着我了美旺雄怒，你留下来，留下来。"然后长叹一声，"要是多吉来吧还在寄宿学校就好了。"寄宿学校的六只大藏獒是一年前多吉来吧离开西结古草原去西宁动物园后，父亲从过去的牧马鹤部落头人现在的牧民大格列那里要来的。要来不久，大格列就生病去世了。为了纪念这位性情耿直、为人豪爽的朋友，父亲把其中两只最年轻的大藏獒的名字改成了大格列和美旺雄怒。美旺雄怒是牧民大格列的宝帐护佑神，意思是火自在青年不死三昧主，恰好也契合了这只大公獒赭石一样通体焰火燃烧的毛色。

父亲骑马奔驰在草原上，心急如焚，只嫌野驴河太长太长，怎么也到不了上游，到不了白兰草原。白兰草原的牧人，自古都是西结古寺的属民。因此西结古寺就把一只叫作藏巴拉索罗的了不起的藏獒和另外一些寺院狗寄养在白兰草原的桑杰康珠家。父亲意识到，咬死大格列和另外四只大藏獒也许仅仅是个开始，这个人、这只堪比地狱食肉魔的藏獒，显然是路过寄宿学校，他们很可能是冲着藏巴拉索罗去的，藏巴拉索罗危险了，它和那些被寄养的寺院狗将面对一场血肉喷溅的极恶之战。他想去报信，能躲开就躲开。

终于进入了白兰之口,一片长满了虎耳草、血满草、仙鹤草和野生芫菁的漏斗形原野出现在面前,漏斗的中间是星罗棋布的湖,人们叫尕海。白兰湿地的紫色岚光里,一群群的白鹤、天鹅、斑头雁和藏雪鸭各自为阵又互相交汇着,清亮的鸟叫声穿云而去,翩然起舞的姿影礼花一样飞上了天。父亲来不及观赏仙境一样的景色,绕过湿地,跑向了进入白兰草原后碰到的第一个牧民。那牧民一脸黝黑,魁伟高大,留着披满了肩膀的英雄发,带着一匹赤骝马和一只雄壮的藏獒,正躺在一片粉黄色的仙女三姊妹花中休息。发现他后,牧民站了起来,双手紧紧抱在皮袍鼓鼓囊囊的胸兜上,目光如炬地看着他。雄壮的藏獒却趴卧在花丛里,嗡嗡嗡地低声叫起来。父亲一听叫声就知道这是一只不认识自己且充满了敌意的藏獒,没有跑得太近,远远地停下来喊道:"你好啊兄弟,桑杰康珠家在哪里?"牧民抬手指了一下。父亲驱马就跑,焦急中连声谢谢都忘了说。

一个小时后,当桑杰康珠一家带着无尽的悲伤出现在父亲面前时,父亲都不知道如何表达自己的震惊了。悲惨的事件比父亲想象得还要悲惨:仅仅一只藏獒就杀死了这么多藏獒,包括那只曾经一口气咬死过三只雪豹的了不起的藏巴拉索罗,西结古寺寄养在桑杰康珠家的全部寺院狗一只不剩地都被咬死了。一共十二只,除了三只不到一岁的小藏獒,其余的都是肩高至少八十公分的大藏獒,尤其是金黄色的藏巴拉索罗,伟壮的身躯如同一只狮子,差不多就是獒王冈日森格的另一个版本了。

父亲双手捂住自己的胸脯,似乎害怕心脏跳得太激烈而蹦出胸腔,喘着气说:"要是多吉来吧还在西结古草原就好了。"桑杰康珠瞪着父亲说:"别提你的多吉来吧了,我看见它时,想到的就是你的多吉来吧,我心想饮血王党项罗刹怎么又回来了?"父亲"嘀"了一声,那口气中既有对多吉来吧的深沉思念,又有对桑杰康珠的不满:你怎么可以把它和多吉来吧联系到一起呢,我的多吉来吧不是魔鬼是善金刚,它去了千里之外的西宁动物园,啊,我怎么让它去了千里之外的动物园呢?又问:"地狱食肉魔去了哪里?"桑杰康珠说:"朝着你来的路走了,这会儿大概已经走出了白兰草原。"父亲愣了一下说:"我怎么没碰到?"突然一个警醒:他不是没看到,他看到了,又被他轻易放过了,那个他进入白兰草原后看到的第一个牧民,那只趴卧在花丛里嗡嗡嗡低声吠叫的藏獒,不就是凶手吗?

父亲懊悔得一把揪下了自己的一撮头发:你个没用的汉扎西,一个死人,一根笨木头,连藏獒的一半机灵也没有,你怎么把凶手把盗贼放跑了?父亲转身跑向自己的大黑马。他要去追撵凶手了，还要把这个坏到不能再坏的消息带给西结古寺的丹增活佛，带给公社书记班玛多吉，带给正率领领地狗群决战在藏巴拉索罗神宫前的獒王冈日森格。父亲骑上马就走，突然听到从原野深处传来一匹狼的嗥叫：呜儿，呜儿。父亲打了个愣怔，胸口一阵惊跳，自从九年前发生了寄宿学校的十个孩子被狼群咬死吃掉的惨剧后，父亲一听到狼叫就紧张，就会联想到孩子们的安全。他勒马停下，朝狼叫的地方看了半晌，看到了羊群，却没有看到狼，又策马往前跑去，心里一直犯着嘀咕：白兰草原桑杰康珠家的藏獒全部被咬死，这个时候狼开始嗥叫，而且叫得那么悲伤、悠长、放浪。狼想要干什么？父亲已经是个"老草原"了，听得懂狼叫的内容，比如现在的这一阵狼叫，柔中带刚、音调铿锵，悲哀中透着一股勇往直前的力量，更透着聚合与行动的信息。而对狼来说，只要是聚合行动就意味着给人和牲畜带来灾难。父亲忧心忡忡：麦书记失踪了，外面的骑手犯境了，地狱食肉魔来到了，紧接着，狼又开始聚合行动了。

发出嗥叫的是一匹白兰母狼。它是昨天晚上靠近桑杰康珠家的，靠近的目的是为了报复。它的两个孩子、两匹刚刚独立生活的公狼，第一次偷袭羊群，就被寄养在白兰草原桑杰康珠家的寺院狗咬死了。所以它的报复还带着母狼护崽的大胆妄为，它没有想到后果，只想到它必须咬死至少二十只羊作为回敬，否则就愤怒难平。但是一靠近桑杰康珠家的羊群，它就发现根本不可能实现报复，它离羊群还有几百米，机敏的藏獒就开始吼叫了，无论从哪个方向，无论是上风还是下风，它都能感觉到死亡随时都会发生，不是羊的死亡，而是自己的死亡。不甘心就此撤退的白兰母狼远远地观望着，观望了一夜半天，突然看到，用不着自己行动，报复就从天而降，而且是那么彻底：所有的藏獒都死了，就在它的瞩望之中，被一只格外强悍的藏獒以不可思议的速度一只只咬死了。它惊呆了，简直不敢相信自己的眼睛，更不明白这到底是为什么，怎么藏獒咬起藏獒来，比藏獒撕咬狼群还要凶残无度？

现在，羊群就像数不清的一大团一大团的肉，毫无障碍地暴露在了白兰母狼面前。白兰母狼走过去，冲进惊慌失措的羊群，咬死了三只羊，突然就不咬了。它嗥起来，它想让所有能听到它嗥叫的白兰狼都到这里来，一是痛吃一顿藏獒的肉，二是搞清楚到底为什么：来了一只凶暴无比的猛獒，咬死了这里的所有十二只藏獒，然后跟着一个人走了，走时那猛獒看见了母狼，却没有理睬母狼，好像它是一只专咬同类不咬狼的藏獒，世上有了这样的藏獒，简直太好了。

很快有了回应。近的、远的、更远的，四面八方的狼嗥悠然响起。白兰草原的狼群，朝着桑杰康珠家驻牧的地方，迅速汇集而来。这些狼是互相认识的，冬天属于一个群体，夏天食物丰富，旱獭、鼢鼠、兔子、黄鼬这些小型动物到处都是，用不着集体捕猎，就又会分散行动。但有时候它们也会改变冬聚夏散的规律，就像现在，意外而特殊的情况发生了，它们必然要聚在一起行动了。它们先是赶走了满地的秃鹫，用死去藏獒的血肉填饱了肚子，然后才开始用它们的语言表示惊诧：我们的风敌怎么都死了？一匹被人称作黑命主狼王的毛色发黑的头狼比别的狼有了更准确的判断：发生在藏獒之间的不是打斗，是屠害，而且是有预谋的屠害。很可能藏獒的死亡并没有结束，接着还会有。狼群要做的，就是跟上去，藏獒死在哪里，就吃在哪里，毕竟是藏獒的肉，是世仇的肉，进食的过程伴随着泄恨的快感，跟吃羊肉牛肉鼠肉兔肉是不一样的。更重要的是，它想搞清楚，究竟为了什么，会发生如此惨烈的藏獒对藏獒的咬杀。黑命主狼王朝前走去。别的狼也都迤逦而行。草原一片渊默，云朵诡谲了，风的吼叫变得机密而恐怖：吃掉它，吃掉它。

3

冈日森格的吼声延缓了小巴扎的进攻。小巴扎有点纳闷：对方獒王过来干什么？再一看，冈日森格不是跑向自己，而是跑向少年公獒的，就更有些奇怪了。毕竟它还是一个孩子，天真而缺乏阅历，不知道、没见过的事情还太多太多。冈日森格来到少年公獒跟前，愤怒地叱责着，一口咬在了它的肩膀上：你这个无能的家伙，真给我们西结古领地狗丢脸啊，你给我滚回去。少年公獒一愣，接着就哭了，它很委屈，它出生入死地战斗，眼看就要战死了，尊敬的獒王却不能给它一点赞许、一点理解和一点尊重，毕竟它还是个孩子，它需要鼓励和温情，哪怕是为了让它死去的鼓励和温情。冈日森格继续愤怒地叱责着，又是撕咬，又是吼叫，驱赶着少年公獒退向了打斗场的外面。这就等于少年公獒已经认输，它虽然没有鏖战到最后一刻，但也可以带着獒王的鄙视和自己的性命回去，让别的藏獒来应战小巴扎。

小巴扎呆愣着，听到身后自己的阿爸上阿妈獒王帕巴仁青一连吼了几声，才意识到獒王冈日森格不是跑来惩罚部下，而是跑来救命的，这哪儿成。小巴扎愤怒地从冈日森格的侧后扑过去，直扑它的肚腹。冈日森格朝后看了一眼，木然呆立着，既没有躲闪也没有反击，好像小巴扎的利牙就要刺穿的肚腹跟它毫无关系。真是一发千钧，空气一阵动荡，地上的草根和泥土被好几只爪子踢扬而起，咆哮如雷，一阵旋风从另一个方向刮来，轰然一声响，小巴扎倒在地上了。冈日森格依然呆立着，在它和小巴扎之间，挺立着怒发冲冠的曲杰洛卓。

　　曲杰洛卓终于出动了，冈日森格释然地喘了一口气，它等待的就是这一刻，此前所有的举棋不定都是为了这一刻。它作为獒王在指挥和判断上的无能，小黑獒的死和少年公獒的受伤与认输，似乎都是为了给曲杰洛卓愤然出击做好铺垫，不然怎么能显出曲杰洛卓的重要呢？曲杰洛卓已经意识到獒王冈日森格之所以直到现在还没有向别的藏獒发出进攻的指令，就是为了等待它的出击。这样的出击对它至关重要，关系到它是否还能过一种从小过惯了的自由而放浪的生活，关系到它能不能被西结古草原的领地狗群重新接纳——它太想回到领地狗群中、回到獒王冈日森格身边去了。

　　打斗场的核心转眼变成了年少的小巴扎和年轻的曲杰洛卓。都是最优秀的战士，都是虎贲之将，但毕竟一个是轻量级，一个是重量级，小巴扎即使有整个青果阿妈草原最好的造就和整个喜马拉雅獒种最好的禀赋，也只是个有望成长的大孩子，只两个回合，身上就有了四处伤痕，每一次碰撞都是被曲杰洛卓咬一下再抓一下。第三个回合是致命的，曲杰洛卓一口咬在了小巴扎的脖子上。血流如注，小巴扎趴下不动了。这只为上阿妈领地狗群立下首功的少年英雄，被曲杰洛卓三下五除二就收拾得没有了刚才的威风。曲杰洛卓知道马上就会有更厉害的藏獒扑向自己，片刻也没有沉醉在牙齿插进敌手血肉的舒畅中，迅速抬起头，警觉地扫视着上阿妈领地狗。

　　寂静笼罩着藏巴拉索罗神宫前的草地，观战的人和狗都悄悄地瞪着前面，好一会儿，才看到上阿妈领地狗群里慢腾腾走出了那只已经和曲杰洛卓对峙过的驴大的雪獒。它不吭不哈地摇着头，好像不是来打斗，而是来会见老朋友的。曲杰洛卓立刻变换了自己的表情，显得既不愤怒，也不警觉，带着一副我来跟你玩玩的轻松样子，悠闲地舔着嘴唇，抖着毛发，走向了对方。它们走到了一起，你打量着我，我打量着你，甚至还友好地互相嗅了嗅鼻子。突然一声吼，曲杰洛卓奔跃而去，直扑不远处趴在地上不知死活的小巴扎。

　　雪獒愣怔了一下：你不会是怯懦到想去进攻一个已经不能动了的孩子吧？就见曲杰洛卓绕着小巴扎跑了一圈，然后闲庭信步似的走过来，走着走着，就微闭了眼睛,脸上笑眯眯的,不知为什么它脸上笑眯眯的。曲杰洛卓来到雪獒跟前,就像第一次走近它那样,冲着它的鼻子爆炸似的吼了一声,然后迅速跳开,奔跃而去,围着小巴扎跑了一圈,又笑眯眯地回到了雪獒身边。雪獒还是愣怔着,以为对方又要爆炸似的吼一声,眼睛里充满了研究研究对方到底想干什么的神态。就在这个时候,想不到的事情发生了,曲杰洛卓既没有用速度也没有用力量,不过是用了一点麻痹,然后就像咬噬一堆扔过来的食物那样,一口咬向对方,咬住了大血管和喉咙之间的那个地方。一阵猛烈的撕扯,鲜血染红了雪獒的洁白,就像春天消融着草原的积雪。雪獒扭头就要反咬,却见曲杰洛卓已经松开牙齿,跳起来朝后蹦去。

驴大的雪獒恼羞成怒地就要扑过去,忽听身后传来一阵上阿妈獒王帕巴仁青的吼叫,它望了一眼没有理睬,那吼叫便越来越急。雪獒知道这是让它赶快回去的意思,十分不情愿地回应了一声,慢腾腾扭转了身子。雪獒朝回走去,不断顾望着曲杰洛卓,眼睛里一半是不服气的愤怒,一半是不期而至的感激。感激是因为雪獒突然意识到曲杰洛卓并不是只能咬在自己的大血管和喉咙之间,它本来可以咬断自己的大血管,也可以咬住自己的喉咙挑断气管,但是它没有,它留了雪獒一条命,雪獒记住了,记住了恩情但也没有忘记仇恨。对藏獒来说,报恩和报仇是两种并行不悖的生命驱动,它们共同塑造着藏獒,令人歆羡地完善着藏獒那种恩怨分明的狗格和獒性。

这时西结古草原的獒王冈日森格掩饰不住兴奋地轻轻叫起来,它看到换下雪獒的居然是上阿妈獒王,上阿妈獒王上场了。这就等于一下子提高了曲杰洛卓的地位,只要曲杰洛卓打败上阿妈獒王,它就获得了出任西结古獒王的最有说服力的资格。冈日森格用不大的叫声鼓舞着曲杰洛卓。曲杰洛卓感激地回望了一眼,用叫声坚定地回应着:不,即使我赢了,你还是我们的獒王。

上阿妈獒王帕巴仁青来到打斗场中央,怜悯地看了看还没有气绝的小巴扎,滴了几滴眼泪,扬头一甩,就把所有悲伤的湿润甩出了深深的眼眶。它朝前走了几步,无限轻蔑地瞪了一眼曲杰洛卓,然后屁股一蹲,坐下了,这是更加轻蔑的表示。但是包括上阿妈獒王在内的所有上阿妈领地狗都知道,这样的轻蔑是装出来的,它们都看出这只名叫曲杰洛卓的西结古大藏獒具有不凡的身手,更知道驴大的雪獒打不过的,别的藏獒也很难取胜,只能由獒王亲自上场了。曲杰洛卓定定地立着,看着天,看着地,就是没用正眼看对手,这也是蔑视,它要从神态上以牙还牙。而它的感觉却全部集中在对手身上,对手姿态的变化、眼光的游弋、鼻子的抽搐、毛发的抖动,甚至气息的长短,它都能感觉到。它以此判断着对手的策略，确定着自己防守和出击的办法。

什么动静也没有，声音驻足了，草原上随时都在跑动的透明的绿风戛然消失。双方表面上的蔑视浮云一样飘忽着，而实际上的重视却如潜流涌动在它们心里，也涌动在观战的每只藏獒、每个骑手的心里。空气越来越紧张，惊心动魄的扑咬一触即发。上阿妈獒王帕巴仁青趴下了，趴得就像一只赖皮狗，紧贴着地面，散了架似的。而曲杰洛卓感觉到的却是强大的威逼，一股重锤击石般的威逼大面积而来。突然有了声音，是风的声音，是上阿妈獒王帕巴仁青掀起的一股黑色疾风，以狂飙突进的力量，朝着曲杰洛卓覆盖而来。

曲杰洛卓浑身的肌肉砰地紧了一下。根据经验它没有胡乱行动，它觉得上阿妈獒王要么会中途停一下，以迷惑它，打乱它躲闪的节奏；要么会改变方向，扑向自己认定的提前量，以便在它躲闪落地的同时，一口咬住它的脖子；要么会从它的头顶呼啸而过，然后急转身，从后面万无一失地攻击它。所以它稳稳地站着，觉得只要自己沉住气不动，对方的诡计就会不攻自破，然后它将在对方失算的懊悔中扑过去，后发制人。但是曲杰洛卓没想到上阿妈獒王帕巴仁青居然什么诡计也没有，一点战术都不讲，就像一个没有经历过真正拼杀的孩子，就靠着它的鲁莽和无知以及难以想象的速度，直截了当地扑向了自己。黑色疾风呼啦一声盖住了曲杰洛卓，那股重锤击石的力量压住了它的身子，也压住了它的所有本领，它期望于自己的奋勇潇洒的战斗转眼变成了摆脱危险的狼狈挣扎。

上阿妈骑手的头巴俄秋珠高兴地吆喝起来："胜利了，胜利了，藏巴拉索罗归我们了。"上阿妈骑手们也跟着他吆喝起来，声音一浪高过一浪。曲杰洛卓奋力抗争着，以难能可贵的力量和经验，在最强大敌手的扑咬下，拖泥带水地翻滚到了一边。脖子上已经是血色濡染了，一个血洞，深深的就像藏獒的眼睛，血滋着，滋成了一条线。这一口咬得真是太让嗜杀成性的藏獒们佩服，太让曲杰洛卓丢脸，也太让西结古草原的獒王冈日森格提心吊胆了。冈日森格禁不住叫起来，是助威，也是再次表达自己的期待：一定要胜利啊曲杰洛卓。

曲杰洛卓稳住自己，看到上阿妈獒王又一次趴下了，趴得更像一只赖皮狗，紧贴着地面，散了架似的。曲杰洛卓冷笑一声，愤愤地想：你不要以为你趴得跟上次一样，我就会觉得你还会像上次那样扑我咬我，不，我决不上你的当。很快又有了声音，依然是黑色疾风席卷而来的鸣响，上阿妈獒王帕巴仁青再一次朝着曲杰洛卓覆盖过来。曲杰洛卓挺着血脖子昂然而立，它认定上阿妈獒王继续趴下是为了迷惑它，就固执地一动不动，还想着在对方失算的

453

懊恼中反扑过去，后发制人。但在上阿妈獒王看来是这样的：它只要跟上次一样紧贴着地面趴下，对方就会以为它又在蒙骗，目的是为了改变战术。是的，它本来也是这样想的，但考虑到对方是一只聪明的藏獒，很容易识破它的诡计，它就干脆不使诡计了。结果和上次完全一样，上阿妈獒王帕巴仁青笔直而略显笨拙地扑过来，一下子罩住了曲杰洛卓，曲杰洛卓的勇敢对抗又一次变成了狼狈挣扎。等它挣扎着脱离上阿妈獒王的撕咬后，发现这一次对方的牙齿还是深深扎进了脖子上的那个血洞，一个血洞连续扎了两次，那血洞就越来越大、越来越深了。血冒着，冒成了一股水，把曲杰洛卓的半个身子都染红了。

巴俄秋珠带领着上阿妈骑手们再次吆喝起来。紧张观望着的西结古獒王冈日森格突然张大嘴，想用叫声提醒曲杰洛卓：注意啊，上阿妈獒王下一次的进攻一定还是前两次进攻的重复。想了想又把吼叫咽回去了，它知道曲杰洛卓能听懂的声音，上阿妈獒王也能听懂，自己的提醒不仅帮不了曲杰洛卓，反而会害了它。

果然就像冈日森格预料的那样，上阿妈獒王第三次重复了先赖皮狗一样地趴下，然后以狂飚突进的力量直截扑咬的办法。曲杰洛卓绝对不相信上阿妈獒王的第三次扑咬还会这样，它不愿意陷入对方的诡计，却陷入了诡计后面的诡计。它仍然静立着不动，结果发现自己又错了。上阿妈獒王帕巴仁青根本就不想用迷惑对手的办法改变战术，对它来说，没有战术的战术是最有用的战术，没有诡计的诡计是最好的诡计，用人类的成语形容，那就是大象无形、大巧若拙。它成功地第三次覆盖了曲杰洛卓，第三次咬住了对方的脖子，更不可思议的是，它的牙齿第三次深深扎进了已经扎了两次的那个血洞，血洞更深更大了。

曲杰洛卓的脖子上血滋着，滋成了一根棍，看到那根棍的人和狗都知道，大血管断了，出现了一片喊叫声，在上阿妈方面是兴奋，在西结古方面是惊叹。看不到那根棍但能感觉到热血滋涌的曲杰洛卓也知道，自己的大血管正在快速送走鲜活的气息，命脉正在关闭，死亡即刻就会来到眼前。曲杰洛卓回头看了看肝胆相照的獒王冈日森格，看了看它日日夜夜都想回去的西结古领地狗群，看了看它的主人班玛多吉，两行诀别的眼泪簌簌而下。獒王冈日森格用同样悲伤的眼泪诀别着曲杰洛卓，走了过去。班玛多吉从马上跳了下来，边走边喊着："曲杰洛卓，你回来吧，回来吧。"曲杰洛卓没有让獒王冈日森格和主人班玛多吉走到自己跟前来，它浑身一阵剧烈的抖动，似乎把所有的精气都从骨髓深处抖落到了四肢上，然后跳了起来。谁也没想到曲杰洛卓脖子上的血滋成了一根棍还能跳起来，更没想到跳起来后它还能以风的速度扑向上阿妈獒王。

趴在地上的上阿妈獒王帕巴仁青知道自己已经来不及起身迎战，奋力打了一个滚儿，打出了六米之外。曲杰洛卓擦着对方的獒毛呼啸而过，下雨一样淋了对方一身血，然后直飞而去。它没有停下来转身再次扑向上阿妈獒王，它好像再也停不下来了，飞着，飞着，直直地飞着，鲜血淋漓地飞着，飞向了上阿妈领地狗群，用自己峻急猛恶的奔势，撞开了一道豁口。曲杰洛卓把自己从上阿妈领地狗群的豁口中扔了进去，如同把一块巨大的岩石从山顶扔向了深渊，力大无比。人和狗都不想让它撞到自己，纷纷躲闪着，只有跟它交过手的驴大的雪獒没有躲闪，它怀揣报恩的心情，从一个本来不会撞到它的地方迎过来，横挡在了曲杰洛卓前面，神态是慈祥的，叫声是轻盈的，眼睛是湿汪汪的，里面除了感激还有同情。它知道按照惯例，这样的神态和叫声一定会使曲杰洛卓停下来，停下来当然还是得死去，但至少可以感觉到同类送别的眼泪，同类也可以感觉到它离世前的不舍。獒类世界的同病相怜和惺惺相惜由来已久，这种祖先遗留的心态是从来不分敌手还是朋友的。

但是曲杰洛卓没有停下，它迎着雪獒直撞而去，就像撞在了山上，山倒了，它也倒了。脖子上的血哗地一下喷成了柱子，接着就没了，好像这是最后一次喷涌，把剩余的所有鲜血都喷涌完了。曲杰洛卓静静地躺在地上，眼光以最艳丽的血色扫视着天上的蔚蓝，呼吸和心跳却正在迅速而不情愿地消失着。同样失去呼吸和心跳的还有驴大的雪獒，雪獒死了。曲杰洛卓撞在了它的肚子上，肚子没有烂，但里面的脏器肯定彻底烂了，烂得它连伤别的感觉都来不及表达了。雪獒一身洁白，即使内脏出血，外表也像雪山一样高贵而耀眼。

在包围着死去的曲杰洛卓和雪獒的上阿妈领地狗群里，首先传出了哭泣的哀叫。接着，西结古领地狗群也嗷嗷嗷地哭起来。獒王冈日森格的哭声格外响亮，它在这个藏獒与藏獒之间不知道为什么要发生战争的日子里，用哭声表达着它内心最隐秘的疑惑：我们为什么要打斗？为什么？班玛多吉也哭起来，发出的声音跟獒王冈日森格的声音一模一样，毕竟曲杰洛卓是他的护身藏獒，感情已经很深很深了。他牵着马走过去，想走进上阿妈领地狗群去看看他的曲杰洛卓，最好能把它驮回到这边来，刚要走进打斗场，就听上阿妈骑手的头巴俄秋珠喊起来："你不要过来，小心啊，我们的领地狗群可不喜欢你走进他们中间。"班玛多吉停下来站了片刻，转身回去了，他知道走过去是危险的，搞不明白他要去干什么的上阿妈领地狗将会群起而攻之。

藏獒们不可抑制的哭声里，迅速走出悲伤的上阿妈獒王帕巴仁青站到了打斗场的中央，浑厚而刚硬地叫起来。这是挑战，是得意非凡的胜利者督促对手赶紧上场的信号。西结古獒王冈日森格听到挑战后沉默了片刻，用微弱的声音回应着，好像是说：等一等，或许不需要应战了，你们赢了，我们输了。獒王冈日森格来到了班玛多吉跟前，仰头望着他，眼睛里饱含期待甚至祈求：是不是可以不打了呢？我们已经输了。现在的冈日森格已经不仅是一个思虑成熟的獒王，更是一只饱经沧桑的老年藏獒，它早就不希望自己和领地狗群张狂激烈、轻生噪进了。沉稳变成了它的主要性格，尤其是面对生死存亡的时候，它总觉得活着，尤其是和大家一起平静地活着，享受时光，也享受幸福，是一件好事情。

班玛多吉看不懂它眼睛里的意思，或者他看懂了也不想采纳来自獒王的意见，皱着眉头，咬着牙齿，粗声大气地说："冈日森格，我们这是怎么了？我们的领地狗怎么都这么懦弱，养兵千日，用兵一时啊，要为曲杰洛卓报仇，打败它们，一定要打败它们。"冈日森格没听懂或者不愿意听懂班玛多吉的话，依然祈求地望着他：不要打了吧，这样的打斗是不值得的。它一直不肯离开，一直不肯放弃祈求，直到班玛多吉说出这样的话来："你为什么不去打？你这样望着我是什么意思？总不能让我和我们的骑手去打斗吧？总不能看着西结古草原的藏獒和人都死尽了你才行使獒王的权力吧？总不能把藏巴拉索罗神宫的祭祀权拱手让给他们，让他们找到麦书记，把藏巴拉索罗从西结古草原拿走吧？"

没等班玛多吉说完，冈日森格就转身离开了。忧伤的獒王冈日森格走到了自己的领地狗群中，一个一个地看着它的部下，每一个部下的表情都是激动而愤怒的，包括那些不可能参与打斗的母獒和小獒，都希望自己是下一个上场的人选。但是冈日森格始终没有首肯，它路过了所有能够上场的成年公獒，觉得没有一只能够抗衡上阿妈獒王，就沉重地摇起了头，勇敢不等于去送死，已经知道无法取胜的藏獒还有什么必要派它上场呢？

其实冈日森格已经想好了，在向班玛多吉祈求的时候就已经想好了由谁来应战上阿妈獒王。不成功便成仁，死有何惧，尤其是藏獒，本来就是为人而活着，人让你死，你就只能去死了。这时所有西结古骑手的眼睛都盯着冈日森格。他们看到它离开领地狗群朝前走去，走了几步，突然就消失了，连影子也没有了，这才意识到天黑了，谁也没有发现黄昏什么时候到来，天就已经漆黑一团了。

4

　　西宁城的那片小树林里，女孩刚抱住多吉来吧的头，就有五六个男人呼呼啦啦涌进来。他们看了看男孩和女孩，又看了看已经解掉麻绳的大狗，一时没敢过来。王祥捡起地上的麻绳，瞪着自己的儿子喝斥道："谁把绳子解掉了？"男孩畏惧地望着爸爸没有吭声。王祥说："我就知道你不干好事。"说着一麻绳抽在了儿子脸上。男孩瞪着爸爸仇恨地喊起来："大狗不是你的狗，大狗是她的狗。"王祥说："她的狗？她一个小屁孩，能养出比狮子老虎还要大的狗来？"几个男人笑起来，看到多吉来吧瘫软在地上，眼睛睁着，却没有力气瞅他们一下，就大胆地靠了过去。为首的人从王祥手里叼过麻绳，又要行绑。

　　红衣女孩哭了，她知道自己立刻就要失去大狗，给予保护也寻求保护似的把小身子偎在了大狗怀里。王祥过去，一把揪起了女孩。女孩哭得更厉害了。为首的人挥动着麻绳说："把他们撵走，快把他们撵走。"一个男人先把男孩推出了树林，又要赶女孩时，突然僵住了，只见趴在地上虚弱不堪的大狗突然摇摇晃晃站了起来，瞪着他们一声不吭。为首的人似乎不相信这只就要死去的大狗会咬人，一把揪住女孩的红衣服，喊一声："出去。"话音未落，就听大狗一声号叫，哗地一下扑了过来。为首的人被咬伤了，咬伤的就是他揪住红衣女孩的那只手，那个刚把男孩推出树林的人被一狗爪抓烂了裤子和里面的皮肉，而对用麻绳抽了男孩的王祥，多吉来吧只是用头顶翻了他，没有在他身上留下牙伤和爪痕，似乎它已经闻出他是那男孩的爸爸。仅仅一个动作，就对付了三个人，五六个男人哇啦哇啦喊叫着，连滚带爬地出了树林。

　　多吉来吧把头伸出树林，"轰轰轰"地叫了几声，看他们狼狈而逃，就又退回来卧在了地上。红衣女孩抹着眼泪再次坐到了多吉来吧身边。男孩回来了，红着脸，坐在了多吉来吧的另一边。坐了很久，天就要黑了，树林里一片黯淡。男孩又一次说："现在我们应该转移啦，转移到我爸爸找不到的地方去。"女孩扑腾着大眼睛，似乎并不理解转移是什么意思。男孩又说："天黑了它怎么办？我爸爸他们还会来的。"女孩明白了，抱了抱多吉来吧说："大狗回家，大狗回家，大狗我们回家吧。"说着站了起来。多吉来吧望着女孩，看她做出要走的样子，便懂事地站起来，率先朝着树林外面走去。

多吉来吧一直走在前面，准确无误地走着。要是大人肯定会吃惊，这从来没去过红衣女孩家的大狗怎么会带着两个孩子走向女孩家呢？但在孩子们看来这很正常，大狗本来就应该知道他们希望它知道的一切。多吉来吧边走边嗅着地面，地面上留有女孩从街上回家，又从家走向那一小片树林的脚印，它理解了女孩要带它回她家的意思，就循着脚印的味道，轻车熟路似的走去了。

这天晚上，多吉来吧住在了红衣女孩家。女孩家就女孩一个人，爸爸被抓到牛棚里去了，妈妈带着她刚一回到家就被单位上的人叫去交待问题，不交待清楚是不让回来的。妈妈走了以后，她一个人呆在家里害怕，就去树林里找大狗，现在她不害怕了，她把大狗带到家里来陪伴自己了。女孩当然无法把这些告诉多吉来吧，但多吉来吧本能地四处闻了闻，就闻出了眼泪的味道，那些混合在潮气中的酸楚告诉它这是一个正处在不幸中的家庭。它舔了舔女孩的脸，像是在安慰她，也像是在强调自己对她的陪伴和保护，至少今夜是这样。女孩摸着被多吉来吧舔出痒痒来的脸，高兴地拿出馒头让多吉来吧吃，也让男孩吃。多吉来吧和男孩不客气地吃着，吃够了，多吉来吧来到水缸边，也不管会不会弄脏里面的水，伸进头去，噗嗤噗嗤舔起来。男孩笑着，也学着它的样子舔了一肚子凉水。男孩从身上摸出那个从药店抢来的小瓶子，把剩下的云南白药一半撒在了多吉来吧的伤口上，一半倒在了它的舌头上。

又说了一会儿话，男孩突然喊一声："我要回家。"出去看了一眼漆黑的天色，不敢走到街上去，就又回来了。女孩说："你住我们家吧，我们家的床比天都大。"男孩说："我身上有土，我不上你家的床，我和大狗一起睡。"他们一左一右坐在多吉来吧身边玩起来，玩累了就靠着多吉来吧睡着了。多吉来吧把身子弯起来，用一种能够温暖两个孩子的姿势趴卧着，渐渐进入了梦乡。

梦乡一片红亮嘈杂，就像它期盼中的故土西结古草原。怎么那么多血啊，血在奔腾，那不是它熟悉的野驴河吗？诡异的亢奋的人臊吹拂，主人汉扎西危险了，寄宿学校的孩子们又要面对狼灾了，妻子大黑獒果日疯了似的吼叫着，叫着叫着就被冰雪掩盖了。一片血色，飞起来的血色，号哭着的血色。如同动物园里的睡眠一样，多吉来吧每隔半个小时就会被噩梦惊醒一次，它知道那是梦境，是自己脑子里的景象，但还是愤怒地从胸腔里呼呼呼出着粗气，出了一阵粗气，不满地望一眼头顶彻夜不息的电灯，就又睡着了，依然是噩梦，噩梦，是由预感变出来的噩梦。

天快亮时，多吉来吧被自己的吼声惊得站了起来，站起来后它才睁开眼睛，这是最后一次惊醒，不是被噩梦，而是被一种远来的敌意的声音。是脚步声，隐隐约约、杂杂沓沓的。它警觉地几步走向了门口，这几步让它不禁有了一种伤痛正在消失、身体正在恢复的兴奋。它没有撞开门板出去，而是来到了门边灯光照不到的黑暗中，静静地等待着。它在等待强盗，它那与生俱来的超人的感觉给了它一个准确的信息并左右了它的行动：那些发出杂沓脚步声的是强盗，而且一定会出现在这里，这里是它今夜的领地，身后是两个它必须保护的孩子。

　　脚步声越来越响了，接着又有了喊叫的声音和打门的声音，这说明强盗并不想在这个夜深人静的时刻隐瞒自己的行动。多吉来吧有点奇怪，它对城里的事情总是感到奇怪，它当然不知道强盗是来抄家的，而抄家在那个年代属于绝对正确的革命行动。它试着跳了一下，又跳了一下，感觉已经好多了，四肢依然是有力而结实的，不妨碍奔跑，也不妨碍打斗，只是脖子还有点疼，那是麻绳勒的。它在脑子里仇恨地映现着麻绳，瞪大了红亮的眼睛，再一次跳起，就在门被打开的同时，扑向了蜂拥而来的人群。惨叫出现了，先是一个人的，接着就是好几个人一起惨叫。来抄家的二十多个造反派从门口哗地一下散向四周，他们看到一个硕大的黑影闪电般地东扑西跳，吓得大呼小叫，纷纷逃跑。多吉来吧追撵着，但并不疯狂。它意识到自己今夜的领地很小，就是红衣女孩的家，离开了那个家，一切就都是陌生难测的。它不能在陌生的地方逞凶，这是它的习性，它追出去一百多米就不追了，吼了几声，听到房子里传来红衣女孩的哭声，赶紧返回，冲进了房子。

　　红衣女孩是被外面的喧嚣吓哭的，一见大狗回来，就有了依靠似的赶紧上前揪住了多吉来吧的耳朵。多吉来吧歪过头来，舔了舔女孩的胳膊，像是告诉她那些强盗已经被撵跑了。男孩睡得很沉，迷迷糊糊搞不清刚才发生了什么，站起来揉着眼睛问道："是不是我爸爸又来了？是不是啊？"他以为多吉来吧什么都应该知道。多吉来吧坐在了地上，这就是它的回答，不管它听没听懂男孩的话，它都得用行动告诉对方：放心吧，不管谁来都没关系，有我呢。

　　不可能再有睡眠了，一只大狗和两个孩子默默地等待着黎明，当天上的乳白刷白了窗户、街上出现汽车奔跑的声音时，多吉来吧的心里同时也出现了一丝光亮，那就是昨天它看到的一片敞亮的街口，它觉得这个街口应该是城市的出口，它必须尽快走出去，走向草原，走向主人和妻子。它起身过去，用爪子拨开门扇，来到门外，闻了闻讨厌的城市的杂乱气息，便回头告别似的盯上了两个孩子。两个孩子清亮清亮的眼睛同时也盯上了多吉来吧，仿佛他们和它之间有一种天然相通的感觉,让他们立刻明白了它的意思。他们跑了出来,一人喊了一声:"大狗你不能走。"喊声未已,多吉来吧就跑起来,不时地回头,恋恋不舍地看着,看到两个孩子追了过来,就又停下,回身朝他们摇着尾巴。

两个孩子跑到它跟前。男孩一把揪住它的鬣毛说:"大狗你要去哪里?"女孩打了一下男孩的手说:"你怎么揪它?你揪疼了它。"多吉来吧眯了眯眼睛,唰啦啦掉出一串眼泪来,它这是感动,也是感激,更是伤心,就要离去了,尽管一起只呆了一夜,但它是在孤独的苦难中和他们度过了难忘的十多个小时,这对记恩感恩、容易悲伤的藏獒来说,已经足够引起感情的波动了。多吉来吧伸出舌头,把不肯落地的几滴眼泪舔进了嘴里,又舔了一下女孩的脸,舔了一下男孩的脸,然后带着不得不离去的忧伤,转身走了,走了。男孩推了推女孩:"你把大狗叫回来。"红衣女孩没有动,她从大狗的眼睛里看出了义无反顾的离别之意,知道自己不可能叫它回来,就定定地站着,用两只小手背捂住两只大眼睛,泪水簌簌地哽咽起来。男孩喊了一声:"大狗你回来,她哭了。"喊着自己也哭了。多吉来吧回头望了一眼,犹豫着,似乎要过来,突然又坚决地扭转了头,跳了一下,奔跑而去,远了,远了,很快消失了。

多吉来吧直接跑向了它昨天看好的那个街口,街口依然一片敞亮。可是一走进敞亮它就发现自己的判断失误了,敞亮的原因是街口连接着广场,而不是城市的消失。它失望地原地打转,禁不住冲着堵挡在面前的另一些房屋、另几个街口狂吠起来。狂吠引起了路人的注意,他们纷纷停下来畏葸地看着它。它立刻意识到这样的注意对自己十分不利,赶紧闭了嘴,转身就走。它原路返回,想回到红衣女孩和男孩身边去,经验告诉它:孩子总是善良和可靠的。而在陌生的城市里孤独流浪的它,除了依仗本能走向善良和可靠,不可能有别的选择。它走着走着跑起来,一种就要失去什么的感觉让它急切地想回到那个它住了一夜的家里,把自己交给女孩和男孩,也让自己负责任地去保护女孩和男孩。但是很快它就知道过去的已经过去了,人类社会和獒类社会一样,孩子是不起主导作用的,一旦孩子受制于大人,就什么希望也没有了。

多吉来吧停了下来,看到红衣女孩的母亲回来了,一起出现的还有夜里被它撵跑的那些来抄家的强盗。强盗们站在房门前,吆三喝四的,有个穿黄呢大衣的人的声音格外刺耳:"快说,你把狮子藏到哪里去了?"女孩在哭,男孩已经不见了。女孩的母亲也在尖声尖气地喊:"你快说呀你,它去了哪里,说了好让人家去抓它。"女孩就是不说,母亲使劲摇晃着她:"说呀,说呀,求求你说呀,你不说人家不罢休。"多吉来吧意识到他们对女孩的逼迫与自己有关,"轰"地叫了一声,像是说:我在这儿呢。除了女孩,所有的人都抖了一下。接着就是喊声和奔跑声,连女孩的母亲也离开女孩躲到一边去了。一种不想因为自己而给女孩带去灾难的感觉制止了多吉来吧扑过去撕咬的冲动,它大义凛然地走过去,来到女孩身边,稳稳当当地坐下,目光四射地望着那些人。女孩的双手立刻搂住了它的脖子。

　　跑散的人静悄悄地观望着。半响,有个胸前挂满了像章的人大声说:"啊哟,黑天半夜咬我们的原来是它呀,我在动物园见过它,它是藏獒。"多吉来吧顿时盯上了他,准确地说是盯上了他胸脯上亮闪闪的像章,"汪"地叫了一声,神情突然变得亲切友好起来。在草原上,几乎所有牧民都佩戴着这种亮闪闪的东西,那是护身的小佛龛、背面有佛像的铜镜、包银的火镰、镶宝石的奶桶钩、雕刻精美的子弹盒、铆嵌着金属的皮带、富丽堂皇的腰扣、银元一样的"珞热"、银质的针线包以及丁丁当当的耳环、手镯等。多吉来吧觉得这个人的像章和牧民的佩饰没什么区别,像章上的人头和它看惯了的佛像也没什么区别,不禁见了老朋友似的摇了摇尾巴。

　　满胸像章的人说:"咦?它好像认识我。"黄呢大衣打着手势带头围拢了过来,看到多吉来吧没有愤怒扑跳的样子,便喊道:"快啊,机不可失,快撒网啊。"满胸像章的人说:"会把那女孩网住的。"黄呢大衣从满胸像章的人手里夺过渔网,对女孩的母亲喊道:"快把她拉开,快拉开。"女孩的母亲大着胆子走过去,拽起女孩就跑。与此同时,哗的一声响,一张大网撒向了多吉来吧,像一片乌云,遮去了半个天空。多吉来吧抬头一看,獒嘴大开,利牙狰狞,愤怒地跳起来,朝着遮盖而来的乌云扑了上去。它哪里知道这不是乌云,是一张渔网,它没见过渔网,以为那是一撞就开、一撕就烂的,等到扑跳落地、它被牢牢网住时,才意识到这东西作为人的武器,利害得跟枪一样,是它无力反抗的。它吼叫着,挣扎着,在渔网里翻腾跳跃,想把捆住它的无数绳索粉碎成灰烬,而结果却是狗死网不破——它累了,躺下不动了,编织成渔网的柔韧的绳索却牢固如初。很快,渔网收紧了,它开始移动,它被十几个人拖拉着,向着马路越来越快地移动着,蹭起的尘土飞扬而起,一浪一浪地弥漫着。

　　红衣女孩哭着追了过去。她的母亲也追了过去,一把拽住了女孩,喊着:"它又不是你的,你追它干什么?祸害,祸害。"女孩哭得更响亮了,响亮得滤净了弥漫的尘埃,传出去很远。多吉来吧看不见女孩,却听得见声音,在所有乱七八糟、铺天盖地的市声之中,它就听清了女孩的哭声。于是它把对强盗的愤怒暂时丢开了,它也哭起来,它觉得女孩的痛哭里有一种熟悉而亲昵的温情,那是西结古草原寄宿学校里主人汉扎西的温情,是领地狗群里妻子大黑獒果日的温情,是所有被它守护过的孩子以及吃过的糌粑和牛羊肉带给它的温情,就越哭越厉害,凄惨得如同锦缎撕裂,连城市都不忍了,回应似的响起了汽车喇叭声,到处都响起了汽车喇叭声。

就这样,多吉来吧和女孩在哭声中分别,先是互相看不见了,接着就互相听不见了。女孩被母亲拽回了家,断断续续一直哭着。母亲烦躁地说:"哭什么哭,你爸爸关进牛棚都一个月了,也没见你这么伤心过。"多吉来吧被它认定的强盗拖拉着,沿着马路一直向北,终于停下来的时候,肩膀、屁股上的皮肉已经磨烂了,一路都是血。它看到了自己的血,那血就沿着眼光爬过来染红了它的眼球,那么可怕,就像从血水里捞出来的两盏灯。它就用这两盏灯,仇恨地照耀着那些人。

那些人在黄呢大衣的指挥下扯开了渔网的收口,生怕多吉来吧跑出来咬死他们,比赛一样跑开了,跑出了一个很大的门,然后从外面把门关死了。多吉来吧打了好几个滚才立住身子,用牙齿撕扯着渔网的缠绕,渐渐移动到了敞开的收口处,脱离渔网的一瞬间,它朝着这个陌生的地方滚雷似的叫起来。四周不是墙壁就是窗户,头上是高高的顶棚,它的声音滚过来滚过去,塞满了空间,似乎立刻就要爆炸,炸开这个限制了它的自由的地方。它叫了一会儿,便朝着关死的门冲了过去,这时候它悲哀地意识到,磨烂的地方不光是肩膀和屁股,还有肚子,肚子上的皮很薄很软,大量的血正从那儿流出来。

门不可能为它敞开,尽管它用了现时今日最大的力量。它沮丧地卧在门边,粗喘了一会儿气,这才腾出时间来仔细看了看四周,不免有些吃惊:房子居然有这么大的,从来没见过。它不知道它看到的是一座学校礼堂,礼堂很长时间不用了,桌椅板凳都堆在一角,中间空荡荡的,前面的讲台上,堆积着一些彩旗和演节目的道具,证明这是个曾经很热闹的地方。多吉来吧在门边卧了很长时间,在寂静淹没而来,一股汹涌的悲凉就要掀翻它的时候,它站了起来,带着一丝侥幸,在礼堂里到处走了走,没有,没有通向外面的任何缝隙,要有的话也在高处它跳起来够不着的地方,那儿是一扇扇的窗户,玻璃透视着遥远的蔚蓝。它失望地吹着气,选择了一个隐蔽的地方卧下来,把那些能够舔到的创口都舔了舔,然后忍着疼痛闭上了眼睛。

很快就是黄昏,天色黯淡了,礼堂的双开门忽地被人打开了,多吉来吧闻到了一股鲜羊肉的气息。它跳起来，跑了过去，不是冲着肉，而是冲着通往自由的门缝。遗憾的是，它在礼堂这边，门在礼堂那边，没等它跑到跟前，门就咚地关上了。它扑着，吼着，就像一个人，被冤屈到了牢房里，他扑向铁窗，摇着，晃着：放我出去，放我出去。门外有几个人在说话，说着就唱起来："拿起笔，做刀枪，牛鬼蛇神一扫光。"歌声渐渐远了。立起来扒在门上的多吉来吧扑通一声摔倒在地上，绝望让它浑身发软，一点力气也没有了。它躺着，身边是一堆带血的鲜羊肉，但是它不吃。它已经很饿很饿，恶劣的情绪比迫害更像猛兽吞噬着它的能量，身体的消耗正在加紧，补充迫在眉睫，但是它不吃。它是一只惯于用肉体磨难担当精神痛苦的藏獒，尤其在彻底绝望、在痛彻肺腑地思念着主人和妻子的时候，它决不可能用食物来干扰自己的忧伤。它坚决不吃，看都不看一眼，连口水也不流。它想把自己饿死，而饿死之前唯一要做的，就是思念，就是在思念中一心一意地哭泣。

这样过了很久，眼泪把礼堂的水泥地面打湿了，沿着它硕大的獒头，开出了一朵偌大的黑色莲花。天黑了，漫漫长夜无边无际，终于到了尽头，抬头向着高高的窗户看了看，原来还是昨天的太阳，冷漠依旧。但日子突然不同了，就在它疲倦地站起来，顶着枯寂凄凉的压迫，再次侥幸地走向礼堂别处，想看看有没有出去的可能时，门开了，有个东西出现在门口的缝隙、明亮的天光下。多吉来吧扑了过去，它全神贯注着缝隙，扑向了光明，却没有在乎那个东西。那个东西以同样的速度扑了过来，扑向了它，让它不得不戛然止步。

没有惯常对陌生者的审视，也没有警告与威胁的吠叫，止步的同时就是撕咬，多吉来吧把利牙对准了对方的喉咙，对方的利牙也对准了它的喉咙，碰撞的刹那，不是它咬住对方，就是对方咬住它。一种保护自己的条件反射让多吉来吧缩了一下头，同时伸直了自己的一只前爪。缩头的动作把对方咬住它的时间推迟了半秒，伸直的前爪却让这推迟了的撕咬变得再也不可能。前爪捣歪了对方的鼻子，对方什么也没有咬到，正要再行撕咬时，却发现在半秒钟的时间差里，自己的喉咙已经变成了多吉来吧牙刀下的烂肉。它"噢"的一声怪叫，就要跳开，沉重的身子却轻飘飘地飞了起来。多吉来吧不是摁住它咬断它的喉咙，而是扬起獒头，把它甩向了空中，用它自己的重量撕裂了它的喉咙。它轰然落地，挣扎着站起，晃了一下，又倒下去，就再也起不来了。

多吉来吧顾不上品咂这突如其来的打斗和突如其来的胜利，朝门扑去。礼堂的双开门早已经严丝合缝地关起来，它扒了几下没扒开，就用头狠狠地撞了一下，然后回头，怒气冲冲地望着那个刚才跟它殊死搏斗的家伙，好像门的关闭是这个家伙的所为。但是一瞥之下，多吉来吧的怒气就不再冲着它了，它死了，拘魂鬼从滋血的喉咙里溜进去拿住了它的命。它死了之后多吉来吧才看清刚才和自己打斗的是一只长脸突嘴的大型猎犬。多吉来吧没见过这种犬，但一闻味道就知道它是自己的同类，它迷惑地看着它：猎犬跑到这里来干什么？又像人类的孩子一样眼睛扑腾着望了望上面，答案立刻有了。

多吉来吧看到礼堂两边高高的窗户玻璃后面站满了人，就知道猎犬是他们放进来的，他们要看热闹，畜生打斗的热闹对城市的人类永远都有热血沸腾的刺激。但是多吉来吧始终都不会知道，这场打斗更直接的原因是保皇派和造反派的斗争——保皇派要保卫单位的领导，以黄呢大衣为首的造反派要揪斗领导，恰好保皇派养了许多狗用来守卫领导，黄呢大衣说："那就让狗来决定，我们的狗要是胜了你们的狗，你们就乖乖把人交给我们。"对方说："行啊，要是你们的狗打不过我们的狗，你们就永远不能跟我们作对了。"多吉来吧望着窗户两边黑压压的人影，恶恨恨地叫了几声，知道自己对他们无能为力，就走到礼堂的一角卧下来，兀自愤怒着，伤感着，伤感的情绪还没有催逼出眼泪来，门又响了，在亮开缝隙的同时，四只大狼狗鱼贯而入。多吉来吧眼光毒辣地盯着四只大狼狗，慢悠悠地张开大嘴龇出了利牙。

3 獒王之战

1

魁伟高大、长发披肩的黑脸汉子骑着赤骝马,带着他的地狱食肉魔,就像旷野里无根无系的空行幽灵,快速绕过紫色岚光里百鸟竞飞的白兰湿地,跑出了白兰之口。他知道父亲马上就会追踪而来,更知道自己必须尽快接近下一个目标,再下一个目标,在更多的人知道他和他的藏獒之前,就让应该飞扬的血肉飞扬起来,把应该抹掉的生命迅速抹掉。

到底还有多少目标,黑脸汉子自己也不清楚,内心明确的只是这样一个想法:咬死所有的寺院狗、所有的领地狗、所有的牧羊藏獒和看家藏獒,尤其不能放过獒王冈日森格和多吉来吧以及牧主头人的藏獒。黑脸汉子琢磨着,似乎拿不准应该先去奔赴哪个目标,朝东跑了一程,又停下,举头望了望泛滥着寂静的原野,想到这儿离索朗旺堆生产队不远,那儿有曾经是头人财产的最好的看家藏獒,便掉转马头,向北跑去。

父亲后来说,过去了很长时间,他才在脑海里复原了那场惨烈的搏杀,是桑杰康珠的阿爸说给他的,他说起了长发披肩的黑脸汉子带着地狱食肉魔突然出现的样子,说起了如何先咬死了八只肩高至少八十公分的大藏獒、再咬死了三只不到一岁的小藏獒、最后咬死了伟壮如山的金色狮子藏巴拉索罗的全过程,说着说着他浑身打战,眼睛里的恐怖之光强烈到就像闪烁在漆黑之夜的星星,突然一声尖叫,惊倒在地,不省人事了。就是这样一个地狱食肉魔,就是这样一场搏杀或者叫屠杀,即使过去了很长时间,都会让说起它的人心魄迸裂。而父亲的感觉是,它就是恐怖本身,人世间所有的恐怖含义集中到一起变成了一只绝无仅有的藏獒,闯入了你的生活,它望你一眼就能把你的胆力拿走,让你活着也等于死。为什么?为什么在佛菩萨保佑的西结古草原,会出现一个嗜血如命的地狱食肉魔?

父亲骑在马上,心惊肉跳地走着。晚上了,无边无尽的黑色堵挡着他,突然破碎了,许多鬼影从草丛后面嗖嗖嗖地扑了过来。父亲吓得锐叫一声,拉直了马缰绳。鬼影抓住父亲,呼哧呼哧喘着气。父亲定睛一看,噗地松了一口气,原来是寄宿学校的孩子们。他一把揪住歪戴着狐皮帽的秋加说:"你们怎么在这儿?"秋加说:"我们到西结古寺请藏医喇嘛尕宇陀去了。""请尕宇陀干什么?"说这话时父亲很紧张,以为哪个孩子病了。秋加说:"动了,动了,大格列动了。"父亲愣了一下,明白过来,问道:"另外四只大藏獒呢,动了没有?"秋加说:"另外四只大藏獒没有动,乌鸦要来啄眼睛,我们埋起来啦。"父亲点着头说:"把它们埋起来是对的。"一晃眼,才看到孩子们身后,立着一个高高的黑影,那是骑在马上的藏医喇嘛尕宇陀。

一行人匆匆忙忙走向了寄宿学校。一路上,父亲给尕宇陀说着他看到听到的一切。尕宇陀则告诉父亲,西结古寺之所以把了不起的藏巴拉索罗等十二只寺院狗寄养在白兰草原的桑杰康珠家,就是害怕这些寺院狗被人害死,但现在它们还是被人害死了,死得一点预兆都没有,连能掐会算的丹增活佛也没有事先觉察出来。父亲问道:"谁要害死寺院狗?"尕宇陀说:"还能有谁啊,除了勒格。"父亲惊呼一声:"勒格?他为什么要害寺院狗?"尕宇陀说:"他有过誓言,要用自己的藏獒咬死西结古草原的所有藏獒。"父亲说:"他疯了,怎么会有这样的誓言。"对勒格父亲是熟悉的,他就是那个曾经被父亲称作"大脑门"的孩子,是"七个上阿妈的孩子"中的一员。十几年前他成了父亲的学生后,父亲就给他起了个名字叫勒格,勒格是羊羔的意思,父亲说:"你是个苦孩子,没阿爸没阿妈的,就像一只找不到羊群的羊羔,就叫这个名字吧,说明你是草原的多数,是地地道道的贫苦牧民。"贫苦牧民勒格十六岁时离开了父亲的寄宿学校,在西结古草原索朗旺堆生产队放了两年羊,然后成了西结古寺的一个青年喇嘛。以后的事情父亲就不知道了,只知道他离开了西结古草原，离开的时候偷走了领地狗群里的两只小藏獒，一只是獒王冈日森格和大黑獒那日的最后一代，是公獒；一只是多吉来吧和大黑獒果日最初的爱情果实，是母獒。冈日森格、多吉来吧、大黑獒果日，都曾经为寻找自己的孩子而满草原奔走。大家都猜出来了，勒格偷走这两只小藏獒的目的是什么，都说这是魔鬼的做法：冈日森格的后代怎么能和多吉来吧的后代配对呢？它们的母亲——大黑獒果日和大黑獒那日可是亲姊妹啊。在西结古牧民的伦理中，用这样的亲缘关系培育后代，是要遭受天谴的，无论是人，还是藏獒。但勒格好像不在乎，他执意要把这种人类不齿的畸形交配强加给藏獒，然后诞生出他的理想，那就是超越，既超越冈日森格，也超越多吉来吧，更要超越大黑獒果日和大黑獒那日，达到极顶的雄霸、空前绝后的威猛与横暴。父亲一路走一路惊叹：勒格回来了，那个一口气咬死了包括了不起的藏巴拉索罗在内的十二只寺院狗的地狱食肉魔，难道就是冈日森格和大黑獒那日、多吉来吧和大黑獒果日的后代，是它们的孙子？

　　大格列又活过来了。它没有流尽最后一滴血，它在剩下最后一滴血的时候突然就不流了。藏獒天生顽强的生命又一次创造了死而复生的奇迹。从梦魇中苏醒的大格列在看到父亲之后，伸出舌头舔了一下自己的嘴唇，父亲立刻意识到它想干什么，吩咐秋加："快去拿水，不，拿牛奶。"

　　看着大格列没事了，父亲休息了一会儿，留下美旺雄怒守护寄宿学校，自己骑上大黑马，奔向藏巴拉索罗神宫，去看望獒王冈日森格了。

2

　　礼堂里，面对四只鱼贯而入的大狼狗，张开大嘴龇出牙的多吉来吧忽地站了起来，"咝咝"地吸了几口冷气，感觉昨天被渔网拖在地上磨烂的地方突然疼起来，肩膀、屁股、肚子上的创口一起疼起来。它冲着创口发出了一种刚健有力的叫声，把一股股白雾般的气息送了过去，仿佛创口是听话的，它一吠叫就能制止它们的疼痛。它叫着叫着，就把眼光从自己的创口沿着地面慢慢地移向了四只大狼狗。依然是吠叫，多吉来吧本来不喜欢吠叫，尤其在打斗撕咬的前夕，它的做派从来就是不虚张声势，不威胁挑衅，战而不宣，惊雷无声，把所有的能力都展示在深不可测的沉默里。但是今天，当它用眼光重重地扫了一遍四只大狼狗后，突然就喜欢上吠叫了。它吠叫不止，一声比一声亢亮有劲、短而不猝。

四只大狼狗也在吠叫，它们整齐地站成一排，吠叫的姿势一律是鼻子指天、嘴巴朝上，此起彼伏的节奏听起来就像河水奔腾，流畅而明快。它们想用这个样子告诉对方：它们是训练有素的军犬，它们的能力超过了人类，所以就被人类用来弥补他们的不足。它们是优越的，在所有的城市狗中，它们有无可比拟的后台和无可比拟的伙食以及无可比拟的仪表，它们是凶恶的，更是尊贵的，它们希望当它们发出震慑之声时，所有的敌手都乖乖地走到跟前来俯首帖耳。它们义正词严地喊叫着，好比它们的主人在面对敌人时发出的那种声音：举起手来，缴枪不杀。一切都在理解之中，聪明的多吉来吧没见识过军犬的能耐，也不懂它们的规矩，但却依仗着狗对狗的理解看透了它们的心思，狗的声音和动作总是心灵的语言，这一点和人不一样，人的语言包括行为语言，往往并不代表心灵和心想。多吉来吧叫着叫着改变了姿势，也是鼻子指天、嘴巴朝上的样子，像是在告诉对方：不要以为就你们会叫，你们会什么我也会什么。

正叫着，多吉来吧的眼睛噌地一下亮了，是闪射亲切之光、缠绵之色的那种熠亮，叫声也不由自主地改变了腔调，有点柔婉，有点激切。它从窗户玻璃后面的人群里看到了那个男孩，那个曾给它喂药、曾和它一起在红衣女孩家度过了一夜的男孩，它相信男孩的后面一定站着那个女孩，叫着叫着就哭了，一丝孤独者的留恋、一种苦难的流浪汉在无助中寻找依靠的企盼，针芒一样刺穿了上方的玻璃。男孩一定是听明白了，突然抹起了眼泪，给它招了招手，从窗台上跳了下去。咚的一声响，男孩不见了，多吉来吧的心碎了。它不知道，男孩是去找红衣女孩了。

四只大狼狗朝前跨了几步，叫声也拔高了几度。从心碎中回过神来的多吉来吧朝后一挫，似乎要跳起来，扑过去，突然又稳住了，来回踱了几下，一屁股坐下，专心致志地投入到了用声音抵抗声音的努力中。礼堂这时候变成了一个巨大的音箱，汪汪汪、荒荒荒、嗡嗡嗡的，双方的音波滚滚而来，又撞墙而去，穿梭在头顶，回荡在耳边，然后又催动出新的更加坚硬结实的吠叫来。双方都是百分之百的投入，看起来就像人类的对骂，但人类的对骂重要的是内容，所以人常说"有理不在声高"，狗的对叫重要的是声音的质量，也就是音域、音速、音量、音色、音强等等特质所产生的另一种对抗能力。我们常常看到两只愤怒的狗互相骂着吼着朝对方奔扑过去，还没有掐起来，一只就转身离开，或者落败而逃，就是因为声音的比拼已经有了分晓，谁胜谁负不需要牙刀相向了。现在这座空旷礼堂里的对峙就是这样，当四只大狼狗试图首先用声音营造出打击的威力和效果时，多吉来吧做出了一副兵来将挡水来土掩的姿态，用自己最不擅长的叫嚣进行着战斗。

这样吼了很长时间，对峙的双方只管仰头吼叫，都分不清谁是谁的声音了。四只大狼狗惊怪地发现，多吉来吧居然是闭着嘴的，也不知是什么时候闭上的。但它的声音依然响亮，从东墙撞到南墙，从天上撞到地上，最后再撞到它们身上，撞进它们的耳朵。为首的黑脖子狼狗一声怪叫，四只大狼狗突然闭了嘴，支起耳朵听着，听着闭嘴以后它们的声音滑翔在四周，回音叠加着回音，旧雷撞响着新雷，好像声音一离开口腔，就可以独立自主，想响多久就能响多久。滑翔的吼声渐渐变小了，撞来撞去的回音走向结束，首先消失的是四只大狼狗的声音，之后的几秒钟里，多吉来吧野獒之吼的回音还在礼堂内奔走。四只大狼狗面面相觑：这个来自荒野的家伙，到底能发出多大的音量啊，这么持久这么沉重，似乎连礼堂外面窗台上的人也感到了震颤，纷纷从玻璃上掉下去了。四只大狼狗望着窗外，呼哧呼哧的，知道自己又一次落入了下风，便开始酝酿下一轮的吼叫。

但是多吉来吧已经顾不上眼下的吼声之战了，它依靠灵敏的嗅觉比四只大狼狗更准确地捕捉到了礼堂外面一些人从窗台上跳下去的原因：那个男孩又来了，那个女孩也来了，隔着厚厚的墙壁，它清晰地闻到了他们的味道，也猜到了两个孩子的心情。它叫起来，但已不是面对敌手的怒吼，而是依恋亲人、企盼营救的哭声了。它跑了过去，疯狂地跳了一下，窗户是够不着的，只能站起来面对墙壁。它用爪子使劲抠着，抠着，抠一下，哭一声，一直抠着，一直哭着。它的爪子曾经是坚硬的铁杵，击碎过多少冰块土石，抓破过多少野兽的厚皮，多少次帮助它完成了一只伟大藏獒的使命，维护了饮血王党项罗刹的一代威名，可是这次，爪子不行了，它年事已高，又遇到了钢筋水泥，用尽了力气，却一点效果也没有。它着急地在墙上甩着爪子，似乎在说：不争气的爪子啊，不争气的爪子你怎么软成酥油了。

而在墙外，男孩带着女孩，沿着礼堂，跑啊跑啊，跑得气喘吁吁，大汗淋漓，女孩的红衣裳在跑动中变成了一条线，圈住了礼堂，绑住了水泥的墙壁。他们跑了一圈又一圈，没找到一个可以放出大狗的地方，只好停在门前，对几个守门的人说："叔叔，你们放了大狗吧，叔叔，你们放了大狗吧。"守在门口的人不理他们，他们就哭了。其中一个胸前挂满了像章的人似乎被感动，指了指不远处站在窗台上的黄呢大衣说:"你们去求他,他是头。"两个孩子去了,双手拽着黄呢大衣的脚:"叔叔,叔叔,放了大狗吧,叔叔。"黄呢大衣觉得自己就要被拽下窗台,跳到地上呵斥道:"哪里来小痞孩,给我滚远。"他们没有滚,男孩跪下了,抱着黄呢大衣的腿,女孩学着男孩的样子也跪下了,也抱着他的腿:"叔叔,叔叔,放了大狗吧,叔叔。"黄呢大衣抬脚踢开了两个孩子:"去去去,去。"

礼堂里的多吉来吧听到了,只要它把注意力集中到两个孩子身上,它就能听到墙外他们发出的任何声响,甚至都能感觉到他们在做什么。它跳着叫着,哭啊,用身体哭,用眼睛哭,用嗓子哭,这样的哭声、这种情不自禁的表达,让它突然明白,它不是为了自己,而是为了两个孩子的委屈。两个孩子已经被它看成是亲人了,它是必须有亲人并且随时准备为亲人去战斗去牺牲的,这是它活着的理由,它作为一只优秀藏獒最受不了的,就是看到和它亲近的人为了它而备受委屈,那绝对是一种撕心裂肺的折磨。它暴怒地蹬踏着墙壁,轰隆隆地咆哮着,把肩膀、屁股和肚子上磨烂的伤口咆哮成了嘴巴,喷吐出点点鲜血来。四只大狼狗目瞪口呆地望着它,以为这是它的一种新战法,便急急忙忙投入了迎战。新的一轮吼叫比赛又开始了,黑脖子狼狗带领它的同伴,齐声爆叫起来。这次它们运足了力气,叫一声,中间停一下,然后再运足力气叫一声。每一声都叫得结实硬帮,冲力强劲,如同汹涌的大水进入了高落差的河床,激荡连接着激荡,显得气势逼人,胸有成竹。

多吉来吧愣住了,顾望着四只大狼狗反应了一下,才意识到这场吼声之战并没有结束,它在伤情之余还必须认真对付敌手的挑衅。它回过身来,轰轰而叫,叫声豪壮,粗而不短,也是叫一声,停一下,运足了力气再开始叫,而且总是在对方叫的时候它才叫。野獒之声转眼又盖过了狼狗之吼,压迫和威逼出现了,多吉来吧用胸腔和腹腔发出的声音,再一次让对方感受到了来自荒野的王者之气、悍拔之风,那是鲜血淋漓的叫声,是用肩膀、屁股和肚子上磨烂的伤口发出的拼命之声。它没有发现,伤口大了,越来越大了。四只大狼狗中一只年轻的公狗首先感觉到了摧毁的恐怖,是声音对心智和胆魄的摧毁,它突然不叫了,转身就走,走到门口,看走不出去,就又回来,望着多吉来吧,尖细地呻吟着,瘫软在了地上。它被多吉来吧用忧伤而暴怒的吼叫打倒了,这不可挽救的软弱顿时瓦解了同伴的斗志,为首的黑脖子狼狗就像泄了气的皮球,嗓子里嗤嗤地响起来,它不叫了,狼狗们都不叫了。

礼堂里只有多吉来吧的怒吼还在轰鸣,就像巨大的铁锤一下比一下沉重地夯砸着它们的脑袋。它们有些慌乱，看到对方的声音呼呼而来，吹飘了同伴身上的毛，就更有些不知所措了。黑脖子狼狗强迫自己扬起头，眼睛绷起来，闪射着最后的怒光，张大了嘴，想要再次发威，但只吼了一声，便沮丧得连连摇头。它围绕着同伴走了一圈，无可奈何地卧了下来。另外两只大狼狗也尽快卧了下来。它们就像最初被人类驯服了蛮恶的野性那样，伸直前腿，朝着依然叫嚣不止的多吉来吧鞠躬致敬。多吉来吧胜利了，用自己并不擅长，却依然葆有荒原之野和生命之丽的吼叫，吼垮了四只大狼狗。它得意地看到，和它放浪而舒展的草原的野性相比，豢养的城市的骄横永远都是弱败之属。但多吉来吧的得意转眼就消失了，它立刻又发现了自己的失败，它不叫了，不叫的时候它感到了伤口的疼痛，是钻心揪肺的那种疼痛，也是不屈不死的獒魂的疼痛——这是城市打败它的证据。城市是居心叵测的，让它伤痕累累不说，还把它关在了这里，把两个亲近它的孩子隔在了外面。

多吉来吧又一次把注意力转向了墙外的两个孩子，听了听，闻了闻，感觉了一下，然后就扑向了墙壁。它推着，抠着，哭着，叫着，知道自己无能为力，但还是推着，抠着，哭着，叫着，生气地甩着爪子，似乎推不倒、抠不烂钢筋水泥的墙壁是爪子的错。礼堂外面，被黄呢大衣踢开的两个孩子又开始奔跑。他们一个拉着一个，跑着，瞅着，失望地"哎哟"着，哪儿也没有，没有一个可以放出大狗的地方，最后只好再次停在了黄呢大衣跟前，男孩跪下了，女孩也跪下了，眼泪吧嗒吧嗒的："叔叔，叔叔，放了大狗吧，叔叔。"

黄呢大衣不理他们，走过去朝着一帮拉狗的人说："说话可要算数啊，要是打不过，人今天晚上就得交给我们。"一个拉狗的眼镜说："做梦去吧，这么多狗，怎么可能打不过。"男孩和女孩追到了黄呢大衣跟前，拌和着眼泪的哀求一声比一声恳切、一声比一声凄惨："叔叔，叔叔，放了大狗吧，叔叔。"黄呢大衣瞪起眼睛："滚滚滚滚滚。"胸前挂满像章的人走过去，把两个孩子拉到自己身边问道："我知道这藏獒是动物园的，你们跟它是什么关系？"他们不知道怎么回答，互相看了看。女孩突然说："大狗是我爸爸。"满胸像章的人怪怪地"哦"了一声，想哈哈大笑，突然又严肃了面孔，点点头，认真地说："你爸爸？原来它是你爸爸，怪不得你们要救它。"说罢，走了，走到礼堂门口，看那些拉狗的人把一只只狗排成了队，就要打开门放进去。满胸像章的人拦住他们，说了几句阻止的话，却被领先的一只黑毛披纷的西宁土狗扑过来咬住了衣襟。他吓得尖叫一声，赶紧跳开了。黄呢大衣狞笑着说："你想做叛徒是不是？咬死你。"

礼堂门响了，扑在墙壁上的多吉来吧猛然回头，看到一群狗排着队走了进来，忽地转身，盯住了它们。它知道它们是来干什么的，立刻变得冷静而森然，墙外的孩子、远方的主人和妻子，突然之间离开了它的牵挂，只有一种幻灭的忧伤和抽象的悲情占据着它的头脑，绵绵不尽地发酵着它对城市、对敌狗的仇恨。战斗又要开始，这次可不仅仅是声音的对抗。当四只作为军犬的大狼狗在认输的驯服中被叫出礼堂，新来的一群城市狗开始对它咆哮时，多吉来吧就知道牙刀和利爪又要排上用场了。而在它的肩膀、屁股和肚子上，磨烂的伤口还在疼痛和流血，它龇出牙齿，感觉着伤口在肆虐中的存在，不无悲凉地摇晃着硕大的獒头，觉得自己或许是挺不过去了，这可恶的城里人带给它的可恶的伤口啊。新来的一群城市狗激动地跑来跑去，看多吉来吧似乎有些畏缩，便嚣张地扑了过来，扑在最前面的是那只黑毛披纷的西宁土狗，它张嘴就咬，又一次张嘴就咬。

3

遥远稀疏的星光照不亮草原，这是一个黑得有点疯狂的夜晚。巴俄秋珠和他的上阿妈骑手们都觉得，看不见打斗就等于看不见胜利的过程，那是没有意思的，不如天亮了再打。班玛多吉和他的西结古骑手们欣然同意，他们巴不得这样，因为他们总不肯放弃赶走上阿妈骑手和领地狗、保住麦书记和藏巴拉索罗的希望，期待着一夜安静之后，能出现一个转败为胜的契机。

藏巴拉索罗神宫前草色深沉的旷野里，升起了上阿妈骑手和西结古骑手的帐房。然后就是点着酥油灯宰杀羊只。双方都把羊群赶到了这里，就像古代打仗那样。牛粪火点起来了，煮羊肉的浓香弥漫在夜空里，藏獒们的口水流成了河。双方的骑手们都把最好的熟肉抛给了它们。它们吃着，知道这是人的赐予，也是人的托付，人把责任义务、流血牺牲、最后的胜利、未来的日子，统统托付给了它们，它们就得以身相许、以命相搏了。吃了肉就去喝水，在走向野驴河的时候，上阿妈领地狗和西结古领地狗之间只有不到二十米的距离，它们互相平静地观望着，甚至用鼻息和轻吠友好地打着招呼，秩序井然，一点张牙舞爪的举动也没有，好像离开了藏巴拉索罗神宫前的打斗场，它们就是好邻居、好朋友。

后半夜是休息。人睡了，藏獒也睡了，除了哨兵。其实哨兵也睡了。人和藏獒都不担心会有趁着月黑风紧前来劫营的，在大家无意识中必然遵守的规矩里，劫营是耻辱的，是趁人不备的偷窃行为，而擂台赛是荣耀的，即使失败也是光明的失败。只有一只藏獒没有睡，那就是西结古草原的獒王冈日森格。它彻夜都在想象着黎明后的打斗，想象着上阿妈獒王、那只黄色多于黑色的巨型铁包金公獒会如何扑咬，想象着对方那双深藏在长毛里的红玛瑙石一样的眼睛里蕴藏着如何深奥的内容。后来它又想到了自己，自己如何进攻，如何躲闪，如何不可避免地被对方咬住，如何令所有人所有狗失望地迎来殒命的下场。它老了，已经不是一个打斗的好手猛将了。它为自己的老迈惭愧着，觉得自己实在对不起西结古草原的人和领地狗，还需要它发愤勇敢、挺身而出的时候，它怎么就老了呢？

惭愧的感觉让它一直紧闭着眼睛，似乎都不愿意看到天亮。但是天还是亮了，阳光很快洒满了大地，又有许多花开出了颜色，草原比昨天更加秀丽。班玛多吉吆喝着："獒王，獒王，你是怎么了獒王？天已经亮了，该起来战斗了。"獒王冈日森格睁开眼睛站了起来，望了望前面的上阿妈獒王。上阿妈獒王帕巴仁青一夜都在打斗场中央休息，它在那里守护照顾着它的孩子小巴扎。小巴扎奄奄一息，却无人照料。上阿妈的骑手们把全部精力都集中在了对胜利的等待和对藏巴拉索罗的期望中，理所当然把伤残的和死去的抛在脑后了，上阿妈獒王只好来到这里，不时地舔着小巴扎的伤口，给孩子最后一点世间的温暖。当然上阿妈獒王彻夜守在打斗场中央，也有急切巴望第二天的胜利快快来临的意思，好像不这样守着，胜利就会偷偷溜走。

冈日森格动作迟缓地走了过去，那样子让人觉得它已经懦弱得迎风摇摆，不可能对阵刚进入壮年、风头正健、骠勇到无獒能敌的上阿妈獒王。一片吃惊，尤其是上阿妈獒王，瞪大的眼睛里一个吃惊套着另一个吃惊：你怎么还能和我对阵？而冈日森格立刻意识到对方的吃惊就是自己的机会，一股杀伐的欲望骤然左右了它的心脑，身体也随之有了反应：一停、一跳、一扑，张嘴的同时利牙龇出，嗖的一声响，居然咬住了对方的脖子。动作的协调、目标的准确连冈日森格自己也没有料到。上阿妈獒王帕巴仁青疼得惨叫一声，奋力朝后一跳，似乎这才意识到冈日森格是来打斗而不是来问安的，于是就更加吃惊：对方扑咬的动作看上去并不迅捷，甚至有点笨拙，怎么就一下子咬住了它的脖子呢？仔细一想，才明白在对方并不迅捷的动作中，有一种威武到超凡脱俗的气势是自己很少见过的，而且它的停、跳、扑、咬简单实用，一<u>丝丝</u>多余的动作都没有，老辣到脱尽了所有的花色，只有最本质的存在。上阿妈獒王立刻不敢掉以轻心了。

但冈日森格接下来的动作并不是乘风鼓浪而是迅速离开，它走了，它在扑上去咬了一口上阿妈獒王之后，莫名其妙地扬长而去了。上阿妈獒王哪里肯放过，跳起来就追，看到冈日森格头也不回，只管走去，好像根本就没有想到对手会追撵而来，就寻思如果自己不能突袭过去一口咬烂它的肚皮，那就太无能，太愚蠢，连一只普通藏狗都不如了。上阿妈獒王瞅准对方的肚皮，狂奔过去。冈日森格不为人觉察地轻轻抖了一下，它虽然不是奔逃，也没有回头，但感觉仍然保持着年轻时的敏锐和发达，它不仅知道对方追了过来，还能准确预测它离自己已经有多远，什么时候才能咬住自己的肚皮。这样的预测让它在上阿妈獒王就要挨着自己的时候突然停了下来。狂奔而去的上阿妈獒王没想到它会停下来，来不及收住自己，准备咬破对方肚皮的牙齿却从肚皮旁边一滑而过，滑到前面去了。

冈日森格身子略微侧了一下，让上阿妈獒王擦着身子超过了自己，然后忽地回头，牙齿正好对准了对方的肚皮，又是嗤的一声响，准确扎进了上阿妈獒王最柔软的部位，随着对方朝前奔跑的惯性，划出了一条长长的口子。上阿妈獒王帕巴仁青停下了，回过身来，看了看自己肚皮上的伤痕，愤怒地咆哮着，没做任何思考，就一跃而起。冈日森格的反应之快连它自己也吃惊，它不是转身逃跑，也不是朝一边躲闪，而是迎着对手，同样也是一跃而起。但双方的一跃而起截然不同，在上阿妈獒王是斜射出去的抛物线，在冈日森格是原地跳起，直线上升，好像它已经没有力气把自己猛烈地抛掷出去了。

两只藏獒就在空中砰然相撞，跟人摔跤一样四条前肢纠缠在了一起。上阿妈獒王帕巴仁青扑向对手的雷霆之力达到了高潮，而冈日森格不仅没有顶撞，反而用爪子撕扯着对方的鬣毛，仰身倒了下去。眨眼之间，上阿妈獒王从对方身上飞了过去，重重地摔在了地上。冈日森格翻身起来，朝前一扑，咬住了对方的腰窝，大头挥动着，撕下一大片皮肉来。冈日森格不禁有些纳闷：自己这是怎么了，一开始三个回合居然都赢了，自己好像又回到了从前，又有了霸者之气、王者之风，可以随心所欲地把握战斗局面了。提心吊胆地观望着的班玛多吉和他的西结古骑手以及所有的西结古领地狗，都长舒一口气：原来獒王冈日森格还没有老朽到不堪一击，一进入争锋的漩涡、打斗的境界，就好像回到了年轻时代，就一如既往地威猛超凡、勇不可挡了。

班玛多吉骑到马上喊起来："巴俄秋珠回去吧，惹急了我们的獒王，没有你们的好下场。"巴俄秋珠大声说："哈喇子的洞，深处在后面哩，往后看，往后看。"冈日森格胸腹大起大落地喘着粗气,眯起眼睛,一边观察对方的伤势,一边琢磨下一步的行动。上阿妈獒王帕巴仁青的脖子、肚子、腰窝三处受伤,虽然没有致命,但很重,尤其是肚皮上的那道伤,很长一截,令人揪心地滴沥着浓稠的血。上阿妈獒王也在观察自己的伤势,似乎并不觉得有多么严重,抬起头,让眼眶里含满了冷飕飕的光刀,"轰轰轰"地诅咒着冈日森格,又"刚刚刚"地威胁着冈日森格,朝后一退,突然趴下了。

上阿妈獒王趴得就像一只赖皮狗,紧贴着地面,散了架似的,好像它要重复和曲杰洛卓打斗的经历。冈日森格警惕地望着它,感觉到这只黄色多于黑色的巨型铁包金公獒一趴下来就会升起一股撼人的威逼气势,你无法仔细观察它,如果你非要仔细观察它,你的眼睛就会被无数飞针刺痛,飞针是它的眼光,它的眼光不知为什么比任何藏獒的眼光都要犀利、熠亮、毒辣、阴险。怪不得曲杰洛卓一上场就失败了,是不是上阿妈獒王的眼光刺昏了它的头呢?冈日森格正这么琢磨着,突然听到一阵声音,像是从对方眼睛里发出来的,带着红色的血光和黑色的阴光,带着风,呼呼地响起来。

冈日森格立刻面临着选择:是静立着不动,还是跳起来闪开?也就是说,它必须立刻判断上阿妈獒王是会按照它躲闪的路线拐着弯扑咬,还是会直截了当地扑咬?眼睛是靠不住的,只能靠感觉,冈日森格告诉自己:躲闪,躲闪,躲闪。接着就跳了起来,唰的一声响,它感觉躲闪是对的,又是唰的一声响,眼看就要落地,突然发现它错了,它不应该躲闪,它应该原地不动,因为它恰好落在了上阿妈獒王的大嘴里,而且是脖子落在了大嘴里。冈日森格大叫一声,用前爪蹬着对方的胸脯,再次跳了起来。这是一般藏獒不可能有的一次亡命之跳,它让冈日森格在死亡前的一秒钟把生命重新抓到了自己手里。上阿妈獒王帕巴仁青在奋力咬合的时候遗憾地错过了对方脖子上的大血管。脖子流血了,那是小血管里的血,染红了冈日森格炸起的鬣毛。

西结古獒王冈日森格稳住了自己,回身扫视上阿妈獒王,发现对方正在朝后退去,退了几步就趴下了,又像一只赖皮狗,紧贴着地面,死了一样。但撼人的气势依然盛大,刺人的眼光依然凛冽。冈日森格立刻发现自己又一次面临着选择:是静立着不动,还是跳起来闪开?似乎来不及思考,上阿妈獒王就已经刮起了一阵黑色狂飚,朝冈日森格压迫而来。躲闪,躲闪,躲闪,感觉告诉冈日森格,它只能躲闪。它跃然而起,改变了躲闪的节奏,跳起来赶紧落地,又跳起来赶紧落地,连续跳起了三次,落地了三次。但是很遗憾,上阿妈獒王似乎早就知道它会采用这种连续跳跃躲闪的花招,提前半秒钟扑到一个地方等着它,它刚一落地,就把牙刀送了上去。

这一次上阿妈獒王帕巴仁青咬在了冈日森格的屁股上,血从很深的窟窿里冒了出来,虽然不致命,但难以忍受的疼痛让冈日森格禁不住转着圈蹦跳了好几下,直想把屁股甩离身体,甩到雪山那边去。趁着它难受得忘了打斗,上阿妈獒王帕巴仁青迅速跑过去,第三次赖皮狗一样地趴了下来,依然用犀利而毒辣的眼光瞪着它。冈日森格忍住疼痛,撩起大吊眼,不屈地对视着,感觉就像强烈的阳光刺进了黑暗的眸子,顿时有了一阵眩晕。它再次发现上阿妈獒王具有如此完美的仪表,那巨獒特有的野性勃勃的灵肉组合,即使在静止不动的时候,也有奔腾呼啸的旷野气势。冈日森格喘了一口气,似乎累了,不像年轻时那样不知疲倦了。但是它知道它不能再有自认老迈的感觉,它必须年轻起来,强迫自己用最后的血性迸发出最亮的光彩。它抖动着毛发,激励着自己的各个器官,激励着浑身的每一个细胞,希望它们伟大起来、年轻起来,就像真正的獒王那样丰盈而灵动、妖娆而激荡。

声音又来了,呼呼地响,是凌厉肃杀的黑色疾风,朝着冈日森格拍打而来。冈日森格忽地扬起了头,用寒冷如雪的眼光盯着上阿妈獒王。马上又是选择:是静立着不动,还是跳起来闪开?感觉告诉冈日森格:躲闪,躲闪,躲闪,你必须躲闪。但是它又想到也许感觉未必准确,就像上两次那样,它应该反其道而行之,感觉是躲闪,但它偏不躲闪。它选择了静立不动,坚定地没有跳起来。上阿妈獒王帕巴仁青闪电般的进攻开始了,冈日森格的选择也就闪电般地有了答案:错了,错了,冈日森格这次又错了。

智慧的上阿妈獒王帕巴仁青在关键时刻再次坚持了它的原则:没有战术的战术是最有用的战术,没有诡计的诡计是最好的诡计。它简单而稚拙地直扑冈日森格,横着利牙飞快地插向了对方的喉咙。冈日森格意识到自己已经不可能躲开,下巴一低,护住喉咙,用自己的额头迎着对方的牙齿顶了过去。嘎叭一声响,冈日森格只觉得头昏眼花、额际刺痛,身子一歪倒了下去。它躺倒在地上只停留了两秒钟,就挣扎着站了起来,使劲眨巴着眼睛,朝前看去,才发现上阿妈獒王也和自己一样倒了下去。也就是说,它的额头这一次经受了铁齿钢牙的攻击,也显示了无与伦比的坚硬,它烂开了额头上的皮肉,却也让对手在见识了一只立地生根的藏獒岩石一样的稳固之后,匍匐在地上了。

上阿妈獒王帕巴仁青很快站了起来,用舌头舔着牙齿,似乎是说:还好,牙齿没有断,就是有点疼,大概牙根受到损伤了。一般来说,藏獒身上,最坚硬的是牙齿,其次是头。但这次最坚硬的却没有拼过次坚硬的,冈日森格只是损伤了额头上的皮肉，骨头却好好的，依然完美地坚硬着。上阿妈獒王收回牙齿，闭上了嘴，眼睛放电一样瞪着对方，琢磨下一步该怎么办。冈日森格不敢对视似的避开了对方的眼光，感觉着自己脖子、屁股、额头上的伤口，看到上阿妈獒王第四次紧贴着地面，赖皮狗一样地趴下了。

冈日森格挺立在离对手十米远的地方，表面上从容镇定，心里头却一抽一抽地紧张着。从上阿妈獒王红玛瑙石的眼睛火箭一样逼射的锋锐里，它看出了这一次扑咬的分量。大概是最后一次吧，上阿妈獒王帕巴仁青志在必得，不是撕开冈日森格的肚腹，让它拖着肠子断命，就是咬断它的喉咙，让它气绝身亡。糟糕的是，冈日森格还没有想好：是静立着不动，还是跳起来闪开？感觉，感觉，感觉怎么越来越不对了，一会儿是静立着不动，一会儿又是跳起来闪开。那就不要依靠感觉了，依靠头脑。冈日森格甩动硕大的头脑，急切而紧张地寻找着答案：到底是静立着不动，还是跳起来闪开？

突然，冈日森格昂扬起了身子，用琥珀色的眼睛里迸发而出的焰光炽火盯视着上阿妈獒王，告诉自己也告诉对方：惊尘溅血、一命呜呼的时刻已经来到，不是你，就是我。所有观战的人和狗都没有想到，赖皮狗一样趴在地上就要蹦跃而起的上阿妈獒王也没有想到，这一次冈日森格的应对办法是头脑与感觉的结合：既没有静立着不动，也没有跳起来闪开，而是雄风鼓荡地俯冲过去，就在上阿妈獒王准备覆盖它的前夕，把同样勇猛的覆盖还给了上阿妈獒王。成功了。冈日森格从跳起、奔扑到覆盖、撕咬，整个动作连贯得天衣无缝，就像它年轻时那样，出神入化到根本就看不出是打斗。没有声音，咆哮和厮打的声音瞬间消失了，只有空气的震动在不经意中变成了徐徐来去的夏日风。

原始的恶浪淹没了上阿妈獒王帕巴仁青，野性的肉体压得它根本就喘不过气来，这只黄色多于黑色的巨型铁包金公獒依然像赖皮狗一样趴在地上，无声地惊讶着，被慑服后的钦佩左右了它的神经，它变得安静而容忍，甚至都忘了反抗和仇恨，忘了作为獒王的丢脸和屈辱，也忘了疼痛。疼痛应该来自喉咙，冈日森格一口咬住了它的喉咙，疾速而准确，简直就是一把飞刀，让上阿妈獒王眼睛都来不及眨巴一下，就皮开肉绽。死了，死了，我就要死了。上阿妈獒王心里哭泣着，它知道只要冈日森格的牙齿轻轻一阵错动，它的气管就会断裂，死亡就会从裂口中溜进来，占据它的整个身体。

但是冈日森格本该立即错动的牙齿却迟迟没有错动，好像它很愿意这样把头埋在对方浓密的獒毛里延长即将咬死对手的兴奋，或者它听到了对方心里的哭泣，有一点不忍，又有一点同病相怜：总有一天我也会被咬死的，我死的时候肯定更惨更悲。可这样的死亡到底为什么？为什么我们要如此激烈地打斗？锋利的牙齿始终没有错动，准备就死的上阿妈獒王帕巴仁青都有点不耐烦了，晃了一下头，催促着，又晃了一下头，还是催促着，等第三次晃头催促的时候，它惊愕地发现，自己居然把喉咙从冈日森格的牙刀之间晃出来了。冈日森格的牙齿始终没有错动，却渐渐松动了，上阿妈獒王吃惊地望着它，似乎是说：你怎么了？你没有老糊涂吧？片刻，冈日森格朝后退去，上阿妈獒王也朝后退去，它们好像互相听到了对方的心声，都变得彬彬有礼了。

上阿妈领地狗和西结古领地狗都不理解两个獒王的打斗居然会和平结束，恶狠狠地吼叫起来，就像人类的骂阵。狗叫声中夹杂着骑手们的喊声，也是恶狠狠的、不理解的。班玛多吉直着嗓子大声说："冈日森格，你是怎么搞的？咬死它，咬死它，它是上阿妈獒王，它咬死了曲杰洛卓。"冈日森格回头看了一眼班玛多吉，似乎不想听他的话，又觉得不听不行，正在犹豫的时候，满身血污的上阿妈獒王帕巴仁青转身走去，走到上阿妈领地狗群里去了。冈日森格望着上阿妈獒王的背影，忧伤地意识到：上阿妈獒王是不该失败的，它的失败比自己的失败更加不幸，自己会有年迈体衰做借口而继续以往的生活，它呢？它很可能就不再是上阿妈草原雄霸一代的獒王了。

上阿妈骑手的头巴俄秋珠看到自己的獒王败北而归，策马从领地狗群后面挤过来，用马鞭抽了一下上阿妈獒王，气恼地说："你是可以咬死它的，你要是咬不死它，我们上阿妈藏獒还有谁能咬死它？去，接着咬，一定给我咬死它。"上阿妈獒王帕巴仁青率真地望着巴俄秋珠，似乎想让他明白：我已经输了，我打不过英雄的西结古獒王，只能回来了。但是巴俄秋珠不明白，一再用马鞭抽着它："去啊，去啊，赶快去啊。"上阿妈獒王再次来到了打斗场中央。空气一下子凝重了，大家都看着西结古獒王冈日森格。冈日森格站在领地狗群的边缘，半晌没有动静，似乎疲倦了，也胆怯了。身后，班玛多吉再次喊起来："人家并没有认输，冈日森格，快上啊，为曲杰洛卓报仇。"接着是众骑手的催促，是西结古领地狗群的催促。冈日森格无可奈何地走了过去。上阿妈獒王帕巴仁青用一种晚辈敬仰前辈的眼神望着它，第五次趴下了，趴得还是像一只赖皮狗，紧贴着地面，散了架似的。冈日森格下意识地抖了抖鬃毛，仔细观察着它，发现这只巨型铁包金公獒已经没有最初那股撼人心魄的威逼气势了，眼睛里也少了许多那种比别的藏獒更犀利熠亮、更毒辣阴险的光亮。它不由得悲哀起来，好像前后判若两人的不是对手而是自己。

阵风突起，一半是血光，一半是黑光，腾腾腾地朝着冈日森格覆盖而来。已经用不着选择了，冈日森格知道它只能一动不动，如果对方想好了提前量拐着弯扑咬，那就算是自己选择正确、不战而胜，如果对方直截了当地扑咬，那它就坚强地顶住，它相信自己能够顶得住，上阿妈獒王已经没有大山倾颓一样的猛力和悍然超群的气度了。结果瞬间而至，上阿妈獒王帕巴仁青的判断失误了，它扑向了假如冈日森格跳起来躲闪就必然会落地的那个地方，发现什么也没有扑着，就神情迷茫地盯着冈日森格看了一会儿，似乎奇怪对方为什么是静立不动的，然后浑身疲倦地朝回走去。它喉咙、脖子、肚子、腰窝四处受伤，已经流了很多血，现在还在流血，它实在支撑不下去了。冈日森格无限怜惜地看着上阿妈獒王，看到它凄凉无言地走进了上阿妈领地狗群后，所有的上阿妈骑手都发出了一阵"呲呲呲"的声音，那是失望，是鄙夷，是来自主人的冰凉冷酷的羞辱。

上阿妈骑手的头巴俄秋珠骑马走过来，用马鞭指着它奚落道："你就是这样给上阿妈草原争气的吗？难道上阿妈草原的肉不肥、水不甜，你吃了喝了不长力气就长毛吗？或者上阿妈草原的人对你不好，你想用自己的失败丢他们的脸？我们还有领地狗，我们还要打下去，藏巴拉索罗一定是我们的，你要是不死你就看着吧。"上阿妈獒王帕巴仁青仰头听着这一番比任何利牙的撕咬都厉害的奚落，就像受到了平生最严重的打击，张大了嘴，流着血水，似乎想申辩什么，但最终什么声音也没有发出来，眼睛闪射出两股失落之极的光焰，委屈地流着泪，蓦地一闭，轰然倒在了地上。

而在西结古领地狗群这边，冈日森格也倒了下去。它的伤并不重，它是累倒了。这样的疲累就像大棒的挥舞，从粘稠的精血里击打出了伤感和回望，让它感到它还是老了，真的老了，年轻的时光一去不复返，那种斗志旺盛、百折不挠，仿佛永远都打不死、拖不垮的精神，只能变成苦苦的记忆、恋恋怀旧的情绪了。冈日森格把整个身子贴在地上，就像必须吸附地中的精气才能恢复体力似的，闭上了眼睛，什么也不看，什么也不管了。它知道西结古领地狗这边，下一个出场打斗的还应该是它，因为它是赢家，它必须接受另一只上阿妈藏獒的挑战。但是它太需要休息了，它希望自己这样趴着不起来，会给双方带来一个休战的机会。

上阿妈骑手的头巴俄秋珠远远地望着冈日森格，立刻意识到这样的暂停对自己是不利的，一旦冈日森格恢复过来，上阿妈领地狗群里，就更不会有谁能够抗衡了。巴俄秋珠吆喝起来，代替上阿妈獒王指挥着领地狗群。"你，上，就是你，给我上。"一只被巴俄秋珠用马鞭指着的大个头金獒愣怔着没有动。它不是不想上场，而是不忍离开上阿妈獒王帕巴仁青。流血过多又被主人用奚落猛烈击打的上阿妈獒王就要昏过去了，大个头金獒正在舔着它的伤口呼唤它，这样的呼唤是必不可少的安慰，一只在鲜血中沐浴而来的藏獒如果连这一点安慰都得不到，它的精神和肉体就会迅速垮掉，不昏的也得昏，不死的也得死。"上啊。"巴俄秋珠用鞭梢抽打着大个头金獒。大个头金獒望了望满脸怒容的主人，温情无限地最后舔了一舌头獒王的伤口，看到有别的藏獒过来替它舔舐呼唤，这才离开。它不放心地回望着，跑向了打斗场中央。

大个头金獒昂起头，朝着西结古獒王冈日森格雷鸣般地吼叫着。冈日森格明白了，休战是不可能的，自己必须锲而不舍地战斗。它慢腾腾地站起来，身子一晃，哗地倒下去，更加瘫软地贴住了地面。它喘着粗气，喘着越来越粗的气，四肢僵硬地支撑着，给自己鼓着劲：起来，起来。庞大的身躯缓缓地崛起着，吃力地崛起着，眼看就要立住了，扑通一声，又瘫软了下去。这时就听一阵马蹄的疾响由远及近，一个急急巴巴的声音从空中传来："冈日森格，你怎么了冈日森格？"

4

多吉来吧的搏杀还在继续。黑毛披纷的西宁土狗一连咬了三口，也没有咬到多吉来吧的一根毛，这才意识到它们面对的决不是一只怯懦而无能的外乡狗。外乡狗虽然没有主动进攻，却依然表明，它是一个强大而凶险的存在。西宁土狗明智地后退了几步，看到它的同伴也都明智地后退着，便意识到它们也遇到了同样的情况：连咬几口，什么也没有咬到。这到底是怎样一只外乡狗呢？西宁土狗忽闪着眼睛审视起来。多吉来吧神速地躲过了这群城市狗最初的扑咬，然后蹲踞在地上，微闭了眼睛，等待着它们的第二次进攻。它锐利的眼光已经看清楚了面前的情形：这是一群乌合之众，虽然多达十五只，但能打能拼的只有不到一半，别的狗充数而已。乌合之众是没有首领的，有利的一面是你不必担心它们的进攻会讲究战略战术，不利的一面是你干掉任何一只都不意味着它们会因为失去狗王而全线崩溃。更让它不得不重视的是，这十五只狗中，有狼狗，有土狗，还有两只藏狗和两只藏獒，藏狗和藏獒都很年轻，是打斗的好手，尤其是两只藏獒，虽然看上去已经变种，但膀大腰粗、虎威凛凛的祖先遗风依然存在。多吉来吧巡视着它们，看到它们又一次咆哮起来，就知道冲锋已经开始了。

又是全体行动，它们伴着城里人，学着城里人，打惯了群架，不懂得挑战必须一个对一个的规矩。更何况即使知道狗类世界里曾有这样的规矩，它们也懒得唤醒记忆，严格遵守，毕竟一窝蜂的进攻会让它们胆气十足，谁都觉得自己能够咬住对手而不必担心被对手咬住，被对手咬住的只能是身边的同伴。当然奔扑的速度有慢有快，首先扑过来的还是那只黑毛披纷的西宁土狗，它是土生土长的地头蛇，地头蛇一般都是欺生的，这一点人和狗一样。它喊喊叫叫扑过来，朝着多吉来吧的大腿一口咬了过去。多吉来吧忽地一下闪开，翘起前肢，想要进攻，又转身让过了对方。它已经看清了西宁土狗，虽然勇敢凶猛，却一点点野性都没有，有野性的狗咬谁都是先咬喉咙的，习惯于咬腿的狗，一般来说都是看家门、抓小偷的狗，小偷见了狗就跑，狗就把腿看成了罪魁：要是腿不跑，贼能跑吗？多吉来吧不跟它一般见识，奋力一跳，扑向了一只拦腰而来的变种藏獒。那藏獒绝对不是吃素的，身子轻轻歪了一下，歪出了一个让对手出乎意料的角度，牙刀依然是对着腰际的。多吉来吧想躲又躲不开，在一口咬住对方脊背的同时，自己的腰际也让对方一口咬住了。多吉来吧知道腰际紧连着肚子，一旦被对方刺破肚子就等于走向了失败，赶快跳起来，踩着对方的肩膀，扑向了一只年老的白胸狼狗，那儿是安全的，那儿只有它咬别人的份儿，没有别人咬它的份儿。

果然白胸狼狗被它一口咬破了脖子，等到白胸狼狗反过来咬它时，它已经闪向一边，又和一只土狗掐起来。土狗个子很高，力量却不及多吉来吧的一半，伸长脖子想把对方撕碎，却被对方一爪蹬翻在了地上。但是白胸狼狗和土狗做不到的，藏獒却很容易做到，尽管它们是杂交之后变了种的。刚才咬伤了多吉来吧的那只藏獒又扑了过来，另一只藏獒也扑了过来，一左一右，夹击着多吉来吧。多吉来吧想冲到前面，摆脱夹击，却发现一只壮实的藏狗已经拦住了它的去路，它赶紧往后跳，又看到另一只更加壮实的藏狗正在它的屁股后面张牙舞爪。多吉来吧朝上看了看，只有上面才是出路，它必须跳起来，否则四只大狗的四张大嘴就会同时咬住它那已经伤痕累累的身体。

多吉来吧跳了起来。围住它的两只藏獒和两只藏狗预测到它要跳起来，也都一跃而起，在空中封锁了它的出路。但是它们哪里想到，多吉来吧早已预测到了它们的预测，它只是轻轻一跳，等它们奋然而起，高高地出现在头顶的时候，它却箭镞一样飞向了前面，从它们的肚子底下溜之大吉了。它们噗然落地，发现面前已是空空如也，赶紧转身寻找对手，对手却从一个它们谁也没有料到的方向扑来，一口咬住了一只变种藏獒的肚腹。这一口绝对是致命的，不仅肚腹烂了，也把肠子勾出来了。藏獒倒了下去，又挣扎着站起，以最后的力气扑向了多吉来吧。多吉来吧知道已经没有必要再跟它打下去，这只刚才咬伤了它的藏獒很快就要死了，便忽地跳到一边，眼睛一横，身子一摆，扑向了另一只变种藏獒。变种藏獒也正在扑向多吉来吧。它们谁也没想到应该主动闪开，都觉得自己的头是最硬的，碰撞的一刹那，只听咚的一声响，一个头歪了，另一个头也歪了，但一个歪得主动，一个歪得被动，被动的那个头无力地耷拉着，因为脖子已经撞断了。断了脖子的藏獒倒了下去，没有伤口没有血，但死亡却来得异常迅速。多吉来吧望着在死去的过程中拼命抽搐的藏獒，突然愣住了，毕竟它们是同类中的同类，在这远离草原的城市，早有一丝他乡遇故知的感觉进入了情怀。它木木地凭吊着，通过黯然神伤的眼光，送去了一只藏獒对另一只藏獒的敬礼。但它的感情太厚重，敬礼太虔诚，虔诚得伫立了半天没有动静，这让一前一后的两只藏狗从惊愕中回过神来，大喊大叫着扑向了它。

两只藏狗一只咬住了它的肩膀，一个咬住了它原本就受了伤的肚腹。几乎在同时，一直十分嚣张的黑毛披纷的西宁土狗和一只灰毛狼狗扑上来咬住了它的两只后腿。多吉来吧呼出一口粗气，呼走了它的虔诚和平静，左右看了看，就像指针一样顺时间转起来。它转了一圈，甩掉了后腿上的西宁土狗和灰毛狼狗，又转了一圈，甩掉了两只藏狗，然后借着惯性转出了第三圈，等它不转的时候，牙齿已经固定在了一只藏狗的喉咙上，死亡再次发生。多吉来吧顾不得多看一眼死去的藏狗，跳起来扑向另一只藏狗，一口咬住了对方的脖子。藏狗倒地蜷身，用两只前爪激烈地蹬踏着它。多吉来吧突然不动了，任凭对方的爪子肆意蹬踏，眼睛里不期然而然地收敛了杀气，错动了一下牙齿，却没有咬断血管。是思念干扰了它，它知道对方是藏狗，知道对方或对方的祖先曾经也是草原的一员，它想到了草原，也就想到了草原上的一切，包括主人汉扎西和妻子大黑獒果日。它伤感地哽咽了一声，然后松开对方，眼球的血红顿时变成了粉黄，那是同命相怜和柔声询问的表示：草原上的藏狗啊，你怎么也在这里？

但是这只藏狗并没有读懂多吉来吧眼睛里的内容，以为那是怯懦和无能，翻身起来，胆大妄为地朝对方扑去。藏狗脑子里已经没有草原了，它在还没有记忆的时候就来到了城市，城市便成了它唯一的环境。它扑向多吉来吧，也就是代表城市扑向了草原,它咬住了草原的肩膀,使劲晃动着头,想尽量大尽量深地撕开一道血口。多吉来吧甩开它,忍让地后退着。它疯狂地追过来,再次咬住了多吉来吧的肩膀。多吉来吧又一次甩开它,还是后退着。它更加疯狂地追过来,一口咬住了多吉来吧的脖子。多吉来吧甩不开它,眼看就要被它挑破大血管了,只好伸出钢钎一样的爪子,狠狠地掏了过去。

  壮实的藏狗拥有宽阔的胸脯,正好给多吉来吧提供了方便,多吉来吧就是闭着眼睛也能掏到地方,一爪子皮肉开裂了,两爪子胸骨断开了,三爪子本来是要把藏狗的心掏出来的,但多吉来吧突然停下了,还是不忍心杀死它,毕竟是藏狗,身上还残留着雪山草原的气息,尽管很淡很淡,但对忧思难抑、肝肠寸断的多吉来吧来说,已经足够强烈了,强烈到让它迅速有了同情,有了怜惜。它放过了藏狗,知道它还能活,就顺势安慰地舔了一下对方的伤口,看对方一副万死不辞,还想厮打的样子,就宽容地躲闪着,一连退了好几步,突然感到身后一阵骚动,才发现自己退到了一只土狗的嘴边。那土狗也不想一想来到嘴边的是谁的屁股,狠狠地飞出了牙刀,牙刀进肉的瞬间,也是多吉来吧杀性暴起的时候,只听忽的一声响,土狗吃惊地发现来到嘴边的屁股突然变成了脑袋,那脑袋硕大无朋,遮住了它的全部视线,它眨巴着眼睛正琢磨应该咬向哪个地方,自己的大嘴就被一张更大的嘴包住了。两张嘴同时咬合,多吉来吧的嘴咬烂了土狗的嘴,土狗的嘴咬烂了自己的舌头。接着就是更大的不幸,那就是升天,土狗被多吉来吧叼起来,一左一右地摔了几下,它就死了,它不是摔死的,是窒息死的,多吉来吧咬住它嘴的同时,也咬住了它的鼻子,它和这个世界的联系顿时就被掐断了。

  多吉来吧气昂昂地挺立着,用凶焰迸射的眼睛看着别的狗。狗们一片沉默,都把四条腿绷起来,做出一副随时扑咬、也随时逃跑的样子。只有刚才被多吉来吧甩掉的黑毛披纷的西宁土狗只想扑咬,不想后退,它来回奔窜在那些还能厮杀的狗之间,用一种嘶哑的声音督促着:上啊,上啊,大家一起上啊。看别的狗有动的,有不动的,便高叫着,扑一下停一下地撺掇起来,撺掇了几次后,它冒冒失失地抢先扑了过去。它从八米之外起步,扑到多吉来吧跟前,至少需要一秒半,多吉来吧完全有时间躲开,但这时多吉来吧听到了男孩的叫声,顿时就把火烧眉毛的打斗抛到了一边,仰起头望着高高的窗户。窗户玻璃上人更多了,密密麻麻就像砌起了好几面黑墙,那男孩就挤在林立的人腿之间,断断续续叫着:"大狗,大狗。"叫几声,就低下头去,把大狗现在的情形告诉窗台下仰脸站着的红衣女孩。突然男孩惊叫一声:"大狗。"又浑身抖颤、声音结巴地对女孩说:"那么多狗都扑到了大狗身上,大狗就要死了。"女孩"哇"地哭起来。

黑毛披纷的西宁土狗第一个咬住了多吉来吧,多吉来吧看到对方咬住的是自己的腿,不是什么要害地方,就依然仰头望着男孩一动不动。这样的举动让那些还能厮杀的狗有些误解,它们喊喊叫叫地扑过来,围住多吉来吧,从所有的方向咬住了它,那只灰毛狼狗居然咬住了它的脖子。多吉来吧这才回过神来,吃惊地发现自己在伤感和依恋中耽搁得太久了,差一点把性命耽搁掉。它吼了一声,想跳起来,一用力,身子反而歪斜着倒了下去。一帮城市狗激动不已,它们从来没见识过这种狮子一样高大威猛的来自草原的喜马拉雅藏獒,现在不仅见识了,而且压倒咬住了。它们心情愉快,边咬边唱,甚至有两只狗肆无忌惮地踏上了多吉来吧躺倒的脊背,仰头炫耀着自己,朝着窗外的人群汪汪地叫。而那只咬住多吉来吧脖子的灰毛狼狗则把牙齿往深里扎着,发现仍然够不着大血管,就倏然松开,想换口咬住对方的喉咙。

够了,够了。多吉来吧觉得自己已经窝囊够了,别人的欺负也应该到头了。它抬起了头,朝着灰毛狼狗的牙齿,把脖子一展,好像是说:给你,好好地咬啊。灰毛狼狗举牙就咬,"嘎吧"一声响,不知怎么搞的,它的咬合竟是上牙碰下牙,牙与牙之间,只有几根扯下来的獒毛在悠悠飘动。再一看,多吉来吧巨大的獒头已经撞过来,撞在了它的脑袋上,先是眼前金花飞溅,接着一片比黑夜还要巨大沉实的黑暗倏然降临。它紧张地朝后退了两步,突围似的扑过去,却没有扑到对手,而是把一个同伴从多吉来吧身上扑了下来。这时灰色狼狗才感到了疼痛,疼痛来自脑袋,它的脑袋被撞蒙了,剧烈的震荡似乎让脑神经错了位,它晕三倒四,头大如天,什么也看不见,悲愤地号叫着,但已经不是狗叫,而是返祖的狼叫了。

狼叫让多吉来吧浑身剧烈地抖了一下,抖翻了前腿踩踏着它的两只狗,不顾一切地朝着发出狼叫的灰色狼狗扑去。转眼之间,灰色狼狗被它咬死了,所有从不同方向咬住它的狗也都被它甩脱了。它意识到,它身体之内很深很深的地方潜藏着连它自己都无法预料的斗志和力气,狗唤醒不了它,只有狼才能唤醒它,现在似乎被唤醒了,才吃惊地发现面前的狗群根本就不是对手,而它居然被它们咬得遍体鳞伤。它走了过去,走到它们中间,用凶悍的眼光把它们由一团驱散成一片,然后猛地跳了起来。一帮城市狗不顾同伴的死亡,依然沉浸在刚才压倒咬住多吉来吧的激动和愉悦中,突然感觉到风暴卷起,没见过的速度来了,没见过的力量来了,野蛮骠勇就像飘风骤雨,纷至沓来。

首先被风暴卷死的，是那只黑毛披纷的西宁土狗，它张狂无度，想当领导，结果是出头的椽子先烂。当多吉来吧咬住它的时候，它似乎突然明白自己不该挑头撕咬，婴儿一样尖叫着，哀声乞求起来。但是已经晚了，杀性炽盛的多吉来吧顾不上听懂它的乞求，就一口咬开了它的喉咙。它死了以后，死亡就来得更快，剩下的城市狗再也没有组织起新的进攻，就一只接一只地死掉了。当还能跑动的城市狗只剩下五只的时候，它们再也不想跟这只见所未见的草原藏獒纠缠，一起跑向了门口。

　　礼堂的门打开了一点点，但不是为了放它们出去，而是为了赶它们再去和多吉来吧厮打。"呃——吁——呃——吁——"黄呢大衣喊起来，很多人都跟着他喊起来。城市狗听得懂这是唆使差遣的意思，服从地转身又去迎击多吉来吧。多吉来吧这时候已经卧下，它浑身是伤，血流不止，虽然杀心未艾，但已经不想斩尽杀绝了，只要它们逃跑，只要它们不再来祸害它。遗憾的是它们又来了，而且是人让它们来的，人不敢来祸害它，就派一群城市狗来祸害它。多吉来吧看到五只城市狗捏着胆子想扑咬又不敢扑咬的样子，生气地暴吼一声，跳起来的同时杀了过去。它觉得自己是杀向了人的，对这里的人它决不留情，除了那两个小孩。它撕着，咬着，左一口，右一口，然后就是铁爪出击，一爪一个血窟窿，有肚子上的血窟窿，也有脖子上的血窟窿。当冒血的汩汩声此起彼伏的时候，多吉来吧趴下了。谁也不会再来撕咬它，只有伤痛和疲倦压迫着它，让它张大了嘴巴，呼呼地喘气不迭。

　　到处都是死去的狗，礼堂变成了屠宰场。城市的人想通过打斗屠宰多吉来吧，没想到多吉来吧却屠宰了所有十五个屠宰者，不，还有一个屠宰者活着，那就是被多吉来吧用坚硬的爪子掏开了胸脯的藏狗，它的皮肉开裂了，胸骨断开了，但心被多吉来吧留下了。它还活着，只要不再参与残酷的打斗，并且有人照顾，它就一定能活下去。多吉来吧望着它，它也望着多吉来吧，双方眼睛里的内容是不一样的，在藏狗是不尽而无奈的仇恨，在多吉来吧是无限而有悔的怜悯：我呀，我怎么把它打成这个样子了？多吉来吧蹭着地面朝前挪动着，挪一下，眼睛里就多一点亲近，那是亲近草原故土的热肠在孤寂思念中的自然流露，那是藏狗身上滞留不去的草原味道对一个怀乡者的顽固吸引。它挪到了跟前，就把眼睛里的亲近无条件地送给了对方。它靠着藏狗卧了下来，有点糊涂了，伤心落泪的思念让它觉得藏狗仿佛变成了草原，它只要依附在草原的大地上，浑身的伤痕就会迅速痊愈，体力也会很快恢复。它把硕大的獒头一半枕在了自己腿上，一半枕在了藏狗腿上。

485

藏狗很吃惊，想咬又没咬，抬头看了看礼堂的门，门关着，寂然无声，又抬头看了看人影密密匝匝的窗户，眼光一到，玻璃就哗啦一声烂了，砸烂玻璃的人在一个利茬怒放的洞口喊叫着："四眼，四眼，咬死它，咬死它，现在就看你了。"被称作四眼的藏狗望着喊叫的人，那是它的主人，它完全明白它的主人要让它干什么。它不顾伤痛站了起来，朝着多吉来吧龇了龇牙。"四眼，四眼，快咬啊四眼。"四眼藏狗再次望了望主人，一口咬了下去。多吉来吧虽然没有听懂那人的喊叫，但意识到了喊叫的意思，当感觉自己的后颈被四眼的利牙戳出牙眼的时候，它并不吃惊。它用力站起来，甩脱对方，发出一种奇怪的声音，似乎是央求，是商量，是同情四眼的警告。早已脱离了草原的四眼藏狗，只拥有城市的思维和耳朵，听得懂主人的任何旨意，却丝毫不明白多吉来吧的藏话，听到主人的喊声再次传来，便又一次张大了血口。四眼藏狗一连咬了它五口。疲惫不堪的多吉来吧容忍地让它咬，一次次不厌其烦地甩脱着，终于忍无可忍了，甩脱迅速变成了反抗。多吉来吧的反抗完全是草原风格的展示，有熊的力量、豹的敏捷、狼的狠毒，牙刀闪电般飞出，又闪电般收回，咕咚一声响，喉咙洞开的四眼藏狗倒地了。

　　然后就是安静。都死了，所有被人驱使着前来撕咬多吉来吧的城市狗都没有逃脱既定的命运。多吉来吧看了看最后倒下去的四眼藏狗，把眼光投向了窗户玻璃后面林立的人。它悲凉地发现，暗淡的暮色里，男孩已经不见了，使劲闻了闻，到处都是乱七八糟的味道，根本就捕捉不到两个孩子的气息。它"汪汪汪"地哽咽着，哗啦啦地流出了眼泪。没有了，它现在的寄托、它希望自己去保护的两个孩子已经没有了，它用舌头舔着眼泪，望着高高的窗户，一次次用干涩的嗓子呼喊着，喊得嗓子都哑了，最后孤立无援地趴在了死去的藏狗身边。无可依附的时候，它只好一厢情愿地再次把自己依附在它唯一能感觉到草原气息的死去的藏狗身上。多吉来吧想不到，这时候两个孩子被满胸像章的人带到了距离礼堂一百多米的空荡荡的锅炉房里。满胸像章的人对他们说："你们能等到天黑吗？天黑不回家可以吗？"男孩看了看女孩，女孩看了看男孩，女孩首先点了点头。满胸像章的人说："那你们就在这儿等着，哪儿也别去。"

　　天就要黑了，礼堂的门口，黄呢大衣对那个保皇派的眼镜说："没什么可说的了吧？把人交出来。"眼镜断然摇头："这不是最后的战斗，畜牧兽医研究所跟我们是一派知道不？我们已经商量好了，他们将派出六只大狗支援我们，六只大狗也是藏獒，敢不敢哪？"黄呢大衣横着眉毛不愿意。眼镜说："你们怕了是不是？"黄呢大衣咬着牙说："老子什么时候怕过你们，明天就明天，明天你们把人带到这里来，要是你们输了，当场交给我们。"眼镜说："一言为定。"几乎在同时，畜牧兽医研究所的大院里，六只作为科研对象的身形魁梧、仪态霸悍的成年雄性藏獒，被喂养它们的人拉上了一辆卡车。卡车连夜出发，朝着血雨腥风的礼堂急驶而来。

多吉来吧度过了一个不平常的夜晚。先是它渴了，它在打斗中耗尽了体力，食物和水是必须的补充。它在焦渴中站了起来，慢腾腾地走动着，到处找了找，没有找到水。人不给它水喝，就是逼它喝血，但它实际上并不喜欢喝血，尽管它曾经是饮血王党项罗刹。它来到一只狼狗的尸体旁边，觉得狼狗离狼近一点，就撕开了脖子上的大血管，急迫地舔着，站着舔，卧着舔，舔了很长时间，几乎舔干了狼狗能够涌现的所有鲜血，这才起身离开狼狗，浑身乏力地走向了散发着羊肉味的地方。那羊肉放了一天一夜，已经不鲜不香了，多吉来吧闻了闻，想了想，又回到了那只狼狗身边。它吃起来，它预感到接下来的时间里它会消耗更多的体力和精力，就毫不犹豫地撕扯起了最能帮助它产生能量的狼与狗结合的肉。沉重的忧伤和无尽的思念这时候突然变成了一种督促，让它把本该彻夜伴随的哭泣变成了一种迫不及待的吞咽。

吃饱喝足之后它卧下了。它在伤痛的折磨中闭上了眼睛，它要睡觉，要在睡眠的松弛中用最快的速度消化掉满腹的食物，恢复它的体力和能力，然后把所有的精神都献给思念——思念它的主人、妻子、雪山、草原。但是它睡得并不松弛，伤痛带给它的是比无眠好不了多少的噩梦。它梦见了党项大雪山山麓原野上送鬼人达赤的石头房子，梦见了它小时候的所有磨难，梦见数不清的血盆大嘴从天边飞翔而来，一口吃掉了它，所有的大嘴都是一口吃掉了它。它忿怒而悲惨地号叫着，突然看到主人汉扎西来了，妻子大黑獒果日来了，他们来了并不理它，看都没看它一眼就又消失不见了。它难过得心里发颤，低声哭诉起来，哭着哭着就有了变化：噩梦结束了，好梦出现了，它看到送鬼人达赤的石头房子正在变大，大得就像它咬死了十五只城市狗的那座礼堂。

礼堂的门咚咚咚地响着，突然打开了，走进来了红衣女孩和那个男孩，他们后面还有一个人，胸前挂满了金光闪闪的东西，手里攥着一根撬杠。多吉来吧警惕而懊恼地瞪着他，发现他和两个孩子说话时面带亲近的笑容，就把懊恼丢在了脑后。两个孩子抱住了它，"大狗大狗"地叫着，它也抱住了两个孩子，"嗷嗷嗷"地哭着，孩子们的眼泪和它的眼泪互相交换着，它和他们都用最敏锐的神经感觉着对方的可亲可爱。然后它被两个孩子和那个满胸金光闪闪的人带领着，恍恍惚惚走出了礼堂，走进了如水如波的月光，走过了一座院子，来到了大街上。夜晚的大街上，一辆汽车急速驶过。

多吉来吧这才意识到已经不是梦境了，一切都是真的：两个孩子和一个陌生的大人，把它从困厄中救了出来，它自由了，再也用不着去迎接那些莫名其妙的打斗了。它伫立着，认真地看着两个孩子正在和满胸像章的人告别——孩子们说："谢谢了叔叔。"满胸像章的人摸着女孩的头说："谢你们自己吧，你一说大狗是你爸爸，我就知道它对你们多重要，快点离开这里，不要再落到他们手里。"又说了几句话，满胸像章的人给多吉来吧招了招手，提着撬杠走了。多吉来吧深情地目送着他也目送着撬开了礼堂门的撬杠，突然扭过头来，猜测而忧伤地盯上了红衣女孩的脸。它的猜测和忧伤很快被红衣女孩说了出来："大狗你说怎么办啊？你不能去我家了，我妈妈不喜欢你。"男孩也说："我爸爸那个狗日的，他要扒了你的皮，吃了你的肉。"多吉来吧眨巴着眼睛，好像听懂了，又好像没听懂，但稀稀落落夜行的汽车帮了它的忙，那种在夜深人静时格外夸张的轰隆隆隆的声音唤醒了它对城市的憎恶，它的心明亮起来：自己不是要跟着两个小孩去的，而是要离开，离开，离开城市，目标是草原故乡、主人妻子，是吹动着它的诡异之风和向着草原覆盖而去的亢奋的人臊，是即将发生的危难和预感中的需要——西结古草原的需要、寄宿学校的需要。它告别似的舔了舔女孩的脸，又舔了舔男孩的脸，慢慢地转身，慢慢地走了。

"大狗，大狗。"女孩叫着，男孩也叫着。女孩哭了，男孩也哭了。"大狗，大狗。"男孩呼喊着追了过去。多吉来吧跑起来，他追出去二十步，又赶紧回到了越哭越伤心的女孩身边。大狗走了，就这么突然地离他们而去，尽管两个孩子早已想到他们救大狗出来就是为了让它远远地离开，想去什么地方就去什么地方，但还是不忍伤别，大狗一走就把心拽痛了。两个孩子站在那里哭了很长时间，他们不知道他们的大狗又拐回来了。多吉来吧站在不远处黑暗的树荫下，发痴地望着他们，看他们朝女孩家的方向走去，就悄悄地跟在了后面。它知道城市的夜晚和荒原的夜晚一样潜藏着更多的凶险，尤其是对孩子，它在毅然离去的一刹那，又本能地产生了保护之心，由不得自己地把急切的奔走暂时丢开了。它知道两个孩子是为了救它才半夜三更没有回家，它要是就此一走了之，就算不上是一只至情至性的藏獒了。

多吉来吧暗地里护送着两个孩子来到了红衣女孩家。女孩敲门走了进去，男孩也走了进去，但男孩马上被女孩的母亲推了出来。母亲对女孩说："你去哪里了，这么晚才回来？哪里的野孩子，也往家里带。"说着哗啦一声从里面关死了门。多吉来吧在黑暗中抖了一下，挺硬了脖子，瞪起眼睛看着，它不理解人的举动：那个母亲怎么会这样无情？真想扑过去一头撞开那扇门，想到这是红衣女孩的家，自己曾在那里面度过了安全温馨的一夜，就只好忍住了。

男孩离开了那里，走到阒寂无人的街上去，走了几步又不敢走了，赶紧回到女孩家的门口，靠着门框坐了下来，这里毕竟背靠着熟人的家，心理上不至于特别空落害怕。本来打算送孩子到家后就离去的多吉来吧不走了，它坐下来，远远地守护着，看到男孩歪着身子渐渐进入了梦乡，又悄悄走了过去。多吉来吧卧在了男孩身边。它知道尽管是夏天，但这座高原古城的夜晚还是凉风飕飕的，它把自己的长毛盖在了男孩的脚上、腿上，又用带伤的身体挤靠着他，让体温就像一床棉被一样丝丝缕缕地传了过去。明天再走吧，无论它离开城市、扑向主人和妻子的愿望多么迫切，它都必须在这一夜把自己交给孩子，以一只草原藏獒与生俱来的责任，保证孩子在安全和温暖中睡去。男孩睁了一下眼，迷迷糊糊看到熟悉的大狗卧在身边，就把脸埋进大狗的鬣毛，又睡死过去了。

男孩实在太累了，他睡到太阳升高后才被开门出来的女孩叫醒。他站起来揉着眼睛对女孩说："大狗呢，大狗呢？大狗在和我睡觉。"红衣女孩摇摇头说："没看见，你在做梦吧？"男孩挠挠后脑勺："我在做梦？哈哈哈，我在做梦。"这时女孩发现：男孩的脖子和脸上，粘着好几根长长的獒毛。再一看，腿上脚上也有。他们两个同时喊起来："不是做梦。"他们把大狗的长毛一根一根集中起来，攥在了手心里，男孩攥了一些，女孩也攥了一些。他们攥着獒毛尽量远地看着街道，心里头酸酸的，又一次眼泪汪汪了。凭着孩子的直觉，他们知道大狗再也不会出现在他们面前，在最后陪伴了他们一夜之后，它已经远远地离去了。

489

4 情殇

1

"冈日森格，你怎么了冈日森格？"这个急急巴巴的声音是父亲发出来的。父亲一出现在藏巴拉索罗神宫前，就跳下马跌跌撞撞地扑向了冈日森格。冈日森格忽地站了起来，也不知为什么，冈日森格一听到它的恩人我的父亲的声音，浑身的疲惫、四肢的瘫软突然就消失了。它挺身而立，望着跑来的父亲，用眼神里发自内心的豪迈的微笑告诉他：我没什么，我好着呢。父亲跪倒在地抱住了它，急切地说："我看见了，你都站不起来了，你没事儿吧？"说着，就在冈日森格的身上到处摸索，他想知道哪儿有伤，骨头断了没有。摸着摸着，父亲就哭了，他看到了冈日森格脖子、屁股、额头上的伤，他说："你都是老爷爷了，你怎么还跟它们打？你老了，打不过它们了，就不要逞能了嘛。"说罢又朝后看了看，冲着骑在马上的班玛多吉喊道，"班玛书记你混蛋，怎么还能让冈日森格上场？你看你看你看，血流了这么多。"班玛多吉说："汉扎西你别骂我，连我的曲杰洛卓都战死了，冈日森格不上谁上？它好歹是獒王，人家的獒王上场了，就是要挑战我们的獒王。再说冈日森格打赢了，它没有给我们西结古草原丢脸，应该高兴才对啊。"父亲这才意识到，已经发生的打斗是相当惨烈的，死伤的藏獒肯定很多。他站起来，四下里看着，看到了打斗场中央的小巴扎，禁不住大步走了过去。

上阿妈领地狗群不知道父亲要干什么，威胁地叫起来。父亲顾不上理睬它们，蹲下身子，凑过嘴去，在小巴扎的鼻子上试了试，觉得还有鼻息，而且是温热的，便抬起头朝上阿妈骑手高声说："它还活着，它没有死，你们怎么没有人管？"又回头喊道，"曲杰洛卓呢？我怎么看不见曲杰洛卓？"班玛多吉告诉他，曲杰洛卓死在了上阿妈领地狗群里，又警告他："你不要过去，你要是过去，也会像曲杰洛卓那样，再也回不来了。"这个时候的父亲心里就装着藏獒的死活，哪里会在乎班玛多吉的警告，站起来就走，一边走一边喊："曲杰洛卓，曲杰洛卓。"仿佛曲杰洛卓只是在别人面前死了，他一来一喊就又会活过来。班玛多吉惊慌失措地喊道："危险，汉扎西，你回来。"冈日森格"嗡嗡嗡"地叫着，使劲迈着步子，要追上去保护父亲，追了几步就停下了。它看到上阿妈领地狗虽然一只只都瞪着父亲，却没有一只做出撕咬的样子，那些平和而亮堂的眼睛告诉它，父亲不会有事儿。父亲和藏獒有着天然生成的缘分，他刚才那个用自己的嘴试探小巴扎鼻息的举动，已经让上阿妈领地狗从心里抹去了对他的敌意。

父亲就这样不管不顾地走进了上阿妈领地狗群中，找到了曲杰洛卓，又痛心地看到，曲杰洛卓身边还躺着一只驴大的雪獒，都死了，都用血色灿烂的眼睛痴望着高远的蓝天。它们一黑一白，黑的就像山，白的就像水；黑的典雅雄奇，白的高贵俊美。父亲不知道雪獒叫什么名字，名字是什么意思，只知道曲杰洛卓的意思是法智——法王智慧，或智慧的法王。藏獒之中，又一个法王离世了，在一场由人发起的莫名其妙的打斗中悲哀地离世了。父亲的心里惨惨的，悲愤地想：为什么要打斗？谁能出来制止这场打斗？丹增活佛，或者麦书记，他们为什么不露面了？父亲流着泪，打着唿哨，叫来了自己的大黑马，又指着离他最近的上阿妈骑手的头巴俄秋珠，不容置疑地说："巴俄秋珠你给我下来，下来帮帮忙。"巴俄秋珠诧异地看着父亲，似乎是说：我都是上阿妈公社的副书记了，你居然敢这样命令我？又看了看自己身边的骑手，自嘲地"呵呵"一笑，听话地跳下马，帮着父亲把曲杰洛卓抬上了大黑马的脊背。父亲先把曲杰洛卓驮到了不远处的天葬场，又快速返回，把驴大的雪獒和那只被小巴扎咬死的小黑獒也驮了过去。来来去去，他都唱着西结古草原的牧民们给亲人送葬时唱的《阳世离魂歌》。所有的人和所有的狗都感激地望着他。

死的送走了，现在要紧的是救活负伤的。父亲央求巴俄秋珠帮忙，把还没有死却无人照料的小巴扎和已经昏过去的上阿妈獒王帕巴仁青抬到了马背

491

上。没有人阻拦父亲,西结古骑手和领地狗了解父亲,知道父亲必然会这样做,就都用平静的眼光看着父亲忙来忙去。上阿妈骑手和领地狗非常意外,发现父亲的行为不仅是大胆而奇特的,更是仁慈而芳香的。尤其是上阿妈领地狗,凭着灵性它们从父亲清澈的泪眼里看出了救死扶伤的温暖,便望着父亲的背影和驮着上阿妈獒王的大黑马,一个个摇起了尾巴。那只挑战冈日森格的大个头金獒早已拐了回去,好像父亲的行为取消了它的斗志,它再也不想发出雷鸣般的吼声了。冈日森格安静地卧在地上。它要抓紧时间休息,它知道父亲带来的只能是暂时的休战,而不是永久的和平。

离开女孩和男孩的多吉来吧走一阵,跑一阵,从早晨到下午,在横七竖八的街道里穿行着,始终没有走出城市去。好几次它似乎来到了城市的边缘,但发现前去的路上并没有草原的气息,就又折回去了。离开城市就是为了回到草原,可是草原,草原在哪里呢?它是被汽车拉进城市的,在进城的路线上没有留下它的任何痕迹,再说即使留下了痕迹,一年的风吹雨淋之后它还能闻出来吗?它东跑西颠,越跑越累,越累就越不知道草原在哪个方向了。它满眼流淌着湿漉漉的迷茫,不时地关注着那些一见它就躲开的人。它记得在西结古草原,只要遇到它解决不了的问题,总是人在帮助它,主人汉扎西,或者随便一个牧民。可惜在城市、在今天,它见到的人只有两种:一种是怕它的,一种是想害它的。

很快就是黑夜了,房子和灯火组成的沟谷似乎比白天更多了,多得让它绝望。它渐渐累了,想找一个地方休息,找来找去,觉得哪儿都不安静,哪儿都有危险的存在,找了差不多两个小时,才给自己找到了一个灯火熠亮、旗帜飘扬、画像高耸的地方。这儿的灯火是小小的一串儿一串儿的,环绕着酷似佛像的毛主席画像,好比西结古寺大经堂里酥油灯的闪烁,这儿的旗帜是连成片的,就像草原上铺满山坡的经幡箭垛风马旗阵。它望着灯火、画像、旗帜,感到它们是安全的,是没有敌意、可以信任的。更让它放心的是,它看到了一些朝着画像跪着说话的人,如同西结古草原那些面对佛像或者活佛和喇嘛祈请福佑的牧民。多吉来吧卧了下来,就卧在了灯火通明处、全身画像的脚下,聆听着旗帜以草原的节奏呼啦啦响动,打量着那些跪在画像前喃喃自语的人。它不知道这是一些向伟大领袖"早请示,晚汇报"的黑帮,是一群没有自由的"请罪者",只觉得他们表情是木然的,也是善良的。他们来了一拨,跪完了,自语完了,就走了;又来了一拨,跪完了,自语完了,又走了。就这样不间断地来来去去，多吉来吧觉得根本不需要提防他们，就闭上眼睛睡着了。

不知睡了多长时间，一丝温馨而惬意的味道走进了多吉来吧的梦乡，告诉它你该醒醒了。它迷迷糊糊睁开眼睛，看到还有人在跪着说话，就又闭上了眼睛。但这次它没有闭实，它怎么也闭不实了，那温馨而惬意的味道变成了一种带着草原气息的坚硬有力的袭击，让它睡意全无。它倏地站起来，几乎是不由自主的，用眼光也是用鼻子指引着自己，走向了二十步之外那些跪着说话的人。一阵惊叫，那些人纷纷跳起，转身就跑。多吉来吧也很吃惊，停下来望着他们：这些和草原人一样跪着说话的人怎么害怕起它来了？真正的草原人是不会这样的，他们一看它的表情，就知道它是去打架的，还是去亲近的。让多吉来吧欣慰的是，还有一个人跪在那里一点儿也没挪动，它最初的动机就是要走向那个人的。它继续迈步，来到那个人身边，伸出舌头舔着，舔了脸和耳朵，又去舔手。那个人抱住它说："多吉来吧，你怎么在这里？你是跑出来的吧？我知道你在动物园里，很想去看你，但我没有机会。"说着吧嗒吧嗒流下了泪。

多吉来吧也是吧嗒吧嗒流着泪，继续用它的舌头呼唤着她的名字：梅朵拉姆，梅朵拉姆。他们互相拥抱着，都想把各自的苦水吐出来，又都意识到这是不可能的，便沮丧地分开了。梅朵拉姆说："多吉来吧，你是怎么跑出来的？你今后怎么办？就在西宁城里做一个无依无靠的流浪狗？你会被人打死的。"多吉来吧呜呜呜地哭叫起来，想对梅朵拉姆说：我要回家，我要回家，你能不能帮帮我，我要回家。梅朵拉姆说："我要是能照顾你就好了，可是我不能，我没有这个自由，我父亲是'反革命'，母亲是'坏分子'，我有一个伯伯在台湾，他托人给我带过一封信，我并没有看到信，却已经是潜藏在草原深处的'台湾特务'了。我是被抓回来接受监督的，我不能把你带回家去。"多吉来吧听不懂梅朵拉姆的话，但是能揣摩话语的味道，知道梅朵拉姆的处境跟自己一样，甚至比自己还要糟糕。它用舌头安慰着她，突然就不哭了，警惕地看了看四周，意思是说：有我呢，我来保护你。立刻就有了保护的机会。有两个中年男人和两个青年女人走过来，蛮横地说："干什么呢？向毛主席请罪的时候还抱着一只狗，不要以为它就是你的靠山，我们要'痛打落水狗'。走，回去写检查，为什么对狗的感情比对无产阶级革命派的感情还要深。"说着就要拉扯梅朵拉姆。多吉来吧怎么可能容忍他们这样，跳起来就扑，却被梅朵拉姆死死拖住了："多吉来吧，多吉来吧，千万不要发怒多吉来吧。"又对那几个男女说，"我不

493

能松开它，它会伤了你们的，你们先躲一躲，我马上就回去。"几个男女看到多吉来吧的个头比跪着的梅朵拉姆还要高，又看它愤怒凶霸的眼睛里闪射着比最锋利的刀子还要锋利一百倍的寒光，知趣地走开了。

　　苦难中的邂逅，来不及喜悦，就又要分手了。梅朵拉姆长叹一声说："多吉来吧，你不要跟着我，一旦他们把你抓起来，你还不如在动物园里。我知道你以后会天天来这儿等我，但是我不会再来了，明天我就要和父母一起被隔离审查了。你现在就走吧，千万千万别跟着我，走吧多吉来吧，保重啊。"分手是艰难的，多吉来吧不可能不跟着她，一来是保护她，二来是依恋她。流落异乡、孤苦伶仃的时候，一个来自大草原的人和一只来自大草原的狗，是多么需要相依为命哪。但梅朵拉姆知道，所有跟自己有关系的都可能被自己连累，包括一只熟识的狗。去吧，去吧，多吉来吧快去吧，孤独的流浪总比失去自由好。梅朵拉姆又是手势又是语言地打发着它，看它不走，又拍着地面欺骗它说："那好，那你就在这儿等着，我去去就来，去去就来。"多吉来吧明白了，于是就坐下来等着。以后几天，多吉来吧有了依靠和期待似的一直在西宁城里流浪，天黑以后就会来到这个灯火熠亮、旗帜飘扬、画像高耸的地方，等待梅朵拉姆。直到有一天，它被几个拿枪的人暗算，才又回到原来的轨道上，重新思考如何走出城市的问题。

　　那是几个对毛主席无限忠诚的造反战士，他们对多吉来吧的深仇大恨来自它的位置，它有什么资格坐在毛主席画像旁边，和伟大领袖一起接受人们的跪拜？这不是明目张胆的篡位吗？是可忍孰不可忍。他们怀着满腔的愤怒抠动板机，多吉来吧眼看难逃厄运，枪手突然在准星里面看到了毛主席画像，内心和手指都禁不住哆嗦了一下。这一哆嗦，救了多吉来吧的命，子弹便飞到别处去了。多吉来吧已经知道遇见拿枪的人必须尽快躲开，压住扑上去拼命的怒火，转身就跑。多吉来吧机敏地逃离了他们的追踪，安然无恙地来到了湟水河的河滩里。它左顾右盼着，走到河边喝了一些水，感到有些累了，便来到一个掏挖砂石的坑窝里躺了下来，想睡一会儿，眼光却被漂过河面的一些木头吸引了过去。它看着那些木头，突然站了起来，它想起了故乡的野驴河，经常也会漂过一些烂木头的野驴河是从西往东流的，无论你在什么地方，只要沿着河边逆流而行，就会回到西结古草原。它由此判断，只要是河流，只要逆流而行，就都会走到西结古草原。它为自己的想法兴奋起来，望着城市，再次悲伤地想了想梅朵拉姆，步履滞重地迈开了步子。

　　作为喜马拉雅獒种的藏獒，天生的智慧又一次成全了它，事实证明它做对了，尽管沿着湟水河它不可能走到一千二百多公里以外的西结古草原，但至少方向是对的。它朝着西边跑去，跑出了城市，跑向了湟水河的上游。视野一下子开阔了，亢奋诡异的人臊更加浓烈，正在从身后的城市向上游弥漫，好像它是追着人臊而去的，或者说人臊要去的地方，也正是它要去的地方，想象中的西结古草原、预感中的危难、寄宿学校的狼灾，就要惊心动魄地变成现实了。它跑啊，跑啊，思念是动力，本能更是动力，双重的动力让它正在无意识中超越了自己。

一夜无眠，第二天天亮的时候，它看到了远远近近的山，看到了田野和村庄，看到河水在这里变成了几十股溪流，漫漶在开阔的滩地上，看到几只野兔在不远处活蹦乱跳。它追过去，咬死两只又大又肥的野兔饱餐了一顿，然后选择一块凉爽的地方卧下了。它有些踌躇，不知道往哪里走了。几十股溪流来自不同的方向，到底哪个方向是西结古草原呢？它意识到自己非常疲倦，而疲倦的身体是不利于判断的，它把自己藏在蒿草的丛落里睡了过去。又是噩梦，噩梦的睡眠让它动不动就会在愤怒中醒来，醒来后它会悲哀地扫一眼周围，感觉是凄凉而平静的，就又去继续它的噩梦。后来就不做噩梦了，它睡得很踏实，直到黄昏，它被一股扑鼻而来的味道刺激得浑身一阵颤抖，它醒了。

2

白兰狼群终于等到了地狱食肉魔咬杀藏獒的机会，激动得张嘴吐舌，都能把亮晶晶的口水泼洒到天上去。但它们决不像秃鹫那样闹哄哄地表达情绪，它们是隐声而隐形的，远远地窥伺，悄悄地靠近。黑命主狼王不停地扬起头，前后左右地看着，它有些不安，总觉得起伏不平的草原上隐声隐形的不光是它们，似乎还有一股狼群比它们更迫切地等待着藏獒的死亡。它举着鼻子使劲嗅了嗅，意识到那是红额斑头狼的狼群，是大狼群，是野驴河流域最最强悍的狼群。

黑命主狼王又愤怒又沮丧，愤怒的是好不容易跟踪到了这里，却遇到了红额斑狼群的抢夺；沮丧的是，这里是红额斑狼群的领地，它们从白兰草原来到这里，已经构成侵犯，心里发虚，加上自己的实力不如对方，肯定是不战而败的。但黑命主狼王并不打算接受不战而败的结果，作为一群狼的领袖，

495

如果见到同类就跑,自己的下属就会瞧你不起,进而不听你的话,伺机挑衅,最后取而代之。黑命主狼王长长地嗥叫了一声,放弃了继续隐藏行踪的打算,带头朝前跑去。它想抢在红额斑狼群之前靠近藏獒杀藏獒的现场,占领有利地形,给红额斑头狼一个警告:我们并不怕你们。也让自己的下属明白:它们的头狼是勇敢而坚忍的,任何时候都不会轻言败退。就在黑命主狼王带领白兰狼群距离目标还有两百多米的时候,它听了红额斑头狼的嗥叫,便知道一场较量就要开始了。

　　红额斑狼群悄悄地从三面靠近,一出现就对白兰狼群形成了围打局面。它们仗着狼多势众,把白兰狼群分割成了十几个单元,差不多是每十匹狼围打一个单元,再分出一部分机动狼来,在单元与单元之间穿插奔跑,忽东忽西,哪儿薄弱就扑向哪儿,让牙刀于飞行之中横竖切割,尽量疯狂地表现着它们的残忍和凶恶。咆哮与惨叫响成一片,紫艳艳的狼血纷至沓来。然而,如此猛烈的狼群之战却没有发生死亡,不是白兰狼群防御有道,避杀有方,而是红额斑狼群始终有所克制,始终都坚守这样一个原则:只咬伤,不咬死。似乎胜利者现在不需要对方用死亡来供奉,似乎狼只有在极端缺乏食物的时候才会咬死同类。更加克制的是,红额斑头狼和它的属下一直没有进攻黑命主狼王,不仅给了它面子,也给了它一个组织逃跑,免遭集体覆没的机会。黑命主狼王不禁有些疑惑:为什么要这样呢?它知道红额斑头狼不会仁慈到这种程度,一定有什么别的原因。

　　其实红额斑头狼自己也不完全明白个中原因,只觉得现在根本就不是狼与狼之间你死我活的时候,草原突然变了,有许多外来的人在纵马奔驰,有许多外来的藏獒在飞扬跋扈,藏巴拉索罗神宫前藏獒的擂台厮杀正在进行,专门咬杀藏獒的地狱食肉魔又出现了。那些在夏天分散开去的小股狼群和家族狼群,纷纷跑来向它传递了所见所闻以及它们的惊悚不安,作为头狼它所采取的办法就是谨慎而迅速地把四面八方的狼召集到一起,就像到了冬天,就像面对一场生死未卜的决战或者规模宏大的围猎那样。以红额斑头狼的经验,它知道藏獒与藏獒的打斗反映出来的一定是人与人的矛盾,而人与人的矛盾直接关系到草原的变化。人性变了,獒性也变了,草原会不会遭遇危机?狼群会不会遭遇危机?先天的警惕、草原赋予的神经、遗传的敏感、对自身存亡的担忧,让红额斑头狼和它的同伴甚至比草原深处的牧民更多地感觉到了一个非常时期的到来,它们当然永远都不会有经历"文化大革命"的想法,但却和人一样无法回避地被这场"革命"拖带着,看到了也做出了许多匪夷所思的事情。它以一匹历经磨难的老头狼的沉稳提醒自己，一定要克制，要忍让，在藏獒之间的自相残杀已经失去分寸时，狼群之间的互相挤对却不能疯狂。让它们走，只要它们不在野驴河流域滋生是非，就应该保证黑命主狼王的健全和白兰狼群的一个不死。

黑命主狼王咆哮着，蹚开一条路子，首先跑出了包围圈，又在圈外焦急地嗥叫起来。白兰狼群朝着狼王簇拥而去，它们没有不受伤的，但逃跑的四肢却都还健全如旧。草原上腾起了一股亡命的尘烟。红额斑头狼带着狼群追了过去，追上一座草冈，停下来集体嗥叫，警告白兰狼群：滚回老家去，野驴河流域不是你们耀武扬威的地方。但是红额斑头狼立刻意识到，警告没有起到作用，尘烟不再腾起，说明白兰狼群停下了。它们停下来干什么？抱了等着瞧的态度，继续窥伺这边的动静？红额斑头狼回过头去，观察了一下藏獒对藏獒的咬杀场面，命令狼群停止嗥叫，然后带着狼群跑向下风的地方，以诡谲的姿影，悄悄地走了过去。

索朗旺堆生产队的地界里，循着刺鼻的獒臊味儿，跑来阻击劲敌、表现威武的八只看家藏獒没有料到，仅仅一眨眼的功夫，就有两只从来没有在野兽面前、在外来的藏獒面前失败过的伙伴，倒在了地上。死亡发生得既突然又容易，好像一出场一扑咬，接着就是死，速度快得连负伤流血的痛苦也省略了。第三个出场的是一只蓝眼睛的铁包金公獒，它显然有着让地狱食肉魔始料未及的速度，只听唰的一声，就已经把两只前爪搭在了对方脖子上，但是它没有来得及下口，就被对方浑身一抖，抖翻在了地上，赶紧站起来，却只是为了把喉咙送到飞来的牙刀之下。一种近乎荒诞的力量——既是打击之力，又是吸纳之力，牢牢地固定住了它的位置和姿势，它只能带着这种姿势死去，而不能有任何反抗或者躲闪的举动。接着出场的是一只黑獒，形体并不宏伟，却有一种山呼海啸的气势，第一次扑咬就让地狱食肉魔后退了好几步。但是对这只黑獒来说，第一次扑咬也是最后一次扑咬，地狱食肉魔的后退不过是为了让肌肉积攒出更多的力量，让它死得更利索一点。后退并没有停止，地狱食肉魔就开始了进攻，而开始就是结束，只扑了一下，咬了一口，黑獒就躺下了，血从喉咙里滋了出来，观战的藏獒都没看清楚地狱食肉魔是如何进攻的，同伴就已经四肢抽搐着死去了。

下来的打斗都是同样的结果，死了，死了，已经有七只看家藏獒莫名其妙地死去了。草地上横尸一片，红色一片，鲜血流进了鼢鼠的洞穴，汩汩地响。

第八只藏獒是索朗旺堆生产队看家藏獒中的首领，首领哭了，它不顾随时都会被地狱食肉魔扑过来咬死的危险，走到每一个死去的同伴跟前，呜呜呜地凭吊着，眼泪唰啦啦流在了每一个同伴身上，流了许多眼泪才把仇大恨深的目光扫向了地狱食肉魔。它知道自己也难免一死，就丝毫不讲技巧地扑了过去，居然一下子咬住了对方的肩膀。但让它大吃一惊的是，它的咬合失去了作用，就像啃咬坚硬的树根，牙齿怎么也攮不到里头去。啊，这是什么？是皮肉吗？它从来没见过藏獒有这么厚这么硬的皮肉。这个疑问刚一出来，它自己的皮肉就首先开裂了。地狱食肉魔的牙齿这次差了一点，没有咬到它的喉咙上，而是咬在了后颈上，它不得不再咬一口，咬深咬大了伤口，咬出了一根人指粗的大血管。大血管没有马上破裂，直到地狱食肉魔退后而去，看家藏獒的首领不甘心地扑了一下后，脖子上才发出一声嗡响，仿佛一根琴弦砰然断裂，一股血柱悲愤地滋向了天空。

　　就像红额斑头狼想到的，白兰狼群并没有听从对方的警告回到白兰草原去，回去就没面子了，不是整个狼群没面子，而是黑命主狼王没面子。但是黑命主狼王又不敢继续和红额斑狼群做对，那样的结果一定是再丢面子。再丢面子就完了，狼群就该怀疑它的领导能力，就该有潜在的野心家出来聚众造反了。

　　黑命主狼王带着狼群停留了一会儿，然后来到一座高冈上，四下里眺望着，望到了几顶草浪中漂流的帐房，听到了几声藏獒的叫声，一个报复红额斑狼群的主意便悄然而生。主意很简单也很实用，就是嫁祸于人：去有人家的地方偷袭畜群，能咬死多少就咬死多少，然后一走了之。人是很愚蠢的，一般分不清是哪些狼咬死了牛羊，他们打狼的时候总是见狼就打，而在野驴河流域的这个地方，他们见到的只能是红额斑头狼的狼群。主意已定，黑命主狼王留下一匹狼放哨，自己带着狼群沉匿到草沟草壑里去了。它们必须等待，等待藏獒对藏獒的咬杀结束，等待红额斑狼群吃掉所有死去的藏獒，然后再去骚扰牧民的牛群羊群，那就是战无不胜了。

　　等待中，白兰狼群的哨兵看到：勒格红卫带着地狱食肉魔急急忙忙朝东而去；接着又看到红额斑狼群追寻着地狱食肉魔奔驰而去。哨兵把消息传递给了高冈下面的黑命主狼王。黑命主狼王立刻带领狼群奔向了索朗旺堆生产队。索朗旺堆生产队刚刚失去了八只看家大藏獒，没有什么能够威胁和阻挡狼群的撕咬，帐房周围的牲畜遭到了空前残酷的洗劫，一百多只羊瞬间死亡。

牧民们惊呼着："狼，狼。"但他们并不知道，这是白兰狼群，而不是经常出现在他们视野中的红额斑狼群。一场痛快到无法形容的洗劫之后，白兰狼群飞身而去。它们跑向了勒格红卫和地狱食肉魔前去的地方，跑向了红额斑狼群前去的地方。黑命主狼王准确地估计到：前面还有痛快的洗劫等待着它们，不是一次，而是多次。

草原上出现了三股互相敌对的力量朝着同一个方向运动的情形。最前面是勒格红卫带着地狱食肉魔，见牧家就去，见藏獒就咬，一路风卷残云。接着是红额斑狼群的靠近，它们潮水一般涌荡过去，当着伤心痛哭的牧家的面，把死去的藏獒吞食一净，然后又去快速追踪地狱食肉魔。下来又是白兰狼群的到来，它们知道这里已经没有了藏獒，胆子大得就像回到了自己家里，肆无忌惮地冲向羊群和牛群，不吃光咬，咬死拉倒，血色的洗劫染红了草原，也染红了它们自己。就在白兰狼群的洗劫高潮迭起时，三股力量朝着一个方向的运动突然停止了，那是因为勒格红卫带着地狱食肉魔走向了碉房山上的西结古寺。

西结古寺里，腥风吹来，血雨淋头，地狱食肉魔面对十六只寺院狗的打斗突然爆发了。红额斑头狼没有带着狼群跟到西结古寺，尽管它明白地狱食肉魔前去的目的仍然是咬死藏獒，但对狼群来说，碉房山是绝对不能上的，不光是因为它们从来没有上去过，更主要的是它们和人类一样，从灵魂深处接受着西结古寺的神圣和庄严并随时敬畏着它。不能走上碉房山并不意味着就此离开。红额斑头狼知道这里并不是勒格红卫和地狱食肉魔的终点，它们一定还会下来，一定还会满草原转悠着寻找藏獒，咬死藏獒，而狼素有捡拾便宜，坐收渔翁之利的习性，这样的机会决不可能放弃。更重要的是，红额斑头狼带着狼群跟了一路，还是不明白究竟为什么会出现藏獒咬杀藏獒的事情，它想知道原因，也想知道结果，所以就决定继续跟下去，一直跟下去。

红额斑头狼回头看了看远处，远处什么也没有，除了地平线的起伏和寂静。但是它知道寂静包藏着挑衅和侵犯，白兰狼群就在地平线的那边，它们始终跟在后面，又没有能力和对手争抢死去的藏獒，不知道想要干什么。要不要再来一次冲锋、一次警告？撵走它们最好，撵不走它们也算是一次提醒：不要以为红额斑狼群只能咬伤你们，只要我们发狠，想让你们死多少，你们就得死多少。红额斑头狼这么想着，带着狼群冲了过去。

一眨眼的功夫，白兰狼群便成了一个狼狈逃跑的集体。红额斑狼群以数倍于对方的实力，很快把追撵演绎成了杀伐，这次可不仅仅是给对方留下了伤痕，而是让对方留下了尸体。当三具狼尸成为侵入他人领地受到惩罚后又图谋报复的代价时，白兰狼群的逃跑就变成了抱头鼠窜。但红额斑头狼仍然是克制的，它们只咬死了三匹白兰狼，然后就不咬了，也不追了，停下来嗥叫着，仿佛是说：以此为戒，赶快离开，不要再在我们的领地上捣乱了。

黑命主狼王知道红额斑狼群已经不追了，但它还是在跑，不过是小跑，对狼来说，小跑是思考问题的最佳时机。它思考的问题当然还是如何再行报复，死了三个同伴，不报复是不可能的，就算狼群仍然拥戴它，它自己也无脸继续在首领的位置上待下去。还是老办法：嫁祸于红额斑狼群，借刀杀人。它停在了一座草冈上，看到自己的部众一个个也都停了下来，知道它们还是服从自己的，心里稍感安慰，打眼一瞭，便看到了遥遥在望的寄宿学校，同时也随风闻到了一股藏獒浓烈的气息。

黑命主狼王警惕地眺望着，看到寄宿学校帐房前的草地上跑动着几个小小的人影，那是孩子，是对狼群没有任何威胁的孩子。它张了张嘴，轻轻嗥叫了一声：啊，孩子。它知道人和狼一样，最最宝贵的就是孩子，咬死一个孩子，比咬死一千只羊更能引起人对狼的憎恨。憎恨会变成子弹和剿杀，红额斑狼群就要完蛋了。黑命主狼王想着，不禁呵呵笑起来。

3

心急火燎的父亲到了跟前才知道，新来到藏巴拉索罗神宫前的，是东结古草原的骑手和领地狗群。不用说他们跟上阿妈的人和藏獒抱了同样的目的：争抢麦书记和藏巴拉索罗。这么多的外来人和外来狗，冈日森格有什么办法？西结古的领地狗群有什么办法？等待它们的，除了伤残，伤残，不停地伤残，再就是死亡，死亡，不停地死亡。父亲拉着大黑马走到了三军对垒的中间、那片三十米见方的打斗场边缘，看到两只黑獒正在撕咬，那只被身后的人群用喊声鼓励着的，显然是东结古的领地狗，另一只是西结古的领地狗两年龄的黑獒当周。

两只黑獒已经厮打了好一会儿，双方的嘴上、腰上都有血迹，比较起来，当周的伤痕重一些、血迹多一些。父亲怜悯地看着两只你来我往、撕咬不休的黑獒，重重地叹口气，喊道："打什么呀，打什么呀，你们之间有什么仇，都是人惹的祸。"话没说完，当周就又被咬了一口，虽然是肩膀，但伤口很长，延伸到了腿上，行动立刻显得迟缓了。父亲心疼得"咝咝咝"吸着气，就像吆喝自己的孩子那样吆喝起来："当周你就认输吧，不要再打了，赶紧给我回来，都伤成这样了，还打什么。"当周听了，禁不住扭头张望。反应敏捷的东结古黑獒趁着这个机会扑了过来。当周赶紧又迎扑而上，在对方咬住自己的同时，也咬住了对方。一阵撕扯，马上又分开了。分开后的下一个回合，当周却没有来得及扑上去，也没有来得及躲开，被黑风暴一样的东结古黑獒一口咬住了脖子。父亲喊起来："行了，行了，不要再咬了，当周输了，东结古黑獒你赢了，你赢了还不行吗？不要再咬了，再咬就咬死啦。"东结古黑獒似乎听懂了父亲的话，撩起眼皮恶狠狠地瞅了父亲一眼，意思是它好不容易咬住了敌手的要害，凭什么要听一个陌生人的。它使劲摁住当周，一副不咬断大血管不罢休的样子。父亲又喊了几声，看喊不开东结古黑獒的利牙，丢开大黑马的缰绳跑了过去。

父亲违规了，在西结古的人和藏獒看来，他是要去掰开东结古黑獒的利牙，救当周一命的，但在东结古的人和藏獒看来，他跑过来是要帮着当周打斗的，他的插手会改变输赢的局面，直接威胁到东结古黑獒的安全。东结古黑獒毫不犹豫地丢开已经躺倒在地的当周，朝着父亲扑了过来。观战的西结古骑手和藏獒一阵惊呼。他们看到了父亲的危险，发现根本就没有时间扑过去解救，就只好一阵惊呼。只有一只藏獒没有惊呼，那就是冈日森格。它用行动代替了惊呼，或者说它的惊呼就是自己掀起的一阵狂风。

獒王冈日森格在父亲冲着打斗的双方喊出第一声的时候，就已经感觉到了父亲的危险。它了解自己的恩人，这个恩人往往会做出一些异乎寻常的举动，这些举动在人是难以理解的，在它是可以预知的。它走了过去，悄悄地守候在了父亲身边。而当父亲向着疯狂撕咬的两只黑獒跑去，东结古黑獒朝着父亲扑来时，冈日森格以它的本能、以它惯常的超越生命的姿态冲向了前方，年老的身影变幻出青春的速度，闪电般地超过父亲，向着东结古黑獒迎击而去。冈日森格没有龇出利牙，只是用自己虽然受伤却依然坚硬的额头撞翻了东结古黑獒，然后刹住脚步，横过身子来，用自己的伟硕挡住了父亲和被父亲扶起来的当周。东结古黑獒打着滚儿爬起来，只觉得眼冒金花，一片混乱，站立了好一会儿，才看清面前山挺着一只雪山狮子一样的金色藏獒，它还不知道对方就是西结古领地狗群的獒王，只觉得对方威仪超群、气派非凡，不可等闲视之，便"咣咣咣"地叫着，一再地想扑，又没敢扑过去。

父亲这时候已经意识到自己违背了规则，回过身去，朝着东结古骑手喊道：

"对不起了，我们输了，我们不是三个打一个，而是输了，当周输了，我输了，冈日森格也输了，藏巴拉索罗归你们啦，拿走吧，快拿走吧，不要再让藏獒们你死我活了。"父亲无意中把自己也当成了参与打斗的一只藏獒，诚恳地表示了歉意。东结古骑手的头颜帕嘉、一个在盘起的发辫中参杂着黑色牦牛尾巴和红缨穗的汉子说："你是谁？你说话算数吗？麦书记在哪里？藏巴拉索罗在哪里？"父亲无言以对，拉扯着当周和冈日森格回到了领地狗群里。

接着还是打斗。西结古领地狗中这次出场的是一只身量不大却显得十分狰狞的白腿公獒。父亲顾不上观看打斗，用大黑马驮着脖子上血流不止的当周，快步走向了寄宿学校。这之后，父亲又连续四趟驮回了四只受重伤的藏獒，两只是西结古的领地狗，两只是东结古的领地狗。父亲擦着满头的大汗说："秋加，你带同学们过来，给大格列说说话，给所有的藏獒说说话，说说话它们就不疼了。"秋加跑过来问道："外来的藏獒咬死了我们的藏獒，也给它们说说话吗？"父亲说："当然了，可恨的又不是藏獒。"秋加又问："给外来的藏獒说什么话？"父亲说："你就说，你们快快好起来，以后别打架啦，人的话有时候要听，有时候不能听，你们要分清好坏，天下藏獒一家亲，都是一个老祖宗，光会打架、六亲不认的不是好藏獒。就这些，说吧。"秋加又问："它们不听人的话，听谁的话？"父亲说："你啰嗦，我也不知道听谁的话，就听它们自己的话。"

父亲走向大黑马，喊了一声："美旺雄怒，快跟我走。"赭石一样通体焰火的美旺雄怒在前面带出了一条没有旱獭洞、鼠兔窝的路，浑身是汗的大黑马驮着父亲快步走着，涉过野驴河，走向了碉房山。父亲想，麦书记失踪了，只能让丹增活佛出面了，我就是绑也要把丹增活佛绑到藏巴拉索罗神宫前，让他对那些带着藏獒来西结古草原寻找麦书记、争抢藏巴拉索罗的骑手说：你们如果还要让你们的藏獒咬下去，那就先咬死我。父亲觉得只要丹增活佛把话说到这份上，打斗自然就会停息。大不了把藏巴拉索罗拿出来送给人家。藏巴拉索罗再重要，能有藏獒们的性命重要？

碉房山漫不经心地靠近着父亲。父亲感觉大黑马走得越来越慢，就跳下马，牵着它走去，刚走到碉房山下，看到一直在前面引路的美旺雄怒停下来，朝着山上的空气忽忽地嗅着，突然转身朝自己跑来，边跑边叫，动作紧张，情绪激动，好像要告诉父亲什么。父亲用一只手拨拉着美旺雄怒的头毛，问道："怎么了，怎么了？"美旺雄怒一跃而起，把湿漉漉的舌头舔在了父亲脸上，腾地落到地上，朝前一扑，又戛然停住，朝着父亲身后的原野狂吼乱叫起来。

父亲转过身去，抬头眺望，什么也没有看到。而美旺雄怒却狂奔而去，好像威胁就在前面，为了父亲的安全，它要去战斗了。但是它并没有跑远，很快又回来，狂躁不安地转着圈，似乎不知道往哪里走了。

父亲一阵紧张，他从来没见过美旺雄怒这样，一定是发现了重大敌情，预感到了风暴一样震撼心灵的事儿。而现在的西结古草原，最重大的敌情、最能震撼心灵的事儿，不就是来了勒格和一只地狱食肉魔一般的藏獒吗？那是一片厚重如山的恐怖之气，是极端的嗜血夺命营造出来的地狱氛围，它能让美旺雄怒如此手足无措，也会让西结古草原所有的藏獒手足无措。父亲打着冷战，拉紧了马，赶快朝碉房山上走去。火焰红的美旺雄怒咆哮着，在他的后面保护着他，突然又跑到了前面，冲着山顶上的西结古寺"呜呜呜"地叫，再"嗷嗷嗷"地叫，又"咦咦咦"地叫。是哭声，父亲听明白了，美旺雄怒发出的是藏獒在极端震惊之后大悲大恸的哭声。父亲停下脚步，仰望着西结古寺，脑子里轰的一下，差一点跌倒在地。

勒格红卫带着地狱食肉魔一走上碉房山，十六只伟岸的寺院狗就严阵以待地出现在了半山腰。它们的身后，五百米之外，是巍峨的嘛呢石经墙，这是西结古草原最古老的石经墙，是西结古寺用真言堆积起来的吉祥照壁。勒格红卫丢开马缰绳，跪在地上，朝嘛呢石经墙磕了一个头，然后站起来，拍了拍地狱食肉魔，厉声说："一击毙命，一击毙命。"显然地狱食肉魔不止一次地听到过这样的命令，摇了摇尾巴，表示明白了。十六只寺院狗"轰轰轰"地吼叫着，警告地狱食肉魔不要靠近，靠近是危险的。地狱食肉魔眼睛眯眯笑着，鼻翼上挂着和善与慈祥，就像老牛拉犁一样，低伏着脖子，"呼哧呼哧"点着头，走到了离寺院狗只有三米远的地方，也还是"呼哧呼哧"点着头。

寺院狗们不认为它这是来进攻的，都还昂扬起身姿继续着警告：回去，回去，快回去。地狱食肉魔眼珠子转了一下，似乎把面前所有蠕动的喉咙都瞄了一遍，然后哗地睁大眼睛，身子一侧，选择一条偏斜的路线，扑了过去。十六只寺院狗凹凹凸凸站成一排，离地狱食肉魔最近的是中间那只藏獒，而地狱食肉魔却把首扑的目标定在了离它最远的那只四眼藏獒上。四眼藏獒伸长脖子看着中间，心说打还是不打？打也轮不着它。它和大家都明白，打斗的时候，没有谁会在乎最远的目标。但是地狱食肉魔就在大家的常识之外开始了进攻，只见一道黑电闪耀，"啪嚓"一声响，骨头断裂了，是喉咙上脆骨的断裂，四眼藏獒并没有感觉到疼痛，就倒在了地上。它迅速站起，眨巴了几下眼睛,才意识到自己受到了攻击,跳起来就要扑过去,却只是做出了一个扑咬的样子,接着就趴下了,趴下后再也没有起来,自己的血很快淹没了自己的生命。一击毙命。

立马就是血雨腥风了,嘛呢石经墙前,所有的寺院狗都停止了吼叫,当警告和震慑已经失去意义,剩下的就是默默打斗,伟大的藏獒都是要默默打斗。地狱食肉魔又扑向了离四眼藏獒最近的那只老黑獒。老黑獒仍然没有准备,它正在吃惊地关注着四眼藏獒的生死,地狱食肉魔便扑向了它的喉咙。喉咙就像从里面爆炸了一样,砰的一声,直接开裂出了一个喷血的黑洞。老黑獒惨叫着,却没有发出声音来,声音全部从声带下面溜到体外去了。接着就是倒地死亡,老黑獒死亡时,被它刚刚关注过的同伴四眼藏獒还没有咽气呢。一击毙命。

地狱食肉魔几乎没有停顿,就开始了第三次扑咬。这一次它本该扑向离它最近的死者老黑獒身边的那只枣红藏獒,但是它没有,它从排成一排的寺院狗这头,跑向了那头,速度之快让对手很难反应它要干什么。也许它是去撕咬那一头的藏獒的,但到了那一头它又转身跑了回去。现在它离枣红藏獒仍然最近,枣红藏獒却没有任何准备。枣红藏獒也许是这样想的:对方攻击的目标如果是自己,刚才就已经攻击了,为什么还要跑开去呢?对一只藏獒,这样的判断绝对正常,但危险就在它判断正常的时候发生了。地狱食肉魔没有预兆的扑咬倏忽而至,牙刀挑断喉管的速度快得都来不及紧张和悲哀。枣红藏獒愣了一下,然后就一直愣了下去,直到它訇然倒地。也是一击毙命。

三只藏獒已经死去,不能再让地狱食肉魔主动进攻了。一只铁包金藏獒首先想到了这一点,四腿一扬,扑了过去。地狱食肉魔迎扑而上,不躲不闪,直刺喉咙。藏獒们都知道,这样的对抗全凭领先,只要你首先咬住对方的喉咙,对方的牙齿就不可能再咬住你的喉咙。结果是,仅仅百分之一秒的时间差,地狱食肉魔把牙齿抢先插进了对方的喉咙,精准到无与伦比,仿佛它的肌肉和大脑是一种完全服务于打斗的组合,只要产生一个扑咬的念头,浑身的肌肉就会自动调节出万无一失的力量和速度。还是一击毙命。

扑咬继续着,又是几个一击毙命之后,寺院狗中身量最大的一只金獒扑向了地狱食肉魔。金獒是寺院狗里的头,无论力量还是技巧,都是其他寺院狗不能比拟的。它的扑咬很特别,朝左一下,朝右一下,再朝左一下,朝右一下,扭来扭去地接近着对手,速度之快,让人眼花缭乱。突然它不扭了,在一米远的地方直扑过去,又退回来,然后一跃而起,跳到了地狱食肉魔后面,转身再一跃而起，跳到了对手前面，爪子似乎没有沾地，便扑向了对手左边，扑向了对手后边，扑向了对手右边，扑向了对手前边。在整个华丽而迷乱的撕咬前的表演中，地狱食肉魔始终没有一点急躁和好奇的表示，甚至连眼珠子都没有滑动一下。它扬起脖子，亮出了喉咙，似乎是说：来啊，你不就看中了我的喉咙吗，用不着这么费劲，来啊。金獒扑过去了，在它认为对手已经无法猜测它从哪个角度进攻的时候，如同利箭出弓，直走目标。

让金獒遗憾的是，对手的反应超过了它的想象，它一进攻，对手也开始进攻，它是直线进攻，对手是弧线进攻，弧线进攻既是进攻也是躲避。在相同的距离中，要使弧线赶在直线前面，速度和力量必须超过对手许多。地狱食肉魔是自信的，这样的自信让它对一切花里胡哨的迷惑根本就不屑一顾。既然它不屑一顾，迷惑实际上就不存在了。它只等待对手的扑咬，对手的扑咬就等于自己的扑咬，也等于对手的死亡。仍然是一击毙命。

进攻，进攻，地狱食肉魔已经停不下来了，转眼就剩下了最后一只寺院狗。这是一只棕红色的藏獒。它已经不想打斗了，它哭着，走向每一个猝然死去的同伴，把眼泪滴落在它们的眼睛上。它希望不管是睁着的眼睛，还是闭着的眼睛，都是跟它一起流泪的眼睛。地狱食肉魔似乎想留下最后一只寺院狗的性命，滴沥着嘴里的血水，肌肉松弛地坐了下来。勒格红卫疾步过去，狠踢了棕红色藏獒一脚，恶毒地说："你怎么还没死？你到底死不死？"好像死是寺院狗们愿意的，好像它们只有死，必须死。棕红色藏獒理解了勒格红卫的嘲弄，转身就咬。它没想到这是勒格红卫的计谋，是对地狱食肉魔残酷杀性的进一步引诱。不想再行咬杀的地狱食肉魔只好扑过去，它是为了保护主人才扑过去的。这是最后的一击毙命。真是夺命如风，逝者如尘，杀戮者和赴死者赛跑似的来到了同一层面上，撞开了同一扇既痛又快的命运之门。

十六只龙啸虎吟的寺院狗就这样被地狱食肉魔咬死了，它们死得茫然、无奈、迅速、勇敢而悲壮，就像络绎不绝地跳进了黑暗的深渊，伟岸壮丽的生命转眼之间烟消云散了。勒格红卫再次跪下来，朝五百米之外的嘛呢石经墙磕了一个头，大声祷祝着："吉祥天母、威武秘密主、怖畏金刚、大遍入法门神圣的本尊神，请继续把勇敢无畏和一击毙命的好运赐给我和我的藏獒，我们的胜利就是你们的胜利。"地狱食肉魔声音壮猛地吼起来，像是对西结古寺的告别。勒格红卫牵上自己的马，下了碉房山，沿着野驴河，朝开阔的下游草场走去。那儿是牛羊的天堂，有不少看家的和放牧的藏獒，咬死它们，野驴河流域就没有多少家养的藏獒了，然后再去专注地收拾冈日森格和它的

505

领地狗群。

在美旺雄怒大悲大恸的哭声引导下,父亲来到了西结古寺,寺里一片沉寂,没有狗叫,没有人声,甚至也没有风的脚步声,没有金刚铃的清响,连经声咒语都消失了,佛尊们默默地哭着,喇嘛们默默地哭着,一串串酥油灯就像一串串晶莹的眼泪,哀痛地闪烁着。谁说西结古寺里都是些淡漠于俗情、超脱于生死的人和神,死亡发生的时候,他们照样会悲伤。父亲说:"怎么会这样呢?都死了,都死了,十六只寺院狗都被地狱食肉魔咬死了。"说着号啕大哭。铁棒喇嘛藏扎西说:"汉扎西你不要悲伤,它们是走向了来世,来世都是好日子。"他安慰着父亲,自己却悲伤难抑地转过脸去,揩了一把水淋淋的眼睛。

父亲说:"真是太惨了,比白兰草原的桑杰康珠家还要惨。"他拍了拍美旺雄怒的头,"走吧,我们去找丹增活佛。佛门越忍,世界越乱,都到这种时候了,他为什么还不出面?"说罢,朝着双身佛雅布尤姆殿走去,他知道雅布尤姆殿是丹增活佛最喜欢待的地方。藏扎西跟过来,小声告诉父亲:"你见不到丹增活佛,他躲起来了。"父亲问躲到哪里去了,藏扎西不说。父亲想,还能躲到哪里,不就是昂拉雪山里的密灵谷密灵洞吗?

天正在放亮,好像首先是从打斗场亮起来的,朦胧中对峙的双方、休息了一夜的人和狗的眼睛,首先看到的,是躺在地上的五只藏獒,三只是东结古的,两只是西结古的,都死了。它们本来都没有死,只是被对方咬成了重伤,不能回到自己的领地狗群里去。但一夜没有人为它们止血,血就流尽了。死亡让黎明的到来和消失都加快了速度,人影和狗影、狰狞和残酷、藏巴拉索罗神宫和藏匿不出的麦书记的诱惑,一切都清晰起来,气氛立刻紧张了。

獒王冈日森格站在两只死去的西结古藏獒前,闭着眼睛,为的是不让泪水流出来。又死了两个,这么快就又死了两个,哭都来不及了,藏獒的生命怎么这样脆弱、这样无恒?它控制不住地伤感着,再一次意识到自己老了。藏獒一老就特别容易伤感,这伤感是祖先传给它的,也是人传给它的。人传给藏獒以后人就忘了伤感,而藏獒却越来越浓烈地伤感着,把储存在体内的所有液体变成眼泪然后酸楚而苦涩地伤感着。

散散乱乱的上阿妈骑手和领地狗群朝一起聚拢着,一夜的平静之后,他们又显得精神抖擞了。新的獒王已经产生,尽管是上阿妈骑手的头巴俄秋珠指定的,并没有得到领地狗群的共同认可,但毕竟已不再是群龙无首,斗志又像刚来时那样强硬旺盛了。新的獒王是一只身似铁塔的灰獒，有一对玉蓝色的眼睛，名字叫恩宝丹真，就是蓝色明王的意思。东结古领地狗一个个都是剑拔弩张的样子，它们的獒王大金獒昭戈望着打斗场上死去的三只东结古藏獒，悲愤地炸起浑身的獒毛，从胸腔里发出阵阵呼噜声。如果不是丹增活佛和父亲出现在地平线上，打斗已经开始了。

4

多吉来吧看到了一匹草原马，那马拴在一百多米外一根竖起的木头上，木头后边是一座两层的大房子，有高高的台阶和华丽的门窗，那些门窗多像西结古草原石头碉房上的门窗啊。多吉来吧知道，马拴在木头上就意味着房子里有人，人一出来马就会走，走到哪里它就应该跟到哪里。它张望着草原马，过了很长时间才看到有人从大房子里走出来，站到了草原马身边。它惊呆了，没想到马的主人是个戴着高筒毡帽、穿着紫褐色氆氇袍、一脸黝黑的藏民。它喜出望外地叫了几声，好像是给人家打招呼。那藏民听到叫声，立刻意识到是一只藏獒，"哦"了一声，回过头来看着它。多吉来吧跑了过去，眼睛里流露着湿汪汪的激动，终于见到藏民了，尽管不是西结古草原的藏民，但它本能地意识到自己正在靠近，那已经离开一年的，那在万般思念中想要回去的。遥远的仿佛已经不再遥远了。

多吉来吧远远地看到藏民牵着马穿过田野，走进了一个小村庄，想跟过去，听到村庄里传来狗叫的声音，就停了下来。藏獒是懂规矩的，不侵入人家的领地是基本的守则，尽管听了叫声就知道村庄里的几只狗根本不是它的对手。它卧在一棵矮小的树下，舒展身子休息起来，休息够了，就在田野里找吃的。它意外地捉到了一只黄鼬，吞食完了，又在下风处堵截住了一只兔子，又是一番饕餮，然后就睡了。

第二天太阳还没出来，藏民就骑着草原马走出了小村庄。多吉来吧跟了过去，越跟越近。藏民吃惊地发现，那只他在小镇上见过的藏獒突然出现了。"你好啊，我叫巴桑，你叫什么？"藏民高兴地用藏语跟它说。它一听就懂了：这是跟它打招呼。它张嘴吐着舌头，声音柔和地呼应着，又靠近了一些，老朋友似的仰头望着藏民巴桑。巴桑摸出一块酥油丢给了它，它知道这是见面礼，闻了闻，舌头一伸卷进了嘴里。

多吉来吧一直跟着巴桑和草原马，走过了一片片田野和一座座村庄，好像田野和村庄是永远走不完的。它经常会把疑虑深深的眼光投向巴桑和草原马，那深深的疑虑是：你们真的是在走向草原吗？走向青果阿妈草原、走向西结古草原吗？巴桑知道它在问话，却不知道它在问什么，一脸不解地摇着头。草原马开始也不知道，后来知道了，毕竟是动物，动物和动物之间总有一些神秘的联系，马语和獒语不是同一种语言，但一定是很近似的语言，多吉来吧用眼神五次三番地问过以后，草原马终于开始回答了：它在巴桑下马休息的时候，扬起四蹄，跑出去五十米又跑了回来，步幅是夸大的，身体是前冲的，姿势是潇洒的，跑出了一股蹄风，又带出了一股身风，还有一个动作，那就是不时地朝着两边扭一扭，却并不失去眼睛瞄准的直线。多吉来吧看懂了，那是只有在平阔的草原上才会有的跑姿，为了躲开随时都会出现的鼢鼠洞和旱獭洞，草原马养成了不时地朝着两边扭一扭的习惯。草原，草原——草原马用自己的身形语言，千真万确地告诉多吉来吧，它们前去的就是草原，那儿是草原马肆意驰骋的故乡。多吉来吧很激动，在它的感觉里，西结古草原是世界上所有草原的心脏，只要进入草原马的故乡，它就有本事找到草原的心脏。

　　但是在接下来的行程里，草原似乎越来越渺茫了。明显的感觉是，他们正在往越来越热的低处走，而不是往越来越冷的高处走。多吉来吧一路走一路想，怎么想都觉得草原应该在高处，记忆深处的草原，云彩是低的，星星是大的，空气是稀薄的，气候是寒凉的，而它作为野性自然的一部分，比人更知道眼下逐渐干燥炎热的气候意味着什么。尤其纳闷的是，它已经感觉不到诡异人臊的存在，预想中的危难以及寄宿学校的狼灾也好像被干燥蒸发，只有思念越来越浓烈地囤积着：主人、妻子、草原，你们在哪里啊，主人、妻子、草原。

　　多吉来吧再次把疑虑深深的眼光投向巴桑和草原马，不懈地追问着他们：我们真的是在走向草原吗？怎么绿色越来越少了，气温越来越热了，氧气越来越多了？这次巴桑明白了，和藏獒一对视他就明白对方在问什么，赶紧转过头去，似乎不敢面对它疑虑深深的逼问，片刻，他又假装没事儿似的唱起了歌。而草原马的反应却跟多吉来吧一样也是充满疑虑的：怎么回事儿啊，气候这么干燥，这么炎热。马语和獒语之间的交流让马和多吉来吧都有了停下来不走的举动。但马是身不由己的，它只停了一下，马背上的主人就奇怪得又是夹腿，又是吆喝。马又开始行走，留下多吉来吧眯着眼睛发呆。巴桑看到多吉来吧停了下来，就回头喊道："嗳，藏獒你走啊。"多吉来吧不听巴桑的。巴桑又喊道："你要去哪里我知道，快跟着我来吧。"多吉来吧没听懂他的话，只是觉得自己退回去比跟着巴桑往前走还要迷茫无措，就又迈开了步子。

这一天的行程里，渐渐没有了田野和村庄，没有了夏季的绿色，临近黄昏的时候，荒漠出现了。多吉来吧非常不安，它从小就以绿色为伴，没见过这种一望无际的荒漠景观，觉得既然这里没有草，那就是离草原越来越远了。它再次停下来，想原路返回，巴桑却对它一再地招手说："到了，明天就要到了。"多吉来吧听懂了巴桑的话，强迫自己又跟着他走了一天，才明白巴桑说的不是草原到了，而是一个有人烟有房屋偶尔也有几棵树的地方到了。

这是一个被称作苏毗城的古城所在地，城墙的遗址是若断似连的，楼门却高挺完整。城里城外堆积着一些石头或土坯砌成的房子。巴桑来到一座木门敞开的石头房子前，把马拴在石头的拴马桩上，自己走到房子里面去了。多吉来吧凑过去，卧在了草原马的腿边，四下里打量着。它极其不喜欢这个地方，但是它还想等一等，等过了今夜再说，明天要是还往荒漠里走，它就坚决不走。很快巴桑从房子里走了出来，跟他一起出来的还有两个人，那两个人一见多吉来吧就惊叫起来。一个胖子说："真的没见过这么大的狗，你说它是藏獒？藏獒是不是狗？黑狮子吧？"巴桑得意地笑了笑说："那你就得出狮子的价钱了。"一个瘦子说："我们要的可是能把狼群撵跑的狗。"巴桑说："撵跑？它可不会撵跑，它只会把狼咬死吃掉。"胖子说："五十就五十，你把它拴起来吧。"巴桑说："拴起来怎么成？我从小就没拴过它，再粗的铁链子也拴不住。"胖子说："那它跑了怎么办？"巴桑说："藏獒什么都不知道，就知道报恩，只要你喂它，打死它也不跑。"瘦子进房拿了一块熟羊肉出来，丢给了多吉来吧。多吉来吧警觉地站起来，看都没看熟羊肉一眼，只是目光如剑地望着两个陌生人。胖子说："看，它不吃，就是不打算报恩了。"巴桑说："有空房子吗？圈起来它就吃了。"瘦子和胖子对视了一下，一起走过去，打开了旁边一间土坯房的门，然后迅速躲开了。

巴桑站到土坯房的门里头，朝着多吉来吧划拉着手说："过来，过来。"多吉来吧不理他，它为什么要听他的？他又不是它的主人。巴桑想了想，对瘦子和胖子说："它是要守着马的，你看它责任心多强。"说罢从拴马桩上解开马缰绳，把马拉进了土坯房，然后又一次划拉着手说："过来，过来。"多吉来吧不看巴桑，看着马，它研究着草原马眼睛里的内容，犹犹豫豫地站了起来。它对巴桑心存疑虑,但对草原马是放心的,它一路跟着草原马,草原马没少用眼神用马语关照它,就像现在这样,意味深长、慈祥和蔼地看着它,仿佛说:来啊,来啊,跟我来啊。多吉来吧跟过去走进了土坯房,在这个异陌的地方,它唯一熟悉的就是这匹马和巴桑,它只能和他们呆在一起,不管在外面还是在房子里。

巴桑快步走出了土坯房,想把马拉出来,却被跳过去的胖子一把夺过缰绳,拦腰抱住了他。瘦子嗖地蹿到门口,哗啦一声从外面关紧扣死了门。巴桑立刻意识到他们想干什么,大声喊着:"土匪,你们是土匪。"瘦子说:"你这个盗狗贼,一看就知道这狗是你偷来的,说,偷谁的?"巴桑不说,和胖子摔起交来。胖子浑身是肉,但都是重量而不是力量,巴桑一使劲,他就咣当一声倒在了地上,这声音表明他的头磕在了地上,他"哎哟哎哟"地叫起来。瘦子叉着腰,也不上前帮忙,只是喊叫着:"打贼,打贼。"从木门敞开着的石头房子里顿时出来了十几个人,不问青红皂白,扑过去就打。巴桑转身就跑,被一个眼疾手快的人一把撕住了氆氇袍。胖子爬起来,喊叫着:"打死他,打死这个盗狗贼。"

土坯房里,多吉来吧和草原马几乎同时感觉到危险已经降临。不同的是,草原马尽管和巴桑厮守了好几年,但它的天性里没有奋勇当先的因子,它感觉到的危险是自己的危险;而多吉来吧这时候想到的全然不是自己,虽然它跟巴桑既无感情,也无互相保护的义务,就是一起走了几天路,但在它的意识里,只要是熟人,只要跟它有一点关系,就都应该由它来保护。它在草原马惊慌失措的嘶鸣中跳了起来,扑向了木板门,用爪子抓了一下,又用头顶了一下,知道木板是很厚的,抓不烂,也顶不开,就又扑向了墙壁。

墙壁是土坯的,多吉来吧试着用前爪捣了一下,就知道它没有水泥和石板的坚硬。它直立而起,轮起前爪,又是捣,又是刨,墙泥和土坯哗啦啦地掉落着,就像遇到了铁杵的刨挖。它想起在它很小的时候,在党项大雪山的山麓原野上,在送鬼人达赤把它圈在壕沟里的一年中,它就是用前爪天天掏挖着沟壁,因为它觉得高高的沟壁就是两堵墙,掏着掏着就能掏出墙洞,掏出一个自由的天地。它坚持不懈地掏出了许多个大洞,把两只前爪磨砺成了两根无与伦比的钢钎,随便一伸,就能在石壁上打出一个深深的坑窝。而现在它面对的只是土坯,虽然年纪大了,力量不如从前了,但钢钎并没有变糟变钝,尤其是当墙外传来阵阵巴桑挨打的惨叫时,它的掏挖就越来越有效了。很快就是一线光明的出现,接着就变成了洞,先是小洞,后是大洞,最后洞不见了,也就是说,多吉来吧跳出来了。

十几个人还在殴打巴桑。巴桑滚翻在地,一声比一声惨烈地喊叫着。突然叫声变了,变成了正在使劲踢打巴桑的胖子的惨叫,又变成了也在使劲踢打巴桑的瘦子的惨叫。勇敢无畏的多吉来吧虎跳鹰拿,电闪雷鸣,扑向了这个,又扑向那个。来自经验的智慧在这个很容易失去控制的时候发挥了作用,让它用搏杀野兽的速度和技巧,一个不落地咬伤了所有参与殴打的人,而没有大开杀戒咬死一个人。它知道在人类的概念里咬死人是要偿命的,当然不是它偿命,而是巴桑偿命,它不想让巴桑偿命,就把因愤怒而狂烈、因仗义而凶猛的兽性收敛着,一再地收敛着。那些人带着伤痕吱哇乱叫着跑散了。巴桑爬起来,惊讶地看着咆哮不止的多吉来吧,又看看房墙上那个掏挖出来的大洞,一把抓住自己的头发,狠狠地揪了揪。多吉来吧停止咆哮望着他,以为他是在找帽子,就把滚到地上的高筒毡帽叼起来送了过去。巴桑接过毡帽,还是揪着头发:"后悔啊,我真是后悔啊,这么好的藏獒我怎么要卖给他们。"这时草原马把头伸出墙洞咴咴地叫着。巴桑一瘸一拐地过去,打开铁扣推开了门。草原马忽地冲出来,跑出去二十多米又跑回来,站在多吉来吧和巴桑之间,警惕地昂扬着头颅。巴桑抓起拖在地上的马缰绳,爬上马背,招呼着多吉来吧:"快走啊,快离开这个土匪窝。"

巴桑害怕那些人追上来报复,远远地离开苏毗城,走向了荒漠中的黑夜,直走到疲惫不堪的时候才停下来,休息了一会儿,又开始行走。巴桑突然觉得应该赶快回家了,本来前天他就能到达家乡草原,想把多吉来吧卖给需要狗的人自己赚一笔钱,就多绕了两天的路。现在他想把两天的路变成一天的路,就准备从荒漠的一角穿过去。几年前他曾经走过这条路,便捷不说,还能遇到一小片一小片的荒漠绿洲,马可以吃草,人可以喝水,最重要的是他能在荒漠和草原的衔接处看到马群,他是个在草原上人所不齿的盗马贼,他的生活就是把盗来的马卖给草原以外的汉人。他骑在马上,回头看看紧紧跟在马后面的多吉来吧,喟叹一声说:"我卖了你,你还要救我,我今生今世是不如你了,来世也不如你,来世你就是一个人,而我罪孽深重,很可能是一只狗,是汉地那些没人要的狗,我就是做狗也不如你啊。你看你多好,跟着谁谁就喜欢你。我要把你带到家乡去,让那些瞧不起我的牧民看看,我有藏獒啦。不过我没有牛羊没有帐房,养一只藏獒有什么用?我要把藏獒卖给牧民,三十只羊的价、七头牦牛的价,三匹好马的价,哈哈,我发财啦。藏獒你可不要离开我,我是个走南闯北的人,我知道只有青果阿妈草原和康巴草原才

511

生长着狮子一样的大藏獒,你是哪里的狮子藏獒?是青果阿妈草原的,还是康巴草原的?"

多吉来吧突然冲着巴桑叫了一声,打断了巴桑的唠叨。它不喜欢巴桑唠叨,巴桑的唠叨干扰了它的注意力,让它无法仔细分辨从三十里以外传来的声音和气味到底是狼的还是狗的。无法分辨的另一个原因是风太小,小得几乎没有,而最可怕的就是这种隐隐存在的威胁,它意味着阴谋,意味着那些防不胜防的突然袭击。它讨厌阴谋,阴谋一出现它就必须把自己也变成一个阴谋。多吉来吧悄悄地离开了巴桑和马,在一百米远的地方和他们平行着。这样一来空气中的声音和气味就纯粹多了,没有了巴桑的,也没有了马的,只有那在夜色中潜伏着和靠近着的:狼,还有狗。狼和狗的味道都来了,淡淡的,淡淡的,而声音却全然消失,这说明它们不出声音了,寂静是危险逼临的前奏:狼来了,狗来了。多吉来吧实在搞不明白:怎么狼和狗一起来了?

5 至高无上

1

来到寄宿学校前,准备咬死孩子,嫁祸于人的黑命主狼王在下风处卧下来,也命令白兰狼群卧下来。它们需要休息,需要静静地观察:面前这个有不少孩子的地方,到底有多少藏獒在守护,有多少大人在陪伴?它们是应该神鬼不知地偷袭呢,还是堂堂正正地进攻?观察是隐蔽而持久的,狼群有效地利用着草丛和土丘,不仅不让对方发现自己,还能轮换着睡觉。它们似乎等待这样一个机会:一两个孩子突然离开学校朝它们走来,或者它们饿极了,已经到了把报复和维持生命的进食融为一体的时候。在这两种情况没有出现之前,它们的做法只能是窥伺和忍耐,因为它们已经看到,寄宿学校的帐房之前,趴卧着几只大藏獒。

红额斑头狼看到白兰狼群没有再跟着它们,以为自己的警告起了作用,对方不敢了,收敛了,至少不会轻蔑而放肆地再在它们的眼皮底下东西驰骋了,便把白兰狼群抛在脑海,率领自己的狼群,一心一意地跟在勒格红卫和地狱食肉魔后面,继续那种坐收渔翁之利的奔忙,继续探究到底为什么会出现藏獒咬杀藏獒的原因和结果。它们沿着野驴河,来到牧草丰美、地势开阔的下游草场，惬意地远观了五六次地狱食肉魔对那些看家藏獒或牧羊藏獒的咬杀，更加惬意地吃喝了十几只藏獒的血肉，然后追踪着地狱食肉魔走出了野驴河下游草场。

跑在最前面的红额斑头狼突然停下了。它支棱起耳朵听了听，立刻从低洼处跑上了一处台地，惊讶地盯着远方，举起鼻子嗅了嗅，然后轻轻咆哮了一声，让狼群里的几匹有经验的狼都来听听。几匹狼举着鼻子嗅起来，不停地抖动着耳朵，好像一种声音正在刺激着它们敏感的听觉。认识显然是共同的：来了一股大狼群，是从上阿妈草原过来的。怎么上阿妈的狼群跑到西结古草原来了？红额斑头狼琢磨着，突然一个警醒：现在是藏獒的黑夜，这里是藏獒咬杀藏獒的战场，西结古草原的藏獒都忙着抵抗、忙着牺牲去了，谁还来管狼？既然藏獒已经顾不上管狼了，外来的狼群哪有不乘虚而入的。而对红额斑狼群来说，西结古藏獒的领地也是它们的领地，它们比藏獒更不愿意外来狼群的出现。

红额斑头狼看了看渐行渐远的勒格红卫和地狱食肉魔，遗憾似的长嗥了一声：不能再跟着他们去吃藏獒肉了，该放弃的便宜还是要放弃。西结古草原的藏獒正在一只只被外来的藏獒杀死，撵走外来狼群就只能靠它们了。红额斑头狼果断地朝前跑去，一起步就很快。狼群按照既定的次序陆续跟了过去。一个小时后，它们从三面围住了上阿妈狼群。上阿妈狼群一看来的是一股大狼群，加上环境陌生，心里虚弱，一阵集体咆哮之后，转身就跑。红额斑狼群紧追不舍，它们精神抖擞，音量饱满地吼叫着，一副不把对方全部咬死吃掉不罢休的样子。草原一片迷茫。两股狼群在逃命与追命之间周旋着，把和平与宁静变得嘈杂而陡峻。一股更大的迷茫从生灵眼中升起，冉冉地迷茫到天上去了。

一阵爆起的响声倏然拉转了他们的眼光。是马队的驰骋和獒群的奔跑，刚一出现，就在二百米之内，说明这些人和藏獒隐藏在附近已经很久了，现在感到时机一到，便奋勇争先地跳出草冈，席卷而来。人们吃惊着，猜不出他们是来干什么的。东结古骑手和上阿妈骑手一时间都不知道如何应付了，他们的领地狗群也失去了应对的能力，只把吠声用最大的音量播放出来，一片轰鸣。只有西结古骑手和西结古领地狗知道自己应该干什么，对他们来说，只要是外来的，就意味着进攻，而面对进攻的唯一选择，就是保卫，人要保卫藏巴拉索罗神宫，领地狗群要保卫人。转瞬之间，西结古骑手翻身上马，密集地围住了东西南北四座神宫。獒王冈日森格也带着领地狗群,井然有序地挺立在了西结古骑手的前面。

马队和獒群迅速靠近着,他们从西边跑来,绕开打斗场分成了三部分,一部分冲向了上阿妈的人和狗,一部分冲向了东结古的人和狗,一部分冲向了西结古的人和狗。大家都有些奇怪:这不是多猕骑手和多猕藏獒吗,他们的人和狗并不多,为什么还要分成三部分?难道他们狂妄傲慢到对谁都要仇恨,对谁都要进攻?谁也没有发现蹊跷,除了西结古獒王冈日森格。冈日森格依靠优秀的喜马拉雅獒种的遗传本能和作为獒王的经验,比人更早地对他们的兵分三路产生了疑惑,疑惑紧跟着判断,它立刻意识到绕开打斗场的三路人狗的进攻都是佯攻,而真正要达到目的的,却是谁也没有注意到的第四路人马——多猕骑手的头扎雅带着另外两个骑手,直扑打斗场的中央,那儿站着两个人:丹增活佛正在说服上阿妈骑手的头巴俄秋珠:"回去吧,不要再打了,你们得不到藏巴拉索罗。"

多猕骑手的头扎雅和另外两个骑手冲撞而来,撞倒了丹增活佛和巴俄秋珠,让马蹄翘起来,毫不留情地砸向了巴俄秋珠。马蹄落下来了,冈日森格扑上去了。冈日森格两秒钟以前已经扑到了离巴俄秋珠和丹增活佛很近的地方,这是它的第三扑,前两扑是防备和威胁,警告对方不要过来,第三扑是救命,巴俄秋珠眼看要被三匹马腾起的马蹄踢死踏死了。年迈的冈日森格凭借经验和天生的素质,又一次展示了草原王者的风范。它用自己虽然受伤却依然铁硬的獒头,抵住了铁掌锃亮的马蹄,那马一个趔趄,差一点把多猕骑手的头扎雅掀到地上。接着还是扑跳,还是抵撞,撞走了第二匹马的马蹄,又撞走了第三匹马的马蹄。有一匹灰色马被撞得连连后退,一屁股坐在了地上,好在马背上的主人是草原上最优秀的骑手,他用自己的腿支撑着马体,拽紧了缰绳让马迅速站了起来。巴俄秋珠安然无恙,这个曾经在西结古草原光着脊梁跑来跑去的人,被冈日森格毫不迟疑地救了下来。

但这还是佯攻,多猕骑手的真正目标是丹增活佛。扎雅从马背上俯下身子,一把撕住了丹增活佛的袈裟。冈日森格马上明白这是抢劫,外来的多猕骑手要当着它的面抢走西结古寺的丹增活佛。它以同样不可思议的速度,猛烈地扑跳而起,几乎把扎雅从马背上撕下来。遗憾的是冈日森格再厉害也不能同时扑跳三个人,就在它赶走了多猕骑手的头扎雅,赶走了另一个试图俯身拽起丹增活佛的骑手之后,第三个骑手从它的身后把丹增活佛拽上了马背。骑手调转马头,狂奔而去,扎雅和另一个骑手迅速跟上去,护卫在他身后,在冈日森格面前形成了一道屏障。

冈日森格追了过去,如果面前一直是两匹马的屏障,它说不定还能绕过去,可两匹马很快变成了二十多匹马和二十只壮硕伟岸的藏獒,多猕骑手的目的已经达到,冲过去堵挡上阿妈人和狗、东结古人和狗、西结古人和狗的三路人马迅速撤了回来。冈日森格无法排除如此强大的障碍,只能跟随在后面,不懈地追撵着,但是距离越来越远,当所有的西结古领地狗都开始追逐的时候,它停了下来,又坐了下来,吼喘着,嗓子里喷吐着火焰,心里不禁喟然长叹:老了,老了,毕竟我已经老了,怎么努力也追不上了。其实它这是过于自责了,照现在的情势,任何一只藏獒,包括年轻时候的冈日森格,都是追不上的。

返回来的西结古獒王冈日森格碰见了上阿妈领地狗,它们友好地冲它打着招呼。一只身似铁塔的灰獒走到它跟前,跟它碰了碰鼻子,似乎是一种自我介绍:我是蓝色明王恩宝丹真,上阿妈领地狗的新獒王。冈日森格矜持地梗着脖子,脸上写着老年人的庄重,还写着草原王者的豪迈,站立了片刻,便扭身离去了。冈日森格知道它们是来感谢的,作为西结古草原的獒王,它救了敌对阵营里上阿妈骑手的头巴俄秋珠的命,这对恩怨分明的藏獒来说,无疑提供了一个和解的机会。

但藏獒的和解不等于人的和解。巴俄秋珠骑马走来,怒气冲冲地训斥自己的领地狗群:"冈日森格救我是因为我小时候是西结古草原的人,我后来成了上阿妈草原的人,现在又是上阿妈公社的副书记,你们为什么不救我?我真替你们害羞,你们是干什么吃的,就会跑过去讨好人家,你看人家那个高傲的样子,理你们了没有?以后不准你们跟西结古的藏獒碰鼻子,除非他们把藏巴拉索罗交给我们。"又朝着蓝色明王恩宝丹真说,"你现在是新獒王,但要是你不好好表现,就算我不罢了你,领地狗群也会让你滚蛋。下来就要打了,你给我上场,就挑战他们的獒王,那个獒王已经老了,你肯定能赢它,只要赢了它,这个世界上就不会再有藏獒不服你了。"恩宝丹真显然听懂了巴俄秋珠的话,听话地朝打斗场走了几步,突然又停下,扭头用一种研究者的神态迷茫地望着巴俄秋珠,"呵呵"地叫了两声,口气里充满了疑问:西结古草原的獒王可是救了你的命的,我怎么能挑战它呢?恩宝丹真当然不懂"恩将仇报"这个词,但靠了遗传的本能,它知道无论谁,只要对自己、对自己的主人有救命之恩,就再也不能以恨相见、以牙相对了。巴俄秋珠看恩宝丹真犹犹豫豫不肯向前,就晃了晃马鞭,督促道:"上啊,你给我上啊。"恩宝丹真还是不动,它的疑惑是根深蒂固的,人越是忘恩负义它就越是疑惑:不对吧，搞错了吧，我们藏獒从来没有这样过。巴俄秋珠甩着马鞭抽起来。恩宝丹真不躲不闪，用一对漂亮的玉蓝色的眼睛固执而单纯地递送着越来越深刻的疑惑，宁肯忍受鞭笞的痛苦，也不想违背自己对祖先遗风的继承。巴俄秋珠吃惊地叫起来："哎，你到底是怎么了？"

这样的磨蹭让东结古的獒王大金獒昭戈有些不耐烦了，"轰轰轰"地吼起来，盖过了所有人的声音。骑手们谁也不说话了。大金獒昭戈走到了打斗场的边缘，把尖亮如刀的眼光射向了西结古獒王冈日森格。它在挑战冈日森格，似乎在它看来，獒王与獒王之间的战斗才是真正决定鹿死谁手的战斗，别的，能省略就省略吧。

2

当狼和狗的味道混杂而来时，多吉来吧的行进变得屏声静息，轻手轻脚。空气诡谲起来，阴谋在黑暗中发酵，变成了密如星星的针芒，从身前身后所有的地方刺激着它。它无声地小跑起来，想跑到巴桑和草原马的前边去，一方面是想尽量远一点地遏制住敌锋，在一个万无一失的地方保卫他们，一方面也是想给对方来个突然袭击，在对方以为离目标还远着的时候，从天而降，咬它一个冷不防。它本能地相信用潜行迎击潜行的方法一定能够奏效。糟糕的是，巴桑虽然还没有感觉到险恶正在到来，但作为人他对大荒漠里的黑夜有一种本能的恐怖，一发现多吉来吧不见了，就紧张慌乱地喊起来："藏獒，藏獒，你在哪里藏獒？"多吉来吧想回应一声，制止他的喊叫，刚要出声又闭嘴了，就让这个人喊去吧，反正他和草原马早已暴露在野兽的觊觎之中，喊和不喊都是一样的明显。它依然健步小跑着，先是向前，然后右拐，埋伏在一座沙丘后面，朝着已经可以用嗅觉摸得着的敌群张开了血盆大口。

多吉来吧的身后，巴桑还在喊叫，突然不喊了，就骂起来，骂藏獒薄情寡义，无缘无故离开了自己，走的时候连个招呼都不打，而他还以为藏獒会保护他。骂自己愚蠢呆傻，专挑个黑夜走荒漠，那不是直接往狼嘴里走吗？骂着，他停了下来，不走了，原地伫立了一会儿，掉转马头，往回走去。他这时候又不害怕苏毗城的人追上来报复了，觉得离苏毗城越近就越安全。但是他没想到，就是自己这种不信任藏獒的举动，打乱了多吉来吧的方略，也使自己陷入了凶险死亡的境地。敌群已经近在咫尺了。多吉来吧匍匐在地，歪着头把嘴埋进两腿之间，只靠耳朵和鼻子确定着它们的距离和数量，心里还是那个疑问：怎么又有狼，又有狗啊？它不知道，苏毗城新来了一帮外地人，他们喜欢吃狗肉，隔三差五就要杀一只狗解馋，结果几乎所有还活着的狗都逃离苏毗城，投诚了狼群，帮着狼群一起撕咬牲畜。狼患成灾，所以才有了巴桑要把它卖给胖子和瘦子的举动。多吉来吧一边感觉着狼和狗快速而无声的靠近，一边分辨着哪是狼哪是狗，突然站起来，扑了过去。完全是饮血王党项罗刹的战法，一扑到位，前爪夯在一匹狼的眼睛上，利牙插在另一匹狼的脖子上，咚的一声响，又噬的一声响，两匹饿狼看都没看清敌手是什么样儿就同时毙命了。

接着又是一次扑跳，这次它扑向了一只狗，扑向狗的力量比扑向狼的力气还要大，因为对方是一只卷毛大狗，是一个让多吉来吧百般鄙视的人类和狗类的叛徒。卷毛大狗已经看清扑过来的是一只藏獒，虽然知道自己不是对手，但并没有逃跑，以同类之间从祖先就开始的不可消解的妒恨，迎敌而来，张嘴就咬。多吉来吧火气冲天，浪叫一声，仿佛是说：居然敢于鸡蛋碰石头，那就死吧。叫声刚落，牙齿就来到了对方的喉咙上，血滋然而出，狗訇然倒地，咬得利索，死得也利索，多吉来吧第三次扑跳而去。又一匹狼倒下了，它跟多吉来吧艰难地搏杀了一阵后，嗥叫了七八声才死掉。多吉来吧喘了一口气，奋起智勇，准备继续拼命的时候，发现自己已经被狼和狗组成的群体团团围住了，蓝闪闪、黄灿灿的眼灯亮了一片。更不妙的是，它发现它已经看不到巴桑和草原马了，怎么回事儿，它拉开的距离并没有这么远，一定是他们不走了，或者回去了。它跑上一座高高的沙丘，赶走了已经占领沙丘制高点的三匹狼、一只狗，扬头眺望着，看到在它走来的路上，荒漠朝着苏毗城延伸而去的地方，又亮起了一片眼灯，那是另一股狼和狗的群体，不用说它们已经围住了巴桑和草原马。多吉来吧抖动胸毛打雷似的轰鸣起来，似乎在告诉巴桑：不要远离我，靠近我，靠近我。

当轰鸣传来的时候，巴桑并没有意识到这是多吉来吧的声音，他以为天边真的出现打雷了，而前后左右围堵着自己的狼狗之群正是借了雷鸣的掩护突然出现在了这里。倒是草原马比主人更有灵性，立刻意识到了多吉来吧的存在，它不听主人的驱策，转身走去。巴桑以为马被狼狗之群吓坏了，使劲拽着缰绳，又拉转了它的身子，他还是那个想法：离苏毗城越近就越是安全的。狼狗之群对他的想法了如指掌，把更多的大狼和大狗集中在了他的前面。他又是打马又是喝马地走了二十多步，就再也走不过去了，而停下来的这个地方恰好是个洼地，四面的沙丘不高却更合适狼和狗的扑咬。狼和狗密密麻麻排列在沙丘的脊线上，高处的可以扑到巴桑的喉咙，低处的可以扑到马的脖子，再低一点的可以扑到马肚子。巴桑吓坏了，像一只困兽惊慌失措地哓哓而叫。草原马扬起脖子长嘶起来，一声接着一声，它这是报信给多吉来吧听的：危险了，我们危险了。

听觉超群的多吉来吧听到了草原马的嘶叫，立刻意识到他们死亡已经临头，自己不能在这里厮打下去了。它四下里观察着，看到狼狗之群严密地部署在它和巴桑之间，直接跑过去根本不可能，只能绕过去，从左边绕，不行，从右边绕，也不行，都是密集的狼群、残酷的堵挡，只能转身往后跑，后面是狼狗之群的大本营，一闻强烈厚重的狼和狗的臊味儿就知道。狼和狗以为是它们的大本营就没有谁敢进入，只安排了一些老弱病残在那里把守，没想到多吉来吧突然冲了过去，连唬带咬地摧破了围攻，然后以最快的速度奔跑而去。

围堵它的狼狗之群哗地一下动荡起来，追撵是它们的本能。大荒漠的黯夜里，一场赛跑开始了，多吉来吧在前，狼狗之群在后，在前的想着救人救马，在后的想着吃掉它，两种不同的禀性都把自身的速度发挥到了极致。距离渐渐缩小了，也就是说，狼狗之群的速度比多吉来吧要快一些，它们是荒漠里的居民，习惯了在松软的沙丘上奔跑，个个都是"沙上飞"，而多吉来吧总觉得爪子下面软绵绵的，力气越大就越使不上劲。更重要的是，它必须拐弯，一个一百八十度的大转弯，让它几乎再次把自己投入到狼狗之群的中间。好在它是要去救人救马的，这比让它自己面对死亡还能激发它潜藏在骨血里的天才，它是勇武的天才，也是脱险的天才，在狼狗之群接近它就要吞没它的一瞬间，它跃过了一座沙丘，然后戛然止步，趴在沙壁下的坑窝里一动不动。狼狗之群有的从沙丘之上它的头顶飞瀑而去，有的从沙丘两侧奔泻而去，跑在前面的发现目标已经消失，停下来回头寻找时，跑在后面的来不及刹住，纷纷撞在了它们身上，猛烈的惯性让它们仰的仰、趴的趴，狼狗之群乱了。趁着这个机会，多吉来吧蹦起来，跃上沙丘，原路返回，稍微一拐，直奔巴桑和草原马。

包围着巴桑和草原马的狼狗之群没有耽搁多久，就开始了进攻。其实说进攻是不确切的，因为没有防御。巴桑和草原马都不过是俎上之肉，等待切割撕咬就是了。也就是说，这不是打斗的瞬间，而是吃肉的前夕，既然是吃肉就需要有先有后，抢先扑向巴桑和草原马的狼和狗都没有来得及把利牙插入血肉，就被后面更加强壮的狼和狗顶翻了。它们互相纠缠着，争吵着，仿佛这也是形成决定前的协商，片刻之后突然安静下来。一些狼和狗后退着，把首先撕咬吃喝的机会让给了四匹强壮的狼和两只强壮的狗。四匹狼扑向了巴桑,两只狗扑向了草原马。巴桑惊慌地喊叫着,胡乱挥舞着马鞭,却一点作用也没有,他的双腿和胳膊迅速被狼咬住了。他惨叫了几声,知道自己就要喂狼,恐怖得揪下了一把草原马的鬃毛。草原马跳起来往前跑,看跑不出洼地,就转着圈来回尥蹶子,却没有踢到一只扑咬它的狗。狗太熟悉马了,很容易地躲过了蹄子,然后一边一个咬住马的屁股把自己吊了起来。也许狼狗之群的失误就在于它们内部的争吵延宕了时间,也在于它们让两只狗去撕咬马,而没有让狼去撕咬马,狗毕竟是狗,无论如何还没有返朴归真到擅长于咬住猎物的喉咙一牙毙命的程度,它们没有立刻咬死马,就等于给多吉来吧赠送了一个救人救马、表现忠肝义胆的机会,它来了,摆脱了狼狗之群追杀的多吉来吧它悍烈无比地跑来了。

多吉来吧一来就出现了死亡,是狼和狗的死亡,只见一股黑风从天上扑来,只听一声雷鸣在耳畔炸响,咬住巴桑双腿和胳膊的四匹狼顿时滚翻在地,大概是大荒漠里的食物来源历来短缺,干旱枯瘦了植物也枯瘦了动物,荒漠狼比草原上的狼要小一些,体格小,胆子也小,滚翻在地的四匹狼竟有两匹抖抖索索起不来了。多吉来吧伸出铁硬的前爪,从这匹狼身上跳到了那匹狼身上,两匹狼的肚子就都被捣破了,捣得很深,破裂的肠子里血沫和狼粪飞溅而出。倒是吊在马屁股上的两只狗胆子不小,丢开草原马就横扑过来,扑过来就是倒地,一只狗被多吉来吧撞倒了,另一只狗刚咬住它的鬣毛就被它一口撕掉了耳朵,然后还是前爪出击,打在了对方鼻子上,打得那狗连打了三个滚,嗷嗷地叫着爬起来就跑。多吉来吧站在巴桑和草原马的身边,冲着狼狗之群威力四射地播放着一声声坚硬锐利的叫声,前冲后挫地运动着,做出随时就要扑过去的样子。

狼狗之群紧张地后退了五六米,形成了一个"凸"字形的轮廓。多吉来吧一看就明白,最突出的那匹大黄狼应该就是头狼。它朝前走了走,又回头招呼着人和马。驮着巴桑的草原马会意地跟过去,跟着多吉来吧走出了危险的洼地,走上了一座沙丘。一直傻愣着的盗马贼巴桑直到这时才明白,藏獒没有离开他,藏獒来救他了,他和自己的马已经死里逃生。他喊起来:"藏獒,藏獒。"喊了两声,眼泪就夺眶而出。一个盗马贼的眼泪就像两股清澈的悔恨之泉,淙淙地流淌在大荒漠的黑夜生死攸关的时刻。巴桑一巴掌拍在自己脸上说:"你救了我的命,你就是我的亲阿爸,佛菩萨保佑,让我的亲阿爸来救我了。"多吉来吧听不懂巴桑在说什么,只能意识到语言里充满了悲戚,觉得人的悲戚是因为作为藏獒的它没有尽到责任，就再次把眼光投向了狼狗之群"凸"字形的轮廓。

头狼，头狼，多吉来吧知道驱散狼狗之群的唯一办法就是干掉头狼。它以居高临下的眼光朝前扫去，看到作为头狼的大黄狼依然处在最突出的位置上，就咆哮了几声，纵身而起，跳下了沙丘。狼狗之群在头狼的带领下朝后荡了一下，又朝后荡了一下，接着便朝前浩浩而来。它们看到扑向它们的多吉来吧栽倒在了沙丘之下，半天爬不起来，又看到多吉来吧好不容易爬起来后，一瘸一拐地走着路，尖叫了几声，又开始呻吟，还不时地坐下来，弯过身子去舔着后腿。显然它的后腿摔断了，已经不能扑咬、不能厮打了。大黄狼得意地嗥叫了几声，带着狼狗之群威逼而来。多吉来吧紧张地咆哮着，想站起来，屁股使劲抬着，却怎么也抬不起来，只好瘫软在地上，着急而痛苦地扭动着身子。

沙丘之上，草原马"咴咴"地叫着，马背上的巴桑"唷唷"地叫着，他们都看清了多吉来吧受伤的情状，担忧着它，也担忧着自己：完了，又完了，死里逃生的他们又陷入绝境了。狼狗之群乘时乘势而来，迅速而险恶地靠近着，转眼就来到跟前，三四米的距离让多吉来吧浑身发抖，连骨头都能打出响亮的冷战来。一匹大公狼扑了过来，咬住了多吉来吧的脖子，看到对方毫无反抗能力，赶紧又退了回去。一只恶狗扑过来，咬在了多吉来吧的肩膀上，看对方惨叫着并不回咬，就吐着舌头，回到了头狼身边。接着又是一匹狼的扑咬，也是咬了一口之后，转身回去了。都是试探，三次试探在多吉来吧身上留下了三处伤口，鲜血流淌着，多吉来吧舔都不舔，似乎已经没有力气顾及自己的伤势了。

头狼阴恶地瞪着多吉来吧，确定这只它从未见过的大藏獒真的不行了，便亢奋地抖动起耳朵：好啊，好啊，藏獒一不行，那个人和那匹马就依然是它们的果腹之物。它长长地狞笑了几声，环视了一下围堵着沙丘的狼狗之群，肆无忌惮地扑了过来。身后的狼狗们轰轰地涌动着，用咆哮助威着它们的头狼。头狼一口咬向了多吉来吧的喉咙，大嘴咬合的瞬间，突然觉得什么也没有咬到，又咬了一口，还是没有咬到，不禁大吃一惊，知道事出蹊跷，赶紧后跳，却发现脱离危险的机会在它一开始扑咬的时候就已经不复存在。瘫卧在地的多吉来吧把起身、闪开和进攻变成了一个动作，用没有速度的速度，龇出牙刀直刺头狼的喉咙。头狼嗥叫了一声，想叫出第二声时气息已经没有了。一切都是诡计，多吉来吧冒着被试探者咬死的危险，成功地把头狼引诱到了自己的嘴边。

咬死了头狼的多吉来吧大步朝前走去，机灵的草原马赶紧走下沙丘，跟在了后面。马背上的巴桑发现又有活的希望了,惊怕未消地呼喊着:"藏獒,藏獒。"仿佛不这样用呼喊拽着多吉来吧,它就会顷刻跑掉。走出去了几百米,巴桑才抬起头,发现蓝幽幽的眼灯已经不在眼前左右了,狼狗之群朝他们身后集中而去,狼嗥着,狗叫着,那是凄哀的哭声,是为了头狼之死的祈告:天哪,天哪。巴桑又一次哭了,他为自己遇到了这么大这么恶的狼狗之群还能活着而流泪满面。草原马呼呼地打着响鼻,表达着它的庆幸,也表达着一个畜生对另一个畜生发自肺腑的感激。

他们快速行进着,一直是多吉来吧走在前面。第二天上午,他们穿过荒漠的一角,来到了草原的边缘。巴桑觉得是多吉来吧把他带出了荒漠,感动地摇着头说:"幸亏啊,幸亏我遇到了藏獒,不然我就死了,不死也得走回苏毗城让人打我了。"他们停下来休息。巴桑从马褡裢里拿出一个焜锅(鏊做的扁圆烙饼),让多吉来吧吃。多吉来吧坚决不吃,走到离巴桑二十步远的地方趴下睡着了。草原马脚步轻轻地来到多吉来吧身边,吃着周围的草,吃完了也不到别处继续吃,就那么身姿挺挺地站着,用它的身体为睡着的多吉来吧遮挡着荒漠边缘恶毒的阳光,也用尾巴驱赶着飞来骚扰多吉来吧的蚊蝇,好像它是不累的,也不知道还有不短的路要走,必须尽快多吃一些草。巴桑看着自己的马,眼睛里潮潮的,连马都知道千方百计地报答救命之恩,而他却还在心里打着小算盘。他闭上了眼睛,重新考虑着如何处置多吉来吧的事情。一个盗马贼第一次为了一个畜生的去留在困乏之中失眠。而多吉来吧永远都不会知道,正是它的勇敢和机智以及对人的忠诚,软化了盗马贼坚硬的心,给自己赢得了一个继续踏上回乡之路的机会。

太阳西斜的时候,他们又开始行走。这次是巴桑骑马走在前面,边走边不断地回头对多吉来吧说:"藏獒你听着,我不带你去我的家乡草原了,哪怕你能给我换来一百匹马。你是逃跑出来的是不是?就像我卖马那样,你被人卖给了外面的汉人是不是?你现在要回家乡是不是?我知道只有青果阿妈草原和康巴草原才生长着你这样的大狮子藏獒,告诉我你是青果阿妈草原的,还是康巴草原的,我好送你去啊。"多吉来吧知道他这番话很重要,使劲听着,也没有听明白,当巴桑说到"青果阿妈草原"时,它没有吭声,说到"康巴草原"时,也没有吭声。巴桑唉叹一声说:"那我只能把你送到花石峡了,到了花石峡你自己走,你能走回去吗?"

第二天下午,他们到达了花石峡,这是个前往草原腹地的路口,有一些房子,有许多人,还有南来北往的汽车。巴桑不走了,下马指着前面的路对多吉来吧说："你就往前走吧，再走四五天，就能看到巴颜喀拉山，翻过了山往南去是康巴草原，往北去是青果阿妈草原，能不能回到家乡就看佛菩萨保佑不保佑你了。"多吉来吧顺着巴桑手指的方向看了半晌，摇了摇尾巴，好像听懂了。其实它只听懂了一点，那就是往前走，就凭这一点，它也要离开巴桑和草原马了。多吉来吧朝前走去。草原马用缰绳拽着巴桑跟了过去，咴咴地叫着，意思好像是说：别走啊，你别走。多吉来吧回过身来，看着草原马和巴桑，久久地看着，突然跑过来，围绕着草原马和巴桑转了一圈，舔了舔马腿，舔了舔人腿，毅然转身朝前走去。草原马和巴桑送别着它，眼睛里都是泪汪汪的。多吉来吧也是泪汪汪的，它以最大的毅力克制着自己：不回头，不回头，再也不回头。眼泪掉下来了，就像碎珍珠一样，一串一串地掉下来，一路撒了过去。

看不见了，已经看不见多吉来吧了。草原马扬起鼻子嘶鸣着，这次不是让藏獒别走的意思，而是真正的送别：保重啊，藏獒。多吉来吧听明白了，脚步没停，头也没回，但叫声却一声比一声宏亮、恳切：谢谢啊，谢谢你们带我来到了这里。巴桑看着，听着，揉了一下眼睛，就呜呜呜地哭起来。多吉来吧边走边叫，直到它估计草原马和巴桑再也听不到了的时候，才把叫声变成了哽咽，那是隐忍的哭泣，是以水的形态流淌出来的它的心。哭泣持续到黄昏，多吉来吧跑起来，跑着跑着，眼泪就更多了。更多的眼泪一半是悲伤，一半是激动，它突然闻到了深藏在草原内部的野兽的气息，闻到了寒凉可亲的雪山的气息，闻到了帐房和牛羊的气息，它觉得日思夜想的故土西结古草原就要到了，它很快就能见到自己的主人汉扎西和妻子大黑獒果日了。

隐隐约约，城市亢奋的人臊在风中飘忽，带着死亡信号的诡异之风再次出现，从后面催动着它。多吉来吧突然意识到，自己处在两股风气之间，亢奋的人臊和自己回乡的方向完全一致，自己的使命是和裹挟着人臊的东风赛跑，赶在危难之前回到西结古草原，承担救援草原救援寄宿学校的责任。多吉来吧追逐着风头，向西飞奔。

3

藏巴拉索罗神宫前，面对东结古獒王大金獒昭戈的挑战，冈日森格的反应却是困顿地打了一个哈欠，动作迟缓地卧了下来。它知道自己老了，已经不是雄姿英发、目空一切的时候了，它得谦虚一点、内敛一点，尽量给别的藏獒创造出人头地的机会。它相信虽然曲杰洛卓死了，但在情势的逼迫下，西结古草原的领地狗群里必然会冒出更加出色的藏獒，比自己出色，比曲杰洛卓出色，比整个青果阿妈草原所有的藏獒都出色。而表现出色的机会，除了打斗，除了在决一死战中以血肉为代价赢得胜利，还能是什么呢？正这么想的时候，一只藏獒跳了过来。獒王冈日森格看了一眼，不太满意地呼噜了一声：怎么是你？你能应战东结古獒王？这是一只名叫各姿各雅的雪獒，虎背熊腰、仪表堂堂，但性格腼腆温顺，很少有争强好胜的时候，尤其是在和野兽和外来藏獒的打斗中，谁也不能把它跟大智大勇、出类拔萃联系起来。冈日森格犹豫着，正准备摇摇头，就见雪獒各姿各雅已经走向了打斗场。

　　东结古獒王大金獒昭戈一看出场的不是冈日森格，毅然从打斗场的边缘退了回去，尖亮如刀的眼光顿时变得呆钝黯淡了，这是一种不屑的表示，傲慢的大金獒昭戈并不想轻易施展本领，它的想法是：我就是打赢了它，能证明我什么呢？高山只能和高山碰撞，高山要是掩埋了土丘，那不叫胜利，叫欺负。各姿各雅看到獒王大金獒昭戈退了回去，知道对方瞧不起自己，心里有点不舒服，又看到走出来跟自己抗衡的是一只虎头苍獒，便学着大金獒昭戈的样子，面带傲慢的神情，不屑地后退着，退了几步，就"汪汪汪"地吠鸣起来。

　　勇敢善战、悍猛刚毅的藏獒一般是不会吠鸣的，尤其是打斗之前，但是各姿各雅却莫名其妙地吠鸣起来，而且沙哑短促、若断似连的，给人的感觉是它连虚张声势都不会。东结古骑手们和领地狗们都笑起来：这哪里是藏獒，是一只胆小怕死的笨狗熊吧？可惜它这一身丝绸般漂亮的白毛了，可惜它那虎背熊腰、仪表堂堂的长相了。但就在这时，所有盯着打斗场的眼睛都看到，虽然叫声还在持续，各姿各雅却已经不在原地了，好像那儿本来就没有站立过一只雪獒，站立过的是一只杀戮成性的血渍之獒。现在血渍之獒正在揿住虎头苍獒，喷吐着满嘴血沫。

　　谁也没有看见它的奔扑和撕咬，所有打斗的疯狂、猛恶、激烈统统都没有，等人们看清楚雪獒消失又迅速出现时，打斗已经结束了。西结古的人和狗、东结古的人和狗、上阿妈的人和狗几乎同时发出了惊呼：太惊人了，这只雪獒，它拥有比眼光还快的速度，也拥有傻中出奇的战法，它一举成功，利落得超出了常识。西结古獒王冈日森格更是兴奋而欣慰：这可是只有獒王级别的藏獒才可能有的扑咬技巧。啊，獒王，各姿各雅不是西结古草原的獒王，谁是獒王？

父亲跑了过去，蹲下身子看了看虎头苍獒，不分敌我地怒瞪着各姿各雅，吼道："它咬死你，你咬死它，你们互相咬吧，总有一天你们会把草原上的藏獒咬完，藏獒什么都好，就这一点不好，自己咬自己，跟人一样，不要再咬了。"雪獒各姿各雅温顺地摇了摇尾巴，一脸腼腆地扭转了身子，好像有点不敢面对父亲。父亲无奈地长叹一声，起身走开，又回过头来，就像一个长辈叮嘱一个管束不住又不能不管的孩子那样说："不要往死里咬，咬伤就行啦，但也不要咬成重伤，听见了没有？"各姿各雅晃了晃身子，好像是说：怎么可能呢？藏獒的所有打斗都是血肉横飞、你死我活的。

东结古獒王大金獒昭戈来到虎头苍獒身边，毫不掩饰悲痛地哭号了几声，然后抬起头，怒视着各姿各雅，目眦尽裂，瞳光似火，颤动着胸脯，发出了几声浪涛翻滚般的吼叫。吼叫表明了它的决定，它要上场了，它悲愤之极，打算亲自报仇，杀了各姿各雅，一定要杀了各姿各雅。雪獒各姿各雅腼腆地笑了笑，忍让地缩了缩身子，立刻又变得庄严肃穆，满脸杀气。它为自己能够挑战威武不群的东结古獒王而振奋不已，它的眼光是迸射的，脑袋是灵转的，已经想好了打斗的策略：如此这般。

冈日森格"杭杭杭"地一阵吼，翻译成人类的语言，那就是大叫一声"哎呀"。如果是别的藏獒挑战东结古獒王，冈日森格或许还会采取收敛自己、尽量鼓励别人出人头地的态度，但现在这种鼓励结束了，因为雪獒各姿各雅已经证明，自己就是那只更加出色的藏獒，比自己出色，比曲杰洛卓出色，比整个青果阿妈草原所有的藏獒都出色，它作为獒王一定要珍惜，要保护。它知道接下来面对的恐怕是截至目前藏巴拉索罗神宫前最残酷的一场打斗，就算各姿各雅还能有异乎寻常的表现，胜算的可能也只有百分之四十，对方毕竟是獒王，獒王是力量、速度、体能、技巧、智慧、经验以及人气的全方位组合，你必须有多方面的超越，才有赢的希望。万一你输了，你就永远回不来了，这样的打斗没有负伤，只有死亡。

冈日森格吼着跑向打斗场，横挡在了雪獒各姿各雅前面，用头一再地顶着对方。各姿各雅明白这是让它回去的意思，左右躲闪着就是不走，眼神里挂满了疑问：为什么？为什么？我已经打赢了一场，我应该继续打下去。冈日森格用单纯而清亮的眼神传递着自己复杂的内心：你是一只有望继任西结古獒王的藏獒，你还要成长，怎么能轻易面对死亡呢？还是让我来打吧，让我去扫清你走向獒王之路的任何障碍都是划得来的，我老了，生命已经不重要了，我就是打不过东结古獒王大金獒昭戈，也会让它身受创伤，耗尽体力，然后你再去挑战，那就一定能赢它了。

各姿各雅并没有读懂冈日森格眼神里的内容，只知道自己必须服从獒王，就收敛了脸上的杀气，一如既往地带着腼腆的神情，温顺地转身走去。东结古獒王大金獒昭戈冲着各姿各雅狂叫起来，那是让它别走，让它留下性命再走的意思。各姿各雅停了下来，看了看自己的獒王冈日森格。冈日森格冲着大金獒昭戈咆哮起来，告诉对方：我是挑战者，你来跟我打。看到一心想为虎头苍獒报仇的大金獒昭戈依然纠缠着各姿各雅，便毫不迟疑地扑了过去。

冈日森格的扑咬带着老藏獒的迟缓，大金獒昭戈稍微一晃就躲开了。它倏地横过眼光来，打量着冈日森格，嗓子眼里顿时冒水一样呼噜噜响起来，这是唬鸣，是从肚腹里发出来的雷霆。大金獒昭戈把雷霆之怒一轮一轮地送上天空，天空正在幻变，有云了，刚才还是一碧如洗，一下子就乌云翻滚了。接着又是一次动作迟缓的扑咬，冈日森格就像挠痒痒那样，用前爪在对方身上抓了几下，立马就被大金獒昭戈顶开了。东结古骑手的头颜帕嘉喊起来："昭戈，快啊，咬死它，咬死那个笨蛋。"大金獒昭戈回身看了看颜帕嘉，似乎在告诉他：如果认为这只慢条斯理地扑向它大金獒而不害怕被咬死的藏獒是笨蛋，那就大错特错了，首先你得肯定它的胆量是惊人的，其次你得承认它有足够的自信，它相信自己不可能被对方咬死或咬伤，它总是非常机巧地把身形隐藏在你的牙刀和利爪的盲点上，前进后退都隐藏得毫厘不差，不是身经百战、老奸巨猾的藏獒，根本做不到这一点。

大金獒昭戈朝旁边走了几步，想离冈日森格远一点，避开它的接近。冈日森格一看就明白大金獒昭戈扑咬自己的时刻已经来临，速度和力量的角力就要正式登场，对藏獒来说，这是最低的也是最高的能力体现，打斗中的任何智慧和技巧，都不过是速度和力量的花样翻新。冈日森格等待着，身上的每一块肌肉、每一条血管都为躲开死亡、然后让对方死亡做好了准备，绷紧的四肢似在提醒自己：拼了，拼了，只能拼死一战了，用老迈的身躯拼出最后的年轻，也拼出最后的悲壮，这就是它今天要做的。

刹那间大金獒昭戈飞镖一样扑了过来，但它不是按常规扑向冈日森格的喉咙，而是扑向了冈日森格的头顶。似乎在炫耀它的跳高能力，它的矫健的身躯变成了飞翔的鹰，展开翅膀遮住了半个天空。冈日森格扬头一看，不得不承认大金獒是它见过的跳得最高的藏獒。更让它吃惊的是，对方跳得这么高的目的并不是按照寻常的规律从天而降，重重地扑砸在它身上，或者跃过它的头顶，迅速转身从后面进攻它，而是杂技表演似的为跳高而跳高，至少表面上是这样。

大金鬃昭戈落到了冈日森格后面，就在冈日森格准备前冲过去，躲开对方的后面进攻时，大金鬃又跳了起来，这次和上次一样高，奔跃的路线居然是原路返回，一眨眼功夫，它又落在了它第一次起跳而冈日森格准备躲去的那个地方。接着就是第三次、第四次、第五次、第六次跳高，它以不变的路线和不变的高度，在冈日森格的头顶来回奔跃着，不知道它要干什么。冈日森格把眼光送上了天空，随着对方的奔跃，头来回摆动着，晕了，晕了，不知道是对方闪来闪去的原因，还是老眼昏花，它觉得头大了，天地倾斜了。它心里一阵紧张，知道危险就要来临，大金鬃的进攻马上就会出现，而最有可能的是从头顶突然砸下来，牙刀直攮它的脖颈。

冈日森格稳住自己，蹦跳而起，试图从对方奔跃的路线中脱险而出。但是立刻它就发现自己失策了，好像大金鬃早就预测到了它会这样，蓦然改变了奔跃的路线，几乎在冈日森格落地的同时，砸击在了它身上。大金鬃昭戈知道对方本能的反应是扭转脖子，抬头朝上撕咬，就朝下龇着牙刀，等待它的喉咙自动露出来。而冈日森格也差一点按照本能的驱使做出这样的傻事来，刚要扭转脖子，无数次出生入死的经验立刻制止了它。它把脖子一缩，噗哧一声趴倒在了地上。大金鬃一看冈日森格的喉咙贴近了地面，意识到自己好不容易压住的西结古鬃王比自己想象的还要狡诈，它精心设计的战术已经不可能达到目的，便恼怒地一口咬住了对方的后脖颈。

冈日森格知道，后脖颈离大血管很近，如果让对方把利牙扎得太深，就会有生命之忧，便把肩膀一斜，奋力朝一边滚去。它几乎是驮着庞大的大金鬃，一连滚了五六下，从打斗场的中央一直滚到了边缘，才算把对方彻底甩掉。冈日森格站起来，喘着粗气，一副倦极乏极、摇摇欲倒的样子，朝着打斗场的中央走去。流血了，从后脖颈上流下来，就像一些游走的蛇，在长长的鬃毛之间蠕动着，渐渐滴到了地上，一路都是血染的足印。大金鬃昭戈从后面看着它，突然意识到对方虽然甩掉了自己，却没有甩掉紧随不去的厄运，进攻的机会又来了。它用矫健的四肢无声地跳起来，以风的速度扑杀过去。冈日森格来不及回头看，只是感觉到身后的气流正在发生变化，就知道死神的魔爪又要来掐死它，便玩命地朝前逃窜而去。

但是冈日森格没有逃脱，大金鬃昭戈扑杀中的提前量准确到无与伦比，它的逃窜差不多就是把自己要命的腹腰奉送到了对方的魔嘴之下。情急之中，冈日森格还像上次那样噗哧一声趴下，让自己的腹腰紧紧贴住了地面。身量高大的大金獒昭戈无法很方便地利用前冲的力量把牙齿凑向地面，只好一口咬在冈日森格的脊背上。冈日森格又一次朝前滚去，又一次滚到了打斗场的边缘，当它又一次甩掉大山一样沉重的大金獒的时候，已经疲倦得发不出吼声了，只听嗓子里"嚯嚯嚯"地响着，好像正在冒火，就要断气，好像它的肺部已经不能正常运动了。

冈日森格趴了片刻才站起来，庆幸地看了看自己的腰，又满眼悲观地望了望西结古骑手和自己的领地狗群，似乎是告诉他们：对不起了，我给你们丢脸了，我老了，我已经打不过如此强悍的对手了。然后猛烈地喘了几口气，又重重地咳嗽了几声，带着落花流水的无奈，走向了打斗场的中央。还是倦极乏极、摇摇欲倒的样子，不时地回头看着，不是为了提防东结古獒王大金獒昭戈，而是为了看看自己脊背上的新伤。它看不到，只能感觉到，那儿是辣疼辣疼的，那儿是温热温热的，温热的鲜血令人惊怕地漫漶在獒毛之间，身体的一侧已是红光耀眼了。西结古阵营里，父亲禁不住哭着喊起来："回来吧，冈日森格回来吧，咱不做獒王了，咱回家。"他知道冈日森格不可能回来，就又把怒火喷向了班玛多吉："什么藏巴拉索罗，你为什么不给他们？"说着，抹了一把眼睛，满手都是泪。班玛多吉也感到獒王冈日森格太老、太可怜了，说："藏巴拉索罗在哪里？我有吗我？我怎么给？如果我就是藏巴拉索罗，就是把我的命送给他们，我也不想看着冈日森格就这样一口一口被人家咬死。唉，还不如各姿各雅。各姿各雅，各姿各雅在哪里？你给我上，把冈日森格换下来。"各姿各雅朝班玛多吉看了看，摇了摇尾巴，表示听到了。但它没有动，它信守着领地狗群的规矩，虽然焦急却很本分地伫立在观战的位置上。

而在东结古阵营里，骑手们正在轻松地说笑，颜帕嘉的笑声里抑制不住地夹杂着嘲弄："这样的獒王，怎么还有胆量保卫藏巴拉索罗神宫，可惜了藏巴拉索罗，麦书记怎么搞的，居然把藏巴拉索罗带到了西结古草原。"东结古獒王大金獒昭戈却没有东结古骑手那样轻松。它看着不屈不挠走向打斗场中央的冈日森格，既是忌恨的，又是钦佩的：在它一生的打斗中，还没有遇到过一只这样的藏獒——它连续两次让你费尽心机的进攻失去了目标，你年轻力壮的身躯和久经沙场的智勇在它面前似乎永远得不到最充分的展示，而当你试图从它身上找到原因的时候，却只见它带着一副老态龙钟的样子和几处不太要紧的伤痕，小心谨慎地蹒跚在你的面前。

大金獒昭戈朝前走了两步，看到冈日森格生怕背后遭袭似的转过了身来，两只潮湿的眼睛好像已经不太容易聚焦了，漫不经心地望着它，也望着它身后的草场和远山。它吐了吐舌头，感觉了一下越来越热的空气，意识到自己的能量正在走向高潮，应该乘时而动，立刻扑咬，在高潮到来之时结束打斗，否则就会影响速度。东结古獒王大金獒昭戈跳了起来，以空前的重视奔扑而去，速度在这个时候变成了枪弹，根本就不显示线路，只显示结果。结果是大金獒昭戈一口咬住了冈日森格的尾巴。大金獒昭戈大吃一惊：它怎么只咬住了对方的尾巴？冈日森格面对着它，它的目标必须是喉咙。也就是说，在它的高速攻击面前，冈日森格不仅保住了自己的喉咙，还从容不迫地转过身去，只让自己蜷起的尾巴带着嘲讽进入了它的大嘴。速度，还是速度，你有多快，对方就有多快，甚至比你还要快；你有扑咬的提前量，对方有防备的提前量，你没有扑到想扑的目标，说明你的提前量早就在对方的预料之中，而你却没有预料到对方的提前量，从速度到智慧，你都已经落入下风了。更何况对方是一只老藏獒，一只风中摇摆的老藏獒凭什么能和自己纠缠这么长时间呢？

大金獒昭戈气急败坏地一阵撕扯，几乎将冈日森格的尾巴扯断。冈日森格的尾巴不是它想象中的脆骨，而是随着年龄老去了的硬骨，它一下没有咬断，准备换口的时候，对方已经脱身而去。看到冈日森格跟跟跄跄，差一点仆倒的样子，大金獒昭戈实在想不出这只老藏獒跟打斗的速度有什么关系，但冈日森格的确是速度的化身，这一点大金獒昭戈已经感觉到了：冈日森格没有老，它的骨子里依然是一派虎势，脑子里还是一代獒王的机敏。大金獒昭戈琢磨着下一步如何扑咬，却见冈日森格使劲弯过身子来，想舔一舔自己尾巴上的伤口，可它和大部分狗一样是够不着自己的尾巴的，就追着尾巴转起来，一圈又一圈，不追上不罢休似的，越追越快，越追越快，旋风一样，在打斗场的中央，呼呼地响。大金獒昭戈有点纳闷：小狗才会追着自己的尾巴转圈圈，它都老了，怎么还这样？诡计？一定是诡计。可这样的诡计有什么用呢？只能自己把自己跑死、累死、转死。

大金獒昭戈看着，突然意识到尾巴的伤口是不疼而痒的，它的尾巴没有受过伤，但它以前听别的藏獒说过，那种痒痒有时候比疼痛还要难受。面前的冈日森格肯定是不堪忍受才这样的，而这样的结果却又一次给它制造了进攻的机会。冈日森格的身子是弯着的，转着的，当弯曲的身子凸出来的一侧转向它的时候，对方的头正好扭向自己的尾巴看不见它。它应该就在这个时候扑过去，一口咬住暴露而出的柔软的肚腹。大金獒昭戈想着，毫不犹豫地实施了自己的计划，依然是速度的表演，瞬间就有了分晓。

然而这样的分晓让大金獒昭戈再一次大吃一惊：不是它咬住了冈日森格的肚腹，而是冈日森格咬住了它的肚腹。因为冈日森格突然不转了，它一停，对方扑咬的提前量就失去了意义，只能一头扎向它弯曲的身子凹进去的那一侧。如果冈日森格这个时候动作慢一点，大金獒昭戈还可以咬住它的肚腹，撕开皮囊，掏出肠子来。让大金獒昭戈遗憾的是，就在它牙刀逼临的一瞬间，冈日森格弯曲的身子突然绷直转向了，它什么也没有咬到，而自己的肚腹却不可原谅地快速凑到了对方的嘴前。冈日森格已经张开、正在追咬自己尾巴的大嘴，像是早就设计好的机关，在最佳时刻猛然合了起来。

　　肚腹破了，大金獒昭戈的肚腹砉然响然得就像有人正在解剖。这是它第一次负伤，却比它带给冈日森格的三次负伤加起来还要严重。似乎连冈日森格都有些惊讶：怎么就这样得手了？它追着自己的尾巴旋转当然是一个计谋，但它并不奢望计谋变成现实，因为即使对方上当扑来，那还得依靠自己的撕咬能力，它的撕咬能力已经大不如前了，能不能奏效呢？它在怀疑自己，却没有想到实际上它的表现往往比它预料的要优秀得多，它在天长日久、出生入死的打斗中已经把反应能力和攻击能力糅合成一种超越肉体的素养，它的天生高强的智慧和勇猛在经过无数次的残酷磨砺之后，变成了一种面对敌手的惯性趋势和本能挥洒，一切都是肌肉的自发伸缩和肢体的谐调运动，是浑身的细胞朝着一个方向聚攒能量的必然结果，它生动、主动、灵动，仿佛是神意的操作，而非它自己的刻意所为。这一切，都是比它年轻强悍、比它气魄惊人的大金獒昭戈所无法具备的。

　　看清楚战况的父亲又一次喊起来："行了行了冈日森格，你已经赢了你赶紧回来吧，不要恋战了，恋战别人就会祸害自己。"班玛多吉释然地笑着："行啊冈日森格，老了老了，还这么厉害，不愧是西结古草原的獒王。再咬啊，再这样咬它一口，它就死啦。"雪獒各姿各雅也像班玛多吉那样高兴得叫了一声，所有的西结古领地狗都高兴得叫了一声。它们的叫声引起了东结古领地狗的不满，也都闷闷地叫起来，是给大金獒的助威，也是对冈日森格的威胁。东结古骑手的头颜帕嘉喊起来："昭戈必胜，昭戈必胜。"大金獒昭戈悲愤地长啸一声，震得空气动荡，草原摇晃。冈日森格好像受到了惊吓，竟有些抖颤，赶紧松开对方，朝后退去，还没有退到安全的地方，大金獒昭戈就拖带着淋漓的鲜血，不顾一切地扑了过来。

　　这一次冈日森格没有来得及躲开，或者说它干脆就没有躲。它挺立着，略微侧了一下身子，让大金獒昭戈咬住了它的肩膀而没有咬住它的喉咙，然后它奋然跳了起来。瞪眼看着此情此景的骑手和藏獒都有些纳闷：怎么冈日森格又傻了，还嫌自己受伤得不够吗？让对手咬住自己以后才开始跳，这就等于帮助对方撕开自己的皮肉。皮肉开裂的声音就像风在穴口吹出的哨音，尖锐而响亮。只有正在搏杀的大金獒昭戈知道，正是冈日森格这种自残式的做法，让它立刻感觉到了危机的来临。就在它咬住冈日森格的皮肉不能灵活摆头的时候，跳起来的冈日森格迅速伸出前爪，猛捣它的鼻子。它惨叫一声，丢开对方赶紧后退，但已经晚了，血从鼻孔里冒出来，一下糊满了宽大的嘴。

骑手们和藏獒们明白了：冈日森格用自己肩膀上的一块皮肉，换来了大金獒昭戈鼻孔血管的破裂，这种以轻伤换取重伤的战术，在冈日森格完全是灵机一动，非凡的胆力加上谐调的身体，让它出神入化地改变了打斗的局面。但冈日森格毕竟老了，如果不老，它一定会锲而不舍地追上去，在大金獒昭戈因鼻孔负伤而痛苦不堪的时候，扑住对方的脖子，一牙封喉。可惜它老了，它已经没有年轻时那种穷追猛打的连贯和流畅了。

大金獒昭戈退到一边，恼怒而剧烈地摇晃着头，好像这样就能让鼻子好起来。摇着摇着就不动了，低头看了看自己还在滴血的肚腹，又抬头望着冈日森格，嗷嗷地叫了几声，大步朝前走来。不愧是东结古草原伟大的獒王，虽然肚腹已破、鼻子已烂，但只要不到生命的最后一刻，就决不放弃咬死对手、战而胜之的念头。它扑了过来，依然是无法抵抗的力量，依然是快如闪电的速度。冈日森格转身就跑，它知道打斗就要结束，但胜负并未确定，自己必须保证不让对方咬住，一旦咬住，自己必死无疑，因为大金獒昭戈已经感觉到了死亡的恐怖，而这样的恐怖很容易变成最后的也是最有威慑力的凶残，一只藏獒最后的凶残往往也是用生命搏取生命的最辉煌的一瞬。

冈日森格跑离了对方的扑咬，又一次跑离了对方的扑咬，看到对方发狂地追撵着，就沿着打斗场的边缘拼命跑起来。冈日森格一生都是奔跑的圣手，到老了还是，别看它气喘吁吁，好像就要跑不动了，但对方就是追不上，速度居然和年轻而疯狂的大金獒昭戈一样快。它跑了一圈又一圈，大金獒昭戈追了一圈又一圈。大金獒昭戈突然意识到这样的追撵对它极为不利，它重伤在身，跑得越快，血流得越多，离死亡也就越近。东结古獒王大金獒昭戈毅然停了下来，稳稳当当走向了打斗场的中央，看到冈日森格还在没完没了地狂跑，就有点奇怪：我都不追了，它还跑什么？

又是随机应变的结果，冈日森格突然意识到一个机会隐隐地出现了，这个机会是最后的，也是最没有把握的，但这里是舍身忘死的打斗场，它是沐浴着血雨腥风从年轻走向年老的西结古獒王，机会只要能够创造，哪怕有万分之一的胜算，它就决不会放弃。它把四肢舒展成翅膀，尽量和地面保持着水平线，弹性的爪子比期望更加有力地蹬踏着，如水如风地跑起来。旋流出现了，是冈日森格掀起的金色旋流，环绕着东结古獒王大金獒昭戈，以眼光无法捕捉的速度，迷乱了所有观战者的视觉，更迷乱了大金獒昭戈的视觉。冈日森格创造的胜利机会就在大金獒昭戈的迷乱中"嗖"然而来。

其实大金獒昭戈已经感觉到冈日森格掀起的金色旋流严重威胁着自己，但它无法判断威胁会在什么时候出现，会以什么样的形式出现。它在旋流的中间前后左右地转动着，突然发现圆圆的日晕一样的旋流变形了，破碎了，与此同时，一道光脉激射而出，仿佛一股冰融的瀑流击中了它，它的喉咙一阵冰凉，一股寒气顿时刺入了身体。它浑身一颤，躺下了，虽然没有疼痛，但它知道自己只能躺下了。东结古獒王大金獒昭戈躺下后才看清冈日森格已经来到眼前，牙刀的攮入就像一种宣判：死啦，你立刻就要死啦。大金獒昭戈不想死，它想呼出一口粗气，警告冈日森格：我要咬死你，立刻，马上。但粗气变细了，转眼又没了，大金獒昭戈看到头顶无色无味的空气以巨大的重量压迫着它，它在萎缩，在扭曲。它用空前集中的注意力感觉着自己，感觉着自己的存在和窒息，然后发现感觉没有了，自己突然不存在了，惟有窒息无限放大着，久久回荡在藏巴拉索罗神宫前、打斗场的上空。

没有声音，不论是哪方面的骑手和藏獒，都没有发出声音。静静的，静静的。风突然响起来，是老天爷的叹息，沉重到无比。"昭戈"是卧龙的意思，卧龙彻底卧倒了，再也不是呼风唤雨的獒中卧龙了。西结古獒王冈日森格卧在了死去的东结古獒王大金獒昭戈身边，也像死了一样，没有喘息，没有回去庆功的欲望，没有对同类死去的悲伤，没有对自己侥幸取胜的庆幸，什么情绪也没有，只有巨大的疲倦牵制着它。它闭上眼睛，睡了。冈日森格连续作战，以老当益壮的豪迈之躯，以哀兵必胜的争锋之道，打败了上阿妈獒王，咬死了东结古獒王，现在它要睡了。不管有没有挑战者，它都要睡了。

6 故乡渺茫

1

现在,多吉来吧不仅闻到了草原内部野兽的气息,也看到了野兽对它的顶礼膜拜,那是十几只对人对它都无害的小野兽——叽叽喳喳的旱獭,翘起前肢,拱手作揖,仿佛在列队欢迎它的归来。它高兴啊,"嗡嗡嗡"地回应着,吐着舌头,用热切的眼神频频致意。现在,它不仅闻到了寒凉可亲的雪山气息,也遥望到了它的风采:挺拔起伏的姿影,沁人心脾的银白,是昂拉雪山,是奢宝雪山,是党项大雪山。它使劲呼吸着,恨不得把那冰光雪色全部吸到肚子里。现在,它不仅闻到了帐房、牛羊的气息,也实实在在看到了它们的存在。朝思暮想的帐房啊它们是深色的,是牛毛编制的;梦中浮现的牛羊啊它们跟自己一样是浑身长毛的,是四条腿走路的。

多吉来吧跑出公路,跑向了旱獭,吓得旱獭一个个钻进了洞里。它跑向了两溜儿用绳子拉起来的经幡,激动不已地让飘荡的经文摩挲着自己的脸,又跑向了一群羊,顿时有一只大狗"杭杭杭"地叫着冲了过来,没冲到跟前就停住了,大狗不是藏獒,只是一只普通的藏地牧羊狗,看到多吉来吧如此硕大威风,吓得声音都变了。多吉来吧知道对方害怕自己,抱歉地缩了缩身子,赶紧离开了。离开的时候不禁"哦"了一声:西结古草原什么时候有了这样一只狗？想着它抬起了头，再次看了看远方的雪山，呼呼地哈着气：昂拉雪山啊我回来了，不，不是昂拉雪山，是砻宝雪山，砻宝雪山啊我回来了，不，也不是砻宝雪山，是党项大雪山，党项大雪山啊我回来了，不，也不是党项大雪山，是……突然它停了下来，发出了一种连自己都奇怪的声音，那是惊喜后的沮丧，是失望中的悲伤，它苦泪涟涟地呼唤着：汉扎西，汉扎西，果日，果日。多吉来吧已经明白：只要是草原，就会有旱獭、羊群、帐房和经幡，只要是雪山，就都会闪烁银白之光，播散寒凉之气。日思夜想的故土草原西结古依旧遥远，它的主人汉扎西和妻子大黑獒果日以及寄宿学校仍然渺茫。它大声哭起来，呼呼呼的声音如同悲风劲吹。草潮在悲风中动荡着，蔓延到天边去了。

是危难就要袭击西结古草原的预感和回救的冲动让多吉来吧从悲哀中清醒过来，它理智地回到公路上，按照巴桑指给它的方向继续往前跑，跑过了白天，又跑过了夜晚，突然发现不对了，路多起来，好几条路朝着不同的方向延伸而去，插向了阴霾蔽日的天空。它停下来，徘徊着，很长时间都拿不定主意，突然看到一个穿着老羊皮袍的藏民赶着一群牦牛从它身后走来，朝着右边的草原走去，它跟了过去，没跟几步，又发现三个同样穿着老羊皮袍的藏民也赶着一群牦牛走向了它左边的草原。多吉来吧立刻明白过来：这里是人就都是藏民，是牛就都是牦牛，自己已经不可以见藏民就跟，见牦牛就亲了。

多吉来吧不走了，卧下来琢磨，琢磨不出应该前去的方向，就打着哈欠睡着了。睡了大概四五个小时，等它醒来的时候，就觉得已经没有必要费劲琢磨了。它站起来，抬腿就走，连自己都奇怪：怎么刚才的迷茫和徘徊转眼就没有了？走出去了好长时间它才明白，原因是天晴了，而睡觉之前，草原上乌云密布，太阳不知跑到哪里去了。太阳是指南，它想起这一路走来，差不多每天都是朝着太阳落山的地方走，在无数个太阳落山之后，它看到了草原，现在它要继续朝着太阳落山的地方走，它本能地相信，只要太阳继续落山，它就能走到西结古草原。它坚定地走着，不时地瞅一眼让它放心的太阳。

太阳已经西斜，强光照得多吉来吧眼睛眯了起来，它高兴地看到，给它指引方向的除了太阳，还有在金红的光晕里愈加巍峨壮丽的雪山。它跑起来，它知道太阳一落山自己的脚步就不会如此坚定，就想在太阳落山之前多赶一些路。就这样白昼行，夜晚宿，晴日走，阴天停，一个星期过去了，多吉来吧毫不偏离地朝西行进着，走过了一片又一片草原，翻过了一座又一座山，遇到了狼，遇到了熊，遇到了金钱豹，也遇到了保卫领地的藏獒和藏狗，它克制着自己的杀性，能躲就躲，只要不妨碍它西去的进程。但野兽和藏獒藏狗并不理解它的心情，看它夹着尾巴往前跑，总会自恃己能地奔扑而来，这个时候它就只好奋勇当先了。它咬死了一只拦路的金钱豹，咬死了两只追着不放的藏獒，还咬伤了一只藏马熊和三只藏狗，差不多就是过五关斩六将地来到了这里。

这里是一个牧区集镇，许多高高矮矮的房子错落在阳山坡上，许多大大小小的帐房散落在平川里，更重要的是，有三条河流环绕在这里，有三条路都是指向太阳落山的西方。多吉来吧犯难了，这可怎么办啊，它到底应该渡过哪条河，走向哪条路？它试着把三条路都走了一遍，都是走过去五六百米后路就拐弯了，拐到山峡里头去了，山峡是朝南朝北朝东的，唯独没有朝西的。更让它疑惑的是，路居然也能过河，路一过河就凌空架在水面上，就把西去的方向改变了。这里不是平坦的大草原，到处都是陡峭的山、湍急的水，离开了公路，它根本就无法向西行走。多吉来吧绝望地望着滔滔不绝的河水，趴下了。

一趴就是大半天，它饿了，起身去寻找吃的，才发现这是一个没有野物的地方，集镇的街道上，来来往往的都是人，还有敞开着铺门的商店。一瞬间多吉来吧恍然回到了西宁城，紧张愤怒得几乎跳起来。它本能的举动是躲开人群，可是它已经进入了街道，躲到哪里都是人，躲了几下就被人注意上了。"谁家的藏獒这么好。""是啊是啊，这么好的藏獒。"多吉来吧听懂了他们的话，赶紧走开，走了几步才意识到他们说的是藏话，回头看了一眼，又看了一眼，看到满街道几乎都是藏民，跟西结古草原的藏民差不多，悬起的心顿时落下了。它闻了闻空气里浓郁的酥油味、牛粪味和羊粪味，确定它并没有回到它极其讨厌的西宁城，而是来到了一个藏民聚集的地方。

多吉来吧心里松快了一些，也不再躲来躲去了。在它根深蒂固的意识里，总觉得有藏民的地方都是安全的，不会再有人抓它害它了。它在街道上走着，和许多人擦肩而过。藏民们并不怕它，赞赏地看着它，甚至有人伸手梳理了一下它的鬣毛，它容忍着没有咆哮，仰起面孔，仿佛在询问那人：知道去西结古草原的路怎么走吗？接下来的走动中，它把它的询问用那双深澈而忧郁的眼睛告诉了所有面对它的人，但是没有人给它说起路的事情。它觉得他们比起它的主人汉扎西来差远了，读不懂它的眼神，看不透它的心。

多吉来吧失望得垂头丧气，流着思念主人和妻子、思念故土草原和寄宿

535

学校的眼泪,带着不能奔赴危难、完成使命的悲伤,卧在了一个味道蛮好闻的地方。这是本能的选择,过了片刻,它就知道它来到了一个人人都可以吃饭的地方,包括它,它也得到了一些羊骨头和一个鲜羊肺,是饭馆的阿甲经理拿给它的。阿甲经理板着面孔说:"哪里来的藏獒,卧在这里干什么?吃吧。"多吉来吧吃起来,它觉得这是天经地义的,既然人人都可以吃,它当然也可以吃。不过它也注意到一个细节,那就是人吃饭之前,总要把一些纸张交给饭馆的人,它分不清钱币和废纸的区别,从街上叼来大字报纸和标语纸放在柜台上。阿甲经理惊呼起来,当着那么多顾客的面说:"你们看,你们看,多么聪明的藏獒,连吃饭交钱都学会了。"晚上它就卧在门口,守护着饭馆,这是它的本能,任何一个喂养过它的人,都会得到这样一种出自本能的报答。没有人骚扰它,看到它的人都以为它是饭馆喂养的藏獒。而阿甲经理也有这个意思:一定要好好喂它,别让它走掉了。

以后的几天里,多吉来吧走遍了集镇的所有地方,走到后来,它就有了一种期望:或许有一刻,它会在熙熙攘攘的藏民堆里看到主人,它从来就认为它的主人汉扎西是一个地地道道的藏民。除了为这个期望而奔走,它还会不断去集镇西头的公路上察看。它轮番沿着三条指向夕阳的路往前跑,一直跑到公路突然改变方向的时候才返回来。它总觉得路是有生命的,或许有一刻,某一条路不再拐弯了,不再拐到朝南朝北朝东的山峡里头去了,也不再凌空跨过水面拐向更加莫名其妙的峡谷,而是劈开山脉,朝着太阳落山的地方,一直向西,向西。但是没有,它没有发现路的变化,不,变化还是有的,那就是更加弯曲了,更加执拗地向南向北向东去了。

住在集镇上的人很快都认识了多吉来吧,所有的狗也都认识了多吉来吧。人对它和气,狗对它也和气,好像这里的狗没有一只是坏脾气的、排外的,不论大狗小狗,要么对它既不招惹也不靠近,要么就友好地摇着尾巴,过度热情地跑过来想跟它嗅嗅鼻子。多吉来吧尽管处在落魄寂寥之中,仍然保持着傲慢骄矜的态度,只要不是来跟它玩的小狗崽子,它一律不理,好像这儿原本是它主宰的领地,它是不怒而威、睥睨一切的大王。狗们的大度包容让多吉来吧有些奇怪,仔细观察,才发现这里有各式各样的藏狗,却没有一只是藏獒,它不知道这是因为这儿离汉地比较近,藏獒都被"下边人"(指平原上的人)绑架走了。没有藏獒的地方是懦弱而平庸的,经常会有外面的人来这里闹事,抓人啦,斗争啦,游街啦,而那些藏狗却熟视无睹,好像已经见多不怪,放弃了捍卫领地安全的责任。多吉来吧看不懂那些外来人在闹什么,一遇到这种事情就会远远地躲开,人类的事情真是太复杂了,它已经知道事不关己、高高挂起的重要。

突然有一天,多吉来吧不再走动了,从晚上到早晨到中午都没有离开饭馆,大部分时间卧着。饭馆的阿甲经理很奇怪:"藏獒是怎么搞的,今天这么老实,不会是病了吧?"多吉来吧似乎听懂了,把抬起的头懒洋洋地耷拉在了前腿之间,然后闭上眼睛,从嗓子眼里发出一阵呼呼声,好像在生气,又好像在打鼾睡觉。阿甲经理给它端来了半盆肉汤,里面放了几块熟牛肉。它跳起来,呼噜呼噜把牛肉和肉汤全部吃干喝尽了,然后又趴下,又是一副无精打采的样子。阿甲经理说:"好着呢,能吃就没病,它大概终于把这里当成家了,它当成了家,就不会再走了。"

多吉来吧自己也不知道它为什么一整天都呆在饭馆里,反正冥冥之中有一种亢进的感觉激发着它的责任感,让它安分地守卫在这里等待着什么。直到下午,当一群外来的人突然包围了饭馆开始胡作非为时,多吉来吧才意识到自己等待的是报答,它要报答阿甲经理的喂食之恩、容留之恩。它对来人开始并没有什么反应,饭馆天天都是人来人往的,它已经习惯了,对墙里墙外糊满大字报的举动也没有干涉,因为它觉得这或许是一件好事儿,过去的人来这里是带着小纸片,今天的人带着大纸片,甚至给阿甲经理戴上纸糊的高帽子时它也没有格外在意。但是后来就觉得不对劲了,它发现那些人居然拧住了阿甲经理的胳膊,吆三喝四地要把他带走。它奇怪了,从门口站起来,禁不住吼了两声,这是威胁,是善意的警告。

那些人不理会多吉来吧,他们串联到这个牧区集镇传播革命火种已经好几天了,观察过这只硕大无朋的狗,得出的结论是:个子虽大,但不咬人,外强中干,徒有其表。几个人架着阿甲经理走出了饭店,走向了街道,另一些人开始打砸饭馆里的所有设施。多吉来吧就在这个时候扑了过去,它没有让他们把阿甲经理带走,也没有让他们把打砸持续下去,它一连撞倒了七八个人,几乎扯烂了所有来犯者的衣服,它智慧地做到了让所有人心惊胆寒,却没有咬死一个人,给阿甲经理带来杀人偿命的麻烦。更重要的是,在它顶撞、扑打、撕扯的时候,集镇上的所有藏狗都参与进来,成了它的帮手。它们借势狂吠着,朝着这里的藏民和这里的藏狗向来不敢得罪的外来造反派,第一次发出了愤怒的吼叫。那些人跑了,一个比一个狼狈地跑了。

多吉来吧追了过去,它知道他们不是集镇上的藏民,也不是周围的牧人,就想把他们赶出集镇去。所有的藏狗都跟在了它身后,追着,喊着,高兴得打着滚儿。它们本来就应该这样，但不知从什么时候起它们不这样了。现在它们又开始了，又把捍卫领地安全的责任承担起来了，好像多吉来吧一下子唤醒了它们休眠已久的狗魂。它们从此一发而不可收，见了那些串联造反、浑身人臊的外来人便又喊又咬，直到把他们追撵出集镇。之后，多吉来吧用吼声让那些藏狗继续追撵，自己迅速回到了街道上。原因是刚才经过街道时，一抹略带亮色的记忆闪电一样抓住了它，又闪电一样松手了。它不知道究竟怎么了，想停下来搞清楚，又觉得追撵更重要，就暂时搁置了起来。现在，追撵已经不重要了，它来到街道上，想找到出现那一抹记忆的原因，但它找遍了所有它刚才经过的地方，那记忆却再也没有回来。

多吉来吧不忍丢弃却又无可奈何地回望着，来到了饭馆门前。阿甲经理等在门口，一见它就激动地过来抱它。它躲开了，他已经不习惯这样和人亲近了，也似乎忘了人家为什么要对它这样。阿甲经理去厨房拿了几块熟牛肉犒劳它，它看了看几只追撵外地人回来的藏狗，一口肉没吃就走开了。几只藏狗知道多吉来吧把肉让给了它们，感激地摇摇尾巴，你争我抢地扑了过去。多吉来吧神情淡漠地卧在了饭馆门口，眨巴着眼睛，摆了一下头，突然觉得那闪电又出现了，依然是脑海中一抹略带亮色的记忆。它忽地站起来，发现自己的眼睛正盯着饭馆对面的一辆卡车，它确定自己的记忆就来自这辆笨头笨脑的军用卡车，便冲动地跳起来，想跑过去，又猛地停下来。它谨慎地四下看了看，慢慢地走过去，闻了闻车厢，又闻了闻车头，知道驾驶室里没有人，便回头看了看，看到阿甲经理正在把门口墙上的大字报撕下来扔掉，看到饭馆里坐着几个来吃饭的军人，立刻就明白，卡车是军人的。它朝军人走去，发现他们有点怕它，就停在饭馆门口摇了摇尾巴，然后走到阿甲经理身后，轻轻地叫了一声。

阿甲经理回头看了一眼，以为它是想吃肉了，嗔怪地说："谁叫你刚才把肉让给了别人，你以为我的肉多得没处去了，可以胡乱散给天下的狗。"看到多吉来吧还在叫，就说，"等着吧，我去给你拿。"说着就要进饭馆。多吉来吧的叫声变了，忽细忽粗，奇奇怪怪的。阿甲经理停下来问道："你怎么了，你哭了？哭什么，肉还有，肉还有，就是我们人不吃，也得让你吃啊。"多吉来吧是哭了，那是离别的眼泪，也是感激阿甲经理的眼泪，仿佛是说：我走了，我就要走了，这个给我喂食、让我停留的人啊，我要走了。阿甲经理没看懂多吉来吧的眼泪，去厨房又拿来几块熟牛肉，要丢给它时，发现它已经不见了。他喊起来："藏獒，藏獒。"一声比一声大。

多吉来吧又一次来到了集镇的西头。还是那三条不变的路，从这里开始指向太阳落山的地方。太阳就要落山了，黄昏在路面上逗留，泥土是金黄金黄的；峡谷在不远处花瓣似的展开着，花瓣是明亮的绿色，中间是纯净的蓝色。多吉来吧十分认真地看了看，似乎在确定自己的想法是否值得坚持，然后把自己藏匿在路边高高的蒿草丛里，静静等待着。一个让它激动也让它伤感的机会就要到来了，它一眼不眨地瞪着路面，瞪着三条路面，它知道三条路都是走向险峻的山峡，走出这个集镇的路，但只有一条路不管它拐多少弯，跨多少河，最终一定会到达一个它曾经待过的地方，到了那个地方，它自然就明白，家乡故土西结古草原到底在哪里了。

2

冈日森格刚闭上眼睛，父亲就跑进了打斗场，他看着死去的东结古獒王昭戈，痛心得差一点冲着冈日森格喊起来："你为什么要把它咬死？"又觉得冈日森格也是死里逃生，如果它心慈手软，死掉的肯定就是它。从父亲的感情出发，他当然更不希望冈日森格死。父亲抚摸着冈日森格，看到它遍体伤痕，而自己又不能替它受伤或者给它治伤，难过得一屁股坐了下去。美旺雄怒来到了父亲身边，也像父亲那样痛惜地望着冈日森格，凑过去在它的伤口上轻轻地舔着，舔着舔着，眼泪就出来了。东结古骑手的头颜帕嘉打马过来，跳下马背，跪倒在獒王昭戈跟前，拿出一块酥油抹在了它身上，这是祝福的意思，是送它走远方的意思，接着就泪如泉涌："昭戈，昭戈，我从小看到大的昭戈，你才活了几个年头就要离开我了。"他把这句话重复了好几遍，然后仇恨地看着冈日森格，攥了攥拳头，突然惊诧地"噢哟"了一声。颜帕嘉的眼光盯上了上阿妈骑手和领地狗群的阵营，那片阵营现在空空荡荡的，人没了，藏獒也没了。他们是什么时候没有的？他们为什么没有了？莫非上阿妈认输了，回去了？

颜帕嘉走向自己的骑手，大声说："伟大的神灵会把惩罚降给那些不尊重他们的人。而我们为了匍匐在神的脚下，牺牲了我们的獒王大金獒昭戈。昭戈此去，也要变成神了，这是我们献给拉索罗仪式的最好礼物。现在，我们要磕头，一人磕一百个长头，要是藏巴拉索罗神宫不在磕头中倒下，那就是对我们的允诺，我们不跟西结古的领地狗群打啦，直接去找麦书记，去找藏巴拉索罗。"东结古的骑手纷纷下马,朝着东西南北耸立在冈顶与山麓的四座华丽缤纷、吉祥和美的神宫,虔诚地磕起了等身长头。

　　班玛多吉对父亲说:"我们已经胜利了,应该去寻找丹增活佛和麦书记,去保卫藏巴拉索罗了。"父亲说:"你还想让冈日森格跟着你去打斗啊?它都起不来了,它在睡觉,我不能叫醒它,我要守着它。"班玛多吉想了想,也觉得冈日森格该休息了,就说:"它醒了就让它来找我们。"西结古骑手要走了,西结古领地狗群不走,它们不想落下獒王冈日森格。班玛多吉怎么吆喝也不顶用,求救地望着父亲。父亲絮絮叨叨地说:"走吧走吧,谁让你们是领地狗群呢,你们不听话是不对的。你们的獒王冈日森格由我来关照,它不会有事儿的,你们放心去吧。"父亲四处看了看,走过去搂住腼腆而温顺的各姿各雅说,"它可是一只好藏獒啊,不知道你们听不听它的话,慢慢地拥护吧,你们会习惯它的。冈日森格老了,已经不能带着你们四处征战了,就让它休息吧,以后永远都休息吧。"父亲相信领地狗群的离开是因为听懂了他的絮叨,他望着它们的背影,感动地想:都是一些好藏獒啊,它们什么都懂,它们知道我的心。父亲来到冈日森格身边,刚要坐下,冈日森格就醒了。它睁开眼睛看了看父亲和美旺雄怒,吃力地站了起来。父亲搂着它说:"你的领地狗群走了,你不必跟它们去,打打杀杀有什么好,连我都不知道这是为什么。你跟着我走,去寄宿学校好好治伤吧,那儿有藏医喇嘛尕宇陀,还有很多受伤的藏獒。"冈日森格知道父亲在可怜它,眼睛湿漉漉地看着自己的恩人,用头蹭了蹭他的腿,然后抬头望了望西结古领地狗群远去的方向,听话地朝着寄宿学校的方向走去。父亲看着它,突然意识到,冈日森格早就醒了,也知道它的领地狗群要离开这里,但它就是没有起来跟它们去,是希望雪獒各姿各雅代替它成为獒王,还是真的累了,自知已经没有能力上山捉虎、下海擒龙了呢?

　　成为战地救护所的寄宿学校里,那些伤势严重的藏獒横七竖八地躺在牛粪墙围起的草地上。孩子们守在藏獒身边,也都睡着了。父亲带着獒王冈日森格和美旺雄怒悄悄地走近了他们,一只一只看着受伤的藏獒,一个一个摇醒了孩子:"去,回帐房睡去。"孩子们爬起来,一见冈日森格,睡觉的心思就没有了,都想跟它玩,有的揪住了它的耳朵,有的拉住了它的尾巴。秋加翻身上去骑在了它身上。冈日森格就像一个好脾气的老爷爷,尽量地配合着他们的玩兴。父亲看到了,吼了一声,抢过去一把撕下了秋加:"你们怎么还能这样,它一直都在打仗,身上受了那么多伤,你们看不见吗?在你们家,你阿爸受伤了，你爷爷受伤了，你们也会这样吗？"孩子们围住了冈日森格，轻轻抚摸着它，柔声问候着它："冈日森格，冈日森格，你疼不疼？"冈日森格领情地望着他们，脚步迟滞地走动着，在每只卧倒不起、半死不活的藏獒身上闻了闻，最后停在了大格列身边，流着眼泪舔了舔它的伤口。大格列感觉到了，睁开眼睛看了看它，鼻子抽搐着，浑身突然一阵抖动，好像要告诉它什么。冈日森格再次舔了舔它的伤口，又用自己的鼻子蹭了蹭它的鼻子，好像是说：知道了，知道了，你想说什么我已经知道了。

大格列想说的是：小心啊，獒王，只有你和多吉来吧才可能是地狱食肉魔的对手，而且是年轻时候的你和多吉来吧。冈日森格来到藏医喇嘛尕宇陀身边卧了下来。尕宇陀拍了拍它的头说："冈日森格，我知道你为什么卧在了我身边，你想让我给你敷药喂药是不是？药没有了，连我们的獒王我都不能救治了。"说着把怀里的豹皮药囊放在了地上。冈日森格有点明白了，看了看里面空空如也的药囊，站起来，在尕宇陀如泣如诉的经咒声中，走向了牛粪墙的外面。

獒王冈日森格走了，它是来休息和疗伤的，但现在，休息和疗伤都已经不可能了。它从现场的遗留和大格列身上闻到了地狱食肉魔的强盗气息，也从鼻子的抽搐和浑身的抖动中听懂了大格列的话。其实用不着大格列提醒，冈日森格一看一闻就什么都明白了：不是暴戾恣睢到极致的家伙留不下如此腥臊不堪、经久不散的味道，面对这样的味道，它唯一的选择就是出发，去寻找，去复仇，它是獒王，獒王的存在就是和平宁静的存在，现在和平没有了，宁静消失了，它不得不用连续不断的厮杀和战斗来挽救草原的碎裂，尽管它老了，已经承担不起那份过于沉重的责任了。父亲追了过去："冈日森格，你要去干什么？回来，你回来。"冈日森格不听恩人的，它知道恩人的心就像棉花一样柔软，但柔软的心对藏獒是不适用的，尤其是獒王。它跑起来，想用尽量矫健的跑姿让操心自己的恩人放心：我好着呢，你瞧瞧。它越跑越快，很快跑出了恩人的视野。父亲是了解冈日森格的，它越是神气十足他就越不放心。他回头喊道："美旺雄怒，美旺雄怒。"美旺雄怒过来了。他比划着手势说："我知道冈日森格要去干什么了，你跟着它去吧，遇到危险你帮帮它，帮不了就赶紧跑回来叫我。"火焰红的美旺雄怒飞身追了过去。

一天一夜之后，美旺雄怒回来了。它叫醒父亲，不断舔舐自己的前腿。情况紧急，它知道声音的语言和身形的语言都说不清楚，就咬伤自己，用滴血的伤口告诉主人：血腥的事情发生了，赶快去救命哪。在西结古草原，遇到急事儿,许多藏獒都会用咬伤自己的办法给人报信。"秋加,秋加。"父亲喊起来。他安排孩子们看好学校,看好受伤的藏獒,自己骑上大黑马,走了。美旺雄怒立刻跑起来,它要在前面带路,只有它知道,到底在什么地方,发生了什么。

3

多猕骑手以为抓到了丹增活佛,再顺藤摸瓜找到麦书记,就能得到藏巴拉索罗。但是丹增活佛死了,死在原野里一个叫作"十万龙经"的地方。扎雅蹲伏在地,把脸贴到丹增活佛的鼻子上说:"没气了,进的出的都没了,你们也试试。"骑手们轮番把脸贴到丹增活佛的鼻子上,也说:"没气了。"扎雅撕开丹增活佛红氆氇的袈裟和黄粗布的披风,摸了摸胸口,感觉活佛的尸体冰凉得就像雪山融水里捞出来的石头。他站起来,皱着眉头想了半晌说:"谁说这佛爷不是藏巴拉索罗呢,在西结古草原,他在哪里权力就在哪里。谁也不准说他死了,他就是变成鬼魂,也要控制在我们手里。走啊,把他送到西结古寺去,我们就在那里宣布我们找到了藏巴拉索罗。"

这时二十只多猕藏獒此起彼伏地叫起来。骑手们发现他们已经走不了了。一百米开外,西结古骑手和西结古领地狗黑压压站了一片。扎雅说:"快,不要让西结古的人看到佛爷死了,他们会和我们拼命的。"骑手们把丹增活佛朝后抬了抬,翻身上马,排成一列,挡在了前面。二十只壮硕伟岸的多猕藏獒知道出生入死的时刻又来了,亢奋得你挤我撞。班玛多吉大声说:"快把丹增活佛交出来,然后离开这里,离开西结古草原。"扎雅说:"我们是想交出来,可是我们的藏獒不答应,你们说怎么办呢?"班玛多吉说:"狠心无耻的人啊,你们怎么能忍心看着自己的藏獒死的死、伤的伤呢?"扎雅说:"你怎么知道是我们的藏獒死的死、伤的伤? 快按照规矩战斗吧,要是你们赢了,我们就一定把丹增活佛交给你们。"

一场流血亡命的打斗又要开始了,班玛多吉巡视着西结古领地狗群,心想獒王冈日森格没有来,到底让谁先上场只能由他来决定了。必须旗开得胜,必须让一只最有威慑力的藏獒一举灭除他们的威风。他喊起来:"各姿各雅,各姿各雅。"看到身边的领地狗群里毫无反应,正在寻找,就听对面的扎雅一阵惊叫,这才发现雪獒各姿各雅早已经冲出去了。

雪獒各姿各雅做出了一个谁也没想到的惊人举动,它没有按照所有藏獒打斗的常规,扑向自己的同类,而是扑向了多猕骑手的头扎雅,一口咬在了毫无防备的扎雅的腿上,又一爪掏在了扎雅坐骑的生殖器上。坐骑惊慌地跳开,差一点把扎雅摔下马来。靠近扎雅的多猕藏獒马上扑过来援救,雪獒各姿各雅把自己变作一股风雪的涡流,扭头往回跑,跑了两步,突然转身,以最快的速度再次扑过去,扑向了另一个骑手。这次它没有撕咬骑手,也没有撕咬坐骑,而是从马肚子下面嗖地窜了过去,又窜了过去。追过来的藏獒本来完全可以咬住各姿各雅,但是每次从马肚子下面窜过去后,各姿各雅的脊背都会使劲摩擦马柔软的肚腹,马的本能反应就是摆动身子跳起来,这一摆一跳,恰好就堵住了追上来的多猕藏獒,它们只能挤挤碰碰地绕过马再追,距离顿时就拉开了。

各姿各雅一连从五匹马的肚子下面窜了过去,然后举着锋利的牙刀,从斜后方扑向了一只黑如焦炭亮如油的大个头藏獒,它是多猕藏獒的獒王,各姿各雅一来这里就盯上了它。多猕獒王当然知道隔着几匹马的那边出现了险情,但已经有好几只藏獒扑过去了,它也就不去管了。它是沉着而稳健的,仪表堂堂,雍容大雅,一派王者之风。它看清了冲过来的雪獒各姿各雅,甚至都看清了对方脸上的腼腆和眼睛里的温顺,正因为看清了,才觉得根本就不值得自己去亲自堵截。那雪獒不是西结古草原的獒王,没有超凡的体格、入圣的气度,更没有山岳般昂然沉稳的力量,它就是一个不谙世事的半大小子,还没有认出二十只多猕藏獒里谁是獒王,就被人吆喝着匆匆忙忙扑过来了。而真正强大霸悍的藏獒,决不会匆忙胡乱行事,要出击就会冲着对方的獒王出击。

既然这雪獒不是西结古草原的獒王,那么谁是獒王呢?多猕獒王在对方刚刚出现时就开始观察,到现在也没有观察明白,好像没有獒王?这么大一群领地狗里怎么可能没有獒王呢?它摇晃着硕大的獒头,眼光再一次专注地扫过西结古领地狗群:獒王肯定隐蔽起来了,它隐蔽起来想对付我。多猕獒王正这么凝神思考的时候,一场风雪突然降临,是夏天翠绿风景里的风雪,洁白得让它眩晕,冰凉得让它心痛。冰凉先是出现在脖子上,接着过电似的蔓延到了全身,当一股被冰凉逼出的热血从自己的脖子上激射而出时,多猕獒王才意识到自己被对手咬了一口。反咬是来不及了,那雪獒已经离开它的身体,转身跑去。

多猕獒王神态闲雅地回过头去,看了一眼飞身遁去的雪獒各姿各雅,闲庭信步似的迈步前走，又迈步后退，然后炫耀威风般地摇晃着，摇晃着，轰然一声倒在了地上。它就要死了，脖子上的大血管已经被挑断，血是止不住的，漫的漫，滋的滋，转眼身下就是一大片了。它躺在鲜血上，发出了一声惊心动魄的吼叫，从容不迫地闭上了眼睛。熊心豹胆、虎威彪彪的多猕獒王，还没有搞清楚敌情，没有来得及出击就已经死了，谁也没有想到，雪獒各姿各雅也没有想到，神奇的偷袭会是如此的斩钉截铁。

多猕骑手们看着伟大的多猕獒王什么作为也没有，就已经血肉飞溅，倒了下去，吃惊得呆立在马上，一时还以为自己看花了眼。而对雪獒各姿各雅来说，这正是一个冲破屏障的机会，它继续在马肚子下面飞行，左绕右绕，很快接近了它一开始就发现了的躺在地上的丹增活佛，然后"刚刚刚"地叫起来。

追撵而来的多猕藏獒围住了各姿各雅，用吼声狂轰乱炸着。各姿各雅一副雄当万夫的样子，冲着几十米远的班玛多吉叫一声，又冲着多猕藏獒叫一声。它已经完成了自己预设的任务，不必躲闪它们，也不必害怕它们，真要厮杀起来，那也是按照藏獒的规矩一对一，而在它生来就自信骄傲的意识里，任何一对一的打斗，都意味着流血之后的胜利，而不是失败。它叫着，突然浑身抖了一下，脸上立刻有了它惯常的腼腆和温顺。它眼睛不失警惕地望着围住它的多猕藏獒，后退一步卧了下来。它用行动告诉对方，它不走了，它要一直守护着丹增活佛，丹增活佛是西结古草原的，是班玛多吉和西结古骑手要抢夺回去的。

班玛多吉带着西结古骑手和西结古领地狗群走了过来，好像各姿各雅的胜利给他注入了藏獒充沛的中气，也给他换了一副嗓子，他的喊声如雷如鼓："不是说好了吗，只要我们赢了，就一定把丹增活佛交给我们。"扎雅意识到多猕骑手和多猕藏獒也许根本就不是西结古的对手，又想到丹增活佛已经死亡，要是对方知道，麻烦就大了。他朝多猕骑手挥了挥手："走吧，赶紧走吧，还是要找到麦书记，麦书记手里才有真正的藏巴拉索罗。"说着率先掉转了马头。骑手们跟上了他。

十九只多猕藏獒不想走，它们望着死去的獒王硬是不想挪动半步，伤心和凭吊是必须的，藏獒比人更容易产生生离死别的悲痛，更需要一个用眼泪表达感情的仪式，这是祖先的遗传，已经成为一种支配着习惯的潜意识了。扎雅和多猕骑手们回头喊着："走啊，快走啊。"多猕藏獒们听话地回过身去，要走，又不忍心就这样走掉。突然一只藏獒哽咽了一声，接着就是泪流如注。

所有的多猕藏獒都哽咽起来，围绕着它们的獒王，把清亮到百米之外都能看见滚动的泪珠流在了多猕獒王渐渐冰凉、硬化的身体上，十万龙经之地的天空，助哭的风声呜呜地响着，吹散了扎雅和多猕骑手催促它们快走的吆喝，它们不理睬自己的主人，不理睬人的无情，它们坚守着自己的绵绵情意，义无反顾地要把悲情藏獒发自肺腑的慷慨悲歌用声音和眼泪唱出来，哪怕即刻被就要扑过来的西结古领地狗群一个个咬死。

正在一步步靠近的西结古领地狗群当然知道，一个突袭猛进、摧枯拉朽的机会出现了，只要它们中间有一只猛獒扑过去，不费吹灰之力就能一连咬死至少三只多猕藏獒，然后再一只一只接二连三地出击，用不了多长时间，这十九只多猕藏獒就会全部葬送在这十万龙经之地。但是西结古领地狗群在靠近到还剩十米的时候就停下了，没有一只藏獒乘机而出，包括最应该乘威再战的雪獒各姿各雅，也是远远地看着多猕藏獒悲痛欲绝的凭吊。不，西结古领地狗不是静静地看着，它们也在默默流泪，悄悄哭泣。

扎雅和多猕骑手看吆喝不来多猕藏獒，就先自奔跑而去。他们知道，只要多猕藏獒不被咬死，它们迟早会循着味道追撵而来。班玛多吉和西结古骑手恼怒地望着远去的多猕骑手，直到看不见了，才把眼光收回来，这才发现雪獒各姿各雅守护在一个躺倒的人身边。谁啊？不用走近他们就看清楚了，那是红氆氇袈裟和黄粗布披风的丹增活佛。

4

多吉来吧藏匿在路边的蒿草丛里，一眼不眨地瞪着三条路面，瞪了一个小时，机会终于按照它的愿望出现了，那是一抹在脑海中闪电般来去的略带亮色的记忆，是一辆它在集镇的饭馆对面看到的笨头笨脑的军用卡车。它一跃而起，扑了过去，沿着那条卡车选择的路，钻进了车轮掀起的飞扬的尘土。疾驰开始了，它的目的是追上卡车，决不放过卡车，直到卡车停下。

记忆越来越清晰，再也不是闪电般来去了。它想起多年前第一次离开主人汉扎西时的情形：主人给它套上铁链子，把它拉上卡车的车厢，推进了铁笼子，那一刻，它就像一个孩子，委屈得哭了。它没有反抗，知道主人让它干什么它就得干什么。它大张着嘴，吐出舌头，一眼不眨地望着主人，任凭眼泪哗啦啦地流在了车厢里。就是这辆卡车的车厢，绝对没有错，尽管它的眼泪早已经干涸，气息也已经消散，但它还是闻出了车厢的味道。更何况开车的也是军人，虽然不是多年前的那个军人。那是青果阿妈州州府所在地多猕镇的监狱，它在那里待了两个月，天天都能看到军人。后来它跑了，它咬断了拴着它的粗铁链子，咬伤了看管它的军人，跑回了西结古草原汉扎西的寄宿学校。而它现在的兴奋就在于，靠了它天然敏锐的感觉，它朦朦胧胧意识到只要跟着卡车，就有希望找到多猕镇，找到那所监狱，而找到监狱它就知道路了，就能穿过多猕草原，再穿越狼道峡，回到西结古草原，就像第一次它跑回主人身边那样。

天已经黑透了。多吉来吧拼命奔跑着，它被裹在尘土里，什么也看不见，但是它知道卡车一直离它只有十米远，也就是说它的速度和卡车是一样的，至少最初的两个小时是这样。后来它就离开尘土了，开始是一阵风吹散了尘土，后来就是距离的拉长，越拉越长。它气喘吁吁，知道自己不行了，无论如何追不上了。它慢下来，闻着地上和空气中的气息，跟了过去。很快它就发现，气息越来越淡了，风很大，卷走了卡车的味道也似乎卷走了它的嗅觉。更糟糕的是，公路上不光是它追撵的那辆笨头笨脑的军用卡车，大大小小好几辆汽车从它身边飞驰而过，跑到前面去了，它用鼻子捕捉到的更多是这些汽车的味道。它当然有能力分辨清楚，但如果遇到岔路，遇到风向转变，就没有十拿九稳的把握了。多吉来吧再次疾驰起来：追上去，追上去。它知道汽车的速度和耐力都比它好，但它更知道一旦失去了笨头笨脑的军用卡车，说不定就再也没有返回家乡的机会了。它跑啊，拿出了生命中最后的也是最强大的气魄，拿出了作为一只藏獒决不放弃忠诚和勇敢、恋家和归主的原始精神，也拿出了用一生的磨炼积攒起来的肌肉和骨骼最有成效的运动，奔跑在斗折蛇行的山峡里。

不希望被穿透的夜色一次次地堵挡而来，又一次次无奈地裂开了口子。但黑暗是不屈的，堵挡的顽强让多吉来吧每跑一步都觉得顶撞在一堵厚墙上，奔跑渐渐吃力了，缓慢了，真是由不得自己啊，这种属于人类的四个轮子走路的铁家伙怎么这么快。多吉来吧意识不到任何一种动物即使是奔跑能力超级强大的马，也不可能和汽车赛跑，它追逐了大半夜而没有失去目标，就已经超过马的能力好几倍了。它跑着，主人汉扎西和妻子大黑獒果日、预感中家乡草原的血腥和死亡，成了它生命的全部和存在的理由，让它把活着的意义变成了不避艰险的奔跑。它几乎就要把自己跑死了，但还是跑着，胸腔里冒火，嗓子眼里冒火，眼睛也在冒火，四肢开始发软，身子沉重起来，肌肉的运动已经不准备配合它焦急的心情，到处都酸着也散着，力量似乎很难凝聚到一起了。突然它停了下来，摇晃了一下身子，一头栽倒在路旁的河水边。好在这儿水不深，它呛了几口水，赶紧爬上来，呼哧呼哧地喘息着，再也起不来了。

就这样完蛋了吗？决不该放弃的怎么总会被它放弃呢？它卧着，仅仅卧了两分钟就开始往前爬。它知道爬是追不上的，但它还是要爬，因为爬行也是追逐。这时候它的血液只能为追逐卡车而流淌，脉搏只能为追逐卡车而跳动，追上去就有希望，有见到主人和妻子的希望，有追杀诡风人獴、挽救危难的希望。它爬着，用身体摩擦着地面，就像一个磕着等身长头千里朝拜的信徒，一点一点地往前挪动。它就这样往前爬了两三公里，这是它超越生命极限后的又一次超越。它再也爬不动了，蠕动着，蠕动着，然后就静止不动了，浑身的所有细胞都已经疲倦得无法正常运动，集体做出了一个决定：不再支持它的追逐，让它死掉，心情死掉，意识也死掉。

天很快亮了，峡谷里的晴色透明得就像抽掉了空气。一辆拉着羊毛的汽车疾驰而过，从驾驶室里丢下来一句惊呼："看啊，一只狗熊。"汽车开过去了五十多米才停下，又倒回来，停在了多吉来吧身边。三个男人在驾驶室里看了半天，确定它不是狗熊是藏獒，才敢下到地上来。又站着看了半天，司机说："走吧，死狗值不了几个钱，不就一张皮嘛。"有人说："我敢跟你打赌，它没死。"又有人说："它没死躺在这里干什么？"司机凑到跟前看了看说："不错，就是没死，肯定是车祸，哪个王八蛋撞了它，怎么丢下不管了？来，搭把手，把它抬上去，看前面有没有人家收留它。"三个男人费了九牛二虎之力把多吉来吧抬上了装羊毛的车厢，怕它被颠下来，又在羊毛垛子上掏出一个坑，使劲推了进去。累昏了的多吉来吧哼了一声，表明它还不是一只死狗，还有知觉。司机说："好一只大藏獒，连呻唤都是雄壮的。"

汽车上路了。多吉来吧躺在羊毛垛子上，就像一个孩子熟睡在摇篮里。它睡了很长时间，直到下午才醒来。它望着自己的爪子想了一会儿，才想起它的追撵和那辆笨头笨脑的军用卡车，赶紧站了起来，一站起来就很紧张：自己怎么会在一片羊毛上？而且羊毛是飞翔的，它感觉到的，不是依附于大地的稳实牢靠，而是悬浮起来的轻飘虚晃。它吃惊地叫起来，朝着天空叫，发现天空是旋转的，云彩是奔走的；又朝着两边叫，看到两边的山脉风驰电掣，一律朝后运动着，让它不得不去想：都朝后走了，我为什么要朝前去呢？它跳起来，跳出了羊毛垛子上的坑窝才意识到情况比它想象得还要严重，它居

547

然在汽车上,它怎么会在汽车上呢?刹那间它想起了两次坐车带给它的灾难,第一次是多年前那辆它现在需要追逐的军用卡车带给它的,笨头笨脑的军用卡车把它带出了西结古草原,带到了多猕镇上的监狱里,两个月以后它才跑回去。第二次是一年前一辆白色的卡车带它去了遥远到不能再遥远的西宁城,直到现在它还没有跑回故乡草原去。如今它又坐上了汽车,汽车要到哪里去?它吼着,问着,没有谁理睬它,只有太阳,太阳是迎面挂在天上的,它瞪起眼睛看了半晌,断定现在是下午,这才稍微松了一口气,毕竟可恶的汽车是朝着西斜的太阳呼啸而去的。它摇摇晃晃地卧下了,继续吼着,问着,直到汽车停下,直到一阵大风从后面吹来。

汽车停下是因为司机想撒尿,尿没来得及撒,就听到半死不活的藏獒在车厢上面"嗡嗡嗡"地吼叫着。驾驶室里的另外两个人也听到了,钻出来吃惊地向上看着。司机说:"它怎么突然精神起来了?你听这声音,哪里是狗叫,分明是打雷。"多吉来吧感觉汽车不走了,站起来冲下面的人咆哮着。有人说:"不能再拉着它了,它会吃了我们的。"司机说:"快快快,快进驾驶室,它要跳下来了。"多吉来吧果然从高高的羊毛垛子上跳了下来,但推动它跳下来的,并不是撕咬人的蛮野之性——尽管它始终认为这几个用汽车拉着它的人一定会给它带来新的灾难,而是风,风大了,也转向了,大风从后面吹来,稍来了一股熟悉的味道,这味道一进入鼻子,就在它脑海中刺激出了一抹略带亮色的记忆,这次可不是闪电般来去的,而是来了就不走了。多吉来吧奇怪了一下:怎么那辆笨头笨脑的军用卡车跑到自己后面去了?它朝风吹来的方向望了望,想都没想就把自己交给了命运。命运对不低头、不屈服的生命历来是宽容的,它没有摔死,也没有摔伤,它机智地跳进了路旁的河水,水浮住了它,柔软的淤泥托住了它,它溅起了偌大一片水花泥浪,在泥浪落地的同时爬上河岸,看都没看一眼已经钻进驾驶室的三个人,便朝着走来的方向跑去。

大概跑了二十分钟,它就看到了那辆军用卡车,笨头笨脑的庞大物体停靠在路边,三个军人正在打开的车头边忙活着。多吉来吧停下来,远远地观察着,它不知道车坏了,需要修理,还以为卡车已经到达了目的地,而刚才自己居然就在目的地旁边一闪而过。它兴奋起来,眼光四下里闪烁着,想找到监狱,想把这里看成是青果阿妈州州府所在地的多猕镇和多猕草原,但很快它就沮丧了,这里什么也没有,完全跟记忆没关系。它吃惊着,接着又愤怒地咆哮了一声,像是对卡车说:你怎么把我带到了这里?马上又明白,咆哮是没有道理的,它唯一的选择就是告别卡车。它转身离开,再次朝着太阳落山的地方走去。

　　它觉得自己走了很长时间,走过了黄昏,走进了黑夜,不能再走了,尽管有路,但它只相信太阳,没有太阳的天空会让它迷失方向。它走出公路,来到河边喝了几口水,感觉饿了,正发愁没有东西吃,就见黑黢黢的浅水湾里,几只大鱼正在游动。它扑了过去,速度哪里是鱼能逃得脱的,它咬住了一条甩到岸上,又咬住了一条甩到岸上。两条大鱼让它胃口大开,正吃得来劲,就听公路上一阵汽车的轰隆声,仰头一看,就见那辆笨头笨脑的军用卡车从自己面前疾驰而过。它吃惊地吼了一声,跳起来就追,恍然明白：原来卡车并没有到达目的地,刚才只不过是休息,就像藏獒,就像人,卡车也需要休息。

　　多吉来吧又一次钻进了卡车后面飞扬的尘土,用恢复过来的精力,疯狂地奔跑着。尘土好像空前厚实,它看不见前面的卡车,也看不到两边的景色,只能感觉到灰尘的微粒一团一团地钻进了它的鼻子,呛进了它的肺腑,它克制着难受,一再地告诫自己：追上去,追上去,别落下,别落下。它已经知道自己的耐力不如卡车,就更希望自己更近更紧地跟上卡车。现在,它离卡车只有不到八米,它想再接近一点,就像追逐野兽那样,始终处在一扑就能咬住对方的地步。但是它没有"追尾"卡车的经验,不知道一旦卡车猛然停下,任何一个追尾者都将有粉身碎骨的危险。

　　刚刚修好的卡车又坏了,是方向盘的问题,司机害怕卡车栽到河里去,一脚踩住了刹车。只听一阵刺耳的摩擦声,车停下了,黑暗中的多吉来吧、被尘土裹缠着的多吉来吧,一头撞了过去。咚的一声响,卡车摇晃了一下,它被弹了起来,弹出去了十米,轰然落地之后便什么也不知道了。几个军人下车拐到后面来,打着手电在车厢下面照了照,没发现什么,骂了一句这辆老掉牙的车,就去前面打开车头修起来。他们修了很长时间也没有修好,直到又一辆夜行的卡车过来,他们拦住,请地方司机帮了一阵忙后,才又开始准备上路了。

　　天正在放亮,多吉来吧在一阵汽车的发动声中醒了过来,头晕脑涨得就像把汽车顶在了头上。它恍恍惚惚地观察着身边,发现自己躺在一片灌木丛里,前爪上有血,舔了舔才知道不是爪子烂了,是头上的血流下去了。它看了看前面的卡车,看了半天才想起刚才的事情,心里便愤愤的,就像自己被野兽咬了一口那样。它哪里知道它没有被撞死已经是不幸中的大幸,它恰好撞到了平放在车厢下面的备用轮胎上,把轮胎撞凹了一大块,而它也只是头皮烂了,骨头没有粉碎,意识还能复原。多吉来吧站了起来,朝前走动着,头重脚轻的感觉让它一摇三摆。好在四肢依然是健壮而完好的,它走着,走着,试着跑了几步,停下来晃晃头,又开始走,又试着跑了几步,又停下来晃头,然后就朝着笨头笨脑的军用卡车小跑着追了过去。追了一段就栽倒了,爬起来再追。这样栽倒爬起地重复了好几次后,它放弃了小跑,开始碎步往前走,走比跑要稳当一些,总算没有再次倒下。

卡车走得很慢,司机害怕方向盘再次失灵,不敢快跑,这倒方便了多吉来吧。它远远地跟着,虽然距离越拉越大,但毕竟能看见卡车,也能闻到卡车。这样的追撵持续了两个小时,卡车突然加速了,很快消失在多吉来吧的视线外。多吉来吧不得不跑起来,跑着跑着又栽倒了。它愤怒地吼了一声,一口咬在自己的前腿上,似乎是说:你怎么这么不争气啊。

多吉来吧趴在地上,心中一片绝望。山风吹来,它感觉到了风中的人臊,就是西宁城的纸墙边扭打不休的那些人身上的臊味,就是小镇饭馆里它嘶咬过的那些外来人身上的臊味。现在,这些人臊无处不在,弥漫了它经过的所有山坡所有草原,很可能也已经笼罩在西结古草原了,汉扎西、妻子果日、寄宿学校,说不定已经遭遇了危难。一想到故乡草原的危难,多吉来吧便倔强地站起来,一步一声吼地往前走去。突然又听见了汽车的声音,闻到了那辆军用卡车的气息,它大吃一惊:难道它又开回来了?

原来峡谷已经结束,路开始顺着山坡下跌,用一个个连起来的"之"字形朝着草原铺排而去。车况的不佳和路的扭曲让多吉来吧又一次看到了笨头笨脑的军用卡车,就在山路的中段,缓缓地拐来拐去。它望着卡车,第一个反应就是离开公路,沿着路和路之间的草坡溜下去。这是它的本能,在它最早开始追逐野兽、扑咬敌手的时候,它就知道直线比曲线更便捷、更容易得手。它在草坡上连爬带滚,很快接近了卡车,它在上面,卡车就在两米外的下面。它知道卡车一走下山坡,走过这些"之"字形的路面,就再也追不上了。它无助地坐下来,满眼惆怅地望了望远方的草原。似乎一望就有了灵感,它那仍然眩晕胀痛着的脑袋突然轻松了一下:为什么不能让下面这辆可恶的卡车拉着它到达青果阿妈草原的多猕镇呢?灵感立刻主宰了它的行动,它倏地站起,朝前挪了挪,用最清醒的勇敢,顺着山势,对准车厢里那些扎成捆的犯人穿的蓝色棉大衣,跳了下去。

7 上阿妈獒王

1

父亲离开两个小时后，寄宿学校里来了上阿妈骑手。他们去西结古寺搜查，一无所获，便想到了牧民的帐房。上阿妈骑手的头巴俄秋珠对骑手们说："就是一个帐房一个帐房地搜，也要把麦书记搜出来。"他们路过了这里，顺便来看看被父亲救走的獒王帕巴仁青和小巴扎到底怎么样了，是死了还是活着，惊讶地发现，它们不仅活着，而且恢复得很快，已经能够站起来走动了。

上阿妈獒王帕巴仁青本能地朝他们走去，走了几步又回来，炫耀似的舔起了伤口。它舔着当周的伤口，当周舔着小巴扎的伤口，小巴扎舔着帕巴仁青的伤口。巴俄秋珠看了一会儿，看得满心都是不舒服，走过去，用马鞭指着当周说："帕巴仁青你怎么给它舔？你忘了它是你的敌手啊？"帕巴仁青不明白他在说什么，或者它假装不明白，依然用湿漉漉的舌头涂抹着当周。当周知道这个走过来的人是不怀好意的，从嗓子眼里呵呵地吓唬着。巴俄秋珠说："出叛徒了，这怎么可以？我得把它们带走，不然它们会叛变到底的。"说着举鞭抽了上阿妈獒王帕巴仁青一下，看它还在舔，就揪着鬃毛往前拖去。

首先愤怒起来的是十步远的大格列，它的伤势是最重的，站都站不起来，但它的愤怒却一点也没有失去威力，它用粗厚的前爪在地上咚咚咚地敲打着，叫不出声来就呼呼呼地吹气，几乎能把气流喷洒到巴俄秋珠身上。受到它的感染，跟它在一起互相舔舐伤口的两只东结古藏獒吼叫起来，接着当周也发火了，几次想扑过去，疼痛的伤口拽住了它。被激怒的巴俄秋珠指着獒王帕巴仁青和小巴扎大声说："这些藏獒眼看要把我吃掉了，你们居然一点反应都没有，那就赶快给我走，不走我就打死你们，上阿妈草原的藏獒没有当叛徒的自由。"

秋加和孩子们跑了过去，抱住巴俄秋珠不让他把上阿妈獒王帕巴仁青和小巴扎带走。秋加说："它们有伤，它们走不动，汉扎西老师说它们在这里休息一个月才能离开。"另一个孩子说："我们还要给它们喂牛奶，喂肉汤呢，它们走了我们就喂不上了。"巴俄秋珠推搡着他们，冲上阿妈獒王和小巴扎喊道："咬，快把他们给我咬开。"上阿妈獒王帕巴仁青不动，小巴扎看阿爸不动自己也不动，它们的眼睛都湿汪汪的：这些孩子都是陪它们说话、为它们念经、给它们喂食、伴它们睡觉的恩人，怎么可以听从主人的命令去咬他们呢？

巴俄秋珠揪住领头的秋加，推倒在了上阿妈獒王帕巴仁青跟前："咬，你给我咬。"帕巴仁青张开了嘴，朝秋加龇了龇牙，又朝巴俄秋珠龇了龇牙，但它谁也没有咬，而是一口咬在了自己腿上，腿上的肌肉顿时烂了，血从獒毛中洇了出来。帕巴仁青疼得用鼻子"哧"了一声，湿汪汪的眼睛里泪水终于破堤而出，呼啦啦地流了一地。巴俄秋珠怒斥道："没有用的家伙，你还是獒王呢，你给我们上阿妈草原丢尽了脸。"说着踢了帕巴仁青一脚，又过去把秋加推倒在了小巴扎跟前，吼道："咬，你给我咬。"小巴扎看阿爸朝自己甩着眼泪晃着头，就想学阿爸的样子，也把自己咬一口，但牙到腿上又犹豫了，抬头望着阿爸，好像是说：阿爸，我不敢咬，我疼。巴俄秋珠再次推了推秋加，在小巴扎头顶又是挥拳又是咆哮："快咬啊，你给我快咬啊。"小巴扎知道主人的命令是不能不听的，朝上看着主人盛怒的面孔，突然歪过头去，一口咬在了秋加的衣袍前襟上，它是故意的，它没有咬住秋加的骨肉，只是咬在了不会疼痛的衣袍上。但在上阿妈獒王帕巴仁青看来，便是咬在衣袍上也是不可原谅的，秋加是恩人，恩人的衣袍和骨肉一样都必须得到以命为代价的尊重和保护，当主人逼迫你攻击恩人的时候，你唯一的选择就是把牙齿对准自己。上阿妈獒王走了过去，惩罚似的一口咬在了小巴扎的肩膀上。小巴扎疼得尖叫一声，委屈地哭起来，呜呜呜地哭起来。

巴俄秋珠不依不饶地吼着："你们是藏獒，还是我是藏獒？我都想咬了，你们怎么还不咬？"秋加呆愣着，突然明白过来：他们不能再让上阿妈獒王帕巴仁青和小巴扎为难了。他爬起来，仇恨地望着巴俄秋珠，招呼还在纠缠巴俄秋珠的几个孩子退回到了大格列身边。他们坐在地上，看着巴俄秋珠又是脚踢又是鞭打地赶走了上阿妈獒王帕巴仁青和小巴扎，一个个都哭了。上阿妈獒王和小巴扎踽踽而去，不停地回望着，有些留恋，有些歉疚。大格列一直怒对着巴俄秋珠，当周和两只东结古藏獒似乎想过去把上阿妈獒王和小巴扎救回来，却被秋加和几个孩子抱住了。秋加说："他们是魔鬼，会用鞭子抽你们的，你们不要过去。"巴俄秋珠回头冷笑着问："你们知不知道麦书记藏在哪里？"孩子们愣怔着。巴俄秋珠又说："告诉我我就把帕巴仁青和小巴扎留下来。"秋加突然喊起来："麦书记在鹿目天女谷。"巴俄秋珠"哦"了一声：对啊，我怎么没有想到？很可能就在那个阴森恐怖的地方。他快步走去。孩子们失望地看到，不讲信用的巴俄秋珠并没有留下帕巴仁青和小巴扎。

2

丹增活佛的红氆氇袈裟和黄粗布披风昭示着他们，班玛多吉跳下马跑了过去，所有的骑手都跑了过去。围住丹增活佛的同时，就知道他死了，西结古草原的灵魂死了。除了作为公社书记的班玛多吉再三再四地探摸着丹增活佛的气息和心跳之外，大家都哭起来。班玛多吉悲愤地说："死了，我们的活佛他圆寂了。虎狼心肠的多猕人，我饶不了他们。"说着，他看到那些饥饿的秃鹫已经被领地狗群赶上了天，雪獒各姿各雅正在温情地舔舐丹增活佛的脸，另外几只藏獒撕扯着他的袈裟似乎想让他坐起来。丹增活佛坐起来了，虽然眼睛闭着，却真真切切地坐起来了。班玛多吉想：死人都已经变硬了，怎么还能坐起来？赶紧跳下马过去，从后面抱住了丹增活佛，手在胸前一悟，不禁大吃一惊：佛爷啊佛爷，你的心怎么又跳起来了？再摸摸他的气息，气息是流畅而温热的。

丹增活佛睁开眼睛，呼出一股粗重的气，"啊呀"一声，双手撑地，欠起了腰，稍候片刻，便双腿一缩，站了起来。他整理着自己红氆氇的袈裟和黄粗布的披风，四下看了看，问道："多猕骑手呢，他们又到哪里去寻找麦书记和藏巴拉索罗了？"班玛多吉说："佛爷你不是死了吗，怎么又活来了？"丹增活佛说："我死了吗？我是佛，佛怎么会死呢？佛没有活，也就没有死，佛是睡着了。"班玛多吉说:"今天是各姿各雅立了大功,它一是咬死了多猕獒王,二是救了佛爷你一命,要不是它,你早就跑到神鹰肚子里去了。"丹增活佛感激地摸了摸一直靠在自己腿边的雪獒各姿各雅,温情地念了一句祝福的经。雪獒各姿各雅懂得抚摸和祝福的意思,顿时就刨腿扬头显得很幸福,眼睛里的腼腆和温顺更加可爱了。它毕竟是一只年轻的藏獒,不像冈日森格那样老成持重到根本不会把舍己救人后人的感激放在心上,等待的就是丹增活佛的表扬,现在已经等到了,也就心满意足了。它迅速离开丹增活佛,回到领地狗群里,不停地和别的藏獒碰着鼻子,然后率先朝西跑去。

班玛多吉望着奔跑起来的领地狗群,要喊它们回来跟自己走,想了想又罢了。他意识到领地狗群肯定不听他的,它们的西去肯定有它们的理由。"那就让它们去吧。"他说,"我们赶紧去西结古寺,防止外来的人去搜查,去占领。"丹增活佛说:"你还嫌西结古寺不够烦乱吗?寺院是清净安寂之地,你们去了寺院,外来的骑手就会认为那儿藏着麦书记和藏巴拉索罗,你们是去保护的。他们跟到寺院闹腾起来,那还得了。就跟着藏獒走吧,跟着藏獒走总是对的。"一个骑手把自己的马让给了丹增活佛,他和另一个骑手骑在了一匹马上。那马很激动,觉得别的马是驮着一个人,自己驮着两个人,卖弄力气似的跑起来,很快跑到了领地狗群的前面,却被雪獒各姿各雅连吼带扑地赶了回来。

大家跟着领地狗群往西走去,走了不到半个小时,就发现雪獒各姿各雅又立了一功,它把领地狗群和骑手们带进了一片莽莽苍苍的开阔地,开阔地的草潮那边,一队上阿妈骑手牵着马,藏身露头地走动着,走着走着就没了,走到洼地里去了。看他们行踪诡秘的样子,雪獒各姿各雅也放慢脚步,伏下了身子,所有的领地狗都学着它的样子放慢脚步伏下了身子。藏獒不是一般的狗,一般的狗在这种时候总会大喊大叫,藏獒身上有一半野兽的血统,野兽接近猎物时屏声静息的鬼蜮行径从来都伴随着它们。丹增活佛首先溜下了马,朝着班玛多吉摆摆手。班玛多吉和所有骑手都下了马,围拢到了丹增活佛身边。丹增活佛小声说:"他们来这里干什么?往前就是鹿目天女谷了。"班玛多吉失声叫起来:"鹿目天女谷?"传说在佛教传入之时,莲花生大师把不能降伏的山野之神和苯教神祇用法力统统赶进了这个山谷,交由无量之变的密法女神鹿目天女管理,这个山谷从此便有了狞厉而恐怖的色彩,一般人不敢进入,进去就是死。班玛多吉说:"上阿妈的人为什么要进鹿目天女谷?它跟麦书记和藏巴拉索罗有什么关系?"丹增活佛说:"做佛的人,是破了意识和知见的，世界上的事没有一样他知道。"说着，从马背上溜下来，把马交给了马的主人，又说，"我要回西结古寺了，你们去追吧。"班玛多吉看到上阿妈骑手正在快步走向谷口，立刻招呼西结古骑手上马。他们"拉索罗，拉索罗"地喊着，追了过去。

很快西结古骑手和领地狗堵住了上阿妈骑手和上阿妈领地狗。立刻就有了紧张凝重的气氛，一场打斗势在必然了。在上阿妈骑手的头巴俄秋珠看来，前面就是神圣而机密的鹿目天女谷，谷里一定藏着麦书记，要不然西结古人不会专门跑来堵截他们。而在西结古骑手的头班玛多吉看来，不管鹿目天女谷跟藏巴拉索罗有没有关系，最重要的是，外面的人抢到哪里，他们就应该堵到哪里。班玛多吉喊道："各姿各雅，各姿各雅。"上阿妈的巴俄秋珠也喊起来："恩宝丹真，恩宝丹真。"

雪獒各姿各雅一如既往地腼腆和温顺着，甚至都有点唯唯诺诺、胆小怕事的样子。西结古的骑手和领地狗群已经知道它是那种大勇若怯、大智若愚的厉害角色，都把期待信任的眼光投向了它。而上阿妈的新獒王蓝色明王恩宝丹真却因为一直没有出色的表现，受到了上阿妈骑手的怀疑。巴俄秋珠喊完了它的名字，就有些犹豫，是让它上呢，还是让原来的獒王帕巴仁青上？瞅了一眼帕巴仁青，看它一副萎靡不振的样子，就啐了一口唾沫，然后大声说："恩宝丹真你的机会来啦，你要是再不好好表现，新獒王就不是你了。"

身似铁塔的恩宝丹真知道是催促它拼命，便迈着虎虎生威的步伐走过来，把一身蓬松的灰毛抖了又抖，然后用一对玉蓝色的眼睛深沉而阴狠地望着雪獒各姿各雅。各姿各雅似乎笑着，谦卑地低着头，让自己放松、也让恩宝丹真放松地摇了摇尾巴，走到离对方五步远的地方安静地卧了下来，好像是说：我可不想和你打斗，你想打你就来吧，咬死我算了。它的眼光柔和而善良，是最具有狗性魅力的那种善良，是只有见到主人或亲人后才会有的那种柔和。恩宝丹真稍微有些犹豫，它知道对方的柔和与善良也许是假的，但在这种假象没有被对方自己撕破之前，它是宁可做君子不做小人的。它也卧了下来，这个举动说明它充满了自信，以为犯不着在对方表示友好的时候发动突然袭击，堂堂正正地比拼力量和速度，就完全能够让对方一败涂地。

遗憾的是，人对藏獒总是缺乏理解，上阿妈的巴俄秋珠以为恩宝丹真害怕了，使劲鼓动着："恩宝丹真，上啊，快上啊，你是我们的新獒王，不能还没有打斗就趴下。无敌于天下的蓝色明王，你的名字就是恩宝丹真，你快给我上啊。"恩宝丹真被巴俄秋珠勒逼得实在卧不下去了，只好站起来，朝前走了两步，扑过去一口咬向了各姿各雅的脖子。各姿各雅飞快地躲了一下，只让对方在自己肩膀上留下了一处并不严重的伤痕。恩宝丹真立刻不忍心再次下口了，回望着始终都在为它加油呐喊的上阿妈骑手，想撤回去，却被巴俄秋珠用严厉的手势制止住了："咬啊，咬死它，欻多吉，欻多吉。"恩宝丹真只好再次咬起来，咬向了对方的脖子，但在牙齿划过皮肤的一刹那，却忽地拐到了对方的另一只肩膀上。它不能咬死对方，在它的习性里，即使咬死一匹毫无攻击意识的狼，也是不符合以强对强、以恶制恶的原则的，况且对方是一只和自己一样威武漂亮的藏獒。

  恩宝丹真回过头去，望着天空，再也不听巴俄秋珠的命令了，毕竟它是一只上阿妈草原的领地狗，它的主人是全体上阿妈人，而不仅仅是巴俄秋珠和在场的这些骑手。它当然必须服从这些骑手，而且已经不止一次地服从了，但它还必须服从自己的本性，服从草原的规矩，当两种服从发生矛盾的时候，它采取了先服从人、再服从自己的本性、两种服从都没有偏废的办法。此刻恩宝丹真的斗志完全被各姿各雅的示弱和求饶软化了，步伐已不再虎虎生威，玉蓝色的眼睛里也没有了深沉而阴狠的黑光。它觉得打斗已经结束了，就安静地伫立着。而在雪獒各姿各雅这边，它所服从的也是以强对强、以恶制恶的本性，不同的是，它的服从只能表现在进攻上，它已经两次受伤了，如果再不进攻它就是懦夫一个，就不配藏獒这个称呼了。它跳了起来，在厚道的恩宝丹真的心理盲点上跳了起来，扑过去的时候几乎没经过时间，也没感觉到速度，只听哧的一声响，恩宝丹真的喉咙就已经挂在各姿各雅的牙齿上了。接着就是离开，恩宝丹真想离开各姿各雅，各姿各雅也想离开恩宝丹真，这就等于恩宝丹真帮着各姿各雅撕开了自己的喉咙。

  各姿各雅再次扑了过去。这是一次假扑，中途突然停下，迅速后退，又扑了过去，又停下，又迅速后退，扑来扑去始终没有扑到跟前。各姿各雅知道光凭个头和体力，它不是灰色铁塔一般魁伟壮实的恩宝丹真的对手，它只能这样在挑逗中让对方暴躁，失去冷静，投入无目的的运动，尽快流干自己的血。恩宝丹真按照各姿各雅的愿望暴躁地运动起来，它没法不运动，对方一次次地挑逗着，却又不扑到跟前来，迫使它只好扑到对方跟前去。但它原本具有的毫不逊色于各姿各雅的速度已经发挥不出来了，它的暴躁和运动扩大了喉咙上的血洞，血喷得更多更快了，它扑跳着，仇恨着，懊悔着刚才的宽厚仁爱，却怎么也扑不到目标。它坚持不懈地扑跳了大约十分钟，突然停下了，身体就像树叶一样飘晃起来，飘晃了几下，就轰然歪倒在地。

3

  多吉来吧跳进车厢后的这段路走了一天一夜。自从离开西宁城后,这是一段最轻松的路。尽管多吉来吧对这辆笨头笨脑的军用卡车依旧仇恨不止、诅咒不止,但毕竟这是一次它自己决定的乘车,更是一次它知道目的地的乘车。一路上它一直卧着,不吃不喝不排泄,大部分时间在睡觉,它需要在睡眠中恢复伤痕累累和透支过度的身体。多吉来吧只要睡着就会做梦,睡梦里出现最多的自然是主人汉扎西和妻子大黑獒果日,再就是监狱。它看到的监狱不是迎面走来的,而是从天而降的,就像铁笼子一下子罩住了它。它跳起来就跑,可是它离开了可恶的笨头笨脑的军用卡车,却离不开监狱,它跑啊,跑了几乎一辈子,停下来一看,还是监狱。噩梦重复了几十遍后,它就不再做梦了,它醒了,发现梦中的情形一下子变成现实了。

  卡车在上午明丽的阳光下停在了监狱的高墙下。高墙上有岗楼,岗楼里有哨兵,居高临下的哨兵冲司机喊道:"怎么才回来?"司机说:"车况不好,多走了一个晚上。"哨兵说:"你拉的是什么,一只狗熊吗?"司机说:"什么狗熊,你才是狗熊。"哨兵说:"那旧是什么?是一只大狗?"似乎是为了证明自己的存在,突然看到高墙的多吉来吧知道目的地已经到了,惊喜地叫了一声。司机愕然地站到驾驶室的踏板上往车厢里头看了一眼,不禁大叫一声:"哎哟妈呀,果然是一只狗,这么大一只狗。"多吉来吧立刻意识到危险来临了,从扎成捆的犯人穿的蓝色棉大衣上跳起来,跳出了车厢,车厢板挡了一下它的后腿,它脊背着地一连打了好几个滚儿。等它爬起来再跑时,司机喊起来:"打死它,打死它,快啊,别让它跑了。"哨兵举起了枪,就在多吉来吧跑出去五十米后,扣动了扳机。

  多吉来吧趔趄了一下,保持着奔跑的姿势没有倒下,但速度明显地慢了下来。司机和另外两个从卡车上下来的人都跑了过去,不知从哪里冒出来的几个人也跑了过去,他们都是年轻的军人,天不怕地不怕地横挡在了多吉来吧面前。多吉来吧忧伤地回过头去,看着从屁股上滴沥而下的血,似乎觉得自己已经不可能回到西结古草原,不可能回到主人和妻子的身边去了,眼泪哗啦啦流下来:人们啊,你们为什么要对我这样?它哭着,一瘸一拐地朝着人墙冲了过去。人墙哗地散了,那些人又跑到前面去,组成了新的人墙。多吉来吧哭得更厉害了，似乎是乞求：放了我吧，我好不容易来到了这里，这里是青果阿妈草原，我是青果阿妈草原的藏獒，放了我吧。血越来越多地流淌着，地上出现了一串红艳艳的血花血朵。它倒了下去，又起来，再一次冲了过去。

　　就这样，多吉来吧一次次冲破人墙，人墙又一次次出现在它面前。更不幸的是人墙在不断增厚，又有很多人加入了进来，其中一个穿军装戴袖套的学生，身上散发着人臊，拿着一根铁钉丫杈的棍子捣来捣去，有一次居然捣在了它的眼睛上，幸亏它躲闪得及时，没有让对方把它捣成瞎子，但铁钉还是划破了它的脸颊和嘴唇。它彻底恼怒了，哭着叫着，不顾一切地扑过去，咬住那个戴袖套的手，让他丢掉了棍子。但紧接着它就再也扑不动了，枪伤的疼痛、脸颊和嘴唇上的疼痛拿住了它，力气随着鲜血的流淌丧失殆尽，它跌倒在地，挣扎着怎么也站不起来，只有哭声一如既然地陪伴着它，让它把思念主人和妻子以及故土草原和寄宿学校的感情，把不能扑向预感中的危难、氤氲不散的亢奋人臊的焦急，变成了最后的乞求，变成了从来没有忍受过的屈辱，永不甘心地表达着。它的眼泪变色了，不是白的是红的，眼睛流血了，第一次因为示弱和乞求，而变得血色饱满。戴袖套的学生用右手捂着受伤的左手，把掉在地上的棍子朝司机踢了踢说："打呀，打死这个畜生。"司机说："同学，我看算了，就让它这样待着，要是死了，咱们扒皮，要是活了，让它去咬狼，咱们扒狼皮，扒几张狼皮你带回老家去。"说罢，转身走了。

　　十分钟后，司机找来了一个年老的管教干部，指着多吉来吧说："就是它，小心它把你咬了。"老管教怀抱着一团粗铁链子，畏畏缩缩地望着司机，再一看多吉来吧，顿时就不敢往前了。司机催促着："快啊，这是考验你的时候。"老管教走近了一些，试探着伸过手去。多吉来吧吼起来，把满嘴的唾液当作武器溅了老管教一身，吓得他一屁股坐下，满怀的粗铁链子稀里哗啦掉在了地上。老管教恐惧地瞪着多吉来吧对司机说："你们不要急，拴住它得有时间，我在这里坐一会儿，让它先认识我，然后再靠近它。"司机说："反正这事儿交给你了，它要是跑了，你得承担责任。"

　　人们陆续离开了。老管教屁股蹲着地面，离多吉来吧远了一点，叹口气说："你这只藏獒，我好像认识你，八九年前你是不是在这儿待过？你叫什么来着？叫多吉？叫金刚？我记得后来你咬断铁链子逃跑了，怎么又回来了？回来就没有你好过的，你看他们把你打成什么样子了。你要听话，千万不要对抗拿枪的人。他们都是后来的，不认识你。这儿认识你的人已经不多了，我算是一个吧，我是个没有后门的老管教，调不到城里去，现在又是批判对象，跟你一样失去了自由，你可要同情我，配合我，知道吗？让我把铁链子铐到你身上，不然我的日子就不好过了。"他就这么翻来覆去地唠叨着，多吉来吧安静了，加上伤痛和乏累的困扰，它闭上了血红的眼睛，也闭上了张开的大嘴，在神志渐渐变得模糊迷乱时，容忍了老管教对它的靠近。老管教的靠近是一点一点的，直到多吉来吧完全闭上眼睛，连喘气都显得微弱不堪的时候，他才伸手触到了它的毛，先是轻轻地摸，然后轻轻地拽，看它没有任何反应，便大着胆子用指头使劲梳了梳它那足有一尺半长的鬣毛。接下来的时间里，老管教把粗铁链子牢牢固定在了它粗硕的脖子上，又找来一根一米多长的钢钎，同铁锤打进地里作为拴狗桩。一切妥当之后，他去向司机汇报。

多吉来吧昏睡了两天，当第三天的乌云从它心里升向天空的时候，它睁开了眼睛。它望着从自己眼前延伸而去的粗铁链子，呆痴了很久才回忆起两天前的情形。它心里一阵伤感和紧张，想跳起来，屁股上的枪伤一阵钻心的痛，只好慢腾腾地撑起身子，朝前走去。铁链子拽住了它，这是它已经想到了的，尽管如此，它还是显得十分吃惊和愤怒。它回头连续咬了几口铁链子，沮丧地知道它是强大而牢固的，它代表着人的意志，没有给它留下一丝逃离此地的可能。它想起八九年前自己从这里逃跑的情形，那一次它咬断了粗铁链子，咬伤了看管它的军人。可是这一次不行，这一次的铁链子粗得无法再粗，更何况它已经老去，牙齿也不如那时候坚硬锋利了。它丢开铁链子，朝着五十米之外的监狱高墙悲愤地咆哮起来。

听到咆哮，老管教从高墙拐弯的地方冒了出来，快步来到多吉来吧面前，惊叫着："我的天，你流了那么多血还能活过来，要是人早就死了。"多吉来吧一闻味道就知道正是这个人给它套上了粗铁链子，一再拼命地朝他扑去。老管教后退着说："别，别，你别生气，别把伤口挣裂了，我给你敷了药，也灌了药，还灌了羊奶，你能站起来就好，站起来就说明我有功了，我得表功去。"说着，老管教转身就走，刚走出去十多米，就听一阵哭声突然传来："同学你醒醒，你醒醒。"老管教抬脚就跑，跑向了高墙拐弯的地方，倏忽一闪不见了。多吉来吧搞不明白这哭声来自哪里，更不明白这哭声到底为了什么，只听伴随着诉说的哭声越来越声嘶力竭了："同学你怎么了，你醒醒。"它屏住呼吸静静地听着，听了很长时间哭声才消失。

下午，正当太阳晒得多吉来吧烦躁不安的时候，老管教又来了。他给它带来了一个青稞面馒头、一小块生羊肉。在丢给它的时候，老管教说："你可不能再咬我了,我是个好人,我在喂你。"多吉来吧从嗓子眼里发出一阵呼噜声威胁着他,先一口吞掉了肉,再一口吞掉了青稞面馒头,然后又开始朝他咆哮扑跳,一次次把沉重的粗铁链子绷成了直线。老管教坐到它扑不到的地方说:"藏獒你听着,我们这儿有人突然躺倒起不来了,昏迷了,拉到医院抢救去了。我看是高原反应,他是个学生,从北京城来的,来串联,播撒革命的火种。来了就闲不住,整天写标语喊口号,上蹿下跳,能不反应?但是现在人家不怪高原反应,怪的是你啊,你咬伤了人家的手,人家要报复你。他们这会儿还在医院,顾不上你,你说你怎么办?是等着让人家回来打死你呢,还是要逃跑?"多吉来吧压根就没打算听他说话,不断地咆哮着,扑跳着。老管教又说:"我看你还是逃跑吧,像你这样的大藏獒,死了多可惜啊。我想放你走,大不了让我承担责任呗,批斗是免不了的,习惯了,没什么,最坏的结果也就是关到大墙里头去,我是个老好人管教,从来没有欺负过犯人,里头的犯人比外头的同事对我好。但是藏獒我害怕你咬我,你要是咬我,我就不能把铁链子给你解开了。"老管教唠叨着,往前凑了凑。一贯聪明的多吉来吧这时候不聪明了,它受了枪伤,又被面前这个人用粗铁链子拴了起来,这就等于在它的意识里取消了所有对这里的人的信任,它唯一的办法就是:挣扎、不驯、怒号、仇恨。老管教看它一直都这样,自己说了那么多都是白说,起身走开了。

　　老管教很快又回到了这里,丢给多吉来吧几根羊肋巴骨,就在它一再地想吃又无法轻易够着的时候,他从后面悄悄过去,从作为拴狗桩的钢钎上解开了粗铁链子,然后站起来就跑,跑出去二十步远,才回头说:"藏獒你走吧,带着铁链子快走吧,走回你的老家去,让你的主人把铁链子解下来。"多吉来吧没有意识到它已经自由,只觉得突然够着了羊肋巴骨,就大口吃起来。它知道自己负伤了,多吃东西伤口才会好得快一点。吃完了就想发泄,它冲着老管教一边吼一边扑,这才发现粗铁链子在跟着自己移动。多吉来吧诧异地回头看了看,又盯上了老管教。老管教正在给它挥手:"走啊,快走啊。"它走起来,一再地观察着老管教的举动,看他是不是在耍什么阴谋。它不明白:这个拴住了它的人,怎么又把它放走了?走了几步,多吉来吧就想跑起来,但是不行,屁股上的枪伤让它无法剧烈而有效地运动后腿上的肌肉,它想走得快一点,还是不行,铁链子太长,太粗,沉重地坠着它的身体,勒着它的脖子,步幅稍微大一点,就会变成瘸子,喘气也会受到影响,不是呼出去的气收不回来,就是收回来的气呼不出去。它只好慢慢地走,简直不是困厄中的逃跑，而是黄昏后的散步。它着急起来，对着自己的无能咆哮着，一再地歪过身子去，怒瞪着自己的屁股和拖在地上的粗铁链子。

老管教知道送病人去医院抢救的人马上就要回来了，一回来多吉来吧的命就保不住了，自然比它还要着急，使劲跺着脚，压低了嗓门催促着："快走啊，快走啊，你怎么好像舍不得走，这里有什么舍不得的？"但立刻他就明白是粗铁链子妨碍了多吉来吧。他回头看了看高墙拐弯的地方，听到已经有人声的喧哗从那边传来，紧趱几步，追上了多吉来吧，一脚踩住了粗铁链子，坚决地说："来，我给你解开。"老管教似乎忘了这只藏獒正处在暴怒之中，逮着谁咬谁，蹲下身子凑了过去。多吉来吧哪里会明白老管教的意图，以为他是来阻止自己逃跑的，张嘴就咬，按照它兽性的本能它本来是要咬住他的喉咙，突然想到他给自己喂过食，便把头一扭，咬在了他的肩膀上。老管教痛叫了一声，却没有撒手，拽住它脖子上的粗铁链子，哗啦哗啦摇晃着，摇大了圈套，双手拽着，从偌大的獒头上把粗铁链子拽了出来，又大喊一声："逃，你快逃。"

一瞬间多吉来吧松口了，也愣住了。它明白过来，完全明白过来。它禁不住哗啦啦地流下了泪，它不走了。老管教躺在地上，用手捂着流血的肩膀，一再地喊着："逃啊，你快逃啊。"多吉来吧这次听懂了他的话，但是它没有逃，越是听懂了，它就越是不能逃。它走过去，舔着老管教的肩膀，无比歉疚、无比懊悔地舔着老管教的肩膀，柔情似水、视死如归地舔着老管教的肩膀。老管教咬着牙坐了起来，推了它一把，又蹬了它一脚："藏獒你怎么了你？为什么不逃，再不逃你就完蛋了。"多吉来吧深情地摇着尾巴卧了下来，满脸都是眼泪，都是感激和悔恨。老管教长叹一声，突然也像多吉来吧那样泪如泉涌了，哽咽着说："你比人好啊，你比人有感情。"说着他抬起了头，无限悲戚地瞪着监狱高墙拐弯的地方。

从监狱高墙拐弯的地方走来了那些准备杀死多吉来吧的人。他们吆吆喝喝停在了二十米远的地方，立刻有几杆枪从人群里伸出来，瞄准了多吉来吧。老管教赶紧挪过去，挡在了多吉来吧前面。多吉来吧怒视着那些人、那几杆瞄准它的枪，觉得不能是老管教保护它，而应该是它保护老管教，便起身过去，站到了老管教前面。"咦？都挺勇敢，都挺仗义的。"司机说。司机胳膊上也有了红色袖套和浓烈的人臊。寂静。多吉来吧坦然如原、冷静如山地挺立着，感染得老管教也像山原一样坦然、冷静地从后面抱住了多吉来吧。风不吹了，云不动了，呼吸也没有了，什么声音都消失了，世界就等着枪响。

枪没有响。枪放下了。司机叹口气说："这么英雄的造型我喜欢，我下不了手，算了，还是让它走吧。"好像有人不同意。司机又说："它是我拉来的，我有权力放它走。"老管教赶紧站了起来，绕到多吉来吧前面，用双手推着它的头："走吧，赶紧走吧。"司机也说："走吧，想去哪儿就去哪儿吧。"说着，挥了挥手。多吉来吧最后一次舔了舔老管教的肩膀，转身走了。走的时候已经不是逃跑，而是惜别。它走得很慢，不停地回望着监狱的高墙和高墙前面那些给它送行的人，回望着老管教和司机，默默地流着泪，似乎是说：有恩的人们啊，我怎么才能报答你们？

4

　　上阿妈新獒王恩宝丹真无谓地扑跳了一阵后，倒下去死了。雪獒各姿各雅还是那么腼腆和温顺，一点也不张扬地蹲踞在离恩宝丹真十步远的地方，歉疚地低头吐着舌头。巴俄秋珠跳下马，走过来踢了踢恩宝丹真，又看了看各姿各雅，吃惊而气恼地说："我们这么大的一只藏獒都叫你咬死了，算你厉害。但我还是不信我们上阿妈的藏獒打不过西结古的藏獒，告诉你，你咬死的不过是一个代理獒王，真正的上阿妈獒王就要来了，你等着，你等着。"各姿各雅似乎听懂了他的话，不好意思地撮了撮鼻子。这时班玛多吉哈哈大笑："滚出西结古草原吧上阿妈人，麦书记和藏巴拉索罗跟你们没关系。"

　　巴俄秋珠恼羞成怒地挥动马鞭抽打了几下恩宝丹真的尸体，回身来到帕巴仁青身边说："你还是我们的獒王，拿出你以前的威风来，给我上。"上阿妈獒王帕巴仁青望了一眼巴俄秋珠，依然是一副萎靡不振的样子。巴俄秋珠弯下腰，指着前面的雪獒各姿各雅吼道："西结古的藏獒咬死了我们的恩宝丹真你没看见吗？快去报仇啊，快去啊。"帕巴仁青坐了下来，好像没听见，神情淡漠地注视着前面。巴俄秋珠用手使劲推着帕巴仁青，看推不到前面去，就举起马鞭抽起来，好几下都抽在了没有痊愈的伤口上。帕巴仁青疼得龇牙咧嘴，离开巴俄秋珠，后退了几步，又坐下了。巴俄秋珠说："哪有上阿妈草原的獒王不听上阿妈骑手的，你不上，那就让你儿子替你上。"巴俄秋珠来到小巴扎跟前，指了指雪獒各姿各雅，做了个扑咬的手势说："獒多吉，獒多吉，你要是不咬死它，就不要回来，我们不要你了。"小巴扎毕竟是小孩子，想不了那么多，一看主人让它上阵，跳起来就扑了过去。

一直在前面静静观察着的雪獒各姿各雅早有防备，小巴扎一到跟前，它就躲开了。它一连躲过了五次小巴扎的扑咬，惹得小巴扎急躁难忍，"刚刚刚"地叫起来。它一叫扑咬的速度就慢了，而且把头扬了起来，一扬头就给各姿各雅亮出了喉咙，更糟糕的是，它为了叫得响亮，眼睛朝向了天空。就在这个眼睛望着天空而不是平视对手的瞬间，各姿各雅发动了第一次反击，就跟它谋划好的一样，它一口咬住了小巴扎的喉咙。它知道自己的牙齿具有超强出众的咬合能力，只要咬住喉咙，对方就别想活了。小巴扎挣扎着，但显然是徒劳的，当各姿各雅猛然甩头离开时，它就已经站立不稳，头重脚轻了。片刻，它倒在了地上，打了一个滚，把头朝向阿爸帕巴仁青，扑腾扑腾忽闪着眼皮，期待地看着：阿爸，阿爸，我不行了，快来为我报仇啊。帕巴仁青走了过去，泪眼朦胧地望着自己的孩子，伸长舌头，在血流不止的喉咙上无望地舔着舔着。它只有这样了，它知道自己挽救不了小巴扎，就一边舔，一边把眼泪糊在了孩子的伤口上。小巴扎也哭着，那是对世间的留恋，是无声的告别，当最后一滴眼泪变成珍珠滚落而下时，它的气息也就随之消失了，只有血是活跃的，还在旺盛而急切地流动。帕巴仁青呜呜地号啕起来。

上阿妈骑手的头巴俄秋珠走了过来，看了看小巴扎说："好啊，好啊，要么你咬死敌人，要么被敌人咬死，你是藏獒你就得这样。"然后又对帕巴仁青说，"你要是上，你儿子就不会死了。现在你该上了吧？快去给儿子报仇，獒多吉，獒多吉，咬死这只雪獒。"他看帕巴仁青还是无动于衷，再次挥动马鞭，使劲抽打着，"给我上，快给我上，你不上我们就进不了鹿目天女谷，就得不到麦书记和藏巴拉索罗你知道吗？求求你了，快给我上。"上阿妈獒王帕巴仁青比谁都明白小巴扎的死并不能怪罪任何一只藏獒，而应该怪罪人。它扬头迎受着鞭打，痛苦地祈求着自己的主人巴俄秋珠：我的儿子死了，很多藏獒都死了，放弃吧，放弃打斗。回答帕巴仁青的依然是鞭子。帕巴仁青吼叫起来，算是一声长叹，然后扑向了前面。前面是一块坚硬的石头，它把石头咬住了，牢牢地咬住了，它用最大的力气咬合在石头上，只听嘎巴一声响，一颗虎牙倏然崩裂，又是嘎巴一声响，另一颗虎牙也是倏然崩裂。悲壮而刚烈的自残让它满嘴是血，它疼痛得浑身抖颤，朝着巴俄秋珠张大了嘴，吐长了舌头，哈着红艳艳的腥气，扑簌簌地流着泪，告诉自己的主人：我没有牙齿了，我不能打斗了，饶了我吧，放弃我吧，我不能撕咬救了我的命的西结古人和他们的狗。巴俄秋珠愣了一下，气得浑身发抖，像狼一样咆哮起来："没有牙齿也得咬，只要你不死你就得咬，你是上阿妈獒王，你活着就是咬。"

巴俄秋珠的马鞭再次抽起来，如同风的呼啸，以前所未有的猛烈，落在了上阿妈獒王帕巴仁青身上。帕巴仁青跳起来了，终于跳起来了。这只黄色多于黑色的巨型铁包金公獒终于服从了主人的意志。它的眼泪哗哗而下，它在眼泪哗哗而下的时候，张着断裂了两颗虎牙的血嘴，扑向了西结古的雪獒各姿各雅。双方的骑手都吆喝起来：":獒多吉，獒多吉。""咬死它，咬死它。"雪獒各姿各雅一看上阿妈獒王帕巴仁青来势凶猛，不可抵挡，便朝后一摆，回身就跑，它想带着对方兜圈子，兜着兜着再寻找撕咬的机会。但帕巴仁青不跟它兜圈子，看一下子没扑着它，就又扑到别的地方去了。帕巴仁青扑向了另一只藏獒，那是西结古的一只母獒。母獒哪里会想到对方会攻击自己，愣怔了一下，来不及躲闪，就被对方咬住了喉咙，只觉得浑身一阵冰凉的刺痛，鲜血顿时滋了出来。所有的人、所有的藏獒，都惊呆了：公獒绝对不会从来不会撕咬母獒，不管它是己方的还是敌方的母獒，这是藏獒的铁律，是远古的祖先注射在生命血脉中的法则，但是现在，上阿妈獒王帕巴仁青公然违背了。更何况它的两颗虎牙已经断裂，它失去了致对手于死地的锋锐，居然和拥有锋锐一个样。它这是怎么了？难道它不是藏獒？或者，它疯了。上阿妈獒王帕巴仁青咬死了一只西结古母獒，又扑向了另一只小藏獒，也是一口咬死。这只出生还不到三个月的西结古小藏獒，连一声惨叫都没来得及发出。人和藏獒都是一片惊叫。惊叫还没落地，就见帕巴仁青已经朝着西结古骑手扑去，它张着断裂了两颗虎牙的血嘴，扑到骑手的身上，咬了一口，又扑向骑手的坐骑，一口咬破了马肚子，然后转身就跑。

帕巴仁青跑向了上阿妈的阵营，惊愕着的上阿妈领地狗群突然意识到它们的獒王得胜归来了，赶快摇着尾巴凑上去迎接，没想到迎接到的却是獒王所向无敌的断牙，断牙所指，碰到什么就刺破什么，立刻就有了惊讶的喊叫，有刺破鼻子的，有咬烂肩膀的，还有眼睛几乎被刺瞎的。领地狗们赶紧躲开，这一躲就躲出了一条夹道，夹道是通往上阿妈骑手的头巴俄秋珠的。巴俄秋珠愣怔地看着帕巴仁青从夹道中朝自己跑来，忽地举起马鞭，恐怖地喊道："魔鬼，魔鬼，你要干什么？"喊着，使劲挥舞着鞭子。上阿妈獒王帕巴仁青迎着马鞭扑了过去，一口咬在了巴俄秋珠的胳膊上，几乎把他的胳膊咬断，然后再次跳起来，扑向了另一个骑手。巴俄秋珠喊起来："疯了，疯了，它疯了。"

是的，它疯了，上阿妈草原的獒王帕巴仁青疯了。它是被作为主人的巴俄秋珠逼疯的，它现在是见谁咬谁，已经不知道谁是主人、谁是同伴、谁是对手了。疯狗帕巴仁青扑向了所有能够扑到的目标，包括人，也包括藏獒，包括西结古的人和藏獒，也包括上阿妈的人和藏獒。上阿妈骑手和领地狗群乱了，西结古骑手和领地狗群也乱了。双方暂时放弃了互相的对抗，都把对抗的目标锁定在了疯狗帕巴仁青身上。疯狗帕巴仁青张着断裂了两颗虎牙的血嘴，忽东忽西地追逐撕咬着，好像它是不知疲倦的，只要它不死，就一直会这样残暴乖张地撕咬下去。西结古的班玛多吉指挥着自己的骑手和领地狗群："躲开，快躲开。"人骑着马，狗跟着人，你撞我挤，忽东忽西地逃跑着。而在上阿妈骑手这边，在一阵紧张忙乱的逃跑躲闪之后，巴俄秋珠和所有带枪的骑手都从背上取下了枪，十五杆叉子枪瞄准了他们的獒王疯狗帕巴仁青。

对疯狗，唯一的办法，就是毫不怜惜地开枪打死。但帕巴仁青快速奔跑在混乱的人群狗群里，他们无法开枪。巴俄秋珠气得脸都紫了，不停地说："丢脸啊，我们的獒王真是丢脸啊。"终于一个机会出现了。当疯狗帕巴仁青再次扑向西结古领地狗群，眼看就要咬住班玛多吉时，雪獒各姿各雅斜冲过去，一头撞开了帕巴仁青。帕巴仁青丢开班玛多吉，朝着各姿各雅扑去。各姿各雅转身就跑，用一种能让对方随时扑到自己的危险的速度，带着帕巴仁青离开西结古骑手和领地狗群，朝着开阔的那扎草地跑去。疯狗帕巴仁青紧追不舍。上阿妈骑手的头巴俄秋珠纵马跟了过去，双腿夹紧马肚，两手端枪，以骑手的英姿，在奔跑中瞄准了疯狗帕巴仁青。大家都知道，只要枪响，丧失理智的帕巴仁青就会平静，是永远的平静。但是上阿妈獒王疯狗帕巴仁青似乎永远都不会平静，枪始终没有响。巴俄秋珠看到，在他的瞄准线上、疯狗前去的地方，突然出现了一列人影、一列獒影。他放下枪，勒马停下，仔细看了看，异常懊恼地发现：这里又增加了一个抢夺麦书记和藏巴拉索罗的对手，东结古骑手和东结古领地狗来了。

也是藏獒闻到打斗的气息后领他们来到了这里。东结古骑手和东结古领地狗一靠近鹿目天女谷，就看见一只雪獒和一只黄色多于黑色的巨型铁包金公獒一前一后奔驰而来。它们立马停下，严阵以待，准备迎击来犯者。等到跑在前面的雪獒到了跟前，才发现它们是一个追一个，与自己没有关系，顿时就放松了警惕。雪獒各姿各雅何其聪明，一看来了另一队人和狗，就知道这些人和狗的到来对西结古骑手和西结古领地狗是不利的，它智慧的做法就是把疯狗引荐给他们，让他们去互相残杀。它在奔跑中摇起了尾巴，脸上的神情卑微而平和。东结古领地狗都是清一色的优秀藏獒，藏獒都是懂礼貌守规矩的，一看对方表示友好，就大度地放弃了迎战的姿态，让雪獒各姿各雅闯进狗群，转眼消失了。而对疯狗帕巴仁青来说，它并不在乎各姿各雅的消失，错乱的神经主宰着它的行为,那就是它必须拼命撕咬,至于撕咬谁并不重要。

上阿妈獒王疯狗帕巴仁青一对深藏在长毛里的红玛瑙石眼睛燃烧着,几乎能喷出蓝焰来。它扑向了离它最近的一只黑色公獒。黑色公獒以为它会绕过自己继续追撵雪獒,正要让开,快如闪电的撕咬就来到了自己脖子下面。黑色公獒惊慌地躲开,却已经是带着伤口躲开,躲开后的唯一反应就是横扑过去报仇,发现疯狗帕巴仁青已经扑向了另一只黑藏獒。这只黑藏獒有一点准备,猛吼一声奔扑而去,在被对方咬住自己肩膀的同时,也把自己的牙齿嵌进了对方的肩膀。疯狗帕巴仁青哪里在乎自己的肩膀,狂跳而起,踩着黑藏獒的身子,扑向了五步之外东结古骑手的头颜帕嘉。颜帕嘉"哎呀"了一声,拽着缰绳要躲开,却把马屁股亮给了对方。帕巴仁青一口咬在了马屁股上,惊得马前仰后合,一下子把颜帕嘉摔了下来。幸亏他被摔了下来,摔得淹没在了马队中,帕巴仁青没有咬着他,就去扑咬别的目标。颜帕嘉一落地就明白是怎么回事,惊慌地喊道:"疯狗,这是一只疯狗。"爬起来就跑,边跑边指挥自己的人和狗快速前进,他知道只有把他们和前面的西结古人以及上阿妈人混杂在一起,才有可能摆脱疯狗肆无忌惮的撕咬。疯狗是那只雪獒从对手那里故意引过来的,他们要做的,就是把它引还给对手。

东结古骑手和东结古领地狗被疯狗帕巴仁青追撵得七零八落,纷纷靠近了上阿妈阵营。上阿妈的巴俄秋珠再次端起枪,瞄准了越跑越近的疯狗帕巴仁青,就要开枪的时候,颜帕嘉突然在他面前晃了一下,挡住了他的眼睛。颜帕嘉的意思是:它把我们咬惨了,现在该咬咬你们了,你不能打死它。疯狗帕巴仁青转眼到了跟前,带着空前肃杀的气息,无限夸张地演示着它风暴一般的乖戾恣睢。上阿妈骑手和上阿妈领地狗就像被狂风卷起的沙尘,呼啦啦地搅成了一团。巴俄秋珠看到这么乱的场面、这么近的距离枪已经失去作用,就只好一边左窜右窜地躲闪,一边喝令领地狗群咬死它。可是上阿妈的领地狗群怎么可能咬死它们的獒王呢?尽管它们知道獒王疯了,自己随时都会被疯獒王咬死咬伤,但它们不像人,它们只要有一刻的清醒和正常,就宁肯自己死伤,也不会扑向昔日的同伴和首领。

又是一次厮杀表演,疯狗帕巴仁青一连咬倒了两只藏獒、四名骑手,好像它意识到是人让藏獒们互相残杀的,是人把它逼成这个样子。受了伤的马横冲直撞,踩踏着乱哄哄的人和狗。巴俄秋珠捂着自己胳膊上的伤口,惊恐失色地喊叫着:"这可怎么办,这可怎么办?西结古的山神不顶用了吗,怎么不来管管这畜生。"突然传来一阵呼唤:"帕巴仁青,帕巴仁青,你怎么了帕巴仁青?"这声音紧张里透着柔和,严厉中藏着关切,好像帕巴仁青真正的主人来到了这里,让所有的上阿妈骑手和上阿妈领地狗都愣了一下。他们循声望去,只见那个曾经出现在藏巴拉索罗神宫前的寄宿学校的汉扎西老师,从那扎草地那边骑马跑来了。西结古的阵营里,班玛多吉喊了一声:"别过去,汉扎西,上阿妈獒王疯了。"父亲跳下马,询问地望了望班玛多吉,丢开大黑马的缰绳跑起来,呼唤的声音更加关切更加忧急了:"帕巴仁青,你疯了吗?你怎么疯了?你还认得我吗?"疯狗帕巴仁青看到所有的人和狗都在躲避它,只有一个人正在快速接近它,便用吼声狂轰乱炸着,朝着父亲厮杀而去。

人们惊叫起来,藏獒们也惊叫起来,但谁也无法阻拦父亲,更无法阻拦疯狗,就眼睁睁地看着父亲朝疯狗跑去,疯狗朝父亲跑来。而父亲似乎根本就想不到疯狗是六亲不认的,疯狗会咬伤他,而咬伤他的结果,狂犬病的结果,可怕得胜过了鼠疫、麻风和虎狼之害。他在一片人和狗的惊叫声中张开了双臂,做出了拥抱帕巴仁青的样子,就像他曾经多少次拥抱冈日森格、多吉来吧、美旺雄怒、大格列那样。疯狗帕巴仁青扑过去了,张开血盆大口,龇出依然不失锋利的断牙,在摁倒父亲的同时,一口咬住了他的喉咙。

但是没有血,疯狗帕巴仁青咬住了父亲的喉咙,却没有咬出血来。父亲的皮太厚,喉咙太硬了,就像裹了一层铁。人们当时都这么想。而父亲自己却什么也没想,当疯狗的大嘴咬住他的喉咙时,他并不认为这是仇恨的撕咬,他觉得他跟所有藏獒的肉体接触都是拥抱和玩耍,所以他现在跟帕巴仁青也是情不自禁的拥抱。他用蠕动的喉咙感觉着被断牙刺激的疼痛,依然在呼唤:"帕巴仁青,你疯了吗?你是一只好藏獒,你怎么疯了?"这呼唤是那么亲切,气息是那么熟悉,一瞬间疯狗帕巴仁青愣住了,似乎也清醒了,它从小就是上阿妈草原的领地狗,没有谁像家庭成员那样豢养过它,它的主人是所有上阿妈人,听着上阿妈人的呵斥,服从他们的意志,成了它的使命。既然如此,它的感情就是粗放的、整体的、职业的,而来到西结古草原后,它的感情突然细致了、具象了、个性化了。父亲,这个在藏巴拉索罗神宫前救了它的命的恩人,这个在寄宿学校的草地上倾注所有的力量和感情照顾过它的恩人,这个不怕被它咬死而深情地跑来想再次挽救它的恩人,突然抓住了它那已经麻木成冰的神经,轻轻一拽,便拽出了一天的晴朗。所有的坚硬,包括最最坚硬的疯狗之心,蓦然之间冰融似的柔软了。

帕巴仁青趴在父亲身上一动不动,在疯魔般席卷了几个小时后,终于静静地不动了。不动的还有嘴,嘴就那么大张着噙住了父亲的喉咙,用清亮而火烫的唾液湿润着父亲黑红色的皮肤。眼泪哗啦啦的,上阿妈獒王帕巴仁青的眼泪哗啦啦地流在了父亲的脸上,让父亲深深的眼窝变成了两片透澈清莹的咸水湖。父亲后来说,草原上的藏獒啊,就是这样的,只要你对它付出感情,哪怕是疯狗,也会被感动,也会平静下来跟你心贴着心。父亲推着帕巴仁青说:"你都压扁我了,你还是让我起来吧。"帕巴仁青明白了,把大嘴从父亲喉咙上取下来,沉重的身子离开父亲半米,卧了下来。父亲欠起腰,抚摸着它说:"让我看看,你的伤好了没有,啊,没有啊,又严重了,又有了新伤,到处都是血啊,你是怎么搞的,一点也不知道心疼自己。"这时父亲看到了它的嘴,惊叫起来:"你的牙?你的牙怎么断了?"好像断裂的是自己的牙,父亲一下子就哭了,痛苦地说,"没有牙你怎么活呀?"帕巴仁青当然听不懂父亲的话,但父亲心疼的抚摸就是翻译,让它准确地感应到了一种它似乎从来没有得到过的人的温柔和关切,它流泪了,它不会说是巴俄秋珠的鞭子抽了它,它不想打斗就只好崩断自己的虎牙,不会倾诉它的委屈和无奈,但它完全明白父亲的心,明白父亲对它的爱护超过了任何一个人,也知道这爱护无比珍贵,是万万不能丢弃的。

  父亲轻轻抚摸着它,用衣袖揩拭它嘴上身上的血,站起来说:"你跟着我吧,你不要呆在这里了,这里的人都是魔鬼。"上阿妈獒王帕巴仁青仰头望着父亲,看父亲朝前走去,便毅然跟上了他。它跟得很紧,生怕被父亲甩掉似的。西结古骑手的头班玛多吉余悸未消地站在远处,大声问道:"喂,疯狗怎么不咬你啊?"父亲说:"我又不是藏獒,我怎么知道,你还是问它自己吧。"这时有人喊了一声:"站住。"父亲站住了,就像又一次看到了藏獒的死亡,呆愣的表情上,悬挂着无尽的愤怒、悲伤和茫然不解。前面,十步远的地方,上阿妈骑手的头巴俄秋珠正骑在马上,把枪端起来,瞄准着上阿妈獒王帕巴仁青。父亲"啊"了一声说:"巴俄秋珠你要干什么?求求你不要这样。"巴俄秋珠屏住呼吸一声不吭。父亲说:"我知道为什么你要这样,你要打就打死我吧。"巴俄秋珠还是不吭声。父亲又说:"难道你不相信报应吗?打死藏獒是要遭报应。你没有好的来世了,你会进入畜生、饿鬼、地狱的轮回你知道吗?"

  枪响了。这是谁也没有料到的,在父亲的乞求和警告声中,枪居然响了。枪声伴随着巴俄秋珠的咬牙切齿,嘎嘣嘎嘣的,就像嫉妒变成了钢铁,又变成了火药。他是这样想的:这是谁啊,是我们上阿妈草原的獒王帕巴仁青吗?上阿妈獒王不听上阿妈骑手的,更不为上阿妈骑手战斗,却要跟在一个西结古人的屁股后面转悠。叛徒啊,不管它疯了还是不疯,它都是一个不折不扣的叛徒。连獒王都做了叛徒，麦书记和藏巴拉索罗从何而来？帕巴仁青以无比清醒的头脑望着巴俄秋珠和黑洞洞的枪口，哭了。上阿妈草原的獒王，这只黄色多于黑色的巨型铁包金公獒，闪烁着深藏在长毛里的红玛瑙石一样的眼睛，哭了。它知道主人要打死它，知道自己已经中了致命的枪弹，它泪如泉涌，打湿了土地，打湿了人和狗的心。它张大了嘴，裸露着两颗断裂的虎牙，极度悲伤着，没有扑向巴俄秋珠，尽管它还有能力扑上去阻止他继续实施暴行。它不再疯了，清醒如初的时候，它服从了主人要它死的意志。它摇晃着，摇晃着，告别着人间，告别着救命恩人西结古的汉扎西。

　　枪响了，是第二声枪响。上阿妈獒王帕巴仁青应声倒地。巴俄秋珠一脸狰狞，吼叫着："叫你叛变，叫你叛变，藏獒是从来不叛变的，而你却叛变了。"父亲扑了过去，扑向了巴俄秋珠，伸手把他从马上拽下来，然后又扑向了上阿妈獒王帕巴仁青。已经没有用处了，父亲只能捶胸顿足：慢了，慢了，我的动作太慢了，我怎么就没有挡住他的子弹呢？帕巴仁青，都是因为我啊，我要是不让你跟着我走，上阿妈人也不会把你当叛徒了。谁也无法理解父亲这时候的心情，他愤怒得要死，又无奈得要死。他不理解巴俄秋珠——昔日那个可爱的"光脊梁的孩子"为什么要对一只情重如山的藏獒开枪——就算你是为了得到藏巴拉索罗，就算你的动机是美好的高尚的，但美好和高尚怎么能让人如此痛心地结出疯狂甚至邪恶的果实呢？更不理解为什么人需要如此争抢，藏獒需要如此打斗，不就是麦书记吗？不就是藏巴拉索罗吗？要他们有什么用？麦书记你藏在哪里你快出来吧，藏巴拉索罗是什么东西，你给他们不就了解了。不要再打了，不要再死藏獒了。

8 雪獒

1

父亲坐在上阿妈獒王帕巴仁青身边,守了很久,突然在心里念叨了一声冈日森格,这才站起来,过去牵上了自己的大黑马。他四下里看了看,不停地回望着渐渐冰凉的帕巴仁青,朝着鹿目天女谷敞开的谷口急速而去。

是美旺雄怒带他来到这里的。美旺雄怒用焦急的奔跑告诉他,冈日森格就在前面,已经不远了。他知道冈日森格在追踪什么,那可不是一般的对手,那是一个名副其实的地狱食肉魔,在冈日森格的对决生涯里,恐怕没有谁能和地狱食肉魔相比,一场空前绝后的厮杀在所难免。火焰红的美旺雄怒冲着父亲疯跑过来,告诉父亲它已经发现了冈日森格的行踪。父亲跟着它走去,没走多远,就隐隐听到一阵吼叫,是冈日森格的声音,和年轻的时候一样雄壮、铿锵、醇厚、宏亮,在西结古阵营的背后,鹿目天女谷的深处,逆着流云风势涌荡而来。西结古骑手和领地狗都有点吃惊:獒王冈日森格什么时候跑到里头去了?虽然谷口草丘密布,浅壑纵横,地形开阔而复杂,它完全可以避开它们的视线走进去,但它为什么要这样呢?已经来不及琢磨了,冈日森格的声音突然变得激切紧张起来。父亲牵着大黑马,带着美旺雄怒,走进了谷口,然后朝着不远处的西结古骑手招了招手,喊道:"快走啊,冈日森格都进去了,你们怎么还站着？"

　　班玛多吉和所有西结古骑手都没有动，他们惧怕着被鹿目天女拘禁在沟谷里的山野之神和苯教神祇，看到父亲无所顾忌地走进了谷口，一个个吃惊地瞪歪了眼睛。但西结古草原的领地狗群是不害怕的，它们在雪獒各姿各雅的带领下随着父亲的喊叫跑了过去，又比父亲更快地跑向了山谷深处的獒王冈日森格。

　　上阿妈骑手的头巴俄秋珠观察着前面的动静，立刻意识到，如果不随着父亲深入鹿目天女谷，就别再想找到麦书记，得到藏巴拉索罗了。它指挥上阿妈骑手和领地狗群一窝蜂地跟了过去。东结古骑手的头颜帕嘉哪里会允许别人抢先，指挥自己的骑手和领地狗追进谷口，从上阿妈骑手身边一闪而过。西结古骑手的头班玛多吉一看这样，便什么也顾不得了，带领西结古骑手，快步走进了狞厉恐怖的鹿目天女谷。

　　丹增活佛从鹿目天女谷回来，刚走进西结古寺，就在嘛呢石经墙前碰到了麦书记，吃惊地问道："你怎么出来了，你要去哪里？"一把拽住麦书记，拉着他就走。就像父亲后来说的，果然传说就是历史，在那些悲凉痛苦、激烈动荡的日子里，关于丹增活佛把麦书记和藏巴拉索罗密藏在西结古寺的传说，最后都一一得到了验证。丹增活佛把麦书记藏进了大经堂。大经堂里有十六根松木柱子，每根柱子都有两人抱粗，其中一根绘着格萨尔降伏魔国图的柱子是空心的，正好可以让麦书记待着。这会儿，丹增活佛拉着麦书记回到了空无一僧的大经堂。两个人坐下了。麦书记说："我怎么可以一直躲在这里呢？"丹增活佛说："你听我说，你还没到投胎转世的时候，你不能出去。"麦书记愣了一下说："你是担心他们会杀了我？怎么可能呢，毕竟我还是州委书记。"丹增活佛说："在我们佛教里，不会有比死亡更轻松的事，可惜你还死不了，轻松的因缘还没有聚合，而活着的痛苦却从四面八方朝你跑来。你的皮肉不是藏獒的皮肉，骨头也不是藏獒的骨头，是经不起踢打的。"麦书记说："他们敢，就算我是走资派，揪斗也是文斗不是武斗。"

　　丹增活佛说："可你是藏巴拉索罗。在我们的语言里，'藏巴拉'是财神，代表吉祥、宁静、幸福的生活和充裕的财富，'索，索，拉索罗'意味着祭神的开始和人与神共同的欢喜。很多年前，伟大的掘藏大师果杰旦赤坚在当年格萨尔王的妃子珠牡晾晒过《十万龙经》的地方，发掘出了一把格萨尔宝剑，宝剑上刻着'藏巴拉索罗'几个古藏文。于是格萨尔宝剑成了藏巴拉索罗的

571

神变，它是和平吉祥、幸福圆满的象征，是尊贵、荣誉、权力、法度、统驭属民和利益众生的象征。格萨尔宝剑一直被西结古寺迎请供养。后来，你麦书记来到了青果阿妈草原，西结古寺的僧宝们认为你是个好人，能够用你的权力守护生灵，福佑草原，经过占卜之后，机密地恳请你来到西结古寺，当着三怙主的面把格萨尔宝剑献给了你。僧宝们对你说，你拥有了它，你就是藏巴拉索罗，你要用你的生命珍藏它。"麦书记说："这些我都没有忘记。但现在作为印把子的格萨尔宝剑对我已经没用了，我不是藏巴拉索罗。我可以落到闹事者手里，但格萨尔宝剑不能，不能让他们手持格萨尔宝剑横行霸道。"丹增活佛说："是啊，应该告诉他们，护法神的咒语已经毁灭了藏巴拉索罗，印把子已经回到天上去了。我替你去说。"麦书记说："不行，谁代替我去，谁就会倒霉，还是我自己去，这种时候，我不能放弃责任。再说这揪斗依我看也就是过关，现在不过，以后也得过，万一拖久了，连走资派也做不成了怎么办？考验嘛，是要经得起的。"丹增活佛沉默了片刻说："你说的这些我不懂。既然你非要去，那我只好陪着你了。"

　　两个人走出了大经堂。铁棒喇嘛藏扎西和许多喇嘛等在门口，他们都想跟去保护丹增活佛和麦书记。丹增活佛说："我们面对的不是狼群，去的人越多越不好，你们留下来保护西结古寺吧，这里佛宝万千，是草原和国家的财富，一定不能出事，我们已经没有寺院狗了，就得靠喇嘛来守卫。"两个人走出西结古寺，走下碉房山，来到了原野上。丹增活佛看看天看看地，又掐指算了算，指着远处堆满了坎芭拉草的行刑台说："走吧，我们到那里去，那里是你应该去的地方，看来你是逃不脱了。"说罢，苍凉而声调悠长地唱起了六字真言。

2

　　多吉来吧告别老管教和司机，离开监狱，穿过多猕镇，走向了寥廓的多猕草原。这是它八九年前走过的一条路，它永远忘不了丰美的草原上铺满黄色野菊花和蓝色七星梅的情形，忘不了当年这条草原通道是如何顺畅无阻地让它回到了故乡西结古草原，回到了主人汉扎西的身边。它直线行走，想快一点，再快一点，心里头的激动就像天边的乌云一再地怒涌着。多吉来吧的身后，差不多一公里的地方，是多猕草原的领地狗。它们一闻味道就知道，前面有一只十分强悍的外来藏獒。它们追了过来，在它们天经地义的职守和义务中，赶走或者咬死这只外来的藏獒，是一件丝毫不该犹豫的事情。

走了不多一会儿，多吉来吧就停下了，扬起脖子警惕地望着前面。再次开路的时候它走得很慢，而且也改变了方向，不是它不着急了，也不是枪伤妨碍着它——老管教的治疗和它自己超强的恢复能力以及一只优秀藏獒的毅力，都在减轻它的痛苦，它可以大步往前走了，而是它自己的小心制约了它。它看到了前面三百米之外六顶帐房的帐圈（帐圈是草原上小于生产队的一种松散组织，类似于生产小组），知道那儿一定会有多只藏獒，就谨慎地绕开了。身经百战、英勇强悍的多吉来吧，它现在变得如此小心翼翼，为的就是避免打斗，避免伤亡，尽快回家，回家。它不想再受伤了，那样会延缓它回家的时间，更不想在逞勇争强的打斗中死掉，好不容易到了这里，眼看就要见到主人汉扎西和妻子大黑獒果日了，怎么能死掉呢。它绕了很大一个弯，才万无一失地绕开了那个六顶帐房多只藏獒的帐圈，回到直通狼道峡的路上。它加快了脚步，不断地看着一半阴沉一半晴的天色，突然又停下了，依旧扬起脖子，警惕地望着前面。多吉来吧没有望到什么，却闻了出来：前面又有了人家，虽然只有一顶帐房、一只藏獒，却一定是敌意的存在。它犹豫了半晌，最后还是决定绕开。多一事不如少一事，它真是害怕了，害怕任何敌手的牵绊，害怕自己万一有什么闪失就再也见不到主人和妻子以及故乡草原了。它再次绕了一个很大的弯，等回到老路上时，乌云已经笼罩了整个天空，酝酿已久的雨突然掉了下来。

雨不大，并不影响它的行动。它加快脚步，不断用鼻子在空气中闻着，利用它超人的嗅觉和听觉，躲开了沿途所有养着藏獒的牧家，躲开了一大一小两只过路的藏马熊，躲开了一个由六匹狼组成的狼家族，躲开了一对狼夫妻，甚至躲开了旱獭密集的地带，因为它们吱吱喳喳的叫声会成为向别的野兽和藏獒通风报信的语言：注意啊，一只来自他乡的藏獒正在雨中行走。

多吉来吧就这样躲来躲去地走到天黑，又走到天亮。雨大了，被雨水泡湿的屁股上的枪伤让它格外难受，它知道有必要用自己的体温尽快烘干伤口，否则很容易恶化，一旦恶化它就不可能顺利回家了。它走进一道沟壑，找了一处避风遮雨的土崖卧了一会儿，感觉伤口不疼了，就准备打一点野食：最好是火狐狸，吃了火狐狸，它就可以尽快赶路，而不用在乎天雨天晴了，火狐狸的内脏可以让伤口尽快长出肉来。这一点它的祖先早就通过遗传告诉它了。更何况在草原上火狐狸的踪迹是最容易找到的，它们的数量不亚于狼，而且不论公母大小，都散发着一股浓烈的狐臭味儿。多吉来吧举起鼻子，前后左右地闻了闻，让它喜出望外的是，它闻到的狐臭味儿正好在前面它要去的地方，它不必耽搁更多的时间就能吃到火狐狸的内脏了。它兴奋异常又蹑手蹑脚地朝前走去，走出了沟壑，走了大约半个小时，就在偏离它前去的路线三百米的一座草冈下，发现了一个狐狸洞。一只身材苗条、秀丽迷人的火狐狸站在洞口，忧愁满面地望着雨水淅沥的天空。也不知它在忧愁什么，全然没有注意到从下风的地方悄悄走来了一只大藏獒。多吉来吧在雨帘的掩护下一点声息也没有地靠近着火狐狸，直到火狐狸惊愕万分地发现了它。这时候它离火狐狸只有五米远，尽管枪伤在身，但对跟狼豹搏杀厮斗了一生的多吉来吧来说，根本就不算距离。况且对方是一只母狐狸，洞里还有小狐狸，它要保护小狐狸，就只好把自己的内脏奉献给多吉来吧了。

多吉来吧吃了母狐狸的内脏，心满意足地朝前走去，没走多远，就发现自己不该偏离前去的路线来到这座草冈下，它咬死吃掉母狐狸的代价，或许就是把自己毫无保留地交给此刻它最不想遇到的凶险。草冈下早有一群狼埋伏在大大小小的草洼里，显然它们是来偷袭母狐狸家族的，没想到被一只藏獒占了先机。狼群大约有二十匹，是多猕草原狼类中的一个大家族。它们一看多吉来吧就知道是外来的，而对外来的一切包括藏獒，它们都有一种欺生的冲动，尤其是现在，当眼看就要到口的狐狸成了藏獒的食物，它们自然就把窥伺的食物换成了这只孤苦伶仃的外来藏獒。它们看到这只藏獒的行动不太灵敏，明显是带着伤的，还看到它非常警觉，听到一点点声音都会停下来观察半天，这虽然不能表明它是胆怯和懦弱的，却至少说明它缺乏坦然和自信。二十匹狼在头狼的带领下纷纷从大大小小的草洼里跳了出来。

多吉来吧愣住了，它吃惊自己居然没有在吃掉狐狸之前就闻出来，是因为雨太大，还是风向出了问题？它来不及想明白，就发现二十匹狼中，至少十五匹是大狼和壮狼，剩下的五匹狼个头虽然不大，但也都是能扑能咬的少年狼。它迟疑地朝前走了走，眼睛里喷射着凶狠辣毒的火焰，脑子里却迅速做出了一个作为一只优秀的喜马拉雅藏獒从来没有做出过的决定，那就是赶快离开。还是那个一离开监狱就冒出来的想法主宰着它：害怕敌手的纠缠耽搁时间，害怕自己万一有什么闪失就再也回不了家。它转身就走，走着走着就跑起来，它跑得很慢，怎么也不习惯在狼群前面逃跑。狼们都有些发呆，眼睛里充满了疑问：是阴谋，还是真正的畏葸？多吉来吧回头看了看，发现狼群没有追上来，便很快兜了一个圈子，朝着狼道峡的方向跑去。狼群明白过来了：不是诱敌深入的阴谋，多吉来吧前去的方向，正是它们走来的路，那里没有任何埋伏。它们开始追击，一股狼风嗡然而起，一层层地撕裂着雨幕，雨乱了，横飞竖溅着，嗥叫冲天而起，就像激射而去的水浪，沉重地击打着多吉来吧。多吉来吧猛然停下，本能地转过身来，准备迎战，但理智却拼命地对抗着本能，让它在意识到狼势汹汹，不可莽撞后，又开始逃跑。

它是狼狈的，是空前耻辱的狼狈，连雨水都奇怪得不再淋漓了：顶天立地的藏獒啊，什么时候变成了惊弓之鸟？但是多吉来吧已经顾不上在乎别人的嗤笑了，它宁肯蒙受奇耻大辱，宁肯在逃跑的狼狈中背负胆小鬼的坏名声，也要回家，回到主人汉扎西和妻子大黑獒果日身边去，应对那裹挟诡异之风、人臊之气漫卷而来的危难。但是毕竟它屁股上带着枪伤，时间一长，它跑得就不如狼群快了。狼群一点一点地靠近着，每靠近一点，头狼就会兴奋难抑地发出一阵嗥叫。头狼一叫，别的狼也会叫起来，是放纵而得意的叫声。在它们的猎逐生涯中，跑在前面的总是兔子或者鼢鼠或者狐狸，很少有机会快意追杀一只体魄强大的藏獒，它们高兴啊，用奔跑的威势震慑着，也用嗥叫震慑着。而对多吉来吧来说，狼群的震慑带给它的是一种前所未有的紧张和自责：你这个丢尽了脸的笨蛋，你连逃跑都不会，居然让狼群追上来了。追上来就追上来吧，反正它抱定了这样的主意：只要不趴下，只要不被咬死，它就一定要跑下去，头朝着故乡、主人、妻子的方向，用一只天骄藏獒留恋生命、不想死亡的最后的意志，跑下去，跑下去。

距离又拉大了，意志让多吉来吧再次有了信心：既然已经狼狈不堪了，那就狼狈到底，只要能活下来、跑下去。但紧接着距离又缩小了，一下子缩小成了十米。乘风鼓浪的狼群、志在必得的狼群，嗥叫着，狂欢着：杀呀，杀呀。而在多吉来吧身上，疲累却不期而至，浑身的肌肉好像故意要把自己喂给狼群，不产生力量也不产生速度了。它无可奈何地慢了下来，又停了下来，狼群眨眼来到，它转身就咬，咬了一嘴狼毛，似乎只能咬到狼毛了，它意识到可恶的疲累和伤势已经不可能让它像以前那样大气磅礴地跳跃奔扑了，便又忽地转身，夺路而逃。

已经逃不出去了，它只能搏杀，而搏杀就意味着死亡，它就要死了，现在的它根本就斗不过二十匹狼的集体进攻，它只能死了。头狼带着另外五匹大狼扑了过来，几乎同时在腰、臀、腿等等不同的地方咬住了它。它以牙还牙，但它只有一嘴牙，而对方却有六嘴牙，不，二十嘴牙。二十匹狼全都扑过来了，多吉来吧被密不透风的狼爪狼牙摁倒在了地上，它的还击顿时变成了挣扎。多吉来吧知道自己就要死了，突然节奏舒缓地叫起来，当然不是怜惜生命,作为一只杀伐成性的藏獒,它就像不怜惜狼的生命一样不怜惜自己的生命。它是想到自己千里迢迢历经磨难来到了这里,就要回到故乡草原见到主人汉扎西和妻子大黑獒果日,却又如此轻易地葬送在了八辈子都没有惧怕过的狼群之口。它悲伤欲绝,痛心不已,放弃了反抗和挣扎,萎缩在地上,用叫喊告别着它所牵挂的一切。

它叫了很长时间,叫着叫着就奇怪起来:自己怎么还在叫,怎么还没有死?用力一站,居然站了起来,再回头一看,狼不见了,二十匹狼无一例外地不见了。是厚重的雨幕把它们遮了起来?不是,雨幕怎么可能连味道也会遮起来呢?只有泥水中的狼毛和它身上隐隐作痛的狼牙之伤昭示着狼群的存在,但那是曾经的存在,而现在此刻眼目下,狼群已经明明确确地不在了。多吉来吧大惑不解地瞩望了片刻,来不及搞清楚怎么回事儿,转身就跑。它心情激动,沮丧顿消,又可以活着了,而且是甩掉耻辱,带着希望活着,活着就要跑,继续跑下去,朝着故乡的诡异之风和越来越深重的危难,朝着主人和妻子以及寄宿学校,跑下去,跑下去。没有人知道狼群为什么会放过多吉来吧,多吉来吧也不知道,父亲更不知道。大自然的心思不是父亲能够知晓的。父亲只能猜测,一只外来的伟岸凶悍到前所未见的藏獒,一只原本应该英勇无畏所向无敌的藏獒,在穿越雨夜和穿越峡谷的奔跑中忍辱负重,孤独前行,会给警惕的狼什么样的感受、什么样的狐疑和什么样的震撼?它们在多吉来吧的悲凉叫声中听出了什么样的情怀?又体会到了什么样的感动?总之,狼不声不响地撤了,它们回望着多吉来吧,神色肃穆。

然而不幸总是接二连三,多猕草原的领地狗群又追上来了。对多吉来吧这只外来的藏獒来说,领地狗群是更危险的对手,它现在不仅没有逃离追踪的可能,就连表现狼狈、让人嗤笑的机会也没有了。风从前面吹来,雨丝斜射着,多吉来吧闻不到多猕领地狗的味道,而多猕领地狗却能轻松捕捉到它的气息,加上雨雾朦胧,水蔽天空,几乎在多吉来吧不知不觉的时候,多猕领地狗已经来到了身后。听到雨水中吧唧吧唧的脚步声,多吉来吧才回过头去,似乎不相信自己的眼睛,更不相信伤痛和疲累竟然让自己迟钝到了这种地步:已经在二十步之外了,黑压压一片敌手,黑压压一片死神的象征。这可不是狼群,是保卫领地,仇视一切侵犯的同类,动物界和人类是一样的,同类对同类的忌恨往往远甚于异类之间的忌恨。多吉来吧吼起来,这是禀性的显露:那就死吧。对一只藏獒来说,死是最不可怕的。但一想到死,它就不想死了,它千里跋涉来到这里,可不是为了死。它又改变了吼声,似乎是正色告诉对方：它不是侵犯，它来到多猕草原仅仅是路过，就要离开了，就要离开了。

多猕领地狗根本不听它的告知，继续逼近着。多吉来吧只好撒腿逃跑。但它连五十米都没有跑出去，就被对方追上了。它停下来，冲着包围了自己的同类吼了几声，就把利牙收起来，闭上了嘴，不吭不哈地做出一副任凭宰割的样子。一只铁包金的猛獒首先扑了过来，想用肩膀顶倒它，然后再用牙刀仔细切割，一顶不要紧，只听咚的一声响，它立刻被反弹回来，一屁股坐倒在地上。多猕领地狗们吃了一惊：一只老藏獒的身体居然如此硬朗，几乎不是骨肉是岩石。铁包金的猛獒爬起来又要扑，发现已经有同伴冲了过去。这是一只棕红色的公獒，性格就像它的毛色一样，燃烧着不服、不羁、不驯的光焰，它觉得既然同伴是被撞倒的，它的进攻也应该是撞击而不是撕咬，一来它想试试对方到底坚硬到什么程度，二来它觉得一旦自己撞倒了对方，那就证明自己比同伴厉害，这样的证明似乎比打败对手更重要。它也是用肩膀顶向了多吉来吧。多吉来吧用自己的肩膀迎接着它，只觉得骨头一阵闷疼，身子不由得摇晃了一下。好在它定力坚顽，没有倒下，倒下去的是对方。棕红色的公獒惊叫一声，踢踏着雨水爬起来，瞪着多吉来吧扑了一下，突然又停住，"刚刚刚"地叫了几声，转身就走，它不是害怕，而是羞愧，撞击之下，也是一个狗坐蹾，它比同伴强到哪里去了？

多猕领地狗们"汪汪汪"地叫起来，翻译成人类的话，那就是：咦？咦？怎么这么厉害？它们定睛看着多吉来吧：漆黑如墨的脊背和屁股、火红如燃的前胸和四腿，老迈的伟岸里透出一种惊天动地的狮虎之威，浑身的伤疤就像勋章一样披挂着，说明它到老都葆有一种不甘雌伏的雄熊本色。它们佩服着，激动着，激动是因为它们终于碰到了一个可以纵情挑战，可以检验自己能力的强硬对手。又有藏獒扑了过来，还是撞，不是咬。多吉来吧岔开粗壮的四肢，把爪子夯进湿硬的泥土，像一个健美比赛的选手那样，忽一下鼓硬了浑身的肌肉。倒地了，还是对方倒地了。多猕领地狗们前赴后继，接二连三地撞向了多吉来吧。多吉来吧的骨头怦怦怦地响着，始终证明着无与伦比的坚固，但却是令它自己担忧的散架、碎裂前的坚固。多吉来吧一看就知道，这一只只撞过来的藏獒，都是骁勇善战的草原之王，都有舍生忘死的非凡经历，只要它们坚持不懈地撞下去，总有一刻，它会扑通一下趴倒在地，一旦趴倒，就不可能再站起来了。

大约经过了十八只壮猛藏獒的十八次撞击，多吉来吧眼看就要坚持不住

577

了。多狝领地狗们突然停止了撞击，不是因为没有藏獒再敢出击，而是觉得剩下的不如已经出击过的，为什么还要扑过去，把自己撞个大跟头，丢人现眼呢？多吉来吧狐疑地看着它们，琢磨它们是不是又要组织新的进攻了，一琢磨就琢磨出希望来：撞击了这么半天，怎么没发现它们的獒王？或者这群领地狗中根本就没有獒王，所以才这样温文尔雅地用肩膀撞来撞去，既没有使出牙刀，也没有使出坚爪。不存在獒王的领地狗群难道还能依仗集体奋发的力量，给它带来预想中的灭顶之灾吗？大概是不会了吧。多吉来吧慢腾腾地把深陷在泥土里的四腿拔了出来，假装无所畏惧地朝前走去。多狝领地狗们望着它，犹犹豫豫地跟了过来。多吉来吧的判断是不错的，它们的确是没有獒王的一群，獒王和另外一些最最强悍的藏獒被多狝骑手带走了，带到西结古草原争抢麦书记和藏巴拉索罗去了。它们没有了獒王就想产生新的獒王，它们之间的比试一刻也没有停止过，但结果表明，智慧和能力都是半斤八两，永远不可能有一只藏獒超拔而出，只好延宕下去，也无所适从下去。现在它们想：这只外来的藏獒是了不起的天生王者，能不能留下来做我们的獒王呢？如果不能，再实施杀伐——轮番扑上去打败咬死这个凶极霸极的入侵者。几乎所有的成年藏獒都这么想，又都拿不定主意，最重要的原因是，它们不知道原来的獒王是不是还活着，能不能再回来？它们用形体的语言和声音的语言商量着，无休无止地商量着。趁着这个机会，多吉来吧加快了速度，一会儿跑，一会儿走，天黑了，天亮了，连接着多狝草原和西结古草原的狼道峡口突然来临了。

　　雨还在下，水从峡口流过来，淌成了河。不得超越的草原界线就在河的这边拦住了多狝领地狗。多吉来吧？过河去，停下来，回头注视着它们，声音柔和地叫了几声，好像是说：你们是来送我的吧？谢谢了，谢谢了。然后转身离去。直到这时，多狝领地狗们才意识到，留下这只了不起的天生王者做獒王的可能性已经没有了，扑过去咬死它的机会也已经失去了，它们只能看着它离去，怏怏地远远地离去。它们此起彼伏地叫起来，开始是为了发泄愤怒，叫到后来声音就变了，仿佛是留恋，是告别：这个承受了十八次玩命的撞击，让十八只多狝藏獒滚翻在地的入侵者，再见了，再见了。

　　尽管新增的撞伤让多吉来吧痛苦万分，疲惫不堪的跋涉让它很想即刻躺倒在泥洼里酣然大睡，但是它没有停下，哪怕一分钟的喘息。它用生命的搏动挤榨着最后的力量，沿着狼道峡，一步一步靠近着西结古草原。狼道峡时窄时宽，两岸的山势忽高忽低，从山上流下来的雨水汇聚到一起，在峡谷里奔腾着，弯曲而浩大，很多地方都被大水淹没了，它不得不选择山洪稍微缓慢的地方逆水游过去。它知道这样是危险的，一旦让山洪顺着峡谷冲下去，不被淹死，也会被礁石撞死。它依然没有想到应该停下来，等雨住水枯了再走，想到的仅仅是不远了，已经不远了，前面就是西结古草原，那是主人汉扎西的草原，是妻子大黑獒果日的草原，也是它的草原。这是最后一段路，它已经等不及了，恨不得长出一对翅膀飞过去，飞过去。

就这样，它如同扑向狼群那样奋勇当先、万死不辞地往前走着，见水就绕，绕不过去就游过去，再急的水也敢钻，再险的路也敢走，有一次它差一点被陡壁上坍塌下来的土石埋住。又有一次它被一股横斜而来的瀑布打翻在水里，冲出去半公里才爬上岸。还有一次是路被大水冲断了，中间是跌落的激流，两边是陡立的土壁，攀援和跳跃都是不可能的，它绝望地哭着喊着，最后硬是用前爪在陡壁上挖出了一条可以爬上去的通道。更危险的一次是它又遭遇了群狼，它们站在峡谷一边的山坡上望着它，"呜啊呜啊"地嗥叫着。狼道峡是前往西结古草原的必经之地，也是恶狼出没的地方，狼群就像绿林好汉，啸聚在这里半路剪径，咬死牲畜咬死人乃至咬死藏獒的事情经常发生。但是今天，四十多匹狼的狼群没有任何行动，当多吉来吧冲着它们吼叫了几声，诉说了一番后，它们就不再骚动不宁了，静静地站在山坡上，默默注视这个与山洪和死亡抗争的家伙。它们忘了它是藏獒？忘了它是自己的天敌？或者，它不屈不挠的身影唤起了它们心中的同情和尊敬？终于，多吉来吧走出了狼道峡，草原出现了。它听到身后的狼群发出一阵嗥叫，听得它有些疑惑：怎么像是欢呼？多吉来吧扭头回望，在心里说了声：谢谢。

现在，多吉来吧面对着草原。这就是它的草原，它的故乡西结古草原，就是主人汉扎西的草原，妻子大黑獒果日的草原。这儿的草原比狼道峡以外的草原海拔至少高出八百米，又偏离着昂拉雪山与多猕雪山之间的季风走廊，和别处的草原经常是晴雨两重天，就像现在。现在这儿没有雨，只有阴沉沉的云翳预示着雨。但是多吉来吧却看到了雨后的彩虹，看到了蓝色晴日中的金色太阳，太阳照耀着雪山，把无量无边的冰白之光散射到了视域之内所有的地方。一切都是熟悉的，远景和近景、天空和地面、气息和阵风，都以原来的模样，亲切无比地欢迎着它。它哭起来，多吉来吧哭起来。它浑身乏力，四肢酸软，再也无法支撑自己沉重的身体了，扑通一声栽倒在地。这是故乡的草原，它回来了，终于回来了，它哭起来，多吉来吧哭起来。它舔着泪雨浸湿的土地，就像一只羊一头牛那样，啃咬着牧草，咀嚼着牧草，让满嘴馨香而苦涩的绿色汁液顺着嘴角流淌而出。

它闭上了眼睛,想着自己的忧伤和欢喜、苦难和感动,突然又睁开了眼睛,望着远方雨色朦胧的雪山姿影,一股一股地涌流着眼泪:它到了,它到了,故乡的雪山、主人和妻子,它终于到了。它哭起来,多吉来吧哭起来。它在哭泣中匍匐在地,急切地一点一点往前挪动着,主人和妻子,我到了,终于就要见到你们了。它哭起来,拼命地哭起来,从西宁城到西结古草原的漫漫长途、一千二百多公里的漠漠远路、无数个日日夜夜的辗转跋涉,如今结束了,终于结束了。多吉来吧哭了很长时间,匍匐了很长时间,然后停下来,静静地躺下,尽情感受故乡草原的气息,身下的土地温湿舒坦,给它的身体注入着生命的活力。它安详坦然,像是睡着了。突然,它摇摇晃晃地站了起来,朝着碉房山的方向走去,那儿有主人汉扎西的寄宿学校,有妻子大黑獒果日的领地狗群。走着走着它便逼迫自己跑起来,它渴望以最快的速度出现在主人和妻子面前。

但是跑不多远它就停下了,诧异地四下里看着:不错,就是记忆中的故乡,就是它熟悉的一切,但是风中的气息怎么和刚才不一样了呢?远远近近有那么多陌生的味道搅混在一起:外来的藏獒、外来的狼群、外来的人,怎么都是外来的?而且混合着亢奋的人臊。它恍然想起了西宁城的味道、沿途一路上的味道,几乎是天才地把它们联系了起来,把它们看成了笼罩整个大地的一个透明而压抑的盖子、一股穿透了一切的诡异之风,看成了让它跟主人和妻子断然分开又阻止它扑向主人和妻子以及寄宿学校的唯一原因。它立刻躁动起来,那种曾经主宰了它的愤懑、焦虑、悲伤的情绪像坍塌的大山一样砸伤了它。它朝空气吼起来,吼了几声,就听到一阵奔跑的声音如浪而来,随着忽强忽弱的风一阵高一阵低。——是狼,是狼群的奔跑,而且是外来的狼群。多吉来吧瞪起眼睛,停止吼叫,原地转了一圈,四肢绷得铁硬,静静等待着。

3

鹿目天女谷里,到处都是白唇鹿吉祥而胆小的身影。它们飞快地集中到谷地两边的山坡上,惊讶地瞩望着,然后轰轰隆隆朝着隐秘的谷地纵深带跑去。随着白唇鹿奔跑的烟尘消失,一片四围缓缓倾斜、中间平凹的草地渐渐清晰了,好像一个天造地设的打斗场,把四面八方的斗士吸引到了这里。最先占领打斗场的是被十九只多猕藏獒领来的多猕骑手,但他们并不知道这儿就是接下来的打斗场,还以为下马休息一会儿,再给藏獒们喂点吃的,就可以继续深入山谷寻找麦书记和藏巴拉索罗了。正要启程时,突然看到一只魁伟高大、长发披肩的藏獒和一匹赤骝马横挡在他们前去的路上,赤骝马的背上驮着一只黑色大藏獒。一个同样也是魁伟高大、长发披肩的黑脸汉子躲藏在赤骝马的后面。

多猕骑手的头扎雅"哦哟"了一声,表示对地狱食肉魔的惊叹,但也没有把它放在心上,觉得他们已经见识过了西结古草原的獒王冈日森格,就不可能再有更厉害的藏獒了。十九只多猕藏獒的想法跟扎雅大概是一样的,也没有表示出特别的警惕和仇恨。而在地狱食肉魔看来,这些多猕藏獒简直是不配自己仇恨的,听到了勒格红卫让它出击的命令后,它几乎是笑着走了过来,表情和肌肉以及走动的姿态都显得放松而懒散。这样的放松当然不是为了麻痹对方,地狱食肉魔用不着麻痹,它除了轻视,还是轻视,轻视到不屑于主动出击。

多猕藏獒中的一只金獒首先扑了过去,速度快得连多猕骑手都没有看清楚。就在金獒以为它可以一口咬住对方的时候,突然听到一声惨叫,居然是自己发出来的。金獒实在搞不明白它为什么会拿自己的脖子去撞击对方的牙齿,但事实的确如此,它想强加给对方的命运,转眼变成了自己的承受。金獒躺下了,一方面是伤势太重,一方面是内心极度的沮丧:一切都是死亡前的挣扎,你根本就没有可能在对抗中靠近它。多猕藏獒一个接一个地扑过来,一个接一个地倒下去,喉咙,怎么都是喉咙?好像地狱食肉魔的牙刀无处不在,无论你从哪个方向扑过去,喉咙都会撞到锋利无比的刀尖上。多猕骑手们一次比一次惊讶地喊叫着:"魔主,魔主,它是魔主,是厉鬼王。"突然听到身后又有了藏獒的吼声,赶紧回头,看到不知什么时候,西结古獒王冈日森格出现在了绿得流油的草坡上。

冈日森格最初是沉默的,以它的智慧,它当然希望多猕藏獒和地狱食肉魔一直打下去,最好靠了多猕藏獒的轮番上阵,就能消灭这只雄野到极顶的魔鬼。但眼看着被消灭的只能是一只只多猕藏獒,它突然沉默不下去了,用吼声宣告了自己的存在。经历过无数次残酷打斗的冈日森格不会想不到自己很可能不是地狱食肉魔的对手,但它更容易想到的是,如果连自己都不是对手,西结古草原就不会再有对手了。既然如此,它唯一要做的,就是用自己的智慧和不要命的举动拖垮地狱食肉魔,以便在自己失败或者死掉之后,让雪獒各姿各雅一举消灭它。冈日森格挑衅似的吼叫着，尽量让自己老迈的嗓音充满雄壮铿锵的威慑。对面的地狱食肉魔立刻停止了对多猕藏獒的屠杀，瞪着冈日森格，显得既愤怒又吃惊：好一个雄伟的藏獒，怎么这个时候才出现？

地狱食肉魔没有马上扑过来，它要研究研究：敢于挑衅自己的这只老藏獒到底有多老，是不是已经老糊涂了？太老的对手、稀里糊涂的对手，它是没有必要花功夫对付的。结论是没有，既然没有老糊涂，那就绝对不能客气。地狱食肉魔漫不经心地走了过去，甚至都"呵呵"地笑出了声，放松得好像随时都会卧下来睡觉。它的傲慢延缓了时间，让本来即刻就要发生的打斗推迟了至少五分钟，就在这五分钟之后，冈日森格突然不准备打斗了，原因是它觉得这个地狱食肉魔的气息是似曾相识的，到底是谁啊？它见过吗？没见过面怎么气息是熟悉的？

这时冈日森格突然看到了躲藏在赤骝马后面的勒格红卫，打了个愣怔，就把地狱食肉魔的气息暂时抛在脑后了。它很激动，毕竟勒格红卫曾经是"七个上阿妈的孩子"中的一个，而"七个上阿妈的孩子"又是它过去的主人。它亲热地"汪汪"了几声，想到自己的这个主人最早是牧民的装束，后来又是喇嘛的打扮，现在又成了长发披肩的云游僧的模样，就觉得有点奇怪。它带着奇怪的神情，摇着尾巴跑向了勒格红卫。地狱食肉魔迎面截住，一头撞翻了冈日森格。冈日森格爬起来，左闪右躲地想绕开地狱食肉魔，发现对方快得就像自己的影子，无论你跑到哪里，面对的都是黑乎乎的山墙。冈日森格生气地吼叫着，看到勒格红卫从赤骝马后面跳了出来，不仅不阻止地狱食肉魔对自己的拦截，反而对自己又是挥手又是喊叫："不要过来，冈日森格你不要过来，我现在还不想看到你死，我要多看你一会儿才让你死。"

冈日森格听话地后退了几步，疑虑重重地看了看它一路追踪的地狱食肉魔，多少有点醒悟了：这个主人已经背叛了西结古草原，他和所有外来的骑手一样，成了危害西结古人的对头。现在的问题是，它应该怎么办？它是西结古草原的獒王，是带领西结古领地狗群履行保卫职责的首领，忠于主人和忠于职守都是它的天性，它在天性与天性之间选择，结果发现，它根本就无法做出选择，主人是神圣的，职守是伟大的，它除了忠于，还是忠于。更何况还有一种迷惑始终困扰着它，那就是地狱食肉魔的气息。经过刚才肉体与肉体的厮撞，它发现对方的气息不仅是熟悉的，还是亲切的，亲切得就跟自己的气息、就跟过世了的妻子大黑獒那日的气息一样。它摇头晃脑，疑虑重重：莫非它是一个跟自己有着血缘关系的后代？自己的后代怎么会变成这个样子呢？冈日森格现在还不知道，地狱食肉魔其实是它的孙子。它的孙子正在实现主人勒格的愿望：那就是超越冈日森格和多吉来吧，让雄霸走向极顶，让横暴达到空前，然后按照"大遍入"法门的理想和"横扫一切牛鬼蛇神"的要求：报仇，报仇，流血，流血。为了实现他的理想，他做到了使用"大遍入"让他的地狱食肉魔丧失记忆，然后六亲不认。不知道原因的冈日森格却知道如何解决面前这个复杂的问题。它又一次后退了几步，扬起头颅激切而紧张地吼起来。这是吼给西结古骑手和领地狗群听的：快来啊，快来啊。冈日森格想：我曾经的主人我不能撕咬，散发着亲缘气息，很可能是我的后代的这只恶霸藏獒我也不能撕咬，但不等于别的领地狗不能撕咬，在自己无法赴汤蹈火时，让自己的同伴做出舍身忘死的努力就是必须的了。冈日森格吼来了西结古领地狗群，也吼来了一个它原本不想看到的局面，那就是在地狱食肉魔没有被它拖疲拖垮时，雪獒各姿各雅就扑了过去。

地狱食肉魔挺立在离它的主人勒格红卫和赤骝马十五步远的地方，这个距离是最适合保护的，只要不是群起而攻之，它就有能力拦住任何一个威胁到主人的敌手并把它咬翻在地。雪獒各姿各雅和地狱食肉魔一对一的打斗眨眼就开始了。各姿各雅依然把腼腆和温顺挂在脸上，做出一副憨厚怯懦的样子，刚扑到跟前，又退了回来，张开大嘴，抱歉地哈哈着，假装被吓得不轻。地狱食肉魔一看它这副德性，干脆调转身子用屁股对准了它，好像是说，就凭你这样的，也配让我去直面？各姿各雅等待的就是这样的轻慢，朝后一挫，就要扑过去，突然又停下，加倍地憨厚怯懦着，连尾巴都摇起来了。它知道对方非同小可，不等到彻底消除对方的警惕，决不能轻举妄动。地狱食肉魔后退着，用屁股靠近着它，似乎想进一步试探它承受侮辱的能力。各姿各雅干脆趴下了。

地狱食肉魔用屁股撞了撞各姿各雅的鼻子，看它一点反应也没有，就突然吼了一声，慢腾腾走向了西结古獒王冈日森格。它的愚蠢的意思好像是：既然我用屁股撞你，你都可以忍受，那就说明你已经被我用气势打败，用不着再去费劲对付了，要对付的应该是下一个目标。雪獒各姿各雅偷眼看着地狱食肉魔，觉得时机已到，一跃而起，用比眨眼还要快的速度，扑向了对方的喉咙。但是在大勇若怯、大智若愚的风格中从来没有失误过的各姿各雅，这次却不可挽回地失误了。它连对方的一根毛都没有咬到，就被对方一牙刀飞破了脸颊。

阴谋，双方都是阴谋。在雪獒各姿各雅是装出来的怯懦，在地狱食肉魔是装出来的愚蠢。前者是引敌入彀，后者是请君入瓮。毕竟地狱食肉魔不仅有非凡的力量和速度，也有超群的智慧，早就看出各姿各雅腼腆而温顺的背后，隐藏着巨大的狡诈。它识破了狡诈，同时也意识到这个阴险地袭击了自己的对手，有着超出它想象的厉害，不然它就不可能仅仅撕破对方的鼻子。地狱食肉魔忽地转身，横扑过来，这是几乎所有对手都无法回避的一扑，包括雪獒各姿各雅。这一扑的特点是你的躲闪同时也是它的反应，它并不是从你的身形变化中判断你的去向，而是取消了判断过程的一种如影随形，它成了你的一部分，成了你的毛发、你的牙齿，只不过这牙齿最终是要咬向你自己的。

最终的结果立时就到，在雪獒各姿各雅一连躲闪了三四下之后，它感到喉咙上有了一阵奇异的冰凉，一下子凉透了它的心，接着就是仆倒。它被地狱食肉魔压住了，牢固得就像长出了根。它用最快的速度理解了当下的情形，知道自己的悲剧已经发生，死亡在所难免，便惨烈地叫了一声，告别世间、告别伙伴的同时，提醒必然会扑过来为它报仇的獒王冈日森格：千万要小心啊，敌手的凶猛狠毒是草原上没有的。地狱食肉魔愤怒至极，进入西结古草原后，还没有遇到过一只让它战胜起来如此费劲的藏獒，它咬穿了各姿各雅的喉咙，又挑断了对方脖子上的大血管，然后一口撕破了对方的肚子。它不是在战斗，而是在虐杀，完全是气急败坏的。它把自己的震怒大山一样耸立起来然后地震一样坍塌而去，转眼摧毁了雪獒各姿各雅年轻的生命。

都愣了。包括西结古獒王冈日森格，包括已经来到这里的上阿妈骑手和领地狗、东结古骑手和领地狗、西结古骑手和领地狗。半晌没有声音，没有任何反应。突然响起了哭声，是西结古领地狗群集体发出的哭声，哭声里蕴含了悲愤与惊讶，是带着血带着肉的惊讶，伤巨痛深：腼腆而温顺的各姿各雅死了，大勇若怯、大智若愚的各姿各雅死了，洁白如雪、身形如鹰的各姿各雅就这样飞快地死去了。只有带着美旺雄怒来到这里的父亲不认为各姿各雅已经死去，他跑了过去，一点也不在乎地狱食肉魔的存在："各姿各雅，各姿各雅。"

危险马上出现了，傲慢地站在各姿各雅尸体旁的地狱食肉魔怎么知道父亲不是扑向它，不是扑向自己身后的主人勒格红卫和赤骝马呢？它跳了起来，扑向了父亲。与同此时，父亲身后，冈日森格和美旺雄怒从不同的方向也跳起来扑了过去，它们是去保护父亲的。它们都看出地狱食肉魔是一只无法理喻的藏獒，就毫不迟疑地把自己的生命当成了阻止进攻的屏障。美旺雄怒不愧是一只出类拔萃的藏獒，当它觉得主人现在需要它去救命时，它采取了一种最为便捷有效的方法，那就是首先扑向奔跑的父亲，在撞倒父亲，阻止了他的奔跑之后，它一跃而起，亮出虎牙，超过冈日森格，抢先来到了地狱食肉魔跟前。地狱食肉魔张嘴就咬，一口咬在了美旺雄怒的耳朵上，不禁勃然大怒：居然没有让我一口咬住你的喉咙，你的本事也太大了。正要送上第二口，忽见一股金色的罡风从身边哮然而过，立刻意识到身后的主人勒格红卫和赤骝马已经十分危险，身子一顿，来了一个一百八十度的大转弯，飞扑而去，从侧后一头撞翻了冈日森格。冈日森格迅速立住，对着这只气息让它备感亲切的藏獒"刚刚刚"地吼叫着，却没有做出撕咬的举动，迷茫地后退了。地狱食肉魔生怕别的藏獒威胁到主人，也不恋战，跳起来，訇然堵挡在了主人面前。冈日森格牵挂着恩人汉扎西，边吼边退去。

父亲爬起来，依然按照最初的想法，扑向了雪獒各姿各雅："各姿各雅，各姿各雅。"他摇晃着它，又想抱起它，发现它根本就不配合自己的搂抱，才意识到它已经死了，雄风卓越的雪獒各姿各雅已经不在了，它在展示着能力，最有希望成为西结古草原的新獒王时，突然被命运击倒了。这仿佛是一种预示，所有的强悍和伟大、生命的张扬和风光，都已经黯淡了，萎缩了，不再成为草原的象征、雪山的变体了。父亲内心一片冰凉，丢开他只能丢开的雪獒各姿各雅，欲哭无泪地走向了打斗场的边缘。他身边一左一右是西结古獒王冈日森格和赭石一样通体焰火的美旺雄怒。它们护卫着父亲，警惕地回望着，生怕地狱食肉魔从后面突袭父亲。而父亲，泪眼朦胧的父亲，想到的却是：我怎么这么无能啊，怎么让藏獒一个个都死了呢？好像他是藏獒的天然保护神，所有藏獒的死亡都是因为他没有尽到责任。

父亲越是自责，打斗就越是残酷。他看到地狱食肉魔走了过来，站在打斗场的中央，冲着在它现在的眼界中最有分量的冈日森格，轰隆隆地吼起来。谁都知道这是挑战，更知道没有哪只藏獒会回避挑战，尤其是西结古獒王冈日森格。许多人盯着冈日森格，都为它捏了一把汗。只有冈日森格自己明白，它已经不准备拼杀地狱食肉魔了。作为一只最是敢打敢拼的獒王，它无能地把牺牲的机会让给了同伴，眼看着对方转眼咬死了雪獒各姿各雅，咬伤了美旺雄怒，这样的痛苦几乎是无法忍受的。但现在它必须忍受，它在潜意识里已经把地狱食肉魔当作了自己的后代，忠于遗传，不伤害亲缘的天性牢牢禁锢着它，它隐隐约约感觉到，忍受的结果也许是好的，希望正从远方走来，打败地狱食肉魔的希望，正随着一缕清风，悄悄地走进了它灵敏的嗅觉。

父亲朝前跨了一步，喊道："冈日森格，你不要理它，过来，跟我在一起。"冈日森格听话地来到父亲身边。父亲揪住它的鬃毛不让它离开,然后一手叉腰,盯着前面躲藏在赤骠马后面的勒格红卫,大声说:"勒格,勒格你给我过来,你不认识我了吗勒格?我是汉扎西,是你的老师,你想干什么勒格?你让你的藏獒杀死了这么多西结古藏獒,你是有罪的,惩罚就在前面等着你,你知道吗?亏你还当过喇嘛,你那些'唵嘛呢呗咪吽'白念了吗?"勒格红卫不露面,也没有任何声息。父亲又说:"忘恩负义的勒格啊,你为什么要这样?你忘了冈日森格救过你的命,忘了在你无家可归的时候是西结古草原收养了你。你为什么要仇恨?你仇恨谁就去报复谁,你不要乱咬乱杀好不好?"父亲揉着眼睛哭了。勒格红卫说:"汉扎西老师你不要说了,我现在不是勒格,我是勒格红卫,我要'横扫一切牛鬼蛇神'你知道吗?我不可能听你的话,我就听'大遍入'法门的话。"说着再次躲到赤骠马的后面,不管父亲怎么恳求、规劝和诅咒,他都一声不吭。

父亲冲了过去,他已经顾不得自己了,只想把勒格从赤骠马后面揪出来,阻止接下来的打斗。地狱食肉魔哪里会允许父亲靠近它的主人,扑过来,张嘴就咬,咬到的却是冈日森格的肩膀。冈日森格同样也不会允许任何敌手伤害到父亲,但它只想保护,不想进攻,就只好把自己的肉体主动送入对方的大嘴。死亡瞬间就会发生,冈日森格用身子挡住父亲,听天由命地闭上了眼睛。地狱食肉魔看第一口没有致命,立马又来了一口。勒格红卫老鹰一样唰地扑过来,一边抱住地狱食肉魔使劲朝后推着,一边焦急地挥手喊着:"退回去,冈日森格退回去,不要现在就来送死,等我心里不难受了再让你死。"勒格红卫的喊声提醒了父亲,他觉得自己可以不怕死,可以用生命为代价让勒格红卫放弃厮杀打斗的念头,但他不能牵连冈日森格,冈日森格不是一只见死不救的藏獒,不等他死,冈日森格就会先死。父亲退了回去,冈日森格跟着退了回去。勒格红卫拽着地狱食肉魔也退了回去。

天色正在黑下去,鹿目天女谷一片安静。尽管大家都知道鹿目天女不高兴人群狗影的骚扰,时刻会把险恶与恐怖降临头顶,但来这里的各路骑手都不想离开,因为目的没有达到:麦书记在哪里?藏巴拉索罗在哪里?午夜,冈日森格的叫声吵醒了一堆一堆蜷缩在地上的人。叫着叫着,它跳了起来。一直守护着冈日森格的父亲以为它要跳向地狱食肉魔,赶紧阻拦,却发现它又把身子弯过去,冲着鹿目天女谷黑暗的谷口叫起来。很快父亲就发现勒格不在了。在黑夜的掩护下,他牵着赤骠马,带着地狱食肉魔,悄悄离开了这里。

冈日森格也要离开了,一刻也不想待在这里。父亲和美旺雄怒跟了过去,

586

所有的西结古领地狗都跟了过去。西结古骑手的头班玛多吉一看身边没有了藏獒，惶恐不安地说："领地狗都走了，光留下我们能干什么，就是找到了麦书记和藏巴拉索罗，也保护不了啊。走，赶紧走，把它们追回来。"西结古骑手一走，黑夜就紧张起来。上阿妈骑手的头巴俄秋珠、东结古骑手的头颜帕嘉、多猕骑手的头扎雅都在猜测：他们干什么去了，是不是又有了麦书记的新线索？跟上去，这里是西结古草原，西结古骑手走到哪里，他们就应该跟到哪里。三方骑手争先恐后地跑向了山谷外面，生怕走慢了，藏巴拉索罗就会落到别人手里。

4

虽然在别人的领地上有些心虚胆怯，上阿妈狼群并不打算轻易离开，它们弯来弯去不想跑出西结古草原，招惹得红额斑狼群一直都在追撵。两股狼群在逃命与追命之间周旋着，持续了一个夜晚。天亮时，追命的有点追不动了，逃命的也有点逃不动了，两股狼群慢下来。距离还是开始时的距离，但结果却越来越接近，狼道峡已经不远，上阿妈狼群就要被撵出西结古草原了。为此，红额斑头狼发出了一阵得意的嗥叫，提前宣告了胜利的到来。叫着叫着，声音就变了，是命令自己的狼群停下来的声音，得意中掺进了一丝警惕和忧虑。

红额斑狼群不追了，都把警惕的眼光扫向了远方。远方有一个小小的黑点，但那个黑点无论怎么小，对狼来说都是一座山、一种屏障的存在。狼们都在想：哪里来的藏獒，怎么会在这里，它孤零零地立在狼群面前想干什么？追命的停下了，逃命的却没有停。上阿妈狼群恍然以为后面追撵的狼和前面堵截的藏獒是一伙的，西结古草原的生灵——狼和藏獒，在对待外来侵略的时候，仇敌变成了伙伴，对手结成了同盟。而它们别无选择，只有冲锋陷阵，夺路突围。

上阿妈狼群冲了过去。大家都想绕开多吉来吧，狼群中间哗然出现了一道裂痕。多吉来吧左看看，扑向了左边，右看看，扑向了右边。疲惫和伤痛拖累着它，它显得有点笨拙，有点腰来腿不来，但它还是咬伤了两匹狼，等它扑向第三匹狼——一匹冲它龇牙瞪眼的少年狼时，遭到了少年狼所属的整个狼家族的同时攻击，五匹成年狼从不同的方向扑过来咬住了它。多吉来吧暴跳如雷，好像是说我才离开了多久，外来的侵略者居然猖狂到这种地步了。

它狂吼狂咬着，虽然一口也没有咬住狼，两只前爪却比利牙还要迅捷地掏向了狼胸狼腹。那是永不松软的钢铁，所到之处，皮开肉绽。一阵混扑乱打之后，狼毛和獒毛变成旋风飞上了天，随着旋风上天的，还有三匹狼不甘就死的命息。

多吉来吧再扑再咬，围过来厮打的狼越来越多了。上阿妈狼群似乎也意识到，这里只有一只藏獒，只要狼群同心协力，就没有打不过、咬不死的道理。坐山观虎斗的红额斑狼群悄悄靠近着。突然一声嗥叫，所有红额斑狼群的成员都愣了，它们不明白，为什么它们的头狼会在这个时候发出这样一声嗥叫。但结果却是大家都能看明白的：嗥叫之后，上阿妈狼群对多吉来吧的围攻突然懈怠了，毕竟它们还惧怕着一直在疯狂追杀的红额斑狼群，毕竟它们中间有一部分狼把逃命看得比厮打更重要，整个狼群溃退而去。

多吉来吧用爪子拖带着狼肠狼血追了过去。它知道应该节省体力，保证安全，现在最最重要的并不是打斗，而是尽快见到主人和妻子。但它是藏獒，是西结古的藏獒，它对草原、对领地安全的责任，并没有因为离开草原而有丝毫减损，只要回到草原，它就必须为责任而战。多吉来吧追着，吼着，几乎是原路返回，把上阿妈狼群撵进了狼道峡口。多吉来吧喘息着，扑通一声卧倒在地，舔着自己身上可以舔到的伤口，不由得闭上了眼睛。但是它只闭了一分钟，等眼睛倏然睁开时，它的四肢便欻地绷直了，身子摇晃着站起来，硕大而沉重的獒头突然掉转了方向。多吉来吧阴郁而伤感地望着前面，前面是跟着它追撵到这里的红额斑狼群，是和它多吉来吧一样也把自己当成了西结古草原的主人的狼群，这样的狼群可不是一番追咬就能赶走的。多吉来吧突然意识到，它千里奔走回到了自己的草原，不仅没有机会休息，也没有机会活命了，见到主人汉扎西和妻子大黑獒果日的千般努力，也许就要功败垂成。多吉来吧不吼不叫，冷静得如同冰山，一再地耸立着，高高地耸立着，气度不减、精神不衰地耸立着。红额斑狼群就在四十米之外，一大片狼眼比多吉来吧还要阴郁可怖地望了过来，也是不嗥不叫，冷静得就像寒冬，是那种封杀一切的寒冬。沉默。

沉默中的对峙让时间冻结了，也冻结了死亡来临的一瞬，谁也不敢行动，仿佛一行动时间就会把毁灭一脚踢来。毁灭的当然是多吉来吧，一只连逃跑都很吃力的藏獒，面对一股少说也有一百五十匹狼的大狼群，如果它不能变成一缕空气升天而去，就只能变成一堆鲜香的血肉，等待着被切割成碎块后，进入狼群的肚腹。最初的行动是从狼群开始的。它们在红额斑头狼的带动下，集体朝前移动了一下，大约有五米。多吉来吧立刻做出了反应，也是朝前移动了一下,也是大约五米。现在,多吉来吧和红额斑狼群的距离只有三十米了。这个距离让空气变得有些烧烫,好像来自藏獒肺腑和狼群肺腑的烈火,正在融合成另一种气体,一点就炸。沉默。

似乎时间不再冻结了,双方的眼光都显得更加深邃,遥远的残忍、历史的险恶正在信步走来,思维也变得格外流畅。多吉来吧想起了九年前的那场搏杀,大雪飘扬的日子,三股狼群围住寄宿学校,咬死了十个孩子,也几乎咬死它多吉来吧。就是因为它没有被咬死,挥之不去的耻辱让它差一点离开主人,离开豢养成为一只野狗。当年咬死十个孩子的狼,只要活着的,就都在面前这股狼群里,包括红额斑头狼。红额斑头狼当时虽然还不是头狼,却是一匹比头狼还要勇敢聪明的战狼。多吉来吧盯着当年的战狼如今的头狼,心想今天的相遇也许是一个复仇的机会,只是复仇来得太晚太晚,恐怕自己已经力不从心了。

而对红额斑头狼来说,它对多吉来吧的记忆当然更要深刻一些,它完全记得九年前群狼搏战寄宿学校保护神的过程,保护神就是这只名叫多吉来吧的藏獒,它山呼海啸般的猛恶,让铺天盖地的狼一个个心惊胆寒。几十匹大狼壮狼就在那次搏战中被它咬死了。留在它脑海里不可磨灭的印象,不仅是恐惧,更是敬畏——野兽对更强野兽的敬畏、残暴对超凡残暴的敬畏。红额斑头狼浑身抖了一下,带着狼群,再一次朝前移动了一下,大约还是五米。多吉来吧接着做出了反应,朝前移动着,也是五米。现在,多吉来吧和红额斑狼群的距离只有二十米了。空气是透明的,却又是熊熊燃烧的,白色的燃烧里,涌动着白色的恐怖。众多的狼心和一颗獒心在无声而激烈的对抗中比赛着坚硬和气魄。谁是草原的王者,此时此刻,并不表现为打斗的力量和速度,而只是一种气度、胆识和心理素质的体现。沉默。

红额斑头狼终于忍不住咆哮了一声。所有的狼都开始咆哮。多吉来吧昂然挺立,依然用天生的轻蔑不吭不哈地面对着狼群,稳稳地朝前走了一步,又朝前走了一步,然后一连朝前走了好几步,距离迅速消失着,只剩下不到十米了,这是一只伟健的藏獒可以一扑致命的距离,其杀伤力不是任何个体的狼所能承受和回避的。红额斑头狼身子不禁缩了一下,狼毫顿时竦了起来。所有的狼都把身子朝后倾着,随时准备迎击扑过来的撕咬。但是多吉来吧并没有扑过去,它又朝前走了几步,把它和狼群的距离缩短成了四米,好像它面对的不是一群穷凶极恶的狼,而是一堆灰色的石头。它坦然、自信、不屑一顾,不屑一顾到根本就没打算撕咬,它只是要走过去,气吞山河、势不可当地走过去。九年前山呼海啸的猛恶、雷霆万钧的气象又回来了，同时回来的还有传递给狼群的心惊胆寒。

红额斑头狼后退了一步，突然一声嗥叫，这是号令，不是进攻的号令，而是撤退的号令，号令还没有落地，它就抢先转过身去，撒腿就跑。狼群跟上了它，它们其实早就想跑了，所以逃跑的动作谐调如水，比进攻还要自然流畅。多吉来吧追了过去，这是一只藏獒面对狼群时的本能反应，也是对九年前那场恶战耿耿于怀的表现，十个受自己保护的孩子被狼群咬死了，他们的音容笑貌就在眼前，栩栩如生，它一想起来就觉得这些狼迄今还活着是自己的耻辱和失职。

但是多吉来吧并没有追撵多久，耻辱的感觉、报复的欲望就被另一种吸引悄然消解。这种吸引一出现，多吉来吧立刻停止了追撵，因为吸引来自寄宿学校的方向，来自另一股狼群的气息。这可是不得了的事情，寄宿学校那边，居然也有狼群强烈的气息。它不禁埋怨起来：西结古的领地狗群，獒王冈日森格，你们干什么去了？怎么一进入草原，到处都是耀武扬威的狼群，而不见你们的影子呢？多吉来吧跑向了寄宿学校，尽管它身体状况不佳，怎么也跑不快，但它还是咬着牙一再地催促着自己：快啊快，再慢就危险了，又会有十个孩子要被狼群咬死吃掉了。它现在还不知道，它闻到的是白兰狼群的气息，试图嫁祸于人的白兰狼群马上就要扑向孩子了，只觉得狼灾已经出现，死亡就在眨眼之间。它心急如焚，好像它一直没有离开过寄宿学校，寄宿学校始终都在它的保护之下。它现在只有一个想法：九年前的耻辱和失职决不能重演，杀狼，杀狼。

9 地狱食肉魔

1

巴俄秋珠带领上阿妈骑手超越西结古骑手,跑向了前面,没发现什么值得追逐的目标,又往回跑,跑着跑着,突然勒马停下了。他身后的骑手和领地狗来不及刹住,跑出去又纷纷折回来,用眼睛问道:"为什么要停下?"巴俄秋珠举起马鞭指了指左前方说:"看见了吧,那是什么?"骑手们说,早就看见了,不过是一只没有主人的藏獒。巴俄秋珠说:"那好像是多吉来吧,多吉来吧可不是一般的藏獒,它是当年的饮血王党项罗刹。我听说它被汉扎西卖到了西宁城,怎么又回来了?"巴俄秋珠想知道多吉来吧为什么在独自行走,会不会正在走向麦书记藏身的地方,便吆喝着自己的人和狗,纵马跑了过去。

多吉来吧这时正从上阿妈骑手的侧翼插过,按照习惯,它应该扑向这些外来的骑手和藏獒,但现在来不及了,寄宿学校的狼群、命在旦夕的孩子们比什么都重要,任何事情都不值得它去浪费时间。它想尽量远地离开上阿妈骑手和领地狗群,却没想到他们跑过来横挡在了自己面前。它不高不地、气息平稳地吼了一声,态度几乎是和蔼的,意思是:请你们让开,我要过去。上阿妈领地狗们理解了,互相看了看,并没有对着吼起来。巴俄秋珠大声说:"多吉来吧你在这里干什么?你要是知道麦书记在哪里,就带我们去。"多吉来吧没有听懂，只觉得对方的意思是挡着它不让它走，便用一种只有面对狼群时才会有的黑暗寒冷的眼光，针芒一样扎向巴俄秋珠，放浪地吼了一声。巴俄秋珠立刻很气愤："别忘了我曾经也是西结古草原的人，你不服从我，就不是一只好藏獒。"

多吉来吧的回答是一声刚猛的吼叫。巴俄秋珠冷笑一声说："你知道你今天为什么会碰到我们？因为你的死期到了。"说着从背上取下了枪，喊道，"骑手们，快快瞄准这家伙，我们的藏獒没有一只能打过它。"骑手们纷纷取枪在手。多吉来吧蹦跳而起，巴俄秋珠以为它要扑过来，正要端枪射击，却见它转身就跑。多吉来吧知道，现在不是莽撞的时候，寄宿学校的孩子们等着它。"追。"巴俄秋珠狂叫一声。上阿妈骑手和上阿妈领地狗疯追而去。

西结古草原上，刚刚还是狼群的逃命，转眼又是一代悍獒多吉来吧的逃命了。多吉来吧拼命地逃着，上阿妈骑手和领地狗群拼命地追着。马本来就比藏獒跑得快，加上多吉来吧越来越倦怠的体力，距离渐渐缩小了。多吉来吧回头看了一眼，突然朝右拐去，跑上了一座马鞍形的草冈。马的速度顿时受到了限制，距离又拉开了。巴俄秋珠朝着多吉来吧开了一枪，看没有打着，喊道："快啊，快啊。"然后扬鞭催马，跑上了马鞍形草冈的低凹处，一看前面还是草冈，愤怒地叫着："獒多吉，獒多吉。"催促上阿妈领地狗追上去堵住多吉来吧。上阿妈领地狗箭簇一样嗖嗖嗖地冲向了前方。多吉来吧是机智的，它把上阿妈骑手引到了一个草冈连着草冈的地方，这样的地方抑制了马的奔跑，使它暂时摆脱了枪的威胁，至于追上来的上阿妈领地狗群，它是不怕的，不就是牙刀和爪子嘛，不就是力量和速度嘛，它多吉来吧从来不惧怕，也从来不缺乏。而上阿妈领地狗群似乎也不想给多吉来吧造成致命的威胁，都是追而不近、近而不咬的。但是上阿妈领地狗的客气并没有给多吉来吧带来好运，很快就是无路可逃——狼群出现了。

草冈连着草冈的地形对多吉来吧是有利的，对狼也是有利的，多吉来吧逃亡的地方，也正好是被它刚刚追撵的红额斑狼群逃亡的地方。它翻过了一座草冈，又翻过了一座草冈，第六座草冈刚刚翻过去，就看到这股大狼群，密密匝匝地堵挡在它面前。多吉来吧停下了，它只能停下，它已经失去了刚才那种山呼海啸、势不可当的威猛气势，一副抱头鼠窜、见缝就钻的可怜样子。这个样子的藏獒，一旦闯进狼群，立刻就是肉糜。多吉来吧呆愣着，还没有想好怎么办，巴俄秋珠就带着骑手追过来，恶毒地端起了一杆杆叉子枪。狼们幸灾乐祸地看着多吉来吧，又万分警惕地看着那些和藏獒一样狰狞的枪，但很快就放松了，它们看到所有的枪口对准的都是多吉来吧，而不是狼。狼群大胆地朝前移动着，走在最前面的是红额斑头狼。红额斑头狼把狼头高高扬起，居然停在了离多吉来吧只有七八米的地方，似乎在傲慢地告诉多吉来吧：你就要死了，我们是来吃肉的。

前有狼群，后有叉子枪，多吉来吧朝前吼了一声，又朝后吼了一声，看到双方一方比一方冷酷凶恶，突然就伤心地呜咽起来：狼群包围了寄宿学校，孩子们就要死去，主人汉扎西还没有见上一面，妻子大黑獒果日更不知凶吉如何，它却已经失去了希望，失去了活命的机会。它千里奔波，回援故乡，到头来却是一事无成，就为了做枪的活靶、狼的美味？多吉来吧走向上阿妈骑手，觉得宁肯让人打死，也不能让狼群咬死。巴俄秋珠紧张地看看自己两边的骑手，大声说："我喊一二三，大家一起开枪。"骑手们应和着，一个个闭上一只眼，扣住了扳机。

但是狼群没有让巴俄秋珠喊出"一二三"来，它们扑过去了，首先是红额斑头狼，带着一股迅疾的罡风扑过去了。多吉来吧以为是扑向自己的，回身就咬，却看到狼们一匹匹从自己身边飞驰而过，扑向了枪口，扑向了上阿妈骑手。枪声啪啦啦的，就像是对骨头断裂的模仿，两匹狼顿时栽倒在地。骑手们事先没有瞄准狼，大部分叉子枪打偏了，再装弹药是来不及的，群狼已经到了跟前，咆哮如雷，扑咬如风，就是骑手不怕，那些马也怕得要死，坐骑们纷纷掉转了身子，一口气跑下了草冈。追撵多吉来吧时一直消极怠工的上阿妈领地狗这个时候才赶到，看到狼群扑向了主人，大吼大叫着冲了过来。红额斑头狼的指挥张弛有度，没等上阿妈领地狗靠近，它就发出了一声停止扑咬的尖嗥。狼群赶紧后撤，顺着草冈一路狂驰，跑上了另一座草冈，停下来再看多吉来吧时，发现它已经离开那里，奔向了一处洼地。

巴俄秋珠和上阿妈骑手们远远注视着多吉来吧和红额斑狼群，惊奇胜过恐惧：狼群居然救了多吉来吧，为什么？多吉来吧顺着洼地，绕开草冈往前走着，不时地顾望着红额斑狼群，是感激，是和平的信息。红额斑头狼用嗥叫送别着它，整个红额斑狼群都用嗥叫送别着它。多吉来吧听懂了，用一种从未有过的情深意长的眼光望着狼群，似乎意识到天然仇杀的敌人、祖祖辈辈厮咬夺命的对手，原来是可以兄弟般互相关照的。一丝悲哀油然而生：藏獒惨不惨啊，连狼都开始保护它了。多吉来吧带着被感动的眼泪，发出了一阵狼一样的嗥叫，嗥着嗥着，它就跑起来，直奔寄宿学校。它不停地催逼着自己：赶紧啊，赶紧啊，说不定早就耽搁了，孩子们已经被狼群咬死了。

593

2

  西结古獒王冈日森格嗅着赤骝马留下来的味道,朝着狼道峡的方向走去。它走得有些吃力,因为它想快走,想跑起来,但是它根本快不了,也跑不起来,它老了,它在跟上阿妈獒王帕巴仁青和东结古獒王大金獒昭戈的打斗中多处受伤,流了很多血,又没有足够的时间恢复,看着它就觉得它是软的、酥的、乏力的,肌肉和骨头就像抖动的毛发,都能随风飘起来。父亲牵着大黑马,跟在冈日森格身后,不停地说:"你不要追了,你停下来休息,我带着领地狗群去追。"冈日森格没有停下,它听懂了父亲的话,就越发觉得自己责任重大、义不容辞。它走着走着,身子一歪摔倒了,挣扎着爬起来,再往前走时,不禁沮丧得呻吟了一声。它嗅着空气,看了看远方,突然凝神不动了。一会儿,它冲着天空"嗷啊嗷啊"叫起来,然后使劲迈开了步子。

  父亲发现,冈日森格是走向碉房山的。大概除了冈日森格,跟在它身后的所有人所有狗都没有想到,从这里到碉房山,必然要经过行刑台,各路骑手追逐搜寻的那个人——拥有藏巴拉索罗的麦书记,正在行刑台上平静地等待着他们。陪伴着他的还有丹增活佛。而走向行刑台必然要经过蓝马鸡草洼。这里一面是野驴河,三面是缓缓起伏的草梁,翻上前面的草梁,踏上漫漫平野前走一公里,就是行刑台了。好像行刑台是个深奥的殿堂,蓝马鸡草洼便是进入殿堂的门户。冈日森格带着西结古领地狗和西结古骑手来到这里时,还没有一个外来的骑手和一只外来的藏獒经过这里。冈日森格以守卫者的本能,站在门户前不走了。

  数百只蓝马鸡飞起来,盘旋了一阵,又落进了草丛。它们不怕人,只是因为好奇,才要凌空看一看,咕咕地叫几声,以示这个地盘是它们的。西结古骑手的头班玛多吉不理解,一再地询问父亲:"我们这是去干什么,为什么要停在这里?"父亲说:"我怎么知道,你最好亲自问问冈日森格。"冈日森格的回答就是不仅自己守在了这里,也让领地狗群一溜儿排开守在了这里。班玛多吉看出这是一个准备打斗的阵势,也就不再多问了,带领骑手,站到领地狗群后面,静静地望着前面。没过一个小时,蓝马鸡草洼就人影幢幢了。先是上阿妈骑手和领地狗走来,接着又出现了东结古骑手和领地狗、多猕骑手和多猕藏獒。这些人还没走到跟前,就传来了地狱食肉魔的吼叫。地狱食肉魔沿着野驴河快速奔跑着，把主人勒格红卫甩出去老远，它是前来打斗的，它一遇到别的藏獒的挑战就会激动得恨不得把浑身的所有细胞都变成血盆大口。蓝马鸡们再次飞起来，一片"咕咕"声：这么多的人，这么多的狗。

父亲和班玛多吉看出獒王冈日森格想把各路外来的骑手堵挡在这里，不禁有些诧异：为什么是这里？地狱食肉魔一转眼来到了离西结古领地狗群十多米的地方，冲着冈日森格发出了一阵挑战似的咆哮。獒王冈日森格无奈地摆出了应战的架势。它已经闻到身后不远处就是麦书记和丹增活佛的味道，必须在这里挡住所有的危险。它朝着地狱食肉魔走去，也朝着不幸走去。不幸的原因还是它那灵敏的嗅觉和超凡的记忆，它更加切实地感觉到，地狱食肉魔的气息不仅是熟悉的，更是亲切的，亲切得就像自己的气息，就像妻子大黑獒那日的气息。它疑虑重重地朝前走了几步，坐下来，轻轻摇着尾巴。而丧失了记忆的地狱食肉魔永远是简单的，在它看来，摇尾就是屈从，屈从就是死亡，它活着就是为了让别的藏獒死亡。它按照勒格红卫灌注在它骨血里的仇恨与毁灭的法则，猛恶地扑向了冈日森格。

冈日森格没有动，就像承受调皮孩子的游戏打闹一样，张大嘴巴，吐着舌头，仁爱地哈着气。地狱食肉魔一口咬在了冈日森格的脖子上，立刻就很后悔：自己为什么不能采取一击毙命的战术，为什么要来一次试探？试探被对方当成了无能的表现，瞧瞧，对方根本就不在乎。地狱食肉魔迅速退回去，奋力助跑着，再一次扑了过来。这是一次真正的进攻，目标：喉咙。冈日森格的喉咙很容易就被血嘴利牙噙住了，但是地狱食肉魔没有立即咬合，它有些诧异：这只外表高拔强悍得堪与自己媲美的藏獒，死到临头了，怎么还不反抗？不反抗是它害怕了，既然害怕，为什么又不躲闪？诧异让地狱食肉魔放松了进攻，没有用最快的速度咬死冈日森格。面对敌手历来都是冷酷残暴的冈日森格，这时候拿出了老爷爷的温情和宽厚，即使感到了喉咙的疼痛，也没有做出任何回击的举动。

死亡即刻就会发生。父亲尖叫着："冈日森格，你怎么了？"西结古骑手的头班玛多吉叹息道："完了完了，连冈日森格也完了，我们现在靠谁去战斗？"匆匆赶来的勒格红卫看到地狱食肉魔已经咬住了冈日森格的喉咙，惊讶地"啊"了一声，接着又阴险地放起了冷箭："咬死它，它就是獒王冈日森格。"勒格红卫的声音让冈日森格翻起了眼皮，它翻起眼皮不是为了看清对方，而是为了看不清对方。它泪眼朦胧，发现这位昔日的主人已经模糊，关于往事的记忆也已经模糊，清晰呈现的只有天塌地陷的危机。它不顾一切地掉转了身子，一头顶开地狱食肉魔,"轰轰"大叫,仿佛突然之间,它就不再惦记勒格红卫是它曾经的主人,也不再顾忌地狱食肉魔跟它的亲缘关系了。地狱食肉魔后退了一步,意识到冈日森格居然顶撞了自己,就暴怒地一连跳了好几下,好像是说:死定了,死定了,你今天死定了。

冈日森格发出了一阵"呜呜"声,它为自己必须和亲人决斗而悲痛不已。它掩饰不住伤心地抛洒着泪水,望了望西结古骑手的头班玛多吉,用亮晶晶的眼光送去了一只老獒王的乞求:人们啊,能不能放弃仇恨,放弃对抗呢?它知道只要人类不需要它们打斗,它们就没有厮杀的责任,就可以相安无事,和平共处了。但班玛多吉不仅没有放弃的意思,反而朝它有力地挥着手,声嘶力竭地喊道:"冈日森格,拿出獒王的威风来,现在我们只能靠你了,上啊,快给我上啊。"只有父亲的声音是温暖而体贴的:"冈日森格,你老了,你就认输吧,不要再打了。"冈日森格知道父亲的话是不算数的,感激地回应了一声,再次望了望班玛多吉,这是最后一次乞求:能不能放弃,放弃仇恨?班玛多吉坚持不懈地挥手督促着:"上,给我上。"

冈日森格答应似的叫了一声。尽管它胸怀里充满了恋旧和恋亲的情愫,不忍心以敌手的姿态面对一只和自己亲缘相连的藏獒,但它是獒王,它比谁都清楚,既然草原上的人决不放弃争抢和对抗,如果自己还不出击,接下来的时间里地狱食肉魔将毫不留情地咬死自己,然后风扫残云般地咬死所有的西结古藏獒。它不想看到这样的局面,不想让西结古领地狗群就这样走向覆没,它必须阻止,不管它有没有能力阻止。冈日森格眯上眼睛,仰望空中最遥远的明亮,喟然一声长啸,把一只老獒王满腹满胸的惆怅和历经沧桑的悲凉呼了出去,然后像一个孩子一样,扑腾着泪眼,好奇而审慎地走向了它的亲缘后代地狱食肉魔。这一刻,它的内心突然豪烈起来,已经不仅仅是为许许多多被地狱食肉魔咬死的藏獒报仇了,也不仅仅是为了听命于西结古人的意志,服从于西结古人的需要了。冈日森格用苍老的身躯支撑着勇毅者的尊严和一个獒王的神圣职责,在预知到自己就要战死的情况下,坦然冷静地走上了血性之路、厮杀之路。

3

白兰狼群饿了,掠食的欲望愈加强烈,而由欲望产生的胆量和力量也跟着机会同时出现在眼前。机会不是一两个孩子离开寄宿学校朝它们走来,而是风的转向。原来的风是迎面来的,狼群能闻到藏獒的味道,藏獒闻不到狼群的味道,现在的风突然倒刮而去,只让藏獒闻到了狼群的味道,狼群却闻不到藏獒的味道。立刻有藏獒叫起来,这一叫就暴露了它们的实力:趴卧在寄宿学校帐房前的几只大藏獒不是全部都叫,能叫的藏獒也不是吼声如雷,气冲斗牛,而是虚弱不堪,有气无力。黑命主狼王立刻明白过来,懊悔得连连刨着后爪:白白地窥伺和忍耐了这么久,原来这些藏獒都是毫无战斗力的,大概是老者,或者是伤者和病者。黑命主狼王一跃而出,站在草冈的最高端,放肆地嗥叫了一声。狼们纷纷跳出了隐蔽的草丛和土丘,也像黑命主狼王一样嗥叫起来。

"狼来了。"十多个孩子喊叫着。这里没有大人,只有孩子,孩子们的头是秋加。秋加先是带着孩子们跑向了几只藏獒,像是去寻求保护的,马上意识到现在只能由人来保护这些藏獒,就大人似的对孩子们说:"你们守着它们,我去看看狼,少了扒少的狼皮,多了扒多的狼皮。"说罢,甩着膀子,大步走到了牛粪墙前,往前一看:"哎哟阿妈呀,这么多的狼。"一大片狼的涌动就像一大片云彩的投影,在秋加的眼里半个草原都黑了。他转身就跑,膀子再也甩不起来,到了孩子们跟前就哆哆嗦嗦地说:"我们回帐房吧,快回帐房吧。"孩子们朝着帐房跑去,没跑几步秋加就喊道:"藏獒怎么办?"赶紧又带着孩子们跑回来。藏獒们都站起来了,包括差一点死掉的父亲的藏獒大格列。大格列也不知哪儿来的力量,站起来后居然还朝前走了一步。但它也只能走这一步,再要往前时,就扑通一声栽倒了。它挣扎着,却再也没有挺起身子来。

这时两只东结古草原的藏獒走到了孩子们前面,西结古草原的黑獒当周走到了孩子们一侧,都用扑咬的姿势对准了牛粪墙。牛粪墙不到半人高,主要的用途是晾晒冬天取暖烧茶的燃料,哪里挡得住一群蓄谋已久的饿狼。有的狼扶墙而立,朝里看着,有的狼看都不看,一跃而过,还有的狼是大模大样从敞开的门里走进来的。四面都是狼,所有的狼都首先盯上了藏獒,它们看到两只藏獒已经死了,一只藏獒趴在地上起不来,能够站起来行走的只有三只藏獒,而这三只藏獒看上去是多么疲弱啊,踽踽跚跚的,血色涂满了战袍,嘴大如斗,却吼不出雄壮的声音来,根本就构不成威胁。狼群的包围圈飞快地缩小着,离藏獒最近的狼只有三米了,离孩子们最近的狼只有五米了。狼群的步骤显然是先咬死藏獒,再吃掉孩子们。十多个孩子发出了同一种声音,那就是哭声,边哭边叫:"汉扎西老师,汉扎西老师。"

多吉来吧奔跑着,一头栽倒了,爬起来又跑。它已经看到了寄宿学校,"荒荒荒"地喊叫着:汉扎西,我来了。又一头栽倒了,还是爬起来又跑,"荒荒荒"地喊叫着:孩子们,我来了。

黑命主狼王首先扑向了一只东结古藏獒。那藏獒无法迎扑而上,只能原地扭动脖子阻挡狼牙,阻挡了几下,就发现冷飕飕的狼牙是神出鬼没的,你以为在这儿,它却到了哪儿。藏獒知道死亡已是不可避免,干脆后退一步,把身子靠在了秋加身上,意思是我就是死了,身子也是一堵墙,也不能让你们咬住孩子们。孩子们不是它的主人,却是在危难时分关照过它们的人,而在它们的习惯里,只要得到一时片刻的关照,就会有奉献生命或者一生的报答。另一只东结古藏獒似乎还能扑咬几下,几匹攻击它的狼暂时没占到什么便宜,但马上就要占到了,它在扑咬时一个趔趄歪倒在地,被狼牙轻易挑了一下,脊背上顿时裂出了一道大口子。它站起来,知道自己的反抗毫无作用,便也学着同伴的样子,把身子紧紧靠在两个孩子身上,告诉狼群:你们就是扑过来,也只能扑到我,而不能扑到孩子,至少在我没死之前是这样。

西结古草原的黑獒当周却义无反顾地扑向了狼群,它只有两年龄,是个单纯的小伙子,一时忘了重伤在身,以为靠了自己的拼命必然会打败狼群,就不顾一切地打起来。打了几下就打不动了,它被三匹狼扑倒在了地上,挣扎着起来后,看到一匹狼正骑在大格列身上试图将利牙攮入颈后,便一头撞了过去。它撞开了狼,却把自己撞趴在了大格列身上。马上有四五匹狼扑过去覆盖了当周。当周惨叫着。孩子们的哭叫声更大了。狼们上蹿下跳,你争我抢。

多吉来吧奔跑着,腹肋间,胸腔里,嗓子中好像正在燃烧,就要爆炸,一次次栽倒,一次次爬起,不管是栽倒还是爬起,它都会"轰轰轰"地喊叫:我来了,我来了。它已经看到了狼群,看到狼群正在围住孩子并开始撕咬,它吞咽着满嘴的唾液,卷起舌头,眼球都要喷出血来了。

听到了多吉来吧的声音,狼群扑咬藏獒和孩子们的精力突然就不集中了,都回过头来看着这只毛发披纷的藏獒。这是十多个孩子和四只病伤在身的藏獒没有马上被咬死的第一个机会。第二个机会便是多吉来吧的冲刺,多吉来吧跟跟跄跄冲向了狼群的后面，而狼群的后面都是老狼和狼崽，从来不欺负孩子的多吉来吧这一次冲过去一口咬住了一匹狼崽，并让狼崽发出了一阵"吱吱吱"的尖叫。黑命主狼王愣了一下，咆哮着跑了过去。多吉来吧转身就走，就像一个绑架人质的歹徒，在穷途末路的时候把赌注押在了弱小者身上。狼崽的父母和黑命主狼王哪里会允许它这样，跳上去就咬。多吉来吧大头使劲一甩，把狼崽甩出去老远。狼崽的父母跑向了狼崽，发现狼崽已经死了，悲痛地嗥叫。黑命主狼王听到它们的嗥叫，自己也嗥叫起来，这一声嗥叫就把所有狼的注意力吸引到这边来了。而这也正是多吉来吧的目的，它成功地用咬住狼崽的办法转移了狼群的注意，又用咬死狼崽的办法激发了狼群对自己的仇恨。它跑起来，想牵引着狼群离开这里尽量远一点。

狼有拼命护崽的本能，也有欺软怕硬的习性，这两者加起来就使它们一见咬死狼崽的对手开始逃跑，就又是愤怒，又是激动地追了过去，所有的狼都追了过去。多吉来吧回头看了一眼，突然不跑了，趴下了。潮涌而来的狼群哗地超过了它，又迅速围住了它。它趴着不动，希望片刻的休息能让它滋生搏杀狼群的力量。狼群没有马上撕咬，它们不相信一只孤胆袭击了狼群并咬死了狼崽的大藏獒，会是一只疲乏到无力打斗的对手，它们一贯的狡猾和机警提醒它们注意对手的阴谋。

白兰狼群不知道它们遇到的是大名鼎鼎的多吉来吧。它们虽然也属于西结古草原，但几乎不来野驴河流域活动，只听说过多吉来吧，却没有见过。它们迟疑不决。多吉来吧不吼不叫，不怒不躁，只用一种不经意的眼光瞟着黑命主狼王。它已经看出来了，狼群的心脏就是这匹狼。而在黑命主狼王看来，越是平静安详的藏獒，越具有潜在的威慑，就越要小心提防。它派出去了好几匹狼，占领了四面八方的高地，想看看这只奇壮无比的藏獒是不是诱饵，是不是有更多的藏獒正在朝这里奔袭而来。十几分钟后，派出去的狼都开始嗥叫，那是反馈：没有，没有别的奔袭者。黑命主狼王就更奇怪了：既然就这么一只藏獒，它为什么要这样？它可以远远地离去，也可以去守着孩子们，就是没有理由一动不动地趴卧在这里。这样的疑问让黑命主狼王一直没有发出扑咬的命令。

时间就这样过去了，多吉来吧的喘息渐渐平静，奔跑带来的腹肋、胸腔、嗓子里燃烧和爆炸的感觉已经没有了，体力正在一丝丝地回来。它试着扬了扬头，感觉脖颈是硬挺的，试着吼了一声，感觉轰鸣是饱满的，又试着鼓了鼓浑身的肌肉，感觉虽然不是特别硬朗，但至少不会跑几步就栽倒了。它慢腾腾地站起来，又慢腾腾地朝前走了几步，朝后退了几步，像是活动筋骨，一前一后地倾了倾身子，看都不看狼群一眼，气定神闲地晃着头，又一次卧了下来。

黑命主狼王诧异地撮起鼻子，咆哮着朝前扑去，几乎扑到了多吉来吧身上。多吉来吧不仅没有惊慌，反而闭上眼睛，舒舒服服地把獒头靠在了伸直的前腿上。黑命主狼王赶紧退回来，又后悔刚才没咬一口，正要再次扑过去时，就见多吉来吧忽地飞了起来，朝着狼影遮罩而去。黑命主狼王朝后蹦跳而起，一闪身躲到一边去了，却把死亡的机会让给了一匹毫无防备的大公狼。大公狼还没有搞清楚怎么回事儿，喉咙就被獒牙牢牢钳住了。狼命在獒牙之间游荡，咝咝地响了几声后就倏然消失。黑命主狼王惊讶地看到，多吉来吧的扑咬根本不需要站起，不需要准备，更不需要威胁，想什么时候扑就什么时候扑，想扑到哪里就能扑到哪里。它嗥叫了一声，警告自己的部众：对方迷惑了我们，想让我们统统死于麻痹，小心啊，它可不是一般的藏獒。而多吉来吧需要的恰恰就是这种效果：让狼群在错觉中不敢轻易扑来，它却可以抓紧时间休息，尽可能多尽可能快地恢复足以战胜狼群的体力。

多吉来吧也在疑惑，白兰草原的狼群，怎么跑到野驴河流域来了？尽管它已经是一只走南闯北、千里寻亲的藏獒，经历了城市、乡村、沙漠的磨难，获得了别的藏獒无法获得的生存经验，但它还是搞不明白，为什么草原说变就变了，秩序、规则、习惯、古老的约定都变得陌生了，不起作用了？又有一些时间过去了，又有一些体力正在回来。以为多吉来吧会随时进攻的狼群终于明白，对方原来是在休息，根本就不是进攻前的麻痹。它们怎么能允许一只作为劲敌的藏獒在它们眼前旁若无狼地睡大觉呢？黑命主狼王绕到多吉来吧后面，悄悄地靠近着，突然一张嘴，哗地咬向了对方的肚腹。但是对方的肚腹突然不见了，黑命主狼王咬到的只是一嘴獒毛，它知道又一次上当了，赶紧躲闪，却被多吉来吧扭身一口咬住了后颈。狼王毕竟是狼王，居然一个滚儿打出了多吉来吧大铁钳一样的獒牙，打到狼群里头去了。多吉来吧追了过去，分明是在追撵黑命主狼王，却把身子一偏，张开大嘴，飞刀而去，一下子划破了一匹壮公狼的肚腹。壮公狼惨叫一声，回身就咬，发现多吉来吧已经扑向另一匹公狼，也是用飞鸣的牙刀，划破了对方的脸颊。

似乎多吉来吧的战斗这才真正开始。它拿出刚刚恢复过来的全部体力，冲进骚动的狼群，抖散浑身拖地的獒毛，如同一股扬尘的风，噗啦啦地迷乱了狼眼。它奔扑跳跃，扑倒一匹狼，不管咬在什么地方，都不会停下来再咬第二口。它知道停下来是危险的，狼群会铺天盖地而来，把几十张大嘴同时对准它。它想起了九年前的那场搏战、那种狼群在它身上擦成山的情形，那样的情形如果再出现，带给它的就一定是死亡。黑命主狼王仿佛看透了多吉来吧的心思，它要做的就是尽快制止对方的奔扑跳跃，尽快给自己创造一个群起而攻之的机会。它迅速离开多吉来吧的扑咬范围，召集一些大狼壮狼来到自己身边，静静地等待着，只要多吉来吧冲过来，它们就会一拥而上，用狼牙齐心协力埋葬它。

多吉来吧看到那些狼居然静立着不动，就想你们也太不把我当回事儿了，我这么腾起落下，拼命撕咬，你们却悠闲自在得像是在观看玩耍。再一看，黑命主狼王也在那边，便大吼一声，气势汹汹地冲了过去。没等到多吉来吧冲到跟前，那些静立不动的狼就突然搅起了一阵旋风，前后左右地窜动着，包围了多吉来吧。多吉来吧发现情况不妙，鬈毛一扇，忽地跳了起来。黑命主狼王边叫边扑，所有的狼都跟着扑了过去，硬是从前后左右咬住多吉来吧的鬈毛，把它从空中拽了下来。

多吉来吧被压住了，开始它还能站着，还能摇晃着身子试图甩掉那些狼，后来就没有力气了，覆盖而来的狼不断增加，重得它无法承受，只好侧着身子趴下来。好在它的上面是狼擦狼的，擦上去的狼不一定咬住它。它把下巴紧贴在脖子上，龇出利牙保护着喉咙，然后凭借狼的撕拽，仰面朝天，冒着自己的肚腹被狼咬破踩烂的危险，强劲有力地捣出了前爪和后爪。紧贴着它的那匹大狼顿时被它捣烂了肚腹，大狼疼得想离开，却被别的狼牢牢压着，连咽气前的挣扎都不可能了。多吉来吧用四肢紧紧抱住了这匹死狼，让上面的狼根本咬不着自己的胸部和腹部，又用狼头挡住喉咙和脖子，腾出利牙一次次地朝上攻击着。很快多吉来吧就发现自己的攻击是徒劳的，擦上去的狼越来越多，越来越重，差不多就是党项大雪山了。最担心的情形已经发生，多吉来吧感到窒息正在出现，被压死的危险就要来临。它绝望地闭上了嘴，不再有任何撕咬对手的企图。

让多吉来吧没有想到的是，想置它于死地的黑命主狼王，这时候又成了它的救星。黑命主狼王也被压在下面了，窒息的感觉和被压死的危险同样没有放过它。它这才意识到：自己光想到了压死对手，没想到同时也会压死自己和别的狼。它嗥起来，它身边的狼和它上面的狼也都嗥起来，一个意思：走开，走开，让我们出去。狼们一层一层地离开了，空气飘了回来，呼吸舒畅了。黑命主狼王和压在多吉来吧身上的狼一个个站了起来。几乎在同时，多吉来吧丢开抱在怀里的死狼，打了一个滚儿，摇摇摆摆地挺起了身子。

多吉来吧满头是血，是狼牙撕咬的痕迹，但是不要紧，命还在，战斗力还在。它抖动着獒毛，抖落了浑身的尘土草屑，巡视似的转了一圈，四腿一绷，欻地扑了过去。它扑向了黑命主狼王，看到对方已经躲开，就又扑向另一匹公狼，一口咬住了对方的脖子。它愤然一撕，让大血管的开裂带出了一声死神的歌吟，然后激跳而去，再次扑向了黑命主狼王。黑命主狼王又一次躲开了，又一次把身后的一匹公狼亮给了多吉来吧。多吉来吧在咬住这匹公狼的同时，一爪伸过去，蹬踏在了另一匹公狼的腰窝里。但就是这一杀性过于贪婪的蹬踏，让多吉来吧失去了平衡，它歪倒在地，放开了那匹本来可以咬死的公狼。那公狼回头就咬，咬在了多吉来吧的前腿上，让多吉来吧的起身慢了至少五秒钟，而这五秒钟恰好就是黑命主狼王扑过来咬它一口的时间。

黑命主狼王咬在了多吉来吧的脖子上，差一点把大血管挑破，然后又奋力后退着嗥叫起来。它通报了一个回合的胜利，督促众狼赶紧围过来集体进攻。狼们快速运动着，里三层外三层的包围圈眨眼形成了。多吉来吧知道接下来就是狼的四面出击，如果有七八匹狼同时扑过来，它就会防不胜防。它冲了过去，想撕开重围，占领一个不至于背后受敌的地形。但黑命主狼王的指挥太及时了，多吉来吧刚进入狼阵，就有了它的嗥叫，有了六匹大狼的围堵和进攻。

六匹大狼的战术和黑命主狼王一样，扑过来咬一口然后迅速离开，离开是为了让别的狼继续撕咬。狼们六匹一组，前赴后继，轮番进攻着。多吉来吧来回躲闪，很快就力不从心了。但力不从心并不等于束手无策，毕竟多吉来吧是打斗的圣手，它丢弃防守，又开始奔扑跳跃，这一次它收敛了牙齿，只扑不咬，就用前爪对准狼的脊梁骨，踢了这个，又踏那个。所有被它踢踏的狼都趴了下去，却又能立刻站起来。狼们以为它就只会这样不轻不重地踢踏，也就不怎么害怕了，纷纷靠过来，想伺机咬住它。有几匹狼也真的咬住了它，正要牙刀切割，却发现沉重的反击骤然出现，也不知怎么搞的，自己被一股劲力推倒了，接着就是伤口开裂，就是死亡，一连死了四匹狼，每一匹死去的狼都被多吉来吧在喉咙上咬出了一个深深的血洞。狼们恐惧地后退着，给多吉来吧让开了一条突出重围的路。

多吉来吧吼喘着冲了出去，冲到了一面坡坎前，局势立刻变得对它有利了。它回过头来，在后面和两侧没有敌手威胁的情况下，面对追过来的狼群，一次次地扑咬着。它扑咬的是狼群的边沿，狼群再多，前面的也会挡住后面的，它左晃右闪,声东击西,一咬一处艳丽的伤痕,一咬一股喷涌的血泉。这时黑命主狼王绕着狼群跑过来,想从侧面偷袭多吉来吧。多吉来吧假装没发现,等它到了跟前,突然转身,炸吼一声,扑了过去。黑命主狼王比别的狼多一种本领,那就是朝后奔跃,它让它幸运地躲过了死亡,却没有躲过伤残,它的皮肉开裂了,从脖子一直开裂到肩膀。它一连朝后奔跃了四次,才完全摆脱多吉来吧的撕咬,惊魂未定地跑到了狼群后面。

　　黑命主狼王忍着伤痛,扬起脖子,悲哀地长嗥了一声,眼光朝远处不经意地一闪,看到了牛粪墙里十多个孩子和四只伤残的藏獒,心里不觉一亮,突然就有些懊悔:为什么非要和这只霸悍无比的藏獒纠缠不休呢?这半天打来打去,居然忘了最初的目的。咬死孩子,必须咬死孩子,咬死孩子既可以嫁祸于人,又可以报复这只藏獒。黑命主狼王用招呼同伴的声调嗥叫了几声,抢先冲向了孩子们。孩子们惊叫起来。多吉来吧立刻注意到了,沙哑地吼了一声,丢开正在和自己纠缠的一匹公狼,拼命跑了过去。黑命主狼王只来得及咬住秋加的衣袍把他拽倒在地,多吉来吧就赶到了,它赶紧松开秋加,一个漂亮的朝后奔跃,躲开了多吉来吧的撕咬。

　　"多吉来吧,多吉来吧。"孩子们早就看到了多吉来吧,早就欢呼过了,但等它到了跟前,可以和他们互相触摸,紧紧厮守时,还是爆发出了一片欢呼,好像只要多吉来吧来到跟前,危险和恐惧就会烟消云散。孩子们争争抢抢地和多吉来吧拥抱着。多吉来吧气喘吁吁地舔了这个,又舔那个,让每个孩子红扑扑的脸蛋都变得水灵灵的。他们似乎忘了狼群,忘了残酷的打斗还在继续,只剩下重逢的喜悦,用情深意长的表现,否定了所有的不安和不幸。黑命主狼王发出了进攻的嗥叫,自己却一动不动。围拢而来的狼惊愣地望着多吉来吧和孩子们,第一次没有听从黑命主狼王的命令。它们当然知道人与藏獒的亲密关系,但像眼前这样深挚到忘乎所以的情义表演却从来没有见过。

　　多吉来吧和孩子们喜欢够了,又去问候黑獒当周和大格列,它知道它们是西结古草原的藏獒,如今受伤了,已经承担不起保护孩子们的责任了,就安慰地舔了舔它们,然后来到两只东结古的藏獒跟前,以主人的姿态,矜持地和它们碰了碰鼻子,眼睛里充满了疑问:你们怎么也在这里,而且受伤了,是谁把你们咬成这个样子的?最后多吉来吧站到了两只死去的西结古藏獒跟前,凭吊似的闻了闻,突然一声猛吼:它们不是狼咬死的,它们是藏獒咬死的,怎么会是藏獒咬死的?它四顾八荒:草原,草原,毕竟不一样了,奇怪得就像西宁城了,藏獒咬死了藏獒,把嚣张的机会提供给了狼,怪不得夏天的狼也是群居的，而且是见了藏獒不躲避，见了它多吉来吧也不害怕。多吉来吧走过牛粪墙，走向了狼群。狼群离它只有十五米远，它走到七八米的地方突然卧下，用阴森森、红闪闪的眼光盯着黑命主狼王。孩子们再也不害怕了，举着拳头喊起来："咬死狼，咬死狼。"多吉来吧回头看了看孩子们，打哈欠似的张了张嘴，像是说：放心吧，等我休息够了，面前这些狼就都得死掉。

多吉来吧只休息了不到十分钟，就被狼群催逼起来了。狼群知道不能让它休息，一点一点靠近着，不断用咆哮挑衅着它。多吉来吧吃力地站起来，恨恨地吹着粗气，走向了一匹离它最近的大公狼。大公狼赶紧朝后退去，退到了黑命主狼王身边，好像是去商量的：到底怎么打，一起扑还是分开扑？多吉来吧继续靠近着，做出扑咬的样子，用刀子一样的眼光在两匹狼身上扫来扫去，扫得大公狼和黑命主狼王心里直发毛：到底对方会扑向谁呢？多吉来吧突然停下了，从胸腔里发出一阵嗥声，好像是最后通牒：你们谁不后退，我就咬死谁。嗥了几声，多吉来吧纵身一跳，扑了过去。与此同时，黑命主狼王朝后奔跃而去，唰一下跃出了多吉来吧的扑咬范围。大公狼没有这等本事，只能转身逃跑，刚把头掉过去，就被多吉来吧牢牢压在了身体下面。完蛋了，狼们都以为大公狼命已休矣，全然没想到多吉来吧会从大公狼身上跳下来，看都没看它一眼，就又走向了黑命主狼王，似乎是说你有朝后奔跃的本领，那我就看看你是不是每一次都能逃脱我的扑咬。多吉来吧又扑了一次，结果跟上次完全一样，黑命主狼王逃脱了，它扑住了黑命主狼王身边的另一匹狼。多吉来吧毫不犹豫地放掉了它，还是走向了黑命主狼王。同样的战法和结果一直持续着，直到再也没有一匹狼愿意跟黑命主狼王并肩站在一起。

狼群动荡着，黑命主狼王跑到哪儿，哪儿的狼就会纷纷离开。多吉来吧知道，它的离间之计成功了，狼们肯定是这样想的：黑命主狼王有朝后奔跃的本领，它们没有，狼王能轻易逃脱，它们却不能。黑命主狼王把它们当作了替罪羊，它们为什么还要和狼王站在一起甘愿成为刀俎之肉呢？更重要的是，狼们已经意识到，多吉来吧扑咬的只是黑命主狼王，不然它不会放掉那些已经被它死死压住的狼。既然这样，这场打斗似乎就跟它们没什么关系了。多吉来吧加紧了追咬，拿出最后的体力，再也没有给黑命主狼王停下来的机会。无处可躲也无狼帮助的黑命主狼王只好跑离了寄宿学校，跑上了两百多米外的一座草冈。多吉来吧没有追过去，它知道自己的力气正在耗尽，就卧在离孩子们十米远的地方，紧张地观察着狼群的下一步行动。它感到浑身的伤口就在这个时候一起疼起来，大概是挣裂了吧，怎么一下子全部挣裂了？

黑命主狼王嗥叫起来，是召集狼群来到自己身边的声音。狼群过去了，在草冈上呆了一会儿，便又跟着黑命主狼王走了回来。大概是受到了黑命主狼王的训示吧，它们显然没有放弃咬死孩子的目的，新的一轮进攻正在酝酿之中。多吉来吧站起来，步履滞重地走向了寄宿学校的帐房。它从帐房门口叼起主人汉扎西洗衣服用的一个马口铁盆子，拖到了孩子们面前，又往返几趟，从帐房里叼来了孩子们用的三个搪瓷洗脸盆。它用爪子对着洗脸盆的盆底拍起来，拍一下，叫一声，着急地望着孩子们。秋加首先明白了，学着多吉来吧的样子，用自己的巴掌拍响了盆底，拍了几下觉得不够响亮，便捡起一块石头敲起来。

转眼之间，马口铁洗衣盆和三个搪瓷洗脸盆都被孩子们敲起来了。草原上的人都非常爱惜器皿，尤其是外来的铁质的器皿，从来没有人如此敲打过，狼自然也就从来没有听到过，它们不知道这是什么东西在响，还以为是爆炸，惊愕在三十米之外不知如何是好。多吉来吧冲过去了，就在这种亘古未闻的铁器的战叫声中，它踉踉跄跄地冲向了黑命主狼王。黑命主狼王转身就跑，它一跑，狼们就都跟着跑起来。多吉来吧追了几步，突然停下来，身子一歪，倒了下去。不行了，不行了，它感到浑身的伤痛如同乱锥扎身，一点力气也拼挤不出来了。它艰难跋涉，奋力厮杀一千二百多公里，回到西结古草原后依然是艰难的奔逐厮杀，它就是金刚身躯，也已经散架了。它一声比一声气短地叫起来，看到白兰狼群还在奔逃，看到一种更大的威胁悄然出现在寄宿学校的南边，就把孤愤难已的叫声变成了一声叹息：我不行了，这些孩子、几只伤残的藏獒，就要变成狼食了。

4

蓝马鸡草洼里，走上血路的西结古獒王冈日森格首先扑了过去。因为是惩罚是复仇是正义之举，它觉得自己必须首先扑过去。扑过去是一种姿态，至于一下子就咬住对方，它也知道那是不可能的。但是就在它的利牙距离对方还有两寸半的时候，脑子里突然闪出一个侥幸的念头：并不是不可能，对方纹丝不动，就好像要试探它的牙齿够不够锋利。冈日森格头朝前使劲一抵，一口咬在了对方的肩膀上，只觉得牙根生疼，嘴巴震荡，就跟咬在了橡皮上，对方的皮肉咬前是什么样子，咬完后还是什么样子。它赶紧松口，退回到原地，吃惊地寻思：能咬破所有兽皮的牙齿，竟然没有咬破对方，是我的牙齿不行了，还是对方的皮肉有着出乎意料的坚韧？而在地狱食肉魔这边，也有一种吃惊：一只如此年迈的藏獒，怎么可能有这么坚固的牙齿？差一点咬烂，就差一点，如果不是咬在肩膀上，很可能已经是伤口烂开了。地狱食肉魔之所以纹丝不动，就是想试试对方的牙齿到底老到了什么程度。一试之下，它发现接下来的打斗中，躲闪是必须的，决不能让这种牙齿接触到它在一般情况下并不会去刻意防护的喉咙和软肋。它抖了抖被冈日森格咬乱的黑色獒毛，抖出了一片耀眼的油光闪亮，悍气十足地望着对方，朝前走了几步，走得虎虎有威、浩浩有气，好像是说：来啊，有本事再来啊。

冈日森格早已过了容易被激怒的年龄，冷静地观察着对方，发现这是一只行动起来根本就没有破绽的藏獒：它的头颅是低伏的，这是为了保护喉咙和便于出击；它的身形是笔直的，这是为了保护两肋和缩小对方进攻的面积；它的四腿是弯曲的，这是为了爆发更大的力量和产生更快的速度；它的眼睛是眯缝着的，这是为了排除干扰、聚焦对手，以最精准的方式扑向对方的喉咙。冈日森格略微有些迟疑，它知道自己必须扑上去，也知道这一次扑咬肯定无法奏效，却又希望不至于彻底无效。它从嗓子眼里发出一阵呼噜噜的声音，突然意识到：从来没有绝对的无效，此刻无效的扑咬也许是最正确的举动。它扑了过去，就在对方闪开的同时，突然停下，狂吼一声，按照它预测到的提前量，第三次扑了过去。

第三次扑咬依然无效，地狱食肉魔轻松闪开了。冈日森格气急败坏地原地蹦跳，头颅乱晃，身形乱扭，四肢乱刨，眼光乱飞，几乎成了破绽的化身，从哪个角度进攻，都是可以一击毙命的。地狱食肉魔一瞥之下，知道机会到了，心里冷笑着，掀起一股风扑了过去。冈日森格瞬间被扑倒，却又跳起来溜开了。地狱食肉魔再掀一股风扑了过去，又扑倒了对方，对方又一次跳起来溜开了。地狱食肉魔第三次掀风而去，第三次扑倒了对方，对方第三次跳起来溜出了致命的撕咬。地狱食肉魔大吃一惊：原来对方气急败坏的原地蹦跳是装出来的。更让它吃惊的是，冈日森格的躲闪速度和技巧是它从来没有遇到过的，你风一样扑去，它风一样躲开，总是在你以为根本不可能躲过的时候消失在你的爪牙之外。你那骇人听闻的一击毙命在它面前烟消云散，打斗突然笼罩起了无法预测结果的迷雾。没有老，这只表面上老去的藏獒原来没有老。地狱食肉魔突然不动了，定定地望着冈日森格，酝酿着第四扑，第四扑是志在必得的一扑。

冈日森格知道，是自己伪装的气急败坏干扰了地狱食肉魔，使对方的扑咬随意而简单，所以它逃脱了。但是现在，第四扑马上就要降临，不可能再是随意而简单的，迎受打击的时刻已经到来，似乎只有一种可能等待着它，那就是束手待毙。不，绝对不能束手待毙，它从来没有束手待毙过。它提前跳了起来，在对方的第四扑还没有开始的时刻，它就已经朝后蹦跳而去。但是这样的蹦跳显得很不光彩，它好像不是战斗中的躲闪，而是逃跑。枭雄一代的西结古獒王冈日森格居然要逃跑了，连它自己也吃惊，它怎么可以这样，好像对方一瞪眼、一作势，等不到如风似电，它就被吓跑了。

冈日森格匆忙落地，转过头来，看到地狱食肉魔似乎已经放弃撕咬，便大吼一声，扑了过去。地狱食肉魔其实并不认为冈日森格的蹦跳是逃跑，看它转身扑了过来，觉得这正是自己等待的一个机会，也是大吼一声，迎头而上，张开大嘴，龇出牙刀，直逼对方的喉咙。它们在空中飞翔，力量和残酷在空中飞翔，胜败取决于轰然对撞的一瞬间，到底是谁的鲜血能够滋润对方的牙舌。冈日森格一看对方扑跳的高度跟自己一样，脑子里明光一闪，突然醒悟了：它不应该这样莽撞，虽然它老了，但还不至于愚钝到连回避死亡的能力都没有。经验和智慧让冈日森格慢了下来，速度一慢，身子就会下沉，恰好离开了地狱食肉魔疯狂扑咬的路线。当预期中对撞的瞬间啸然到来时，它们一上一下地交叉而过，先是冈日森格落地，后是地狱食肉魔落地，几乎在同时，它们转过身来，用争衡称霸的眼光再次瞄准了对方。

谁也没有死，也没有伤，在冈日森格是庆幸，在地狱食肉魔是忿怒：谁能躲过我的这一扑，只有它，只有它，这个老谋深算的家伙。地狱食肉魔再次跳起来，它是原地跳起，一连跳了好几下，这是仇恨的宣泄，它仇恨的首先是自己、自己的无能，所以它一再地把自己置放在空中，然后重重地摔下来。跳着跳着，它就把宣泄仇恨的对象从自己转换成了敌方，它扑过去了，真正是残暴如山倒，如昂拉雪山的倾倒，遮蔽了冈日森格的天空。

冈日森格早有准备，但它立刻就知道，有准备和没准备是一样的，躲开对手的这次扑咬根本就不可能，它以一生的打斗经验和技巧作依靠，最多只能把死亡转换成受伤，而且是严重受伤。它本能地躲闪着，当地狱食肉魔一口咬住它的脖子后，它又本能地反抗着。好在它的反抗不是一般藏獒的反抗，这里面浸透了它对生命的认知和对死亡的看法，它不怕，不怕死亡来临，所以它的反抗并不是垂死的、无用的，它紧而不僵，松而不懒，状态就像活佛修禅那样，信心十足地把爪子塞进对方嘴里，如同撬杠撬住了地狱食肉魔的血盆大口，脖子上的大血管因此没有破裂，生命得救了。冈日森格飞速蹭过地狱食肉魔红色的胸脯，蹭干净了自己脖子上的鲜血，借着对方的推力，翻滚在地，滚出去七八米，才脱离了对方的撕咬。

冈日森格站了起来，金黄的鬣毛就像风中走浪的牧草，依然自由而放松地起伏着，尾巴唰唰地摇晃，不是乞求，而是赴死如归的宣告：死了，死了，我就要死了，下一次扑咬我就要死了。它等待着对方的扑咬，鼻子一抽，突然就不是赴死如归的感觉，而是空前迷茫的悲哀了，悲哀得它几乎瘫倒在地。它发现它的嗅觉在不该发挥作用的时候离奇地敏锐精确起来，那个一直都很朦胧的亲缘关系渐渐清晰了：是正宗的后代，是它冈日森格与大黑獒那日的儿子的儿子，是亲得不能再亲的亲孙子。啊亲孙子，这个和自己殊死搏斗的原来是自己的亲孙子。为什么，为什么要和自己的亲孙子殊死搏斗？它吼了一声，又吼了一声，一声比一声亲切温存，似乎想告诉地狱食肉魔：你是我的亲孙子，我是你的亲爷爷，难道你没有闻出来？

遗憾的是地狱食肉魔听不懂，它一看对方又一次活着离开了自己，暴怒不止地吼叫着，惩罚自己似的一头撞在了地上，然后用前爪狠狠地打着地面：我怎么还没有咬死它？这个威仪不肃的老狮头金獒，居然敢用不死来挑战我。它恶狠狠地几乎咬烂自己的舌头，再次扑了过去。速度是魔鬼的，力量是风暴的，冈日森格是无可脱逃的，它被对方摁住了，它知道无论是老了还是年轻着，它都无法回避它的亲孙子地狱食肉魔声光电影般的这一扑。它没有躲闪，而是在惊尘溅血的瞬间，主动把肩膀凑了上去。不，不要你的肩膀，我要你的命。地狱食肉魔在心里吼叫着，牙刀划过肩膀，直插对方的喉咙。喉咙颤抖了，在牙刀飞来的时候，它以极高的频率发出一阵惊恐的颤叫，然后訇然裂开，把牙刀紧紧吸住了。血溅出来了，是西结古獒王冈日森格的血，溅在了地狱食肉魔的眼睛上。地狱食肉魔把眼睛一闭，甩头便撕。它已经得逞了，现在只需要把口子撕大一点，打斗就可以结束，它是胜利者，它不可能不是胜利者，它将在自己创造的骄傲和伟大中，把此生所遇到的最顽强的抵抗送进记忆，然后慢慢地嘲笑。

然而，想不到的事情总是出现在最后一刻，多少次从死亡线上爬出来的冈日森格其实并不会惊恐，它的喉咙的颤抖不过是一种极其有效的防护措施，颤抖中喉管滑过了利牙，只把保护着喉管的脆骨和肌肉让给了伤害。地狱食肉魔哪里会想到，它的甩头撕咬虽然撕大了裂口，但冈日森格的气息依然是畅通无阻的。就在它以为胜利已经属于自己而松开对方的时候，冈日森格腰身一挺,站了起来,迅速走向一边,在一个对方无法一下扑到的地方停了下来。冈日森格打量着对方,似乎有些不相信自己的判断:这哪里是什么亲孙子啊?亲孙子有这样对待亲爷爷的吗?它的嗅觉呢,跟亲爷爷一样灵敏的嗅觉呢,为什么不起作用了?冈日森格咂摸着对方的气息,晃了晃头,一下子又晃掉了自己的怀疑:判断是没有失误的,的确是自己的亲孙子,地狱食肉魔的勇敢和打斗方式就是证明。冈日森格摇了摇尾巴,似乎是说:不能再打了,亲爷爷和亲孙子不能再打了。

地狱食肉魔一看冈日森格还能走动,就知道自己的这一次进攻还是没有达到目的。它恼火得几乎想把自己吃掉,撕扯着所有自己的牙齿可以够到的皮毛,以自虐的方式鞭策着自己:咬啊,咬啊,咬不死它我就不活了。然后回头看了看自己的主人勒格红卫。勒格红卫和它一样恼火,绷大眼睛催逼着它:快让它死,快让它死。地狱食肉魔答应似的吼了一声,跳起来奔扑而去。它这次用了一条弯来弯去的路线,让冈日森格一时不知道往哪儿躲闪了。冈日森格盯着它,干脆不躲不闪,就那么死僵僵地立着,好像它不是一个行将毙命的活物,而是一尊没有感觉的石雕。但是凝然不动的石雕还是动了一下,在地狱食肉魔正要把大嘴贴向它的喉咙时,它突然自动倒地了,它宁肯被对方用坚爪踩痛踩伤,也本能地不愿意已经带伤的喉咙再次负伤。地狱食肉魔咔嚓一下咬合,什么也没有咬到,便一爪夯过去,夯住了对方的胸脯,利牙直逼喉咙,再行撕咬。

冈日森格知道自己逃不脱了,也不管喉咙有恙无恙,身子一展,不仅没有躲闪,反而把自己的喉咙凑了上去。地狱食肉魔看到喉咙自己来到了跟前,赶紧咬合,却发现嵌进自己大嘴的,不光是喉咙,还有半个脖子,也就是说,可以置对方于死地的喉咙已经越过突出在外边的利牙,进到嘴里边去了,里边是舌头,舌头的舔舐只能是消毒,而不是杀戮。地狱食肉魔赶紧缩头,想把利牙挪到对方的喉咙上。冈日森格却使劲把脖子朝它嘴里塞着,好像不让它咬断脖子不罢休似的,与此同时,它抬起一只前爪,朝着虽然看不见却能估计到的地方,猛然打了出去。

冈日森格打中了,打中了对方的一只眼睛,这是何等神奇的一击,虽然不是致命的,却是最具有摧毁力的。眼睛烂了,地狱食肉魔的左眼流血了,不管左眼以后会不会瞎,至少现在看不见了。围观的骑手们惊叫着:"呀,呀,呀。"藏獒们欢呼着:"杭,杭,杭。"而冈日森格却抑制不住地哭起来:烂了,烂了,我的亲孙子的一只眼睛被我打烂了。哭着哭着,地狱食肉魔的疼痛就蔓延到了它身上，利牙咬啮一样折磨着它的心。它心说不打了，不打了，就让亲孙子咬死我算了。它沉重地低下头，愧疚地呆立着，等待着死，等待着用交出生命的办法实现亲爷爷对亲孙子的忍让。

地狱食肉魔觉得事情不妙，大幅度甩动着獒头，撕裂了冈日森格的脖子，然后风快地向左转了一个圈。左边是它从来没有见过的黑暗，它发现用急速转圈的方式可以使黑暗消失，但只要停下来，黑暗就又会出现。它烦躁地喊起来，似乎想喊来主人帮忙，把左眼的光明复原给它。主人勒格红卫没有过来，只是焦急而恶毒地喊着："咬啊，往死里咬啊，快一点，你耽搁什么？"在勒格红卫看来，他的地狱食肉魔之所以到现在还没有咬死对方，并不是它不能，而是它不想。地狱食肉魔听明白了，又向右转着圈，用一只眼睛对准了冈日森格，才发现对方已经后退到五米之外，正在一边喘息一边流泪。不，不能给它喘息的机会，地狱食肉魔一跃而起，用一只眼睛喷吐着更加强烈的王霸之气、雄烈之风，扑向了这个世界上唯一一个伤害了它的藏獒——西结古獒王冈日森格。

冈日森格蓦然一阵颤抖，生命的本能给了它不想死亡的催动，它一下子又回到了最初的清醒：自己的亲孙子要杀死的可不光是自己，是西结古草原所有的藏獒。它是獒王，不管对方是谁，是亲孙子，还是亲儿子，它都不能容忍对方得逞。更何况已经部分得逞了，那么多西结古藏獒已经死掉了，凶手既然是它的亲孙子，就更应该由它来亲自惩罚。冈日森格一跃而起，带着滴沥不止的血脖子，朝着自己的右边、对方的左边闪避而去，一闪就闪到了地狱食肉魔左眼的黑暗中。地狱食肉魔只好停下来向左旋转，一转就又看见了冈日森格，正要直扑过去，冈日森格倏忽一闪，又躲进了它的黑暗。这样重复了几次后，灵性的地狱食肉魔突然开始向右旋转，转了半圈，然后直扑过去,正好扑到了还在朝自己右边闪避的冈日森格身上。地狱食肉魔张嘴就咬，一口咬在了冈日森格的右耳朵上，差一点把整个耳朵撕下来。

冈日森格感觉到一阵钻心的疼痛，突然意识到，现在的问题根本就不是它应该不应该惩罚自己的亲孙子，而是它有没有能力实施惩罚，即使亲孙子瞎了一只眼睛，最大的可能仍然是自己被对方一口咬死。既然这样，为什么还要用亲爷爷和亲孙子的关系干扰自己呢？忘掉它，忘掉它，忘掉它就是自己的亲孙子。冈日森格把注意力再次集中在了对方的眼睛上，想把对方的右眼也打出鲜血和黑暗来，但坚硬的爪子刚要伸出去，对方就敏锐地躲开了。冈日森格愣了一下，当它确认地狱食肉魔真的躲开了它的打击时，突然就兴奋起来。变了,变了,局势终于变了。此前一直是它被动地回避着地狱食肉魔,现在地狱食肉魔开始被动地回避它了,这说明对方已经意识到了自己的弱点,而对弱点的回避既可以是保护自己,也可以是暴露自己,甚至保护和暴露是同时出现的,当它集中精力保护这一边时,也就等于暴露了那一边。

冈日森格后退了几步,往右边一跳,又往右边一跳。地狱食肉魔赶紧向左,一再地向左。就在这个时候,冈日森格突然改变了跳跃的方向,猛地靠向了自己的左边、对方的右边,然后大水决堤似的扑了过来。地狱食肉魔没想到对方的扑咬并没有选择自己的弱点,赶紧把注意力集中到右边,但已经晚了,在它防御的牙齿撕住冈日森格的肩膀时,冈日森格进攻的牙齿已经提前插进了它的脖颈,开始猛烈撕咬。撕咬是有效的,虽然脖颈上是很结实的皮肉,但毕竟比对方肩膀上的皮肉要柔软薄嫩一些,冈日森格咬烂了它,终于发现自己的牙齿还可以年轻,还可以成为利器而让对方忍受伤残之痛。它想拼命切割,扩大战果,感觉自己的肩膀也正在痛苦地开裂,奋身一跳,退了回来。

地狱食肉魔第一次感觉到自己受了重伤,好像有点奇怪:被牙齿咬伤的样子居然是这样不舒服。它摇晃着头颅,想看到脖颈受伤的地方,可是它看不到,又伸出舌头,想舔一舔伤口,怎么使劲也舔不上,于是就瞋目而视,怒吼着扑了过去。它的扑咬神速而准确,没等冈日森格做出躲到右边还是左边的选择,就被它一口咬在了脖子上。但冈日森格似乎并不在乎对方的撕咬,或者它期待的就是对方的撕咬,它伸出爪子,打向对方的右眼,想让所有的光明都离开对方。地狱食肉魔赶紧松口,后退一步,晃开它的爪子,突然跳起来,试图用沉重的身子把对方死死摁在地上。冈日森格闪开了,闪进了地狱食肉魔一只眼睛看不见的地方,迅速拉开距离,张嘴吐舌地大喘了一口气。

地狱食肉魔朝右转了一圈,才看到冈日森格,愤极恨深地盯着它。冈日森格喘息已定,傲然而立,似乎已经不再苍老了,它自己的感觉是这样,所有人、所有狗的感觉都是这样。它的亲孙子地狱食肉魔冷酷无度的雄野和汪洋恣肆的猛恶刺激了它,它那来源于雪山草原的灵性再造了它,那么多人、那么多狗的期待推动着它,它以年轻人的姿态开始了接下来的打斗。它扑向了地狱食肉魔,飞翔的速度,鹰鹫俯冲的速度,好像青春回来了,雪山狮子回来了。一直沉默不语的西结古骑手的头班玛多吉昂奋地喊起来:"葵多吉,葵多吉,冈日森格加油啊,咬死这畜生。"他这么喊的时候,好像冈日森格不是畜生而是人。父亲也喊起来,一如既往地充满了担忧:"小心啊,冈日森格。"

冈日森格的俯冲是充满了迷惑的,当地狱食肉魔判断着左边还是右边的

611

时候，它却从上边崩塌而下。冈日森格当然不会指望自己一下子压住并一口咬死对方，它的想法是这样的：对方躲向哪边，它就从哪边进攻，要是对方原地不动，它就落到对方后面，咬掉它的尾巴。但地狱食肉魔毕竟是一只妖气、鬼气、神气、霸气集于一身的藏獒，仰头一看，便做出了一个让冈日森格措手不及的举动，那就是原地跳起，用自己平阔的脊背迎接冈日森格的踩踏。已经来不及躲开了，冈日森格是飞翔的，也是失重的，踩住对方脊背的一刹那，它就失去了平衡，被对方掀翻在了地上。侥幸的是，地狱食肉魔忘了自己的左眼已经看不见，当它把冈日森格掀翻到自己左边的时候，也就失去了一个一刀送命的机会。它扑了过去，却只是凭着感觉扑向了冈日森格的喉咙。而冈日森格的老辣就在于它完全预知了对方的举动，翻倒在地的时候，它强迫自己侧身背对着地狱食肉魔。地狱食肉魔张嘴就咬，然后甩动头颅，一阵猛烈的撕扯，撕扯出了一股鲜血和一地金色獒毛，这才意识到自己咬住的根本就不是喉咙，而是后脑。冈日森格的后脑是坚固的，就算对方的利牙是钢铁铸就，也无法顷刻洞穿骨头。地狱食肉魔愤激而失去理智地蹬了冈日森格一爪子。冈日森格借力一滚，滚出了撕咬范围，忽地站起来，晃了晃头，把后脑上的鲜血晃得四下飞溅。

地狱食肉魔恶狠狠地吼叫着，朝前扑去，发现对方影子一样闪向了自己看不见的左边，突然又改变主意，身子朝左一摆，拔腿奔跑起来。它跑了一圈，然后跑向了冈日森格，在它的想象里，这样的奔跑就是追击，冈日森格必然会躲闪，而躲闪就是逃跑，只要形成追逃局面，它就不怕对方利用自己一只眼睛看不见的弱点转眼消失而后快速偷袭了。冈日森格的确跑起来，但并没有跑多远，它就直上直下地蹦跃而起，让来不及刹住的地狱食肉魔从自己下面噌地蹿了过去，把屁股格外愚蠢地亮给了它。冈日森格落到地上，兴奋地叫了一声，立刻又明白，它们是高手对决，真正的愚蠢实际上是不存在的。尽管如此，它还是按照自己的愿望，朝着地狱食肉魔的尾巴扑了过去。地狱食肉魔前腿一撑，后腿一蹬，神速地朝后蹦过来，落地的时候重重压在了冈日森格身上。冈日森格被压得趴下了，吼叫了一声，绷直四腿，使劲支撑起了身子。它很奇怪，它居然把身量超过自己的地狱食肉魔驮起来了。地狱食肉魔也很奇怪：这个不再老态龙钟的老家伙，怎么有着比年轻藏獒还要大的力气？它在冈日森格背上啃了一口，俯下身子，直把利牙快速伸向对方的喉咙。冈日森格往前拼命一跳，摆脱了它，转过身来，扑了一下，却又矫健地朝后退去，在十步远的地方立定脚跟，用冷飕飕的眼光望着地狱食肉魔。

地狱食肉魔从一只眼睛里激射着焰火，仿佛要把自己、把敌手、把整个世界都要燃烧起来，而燃烧的方式就是斜着身子朝前扑咬。冈日森格立刻发现自己已经不可能躲到对方左眼看不见的地方去了，也不可能拿出看家的闪避本领，脱离急如星火的危险，对方的扑咬太不可思议了，速度是没有见过的，一只眼睛关照的面积也是没有见过的，它只能迎扑而去，只能承受死亡。然而死亡是公道的，对谁都不会例外，在纠缠冈日森格的时候，必然也会去纠缠地狱食肉魔。冈日森格突然意识到，地狱食肉魔既然斜着身子消除了左眼看不见的弱点，那就不可避免地把整个腰腹暴露给了它，接下来的厮打中，不管地狱食肉魔的牙齿咬在它的什么地方，它都有可能把自己的牙齿或者前爪捅向地狱食肉魔的要害处。冈日森格坦坦然然做好了用死亡换取死亡的准备，看到地狱食肉魔倏忽而来，猛然伸出了自己的前爪。

事情果然就像冈日森格预想的那样发生了，地狱食肉魔咬住了冈日森格的脖子，冈日森格用前爪捅向了对方的上腹。皮肉瞬间破裂了，是冈日森格的皮肉，也是地狱食肉魔的皮肉。但破裂并没有深入下去，也没有扩大开来，地狱食肉魔从来不准备同归于尽，它只想让对方死，不想让自己再受到任何致命的伤害，所以它立马松口了，一松口，对方的前爪也立马离开了它的上腹。它狂吼一声，连连后退，又奔扑而去，看到冈日森格已经躲开，便四肢蹭着地面，蓦地停下，然后又跳起来，以铺天盖地的气势，龇出蛮恶的牙刀瞄准了对方的喉咙，伸出酷虐的四爪瞄准了对方的肚腹。

冈日森格本能地躲了一下，发现躲闪是更快的死亡，赶紧又不动了。不，不是不动，而是原地翻倒，主动把已经受伤的喉咙亮给了对方的牙刀，把薄软透明的肚腹亮给了对方的坚爪，然后朝上丫杈起了自己的四肢。又是一次自杀性抵抗，冈日森格期待在自己猝然死去的时候，也用自己并没有老化的爪子，掏出对方的肠子。鲜血，鲜血，它已经忘记了地狱食肉魔是自己的亲孙子，它渴望看到对方的鲜血，渴望自己的生命在最后的时刻挣扎出最有光彩的血性和阳刚。它的四只爪子直挺挺地翘起着，明白如话地告诉对方：你就成全了我吧，让我老当益壮一回，让我牦马嘶风一次。地狱食肉魔立刻看懂了，哪里会有成全之心，在空中缩起身子，歪斜了一下，躲开对方的四肢，却伸直了自己的四肢。它知道落地的时候，自己的后爪会捅入对方的肚腹，前爪会踩住对方的胸脯，而牙刀的指向必然是喉咙，啊，喉咙，所有的野兽都格外钟情的敌手的喉咙。

冈日森格意识到自己的渴望已经不可能实现了，忽地蜷起四肢，沮丧得差一点要哭。但经验和沉着在这个以命相搏的时刻仍然成了它最忠实的朋友,它的王者之风里突然滋生出一股悍匪之气,让它的抗争既是阴毒的,又是无为的,似有似无,亦真亦幻,完全是化境的体现,在无知无觉、无他无我中成就了它蓄积一生的辉煌。能量和智慧出来了,冈日森格居然用蜷起的后腿挡住了对方的后腿,用蜷起的一只前爪护住了自己的喉咙,只把胸脯挺给了对方,而胸脯是坚固的,是到死也不会钙化碎裂的。就在地狱食肉魔踩住胸脯的刹那,冈日森格把另一只前爪伸了出去,似乎是无意识的舒展,却舒展出了藏獒生命的全部强悍。奏效了,不可能不奏效,原因是地狱食肉魔太狂猛、太专一、太想以最快的速度解决冈日森格的性命了。冈日森格又一次把前爪准确捣向了地狱食肉魔的眼睛,这一次是右眼,右边的眼珠顿时凹了进去,血从眼皮底下渗出来,很快糊住了眼睛。白昼瞬间消失,仿佛地狱食肉魔一口咬住的不是敌手而是黑暗,黑暗牢牢粘住了它,即使它有力拔山、气盖世的能量也摆脱不掉了。

　　这是穿越火墙刀田的气派,西结古獒王冈日森格突然发现,自己获胜的机会已经出现。它从地狱食肉魔的屠杀之中脱身而去,喘了一口气,安闲地仰头看了看天。天上乌云笼罩,万里无蓝,风在阴沉沉的草原上悄然止息,好像一点徐徐来去的情绪也没有了。没有了就好,它就可以在任何一个方向接近地狱食肉魔而不会被对方闻到味道。地狱食肉魔一直在急速旋转,朝左转几圈,再朝右转几圈,以为这样转来转去,光明就会出现。它瞎了,两只眼睛都瞎了,而在它的概念里,却没有瞎眼这一说。它不理解这到底怎么了,使劲用鼻子嗅着,想嗅到主人的气息,然后走过去,问问他:我到底怎么了?快帮帮我。但它没料到的是,它听到了主人的骂声:"咬啊咬啊!你这个没用的东西,你去咬啊!"它感觉到主人的脚尖在踢它,踢在它的伤口上。它疼痛难忍,比冈日森格的撕咬更加疼痛,这是它从来没有体会过的连心的疼痛。它转身寻找冈日森格的气息,准备服从主人的命令做最后一次扑咬。它知道一定是最后一次,失去生命的只能是它自己。

　　地狱食肉魔仰天一声长啸,冈日森格和所有的领地狗以及所有的人,都感觉到了它虎落平阳的悲凉。地狱食肉魔浑身绷紧的肌肉忽然松懈下来,竖起耳朵努力倾听着什么。所有旁观的人和藏獒也都跟随它倾听,但什么都没听见,除了草原上流动的风和草叶上跳荡的阳光。地狱食肉魔流血的眼睛里忽然有了眼泪,它听见了主人的哭声。那哭声不在空气中,而在主人的胸腔里。这个世界上,就只有它熟悉主人的胸腔,就只有它能够从主人的胸腔里听出和冷漠的表情截然不同的心思。那是一个情感丰富的深处，却从来不会呈现在主人脸上。它知道，主人的脸，永远只需要一种表情：冷漠无情。

地狱食肉魔丢下冈日森格，缓缓走过去，卧倒在勒格红卫身边，把泣血的头，埋在主人腿间。它轻轻舔舐主人的脚面，感觉到主人的手掌落在自己后脑上，无声地传递着他的指令：去吧。地狱食肉魔站起身，忽然仰天狂叫。所有的人和狗都惊诧不已，因为这狂叫的基调已不是悲凉，恍惚中，似乎有欣喜，仿佛地狱食肉魔得到了丰厚的奖赏。没有谁能够明白地狱食肉魔的心境，因为没有谁能从它主人冷酷的脸上看出他的心声。勒格红卫看着地狱食肉魔，忍不住哭出了声。他的复仇的利器已经夭折，不，不仅仅是复仇的利器，更是几年来相依为命的伙伴——他的生命的寄托、他的感情的全部，已经陷入不能自拔的黑暗中了。一种幻灭的感觉击打着他的灵魂，让他情不自禁地有了死别的悲伤。勒格红卫哭着，有一声没一声，就要断气似的。他当然比地狱食肉魔更清楚发生了什么，一只瞎了双眼的藏獒不可能有活下去的希望，接着便是死亡。

地狱食肉魔的叫声变得忿恨而凄惨，就像飞来的利牙，一下子咬穿了冈日森格的心。冈日森格又想起了不该想起的：这只被自己打瞎了两只眼的藏獒，这个此刻在痛苦中几近疯狂的劲敌，原来是自己的亲孙子。冈日森格心里一阵难过，哗哗地流着泪。但此刻它不糊涂，它越来越清醒：既然两只眼都瞎了，就不能再活着了，这样活着的痛苦是任何生命都无力承受的。冈日森格走了过去，在三步远的地方盯着地狱食肉魔，突然号哭一声，扑了过去。冈日森格哭一声，扑一下，这一扑是喉咙，下一扑还是喉咙，第三扑第四扑都是喉咙，每一扑都是正中目标，即使对方有坚厚的皮肉，也经不住三番五次的撕咬。地狱食肉魔在黑暗中怒吼着，暴跳着，胡乱撕咬着，把鲜血的缓慢流淌变成了泉眼的喷涌，很快无力了，安静了，扑通一声倒在地上了。冈日森格的哭声更痛更苦，"哦哦哦"的，仿佛是说：死吧，亲孙子你赶快死吧，你现在只能死了，你为什么要变成魔鬼啊，你只能死了。但是地狱食肉魔没有赶快死，出于本能，它还想活着，还想搏杀，它的生命、它的血脉就是为了搏杀。

最后的交锋出现在十分钟以后，大家都以为就要断气的地狱食肉魔突然站了起来，又开始旋转，虽然是笨拙的，却旋起了一阵血腥浓烈的风。随着风的指引，它找到了冈日森格的位置，像一块从高山顶上滚下来的岩石，呼啸着扑了过去。蹲踞在地上的冈日森格没想到亲孙子地狱食肉魔最后的挣扎来得如此猛烈迅急、威武不屈，来不及反应就被它咬住了，好在咬住的不是喉咙，亲孙子瞎了，看不见敌手的喉咙在哪里，只能碰到什么咬什么。冈日森格赶紧跳开，顾不上察看一下自己胸脯上的伤口，就绕到对方侧面，反扑过去，一头撞翻了因失血过多而眩晕不止的地狱食肉魔。地狱食肉魔耻辱地仰面朝天，挣扎着想站起来。冈日森格知道耻辱对一只伟大的藏獒是多么痛苦，迅速跳过去，带着惯性、带着全身的重量，用坚腿尖爪对准地狱食肉魔柔软的肚子狠狠一掏，便掏出了一个滋血冒气的黑窟窿。

地狱食肉魔身上，所有的窟窿都是灵魂出窍的通道，都是死亡的象征。它就要死了，终于要在惨叫声中悲哀地死去了。临死前的最后一瞬间，地狱食肉魔听到了咬死自己的冈日森格的哭声，突然感受到一股熟悉的亲切，那么遥远，又那么迫近。一线光明在心底豁然闪亮，它忽然明白了：冈日森格是自己的亲人，啊亲人。冈日森格还在流泪。谁能理解它的悲痛呢？它凶暴地咬死了它已经闻出来的自己的亲孙子，它为了人的需要、人的利益咬死了自己的亲孙子，它本来准备让亲孙子咬死自己，但结果自己却咬死了亲孙子。它扬起脖子，冲着天空"呜呜呜"地失声恸哭。

父亲过去，搂住冈日森格，陪伴着它哭起来。他们哭走了白昼，哭来了星月，哭出了蓝马鸡草洼夜晚的一片悲怆。勒格红卫扑到地狱食肉魔身上，为它痛心祈祷的同时，更加绝望地跌入了难以自救的黑暗。

10 涅槃

1

蓝马鸡在空中飞翔，鸣唱，风从前面吹来，带着花草的香味，也带着行刑台的召唤。西结古獒王冈日森格强忍着伤痛站起来，朝前走了几步，又回头看了看被它咬死的亲孙子地狱食肉魔，看了看亲孙子身边的勒格红卫，晃头甩掉了含满眼眶的泪水，对着父亲和班玛多吉以及西结古领地狗叫了一声，意思是：快走啊，时间已经被我们耽搁了，我们的目标是行刑台。所有的人和狗都跟上了它。半个小时后，大家惊愕在行刑台前：麦书记？丹增活佛？

巴俄秋珠喊了一声："藏巴拉索罗。"然后第一个驱马向前，又飞身下马，丢开缰绳，就要爬上行刑台。颜帕嘉哪里会让别人抢先，几乎是从马上飞下来，飞到了巴俄秋珠身上，硬是把他拽住了。两个人正在扭打，却见多弥骑手的头扎雅已经爬上了行刑台，他们同时跳起来，拽着扎雅的衣袍把他拉了下来。扎雅稳住身子，回头一拳，打在巴俄秋珠的胸脯上。巴俄秋珠要还击，又生怕颜帕嘉趁机跳上行刑台，一手攥住扎雅，一手攥住颜帕嘉，吼道："小心我用枪打死你们。"扎雅说："还是用藏獒见分晓吧，谁的藏獒赢了，麦书记就是谁的。"班玛多吉走过来说："这个我同意，我们的冈日森格是战无不胜的。"所有的藏獒都叫起来，拥挤到行刑台前，只等主人一声令下，它们就会一个接一个地扑向对方的藏獒。打斗是恐怖的，但它们的意识里没有恐怖。台上的麦书记说话了："求你们不要再让藏獒死伤了，你们抓个阄，谁赢了我就跟谁走还不行吗？"巴俄秋珠说："不行，藏巴拉索罗只能属于我们上阿妈草原。"说着从背上取下了自己的枪。仿佛是早已商量好了的，所有带枪的上阿妈骑手都从背上取下了枪。装弹药的动作熟练而迅速，十五杆叉子枪霎时平端起来，对准了东结古骑手和多猕骑手。大家愣了，只有愤怒的眼光，而没有愤怒的声音。巴俄秋珠身手矫健地跳上行刑台，搜遍了麦书记的全身，也没有看到格萨尔宝剑的影子，不禁气急败坏地拳打脚踢起来："交出来，交出来，快把藏巴拉索罗交出来。"看麦书记一句不吭，便又开始踢打在麦书记身边盘腿念经的丹增活佛。

出现在寄宿学校南边的是一股精神抖擞的大狼群。似乎它们才是真正的打击，打击得白兰狼群放弃了觊觎已久的食物奔逃而去；打击得多吉来吧心生绝望：寄宿学校的孩子们没救了，它已经没有能力保护他们了。死神就在头顶打转，让孩子们死，也让那几只伤残藏獒和它多吉来吧死。多吉来吧勉强站起来，走到牛粪墙跟前，直面着新来的狼群卧下了。它把寒冷的眼光投射到每一匹狼身上，想形成一种震慑，却发现这样的震慑微弱得就像轻抚狼毛的风。狼群太大太强了，它们带着党项大雪山的气息，带着万分险恶的预谋和蓄积已久的凶狠，借着藏獒之间互相残杀的机会，乘虚而来。这样的大狼群是可以摧毁一切的。更糟糕的是，狼群已经看出了多吉来吧的衰败，它的卧倒不是坦然和勇敢，而是即将累死的症候。它们不紧不慢地靠近着，摇头摆尾，大大咧咧，好像不是来打斗，而是来观光的。

多吉来吧吼了一声，又吼了一声。它知道自己喑哑的呻吟一般的吼声一点威胁都没有，只能是自身虚弱的败露，但现在它除了这样不景气地吼几声，还能怎么样呢？吼叫至少表明它活着，而只要它活着，就能延缓孩子们和几只伤残藏獒被咬死吃掉的时间。突然它想到，重要的是必须立住，活着就应该立住。多吉来吧不吼了，它用四肢使劲蹬踏着地面，缓缓地站了起来，不，是升了起来，就像一座黑山一样升了起来。黑山上到处都是流淌，所有的伤口都在流淌，包括西宁城里渔网拖拉的伤口，包括一路上被汽车撞翻被枪弹击中的伤口，包括无数狗牙和狼牙肆虐的伤口，都在流淌殷红的鲜血，仿佛它是鲜血的披挂，是瀑布的披挂，而浑身的獒毛不过是浮游在瀑流血浪之上的青青牧草。

多吉来吧昂然升起，比它的身量升起得要高，高多了，那是气势的升起，是灵魂的升起。藏獒，当它的气势和灵魂昂然升起时，它就变成了草原雪山的一部分。它是从狼眼里升起的，狼眼看到的，就不是一只垂死的藏獒，而是一座巍峨的雪山，是狼心不期然而然的崇拜。走在前面的狼停了下来。一种无形的压迫让它们呼吸急促。它们有些不知所措，都回头看着它们的头狼。头狼缓缓走来，狼们纷纷后退，闪开了一条道，看到头狼一脸庄严而谦卑的神情，于是它们一个个也庄严谦卑起来。

很快，这股势不可当的党项大狼群全然没有了刚才那种摇头摆尾、大大咧咧的轻率，好像它们都被震慑得失去了狂妄：从来没见过这样的藏獒，不，从来没见过这样的生命，即使是千疮百孔，血泉如星，也要山立而起，傲然插天，也要睥睨一切，岿然不动。而远道来袭的狼群，不管它们愿意不愿意，就都得变成虔诚的教徒，心怀忐忑地肃立在威严的护法神面前，表达他们从内心到外表的膜拜，膜拜一尊神祇、一副坚不可摧的铮铮铁骨。

多吉来吧默默伫立着，也让自己的神情有了庄严和谦卑，但它不是对着狼群，而是对着天空。它把眼光投向了高远，只用余光关照着地面，地面上的狼群，所有的凶险，似乎已经不存在了。狼群站了一会儿，就又退回去，一口气退到了五十米之外，然后一部分狼望着北，一部分狼望着南，一部分狼望着西，一部分狼望着东，就是没有一匹狼是望着多吉来吧的，似乎它们不敢正视，更不愿意在正视中让心惊肉跳的感受侵害了自己。

然而多吉来吧并不认为狼群面对自己是畏避的，它惦记着孩子们和几只伤残藏獒的安危，只会认为狼群的威胁越来越严重。它听到孩子们喊起来："多吉来吧，多吉来吧。"喊声抖抖颤颤的，听得出他们的惊恐不安。它回望了一眼，没望见孩子们，就知道自己彻底不行了，连扭弯脖子的力气也没有了，它即刻就会倒下，就会用自己的身躯填平坑洼让狼群踩踏而过。它紧张而吃力地告诉自己：你不能不行，不能倒下，立着，立着，死了也要立着。它觉得就凭它立着，便能让狼群不敢轻易走过来。

它立了很长时间，意志仍然坚定着，身子却不由得摇摆起来，一阵风就能把它吹倒，但风没有吹它，因为它是神，风就是吹它也是从下面吹，让它按照自己的愿望绷紧四肢颤颤巍巍地立着。它把自己立成了一道山呼海啸的景色、一个气吞山河的象征、一种坚韧不朽的精神，它驾驭了狼的思维和习性，让它们在自私凶残，嗜血如命之余，保留了一丝和平的神性、一种向善的敬畏。

草原静静的，这是天地最初形成时的平静，兽性的嗥叫正在发育，警觉和慌乱、压抑和恐怖也正在发育。多吉来吧下意识地张了张嘴，本想打一个哈欠，却几乎把自己打倒。它愤愤地诅咒着疲倦，疲倦却蓦然强烈起来，不由分说地完全控制了它。它浑身的每一个细胞、每一根神经都瘫软着，促使它闭上眼睛，带着从未有过的凄凉走进了迷离恍惚。依然是平静，天地凝固了。

2

就在巴俄秋珠踢打丹增活佛时，冈日森格忿怒了。它跳上行刑台，把巴俄秋珠赶了下来。巴俄秋珠端起枪指着它，咬牙切齿地说："你认识我，居然还冲我吼。我杀了你。"所有的上阿妈骑手都端起了枪。高山澎湃的冈日森格，竭智尽忠的西结古獒王冈日森格，站在行刑台上，昂扬起草原锻造的擎天之躯，用冰刀一样寒光闪闪的眼睛，瞪着巴俄秋珠和上阿妈骑手以及那些装饰华丽的叉子枪，大义凛然地用声音震慑着、用利牙威胁着：不要胡来，你们不要胡来。

巴俄秋珠说："不要以为我们不敢开枪，打死藏獒是不偿命的。快让开，我们要把丹增活佛和麦书记带走。"冈日森格的吼叫更加宏大了，那是一种能把耳膜震碎的无形击打，是一种能让所有对手恐怖怯懦的威风表演。草原猎人的叉子枪，能让骑手威武剽悍的叉子枪，就在掌握它的人恐怖怯懦的时候发出了狼一般的嗥叫，是巴俄秋珠的枪首先发出了嗥叫。但是他没有打中，当然是故意没有打中，似乎他还是顾及到了自己童年的身份，那个被西结古草原喂大的"光脊梁的孩子"。父亲说："佛爷，到底发生了什么？人怎么会变成这个样子？放下，放下你们的枪。"勒格红卫出现了，他来到巴俄秋珠跟前说："我知道你没有胆量打死它，把枪给我，给我，我来打死它。"说着就要抢夺。这无疑是一次强烈的激将，巴俄秋珠推开勒格红卫，让自己的叉子枪又一次发出了狼一般的嗥叫。接着，所有上阿妈骑手的枪都发出了狼一般的嗥叫。十五杆叉子枪飞射而出的十五颗子弹，无一脱靶地落在了冈日森格身上。

冈日森格从行刑台上跳了起来，带着一口咬死的决定，扑向了巴俄秋珠的喉咙。但是它没有扑到，它再也无法扑到了，这是它终其一生唯一一次没有绽放生命之花的扑咬。它惨烈地长啸一声，身子一阵剧烈的颤抖，从空中陨落而下，苍鹰落地一般重重地砸向了地面。西结古草原摇晃了一下，远处的昂拉雪山、奢宝雪山、党项大雪山和近处的碉房山摇晃了一下。天上地下，所有认识它的飞禽走兽都在惊叫：冈日森格，冈日森格。没有回音，冈日森格寂然不动。

还是一如既往地辽阔，还是原始的大地、原始的天空，悲哀在晴空下泛滥，白色的雪冠突然就是挽幛了，漫漫草潮以浩大的气势承载着从来就没有消失过的哀愁和忧伤。风的哽咽随地而起，太阳流泪了，让光雨的倾洒覆盖了所有的凹凸。绿色的地平线痛如刀割，瑟瑟地颤抖着，而在更远的地方，是野驴河饮恨吞声的流淌，是古老的沉默依傍着的无边的孤独，草原，草原。

冈日森格死了。远处突然有了一阵颤颤巍巍的狼嗥，先是一声，接着就是此起彼伏的群嗥。好像就在不远处有它们的一个探马，迅速把西结古獒王冈日森格的死讯通知了它们，它们就惊叫起来，不知是欢呼，还是悲鸣。

骑手们没有一个扑过去，后退着，惊恐无度地后退着，上阿妈骑手后退着，东结古骑手后退着，多猕骑手后退着。死了？冈日森格真的被人打死了？不会啊，不会。包括巴俄秋珠在内，上阿妈骑手们似乎都不相信他们打死了西结古草原的獒王冈日森格，没有一个敢过去看看他们的子弹到底产生了多大威力，没有一个不觉得冈日森格接下来的举动就是跳起来一个个咬断他们的喉咙。

西结古骑手在班玛多吉的带领下，集体呆愣着。同样呆愣的还有勒格红卫，他在想：我的藏獒死了，我痛苦得就像把心挖掉了；冈日森格死了，那就是把西结古草原所有人的心挖掉了。好啊，把他们的心挖掉真是好啊。让他们尝到我的痛苦，这就是我的报复。但紧接着他奇怪地发现，自己内心深处并没有产生复仇的快意，真正的感觉居然是疼痛，就像西结古骑手和父亲感觉到的疼痛，就像地狱食肉魔倒下时的疼痛。

父亲扑了过去。痛不欲生的父亲，就像死去了自己的亲人，跪在地上，紧紧抱着冈日森格的头，又喊又号，眼泪浸润着草原，又随风而去沾湿了雪山，沾湿了所有的生命。冈日森格是死不瞑目的，望着恩人汉扎西的眼睛里，依旧贮满了热烘烘的亲切、清澈如水的依恋、智慧而勇敢的星光般的璀璨。

西结古领地狗走过来，围拢着自己的獒王冈日森格，闻着，舔着，终于相信獒王已经去了，突然就"呜呜呜"地哭起来，哭得天昏地暗。渐渐地，上阿妈领地狗、东结古领地狗和多猕藏獒也加入了悲伤悼念的行列。它们不在乎主人们对西结古獒王冈日森格的仇恨，只在乎自己的表达——为了一只伟大藏獒的死去，它们只能哽咽难抑。

只有父亲的藏獒美旺雄怒没有哭，它围绕着獒王冈日森格走了一圈又一圈，用它自己的方式表达着它对冈日森格的尊敬和哀悼，突然停下了，把寒夜一样瘆人的眼睛瞪起来，盯着巴俄秋珠，身子朝后一坐，扑了过去。父亲

621

看到了，大喊一声："美旺雄怒。"连滚带爬地过去抱住了它："你不要去，千万不要去，他们有枪，他们会打死你的。"美旺雄怒没有再扑，并不是父亲有足够的力气抱住它，而是它闻出巴俄秋珠身上有西结古草原的味道。对味道熟悉的人，哪怕他是坏人，它都得嘴下留情。这是主人汉扎西教会它的守则，它任何时候都不想违背。但是西结古的领地狗却不打算放过巴俄秋珠，它们吼叫着围了过去。巴俄秋珠惊恐万状地尖叫着："开枪，开枪。"

密集的枪声响起来，十五杆叉子枪再次射出了要命的子弹，又有许多西结古藏獒倒下了。血飞着，麻雀一样飞着；落地了，稠雨般地落地了。肉在地上喘息，很快就安静成了一堆狼和秃鹫的食物。皮毛，黑色的、雪色的、灰色的、赤色的、铁包金的，都变成一种颜色了，那就是血色。一瞬间就是横尸遍地，是西结古藏獒硕大的尸体，在阳光下累累不绝。还有受伤没死的，挣扎着，哭号着，用可怜的不想死的眼光向人们求救着。远处，狼嗥再次响起，是幽长的悲声，是狼群对一代獒王的送行。

行刑台前的枪声，没有打破寄宿学校的静穆。牛粪墙前，多吉来吧依然挺身而立。狼群没有过来，有大着胆子正眼看它的，没有大着胆子过来扑咬的，迷离恍惚中，一缕熟悉而温暖的馨香走进了多吉来吧的鼻孔和胸腔，然后动力似的响起来，鼓舞着它的血脉，热了，热了，想冷却一会儿的情绪突然又热了。那是主人汉扎西的召唤，是妻子大黑獒果日的召唤，它要追寻召唤而去了。它觉得自己已经毫不犹豫地离开了寄宿学校，离开了完好无损的十多个孩子和四只伤残藏獒，越过静穆的狼群，正迈着细碎的步伐朝主人和妻子走去，眼看就要见到主人和妻子了，却听孩子们又一次喊起来："多吉来吧，多吉来吧。"紧张的声音告诉它，危险又出现了，廓落的草原上，怎么那么多的危险？寄宿学校是危险的，它所钟情的一切都是危险的。它狂奔而来，无法用疲惫受伤的身体狂奔而来，就只好用激荡的心灵狂奔而来。

多吉来吧静静立着，磐石一样巩固在牛粪墙前，天摇不动，地撼不动，而獒魂却飞升而去，四处鸟瞰着，看到了现实，也看到了梦。梦里有着呛鼻的人臊，人臊是诡异而鲜红的，正铺天盖地席卷而来。它看到自己正在奔跑，奔跑在城市的街道、山间的公路上，奔跑在茫茫沙漠里、青青的草原上，奔跑在皑皑雪山下、幽幽狼道峡里。它看到自己超越动物园的饲养员，超越红衣女孩和男孩，超越满胸像章的人和黄呢大衣，超越付出爱情也付出了生命的黄色母狗，超越盗马贼巴桑和他的草原马，超越饭馆的阿甲经理，超越拴它又放它的老管教，超越卡车司机，一路狂奔。它看到礼堂里一片城市狗的尸体、多猕狼群飞溅的鲜血、渴望獒王的多猕草原领地狗的惋惜、狼道峡里注视它穿越洪水的狼群的眼神。它终于看到了妻子。妻子大黑獒果日正迎面走来，眼睛里的光亮如星如电。它激动得浪叫一声，向着妻子奔跑过去。

它看到妻子大黑獒果日突然栽倒了，想站起来，想拥抱，想咬，想舔，想大声叫唤，放声痛哭，但一切都无法实现，只有眼睛的内容是丰富而强烈的，内心的激动变成了滔滔不绝的野驴河，变成了无声的呼唤、冷静的炽热，一任动人的情采在含羞忸怩的沉默中走向了原始的安定。它顿时就泪水纵横，"嗷嗷"地叫着，"呜呜"地哭着，趴下去，又站起来，环绕着妻子一圈一圈转着，顺时针转完了，又逆时针转，好像这样转来转去就能让妻子瞬间挺拔而起，龙腾虎跃。最后它平静了，学着妻子的样子把激动献给了沉默。它深情地依偎在了大黑獒果日身边，舔舐着，心疼地舔舐着，耐心等待着主人汉扎西的到来，它已经闻出来了，主人正在靠近，激动的时刻正在来临。

它看到主人汉扎西迎面走来，但是汉扎西，傻子一样的汉扎西，日思夜想着多吉来吧的汉扎西，居然没有认出它。它的变化太大了，目光已不再炯炯，毛发已不再黑亮，一团一团的花白、疲惫不堪的神情、伤痕累累的形貌，装点着它的外表，它老了，老了，身心被思念哭老了。它用深藏的激动望着汉扎西，极力克制着自己，没有做出任何反应。它要等一等，想等到主人认出它来的那一刻，再扑上去，拥抱，舔舐，哭诉衷肠。汉扎西蹲在地上说："你是哪里来的藏獒？你很像我的多吉来吧，鼻子太像了，看人的样子也太像了，还有耳朵，还有尾巴……"突然，它跳了起来，几乎在同时，汉扎西也跳了起来。他们中间隔着大黑獒果日，它跳了过来，汉扎西跳了过去，拥抱推迟了。它又跳了过去，汉扎西又跳了过来，拥抱又一次推迟了。"多吉来吧，多吉来吧，你真的是我的多吉来吧？"汉扎西第三次跳了过去，它第三次跳了过来，拥抱第三次推迟了。"你怎么在这里啊多吉来吧？你什么时候回来的多吉来吧？"汉扎西张开双臂，等待着它的扑来，它人立而起，等待着汉扎西的扑来，拥抱第四次推迟了。汉扎西泪流满面地说："过来呀，过来呀，多吉来吧，我不动了，我等着你过来。"它立刻听懂了，瓮声瓮气地回答着扑了过去。拥抱终于发生了，但根本就不能表达彼此的激动，他们滚翻在地，互相碰着，抓着，踢打着。它一口咬住了汉扎西的脖子，蠕动着牙齿，好像是说：真想把你吞下去啊，变成我的一部分。汉扎西心领神会，喊着："咬啊，咬啊，你怎么不咬啊？你把我吃掉算了，多吉来吧，你把我吃到你的肚子里去算了。"

说着把自己的头使劲朝它的大嘴里送去。它拼命张大了嘴,尽量不让自己的牙齿碰到汉扎西的头皮,然后弯起舌头,舔着,舔着,舔得汉扎西满头是水。汉扎西号啕大哭,它也是号啕大哭。

还是铁铸石雕的样子,高出牛粪墙的多吉来吧让挺立变得威光四射。那獒魂飞走了,又来了,自由地翱翔着,把镇慑散发给了狼群。狼群还是不敢扑,只是往前走了走,似乎想搞清楚,到底为什么,这只藏獒具有承载天下、威服狼众的气度?到底为什么,它会如此坚强地立着,越来越挺拔,越来越巍峨。

神一样屹立的多吉来吧,岿然不动。不远处,狼群依旧肃然静穆。

3

趁着巴俄秋珠和上阿妈骑手枪杀西结古藏獒的机会,多猕骑手和东结古骑手把麦书记从行刑台上拉了下去,争抢着,都想自己带走麦书记。丹增活佛大声说:"带走他有什么用呢?他已经把格萨尔宝剑还给了我,他跟藏巴拉索罗没关系了。"多猕骑手的头扎雅说:"这么说藏巴拉索罗在你手里?那就快交出来吧。"丹增活佛说:"慢着,慢着,等我念完了经,你们就会看到它。"他高声诵起了经,经声中行刑台突然噼里啪啦响起来,堆积如山的坎芭拉草燃烧起来了。没有打响火镰,或者划着火柴,是丹增活佛用自己身体的灼热点着了它。火势一烧起来就很大,等听到轰响,再看草堆的燃烧时,就已经是烈焰熊熊,冲天弥漫了。偌大的火舌乘风摇摆,驱赶着人群和狗群纷纷后退。

什么也看不见了,除了火,半边天空都是火。藏獒们轰轰大叫,扑向了行刑台,又被热浪逼退了。只有父亲的藏獒美旺雄怒一直在往前冲,獒毛燎焦了,身上着火了,它还在往火里冲。父亲追了过去:"美旺雄怒,你傻了吗,会烧死你的,快回来。"追过去的父亲头发立刻冒起了黑烟,但他还是不管不顾地往前滚着,直到一把抱住美旺雄怒。美旺雄怒向着火焰吼叫着,挣扎着,用不怕死的倔强让父亲突然明白过来。"丹增活佛,丹增活佛。"父亲喊着,和美旺雄怒一起扑了过去。一股巨大的热浪迎面而来,把父亲和美旺雄怒推下了行刑台。

丹增活佛涅槃了。热浪和火焰如山如墙地保卫着丹增活佛,让他在大火中安静地成灰化烟,升天入地。美旺雄怒停止了前冲,所有的藏獒都怵然而立,悄悄地没有了声音,它们已经闻不到丹增活佛的气息了,面前的火就是纯粹的火，已经不是焚烧丹增活佛的火。火势再一次强盛起来，油性大得燃烧起来就像泼了汽油的坎芭拉草，牧民们煨桑旷野，祭祀山神的坎芭拉草，完全按照丹增活佛的心愿，完成了作为生物的使命：燃烧。

寄宿学校的天空下，多吉来吧一直挺立着，在群狼的仰视中，在雪雕的瞩望里，它把自己挺立成了最初的也是最后的獒神，高大的无比高大的獒神，像坚实的堡垒堵挡在孩子们和伤残藏獒之前。它骄傲不群，沉稳有力，它大气从容，老树常青，它把逢战必胜的信念描绘在姿态中、眉宇间、獒毛的飘舞里。父亲汉扎西的多吉来吧，在誓死保卫寄宿学校的时候，峻拔伟奇得如同代表了山宗水源的气势。那一种雄姿英发，气贯长虹的样子是任何生命都没有的。

它的獒魂在高处看着它，响亮地传出了一阵雪雕的鸣叫。狼群踌躇着，只要多吉来吧立着，而不是趴着，它们就永远不敢扑过去。而对多吉来吧来说，现在它活着的唯一目的就是立着，只要它立着，大狼群就不会咬死吃掉孩子们和四只伤残藏獒。不幸的是，失血过多的多吉来吧已经昏迷不醒了，它在昏迷中立着，它是立着昏迷的。狼群似乎看出它已经昏迷，却又被它立着昏迷而震撼，打破厚重的静穆，几次想扑过去，却都没有变成行动，只是嗥叫着，壮胆似的嗥叫着。嗥叫声中，距离渐渐缩短了，狼群在朝前进逼，一点一点地移动进逼。是狼就必须凶残暴虐，是大狼群就必须摧枯拉朽。多吉来吧立着，立着，还是立着。

火熄了。人们在灰烬里看到了一把扭曲的宝剑。当巴俄秋珠扑过去，抢在手里时，宝剑突然变成了灰，迎着荒风消散而去。转眼，他手里什么也没有了。各路骑手一阵骚动，纷纷走向自己的马。先是上阿妈骑手黯然离去。接着多猕骑手和东结古骑手也都相继调转了马头。天昏地暗地打了几天几夜，就这样说离开就离开了，人好像无所谓，看都不看对方一眼。倒是藏獒与藏獒之间，竟有些恋恋不舍。它们本来就是朋友，只要人不撺掇它们针锋相对，你死我活，它们对自己的同类就只有温存与厚道。它们互相摇起了尾巴，靠近着，靠近着。上阿妈领地狗、东结古领地狗、多猕藏獒走到一起，彼此嗅着鼻子，碰着嘴巴，抑或动情地舔上一舌头。然后它们一起朝向了这些日子共同的对手西结古领地狗。藏獒是一种最容易钦佩勇敢和智慧的动物，它们看到了西结古獒王冈日森格跟上阿妈獒王帕巴仁青、东结古獒王大金獒昭戈、地狱食肉魔的打斗，看到了它们艰苦卓绝，死而后已的表现，已经襟怀坦荡

625

地心服口服了，它们本能的举动就是友好与致敬。

残存的西结古领地狗走过去送别各路藏獒，一个个都是含情脉脉，注目摇尾的样子。但很快它们就紧张起来。它们看到外来骑手和藏獒的威胁已经不再，远远近近的狼嗥便成了全神贯注的目标，它们要去战斗，要去救人，要去为保卫牧民的牲畜而流血牺牲了。它们甚至都不能原地不动地沉浸在深深的悲痛之中，哭着，号着，越来越凄壮难过地挥洒着眼泪，频频回头，瞩望着死去的獒王冈日森格和遍地同伴的尸体，走了，走了，所有能够行动的西结古领地狗都走了。美旺雄怒也跟了过去，意识到自己不是领地狗，又回头看看父亲。父亲挥着手说："去吧，去吧，不要管我们，我们没事儿，我们的领地狗已经不多了，多一只藏獒就多一份力量，去吧，去吧，保护好小藏獒，保护好你们自己。"

这是一支沐浴着鲜血的队伍，几乎所有的成年公獒都带着被咬伤、被打伤的血痕。许多藏獒步履蹒跚，一瘸一拐，疲惫不堪，随时都会倒下，但迎战狼群的意志却一如既往地膨胀着，如同阳刚的太阳，坚定地临照在草原的天空。

但过了不到一个小时，美旺雄怒又回来了。它跑到父亲能看见它的地方，猛地停下，疯了似的咬起了自己的前腿。这是报警，是用滴血的伤口告诉主人：危险已经发生，快去救命啊，救命啊。父亲一个激灵，突然意识到刚才的狼嗥来自寄宿学校的方向，西结古领地狗前去的也是寄宿学校的方向。他丢下冈日森格，奔向自己的大黑马，跳上去就跑，揪心揪肺地喊着："出事儿了，寄宿学校出事儿了，孩子们出事儿了。"

黄昏正在出现，那一片火烧云就像血色的涂抹，从天边一直涂抹到草原。草原是红色的，是那种天造地设，人工无法调配的绿红色。父亲奋力纵马跑到藏獒前边，跑进了寄宿学校的那片原野。忽然他勒紧了缰绳，大黑马高扬起前蹄，身子人立着，差点把父亲摔下来。父亲身后，所有的藏獒也都停下来，驻步远望。父亲、大黑马、所有的西结古藏獒，都看见了一个奇特的景像。他们惊呆了，却没敢发出一声惊恐的喊叫。笼罩着他们的是巨大无边的肃穆，让他们连呼吸都不敢粗声大气。

他们看见一大群狼密密麻麻匍匐在寄宿学校前，静默无声，那情景，不像是埋伏，也不像是围困，更没有攻击。它们有的坐直，有的趴卧，身形像是在听经，像是在磕长头，似乎它们的前方不是它们世世代代的天敌和命中注定要侵扰祸害的人类，不是它们难得寻觅的弱小，而是一尊天神。父亲和西结古藏獒们的眼光越过了狼群，眼睛不禁有些潮湿。他们看见了萦绕在寄宿学校上空的祥云，看见了闪耀在原野上的和平之光。然后，父亲和藏獒们看见了那尊巍然屹立的天神。绿红色的寄宿学校前，牛粪墙的旁边，岿然独存的多吉来吧，在昏迷中挺身而立的多吉来吧，没有倒下，似乎永远都不会倒下。静静地，牢牢地，绷直了四腿，立着。堂堂一表，凛凛一躯，孤拔地立着。它身后是安然无恙的孩子们，是仍然活着的四只伤残藏獒。父亲喃喃自语："真的吗？这是真的吗？"眼泪唰啦啦滚下来。父亲轻轻念叨一声："多吉来吧。"

狼群纷纷起身，撤离了。不是溃逃，没有慌乱，按部就班，井然有序，寂然无声。突然，父亲发出一声惊天动地的喊叫："多吉来吧！"满眼是泪的大黑獒果日也发出一声惊天动地的喊叫："多吉来吧！"父亲和藏獒们快速奔向前去。寄宿学校传来孩子们劫后余生的欢呼。父亲避过迎面扑来的孩子们，跑向仍然站立着的多吉来吧。父亲蹲下身子，伸出手去，轻轻抚摸多吉来吧。父亲心说：多吉来吧，你也太沉着了，你竟然还不扑上来，你这个多吉来吧。

昏迷中的多吉来吧清醒了一下，知道它的主人汉扎西来了，它的妻子大黑獒果日也来了，颤动着眼皮，却没有睁开，身子轻轻一晃，就像高大的山峰，倒了下去。轰然一声，多吉来吧倒了下去。

4

几天后，父亲和西结古草原的牧民们天葬了獒王冈日森格、地狱食肉魔和所有死去的西结古藏獒、东结古藏獒、多猕藏獒和上阿妈藏獒。这是一场浩大的天葬仪式。所有西结古骑手和幸存的西结古藏獒，还有西结古寺的喇嘛，都无声地聚集在一起，庄严地注视着在神秘浩渺的天空中盘旋飞翔俯冲的神鹰，目送不死的灵魂乘风升天。

过了不久，父亲的藏獒火焰红的美旺雄怒也被父亲送上了天葬台。同时送去的，还有父亲从死亡线上召唤到人间的大格列，还有父亲从打斗场救回来的黑獒当周和两只东结古藏獒。它们死得莫名其妙，莫名其妙就死了。

又过了一个月，父亲把没有死在寄宿学校牛粪墙前的多吉来吧送到党项大雪山山麓原野上送鬼人达赤的石头房子里藏了起来。因为不断有外面的人来到西结古草原寻找藏獒，父亲担心他们是西宁动物园的人，实在不想让他们把多吉来吧再追讨回去。石头房子是多吉来吧小时候接受过磨难的地方，它似乎记忆犹新，显得烦躁不安，焦虑不止，情绪经常会离开平静和安详，跌入恐惧和憎恶的深渊。再就是伤痛的折磨，它有枪伤，它无法告诉父亲它肉体的痛苦，只好一天挨一天地忍受着。父亲隔三差五带着食物和大黑獒果日，去石头房子里看望多吉来吧。这样过了一年，多吉来吧就去世了。一个冬天的早晨，它在石头房子里等来了给它喂食的父亲之后，就扑通倒下，怆然死去了。它死时满眼都是泪。父亲抱着它，一声比一声急切地喊着："多吉来吧，多吉来吧。"但是他没有把多吉来吧喊回来，他不喊了，沉默着，眼泪是沉默的语言，在党项大雪山银白色的鸟瞰中，变成了冰川的融水，悄悄地流淌，不尽不绝地流淌。直到多吉来吧死后，父亲才发现一颗子弹嵌在它的屁股上。

多吉来吧死时大黑獒果日也在场，它没有哭，也没有叫，只是呆痴地望着丈夫，一连几个小时一动不动，连眼球都不转动一下。它在用心呼唤，用心流泪：多吉来吧，多吉来吧。它看到多吉来吧从一幅图画中快速跑来，那是以牛羊和帐房、寄宿学校和父亲为背景的图画，是扑咬狼群，扑咬一切强大敌手的图画，是跑过来和它相亲相爱的图画。大黑獒果日没有跟着父亲离开丈夫多吉来吧，整整四个月，它就那样沉默而忠贞地守护着丈夫，直到春天来临，湿暖的气流催生出满地的绿色，多吉来吧的尸体渐渐腐烂。父亲知道再也不能耽搁，必须马上把多吉来吧交给早已忍耐不住的秃鹫了，就抚摸着大黑獒果日的脸说："你要是不跟我回去，我就不要你了，真的不要你了。"大黑獒果日听懂了父亲的话，犹犹豫豫地跟着父亲离开了丈夫，回头一看，秃鹫们已经落下来开始啄肉，便吼叫着扑过去，赶走了秃鹫。大黑獒果日认为多吉来吧还活着，多吉来吧永远不会死，不会死的丈夫多吉来吧怎么能让秃鹫啄食呢。它不断地扑着，赶着，直到父亲给它套上绳子，拼命拉着它离开了那里。

又过了两年，大黑獒果日死了。它是老死的，算是父亲的藏獒里，唯一一个寿终正寝的藏獒。它活了二十三年，算是藏獒里罕见的老寿星了，大约是人类的九十多岁吧。天葬了大黑獒果日后，父亲对自己说："我是不是也该走了呢？"父亲悄悄地告别着——骑着已经十分老迈的大黑马，告别了所有的牧人和草原的一切一切。他的告别是无声的，没有向任何人说明，牧民们不知道他是最后一次走进他们的帐房，喝最后一碗奶茶，舔最后一口糌粑，吃最后一口手抓；最后一次抱起他们的孩子，用自己的袖子揩掉了孩子的鼻涕；最后一次对他们说："我要是佛，就保佑你们每家都有一只冈日森格和多吉来吧那样的公獒、大黑獒果日和大黑獒那日那样的母獒。"父亲在寄宿学校上了最后一堂课，完了告诉学生："放假啦，这是一个长长的长长的假，什么时候回来呢？等你们有了自己的孩子再回来，那时候你们就是老师啦。"孩子们以为汉扎西老师在说笑话，一个个都笑了，然后结伴而行，蹦蹦跳跳地走向了回家看望阿爸阿妈的草原小路。父亲一如既往地送他们回家。"这是最后一次送你们了，孩子们，愿菩萨保佑你们以后所有的日子。"父亲在心里默念着，转身走回寄宿学校时，眼睛一直是湿润的，满胸腔都是酸楚。

　　第二天，父亲骑马来到了狼道峡口，站了一会儿，便下马解开了大黑马的缰绳。他知道大黑马就要老死了，那就让它死在故乡的草原吧，要是死在路途上，或者死在西宁城，那是凄惨而孤独的。父亲把大黑马赶走以后，就扑通一声跪下，向着自己生活了二十多年的西结古草原，向着天天遥望着他的远远近近的雪山，重重地磕了三个头，然后背着不重的行李，转身走进了狼道峡口。他没走多远，就吃惊地看到，铁棒喇嘛藏扎西正微笑着在路边等他。藏扎西身边，是一群藏獒。

　　在整个西结古草原，只有西结古寺的藏扎西猜到了父亲的心思，他给父亲带来了送别的礼物，一公一母两只具有冈日森格血统和多吉来吧血统的藏獒的小藏獒。父亲感动得一再弯腰致谢，万般珍爱地把两只小藏獒搂进了怀里。父亲转身走去。他高高地翘起下巴，眼光扫视着天空，不敢低下来。他知道低下来就完了，就要和藏扎西身边的那一群藏獒对视了。他没有勇气对视，觉得对视的结果就是悲从中来，就是把自己的魂魄让藏獒们勾去——那是刀子啊，藏獒的眼光都是刀子，顷刻会剜掉他离开草原的决定；或者他会勾走藏獒们的魂魄，那样就更不好了，他走了以后这些藏獒会一只只把自己饿死，渴死，相思而亡。父亲假装没看见它们，假装看见了不理睬它们，假装对它们根本就无所谓，假装走的时候一点留恋、一点悲伤都没有，嘴里胡乱哼哼着，仿佛唱着高兴的歌。

　　但是一切都躲不过藏獒们的眼睛，它们对着父亲的脊背，就能看到父亲已是满脸热泪，看到父亲心里的悲酸早就是夏季雪山奔腾的融水了。它们默默地跟在父亲身后，一点声音也没有，连脚步声、哽咽声、彼此身体的摩擦声都被它们制止了。唯一要做的就是不要停下，跟着父亲，和藏扎西一起跟着父亲，一程一程地送别。它们都是得到过父亲关照的藏獒，没有忘记父亲对它们的好，它们要把自己的感念表达出来，就一程一程地送啊，一直送出了狼道峡。父亲没有回头，他吞咽着眼泪始终没有回头。藏扎西停了下来，送别父亲的所有藏獒都停了下来。不能再往前了，再往前就是别人的领地了。

629

所有的藏獒都控制不住地放声痛哭，先是站着哭，后来一个个卧倒在地，准备长期哭下去了。

藏扎西说："回吧，回吧。"在父亲的身影消失在地平线上以后，他一再地催促着，"回吧，回吧。"这些知恩知情的藏獒，没有谁听从藏扎西的话，它们哭走了太阳，又哭走了月亮，然后静静地卧着，守望父亲的归来，一守望又是一天一夜。藏扎西假装生气地说："早知道你们会这样，我就不带你们来了，你们想饿死在这里是不是？那就死去吧，我不管你们了，我要回去了。"藏扎西早就是这些藏獒的新主人，关照饲养的日子里，风雨同舟的日子里，彼此的感情就像党项大雪山的沟壑，已经很深很深了。藏獒们不忍父亲离开，也不忍藏扎西离开，在发出了最后一阵集体号哭之后，回去了。

西结古草原的牧民们很快知道了父亲的离去。他们不相信父亲就这样走了，匆匆忙忙从党项草原、奢宝泽草原、野驴河流域草原、白兰草原来到了碉房山下、寄宿学校。他们赶来了最肥的羊、最壮的牛，牵来了最好的马，这些都是送给父亲的礼物，他们以为父亲到了西宁城，还能骑着马到处走动，还能赶着牛羊到处放牧。可是父亲已经走了，他知道牧民们会这样，就早早地不声不响地走了。牧民们还带来了最好的糌粑、最好的酥油、最好的奶皮子和洁白的哈达，看到寄宿学校里已经没有了父亲的影子，就把这些东西放在了寄宿学校的院子里，没有人再取回去，他们相信即使父亲走了，也还会很快回来，拿走这些东西，因为这是他们的心，而汉扎西是最懂得藏民的心的。很长一段时间过去了，父亲的学生——毕业的和还没有毕业的学生来到了学校，怎么也不肯离去，一直都在眼巴巴地等待着他们的汉扎西老师；也一直有人在往寄宿学校送糌粑和酥油，送奶皮子和哈达，这些和藏獒一样诚恳的牧民们，总觉得那个爱藏獒就像爱自己的眼睛一样的父亲，那个无数次挽救了藏獒的性命、和藏獒心心相印的父亲，那个和牧民相濡以沫、生死与共的父亲，那个在大草原的寄宿学校里让一茬又一茬的孩子学到了文化的父亲，还会来，就会来。

父亲回到西宁后，继续从事民族教育工作。那一对被父亲称作冈日森格和多吉来吧的藏獒，就依傍着父亲，在一座并不繁华的城市里度过了它们生命的全部岁月。父亲的母獒多吉来吧死于疾病。它是饮血王党项罗刹的后代，在离开雪山草原之后，这只比石雕更坚强比狮虎更威武的党项藏獒，就这样脆弱地死掉了。父亲欲哭无泪，不住地对家里人唠叨着：哪里还有这么好的母獒，没有了，恐怕连西结古草原也没有了。西结古草原一没有，全世界也就没有了。

父亲的公獒冈日森格死于十年以后。在父亲六十三岁生日那天，它悄然离开了我们。它是病逝的，它走的时候眼睛里流着伤别的泪，也流着痛苦的血。据说一辈子离开草原的属于喜马拉雅獒种的藏獒，死的时候眼睛里都会流血，那是灵魂死去的征兆，是拒绝来世的意思，因为离开了草原，藏獒的灵魂也就失去了灵性，也就毫无意义了。

父亲再也没有接触过藏獒，他很快就老了。他总说他要回到他的西结古草原，回到他的学校去，但是他老了，再也回不去了。他努力活着，在没有藏獒陪伴的日子里，他曾经那么自豪地给我说起过他的过去。他觉得在西结古草原，自己生命的每一个瞬间，就跟藏獒生命的每一个瞬间一样，都是可贵而令人迷恋的。

有一天，一个身形剽悍，外表粗犷的藏民来到了家里，用一双遒劲结实的手献上了一条洁白柔软的哈达，然后指着自己的脸用不太流畅的汉话对父亲说："汉扎西叔叔你不认识我了吗？我就是那个脸上有刀疤的孩子。"父亲想起来了："啊，刀疤，七个上阿妈的孩子里的一个，你是来看我的吗？我都老了，就要死了，你才来看我？冈日森格怎么没有来？大黑獒那日姐妹俩怎么没有来？多吉来吧也就是饮血王党项罗刹怎么没有来？"那个脸上有刀疤的藏民说："会来的，会来的，汉扎西叔叔你要保重啊，只要你好好活着，它们就一定会来的，扎西德勒，扎西德勒。"

它们果然来了，在父亲的梦境里，它们裹挟一路风尘，以无比轻灵的生命姿态，带来了草原和雪山的气息。那种高贵典雅、沉稳威严的藏獒仪表，那种毫不利己、专门利人的藏獒风格，那种大义凛然、勇敢忠诚的藏獒精神，在那片你只要望一眼就会终身魂牵梦萦的有血有肉的草原上，变成了激荡的风、伤逝的水，远远地去了，又隐隐地来了。永远都是这样，生活，当你经历着的时候，它就已经不属于你了。父亲的藏獒，就这样，成了我们永恒的梦念。